# 大侦探家 上册

## 世界著名探案推理故事集

[法] 莫里斯·勒布朗◎等著　陈睿◎译

中国華僑出版社

图书在版编目（CIP）数据

大侦探家：世界著名探案推理故事集：全3册 /（法）勒布朗等著；陈睿译 .—北京：中国华侨出版社，2016.3

ISBN 978-7-5113-5983-4

Ⅰ.①大… Ⅱ.①勒… ②陈… Ⅲ.①侦探小说 - 小说集 - 世界 Ⅳ.①I14

中国版本图书馆 CIP 数据核字（2016）第 036532 号

大侦探家：世界著名探案推理故事集（全3册）

---

著　　者 /（法）勒布朗等
译　　者 / 陈　睿
责任编辑 / 文　蕾
责任校对 / 王京燕
经　　销 / 新华书店
开　　本 / 787 毫米 ×1092 毫米　1/16　印张 /63　字数 /995 千字
印　　刷 / 北京建泰印刷有限公司
版　　次 / 2016 年 5 月第 1 版　2016 年 5 月第 1 次印刷
书　　号 / ISBN 978-7-5113-5983-4
定　　价 / 108.00 元

---

中国华侨出版社　北京市朝阳区静安里 26 号通成达大厦 3 层　邮编：100028
法律顾问：陈鹰律师事务所
编辑部：（010）64443056　　64443979
发行部：（010）64443051　　传真：（010）64439708
网址：www.oveaschin.com
E-mail：oveaschin@sina.com

# 前言

PREFACE

推理，是人从小就需要开始培养的能力之一。当孩子还不会说话，他们会听，会看，会观察；等到开始牙牙学语时，除了喊身边的人名、物名，最常说的词汇大概就是“为什么”了。在听到答案以后，他们会自行思考答案的对错，从中学习。这个思考过程，其实就是推理。

阅读精彩的推理故事，是培养思考与逻辑最好的心智训练。所以要锻炼与培养推理能力、观察和判断能力，最佳方式就是阅读推理侦探小说。

本书选入的是世界侦探小说代表作家阿加莎·克里斯蒂、莫里斯·勒布朗、约瑟芬·铁伊的经典作品。

阿加莎·克里斯蒂是世界公认的侦探推理小说女王，“侦探推理小说”的象征。她的作品以动机和分析人性著名，读者经常能够在感受案情惊险刺激的同时，跟着她的思想思考人生，体会多变的人性。

莫里斯·勒布朗是法国著名小说家，世界侦探与冒险文学的一代宗师，作品以侠盗“亚森·罗宾”系列最受欢迎。几乎在每一个侦探推理爱好者的心中，都有一个英俊潇洒、聪明能干、充满热血的“守护神”罗宾。

约瑟芬·铁伊是推理史上最特立独行的女作家，穷尽一生只写八部无可挑剔的经典。她的小说立意奇特，充满人性的温暖，既有奇妙的悬念，又有极高的文学价值，在推理小说史上占领着一个特殊的重要位置。

从文学价值的角度看，没有任何一种文学样式能像侦探小说这样给读者提供多元的审美参与乐趣。小说家毛姆说："当你感冒卧床头昏脑胀，此刻你不需要什么伟大的文学作品，你宁可冰袋敷额，热水浸脚，两三本侦探小说，伴你度过病榻时光。"阅读侦探小说就像是一种娱乐。作家制造悬念，给读者提供多元的审美参与乐趣，以满足读者猎奇心理，引导读者心理上、感情上、思想上的参与，读者或紧张或恐怖或焦急或期待，与书中的侦探共同经受智慧、毅力和勇气的磨砺，从而获得在现实生活中难以得到的精神满足。

# 目录

CONTENTS

## 阿加莎·克里斯蒂作品

### 无人生还

## 东方快车谋杀案

阿加莎·克里斯蒂作品

# 无人生还

献给我深爱的卡洛和玛丽[①]，这本书属于她们。

## 作者寄语

这本书，讲的是十个人相继死去的一桩奇案。故事的情节不能太过荒诞，凶手的出现不能太过明显，因此，这本书很难写。但是，关于书的内容一直在我的脑海萦绕不散，于是，我决定把它写出来。深思熟虑之后，我终于创作出这部让我感觉比较满意的作品。书里的故事清晰明了，尽管看上去疑团重重，但解释部分合情合理，为了解开谜底，我还给故事安排了一个尾声。这本书面世之后，大家反响强烈，对它的评价也很高。毫无疑问，我由衷地感到高兴，因为，我比任何评论家更加深知，创作这本书所经历的艰辛和困苦。

十个小士兵，出门去吃饭；一个被呛死，只剩九个兵。

九个小士兵，秉烛来守夜；一个叫不醒，只剩八个兵。

八个小士兵，旅行到德文；一个不愿走，只剩七个兵。

七个小士兵，拿刀去砍柴；一个被砍死，只剩六个兵。

六个小士兵，捅到马蜂窝；一个被蜇死，只剩五个兵。

---

① 卡洛，全名为夏洛特·费希尔，是作者的秘书兼好友；玛丽是卡洛的姐姐。

五个小士兵，全部当律师；一个判死刑，只剩四个兵。

四个小士兵，出海去游玩；一个葬鱼腹，只剩三个兵。

三个小士兵，去逛动物园；一个被熊打，只剩两个兵。

两个小士兵，享受阳光浴；一个被晒死，只剩一个兵。

一个小士兵，孤单冷清清；悬梁上了吊，一个也不剩。

——弗兰克·格林，一八六九年

## 第一章　心事重重的十位客人

头等车厢的吸烟室里，刚刚退休的法官瓦格雷夫坐在一个角落里，一边吸着雪茄，一边兴致勃勃地看着《泰晤士报》上的政治新闻。

火车在萨默塞特平原上向前疾驰，瓦格雷夫看看手表，大约还有两个小时到达目的地。于是，他放下报纸，朝窗外望去。

此刻，他一边看风景，一边回想报纸上关于士兵岛的奇闻异事：相传，士兵岛的第一位岛主是个美国国籍的富翁。这位富翁特别喜欢帆船运动，便斥资将这座位于德文郡海岸的孤岛买下来，并在岛上建了一栋既豪华又时尚的别墅。遗憾的是，富翁的新婚妻子——他的第三任太太，格外怕水，富翁只好将别墅和海岛一同挂牌出售。不久，报纸上全是关于这座岛的销售广告。后来，报纸上登出一条简讯，说一个名为欧文的绅士买下了这座岛屿和别墅。从此，关于士兵岛的传言便流传开来。有人说，好莱坞大明星加布里埃尔·特尔为了避开公众视线，享受几个月的清静，买下了士兵岛，因此士兵岛的真正买主是加布里埃尔·特尔。一位署名为“大忙人”的记者却悄悄透露说，这座岛是皇亲国戚的私邸。而一位匿名叫“梅里韦先生”的人则声称，有位青年贵族一掷千金，买下这座岛来度蜜月。还有个名叫“乔纳斯”的人说，海军部为了准备开展几项秘密试验，已经将这座岛买下来了。

总而言之，毋庸置疑，士兵岛成了大新闻！

瓦格雷夫从衣服里取出一封信。这封信的字迹有些模糊，只有一些词看得比较清楚：

亲爱的劳伦斯……多年不见……请您务必光临士兵岛……该岛景色迷人……你我可以畅谈往昔……亲近自然……享受阳光浴……请于十二点四十分从帕丁顿车站出发……我将在橡树桥迎接……

——康斯坦斯·卡尔明顿

瓦格雷夫想了许久，才想起最后一次见到康斯坦斯·卡尔明顿夫人的具体时间。时至今日，应该有七年，不，八年了！后来，康斯坦斯·卡尔明顿夫人为了沐浴阳光，亲近田园，去了意大利。再后来，她又去了阳光更加明媚的叙利亚，生活在大自然里，与当地的贝都因人打成一片。

法官突然明白了，康斯坦斯·卡尔明顿夫人正是那种有能力独自买下一座孤岛的神秘女人！瓦格雷夫觉得自己的推理挺有道理，微笑着点了点头。伴随着列车的节奏，他的头点来点去……

瓦格雷夫进入了梦乡……

三等车厢里，包括维拉·克莱索恩在内，一共六名乘客。此刻，维拉头往后靠着，正闭目养神。这种天气出门坐火车，真是热得让人受不住！所以，能找到一份在海边的工作，对维拉来说，的确太幸运了。通常情况下，她能找到的暑期工作，八九不离十是照看孩子一类的工作，就算去职业妇女介绍所，也不可能轻易找到秘书之类的工作。

不过，就在她发愁的当儿，收到一封这样的信：

职业妇女介绍所向我推荐了你，从这封推荐信来看，他们对你的了解颇为深入，我愿意支付你提出的薪酬，希望你在8月8日这天前来入职。你可以在帕丁顿车站，乘坐十二点四十分那次列车，到达橡树桥车站后，自然有人前来接你。此外，我预付5镑现金作为你旅途开销。

——乌娜·南希·欧文

信件开头的地址是：位于德文郡斯蒂克尔黑文的士兵岛……

士兵岛！最近，报纸上全是它的消息！流言甚嚣尘上，关于它的说法，绝大部分都是无中生有。不过，有一点可以确认，那就是一位百万富翁是这座岛屿的主人，并且，这座岛屿上的别墅的确极致奢华。

上学期，维拉一直忙忙碌碌。此刻，她不甘心地想：“在一个三流学校，当一个只会教孩子做游戏的女老师混日子，能挣到什么钱？如果能去那些体面的学校工作，待遇应该好很多……”

想到这儿，她突然觉得很害怕，又想道：“谢天谢地，已经找到了一份当老师的工作。尽管当初验尸官已经帮我开脱了所有罪名，但是，谁都不愿意听见死因审讯这一类的话，现在想想，仍然很后怕！”

维拉始终念念不忘，当初，验尸官不停地称赞她的表现极其勇敢。那次死因审讯，出乎意外地顺利，就连汉密尔顿夫人，对她也是照顾有加。只有雨果——算了，别再想这个人了！

尽管车厢里无比闷热，但维拉一想到这些，却打起了寒战。当时的情景清晰浮现，她真希望自己现在不是到海边去！现在，她的眼前浮现了西里尔的脑袋，它正漂浮在水上，漂向岩石那儿……西里尔的头一起一伏漂在水面上……而她，跟在他身后，用力往前游，只是她心里格外清楚，不管怎么样，她都追不上他了……

一片深蓝色的大海，散发着温暖的气息——清晨，躺在柔软的沙滩上——雨果……雨果向她表白，说他爱她……

不，她一定不能思念这个叫雨果的男人……

维拉睁开眼睛，皱起眉头，瞄了一眼坐在对面的男人。这个人身材高大，皮肤棕黄，两只眼睛离得很近，嘴型看起来特别傲慢，那不屑一顾的样子，有些残酷过头了。

她想：“这个男人肯定去过很多让人无法想象的地方，经历过很多有意思的事情……”

菲利普·隆巴德眨眨眼睛，朝对面瞥了一眼，打量起这个坐在他跟前的女人。

这女人吸引力挺大，只是有些浓重的教师习气。他看得出来，她是个冷静的猎物，有着较强的自制力。不过，他倒是挺希望跟这个女人之间发生点什么，无论是谈个恋爱还是一起上阵杀敌……

隆巴德皱了皱眉，赶紧打住这些毫无意义的念头，他得先集中精力把这笔生意拿下。不过具体该怎么做，他却无从下手，那个犹太人实在太狡猾了。

“隆巴德上校！你到底做不做？”

他琢磨了好一会儿，才问道：“嗯？报酬是100金币？”

他故意表现出毫不在意的样子，轻轻地说出价格，让人误以为在他眼里，100块金币算不上什么。实际上，隆巴德现在穷得连一顿像样的饭都吃不起了。他不禁有点儿担心，这个小个子犹太人也许不会上当——在钱的问题上，犹太人真是精明得该死！

他继续装作满不在乎地说：“你能否讲得更清楚些？”

艾萨克·莫里斯，这个精明的犹太人坚定地摇着他那已经掉光头发的脑袋拒绝道：“隆巴德上校，我能告诉你的只有这些。我的客户说，处理棘手事情，你是专家。只要你答应前往德文郡的斯蒂克尔黑文，我就把客户委托我转交的100块金币交给你。只要你到达橡树桥车站，就有人前来接你，开车送你到斯蒂克尔黑文，然后安排你乘摩托艇抵达士兵岛。你到了士兵岛之后，听从我那位客户的安排行事，就可以了。”

“需要在岛上待多久？”

“最多不会超过七天。”

隆巴德捋了捋自己的小胡子：“你应该知道，如果要我干违法乱纪的事情，我可不会答应。”他说完，用一种恶狠狠的目光盯着对方。

这个精明的犹太人，笑了笑，然后一本正经地说：“这是当然！如果我的客户安排你干触犯法律的事，你完全可以自动退出。”

这个狡猾的犹太人，居然还笑得出来！他似乎对隆巴德的经历了如指掌，完全明白隆巴德这种人，根本不在乎什么犯不犯法。

隆巴德也咧开嘴笑了。

上帝才知道，有那么一两回，他差点送了小命！不过，到最后，他总能全身而退，其实，他哪里会在乎合法与否……

不，不，不，这一回，他根本不需要冒险犯法。他期待的，是在士兵岛好好享受……

无烟车厢里，埃米莉·布伦特小姐跟往常一样，扳直腰身坐着。布伦特小姐已经65岁了，不过由于有一位对行为举止要求格外严格的古板父亲，她从来都看不惯那些懒散的人。

看看如今这一代人！瞧瞧车厢里的这群人！他们在哪里都是一个样子，永远懒散，不知害臊……

布伦特的脑子里充满了各种愤世嫉俗的念头，对那些向来看不惯的事情，她从不妥协。就算坐在十分拥挤的三等车厢里，她也表现出丝毫不受拥挤和闷热干扰的模样。现代人就是太娇情！拔牙还要打麻药，失眠就要吃安眠药，坐个椅子还要有柔软的靠背，女孩子走路居然扭来扭去，大夏天还敢半裸着躺在沙滩上！

布伦特双唇紧闭，她要在这些没教养的人面前做出高傲的榜样！

她还记得是怎样度过去年暑假的，不过，今年的暑假完全不一样了。哦，士兵岛……

她又在心底，将那封不知道读过多少遍的信默默念起来：

亲爱的布伦特：

你对我还有印象吗？我记得，几年前的8月，我们一起住在贝尔黑文的一家旅馆，那段时间，我们相处得特别愉快。

如今，我在德文郡海岸边的一座小岛上，开了一家旅馆。你来我这儿，可以尝到清淡的美食，可以与气质古典的人交往。在我这里，没有袒露身体的人，也没有深夜高歌扰民的讨厌鬼。如果你有时间，不妨来士兵岛度假。为此，我深感荣幸。8月来怎么样？要不，就定在8月8号吧！

——你真诚的尤·纳……

签名的落款模糊难辨，布伦特不耐烦地想：“很多人，总是不认真签名！”

她开始回想在贝尔黑文见过的所有人。连续两年夏天，她都去那里度假，有一个叫什么太太的中年女人，她的父亲是大教堂里的一位牧师。对了，还有一位要么叫奥尔顿要么叫奥利弗的小姐，不，叫奥利弗！对，就是她！

士兵岛！

报纸上报道过，它好像跟一位电影明星有关？或者跟一位美国国籍的百万富翁有关？

一般来说，岛屿并不是所有人都能适应的居住地，所以岛上的房价不会太高。也许一开始，会觉得住在岛上挺浪漫，但是真的住进去就会发现，这里不方便，那里不如意，只想尽快脱手转掉房子。

布伦特打定主意，只是去那里白住一个暑假！

最近，她收入锐减，不是这家欠债，就是那家停发股金利息，她不得不节衣缩食。要是能想起有关这位什么夫人或者小姐的往事就好了，哪怕只是一丁点儿！

麦克阿瑟将军望着窗外，火车才驶入埃克赛特。这该死的支线区间慢车！要是坐直达车去士兵岛，根本不会绕这么远！

直到现在，将军都还没搞明白这个叫欧文的人到底是谁。是斯波夫·莱加德的好友？还是约翰尼·威尔的朋友？

——您的两位老战友也会来……大家都愿意来叙叙旧。

的确，麦克阿瑟将军挺喜欢聊这些陈年旧事。这段时间，他甚至怀疑，大家故意躲着他。

他越来越生气，心想："哼，肯定是那个该死的谣言，让大家疏远了我！现在算起来，那件事已经过去近三十年了。肯定是阿米泰奇那个莽撞的小子说漏了嘴！关于那件事，这小子到底知道多少呢？算了，也许是自己想太多了。人哪，有时候就会胡思乱想，总以为有人悄悄盯着自己。"

还是想想士兵岛吧！

麦克阿瑟希望，能尽快见到这座小岛。现在，关于这座岛的流言已经闹得人尽皆知。流言提到，极有可能是海军部、陆军部或者空军部耗费巨资买下这座岛屿。显然，这个说法并不是凭空捏造。

埃尔默·罗布森，这个年轻而有钱的美国人，在这座岛上建起别墅，并耗费巨资将它装饰得格外奢华。

还有一个小时才到埃克赛特！可是，麦克阿瑟却等不及了，他真想立即登上士兵岛……

阿姆斯特朗医生开着一辆莫里斯汽车，驶入索尔兹伯里平原，如今，他为名声牵绊，觉得万分疲惫。当年，他刚加入医生这行时，每天穿着整齐的衣服守在装饰漂亮的候诊室里。那时，前来看病的人寥寥无几，他看着崭新的医疗器械，深感前途渺茫，不知道什么时候才能熬出头。

终于，凭借高明的医术和恰到时机的运气，他总算出人头地了！对于专业，阿姆斯特朗的确医术精湛，只是单凭这个，尚难成名，出名还得靠运气！偏偏，他撞到了好运！某天，他快速准确地为病人确诊后，遇到了三位既有钱又有人脉关系的上层人士，这三个女病人，对他感恩戴德，逢人就夸赞说阿姆斯特朗医术高超！

“你应该找阿姆斯特朗医生，别看他年纪轻轻，医术却相当了得，经验丰富。帕姆原先找过好几个医生看病，治了好几年也不见好，结果经过阿姆斯特朗医生的诊治，帕姆的病情已经开始好转了！”

就这样，阿姆斯特朗的事业从此一帆风顺。

而今，他的诊室，每天的预约完全排满了，病人络绎不绝。因此，能够离开伦敦最炎热的8月，到德文郡附近的海岛吹吹海风，他自然特别高兴。不过，从收到的信件内容来看，此行的目的不完全是度假。书信内容含糊其词，随附的支票金额也出人意料。阿姆斯特朗推测：这位名叫欧文的人，能开如此高额的支票，必定家境殷实；从信件内容来看，他特别关心妻子的身体健康状况，又担心自己的忧虑吓坏胆小的妻子，便请医生假装成普通客人，上门为妻子诊治，并要求医生不要向妻子提及病况，以免妻子神经紧张。

阿姆斯特朗扬起眉毛，神经！这些女人的神经太脆弱了！在他看来，前来看病的女人至少有一半都没什么毛病，百分之百的大惊小怪。不过，对他来说，这对诊所的生意大有裨益。他知道，对这种病人说实话不会得到她们的感谢，于是，他编出这样一套说辞来糊弄她们：

“你的情况，是一种××（总之，这一定是个极其拗口的医学名词），只是有点不正常，不过，并不严重，治疗过程也不复杂。”

老实说，所谓的药效就是信则有，不信则无。不过，阿姆斯特朗总有办法让病人对他寄予希望和信任。

幸好，那件事已经过去十年，不，十五年了。曾经，那件事已经将他的一只腿拖入悬崖。庆幸的是，他从此洗心革面，不再饮酒。只是，有时候回想起来，他会觉得那件事，仿佛发生在昨天……

一阵震耳欲聋的喇叭声传来，阿姆斯特朗差点被一辆车撞到路边的围栏上。幸好，这辆每小时可行八十英里的达尔曼超级跑车，仅仅与他擦肩而过！这个傻瓜真是无法无天！阿姆斯特朗讨厌这种年轻人，这回又差点被撞到，他不禁骂起来：“这群年轻人，真是该死的笨蛋！”

安东尼·马斯顿一边猛踩油门一边想：

“这堆汽车太夸张了，简直就是慢慢爬行的蜗牛！总有车子挡在面前，不是胡乱变线就是开到马路中间！英国的交通真令人害怕！不如法国，在法国，你就可以……

“我该停车休息一会儿喝上一杯，还是继续赶路？反正再开一百多英里就到了，这会儿有的是时间。这鬼天气，热得要命，得来一杯加了姜汁和杜松子的啤酒！”

如果高温持续，去岛上倒是个大大的享受！安东尼并不清楚那个叫欧文的人是什么来头，也许是个暴发户——那种腰缠万贯的有钱人！他想，在打听有钱人消息这方面，巴杰尔的确在行，唉，这个穷得叮当响的老家伙，也挺可怜。

但愿，士兵岛上的这位欧文，有足够的美酒招待客人！安东尼跟这种不是生来就懂得花钱买享受的暴发户，甚少来往。遗憾的是，并不是大明星加布里埃尔·特尔买下了这座岛，要不，他倒挺希望跟这些电影明星打打交道。

不过，话又说回来，士兵岛那儿，肯定会有几个美女助兴吧……

安东尼走出饭店，打个哈欠，伸伸懒腰，抬头望了望瓦蓝的天空，转身钻进达尔曼跑车。

几个年轻的女孩满脸崇拜地看着他——这个有着深邃眼睛的有钱男人，身材高大而修长匀称，头发蓬松有型，小麦色的皮肤显得格外健康。

安东尼猛踩油门。马达轰鸣，狭窄的街道上，跑车飞驰而过，吓得老人和那些帮人跑腿捎信的男孩子赶紧躲到街道两旁。那些男孩子盯着马斯顿的跑车，一脸羡慕。

安东尼则开心地继续飙车前行。

布洛尔先生乘坐了一列从普利茅斯开出的慢车。车厢里，只有他和一位视力模糊的老海员。现在，老海员已经低着头进入梦乡。

布洛尔拿出一个小本子，一边自言自语一边写起来：

“这群人，有埃米莉·布伦特、维拉·克莱索恩、医生阿姆斯特朗、安东尼·马斯顿、法官瓦格雷夫、菲利普·隆巴德、麦克阿瑟将军，罗杰斯先生和罗杰斯太太，这一对是男管家和他的妻子。”

他合上本子，放回衣服口袋，看看坐在角落里酣睡的老海员，仔细计算一番，才发现，比预计的八个人多出了一个人。

布洛尔将每件事都仔细想了想，琢磨道：“这一次的旅行看起来还挺轻松，我的外表看起来也没什么问题，希望没人来找我的麻烦。”

他立刻站起来，将自己在镜子里的形象认真审视一番：他面无表情，两只灰色的眼睛离得很近，那一小撮胡子让他看上去颇有军人之姿。

“我看起来应该像一个少校。哦，不对，我差点忘了，这群人里有一个老兵，他准能一眼就看穿我的伪装。”

布洛尔想到这里，又转念一想：“幸好，我一直在看南非的旅行资料，对南非的情况了如指掌，而这些人好像都不了解南非，如果聊起来，我可以装作对南非特别了解。”

南非的殖民地多种多样，而布洛尔自以为非常了解南非，就算针对这个地方跟别人聊上一阵子，也不会露出什么破绽来。

他打小就明白，士兵岛是一座距离海岸只有一英里远的小岛。这座岛，因为在地图上的形状像士兵的头部而被命名为士兵岛。岛上，有发臭的岩石，成群的海鸥站在岩石上歇脚。

到这座岛盖别墅，这个想法真是太奇怪了！一旦天气变化，情况糟糕得令人傻眼，要不，人们总这样说，百万富翁就是喜欢胡闹！

坐在角落里的老海员醒过来，对布洛尔说：“永远！你永远也摸不准大海的脾气！”

布洛尔附和道：“您说得没错，是永远也摸不准！”

老人打了两个嗝，叹了口气，接着说：“风暴马上要来了！”

“不，不，我觉得天气挺好。”

老海员生气了：“我能感觉到，风暴就在我眼前。”

布洛尔只好安抚老人说：“也许，你说的是真的。”

火车到站，老人颤巍巍地站起来，摸着窗户说：“我要下车了。”

布洛尔帮他一把，老人走到车厢门口处，眨着已经昏花的眼睛，庄重地举起一只手，自言自语道：“一边走一边祈祷吧，审判的期限就在眼前。”

接着，老人走下火车，跌跌撞撞上了站台，他转过身，望着还在车上的布洛尔，神情严肃：“我告诉你，年轻人，审判的期限就在眼前。”

布洛尔走回座位，心想：“对这位老人而言，上帝的审判期限确实比我近得多，的确就在他眼前。”

但是，之后发生的这些事情证明，布洛尔完全想错了……

# 第二章　来到士兵岛

几个人站在橡树桥车站外，表情茫然。他们身后，搬运工们正在搬运他们的行李箱子。其中，一个人喊道“吉姆”！

一个出租车司机走过来，以一口柔和的德文郡口音问道：“你们要去士兵岛吗？”

四个人异口同声地回答“是”，但是说完之后他们立刻用一种怀疑的目光打量起彼此来。

出租车司机见瓦格雷夫法官是这群人里的年长者，便对他说：“先生，我们有两辆出租，不过得留下一辆，等一下从埃克赛特开来的那列慢车。我们要接乘坐那次列车而来的一位先生，最多五分钟，这次列车就会到站。你们哪一位不介意等等这位先生？如果有人愿意等，那么大家可以坐得宽松些。”

维拉想，自己是士兵岛聘请的秘书，便抢先开口应承道：“我留下来等等吧。诸位是不是可以先行一步了？”她说着，看看其他三个人。她的眼神和语气直接透露出自己的职务和身份，还有种命令的意味，就像在学校里，让上网球课的女生遵从她的安排一般。

布伦特小姐客气地道了一声“辛苦你了”，便第一个钻进出租车，司机抽出一只手替她打开车门，随后瓦格雷夫法官也上了车。

隆巴德上校说：“我愿意陪这位小姐一起等。”

维拉介绍道：“您好，我是维拉·克莱索恩。”

“我叫隆巴德，菲利普·隆巴德。”

搬运工忙着将行李搬上车，车里，瓦格雷夫用一种非常绅士的口吻对布伦特小姐说：“今天天气真好！”

布伦特回答：“的确！”

布伦特在心里暗暗思量：“这位老先生看上去很气派，跟我先前在滨海旅馆里经常见到的那些男人完全不一样。这样看来，跟那位奥利弗小姐或者奥利弗夫人结交的人，都是上流人士。"

瓦格雷夫问她："你熟悉这个地方吗？"

"我之前去过康沃尔和托基，至于德文郡，还是第一次来呢。"

"哦，我对这个地方也很陌生。"

第一辆出租车开走了，开第二辆出租车的司机对维拉和隆巴德说："两位，请上车等候吧。"

维拉果断拒绝了："不必了。"

隆巴德微微一笑，建议道："车站那边，有一堵墙正沐浴在阳光里，你想去那里等吗？"

"当然不想去，我好不容易才从拥挤而闷热的火车上下来。"

"的确，大热天坐火车是有点儿不舒服。"

维拉语气淡淡地回应道："我希望天气能够稳定下来，英国的夏天，天气总是变个不停。"

隆巴德没话找话地问："你以前来过这里吗？"

维拉实话实说道："我从没来过这里，其实，我还没见到我的雇主呢。"

"雇主？"

"嗯，我是欧文夫人新聘请的秘书。"

隆巴德心里轻松许多，犹如一块石头落了地，说话的语气也变得轻松多了："哦，我明白了。不过，你不觉得有点奇怪吗？"

维拉笑了笑，回答说："我并不觉得哪里奇怪呀。欧文夫人原先的秘书生病了，所以她向职业介绍所发去电报招聘新秘书，然后职业介绍所推荐了我。"

"原来是这样。只是，万一你来到士兵岛之后，发现自己并不热爱这份工作，又该怎么办呢？"

维拉又微笑着说："这只是一份兼职的暑期工作而已。我已经在一所女子学校长期任职，说点心里话，一想到来士兵岛，我还是有点儿抵触。关于这座岛屿，报纸上议论不断，它真的这么引人注目吗？"

“我不清楚这些，我之前没有来过士兵岛。”

“真的吗？但是欧文一家非常喜欢这里，这座岛到底是什么样子的呢？请给我讲一讲欧文一家吧。”

隆巴德心想：“我该怎么说，是说见过欧文一家子，还是说从没见过？”当下，他灵机一动，煞有介事地转移话题：“别动！维拉，你身上有一只马蜂，它正落在你胳膊上！没事了，马蜂飞走了！”

“谢谢你！今年的马蜂真是太多了！”

“我估计，这是天气闷热导致的。你知道我们等的这个人是谁吗？”

“完全不清楚。”

拖着长音的汽笛声传来，火车已经在站台停靠。一位身材高大的老人从站台走出来，他的头发剪得很短，胡须也修剪得整整齐齐，浑身散发着军人气概。他就是麦克阿瑟将军。

麦克阿瑟的大皮箱似乎挺沉，搬运工搬起来走路都有点儿晃悠。搬运工走过来，朝维拉和隆巴德招手示意。

维拉走过去，做了一番得体的自我介绍：“您好，我是欧文夫人的秘书——维拉·克莱索恩，出租车已经等候您多时了。”说完，她又对麦克阿瑟介绍道：“这位，是隆巴德先生。”

尽管麦克阿瑟那饱经风霜的蓝眼睛已经不复当初神采，但他打量隆巴德的目光依旧十分锐利。仅仅短暂一瞬，他就对隆巴德做出初步判断——这个人长得挺不错，只是有点儿邪气……

维拉、隆巴德和麦克阿瑟坐上出租车。出租车先穿过没有什么生气的橡树桥街道，然后驶入普利茅斯大道，几英里后，转入迂回曲折的乡间小路。小路两旁，生机勃勃，只是道路过于陡峭狭窄。

麦克阿瑟说：“德文郡的这一带，我极不熟悉。我从小在德文郡的东部生活，那地方挨着多尔赛特。”

维拉说：“这儿倒是风景宜人，一片绿野，起伏的山坡和红色的土地，真是可爱极了！”

而隆巴德却挑剔地说："这里就是有点儿闭塞。我喜欢那种空旷的乡村，一眼望去，无边无垠。"

麦克阿瑟将军问他："依我看来，你应该去过不少地方吧？"

隆巴德耸耸肩膀："的确，东奔西走的，去过一些地方。你呢？"

隆巴德嘴上这么说，心里却想着："估计，他下个问题，就该问我第一次世界大战爆发时期，我在干什么。这些老家伙，最爱吹牛。"

不过，麦克阿瑟将军压根儿就没想提及战争这件事。

汽车越过一个陡坡，开往通向斯蒂克尔黑文的公路。公路弯弯曲曲，远远望去，只见海边有一个小村庄，几间茅屋和小渔船零星散落其间。太阳快要落山了，隆巴德他们第一次看见，士兵岛就在海面的正南方向。

维拉格外惊讶："它竟然离海边这么远。"

实在出乎意料！维拉原以为，士兵岛是一个距离海岸较近的小岛，岛上还有一所壮丽的白色别墅。现在，她看到的只是一个类似士兵头部的岛屿模样，岛上遍布粗糙的岩石，连个别墅的影子都没有。她觉得，似乎有一种不祥的气氛笼罩着这座岛屿，令她不寒而栗。

维拉和隆巴德看见，"七星"小旅馆门前，坐着三个人：年迈的法官瓦格雷夫、昂首挺胸的小姐布伦特，还有一个身材魁梧的男人。

这个男人走过来，向法官和布伦特小姐自我介绍道："我们一起去士兵岛，所以我觉得还是等等你们比较合适。自我介绍一下，我是出生在南非的戴维斯。南非是我的故乡，哈哈！"

戴维斯笑得很放松。但是瓦格雷夫却满脸厌恶地看着他，如果他的法庭上发生这一幕，他一定会立刻命令所有旁听人员退席！显然，布伦特小姐也不喜欢从殖民地来的人，她的态度有些冷淡。

戴维斯好心地问维拉和隆巴德："上船之前，你们谁想吃一点儿东西？"

没有人响应他的建议，戴维斯只好竖起一根手指，转过身说："好的。好客的主人和他的夫人正等着我们，我们就不再耽误时间了！"

说这话的时候，戴维斯似乎意识到，他一提起男主人和女主人，就对他们造成了奇怪的影响，这群人里似乎出现了一种怪异的情绪。

戴维斯勾勾手指，一个歪在墙边的男人走了过来。这是弗雷德·纳拉科特，他有着一张饱经风霜的脸，黑眼睛闪烁不定。只要看看他的罗圈腿和走路姿势，就能发现，他是个靠海吃海的人。现在，弗雷德以一口柔和的德文郡口音轻声问道："女士们，先生们，你们准备好了吗？我们的船早就准备好了。有两位先生驱车前来，不知道他们什么时候到达，所以欧文先生吩咐不必等了。"

大家站起来，跟着向导弗雷德走向一座海岸边的小码头。码头上，停靠着一辆摩托小艇。

布伦特说："这船真是太小了。"

弗雷德一个劲儿解释说："小姐，这艘船特别棒！从这儿到普利茅斯，只要开着它，一眨眼工夫就到了，简直棒极了！"

瓦格雷夫刻薄地说："我们这里有不少人呢。"

"先生，就算人数比你们多出一倍，这艘船也装得下。"

隆巴德和气地说："没问题，今天风平浪静，天气很好。"

布伦特对隆巴德的话半信半疑，不过还是被人搀扶着，上了船，其余人也陆陆续续登上摩托艇。直到现在，这群人都还没熟悉起来，彼此猜疑。

弗雷德刚要解开缆绳起航，但在抛锚那一瞬间却停了手。

他看见，一辆跑车，正沿着那又斜又陡的村间小路飞驰而来。这辆车马力十足，外形惹眼，看上去的确非同凡响。暮色中，一个年轻人把控着方向盘，头发随风飘扬，他看起来简直跟北欧传说中的英雄一般，如一位英姿飒爽的天神，哪里是普普通通的凡人！

这个神人，就是安东尼。他按了按汽车喇叭，顷刻，海湾的山石树木之中，响起阵阵回音。

此刻的安东尼，精力充沛，神气至极。此人此景，无比美妙，以致后来，很多人都能清晰地将这一幕回想起来。

弗雷德坐在发动机旁驾驶摩托艇，他想："欧文先生请来的这些客人到底是何方神圣，这帮人看起来真是奇怪。”原本，弗雷德以为，到访的客人都是珠光宝气、气质非凡的上流人士，都穿着高档服装乘船出海。

而这群人，跟罗布森先生举行的派对根本没有可比性。一想到那些跟埃尔默·罗布森先生来往的人，弗雷德不由自主微微一笑：当时，那个派对特别高档，喝的酒全是顶级窖藏！

弗雷德想，他的雇主欧文先生是个怪人。特别滑稽的是，他从来没见过欧文先生，更别提欧文太太了。总之，欧文先生从来不主动露面，莫里斯先生一手替他张罗所有安排，就连酬金也是莫里斯支付。应该做哪些事，怎么做，莫里斯先生安排得井井有条并按时支付酬金。弗雷德猜想，这位欧文先生一定非常另类，要不，报纸上怎么会有那么多关于他的传闻呢，而且，这些传闻似乎还有点道理。

不过，说心里话，弗雷德总以为是大明星加布里埃尔·特尔小姐买下了这座岛屿和别墅。但是，他看看眼前的这些客人，他们当中没有一个人够格当上大明星，因此，他又觉得自己的设想毫无道理。

弗雷德不动声色，一一打量着这群人。

一位是脾气不小的老姑娘。谁要是跟弗雷德赌上一把，他敢说自己一眼就看穿了这位小姐的怪脾气。如果她没有怪脾气，他倒觉得分外惊奇。

一位是气质地道的老军人。

那位年轻姑娘长得倒是挺好看的，不过有点儿平凡，完全没有好莱坞明星那种气质。

那个装腔作势的男人，一看就不是真正意义上的绅士，他一定是做生意蚀了老本。

那个精瘦的男人，面相看上去挺凶狠，一双眼睛滴溜溜转个不停。这种人弗雷德倒是很少见，他认为这个男人极有可能是个拍电影的。

对了，这群人里面还有一位真正的绅士——他就是开着跑车最后来的安东尼！那辆车真是一辆好车！弗雷德从来没有在斯蒂克尔黑文见过这种车，买一辆这样的车，少说也要好几万！只有这位开跑车的人，像在钱堆里长大的富家子弟，绝对有资格参加高端派对！

其实，这都是弗雷德的猜测！有时候，想把一件事弄清楚，反而越来越糊涂。再者，发生在弗雷德眼前的这件事，原本就是件一塌糊涂的糊涂事……

摩托艇在礁石之间颠簸前行，终于能看到别墅了！岩石边缘是一个延伸到海里的斜坡，那栋别墅坐北朝南，从南面可以看得一清二楚。房子并不高，看上去方方正正，富有现代气息，窗户是圆形设计，室内采光非常好。

果然，这栋漂亮的别墅没有让大家失望。

弗雷德关掉马达，驾驶摩托艇驶入岩石间形成的天然港口。

隆巴德突然说："如果赶上坏天气，想从这里上岸就非常困难了。"

弗雷德乐呵呵补充道："要是刮起东南风，谁也别指望能登上士兵岛。有时候，交通能中断一个星期。"

维拉想："对住在岛上的人来说，最麻烦的事就是交通中断。唉，岛上的物资供应真不方便。看来，想当好这个家的秘书，必定格外费心。"

摩托艇在岩石边停靠，弗雷德率先跳下船。隆巴德协助他，扶着其他人下船。随后，弗雷斯将小船牢牢拴在钉在岩石里的环上，带领这群人沿着石阶往前走。

麦克阿瑟将军嘴巴上念叨着："哈哈，这地方真不错呀！"实际，他心里却这样想："这个鬼地方，真该死！"

这群人走过台阶，来到一层露台上，终于长长舒了口气。别墅的大门敞开着，体面的男管家罗杰斯正在门口等待大家。这帮人一看到男管家那副庄重的派头，立刻放心了。此外，这栋别墅的确特别漂亮，站在露台上看风景，优美的海岛风光足以令人心旷神怡。

这位瘦高的男管家，头发已经灰白，他微微弓身走过来，对大家说："请随我来！"

宽敞的餐厅里，已经备好酒席，各种美酒排成几列摆在餐桌上。安东尼一看到这情景，立马神情振奋！刚才，他一路琢磨，还没弄清楚请他来的人在玩什么花样。他尚未明白，巴杰尔这个老东西将他和这帮人请到这里，到底安了什么心。不过，就目前情况来看，这些酒的确不错，就连冰块也准备得很充足。

男管家罗杰斯说了什么？

"各位，很不凑巧！欧文先生有事耽搁了行程，明天才能到。不过，他已经安排好一切，各位的需要应有尽有。现在，请大家各自回房休息，请于八点钟前来用餐。"

罗杰斯管家的夫人——罗杰斯太太带领维拉上了楼，她轻轻推开走廊尽头的一扇门。这是一间讨人喜爱的卧室，卧室的一面窗户面朝大海，另一面窗户则朝东打开。维拉高兴得叫了一声。

罗杰斯太太问她：“小姐，你还有什么需要吗？”

维拉一看，行李早就替她搬进来了，而且还贴心地打开了。卧室的另一边有一间铺满浅蓝色瓷砖的浴室，门正敞开着。她立马说：“暂时没有什么需要。”

“小姐，如果你有什么需要，请拉响铃铛。”

罗杰斯太太的声音听上去单调而乏味，维拉好奇地打量起她来。只见，罗杰斯太太的皮肤白得吓人，如面无血色的幽灵；她将头发全部梳向脑后，一双眼睛格外明亮，正骨碌碌地转个不停；她穿着一身黑衣服，打扮得很是体面。

维拉想：“管家太太看上去战战兢兢，好像都能被自己的影子吓倒！”

对，就是这种感觉，这个女人非常害怕，她看上去，像被恐惧劫持了！只是，她究竟在害怕什么呢?

维拉觉得后脊一阵发凉，她笑了笑，说：“想必你也知道，我是欧文夫人新聘请的秘书。”

“不，小姐，我全然不知。我只清楚你们的名字和居住的房间。”

维拉问：“欧文夫人没有向你提起我吗？”

罗杰斯太太眨眨眼睛回答：“我暂时还没见过欧文夫人，我们也只是比大家早到两天而已。”

维拉想，欧文这家人真是奇怪！她大声问罗杰斯太太：“这里共有几位仆人？”

“小姐，只有我和罗杰斯！”

这栋别墅有八位客人，加上男女主人，共有十人，却只安排了两个人为这么多人服务。维拉想到这儿，不禁皱起眉头。

罗杰斯太太见状，立马说：“我的厨艺很好，我丈夫也是个出色的管家。只不过，我最初也不知道会来这么多客人。”

“你们忙得过来吗？”

“小姐，没问题，我可以的。如果一直都有这么多客人，我想欧文夫人会再请人过来帮忙。”

“那就好！”

罗杰斯太太转身走了。她的脚步轻轻的，没有一点儿声响，如一道影子。

维拉坐在窗边的椅子上，隐隐觉得有些不安。似乎，哪里不太对劲！欧文先生和欧文太太还未露面！罗杰斯太太如同一个幽灵！还有那些客人，看上去非常诡异！这是个奇怪的派对！

维拉想：“我要是见过欧文夫妇就好了！我真希望自己足够了解他们！”

她心神不宁地站起来，在房间里不停地走来走去。

卧室的装修风格很现代，毫无瑕疵。干净明亮的木地板上铺着洁白的地毯，浅色调的墙壁上挂着一面大镜子，镜子四周用灯泡加以装饰。炉壁架设计得简洁又大方，炉壁上方有一块雕刻成狗熊样子的大理石，大理石中间镶嵌着一面款式现代的钟表。钟表旁边，挂着一个发亮的镀烙镜框，镜框里裱着一张巨大的羊皮纸，上面有一首诗。

维拉站在炉前，读起这首诗。原来，这是一首她上幼儿园就学会的歌谣：

十个小士兵，出门去吃饭；一个被呛死，只剩九个兵。

九个小士兵，秉烛来守夜；一个叫不醒，只剩八个兵。

八个小士兵，旅行到德文；一个不愿走，只剩七个兵。

七个小士兵，拿刀去砍柴；一个被砍死，只剩六个兵。

六个小士兵，捅到马蜂窝；一个被蜇死，只剩五个兵。

五个小士兵，全部当律师；一个判死刑，只剩四个兵。

四个小士兵，出海去游玩；一个葬鱼腹，只剩三个兵。

三个小士兵，去逛动物园；一个被熊打，只剩两个兵。

两个小士兵，享受阳光浴；一个被晒死，只剩一个兵。

一个小士兵，孤单冷清清；悬梁上了吊，一个也不剩。

维拉笑了，对呀，这里正是士兵岛呢！

她又走到窗前坐下，望着大海。

目光所及之处，全是茫茫海水，辽阔的海面完全没有尽头，在落日的余晖中，海浪荡起阵阵涟漪。

今天，大海如此平静！但是，有时它又如此凶残，将人拖入海底深渊淹死！

淹死……他已经被淹死了……在海里……淹死了……淹死了……淹死了……

不，维拉不愿回忆……她不愿回想这些！

这一切，已经成为过去……

阿姆斯特朗医生到达士兵岛的时候，太阳快要落山了。在乘船上岛之前，他跟本地的船夫弗雷德聊了一会儿，想打听到一些关于别墅主人的情况。只是，弗雷德似乎什么也不知道。也许，他压根儿就是不愿多说。

于是，阿姆斯特朗只能跟弗雷德聊有关天气和打鱼的事情。

长途旅行实在太累人了！阿姆斯特朗一路对着太阳向西开车，此刻已经双眼生疼。

他太累了！大海能给人带来宁静，正中下怀！他真想给自己放个长假，只是他做不到。并不是他的经济情况不允许，而是他放不下自己的工作。因为，一旦放下，他就会很快被人忘到脑后。不行！既然到了士兵岛，他就得弄出点儿名堂来。

他想："今晚，我就假装再也回不去了，假装已经跟伦敦哈里街[①]以及那里的所有关系，一刀两断！"

士兵岛！似乎蕴藏着某种魔力！光是岛屿的名字，就让人浮想联翩！来到这个与世隔绝的孤岛，自成一个世界。在这个自己的世界里，也许真的永远也回不到原来的地方了！

阿姆斯特朗又想："我还得把自己原先那套过时的生活全部抛弃！"

他美滋滋地盘算起以后的生活，尽管这些终究是徒劳。

直到踏上别墅门前的台阶，他还在对自己微笑。

别墅的露台上，一个老先生正坐在椅子上。阿姆斯特朗一看，觉得这人看起来有些眼熟。这张癞蛤蟆似的脸，这个乌龟一般的脖子，这副弯腰驼背的身姿，这双目光黯淡而无比狡猾的小眼睛，好像在哪里见过！是了，这个人就是法官瓦格雷夫！曾经，阿姆斯特

① 哈里街是名医的聚居地。

朗在他面前出庭做过一次证人。瞧瓦格雷夫这副模样，像从来没睡醒过一般，但是只要提到法律，他的机灵劲儿就上来了。例如，对付陪审团的时候，他能让陪审团按照自己的意思做出裁决。而且，那些原本无法通过的案子，他居然能让陪审团表决通过，并在他指定的日子通过！因此，有人说，瓦格雷夫，就是一个穿着法官服的刽子手！

阿姆斯特朗没想到，居然会在远离尘世的士兵岛遇见瓦格雷夫法官，这真让他觉得不可思议！

瓦格雷夫暗想："我当然记得阿姆斯特朗！在证人席上，我曾见过他。这个人特会装腔作势，那副谨慎小心的模样，夸张至极！医生全是无赖，哈里街的医生更是无赖中的佼佼者！"

他一想到不久前才在哈里街见到这个善于阿谀奉承的医生，不由得觉得恶心。于是，他含糊其词地对阿姆斯特朗说："大厅里备有酒水。"

阿姆斯特朗回答道："我得先跟岛主和他的太太打个招呼，聊表敬意。"

瓦格雷夫闭着眼睛，做出一副神秘兮兮的样子："恐怕这事行不通！"

阿姆斯特朗有些惊讶地问："此话怎讲？"

"这地方特别奇怪，男主人和女主人都不在这儿。"

阿姆斯特朗盯着瓦格雷夫，看了大概一分钟，他以为这个不再说话的老家伙已经睡着了。突然，瓦格雷夫问道："你听过这个人没有？康斯坦丁·卡尔明顿？"

"没有，我没听过。"

"哦，无所谓。这个女人身份模糊，字迹也难以辨认。我在怀疑自己是不是来错了。"

阿姆斯特朗摇摇头，走进屋子。

这时，瓦格雷夫满脑子都在盘算，他想知道这个康斯坦丁·卡尔明顿到底是个什么样的女人。显然，她跟所有女人一样，完全不可靠。

他又想起房子里的这两个女人，一个是嘴巴严实的老小姐，一个是冷冰冰的年轻姑娘。哦，不对，算上管家罗杰斯太太，这儿一共三个女人。罗杰斯太太看上去很奇怪，好像怕得要死。不过，她和她的丈夫倒是一对挺体面的夫妇，服务也挺周到。

罗杰斯走到露台，瓦格雷夫问他："欧文夫妇有没有邀请康斯坦丁·卡尔明顿夫人？"

罗杰斯回答说："先生，我不知道，不清楚。"

瓦格雷夫皱了皱眉，轻声咕哝了一下。他想："这个士兵岛，必定大有文章！"

安东尼正在洗澡，淋着热气腾腾的水，别提多舒服了。开车的时间太长，浑身酸疼，安东尼什么也不愿意多想。他就是个容易被兴趣唤醒的行动派！

他想："既然来了，就安心享受吧！"

洗完澡，刮好胡子，喝点儿鸡尾酒，再吃一顿大餐！

然后呢？

布洛尔先生笨手笨脚地打着领带，他自认为，这一身装扮看上去毫无问题。

没有一个人真诚待他。大家都在彼此试探，你试探我，我试探你。奇怪！好像他们已经知道了……

不过，这个决定权在他手里，他并不打算将事情抖出去。

布洛尔瞥了一眼壁炉架，上方的镜框里有一首童谣，摆在那里倒是挺合适。

他想："我从小就知道这座岛，但是从来没有想过现在会在这里做出那种事。也许，未来无法预知，不过对我来说，这是一件好事！"

麦克阿瑟将军眉头紧皱。

该死！真是见鬼！整个安排，从头到尾，跟他预想的完全不一样！

他得找个机会，离开这里……

摩托艇已经开走了，唉，没办法，只能留在这里。

他敢打赌，隆巴德这个怪人，绝对不是好东西！

隆巴德一听到铃声，便敏捷地走出房间，如一头猎豹，无声地来到楼梯尽头。他看上去挺精神，神采奕奕，确实有点儿像豹子或者一头猛兽。

他很开心，咧嘴笑起来。

一周，对不对？

那他可要在这儿好好享受这一周！

布伦特小姐穿着黑绸衣服，正在卧室里等着享用晚餐。此刻，她嘴唇轻启，喃喃地读着《圣经》：

外邦人已经陷入自己挖掘的坑。他们的脚，被自己暗设的网缠住。耶和华已将自己显明，他已实施审判：恶人已经被自己的恶行缠住。这些忘记神的外邦人，必须回归阴间。

念完之后，布伦特紧闭双唇，将《圣经》合上。她站起来，将一枚苏格兰烟晶宝石别针别到衣服领口上，然后下楼用餐。

## 第三章　审判开始

晚餐即将结束，管家罗杰斯服务周到体贴，大家享受着美酒佳肴，格外尽兴。每一位客人，都心情愉悦，交谈时已经自在许多，彼此间变得熟络起来。

几杯醇美的葡萄酒下肚，瓦格雷夫脸上略有醉意，说的话也越加幽默风趣，阿姆斯特朗和安东尼正津津有味地听着他的高谈阔论；布伦特和麦克阿瑟正在聊他们都认识的几个朋友；维拉向戴维斯咨询南非的情况，关于南非的方方面面，戴维斯对答如流。只有隆巴德一直没说话，他静静地听着这些人的交谈，眯着眼睛，偶尔抬头扫一眼桌子，观察着在座的所有人。

安东尼忽然指了指圆桌中央的玻璃托盘摆着的几个小瓷人，问大家说：“这玩意儿是不是蛮有意思的？这是小兵人玩偶，这里正是士兵岛，我猜主人就是这个意思，用来应景。”

维拉凑上前去，看了看，高兴地说：“没错，正好有十个小兵人！太有趣了！我觉得，这就是那首童谣里说的十个小兵人。我的卧室里，壁炉架上有个镜框，里面就贴着这首童谣。”

隆巴德说："我的卧室里也有。"

"我那儿也有。"

"我那儿也有。"

每个人都把这句话重复了一遍，维拉感叹："真有意思！"

瓦格雷夫小声嘟哝了一句"幼稚"，然后继续喝波尔图酒。

布伦特和维拉你看看我，我看看你，一同站起身走了出去。两人来到客厅的法式落地窗前的露台上，聆听海浪拍打礁石的声音。

布伦特说："这声音真好听。"

维拉的语气听上去很生硬："我很讨厌这种声音。"

布伦特目光诧异地看着她。维拉紧张得满脸通红，旋即平复下来，补充道："我看这地方，要是起风了，就不太舒服了。"

布伦特点点头道："我敢说，一到冬天，住在这栋房子里的人哪儿也不能去，此外，佣人也不愿意一直待在这里。"

维拉低声道："是的，岛主夫妇很难雇到佣人。"

"奥利弗夫人能雇到罗杰斯夫妇真是靠了好运气，罗杰斯太太的厨艺的确出色。"

维拉想："真有意思！上了年纪的人总会记混别人的名字。"她纠正说："是的，我也觉得欧文夫人的运气挺好。"

布伦特从手提包里取出针线，正要刺绣，听到维拉这么说，立刻停下来，疑惑地问她："欧文？你说的是欧文夫人？但是我从来不认识名叫欧文的人。"

维拉愣了一下："可是，明明是——"

她的话还未说完，客厅的门已经开了，男人们走了出来，罗杰斯托着咖啡盘跟在他们后面。

瓦格雷夫走到布伦特身边坐下，阿姆斯特朗走到维拉旁边，安东尼则大步流星走向敞开的窗户边。布洛尔把玩着一尊小铜像，正在研究铜像的奇特衣褶线条，好像要搞清楚这尊铜像是哪个女性人物。麦克阿瑟背对壁炉架站着，精神抖擞，他一边捻着自己的花白小胡子一边暗想——"这顿晚饭真是不错！"隆巴德从桌上的报纸架上挑了一本名为《笨拙》的杂志，靠在墙边，随意翻看。

罗杰斯按照顺序，一一为大家端来咖啡。口感一流的高档咖啡、令人无比满意的晚餐，再加上罗杰斯的优质服务，大家都觉得不虚此行。

八点四十分时，屋子里变得格外宁静。突然，响起一个尖锐刺耳、冷酷无情的声音：

“女士们，先生们，请静一静！”

所有人都觉得惊讶，四下张望，看着对方。到底谁在说话呢？那个清晰洪亮的“声音”接着说：

“你们被人指控，犯下如下罪行：

爱德华·乔治·阿姆斯特朗，1925年3月14号，你造成路易莎·玛丽·克利斯死亡。

埃米莉·卡罗琳·布伦特，你必须对1931年11月5日比阿特丽斯·泰勒的去世承担全责。

威廉·亨利·布洛尔，1928年10月10日，你导致詹姆斯·斯蒂芬·兰道死亡。

维拉·伊丽莎白·克莱索恩，1935年8月11日，你谋杀了西里尔·奥格尔维·汉密尔顿。

菲利普·隆巴德，1932年2月的某一天，你将东非西部的二十一名男子杀害。

约翰·戈登·麦克阿瑟，1917年1月4日，你密谋杀害了你妻子的情人阿瑟·里奇蒙。

安东尼·詹姆斯·马斯顿，你于去年11月14日，将约翰·库姆斯和露西·库姆斯杀害。

托马斯·罗杰斯和埃塞尔·罗杰斯，1929年5月6日，你们夫妇俩害死了詹尼弗·布雷迪。

劳伦斯·约翰·瓦格雷夫，1930年6月10日，你蓄谋杀害了爱德华·塞顿。

监狱的大门已经关闭，现在，你们这些罪人还有话替自己辩解开罪吗？”

“声音”停了。

屋子里，一片死寂。突然，一声巨响，罗杰斯一失手，咖啡托盘掉在了地上！巨大的回声撞击着每个人的心房。这时，客厅外某处，也响起一个尖锐的叫声，随后，又听见“扑通”一声传来。

隆巴德第一个反应过来，他跑到门口，推开门，看见罗杰斯太太倒在地上，冲安东尼喊道："安东尼！"

安东尼赶紧跑过去帮忙，两人将罗杰斯太太扶起来，来到客厅。阿姆斯特朗立刻走过来，帮忙一起将罗杰斯太太抬到沙发上安顿下来，他弯腰查看了一会儿，然后说："她只是晕过去了，没什么大碍，很快就能醒过来。"

隆巴德对罗杰斯说："去拿一些白兰地来！"

罗杰斯脸色惨白，双手发抖，低声答道："好的，先生！"说完，他就走出客厅。

维拉大声喊起来："谁在说话？他在哪里？听声音好像是——"

麦克阿瑟气急败坏地打断维拉："到底怎么回事，谁在跟我们开玩笑？"他气得双手颤抖，肩膀也塌下来，看上去像老了十岁。

跟他们比起来，瓦格雷夫和布伦特看上去相对镇静。布伦特双颊略红，保持着端庄的坐姿，昂首挺胸地坐在那里。瓦格雷夫跟平常一样，缩着脖子随意坐着，挠挠耳朵，东看看西看看，脸上写满了困惑和警觉。

阿姆斯特朗照顾着罗杰斯太太，隆巴德得空插嘴道："那声音听起来，好像就在这间客厅里。"

维拉又喊起来："到底是谁？这人肯定不是我们中的人。"

隆巴德也像瓦格雷夫那样四处张望，他盯着敞开的大门看了一会儿，坚决地摇了摇头。突然，他快速走向壁炉架边那扇通向隔壁房间的门，一把抓住门把手，将门推开走了进去，接着，他满意地喊起来："哦，原来是这样！"

其他人旋即蜂拥而去，仅有布伦特小姐，依然挺直腰板坐在椅子上，纹丝不动。

隔壁房间挨着客厅的那堵墙边，有一张桌子，桌上摆着一台正对着墙面的带着老式喇叭的留声机。隆巴德上前推开留声机喇叭，指了指墙上的几个小孔。这些孔格外细小，如果不仔细看，很难被发现。

隆巴德将留声机调整了一下，把唱针放在唱片上面，那个"声音"立刻响起："你们被人指控，犯下如下罪行——"

维拉喊着："快点关上！快快快！太可怕了！"

隆巴德听从维拉的话，关掉留声机。

阿姆斯特朗松了一口气："这个玩笑开得有失体面，太没有底线了！"

瓦格雷夫用低沉的声音严肃地问："你认为，这仅仅是个玩笑？"

"不然，你以为呢？"阿姆斯特朗瞪他一眼。

瓦格雷夫轻轻指了指嘴唇，然后说："目前，我不发表任何观点。"

安东尼道："我觉得，你们都忽略了关键问题——到底是谁把唱片放上去并打开的？"

瓦格雷夫又低沉地说："是的，我们得查一查。"说完，他走回客厅，其余人也跟着回来了。

布伦特弯着腰，照顾哼哼唧唧的罗杰斯太太。没多会儿，罗杰斯端着一杯白兰地过来，对布伦特说："麻烦你了，现在让我来照顾她吧。埃塞尔，埃塞尔，没事了！你听到我说话了吗？来，你得振作一点。"

罗杰斯太太呼吸急促，眼睛直勾勾地一遍又一遍扫过周围的人，看来，她真的是受到了极大的惊吓！罗杰斯只好不停地对她说："振作点，埃塞尔，没事了，真的没事了！"

阿姆斯特朗也安慰她道："罗杰斯太太，没事了，你只是受到一丁点儿惊吓而已。"

罗杰斯太太问："先生，我晕过去了吗？啊，那个声音，太可怕了，如同末日审判一般……"话还没说完，她的脸色又开始泛青，连眼皮也开始抖动起来。

阿姆斯特朗着急地问："白兰地在哪儿？"

有人连忙递给他，他端起酒杯，附身对罗杰斯太太说："请喝下它。"

罗杰斯太太端起酒杯一饮而尽，微微呛了一下，在酒精的作用下，她的脸终于有了点血色。

罗杰斯说："刚才那个声音，听上去的确让人头晕。我听到之后，也晕了一下，把咖啡盘都摔坏了。这是可恶的诽谤！罪大恶极！我一定要弄个清清楚楚……"

瓦格雷夫咳嗽一声，罗杰斯突然停了下来。一声轻轻的咳嗽居然如同大声断喝，制止了罗杰斯说下去。罗杰斯看看瓦格雷夫，瓦格雷夫又咳了一下，问道："罗杰斯，将唱片放到留声机上的人，是你吗？"

"先生！我不知道唱片的内容！天啊，如果我知道的话，说什么我也不会放的！"

瓦格雷夫语调平静地说："也许，你说的是实话。但是，罗杰斯，我希望你最好将这件事讲得明白些。"

罗杰斯拿出手绢擦着脸上的汗，认真回答："先生，我只是奉命行事。真的！"

“你听从谁的命令？”

“欧文先生。”

“这点你得说清楚，既然你奉行欧文先生的命令，那么他是如何吩咐你的？”

“他叫我把唱片放在留声机上。唱片就在抽屉里，我给大家送咖啡的时候，让我太太打开了留声机。”

瓦格雷夫轻轻说道：“这故事编得还挺像那么回事。”

罗杰斯叫嚷道：“先生，我说的都是实话。我向上帝发誓，我说的句句属实。我之前并不知道唱片的内容，一个字也不知道！唱片上有标题，我以为是一段音乐。”

瓦格雷夫看看隆巴德，问：“唱片上的标题是什么？”

隆巴德突然咧开嘴，露出尖利的牙齿笑笑：“《天鹅绝唱》……”

·

突然，麦克阿瑟叫喊道：“这件事简直荒唐至极！荒唐至极！怎么能任由这个叫欧文的人胡乱指责我们？不管他是谁，我总得给他点颜色瞧瞧——”

布伦特打断他的话，尖刻地说：“他是谁，这才是问题的关键。”

“的确，我们应该先把这个问题搞清楚。罗杰斯，我建议你先送你的妻子回房休息，安顿好她之后，再回客厅。”瓦格雷夫当了很多年的法官，他的话极有威严。

罗杰斯立马照办，阿姆斯特朗前来帮忙，罗杰斯太太浑身无力，只好靠在他们的身上，步履蹒跚地走回卧室。他们走后，安东尼提议说：“各位，要不要喝一杯？我可得喝点什么了。”

隆巴德说：“我也喝一杯！”

安东尼走出客厅，在客厅门口找到酒瓶，小心翼翼地端进来，倒进几个杯子。麦克阿瑟和瓦格雷夫挑了烈性的威士忌，大家都需要一点儿酒精的刺激，只有布伦特小姐，什么酒也不喝，只喝了一杯水。

阿姆斯特朗回到客厅，说：“我给罗杰斯太太服下了镇静剂。这是什么？哦，酒，我也要一杯！”

几位男士又喝了些烈酒，没多会儿，罗杰斯也回来了。客厅变成了临时法庭，瓦格雷夫法官主持审问程序，他首先开口问道：“罗杰斯，我们必须将这件事搞清楚，告诉我，欧文先生到底是谁？”

罗杰斯瞪大眼睛回答：“先生，他是这栋别墅的主人。”

“我知道，你得把你知道的情况告诉我。”

“先生，我没什么好说的，我从来没有见过欧文先生。”

客厅里，立刻出现一阵轻微的骚动。

麦克阿瑟问：“什么意思？从来没见过他？”

“先生，我和我妻子到这座岛还没一个星期。欧文先生写信给普莱茅斯的‘女王职业介绍所’，雇佣了我们。”

布洛尔点点头，主动介绍说：“那家公司开了好些年了。”

瓦格雷夫继续问罗杰斯：“介绍信还在吗？”

“先生，没有了，我没有留下来。”

“那么，照你这样说，欧文先生雇佣你来干活，是通过写信？”

“是的，先生。欧文先生在信上告诉我们，在哪一天到达这座岛。我和太太就按照规定的日期登上士兵岛，到达之后，我们发现一切已经安排妥当，厨房里有很多食品，房子的装饰也很高级，我们只需要将屋子打扫干净就行。”

“然后呢？”瓦格雷夫问道。

“没有然后了。我们都是按照信件上的指示办事，欧文先生吩咐我们收拾房间，迎接客人。昨天下午，他来信说，因临时有事，他和夫人不能赶来了，吩咐我们好好招待客人。关于晚餐、咖啡和唱片的事，他都做了详细的说明。”

“那封信呢，还在吗？”

“先生，在的。”罗杰斯说完，从衣服口袋里掏出一封信，递给瓦格雷夫，然后说：“信的落款地址是丽兹饭店，信上的字全是打印机打出来的。”

布洛尔走过去，将信纸抽出来，从头到尾扫了一遍，轻声说：“用的是皇冠牌打字机打的，这是新款打字机，信纸也是普通的那种，看不出什么问题来，发现不了什么线索。不过，没准儿会有指纹。不过，这也难说。”

瓦格雷夫立刻打量起布洛尔来。

安东尼站在布洛尔身后，探头看了看说：“这签名可真花哨，尤利克·诺尔曼·欧文，挺特别的。”

瓦格雷夫微微震了一下：“安东尼先生，谢谢你。在你的提醒下，我注意到了一个有趣的问题，它真是耐人寻味。”

说完，他拉长脖子，像一只发怒的乌龟那样审视众人道：“我认为，我们应该将各自手上的信息汇总一下，将各自对岛主的了解说出来。我们都是岛主的客人，将被邀请的经历明明白白说出来，这样做对整件事有益。”

大家沉默了一阵子，布伦特下定决心，说道：“这件事的经过的确有些不同寻常。我收到一封信，寄信人大概是两三年前我在某个避暑度假村认识的女人。我认识一个叫奥利弗夫人或者奥尔顿小姐的女人，我猜这封信不是奥尔顿写的，就是奥利弗写的。但是，我完全可以肯定的是，我从来没有见过更没有结交过名叫欧文的人。”

瓦格雷夫问：“你带了那封信来吗？布伦特小姐。”

“带着的，我立刻拿给你看。”

布伦特离开客厅，不一会儿带着信回来，将它递给瓦格雷夫。

随后，维拉也将自己被欧文聘请过来当秘书的事情讲了一遍。

接着，安东尼说：“我的一个好朋友巴杰尔发电报给我，邀请我过来。当时，我觉得挺意外，我以为这个老家伙已经搬家去了挪威，没想到他却请我到士兵岛玩。”

瓦格雷夫点点头，问阿姆斯特朗道：“医生，你呢？”

“我是收到邀请前来就诊的。”

“哦，那你之前认识欧文这个人吗？”

“不认识，他在信里提到了我的一位同行。”

瓦格雷夫说：“哦，肯定是为了让这封信看上去更加可信。我猜，你最近跟这位同行没有什么来往吧？”

“嗯……还真的没有。”

隆巴德盯着布洛尔，突然说：“等一等，我想起——”

瓦格雷夫举起一只手打断他道：“隆巴德先生，我们一个一个来。现在，我们得试图弄清楚大家是怎么聚到一起的。麦克阿瑟将军，你说说看。”

麦克阿瑟捻着胡子，低声说：“这个叫欧文的家伙给我写了一封信，信里提到了我认识的几个老熟人，说他们也要到这里来，他还说这是一封便函，不够隆重，希望我别放在心上。这封信我没有留。”

此刻，隆巴德心乱如麻。说实话？还是说谎话瞒着这些人？隆巴德拿定主意之后说：“我跟麦克阿瑟将军一样，也收到一封信，信里提起了我认识的朋友，我现在肯定是上当了。信件已经被我撕毁。”

瓦格雷夫转向布洛尔，手指轻拍嘴唇，用礼貌客气到令人不安的语气说：“刚才，一个莫名其妙的声音对我们进行了莫须有的指控。现在，我们得理一理思路。不过，在此之前，有个细节我得弄明白：在指控的名单里，有个人叫威廉·亨利·布洛尔。据我所知，我们中间没有一个名叫布洛尔的人，但是戴维斯先生，你的名字也没出现在指控名单里。这一点，你打算如何解释呢？”

布洛尔脸色一沉：“真是倒霉，居然被你识破了。好吧，我承认我不叫戴维斯。”

“那你是威廉·亨利·布洛尔？”

“一点不错。”

隆巴德补充说：“你到这里来，不但用了假名字，我还发现你是一个骗子。你自称来自南非的纳塔尔港，我恰恰对这个地方了如指掌。我敢发誓，你这辈子根本没有到过南非。”

所有人全都看着布洛尔，目光里全是怀疑和愤怒。安东尼不由自主地攥起双手，上前一步，靠近布洛尔：“行啊，你这个笨蛋，你还有什么要解释吗？”

布洛尔抬起头，咬着牙关说：“各位，你们误会了！我的真实身份是刑事侦查局警察，你们看，这是我的证件。我在普莱茅斯有一家侦探事务所，我是受了委托，前来办理公事。欧文先生寄给我一大笔酬金，让我装成普通客人前来参加此次聚会。他把你们所有人的名字都告诉了我，并要求我盯紧你们每一个人。”

瓦格雷夫问：“他有没有告诉你，这样做的原因？”

布洛尔苦着脸说：“就是为了欧文夫人的珠宝！现在，我才不信有欧文这个人，欧文夫人算个鬼！”

瓦格雷夫拍拍自己的嘴唇，镇定地说：“布洛尔，我觉得你说得有道理。罗杰斯的信，签名是尤力克·诺尔曼·欧文！尽管布伦特小姐收到的信签名模糊，但名字还是比较清楚，乌娜·南希！你们注意到没有？每一封邀请的信件，用的都是相同的首字母。尤力克·诺尔曼·欧文、乌娜·南希·欧文，换句话说，每个签名都是U.N欧文，我们只要稍微联想一下就会发现，U.N是UNKNOWN这个词的前面两个字母，这个词的意思就是无名氏！”

维拉叫嚷起来：“荒唐！真是疯了！”

瓦格雷夫点点头说：“我认为，我们每一个人都是被一个疯子邀请来的。说不定，这个疯子还是一个极其危险的杀人狂！”

## 第四章　谁是真正的罪犯

大家都陷入慌张无措中，没有人说话，客厅里一片寂静。过了许久，瓦格雷夫打破沉默，用低沉而清晰的声音说道：“接下来，我想进入下一步的询问。不过，在这之前，我也要做一个陈述申明。”

只见，他拿出一封信，放在桌子上。

“写信人叫康斯坦丁·卡尔明顿，自称是我的一个老朋友。不过，她去了东方，我有很多年没见到她了。这封信的风格倒是跟她以前的书信完全符合：措辞含糊其词，语言前后不连贯。她请我到这里来，跟你们收到的信一样，她也含糊地提起了欧文先生和他的太太。我之所以把这件事说出来，是因为这封信跟其他证据完全吻合。让人疑惑不解的是，不管欧文到底是谁，他能够将我们大家召集来到士兵岛，肯定对我们了如指掌，也耗费不少心思打听了许多跟我们有关的事情。他知道康斯坦丁夫人跟我是朋友，也熟悉她写信的风格。他认识阿姆斯特朗医生的同行，还知道他们的近况。他了解安东尼的朋友的绰号和他这位朋友发电报的习惯。他还清楚布伦特小姐这两年在哪里度假，在哪里认识了哪些人。就连麦克阿瑟将军的老战友，他也知道得一清二楚。这个人，简直无所不知！他根据自己了解掌握的情况，对我们每个人提出了有针对性的指控。”

瓦格雷夫话音刚落，客厅里便掀起一阵喧哗。

麦克阿瑟将军叫喊着："这是诽谤，这是胡说八道！"

维拉也呼吸急促地大叫起来："这个人简直不可理喻！他居心不良！"

罗杰斯气喘吁吁地说："肯定是胡编乱造！我们谁都不会……不会干那种事……"

安东尼咆哮着："我搞不懂，这个混蛋究竟想干吗？"

瓦格雷夫将手高高举起，平息骚动，他一字一顿地分析道：

"我首先说一说这个对我的指控，这位不知名的朋友，说我谋杀了一个名叫爱德华·塞顿的人。这个人，我记得很清楚，1930年6月，他被指控谋杀一位老妇人。在我面前受审时，塞顿凭借自己的三寸不烂之舌打动了评审团。但是，证据真实、确凿，他再能言善辩也无济于事，我秉公执法，就连陪审团后来也认定他有罪，应被判处死刑。后来，塞顿不服判决，提出上诉，但因证据不足，上诉被驳回，之后塞顿就被如期处决了。在大家面前，我把这件事说出来，是想告诉各位，我恪守法官职责，问心无愧，绝对没有任何过错和触犯法律的行为。我判决的塞顿，就是一个铁证如山的杀人犯。"

阿姆斯特朗想起来了，关于塞顿的案子，当时，判决结果一出来，所有人都大吃一惊。审案期间，他在饭店用餐时遇到法律顾问马修斯，马修斯胸有成竹地告诉他："我基本可以肯定，塞顿会无罪释放，证据显示，他没有任何问题。"后来阿姆斯特朗又听到人们议论说："审判法官执意与塞顿作对，他操纵了陪审团，塞顿才会被判死刑。当然，从法律程序上看，这个判决不存在任何问题，但是，说到底，完全是法官公报私仇，蓄意加害塞顿。"

关于这件案子的前后关联，阿姆斯特朗并没有完全弄清楚，他心直口快抢先问道："瓦格雷夫法官，你在审理这桩案子前，不认识塞顿吗？"

瓦格雷夫垂下眼睑，眼神诡异地看着阿姆斯特朗，用冰冷的语气坚决回答道："在审理这桩案子前，我完全不认识塞顿。"

但阿姆斯特朗却在心里暗想："我再清楚不过了，这个老家伙在撒谎！"

维拉哆哆嗦嗦道：

"我愿意主动跟你们说一说关于西里尔·汉密尔顿这个孩子的事情。我负责照顾他，不允许他游泳的时候游得太远，有一天，他趁我不留神，游了好远，我使劲往前游想追上他，但是我已经尽力了，还是没追上他……这件事太可怕了，但这并不是我的错造成的。法官和验尸官对我没有丝毫怀疑，孩子的母亲心地善良，也没有责怪我。但是，这个人，他凭什么这样指控我？对我来说，这太不公平了……”

维拉一时不知道该说什么才好，伤心地哭起来。

麦克阿瑟拍拍维拉的肩膀，安慰她说：“好了，亲爱的，这样诬陷你，当然是不公平的。那家伙是个疯子，他神经错乱，是非不分，胡言乱语。”

随后，他站起来，将腰板挺得直直的，耸着肩膀大声说道：“我们都不要把这个人说的话放在心上。我想说几句，他讲的那些事根本不对……里奇蒙是我的一个副官。有一次，他在执行我派任的侦查行动时，不幸中了敌方埋伏，壮烈牺牲。战争之中，出现这种事在所难免。只是，有一点我必须要向大家说清楚，我非常气愤的是，这个家伙居然污蔑我的夫人。我夫人就如恺撒的妻子一般，她称得上天底下最好的女人。”

这段话说得挺费劲，麦克阿瑟一说完，就赶紧坐下，用颤抖的手捻起胡须。

隆巴德的眼里闪过一丝狡黠，他微微一笑，说道：“关于非洲土著人的事情……是这样的，当时，我们在森林里迷路了，我为了保全自己，便和另外几个人带上所有粮食，跑走了。”

麦克阿瑟严肃地追问：“你居然抛弃自己的部下，让他们在森林里活活饿死？”

隆巴德解释说：“我知道，这样做有点儿不仗义。但是，我说过了，我这样做是为了保全自己的性命！再说了，非洲土著人不像欧洲人这般，他们对待生死问题一向淡漠。”

维拉抬起头，吃惊地看着隆巴德：“所以……你就让他们等死吗？”

隆巴德如同取乐一般，望着维拉道：“是的，我让他们等死。”

安东尼琢磨许久，慢吞吞地说：“我刚才一直在想，约翰·库姆斯和露西·库姆斯，这两个人应该就是我在剑桥附近撞死的那两个孩子。唉，真是倒霉透了。”

瓦格雷夫尖锐地问：“倒霉？是你倒霉还是他们倒霉？”

“我觉得我挺倒霉的，当然，这两个孩子他也挺倒霉。但是，这只是一个意外呀。他们突然从屋子还是别的什么地方冲了出来，撞上我的车。就为这事，我的驾驶证还被吊销一年，倒霉透了！”

阿姆斯特朗气不打一处来，嚷嚷道：“把车开那么快就是不对！像你这样的年轻人，简直就是这个社会的祸害！”

安东尼不屑地耸了耸肩膀：“我开车快不快，这个另当别论！反正，英国的公路，我是不指望了，开车速度根本提不上去。”

他看看四周，在另一张桌子上找到自己的酒杯，跑去倒了一杯加苏打的威士忌，回过头来对大家说：“反正，不管怎么说，这只是一场意外，这事可不能怪我！”

罗杰斯搓了搓双手，舔舔发干的嘴唇，清清嗓子，毕恭毕敬地说道：“先生们，我可以说两句吗？刚才的指控，提到了我和我太太以及布雷迪小姐。我敢保证，这人说的话，没有一句是真的。布雷迪小姐一直体弱多病，从我们开始照顾她时，她的身体状况就不太好。出事那天，刮起了大风，布雷迪小姐突然犯病，碰巧电话线坏了，我只好一路走着去把医生请来。可惜，医生到的时候太晚了，尽管我和我太太想尽了办法救布雷迪小姐，她还是离开了这个人世。不管是谁，都会说我们夫妇对布雷迪小姐忠心耿耿，从来没有人因为这件事指控过我们。”

罗杰斯格外紧张，嘴唇干涩，眼睛里全是惊恐。隆巴德看着他，回想起他刚才失手打翻咖啡盘的一幕，默默问他道：“真的是这样吗？”

已经恢复真实身份的布洛尔，盛气凌人地说道：“那布雷迪老太太去世后，你们夫妻俩捞到不少好处，对吗？”

罗杰斯勉强打起精神，语气冷淡地回答：“布雷迪小姐认为我们夫妻二人对她忠心耿耿，又把她照顾得很周到，因此留下一笔遗产给我们。请问，这有什么问题呢？”

隆巴德插嘴道：“布洛尔先生，讲一讲你自己的事情吧。”

“这有什么好说的？”

“那个指控当中，也提到了你的大名！”

布洛尔脸色一沉：“你指的是兰道吗？他参与了一桩抢劫案，抢劫了伦敦商业银行。”

瓦格雷夫惊讶地说：“我想起来了，这桩案子不是我负责审理的，但我对它有些印象。你就是负责那桩案子的警察吗？兰道就是依据你的证词被裁定罪行的。”

布洛尔说：“兰道就是罪犯。毫无疑问，他打昏了银行值夜班的警察，被判刑是自作自受。他被判定为无期徒刑，终生服劳役。由于身体孱弱，一年之后，他死在达特穆尔监狱。”

瓦格雷夫慢慢地说：“你因为办案有功，得到提拔，对吗？”

布洛尔一本正经地回答道：“是的，我得到了提拔，因为，我尽职尽责，秉公办案。”

隆巴德放声大笑：“看来，除了本人，大家都是奉公守法、尽职尽责的优秀公民！那么，阿姆斯特朗，你那个小小的医疗事故又该如何解释呢？你是不是做了什么违法的手术呢！”

布伦特厌恶地瞥了隆巴德一眼，挪得离他远远的。阿姆斯特朗却如同什么也没发生一般，依然保持着好脾气，摇摇头说道：

“关于这件事，我也是一头雾水。唱片里提到的那个人，叫什么来着？克利斯？克洛斯？我很迷茫，我不记得自己接待过的病人里有叫这个名字的人，也不记得她跟哪一起医疗事故有关。当然，也可能是我做过的手术中的某一次，只是我实在记不清楚具体情况了。有些病人送到医院的时候已经不行了，但是只要病人一死，人们就会说这是医生失职造成的。”

他说完，叹口气，心里却想着：“就是那一次，我喝醉了……醉醺醺去了手术台！我的神经被酒精麻痹，双手发抖……没错，我是杀了那个女人，让她变成了可怜的亡魂。要是没喝酒，这种小手术完全不成问题。当然，在场的护士心里有数，只是没人声张。天啊！那一次把我吓坏了，以后我再也不敢酗酒了！但是，这么多年过去了，谁会来翻旧账呢？”

客厅里又安静下来。每个人都打量着布伦特。大家沉默了足足一分钟之后，布伦特才意识到，他们在等她开口说话。她挑起眉毛，说道：“你们都在等我说话吗？我无可奉告。”

瓦格雷夫摸摸自己的下巴，和气地问：“你想保留为自己辩护的权利吗？”

布伦特不客气地回答：“这跟辩护完全无关，我从来不违背自己的良心，也没有做过什么遭人谴责的事。”

房间的气氛有些尴尬，但是布伦特依然不卑不亢地坐着，不为所动。

瓦格雷夫清清嗓子说：“好的，询问到此为止。罗杰斯，除了我们，你和你太太之外，这里没有别人了吗？”

“没有了，先生，我完全肯定。”

瓦格雷夫继续说：“虽然，我尚不清楚这座岛屿的主人让我们聚在这里的真实目的是什么。不过我觉得，至少用正常人的眼光来看，这位主人显然不是正常人，甚至是个危险分子。因此，我建议，我们尽快离开这里，今晚就走！”

罗杰斯说：“各位，很抱歉，岛上没有船。”

“一艘船也没有？那你怎么跟岸上维持联系？”

“每天早上，弗雷德过来，将面包、牛奶、邮件等送过来，听从我们的吩咐。”

瓦格雷夫说：“好，那么明天早上弗雷德一来，我们就走。就这样定了吧。”

大家纷纷赞成，只有安东尼不以为然：“你们是心虚还是有别的原因？至少，我们也应该解开谜题再走。这就像一个探险故事，太刺激了！”

瓦格雷夫挖苦他道：“我这把年纪，是不会跟你享受这种‘刺激’的。”

安东尼微微一笑：“平凡而本分地度过一生，真是一种无奈的行为！犯法又如何？来来来，为犯法干杯！”

说完，他端起酒杯，一饮而尽。也许是喝得太急，他被呛了一下。不，他呛得很厉害，立刻面部抽搐，脸色发紫，嘴巴大口大口喘着粗气，之后，他从椅子上掉下来，摔在地上。酒杯也跟着滚落到一边。

## 第五章　内心的拷问

安东尼死了！

这突如其来的死亡令每个人措手不及，他们屏住呼吸，呆呆地看着已经在地上缩成一团的安东尼。

过了好一阵子，阿姆斯特朗猛地站起来，蹲在安东尼身边，查看起来。随后，他疑惑不解地抬起头，满脸惊恐，喃喃自语道："天啊！他死了！"

其他人没有听清楚，不知道他在念叨什么。

死了？死了？这个小伙子，有着大好年华，怎么一下子就不省人事了呢！这么健壮的年轻人，不应该这样死去——被一杯加了苏打水的威士忌夺走生命。

不，不应该是这样！

阿姆斯特朗凑上去，闻了闻安东尼那已经发青扭曲的嘴唇，又捡起落在地上的酒杯。

麦克阿瑟问："死了？这个小伙子就被这一口酒给呛死了？"

阿姆斯特朗回答："呛死，也可以这么说。总而言之，导致他死亡的原因是窒息。"

说完，他嗅了嗅那只酒杯，伸出一根手指蘸了一点杯中残酒，小心翼翼放进嘴里，用舌尖轻轻舔了一下，顷刻，他脸色大变。

麦克阿瑟说："我从来没听过这种死法，居然就这样呛死了。"

布伦特一字一顿地说："人生无常，祸福难测！"

阿姆斯特朗站起来，解释说："不是这样的。一般来说，人不会因为呛了一下就立即毙命。安东尼的死亡并不是我们通常理解的自然死亡。"

维拉用低得不能再低的声音说道："难道……难道是酒里被放了什么东西？"

阿姆斯特朗点点头："不排除这种可能。这东西看起来像氰化物之类的化学品，我没有闻到氢氰酸那种特殊气味，估计是氰化钾，这种药品发作起来特别快。"

瓦格雷夫严厉地问："安东尼的杯子里有氰化钾？"

"是的。"

阿姆斯特朗说完，走到放酒的桌子边，打开威士忌酒瓶闻了闻，又尝了尝苏打水，然后摇摇头说："这两样东西都没问题。"

隆巴德问："那你的意思是说……难道是安东尼自己将那东西放进去的？"

"看起来就是这样。"阿姆斯特朗疑惑地点点头，显然，他对这个推测并不满意。

布洛尔道："自杀？这也太奇怪了！"

维拉慢慢说道："谁能想到他会自杀？安东尼这么年轻！一副……一副尽情享受生活的样子！傍晚他开车从山坡上下来的时候，那幅场景就像……就像……哎，我真找不到合适的词语来形容！"

其实，大家都知道维拉想说什么：安东尼正值青春年华，无论如何也不会选择自杀。

阿姆斯特朗问："有没有他杀的可能呢？"

每个人都摇摇头，陷入沉思。还有别的可能吗？谁都没动那瓶酒，只有安东尼自己走过去，亲自倒了一杯酒。显而易见，是安东尼自己将氰化钾放进酒杯的。

只是，安东尼为什么要自杀呢？

布洛尔无论如何也想不通，他说："阿姆斯特朗医生，我觉得这事有点不对劲儿，我敢肯定，安东尼绝对不会是那种想自杀的人。"

阿姆斯特朗也说："我同意你的看法。"

目前，大家只能分析到这一步，谁还能说出点什么来呢？

阿姆斯特朗和隆巴德将安东尼的尸体放回安东尼的卧室里，替他盖上一条床单。

他俩下楼的时候，其余人还围成一圈站着。尽管晚上并不太冷，但大家似乎都有点冷得发抖。

布伦特说："我们都各自回房吧，时间不早了。"

当时，已经午夜十二点多，布伦特的建议并没错，只是没有人想离开客厅。大家都觉得，待在一起心里更踏实。

瓦格雷夫说："是啊，回房吧，我们必须得休息了。"

罗杰斯说:“我还没收拾好呢,我得收拾客厅。”

隆巴德随口道:“明天再做吧。”

阿姆斯特朗问罗杰斯:“你太太好些了吧?”

罗杰斯去房间看了一会儿,回来告诉大家:“她睡着了。”

“很好,不要吵醒她。”阿姆斯特朗叮嘱道。

“好的,先生,我先将客厅收拾好,然后检查一下四处的门窗是否完全锁好,之后再去休息。”

罗杰斯说完,穿过客厅,走进餐厅。

其他人也迈着沉重的步伐,陆陆续续往楼上走。

如果这是一栋老房子,地板踩上去嘎吱作响,房间里光线忽明忽暗,墙壁又厚又沉,那么很容易让人觉得毛骨悚然。幸而,这栋房子的装修风格非常时髦,屋子里没有那种黑暗的角落,也没有暗门或者带着密室的墙。这里灯火通明,每件东西都是新的,看上去光鉴照人。屋子里没有机关,这里没有秘密可言,更没有丝毫阴森的气息。

但是,不知道为什么,这栋别墅却弥散着一种恐怖的气息。

大家互相道一声晚安,走回各自的房间,本能地锁上房门。

瓦格雷夫走进色调柔和、装修温馨的卧室,脱衣服准备睡觉。

现在,他满脑子都是爱德华·塞顿。

当然,他清楚地记得,塞顿有一头漂亮的头发,一双蓝眼睛总是无比真诚地看着对方,格外亲切。正是如此,陪审团对他挺有好感。

卢埃林是这桩案子的公诉人,他太急于求成,反而露了马脚。而塞顿的辩护律师马修斯,则表现得非常出色。他的论点简洁有力,在讯问过程中句句打中要害,在应对证人席上的当事人时,也表现得非常完美。

塞顿完全承受住了严格的盘问,他不紧张也不冲动,陪审团也被打动了。马修斯见状,以为大局已定,只等着观众为塞顿无罪获释而欢呼了。

瓦格雷夫想到这儿,将手表上好发条,放到床头。

他还清楚地记得,当时自己坐在法庭上面的感觉。仔细地听着,记着,不放过每一处细节，就算只是一丁点儿能够证明塞顿有犯罪嫌疑的证据，他都全力搜罗。

马修斯的结案陈词一气呵成，而卢埃林的发言根本没有消除陪审团对马修斯的好感。但是，塞顿还是被瓦格雷夫给干掉了，最后被判了刑。

瓦格雷夫回想起这些，眯着眼睛，默默地笑了。他小心翼翼地取下假牙，放进水杯。现在，那干瘪的嘴唇已经凹陷，瓦格雷夫的模样变得冷酷无情，甚至残忍嗜血。

岂料，风湿病又发作了。他只好忍着病痛，呻吟着爬上床，随手将灯关掉。

罗杰斯站在楼下的客厅里，一脸疑惑。

他瞪着桌子中央那一盘小瓷人，咕哝道："奇怪！我发誓，之前是十个小兵人玩偶！"

麦克阿瑟躺在床上，辗转难眠。

黑暗里，他的眼前不断浮现里奇蒙的脸。

他喜欢里奇蒙，就连他的妻子莱斯利也喜欢里奇蒙，原本，妻子的态度令他很高兴。

莱斯利一向令人难以捉摸，很多看上去不错的人，她都嗤之以鼻，称他们为"一个十足的笨蛋"！

但是，莱斯利却很喜欢里奇蒙，她打认识他开始，就跟他处得挺愉快，两人一起讨论戏剧、音乐、电影。她经常跟他开玩笑，逗他开怀。麦克阿瑟由衷地感到高兴，以为两人之间的感情如同母子！该死！他居然以为他们之间是母子之情，居然忘了里奇蒙已经28岁了，而莱斯利仅有29岁。

他一直深爱着莱斯利，对她无比信任，眼前总是浮现她那张桃心脸，那双顾盼生辉的深灰色眼睛，还有那浓密卷曲的褐色头发。当时，远在法国打仗的他度日如年，总是呆呆地坐着思念她，时不时从军装里掏出她的照片看来看去。

但是，后来，他发现了一个秘密！

如同小说里出现的情节，莱斯利同时给他俩写信，却阴差阳错将写给里奇蒙的信装进了寄给丈夫麦克阿瑟的信封里。

时隔多年，他一想起这件事，仍然觉得当时的那种打击，痛彻心扉！

信里写得清清楚楚，莱斯利和里奇蒙之间的丑事持续了很久。每个周末，还有里奇蒙上次休假，他们两个……

莱斯利和里奇蒙！里奇蒙这个家伙真该死！他有着一张该死的笑脸，还有那声该死的回答——“是的，将军”！他就是个偷别人老婆的伪君子！

麦克阿瑟的心变得阴暗，杀意已经开始滋长。

他想尽办法，表现得毫无异常，让自己对待里奇蒙的态度与以往尽量保持一致。

他到底表现得怎么样？反正，里奇蒙丝毫没有发现他的反常举动。那时，他们都远离家乡，偶尔情绪起伏也是正常的事情。只有一个小兵阿米泰奇，小人鬼大，好几次好奇地望着他。

终于，他等来了合适的报仇机会。也许，那时候，小阿米泰奇已经发现了端倪。

他故意命令里奇蒙上前线送死。如果里奇蒙能活着回来，那可真是个奇迹。当然，奇迹并没有出现。的确，麦克阿瑟故意派他去前线送死，并且他毫不愧疚。那时，死亡对于军人而言是再正常不过的事，在他的指挥下，士兵不断派往前线，做出无谓的牺牲。事后，也许有人会这样说：“麦克阿瑟将军当时乱了阵脚，损失了好些部下。”此外，哪里还有人会说些别的什么呢！

但是，阿米泰奇却不这么认为，他看麦克阿瑟的眼神跟别人不一样。也许，那时他已经发现里奇蒙是将军故意派去送命的。

但莱斯利全然不知。麦克阿瑟估计，她肯定为了心上人哭得死去活来。不过，他从前线回到英国的时候，她已经不再伤心，他也没有将此事告诉她。两人继续在一起生活了三四年，只是，莱斯利经常出现魂不守舍的模样，后来还患上了肺炎，不治身亡。

这些事，大概都是十五六年前发生的了。

后来，麦克阿瑟从部队退伍，搬到德文郡，买了一小块地，定居下来。邻居们待他很是有善，他偶尔打猎、钓鱼，每个周末都去教堂做礼拜。只有牧师讲述大卫将乌利亚派往前线送死的那一天，他听后觉得坐立不安。

定居在德文郡的日子，一开始很平静，大家对他礼貌有加。只是，后来，他越发不安，总觉得有人在背后议论他，甚至他觉得别人看他的眼神多多少少有些不对劲。好像，他们似乎听见了什么流言蜚语……

他怀疑，是阿米泰奇说了什么。

从此，他尽量独处，躲着别人。时光飞逝，物是人非，莱斯利和里奇蒙已经去世多年，这些陈年旧事，还会滋生出什么新麻烦来！

不过，他一直孤单地生活着，尽量躲避着部队里的老战友。他总是担心，万一阿米泰奇说了什么，别人就什么都知道了。

然而，今天晚上，一个神秘的声音揭穿了他多年来埋藏在心底的秘密。

在大家面前的表现对不对？咬紧牙关不松口，通过愤慨的情绪将自己的心虚和惊慌掩饰过去，行得通吗？

麦克阿瑟不太清楚。

不过，谁也不会将这个指控信以为真。这种罪名，完全是捕风捉影。就拿可爱的维拉来说，那个“声音”指控她淹死了一个小孩，简直就是信口雌黄！

至于布伦特小姐，就是他的部队里朋友老汤姆的侄女。明眼人一看就知道，她是个虔诚的宗教徒，简直就是牧师的羔羊！

那该死的怪声！绝对是一个疯子！

自从来到这里——到底什么时候来到岛上的？啊，该死！今天下午才到这儿，怎么却觉得时间已经过了很长很长？

麦克阿瑟想：“不知道何时才能离开这里。”

明天，摩托艇一来就走！

但是，奇怪的是，此时此刻，他却不想离开了。他不想回到对岸，回到那个小房间，回到诸多的麻烦之中。此刻，海浪拍打着礁石，海风也呼啸地吹起来，这些声音听起来既沉重又响亮！

麦克阿瑟想，这座岛屿的好处就是，可以与世隔绝，谁也别指望独自离开，他们就如万事万物，来到了自己归根的地方。

他发现，自己根本不想从这儿离开。

维拉躺在床上，开着灯，瞪着天花板。

脑海里思绪起伏：“雨果……为什么我觉得，今晚你在我身边，总是看着我？”

雨果，到底在哪里？她不知道，永远也不想知道。他就这样不辞而别，与她失去联系。

要做到不想起他，谈何容易！他就在身边，她没办法不想起，没办法去忘记……

在一望无际的金色沙滩上，心宽体胖的汉密尔顿夫人正在休息，她的孩子西里尔，拉着维拉的手，吵个没完没了。

“维拉小姐，我想游到礁石那边去，你为什么不让我去那里？”

她抬头一看，正好撞上雨果注视她的目光。

当晚，西里尔睡着了。

“维拉小姐，出来散散步吧。”雨果邀请道。

“好的。”

他们走在洒满月光的沙滩上，海风温柔地吹拂着。突然，雨果抱住了她的腰。

“维拉，我爱你，我爱你，你知道吗？”

当然，她是知道的。

“可是，我身无分文，连自己都养不活，没办法向你求婚。说出来你可能不会相信，一连三个月，我都期盼自己一下子变成富人。其实，机会就摆在眼前。我的侄子莫里斯死了三个月后，西里尔才出生。如果西里尔是个女孩……”

如果西里尔是女孩，那么汉密尔顿夫人家的财富就属于雨果。雨果承认，他对这个现实失望至极。

“当然，我并不指望这些。但是，我的确很失望。算了，这是我的命不好。我还是很疼西里尔，他是个讨人喜欢的孩子。”

雨果很疼爱西里尔，无论这个小侄子想玩什么，他都陪着他一起玩。所以，西里尔也很喜欢雨果。

只是，西里尔不是那种特别强壮的孩子。坦白地说，他体弱多病……

然后……

“维拉小姐，我为什么不能游到礁石那里？”

西里尔反反复复缠着她问，她已经烦透了。

“西里尔，不行，太远了。”

“可是，维拉小姐……”

维拉从床上起来，走到梳妆台边，服下三片阿司匹林。

她想：“如果我带了真正的安眠药就好了！要是我想自杀，就多吃安眠药，我可不想吃什么氰化物！”

想到这里，她立刻想起了安东尼那张扭曲的脸，不由得打了一个冷战。

她又走到壁炉边，抬头看到镜框里的那首歌谣。

十个小士兵，出门去吃饭；一个被呛死，只剩九个兵。

她忽然想：“太可怕了，正如今晚发生的……”

但是，安东尼为什么要自杀呢?

她可不想自杀，死亡，跟她无关，那只是别人的事情……

## 第六章　消失的小兵人

阿姆斯特朗进入了梦乡……

“手术室闷热难耐，一定是有人把空调温度调得太高了。脸上全是汗水，两手湿漉漉的，差点连手术刀也握不住了。

这把刀，无比锋利，堪称完美，杀起人来易如反掌。我现在不就在杀人吗……

这个女人，原本胖得像一头猪，而现在却瘦如骨柴，还看不清楚她的脸。

要杀的人是谁来着?

不记得了，我去问一下护士。此刻，护士正盯着我看。哦，不，不，不，不能问护士，她已经怀疑我了。

问题是，躺在手术台上的人是谁?

他们真不应该把她的脸盖起来，要能看到她的脸，该有……

太好了！一个年轻的实习医生扯掉了蒙在病人脸上的被单。

布伦特！对，就是她，我要杀死布伦特。这个女人眼神恶毒，嘴巴嗫嚅着在说什么?

“人生无常，祸福难测……”

她正对着我笑。不，护士，别盖住她。我得再看看。对了，我需要麻药。护士，你把乙醚放在哪里了? 哦，用沙托纳迪帕普红酒? 行，这个也可以。

掀开被单，护士！

是他！我早就知道，这人是安东尼。他一脸无情，五官扭曲，但是，他没死，正对着我大笑。手术台都快被他笑得晃动起来了。

“护士，小心点，把他扶好了，扶好了——”

突然，阿姆斯特朗从梦中惊醒。原来，已经天亮了，晨光照进了房间。

罗杰斯弯着腰，脸色苍白地摇晃着他，喊道：“医生——医生——”

阿姆斯特朗完全清醒了，他赶紧坐起来，问道：“出什么事了？”

“医生，是我妻子。天啊，我叫不醒她，怎么叫都没有用！而且，她看上去好像不对劲儿。”

阿姆斯特朗穿上睡衣，跟着罗杰斯来到另一间卧室。

罗杰斯太太安静地躺着，阿姆斯特朗走到床边俯下身子，拿起她的手，又翻看她的眼皮检查起来。好几分钟之后，他才站起来。

罗杰斯舔了舔干涩的嘴唇，小声地问：“她是不是——”

阿姆斯特点了点头：“死了。”

说完，他若有所思地看看罗杰斯，然后走进洗漱间。洗漱完毕之后，他又回到罗杰斯太太的床边。

罗杰斯问：“她会不会是因为心脏病突发……”

“她平时身体状况如何？”

“有风湿病。”

“她最近有没有去看医生？”

罗杰斯瞪大眼睛回答：“医生？我们很多年都没看过医生了。”

“那你为什么觉得她有心脏病？她最近的睡眠状况怎么样？”

罗杰斯双手叠在一起，不安地搓动着，眼睛闪烁不定，嘟囔道：“我太太的睡眠不太好。”

“她有没有通过吃药来改善睡眠状况？”

罗杰斯再一次惊讶地看着阿姆斯特朗：“吃药可以改善睡眠？我没听我太太提起过，她肯定没吃药。”

阿姆斯特朗走向洗漱间，开始查看里面放着的瓶瓶罐罐：洗发露、香水、止泻药、甘油、漱口水、牙膏……

罗杰斯也拉开梳妆台上的抽屉，翻了个遍，也没找到任何安眠药。

随后，他说：“医生，除了你给的药，我太太昨晚没有吃过别的药……”

清晨九点钟，早餐已经准备好的钟声响起，大家陆续起床，等待一起就餐。

麦克阿瑟和瓦格雷夫在露台上一边散步，一边聊一些关于时局方面的事情。

维拉和隆巴德走过别墅后面，站在小岛的最高处，布洛尔也站在那里，朝海岸方向望去。他对维拉和隆巴德说："我一直守在这儿，还没看到摩托艇过来。"

维拉笑了笑，说道："德文郡这个地方，适合睡懒觉，人们做事比较拖拉。"

隆巴德望着大海的另一边，问："你们觉得天气如何？"

布洛尔抬头看看天，答道："我觉得没什么问题。"

隆巴德却无奈地吹了一声口哨，说道："依我看，不到一天就会起风。"

布洛尔问："风暴吗？"

房间里传来钟声，隆巴德说："吃早餐的时间到了。我准备去吃点东西。"

三人沿着斜坡一起走向客厅，布洛尔心事重重，他对隆巴德说："有件事我一直想不通，我昨晚想了整整一晚都没找到答案——那个叫安东尼的小伙子为什么会自杀？"

维拉走在最前面，隆巴德放慢脚步说："布洛尔先生，你有什么疑虑吗？"

"我试图弄清楚他自杀的动机。我觉得，这个小伙子挺有钱的。"

这时，布伦特穿过客厅的落地窗，迎上来问："船来了吗？"

维拉道："没有。"

罗杰斯打开门，让他们进去吃早餐。桌上摆着一大盘咸肉和鸡蛋，还有茶水和咖啡。

布伦特说："罗杰斯今天早上看上去不太对劲儿。"

阿姆斯特朗站在窗前，清清嗓子说："如果今天早晨有什么照顾不周之处，还望大家——哦——谅解。因为，是罗杰斯一个人准备的早餐。罗杰斯太太——哦——她已经没办法再为大家工作了。"

布伦特唐突地问："罗杰斯太太怎么了？"

阿姆斯特朗敷衍道："鸡蛋快凉了，我们还是先吃早餐吧。饭后，我有事情向大家宣布。"

于是，大家各自取餐，开始吃饭。每个人都心照不宣，不提有关岛上的事，只是随便聊聊天，说说国内外的新闻、体育比赛、尼斯湖水怪之类的事情。

早餐之后，罗杰斯撤走餐具，阿姆斯特朗往后挪了一下椅子，正色道："我现在向大家宣布一个不幸的消息，昨天晚上，罗杰斯太太在睡梦中去世了。"

随之，响起一声惊叫。

维拉大叫起来："简直太可怕了！我们到这儿之后，就死了两个人！"

瓦格雷夫眯着眼睛，用低沉而清晰的声音说道："这件事的确令人震惊！那么，她是怎么死的呢？"

阿姆斯特朗无奈地耸耸肩膀："暂时还说不清楚，我现在也没办法给出结论，毕竟我不太清楚罗杰斯太太的身体状况。"

维拉道："她看上去精神一直很紧张，昨晚又受到惊吓，我猜，有可能是惊吓诱发了心脏病。"

阿姆斯特朗干巴巴地说："的确，罗杰斯太太的心脏是出了问题，它已经停止跳动。但问题的关键是，什么原因导致的。"

布伦特突然说："良心！"

这个词，对每个人来说，真是既干脆又有分量！

阿姆斯特朗朝布伦特转过身去，说："布伦特小姐，你想说什么呢？"

布伦特紧紧绷着嘴唇："你们都听到那个'声音'指控她和罗杰斯，说他们蓄意谋杀了前任主人。我觉得，指控是真的。昨天晚上，你们都看见了，罗杰斯太太听到指控后就吓晕了，罪行被公之于众，她受不了这种惊吓，被吓死了。"

阿姆斯特朗则满腹怀疑地摇摇头："你说的只是一种推测。在查清楚事情真相之前，谁也不能肯定这就是死因。如果说是心脏出了问题——"

布伦特打断他，冷酷地说："说得委婉点，不妨称之为'天意'。"

所有人都吓了一跳。

布洛尔非常不安地说："布伦特小姐，你这个话题也未免扯得太远了。"

布伦特却目光炯炯地看着大家，昂着头说："反正，我相信，一个罪人会因为上帝的震怒而恐惧至死。"

瓦格雷夫摸摸下巴，带着有点讽刺的语气说："亲爱的布伦特小姐，根据我多年工作经验和我对案件的了解，只有我们这些凡夫俗子来执行所谓的天意，处理判决和惩罚。这项工作，充满艰难险阻，没有一条捷径。"

布伦特听了，不以为然地耸耸肩膀。

布洛尔问："昨天晚上罗杰斯太太还吃过什么，喝过什么？"

阿姆斯特朗回答说："什么也没有。罗杰斯说她什么也没吃。"

"一杯水、一杯茶也没喝吗？我敢打赌，她肯定喝过一杯茶，而罗杰斯肯定会说她什么也没吃。"布洛尔语气坚决地说。

隆巴德问他道："这么说，你认为她吃过别的东西？"

布洛尔粗暴地反问说："怎么？不行吗？昨天晚上的指控，我们都听见了。也许这只是无中生有，血口喷人！但是话又说回来，指控也未必全无可能！如果是真的，罗杰斯和他的太太谋杀了前任主人，但是他们一直心安理得。如果是真的，你怎么想——"

维拉低声道："我觉得罗杰斯太太并不心安理得。"

布洛尔不喜欢自己的话被打断，他瞥了维拉一眼，似乎在说"你真是多嘴"，然后继续说道："他们夫妇俩也许觉得没什么危险所以心安理得。但是，昨天晚上，那个不知名的疯子将他们的丑事抖了出来。结果罗杰斯太太被吓坏了。你们注意到没有？她刚苏醒的时候，罗杰斯根本没有表现出一丁点儿作为丈夫的关心，他如热锅上的蚂蚁，着急得不知所措，生怕妻子会说出什么来。

所以，请大家好好想想！他们杀人后成功脱身，但是仍旧担心丑事会被抖出来，那个女人，没有胆量扛过去，十有八九会认罪……这对她丈夫来说，她就是一枚定时炸弹！罗杰斯肯定有着过人的心理素质，甚至在上帝面前撒谎，他都不会脸红。但是，他无法控制自己的妻子，万一妻子受不了良心的谴责说出了真相，他也自身难保。所以，罗杰斯就在妻子的茶水中下了药，让她永远不能说出这个秘密。"

阿姆斯特朗解释道："我检查过，她的床边没有被子，什么都没有。"

布洛尔哼了一声，道："肯定是她一喝完茶，罗杰斯就把被子拿走，洗得干干净净了。"

大家再也不说话，沉默一阵之后，麦克阿瑟说："也许真相就是这样。只是，我难以置信，一个男人竟然会谋害自己的妻子。"

布洛尔嘿嘿一笑："要是这个男人连自己的小命都保不住了，哪里还会念及夫妻之情！"

随后，又是一阵尴尬的沉默。罗杰斯打开门走了进来，扫视着他们，问道："各位还需要吃点什么吗？抱歉，面包不够了，岸上的人还没有把新面包送过来。"

瓦格雷夫挪了一下身子，问道："一般情况下，船什么时候来？"

"大概七点到八点之间，有时候是八点过几分的时候。不知道今天弗雷德干什么去了，如果他生病了，也会派别人送来的。"

隆巴德问："现在几点了？"

"差十分钟到十点，先生。"

隆巴德挑了一下眉毛，不再说话。过了一两分钟，麦克阿瑟对罗杰斯说："刚才，阿姆斯特朗医生将你太太的事告诉我们了，关于你太太的去世，我感到很遗憾。"

罗杰斯低下头，拿起装咸肉的盘子，对麦克阿瑟道了一声"谢谢"，然后走了出去。

客厅又恢复了沉默。

隆巴德站在客厅外的露台上，对布洛尔说："摩托艇——"

布洛尔点点头道："隆巴德，我知道你在想什么事。我也在问自己：船不是应该两个小时前就到了吗？但是，船并没有来，这是为什么呢？我觉得，整个事情联系起来就是一场戏。"

忽然，麦克阿瑟站在他们身后，说："船不会来了。"

布洛尔转过身，若有所思地看着麦克阿瑟："将军，你也这么想吗？"

麦克阿瑟不耐烦地大声说道："我们都盼望船把我们接走，但是这座小岛的主人才是这一切的主宰者。我们谁都不能离开这座岛，这就是我们人生的终点和结局。"

他犹豫了一会儿，又用一种平静的声音说道："这里，才是真正的平静。万物在此终结，不再躲躲藏藏……对，这才是平静。"

麦克阿瑟说完，转过身，踉踉跄跄地走下斜坡，朝着大海的方向走去，一直走到小岛的尽头。那里，有几块伸进海里的礁石。

布洛尔说："瞧，这又是一个心怀鬼胎的人！看来，我们都会被搞成这副鬼样子！"

隆巴德说："布洛尔，我相信你不会变成这样。"

布洛尔笑了笑："想让我丢魂落魄，可没这么简单。隆巴德先生，我相信你也不会变成这样。"

隆巴德道："谢你吉言，我也觉得自己挺好的。"

阿姆斯特朗走到露台上，迟疑地站住了。布洛尔和隆巴德站在他左边，而瓦格雷夫站在他右边，正低着头走来走去。

他想了想，正要朝瓦格雷夫走去，罗杰斯匆匆走过来，对他说："阿姆斯特朗医生，能跟你说句话吗？"

阿姆斯特朗转过身一看，罗杰斯一脸灰白，嘴角抽搐，双手颤抖，此刻，他好像变成了另外一个人，不再是那个镇定的男管家。他跟随这个失魂落魄的管家走进别墅客厅，问道："罗杰斯，你怎么了？镇定点！"

"先生，请随我来。"

阿姆斯特朗跟随罗杰斯来到餐厅，罗杰斯随手关上大门。

"说吧，到底发生什么事了？"

"先生，我有个问题搞不明白，你也许会觉得我是个疯子，会觉得这件事没什么大不了。但是，先生，总得有人跟我解释一下，这件事真的太奇怪了！"

"行了，别说这些没用的话，到底是什么事情？"

罗杰斯咽了咽口水，说道："先生，摆在桌上的小瓷人，本来共有十个。我发誓，一定是十个。"

阿姆斯特说："是十个，昨晚吃饭的时候，大家都数过的。"

罗杰斯靠近他，说道："这就是问题所在！昨天晚上我收拾桌子的时候，只有九个瓷人了，当时我就觉得有点儿奇怪，但我并没多想。今天早上，我摆早餐的时候并没注意这些小瓷人，因为当时我心乱如麻。可是，先生，现在我正要收拾桌子的时候……如果你不信，就自己数一数，先生！只有八个瓷人了！只有八个！这是怎么回事……"

# 第七章　对士兵岛的“会诊”

早餐过后，布伦特叫维拉跟她一起，去小岛的最高处，看看船有没有来。

海风轻拂，海面上泛起层层白色浪花，既看不到出海的渔船，也看不到摩托艇。就连对岸的小村庄斯蒂克尔黑文，也看不清楚，只能看到高处山坡上的一块突兀的岩石。

布伦特说：“昨天送我们到小岛来的那个人，看上去就靠不住。今天上午都这么晚了，他还没来，这也太奇怪了。”

维拉沉默不语，她正努力克制着心里的不安和惊慌，暗暗对自己说：“必须冷静！现在我都有点不像自己了，我不是一直都能很好地控制自己的情绪吗？”

过了好一会儿，维拉终于开口道：“我真想……离开这里，我希望那个人会来接我们。”

布伦特冷静地说：“我敢打赌，我们每个人都想从这儿离开。”

“这里的一切都太诡异了，简直乱成一团。”

布伦特不再搭理维拉，而是自言自语道：“我真后悔，怎么就上了当。当时，只要我稍微动动脑子，就会发现那封信古怪至极。可是，我那时居然没有任何疑虑，全然相信。”

维拉也木然地说：“我也很后悔。”

“我们都太想当然了。”

维拉倒吸一口气，战战兢兢地问布伦特：“刚才，在客厅你说，是罗杰斯夫妇杀害了他们的上一位主人，你真的认为是这样吗？”

布伦特凝望着海的另一边，若有所思地回答道：“我认为就是这样，你怎么看呢？”

“我不敢确定。”

布伦特继续说道：“发生的这一切，证明我的想法是正确的。你还记得吗，当时听到指控，罗杰斯太太晕了过去，罗杰斯也失手摔了咖啡托盘。而且，罗杰斯的解释，听上去就很假。依我看，就是他们杀害了自己的主人。"

维拉道："可是，我看罗杰斯太太的样子，她似乎连自己的影子都害怕。我还没见过像她这样惊慌胆小的女人，我猜，一定是有什么东西无时无刻在折磨着她……"

布伦特小声地说："我记得，我上幼儿园的时候，学校的墙上挂着《圣经》里面的一句话——'罪行终将遭受惩罚'。丝毫不差，罪行终将遭受惩罚！"

维拉站起来："布伦特小姐，那么……这样说来……"

"亲爱的，怎么了？"

"如果说罗杰斯夫妇的罪行是真的，那么针对其他人的指控，难道……难道都是真的？"维拉脑子乱作一团，完全不知道该如何说下去。

布伦特的眉头舒展开来："我明白你的意思。比如说隆巴德先生，他已经承认自己为了活命，留下二十一个人活活饿死。"

维拉道："这些人只不过是土著人——"

布伦特打断她，尖锐地说："黑人也好，白人也罢，都是我们的兄弟。"

维拉心里默念着："黑人是我们的兄弟，黑人是我们的兄弟！上帝啊，我快要疯了，我真想大笑一场，我不知道自己是谁了……"

布伦特沉思了一会儿，继续说道："毫无疑问，有些指控完全是无中生有，极其荒谬！比如，指责瓦格雷夫法官那个，瓦格雷夫不过是尽了法官的职责。还有针对我的指控，纯粹是空穴来风！昨晚，当着那群男人的面，有些话不方便说，我也不想解释。"

维拉听得入神，问道："你有什么话不方便说出口？"

布伦特从容地说："泰勒是我的佣人。但是，她生活很不检点。可惜，我发觉得太晚。她工作很卖力，既爱干净又懂事，我完全看走了眼，对她格外宠爱。后来，我才发现，这一切都是她装出来的，她就是个行为放荡的坏女人！唉，真叫人恶心！那时，我发现她正如人们说的那样——'肚子大了'！但是，她只是皱了皱漂亮的鼻子，对此不屑一顾。她那种反应令我大吃一惊。她的父母非常老实本分，对她的管教也很严厉。有一点我比较满意，她的父母并没有纵容她。"

维拉看着布伦特的眼睛，问："后来呢？又发生了什么事？"

“我可不愿意人们说我包庇一个不守妇道的人，我把她辞退了。”

“后来呢？她后来怎么样？”

“这个被上帝抛弃的女人，自觉罪孽深重，寻了短见，跳河自杀了。”

维拉大惊失色，浑身发抖，呆呆地看着一脸平静的布伦特，用极其微弱的声音问道：“得知她自杀后，你有没有觉得后悔？有没有谴责过自己？”

布伦特坐得端端正正：“我为什么要谴责我自己？”

“如果，如果她是被你的铁石心肠——逼得自杀——”

布伦特打断她，恶狠狠地说：“那是她自作自受，咎由自取！如果她安分守己，规规矩矩，就不会发生这种事！”

说完，她转过身来，面对维拉，一脸的冷酷和自信，毫无愧疚之色。她站立的地方，正是士兵岛的最高处，维拉觉得，眼前的这个矮个子女人，用道德的盔甲将自己包裹得密不透风，令人害怕！

阿姆斯特朗走出客厅，来到露台上。瓦格雷夫坐在椅子上，安静地望着大海。隆巴德和布洛尔站在左边抽着烟，沉默不语。

阿姆斯特朗看着瓦格雷夫，迟疑了一会儿。他需要找一个人，帮自己解开心里的疑团。瓦格雷夫的思维能力，毋庸置疑，既清晰又敏捷。不过，让他犹豫的是，瓦格雷夫年事已高，而他急需一个雷厉风行的年轻人来当自己的帮手。忽然，他有了人选。

“隆巴德先生，可否借一步说话？”

隆巴德很惊讶，但还是答应了阿姆斯特朗。两人一起离开露台，走下斜坡，来到没有人能听得见他们说话的海边。

阿姆斯特朗说：“我们需要做一个会诊。”

隆巴德皱皱眉头：“医生，我对医术毫无研究。”

“不，我的意思是我们得将岛上的情况好好分析一番。坦白地说，眼下的情况，你有什么看法？”

隆巴德想了想：“你的话另有所指，对吗？”

“关于罗杰斯太太的事，你怎么看，你同意布洛尔的看法吗？”

隆巴德吐了一口烟："我觉得布洛尔说得没错。"

阿姆斯特朗松了一口气，看来，隆巴德不是个傻子。

接着，隆巴德分析道："合谋杀死自己的前任主人布雷迪，我觉得对罗杰斯夫妇来说，不是什么难事。你说说，他们具体会怎么做？会不会给那位老太太下了毒？"

阿姆斯特朗慢悠悠地说："也许，比下毒还简单。早上，我问罗杰斯，那位布雷迪到底得了什么病，从他的回答里，我分析，她患的不是疑难杂症，是比较常见的心脏病，发病的时候，需要吸一支亚硝酸异戊酯。如果犯病时不及时用药，则很容易去见上帝。"

隆巴德若有所思地说："原来如此简单，怪不得他们夫妇动了歪念头。"

阿姆斯特朗点点头道："是的，他们不需要准备砒霜一类的毒药，也不用主动犯罪，只要在布雷迪发病时袖手旁观，就能让她毙命。并且，事发当晚，罗杰斯还去请了医生，这样做的目的无非是避开人们的怀疑。"

隆巴德补充道："这样一来，就算有人知道事情真相，也不能把他们怎么样。"

说完，他皱着眉头想了一会儿，说："这样想，事情倒是很清晰了。"

阿姆斯特朗不懂这句话的意思，问："你指的是什么？"

隆巴德道："我的意思是说，我终于明白我们被请到士兵岛来的缘由。有些罪行，是法律的灰色地带，无法通过法律得到约束。罗杰斯夫妇的案子是这样，瓦格雷夫的指控也是这样，这位法官，利用法律杀害了无辜的人。"

阿姆斯特朗急忙问："你觉得他的事是真的？"

隆巴德笑了笑："我相信，是瓦格雷夫杀害了爱德华·塞顿，就如拿着刀血淋淋捅死塞顿一般。但是，瓦格雷夫聪明又狡猾，他穿着法袍，拿着法典，在法庭上宣判了塞顿的处决，真是杀人不见血！你想，按照正常的法律程序，他能给塞顿定罪吗？所以，你说这个叫欧文的人，还有这座士兵岛——"

突然，阿姆斯特朗的脑海里闪电一般划过一个念头：

"在手术台上杀人，也是借刀杀人，却如同在自己家睡觉一般，安全又保险。"

他深吸一口气："我们得把所有的事想个明白，这个人把大家骗到士兵岛，究竟有什么打算？我们不妨想想罗杰斯太太，她为什么死了？到底是罗杰斯害怕事情败露而杀了她，还是她在神志不清的情况下自我了断？"

隆巴德说：“自杀？也有这种可能。只是，如果之前的安东尼没死的话，我们不妨这样设想。但是，这两个人在相距不到十二个小时之内相继自杀，实在难以令人置信。并且，这个叫安东尼的小伙子，腰缠万贯，整天无忧无虑，难道会因为开车撞死了两个孩子就内疚得自杀？无论如何，这个解释完全没有可信度，光是听起来就十分滑稽。就算安东尼是自杀，那么他的毒药又是从哪来的呢？据我所知，没人会在旅行时带着氰化钾，这一点，你比我更清楚。”

阿姆斯特朗说：“正常的人怎么会随身携带氰化钾？除非是用来清理花园里的马蜂窝。”

“这样说来，园丁或者花园的主人有可能随身带着氰化钾。显然，安东尼不是这种人，他不可能有备而来，打算在这里自杀——”

“那就是？”

隆巴德咧嘴一笑：“医生，你为什么非要我来讲这句话？答案不就在你嘴巴里吗？显然，安东尼是被人谋杀的。”

阿姆斯特朗深深吸了一口气，继续问：“这样说，罗杰斯太太是怎么死的呢？”

隆巴德分析道：“如果没有发生罗杰斯太太这件事，就算安东尼这件事疑点重重，我完全相信他是自杀。反过来说，如果安东尼没有自杀，我也相信罗杰斯太太是自杀的。要不是安东尼死得很蹊跷，没准儿我也会觉得罗杰斯太太是被自己的丈夫杀死的，但是，现在接连发生了两桩死亡事件，我们必须找出其中的关联。”

阿姆斯特朗说：“也许，我能告诉你其中的缘由。”

他将罗杰斯告诉他的两个小兵人玩偶失踪的事情转述给隆巴德。

隆巴德问：“是的，我们昨晚吃饭的时候共有十个小兵人，现在，真的只有八个了？”

阿姆斯特朗念起来：

“十个小士兵，出门去吃饭；

一个被呛死，只剩九个兵。

九个小士兵，秉烛来守夜；

一个叫不醒，只剩八个兵。”

两人对视一眼，隆巴德露齿一笑，扔掉手中的烟头：“再也没有比这件事更巧的事情了！活见鬼！昨天晚饭刚吃完，安东尼就呛死了，罗杰斯太太睡着之后，再也没有醒过来。所以，接下来，还有一个小兵人会消失！岛主欧文，就是个神出鬼没的狂徒！”

阿姆斯特朗深吸一口气，略微放松之后，说：“你也这么想？只是，罗杰斯发过誓，说这座岛除了我们和他夫妇二人，再也没有其他人了。”

“罗杰斯说的可能是谎话！”

阿姆斯特朗摇摇头：“我觉得他没有说谎，他怕得要命，都快被吓疯了！”

隆巴德点了点头：“今天上午，不会有船过来接我们了。不难想象，这就是欧文的安排，让士兵岛与世隔绝，直到他了结所有恩怨。”

阿姆斯特朗吓得面无血色：“你说，这个人是个杀人狂魔？”

隆巴德忽然换了一种语气，说道：“不过，这个欧文先生肯定没有想到这一点。说到底，士兵岛就是一块光秃秃的礁石。我们不妨迅速开展行动，彻底搜查这座岛，肯定能马上将这个欧文找出来。”

阿姆斯特朗警告道：“这个人是个危险人物！”

隆巴德哈哈大笑起来：“危险人物？我才不怕，要让我抓住他，我会让他知道，我才是危险人物！我们最好让布洛尔也参与这次搜查，关键时刻他能帮上忙。这件事要秘密进行，不能让女人们知道，麦克阿瑟太老了，瓦格雷夫我们也指望不上，所以，就你、我、布洛尔，我们三个开始这场行动吧。”

# 第八章　寻找欧文先生

两人找到布洛尔，布洛尔也对他们的行动表示赞同："先生们，小兵人玩偶的事，也太邪门了。这事绝不简单！不过我有个问题，目前发生的这些事，你们是不是觉得是这个欧文在暗中操作？我的意思是，昨晚，欧文略施小计，就让安东尼服毒自杀，让罗杰斯被吓得六神无主，杀害了自己的妻子。"

阿姆斯特朗也将对氰化物的分析告诉了布洛尔，关于这一点，布洛尔也很赞同："这一点，我之前是忽略了。随身带着毒药的人并不多见，问题是，毒药是怎么放到安东尼的酒杯里的呢？"

隆巴德道："我也在琢磨这件事。昨晚，安东尼喝了很多酒，他喝了好几杯酒之后，歇了一会儿才喝了最后一杯酒，而那只酒杯就放在桌子上或者别的地方。我记得不清楚了，好像是放在靠着窗户的桌子上面。那个窗户一直敞开着，可能有人偷偷将毒药放进了酒杯里。"

布洛尔不敢相信："那个人居然能躲过我们这么多双眼睛？"

隆巴德冷冷地说："当时，我们都没注意到。"

阿姆斯特朗慢悠悠说道："言之有理！当时，我们都被那个'声音'唬住了，大家吵吵嚷嚷，都在说自己的事情，谁也没有注意到窗户边的事情。我觉得有这个可能。"

布洛尔道："毫无疑问，凶手就是这样行凶的。闲话少说，各位，我们开始行动吧。你们谁带了枪吗？说不定能派上用场。"

隆巴德拍拍口袋："我带了。"

布洛尔眼睛瞪得老大，却用故作轻松的语气问道："你总是随身带着这玩意儿吗？"

隆巴德道："当然。你们也知道，我经常去一些鸟都不肯去的倒霉地方。"

布洛尔道："我明白了。只是，说起倒霉，你应该没有去过比这座岛更倒霉的地方了吧？如果这里真的有一个杀人狂，他肯定是全副武装的。”

阿姆斯特朗咳了几下：“布洛尔，你说的这一点并不完全正确。不是所有的杀人狂看上去都是面目凶狠、全副武装的，有些杀人狂魔，看起来可是又安静又随和。”

布洛尔否定道：“医生，我觉得岛上这位跟你说的不一样。”

三人很快就展开了搜查行动。

小岛的西北方向，面朝海岸，是一面光秃秃的悬崖，直入大海。

其他地方，植物稀少，连一棵树都没有。他们三个人井井有条地进行了地毯式的搜查，将这座小岛翻了个遍，没有放过任何一条奇形怪状的岩石缝隙、任何一处可能通向岩石深处的暗角，但是，他们最终一无所获。

三人绕着海边走着，遇上了独坐远眺的麦克阿瑟。海浪层层叠叠，拍打着礁石，浪花飞溅，看上去无比安宁惬意。麦克阿瑟挺直腰板坐在椅子上，眼睛一直望着海平线，他没有注意到搜查小岛的隆巴德一行人。

麦克阿瑟这种超然物外的态度令布洛尔有些惊讶，他想：“老将军看上去好像着了魔，有点不正常。”

于是，他清清嗓子，打算跟麦克阿瑟好好聊聊：“将军，你真会挑地方，这儿真是太安逸了。”

麦克阿瑟一回头，看见了布洛尔三人，皱起眉头道：“我时日无多了——没时间了！你们走吧，别来打扰我。”

布洛尔客气地说：“将军，我们不想打扰你。只是，我们担心有杀人狂藏在岛上的某个地方，于是便搜查了一圈。”

麦克阿瑟又皱起眉头：“你什么都不懂——你根本什么都不懂，你走吧！”

布洛尔走开了，他对另外两人说：“将军好像有神经病，完全无法交流。”

隆巴德好奇地问：“他说了什么？”

布洛尔耸耸肩膀：“他说他没时间了，让我们不要打扰他。”

阿姆斯特朗皱皱眉头，自言自语起来：“奇怪……”

搜查行动快要结束了，隆巴德他们站在小岛的最高处远眺。海面上没有任何船只，海风吹着，空气里还夹杂着新鲜的海水气味。

隆巴德道：“看不到出海的船只，说明马上会有风暴。这里看不见对岸的村庄，不然我们还可以发个信号求救。”

布洛尔建议：“我们晚上点一堆篝火试试看。”

隆巴德道：“怕就怕这些是早就安排好的。没准，把我们骗上岛的这个人已经跟岸上的人说好，说我们在玩打赌游戏，无论我们发什么信号都不要插手。所以，就是岸上的人看见了，也会以为我们在开玩笑。编个谎话还不容易吗？”

布洛尔有些不相信：“村里的人会相信这些吗？”

隆巴德冷冷地说：“谎话比实话更有说服力！如果有人对村里的人说，别管岛上的事，一个叫欧文的人会神不知鬼不觉地杀光他所有的客人。你觉得，有人会相信吗？”

阿姆斯特道：“我无法相信，但现在——”

“而现在，你完全相信！”隆巴德咬着牙齿说。

布洛尔盯着海面：“会不会有人藏在海里？”

阿姆斯特朗摇摇头：“我看不可能。这边都是悬崖峭壁，藏不住人。”

布洛尔道：“说不定悬崖上有个岩洞呢。要是有船就好了，我们可以划船绕着小岛好好检查一番。”

阿姆斯特道：“要是有船，我们早就在回家的路上了。”

隆巴德突然说道：“我们也可以搜查一下悬崖。这处悬崖的右下方可以藏身，你们找根绳子来，我顺着绳子下去看看。”

布洛尔道：“是有必要去看看，虽然这个想法听起来有些疯狂，我去找绳子来。”说完，布洛尔朝别墅走去。

隆巴德抬头一看，满天都是大块大块的乌云，海风也越刮越厉害，他瞟了一眼阿姆斯特朗：“医生，你倒是很镇定，在想什么呢？”

阿姆斯特朗幽幽地回答：“我在想，老将军麦克阿瑟到底有多疯狂……”

整个上午，维拉都在躲避布伦特，她讨厌布伦特，因为，她让自己觉得恐惧。她只要一看到布伦特，就好像看见一张因溺水而死亡的灰白色死人脸，这张脸曾经美艳到不可方物，而今，它的头发上缠着水草，完全不害怕任何恐吓，也不会有丝毫怜悯。

而布伦特则坐在客厅角落的椅子上，避开风口，如平常一般，安静地织毛衣。

瓦格雷夫坐在露台上的一把椅子里，几乎要将整个脑袋缩到脖子里去。

维拉看着他，就如看着站在被告席上的塞顿。那个人有着一双蓝眼睛，一头好看的头发和一张充满困惑的脸。她似乎看见，瓦格雷夫戴着法官帽，正在宣读对塞顿的判决。

过了一会儿，维拉来到海边，在小路的尽头，看见麦克阿瑟坐在那里，呆呆地望着海天交接的地方。

看见维拉走近，麦克阿瑟挪了一下身子，转过头来，一脸惊慌而疑惑的表情，他直直地盯着维拉，吓了她一跳。

维拉心想："奇怪！好像他已经知道——"

麦克阿瑟说："你来了！原来是你来了！"

维拉走到他身边坐下："将军，你喜欢坐在这里看大海，对吗？"

麦克阿瑟礼貌地点了点头："这里让我觉得很舒心，我想，这儿是一个等待末日的好地方。你早就知道了，不是吗？我们都在等待末日来临。"

维拉浑身颤抖："什么意思？"

麦克阿瑟严肃地说："命运早已安排，我们当中，没有一个人能活着离开这座岛。其实，你早就明白，但是并不清楚这是一种解脱。当然，你还年轻，没考虑过这个问题。但是，每个人的命运已经开始降临。解脱的时候，你才明白，从此再无负累。有一天，你终究会明白——"

维拉的手指抖动得厉害，她突然有些害怕这个一直待人彬彬有礼的老将军："我根本不明白你的意思。"

麦克阿瑟说："实话跟你说吧，我非常爱我的妻子莱斯利。我爱她……以得到这样一位妻子而感到自豪，她是那么漂亮，那么开朗。也正是因为我爱她，所以我才做了那件事。"

维拉问："你是说——"话刚出口，她又停住了。

麦克阿瑟平静地点点头，接着说道："事到如今，一切都要结束了，不承认也没什么意义。是的，我故意派里奇蒙去送死。我想，这也许就是谋杀。听起来真可笑，我这样守法的人，居然会跟谋杀扯在一起！但是，我不后悔，事后，我常这样告诉自己——‘里奇蒙罪有应得’。但是，后来——”

“后来怎么了？”维拉的声音已经变了。

麦克阿瑟摇摇头，失魂落魄地说：“后来，一切都变了。我不知道，莱斯利有没有发现……应该没有。但是，从此以后，我再也走不到她的心里去，我们渐渐疏远。再后来，她去世了，只剩我孤身一人——孩子，末日来临时，你也会觉得欣慰。”

维拉站起来，尖锐地说：“我不明白你在说什么。”

“孩子，我明白，我明白——”

“你不明白，你什么都不明白！”

麦克阿瑟转过身，就如没有发觉维拉站在身后一样，他温柔地呼唤着：“莱斯利……”

布洛尔带着绳子回来时，看见阿姆斯特朗正朝水下张望。

“隆巴德呢？”

阿姆斯特朗漫不经心地回答道：“他去证实自己的某些想法去了，一会儿就回来。布洛尔，我有些担心。”

“照我说，我们每个人都在担心。”

阿姆斯特朗不耐烦地摆摆手：“我不是这个意思，我在琢磨麦克阿瑟这人。我们要找一个疯狂的人，你觉得这个人有可能是他吗？”

布洛尔完全不敢相信自己的耳朵：“你是说，麦克阿瑟就是杀人狂？”

阿姆斯特朗道：“原本，我不应该胡乱猜想，至少，不应该在现在这种特殊时候这样说他。并且，我不擅长治疗精神病，也没有跟他深入交流。我的意思是，我还没有从医学的角度来研究他。”

布洛尔说：“要说他是个老糊涂，我挺赞成，但，我不认为——”

“你说的也对。见鬼！一定有人藏在这岛上，隆巴德回来了。”

布洛尔和阿姆斯特朗系好绳子，隆巴德叮嘱道：“我会加倍小心，如果绳子突然拉直，你们要使劲拽住。”

说完，隆巴德开始往下爬。过了一会儿，布洛尔说：“你看，隆巴德的动作，像不像一只猫？”

他的语气有些不同寻常。

阿姆斯特朗道：“我猜，他以前经常爬山。”

两人沉默了一会儿，布洛尔又说道：“总之，我觉得这人不一般，你明白我的意思吗？”

阿姆斯特朗疑惑地问：“这话怎么说？”

布洛尔略略迟疑，然后说：“我不知道具体该怎么来形容，但是，我绝对不会相信他。”

阿姆斯特朗道：“隆巴德就是一个冒险家。”

布洛尔却说：“如果他是冒险家，我敢打赌，他进行的冒险一定见不得人。医生，你是不是也会带着枪？”

阿姆斯特朗瞪着眼睛道：“我可没有！我为什么要带枪？”

“那隆巴德为什么会带枪呢？”

“也许……这是他的习惯？”

布洛尔哼了一声。

突然，绳子绷得很紧，两人使劲拉了一会儿，绳子又松了。

布洛尔接着说道：“人们总是用习惯来解释一些事。如果隆巴德要去一些穷乡僻壤，带上枪，甚至汽油炉、睡袋、臭虫粉一类的东西，都是无可厚非。但是，他到岛上来也带着枪，如果说是习惯问题，恐怕解释不通吧？一般只有小说里的人，才会习惯带着枪到处跑。”

阿姆斯特朗困惑地摇摇头，他跟布洛尔一起，留意着隆巴德的行动。

隆巴德的搜查十分彻底，一会儿之后，他爬到悬崖顶端，抹抹额头上的汗水，说道：“什么也没发现，这座岛，只有房子和悬崖峭壁。”

他们发现，搜查悬崖只是白费力气。

别墅搜查起来很容易。他们先搜查了几间配套的房子，然后搜查主楼。这栋建筑完全是宽阔的敞开式设计，不存在什么暗门和空墙，他们先从楼下搜查，将所有角落都地毯式地翻了一遍，还找出了罗杰斯太太用过的尺子。随后，他们开始上楼搜查卧室。上楼时，他们看见罗杰斯端着一盘鸡尾酒，走向外面的露台。

隆巴德低声说："这个家伙真厉害，发生了这么多事，居然能毫不动摇正常工作。"

阿姆斯特朗用一种赞赏的语气说道："我不得不说，罗杰斯的确称得上一流的管家。"

布洛尔也说："他的太太也是一流的厨师，昨晚那一顿饭——"

随后，他们走进第一间卧室，查看了五分钟又返回楼梯口。这间卧室，没有任何可以藏身的地方。

布洛尔道："这里有一段楼梯。"

阿姆斯特朗补充道："它通往楼下的佣人房。"

布洛尔道："别墅的顶棚下面，一定有一个蓄水池之类的设施，只有这个地方容易藏身。"

就在他们讨论的时候，头上传来一阵轻轻的脚步声。阿姆斯特朗一把抓住布洛尔的胳膊，隆巴德则伸出一根手指，示意他们别出声，并轻声说："安静——听——"

声音又出现了。有人正在楼上轻轻地走动，听上去鬼鬼祟祟的。

阿姆斯特朗低声说："这个声音来自一间卧室，这间卧室放着罗杰斯太太的尸体。"

布洛尔而小声道："是的，那是个最佳藏身之所！谁都不会去那里。现在……别说话。"

他们蹑手蹑脚上了楼，经过卧室外的楼道时，停下了脚步，从门缝传来了吱呀声，的确有人在房间里。

布洛尔道："动手！"

他推开门，阿姆斯特朗和隆巴德跟在他身后。

只见，罗杰斯抱着衣服，站在房间里。看到这个场景，三人完全愣住了。

布洛尔首先打破沉默："不好意思，罗杰斯。刚才，呃——我们听到有人在这儿走动的声响，以为是那个……"他不知道该怎么说下去。

罗杰斯道："对不起，先生们。我刚才在整理东西，打算搬到楼下去住。我选了最小的一个房间，这样做合适吗？"

阿姆斯特道："当然，没问题，你去吧。"

罗杰斯道了一声"谢谢"，双手抱满衣服，下了楼。

阿姆斯特朗走到床边，掀开床单。床上躺着的，是已经死去的罗杰斯太太，她的脸上再也没有恐惧，只有空虚和茫然。

阿姆斯特朗道："要是我带了医学设施来就好了，就能搞清楚她到底吃了什么东西。"

他转过身，对布洛尔和隆巴德说："我们收手吧，我有种预感，我们绝对找不出什么东西来。"

布洛尔一边使劲地扳着墙角边的管道阀门，一边说："罗杰斯的行动太诡异了，刚才我们还看见他在楼下，谁也没有听见他上楼。"

隆巴德道："所以，我们才会误以为其他人在罗杰斯太太的房间里走动。"

阀门打开了，布洛尔率先钻了进去，隆巴德掏出一个手电筒，也钻了进去。

五分钟后，这三个人灰头土脸地站在别墅顶层的楼道口。

他们的身上挂满了蜘蛛网，你看看我，我看看你。显然，这座岛上除了他们八个人之外，再也没有其他人。

## 第九章　凶手就在我们中间

隆巴德慢慢地说道："看来，我们一开始就错了。这只是两起碰巧发生的死亡事件，一切都是我们的臆想和迷信在作怪！"

阿姆斯特朗却认真地说："我是个医生，我知道自杀是怎么回事，我们的推断是有根据的，安东尼那种人，根本不会自杀。"

隆巴德半信半疑地问："也许是意外导致的呢？"

布洛尔根本不相信任何意外，他哼了一声，嘟哝起来："发生这种活见鬼的意外，怎么可能！"

谈话卡在这里。

过了一会儿，布洛尔又说："也许，罗杰斯太太的死，是个意外。"

隆巴德问："意外？什么意外？"

布洛尔满脸通红，略带尴尬地说："医生，罗杰斯太太是吃了你给的药，然后死掉的。"

阿姆斯特朗眼睛瞪得老大："我给的药？你到底想说什么？我给她的只是安全无害的镇静剂。"

"你说清楚点，到底是什么镇静剂？"

"药性缓和的曲砜那，绝无任何副作用。"

布洛尔的脸红得更厉害了："我不想再跟你兜圈子了，我是说……你给的药量超标了。"

阿姆斯特朗怒气冲冲："你到底想说什么？"

"也有这种可能，对不对？万一就是你造成罗杰斯太太的死亡呢？这种事情，你以前也干过。"

阿姆斯特朗话中带刺，冷冷解释道："你的说法太过荒谬，根本不是这回事。哼，你的意思是说，我故意给罗杰斯太太服下剂量超标的药？"

隆巴德劝道："你们都冷静点，别再争了。"

布洛尔阴沉着脸："我只不过随便说说，医生也有可能误诊。"

阿姆斯特朗勉强维持着自己的好脾气："朋友，当医生的人，可经不起你这种猜测。"

布洛尔故意提到："如果那个指控说的是真的，这也不是你第一次误诊了。"

阿姆斯特朗再次怒气冲冲，隆巴德也有些不高兴地对布洛尔说："你为何咄咄逼人？现在这种情况下，我们应该团结一致，攻克难关。你这样诋毁医生，那你怎么解释关于你的做假证指控？"

布洛尔大步上前，双手攥成拳头，粗声粗气道："去你妈的做假证！完全是胡说八道！隆巴德，你有种就把我抓起来。关于你，我也有件事想不明白！像这种平常的社交拜访，你怎么会带一把枪来？"

隆巴德反问道："你想知道吗？你果然看起来不像表面上的那么傻！反正，我早就觉得这里有危险，所以随身带了枪。"

布洛尔疑惑地问："昨天晚上你没有把带枪这件事告诉大家，你这算不算故意隐瞒？"

隆巴德慢吞吞说道："从某种层面上来说，的确如此。你们以为，我也是受邀前来赴宴，其实并非如此。一个名叫莫里斯的犹太商人找到我，说知道我名声在外，善于解决棘手的事情，特地让我来士兵岛处理一件事情，酬金是100金币。"

"然后呢？"布洛尔问。

隆巴德微微一笑："没有然后了。"

阿姆斯特朗道："那个商人对你说的不止这些吧？"

隆巴德道："不，他就说了这么多。他的原话是——'这件事，你到底干不干？'当时，我经济有点紧张，就答应了。"

布洛尔显然不相信："那你昨晚为什么不把这件事告诉大家？"

隆巴德耸耸肩膀："亲爱的朋友，我怎么知道昨晚发生的事是不是就是需要我解决的棘手事件？为了低调行事，我只好编了一个故事。"

阿姆斯特朗道："现在呢，你怎么想？"

隆巴德气呼呼地回答："我现在总算明白了，我们同在一条贼船上，那100个金币，就是引诱我上钩的诱饵。我发誓，我们一定掉进了陷阱！罗杰斯太太死了，安东尼死了，餐桌上的小兵人玩偶不断消失！看起来，欧文的影子无处不在！可是，他到底藏在哪儿？"

这时，楼下传来了就用午餐的钟声。

罗杰斯站在客厅门口，当布洛尔他们三人走下来时，他急忙上前解释道："我准备了冷火腿、冷牛舌、新煮的土豆和奶酪、饼干、水果罐头。希望大家能够满意。"

隆巴德说："听起来还可以。我们是不是快要将岛上的食物吃光了？"

"先生，食物还很多，岛上存储了各式各样的罐头。即使与陆地隔绝一阵子，也能维持下来。"

随后，隆巴德三人走进客厅，罗杰斯跟在他们后面小声嘀咕道："我很担心，弗雷德今天没有来。就像你们说的，我们倒霉透了。"

隆巴德道："的确如此，我们倒霉透顶。"

布伦特小姐一边往客厅走一边整理着一团毛线，她走到餐桌前坐下，说："天气变了，今天风刮得好大，海浪翻涌，如奔腾的白马！"

瓦格雷夫不慌不忙走进来，眼珠子转得飞快，快速将坐在餐桌边的每个人扫视一遍，说："你们忙碌了一上午吧！"

听那口气，似乎有点儿幸灾乐祸。

维拉呼吸急促地跑进来，略有歉意地问："我来晚了，希望大家没有等太久。"

布伦特道："你不是最后一个到的，麦克阿瑟将军还没到呢。"

大家入座后，罗杰斯问："大家是用餐还是等一等将军？"

维拉道："麦克阿瑟一上午都坐在海边，估计听不到就餐的钟声。我发现他今天的精神状态有点糟糕。"

罗杰斯说："那我去找他，通知他回来用午餐。"

阿姆斯特朗立刻站起来："还是我去吧，你们开始用餐吧。"

他刚走出客厅，就听见罗杰斯问道："小姐，你想吃冷火腿还是冷牛舌？"

大家围坐在一起，却找不到合适的话题。一阵狂风袭来，维拉打了一个冷战："马上会有风暴了。"

布洛尔也没话找话地说："昨天，在我搭乘那班从普莱茅斯开出的列车上，一个老海员啰啰唆唆告诉我，风暴很快就要来了。真令人好奇，这些老海员是怎么学会看天气的呢？"

午餐完毕，罗杰斯围着餐桌收拾餐具，突然他拿着餐盘僵立在原地，万分恐惧地说："有人狂奔而来——"

所有人都听见了，别墅外，传来一阵疯狂奔跑的脚步声。不用说，一瞬间，他们全明白了……

每个人都站起来，望着门外。

阿姆斯特朗跑进来，气喘吁吁说道："麦克阿瑟——"

维拉脱口而出："死了！"

"是的，他去世了。"阿姆斯特朗补充道。

所有人你看看我，我看看你，不知道该说什么才好。整栋别墅，陷入死一般的沉寂。

麦克阿瑟的尸体刚抬进来，就下起了暴雨。瓢泼大雨倾泻而来，狂风的怒号一阵高过一阵。

大家都呆呆地站立着，布洛尔和阿姆斯特朗抬着尸体上楼，维拉猛地转身，冲进空荡荡的餐厅。餐桌上的摆放还保持着大家离开时的样子，摆在食架上的甜点分毫未动。维拉看着餐桌，惊呆立在原地。

罗杰斯推门而入，看到维拉后，他惊讶地解释道："小姐，我是来看看——"

维拉用自己都不敢相信的粗嗓门喊道："罗杰斯，你来看看，只剩下七个小兵人了……"

布洛尔和阿姆斯特朗将麦克阿瑟的遗体放在他卧室的床上，阿姆斯特朗检查一番之后下了楼。大家都聚集在客厅里。

布伦特依然在整理毛线，维拉站在窗前看“哗哗”直下的大雨，布洛尔双手撑着膝盖，正襟危坐。隆巴德踱着步子走来走去，瓦格雷夫则在客厅另一端，半眯着眼睛靠在安乐椅上。

阿姆斯特朗走进来时，瓦格雷夫张开眼睛问道：“医生，情况如何？”

阿姆斯特朗面无血色地说道：“将军不是死于心脏病等突发疾病，他是因为后脑遭受救生圈或者其他类似钝器的捶打而生命终止。”

这番话，如一枚投进湖心的石子。瓦格雷夫用他那洪亮的声音问：“你找到凶器没有？”

“没有。”

“你确定自己的分析完全正确？”

“确定。”

问完之后，瓦格雷夫异常平静地说：“现在，我们的处境再清楚不过。”

毋庸置疑，瓦格雷夫现在是这场危局的主持人。整个上午，他坐在露台上，蜷缩在椅子里，尽量克制自己不参加任何活动。现在，他摆出惯有的发号施令的气派，主持起这个“法庭”的审判来。

“先生们，整个上午，我都在观察你们的行动。你们的目的很明显，想通过将士兵岛搜查一遍，找出潜藏的凶手。想必，你们也和我一样认为，安东尼和罗杰斯太太并非自杀，也不是巧合的意外死亡。毫不怀疑地说，对于这个欧文骗我们来带哦这座小岛的目的，大家应该也有了自己的结论。”

布洛尔愤怒地说：“他是精神病！是疯子！”

瓦格雷夫咳了一声：“这一点，毋庸置疑，但是它并不能解决问题。当前，我们最需要解决的问题是，如何自救。”

阿姆斯特朗声音发抖：“我告诉你，这岛上除了我们，就没别人！”

瓦格雷夫摸了摸下巴，冷静分析道：“是的，这里没有别人。今天一早，我就得出了这个结论，原本可以早点告诉你们，免得你们白费力气进行搜查。我有一种强烈的预感，这个名叫欧文先生的人，一定就在这里。他想把逍遥法外的人骗到这座岛上，一个不落地处决。这么一说，问题就很清晰了，欧文先生就是我们中的某个人……”

维拉难以忍受，一边呜咽一边喊道：“不——不——不——”

瓦格雷夫用敏锐的目光看着她：“亲爱的维拉小姐，现在这个问题不容回避。我们处境艰难，我们之中有一个人就是欧文。来到这座小岛的十个人，已经死了三个——安东尼、罗杰斯太太、麦克阿瑟将军。现在只剩下我们七个人了，请允许我发表一下我自己的看法，在我们之中，肯定有一个是欧文。”

说到这里，他停下来，望着所有的人，问道：“我可以认为，大家都默认这个观点吗？”

阿姆斯特朗道：“虽然听起来很离谱，但我觉得你说得很对。”

布洛尔说：“毫无疑问，这个结论是成立的。我有一个绝妙的主意，你们不妨听一听……”

瓦格雷夫用手势制止他，问道：“我们先说这个问题：我想确认，到目前为止，大家对于我们目前的处境是不是怀着同样的想法？”

布伦特一边织毛衣一边说：“你的说法听上去合情合理，我也认为我们当中有一个人是恶魔。”

维拉却用微弱的声音否定道：“我不相信，我不相信——”

瓦格雷夫继续问：“隆巴德先生，你怎么看？”

“我完全同意。”

瓦格雷夫满意地点点头：“好，我们先来分析，找出证据，看看谁最值得怀疑。布洛尔先生，我觉得你好像想说点什么。”

布洛尔紧张地说：“隆巴德昨晚没说实话，他其实带着一把手枪，他自己已经承认了。”

隆巴德无奈地说：“好吧，我再解释一下吧。”于是，他将原委简单地说了一遍。

但是，布洛尔却咬住不放：“你怎么证明自己所说的话，是实话？”

瓦格雷夫咳了一声："我们都可以为自己提供有力证据。我敢这样说，我们之中没有一个人能真正意识到我们的处境到底有多么特殊。目前，我想到一个切实可行的办法，那就是通过分析我们目前的证据，排除自己是欧文的嫌疑。"

阿姆斯特朗立马说："大家都知道，我是医生，你们怀疑我的理由不过是——"

瓦格雷夫又举起手来打断他，用低沉而清晰的声音说道："尊敬的医生，我也是专业的法官，但是，这并不能证明什么。如今这个社会，既有行凶作恶的医生，也有为非作歹的法官和胡作非为的警察。"

隆巴德补充道："不管怎么说，女士们应该排除在外。"

瓦格雷夫眉毛一挑，用法律人士才会有的刻薄语气说道："你是说，杀人犯就不能是女人？"

隆巴德怒气冲冲："我当然不是这个意思，不管怎么说，这里的女士们看上去不太可能……"

瓦格雷夫用嘲讽的语气问阿姆斯特朗："医生，一个女人能有足够的力气将麦克阿瑟将军杀害吗？"

"完全可以，只要有用得顺手的武器，如橡皮棍、铅棍之类的武器。"

"凶手无须耗费很多力气吗？"

"根本不需要。"

瓦格雷夫扭动着乌龟一般的脖子说道："安东尼和罗杰斯太太是被药物毒死，而麦克阿瑟将军的死，一个手无缚鸡之力的女人也能轻松做到。"

维拉怒不可遏地叫起来："我看你是个疯子！"

瓦格雷夫转过头，用冷漠无情的目光注视着维拉。他擅长察言观色，具有一种处变不惊的本领。

维拉心想："他这样看着我，如同将我当成某种标本，而且他还讨厌我！"

瓦格雷夫一字一顿说道："亲爱的小姐，我并不是在说你，请你克制一下自己的情绪。"他又朝布伦特弯腰致歉："我也希望你不要觉得被冒犯了。我认为大家都有嫌疑，谁也不能例外。"

布伦特只顾着织毛衣，她头也不抬，冷冷回答说："凡是了解我的人，如果听说我杀了人，肯定觉得无比荒谬！更别提是一下子杀害了三个人！但是，我们之间，缺乏了解，在现在这种情况下，如果没有充分的证据，谁也不能撇清自己。我还是刚才那句话，我们之中有一个人是恶魔。"

瓦格雷夫道："这样说，我们已经达成了统一意见，不会被一个人的身份或者地位影响自己的判断。"

隆巴德说："罗杰斯是个没脑子的人，况且他妻子死了，他是个受害者，得排除他是杀人凶手的可能。"

瓦格雷夫又挑起眉毛："小伙子，我以前审理过多起妻子被谋杀的案件，结果证明，丈夫才是真凶。"

隆巴德道："杀妻不是什么新鲜事，你这话我也同意。只是，这次的事情不是这么简单。如果说罗杰斯是为了担心妻子出卖自己而杀人灭口，或者说他嫌弃她了，想找个年轻姑娘结婚从而杀害了妻子，这些，我完全相信。但是，我不相信他就是欧文，不相信他为了惩罚逍遥法外的人，就先对自己的妻子下手，更何况那桩案子是他们夫妇俩一起干的。"

瓦格雷夫说："道听途说不能当证据。我们并不知道他们夫妇二人是否合谋杀害了自己的主人，有可能这个指控纯属伪造，目的是为了让罗杰斯夫妇的处境显得跟我们完全一样。昨天晚上，罗杰斯太太恐惧晕倒的原因，说不定就是因为她发现自己的丈夫已经完全疯了。"

隆巴德只好同意了："好吧，我就听你说的，欧文就在我们中间，谁也脱不了干系。"

瓦格雷夫解释说："我的意思是，我们要用事实来做排除法，而不是因为一个人的品行、身份等因素就排除这个人的嫌疑。好了，我们开始吧。简单地说，我们当中，有谁完全没有机会对安东尼下毒，完全没有机会给罗杰斯太太服用剂量超标的安眠药，完全没有机会捶死麦克阿瑟将军？"

布洛尔一直阴沉的脸突然放晴了，他附身说道："法官，就用这个办法！我看，安东尼的死，没什么好查的了。之前有人说过，在他最后一次往酒杯里倒酒之前，可能有人从窗外朝他的酒杯里悄悄投毒，而且，如果是当时餐厅里的人下毒的话，会更加方便。

我不记得罗杰斯当时是不是也在餐厅里，反正目前我们所有人，都有可能下毒。接下来说说罗杰斯太太。当时，扶她出去的人是罗杰斯和阿姆斯特朗，他们两个人都能轻而易举地——”

阿姆斯特朗气得浑身发抖，他跳起来打断布洛尔：“我反对！这简直太荒唐了！我发誓，我开给罗杰斯太太的药都是——”

瓦格雷夫那细声细气、尖酸刻薄的声音响起：“阿姆斯特朗医生！”

这声音力道十足，阿姆斯特朗刚说了半句话，立刻打住了话头。

瓦格雷夫继续说道：“你会愤怒，这是再也自然不过的事情。但是，你必须面对事实，你和罗杰斯，都有可能毫不费力地使用过量药物杀死她。好，我们来分析一下当时在场的其他人。我、布洛尔、布伦特、维拉、隆巴德，是否也有投毒的机会？谁能被完全排除在外？我想，一个人都不能。”

维拉生气地说：“你们都可以做证，罗杰斯太太出事的时候，我根本不在她身边！”

瓦格雷夫回忆了一会儿之后说：“根据我的回忆，事情经过大致如此。安东尼和隆巴德将罗杰斯太太抬到沙发上，阿姆斯特朗跑了过去，让罗杰斯去拿白兰地。后来，发生的事，大家都很清楚，我们找到了那个指控我们有罪的声音从何而来。于是，我们都去了那间发现声音的屋子。只有布伦特小姐，待在原地未动，跟晕倒的罗杰斯太太待在客厅。如果我说的这些哪里有纰漏或者错误，还请大家指正。”

布伦特的脸色变得很难堪，她放下毛线说：“真是不可理喻！”

瓦格雷夫继续用冷酷无情的声音说道：“当我们从那间屋子回来时，布伦特小姐正弯腰看着躺在沙发上的罗杰斯太太。”

布伦特反问：“难道对别人的正常怜悯，也是犯罪吗？”

瓦格雷夫说：“我只是在讲述事情发生的经过。之后，罗杰斯端着白兰地酒进了客厅，当然，也有这种可能，是罗杰斯进屋之前就在酒里下了毒。罗杰斯太太喝光了白兰地，随后，罗杰斯和阿姆斯特朗扶着她回到房间躺下，当时，阿姆斯特朗给她服用了镇静剂。”

布洛尔用响亮的声音亢奋地说：“事情的真实经过就是这样。这样一看，瓦格雷夫、隆巴德、维拉还有我，我们几人与罗杰斯太太的死亡毫无牵连。”

瓦格雷夫目光冷冷，看了布洛尔一眼，压低了声音说道：“真的是这样吗？我们必须将每一种涉及罗杰斯太太死亡的可能纳入考虑范围。”

布洛尔眼睛瞪得大大的：“你这话是什么意思？我不懂。”

瓦格雷夫道：“当时，罗杰斯太太服用了阿姆斯特朗开的镇静剂，药物发挥作用时，她神志不清，没办法说话。如果这时候，有人走进去，拿一杯水或者一片药给她，骗她说这是医生吩咐的，让她服下去，罗杰斯太太肯定毫不迟疑照办。”

客厅又陷入一片沉静。布洛尔皱着眉头，心神不定地踱来踱去，隆巴德打破沉默道：“我根本不相信你的说法。再说了，之后又发生了安东尼死亡事件，大家很长时间都没离开这间屋子。”

瓦格雷夫说：“如果后来，大家回到卧室休息后，有人离开卧室去找罗杰斯太太呢？”

隆巴德不赞成：“那时候罗杰斯已经在房间里了。”

阿姆斯特朗突然开口了：“不，那时候，罗杰斯还在楼下收拾餐厅和厨房，可能有人就在那时溜进了房间。”

布伦特问阿姆斯特朗：“医生，你能确定你给罗杰斯太太的药，服下后会睡得比较沉吗？”

“基本上是这样，不过也不一定。每个人的体质不同，对药物的具体反应也有所差异，只有经过几次处方实验，才能得知不同人对药物的具体反应。有的人服用了镇静剂要很长时间后才会有反应。”

隆巴德说：“你的解释不过是照本宣科——”

阿姆斯特朗听到这话，气得一脸阴沉，他正要辩解，却听瓦格雷夫用他那特有的冷酷无情的声音说道：“我们的目的是搞清楚事情真相，任何的辩解和反驳都毫无意义。即使刚才我们讨论的这些情况，发生的可能性都不大，但是我仍然觉得它们都有可能发生。不过，我们也要看看具体的嫌疑人会是谁。如果下毒的人是维拉或者布伦特，罗杰斯太太肯定毫不怀疑，如果是我、布洛尔或者隆巴德，就算罗杰斯太太会觉得有点奇怪，但也不会有所怀疑。”

布洛尔问：“这又能说明什么呢？”

瓦格雷夫用手指敲了敲嘴唇，冷冰冰地继续说："现在，我们来分析麦克阿瑟将军的这起凶杀案，事实已经证明，我们每个人都无法摆脱嫌疑。

麦克阿瑟的死亡时间是今天上午，如果谁有证明自己毫无嫌疑的证据，请照实说出来。至于我自己，我也没有充分的证据证明自己不在场。整个上午，我都坐在露台上思考，研究我们每个人的处境。但是，我必须承认，这个上午的大部分时间里，我周围都没什么人，所以，我也完全有着可能去海边杀死麦克阿瑟之后再回到椅子上。唯一能证明我没有离开露台的人，只有我自己，显然，我的证据不够充分，必须有其他证据才能证明我不是嫌疑人。"

布洛尔道："我上午一直跟阿姆斯特朗和隆巴德在一起，他们都可以为我作证。"

阿姆斯特摇摇头："你去别墅里找过绳子。"

"是的，但是你应该很清楚，我在往返的路上并没耽搁时间。"

"但是你去了很长时间。"

布洛尔涨红了脸："阿姆斯特朗，你这话是什么意思？"

阿姆斯特朗重复道："我只是说你去了很久。"

"你以为绳子很好找到吗？我总要到处找一找。"

瓦格雷夫问："布洛尔离开的时候，医生你跟隆巴德一直在一起吗？"

阿姆斯特朗不高兴地回答："当然！隆巴德走了几分钟，我一直站在原地等他。"

隆巴德微笑着解释道："我只不过走开了一两分钟，想找一个合适的地方，试一试能不能用太阳光的反射向岸边发求救信号。"

阿姆斯特朗点点头："是的，我向你们保证，那么短的时间根本来不及杀人。"

瓦格雷夫问："你们有没有看过表？"

隆巴德回答："我没有戴手表。"

瓦格雷夫平静地下结论道："那一两分钟这个说法并不准确。"

随后，他看看抱着毛线、端坐在椅子上的布伦特，问道："你呢，布伦特小姐？"

"我和维拉一起去了小岛高处的地方，走了一会儿后，我又回到了别墅的露台上晒太阳。"

瓦格雷夫道："我 不记得你在露台上。"

“我坐在朝东的角落里，避开了风向，一直到吃午饭的时候，才离开。”

随后，维拉大声说道：“今天上午，我一直跟布伦特小姐待在一起，我们四处走了走，后来我在海边遇到麦克阿瑟将军，跟他聊了几句。”

瓦格雷夫打断她：“那是什么时候发生的事情？”

维拉有点犹豫地回答：“我不是很清楚，大概是午餐前一个小时，我仔细想想……可能还没有一个小时。”

布洛尔问：“我们之前也跟他聊过，你跟他聊天是在我们之前还是之后？”

维拉有些发抖：“我不知道，麦克阿瑟将军，他有些奇怪。”

“哪里奇怪了？”瓦格雷夫问。

维拉低声回答：“他说，我们都快死了……他说他在等待末日降临。我被他……吓坏了。”

瓦格雷夫点点头，问：“后来呢，你后来做了什么事？”

“我回了房间，午餐时才下楼，后来我到别墅后面去看了看。总之，我一上午都心神不宁。”

瓦格雷夫摸了摸下巴：“不知道罗杰斯能给我们提供什么有价值的证据。”

随后，罗杰斯被叫过来接受审讯。他说，他一上午都在做家务，准备午饭，还给坐在露台上的客人们送去鸡尾酒，然后又将自己的东西从阁楼上搬到另一间屋子。他整个上午忙得没有时间望望窗外，没有发现任何跟麦克阿瑟死亡有关的可疑之处。此外，他发誓，中午吃饭前布置餐桌时，桌上还有八个小兵人。

罗杰斯刚说完，大家都安静了下来。

瓦格雷夫清了清嗓子，隆巴德小声对维拉说：“现在，瓦格雷夫要宣告判决了。”

只听，瓦格雷夫说：“关于这三起死亡事件，我们已经尽力做了质询。尽管有些人的嫌疑可以排除，但是到目前为止，我仍然不能肯定谁跟这三起案件毫无关联。我再一次强调，我确信我们七个人当中有一个人就是精神失常的危险罪犯。但是，在缺乏证据的情况下，我们不能确定这个人是谁。目前，我们要想尽办法跟岸上的人取得联系，寻求救援。然而，从目前的天气情况来看，十之八九没有人来支援我们，所以我们必须采取措施来保证自己的安全。

“因此，我恳请各位，将自己所能想到的任何建议毫无保留地说出来。现在，我必须提醒大家，提高警惕。正是因为我们毫无防备，凶手才可以为所欲为。从现在起，我们的责任就是提防每一个人，做到有备无患。我想说的，就是这些。”

隆巴德小声嘟囔：“现在，宣布休庭……”

## 第十章　谁是披着羊皮的狼

维拉和隆巴德坐在客厅的窗台边。窗外，正下着瓢泼大雨，狂风怒吼，卷着雨水狠狠拍打窗户，仿佛随时会冲进来。

维拉问：“你相信吗？”

隆巴德歪着脑袋想了一会儿：“你是问我瓦格雷夫那个老家伙说的话有没有道理吗？问我凶手是不是就是我们中的某个人？”

维拉回答说：“是。”

隆巴德故意做出一副慢吞吞的样子：“这可难说。从道理上来说，瓦格雷夫讲得没错，但是——”

维拉抢先道：“但是，这一切难以令人相信！”

隆巴德做了个鬼脸：“本来这个说法听上去难以令人置信。但是麦克阿瑟将军的死已经证明，不是所有的死亡都是意外或者自杀导致的，到目前为止的这三起死亡事件，都是谋杀。”

维拉吓得瑟瑟发抖：“这简直就是一场噩梦！我一直以为这种事不可能在我身边发生！”

“维拉，你的看法，我能理解。我们都希望，罗杰斯太太还在，能敲开门帮我们把早餐端进来。”

“唉！如果是这样，该有多好！”

隆巴德一脸阴郁："只是，我们现在就在一场噩梦里。从今天起，我们必须打起十二分的精神来。"

维拉小声地问："如果……我是说如果，凶手真的就在我们这些人当中，你觉得会是谁？"

隆巴德突然咧嘴一笑："我们两个人，你排除在外了吗？也好，我也觉得我们俩没有任何问题。当然，我自己不是凶手，也不会怀疑你就是凶手。你是我见过的最冷静、最沉着的姑娘，我可以为你做证，你的精神绝对是正常的。"

维拉苦笑着，道了一声"谢谢"！

隆巴德调侃道："好吧，维拉小姐，你就不打算礼尚往来，回夸我几句吗？"

维拉迟疑一会儿之后说："我知道，你总是不按常理出牌，肯定不是一个老实人。但是，不管怎么说，我都觉得你不是唱片里那个控诉大家罪行的人。"

隆巴德道："是的，如果我必须要置人于死地，肯定是为了保全自己。这种清算集体罪行的精心计划，绝对不是我的长项。那么，除了我们俩，那剩下的五个人里，谁才是真正的欧文先生呢。虽然，我没有一点儿证据，但是我猜这个人是瓦格雷夫！"

维拉大吃一惊，想了许久才问："你为什么这样说？"

"总之，一两句话很难说清楚。但是，这个人是个久经沙场的老手，在法庭上磨砺了这么多年，审过的案子不计其数。换句话说，他一直握着审判的大权，将别人的生死玩弄在股掌之间，认为自己是在替上帝主持审判。这么多年，他肯定把自己当成了上帝，极有可能某天心血来潮，自以为在替天行道。"

维拉慢慢地说："你说得也对，也有这种可能。"

隆巴德问她："你觉得谁会是凶手？"

维拉脱口而出："阿姆斯特朗。"

隆巴德吹了一声口哨，说道："他？实话跟你说，在我拟定的那份嫌疑人名单里，他排在最后一位！"

维拉摇摇头："也不能这样说！罗杰斯太太和安东尼都是被人投毒致死，这些难道不能证明跟阿姆斯特朗有关吗？此外，你再仔细想想：目前我们唯一能确定的证据就是，他给了罗杰斯太太安眠药。"

这一点，隆巴德倒是同意："这样说，的确也没错。"

维拉继续道："医生下毒，一般人很难发现。并且医生要是精神紧张，也会出现失误。"

隆巴德道："说得有理！不过，我认为，麦克阿瑟的死不是阿姆斯特朗干的。当时，我只是走开了一会儿，他没有足够的作案时间。除非，他的动作比兔子还要快！我觉得，他不可能接受过这种训练，不可能将事情做得这么干净利索！"

维拉说："他也许不是跟你们在一起的时候下手的，他是在另一个时间行凶作案的。"

"什么时候？"

"他主动出去找麦克阿瑟，提醒他回来吃饭的时候。"

隆巴德又吹了一声口哨调侃道："你觉得他在那时候下的手？真是这样的话，他的心理素质可真不一般！"

维拉有些着急地说："这有什么不可能的？我们之中，只有他精通医术，如果是他判断麦克阿瑟已经死亡了一个小时，那别人也没更好的理由来反驳他吧？"

隆巴德看着维拉，若有所思地说："你真聪明，这想法高明极了，恐怕……"

罗杰斯死死地抓住手中的皮革，脸上的肌肉抽动着，问道："布洛尔先生，你觉得谁会是欧文呢？我只想知道，他到底是谁！"

布洛尔说："是啊，这真是个难题！"

"瓦格雷夫法官说，这个人就在我们七个人中间，但究竟是谁呢？谁才是披着羊皮的狼呢？"

布洛尔说："你说的这些，也是我们大家都想知道的。"

罗杰斯故作聪明地问："布洛尔先生，想必你已经知道这个人是谁了，对吗？"

布洛尔慢悠悠地回答："目前，我是有一些猜测，不过要认定这个人是谁，我也不确定。也许我的猜测是错的，如果我猜对了，那么这个人的确是一位高手，是个深藏不露的老狐狸。"

罗杰斯擦着脑门上的冷汗，声音依然沙哑："这真是一场噩梦！"

布洛尔有些好奇地盯着罗杰斯："罗杰斯，你也猜到了那个人是谁了，对吗？"

罗杰斯摇摇头，依然用沙哑的声音说道："我根本不知道这个人是谁。正因如此，我怕得要命！要是我知道……"

阿姆斯特朗万分激动："我们一定要离开这里！不惜任何代价，一定要离开这里！"

瓦格雷夫一边吸烟一边望着窗外，沉思良久之后，他摸了摸拴眼镜的带子，说："我不想夸耀自己的本事，但是我观察天气之后，断定二十四个小时之内，不会有船开往这座小岛。即使岸上的人知道我们现在处境危险愿意赶来救援，也要看看一天之后暴风雨会不会停。"

阿姆斯特朗痛苦地用双手捂住脑袋，垂头丧气地说："难道，在救援还未到来之前，我只能躺在床上等死吗？"

"但愿我们都不会遇到这种情况，目前我们要采取一切措施避免死亡这种事出现。"

阿姆斯特朗忽然冒出一个奇怪的念头：像瓦格雷夫这种法官，求生的欲望远远强于一般年轻人。他从事医生这个行业已经很多年了，非常了解求生欲望这种情况，他比瓦格雷夫年轻二十多岁，但自救的意志却没有这位法官强烈。

瓦格雷夫也想："躺着等死！看来，所有医生都是一个德行，脑子死板，愚笨透顶！"

阿姆斯特朗又说："现在已经死了三个人了。"

"我知道。但是他们都是在猝不及防的情况下送命的，而我们现在却有所提防了。"

但，阿姆斯特朗依然拉着苦瓜脸："我们哪有什么准备？每个人迟早都会被——"

瓦格雷夫打断了他："我想，我们可以做点什么。"

"到底谁才是凶手，我们一点儿线索也没有！"

瓦格雷夫摸摸下巴，压低了声音："我的想法可跟你不一样！"

阿姆斯特朗立即瞪大眼睛："你知道谁是凶手？"

瓦格雷夫保持着一贯的谨慎作风，措辞准确地说："如果要我拿出像在法庭审判必须准备的那种证据，我承认，我没有这种确凿的证据。但是，如果我们将事情发生的前因后果梳理一番，就会发现，有个人的表现太明显了。没错，我觉得他就是凶手。”

阿姆斯特朗将信将疑地盯着瓦格雷夫：“我不懂你的意思。”

布伦特待在自己的卧室里，她拿起《圣经》，走到窗前坐了下来，刚打开又犹豫了一会儿，把书放下来，走到梳妆台边，从抽屉里拿出一个黑色封面的笔记本。

她翻开笔记本，写道：

“这里发生了令人害怕的事情。麦克阿瑟将军被人谋杀了。午饭之后，瓦格雷夫法官召集大家聚在一起，讲了一番极具深意的话。他说，凶手就在我们这群人中间。换句话说，我们之中，有一个人必定是替魔鬼工作的凶手。其实，我早就有这个疑问了。这人到底是谁呢？他们都在心里猜测，答案只有我知道……”

布伦特写到这里，停了下来。她就这样一动不动地坐着，视线渐渐模糊，像喝醉了酒一般，握笔的手晃晃悠悠，于是，她歪歪扭扭地接着写道：

“阿特丽丝·泰勒就是凶手！”

随后，布伦特闭上眼睛休息。

突然，她猛地醒过来，低头一看笔记本，气得把最后一行字全部划掉。她自己问自己道：“这真的是我写的吗？奇怪，我肯定是快疯了……”

暴风雨越发肆虐，狂风在别墅四周一直怒吼。

每个人都坐在客厅里，魂不守舍，偷偷地打量彼此。

罗杰斯端着茶盘走了进来，大家被吓了一跳。他体贴地问：“需要我拉上窗帘吗？这样的话，会舒服点。”

征得大家同意后，罗杰斯拉上窗帘，又打开灯。客厅里的气氛一下子明快了许多，似乎满天密布的愁云已经渐渐飘散，明天，就不再有暴风骤雨。到时候，有人会开着摩托艇到小岛来……

维拉问："布伦特小姐，你需要喝一杯茶吗？"

布伦特拒绝了她的好意："不需要，亲爱的，你自己喝吧。茶壶太沉了，我有两团毛线不见了，真是烦人！"

维拉走到桌子边倒茶。茶杯和茶壶之间的碰撞，发出清脆的声音，听起来让人觉得舒爽，客厅里又飘散着平日里常有的茶香。

"茶！上帝保佑，每天都有下午茶！"隆巴德打趣地说。布洛尔也跟着附和了一句，接着阿姆斯特朗又说了一个笑话。就连不爱喝茶的瓦格雷夫，也端起茶杯细细地品味起来。

客厅里的气氛一下子轻松和谐起来，直到罗杰斯再次走进来。他一脸愁容，神情紧张，语无伦次地问："对不起打扰大家了，请问，哪一位知道浴室的窗帘去了哪里？"

隆巴德猛地一抬头："什么浴室的窗帘？罗杰斯，到底是什么事？"

"先生，窗帘不见了！我正给每扇窗户拉上窗帘，但是浴室里的窗帘不见了。"

瓦格雷夫问："那条窗帘早上的时候还在吗？"

"在的，先生。"

布洛尔道："它是什么颜色的？"

"深红色，正好跟浴室里的红瓷砖相配。"

大家听完之后，面面相觑，不知道该说什么好。

突然，布洛尔大叫起来："简直莫名其妙！不过，我觉得还是算了吧，没必要大惊小怪。凶手还不至于能用窗帘杀人。找不到就别找了，算了。"

罗杰斯说了一声"谢谢"，又随手将门一关，走了出去。

客厅里的气氛，再次变得凝重和愁闷。大家又开始偷偷摸摸地打量起对方来。

晚餐很简单，大部分是罐头食品。大家很快吃好饭，将餐桌收拾干净。

客厅里的气氛沉闷得令人难受，才九点钟，布伦特就站起来说："我先去睡觉了。"

维拉也跟着说："我也回去了。"

两个女人先上了楼，随后隆巴德和布洛尔也走出了客厅。他俩站在楼梯口，看着维拉和布伦特各自回房，关上了门。随后，他们又听到一阵插上插销和钥匙转动的声音。

布洛尔笑起来："这下倒好了，谁也不用提醒她们要锁门了。"

隆巴德道："反正今天晚上她们身上也不会发生什么大事。"

一小时之后，其余人也回房休息了。罗杰斯在楼下的餐厅里，准备着第二天的早餐，他目送大家上了楼，又听见他们站在楼道里交谈的声音。

瓦格雷夫说："想必你们不用再让我提醒了吧，记得锁好门。"

布洛尔道："我们最好在房门背后放一把椅子，顶住房门，若有人从外面将锁撬开，有椅子顶着我们也会有所觉察。"

隆巴德小声嘀咕说："布洛尔先生，你知道得太多了，这个毛病可不好！"

瓦格雷夫严肃地说："晚安！愿我们能平安度过这一晚，再见！"

罗杰斯从餐厅里小跑出来，走上半截楼梯，直到看到他们四个走进房间，听见房门被锁上的声音才默默点点头说："这下没什么问题了。"

他又回到餐厅，将早餐需要的一切准备完毕。随后，他再次扫视了一下放在桌子上的七个小兵人，满脸欣喜地自言自语道："我倒要看看，今天晚上，谁还能玩什么花样。"

罗杰斯穿过房间，锁好通向厨房的门，然后走过客厅，再转身锁好门，将钥匙放到口袋里。接着，他关掉灯，匆忙上楼回到自己的房间。

他的卧室里，只有一个高大的橱柜可以藏身，于是，他立马打开检查一番，然后再锁好门，准备睡觉。

躺在床上时，他还自言自语地说："我已经全部检查好了，今天晚上不会再有人耍花样了……"

## 第十一章　只剩下六位客人了

隆巴德习惯在天刚亮的时候就醒来，这天也不例外。他用胳膊支撑着身体，听着窗外的风雨声，似乎暴风雨已经有所缓和，尽管依然刮着大风，但却听不见下雨的声音了。

八点钟的时候，暴风呼呼地刮着，不过隆巴德没听见，他又睡着了。九点半的时候，他坐在床边看了看手表，听着手表上指针走动的声音，咧开嘴露出一个神秘的微笑：“是时候了，我得出去做点什么。”

九点三十五分，隆巴德敲了敲布洛尔的房门，布洛尔小心翼翼打开门，一脸困倦，头发也乱糟糟的。

隆巴德亲切地对他说：“你居然睡了足足十二个小时，不过，这证明你心里没鬼！”

布洛尔问：“你有什么事？”

“今天早晨有没有人喊你起床？我的意思是说，给你送早茶之类，你知道现在几点了吗？”

布洛尔看了看放在床头的闹钟：“居然已经九点三十五了，我居然一觉睡到现在。罗杰斯呢？”

隆巴德打哑谜一般说道：“现在除了回声，没有人会来叫醒你。”

“你什么意思？”

“我的意思是，罗杰斯找不到了。他不在自己的房间里，水壶里没有开水，厨房里也没有生火做饭。”

布洛尔低声咒骂起来：“活见鬼，他去哪里了。在外面的某个地方吗？我得穿上衣服，我们一起去问问别人知不知道。”

隆巴德点了点头，朝楼道走去，去敲大家的房门。

阿姆斯特朗已经起床，将自己收拾妥当。瓦格雷夫被布洛尔和隆巴德叫醒，维拉也起床了，刚刚梳洗完毕，布伦特的房间是空的。罗杰斯也不在房里，从床上的印记来看，他好像已经起床了，房间里的刮胡刀、海绵和肥皂都沾满了水。

隆巴德道："毫无疑问，罗杰斯已经起床了。"

维拉勉强让自己镇静下来，用低沉的声音问："他会不会在哪里待着，等着大家起床呢？"

隆巴德道："亲爱的维拉，他是有可能去了哪里。不过我奉劝大家一句，在我们找到罗杰斯之前，不要走散了。"

阿姆斯特朗说："相比，罗杰斯是到岛上的某个地方去了。"

布洛尔穿戴整齐地走过来，不过他没有刮胡子，他问："布伦特去了哪里？又来了一个谜。"

当他们走进客厅时，布伦特正好穿着雨衣，从前门走了进来。

布伦特道："海水跟之前一样涨得很高，我看今天也不会有船过来。"

布洛尔问："布伦特小姐，你是一个人在岛上散步吗？你不觉得一个人出去是一件危险的事吗？"

布伦特却冷冷地回答："布洛尔先生，你放心，我一向小心行事。"

布洛尔不满地嘟哝道："你有没有看见罗杰斯？"

布伦特皱了皱眉毛："罗杰斯？我今天早上还没见过他，怎么回事？"

瓦格雷夫穿好衣服，戴好假牙来到餐厅门口："我看餐桌椅子已经摆好了，看来早饭已经做好了。"

布洛尔道："也有可能是昨晚摆好的。"

他们一起走进餐厅。杯盘刀叉已经规规矩矩地摆在餐桌上，酒柜上也摆好了整整齐齐的酒杯，餐垫已经铺好，准备用来垫咖啡壶。

维拉第一个发现了异常情况，她紧紧地抓住瓦格雷夫，掐得瓦格雷夫直往后缩。只听，她大声惊呼道："快看！那些小兵人！"

餐桌中间的盘子里，只有六个小兵人了！

他们没有用多长时间，就找到了罗杰斯。

他在院子对面的洗衣房里。从死亡的情况来看，当时，他正在劈柴，打算用来给厨房的炉灶生火。劈柴的斧子还在他的手里，大门边上还有一把大斧头，斧头上残留着一些深红色的血迹，刚好跟他脑后的伤口吻合……

阿姆斯特朗道："死亡原因特别明显。当时，罗杰斯正弯腰劈柴，凶手悄悄溜到他身后，抡起斧子，一下子砸中了罗杰斯的后脑勺。"

布洛尔从厨房里找到了一个面粉筛子，朝大斧头的柄上撒了些粉末，试图找出凶手的指纹。

瓦格雷夫问阿姆斯特朗："医生，用斧头杀害罗杰斯，干这事需要花很大力气吗？"

阿姆斯特朗严肃地回答："不需要，如果你想知道到底要用多少力气，我只能说一个女人就能完成这事。"他看着走进厨房的维拉和布伦特，补充道："维拉小姐身体健康，如果她想用斧头杀死罗杰斯，简直易如反掌。而布伦特小姐，看上去柔柔弱弱，但是这类女人骨子里藏着一股蛮劲。此外，只要是精神癫狂的人，想干坏事时，总会具有一种不知道从何而来的强大力量。"

瓦格雷夫听完后，若有所思地点了点头。

一直蹲在地上找指纹的布洛尔叹了口气，站起来用遗憾的语气说："没有找到指纹。想必当时凶手已经将指纹擦干净了。"

忽然，传来一声大笑。大家急忙转过身去，只见维拉站在院子里，狂笑了好一阵子，然后用又尖又亮的声音叫喊起来："哈哈哈！这座岛上有没有蜜蜂？谁能告诉我，我们可以在哪里找到蜜蜂？"

大家都注视着她，觉得她今天特别莫名其妙！一个矜持而克制的姑娘，居然在众目睽睽之下发了疯。

维拉继续用那古怪的声音说道："你们别用这种眼神看着我！你们是不是觉得，我已经疯了？我的问题其实非常正常。哦，蜜蜂，蜜蜂，蜜蜂！你们怎么还不明白！难道，你们已经忘记了那一首童谣？每个人的卧室里不都挂着它吗！凶手的目的不就是让我们都来学一学吗！如果你们真是聪明人的话，一定还记得这句：'七个小士兵，拿刀去砍柴；一个被砍死，只剩六个兵。'后面那一句，我记得清清楚楚：'六个小士兵，捅到马蜂窝；一个被蜇死，只剩五个兵。’所以，我才问你们，这座岛上有没有养蜜蜂。你们是不是觉得特别有意思？真是见鬼，真是太有意思啦——”

维拉疯狂地大笑着，阿姆斯特朗快步走过去，伸出手来，狠狠地打了她一个耳光。维拉被打得直喘粗气，她呆呆地站在原地，一边打嗝一边吐口水。一分钟之后，她对阿姆斯特朗说：“谢谢！我已经没事了！”

她的声音又恢复跟往常一样的平静和克制。显然，维拉依然是那个带着孩子做游戏的老师。

她走过院子进了厨房，对大家说：“我和布伦特小姐来做早饭吧，你们可以将柴火搬过来生火吗？”

维拉的脸红彤彤的，脸上还有阿姆斯特朗留下的掌印。

维拉走进厨房后，布洛尔说：“医生，你做得很好。”

阿姆斯特朗用抱歉的语气回答道：“我必须这样！我要是不给她一巴掌，她就没办法自己清醒过来！”

隆巴德说：“维拉不是那种女人，不会受一点点刺激就变得歇斯底里。”

阿姆斯特朗点点头表示同意：“的确，她不是那种人。她是个精神正常、身体健康的好姑娘，只是突然受了刺激才会这样，换成别的女孩，也会变成这样的。”

罗杰斯遇害之前，已经劈了好些柴火，隆巴德他们稍微将这些柴火归置了一下，送进厨房。维拉和布伦特忙碌起来，布伦特坐在炉子前生火，维拉正在切咸肉上的硬皮。

布伦特对大家道了一声“谢谢”，她催维拉说：“我们得尽快做饭，先把水烧开，只要三十分钟或者四十五分钟，我们就能将早饭做好了。”

布洛尔压低了声音问隆巴德：“猜一猜，我在想什么？”

隆巴德冷冷地说：“有话直说，何必让我猜！”

布洛尔这个人一向死板，就算碰了钉子也不生气，他粗声粗气地说道：“曾经在美国发生过这样一起案子，一对老年夫妇被人用斧子砍死了。案发时间是上午十点，案发时在场人员只有这对夫妇和他们的女儿以及女佣人。证据证明，女佣不可能是凶手，而那个女儿是一个受人尊敬的大龄单身女人，看起来也不是作案者。于是，警方就放走了这个女儿。但是，警方再也没有查出谁是真凶。”

说到这里，布洛尔稍微停顿，然后继续说：“刚才，我看见那把斧头，又想起了这桩案子。我走进厨房，看到布伦特沉着冷静地干活，一根汗毛都没有竖起来。而维拉则发了疯，这才是一个人的自然反应，才是我们应该看到的自然结果，对不对？”

隆巴德淡淡地回应：“也许吧。”

布洛尔继续道：“你看布伦特的表现，简直是过于冷静了。她还穿着罗杰斯太太的围裙，还镇定地说‘只要二十分钟或者四十五分钟，我们就能将早饭做好了。’要我说，我觉得布伦特这个老女人已经疯了，其实好多像她这样的老女人都不太正常。我并不是说老女人就是杀人狂，但是她们的思维非常古怪。布伦特也是这样古怪的老女人，不单如此，她还是个狂热的宗教分子，总认为自己是上帝的子民。你知道她在卧室里看的什么书吗？是《圣经》！”

隆巴德叹了口气：“布洛尔，你的这些理论并不能证明布伦特就是你认为的那种有精神问题的老女人。”

布洛尔却没有被隆巴德打击到，他不依不饶，企图证明自己的观点是正确的：“此外，她一个人跑了出去，冒着大雨去看海。”

隆巴德依然摇着头：“罗杰斯是在劈柴的时候遇害的，换句话说他早上刚起来不久就被杀害了。如果是布伦特杀了他，她完全没有必要在外面待几个小时那么久。依我看，杀害罗杰斯的凶手完全可以杀人之后回到卧室，继续蒙头睡大觉。”

布洛尔还是很坚持自己的观点：“隆巴德，你不明白我的意思！如果布伦特是个正常女人，根本不敢一个人出去转悠。她敢一个人出去，除非是不知道什么叫作害怕。换句话说，她天生就有孤身出门的这种勇气。”

隆巴德道：“你说得也有道理……啊，是的，我的确没有想到这一点。”

说完，他又微微一笑：“幸好，你现在不用再怀疑我是凶手了。”

布洛尔有些不好意思地说：“是的，一开始我是有点儿怀疑你。你不但有枪，还编了谎话。但是，后来我明白了，凶手明摆着是谁。我希望你别将我之前的话放在心上。”

隆巴德想了想，说：“也许，我也看错了。总之，我觉得你也不像凶手。如果你真是凶手，那你的演技也太高了，我真得向你脱帽致敬。”突然，隆巴德压低了声音：“布洛尔，也许明天，我们都会去见上帝。现在这里只有我们两个人，你跟我说说你那桩做伪证的案子，真是你搞的鬼，对吗？”

布洛尔不安地将两只脚移来移去，最后他还是说：“事情到了今天这个地步，说出来也无所谓了。的确，兰道是被冤枉的，有人买通了我，想把兰道扯进来，我跟你实话实说吧，原本打死我我也不会承认的——”

隆巴德笑着发誓道：“天地良心！我发誓不会出卖你。你应该捞了不少好处吧？”

“哼，没有我预想中的那么多。那帮强盗厚颜无耻，幸好，我还是被提拔升职了。”

“可是，兰道却被打入监狱服刑，最后死在里面。”

“我怎么会想到这个人会死？”

“我不是那个意思，我想说的是你的运气有点差。”

“我运气差？是兰道运气不好吧？”

“是你运气不好。因为这件事，你得早几年去见上帝。”

布洛尔瞪大眼睛：“我？你觉得，我的下场会跟罗杰斯一样？不可能！我跟你说，我时刻小心着呢！”

隆巴德说：“那就好！反正我从来不敢说大话，再者，说到底，你死了对我也没什么好处。”

“你这话是什么意思？”

隆巴德咧开嘴巴，露出白森森的牙齿，笑着说道：“亲爱的布洛尔先生，我是说，你的死期快要到了。”

“什么？”

“你这个人，没什么头脑，只会干坐着等死。欧文这种头脑灵活的疯子，不管是男是女，反正都在盘算着怎么让你落入圈套。”

布洛尔气得满脸通红：“你呢？”

隆巴德满脸杀气地回答：“我自然有我的一套办法。什么危险的场面我没遇到过！最后我还不是闯过来了。用不着多说什么，反正这一次我照样能搞定！”

油锅里正煎着鸡蛋，维拉一边烤着面包一边琢磨：“我刚才怎么会那样歇斯底里出洋相？真是蠢到家了，我得冷静！维拉，你要冷静！”

毕竟，她一直以自己遇事沉着冷静而自鸣得意。

“维拉小姐真厉害——沉着冷静——立刻游过去追西里尔。”

“我现在想这些事干什么，一切已经过去了——这些都是早已过去的事情。”维拉想。

当时，等她游到礁石边时，西里尔已经不见了。她觉得，激流卷着自己，要把自己拽到海的另一边去。于是她跟随激流，漂在海上，直到救援船只开来，将她救起。

所有人都夸她英勇果断，沉着冷静。

只有雨果。他默不作声，仅仅看了她一眼……

天呀，真是太让人伤心了。直到现在，维拉只要一想到雨果，就会这样想：“他在哪里？在做什么呢？有没有订婚？有没有结婚？”

布伦特厉声吼道：“维拉，面包烤煳了。”

“对不起，布伦特小姐。啊，还真是烤煳了，我真是个笨蛋！”

维拉重新把面包放进烤炉，她好奇地说：“布伦特小姐，你好厉害，特别冷静！”

“我从小就被这样教育：遇事必须沉着冷静，不可以大惊小怪！”

维拉想：“从小就受到这样的约束和教育……的确可以说明不少问题……”

于是，她又问布伦特说：“你难道就不害怕吗？或者说，你难道不害怕死亡吗？”

死亡！这个词就像一把匕首，刺向布伦特的大脑。死亡！她可不打算就在这座岛上结束自己的生命。别人会死，但是她布伦特，肯定不会！

维拉不懂，布伦特天生就不会害怕，布伦特家族没有一个人会害怕。他们一家都是上帝的子民，从不惧怕死亡。布伦特跟她的家人一样，规规矩矩做人，从来没有做过任何亏心事，因此，她肯定，自己不会死在这里。

布伦特想：“‘上帝一向心有定数’，‘你不必害怕夜晚的惊恐或者白天的飞箭’。现在是白天，我没有一丝的恐惧和害怕。

“‘谁也别想离开这座岛！’

“说这话的人是谁？麦克阿瑟！这个老将军，他堂兄结婚的时候，他表面上看起来满不在乎，心里也邪恶地希望早点结婚。这种想法真是罪恶！完全就是自作孽！有些人，就是不会珍惜自己，只会自作自受，比如泰勒。昨天晚上，我又梦见泰勒了。她把脸贴在窗户上，苦苦哀求，想我让她进来。可是，我知道一旦放她进来，肯定要惹大麻烦。所以，我死活都不肯放她到屋子里来……”

布伦特陷入了沉思，突然她回过神来，发现维拉正诧异地看着自己。于是，她赶紧说：“早餐已经做好了吧？我们快端着早餐进屋去吧。”

今天这顿早餐的气氛跟昨天完全不同，每个人都显得格外客气。

“布伦特小姐，我给你倒点咖啡，行吗？”

“维拉小姐，你需要火腿吗？”

“还要不要来一片面包？”

从表面上看，这六个人都轻松而镇定。实际上呢？他们已经心神不宁，脑子里充满了各种各样的想法……

“下一个受害者是谁？下一个受害者是谁？轮到哪一个人了？”

“计划行不行得通？说不好，但总要试试看。上帝，我只要时间来得及，只要时间够用……”

“宗教狂热分子！是的，表面上看不出来……万一，是我搞错了呢？”

“简直乱套了……全乱了，我快要疯了，我的毛线不见了……深红色的窗帘……一切全部乱了，简直毫无头绪……”

“这个笨蛋，真是该死！他居然相信我说的都是真的！不过，我还得谨慎，格外谨慎！”

“六个小兵人……只有六个小兵人了……今晚，还会剩下几个呢……”

“还剩下最后一个鸡蛋，谁想吃呢？”

“要不要橘子酱？”

“谢谢，我想再来一片火腿！”

这六个人，看上去无比正常地吃着早餐……

## 第十二章　遭遇凶手暗算

早餐过后，瓦格雷夫清了清嗓子，用他那特有的低沉语气严肃地说："眼下这种情况，我们还是聚在一起比较好。我建议，半个小时后大家在客厅碰面，怎么样？"

大家哼了一声，表示赞成。

维拉一边收盘子一边说："我来收拾吧。"

隆巴德道："我来帮你把餐具拿到厨房里面去。"

布伦特也想站起来帮忙收拾，但是她刚站起来又一屁股坐下去："上帝！这是怎么回事？"

瓦格雷夫立马问她道："布伦特，你怎么了？"

布伦特略带歉意地说："真是不好意思，我想帮维拉一起收拾餐具。只是不知道为什么，我的头疼得厉害。"

阿姆斯特朗走过去问："你是有点儿头晕吗？正常，这是后怕而引起的眩晕，我给你开点儿——"

"不要！"

这个词如同炮弹，从布伦特的嘴里炸了出来，所有人都被吓了一跳，阿姆斯特朗的脸"唰"一下，红彤彤的。

布伦特满脸都是恐惧和警惕，阿姆斯特朗尴尬地说："好吧，布伦特小姐，你请自便。"

布伦特解释道："我不想吃任何药……不想吃任何药。让我在这儿安静地坐一会儿吧，等头晕过去，我就好了。"

大家开始忙碌着收拾餐具，布洛尔也来帮忙："维拉，我也挺爱做家务的，让我来帮忙吧。"

“谢谢！”

大家都在餐厅那边忙碌着，只有布伦特一个人坐在椅子里，听着那些时不时传来的谈话声。

渐渐地，头不怎么晕了，布伦特觉得很困，浓浓的困意不断袭来，似乎只要闭上眼睛就能进入梦乡。她觉得，好像有什么东西在餐厅里嗡嗡叫着。她的耳朵听见了一阵嗡嗡声。

她想起来了，好像是一只蜜蜂——蜜蜂中的大黄蜂。

是的，她真的看见窗户上趴着一只蜜蜂。

早上，维拉还发疯地叫起来，也提到了蜜蜂。

蜜蜂和蜂蜜……

布伦特喜欢蜂蜜。那些从蜂房里采来的新蜜，需要用布纱袋过滤，一滴、一滴、一滴……

好像有人到餐厅里来了……她全身湿透了，浑身上下都是水滴……一滴……一滴……是泰勒从河里爬到了岸上……她一回头便看见了泰勒的脸……

她想要喊一声，但是，她的头无论怎么样都动不了……

她用尽力气也喊不出声来……

餐厅里没有别人，只有她自己……

她听见有脚步声从背后传来——是那个溺水而死的姑娘泰勒，磕磕绊绊地走来——脚步声很轻，慢慢朝着她走了过来——

她的鼻子闻到了湿气，有种冰凉的东西在四处流动……

窗户上，蜜蜂还在嗡嗡地叫着……

这时，她感觉自己被什么刺了一下。就像那只大黄蜂叮了自己的脖子……

大家都在客厅里，等着布伦特。

维拉说；“要不要我去餐厅喊布伦特小姐？”

布洛尔急忙阻止她，说：“再等一等吧。”

于是，维拉又坐了回去，大家都用疑惑不解的眼神看着布洛尔。

布洛尔解释说：“大家听我说，不需要费力气走去喊她。现在我们只要去餐厅就能查清楚了。我发誓，她就是我们要找的凶手。”

阿姆斯特朗问：“她的杀人动机是什么呢？”

“布伦特是狂热的宗教分子，医生，你认为呢？”

“我不反对你的看法，她很有可能就是凶手。但是，我们并没有有力的证据。”

维拉说：“刚才，我跟她在厨房帮大家准备早餐的时候，我发觉她的行为举止特别不正常，她的眼神——”维拉说到这里，突然牙齿打颤，停住了话头。

隆巴德道：“单凭这些不足以断定布伦特就是凶手。实际上，从罗杰斯死亡到现在，我们每个人心里都有些害怕。”

布洛尔补充说：“我还要说一件事，当时，控诉大家罪行的唱片播放的时候，只有布伦特坐在那里一动也不动，关于她的控告，她自己的解释是‘无可奉告’。这是为什么呢？因为，她根本不能解释自己无罪。”

维拉忍不住说：“布洛尔先生，你说得不对。后来，她将事情的真相告诉我了。”

瓦格雷夫问：“维拉，她都跟你说了些什么？”

于是，维拉将布伦特跟泰勒之间的事向大家复述了一遍。

瓦格雷夫听完之后，说道：“布伦特倒是挺坦白。她做出那样的事情，我倒是一点儿也不觉得奇怪。维拉小姐，请你说一说她当时讲这件事的时候，有没有丝毫愧疚或者因为后悔而感到自责呢？”

“没有，她毫无悔意。”

布洛尔说：“布伦特还真是一个铁石心肠的老女人啊！这一类严肃呆板的老女人，完全是出于忌妒才会害死泰勒。”

瓦格雷夫道：“现在是十点五十五，是时候请布伦特过来参加我们的会议了。”

布洛尔道：“难道，我们现在不应该采取行动吗？”

瓦格雷夫说：“现在我们能采取什么样的行动？目前，我们对布伦特小姐的这些看法只是怀疑猜测，毫无真凭实据。不过，我已经叮嘱阿姆斯特朗医生留意她的行为举止了。好了，我们还是去餐厅请她吧。”

大家走进餐厅之后，发现布伦特一动不动地坐在那里，姿势保持得跟大家离开的时候一模一样。从背后看去，她并无任何异常情况，只是好像她没有察觉到大家已经走进了餐厅。

接着，他们看到了布伦特的脸：面部充血，嘴唇乌青，眼睛惊恐地瞪得大大的。

布洛尔惊呼道："天啊！她死了！"

瓦格雷夫冷静地说："我们来得太迟了，又被凶手暗算了一回！"

阿姆斯特朗俯身检查着布伦特的尸体，闻了闻她的嘴唇，又翻看了她的眼皮，然后摇了摇头。

隆巴德不耐烦地说："她怎么就死了呢？我们离开的时候，她坐在这里好好的！"

阿姆斯特朗看见布伦特脖子右侧有一个小针眼，对大家说："这个针眼是皮下注射器留下来的。"

这时，窗外传来一阵嗡嗡的叫声，维拉大叫起来："你们看，有蜜蜂！有一只嗡嗡叫的大黄蜂！你们再想想，今天早上我说过什么！"

阿姆斯特朗一点情面也不留给维拉，他说："布伦特不是被蜜蜂蜇死的，她是被人用注射器扎死的！"

瓦格雷夫问："她被注射了什么毒药？"

"我估计是一种氰化物，说不定跟安东尼一样，也可能是氰化钾中毒，当场窒息而死。"

维拉喊起来："可是，这只飞来的蜜蜂不是这么凑巧吧？"

隆巴德冷冷地说："不，这绝对不是巧合！很明显，凶手是为了增加恐怖的气氛，才精心安排了这么一场事故！能做出这种事的人，绝对是一头令人害怕的野兽！居然将杀人的情节安排得跟那首该死的童谣一模一样！"

隆巴德声音还是第一次变得这样失去冷静，他几乎是尖叫着说出这番话！显然，这位身经百战的野心家也终于承受不住这种折磨了。

他愤怒地说："疯了——全疯了——我们全疯了！"

只有瓦格雷夫依然镇定地说："请大家保持冷静。请问，谁带了皮下注射器？"

阿姆斯特朗使出全部的勇气，依然有些犹豫地回答："我。"

当即，其他四人用敌视和怀疑的眼光直直地盯着他，他不得不强作冷静地解释：

“大多数医生出门，都会带注射器。我出门也不例外。”

瓦格雷夫依然很平静：“好的，不过，请你告诉我们，现在，注射器在哪里？”

“就在我卧室里的小皮箱里面。”

瓦格雷夫道：“看来，我们需要上楼去验证一下你的说法，这样做可以吗？”

其他几个人没有说话，表示默许。于是五个人一起上了楼。

大家翻出小皮箱，将里面的东西都拿出来放在地上。可是，注射器不在箱子里。

阿姆斯特朗万分激动：“肯定是有人偷走了我的注射器！”

房间里一片寂静，阿姆斯特朗背对着窗户，浑身无力地站立着。四双眼睛齐刷刷地看着他，全是怀疑和指责。阿姆斯特朗看看瓦格雷夫，又看看维拉，终于回过神来，无助地重复道：“肯定有人把我的注射器偷走了！”

布洛尔和隆巴德你看看我，我看看你，沉默不语。

瓦格雷夫说：“现在，这栋别墅里只剩下我们五个人了，其中一个人是凶手。目前，我们的处境很危险，我们必须采取一切有必要的保护措施，来保证其余四位无辜者的安全。阿姆斯特朗医生，我问你，你手里现在还有什么药？”

“我只带了一个小药箱。你们大可以检查一下，里面有安眠药片、一包溴化物、面包苏打、阿司匹林。就这样，没有别的了，我没有带氰化物。”

瓦格雷夫道：“我也带了一些大概是磺基之类的安眠药，如果服用过量也会有生命危险。隆巴德，你带了一支手枪。”

隆巴德立刻反问道：“那又能怎么样？”

瓦格雷夫道：“我只是说说罢了。我提议，将阿姆斯特朗带来的药品和我自己的安眠药、隆巴德的手枪，以及其他药品和武器之类的东西全部放在一起，存放在一个安全的地方。然后，我们每个人都要被搜查一遍，不仅搜房间，还要搜身。”

隆巴德反对说：“想让我缴枪，门都没有！”

瓦格雷夫厉声道：“隆巴德先生，虽然你身材高大，身体健壮，但是布洛尔先生当过警察，也不弱，如果你们打起来，谁输谁赢还不一定呢。此外，我还想告诉你的是，我和阿姆斯特朗医生还有维拉小姐，都站在布洛尔这一边，所以请你权衡一下，要是你以一对多，到底有多少胜算。”

隆巴德抬起头，露出满口的牙齿，咆哮道：“好啊！好极了！原来，你们早已算计好了！”

瓦格雷夫满意地点点头：“隆巴德，你是个识时务的人，你的枪放在哪里？”

“在我卧室的床头柜抽屉里。”

“很好。”

“我自己拿来吧。”

“不，还是我们跟你一起去比较合适。”

隆巴德的嘴角浮上来一丝轻蔑的微笑，他怒气冲冲地说：“你们就是疑神疑鬼的小人，对不对？”

很快，几个人穿过走廊，来到隆巴德房间。隆巴德快步走向床头柜，打开抽屉。但是，随后他很快倒退一步，大骂一声。原来，抽屉已经空空如也。

维拉站在走廊上等着。隆巴德一丝不挂地站在房间里，阿姆斯特朗和布洛尔还有瓦格雷夫已经将他的卧室翻了个底朝天，但是并没有什么收获。

“现在你们满意了吗？”隆巴德问。

但是没有人搭理他。

按照计划，阿姆斯特朗、布洛尔、瓦格雷夫轮番进行了搜身检查。当四个男人从布洛尔的房间走出来后，瓦格雷夫对维拉说：“维拉小姐，我希望你不要见怪，搜身谁也不能例外，我们一定要找到那把手枪。现在，请你回到你的卧室，穿上泳衣，再回到我们这里。”

维拉回房换上丝绸紧身泳衣，很快走了出来。

瓦格雷夫点点头说：“维拉小姐，不好意思，请你稍等片刻，我们先去你的卧室检查一下。”

维拉站在走廊里，耐心地等了一会儿，瓦格雷夫他们搜查完毕之后，她又回去换上便装。

瓦格雷夫说：“现在，我们可以肯定这一点，我们之中，没有人携带致命的武器和毒药。这样一来，我们也应该放心了。接下来，我们需要找一个安全的地方，将这些药放在那里。厨房里，不是有一个储存银器的柜子吗？”

布洛尔说：“法官，这个主意听起来还不错。但是，关键问题在于，谁来保管钥匙呢？我猜，是将钥匙交给你保管？”

瓦格雷夫没有搭理他，走进厨房，其他几个人也跟着走了进去。厨房里有一个带锁的存放银器的小柜子，大家按照瓦格雷夫的意思，将药物放进柜子，锁上了。然后，大家又在瓦格雷夫的授意下，将小柜子搬进一个大碗柜，再把大碗柜锁起来。接着，瓦格雷夫将小柜子的钥匙交给隆巴德保管，将大碗柜的钥匙交给了布洛尔。

他说：“你们两个力气最大，谁也别想轻易地将对方的钥匙抢过来，另外，我们三个人也不可能从你们手里抢过钥匙。如果有人想砸开大碗柜或者小柜子硬抢，不但很费劲，而且还会发出响声，到时必定会被其他人发现。”

说到这里，他停了一下，然后继续说：“现在，仍有一个特别严重的问题急需解决，那就是隆巴德的手枪找不到了，这到底是怎么一回事呢？”

布洛尔道：“我认为，手枪的主人比其他人更清楚这是怎么一回事吧？”

隆巴德被气得连连喘气，他闷声闷气地说：“你就是个该死的笨蛋！我早就说过了，有人偷走了我的枪！”

瓦格雷夫问：“你最后一次见到那把枪是什么时候？”

“我是为了防止意外才带了那把手枪的。昨天晚上，我睡觉前检查了一下，手枪还在抽屉里。”

瓦格雷夫点点头：“这样说来，我们早上寻找罗杰斯或者发现罗杰斯尸体的时候，手枪就丢失了。”

维拉说：“我们一定要把手枪找出来，它肯定是被藏在屋子的某个地方了。”

瓦格雷夫摸了摸下巴，想了一会儿，说：“我看，找到枪的机会不大。凶手有充足的时间将它藏起来，我们不能奢望一下子就把枪找出来。”

布洛尔却十分有把握地说：“我不知道手枪到底藏在哪里。但是，我敢打赌，只要找到那个皮下注射器的下落，谁是凶手，我就能猜个八九不离十。你们跟我来吧。”

布洛尔打开门，领着大家围着别墅绕了一圈。在餐厅窗外的不远处，他找到了一个注射器，旁边还有一个被摔碎的小兵人。

布洛尔得意扬扬地说：“只有在这里才能找到这些东西。凶手杀了布伦特之后，打开窗户扔掉了注射器，又拿起小兵人扔了出去。”

但是，注射器上的指纹已经被抹去了，他们没有任何收获。

维拉语气坚决地说：“现在，我们必须把枪找出来！”

瓦格雷夫说：“好！但是我们得记住，找枪的时候，谁也不能单独行动，如果我们分头去找，很有可能被凶手找到机会下手。”

于是，他们聚在一起，从阁楼开始，没有放过任何一个角落，一直搜到了地窖，但是那把左轮手枪，依旧不见踪影。

## 第十三章　凶手嫌疑人遇害

“我们中间的一个人……我们中间的一个人……我们中间的一个人……”

这一句话，在他们五个人的脑海中，一遍又一遍地轰炸回响。

他们都吓破了胆，完全顾不上客气地交谈，也忘记掩饰自己心中的紧张，只是互相监视着对方的一举一动。

他们已经将对方视为仇敌，但却出于活命的本能不得不团结在一起。

这五个人，身上的人性已经被恐惧渐渐腐蚀。

瓦格雷夫如一只乌龟，谨小慎微地缩着脖子，一动也不动地坐着，只有那一双眼睛，仍旧在机敏地转来转去。

布洛尔像一只狗熊，身体更加笨重，一步一个脚印地走着，步子格外沉重。他的眼睛里布满了血丝，尽管他长得比较蠢笨，但现在他特别像一头已经被逼上绝路的残暴野兽，随时准备扑向狩猎者。

隆巴德也变得更加警觉，他的耳朵更加灵敏，任何轻微的响声都听得清清楚楚，他的脚步也变得更加轻盈迅速。此刻，他时不时地咧嘴一笑，露出那白森森的牙齿。

维拉活像一只在玻璃上撞得浑身无力、被人攥在手心里的小鸡，她把身体缩在椅子里，一动不动，一言不发，目光呆滞地看着前方。她以为这就是保全自己的最佳方式。

阿姆斯特朗的精神快要崩溃，他浑身发抖，两手哆嗦，一根接一根地点烟，但刚点着又把它们掐灭。这位神经脆弱的医生，比任何人都焦虑，他一想到自己对目前的处境无能为力，便口不择言地絮叨起来："我们……不能这样干坐着……我们……得想点办法……得做点什么……我们肯定要想办法……要不，我们点一堆篝火求救吧？"

布洛尔没好气地说："这种天气，能点篝火？"

外面，正下着瓢泼大雨，暴风呼呼地刮着，劲头一阵强过一阵。沉闷的雨声快要将大家逼疯了。于是，他们不约而同，采取了同一个办法保全自己：所有人都待在客厅里，每次只允许一个人离开，下一个人必须等到这个人回来才可以出去。

隆巴德说："暴风雨肯定会过去的，这只是时间问题。到时候，我们就可以开始行动，向岸上发出求救信号，比如点一个火堆，或者绑一个木筏。"

突然，阿姆斯特朗笑起来："真是只是时间问题吗？我们还有时间吗？用不了多久，我们都会死——"

瓦格雷夫打断他，像下定决心似地，他用沉重的语气说："我们不会死的，但是我们必须非常非常小心。"

午餐时间到了，五个人来到储藏室，找到一堆罐头食品。他们打开一个牛舌头罐头和两个水果罐头，围在厨房的一张桌子边，草草解决了饥饿问题。

饭后，大家又回到客厅，在那里相互监视对方。

这种时候，不管大家脑子里想的是什么，都已经变成了变态而疯狂的怪念头……

"凶手肯定是阿姆斯特朗……他正斜着眼睛看着……那种眼神一点儿也不正常……可能，他根本不是什么医生，就是个疯子……没错，肯定是这样……他是个疯子，从某个精神病医院逃出来，伪装成医生的样子……没错，我应该把这个发现告诉其他人吗？要不，我喊一声？不，不，不，这样容易打草惊蛇……我还是继续装出一副无辜的样子吧……现在几点了……才三时十五分……上帝，我觉得自己快要疯了……没错，肯定是阿姆斯特朗，他又在看我了……”

“我绝不能让他们控制我！这种情况，我能应对过来……以前，我也经历过各种危险的情况……手枪在哪里，到底被谁偷走了……现在枪在谁手里……应该不会在身上，大家都被搜身了……没人随身带着枪……但是，肯定有人知道枪被藏在哪里了……他们怕死，都要疯了……我也怕死……但是，死亡的脚步并不会被阻止……我好像在哪里听过这句话：‘先生，灵车已经在门口等候了。’那个叫维拉的姑娘……我要提防着她，是的，我必须得提防她……”

“三点四十……才三点四十……我的手表是不是坏了……的确，我搞不明白……怎么可能会发生这种事……然而，如今这一切都变成了事实……到底是什么原因，我被困在这个梦里？醒醒吧，快点醒过来……末日判决？不，不，只要我还能思考……我的头……我的头出现问题了……我的头快要爆炸了……怎么可能出现这种事……现在是什么时间……上帝呀，才三点四十五！”

“我必须冷静……冷静……只要保持冷静，就没有问题……再清楚不过，这里的一切都是精心策划过的。是谁策划了这一切？这个问题……是谁呢？我认为……对，就是这么回事，就是他！”

当五点钟的钟声响起，大家几乎快要从椅子上跳起来。

维拉问：“有没有人想喝茶？”

没人回答。好一会儿之后，布洛尔说：“我想喝一杯。”

维拉站起来说：“大家稍等，我这就去泡一壶茶来。”

瓦格雷夫温和地说：“亲爱的维拉小姐，我想我们大家希望跟你一起去。”

维拉愣了一下，但是很快她就歇斯底里地大笑着说：“当然！你们当然要跟我一起去！”

五个人一起走进厨房，茶泡好后，维拉和布洛尔各倒了一杯，其他三个人喝了一杯威士忌。不过，他们喝的是刚开封的酒，就连用的吸管也是没拆封过的。

瓦格雷夫笑了笑：“我们不得不格外小心！”

大家又回到客厅。房间里的光线已经暗了下来。隆巴德按了按电灯开关，灯没有亮，他建议说："罗杰斯死了，发电机又停了一整天。我们可以让发动机重新转起来。"

瓦格雷夫说："我看见储藏室有一包蜡烛，我们干脆用蜡烛吧。"

隆巴德走出去拿蜡烛，其余四个人仍然彼此监视着。过了一会儿，隆巴德拿了一包蜡烛和几个蜡烛碟子回来，点燃了蜡烛，放在客厅里。

这时，已经五点四十了。

六点二十分时，维拉坐不住了。她头痛得厉害，想回房洗洗脸。于是，她站起来朝门口走去，走了几步，又折回来，拿起一支蜡烛，朝一个碟子里滴了几滴蜡油，粘上蜡烛。然后她端起碟子，离开了客厅。

四个男人依然还在客厅里。维拉走上楼梯，朝自己的卧室走去。

打开卧室的一瞬间，维拉呆住了。她用力地吸了吸鼻子，闻到了海水的味道。不错，她绝对不会记错，这是圣特里德尼克海的味道。

虽然，士兵岛也四处飘散着海腥味，但是跟她现在闻到的味道完全不一样。这是西里尔出事那天的沙滩上的气味：潮水退去之后，礁石上留下了许多水草，它们已经被太阳晒干了。

“维拉小姐，我能游到那块礁石那里吗？”

“维拉小姐，为什么我不能游到那块礁石那里？”

“这个哭哭啼啼的孩子，真是惹人讨厌，他明显被人宠坏了！要不是他，雨果应该很富有……应该能和自己结婚！”维拉想。

一想到雨果，她的神经又开始错乱。

雨果……

一定是他……一定是他回到了我身边……不，他就在房间里等着我……

维拉向前挪动了几步，一阵冷风从敞开的窗户里吹进来，烛火跳动了几下，熄灭了……

黑暗中，恐惧无声来袭。维拉安慰自己说："别害怕！没什么可害怕的，他们就在楼下，屋子里没有别人，不可能有别人，一切只是自己的幻觉！"

但是，那股圣特里德尼克海边沙滩的味道，却不是幻觉。没错，这屋子里一定有人……

她听见有一些响动，正认真分辨着声音来源的时候，一只冰冷的手一下子扼住了她的脖子。这只手非常潮湿，还带着海的腥味……

维拉尖叫起来，一声接一声地哀号着，声嘶力竭发出求救的呼喊。

她已经被恐惧完全淹没了，完全听不到任何声音。卧室门背后放着的一把椅子被撞翻了，门被打开，几个男人匆匆上了楼。

直到看见门口出现跳动的烛光，男人们挤进屋子，维拉才清醒过来。

他们问道：

"这是怎么回事？"

"发生什么事了？"

"天啊，怎么搞成这样？"

维拉全身颤抖，往前一倒，一个跟头栽倒在地板上。昏迷中，她觉得有人正俯身查看她，自己的头也被抬了起来，还有人惊呼起来："上帝啊，快看！"

维拉慢慢恢复知觉，睁开眼角，看见他们正拿着蜡烛，检查着什么东西。

天花板上吊着一条长长的水草，正在来回摆动，刚好碰到了维拉的脖子。这就是刚才那只从背后伸过来想要掐死她的手，那只冰冷而潮湿的死人的手！

维拉发出一阵歇斯底里的大笑："水草……原来是水草……原来是水草的味道……"

她再一次觉得恶心和头晕，脑袋又被人给抬了起来。

好像过了很长一段时间，她迷迷糊糊听见有人说想给她喝点东西，她感觉有人将一只玻璃杯放到自己嘴巴边——她闻到了一股白兰地的味道。她满心感激，正打算将这杯酒一饮而尽。

突然，脑子里传来一个警惕的声音，维拉坐起来，将酒杯推开，不客气地问："这杯酒是从哪里来的？"

布洛尔愣了一下，回答说："我从楼下拿来的。"

维拉喊起来："我不要喝这杯酒！"

这几个男人不再说话，足足过去一分钟后，隆巴德笑着点点头赞扬道："维拉，你可真是好样的！都被吓成这副模样了，还保持着这么高的警惕性。好，我这就去给你拿一瓶没有开过封的酒来。"说完，隆巴德下楼了。

维拉将信将疑地说："我已经好多了，我只想喝水。"

在阿姆斯特朗的搀扶下，维拉挣扎着站起来，踉踉跄跄来到洗脸池旁，打开水龙头，接了一杯冷水。

布洛尔愤愤不平道："我倒的那杯白兰地毫无问题。"

阿姆斯特朗问："你怎么能确定到底有没有问题呢？"

布洛尔用火药味十足的语气问道："医生，你是想说我在酒里下了毒，对吗？"

阿姆斯特朗道："我没有说你一定往酒里加了东西，当然并不排除有这个可能。但是，没准儿那会儿有人已经在酒瓶里下了毒，等着这样的一个机会除掉维拉。"

很快，隆巴德拿着一瓶没有开封的白兰地和开酒器回来了，他将封好的瓶口递到维拉面前："哈哈，亲爱的维拉，这可是原封不动的酒。"说完，他撕掉瓶口上的锡箔纸，打开了瓶塞："欧文先生还真是热情周到，在这栋别墅里存了好多酒。"

维拉浑身发抖，隆巴德对着阿姆斯特朗举着的杯子，倒了一杯酒。

阿姆斯特朗劝说道："维拉小姐，你受到了惊吓，最好喝了这杯酒。"

维拉抿了一小口，脸上终于有了点血色。

隆巴德笑着说："刚才，又发生了一起杀人事件，幸而是杀人未遂。"

维拉魂不守舍地问："你这话的意思是说，这一切都是预先安排好的，对不对？"

隆巴德点点头说："凶手打算把你吓死！有的人真的会因为惊吓过度而死亡，对吗，阿姆斯特朗医生？"

阿姆斯特朗用略带怀疑的口气说："这也要看具体的情况。如果是个身体状况不错的年轻人，没有心脏病，就不太可能被吓死。不过——"

他停下来，突然拿起布洛尔端来的酒，用手蘸了一点，小心翼翼地舔了一下，半信半疑地说："嗯，这杯酒尝起来也没什么问题。"

布洛尔愤怒地走过来："医生，如果你现在还觉得我会干杀人这种事，我就把你的狗头打得稀巴烂。"

喝了一杯白兰地之后，在酒精的刺激下，维拉完全清醒过来，她故意引开话题问道："瓦格雷夫现在在哪里呢？"

布洛尔、阿姆斯特朗还有隆巴德，你看看我，我看看你，完全不知道答案。

布洛尔说："奇怪！他应该跟我们一起上来的呀！阿姆斯特朗，你是跟在我后面上来的，你说说是怎么回事？"

阿姆斯特朗道："我也以为他跟在我后面，我想他上了年纪，走得会慢一点。"

几个人互相看着，一言不发。过了好一会儿，隆巴德说："这也太奇怪了——"

布洛尔喊道："我们得立刻找到他。"

说完，布洛尔走向门口，其他人也跟着他一起下楼。走到楼梯口的时候，阿姆斯特朗提醒说："瓦格雷夫可能就在客厅里。"

穿过走廊时，阿姆斯特朗大喊道："瓦格雷夫，瓦格雷夫，你在哪里？"

没人回答他，只听得见淅沥沥的雨声，屋子里一片死寂。

随后，阿姆斯特朗来到客厅门口，一下子站立僵住了。其他人一拥而上，站在阿姆斯特朗身后往里看。

不知是谁，发出了一声惊叫。

只见，瓦格雷夫坐在客厅另一头的一张高靠背椅子上，身体两边各放着一只蜡烛。令人感到害怕的是，他头上戴着假发，身上裹着深红色的毯子。

阿姆斯特朗摆摆手，示意大家不要过去，自己先朝僵坐在那儿的瓦格雷夫走去。他走路的样子，踉踉跄跄，像喝醉酒一样。他走到瓦格雷夫面前，查看了一下这张面无表情的脸，用手碰了碰瓦格雷夫头上的假发。假发落在地上，只见瓦格雷夫那光秃秃的前额正中，有个血红色的印记，正在往下滴着什么东西……

阿姆斯特朗抬起瓦格雷夫的一只胳膊，摸了摸脉搏，然后转过身来，语气沉重地告诉大家："他被人开枪打死了——"

布洛尔道："上帝啊！是不是那把左轮手枪干的？"

阿姆斯特朗依然用沉重的语气回答道："他的脑袋被子弹射穿了，当场死亡。"

维拉弯下腰看了看那团假发，说道："这是布伦特小姐那找不到的毛线——"她的声音颤抖着，显得万分恐惧。

布洛尔接着说道："袍子就是浴室里找不到的红色窗帘。"

维拉喃喃自语："原来，是瓦格雷夫偷走了这些东西。"

突然，隆巴德哈哈大笑起来，他的笑声尖锐刺耳，听起来无比恐怖："'五个小士兵，全部当律师；一个判死刑，只剩四个兵。'这，正是瓦格雷夫的下场！这位嗜血成性的法官，再也不能宣判别人的死刑了，再也不用戴那顶法官帽子了！这，是他最后一次坐在法庭上，不用再做总结陈词，不能再把无辜的人押上刑场！此时此刻，如果塞顿在这里，他一定会开怀大笑！上帝呀，他一定会开怀大笑！"

隆巴德一口气说出的这番话，其余几个人都听傻了。

维拉叫喊着："今天早上，你不还说瓦格雷夫就是凶手吗？"

隆巴德的脸色突然变了，他很快冷静下来，低声说道："是的，我是说过……看来，我错了。我们之中，又有一个人被杀害了，用死亡来着证明自己不是凶手——可惜，我们又迟了一步！"

# 第十四章　凶手惊现

他们将瓦格雷夫的尸体抬进卧室，放在了床上。接着，大家回到客厅，站在那里互相干瞪眼，不知道该做什么才好。

布洛尔沮丧地说："现在，我们该干点什么？"

隆巴德倒是一脸轻松："我们得吃点东西，是个人就得吃饭，不吃饭是不行的。"

他们再次走进厨房，打开一个牛舌罐头，味同嚼蜡一般囫囵吞下。

维拉说："以后，我再也不会吃牛舌罐头了。"

这顿饭之后，大家围坐在餐厅的桌子边，直愣愣地看着彼此。

布洛尔说："现在，我们只剩下四个人了……谁会是下一个受害者呢？"

阿姆斯特朗瞪大眼睛，毫不犹豫地说："我们必须十分小心。"

布洛尔点点头："这正是瓦格雷夫法官叮嘱过的话，可惜，他已经遇害了。"

阿姆斯特朗问："奇怪！凶手到底是怎么杀人的？"

隆巴德咒骂了一声，说："凶手的手段真可称得上狡猾毒辣！他将那条海草故意放进维拉的房间，引诱我们上当，以为有人想要谋害维拉，便冲上去救她。于是，凶手趁乱开枪，打死了瓦格雷夫。"

布洛尔问："那么，当时为什么没有听见枪声呢？"

隆巴德摇摇头分析道："当时，维拉在尖叫，外面的风雨声也很大，而且我们也在一边跑一边大叫，不可能听见枪声。不过，凶手不可能用同一种方法作案，下回他可别想要这种花招！"

布洛尔说："凶手也许会试试用其他方式杀人。"他说话的语气明显很不愉快，隆巴德也不乐意地斜着眼睛看他。

阿姆斯特朗说："现在，我们只有四个人了，我不知道我们中哪一个……"

布洛尔说："我知道……"

维拉也说："我也不怀疑……"

阿姆斯特朗也慢吞吞地说："我想，我确实也知道。"

隆巴德说："我也有个非常好的主意。"

于是，他们又警惕地相互盯着对方……

维拉摇摇晃晃地站起来："先生们，我有些难受，感到浑身无力，我想去睡觉了。"

隆巴德也建议说："最好，我们都去睡觉。在这儿干瞪眼盯着对方也没什么实际意义。"

布洛尔附和道："我也同意……"

阿姆斯特朗喃喃地说："最好是睡觉，但是我不知道谁能真的睡得着。"

大家一起朝门口走去。

布洛尔一边走一边说："我真想知道那把手枪到底被藏在哪里了……"

四个人一起来到楼上。接下来发生的这一幕，如同一部喜剧：这四个人齐刷刷地抓住了自己卧室的房门把手，然后好像有什么在下命令一般，他们走进房间，关上门，随后就传来一阵插门闩、上锁和移动家具的声音。

这四个已经被吓得快魂飞魄散的人，将自己反锁在屋子里等待天明。

隆巴德搬起一把椅子抵在房门背后，长长地舒了一口气。

他慢慢走到梳妆台的镜子前面，借着微弱的烛光，好奇地审视着镜子里的自己。

"的确，这次的事情特别棘手。"他自言自语低声说道。

忽然，他如一头狼那般笑了起来。只是，这笑容一闪而过，他快速脱了衣服，走到床边。然后将手表放在床头柜上，打开抽屉。

突然，他愣住了，呆呆地看着抽屉。里面，正躺着那把失而复得的手枪……

维拉躺在床上，因为害怕黑暗，她没有吹灭蜡烛。是的，她怕黑……

她反反复复告诉自己："我肯定会平安无事！昨天晚上我是好好的，今天晚上我也不会有事，明天早上我也照样不会有事。我不会惹上麻烦，门已经关上了，还上了锁，没有人能走进来……”

突然，她又想：“对，我可以待在房间里不出去！将房门锁好，等着别人来救我。就算等上一两天，也没什么大不了。可是，我能这样一直等下去吗？一个小时又一个小时——没有人跟我聊天，无所事事，除了回忆过去……”

她开始想西里尔，想雨果，想自己曾经对西里尔说过的那些话。

西里尔真的是个特别让人讨厌的孩子，总是哭，总是缠着她。

“维拉小姐，为什么我不能游到礁石那边去？我能游过去，真的，我一定能。”

是自己这样回答了西里尔吗——

“当然，西里尔，你当然可以。真的，我相信你一定能游到那边去。”

“维拉小姐，你同意了？”

“听我说，西里尔，我觉得你妈妈对你的担心有点过头了。明天，我跟你妈妈在沙滩上聊天，吸引她的注意力。到时候你就趁机游到礁石那边。等她找你的时候，你就站在礁石上向她挥手，她肯定会大吃一惊！”

“太好了！维拉小姐，你真好！这一定特好玩儿！”

话已经说到这个份儿上了！明天，雨果会出发去纽基，等他回来的时候，这一切已经结束了。

如果，西里尔没有被淹死？如果中间出现状况？如果他被人救起来了呢？

到时候，西里尔肯定会这样说：“是维拉小姐让我游过去的。”凡事都得冒险，如果西里尔没有死，她就打死也不承认是自己怂恿的。

“西里尔！你怎么能撒谎呢？我从来没有这样答应过你。”

人们一定会相信她的话。西里尔经常撒谎，大家都知道他不是个老实的孩子。当然，西里尔心里自然知道这是怎么回事。但是，这都不打紧。一般来说，不会出现什么差错。到时候，她也会假装游过去追他，假装追不上，应该没有人会怀疑她。

“但是，雨果怀疑我了吗？雨果真的是因为对我有所怀疑，才用那种奇怪而陌生的眼神看着我吗？雨果真的知道了？难道，雨果正因知道真相，才会在审讯之后着急离开了我？甚至，都不给我写信……”

一想到雨果，维拉就辗转难眠。“不，我不能再回忆跟雨果有关的事情了。这件事让我伤透了心，一切已经成为过去，我需要将雨果忘记。”

只是，今天晚上，维拉为什么会觉得雨果也在这间卧室里呢？

她看着天花板，那上面的中央有一个黑色的大钩子。之前，她根本没注意到有这样的一个东西，直到刚才，那些海草挂在钩子上面，垂了下来。

她一想起脖子碰到海草的那种冰冷而黏湿的感觉，不由得浑身发抖……

她讨厌这个黑色的大钩子，它吸引人的目光，迷惑人的神志……

布洛尔坐在床边，如一头随时准备进攻的野猪，布满血丝的双眼，闪烁着警惕的光芒。

他毫无困意。危险正步步逼近……他们一共十个人，如今已经死了六个人！瓦格雷夫法官狡猾而机警，处处小心，最后还是跟其他人一样，死得很惨！

布洛尔心存侥幸，皱了皱鼻子。

老法官说了什么来着？

“我们必须十分小心……”

这个家伙，就是个自以为是的伪君子！他以为自己高高坐在法庭之上，就是上帝！现在，他已经死了，不用再处处小心了。

如今，只剩下四个人了，维拉、阿姆斯特朗、隆巴德和他自己。用不了多久时间，他们中肯定有人会死，但绝不是布洛尔！

“那支手枪，到底在哪里呢？这个问题真是让人担忧！”布洛尔坐在床上，皱起眉头，将眼睛眯成一条缝，思考着手枪的下落。

楼下，时钟走动的嘀嗒声在寂静的夜里显得格外清晰。

快到午夜，布洛尔终于放下紧张的心情，和衣躺在床上。

但是没多会儿，他又琢磨起来，将整件事情逐一回想，就像往常在警察局办案一样，不漏掉任何一个细节。因为，他知道，要理出头绪，就必须将事情的全部过程想清楚。

蜡烛快燃光了，布洛尔看见火柴就在手边，于是吹灭蜡烛。

黑暗并没有让他的心情恢复平静，他发现，自己的大脑已经被恐惧主宰。浮现在眼前的，是那些死人的面孔：戴着可笑假发的法官瓦格雷夫、有着一张冰冷面孔毫无生气的罗杰斯太太、满脸扭曲发青的安东尼。

还有一张苍白的脸，留着褐色的小胡子，戴着眼镜。

布洛尔见过这张脸。

但是，是什么时候见过的呢？肯定不是在士兵岛见过的，哦，是了，那是很久之前的事情了。

奇怪，他也不记得这个人叫什么了。长得这么蠢，看上去就是个笨蛋！

啊！

布洛尔猛地想起来。

兰道！

他居然忘记了兰道的长相。昨天，他还努力回忆这个人的样子，却怎么也想不起来。

现在，这个人的脸出现在他面前，无比真切，好像不久前才见过一样。

布洛尔知道，兰道有个妻子，一个身材消瘦、满脸愁容的女人。此外，兰道还有一个十四岁左右的女儿。这一刻，他还是第一次想起兰道和他的家人。

“不，手枪更重要些，见鬼！手枪到底去哪里了呢？”

布洛尔越想越混乱，手枪丢失这件事他完全想不通。

说不定有人将手枪藏起来了。

楼下的时钟敲了一下，布洛尔的思绪被打断了。他心里一惊，坐了起来。接着，又听见从卧室外某处传来一个非常轻微的声音。

有人！

布洛尔吓得额头直冒冷汗。是谁沿着走廊悄悄走动呢？他只能确定，这个人没安好心！

尽管布洛尔身材粗壮臃肿，但是他身手敏捷，很快便悄无声息下了床，来到门口，屏息聆听。

声音消失了。不过他确定，自己并没有听错，刚才的确有人从卧室门前经过。有人在夜里偷偷行动，虽然他只听到一阵轻微的响声，但已经被吓得毛骨悚然。

布洛尔的脑子立刻闪过一个想法，想冲出去看个究竟，到底这个在黑暗中行走的人是谁。

但是，毫无疑问，现在开门是个愚蠢的做法，说不定那个人正希望他听见声响后开门。

现在，他全神贯注地听着门外的动静，听到了各式各样的声音：树枝折断的断裂声、树叶被风吹动的沙沙声。突然，他听到一阵非常轻微、非常谨慎的脚步声。由于布洛尔的房间紧挨着楼梯口，他听见的脚步声更加清晰，那人已经从他门口经过，下了楼。

这人要去哪里？

当下，布洛尔心一横，决定出去看看。他蹑手蹑脚走到床边，将火柴塞进衣服口袋，又拔下床头灯的插销，将电线缠在手上做武器。随后，他悄悄搬开门后的椅子，小心拧开锁，拉开门。

从楼下的客厅里传来一阵轻微的声音，布洛尔光着脚跑到楼梯口，忽然发现，暴风雨已经停了，微弱的月光透过走廊的窗户照进来，在月光的照耀下，楼下的客厅明亮了许多。

突然，一个黑影走出大门，消失在视野里。布洛尔正想追下去，刚抬起腿却又站住了。好险！差一点成了下一位遇害者！

不过，那个人显然没料到自己已经暴露。布洛尔想，“现在楼上的那其余三个卧室里必然有一个是空的，只要查出谁不在房间，也就真相大白了！”

于是，他快速转身来到走廊，先敲了敲阿姆斯特朗的房门，无人应答。片刻之后，他又来到隆巴德的门口，站住敲了几下。

很快，隆巴德问：“是谁？”

“是我，布洛尔。我觉得阿姆斯特朗不在房间里，请你等一下。”布洛尔说着，又来到走廊尽头，敲了敲房门："维拉小姐？维拉小姐？"

维拉惊恐地问："你是谁？有什么事？"

"我是布洛尔，别怕，我一会儿就过来。"

说完，布洛尔回到隆巴德卧室门口。门开了，隆巴德穿着一身睡衣站在门口，一只手举着一根蜡烛，另一只手插进衣服口袋，问道："见鬼，又出什么事了？"

布洛尔急忙将刚才发现的事情讲了一遍。隆巴德眼睛一亮："这么说，阿姆斯特朗就是我们要找的凶手？这个该死的医生！"

说完，隆巴德也走到阿姆斯特朗的房门口："对不起，布洛尔，我不能轻信任何人，所以我还得确认一下。阿姆斯特朗？阿姆斯特朗？"

隆巴德重重地敲了几下房门，无人应答，他又跪着从猫眼里窥视了一下，小心翼翼地将小手指伸进钥匙孔："门里没有钥匙。"

布洛尔道："那么，他应该是从外面把门锁上了，还带走了钥匙。"

隆巴德点点头："这人很谨慎，走，我们去找他，这一次我们可以毫不费力就抓住他。"接着，他朝着维拉的房间大喊道："维拉，阿姆斯特朗跑出去了，我跟布洛尔去抓他。无论如何，你都不要开门，明白吗？"

"好的，我知道了。"

"如果阿姆斯特朗回来，说我或者布洛尔已经死了，你千万不要相信，除非我跟布洛尔一起回来，否则绝不开门，你明白吗？"

维拉说："我懂，我没那么傻。"

隆巴德放心了："那就好！"

布洛尔催促道："快点，我们得跟上他！我们最好当心点，这家伙手里有枪！"

隆巴德一边下楼一边说："这你可就说错了，"他打开大门，"你看，他把大门的插销推上去了，这样回来的时候就方便些，补充一下，那支枪已经回到我手里了。"

说完，他将手枪从衣服口袋里抽出来："昨天晚上，我又在抽屉里找到它了。"

布洛尔大惊失色，猛地站在门口。隆巴德也意识到布洛尔的变化，不耐烦地解释说："布洛尔，别紧张，反正我不会对你开枪的。你要是害怕，现在就回去锁好门，待在房间里。我去找阿姆斯特朗！"

说完，隆巴德就冲进夜色里，布洛尔犹豫了一下，也跟了上去。

他想：“反正，我要搞清楚状况，况且我有过跟拿着枪的歹徒对抗的经验！”

可能，布洛尔缺乏别的宝贵品质，但他绝不缺乏勇气，每每遇到危险，他总是毫不犹豫地迎上去。除了那些令他惧怕的装神弄鬼的东西和莫名的危险，他在现实的危险面前从不退缩。

维拉穿好衣服，坐在房间里，等待结果。

房门很结实，还上了锁，插上了插销，门把手下面还抵着一把结实的橡木椅子，从外面撞开的可能性不大。阿姆斯特朗的身体并不结实，不可能破门而入。如果他想要害人，应该使用阴谋诡计而不是暴力。

维拉六神无主地坐着，分析着阿姆斯特朗可能采取的各种手段。

也许，他会像隆巴德说的那样，骗她说隆巴德或者布洛尔死了；也许，他会假装受了重伤，呻吟着爬到她的门口求救；也许，他还会骗她说房子着火了；甚至他将隆巴德和布洛尔引诱出去，就是为了在房子四周洒上汽油，将房子点燃，让她像个白痴一样坐在房间里等死。

维拉走到窗户前向下望，幸好附近有一个花坛，迫不得已时可以从窗户跳下去逃命。只是，这样跳出去肯定会摔跤。

为了打发时间，她拿出日记本，用清秀的字体写起了日记。

突然，她身子一紧，听到一个声音，好像有人打坏了什么地方的玻璃。但是，当她竖起耳朵想听个清楚的时候，声音已经消失了。也许是幻听，她又听见了很多声音，鬼鬼祟祟的脚步声、叽叽嘎嘎上楼梯的声音还有衣服之间的窸窸窣窣的摩擦声。她不知道，这些声音，是真的存在还是自己的假想。

不过，就在这个时候，她听到了一个实实在在的声音。有人迈着坚定的步伐上楼了，一边走还一边低声说话，一扇门开了又关。接着，有人走到顶楼，更多的声响传来。最后，脚步声离她的卧室越来越近。

隆巴德的声音响起来：“维拉，你还好吗？”

“我没事，外面到底发生什么事了？”

布洛尔道："可以让我们进来说吗？"

于是，维拉搬开椅子，拧开锁，拉开门闩，将门打开。布洛尔和隆巴德走进来，两个人的脚和裤腿都湿淋淋的，还滴着水。

她再次问道："出什么事了？"

隆巴德说："阿姆斯特朗不见了！"

维拉大叫起来："什么！"

隆巴德解释道："阿姆斯特朗从这座小岛上消失了！"

布洛尔说："是的，就像变魔术一样，消失了！"

维拉有些不耐烦："这不可能！他一定是藏在哪里！"

布洛尔说："不，不会！我向你保证，这里到处都是光秃秃的，根本没有藏身之所。今天夜里的月光很亮，照得跟白天一样亮，但是我们就是没找到阿姆斯特朗。"

维拉说："说不定，他又回到卧室里去了。"

布洛尔道："我跟隆巴德也这么想，于是又搜了一遍。想必你也听到了，他不在屋子里。他真的不见了，彻底失踪了！"

维拉依然满脸怀疑："我不信！"

隆巴德道："亲爱的维拉，这是真的。另外我们还发现，有人打破了餐厅的窗户，桌上只剩下三个小兵人了。"

## 第十五章　原来他不是凶手

三个人在厨房吃早餐。此时，暴风雨已经过去，晴空无云，太阳升起，照耀着士兵岛。

好天气的到来，使困在这座小岛上的几个人，心情也稍微好转。昨夜那种狂风大作时压得人喘不过气的恐惧感，已经烟消云散。尽管可能还有危险，但是阳光之下的危险显然不如昨晚。他们像从一场噩梦里醒了过来。

隆巴德建议说："今天，我们可以试试站在岛上的最高处借助镜子的反光发射求助信号，但愿有人能发现我们的求助信息。晚上，我们还可以点起篝火引起岸上的人注意。只是我们剩下的柴火已经不多了，就怕岸上的人以为我们是在唱歌跳舞，纵情玩乐。"

维拉说："肯定有人懂莫尔斯电码，说不定我们不用等到天黑就能获救。"

隆巴德有些担忧："虽然天已放晴，但是海浪依然很大，海面还没完全恢复平静。明天天亮之前，对岸的船都没法在岛上靠岸。"

维拉叫起来："难道，我们还要在这里熬一晚？"

隆巴德耸耸肩膀："我们必须面对现实，只要熬过去这二十四小时，我们就胜利了。"

布洛尔清了清嗓子："我们最好搞清楚，阿姆斯特朗到底出了什么事。"

隆巴德说："首先，餐桌上的小兵人只剩下三个，说明阿姆斯特朗已经不在人世了。"

维拉问："但是，我们没有找到他的尸体。"

隆巴德也摇摇头说："真是奇怪，我也想不明白。"

布洛尔一头雾水地猜测："说不定他的尸体被扔进了海里。"

隆巴德厉声问道："这事是谁干的？你扔的还是我扔的？你看见他从客厅大门走出

去，然后回来找我，我们一起出去找他。我没有时间杀死他，还背着他在岛上转悠。”

布洛尔道：“你的话我听不懂，但是我知道一件事。那就是你的那只手枪就在你手里。可能它一直就在你手里。”

“布洛尔，我说，我们都被搜查过了。”

“是的，但也有可能你之前就把它藏了起来，事后又拿了回来。”

“傻老兄，我发誓，它是被人送回来的。我从来没有像在抽屉里发现它被送回来的时候那样吃惊。”

布洛尔不信：“我会相信你的鬼话！无论是阿姆斯特朗还是别人，有什么理由要物归原主呢？”

隆巴德无可奈何，耸耸肩说：“我也不明白，这种事只有疯子才干得出来。这件事简直是世界上最难找出理由、最毫无道理的事。”

布洛尔道：“的确，是毫无道理。但是，你应该编一个好一点儿的故事。”

“我已经将事实告诉你了！”

“我没觉得这是实话。听着，隆巴德，如果你是一个好人，如你现在装的这样——”

隆巴德打断他，用嘲讽的语气说：“我什么时候自称是好人？这话我从来没说过。”

布洛尔依然不依不饶：“如果你说的是实话，那么现在只有一个办法行得通。你拿着手枪，意味着我和维拉都要受你控制。所以，最公平的办法是，你把手枪和之前的那几样药品锁在一起，你我各拿一把钥匙。”

隆巴德点燃一支烟，一边吐着烟一边说：“你这是在做梦。这把枪是我的，我要随身携带，用来自卫！”

“你这样说的话，我不得不下一个结论了。”

“什么结论？说我就是凶手欧文？随便你！但我问你，如果我是凶手，昨晚怎么不开枪打死你，我那时有的机会不止二十次吧！”

布洛尔摇摇头：“尽管我不明白你为什么不杀死我，不过你说的也是事实，你一定另有原因。”

一直没有发表意见的维拉，突然插话：“你们两个就像白痴！”

隆巴德看着她：“什么意思？”

维拉道："你们不记得那首童谣了吗？没发现这里有一条线索吗？'四个小士兵，出海去游玩；一个葬鱼腹，只剩三个兵。'这是一条很重要的线索，阿姆斯特朗并没有死，他拿走了小兵人，让我们误以为他死了。不管你们在想什么，我认为阿姆斯特朗还在这座岛上，他就是那条青鱼，为了掩人耳目才制造离奇失踪的假象。"

隆巴德坐下来说："也许，你说的这些是对的。"

布洛尔道："要真是这样，阿姆斯特朗到底躲哪里了呢？我们里里外外搜了个遍，每个角落都没放过。"

维拉嘲讽道："我们之前找那把枪的时候，不也里里外外搜了一遍吗？结果呢？那把枪一直藏在某个地方。"

隆巴德嘟哝道："亲爱的维拉，人的体积跟枪比起来，相差太大！"

维拉说："我不管这些，我只相信自己的判断。"

布洛尔也小声说道："也就是说，阿姆斯特朗自己藏起来了，对不对？童谣上的确提到了鱼，但是没有说清楚具体是怎么回事。"

维拉喊道："难道你们还不清楚？阿姆斯特朗就是一个疯子！他已经疯了，按照童谣的顺序来安排每一桩死亡事件！他将瓦格雷夫打扮成法官的样子，趁着罗杰斯劈柴的时候不留意杀死他，设法让罗杰斯太太服下永不能够醒来的毒药，杀死布伦特小姐，还放出一只蜜蜂！他就是一个可怕的孩子，将杀人视为游戏，将游戏的每个环节都设置得严丝合缝，毫无纰漏！"

布洛尔想了想说："你说得不错，但是这里又不是动物园，他不会再这样顺利地杀死下一个受害者！"

维拉大声喊道："难道你们都没有看明白吗？其实，我们就是杀人狂眼中的动物……从昨晚开始，我们不再是人类，只是一群动物……"

维拉、布洛尔和隆巴德在礁石那里待了一上午，轮流用镜子向岸上发出求救信号。可是，没有人看到他们发出的信号，更没人对此有所回应。

虽然有一点薄雾，但白天的天气还是不错。大海波涛汹涌，海面上连一条船也没有。三个人又对小岛做了一番搜查，但仍旧没有发现失踪的阿姆斯特朗。

维拉抬头看看别墅，声音哽咽地说："我觉得光天化日之下，待在外面比待在屋子里更安全。我们不要回屋子里去了。"

隆巴德说："你说得对，我们在外面更安全，一切都在我们的视线范围之内，没有人能偷偷靠近我们。"

"那，我们都待在这里吧。"

布洛尔说："可是到了晚上，我们还得找一个地方睡觉，还得回到屋子里去。"

维拉吓得一抖："我受够了！不管说什么我也不会在那房子里过夜了。"

隆巴德说："锁上门，你会很安全的。"

维拉张开手臂，喃喃自语："我喜欢这样，真好，能够重见阳光——"

她想："奇怪！我居然能感觉到快乐，但是现在我还没有摆脱危险啊，这是怎么回事？似乎我已经对什么都不在乎了，只觉得自己充满了力量，我不能离开人世……"

布洛尔看看手表："已经两点了，午饭怎么办？"

维拉固执地说："我不打算回到屋里，我就要待在这里，晒晒太阳。"

"维拉，来吧，你得吃点东西补充体力。"

"不，我看见牛舌就觉得恶心，我什么都不想吃。有的人，为了节食也可以好几天不吃东西。"

"好吧，我得按时吃饭，隆巴德，你呢？"

隆巴德说："本来，我也不喜欢罐头食品，我要跟维拉留在这里。"

布洛尔有些犹豫。

维拉说："我不会有事，你也不必担心。我不相信你一走开隆巴德就会开枪打死我。"

布洛尔道："这样就好，但是我们说过不要分开行动。"

隆巴德说："你需要我陪你一起去吗？"

"不，不，你就留在这里陪维拉吧。"

隆巴德笑笑："你这么说，还是对我不放心，是吗？如果我真想杀了你，就刚才说话的这一分钟，我足以打死你两次了。"

布洛尔道："没错，你的确可以。但是这样一来就打乱了按照童谣杀人的顺序：一次只能以特定的方式杀死一个人。”

隆巴德笑了：“看来，你对这个规矩倒是挺熟悉。”

布洛尔说：“当然，我一个人到屋子里，的确有点不自在。”

隆巴德装出一副和颜悦色的样子：“所以，我是不是该把手枪借给你？答案是，不，没得商量，我不借！”

布洛尔耸耸肩，朝房子走去。

隆巴德低声调侃道：“喂食动物的时间到了！动物们严格遵守着生物钟。”

维拉很是焦虑：“他这么做，是不是太冒险了？”

“我不这样想，我觉得布洛尔完全不会有危险。阿姆斯特朗没有武器，论体力，布洛尔都能打赢两个阿姆斯特朗了。而且，布洛尔警惕性很高，我知道，阿姆斯特朗不可能藏在房子里。”

“那……你怎么想？”

隆巴德轻声说：“布洛尔就是凶手。你听一听布洛尔之前的说法。按照他说的，你肯定也相信我跟阿姆斯特朗的失踪毫无关系，完全撇清了我的嫌疑。但是，他却没有撇清自己。我们相信的只是他的一面之词，他说听见了脚步声，看见一个黑影下了楼，从客厅前门跑了出去。也许，这些话都是他胡乱编造的，说不定在他告诉我们这件事的两个小时之前，他已经把阿姆斯特朗杀了。”

“他怎么下手的？”

隆巴德耸耸肩膀：“我哪里清楚？只是当你问我凶手是谁时，我才发现我们目前面临着一个麻烦，布洛尔。这个人，我们对他的底细全然不知。这个家伙的身份本来也不真实，他所有的事全是瞎编的。可能，他是个精神失常的百万富翁；可能是个疯子商人，说不定还是从布罗德摩尔监狱逃出来的囚犯。不管怎么说，我们可以肯定，是他杀害了这里的所有受害者。”

维拉吓得脸色惨白，说话都有些喘不过气了：“如果他要对我们……”

隆巴德拍了拍放在衣服口袋里的手枪：“他的一举一动，我都会格外留意，我会让他给我乖乖地待着。”

说完，他用一种好奇的眼神看着维拉：“维拉，你相信我吗？相信我不会对你开枪？”

维拉说："我必须相信人。其实，我不赞同你对布洛尔的分析，我觉得凶手就是阿姆斯特朗。"

忽然，维拉转过头来："你不觉得有人一直在暗中监视我们，等待下手的好时机吗？"

隆巴德慢慢地说："可能是我们太紧张了，才会这样想。"

维拉打了一个寒战，朝隆巴德身边凑了凑，急切地说："你也感觉到了？你告诉我，这些都不是真的！有一回，我看到一个故事。故事说有两个自称来自最高法院的人，来到一个小镇伸张正义，替天行道。后来，人们发现，这两个人根本不属于这世界。"

隆巴德眉毛一挑："是天堂派来的执法者？不，这种超自然的事，我不相信，我认为这些都是人为的。"

维拉低声说："有时候，我怀疑——"

隆巴德眼神直直地看着她："这些都是因为你的良心在作祟。"

沉默片刻之后，他又语气平静地问："这么说，确实是你淹死了那个孩子？"

维拉很生气："不是我！我没有！你没权利这样说我！"

隆巴德轻松地笑了笑："这样看来，没错，是你淹死了那孩子。虽然我不知道你为什么那样做，但是我想我知道其中的原因，为了一个男人，对不对？"

维拉觉得全身无力，她用虚弱的声音说："是的，为了一个男人。"

隆巴德轻声说："谢谢，这正是我想知道的——"

话还没说完，维拉突然一下子坐起来："怎么了？是不是发生了地震？"

隆巴德道："不，不是地震，不过地面晃了一下，是有点儿奇怪。我以为是……你刚才有没有听见有人喊叫？我听见有人喊了一声。"

他们朝别墅的方向看了看，隆巴德说："声音是从那边传来的，我们最好过去看看。"

"不，我不想去。"

"好吧，你自便，我自己去。"

维拉只好无奈地同意："好吧，我跟你一起去。"

他们一起走向别墅，阳光洒在露台上，让人觉得宁静而祥和。两人犹豫了一会儿，绕开前门，围着房子小心翼翼地绕着走。

他们在房子东边的台阶上，找到了布洛尔。他的头被一块白色大理石撞得血肉模糊，两手张开，趴在了石阶上。

隆巴德抬头望了望："正上方是谁的房间？"

维拉战战兢兢，声音发抖："我的房间，我想起来了，这个大理石是放在我卧室的壁炉上的，它被雕刻成一头熊的样子。啊，一头熊……"

隆巴德抓住维拉的肩膀："已经真相大白了，阿姆斯特朗一定藏在你的卧室里面，我这就进去抓他。"

维拉拽住隆巴德："别傻了！现在只剩下我们两个人了，马上就轮到我们了。他正等着我们去找他，巴不得我们进去送死！"

隆巴德立刻停住脚步，略略沉思之后说道："你的话挺有道理！"

维拉道："至少，你应该承认，我说的是对的。"

隆巴德点点头："是的，你是对的！阿姆斯特朗绝对是凶手，现在他到底藏在哪里呢？这个地方，我们已经里里外外全搜过了。"

"最起码的常识就是，你昨天夜里找不到他，今天白天也不可能找到他。他肯定事先准备好一间密室。不错，这正是他的做法，他设计了一个像老宅子一样的密室，自己藏了进去。"

隆巴德不情愿地说："可是，这栋别墅并不是那种老宅子。"

"他可以让人给他修一间。"

隆巴德摇摇头："就在上岛的第二天，我们就仔细搜过这栋房子，我确定当时没有发现有面积设计不合理的房间。"

维拉道："肯定有。"

"那我倒要进去看个究竟。"

"好啊，你想进去看看，阿姆斯特朗也想你进去！他现在就在房子里等你，等你去送死！"

隆巴德从衣服口袋里将手枪抽出一半，说道："我还有这个！"

"刚才，你还说布洛尔不会出事，说他身体强壮且警惕性特别强，说阿姆斯特朗不是他的对手。但是，你好像没有搞清楚，阿姆斯特朗就是个疯子！一个疯子比正常人狡猾多了，他永远占据上风！”

隆巴德把枪放回口袋：“好吧，我们走吧！”

最后，隆巴德问：“晚上我们该怎么办？”

这一次，维拉没有搭理他。

隆巴德只好没好气地说：“难道，你就没有想过这个问题？”

维拉绝望地说：“我们能怎么办？上帝啊，我真的好害怕！”

隆巴德沉思了一会儿，说：“今天天气很好，晚上一定会有月亮，我们可以在悬崖那边找个地方坐着，直到天亮。期间，我们不能睡觉，必须保持警惕。一旦有人从悬崖上爬上来，我就立即开枪打死他！”

他停了一会儿，说：“维拉，你的衣服很薄，今晚你会觉得很冷。”

维拉笑了笑，哑着嗓子说：“冷？要是我死了，肯定会觉得更冷！”

隆巴德平静地回答：“没错！”

维拉十分难受，挪了挪身子：“如果继续坐在这里，我会疯掉，不如我们走一走吧！”

于是，他们沿着能够俯瞰大海的岩石走去。夕阳西沉，即将落入海平面。金色的阳光绚烂夺目，维拉沐浴在金色的阳光里，突然神经质般地笑着说：“真是可惜，我们不能洗个海水浴——”

隆巴德望着脚下的大海，打断了她的话：“你看，那是什么？看见了没有，那边，就在那块礁石边上，靠右一边的地方。”

维拉顺着他的手指望去：“好像是谁的衣服在那儿。”

隆巴德笑着说：“像一个在游泳的人，我估计是一堆水草！”

维拉道：“我们过去看看吧。”

隆巴德说：“是一堆衣服，还有一只靴子。快点，我们从这儿过去。”

他们踩着几块礁石跳了过去。

维拉突然停住了：“那不是衣服，是一个人。”

那个人已经被海水冲起来，夹在两块礁石之间，维拉和隆巴德跳上礁石，走近那个人。他们弯下腰，看到一张已经泡得发紫的脸，一张因溺水而死亡的扭曲的脸……

隆巴德叫起来："上帝啊，这是阿姆斯特朗……"

## 第十六章　最后的决斗

时间仿佛静止了，地球不再转动，好像已经过去亿万年，仿佛千万个世纪已经飞逝而过……

不，实际上，时间只过去了一两分钟……

隆巴德和维拉站在原地，低着头看着这个已经死去的人……

渐渐地，他们慢慢抬起头，直直地凝视对方……

隆巴德笑了："维拉，原来是这样。"

维拉低声说："除了我们俩，这岛上没有人了，一个人也没有了——"

隆巴德道："是的，现在我们的处境很清楚了。"

维拉问："关于布洛尔被压死的那个大理石熊的把戏，到底是怎么回事？"

隆巴德耸耸肩膀："亲爱的，那只是个魔术！"

两人再次目光相遇，维拉想："为什么我之前没有好好地看看这张脸？这一张脸，如一头狼，正露出可怕的獠牙。"

隆巴德如野兽嚎叫一般说道："演出应该结束了，现在真相已经浮出水面，这就是结局——"

维拉平静地说："我知道。"

她望着大海，突然想起，昨天还是前天，已经死去的麦克阿瑟将军也曾眺望大海，说"这就是结局"。他说话的语气，完全是听天由命，甚至对死亡还有一点期望。

但是对维拉来说，她特别反感这些话和这些想法，不，不，这还不是结局！

她看着死去的阿姆斯特朗：“可怜的医生——”

隆巴德嘲讽道：“你这是干什么？是作为一个女人而给予的怜悯吗？”

“这有什么问题？难道，你没有怜悯之心吗？”

“你可别指望得到我对你的怜悯！”

维拉低头看着阿姆斯特朗的尸体：“至少，我们得把他捞上来，抬到屋子里。”

隆巴德笑着说：“愿听差遣！”

他弯下腰，将阿姆斯特朗的尸体往上拉。维拉站在他身边，用尽全身力气帮忙拉尸体。

隆巴德气喘吁吁：“这活儿真是不轻松！”

他们费尽力气，总算把尸体拉到海水冲不走的地方，隆巴德直起上身：“这回，你满意了吗？”

维拉答道：“非常满意！”

隆巴德听到这种语气立马警惕起来，伸手摸进衣服口袋，里面已经空空如也，他立马明白了。此时，维拉已经退到离他好几步远的地方，举着手枪对着他。

隆巴德说：“原来，这才是你作为女人的怜悯之情，是为了抢走我的手枪。”

维拉点点头，毫不犹豫地握紧手枪，举起来。隆巴德感觉，自己从来没有如此近距离靠近死神。不过，就算在这样的情况下，他仍旧没有被恐惧打倒，他用命令的口气说：“把枪给我！”

维拉笑了笑。

“听见没有？把枪给我！”

他的大脑飞速运转。怎么办才能说服她——一定要先稳住她——要不干脆给她致命一击？

现实生活中，隆巴德总是会选择冒险的方式，现在也不例外，他一字一顿严肃地说：“亲爱的维拉，请听我说！”

话音未落，他突然一跃而起，像一头豹子或者一种猫科动物，敏捷地……

维拉本能地扣动扳机……

隆巴德跃起的身体在半空中停顿了一瞬，随后重重地摔在岩石上，维拉警惕地走了过去，随时准备第二次扣动扳机。不过，完全没有必要。因为，隆巴德的心脏已经被击穿，他已经断气了。

维拉长长地舒了一口气。

一切已经过去了，此时此刻，她感觉已经得到解脱。再也不会恐惧，再也不用紧张……

现在，岛上只剩下她一个人……

此外，还有九具尸体。

到底是怎么回事？她居然还活着……

现在，维拉坐立在原地，再也不觉得恐惧，感到幸福而安宁。

太阳快要沉入海平面时，维拉才站起来。

刚才的事情发生后，她一直瘫软地坐在原地，一动也不敢动，除了觉得幸福和安全，她再也没有其他感觉。现在，维拉觉得又饿又困，想倒在床上睡一觉。

也许，明天就会有人来救她了。不过，有没有人都无所谓，反正岛上只剩下她一个人，她什么也不怕，待在这里也没关系。

啊！安全！宁静！

维拉站起来，望着那栋漂亮的别墅。

现在，再也没有令她害怕的事情，再也没有未知的恐惧会将她吞噬。早些时候，她只要看一眼这栋别墅，就忍不住吓得瑟瑟发抖，现在，它跟其他漂亮建筑比起来，再也没有什么不同，已经恢复了原本时髦的模样。

恐惧，这种特别古怪的东西，已经消失了！她凭借果敢机智的判断，终于扫清一切威胁和障碍，渡过险境，赢得了最终的胜利！

维拉走向屋子。太阳缓缓西沉，西边的天空出现一道道橙红色霞光，一切都沐浴在这美丽的宁静之中。

维拉想：“也许，这一切只是一个梦。”

现在，她已经精疲力尽，浑身酸疼。太累了，终于不用担惊受怕，她只想睡觉……睡觉……

终于可以睡个好觉了！维拉的脸上浮现一丝笑容，从别墅的前门走进去。

她想："一般来说，没人敢在几乎每一间卧室都停着尸体的房间睡觉，但是要不要去厨房找点吃的呢？"

犹豫了一会儿，她觉得太累了，还是放弃找食物的打算。

现在，她站在餐厅的门口，看见桌子上面摆着三个小兵人，于是她笑着说："亲爱的，演出到此闭幕！"

说完，她抓起两个小兵人，从窗口扔了出去，然后抓住第三个小兵人，说："亲爱的，我们胜利了，跟我来吧，我们赢了！"

暮色四合，客厅的光线越来越昏暗，维拉握着小兵人，一步一步走上楼。她的两条腿毫无力气，步子沉重而缓慢。

"一个小士兵，孤单冷清清。"奇怪，下一句是什么来着，哦，对了——"悬梁上了吊，一个也不剩。"

奇怪……维拉觉得，自己明显强烈地感觉到雨果就在自己的房间里……

她自言自语道："别傻了，你太累了，所以出现了幻觉……"

她慢慢走上楼。楼梯尽头，手枪从她手上慢慢滑落，掉到地毯上，几乎没有发出任何声音。维拉根本没有意识到手枪已经掉落，她只将小兵人紧紧攥在手里。

别墅里是安静！不过，好像这里并不是只有她一个人……雨果已经在楼上等她……

"一个小士兵，孤单冷清清。"

下一句是什么，好像是结婚，或者别的什么?

维拉想不起来，她来到自己的卧室门前，无比确信，雨果就在里面等她！

她推开门，倒吸了一口凉气。天花板上的黑色钩子上，挂着一个已经打好结头的绳子，绳子下方摆着一把能够一脚踢开的椅子……

这正是雨果想要的……

这才是童谣里的最后一句话——"悬梁上了吊，一个也不剩。"

小兵人从维拉的手里滑落，滚到壁炉边，撞碎了。

维拉麻木地往前走，这就是她的结局——这就是西里尔的手，冰冷而潮湿——曾经扼住她的喉咙……

“西里尔，你能游到礁石那边去！”

这是一场简单的谋杀，但是她从此再也无法忘记……

现在，维拉站在椅子上，眼睛茫然地望着前方，她像梦游一般，将绳套套在自己的脖子上。

啊，雨果正看着她，看着她走向自己选择的归途。

她一脚踢开了椅子……

## 第十七章　无人能破的连环奇案

从苏格兰场派来调查案件的警察局长莱格爵士十分生气：“从头至尾，这个案子荒唐至极！”

梅因刑警恭敬地回答：“是的，局长！”

莱格爵士道：“十个人全死了，没有一个人活下来，真是难以令人置信！”

“局长，事实的确如此！”

“见鬼！肯定有人把他们杀光了！”

“局长，我们现在正在调查谁是真凶。”

“验尸报告有什么发现吗？”

“暂时没有。瓦格雷夫和隆巴德都是遭到枪杀，前者头部中枪，后者心脏被子弹打穿。布伦特和安东尼是被氰化物毒死的。罗杰斯太太因服用过量的曲砜那中毒身亡。罗杰斯因头部被凶器劈开而亡。布洛尔的头被砸烂。阿姆斯特朗因溺水死亡。麦克阿瑟因后脑遭到重击而死。维拉是上吊自杀。”

莱格爵士不由得往后一缩：“下手真是狠毒！”

他想了一会儿，又怒气冲冲地问：“你们有没有从斯蒂克尔黑文镇上居民的嘴巴里打听到任何有用的线索？可恶，他们肯定知道点什么。”

梅因刑警耸耸肩膀：“他们都是普通的渔民，只听说一个叫欧文的人买下了这座岛。目前，从他们嘴里得知的线索就是这些了。”

“谁是欧文的代理人？”

“艾萨克·莫里斯。”

“他说了些什么？”

“没有，局长，他已经死了。”

莱格爵士皱了皱眉头：“从他身上有没有发现什么线索？”

“局长，我们发现了一点线索。这个人名声不好，跟三年前本托尼公司兜售假股票的案子脱不了干系。虽然我们没有找到确凿证据，但是莫里斯的确有这个嫌疑。此外，他贩卖过毒品。只是这个人办事格外小心谨慎，我们还没抓到他的什么把柄。”

“他将这座岛拍卖之后，就死了？”

“是的，局长！他号称是替第三方雇主买下这座岛，还不愿意透露雇主的姓名。他一个人就完成了这桩买卖。”

“从交易账面上能发现一些线索吗？”

梅因刑警笑了笑：“如果你认识莫里斯，就知道根本发现不了任何线索！这个人最会做假账，能骗过全国最好的会计的眼睛！在办本托尼那桩案子的时候，我已经领教过他的本事了，他能将雇主的账面做得天衣无缝！”

他歇了一口气，继续道：“莫里斯跟当地居民联系好，将岛上的一切事宜安排妥当。作为欧文先生的代理人，他告诉镇上的人，士兵岛正在开展一场野外生存比赛，考验来人能不能在岛上居住一个星期。所以如果岛上发出任何求救信号，他们都不必当真。”

莱格爵士挪了一下身体，不安地说：“你是说，这个镇上的人一点也不怀疑？难道没有人觉得这件事哪里有些不对劲吗？”

梅因刑警摇摇头："局长，你可能忘了一件事。士兵岛原来的主人是罗布森先生。这个人住在士兵岛的时候，经常举办各种奇怪的聚会。一开始，当地人看到岛上的事，无比震惊。但是，后来他们就渐渐习惯了。再后来，无论岛上搞出什么奇怪的动静，他们都习以为常了。所以，局长，这样想的话，他们不可能发现岛上的异常情况。"

莱格爵士脸色阴沉，默认了梅因刑警的分析。

接着，刑警说道："弗雷德告诉我，是他将这群人送到士兵岛的。他说了一个比较有用的线索。他说，他第一次见到这群人的时候，大吃一惊。因为，这群人看上去完全不像罗布森先生的客人。我想，可能是因为弗雷德认为这些客人看上去只是普通人，跟以往的客人相比，差别太大。所以他看到求救信号之后便违背了莫里斯的指示，开船来到岛上。"

"那么，他跟其他人在什么时候上岛的？"

"11日清晨，一群孩子发现了信号，但是那天风浪很大，不适合出海。第二天下午，风暴平息之后，他们一刻也没耽误，出了海。所以绝对不会有人在此之前逃跑。当时暴风雨刚过，海浪汹涌。"

"会不会有人游泳逃走了？"

"不会。士兵岛跟海岸之间的距离有一英里，当时海浪很大，岸上有不少孩子和其他人在围观。"

莱格爵士叹口气，继续问道："那张从房子里找到的唱片，你们有什么发现？"

"我已经查过了，制作这张唱片的这家公司主要为剧场和电影公司提供道具。他们将唱片寄给了莫里斯，莫里斯再转交给欧文先生。这个公司的人说，有人告诉他们这张唱片是一个业余话剧团为了演出而准备的。现在关于这场演出的文稿和唱片已经寄过来了。"

"唱片都说了些什么？"

梅因刑警郑重其事地回答道："局长，我正要将这件事报告给您。我已经仔细地将唱片里提到的控告调查过了。先说说最先到达士兵岛的罗杰斯夫妇，他们曾是布雷迪小姐的佣人，后来布雷迪小姐因病死亡，医生也没有对死亡原因做出明确的解释，只是说这对夫妇没有给布雷迪小姐下毒。不过，这个医生也有不尽责任的地方，至少他的解释没有完全说出布雷迪死亡的真正原因。

"我们再说说瓦格雷夫法官，这个人没有任何问题。他审理过塞顿的案子，在这儿我补充一句，塞顿的确有罪，这件事确凿无疑，只是证明塞顿有罪的证据是在塞顿被判决之后才发现的，这个人的确罪有应得。只不过，当时瓦格雷夫宣判的时候，人们议论纷纷，认为塞顿完全无罪，认为瓦格雷夫法官假公济私。

“还有，维拉小姐曾经是一位家庭教师，她服务过的这家人发生了一起溺亡案，不过这跟她并没有多大的关系。当时，她表现得很勇敢，到海里救人，如果她没有被及时救起来的话，估计也会小命不保。

“至于阿姆斯特朗，他是一位名医，在哈里街开了一家诊所。他在医学上的专业水准不容置疑，关于唱片上对他的指控，我们没有发现任何疑点。不过，1925年，他的确在莱特莫尔医院给一个名叫克利斯的女人做过手术。当时，这个女人患上了腹膜炎，在做手术时死在了手术台上。也许，当时阿姆斯特朗对这种手术并不是很熟练，所以才导致了这场医疗事故。不过，这件事怎么说也不算犯罪，因为这位医生并没有犯罪动机。

“接下来，我再说说布伦特小姐。泰勒是她的佣人，后来泰勒未婚先孕，被布伦特赶出了家门，走投无路投河自杀。这件事布伦特小姐的确做得很无情，但是她并没有构成犯罪。”

莱格爵士说：“问题就在这里，欧文先生杀死的这些人，犯的都是法律无法给予判决的案子。”

梅因刑警继续面无表情地说：“安东尼开车超速，已经被两次吊销驾驶证。我认为，他不该超速开车，唱片里对他的指控也提到他超速这件事。他在剑桥附近开车撞死了两个小孩，约翰·库姆斯和露西·库姆斯。安东尼的几个朋友帮他作保，他交了罚款便得到了保释。

“关于麦克阿瑟将军的指控，我们没有找到任何确凿的线索。不论在生活中还是战场上，他的表现都挺不错。里奇蒙是他在法国服役时的部下，后来不幸死在战场上。我们已经调查过了，里奇蒙跟麦克阿瑟之间不但没有仇恨，还是很好的朋友。战争无情，也许是麦克阿瑟指挥失误，才导致里奇蒙白白牺牲，这种事在战场上并不稀奇。

“接着，我们来谈谈隆巴德。他在国外混了好几年，也做过几次不道德的勾当，尽管有一两次差点送命，但最后还是成功脱身。大家都知道，这个人胆大而鲁莽，极有可能在一些偏远地方杀过人。

“至于布洛尔，以前还是我们的同行，是个警察。”

听到这里，莱格爵士身体微微一动，慢吞吞地说：“布洛尔，我一直认为，他可不是个好人！这个人非常狡猾，三番五次逃脱了法律的制裁。据我所知，当年兰道的那个案子，他做了伪证。当时，我就非常怀疑布洛尔的证词，只是苦于找不到确凿证据。后来，我派哈里斯去调查这件事，也是一无所获。不过，现在我还是相信，如果当时我们能找到合适的地方下手，肯定能挖出一些证据。布洛尔这个人绝非正人君子！”

梅因刑警和莱格爵士目光相对，过了好一会儿，莱格爵士问：“你刚才说，作为小岛主人欧文先生的委托购买人莫里斯已经死了，是真的吗？他什么时候死的？”

“8月8日夜里。据调查，他是因为服用了过量的巴比妥安眠药才引起的死亡，目前还不能确定他属于自杀还是他杀。”

莱格爵士心事重重，一拳砸在桌子上：“莫里斯死得也太凑巧了！真是匪夷所思！十个大活人被杀死在一个光秃秃的小岛上，我们既不知道凶手是谁，也不知道他的杀人动机，更不知道他的作案过程！”

梅因刑警咳了一声，道：“局长，我们也不是全不知情，多多少少也掌握了一些线索。应该是某个对正义抱着奇怪想法的人，找到了十个法律无法制裁的人，也不管这些人是不是真的有罪——”

莱格爵士异常激动地打断了梅因刑警：“他不管！我认为——”话到嘴边，他又停了下来，梅因刑警则恭敬地等待他继续说下去。然而莱格爵士摇摇头，叹了口气：“我刚才忽然觉得发现了一点眉目，但还没找到头绪，没办法说清楚，你还是继续说下去吧。”

梅因道：“这个怪人，也就是所谓的‘欧文’先生，他找到十个这样的人，然后在岛上将他们处决。随后，他想方设法逃走了。”

“这种逃脱术，真是一流！不过，梅因刑警，这世上并没有无法解释的事情。”

梅因刑警说：“局长，你有没有这种设想，如果凶手没有来过士兵岛，自然也不存在如何离开这座岛的问题了。并且根据现在掌握的一些线索，可以确定没有其他人登上这座岛。这样一来，唯一能够说得通的就是，他们这十个人之中，必定有一个人是凶手。

“局长，关于这一点，我们早就想到了，因此我们对这座岛进行了搜查，现在掌握的资料，至少比案发后刚接手这案子时更丰富了。维拉和布伦特各自留下来一本日记。瓦格雷夫也写了一些笔记，他的笔记用的是法律词汇，笔记晦涩，但内容却很清晰。此外，布洛尔留下一些文字记录。这些证据之间出入不大，由此我们发现，这十个人的死亡顺序为：安东尼、罗杰斯太太、麦克阿瑟将军、罗杰斯、布伦特、瓦格雷夫。瓦格雷夫死后，维拉在日记本上记录了这样一件事：阿姆斯特朗曾半夜离开卧室，布洛尔和隆巴德出去找过他。这件事，布洛尔也在日记本上做了记录，但他只写了一句话——‘阿姆斯特朗不见了。’

“局长，根据这些记录，我们也许可以用这样的一个结论来回顾整个案件。你肯定记得这个细节，阿姆斯特朗是溺水而死。假设阿姆斯特朗就是凶手，那么他完全可能在杀死他人之后，跳崖自杀。

“但是，这个看似合理的结论完全不成立。首先，8月13日早上，法医到达士兵岛，根据化验结果，目前能确定的就是，这些人的死亡时间已经超过三十六个小时，而阿姆斯特朗的尸体应该是在水里浸泡八至十个小时之后，被海水冲到岸上。由此推断，阿姆斯特朗的溺水时间应该在8月10日至11日夜间的某个时段。我们根据海水涨潮的印记发现，阿姆斯特朗的尸体被冲上来的时候，卡在两块礁石之间，直到现在，礁石上还留着他的一些衣服碎片和头发，他应该是在11日夜间十一点左右海水涨潮的时候被冲上来的。也许，局长你认为阿姆斯特朗先杀死了其他三人，然后跳海自杀。但是，我们发现阿姆斯特朗的尸体是被人拖到了海水冲不走的地方，笔直地放在地上。显而易见，在阿姆斯特朗死亡之后，士兵岛上还有活人。

“这件事该如何解释呢？应该是这样：11日早上，阿姆斯特朗不见了，被淹死了，这样一来，仅有隆巴德、布洛尔和维拉还活着。隆巴德中弹身亡，他的尸体挨着阿姆斯特朗的尸体。维拉在自己的卧室吊死，而布洛尔则被从维拉房间的窗户上落下的一块大理石砸中脑袋，当场身亡。

“现在，我们来分析一下这三个人当时的情况。假设是隆巴德扔下石头，砸死布洛尔，然后给维拉服下麻醉剂，将她吊死，最后走到海边开枪自杀。但是，如果这样的话，谁又拿走了他的手枪呢？因为，我们在房子里发现了这把枪，它就掉在瓦格雷夫的卧室门前。”

莱格爵士问：“有没有在枪上找到指纹？”

“有，是维拉的指纹。我知道，局长，你可能会说，是维拉开枪打死了隆巴德，然后带着手枪回到房间，用大理石砸死了布洛尔，最后上吊自杀。这个推理看上去也很合理，只是有一点很奇怪：她的鞋子和卧室里的椅子上沾着水草。所以当时应该是她站在椅子上，把脖子伸进绳套，然后踢倒了椅子。但是，我们发现，那把椅子并不是被踢倒的，而是跟房间里的其他椅子一起并排靠墙放着。由此可以肯定，维拉死后，有人将椅子放在了那里。

“现在，我们再来说说布洛尔。局长，如果你认为是布洛尔先吊死了维拉，然后走到屋外，用绳子拉起大理石砸死自己，我可不相信。没人会选择这种自杀方式，何况是布洛尔，他绝对不会为了正义而献出自己的生命。

“所以，局长，我以为，除了这十个人，岛上肯定还有别的人。这人杀光了所有人之后，做了善后工作。只是，他一直藏在哪里，现在又逃到哪里了呢？斯蒂克尔黑文的人异口同声咬定，没有人在救援船只抵达士兵岛之前离开。照这样看——”

忽然，梅因刑警停了下来。莱格爵士摇摇头，挪了一下身体，长叹一口气，说：“如果真是这样，到底是谁杀死了这些人？”

## 第十八章　拖网渔船爱玛·珍号船长寄给苏格兰场的手稿

在我很小的时候，我便知道，我的本性是各种矛盾的综合体。首先，我无可救药地热爱浪漫的幻想。小时候，我每次读到侦探小说里有人将重要文件装到瓶子里沉入大海时，总是莫名地激动万分。直到今天，这种激动仍然伴随在我的左右，于是我采用这种漂流瓶的方式，写下我的自白，装入瓶子，然后将瓶子封好，沉入大海。也许，有百分之一的可能，我的瓶子会被某个人捞起来。如果真是这样——也许我太乐观了——总之，幸运的话，这桩无法侦破的神秘谋杀案就能真相大白。

此外，除了浪漫的幻想，我的性格也有其他矛盾的地方。死亡总能引起我的关注，我喜欢亲眼目睹或者亲手制造死亡。当我还是一个孩子的时候，我就知道自己有着强烈的杀戮欲望，我依然记得，那些用黄蜂和花园里的各种小虫子做解剖实验。

但是，与上面这些性格有些矛盾的是，我还有一种格外强烈的正义感。我非常痛恨自己的行为让无辜的人或者动物遭受磨难和死亡，因为我一直认为，正义能战胜一切。

因此，至少心理学家能够理解，我正是基于这样的心理状态才选择了法律作为我的终身职业。因为，法律工作几乎满足了我所有性格特点。

我一直被罪恶和惩罚深深吸引，同时酷爱各种侦探小说和恐怖故事，于是我便幻想出各种巧妙的杀人方法来打发时间。

长大后，我成为一名法官。蛰伏在我身体里的一个天性终于得到鼓舞，渐渐崭露头角。每一次，只要我看到一名罪犯在被告席上痛苦挣扎，遭受折磨，走向死亡时，我总觉得无比快乐。不过，要是被告席上的人是无辜的，我就不会有一丁点儿的快乐。所以，至少有两次这样的情况，当我得知被告是无辜的，便立即终止审判并告诉陪审团关于被告的指控不能成立。为此，我得感谢警察部门的公正态度和破案效率，绝大多数被押上法庭的被告都是罪犯。

现在，我想说一下关于塞顿的案子。塞顿的行为举止和外貌容易给人留下好感，所以他给陪审团留下了不错的印象。尽管关于他的指控证据不够确凿无疑，但我根据多年来对罪犯情况的了解，我确定对塞顿的指控完全属实：他将一位非常信任他的老妇人残忍地杀害了。

人们称我是“身穿法袍的刽子手”，对我而言这个称呼并不公平。我一向秉公办案，结案措辞非常严谨。我要做的，就是避免陪审团受到某些辩护律师的煽动性辩词影响，从而感情用事。我总会引导陪审团的注意重点，让他们关注案件事实。

时间久了，我发现我的心态发生了变化，我越来越不能控制自己，越来越想摆脱法官身份的束缚，自己行动。

直白地说，我想亲手杀人！

我意识到，这种想法跟行为艺术家想表达自我完全一样！没错，我就是想成为一名犯罪学艺术家。只是，我被法官这个身份束缚，那些被我压制的想象力，已经变成一股巨大的力量。

我一定要亲手杀人！

重要的是，我不想用普通方式杀人，我的方式必须与众不同，具有艺术感和仪式感，让人感到奇妙和震惊。在这方面，我自信我有着非凡的想象力。于是，我想做出具有戏剧性的杀人案件，将异想天开变成现实。

但是，我又很矛盾，那种与生俱来的正义感压制着我，让我认为不应该杀死无辜的人。

后来，我想出了一个绝妙的点子。这个主意是在跟一名普通的无名医生聊天的时候形成的，他的一句话带给我灵感。这位医生偶然提到，有的凶手犯了罪却没有受到法律制裁。他给我说了一个最近医治的一位老妇人的事情。他认为，正是因为照顾老妇人的那对夫妇没有及时给她服用急救药才导致老妇人病发身亡。这对夫妇在老妇人死后得到了一大笔遗产，他说这种事很难找到证据，但是他深信，这对夫妇的确有罪。他还跟我讲了很多类似的案子……这些凶手，异常狡猾歹毒，将法律玩弄于股掌之间。

这就是整桩案子的开端，当时我豁然开朗，便决定要做成一个系列的杀人案件。

我2岁的时候，就对一首童谣格外着迷。这首童谣里提到的小兵人，越来越少，无法逃脱在劫难逃的宿命。

于是，我开始秘密搜集猎杀对象。在此，我不想赘述搜集细节。总之，我在遇到每一个人的时候都按照一套程序进行谈话，结果收获惊人。

住院期间，我搜集到了关于阿姆斯特朗医生的案子。照顾我的护士是一名主张戒酒的激进人士，她为了向我证明酗酒的恶果，讲了一件真人真事。几年前，医院里有一位医生喝醉之后给病人做手术，结果将病人误杀。后来，我装出无心的样子打听到这个护士以前工作的地方，并得知此案的相关细节。很快我就搜集到必要线索，不费吹灰之力就查清了肇事医生和遇害者之间的情况。

在俱乐部跟两个老军人闲聊时，我听到了麦克阿瑟将军的故事。从一个从亚马逊归来的人口中，我知道了隆巴德的劣迹。一位来自玛约喀的先生，愤愤不平地向我讲述了清教徒布伦特和她那死去的女仆泰勒之间的故事。从一大堆跟安东尼一样犯了罪行的杀人犯中，我选了他。我觉得安东尼对自己撞死那两个孩子的罪行无动于衷，他的这种态度是对生命的亵渎。他是这个社会的危险分子，不能继续留在这世上危害他人。我的一些同事曾十分坦率地谈起兰道的案子，我认为布洛尔做伪证的犯罪情节十分严重，作为警察，作为人民的公仆，必须要公正守法，因为他们的证词具有很强的说服力。因此，我将布洛尔列入我的杀人名单。

最后一个人是维拉，在横渡大西洋的时候听到了她的故事。那一天深夜，吸烟室里只有我和一个长相英俊的小伙子，这个人叫雨果。雨果看上去郁郁寡欢，喝酒之后他对我说了心里话。最初，我的兴趣不大，但是还是按照既定模式，开始跟他交谈。结果，收获出乎我的预料。直到现在，我还记得雨果的话。

他说："你说得对，谋杀并不是大多数人想的那样，不是在食物中下毒就是把人推下悬崖。我认识一个女凶手。最要命的是，我还爱过她……上帝啊，有时候我觉得我现在还爱着她……这种感觉就像生活在地狱……你知道吗，她杀人的一部分原因是为了我……可是我做梦也没有想到，这个女人竟然心肠如此歹毒……太狠毒了……谁也不会想到，一个美丽、坦率、开朗的女孩，竟然做出这种事！她把一个小孩带到海边，把他淹死了……你想想看，一个女人能做出这种事吗？"

我问他："你确定她是故意这么做的？"

雨果的神志突然清醒了："我百分之百确定！除了我，没有人会想到是她干的。但是，出事之后，我看她的第一眼就明白，是她做的。后来，她也发现我知道了真相——但是，她永远也不知道，我到底有多爱那个孩子。"

雨果没有跟我说更多的信息，但是这些话足够我将整件事的来龙去脉弄个明白。

我只需要再找一个人，便凑成了十个。

我发现了莫里斯。这人干了不少坏事，他最擅长的勾当是贩毒，他应该对我一位朋友的女儿负责。这个女孩因为吸毒，在21岁的时候自杀了。

在寻找这些罪人的时候，我的计划也渐渐清晰，只需要选择一个合适的时机动手。最后，敦促我完成这个计划的是哈里街的一家诊所。之前，我在那里做了一次手术，这一次看病，我更加清楚，对我来说任何手术都是徒劳。医生巧妙地隐瞒了真相，但是久病成医的我已经看穿了他们善意的谎言。

我没有将自己最后的决定告诉医生。我绝对不要缠绵病榻，在受够折磨之后死去。我要在死之前好好享受人生，死得激动人心！

现在，我来说说士兵岛案件的具体杀人方式。我利用莫里斯掩盖身份，轻易地买下这座小岛。莫里斯干这事非常在行，我仔细研究了名单上这些人的资料，为每个人定制了合适的诱饵。一切都按照计划进行，完全没有偏差。8月8日，包括我自己在内，所有猎物都登上了士兵岛。

动身之前，我已经将莫里斯安排妥当。他消化不良，我离开伦敦前，给他一粒药，让他睡前服用。我告诉他，我每当胃酸过多时就服用这种药，效果很好。于是，他毫不犹豫地收下了。莫里斯有很重的疑心病，办事谨慎，我毫不担心他会留下什么文档暴露我的身份，他不是那种人。

经过深思熟虑，我精心安排了岛上的人的死亡顺序。这些人犯下的罪行轻重不等，我决定让罪行轻的人先死，他们不必像心肠歹毒的杀人犯那样受尽折磨。

最先死的是安东尼和罗杰斯太太。安东尼死于一瞬间，罗杰斯太太在睡梦中安静死去。安东尼缺乏责任感，是一个没有道德的异教徒。而罗杰斯太太参与谋害雇主的事，我相信她很大程度上是受到罗杰斯的影响。

关于这两个人的死亡，警察会很快查明死因，我没必要将来龙去脉说得太清楚。我打着除黄蜂的幌子，轻易买到了氰化钾，并随身携带。在留声机宣布完对每个人的指控后，所有人都乱作一团，我轻而易举将氰化钾放到安东尼那快要见底的酒杯里。

在留声机播出对每个人的指控时，我非常仔细地观察每个人的表情，凭借多年的法庭经验，我确定他们都有罪。

最近一段时间，我经常头疼，医生给我开了曲砜那安眠药，我慢慢攒下不少，剂量足以杀人。罗杰斯给他妻子端来白兰地后，将杯子放在桌子上面，我从桌子旁经过时，轻松地将药粉放进酒里。这事毫不费力，在场的所有人都没起疑心。

麦克阿瑟将军平静地接受了死亡，他没有听到我从他背后走过来的脚步声。当然，我在合适的时间离开别墅露台，没有留下一点破绽。

果然不出我的预料，岛上随后开展了大搜查，结果，他们没发现其他人。这样一来，岛上的气氛变得非常紧张，我按照计划，选择了阿姆斯特朗作为我的同伙。他容易相信人，根据我的职位和外表，他觉得我德高望重，不是杀人凶手。他的全部疑点指向隆巴德，于是我假装跟他的观点保持一致，并暗示他说我有一个令罪犯暴露自己的计划。

屋子已经被彻底搜查，不过还没有搜身，但是，过不了多久就会搜身了。

8月10号早晨，我杀死了罗杰斯。当时他在砍柴，准备烧火做饭，没有听见我走过去的声音。杀死他后，我在他衣服口袋里找到了餐厅的钥匙，打开餐厅，捡起一个小兵人玩偶扔掉。

趁着大家为罗杰斯的死乱作一团的时候，我溜进隆巴德的卧室，拿走了他的手枪。我知道，他肯定会带手枪。其实，在莫里斯约见隆巴德之前，我已经叮嘱莫里斯，让他提醒隆巴德带手枪。

早餐时，趁着给布伦特倒第二次咖啡的时候，我将曲砜那放在她的咖啡里，然后留她一个人在餐厅。过了一会儿，我悄悄溜回去，趁着她失去知觉，轻而易举将氰化物注射到她体内。我承认，关于招来黄蜂这点，我是有点儿孩子气，但是，我喜欢让每个人的死法跟童谣里的小兵人保持一致。

之后，一切都在我的预料中。我提议搜身，所有人也希望进行一次彻底搜查。我将手枪藏了起来，随身带的氰化钾已经用完。

这时，我告诉阿姆斯特朗，我们的计划必须马上实施。计划很简单，我必须马上装死，这样一来凶手会心慌意乱。不管怎样，只要所有人认为我已经死了，我就能在房子里自由活动，在暗中观察他们的一举一动。

阿姆斯特朗非常支持我的计划。当晚，我将一小块红泥抹在额头上，拿起早就准备好的红窗帘和毛线，将四周布置一番，房间里只有微弱闪烁的烛光，而唯一靠近我进行检查的人是阿姆斯特朗。

这个计划效果显著。当维拉发现我放在她房间的水草后，尖叫起来，那声音几乎快将屋顶掀开。所有人都冲上楼，于是我趁机伪装成一个新的受害者。

他们发现我死后的反应，全在我的预料之中。阿姆斯特朗演了一出好戏，他们将我抬上楼，放在床上，此后再也没有人管我的死活。他们每个人的心中已经充满恐惧，互相猜疑，吓得要死。

我跟阿姆斯特朗约定半夜一点四十五的时候在屋外碰面。我把他带到别墅后面悬崖边的小路上，我说，如果这时有人过来，我们站在这里能够及时发现，房间的卧室都面朝另一个方向，屋里的人不会发现我们。直到那时，阿姆斯特朗还相信我，其实，只要他记得童谣的这一行——“四个小士兵，出海去游玩；一个葬鱼腹，只剩三个兵。”就会有所猜疑有所防范，但是他并没有将童谣放在心上。

过程很简单，我朝悬崖望下去，刻意尖叫了一声，让他也往下望去，看看底下是不是有一个岩洞。于是，阿姆斯特朗立刻俯身张望，我趁机将他推入波涛汹涌的大海。我又回到房间，布洛尔肯定也听到了我的脚步声。我走到阿姆斯特朗的房门前，待了一会儿然后离开，并故意搞出声响，让他听见。我刚下楼，就听见开门的声音，我猜他们一定看到了走出客厅大门时的背影。

布洛尔和隆巴德犹豫了一两分钟，开始跟踪我，我绕到房子后面，通过自己事先打开的窗户回到屋子，关上窗户。过了一会儿之后，我把玻璃打碎，然后上楼，重新回到自己的卧室，躺在床上。

我已经想好了，他们肯定会重新搜查屋子。我猜，他们不会认真检查每具尸体，只会拉开床单，看到尸体不是阿姆斯特朗伪装的便转身走了。这些，都如我所愿。

忘了补充说明了，之前我已经将手枪放回隆巴德的房间。或许有人对我将手枪藏在哪里很感兴趣。我将储藏室的一堆罐头的最底下的一筒拿出来，将手枪塞进去，重新封好。跟我预想的一样，没人对这一堆看上去还没开封的罐头有所怀疑，特别是最上面的罐头完全封好未动。

我将红色窗帘铺在客厅的一把椅子的棉布套下面，藏得严严实实，将椅垫割开一个小口，把毛线藏了进去。

我在等待最后时刻的降临。剩下的三个人，彼此怀疑，彼此畏惧，什么事都做得出来，尤其是隆巴德还带着手枪。我通过窗户监视他们。当布洛尔独自一人回屋时，我将早就准备好的大理石挂好。就这样，布洛尔的生命得到终结。

从窗户里，我看到维拉开枪打死了隆巴德。这个姑娘，真是集胆量和智慧于一身。我一开始就认定，在与隆巴德的对决中，维拉更胜一筹。他们的对决结束后，我立即在维拉的房间布置机关。

这是一次有趣的心理实验。出于认清自己的罪行，出于敏感的神经，出于杀人之后的恐惧，再加上周围环境的催眠，这些力量叠加在一起，能促使维拉做出轻生行为吗？我相信，完全可以。结果，我猜得分毫不差。我站在衣橱的阴影里，看见维拉上吊自杀。

现在只剩下最后一步了。我走出来，将她踢翻的椅子摆在墙边，小心翼翼地捡起她丢在走廊外的手枪，让她的指纹完好保留。

现在呢?

我要写完这篇文章，将它装进瓶子密封好，再投入大海。

这是为什么呢?

因为，我想制造一起无人能解的神秘谋杀案。

直到现在，我终于明白，艺术家不会只满足于艺术创造。人性使然，他渴望自己的艺术得到世人青睐。尽管有点不好意思，我也必须承认，我也受到这种人性的驱使，想让世人得知，我在谋杀这门艺术领域里，天赋过人……

综上所述，我认为，士兵岛的谋杀案永远都是一个谜。当然，警察们比我预想中聪明。毕竟，这里有三条可以追寻的线索。

线索：警方清楚，塞顿的确是有罪之人。因此，他们可以推断，不管从什么角度讲，岛上的这十个人里面，有一个人不是杀人凶手。由此倒推，这个人应该是执行法外判决的正义之士。

线索隐含在童谣里。阿姆斯特朗的死跟“鱼”有关，他上当了，是被“鱼”所骗。这一点说明，当案情发生到这一步时，有人故意转移了注意力，诱使阿姆斯特朗上当。这条线索，是破案的最重要的线索之一。当时，除他之外，岛上只剩下四个人了，我是他唯一可以信任的人。

线索：我的死亡方式具有特别的象征意义，我在前额留下的记号是该隐的标志。

还有一些话我必须说清楚。

把这个装着信的瓶子投入大海之后，我会回到我的房间，躺在床上。我的眼镜上系着一根橡皮筋，这根橡皮筋上套着手枪，而橡皮筋被固定在门把手上。我会用全身的重量压着橡皮筋，接下来，会发生这样的事情：

我将手帕裹在手上，扣动手枪扳机。我的手落下来，枪会在橡皮筋的作用力之下弹向门口，然后被门把手挡住，从橡皮筋上落下来掉在地上。橡皮筋再弹回来，我的眼镜上会掉落一段橡皮筋，不过应该不会引人注意，那一条掉在地上的手帕，也不会引起注意。

我会端正地躺在床上，被子弹穿过前额，跟其他受害者一样，验尸时无法断定我的具体死亡时间。

海面平静之后，岸上的人会开船来到岛上。到时，他们发现的，只有躺在这里的十具尸体和一个无法破解的谜。

# 东方快车谋杀案

## 第一部　事实

### 第一章　一位重要的旅客

这是一个普通的叙利亚冬天的早晨，天刚蒙蒙亮。一列被称为托罗斯快车的列车正停靠在阿勒颇[①]的月台房。它的组成非常简单，只有一节餐车、一节炊事车、一节卧铺车厢和两节普通列车车厢。

卧铺车厢的入口处，一个年轻的法国陆军中尉和一个小个子男人正在热烈讨论着什么。两个人都有着非常明显的标志，一个身着闪耀的军装，一个将自己捂得严严实实，只看到一个冻得通红的鼻子和一直往上翘的胡子尖儿。

如此恶劣的天气，护送一位身份尊贵的陌生人，对于所有人来说似乎都是一件苦差事，可是这名叫作迪博斯克中尉的军官还是意气风发地做着自己分内的事。他用好听的法语讲述着什么，言谈举止间尽显风度，尽管他并不是对所有情况都知悉。据说有很多传言，导致他所伺候的将军心情越来越糟糕。后来，来了一个比利时人，又好像是英国人。在这之后不久，大约一个星期，发生了一些特别的事情。一个非常有名的军官自杀了，还有一个也辞职了。大家的心情似乎一下子就放松了，一些军事中的防备也松懈了不少。将军也因此看上去重新焕发了青春。

---

① 阿勒颇：城市名，位于叙利亚西北部。

一次偶然的机会，迪博斯克听到了将军和这位陌生人的谈话。将军显然难以抑制住自己激动的心情，不停地说："真的非常感谢你，是你拯救了我们，你就是我们的恩人哪！"在他说话的同时，他嘴唇上的白胡子不停抖动着，嘴里还在不停地说着："我真不知道应该怎么感谢你！是你让整个法国军队都脱离了危险，避免了流血事件的发生，你帮我实现了我的愿望，这么远跑过来……"

这位名叫赫尔克里·波洛先生的陌生人，是这样回答将军的，其中有一句话被他记了下来，那就是"可是，你难道忘记了，你曾经救过我的命吗？"接下来，对于否认过去工作成绩的人，将军也回答得非常得体。他们谈话的内容更多地涉及了比利时、法国，谈到了有关荣誉方面的事情，他们亲切地交谈着，愉快地结束了这次交谈。

对于他们具体谈了哪些内容，迪博斯克中尉完全不知情。可是，他承担了护送波洛先生上托罗斯客车的任务，所以，他在这份工作中投入了一个青年军官所有的热情，并开始认真履行这一职责。

迪博斯克中尉说："今天是星期天，过一晚上，也就是明天，星期一的傍晚，您就到达伊斯坦布尔了。"

他已经不止一次讲这句话了。当然，依照惯例，在火车开动前，人们在月台上讲的话，一般都会不断重复。

"是的。"波洛先生也点头表示同意。

"我想，您打算在那里停留几天吧？"

"那当然。伊斯坦布尔是我从来没有去过的地方。如果不抓住这次机会，我会遗憾终身的。"

他像是要印证自己的话一样，还不自觉地捻动了一下手指。"我反正没有什么特别紧急的事情，所以我打算让自己好好放松放松，舒舒服服在那儿住上几天。"

"圣索菲，真是太美了！"迪博斯克中尉说。事实上，他根本没有见过圣索菲。

忽然，一阵凛冽的寒风向月台吹过来，两个人都不自觉地打了个寒战。迪博斯克中尉偷偷瞄了一眼自己的手表，四点五十五分，离开车时间只有五分钟了。

他以为对方已经看到了自己的这一举动，于是赶紧又说起话来。

"一年之中，在这个时节选择出去旅行的人并不多。"他说着，向他们所在卧铺的车窗瞟了一眼。

“是的。”波洛先生再次表示认可。

“希望这场大雪不要把您困在托罗斯！”

“真的发生过这样的事情吗？”

“确实发生过，不过不是今年，是很久以前。”

“那就希望一切正常吧！”波洛先生说，“欧洲的天气预报，一向不太好。”

“天气很糟糕，巴尔干半岛的雪下得很大。”

“是的，听说德国也下了很大的雪。”

“好了。”眼看谈话又要结束了。迪博斯克中尉马上又说，“明天傍晚七点四十分，您就可以到达伊斯坦布尔了。”

“是的，”波洛先生说道，继续刚才的谈话，“听说圣索菲非常美！”

“我坚信，那里非常壮观。”

在他们的头顶上方，卧铺车厢一间包房的窗帘被拉到一边，一个年轻的女人正在向窗户外面打量着。

自从上个星期三从巴格达出发以来，她几乎没怎么睡过。玛丽·德贝纳姆在到基尔库克[①]的火车上，在摩苏尔[②]的旅馆里，昨天晚上的火车上，她都没怎么睡过。刚刚从闷热的环境中西来，她实在觉得太难受了，于是，她打开窗帘向外看去。

这肯定就是阿勒颇了。当然，外面黑黢黢的，她什么也看不见，只能看到一个长长的，灯光若隐若现的月台。月台上，有人在用阿拉伯语怒骂着什么。在她的窗台下面，两个男人正在用法语交谈着什么。一个是法国军官，另外一个是留着长胡子的小个子。她的脸上露出不易觉察的笑容，她还从来没有见过包裹得如此严实的人。外面肯定非常冷，难怪车厢里的温度要调得这么高。她想将车窗往下拉一点，可是却半天也没拉下来。

卧铺车厢的列车员朝他们走了过去，他说，列车马上要就出发了，先生还是上车吧。小个子男人脱了脱帽。啊，原来他是一个秃头。一直专心注视着他们的玛丽·德贝纳

---

① 基尔库克：城市名，位于伊拉克东北部。

② 摩苏尔：城市名，位于伊拉克北部。

姆不由得会心笑了起来。一个看起来特别可笑的小个子男人，对于这种人，谁都不会投以更多关注的目光的。

迪博斯克中尉正在发表最后的陈词。他提前就打好了腹稿，特意将它们留到最后，这几句话非常优美，也特别简练。

为了不让对答显得过于拙劣，波洛先生的回答同样优美悦耳。

“上车吧，先生。”列车员说道。波洛先生带着一种难舍难分的神情上了车，列车员也跟在他身后爬了上来。波洛先生朝车窗外使劲挥了挥手，迪博斯克向他行着军礼。列车猛然往前一蹿，然后慢慢向前开去。

“终于结束了！”波洛先生嘀咕道。

“哟嗬。”迪博斯克中尉不禁打了个寒战，现在他才感觉到外面有多么冷。

“在这儿，先生。”列车员用一种近乎夸耀的神色，向波洛介绍卧室的美观，还有为他放得非常整齐的行李。“先生的小旅行包，我帮您放在这里了。”

他伸出的一只手带有某种提示，波洛自觉地在他的手里放了一张折叠好的钞票。

“谢谢您，先生。”列车员马上行动起来，办事也开始有条不紊起来。“先生的车票已经在我手里了，现在麻烦您将护照也给我。我听说，先生半路上要在伊斯坦布尔下车？”

波洛先生点头表示认可，“我看到旅客并不多啊。”

列车员说：“还有另外两名旅客，就是两名英国人，一位是从印度来的陆军上尉，还有一位是从巴格达来的年轻英国小姐。先生有什么需要吗？”

波洛先生点了一小瓶矿泉水。

清晨五点钟是一个略显不合适的上车时间，离天亮还有整整两个小时。波洛先生深深觉得自己没有睡好，而现在任务已经圆满完成，于是他放心地缩在一个角落里，睡着了。

等他一觉醒来，已经上午九点半了。他走出包房，朝餐车的方向走去，他想要喝杯热咖啡。

这时餐车里只有一个人，就是刚刚列车员提到过的年轻的英国小姐。她个子很高，身材纤细，一头黑发，大约28岁的样子。看她吃早餐的样子，还有她让侍者给她再送一杯咖啡的气派，举手投足之间自有一种决断的能力，这表明她精于世故，而且对旅行非常谙熟。她穿着一身质地非常薄的深色旅行服，这和列车上炽热的空气非常符合。

波洛先生很无聊，就开始静静地研究她。

他判定，她是这样一种年轻女人，不管走到哪里，她都可以很好地照顾自己，过得十分轻松自在。她非常冷静，而且有能力。他非常喜欢她那清秀的五官和白净的皮肤。对于她那一头乌黑亮丽的卷发，他也非常喜欢。除此以外，他还非常喜欢她的灰色眼睛，非常深邃。可是，他判定，她只是有点能力罢了，根本不能称为美人。

没过多久，另外一个人走进了餐车。这个人大概四五十岁，个子很高，身材消瘦，皮肤黝黑，耳朵两旁的头发有点灰白。

"印度来的上校。"波洛小声嘀咕道。

新进来的人对姑娘稍微点了下头。

"你好，德贝纳姆小姐。"

"你好，阿巴思诺特上校。"

上校停住脚步，将一只手放在她对面的椅子上。

"你介意吗？"

"当然不，请坐。"

"谢谢，你知道的，吃早餐一般不会闲聊。"

"我本来就不想闲聊，不过我也不会咬人。"

上校坐了下来。

"服务员。"他用一种命令的口气说道。

他点了鸡蛋和咖啡。

他的目光只是在波洛身上稍稍停留了几秒钟，就马上看向了别处。波洛可以明确知道这个英国人的心思，知道他在小声嘀咕着说："该死的外国佬。"

两个英国人遵守他们的民族习惯，没有闲聊，只是简单谈了几句。没过多久，姑娘就站了起来，回到了自己的房间。

吃午饭时，两个人又重新坐在了一张桌子旁，依然对波洛不理不睬。相比之下，他

① 旁遮普：地名，位于印巴交界处。

们的谈话要比早餐时分热烈得多。阿巴思诺特上校说到旁遮普①，还不间断地向姑娘询问了几个有关巴格达的问题。很明显，她曾经在那里担任过家庭教师。在谈话过程中，他们竟然有几个共同熟悉的朋友，这让他们的关系越发亲近了，少了很多拘束。他们谈到一个叫老汤米的，还说到一个叫雷吉的。上校问她是直接抵达英国，还是半路在伊斯坦布尔下车。

“我会直接抵达英国。”

“那会不会有些遗憾？”

“我在两年前曾经搭乘过这辆车，还在伊斯坦布尔待了三天。”

“哦，那我知道了，对于您直接去英国，我非常高兴，因为我和您一样。”

他欠了欠身，动作看起来有些滑稽，脸色微微泛红。

“看起来上校倒是一个很容易动感情的人。” 赫尔克里·波洛心想，“乘坐这辆火车的风险不亚于海上航行。”

德贝纳姆小姐只是口气淡淡地说了一句：“还不错。”看起来她并不是很感兴趣。

在波洛的注视下，上校将德贝纳姆小姐送回了她的车厢。之后，在托罗斯那壮观的景色之中，他们停下了脚步，站在过道里，俯视着奇里乞亚门①。这时候，站在德贝纳姆小姐身边的波洛听到她低声叹了口气，还说：

“这里的景色好美啊，我多么希望——”

“希望什么？”

“我希望我可以欣赏这美丽的景色。”

对于德贝纳姆小姐的话，阿巴斯诺特并没有给出回应。从他的下巴可以看出，他的表情更加严峻了。

“希望上帝可以保佑你，让你可以摆脱这一切。”他说。

“嘘，不要再说了。”

“哦，好吧。”他愤恨地朝着波洛的方向瞥了一眼，又说：“但是对于你当家庭教师的想法，我并不喜欢，我讨厌你听命于那些蛮横无理的母亲和她们讨厌的小孩。”

她笑了，但是可以听出她的声调变了。

---

① 奇里乞亚门：山名，位于土耳其南部的托罗斯山。

“你这么想可就大错特错了，家庭教师只能‘唯命是从’，已经是老掉牙的观点了，那些父母还怕受到我的欺负呢。”

他们的谈话结束了。也许阿巴思诺特正因为自己情绪的失控而懊恼呢。

“我好像看到了一场奇怪的喜剧。”波洛一边想一边自言自语。

以后他就会想起自己的这个念头。

当天晚上十一点半左右，他们到达了科尼亚①，那两个英国旅客走下了火车，舒展一下身体，此时地上已经积了厚厚的一层雪。

波洛先生本来是满怀趣味地隔着玻璃窗看车站上那熙熙攘攘的人群的，可是看了十分钟之后，他突然觉得去站台上呼吸点新鲜的空气也未尝不可。于是他做了精心的准备，用几件厚厚的大衣把自己裹起来，戴上围巾，又在穿着靴子的脚上套上了一双胶套鞋。把自己包裹严实之后，他小心地走上了站台，朝着车头走去。

货车厢的阴影中站着两个人，看不清楚是谁。从他们说话的声音，他才认出了他们。只听到阿巴思诺特说：

“玛丽——”

女子制止了他。

“现在不行，等一切都宣告终结了，等事情都结束了。”

波洛先生不动声色，小心地离开了，他觉得有些奇怪……

那个声音太过冷静，太过干练，他差点没有听出来那是德贝纳姆小姐。

第二天，不知道他们是不是争吵过，只是交谈不多。他觉得那个姑娘好像有很重的心事，都有了黑眼圈。

下午两点半左右，火车突然停了下来。大家纷纷把脑袋伸到窗外去一探究竟，只见轨道旁边站着几个人，正对着餐车下方的位置指手画脚。

波洛也把脑袋伸出去，问那个脚步匆忙地从这儿经过的列车员发生了什么事。得到对方的答复之后，波洛把头缩了回来，一转身，差一点和不知什么时候来到他身后的玛丽·德贝纳姆小姐撞个满怀。

“出什么事了？”她用法语问道，听起来非常焦急，“车怎么停下来了？”

---

① 科尼亚：土耳其城市。

“没什么事，小姐，就是餐车下面有东西着火了，不过好在火势很小，现在已经扑灭了。现在正在抢修，不用担心，不会有危险的。”

她做了一个和她的淑女身份并不相称的手势，就好像要把这个突发事件抛到一边，假装它并不重要。

“是的，是的，我知道，但是，时间！”

“时间？”

“是的，可能会有所延误。”

“你说得没错，有这个可能。”波洛说。

“但是我们绝对不能晚点！火车抵达的时间应该是六点五十分，但是我还得穿越博斯普鲁斯海峡[①]，去乘坐对岸的辛普朗东方快车。那辆车会在九点钟出发，我要是晚一两个小时，就要错过它了。”

“你说得没错，有这个可能。”波洛说。

他盯着她，觉得有些好奇。他看到，她那只扶着栏杆的手有点不稳，嘴唇也在颤抖。

“小姐，这件事对你很重要吗？”

“嗯嗯，非常重要，我一定不能错过那辆车。”

说完她就去了过道，阿巴思诺特上校在那里。

事实证明她的担心是多余的，仅仅过了十分钟，火车就重新上路了。由于在路上补回了一些时间，所以到达海德帕萨时只晚点了五分钟。

博斯普鲁斯海峡正刮着猛烈的风，波涛汹涌，让波洛先生非常不舒服。在船上，他和旅伴们告别之后，就再也没见过了。

到达加拉塔大桥之后，他马上乘车去了托卡林旅馆。

---

① 博斯普鲁斯海峡：亚欧交界，北连黑海，南接马尔马拉海。

# 第二章　托卡林旅馆

在托卡林，波洛要了一个带有浴室的房间。门房正坐在写字桌旁，波洛问他有没有自己的信。

他不但有信，还有三封，还有一封电报。看到这封电报，他的眉毛不易察觉地皱了一下，显然，这让他有些意外 。

像往常一样，他敏捷地打开了电报，上面的字是印刷的：

你预测的卡斯纳案件进展迅速，速归。

“真讨厌！”波洛生气地嘀咕了一声，抬头看了看墙上的钟表，“我今天晚上得离开这里，”他转向门房，“辛普朗东方快车几点出发？”

“九点，先生。”

“能不能麻烦你帮我买一张卧铺票？”

“当然可以，先生，这个时节并不难买票，火车的上座率很低。您要买头等厢还是二等厢呢？”

“头等厢。”

“好的，先生，您的目的地是哪里？”

“伦敦。”

“好的，先生，我会给您买一张前往伦敦的火车票，为您在伊斯坦布尔-加来车厢订一个卧铺。”

波洛又抬头看了看墙上的钟表，已经七点一刻了。“我还有时间吃晚饭吗？”

“当然，先生。”

这个比利时小个子点了点头，然后把房间退掉，穿越门厅来到了餐厅。

他正在点餐的时候，他的肩膀上突然落下了一只手。

“啊，老朋友，在这里见到你简直太意外了！”他身后的人说。

说话的人又矮又胖，看起来年纪已经很大了，他的头发齐刷刷地立着，好像一把刷子。可以看出，他笑得很开心。

波洛惊喜地跳了起来。

“布克先生！”

“波洛先生！”

布克先生来自比利时，掌管着国际客车公司，和这个昔日比利时警方的风云人物已经是多年的好友。

“你这次旅行离家够远了吧，亲爱的？”布克先生说。

“叙利亚出现了点小状况。”

“你是说你要回家了？什么时候动身？”

“今天晚上。”

“太棒了，我和你一样，我要去洛桑[1]处理些事情，你要搭乘辛普朗东方快车离开吗？”

“是的，我刚才委托他们给我买了卧铺票，我本想在这里多待几天，可是英国那边来了一封电报，说有重要的事，需要我马上回去。”

“哎！”布克先生长叹一声，“重要的事——重要的事！现如今你在你们那一行算得上是佼佼者了，我的老朋友！”

“可能是取得了那么点不足挂齿的成就。”赫尔克里·波洛尽量想表现出自己谦逊的一面，可惜并没有奏效。

布克先生哈哈大笑起来。

“一会儿见。”他说。

赫尔克里·波洛十分小心，避免自己的胡子沾到汤汁。

在完成这个并不简单的任务之后，波洛一边四处张望，一边等待下一道菜端上来。餐厅里只有六个客人，赫尔克里·波洛的目光落在了其中两个身上。

---

① 洛桑：城市名，位于瑞士西部。

这两个人所在的桌子离他的不远。其中一个人大概30岁，外表招人喜欢，显而易见是个美国人。但是，这个小个子侦探更加关注他的同伴。

那个同伴看起来70岁上下，远远看去非常和善，只是有点秃头，额头是圆的。他微笑的时候，会露出一排洁白的假牙。从这些看起来，他似乎是个性格温和的人。但是，他那双小小的眼睛暴露了他的本性——他的眼窝深陷，眼神奸诈。在他和同伴说话的时候，他还扫视了一眼整个餐厅，盯着波洛看了一会儿。在这一会儿的时间里，他的神情看起来十分恶毒，还有一丝紧张。

之后，他站了起来。

“去把账付了吧，赫克托。”他说。

他的声音听起来沙哑又古怪，又似乎透露出一股危险的意味。

波洛在休息室遇到了布克先生，这时候那一老一少两个人正要离开旅馆，他们的行李已经在楼下了，由年轻的那位安置。不一会儿，他就打开玻璃门说：

“都收拾好了，雷切特先生。”

那个老人嗯了一声，表示自己知道了，然后就出去了。

“那么，”波洛说，“你对这两个人有什么看法？”

“他们来自美国。”布克先生说。

“你说得对，我的意思是，你觉得他们的性格怎么样？”

“年轻的那个很随和的样子。”

“年老的那个呢？”

“说实话，我的朋友，我对他的印象不怎么样，你呢？”

赫尔克里·波洛停顿了一会儿，才给出了答案。

“在餐厅的时候，他从我的身边经过，”他开口了，“我的感觉就像，一只野兽，凶残的野兽，与我擦肩而过，你明白吗，凶残的。”

“但是他看起来很和善。”

“是的，他的身体就好像一个笼子，不管那个笼子多么体面，栏杆里面的野兽却在虎视眈眈。”

“你总是充满了奇怪的念头，我的朋友。”布克先生说。

“也许吧，可是我难以忘记与邪恶那样近在咫尺的感觉。”

“你是说那位可敬的美国绅士？”

“就是那位可敬的美国绅士。”

“好了，”布克先生高兴地说，“也许你是对的，这个世界总是充满了邪恶。”

这时候，门被打开了，门房一脸歉疚地走了进来。

“这事有点反常，先生，”他对波洛说，“头等厢的卧铺票卖光了。”

“你说什么？”布克先生忍不住说，“这个时候，那肯定是旅游团，或者有政客出访——”

“我不知道，先生，”门房转过身，恭敬地说，“但事实就是这样。”

“好吧好吧，”布克先生转过身面对着波洛，“放轻松，我的朋友，这个问题很好解决，十六号卧铺房从来都没有人住，它完全在列车员的掌控之下！”他笑了笑，看了看墙上的钟表。“走吧，”他说，“出发吧。”

在车站，一身棕色制服的列车员热烈地欢迎了布克先生。

“晚上好，先生，您的包厢是一号。”

他叫来了一名搬运工，接过他们手中的行李，沿着车厢一直往前走。火车身上有一个贴牌，注明了这辆车的目的地：

伊斯坦布尔-的里雅斯特①-加来

“据说今天卧铺的票都卖光了？”

“真是令人难以置信，先生，难道今晚全世界的人都出来旅行了？”

“无论如何，你都要给我这位朋友找一间卧铺房，让他住在十六号房也行。”

“可是那里已经有人了，先生。”

“什么，你是说十六号吗？”

他们很有默契地对视了一下，列车员笑了，他是个个子很高的中年男人，脸色蜡黄。

“是的，先生，正如我所说，车厢里已经人满为患了。”

---

① 的里雅斯特：城市名，位于意大利东北部。

“发生什么事了？”布克先生有点生气了，“是在举行什么会议吗，还是有旅行团？”

“都不是，先生，只是凑巧而已，选择乘坐今晚这趟火车的人很多。”

布克先生气愤地哼了一声。

“在贝尔格莱德[①]，”他说，“列车会加一节来自于雅典的车厢，以及一节布加勒斯特[②]到巴黎的车厢。但是我们到达贝尔格莱德已经是明天晚上的事了，如何度过今晚就是个问题。难道二等卧铺也卖光了？”

“二等卧铺倒是有一个，先生——”

“好的，那就——”

“但是那是女士卧铺，而且一位德国女士已经住进去了，她是一位女仆。”

“哎，实在是太不凑巧了。”

“不必担心，我的朋友，”波洛说，“我完全可以去坐普通车厢的。”

“不行，不行，”布克先生又对列车员说，“所有的旅客都已经上车了？”

“事实上，”列车员说，“有一位乘客还没有露面。”他有些迟疑地说。

“继续说。”

“二号卧铺的七号房。还有四分钟就要开车了，但是这位乘客还没出现。”

“是谁？”

“一个英国人，”列车员查询了乘客名单后说，“姓哈里斯。”

“这个名字真不错，”波洛说，“以我看过的狄更斯小说推算，这个哈里斯先生不会露面了。”

“把这位先生的行李送到七号房间吧，”布克先生说，“要是哈里斯先生来了，就告诉他他来得太迟了，卧铺无法为他保留太久，到时候我们再另外想办法。关于这位哈里斯先生，我为什么要管那么多！”

“一切任凭您安排。”列车员说。之后，他告诉波洛的搬运工该怎么走，自己就站在车厢踏板旁边，请波洛先生上车。

---

① 贝尔格莱德：塞尔维亚首都。
② 布加勒斯特：罗马尼亚首都。

“从里面数第二间，先生。”他喊道。

波洛沿着过道走向自己的房间，他走得很慢，很多旅客都在自己房间门口站着。

他一一地说“借过”，如同钟表一样有规律。最后，他终于走到了自己的包房。房间里有一个人正在放置自己的行李箱，正是他在托卡林旅馆看到的那个个子很高的年轻的美国人。

那个人看到波洛进来，皱起了眉头。

“对不起，”他说，“但是您可能走错房间了。”之后，他用法语把这句话重复了一遍。

波洛用英语问：“请问您是哈里斯先生吗？”

“我不是，我叫麦奎因，我——”

这时候，波洛身后传来了列车员的声音，他的声音中有一丝歉意，还有点气急败坏。

“这是火车上仅有的一个卧铺了，先生，这位先生只能住在这里了。”

他一边说，一边拉起了过道上的窗户，并把波洛的行李拿了进来。

波洛对于列车员话语中的歉意很感兴趣。显然，这个年轻人曾经给了列车员一笔不菲的小费，以便能独占这个房间。可是，由于公司的董事也在这列火车上，并且亲自下达了命令，所以再多的小费也无济于事。

列车员把行李放到行李架上之后就离开了。

“都安排妥当了，先生，”他说，“您在上铺，七号床，再有一分钟，火车就要出发了。”

话音刚落，他就急急忙忙地走了。波洛又走进了房间。

“真是太稀奇了，列车员居然会亲自给乘客放置行李。”波洛愉快地说。

他的室友笑了笑，看起来他的不快已经烟消云散了。可能他也意识到了，现在再追究这件事毫无意义。“这列火车已经人满为患了！”他说。

汽笛声响起，火车头发出一声低吼。波洛和年轻人一起来到了过道上。外面有人在喊：“上车！”

“我们出发了！”麦奎因说。

但是火车纹丝不动，这时候，汽笛声又响起来了。

“嘿，先生，”年轻人突然说，“要是您喜欢睡下铺——那样会方便一点——那就别客气，我无所谓。”

这个小伙子真不错。

“不不，”波洛推辞说，“我怎么能——”

“没关系的。”

“您太客气了！”

两人互相谦让着。

“反正也只有一个晚上而已，”波洛说，“到了贝尔格莱德——”

“噢，您要在贝尔格莱德下车是吗？”

“不是的，你知道——”

火车晃动了一下，两人都被晃到了窗口，看着那灯火辉煌的站台慢慢远去。

东方快车开始了横贯欧洲的三天旅程。

## 第三章　波洛拒绝接案

第二天上午波洛去餐车吃午饭的时间稍微晚了些。他早早就起来了，独自吃完早饭，整个上午都在埋头阅读他回到伦敦之后要办的案件的资料。他的室友不知道去哪儿了，一直都没有露面。

布克先生来得早一些，已经坐下了，还招呼波洛坐在自己对面。波洛坐下之后，才发现自己这个位置是最棒的。不但可以优先享受食物，而且饭菜都很精致，味道也不错。

直到开始吃芝士蛋糕，布克先生才把注意力从食物上挪开。酒足饭饱之后，正是大发感慨的好时机。

“啊，”他感叹道，“要是我有巴尔扎克那样的文笔，就可以把此时的景象全部描绘出来了。”他挥了挥手。

“这个主意不错。”波洛说。

“哦，你同意吗？是不是还没有人这么写过？但是我的朋友，这适合传奇的氛围。我们身边有形形色色的人，来自于不同的阶级，什么国籍和年龄都有。这些人素昧平生，却因为这三天的旅程走到了一起。在同一个屋檐下，一起吃饭，一起睡觉，谁都离不开谁。三天后，大家分道扬镳，也许永生不会再见。”

“可是，”波洛说，“要是发生点事故呢？”

“哎，不会的，朋友……”

“以你的立场来说，这当然很糟糕，我可以理解。我们只是假设一下而已，要是出了什么事，这些人就会被死亡联系到一起。”

“再喝点酒吧，”布克先生一边说一边倒酒，“你的话实在是太可怕了，你是不是消化不良了，我的朋友。”

“是的，”波洛说，“我的肠胃可能不太适应叙利亚的食物。”

他轻啜了一口酒，身体往后一靠，若有所思地环视着餐车中的人。餐车里一共有十三个人，而且正如布克先生所说，他们分属不同的阶层，来自不同的国家。他开始打量起他们。

他们对面的那一桌坐着三个男人。根据他的猜想，他们三个人都是独自出来旅行的，餐车服务员准确判断出了这一点，把他们安置在了同一张桌子。一个身材高大、皮肤黝黑的意大利人正在兴致勃勃地剔牙。坐在他对面的是个英国人，身材瘦削，衣着整洁，神情淡漠，看起来是一个训练有素的仆人。英国人身边是一个美国人，身材高大，穿得花里胡哨，似乎是个生意人。

“要做就做大！”美国人带着浓重的鼻音大声说。

意大利人把牙签拿在手里把玩着。

“当然，”他说，“只是时间问题。”

英国人看着窗外，咳嗽了几声。

波洛移开了视线。

在一张小桌子旁边，一个长相粗陋不堪的老太太正直挺挺地坐着。她的那种丑陋很有特色，说是难以理解更加确切。她挺直身板，脖子上挂着一条由大颗粒珍珠串成的项链，那珍珠看起来不像真的。她的双手戴满了戒指，肩上披着一件貂皮大衣。头上的那顶灰色的小帽看起来价值不菲，与帽子下面那张蜡黄的、像蛤蟆一样的脸非常不相称。

她正在和餐车服务员说话，吐字清晰，客气有加，但是又不容拒绝。

“请在我的房间放一瓶矿泉水，外加一大杯橙汁。今天的晚饭我要炖鸡肉，不要放盐，还要一些白煮鱼。”

服务员恭敬地表示一定会照办。

她礼节性地点了点头，站起身来，此时她的目光与波洛在空中交接了，但是她拿出了贵族的做派，冷漠地转移了视线。

“那是德拉戈米罗夫公主，”布克先生压低声音说，“她是俄国人，在革命之前，她丈夫就赚取了大笔财富，在国外投资。现在她非常有钱，终日环球旅行。”

波洛点了点头，对于德拉戈米罗夫公主，他也有所耳闻。

“她挺有名气的，”布克先生说，“虽然丑陋不堪，却还想引起别人关注，我说得对吧？”

波洛表示赞同。

在另外一张大桌子旁边，坐着玛丽·德贝纳姆和另外两个女人。其中一个身材高大的中年妇女穿着方格子上衣和花呢裙子，浅黄色的头发在脑后挽成了一个看起来非常滑稽的发髻。她戴着眼镜，脸很长，就像一头绵羊。另一个是个老女人，身材壮硕，正在和缓地说着什么，但是看起来她意犹未尽，并不想结束这场谈话。

“我女儿说：‘哎，美国的那一套在这个国家根本行不通，这里的人们天性就是懒惰的。’她说：‘他们一点精气神都没有。’你要是知道我们那里的大学是怎么样的，也会十分惊讶。那里的老师都很优秀，我想，没有什么能与教育相提并论。我们必须让东方人认清我们西方的理念。我女儿说……”

火车进了隧道，于是那单调的声音就淹没在了火车的轰隆声中。

旁边的一张桌子上，阿巴思诺特上校独自坐在那里。他正看着玛丽·德贝纳姆的后脑勺发呆。他们是分开坐的，但是其实想坐在一起也不难，这是为什么呢？

波洛想，可能是玛丽·德贝纳姆不想这么做。女家庭教师总是非常谨慎，十分注重自己的行为举止。一个以此为生的女孩更应该注意这些。

他又将视线转移到了车厢的另一边。在尽头处靠近墙壁的位置，坐着一个一身黑衣的女性，她那宽阔的脸上没有任何表情。她应该是德国人或者斯堪的纳维亚人，他想她应该就是那个德国女仆。

波洛的视线越过她，落在了一对正在热烈地交谈的情侣身上。那个男的虽然穿着宽松的英国花呢服装，却不是英国人。从仅能看到的后脑勺和肩膀，波洛判断出这是一个体格魁梧的人。突然，他转了一下头，波洛看到了他的侧脸。他长得非常帅气，30岁左右，有一撮漂亮的胡子。

他对面的女郎年纪大概在20岁，穿着合身的外套和裙子，白色的缎子衬衫，头上的那顶黑帽子斜扣在头上，看起来非常不自在。她长得很漂亮，肤色白皙，大大的眼睛是棕色的，头发乌黑。她那匀称的双手涂着红色的指甲油，指间夹着一根长烟嘴香烟，手指上戴着一枚白金戒指，上面镶着翡翠。她的长相和声音都非常娇媚。

“她好漂亮，”波洛小声说，“是一对夫妻吗？”

布克先生点了点头。

“我想是匈牙利大使馆的，”他说，“一对璧人。”

餐车里还有另外两个人，就是波洛的室友麦奎因和他的主人雷切特先生。雷切特先生正好与波洛面对面，于是波洛再次审视起那张不讨人喜欢的脸，眉宇间和那对凶恶的小眼睛都透着一股假仁假义。

布克先生当然看出了自己朋友表情的变化。

“你是不是在看那头野兽？”

波洛点点头。

波洛的咖啡送上来了，布克先生也离开了座位。他比波洛来得早，已经吃饱了。

“我回房间了，你吃饱之后来和我聊聊吧。”

“好的。”

波洛小口抿着咖啡，又点了一杯甜酒。餐车服务员带着钱盒子到各桌收费。那个年纪较大的美国女人尖锐地说着，听起来怨气十足：

“我女儿说，‘买一本餐券就可以一劳永逸’，可事实并非如此。想要得到一瓶矿泉水，需要多付一成的小费，而且这水的味道还怪怪的。而且他们居然连依云和薇姿都没有，实在是难以置信。”

“因为他们——怎么说呢，只能提供本国出产的矿泉水。”绵羊脸太太给出了这样的解释。

“哎，太奇怪了，”她满脸嫌弃地看着服务员找回的零钱，“你们看他找给我的是什么奇怪的玩意儿，是第纳尔[①]还是什么，真像是一堆废物。我女儿说——”

玛丽·德贝纳姆把椅子往后一推，朝着面前的两人点了点头就离开了。阿巴思诺特上校也跟在她身后走了。美国女人把她十分嫌弃的那一堆零钱收起来，也走了，绵羊脸太太就跟在她身后。现在，餐车里只剩下波洛、雷切特和麦奎因三个人。

雷切特对麦奎因说了几句话，麦奎因就起身离开了。之后，雷切特也离开了座位，但是他并没有跟麦奎因一起走，而是坐在了波洛对面。

---

① 第纳尔：利比亚等国的货币单位。

“借个火好吗？”他轻柔的声音里带着一丝鼻音，“我叫雷切特。”

波洛欠了欠身，从口袋里掏出一盒火柴递给雷切特，但是他接过去之后并没有点火。

“我想，”他说，“在我面前的，是大名鼎鼎的赫尔克里·波洛先生，我说的没错吧。”

波洛又欠了欠身，“是的，先生。”

雷切特还没开口，波洛就已经注意到他那狡黠的目光正在打量自己。

“我们国家的人都喜欢有话直说，波洛先生，您可以接受我的委托吗？”

赫尔克里·波洛扬了扬眉毛。

“先生，现如今我已经很少接案子了。”

“当然，我可以理解，但是波洛先生，我可以付给您一大笔钱。”他口气温和地又重复了一遍，“一大笔。”

波洛沉默了一会儿，又说：“您需要我做什么呢，雷切特先生？”

“波洛先生，我是个非常有钱的人，像我这种身家的人总是不可避免有些敌人，我就有一个。”

“只有一个吗？”

“你是什么意思？”雷切特有些敏感。

“先生，按照我的经验，一个身处您这样的位置的人，通常不会只有一个敌人。”

听到波洛的话，雷切特松了口气，他说：“你说得对。但是重要的不是我有几个敌人，而是我的生命安全。”

“生命安全？”

“我的生命安全遭到了威胁，波洛先生。我可是个很爱惜自己的人，”他把手伸进大衣口袋，拿出一把自动手枪，在波洛面前晃了晃，又严肃地说：“虽然我觉得我不是那么容易遭人暗算，但是我需要保证我绝对安全。你值得我花大价钱，波洛先生，您可别忘了，这是一大笔钱。”

波洛若有所思地盯着雷切特看了几分钟，脸上毫无表情，对方猜不出他在想什么。

“很遗憾，先生，我无法答应您。”

雷切特盯着他。

“你开个价吧。”他说。

波洛摇摇头。

“先生，你不知道，我的运气很好，所赚的钱足够我任意挥霍。现在，我只接那些让我感兴趣的案子。”

“我很佩服你的勇气，”雷切特说，“不知道2万美元能不能让你动心呢？”

“不能。”

“要是你开出更高的价格，我可无法接受，我知道行情。”

“我也知道，雷切特先生。”

“那你为什么拒绝呢？”

波洛站起身来。

“恕我直言，雷切特先生，你的长相让我很不喜欢。”

说完，他就走出了餐车。.

## 第四章　夜半尖叫

当天晚上八点四十五分，辛普朗东方快车到达了贝尔格莱德，停留半小时后再出发。波洛趁着这个间隙走到了站台上，但是他并没有停留太久，因为站台上虽然有顶棚，却挡不住正下着的鹅毛大雪和刺骨寒风。波洛回到包厢，列车员正在站台上搓手跺脚取暖，他对波洛说:

“先生，您的行李已经搬到一号包厢了，就是布克先生那间。”

“那布克先生怎么办？”

“他已经搬到了刚才挂上的那节从雅典来的车厢去了。”

波洛马上到那节车厢去找布克先生，但是布克先生并不在意。

“没关系，没关系，这样反倒更加方便，你直接去英国，留在去加来的车厢再合适不过。至于我，在这里非常舒服，车厢里就只有我和一个矮小的希腊医生，安静极了。我的朋友，今晚的夜色很美，他们说已经有很多年没有下过这样的雪了。希望这雪不会阻碍我们前进，要知道，我可不想发生这样的事。”

九点一刻，火车离开了车站。没多久，波洛就站起身来，跟布克先生道过晚安，然后沿着过道回到了自己的包厢。那个包厢在火车前部，再前面一节是餐车。

在旅程的第二天，大家渐渐熟络起来。阿巴思诺特上校站在自己房间门口，正在和麦奎因聊着什么。

麦奎因一看到波洛，马上终止了谈话，看起来非常惊讶。

“哎呀，”他叫道，“我还以为你已经下车了，你告诉我你要在贝尔格莱德下车。”

“您误会了，”波洛笑着说，“当时我们的话还没说完，车就开动了。”

“可是老兄，你的行李不见了。”

“搬到另一个包厢去了。”

“原来如此。”

麦奎因又和阿巴思诺特上校交谈起来，波洛继续往前走。

在离他的包厢两扇门的地方，那个上了年纪的美国女人——哈巴特太太，正在和那个绵羊脸的瑞典女人站着聊天。哈巴特太太把一本杂志硬塞进她手里。

“别客气，亲爱的，你拿着吧，”她说，“我可看的东西还多着呢。哎，感冒太可怕了。”看到波洛，她和气地点了点头。

“您真是个好人。”瑞典女人说。

“别客气，今晚好好睡一觉，明天头疼就痊愈了。”

“可是天气实在太冷了，我得去泡一杯热茶。”

“你真的有阿司匹林吗？我带了很多，好吧，晚安，亲爱的。”

瑞典女人离开之后，哈巴特太太又转向波洛，开始滔滔不绝地说话。

“可怜的，她是瑞典人，我想应该是传教士之类的。她人不错，但是英语不太好，她总是饶有趣味地听我讲我女儿的事。”

现在，波洛对于哈巴特太太女儿的一切已经了如指掌，车上每一个能够听懂英语的人几乎都知道了。她和丈夫在士麦那[1]一所美国大学里任职，这次旅行是她的首次东方之旅。对于土耳其人的懒散拖沓，以及当地崎岖不平的道路，她都颇有微词。

波洛隔壁包厢的门开了，那个清瘦而苍白的男仆从里面走了出来。波洛看到雷切特先生正在床边坐着。一看到波洛，他马上满脸怒容，门随之关上了。

哈巴特太太悄悄把波洛拉到一边。

“你知道吗，那个男人让我很害怕。我说的不是那个仆人，是另外一个，没错，就是那个主人。那个人看起来很别扭，要知道，我女儿总是说我的直觉很准。‘我妈妈的预感总是十分精准。’我女儿是这么说的。我对那个人就有预感。他就住在我的隔壁，可把我吓坏了。昨天晚上，我把和他的包厢相通的那个门用行李箱顶住了，我还听到了他转动门把的声音。要是最后发现这个男人是杀人犯，我一点也不觉得奇怪。他就像经常在报纸上出现的那些火车大盗。可能你觉得我在胡思乱想，但是这就是事实。我真的要被他吓死了，我女儿说我这次旅行会非常愉快，但是我也不知道为什么总有点心惊肉跳。也许我的这番话有点蠢，但是我真的觉得会有事发生。那么可爱的小伙子居然愿意给他当仆人，真是难以想象。”

阿巴思诺特上校和麦奎因一起走了过来。

“到我的房间来吧，”麦奎因说，“我们谈兴正浓，我现在想把你们对印度的政策搞个明白。”

这两个人走过他们身边，进了麦奎因的房间。

哈巴特太太向波洛道晚安。“我上床看一会儿书，就睡觉了。”她说，“晚安。”

“晚安，太太。”

波洛沿着过道走回了自己的包厢，这个包厢就在雷切特隔壁。他脱下衣服，躺在床上看了一会儿书，大概半小时就关灯睡觉了。

过了几个小时，他突然被惊醒了。他知道是怎么被惊醒的——那是很响的一声呻吟，响到几乎是叫喊了。那个声音离他很近，这时候，突然又响起了一阵铃声。

波洛从床上下来，把灯打开。他发觉火车停住了——也许是到达了某个车站。

---

① 士麦那：城市名，位于土耳其西部。

他被那叫声吓到了。他记得，隔壁住的是雷切特先生。他下床打开门，列车员正匆匆忙忙地从过道走过来，敲雷切特的房门。波洛把房门打开了一条缝，注视着外面的动静。列车员又敲了一下门。此时，远处的一个门又响起了铃声，那扇门上的指示灯也亮了。列车员转头看了一下。

这时候，隔壁房间传出了一声大喊："没事，我按错铃了。"

"好的先生。"列车员赶紧到刚才亮灯的那个包厢去敲门了。

波洛回到床上，把灯关了。他看了看手表，时间是十二点三十七分。

## 第五章　谋杀

对于波洛来说，马上进入梦乡并非易事。首先，他感觉不到火车行进的那种晃动了。但是如果外面是个车站，那这种寂静也太奇怪了。而对比之下，火车里倒是有很多噪音。他能听到隔壁的雷切特发出的各种动静——脚步声，咔嚓一声按下水龙头，流水声，水的冲溅声，然后又是咔嚓一声关掉水龙头。过道上传来了脚步声，那是有人拖着拖鞋在走路。

赫尔克里·波洛躺在床上看着天花板发呆。外面的车站实在是太安静了。他觉得有些口渴——忘记要一瓶矿泉水了。他又看了看手表，现在是一点十五分。他想按一下铃，让列车员拿一瓶矿泉水过来。他的手指刚要触及电铃，又停下了。在一片寂静中，他听到了别处传来的铃声。列车员无法同时顾及到两个人。

叮……叮……叮……

铃声一直在响，列车员却不知道去哪儿了。有人不耐烦了。

叮……

不知道是谁一直在按铃。

突然，过道里传来了列车员急促的脚步声。他在距离波洛包厢不远的地方停下了脚步，开始敲门。

然后传来了说话的声音。那是列车员恭敬而又满怀歉意的声音。还有一个女人在不停说话，声音急切。

是哈巴特太太。

波洛默默地笑了。

两个人的争论——如果算得上的话——持续了一会儿。这其中，有百分之九十的时间都是哈巴特太太在说话，剩下的时间都是列车员在安抚她。最后，事情终于得到了解决。波洛听到列车员说“晚安，太太”。然后就传来了一阵关门声。

波洛立刻按了铃。

列车员迅速走了过来。他大汗淋漓，而且看起来很不高兴。

“请给我一瓶矿泉水。”

“好的，先生。”也许是因为他看到波洛调皮地眨了眨眼睛，非常想倾诉一下，“那位美国老太太——”

“她怎么了？”

他用手抹了一下额头上的汗水，“您回想一下我刚才和她的谈话。她一口咬定自己的包厢里有个男人。可是您想一下，包厢就这么小，”他比画了一下，“怎么可能藏人呢？我跟她争论了一会儿，我说是不可能有人藏在这里的。但是她坚持说，她醒过来的时候，发现有个男人在那儿。我问她，如果真的有男人，他是如何做到从包厢里出来又把门从里面闩住的。但是她死活不听，就好像觉得我们还不够忙。这场大雪——”

“大雪？”

“是啊，先生，您没有注意吗？火车已经停下来了，我们被雪给困住了。天知道我们得在这里待多久，我记得曾经有一次，大雪困了我们七天。”

“现在我们是在哪里？”

“在温科夫齐[①]和布罗德[②]之间。”

“哎，哎。”波洛有点烦躁。

---

① 温科夫齐：克罗地亚东部城市。

② 布罗德：克罗地亚城市。

列车员走了，一会儿又带着矿泉水回来了。

“晚安，先生。”

波洛喝了一杯水，好让自己尽快睡着。

他刚要睡着，又被一个声音惊醒了。这一次，好像是一个重物撞到了他的门上。

他从床上跳下来，打开门向外张望，但是什么都没看到。不过在他右边几米外的过道上，有一个穿着猩红色睡衣的女人匆匆走过。列车员此时正坐在列车另一端的小椅子上，在一张纸上写着什么。周围静悄悄的。

“我一定是神经错乱了。”波洛一边嘀咕，一边回到了床上，这一次他睡着了，直到第二天早上才起来。

他醒来的时候，火车依然被雪困住，寸步难行。他拉开窗帘看向窗外，只见外面白茫茫一片，火车被困在了厚厚的积雪中。

他看了看手表，已经九点多了。

九点四十五分，他和往常一样，打扮得整整齐齐，漂漂亮亮，走进了餐车。这时候，大家都在里面不停地抱怨。

旅客们之前可能存在的隔阂此时已经烟消云散，大家都被这场大雪联系到了一起。在这一群人里，哈巴特太太的抱怨声最大。

“我的女儿告诉我，这是世界上最为便捷的方式，只要坐上火车，一下就到帕鲁斯了。可是现在呢，我们恐怕要在这里待好几天了。”她哀号起来，“而且我已经订好了后天的船票，这让我怎么能赶上？我想发电报过去退票都不行，真是气死人了！”

那个意大利人说，他在米兰还有些紧急的事情要处理。那个身材壮硕的美国人安慰她：“真是太不幸了，太太。”还安慰她说，火车完全有希望在后面的旅程中把耽误的时间补回来。

“我的姐姐正带着她的孩子们等我，”瑞典女人也开始抽泣，“可是我没法送个信给他们，他们会怎么想呢？肯定会觉得我出了什么意外。”

“我们会困在这里多久？”玛丽·德贝纳姆说，“有没有人知道？”

她的口气很不耐烦，但是波洛注意到，她这时候已经没有了托罗斯快车停车检查的时候那种心急如焚。

哈巴特太太又开口了。

“依我看，这列火车上的人谁都不知道，更没有人会想办法。全是些一无是处的外国人，这种事要是发生在我们美国，至少有人会采取些行动。”

阿巴思诺特转向波洛，小心翼翼地用带着英国腔的法语说：

“我想，您应该是这家铁路公司的董事，先生，您能不能告诉我们——”

波洛先生笑着用英语纠正他。

“不不，不是，您肯定把我当成了我的朋友布克先生。”

“哦，对不起。”

“没关系，毕竟我现在住的，就是他原来那个包厢。”

布克先生并没有来餐车，波洛环顾四周，看看还有谁没来。

德拉戈米罗夫公主和那对匈牙利情侣都没有来。雷切特和他的随从，以及那个德国女仆也不在。

瑞典女人揉了一下眼睛。

“我太可笑了，”她说，“居然像个孩子一样哭起来了。不管发生什么，上帝都会保佑我们的。”

但是，她这种宗教情怀并没有引起大家的共鸣。

“确实不错，”麦奎因烦躁地说，“也许我们要在这里待上好几天。”

“我们现在是在哪儿？”哈巴特太太眼含热泪问道。

有人告诉她，他们现在位于南斯拉夫，她说：“哦，一个巴尔干国家，那还有什么好指望的？”

“您真有耐心，小姐。”波洛对德贝纳姆小姐说。

她微微耸肩。

“一个人又能做些什么呢？”

“您看起来好像一位哲学家。”

“那代表一种超然物外的心态，我可是个自私的人，我已经学会如何不在无谓的事情上浪费时间了。”

她看起来好像不是在回答波洛的问题，而是在自说自话，因为她连看都没看他。她的目光越过了他，落在了窗外那厚厚的积雪上。

“你很坚强，小姐，”波洛说，“在我看来，您是所有乘客中最为坚强的一个。”

“不，不，我知道有人比我坚强多了。”

“是谁？”

她好像突然回过神来，意识到自己是在和一个陌生人、一个外国人交谈，此前，他们的交谈只有寥寥几句。

她略带戒备地笑了一下。

“嗯，比如那个老太太，也许你已经关注到她了。虽然她很丑陋，但是却能引起别人的关注。她只要动一动小手指，客气地提出要求，全车人都会为她奔忙。”

“对于我的朋友布克先生，他们也会这样，”波洛说，“不过那是因为他是该公司的董事，而非他性格坚强。”

玛丽·德贝纳姆笑了。

一个上午过去了，但是波洛和另外几个乘客仍然在餐车里。这样的时候，大家聚集在一起会感觉时间过得快一点。他对于哈巴特太太的女儿有了更多了解，也知道了哈巴特先生生前的很多习惯——从他早上起床之后吃谷类早餐，到晚上他穿着哈巴特太太亲手织的睡袜入睡。

就在波洛听那个瑞典女人前言不搭后语地讲述传教宗旨的时候，一位列车员来到了他身边。

“打扰一下，先生。”

“怎么了？”

“布克先生想让您去他那里坐坐。”

波洛站起身来，向瑞典女人表达了歉意，然后跟在列车员身后走出了餐车。这个列车员个子很高，皮肤白皙，并不是负责波洛的车厢的那位。

波洛跟在他身后，穿过了自己包厢所在的过道，来到了下一节车厢。他在一扇门上敲了敲，然后站到一边，请波洛进去。

这不是布克先生住的那个包厢，而是一个二等包厢。之所以选在这里，可能是因为它稍微宽敞一点，但是目前来看还是有点拥挤。

布克先生坐在靠近角落的一个座位上，他的对面靠窗的位置，坐着一位皮肤黝黑的小个子男人，正看着窗外的积雪。站在波洛面前的，是一个身穿蓝色制服的大个子（列车长），还有波洛所在车厢的列车员，他们两个几乎挡住了波洛的去路。

“啊，我的好朋友，”布克先生说，“快点进来，我们需要你。”

坐在窗边的小个子往旁边挪了挪，波洛才从列车长和列车员中间挤过去，坐到布克先生对面。

从布克先生那不同寻常的表情，波洛感觉到，肯定有大事发生了。

“怎么了？”他问。

“问得好！先是这场大雪导致火车滞留，现在——”

他噤声了。列车员发出了一阵接近窒息的喘息。

“现在发生什么事了？”

“现在有一个旅客，被刺死在了他的床上。”

布克先生平静地说，但是声音里透露出一股绝望。

“一个旅客？是谁？”

“一个美国人，叫——”他翻了翻放在自己面前的笔记，“雷切特，对，就是雷切特。”

“是的，先生。”列车员气喘吁吁地说。

波洛看了看他，他的脸毫无血色。

“最好让他坐下，”他说，“否则他要晕过去了。”

列车长欠了欠身子，列车员坐到了角落里，用手捂住脸。

“啊！”波洛说，“这可是一件大事。”

“确实如此。首先，谋杀案本来就是大灾难，再加上现在是特殊时期，我们困在这里，短则几小时，长则几天。另外一个情况就是，我们经过的每一个国家，几乎都会有该国的警察上来，但是在南斯拉夫却没有，你听懂了吗？”

“确实很麻烦。”波洛说。

“更糟糕的是，康斯坦汀医生——我忘记给你们做介绍了。这位是康斯坦汀医生，这位是波洛先生。”

那个皮肤黝黑的小个子欠了欠身，波洛也回了礼。

“按照康坦斯汀医生的看法，死者应该是在凌晨一点遭遇的不幸。”

“这种事情很难做出精确的判断，”医生说，“但是我可以确定，死亡时间是在午夜十二点到凌晨两点之间。”

“雷切特先生最后一次露面是在什么时候？”

“据说他在一点二十分的时候还跟列车员交谈过。”布克先生说。

“是的，”波洛说，“我亲耳听到的，再没有别的信息了吗？”

“是的。”

波洛转过脸，看着医生，医生说：

“雷切特所在的包厢的窗户是开着的，大家会因此以为凶手跳窗逃跑了，但是我认为这是个烟幕弹，如果有人从窗户跳出去，肯定会在雪上留下脚印，但是地上一个脚印都没有。”

“什么时候发现的尸体？”

“米歇尔！”

列车员脸色苍白地站了起来。

“你把事情的原委告诉这位先生。”布克先生说。

列车员结结巴巴地说：

“今天早上，这位雷切特先生的仆人去包厢敲了几次门，但是并没有人回应。半小时前，餐车服务员过来问他要不要吃午饭。那时候大概是十一点。

“我用自己的钥匙打开了房门，可是门上还拴着铁链，根本打不开。房间里面静悄悄的，而且冷得要命，窗户是开着的，有雪花飘进来了。我猜那位先生可能生病了，就去把列车长叫来了。我们一起弄断了铁链，进去后发现——啊！太可怕了！”

他又用手捂住了脸。

“门是从里面锁住的，还拴着铁链，”波洛说，“不是自杀，对吧？”

那位希腊医生冷笑了一声：

“有哪一个自杀的人会在自己身上刺十刀，十二刀，甚至十五刀？”

波洛瞪大了眼睛，“实在是太残忍了！”他说。

“是女人干的！”列车长说，这是他说的第一句话，“肯定是女人干的，只有女人才会这么做。”

康斯坦汀医生默默地思忖着，面色沉重。

“那一定是个力气很大的女人，”他说，“我不打算从技术方面来分析，否则事情会更加混乱。但是我能肯定，有一两刀用了很大的力气，把骨头和肌肉间的韧带都刺透了。”

“看起来这起案件设计得并不周密。”波洛说。

“非常不周密，”康斯坦汀医生说，“这些刀口看起来都是胡乱刺的，有几刀只是轻轻地划了几下，几乎没造成损伤。看起来，凶手只是闭着眼睛随便刺的。”

“是女人干的，”列车长又说，“只有女人才会这样，在气愤的时候突然变成大力士。”他一本正经地点了点头，让大家觉得他肯定是亲身经历过。

“或许我可以提供点线索，”波洛说，“昨天雷切特先生曾经找我，按照我的理解，他说他的生命安全受到了威胁。”

“用美国人的话来说，就是有人要‘干掉他’，对吗？”布克先生说，“那就绝对不会是个女人，而应该是个‘杀手’或者‘持枪杀手’。”

听到自己的结论被推翻，列车长表现得很痛苦。

“那样的话，”波洛说，“他的手法也很外行。”他的话让人觉得很专业。

“火车上有个身材魁梧的美国人，”波洛继续推理，“相貌平平，衣着难看，总是在嚼口香糖，我觉得这可不是好人的做派，你知道我在说谁吧？”

列车员发现波洛是在问自己，就点了点头。

“是的，先生，是十六号包厢那位客人，但是不可能是他，他进进出出我都看得到。”

“可能是你没有看到。我们一会儿再谈论这个问题，现在的问题是，我们该怎么办呢？”他看了看波洛。

波洛也看了看他。

“哎，我的朋友，”布克先生说，“你知道我要麻烦你做什么了吧？我对你的实力非常清楚，这次调查就由你来负责吧。不不，请不要拒绝我。要知道，这对我们来说可是一件大事。我现在是代表国际客车公司来说这番话。等南斯拉夫的警察到了，要是我们可以向他们提供解决方案，那就没什么问题了。否则，拖延和麻烦就会接踵而至，还会牵连很多无辜的人，这一点谁都说不准。但是，要是你可以揭开这个谜底，我们就可以说：‘发生了一件谋杀案，这个人就是凶手！’”

“那我要是无法侦破此案呢？”

“啊，朋友，”布克先生的声音听起来温柔了很多，“我知道你的名声，对于你的办案手法也十分熟悉。这件案子对你来说可是非常理想的。要去查找这车上所有乘客的来龙去脉，揭开真相，都会花费大量的时间，还要面对很多麻烦。但是你曾经说过，想侦破一件案子，只需要躺在椅子上动动脑筋就行了。那就这样做吧，和车上的乘客谈一谈，看看尸体，找找线索，然后就——我非常相信你，你绝对不是信口胡说。你躺下来思考吧——就像你经常和我说的，动动你头脑里那小小的灰色脑细胞——就能想出来了。”

他身子前倾，深情地看着自己的朋友。

“你的信心让我非常感动，我的朋友，”波洛激动地说，“就像你说的，这件案子不会太棘手。昨晚我自己……不过现在先不说这个。其实，这个案子让我很感兴趣。半小时之前，我还在想，我们被大雪困在这里，将会度过一段非常无聊的时光。但是现在，我找到事情做了。”

“这么说来你同意了？”布克先生着急地说。

“是的，这件案子就交给我了。”

“太好了，我们大家都听你的。”

“首先，要给我提供一张伊斯坦布尔-加来车厢的平面图，注明每个包厢住着什么人。另外，我还想看看所有人的护照和车票。”

“这些由米歇尔来搞定。”

列车员离开了房间。

“车上还有些什么人？”

“这节车厢里只有康斯坦汀和我。在从布加勒斯特过来的车厢里，只有一个行动不便的跛脚老人。列车员对他知根知底。别的就都是普通车厢了，和案子基本无关，因为昨天吃完晚饭之后，通道的门就锁上了。在我们这节车厢前面，就只有一节餐车了。”

“由此看来，”波洛慢慢地说，“我们只能在伊斯坦布尔-加来车厢来寻找凶手。”他转向医生，“你刚才说的也是这个意思，对吧？”

希腊人点了点头。

“我们的车在十二点半陷入了雪堆，那之后就没有人可以离开车厢了。”

布克先生严肃地说:“凶手就在我们身边——就在这列火车上。”

## 第六章　凶手是女人

“首先，”波洛说，“我要和那位年轻的麦奎因先生谈谈，看看能不能从他那里找一些线索。”

“当然可以。”布克先生说。然后他转身对列车长说：“去把麦奎因先生请来。”

列车长离开了。

列车员带着厚厚一沓护照和车票回来了，布克先生接了过去。

“谢谢你，米歇尔，你现在最好先回到岗位上去，过一会儿我们会找你正式谈话的。”

“好的，先生。”他走了。

“等我们和麦奎因见面之后，”波洛说，“也许需要医生先生和我到死者的房间看看。”

“当然可以。”

“等看完那里之后——”

这时候，列车长把赫克托·麦奎因带来了。

布克先生站了起来。

“这里地方太小了，”他轻松地说，“坐这儿吧，麦奎因先生，这样波洛先生就能与你面对面了。”

他又对列车长说：

“把餐车的人全部请走，”他说，“给波洛先生腾出地方。我的朋友，你在那里谈话行吗？”

“那真是个绝佳的地方。”波洛说。

麦奎因一直站在那里左看右看，对于他们之间快速的法语交谈，他完全听不懂。

“有什么事？”他用磕磕巴巴的法语说，“为什么把我叫到这儿来？”

波洛做了个手势，示意他在角落坐下。他坐下之后，又用法语问道：

“为什么？”他停下来，用英语问，“车上发生什么事了？出什么事了？”

他又看了看布克先生和波洛先生。

波洛点点头说：“是的，出事了。你要做好心理准备，你的主人雷切特先生死了！”

麦奎因吹了个口哨，眼睛里突然有了一丝亮光。他并没有表现出震惊，也不觉得悲伤。

“这么说他们还是把他杀了。”他说。

“你在说什么呢，麦奎因先生。”

麦奎因有点犹豫。

“你是不是以为雷切特先生死于谋杀？”

“难道不是吗？”这时候麦奎因流露出了惊讶的表情，“哎，是的，”他慢慢地说，“我确实是这么想的，难道他是在睡梦中死去的？这个老头的身体很结实的。”

他没有再说下去，看起来有些尴尬。

“不，你说得很对，”波洛说，“雷切特先生确实死于谋杀，是被刀杀死的。但是我想知道，你为什么断定他死于谋杀，而不是正常死亡。”

麦奎因又犹豫起来。

“我要先弄明白，”麦奎因说，“你是什么人，从哪儿来？”

“我代表国际客车公司，”波洛迟疑了一下，又说，“我是个侦探，名叫赫尔克里·波洛。”

但是他收获的效果远没有达到预期。麦奎因只是说“是吗？”就等着继续听他说下去。

“你也许对这个名字有所耳闻。”

“哦，似乎在哪里听到过，但是我一直以为是个女装裁缝的名字。”

赫尔克里·波洛嫌弃地盯着他。

“简直难以想象！”他说。

“什么？”

“没什么，还是继续说眼下这件事。麦奎因先生，我想知道关于死者雷切特的一切。你们是亲戚吗？”

“不是，我做过他的秘书。”

“你在他身边工作多久了？”

“一年多。”

“把你知道的一切都告诉我。”

“一年多前，我和雷切特先生在波斯相遇了。”

波洛插嘴道：

“你在波斯做什么？”

“我从纽约到了波斯，去调查石油开采权的事情。至于里面的细节，我觉得你应该不会感兴趣。当时我和朋友们的境遇很糟糕，而雷切特先生当时跟我们住在同一家旅馆里。他刚刚和他的秘书发生了争吵，就让我来干这个差事，我同意了。当时我没什么事情可做，能有这么一份现成的高薪工作自然非常高兴。”

“之后呢？”

“我们开始四处旅行。雷切特先生想去环游世界，但是又不懂外语。所以我的工作与其说是秘书，更像是个导游。这样的日子对我来说非常愉快。”

“现在，尽可能详细地向我介绍一下你的老板吧。”

年轻人耸了耸肩，看起来有点为难。

“那可有点难度。”

“他的全名是什么？”

“塞缪尔·爱德华·雷切特。”

“是美国人吗？”

“是的。”

“他是美国哪里人？”

“我不清楚。”

“那就把你知道的事情告诉我吧。”

“其实，波洛先生，我对他一无所知。雷切特先生对于他自己或者在美国的往事总是绝口不提。”

“你知道是为什么吗？”

“我猜他可能对自己的过去羞于启齿吧，有很多人都是这样。”

“你对这个解释满意吗？”

“说实在的，不满意。”

“他有没有亲戚之类的？”

“我没有听他提到过。”

波洛并不放弃：

“对此您应该有自己的观点吧，麦奎因先生。”

“是，是的，我确实有自己的看法。首先，我觉得雷切特只是个化名。他之所以要离开美国，就是为了躲避什么人或者什么事。事实上在几个星期前，我还以为他是个成功人士。”

“几个星期前怎么了？”

“他开始收到一些信，一些恐吓信。”

“你有没有看过信的内容？”

“当然，他的信件是我负责处理的。两个星期前，他收到了第一封恐吓信。”

“这些信有没有被销毁？”

“没有，在我的文件夹里有两封，还有一封被暴怒的雷切特先生撕碎了，需要我去拿来吗？”

“太好了。”

麦奎因起身走了，过了几分钟，他带回了两张脏兮兮的信纸。

第一封信的内容是这样的：

你以为你能骗过我们，躲避惩罚吗？休想。我们要干掉你，雷切特，我们肯定要干掉你！

这是一封匿名信。

波洛皱了皱眉，什么都没说，又拿起了第二封信。

**我们会带你去兜风，雷切特，用不了多久我们就要干掉你了，你懂吗？**

波洛把信放下了。

“风格单一，”他说，“比笔迹还要差。”

麦奎因看着他。

“这些是你看不出来的，”波洛说，“只有看惯了这种东西的人才能看出来。这些信并不是出自一个人的手笔，而是好几个人一起写的。每人轮流写一个字母，还是用印刷体写的，这样就加大了辨别笔迹的难度。”他停了一会儿，又说：“雷切特先生曾经向我求助，这件事你知道吗？”

“向你？”

麦奎因看起来非常惊讶，说明他并不知道这件事。

波洛点了点头。“是的，他很害怕，告诉我，他在收到第一封信的时候是什么样子？”

麦奎因有点犹豫。

“说不清楚。他——只是一笑置之，把信放到了一边。可是，不知道为什么，”他有一丝颤抖，“我总是感觉他平静的外表下隐藏了很多情绪。”

波洛点了点头，然后问了一个出人意料的问题。

“麦奎因先生，请你诚实地告诉我，你觉得你的老板是什么样的人？你喜不喜欢他？”

赫克托·麦奎因思考了一会儿。

“不，我并不喜欢他。”

“理由呢？”

“我说不上来，虽然他一直挺和气的，”他又想了一会儿，“但是坦白来说，我并不喜欢他，也不相信他。我可以肯定，他性格残忍，是个危险的角色，虽然我不得不承认我对此并没有证据。”

“谢谢你，麦奎因先生。我还要问一个问题：你最后一次看到他是什么时候？”

“昨天晚上，大概……”他想了想，“十点钟，我到他的包厢，去记一下备忘的事情。”

“关于什么？”

“他在波斯买了一些瓷砖和古陶器，但是收到实物的时候发现与他订购的并不一致，对此，双方已经在信件中纠缠了很久了。”

“那是你见雷切特先生的最后一面？”

“我想是这样的。”

“你知道雷切特先生是什么时候接到的最后一封恐吓信吗？”

“就是我们离开君士坦丁堡的那天早上。”

“我还有一个问题，麦奎因先生，你和你的老板相处得怎么样？”

年轻人的眼中突然透出一丝光亮。

“你是不是以为这个问题会让我浑身起鸡皮疙瘩？用一本畅销书上的话来说，就是‘你找不出我任何毛病’。雷切特先生和我关系很融洽。”

“麦奎因先生，能不能告诉我你的全名，以及你在美国的住址？”

麦奎因说出了自己的全名，赫克托·威拉德·麦奎因，并给出了一个美国的住址。

波洛把身体后倾，靠在了靠垫上。

“就这样吧，麦奎因先生，”波洛说，“如果你可以暂时不泄露雷切特先生死亡的消息，我将感激不尽。”

“他的仆人马斯特曼一定会知道这件事。”

“也许他现在已经知道了，”波洛面无表情地说，“要是这样的话，让他最好不要声张。”

“那应该很容易，他是个英国人，一向‘独善其身’。他看不上美国人，更别说别的国家的人了。

“非常感谢，麦奎因先生。”

这个美国人出去了。

“怎么样？”布克先生问，“你会相信他说的话吗？”

“他看起来比较诚实，并没有为了洗清自己的嫌疑而假装对老板有好感。他说雷切特先生并没有提及曾经向我求助却被拒绝的事情，这应该是真的，但是我觉得这没什么值得怀疑的。我觉得，雷切特在任何情况下都不会透露自己的想法。”

“那按照你的看法，至少有一个人已经洗清嫌疑了。”布克先生的口气轻松起来。

波洛并不赞同地看了他一眼。

“不到最后一刻，谁都无法洗清嫌疑，”他说，“但是我相信，这个头脑清晰、冷静自制的麦奎因会突然用刀捅人十二刀或者二十四刀，这跟他的心理状态一点都不符合。”

“是的，”布克先生思忖着，“只有受到疯狂的仇恨驱使的人才会这么做，那比较像拉丁民族的风格。要不然就是列车长说的那样，是女人干的。”

## 第七章　尸体

在康斯坦汀医生的带领下，波洛来到了被害者的包厢。列车员过来用钥匙打开了房门。

两人一同走进了包厢，波洛问：

“这间房里的东西动过吗？”

“没有，我检查的时候也很小心，没有挪动尸体。”

波洛点了点头，环视了整个房间。

他首先感觉到的，是一股彻骨的寒意。窗户是开着的，窗帘也被拉上去了。

“好冷啊！”波洛哆嗦了一下。

看起来医生也有着同样的想法。

“我觉得还是开着窗户比较好。”

波洛给窗户来了个详细的检查。

“你说得对，”他说，“并没有人从窗户跳出去。打开窗户，只是想让人误以为有人从窗户跳出去了，要是这样的话，这场雪就打乱了凶手的计划。”

他仔细察看了窗框，从口袋里拿出了一个小盒子，取出一些粉末吹到了窗框上。

“没有任何指纹。”他说，“看来有人擦过窗台了，不过，就算有指纹也派不上用场，可能是雷切特先生自己的，也可能是他的仆人的，还有可能是列车员的。如今的罪犯可不会犯这么低级的错误。”

“既然这样，”他兴奋地说，“还是把窗户关上吧，这里已经冷成冰窖了。”

说完，他把窗户关上，又去察看卧铺上那具已经僵硬的尸体。

雷切特仰面躺着，睡衣上有很多血迹，纽扣是解开的，衣服在身后压着。

“我得检查伤口情况，这你是知道的。”

波洛点点头，俯身察看尸体情况，最后神色古怪地站了起来。

“这太难看了。”他说，“肯定是有人站在这里，捅了一刀又一刀，到底是捅了几刀呢？”

“我数的是十二刀，有一两刀没怎么用力，只是划开一点小口子，但是有两三刀是致命伤。”

医生的口气听起来有点不同寻常，这让波洛不由得关注起来，目光灼灼地盯着他。小个子希腊人正在俯身察看尸体，看起来有些疑惑，眉头都皱起来了。

“是不是觉得哪里不对劲儿？”他问，“说吧，我的朋友，是不是有哪里让你觉得困惑了？”

“是的。”医生说。

“是什么？”

“你看这两处刀口，这里和这里，”他指着伤口说，“很深，每一处都把血管给切断了，但是伤口的边缘并没有外翻，而且血流的也不多。”

“这说明——”

“说明这两刀是在他死后才戳的，这简直太奇怪了。”

“确实很奇怪，”波洛思忖着说，“只有一种可能，就是凶手唯恐自己没有完成任务，又回来补了两刀，可是这太荒谬了，还有别的吗？”

“还有一点。”

“什么？”

“你看看这个右臂下方靠近右肩膀的伤口，你用我的钢笔做个试验，你能不能刺这么一刀？”

波洛把手抬了起来。

“你说得对，”他说，“我懂了，用右手很难刺这么一刀，几乎做不到。凶手必须反着刺才行，可是万一这一刀是用左手刺的呢？”

“没错，波洛先生，这一刀基本上可以认定就是用左手刺的。”

“也就是说凶手是左撇子？不，情况可能比这还要复杂，对吗？”

“是的，波洛先生，从另外一些刀口可以看出，是用右手刺的。”

“那就是说凶手有两个人。我们又回到这个假设了。”波洛嘀咕着，又想起一个问题，“当时电灯是亮着的吗？”

“不好说，要知道列车员会在每天早上十点左右关灯。”

“我们去看看开关就行了。”

他分别检查了顶灯和床头灯的开关，发现它们都是关着的。

“好吧，”他思忖着说，“现在我们可以假设，有两个凶手，正如伟大的莎士比亚所构思的。第一个凶手刺了被害人，把灯关上就走了。第二个凶手摸黑进来，并不知道已经有人替自己完成了任务，所以又在死者身上戳了两刀或者更多。对此你怎么看？”

“太棒了！”小个子医生兴奋地说。

波洛的眼睛里闪着亮光。

“你是这么想的吗？我太高兴了，可是我觉得这个假设有点滑稽。”

“那有什么更合理的解释吗？”

“这正是我问自己的问题，我们所说的，是属于巧合，还是其他原因，还有什么矛盾之处可以证明有两个凶手？”

“我想是有的。据我所知，伤口分为两部分，比较浅的伤口，例如，这一刀，还有这一刀，”说着，他指着那几刀较浅的伤口，继续说，“凶手当时一定在犹豫，所以下手比较轻，但是另外几刀，”说罢，他又指向另几个较深的伤口，“这几刀切割较深，一定下了狠手。”

“那你觉得，凶手会不会是个男的？”

“嗯。”他默然地点了点头。

“为什么不会是女的呢？”

“据我分析，如果这个女凶手经常健身，身体强壮，再加上她情绪激动就有可能完成，不过这概率太小了。”

波洛停顿了一会儿。

对方又问：“我刚刚和你说的，清楚了吗？”

“清楚，”波洛又接着说，“现在的推断就是，凶手要么是个身体受伤或者虚弱但是本身强壮的男人，并且是个左撇子但是还习惯用右手，事情变得越来越有意思了。”稍后，他又突然生气地说：“那死者在干什么呢？在凶手要杀他的时候，都没有呼救，没有挣扎，没有自卫么？”

他慢慢地从枕头底下拿出了一把自动手枪，那是前一天雷切特给他看过的那把。

“哝，子弹都已经上膛了呢。”他说。

他们又在四周仔细查看了一下现场。墙壁的衣钩上还挂着前一天雷切特穿的衣服。盥洗台上杂乱地堆着很多东西：两只玻璃杯，一只泡着假牙，另一只还保持原型；透明烟灰缸里面只有一个雪茄的烟蒂还有两根用过的火柴；旁边放着一瓶矿泉水还有一个很大的瓶子。

医生拿起那个空的玻璃杯，放在鼻子下面嗅了一下。

“我知道受害者毫无反应的原因了。”他说。

“是不是被下了药？”

“是的。”

波洛点了点头，把那两根火柴梗拿在手里，仔细观察。

“有什么线索吗？”小个子医生着急地问。

“这两根火柴的形状不同，”波洛说，“这一根稍微扁一些，你能看出来吗？”

“这是火车上的那种，”医生说，“装在纸盒里的。”

波洛把手伸到雷切特的口袋里，摸索了一会儿，掏出一盒火柴，将火柴进行了对比。

“比较圆的这一根是雷切特用过的，”他说，“我们再找找他有没有扁的那种。”

可是他找了找，并没有找到别的火柴。

波洛不停地在房间内搜索，目光就像鸟的眼睛一样尖锐，好像任何线索都逃不过他的眼睛。

突然，他惊呼了一声，俯身从地板上捡起了什么东西。

那是一块方形的棉布手绢，小巧又精致，一角上绣着一个字母H。

“女人用的手帕，”医生说，“看来我们的列车长说得不错，这案子果然和女人有关。”

“而且我们居然如此走运，在这里找到一块手帕。”波洛说，“就像小说和电影里的情节，而且为了方便我们破案，上面还有一个字母。”

“我们真是太走运了。”医生尖叫道。

“可不是吗？”波洛说。

他说话的口气有些异样，让医生觉得很奇怪，他还没来得及一探究竟，波洛又俯身去地板捡东西了。

这一次，他捡到了一根烟斗通条。

“它应该属于雷切特先生。”医生有点迟疑。

“但是他的口袋里并没有烟斗，也没有烟丝或者烟丝袋。”

“那这就可以成为一条线索。”

“当然了，而且我们又很走运，在地上看到了。你看，这次是个男性的线索。我们可不能抱怨找不到线索，这个案子的线索可是多得很。对了，你把凶器怎么处理了？”

“我并没有找到凶器，肯定是凶手带走了。”

“我想知道原因。”波洛陷入了沉思。

“啊！”正在查看死者睡衣口袋的医生发出尖叫。

“我忽视了这一点！”他说，“我把他的上衣解开之后，就把它翻到身后去了。”

从睡衣胸前的口袋里，医生掏出了一只金表，表壳深深地凹了进去，时间停在了一点一刻。

“看！”康斯坦汀医生激动地叫道，“这就是凶手作案的时间！这印证了我的推测，我说过死亡时间在午夜十二点到两点之间，也可能是一点，这很难做出精确的判断。喏，现在我们找到证据了，作案时间就是一点一刻。”

“没错，很有可能。”

医生有点迷惑地看着他。“抱歉，波洛先生，但是我不太明白你的意思。”

“我自己也不明白，”波洛说，“一头雾水，而且你也能看出，我很烦恼。”

他叹了口气，俯身去检查小桌上那烧焦的纸片，嘴里咕哝着：“现在，我需要一个老式的女帽匣。”

康斯坦汀医生听到这句话，感到非常奇怪，但是波洛并没有给他发问的时间。他打开门走到过道上，把列车员叫了过来。

列车员很快跑了过来。

“这节车厢里住了几位女乘客？”

“一位，两位，三位……六位，先生。美国老太太，瑞典太太，年轻的英国小姐，安德雷尼伯爵夫人，以及德拉戈米罗夫公主跟她的女仆。”

波洛思索了一会儿。

“她们是不是都有帽匣？”

“没错。”

“那就把——我看看，瑞典太太的，以及那位女仆的，给我拿来。我就要这两个。你可以告诉她们这是海关的要求，或者随便你怎么说都可以。”

“好的，先生，这两位女士现在都不在房间里。”

“那你就快点去吧。”

列车员走了，很快就带着两个帽匣回来了。波洛先打开了女仆的那个，看完之后就放在一边了。随后，他打开了瑞典太太那个，随即发出了声音，看起来他很满意。他小心地把帽子拿出来，揭开了下面用来支撑帽子的那个圆形的铁丝支架。

“啊，我们需要的就是这个，十五年前的帽匣都是这种做法。女人们用一支帽针，就可以把帽子和这个凸起的铁丝网串在一起。”

他一边说，一边动作熟练地取下了两圈铁丝，然后把帽子放回原处，让列车员把它们分别送回去。

列车员出去带上了门，波洛转身对医生说：

“亲爱的医生，你看，我并不是一个过分依赖专业程序的人，我要探索的不是指纹，也不是烟灰，而是心理。不过对于眼下这件案子，我需要科学的帮助。这个房间里到处都是线索，可是我能确信这些线索真的如我们所见吗？”

“我不明白您在说什么，先生。”

“好吧，比如，我们在这儿发现了一块女人的手帕，是不是真的就是女人掉的呢？会不会凶手是个男人，却盘算着要让这件案子看起来像女人做的。所以要在死者身上多刺几刀，有几刀看起来软弱无力。还要在地上扔一条手绢，这样谁都能看到。这是一种可能。另一种可能就是凶手是个女人，却要故意在这里遗留一个烟斗通条，好让我们以为凶手是个男人？我们是不是真的以为有一男一女两个凶手，他们分别作案，而且都不小心遗留了线索，这未免太过巧合了。”

“可是，你要帽匣做什么呢？”医生对此依然迷惑不解。

“我马上就要对此进行解释。我已经说过，现场的这些线索，比如金表的指针停在一点一刻，这条手帕，这个烟斗通条，现在到底是真线索还是假线索根本无从知晓。但是我相信一个线索是真的——虽然我不一定正确——就是这根扁火柴。我认为，它是凶手留下来的，而不是雷切特先生用过的。它是用来烧毁某些可能会暴露罪行的文件的，当然也可能是笔记。如果是这样，那个本子里一定会有关于凶手的什么线索。现在，我要想办法找到这个线索。”

他走出房间，很快就带着一个酒精灯和一把钳子回来了。

“这是我平日里用来卷胡须的。”

医生饶有兴致地看着他。波洛先把两圈铁丝网按平，然后小心翼翼地把烧焦的纸片放到了其中一圈上，再在上面盖上另一圈。然后，他用钳子夹起这堆东西，放在了酒精灯上。

“现在只能凑合来用，”他转过头，“希望能有点用处。”

医生一直在关注这个过程。铁丝很快变红，突然，纸上隐约出现了一些字，火让这些字母变成了单词。

这张纸片太小，只能看到一个不太完整的句子。

记小黛西·阿姆斯特朗

“啊！”波洛突然尖叫一声。

“你知道什么了？”

波洛的眼睛里闪烁着光芒，轻轻放下了钳子。

“是的，”他说，“我知道了死者的真实姓名，也知道他不得不离开美国的原因了。”

“他的真名叫什么？”

“卡塞蒂。”

“卡塞蒂？”医生皱起了眉头，“我好像想起了一件事，记不太清了，这是美国的一个案子吧？”

“是的，”波洛说，“发生在美国。”

对于那个案子，波洛似乎不想多说。他看了看四周，说：

“以后再说吧，现在先看看这里有没有什么被我们漏掉的。”

他熟练又快速地把死者所有的口袋检查了一遍，但是一无所获。他又试了试通往隔壁包厢的门，发现门的另一边是锁着的。

“我有一点不明白，”康斯坦汀医生说，“要是凶手没有跳窗逃跑，要是通往隔壁包厢的门从另一边锁住了，而通过过道的门不但从里面锁住还上了链条，那凶手是怎么从这儿逃走的？”

“在观众看到魔术师把一个手脚绑住的人从箱子里变没之后，也会问这个问题。”

“你的意思是？”

“我的意思是，”波洛说，“要是凶手想让我们认定他是跳窗逃跑的，那他自然要让我们觉得另外两个出口出不去。这和箱子里‘消失的人’一样，都是骗局。接下来，我们就要揭穿这个骗局。”

他把通往隔壁包厢的门的这边也锁上了。“免得那位天才的哈巴特太太突发奇想，拿到第一手资料，写信告诉她的女儿。"

他又环顾了整个房间。

"我觉得这里已经没我们的事了，去找布克先生吧。"

## 第八章　阿姆斯特朗绑架事件

他们找到布克先生的时候，他刚在包厢里吃完一客煎蛋卷。

"我认为，现在应该马上让餐车开饭，"他说，"然后把餐车打扫干净，让波洛先生在那里展开询问。另外，我还得让人给我们三个送点吃的过来。"

"这个想法很棒。"波洛说。

他们三个人都不饿，所以这顿饭就速战速决了。喝咖啡的时候，布克先生才谈到了那件在他们脑海里挥之不去的事情。

"情况如何？"他问。

"哦，我已经知道死者的真实身份了，还知道他被迫离开美国的原因。"

"他是谁？"

"你还记得几年前报道的阿姆斯特朗家的女孩被绑架的事件吗？他就是杀害小黛西·阿姆斯特朗的凶手，卡塞蒂。"

"我想起来了，那个案子实在是骇人听闻，但是我已经不记得其中的细节了。"

"阿姆斯特朗上校是英国人，曾经获得过十字勋章。他可以算是半个美国人，他的外公是华尔街的百万富翁W.K.范德霍特。他的岳母，就是当时红极一时的美国悲剧演员琳达·阿登。婚后，他们夫妻俩就在美国定居了，还生了一个女儿，对她宠爱有加。这个小女孩3岁的时候，遭到了绑架，绑匪开出了巨额赎金。对于此后的细节，我就不再赘述了。虽然上校支付了20万美元的赎金，却只看到了孩子的尸体，当时她已经死去两个多星期了。社会大众对此事非常愤慨。更加悲惨的是，当时阿姆斯特朗太太正怀有身孕，听到这个噩耗之后万分悲痛，早产生下了一个死胎，之后就去世了。她的丈夫难以接受这个打击，开枪自杀了。”

“天啊，实在是太悲惨了，如果我没记错，”布克先生说，“当时还死了一个人，对吧。”

“是的，还有一个保姆，是法国人还是瑞士人。警方认定她和此案有关，对她歇斯底里的否认并不认同。这个绝望的女孩最后跳楼自杀了，但是后来的事实证明，她跟这起绑架事件毫无关系。”

“这件事想起来就让人难受。”布克先生说。

“差不多半年后，身为这个绑架团伙头目的卡塞蒂被捕了。他们已经是惯犯，如果发现引起了警察的注意，就会撕票，藏匿尸体，继续勒索大额赎金。

“现在，我的朋友，我要把这件事说清楚。卡塞蒂就是那个绑架者，但是他凭借着贿赂和要挟，钻了法律的空子，被无罪释放了。要不是他过于狡猾，及早逃跑，肯定会被民众处死。现在我知道后续的事情了，他改名换姓，逃离了美国，然后凭借着巨额财富周游世界。”

“真是个畜生！”布克先生厌恶地说，“他是罪有应得，一点都不值得同情。”

“是的。”

“但是，东方快车并不是唯一可以杀死他的地方，别的地方也可以啊。”

波洛笑了，他知道布克先生对此很不满。

“现在我们需要调查一下，”他说，“凶手到底是以前被卡塞蒂出卖的人，还是私人的报复。”

他解释说在那张烧焦的纸片上看到了一句不完整的话。

“要是我猜得没错，应该是凶手烧掉了这封信，因为它提到了‘阿姆斯特朗’，这正是解开这个难题的关键所在。”

“阿姆斯特朗家还有什么人在世？”

“抱歉，我不知道。但是我读过的报道上说，阿姆斯特朗太太有个妹妹。”

波洛讲述了他和医生得出的结论。提到那只坏掉的手表时，布克先生面露喜色。

“看来我们已经知道了凶案发生的时间。”

“是的，”波洛说，“轻而易举。”

他的口气有点不同寻常，这让另外两个人看他的目光有些惊奇。

“你的意思是，你曾经在十二点四十分听到雷切特和列车员说话？”

波洛又把当时的情景描述了一遍。

“好吧，”布克先生说，“这说明卡塞蒂，或者说雷切特先生更好一点，在十二点四十分的时候还活着。”

“确切地说，是十二点三十七分。”

“那正式地说，在十二点三十七分，雷切特还活着，这至少是一个事实。”

波洛没有回答。他坐在那里看着远方，好像在思考什么。

这时候有人敲门，餐车服务员进来了。

“餐车里没有人了，先生。”他说。

“我们过去吧。”布克先生边说边站起身来。

“我也一起去，可以吗？”医生问。

“当然可以，亲爱的大夫，除非波洛先生不同意。”

“当然不会。”

“你请。”“你先请。”经过一番客套，他们走出了包厢。

# 第二部　证词

## 第一章　列车员的证词

所有的准备工作已经完成。

波洛坐在桌前，身旁坐着布克先生，医生坐在走道的另一端。

护照、车票、信纸、墨水、钢笔、铅笔，以及一张用红笔标注了每位旅客姓名的伊斯坦布尔-加来车厢平面图——所有需要用到的工具都摆放在了波洛的面前。

他说：“很好，我想我们可以开始进行调查了。首先我们得听一听列车员的证词，从他那里获取一些信息。不过，他的为人品行如何？或许你应该多少有些了解。”

“皮埃尔・米歇尔的品行端正，为人诚实可靠，是个很本分的法国人。他在这里工作也有十五年了，只是，他看上去头脑不是很灵活的样子。”坐在波洛身旁的布克先生回答说。

“好的，我知道了，那么我们就见见他吧。”波洛点点头说。

尽管已经恢复了点冷静，但皮埃尔・米歇尔还是感到无比紧张。

他有些焦急地说：“但愿先生您不会责怪我工作的疏忽，这件事情实在是太可怕了，但是先生，我向您保证，我与这件事情绝对没有任何关联。”他看了看波洛，又看了看布克。

波洛打消了他的顾虑，接着就进行了一系列简单的例行提问，从姓名、住址一直谈到他的工作历程，虽然这些基本信息波洛早已了然于心，但随着简单的交谈，不一会儿皮埃尔・米歇尔就恢复了平静。

波洛继续问道：“现在，我们就说说昨晚发生的事情，雷切特先生大概是在几点钟上床休息的？”

“大约是在晚饭之后，也就是在我们离开贝尔格莱德之前。先生，事实上，不仅是昨晚，还有前天晚上，在晚饭的时候他都有吩咐我将床铺铺好。当然，我都照做了。”

“那么，在你铺好床之后还有其他人去过他的房间吗？”

“有，他的仆人以及秘书。”

“还有其他人吗？”

“没有了，我知道的就只有这些了，先生。”

“好的。那么，昨晚是你最后一次见到他吗？或者最后一次听到他说话吗？”

“不，先生，您难道不记得了吗，就是大约差二十分钟一点的时候，那时候我们的列车刚停没多久，他曾按过一次铃。”

“嗯，我记得。他按铃是因为什么？”

“我敲门询问的时候，他没有开门，只是大声地说他按错了。”

“是用英语说的还是用法语说的？”

“用法语，先生。”

“他是怎么说的？”

“他说，‘没事，我按错铃了’。”

“是这样没错，我也听到了。那之后呢？你就离开了吗？”

“是的。”

“你是回到自己座位上去了吗？”

“没有，先生，另外一个房间的铃响了，我去应铃了。”

“好的。米歇尔，你还记得你一点一刻的时候在哪里吗？这个问题很重要。”

“先生，当时我应该在我的座位上，也就是过道的尽头。”

“你能确定吗？”

“我能确定，但是……”

“但是什么？”

“我去过隔壁的雅典车厢和我的同事聊天，我记得那时候刚过一点钟，但是我不能确定准确的时间。”

“然后你就回来了吗？什么时候回来的？”

“没有，因为又有铃声响起来了。啊，我想起来了，先生，您还记得我跟您说过的那位美国太太吗？她按了好几次铃。”

“是的，我记得，那后来呢？”

“后来您按了铃，我给您送了矿泉水，大约半个小时之后我就到雷切特先生的秘书麦奎因先生的房间铺床去了。”

“那时候他是一个人在房间里面吗？”

“并不是，先生，十五号房间的英国上校也在，当时他们正在聊天。”

“那位英国上校从麦奎因先生的房间出来后又做了什么呢？”

“他回到自己房间了。”

“十五号房间……离你的座位很近吗？”

“是的，它就在过道的尽头倒数第二个房间。”

“他回去的时候，你已经把他的床铺好了吗？”

“是的，先生，就在他享用晚餐的时候我就已经把床铺好了。”

“你还记得这是什么时候发生的事情吗？”

“我能确定这是两点钟之前的事，但具体的时间我不记得了。”

“后来你去了哪里？”

“我回到自己的座位上了，一直待到早晨。”

“期间你没有再去过雅典车厢吗？”

“没有。”

“你有没有睡着？”

“没有，先生，因为火车停了下来，所以我就没有像往常那样容易犯困了。”

“你回想一下，在过道里有哪些旅客走动过吗？”

“有，是一位老太太。”皮埃尔·米歇尔想了想，回答道，“她去了过道尽头的洗手间。”

“她是谁？”

“我不知道，先生，那时候她背对着我，距离我很远，我看不清。但我记得她穿着一件猩红色的和服式样的睡衣，睡衣上面还绣着龙的图案。”

波洛点了点头说：“再后来呢？”

“后来就没什么事了。”

“你确定吗？”

“我……啊，我想起来了，后来先生您打开了门，朝外看了看。”

“是的，皮埃尔·米歇尔，我就是担心你把这件事给忘了。因为当时我好像是听到了有什么东西重重地撞在了我的门上，这才把我惊醒了。你知道是怎么一回事吗？”波洛问。

皮埃尔·米歇尔瞪着双眼看着他说：“不，先生，我敢确定我什么都没听见。”

“也就是说，或许是我做噩梦了。”

布克先生突然说：“又或者……你听到的声音是从隔壁房间传来的。”

波洛并没有接布克先生的话，或许他并不想在皮埃尔·米歇尔面前讨论这个问题。

他说：“如果，我是说如果，昨天有一名杀手偷偷上了火车，能不能确认他在犯案后还在火车上，而没有离开？”

皮埃尔·米歇尔肯定地点了点头。

“那么车上还有其他可以藏身的地方吗？”

“这个假设不太可能，我的朋友。”布克先生说，“你应该知道，车上已经都搜查过了。”

“但凡有人上了卧铺车，我都会发现的。”皮埃尔·米歇尔说。

“这趟列车行驶的上一站是哪里？”

“上一站是温科夫齐。”

“什么时候离站的？”

“列车原本应该在十一点五十八分离开车站，但是受天气的影响，火车晚了二十分钟才离站。”

“有没有可能，有人从普通车厢跑到这里来呢？”

“不可能的，先生。晚饭时间一结束，卧铺车厢和普通车厢之间的门就会上锁的。”

“当火车停在温科夫齐时，你下过车吗？”

“是的，先生。我像往常那样，去站台上，就站在车厢的脚踏板旁边，您可以问问其他列车员，他们也都是这样。”

“那前面那个靠近餐车的门呢？”

“那扇门一直都是从里面拴着的。”

“但是现在并没有拴上。”

皮埃尔·米歇尔脸上顿时露出惊讶的表情，片刻后他恢复了平静，“我想，应该是哪位旅客为了看雪景打开的吧。”

“或许吧。”

波洛手指在桌上轻轻地敲着，整个人陷入了沉思。

皮埃尔·米歇尔有些胆怯地问：“先生，您不会责怪我吧？”

“当然不会，或许这只是巧合也说不定。”波洛说，“我还有一个问题，我的朋友，你还记你说过，你在敲雷切特先生的房门时，另一个房间的铃声也响了。当然，那个铃声我也听到了，不过，那是谁的房间呢？”

“是德拉戈米罗夫公主，她让我去将她的女仆叫过来。”

“你去她的房间了吗？”

“当然，先生。”

波洛若有所思地看了看摊在面前的平面图。

他说：“好的，目前就这些问题了。”

“谢谢您，先生。”

皮埃尔·米歇尔站了起来，他看着布克先生。

布克先生亲切地说：“别难过，我并没有看出你有什么地方失职了。”

然后皮埃尔·米歇尔高兴地离开了房间。

## 第二章 秘书的证词

波洛沉思了片刻。

“就目前我们所了解的情况来看，我想我们最好和麦奎因先生再好好谈谈。”他终于开口说道。

不一会儿，赫克托·麦奎因走进了房间。

“案件的进展如何？有什么发现吗？”

“目前情况还不算太糟，不过在上次我们谈过之后，我知道了雷切特先生的真实身份。”

赫克托·麦奎因兴致勃勃地走近了一些，“是吗？”

“是的，就像你猜想的那样，‘雷切特’只是他的化名。他是卡塞蒂，就是那个臭名远扬的专业绑匪，小黛西·阿姆斯特朗绑架案的元凶。”

“什么？”麦奎因脸上露出十分震惊的表情，然后他沉着脸，大声说道，“居然是这个该死的混蛋！”

“对此你毫不知情吗？”

麦奎因果断地回答道：“我向您保证，先生，如果我知道他就是卡塞蒂，我就是砍断了自己的右手也绝不会做他的秘书！”

“提到他，你似乎很激动。”

“是的，先生，因为我的父亲曾是负责处理小黛西·阿姆斯特朗绑架案的地方检察官。我曾见过那位可怜的阿姆斯特朗太太，她是一位美丽而又温柔的女士，却遭受了这样的打击。所以，雷切特，或者说是卡塞蒂，这一切都是他的报应！我很高兴他能落得这样的下场，因为他根本不配活着！”

“如果他现在还活着，你是不是恨不得亲手杀了他？”

“是的！我——”麦奎因突然停了下来，他的脸也因此变得通红，“我这么说好像是在给自己定罪……”

“如果你表现得过于悲伤，我反而还会怀疑你。”

“但实际上，就算能免去我的罪行，我也不会那么做的。”他坚定地说，随即又问道：“波洛先生，请您原谅我过分的好奇心，但是我很想知道您是怎样发现卡塞蒂的身份的？”

“我在他房间里的一封信的碎片上发现的。”

“那肯定……我的意思是说，他真粗心。”

“对此每个人都会有不同的看法和观点。”

这一句话让麦奎因有些难以理解，他看着波洛，似乎正在努力理解他话中的含义。

“这句话并没有别的意思，我目前要做的就是弄清楚火车上每一位旅客的动向，这只是例行公事。”波洛说。

“我明白，先生。如果您允许的话，我希望我能澄清一下自己的情况。”

“可以，不过你不用再说自己的房间号码了，我知道是二等车厢的六号和七号床铺，毕竟有一天晚上我们同住在一个房间，在我离开之后你就一直是一个人住着。”波洛笑着说。

“是的，先生。”

“那么，麦奎因先生，昨晚离开餐车之后，你去了哪里？”

“我回到自己的房间看书，当火车抵达贝尔格莱德之后我去站台那儿透了透气，但是外面实在太冷了，不一会儿我就回来了。我跟我隔壁房间的英国小姐聊了会儿天，后来那位英国的阿巴思诺特上校来了，我们就聊了起来，当时您就正好从身旁经过。后来我就去找雷切特先生了，就像当时我和您说的那样，我记录完他想写的备忘信件，我们互相道了声晚安后，我就离开了他的房间。那时候阿巴思诺特上校还站在过道上，因为列车员已经把他的床铺好了，所以我就提议他到我的房间去。虽然我平时并不喜欢那些顽固的英国人，但我挺喜欢阿巴思诺特上校，我们要了两杯饮料，一边喝着饮料，一边聊着各国的政治、政府和国内禁酒带来的麻烦等这些问题。”

“大概是在几点结束聊天的？”

“那时候已经很晚了，我想应该快两点了。”

“当时火车已经停了，你发现了吗？”

“是的，我们还很奇怪火车怎么停了。那会儿窗外地上的雪非常厚，我们都很惊讶居然会这么严重。”

“你们互相道了晚安之后呢？”

“当然是回他自己的房间，他走后我就叫列车员给我铺床了。”

“列车员铺床的时候你在哪里？”

“我就站在门外的过道上，抽了一根烟。”

“然后呢？”

“然后列车员告诉我床铺好了，之后我就直接上床睡觉了，直到天亮。”

“那么，昨天晚上你下过车吗？”

“有，那个地方是叫……叫什么来着？哦，对了！温科夫齐，阿巴思诺特上校和我打算在那里下车，出去活动活动。但是天气实在是太冷了，加上凛冽的暴风雪，我们只好回到车上。”

“是从哪扇门下车的？”

“是离我们房间最近的那扇门。”

“是挨着餐车的那扇吗？”

“对。”

“你回忆一下，那扇门当时是拴着的吗？”

麦奎因回想了一下。

“是的，我印象中它是拴着的，因为门上插着一根棍子。”

“当你们回来的时候有将那根棍子插回门上吗？”

“没有，我记得当时我在阿巴思诺特上校的后面，我并没有拴上门。”麦奎因忽然问道，“先生，这很重要吗？”

“或许吧。现在我做一个假设，假设你现在和阿巴思诺特上校正在一起坐着聊天，你房间里通向过道的那扇门会是开着的吗？”

麦奎因点了点头。

“如果会，那么，当火车离开温科夫齐之后，直到你和阿巴思诺特上校分开各自回房睡觉的这段时间里，有谁从过道上经过吗？”

麦奎因皱起了眉头。

“我想，列车员曾经从餐车那边过来过，还有一个女人，她从另一头走过来，往餐车那个方向去了。”

“是谁？”

“我不知道，先生，我没有仔细看，因为当时我正和阿巴思诺特上校在聊天，只是好像看到了一个穿着红色衣服的女人从门口经过了。因为我的房间是对着餐车那头的，所以我也只能看到她的背影，而无法看到她的正脸。”

“也许她是要去洗手间。”波洛点了点头。

“我想也是。”

“那么你看到她回来了吗？”

“我肯定她回来了，但是我并没有注意这些。”

“除此之外，我还想知道，您抽烟斗吗？”

“不，先生。”麦奎因摆了摆手。

稍稍停了一会儿，波洛说：“我想差不多就这些了，接下来我还要见见雷切特先生的仆人。关于这位仆人，你和他在旅行的时候都是坐二等车吗？”

“他都是坐二等车，而我经常坐在头等车里，方便的话我就在雷切特先生的隔壁，他的大部分行李都会放在我的房间，一来方便找东西，二来也方便吩咐我做事。”

“我了解了，感谢你的配合，麦奎因先生。”

## 第三章　男仆的证词

麦奎因先生走后，进到房间里的是一个脸色苍白的英国人，他站姿端正，面无表情。早在前一天的时候波洛就注意到他了，他让这个英国人坐下。

“你是雷切特先生的仆人？”

“没错，先生。”

“你叫什么？”

“爱德华·亨利·马斯特曼。”

“年龄？”

“39岁。”

“住在哪里？”

“克拉肯威尔，福莱尔大街二十一号。”

“你主人遇害的这件事你知道吗？”

“知道，先生，我很震惊。”

“那么你能否告诉我，你最后一次见到雷切特先生是什么时候？”

马斯特曼回想了一会儿。

“大约是在昨天晚上九点钟左右，也有可能再晚一点的时候。”

“你回想一下当时发生了什么事情。”

“我就和往常一样去服侍雷切特先生。”

“你的工作都有哪些？”

“把他的衣物叠起来或者挂好，将他的假牙泡在水中，再询问他睡前有没有什么需要。”

“他的行为举止和平时是一样的吗？”

马斯特曼考虑了片刻。

“他看上去有些心烦。”

“心烦？他有什么表现吗？”

“是因为一封他正在看的信，他问我是不是我把那封信放在他房间里的，我说不是我，但是他还是训斥了我一顿，不管我做什么他总要挑出毛病来。”

“这看上去很不寻常吗？”

“也算不上，因为他本身就很容易发火，尤其是心烦的时候都会这样。”

“他有服用过安眠药吗？”

康斯坦汀医生的身子往前靠了点。

“有，先生，每次坐火车旅行的时候他就会吃，他说不吃就无法入睡。”

“他常吃的是什么安眠药？”

“这个我不太清楚，先生。药瓶上只写着‘睡前服用安眠药’的字样，没有写药名。”

“昨晚他吃过安眠药吗？”

“吃了，我把药装进杯子里，然后放到梳妆台上了。”

“你是看着他吃下去的吗？”

“没有。”

“之后呢？”

“后来我就询问他还有什么需要，问他早上几点叫他起来，他说如果没有按铃就不要打扰他。”

“他平时都是这样吗？”

“差不多都是这样，他起床的时候会先按铃叫列车员，再让列车员来叫我。”

“他习惯早起还是晚起？”

“这要看他的心情如何了，有时候他会起来用早餐，有时候会一直睡到下午才起来用午餐。”

“所以他早上没有叫你，你也并没有觉得有什么不对劲儿。”

“是的。”

“你的主人有仇人这件事你知道吗？”

“我知道。”

“你是怎么知道的？”

“我听到他和麦奎因先生说过几封信的事情。”

“那么，马斯特曼，你对你的主人有感情吗？”

马斯特曼的脸上露出更加淡漠的神情。

“他是个大方的主人，但这个问题我并不想回答。”

“你似乎不喜欢他？”

“您能不能理解为我不太喜欢美国人，先生？”

“你有去过美国吗？马斯特曼。”

“没有。”

“报纸上刊登过的阿姆斯特朗绑架案，你有看过吗？”

马斯特曼的脸渐渐红了起来。

“我看过，先生，那是一件令人非常震惊的案件，被绑架的是一个小女孩儿，对吗？”

“那么，你知道你的主人雷切特先生是那件案件的主谋吗？”

“这件事我真的不知道，先生，这太令人难以置信了。”马斯特曼的声音里终于有了一丝热度。

“但这是事实。现在，请你告诉我你昨晚有哪些活动，在你离开雷切特先生之后，你又做了什么。”

“我去了麦奎因先生那儿，告诉他主人找他，接着我就回自己房间里看书了。”

“你的房间在哪儿？”

“在二等车厢的尽头，挨着餐车。”

波洛看了看车厢平面图。

“你睡在上铺还是下铺？”

“下铺。”

“是四号吗？”

“是的。”

“还有其他人和你同一个房间吗？”

“有个大块头，他是意大利人。”

“他说话是用英语吗？”

马斯特曼的声音里带了点挖苦的意思，“是英语的一种，他曾在美国芝加哥待过。”

“你们经常聊天吗？”

“没有，我情愿看书。”

一个来自意大利的爱说话的大块头和一个面无表情的“冷面绅士”，这个画面令波洛不禁笑了起来。

“我能不能问一下，你看的是什么书？”

“我现在看的是阿拉贝拉·理查森夫人写的《爱的俘虏》，先生。”

“好看吗？”

“我觉得挺好看的。”

“那么，你回到房间之后看这本书一直看到几点？”

“大约是十点三十分左右，因为那个意大利人要睡觉了，所以叫列车员过来铺床。”

“之后你就上床睡觉了吗？”

“我上床了，但是没有睡觉。”

“为什么呢？”

“因为牙疼，先生。”

“哎呀，那的确很疼。”

“是的，非常疼。”

“你没有吃点什么药止疼吗？”

“我擦了一点香油缓解疼痛，但还是睡不着，我只好把床头灯打开继续看书了，那样我能忘记牙疼。”

“你一晚上都没睡吗？”

“不，大概是早上四点钟的时候我睡着了。”

“那你的同伴呢？”

“你是说那个意大利的大块头？他一直在打呼噜。”

“整晚他都在房间里，没有离开过吗？”

“没有。”

“那你呢？”

“我也没有。”

“晚上你有没有听到什么动静？”

“没有，我的意思是我没有听到什么异常的动静，因为当时火车已经停了，所以四周都很安静。”

波洛沉默了半晌。

“嗯，所以说，你对你主人遇害的这件事半点头绪都没有，是吗？”

“是的，先生，我很抱歉。”

“你的主人和麦奎因先生之间有没有发生过激烈的争吵？或是两人之间有过什么仇怨吗？”

“没有，麦奎因先生为人不错，是位绅士。”

“你以前是在哪里工作的？我是说在为雷切特先生工作之前。”

“我在格罗夫诺广场，跟着亨利·汤姆林森爵士。”

“你为什么离开他呢？”

“因为他要去东非了，就不再需要我服侍他了。如果您需要他证明，我肯定他会为我作证的，我服侍他也有好几年了。”

“那么，你在雷切特先生身边有多长时间了？”

“九个多月。”

“好的，我知道了。顺便再问一下，马斯特曼，你抽烟斗吗？”

“不，先生，我只抽廉价的烟卷。”

“好的，目前就这些了。”

波洛向他点了点头，示意他可以回去了。

马斯特曼却显得有些犹豫。

“请您原谅我，先生，我也不知道怎么开口，就是那位美国老太太，她非常激动，她说她知道关于凶手的一切。”

“既然这样，接下来我会见见她。”波洛笑着说。

“您需要我去通知她吗？她一直要求能见到这个案件的负责人，列车员也一直在安抚她的情绪。”

“那就通知她过来吧，我想听一听她怎么说。”波洛说。

## 第四章　美国太太的证词

哈巴特太太走进餐车的时候已经是气喘吁吁，激动得几乎说不出话来了。

“快告诉我，谁是这个案件的负责人？我有非常重要的事情需要立刻告诉他，如果你们——”

她的视线在波洛、布克先生和医生的身上游移。波洛将身子往前靠了靠。

“您先坐下吧，太太，有什么事您可以和我说。”他说。

“扑通”一声，哈巴特太太重重地坐在了波洛的对面。

“我要和你说的就是这件事情，昨晚发生凶杀案的时候，凶手就在我的房间里！”

她顿了顿，特意加重了最后一句话的语气。

“你能确定吗？”

“你这是什么意思！我当然确定！我知道我在说什么，我现在就把所有的事情都告诉你！昨晚我原本已经睡着了，后来突然醒了，四周漆黑一片，然后我就看到了一个男人在我的房间里！你应该能明白，我吓得都无法叫出声了，只能躺在床上。当时我想我可能要被杀死了，我还想到了许多小说里的暴行和我的珠宝，当然，我的珠宝他是抢不走的，因为我把我的珠宝藏在了袜子里，然后塞进枕头里了，尽管这样枕着非常硌人，令人很不舒服，不过这并不是重点，等等，我说到哪儿了？”

“你说到，你发现有个男人在你的房间里。”

“是的，没错，我就闭上眼睛躺在床上，思索着该怎么办才好，还好我的女儿并不知道我当时的危险处境。后来我突然想到办法，我可以按电铃把列车员叫过来，但是我按了好几次电铃都没有任何动静，当时我的心脏都快要停止跳动了，我以为他们已经把火车上的人都杀光了。然后火车停下来了，四周安静得可怕，我一直不停地在按铃，然后我听到门外有脚步声传来，有人敲门，我才终于能放下心来。‘进来！’我大声喊道，同时把灯打开了，但是房间里已经没人了！”

哈巴特太太的语气听上去并不像是说完了，而是才开始讲述高潮部分。

“那后来呢？”

“后来我把这个事情告诉了列车员，但他认为我是做了噩梦，他不相信我说的话。我就让他看看我的床底下，但他说床底很窄，藏不了人的。我敢肯定一定有人进来过，他肯定是跑掉了！然而那个列车员只是安慰我，我都快要被他气疯了！对了，先生，我还不知道你叫什么。”

“我叫波洛，这位是公司的董事布克先生，这位是康斯坦汀医生。”

“很高兴见到你们。”哈巴特太太打招呼的时候有些心不在焉，她咕哝几句就接着开始讲她的故事了。

“我不能说我当时处于清醒的状态，那时候我觉得是隔壁那个已经遇害的可怜男人。然后我让列车员察看两个房间之间的连通门是否没闩上，果然，我一下子就发现了，门没有闩上。我让他马上闩好，等他走了以后我就用箱子把门顶住，确保我的安全。”

“那是什么时候的事情？”

“我也不知道，当时我的心很乱，没有看表。”

“所以你有什么看法呢？”

“显而易见，我房间里的那个人肯定是凶手，不然还能有谁？”

“然后那个人又回到隔壁的房间了吗？”

“他去了哪儿我怎么可能知道？我当时闭着眼睛呢。”

“或许他是从门口溜走跑到过道上去了吧。”

“这个我就不知道了，我一直闭着眼睛，你是知道的。”

哈巴特太太突然叹了口气。

“可真是吓死我了，幸亏我女儿不知道……”

“太太，你听到的声音会不会是隔壁被害人房间里有人走动的声音呢？”

“不会的，先生——您叫什么来着？哦对，波洛，那个男人就在我的房间里，因为我有证据。”

哈巴特太太露出得意的表情，她拿出一个大手袋，将手伸进去正摸索着。

她拿出了一串钥匙，一把剪刀，一本美国运通支票，一瓶阿司匹林，一副牛角框眼镜，一包芒硝，一盒鲜绿色的薄荷糖，一张长相普通的小孩照片，两块干净的手帕，五串仿造的东方念珠，几封信，和一枚小小的金属纽扣。

“看到没？就是这枚纽扣，这可不是我的纽扣，也不是我衣服上的，这是我今天起床的时候发现的。”

她把纽扣放在桌上，布克先生走近看了看，“这是列车员制服上的纽扣。”

“对此可以做出简单而合理的解释。”

波洛礼貌地面向哈巴特太太。

“这枚纽扣是列车员制服上的，或许是在他帮你找人的时候，或者是帮你铺床的时候掉的。”

“我真的不能理解，你们这些人到底是怎么了，都在和我唱反调。我告诉你们，昨晚我在睡觉之前在看杂志，准备关灯之前，我把那本杂志放在了靠窗的地板上的小箱子上，明白吗？”

波洛他们都表示明白。

“很好。后来列车员进来了，他在靠门的地方察看了下我的床底，然后把我和隔壁房间的连通门闩上，但从头到尾他都没有靠近过那扇窗户。但是早上的时候，我在那本杂志上面发现了这枚纽扣。告诉我，你们怎么称呼这个的？”

“证据。”

听到了这个回答，哈巴特太太似乎安慰了许多。

她说：“我最讨厌的就是别人不相信我。”

波洛安慰她说：“我对您提供的这些信息很感兴趣，也觉得它们很有价值。那么接下来，我能问你几个问题吗？”

“可以。”

“你既然害怕雷切特先生，为什么不干脆把联通门闩上呢？”

哈巴特太太立即说：“我闩了。”

“你闩上了？”

“好吧，我是问那个雅典女人门闩了没有，她说闩了。”

“为什么不去亲自去确认一下呢？”

“因为当时我已经在床上了，我的手袋挂在门把手上。”

“那时候是几点钟？”

“我想想……我肯定是十点半，或者是十一点差一刻，那个雅典女人过来问我有没有阿司匹林，我告诉她在我的手袋里，然后她就拿走了。”

“你是躺着的吗？”

“对。”

哈巴特太太突然大声笑了起来，“真是个可怜的人，她不小心把隔壁房间的门打开了。”

“你是说雷切特先生的？”

“对，你应该知道，火车上的每扇门都是关着的。她不小心打开了雷切特先生的门，雷切特先生大笑了几声，我想他可能是说了一些难听的话，让她十分懊恼。她说：‘我不小心犯了个错误。’她看上去很苦恼，‘真令人羞愧，不是好人。’她还说：‘他说我很老。’”

康斯坦汀医生不禁笑了起来，哈巴特太太瞪了他一眼。

她说：“对一位太太说出这样的话，他的确不是一个好人。并且这种事也不应该笑。”

医生连忙向她道歉。

“后来呢？你有听见雷切特先生房间里有什么动静吗？”波洛问。

“唔，我不太确定。”

“不太确定是什么意思？”

“就是……”她缓了缓，“他打呼噜。”

“你听见了他的呼噜声？”

“是的，他的呼噜声可大了，吵得我前一晚没睡着。”

“当你被你房间里的那个男人吓到之后，还有听见他的呼噜声吗？”

“我怎么可能听见？他已经死了啊，波洛先生。”

“啊，是的。”波洛露出困惑的表情，说。

他接着问道：“太太，你还记得阿姆斯特朗绑架案吗？”

“当然记得！那个绑架案的凶手竟然还逃掉了！我真是恨不得亲手杀了那个混蛋！”

“他没有逃掉，就在昨晚，他死了。”

“你的意思是说……”哈巴特太太突然激动地跳了起来。

“嗯，那个人就是雷切特。”

“天呐，这真是太好了！我要赶紧写信告诉我的女儿。你看，昨晚我就告诉过你，那人长着一张邪恶的脸，我说对了吧？我女儿总说我预感很准，可以押上所有的钱，绝对赢。”

“太太，你认识阿姆斯特朗家的人吗？”

“当然不，他们可都是上流人士。但是我听说阿姆斯特朗太太很漂亮，她的先生对她疼爱有加。”

“好的，我知道了。哈巴特太太，感谢你给了我们很大的帮助，能麻烦您告诉我们你的全名吗？”

“可以，卡洛琳·玛萨·哈巴特。”

“能否将你的地址写下来？”

哈巴特太太一边写，一边说道：“我真不敢相信，那个坏蛋就在这列火车上，我对这个人的预感果然没错，你说是吗，波洛先生？”

“是的，太太。对了，你有没有猩红色的丝绸睡衣？”

“这个问题问得真奇怪，我有两件睡衣，一件粉红色的法兰绒睡衣，一件我女儿送给我的紫色丝质睡衣，但没有猩红色的。不过，你问我睡衣做什么？”

“哦，是这样的，昨天晚上有人穿着猩红色的睡衣往你或是雷切特先生的房间去了，但正如你所说的，所有门都是关着的，容易弄错。”

“好吧，没有穿着这个睡衣的人去过我房间。”

“那肯定就是去了雷切特先生的房间。”

哈巴特太太噘起了嘴，果断地说：“对此我可不觉得意外。”

波洛往前凑了凑，“难道你听见了隔壁有女人的声音？”

“我真不明白，你为什么会有这样的想法，不过，确实，我是听见了。”

“可是，当我问你有没有听见隔壁房间的动静的时候，你说你只听到了打呼噜的声音。”

“啊，是的，有时候他是在打呼噜，但有时候……”哈巴特太太的脸突然红了起来，“这可真不好意思说。”

“你是什么时候听见有女人的声音的？”

“具体我也不记得了，我醒了一会儿，就听到一个女人的说话声，显然她就在隔壁房间。我觉得他就是这种人，所以也没觉得奇怪，后来我就睡着了。要不是你这么问我，我是绝对不会和你们这三个陌生男人提起这种事的。”

“这事是发生在你被你房间里的男人吓到之前，还是之后？”

“你又问这样的问题！要是他死了，他又怎么可能跟一个女人说话？”

“很抱歉，太太，你一定觉得我很蠢。”

“我就知道，就算是你这样的人也有犯糊涂的时候，我只是没想到他居然就是卡塞蒂，要是我女儿知道，她一定会说……”

波洛迅速帮哈巴特太太把东西收进手袋里，然后陪着她往门口走去。

最后，他说：

“太太，你的手帕掉了。”

哈巴特太太看着波洛递过去的那块小小的棉纱手帕。

“哦，这不是我的手帕，我的在这里呢。”

“很抱歉，我看见手帕上的‘H’字母，还以为是你的。”

“挺有意思的，但这的确不是我的手帕，我的手帕上绣着‘C.M.H’，面料很实用，不是巴黎产的那种高级样子货，真不知道这种手帕对人的鼻子有什么好的。”

他们三个人似乎都无法回答哈巴特太太的问题，然后她就得意地离开了房间。

# 第五章　瑞典太太的证词

布克先生将哈巴特太太留下的纽扣拿在手中。

他问道："我有些不明白，难道说，这个纽扣从某种意义上来看，把皮埃尔·米歇尔卷进去了吗？"见波洛没有回答，他又说："你怎么看这件事呢？"

"有几种可能。"波洛回答说，"在讨论之前，我们最好还是先听听那位瑞典女士的证词吧。"

他翻了翻面前的那一沓护照，"唔，在这儿呢，格丽塔·奥尔松，49岁。"

布克先生让餐车服务员给她送过去，不一会儿，那位瑞典女士就进来了。她盘着浅黄色的发髻，长着一张和善的绵羊脸，戴着一副眼镜。她匆匆地看了一眼波洛，神情十分平静。

因为知道她会法语，于是波洛就用法语询问了她几个问题——姓名、年龄、住址以及职业，当然，这些问题的答案他早就知道了。

"我是一个受过专门训练的护士，在伊斯坦布尔附近的一所教会学校做护士长。"她说。

"你知道昨晚发生了什么事情吗？"

"知道，真是太可怕了，那位美国太太还告诉我，凶手去过她的房间。"

"我听说，你是最后一个见到雷切特先生还活着的人？"

"可能是吧，我也不知道。我不小心开错了他的门，这是个令我感到既羞愧又尴尬的错误。"

"你真的看见雷切特先生了？"

"是的，他当时正在看书，我连忙向他道歉，然后就退出去了。"

"他有说什么吗？"

这位瑞典女士脸颊上染了层红晕。

“他大声笑了几声，然后说了几句话，但我听得不太清楚。”

“然后你又做了什么呢？”波洛将话题转移开来。

“然后我去找那位美国太太要了几片阿司匹林。”

“她是不是问你，她和雷切特先生房间中间的连通门闩上没有？”

“是的。”

“门闩了吗？”

“闩了。”

“之后呢？”

“然后我就回到了自己的房间，吃了药我就上床了。”

“还记得是什么时候的事吗？”

“我是大约十一点差五分的时候上的床，那时候我正好给表上弦。”

“很快你就睡熟了吗？”

“也不算很快，过了一段时间，头没那么疼了我才睡着了。”

“你上床之前火车有停下来吗？”

“还没有，好像在我昏昏欲睡的时候，火车在一个车站停了。”

“那应该是温科夫齐，这间是你的房间吗？”波洛指着平面图问道。

“对。”

“你睡上铺还是下铺？”

“我睡下铺，十号。”

“你房间还有其他人同住吗？”

“有，是一位可爱的年轻英国小姐，她在巴格达上来的。”

“当火车离开温科夫齐之后她有没有离开过房间？”

“我肯定她没有离开过。”

“为什么你能这么肯定呢？毕竟你都睡着了。”

“我睡眠很浅，稍微有一点声音我就会醒来，她如果从上面下来，我肯定会被吵醒。”

“那么你离开过房间吗？”

“今天早上之前我都没有离开过。”

“你有没有猩红色的丝绸睡衣？”

“没有，我有件耶格尔纯毛料的睡衣，穿着很舒服。”

“那和你住一起的德贝纳姆小姐呢？”

“她穿的是淡紫色的睡衣，是在东方买的那种骆驼毛材质的。”

波洛点了点头，语气里充满着亲切，“你出来旅行是为了度假吗？”

“是的，我准备回家度假，不过我得先去洛桑和我的妹妹一起待一个礼拜。”

“你能否写一下你妹妹的姓名和住址？”

“可以。”

波洛递给她纸与铅笔，她将姓名与住址写在了上面。

“你有没有去过美国？”

“没有，之前我差一点就和一位虚弱的太太去了，可惜行程在最后一刻被取消了，我挺遗憾的。”

“你知道阿姆斯特朗绑架案吗？”

“不知道，发生了什么吗？”

波洛向她解释了案件。

奥尔松看上去非常愤怒，就连头上的发髻都微微颤动了起来。

“怎么会有这样可恶的人！他简直不是人！那位母亲可真可怜。”

她的脸颊因此变得通红，眼里也满是泪水，然后就离开了房间。

波洛立即拿出一张纸在上面写着。

布克先生问：“你在写什么？”

“我在写事件发生的时间顺序表，这是我的一个习惯，我的朋友。”

他写完之后将纸递给了布克先生。

| | |
|---|---|
| 九点一刻 | 火车离开贝尔格莱德 |
| 大约九点四十分 | 马斯特曼备好安眠药离开雷切特的房间 |
| 大约十点整 | 麦奎因离开雷切特 |

大约十点四十分　　奥尔松（最后一个看见雷切特活着的人）看见雷切特

注意：雷切特在看书

零点十分　　火车晚点离开温科夫齐

零点三十分　　火车停了

零点三十七分　　雷切特的铃响了，列车员应铃时他用法语说“没事，哈巴特太太看到房间里有个男人，按铃叫列车员

布克先生点点头，表示赞赏。

他说：“非常清晰。”

“你有没有发现奇怪的地方？”

“没有，这张表一目了然，案发时间是一点十五分，后面跟哈巴特太太说的时间也吻合。在我看来这张表就是证据，我猜凶手或许就是那个来自美国芝加哥的意大利大块头，你别忘了，凶手在被害人身上刺了好几刀，而意大利人的武器就是刀。”

“是的。”

“所以不用怀疑了，他就是凶手，而且他跟雷切特肯定是一伙的，因为卡塞蒂是个意大利名字。后来雷切特做了些事情出卖了他，他就跟踪他并写信恐吓他，最后将他杀害，案情就是这样。”

波洛摇了摇头。

“事情恐怕没这么简单。”他低声说道。

布克先生认为自己的推理是正确的，他说：“我认为这就是真相。”

“那么，你怎么解释男仆说的那个意大利人从没有离开过自己的房间呢？”

“这很难解释。”

波洛眨了几下眼睛。

“这真令人懊恼，那个仆人居然牙疼了，那个意大利人真是走运啊。”

“这一切都能解释得通的。”布克先生自信满满地说。

波洛又摇着头。

“没那么简单的。”他咕哝一声。

## 第六章 俄国公主的证词

“我们先听听看列车员米歇尔对这枚纽扣有什么想说的。”波洛说。

不一会儿列车员就被叫进了餐车，他显得有些惊讶。

布克先生轻咳了一声。

“米歇尔，这是哈巴特太太在她房间里发现的一枚纽扣，是你制服上的，对此你有什么想说的吗？”

米歇尔伸手摸了摸自己的制服，“先生，您肯定是弄错了，我的纽扣没有掉。”

“这可真奇怪。”

“我解释不了这件事。”米歇尔的脸上并没有心虚或是慌张的神情，只是有些诧异。

“从发现这枚纽扣的位置来看，这应该是昨晚哈巴特太太按铃时，从在她房间里的那个人的衣服上掉落的。”

“但是我肯定那里并没有人，先生，那只是那位太太的幻想。”

“并不是幻想，凶手的确是去过了哈巴特太太的房间，并且遗漏了这枚纽扣。”

米歇尔听出了布克先生话中的意思，顿时变得焦急起来。

“不是这样的！先生！您的意思是我是犯人吗？不是的！我是清白的！我为什么要杀死一个我从来都没见过的人？”他喊道。

“那么哈巴特太太按铃的时候你在哪里？”

“我在隔壁车厢和同事聊天，我告诉过您的。”

“那我们把他叫过来。”

“您叫吧，先生，让他过来。”

随后隔壁车厢的列车员走了进来，并且证实了米歇尔说的话，他说还有布加勒斯特车厢上的列车员也和他们一起，他们三个人一直在谈论大雪引发的事故。大约过了十分钟，他们都听见了铃声，铃声不停在响，米歇尔将连接两节车厢的门打开后就迅速赶过去查看了。

“您看，先生，我是无辜的。”米歇尔焦急地说。

“但是这枚纽扣的确是从列车员的制服上掉下来的，这怎么解释？”

“先生，我无法解释，我制服上的纽扣都还在。”

另外两名列车员也表示他们的纽扣都在，并且他们并没有去过哈巴特太太的房间。

“米歇尔，你先冷静下来，你回想一下，当你听到哈巴特太太的铃声之后，你跑过去的时候有在过道上看见什么人没有？”

“没有。”

“有没有人往反方向跑了？”

“也没有。”

“这可真奇怪……”布克先生咕哝一声。

“没什么可奇怪的，”波洛说，“只不过是时间问题。哈巴特太太从睡梦中醒来，发现房间里有人，有一两分钟的时间，她吓得不敢动弹。也许那人就趁着这段时间跑到了过道，然后她开始按铃。但是列车员并没有在听到铃声的第一时间赶过来，而是在铃声响了三四遍后才听到的。我认为，这段时间足够——”

“足够做什么呢，我的朋友？你要知道，火车周边可都是厚厚的积雪。”

“这个神秘的凶手有两条出路，”波洛不紧不慢地说，“他可以藏到洗手间里，也可以藏到某个包厢里。”

“可是每个包厢里都有人啊！”

“你说得没错。”

“你是说，他回到了自己的包厢？”

波洛点了点头。

“这下就对了，对了，”布克先生说，“在列车员不在的那十分钟里，凶手走出自己的房间，到雷切特的房间里行凶，从里面把门锁上，扣上链条，再从哈巴特太太的房间出去。等到列车员回来，他早就回到自己的房间了。”

波洛嘀咕着："事情可没这么简单，我的朋友，让我的医生朋友来告诉你原因吧。"

布克先生做了个手势，示意三位列车员可以走了。

"我们要见的旅客还有八位，"波洛说，"其中有五位住在头等包厢，分别是德拉戈米罗夫公主、安德雷尼伯爵夫妇、阿巴思诺特上校和哈曼的先生。另外三位住在二等车厢，分别是德贝纳姆小姐、安东尼奥·福斯卡雷利和女仆弗罗林·施密特。"

"你想先问谁？是不是那个意大利人？我们应该先从地位最高的人开始，也许德拉戈米罗夫公主会愿意让我们占用她的一些时间。米歇尔，你去通知公主吧。"

"是，先生。"列车员一边说一边往外走。

"告诉她，要是她觉得走这一趟太麻烦，我们到她房间去也可以。"布克叮嘱道。

不过，德拉戈米罗夫公主看起来并不接受他的好意。她来到餐车，微微偏着头，在波洛对面的位置上坐下了。

她那如同癞蛤蟆一样的脸庞看起来比前一天更黄了。她长得确实很丑陋，活像一只癞蛤蟆，眼睛如同黑宝石一般闪烁着光芒，透露出一股智慧。

她的声音很低沉，吐字清晰，不过有些低沉。

布克先生正在客套地致歉，但是被她打断了。

"没有必要道歉，先生们，我知道车上发生了一起凶杀案，你们当然要询问每一位乘客，我一定尽最大努力协助你们。"

"您真是个体贴的人。"波洛说。

"不必这么客气，这是应尽的责任。你要问些什么？"

"您的教名，以及您的地址。夫人，您是不是愿意自己把它写下来？"

波洛将纸笔递过去，但是公主推开了。

"你来写吧，"她说，"也没什么难的。娜塔丽亚·德拉戈米罗夫。巴黎克莱贝尔大街十七号。"

"您是从君士坦丁堡上的车，准备回家的吗？"

"是的，我在奥地利大使馆待了一段时间，我的女仆一直陪着我。"

"昨天晚上吃过晚饭后，您做了什么，介意告诉我们吗？"

“我很愿意。吃完饭的时候，我就告诉列车员把我的床铺好，我吃完晚饭就躺下了，在床上看了会儿书，十一点的时候才关的灯。因为我的风湿病发作了，所以我很长时间都没睡着。十二点四十五分的时候，我按了铃，把我的女仆叫来给我按摩。她读书给我听，直到我睡着。至于她什么时候走的，我不太确定，也许是半个小时后，也许还要晚一些。”

“那时候火车停下来了吗？”

“是的。”

“您当时有没有听到什么奇特的声音，夫人？”

“没有。”

“您的女仆叫什么？”

“希尔德嘉德·施密特。”

“她来到您身边很久了吧？”

“十五年了。”

“您觉得她是个可靠的人吗？”

“相当可靠。我死去的丈夫在德国有一个庄园，她就来自于那里。”

“夫人，我猜您一定去过美国。”

波洛突然改变了话题，这个老太太皱了皱眉。“很多次。”

“您和遭遇惨剧的阿姆斯特朗一家是否相识？”

老太太的情绪有些激动：“我们是朋友，先生。”

“这样说来，您和阿姆斯特朗先生很有交情？”

“算不上很熟，不过他的妻子索尼娅·阿姆斯特朗是我的教女。我和她的母亲，也就是那个叫琳达·阿登的女演员很有交情。琳达·阿登是个演艺天才，是全世界首屈一指的悲剧女演员。她比麦克佩斯女士和玛格达都要优秀，我不但崇拜她，还是她的好朋友。”

“她已经离世了吗？”

“没有，她还活着，但是早已告别了舞台。她的身体情况很糟糕，终日与沙发为伴。”

“我想，她应该还有一个女儿。”

“是的，比阿姆斯特朗太太年轻很多。”

“她是不是还活着？”

“当然。”

“她现在在哪里？”

老太太敏锐地看了看他。

“我倒要问问，你为什么要问我这些。这跟现在的案子——这件谋杀案，有什么关系？”

“夫人，有很大的关系。昨晚谋杀案的死者，就是绑架了阿姆斯特朗太太的女儿的人。”

“啊！”

德拉戈米罗夫公主皱了皱眉，稍微坐直了一些。

“我觉得，这倒是一件好事，我对他有偏见，请原谅。”

“这非常正常，夫人。现在回到刚才您没有答复我的那个问题，琳达·阿登的小女儿，也就是阿姆斯特朗太太的妹妹，现在人在哪里？”

“说实话，我不知道。我和这些年轻人基本上没什么往来。我认为她前几年和一个英国人结了婚，去了英国，但是我记不起那人叫什么了。”

她顿了顿，又说：

“您还有别的问题吗，先生？”

“只有一件事，夫人。这个问题牵涉到您的隐私，您的睡衣是什么颜色的？”

她的眉毛微不可查地抬了一下。“你既然这么问，自然有你的理由。我的睡衣是蓝缎子的。”

“我没有其他问题了，夫人。对于您这么爽快地回答我的问题，我表示感谢。”

她抬起那戴满戒指的手，做了一个手势，站了起来。其他人也跟着站了起来，不过她突然停了下来。

“抱歉，先生，”她说，“请问您叫什么名字？您看起来有些面熟。”

“夫人，我叫赫尔克里·波洛，随时听您吩咐。”

她沉默了。过了一会儿，她说：“赫尔克里·波洛，我想起来了，命该如此吧。”

她挺直身子离开了，脚步有些僵硬。

“她可真是位贵妇。”布克先生说，“我的朋友，你对她印象如何？”

不过赫尔克里·波洛摇摇头，说：

“我想知道，”他说，“她说‘命该如此’的意思是什么。”

## 第七章　伯爵夫妇的证词

之后，波洛派人去叫安德雷尼伯爵夫妇，但是来的却只有伯爵自己。

不管怎么看，这位伯爵都算得上英俊。他身高一米八以上，有着宽阔的肩膀和细窄的腰身。他穿着一件非常合身的英国花呢西服。要不是他有着长长的胡子和高高的颧骨，可能就要被当作英国人了。

“啊，先生们，”他说，“有什么我可以效劳的？”

“请您谅解，先生，”波洛说，“由于车上发生了谋杀案，所以我要向每个人问一些问题。”

“好的，好的，”伯爵说，“我非常了解你的立场。但是我恐怕有心无力，当时我和我的妻子都在睡觉，什么都没听见。”

“您知道受害人是谁吗？”

“我知道是那个美国人，个子很高，面目可憎。他就在那张桌子上吃过饭。”他一边说，一边点头示意了一下雷切特和麦奎因用过的那张桌子。

“没错，先生，您说得对。我的意思是，您知道那个人叫什么吗？”

“不知道。”伯爵好像有点疑惑波洛会提出这样的问题。

“如果你想知道他叫什么，”他说，“护照上应该能看到。”

“他护照上的名字叫雷切特，”波洛说，“但是这只是化名，他的真名叫卡塞蒂，就是他主使了那件闻名美国的绑架案。”

他一边说，一边盯着伯爵。但是伯爵好像根本不受影响，只是稍稍把眼睛睁大了一些。

“啊！”他说，“那现在案情应该水落石出了，美国真是太特别了。”

“也许您去过美国吧，伯爵先生？”

“我曾经在华盛顿住过一年。”

“那您是不是认识阿姆斯特朗一家？”

“阿姆斯特朗，阿姆斯特朗，我没什么印象了，同姓的人太多了。”他笑了笑，耸耸肩膀，“不过说正经的，先生，”他说，“我能帮什么忙？”

“您睡觉的时候大概是几点，先生？”

赫尔克里·波洛偷瞄了一眼平面图。安德雷尼伯爵夫妇住的分别是十二和十三号房，这两个房间是连着的。

“我们在吃完饭的时候，就让列车员铺好了一个包厢的床。回去后，我们就到另一个包厢坐了一会儿。”

“哪一间？”

“十三号，我们玩了会儿纸牌，十一点左右，我太太就回去休息了。然后我的床铺好了，我就睡觉了，一觉到天亮。”

“火车停了，这一点您注意到了吗？”

“我是今天早上才注意到的。”

“那您的妻子呢？”

伯爵笑了笑说：“一般坐火车远行，我妻子都会吃安眠药，这回和往常一样，她吃了台俄那。”

他停顿了一下，“很对不起，我无能为力了。”

波洛将纸笔交给伯爵，并说道：

“很感谢您配合，伯爵先生，这只是惯例，您是不是可以将您的名字和地址写在这里？”

伯爵认真而详细地写着。

“幸亏是我自己写，”他高兴地说，“对这种语言不精通的人，可能很难完整拼写出我庄园的名字。”

他写完将纸递给波洛，然后起身准备离开。

“我妻子根本不需要再来一趟了，”他说，“她还没我知道得多。”

波洛的眼睛散发出异样的光彩。

“那是当然，”他说，“可是我觉得我还是应该和伯爵夫人简单说两句。”

“完全不需要。”伯爵的声音里透露出一种不容置疑的庄严。

波洛友善地跟他眨了下眼睛。

“只是惯例而已。”他说，“可是您明白，对于我的报告来说，它不可或缺。”

“那就悉听尊便吧。”

伯爵非常不乐意地退了一步，行了个简单的外国礼，就起身离开了餐车。

波洛将护照拿过来仔细查看，上面写着伯爵的姓名和称谓。再往下就是记载的“随行人员：妻子；教名：埃伦娜·玛丽亚；娘家姓：戈尔登贝格；年龄：20岁”，上面还留下有一个粗枝大叶的办事员不知道什么时候滴在上面的油渍。

“外交护照，”布克先生说，“我们得谨慎一点，朋友，千万不要有什么意外发生，这种人和杀人肯定是不会有关系的。”

“请放心，朋友，我又不是第一次了，我只是依照惯例行事而已。”

看到安德雷尼伯爵夫人进到餐车，他刻意压低了声音。她看上去非常迷人，害羞可爱。

“听说你们一定要见我，先生们？”

“我们只是按照惯例办公而已，伯爵夫人。”波洛非常绅士地站起来，然后将她带到他对面的椅子上，“只是想向您打听一下，昨晚您是否听到什么响动，或者看到什么，或许有助于我们破案。”

“我没有看到，也没有听到什么，很抱歉，先生，我睡着了。”

“比方说，旁边房间的躁动声，你一点都没有听见吗？当时的美国太太极为慌张，还按响了电铃呼叫列车员。”

“我没有听到，先生，我服用了安眠药，睡得很沉。”

“哦，那好吧，我们就不再留您了。”可是，当她马上起来后，波洛又问道：“请稍微等一下，您看下这些资料，上面有您娘家的姓氏、年龄等资料，你确定都是对的吧？”

“是对的，先生。”

“或者您可以在这份记事本上写下您的名字。”

她很快写好了，是非常漂亮的斜体字：埃伦娜·玛丽亚。

“您和丈夫一起去过美国吗，夫人？”

“没有，先生，”她脸红了红，然后害羞地说，“我们才刚刚结婚一年，那时我们还没有结婚呢。”

“哦，那好，非常感谢您，夫人。对了，您丈夫抽烟吗？”

她正准备走，听到这个问题，就停了下来，看着波洛。

“抽烟。”

“抽烟斗？”

“不，他抽香烟和雪茄。”

“哦，这样啊，非常感谢您。”

她停下来，略带疑惑地打量他。她的眼睛很漂亮，黑黢黢的杏仁眼，忽闪忽闪的睫毛映衬着雪白的脸庞。她的嘴唇涂着鲜红色的口红，微微张开着。整个人有种异国风情的美。

“你为什么要向我打听这个？”

“夫人，”波洛向她挥了挥手，“作为一个侦探，他会向您询问各种稀奇古怪的问题，譬如，您可能还可以告诉我您睡衣是什么颜色的？”

她看着他，忽然笑了。“我可以告诉你是雪纺绸质地的，玉米色，知道这个有意义吗？”

“非常有意义，夫人。”

她探究似的问他：“这样看来，你的确是个侦探呢！”

“随时听候您的吩咐，夫人。”

“我以为经过南斯拉夫以后，火车上就不会再有侦探了，原来意大利也会有。”

“夫人，我不是隶属于南斯拉夫的侦探，我是国际侦探。”

“这样说来，你隶属于国际联盟？”

“不，准确来说，我隶属于全世界。”波洛戏谑性地说道，“我的工作地点主要是在伦敦，那么你会说英语吗？”最后一句话他用英语表达的。

“嗯，只稍微懂一点儿。”她连口音都这么叫人痴迷，波洛又深深给她行了个礼。

“请您回去休息吧，夫人，您看，一切都是那么轻松。”

她笑了笑，不置可否，将头一扭走了。

“真是个漂亮的女人，”布克先生称赞道，“不过可惜，还是原地踏步。”

“可不是吗，”波洛说，“这两个人什么都没看见，也什么都没有听见。”

“我们是时候找那个意大利人谈了吗？”

波洛陷入了沉思中，他还在想匈牙利人外交护照上的油渍有什么可挖的，对布克的问话置若罔闻。

## 第八章　阿巴思诺特上校的证词

波洛猛然间眼前一亮，抬头一看，正好对着布克先生期盼的眼神，不禁眨巴眨巴眼睛。

“啊，我的朋友，”他说，“你看，我已经变得用有色眼镜看人了。我自以为我们要先从头等车厢的人问起，再依次问到二等车厢。其实，我们接下来要见的，就是那位潇洒的阿巴思诺特上校。”

在发觉这位上校的法语懂得不多以后，他们开始用英语沟通，阿巴思诺特上校的名字、年龄、地址以及在军中的头衔都问过以后，波洛继续问道：

“你这次从印度回来是军休是吧？”

对于异国人怎么称呼他，阿巴思诺特上校并不在意，只是用最正式的英语回答了一句：“是的。”

“可是你没有选择坐船回家？”

“没有。”

“原因是什么？”

“是我个人的原因。”

（“这个，”他的神情好像在告诉波洛他们，“这就是我给你们的答复，你们这帮狗拿耗子的人。”）

“你是从印度直接坐到这儿来的吗？”

上校不带任何感情色彩地说道：“我住了一晚，借机去看了一下迦勒底的乌尔，后来又去看了一个老朋友，他在巴格达，是一位空军指挥官，我在那里待了三天。”

“你在巴格达待了三天，那位年轻的英国女士，名叫德贝纳姆小姐的，也是来自于巴格达，或许你们曾经见过？”

“哦，不是，我是在乘坐从基尔库克到尼西宾的火车上，和德贝纳姆小姐才头一回见面。”

波洛向前欠了欠身子，用一种近乎诱导的证据和更加具有英国腔调的方式说道：

“先生，我请求你，你和德贝纳姆小姐是火车上为数不多的两名英国乘客。我想知道一下你们对对方都是怎么看的，这很关键。”

“这根本不合常理。”阿巴思诺特上校冷冷地说道。

“事情不是你想象的那样，请听我说，这起谋杀案的凶手很有可能是个女人。死者身上被砍了十二刀以上，甚至列车长都情不自禁地说‘是个女人’。那么，我首先要做的事情呢，就是和所有坐伊斯坦布尔–加来车厢的女乘客来了个简单交流，可是要想准确判断一个英国女人是非常艰难的。她们很害羞，所以我恳求你，先生，为了公平。有关德贝纳姆小姐你知道多少？她的个性是什么样的？”

“德贝纳姆小姐，”阿巴思诺特上校听到他这样说，语气慢慢变暖起来，“是个很温和的女人。”

“啊！”波洛表现出一副心满意足的样子，“因此你觉得她绝对不会和案子扯上关系了？”

“这种看法很可笑，”阿巴思诺特上校说，“那人根本就是个陌生人，她之前从来没有见过他。”

“她这么说的？”

“是的，她说过，他那张脸实在太讨厌了。要是你觉得这和女人有关（我觉得这根本就是无稽之谈，纯属臆想），我可以向你担保德贝纳姆小姐绝对不可能和这件事扯上关系。”

“你在这件事情上表现很积极。”波洛微笑着说。

阿巴思诺特上校静静地瞅了他一眼。

这一眼好像让波洛无处藏身，非常难堪，他装作低头整理文件，不再看他。

“我只是随口说说而已。”他说，“我们还是从事实出发吧，我们有充分的证据表明，昨天晚上一点一刻发生了这起谋杀案，所以，我们必须依照惯例，对车上的所有人进行讯问。”

“是这样的，一点一刻，我当时正在和一个年轻的美国人闲聊，也就是死者的秘书。”

“啊！那么是他来找你，还是你去找他？”

“我去找的他。”

“那个年轻人是姓麦奎因？”

“对的。”

“你们是朋友，还是只是点头之交？”

“都不是，在开始这次旅行前，我们从来没有见过面。昨天晚上我们刚好遇到，然后说了一些话，觉得彼此比较有共同话题。一般我对美国人没有兴趣，他们都是些无用的人……”

波洛无声地笑了，想到麦奎因曾经对英国人的评价。

“可是我对这个年轻人很有好感，对于印度，他有一些不太成熟的观点。美国人就是这么差劲，他们非常容易冲动，还存有幻想。不过，对于我说的话，他兴致高昂。对那个国家，我有差不多三十年的经验。对于他说到的美国的禁酒令，我觉得很有意思，之后我们简单说了一下世界政治。看到时间时我大吃一惊，时针已经指向一点四十五分了。”

“你们在那时结束交谈的？”

“是的。”

“之后你做了什么？”

“回去睡觉。”

“你的床已经提前铺好了？”

“是的。”

“你是十五号房间是吧，也就是挨着餐车那边，倒数第二间？”

“是的。”

“你回去睡觉时，列车员当时在哪里？”

“坐在最末端的一张小桌子房边。事实上，我刚回到房间，就听到麦奎因叫他了。”

“有什么事吗？”

“我想是铺床吧，他的床还没有铺。”

“阿巴思诺特上校，我恳求您再好好想一想，你在和麦奎因先生闲聊时，有没有注意到旁边的走廊上有人经过？”

“感觉好多脚步声，我没太在意。”

“啊，可是我说的是……简单说吧，在十二点一刻到一点四十五分之间，你曾经在温科夫齐下过车，对吧？”

“是的，可是也就是一分钟的时间，外面又是风又是雪的，冻死了，还是继续回到车上呼吸混浊而炎热的空气吧，尽管我从来都觉得这种列车的取暖设施很让人崩溃。”

布克先生出了一口长气。

“不可能让每个乘客都打一百分。”他说，“英国人喜欢开窗通风，其他人只要一走过来就会给关上，真是不知道如何是好。”

波洛和阿巴思诺特上校都只在关心自己眼前的境况。

“先生，现在请您回想一下，”波洛继续引导他说，“外面太冷了，你又重新回到列车上，坐下来抽烟，抑或是香烟，抑或是烟斗……”

他停顿了一下。

“我们一个抽烟斗，一个吸香烟。”

“火车继续向前走，你抽烟斗，和对方谈论着欧洲如今的局势，抑或是全球局势。夜已经很深了，大部分人都睡觉了，门口是否有人经过？再好好想想。”

阿巴思诺特上校认真回想着。

“真的很难说，”他说，“你知道我根本没有关心。”

“可是你是军人啊，有你的职业敏感性，也就是说，就算没有特地关心也会注意到。”

上校又认真想了想，还是无奈地摇了摇头。

“说不好，除了列车员，真的忘记还有谁从这儿经过了。等等，好像有个女人。”

“你看到了？年纪大的还是年纪小的？”

“我没有看见，是根本没去注意，只是听到了一阵细碎的脚步声，还闻到一股味道。”

“味道？香味？”

“嗯，是一种水果香型，如果你知道我想表达什么，我的意思是说即使相隔一百码也可以闻到的味道，可是……”上校急忙说，“也许是昨天晚上早些时候的事，就如同你刚才所说的，只是下意识地闻到的。那天晚上我一直在嘟囔：‘女人……味道真浓’，可具体是什么时间，我不记得了，可是……对，我可以确定，是火车开离温科夫齐以后。”

“为什么这样说？”

“因为我有印象，我当时鼻子嗅了一下，当时我正在和对方讨论俄国，是这个女人的出现，让我联想到了俄国女人，所以我们最后就一直就这个话题谈到深夜。”

“你可否说得更准确一些？”

“我也记不太清楚了，约莫就是最后半个小时。”

“火车停靠以后？”

对方点头表示认可。

“好，这个话题我们就先说到这儿。阿巴思诺特上校，你曾经去过美国吗？”

“没有，也压根儿不感兴趣。”

“那你认识的人中，有没有一个叫阿姆斯特朗上校的？”

“阿姆斯特朗？我认识的人中，有两三个都是这个姓氏。比如六十军区的汤米·阿姆斯特朗，你是说他么，还是塞尔比·阿姆斯特朗，他在索姆遇害了。”

“我所说的那个阿姆斯特朗上校和一个美国女人结婚了，仅有的一个孩子被绑架最后被杀害了。”

“啊，是的，我曾经看到过这场骇人听闻的事件。尽管我听说过这个人，可是没怎么打过交道。托比·阿姆斯特朗，是个非常友善的人，很受大家欢迎，也取得不朽的功勋，还获得过十字勋章。”

“阿姆斯特朗女儿被杀案的主要成员就是昨晚被凶杀的那个人。”

阿巴思诺特的脸色看起来很不好，“那这样说来，这个阴险的家伙被杀也是死有余辜，尽管我觉得他更应该受到美国的绞刑或电刑处置。”

“实际上，阿巴思诺特上校，你是拥护法律秩序，而对私底下报复持反对态度的？”

“是，我们不能效仿科西嘉人和黑手党那样，不断制造一些谋杀案或者私下解决。”上校说，“不管怎样，由陪审团进行审判是比较公平、公正的手段。”

波洛颇有深意地看了他一两分钟。

“是的，”他说，“我深信你也有同感。好，谢谢你，阿巴思诺特上校，我问完了。你再想想昨天晚上，或是刚刚我们说的，有什么让人觉得奇怪的吗？”

阿巴思诺特上校思考了片刻。

“没有了，”他说，“没什么了，只是……”他踌躇了。

“没关系，请说吧。”

“嗯，其实也没什么可说的了，”上校显然非常犹豫，“你是说什么事情都可以敞开说的。”

“对，请说。”

“哦，是件小得不能再小的事。我在回我自己房间时，观察到我旁边的房间，也就是最后那一间，你知道吧。”

“我知道，那是十六号房间。”

“嗯，那扇门敞开了一条缝，里面的人正在偷偷往外望，然后马上把门关上了。当然，我明白这很正常，可是觉得有点怪异。我是说，将门打开看外面很正常，可是他那一副唯恐被别人被看到的样子太奇怪了。”

“是……”波洛犹疑地说道。

“我跟你说过这只是一件小事的，”阿巴思诺特上校感觉很不好意思地说，“可你知道当时已经很晚了，四周鸦雀无声，一切就像在演恐怖电影一样。我真是废话连篇。”

他站起身来，“好吧，如果你没有其他要问的话……”

“谢谢你，阿巴思诺特上校，我问完了。”

军人犹豫了一会儿，刚开始那种被“外国人”讯问所产生的本能的排斥感已经没有了。

“而说到德贝纳姆小姐，”他非常不好意思地说，“我担保她是个正直的人，她是个普卡·萨布[①]。”

---

① 普卡·萨布：是一种印地语言，后来变成英国的俚语。常用于形容某个人受过良好教育，是有素质的人。

他脸微微红了红，然后大步走了出去。

“‘普卡·萨布’是什么意思？”康斯坦汀大夫饶有兴趣地说道。

“意思就是和阿巴思诺特上校一样，德贝纳姆小姐的父亲和兄弟都是受过高等教育的人。”波洛回答道。

“哦，原来是这样，”康斯坦汀大夫的眼神黯淡下来，“这和案件根本扯不上关系。”

“是的。”波洛说。

他开始了长长的思索，轻轻敲打着面前的桌子，之后，他猛地抬起了头。

“阿巴思诺特上校的烟斗，”他说，“我在雷切特先生的房间里看到过一根烟斗通条，可是雷切特先生只抽雪茄。”

“意思就是？”

“他是到现在为止，仅有的一个承认抽烟斗的人，而且阿姆斯特朗上校他也听说过，或许还认识，只是他不想坦白而已。”

“所以你觉得也许……”

波洛条件反射似的用力摇了摇头。

“这根本不可能，绝对不会出现这种事情。那么一个令人崇敬的、耿直的英国人怎么可能在一个人身上连捅十二刀！朋友，肯定不可能，对吧？”

“这大概就是心理学研究的问题。”布克先生说。

“而且我们不要对心理学弃之不顾，这个案子有个明显的特征，可是这和阿巴思诺顿特上校没关系，我们还是继续见下一个人吧。”

这次布克先生虽然口里没说意大利人，可是心里却忍不住想着他。

## 第九章　哈德曼先生的证词

哈德曼先生是头等车厢中最后一名乘客，他身材魁梧，很有气势，是个美国人，还和意大利人以及他的男仆一起用过餐。

他穿着一身非常俗气，颜色鲜艳的方格西装，上身穿着粉红色衬衫，上面戴着庸俗艳丽的别针，进入餐车时嘴里还在不停地咀嚼着，不过这张满脸横肉、宽大的脸颊上，却是一副让人很好靠近的感觉。

“早上好，先生们，”他说，“需要我做什么？”

“这起谋杀案，你肯定已经听说过了吧，哈德曼先生。”

“听说了。”他自如的嘴里将口香糖翻来覆去地咀嚼。

“我们的工作职责意味着我们必须和火车上的所有乘客都聊一聊。”

“可以，解决这样的案件也只有这个方法了。”

波洛看了一眼他面前的护照。

“你叫赛勒斯·贝特曼·哈德曼，来自于美国，今年41岁，任职于一家打字机带公司，做的是移动推销员。”

“是的，那就是我。”

“你是从伊斯坦布尔出发，赶往巴黎？”

“是的。”

“为什么是这样？”

“谈业务啊。”

“可是你坐的一直都是头等车厢，哈德曼先生？”

“是的，那是因为公司会报销车费。”他顽皮地眨巴着眼睛说道。

“那么从现在开始，哈德曼先生，我们就说一下昨天晚上的事情吧。”

美国人点头表示许可。

“有关这件事，你有什么要对我们说的吗？”

“没有什么要说的。”

“啊，真是太可惜了，或者你可以告诉一下我们你昨天吃过晚饭以后都在干什么。”

刚开始，这个美国人似乎还没想好要回答这样的问题，最后他终于开口说道：“很抱歉，先生，你们是不是应该先告诉我你们是谁，我也了解一下你们的身份。”

“可以，这位是布克先生，是国际客车公司的董事成员，这位是法医。”

“那你呢？”

“我是赫尔克里·波洛，被公司派遣来调查这个案子。”

“我知道你，”哈德曼先生说，他考虑了一会儿，说，“我觉得我还是实话实说比较好。”

“将你看到的，听到的，都原原本本地告诉我们，是你非常理智的选择。”波洛严肃地说。

“你要想问我是否了解一些事情，我确实不了解。就好像我说的，我完全不知道这件事的来龙去脉。可是我很郁闷，我觉得我应该知道一些什么。”

“请你好好给我们阐述一下，哈德曼先生。”

哈德曼出了口长气，将口香糖吐出来，将手插进口袋，这时，他好像完全变了一个人似的，更加符合他自身，而不是戴着面具的演员，那原来粗重的鼻音也含蓄了不少。

“那本护照是伪造的，”他说，“这个才是真实的。”

波洛看了他真实的护照，布克先生也瞅了一眼。

塞勒斯·B.哈德曼 先生

麦克尼尔侦探社

纽约

波洛知道这家侦探社，是全纽约最负盛名，也是规模最大的私家侦探社之一。

“那么，哈德曼先生，”他说，“请讲讲这到底是怎么回事。”

“好的，事情经过是这样的。我到纽约来的目的是为了跟踪两个坏蛋，当然跟这个案子没有关系。可是到了伊斯坦布尔，跟踪对象却不见了。我发电报将情况告诉给我的上司，他下命令说让我回去。如果不是这个耽搁了，我早就回纽约了。”

他让波洛看一封信。

亲爱的先生：

听说您是麦克尼尔侦探社的侦探，请今天下午四点到我的房间面谈。

S.E.雷切特

“那接下来呢？”

“我按约定时间去了他的房间，雷切特先生跟我讲明了他现在所面临的难题，还给我看了别人寄给他的两封信。”

“他很慌张吗？”

“努力装作很镇定，可是一整个晚上都非常慌乱。他说，希望我和他一起去帕鲁斯，随程护他周全。因此，先生们，我才坐了这趟火车，可他还是没有幸免于难。我觉得很难过，这对于我来说真是一场灾难。”

“他有没有具体提过要怎么做？”

“是的，他全部都计划好了。他提议让我住在他房间旁边，可是一开始这个计划就宣告失败了。我好不容易才买到了十六号房，我猜想列车员之所以留着这一间，肯定是有别的安排，可是这不是我探究的范围。我对周围的形势仔细考察过，认为这个十六号房地理位置极佳。伊斯坦布尔卧铺前面只有餐车了，而且前面到达站台的门，到了晚上就被锁着了，要加害他的人只能从车尾下站台的门到这儿来，抑或是从车尾顺着车厢走到这儿边来，可是无论是采取哪种方式，都必须经过我的房间。”

“我猜想你对那个加害者应该不是太了解吧？”

“嗯，雷切特先生曾经跟我说过那个人的模样。”

“长什么样子？”

三个人都伸长了脖子准备听下文。

哈德曼继续说道：

“这个人个子很小，皮肤颜色比较深，说话有种女士的腔调。这就是老头儿跟我说的。他还说，他觉得第一个晚上应该是安全的，如果要遭遇不测，也是第二或第三个晚上。”

“他竟然知道这么多事情。”布克先生说。

“他清楚的事，肯定比跟秘书说得多。”波洛沉思着说，“他有没有跟你提过对方的情况？打比方说，他为什么说自己会遭遇不测？”

“没有，对于这件事，他闭口不提，只是说那家伙不会放过他，会取他性命，而且一定要做到。”

“个子很小，皮肤颜色比较深，说话有种女士的腔调。”波洛若有所思地反复叨咕着，之后他目光犀利地看着哈德曼，说道：“你肯定已经知道他的真实身份了？”

“你指谁，先生？”

“雷切特，你没有认出他吗？”

“你想要表达什么意思，我怎么听不明白。”

“雷切特也就是卡塞蒂，是当年杀害阿姆斯特朗的主谋。”

哈德曼先生拉长音调，吹响了口哨。

“这真是出乎人意料，”他说，“是啊，先生，我不知道就是他。当年这件案子发生时，我人在西部，我只在报纸上看过他的照片，可是刊载在报纸上的，就算是我妈妈的照片，我也很难认出来。可以肯定地说，有人针对卡塞蒂。”

“和阿姆斯特朗案子有关的人中，你知道有谁和你刚所描述的特征相吻合吗？个子很小，皮肤颜色比较深，说话有种女士的腔调。”

哈德曼思索了一会儿，“这个我一时想不起来，当年和这个案子相关的人差不多死光了。”

“有个女孩跳窗自尽了，你还有印象吗？”

“对，是有这么回事。她是个外国人，可是难保她有意大利的亲人。可是，你要记得，当年卡塞蒂不仅制造了阿姆斯特朗这一件案子，还制造了很多件有关绑架的案子呢，你应该全面考虑。"

"啊，不过，我们有充分的理由相信，昨晚发生的案子和当年的阿姆斯特朗案件肯定脱不开干系。"

哈德曼困惑地望了波洛一眼，波洛只当没看到，美国人无奈地摇了摇头。

"对于长得像阿姆斯特朗案件中的人，我的确没什么印象了。"他慢悠悠地说，"当然，我没有参与调查这个案子，所以也不是很清楚。"

"好，请你继续，哈德曼先生。"

"其实也没什么说的，我白天休息，晚上仔细观察周围的动静。第一天晚上一切都很正常。昨晚，除了我刚刚前面所说的，也没有什么值得再提的。我将我的房门敞开一条缝向外看，也没有发现什么可疑人。"

"哈德曼先生，你肯定吗？"

"我非常肯定，没有人中途上过火车，也没有人从后面的车厢走到前面来。我可以发誓。"

"从你那个地方，可以看到列车员吗？"

"可以，他坐的那个小椅子和我的门挨得很近。"

"火车在温科夫齐时停靠时，你有离开自己的位置吗？"

"你是说上一站？哦，是的，火车停稳以后。他响了两次铃。之后，他从我门前走过去，走到了后面的车厢，在那儿停留了大概有十五分钟左右。后来铃声再次响起以后，他又马上折了回来。我走到走廊里看看究竟怎么了。你知道，我神经有点紧张。原来只不过是那位美国太太，不知道因为什么事大发雷霆，真是可笑。接下来他又跑到另一个房间，折回来时还给一个人送来一瓶矿泉水。然后他又坐在座位上，直到有人叫他去铺床。在我印象中，今早五点以前，他一直待在房间里。"

"你没有闭过眼吗？"

"这个不好说，可能会有。"

波洛表示听到了他的回答，将头点了点，然后习惯性地将桌子上的文件拿过来，又拿出那张名片。

"请你在上面再签字确认一下。"他说。

对方说好。

“我想，没有人知道你的真实身份吧，哈德曼先生？”

“这列火车上？没有，不过有个叫麦奎因的年轻人知道，我和他打交道比较多，在他父亲的办公室，我们见过面。当然，这并不代表从一大堆侦探中，他可以一眼认出我来。没办法，波洛先生，你还是等雪消融一点再给纽约发电报吧。不过这不要紧。再见了，先生们。非常荣幸可以见到你，波洛先生。”

波洛将烟盒拿出来，“或许你喜欢抽烟斗？”

“我不抽这个，”说完，他拿了一支烟，脚步轻松地走了。

三个人你望我，我望你，都表示无奈。

“你认为他没有说谎吗？”康斯坦汀医生问。

“是的，对这样的人，我还是比较了解的。而且，如果说的是谎话，很容易就被拆穿了。”

“他提供给我们非常有意思的证明材料。”布克先生说。

“是的，确实如此。”

“个子很小，皮肤颜色比较深，说话声音带有女士的腔调。”布克先生若有所思地说。

“他提供给我们的个人特征，和火车上没有一个相符的。”波洛说。

## 第十章　意大利人的证词

“我们现在是不是应该迎合一下布克先生的心意，见一下意大利人。”波洛顽皮地说道。

安东尼奥·福斯卡雷利轻盈地走进餐车，脸上挂着微笑。这是一张非常有代表性的意大利人的脸，肤色比较深，而且让人感觉如沐春风。

他法语讲得非常流畅，只是带一点本国口音。

“你是叫安东尼奥·福斯卡雷利？”

“对的，先生。”

“你已经是美国人了？”

这个美国人很不好意思地笑了。“对的，先生，这样会有利于我做生意。”

“你是福特汽车公司的经销商？”

“是的，请听我说……”

之后就是一番滔滔不绝的自我介绍：业务渠道、行程、经济收入，以及对美国和欧洲各国，他是怎么看的。可是等他讲完，在场的三个人依然不知道他讲了些什么。和这个人完全不用提问题，他自己就会不停地向你讲述。

等到他将自己最后一个表现力十足的手势做到位，他温暖、稚气的脸庞上绽放出会心的微笑，他才终于停了下来，还不停地用手帕擦拭额头上渗出的汗珠。

“你看，”他说，“我是不做小生意的，走在时代最前端，非常熟悉销售。”

“那么，近十年来，你应该在美国待过不少时间吧？”

“是的，先生，我还记得我头一回坐船到美国的场景，好遥远啊，同行的还有我妈妈和妹妹……”

波洛打断了他铺天盖地的回忆。

“你在美国停留期间，是否见过死者？”

“没有，可我对这类人非常了解。真的。”他声情并茂地开始发表他的演讲，“他很时尚，表面看起来很绅士，其实是个坏人。据我观察，他肯定是个大骗子，一定是的。”

“确实如你所说，”波洛正儿八经地说道，“雷切特和卡塞蒂是同一个人，是绑架案的主谋。”

“你看，我说吧，我的眼光一向很毒辣，只要看脸就知道。这非常有必要学。只有在美国，你才能学到这些推销东西的手段，我……”

“对于阿姆斯特朗这个案子，你还有印象吗？”

“记不太清楚了。叫什么名字？是说的一个小女孩，是吧？”

“是的，一桩惨案。”

意大利人好像是第一个对这件事有不同看法的人。

“啊，这件事出现在，”他颇有深意地说道，“像美国这样一个极具现代文明的国家里……”

波洛阻止他继续说下去，“对于阿姆斯特朗家里的什么人，你见过吗？”

“没有，不过这不好说。我给你列举几个数字。光是去年，我就销售了……”

“先生，请回答我的问题。”

意大利人非常抱歉地摆了下手，“非常不好意思。”

“能否告诉我，昨天晚餐过后，你都做了些什么？”

“可以，在这里待的时间越来越好，这里很有意思。用餐时我和一位卖打字机带的美国先生聊天，之后我就回了自己的房间。里面空无一人。那个不幸的约翰牛[1]照顾他主人去了。后来他回来后脸色很难看，和往常一样，基本保持沉默。只说‘对’或者‘不对’。他静静待在角落里，身体坐得直直的，阅读一本书，之后列车员过来帮我们铺床。”

“四号床和五号床。”波洛嘀咕着。

① 约翰牛：英国人的外号。

“对的，就是的，我住上铺。我坐起来抽烟，看看书。我怀疑那个小英国佬牙疼病犯了，拿出一小瓶味道特别刺鼻的东西，一直在床上直叫唤。我一会儿就睡着了，每次醒过来都会听到他还在叫唤。”

“你是否知道，他晚上有没有不在房间过？”

“我觉得应该不会，要不然，我可以听得见的。那走廊里的灯光非常刺眼，就好像国防边境线上海关正在检查呢。”

“他有没有跟你提过他的主人？有没有表现出一线仇视？”

“我记得我告诉过你，他基本不说话，就像一个没有感情的动物。”

“你说你抽烟，是抽雪茄、香烟还是烟斗？”

“我只对香烟感兴趣。”

波洛给他拿了一支，他马上接住。

“你到芝加哥去过吗？”布克先生问。

“哦，去过，那是一个非常美好的城市，可是我对纽约更熟悉，克利夫兰、底特律。你到这些地方去过吗？如果没有，你有空时一定要去一趟，它……”

波洛递给他一张纸。

“请在这里签个名，再写上你的居住地址。”

意大利人利落地写好交给他，然后站起身，笑容依然温暖和煦。

“这就可以了？你们没什么需要再问了吗？再见，先生们，希望我们尽快远离这场暴风雪，在米兰我还有个约会呢，”他遗憾地摇了摇头，“要不然生意就泡汤了。”他走了。

波洛望着他的朋友。

“他在美国停留了这么长时间，”布克先生说，“而且还来自于意大利，意大利人是用刀子的，而且他们非常善于编造故事，我对意大利人没有好感。”

“看上去，”波洛笑着说，“好吧，或许你说的有道理，可是我必须得说明一点，我的朋友。我们没有掌握任何不利于他的证据。”

“可是从心理层面怎么说？意大利人不是对杀人有兴趣吗？”

“确实，”波洛说，“特别是争吵进入到白热化阶段以后，可是这桩谋杀案是完全不同性质的。我有个小主意，我的朋友，这起谋杀案从规划到最后执行都考虑得非常周到、仔细，这个人很睿智，它不是，应该怎么说呢？不是拉丁式的犯罪。这个案子从头至尾都显示出了善于谋划、非常灵活、镇定的大脑。我觉得是盎格鲁-撒克逊人的头脑……”

他将最后两本护照又拿起来仔细查看了一番。

“现在，”他说，“我们是时候约见玛丽·德贝纳姆小姐了。”

## 第十一章　德贝纳姆小姐的证词

进入餐车时，玛丽·德贝纳姆小姐的到来，让波洛更加深信自己之前对她的评价。她穿着非常正式的黑色小西装，里面是灰色的法国衬衫，头发梳得一丝不乱，盘着整洁的髻，行为就和她的头发一样，非常严谨镇定。

她坐在波洛和布克先生的对面，满脸疑问地看着他们。

“你叫玛丽·赫麦厄妮·德贝纳姆，今年26岁，没错吧？”波洛问道。

“是的，没错。”

“你是英国人？”

“是的。”

“请你在这张纸上写下你的常住地址。”

她接过来，很快就写好了，字迹非常清楚好认。

“那么，小姐，对于昨晚发生的事情，你有什么可以跟我们说的吗？”

“我好像没什么可以跟你们说的，我睡着了。”

“小姐，对于这列火车上发生的谋杀案，你有没有觉得很痛苦？”

这个问题确实不在她的意料之中，她的眼睛越睁越大。

“我不太明白你的意思。”

“我是想问你，小姐，也许我应该再重复一遍，对于这列火车上发生的谋杀案，你觉得痛苦吗？”

“我没有想过这个问题，说不上痛苦。”

“发生了一起谋杀案，在你看来，这是非常稀松平常的一件事情吗？”

“诚然，谁都不想这种事发生，只是觉得让人不好想。”玛丽·德贝纳姆冷静地说。

“你真是个典型的英国人，小姐。你很镇静，轻易不会流露感情。”

她粲然一笑，“也许我不会疯狂地表露自己的感情，不管怎么说，死人的事情每天都会发生。”

“是的，的确，每天都会有人死去，可是谋杀案是很少见的。”

“噢，那是。”

“你认识被谋杀的那个人吗？”

“昨天在这儿用餐时，我才头一回看见他。”

“他给你留下了什么印象？”

“我没注意。”

“你不是一直认为他是个很坏的人吗？”

她无奈地摇了下头，“说实在话，我没有考虑过。”

波洛犀利地盯着她。

“我觉得你好像很怠慢我的问话，”他眨巴着眼说，“在你看来，这应该是一场英国式的调查，每件事都提前规划好了，按部就班地来。可是小姐，我想独辟蹊径。我会先对证人的性格特点进行总结，然后再据此有针对性地提问。就在刚刚，我还见了一名医生，他试图将所有内心所想都告诉我，那对于他，我就必须要求他把握一个中心点，他只需要对我的提问，回答‘是’或者‘不是’。接下来轮到你，你给人的印象就是非常有条理，一切都安排得很妥当。你只会单纯就事物本身发表看法，你的回答是非常简洁的。可是，小姐，每个人生来都是会给自己制造麻烦的，所以我问你的问题也会和他人不一样。因此我会探询你的观点，你的态度，这种方式你能接受吧？”

“请宽恕我的冒昧，这好像是在消磨时间。我对雷切特先生有无好感，和这个案件好像没什么关联吧。”

“对于雷切特的真实身份，你了解吗？”

她点点头，“哈巴特太太已经将这个消息传播得尽人皆知了。”

波洛沉静地看着她。

“那对于阿姆斯特朗一案，你是怎么看的呢？”

“那实在太让人难以忍受了。”这个女孩明确地说。

波洛心有所想地看着她。

“我想你是从巴格达上车的吧？”

“是的，没错。”

“目的地是伦敦？”

“是的。”

“你在巴格达是从事什么工作的？”

“我是两个孩子的家庭教师。”

“假期过完了，你打算回去上班？”

“还在考虑中。”

“为什么？”

“巴格达太不发达了，如果可以找到更加适合我的工作，我更希望可以待在伦敦。”

“我知道了，我还以为你要嫁人了呢。”

德贝纳姆小姐静默不语，她盯着波洛，似乎在用眼神告诉他：“你太粗鲁了。”

“和你同一间房的奥尔松太太，你怎么看？”

“她给人的印象一直都是高兴的，胸无城府的。”

“她的睡衣是什么颜色的？”

听到这句问话，玛丽·德贝纳姆将眼睛瞪得老大，“褐色的，面料好像是纯毛的。”

“啊，请原谅我的唐突，在从阿勒颇到伊斯坦布尔的车上，你睡衣的颜色被我看到了，是淡紫色，对吧？”

“是的，你说得没错。”

“你还有别的颜色的睡衣吗？比方说猩红色？”

"没有，那不是我的。"

波洛向前弯了弯腰，就好像一只伺机准备抓老鼠的猫。

"那它的主人是谁？"

女孩被惊吓得往后退了好远，"我怎么可能知道，你为什么这样问？"

"你说的是'不是我的'。这就表明有人有这样的睡衣。"

她点点头表示认可。

"车上别人的？"

"是的。"

"谁？"

"我刚刚跟你说了，我怎么可能知道。今早大约五点我就醒了，发现火车停了。我出去看看，是不是到目的地了，这时我看到有人朝通道另一头走去，穿的正是猩红色睡衣。"

"那你不认识她吗？她的头发是什么颜色的？"

"我说不上来，她头上戴了帽子，只能看到她后脑勺。"

"身材是什么样的？"

"在我看来，她身材高高瘦瘦，可是也不能这样概括，因为她睡衣上有条龙。"

"是的，对的，有条龙。"他想了一分钟，轻声说着什么，"这我就搞不懂了，这根本就没有理由啊。"

接着，他看着她说："多谢你了，小姐。"

"哦！"她好像感到很惊奇，不过还是马上站了起来。

可是刚走到门口，她好像想起了什么，又返了回来。

"那位来自瑞典的太太，也就是奥尔松女士，她似乎一直处于忧虑中。因为她说，你跟她说，最后一个见到那人活着的人就是她，她觉得你会因为这个原因觉得她就是嫌疑人。我可以跟她说是她想多了吗？你知道，她真的是个特别善良的人，就连一只苍蝇，她也是不忍心伤害的。"说这话时，她面带着笑容。

"她大概是什么时候问哈巴特太太要阿司匹林的？"

"十点半过一点点。"

“她出去了大概多长时间？”

“大约五分钟左右。”

“回来以后，她还出去过吗？”

“没有了。”

波洛问医生：“雷切特被谋杀，可能发生在这之前吗？”

医生说：“没有可能。”

“那么现在我可以跟你说，你的朋友误会了，小姐。”

“谢谢。”她突然微微笑了一下，让人不由自主地想要怜悯她。“你知道，她真的是太多愁善感了，担心得一直哭。”

她说完，头也不回地走了。

## 第十二章　德国女仆的证词

布克先生用探询的眼光看着他的朋友。

“我越来越琢磨不透你了，朋友，你到底想怎么做？”

“我在找寻一个缺陷，朋友。”

“缺陷？”

“是的，我想从一位沉稳镇定的小姐的外表上去找，我想让她乱了分寸，我不知道我是否达到目的了，可是起码我知道了一点，那就是她没想到我不依常规办案。”

“你觉得她有嫌疑？”布克先生悠悠地说，“可是原因呢？她是个多么青春诱人的女孩，就算全世界所有人都跟这个案子扯上关系，她也不会。”

“我也这样认为，”康斯坦汀说，“她很冷静，不带丝毫感情，如果换作是她，她会直接将他送上法庭，而不是杀掉他。”

波洛长叹了一口气。

“你们两个人不能一味地觉得这是个匆忙实施的犯罪，我觉得德贝纳姆小姐有嫌疑的原因，有两个方面的考虑，一个是我偶然探听到的，这件事我还没告诉你们。”

于是他告诉这两个人，在从阿勒颇过来时，他偶然听到的一段让人匪夷所思的话。

“真的是很怪异。”波洛说完以后，布克先生这样说道，“如果这需要一个理由，和你心中的疑虑一样，那么他们二人就都和案子扯上关系了，她和那个刻板的英国人。”

波洛点头表示认可。

“可是刚好这个没有充分的事实依据，”他说，“你明白，如果他们二人都被卷进这起谋杀案，我们还有希望发现什么吗？他们可以互相为对方做证，不是吗？是的，这种事情是绝对不可能发生的。德贝纳姆小姐不在现场的证明只能由和她素不相识的瑞典太太提供，可是阿巴思诺特上校的证人则是死者的秘书麦奎因。可是，谜团就这样解开了是不是太出人意料了。”

“刚刚你不是说怀疑她还有一个原因吗？”布克先生说。

波洛不置可否地笑了。

“是的，可是那只是一个心理层面的考虑。我曾经问过自己这样一个问题，这场谋杀案的主谋是不是就是德贝纳姆小姐？我觉得要想策划这样一起案件，必须有沉着而睿智的头脑作为支撑，而德贝纳姆小姐和这些条件正好吻合。”

布克先生摇摇头，“我觉得你这次肯定判断失误了，朋友，那个青春洋溢的美国女孩怎么看怎么不像杀人犯。”

“哦，那好吧，”波洛说，将最后一本护照在他们面前晃了晃，“这里还有最后一个人选，希尔德嘉德·施密特，女仆。”

希尔德嘉德·施密特在服务员的带领下，进入了餐车，毕恭毕敬地站在那里。

波洛请她坐下说话。

她坐下来，双手叠放在一起，静静地等待提问。她的性情真的很温顺，非常端庄，也许智商不够高。

在对希尔德嘉德·施密特提问时，波洛所采取的方式和对玛丽·德贝纳姆小姐的问话完全不一样。

他表现得非常温和，以让她的神经放松。之后，他让她写下姓名的地址，然后才慢慢将话题深入。

他们是用德语交谈的。

“对于昨天晚上发生的事，我们想要知道更多。”他说，“我们也明白，对于这起谋杀案，你知道的肯定不多。可是也许你会碰巧看到了什么，或者听到了什么。尽管你觉得那没有什么，可是也许会对于我们来说非常宝贵，你听懂了吗？”

她似乎被绕糊涂了，那宽大而柔和的脸庞还是一副茫然的表情。她说：

“我没看到什么，也没有听到什么，先生。”

“嗯，打比方说，你的女主人昨天晚上找过你，对吧？”

“是的。”

“那你还记得是什么时间吗？”

“我忘记了，先生，你知道，列车员走过来跟我说时，我已经进入梦乡了。”

“是的，一般都是她派人去叫你吗？”

“是的，先生。我们善良的夫人睡眠不太好，晚上经常需要人照顾。”

“哦，那这样说的话，你之后就起来了，只穿着睡衣？”

“哦，不是，先生，我穿的便装，穿着睡衣去夫人那里不太好。”

“不过那件便装颜色很漂亮吧，是猩红色的，是吗？”

她直直看着他，“先生，我穿的是深蓝色的法兰绒睡衣。”

“哦，请继续说，我只是和你开个无伤大雅的玩笑而已，没其他意思。之后你就去了公主的房间，是吧，到那之后，你都做了些什么？”

“我帮她按摩，之后给她读书，我读得断断续续，可是夫人说这样更有助于睡眠。她快睡着时，就叫我离开了，于是我就把书放好走了。”

“你知道那是什么时候吗？”

“我不知道。”

“那么，你在公主房间里逗留了多久？”

“约莫半个小时吧，先生。”

“好，请接着说。”

“刚开始，我从我房间里抱了一条毯子给夫人，尽管有暖气，可是依然让人觉得寒冷。我帮她将毯子盖好，她跟我道晚安，我帮她倒了一些矿泉水在杯子里，然后就熄灯走了。”

“然后呢？”

“没有然后了呀，先生，我就回去睡觉了呀。”

“你经过走道时，有没有遇到什么人？”

“没有啊。”

“比如，你没有遇到一个身穿猩红色睡衣的女人吗，衣服上面还有条龙？”

她瞪大了眼睛看着波洛，“没有，先生，除了列车员以外，大家都进入了梦乡。”

“你看到列车员了？”

“是的。”

“那他当时在做什么？”

“她刚好从另外一个房间走出来，先生。”

“什么？”布克先生情不自禁地向前欠了欠身子，“哪间房？”

希尔德嘉德·施密特很明显被吓到了，波洛埋怨似的看了他朋友一眼。

“当然啦，”他说，“到了晚上，旅客会不停地按铃，列车员就得来回奔跑，到底是哪一间房，你还有印象吗？”

“好像是车厢比较靠中间的地方，先生，和公主的房间相隔两三道门。”

“哦，如果可以的话，你能否告诉我确切是哪一间，到底有什么事情发生了？”

“他几乎和我撞了个满怀，先生，当时我拿着毯子正准备给公主送去。”

“那也就是说，他从一个房间出来，几乎和你撞上。你还记得他是朝哪个方向去的吗？”

“向我这个方向，先生，他跟我说对不起了，之后就跑向餐车那边了。之后铃又响了，不过我认为他没有理会。”她停顿了一下，又说：“我搞不懂，怎么……”

波洛的话让人觉得很宽心。

“只是和时间有关而已。”他说，“这些都是依常规办事。真是令人同情的列车员，他这个晚上肯定忙得不可开交，先是叫你，然后还要去应付其他旅客们的吩咐。”

“先生，不是这个列车员叫醒我的，是其他人。”

“哦，不是他，你之前见过吗？”

“没见过，先生。”

“啊，如果现在他站在你面前，你还能认出他吗？”

“我觉得可以的，先生。”

波洛在布克先生耳边低语了几句，布克对门口的人传达了指示。

波洛继续用令人愉悦的方式向她提问。

“你到美国去过吗，施密特小姐？”

“没有，先生，那肯定是个很令人向往的国家。”

“可能是，你知道死者的真实身份吗？他曾经对一个小孩痛下杀手。”

“是的，我知道，这简直是罪极当诛。善良的上帝怎么会让这种事情发生呢，我们德国人就不会这么残忍。”

女仆的眼里涌出了泪水，她的心被伟大的母爱震颤了。

“这桩案件真的是太让人难以忍受了。”波洛一本正经地说。

他递给她一块棉纱手帕。

“你看看，这是你的手帕吗，施密特小姐？”

她拿过来端详了半晌，安静了一会儿，之后抬起头来，脸些微有点红。

“啊，这不是我的，确实不是我的，先生。”

“你看，这上面绣了个H，我想当然觉得是你的。”

“啊，先生，这种手帕只有夫人和小姐们才会用，它价格非常高，是全手工刺绣的，我可以大胆地说，它绝对是巴黎产的。”

“不是你的，那你知道它的主人是谁吗？”

“我？哦，我不清楚，先生。”

在场的三个听众中，只有波洛感觉到了她说话的犹疑之色。

布克先生在他耳旁轻声说了几句，波洛点点头，对女仆说：

“这列车上的三个列车员都过来了，你可否告诉我，昨天晚上你在走道时撞上的是哪一个？”

三个列车员走了进来，分别是皮埃尔·米歇尔，个子高高的，满头金发，从雅典到巴黎车厢的列车员，然后是一个身体强壮的列车员，他负责的是布加勒斯特车厢。

希尔德嘉德·施密特一一看过去，可是立刻又摆了摆手。

“都不是，先生，”她说，“我昨天晚上见到的不是他们。”

“可是火车上总共就只有这三个列车员啊，你是不是搞错了？”

“不可能出错的，先生，他们都那么高，那么强壮。而我昨天看见的那个个子小小的，皮肤颜色比较深，他跟我说‘对不起’时，给人的感觉女里女气的。真的是这样，我的记忆不会出问题的，先生。”

# 第十三章　总结旅客证词

“个子比较小，皮肤颜色比较深，说话声音带有女声的男人。”布克先生重复道。

希尔德嘉德·施密特和三个列车员都已经走了。

布克先生沮丧地摆摆手，“可是我还是一无所知，对当前的一切。这个雷切特口中的仇人，到底坐上这趟火车没有？可是他又在哪里？他怎么可能就这样悄无声息地不见了呢？我的大脑都快糊涂了。说句话吧，朋友，这到底是怎么回事？”

“你说得很好，”波洛说，“这世间不会发生不可能的事，就算乍一看上去是不可能的，可是背后一定隐藏着可能。”

“那你就快说说，昨天在火车上到底发生了什么？”

“我又不是变魔术的，我的朋友，我和你们一样，现在也很迷惑。这案子发展形势真是不同寻常啊。”

“我们还停留在原地，没有取得一点进步？”

波洛摇了摇头。

“那倒也不能这样说，我们还是有所斩获的。我们弄清楚了一些事情，也得到了这么多旅客的说辞。”

“可是这些可以说明什么呢？还是一片空白。”

“话不能这样说，我的朋友。”

“或者是我太夸张了，那个叫哈德曼的美国人，还有德国女仆，对，就是他们，他们开拓了我们的新思路，可同时也让这个案子更加没有头绪了。”

“不，不是这样的。”波洛轻声说。

布克先生望着他。

“说，让我们一起来听听睿智的大侦探赫尔克里·波洛是怎么看的。”

“我刚刚跟你说过，我也很迷惑，现在。可是不管怎么样，我们要直面现实，我们可以根据一定的思路来将事实整合起来。”

“请接着说，先生。”康斯坦汀医生说。

波洛清了清嗓子，将一张吸墨纸平整地铺在桌面上。

“我们来对已掌握的情况进行一下梳理，首先，有几点无可否认的事实，这个名叫雷切特或者卡塞蒂的人，昨晚被人捅了十二刀，不幸被害了。这是第一点。”

“这点我没有疑问，朋友。”布克先生嘲笑似的应和道。

波洛一点都没有生气，继续说着自己的思路。

“现在，先将之前我和康斯坦汀先生眼中的疑点放在一边，一会儿我们再讨论，第二点，也是很关键的一点，那就是凶案发生的时间。”

“这点我们也很明确呀，”布克先生说，“今天凌晨一点一刻发生了这起谋杀案，所有的证据都指向这一点。”

“不是所有，拜托，先生，你有点夸大其词了，只是绝大部分证据都这样显示的。”

“我很荣幸得到了你的认可。”

对于朋友的插话，波洛丝毫没有受到干扰，继续神情自若地说道：“我们现在面临三种可能：

“第一种，就如同你所说，谋杀案发生在一点一刻，证据有手表时间、德国女仆希尔德嘉德·施密特的话和哈巴特太太的话，这些都能充分说明这一点，同时，康斯坦汀医生也这样认为。

“第二种，这起谋杀案发生在比较晚的时间，可是手表上的时间被人故意调整过，目的就是让人产生假想。

“第三种，这起谋杀案发生在比较早的时间，和第二种是同样的原因。

“现在，假设我们认可第一种可能，因为这种情况发生的可能性最大，证明材料也最充分，那么与之相关的事实我们也不能否认。假如这起谋杀案发生在一点一刻，那么凶手就一定还在火车上，那他去哪儿了？他到底是谁？

“让我们先来对证词进行一下分析，我们首先听到了这么一个共同的描述——个子比较小，皮肤颜色比较深，说话声音带有女人的腔调。这出自于哈德曼之口。他说雷切特跟他说有这样一个人，想要对他不利，请他来保护自己。没有证据可以支持哈德曼的话，我们也只是从他口中听说而已。下面我们继续来分析这个问题：哈德曼有没有可能假装是纽约侦探社的员工?

“我觉得这个案子现在最有意思的地方就在于，我们没办法从警方那里获得确切的消息，没办法去核实这些人的身份和本人是否相符，只能通过推理来判断。于我而言，这个案子的趣味性更大了。没有按部就班，仅靠智商。我不断地问自己，对于哈德曼的自我介绍，我们能欣然接受吗？我大胆下了个论断，‘是’，在我看来，对于哈德曼的自我介绍，我们没必要怀疑。”

“是依靠第六感吗？就是你们美国人最常说的直觉？”康斯坦汀医生问道。

“不，我考虑的重点是这种可能。哈德曼带着假护照旅行，这会让他马上就变成人们关注的对象。警方如果到这里来，首先就是将哈德曼羁押起来，并打电话询问他的自我介绍是否是真实的，而且还有这么多旅客，要对那些证言进行真实性核实难度是相当大的，绝大部分情况下，人们就会信以为真，特别是当他们看上去都是正人君子，可是哈德曼的情况就变得容易多了，无论他是不是那个真实身份。因此我觉得这都是有一定规律的。”

“你是说他被排除在嫌疑人以外了吗？”

“哦，不，你误解了我的意思。据我所知，所有美国侦探在杀死雷切特这个事件上，都有非常充分的个人原因。不，我想表达的观点是，我们可以认为哈德曼的自我介绍是真实的，他所说的雷切特请他保护自己这件事也是极有可能的，尽管不能百分百肯定就是真的。如果我们认为这是真的，那我们就要看看是否有证据可以证明这一点。我们在一个刚开始没抱多大希望的人那里，也就是希尔德嘉德·施密特所提供的证言中，发现了证据。她所说的她亲眼见到的那个列车员打扮的人，其特点和哈德曼说的完全一致。对于这两个人的证言，是否还可以找到更加确切的证据呢？可以。那就是在哈巴特太太房间里找到的那个纽扣。除此以外，还有一个非常有说明力的证词，你们两个人也许都疏忽了。”

“什么？”

“阿巴思诺特上校，还有赫克托·麦奎因都同时提到有个列车员从他们房间门口经过，尽管他们觉得这无关紧要。可是，先生们，皮埃尔·米歇尔却说，除非是有旅客需要他，他从来没有离开过自己的工作岗位，更不会从阿巴思诺特和麦奎因聊天的那个房间经过，走到车的另一头。

“所以，这起谋杀案，这个个子小小的、皮肤颜色比较深、说话带有女声腔调的、打扮得像列车员的人，已经被这四位乘客的证人证言所印证了。”

“我提个问题啊，”康斯坦汀医生说，“假如希尔德嘉德·施密特所说的情况属实，那么这个正牌的列车员为什么没有说过，当哈巴特太太响铃时，他见过她呢？”

“我觉得可以这样理解。当他听到响铃去哈巴特太太的房间时，女仆已经到了主人的房间，后来她走出来时，列车员就停留在哈巴特太太的房间里。”

布克先生终于等到他们说完。

“是的，你说得没错，朋友，”他粗暴地对波洛说，“尽管对于你的小心，我非常钦佩，还有你那按图索骥的思考方式，可是我觉得你忽略了争论的中心点，我们都认可这个人的存在，那么现在问题是，这个人去哪里了？”

波洛略带不满地摇了摇头。

“你犯了个错误，我的朋友，你将事情的原因和结果搞反了。在我问‘这个男人去哪里了’这个问题之前，我先问的是‘这个人是否真的存在’。你看，如果这个人根本就不存在，那么他很容易就消失了呀。因此我们先得把握这样一个事实，那就是，这个人是个鲜活的人。”

“既然现在这个事实已经被肯定了，那么，接下来我们讨论的问题来了，这个人在哪里？”

“对于这一点，只有两种可能，先生。要么他依然还在火车上，只是在一个不为人知的角落，要么，就如我所说，是两个人。这个人不仅是雷切特所忌惮的那个人，而且又是火车上故意装扮过的一名旅客，可是雷切特没有辨认出来。”

“这个想法很靠谱，”布克先生说，脸色也变柔和了很多，可是马上又愁云密布了，“可还有个与之截然不同的看法……”

波洛接着他的话往下说：

“这个人很高，你是想说这个吗？除了雷切特的男仆个子稍矮以外，其他人的个子都很高，像阿巴思诺特上校、意大利人、安德雷尼伯爵以及赫克托·麦奎因。可是还有另外一种可能，就是我们反复提到的那个女士腔调的声音。这让我们选择面更广了。这个人也许只是乔装成一个女人，也许，‘他’就是一个女人。一个个子很高的女人乔装成男人就会让人觉得个子小小的呢。”

“可是雷切特一定知道……”

“可能他真的知道。可能，这个女人觉得扮成男人更容易实现愿望，可是最终却没有刺杀成功。雷切特可能认为她会卷土重来，因此告诉哈德曼要小心一个男人，可是他也说到了有女士腔调的声音。”

“这个可能性也不是没有，”布克先生说，“可是……”

“听我说，我的朋友，现在我来跟你说说，康斯坦汀医生发现的有冲突的地方。”

他仔细阐述了他和康斯坦汀先生在检验死者伤口时所认定的结果。布克先生发出一声冷哼，抱着脑袋。“我知道，”波洛满怀怜悯地说，“我理解你现在的感受，头晕乎乎的，是吧？”

“这件事完完全全就是空想出来的。”布克先生大声叫道。

“事实就是这样，可笑，不可能，太虚幻了，因此我也在不停对自己说。可是，我的朋友，事实就是这样，我们要直面现实。”

“太出乎意料了。”

“是啊，有时候我脑海里也会出现这样一种想法：实际上事情简单得要命，可这是我个人的一点小看法。”

“两个犯案人，”布克先生嘀咕着，“而且还是在东方快车上……”

这个想法让他欲哭无泪。

“让我们将这个空想再放大一些吧，”波洛兴致高昂地说，“昨天晚上在火车上，有两个不明身份的陌生人。一个就是哈德曼先生所说的，希尔德嘉德·施密特、麦奎因先生，还有阿巴思诺特上校所共同见过的那个列车员。另外一个就是猩红色睡衣打扮的高个子女人，这个事实经由德贝纳姆小姐、皮埃尔·米歇尔、麦奎因以及我自己（还可以说由阿巴思诺特上校所嗅到的）亲眼所见。她姓甚名谁，火车上没有一个人说自己有猩红色的睡衣。她也凭空不见了。她和那个假列车员本来就是一个人吗？抑或她有某种鲜明的个性？这两个人，现在在哪里呢？还有，我想问一下，列车员制服和猩红色睡衣现在在哪儿呢？”

“啊，现在有了确切的物体了。”布克先生大声叫了起来，“我们必须对所有旅客的行李进行检查，没错，一定会发现什么。”

波洛也站起身。

“我可以大胆地说。”他说。

“你知道它们藏在哪里？”

“我有个小看法。”

“那么，在何处？”

“肯定会在一个男人的旅行袋中找到猩红色睡衣，而列车员的制服，就躺在希尔德嘉德·施密特的旅行袋里。”

“希尔德嘉德·施密特？你觉得……”

“事情并非你想象的那样。我是这么觉得的，如果希尔德嘉德·施密特是杀人犯，只是有可能在她的箱子里找到列车员制服，可是如果她没有犯罪，那么衣服就肯定在她那里。”

“可是这是……”布克先生刚开了个头就停住了，“从哪里传来的声音？”他大声叫道，“似乎是机车开启的声音。”

那种杂音离他们越来越近了，还夹杂着嘈杂的叫喊声，还有女人的反抗声。餐车另一端的门被突然打开了，哈巴特太太一个健步跨了进来。

“真是太恐怖了，”她大声叫着，“真是太恐怖了，在我的洗漱包里，竟然躺着一把大刀，上面满是血，就在我的洗漱包里面啊！”

话刚说完，她猛地向前一倒，直直压在布克先生的肩膀上。

# 第十四章　凶器

布克先生使出了浑身的力气，才将晕过去的哈巴特太太的头搁到桌子上。康斯坦汀医生对一个闻讯赶过来的服务员大声吼叫道：

“将头就这样放着，”医生说，“别动她，等到她苏醒过来，就让她喝点白兰地，听懂了吗？”

之后他就和另外两个人匆匆离开了，他现在的焦点全部集中在谋杀凶器上，至于这个晕过去的中年女士，根本不足以引起他的兴趣。

和其他方法相比，这种方法效果更明显，哈巴特太太快速苏醒了过来。几分钟以后，她坐好了，喝了服务员递过来的白兰地，这才缓过劲儿来，又开始絮叨起来：

“你都不知道，那个现场有多么恐怖！我敢说这个车上没有人会明白我的感受。我从小就是个特别敏锐的人，看到血！啊，真是让人想吐，现在我还不敢想，要不然又要晕过去了。”

服务员又递给她一杯白兰地，说道：“你要不要再喝点，太太。”

“你觉得我还需要再喝？我是个滴酒不沾的人，我们一家人都不喝酒的。可是，只有这个才能起到作用……”

说话的间隙，她又喝了一口酒。

同时，波洛、布克以及康斯坦汀先生都匆忙跑出餐车，顺着伊斯坦布尔车厢的走廊向哈巴特太太的房间跑去。

车上所有的旅客都似乎聚集到这里了，满脸倦容的列车员正在耐心劝说着大家，请大家回各自的座位。

“这里没什么好看的。”他用不同国家的语言反复说着这句话。

“麻烦让一下，让我过去。”布克先生说。

他那圆滚滚的身材穿过拥挤的人群，进入到房间里面，波洛紧随其后。

“非常高兴你来了，先生。”列车员长吁了一口气，“大家都想进来一探究竟，那位美国太太太疯狂了，不停地高声呐喊着，刚开始我还以为她被人刺杀了。我急忙跑了过去，她就像疯了一样，一边奔跑一边叫唤，每路过一个房间，就跟里面的人讲述刚刚发生的事情。”

他做了个请的手势，继续说道：“她所说的就是那儿，先生，我没动过。”

挨着邻居墙的连通门上有一个方格子的洗漱包，下面的地板上，有一把哈巴特太太失手掉下来的匕首。这把匕首一看质地就很差，是在东方买的仿冒品，刀把上还有花纹，刀片是锥状的，上面布满了锈迹。

波洛万分谨慎地将刀捡了起来。

“是的，”他嘀咕着，“对的，这就是我们正在寻找的凶器，是不是，医生？”

医生屏气凝神地看着。

“不用那么谨慎，”波洛说，“上面除了哈巴特太太的指纹，不会有别人的指纹的。”康斯坦汀先生并没有查看多长时间。

“这个确实是凶器，”他说，“和死者身上的刀伤一模一样。”

“我的朋友，请慎言啊！”医生听到这话惊讶得张大了嘴巴。

“我们这里已经累积了太多的巧合，昨天晚上有两个人同时决定谋杀雷切特先生，如果他们选择的凶器也是一样的，那我们的案件就更复杂了。”

“这个兴许没那么碰巧。”医生说，“数以万计的与之类似的匕首仿冒品涌入君士坦丁堡的集市。”

“听到你说这句话，我稍微觉得欣慰了一点，可是也只有一点。”波洛说。

他盯着敞开的门看了好久，然后拿起洗漱包，将门把手拉了一下，门一点反应都没有。门把手上面大概一英尺左右有个门闩，波洛将门闩取出来，又重新试了一下，门还是没动静。

“你记不得了，门被我们从另外一边锁住了。”医生说。

“是这样啊！”波洛魂不守舍地说，似乎在凝神思考什么事情，眉毛都拧到了一块儿。

“事情就是这样的，对吗？”布克先生说，“凶手经过这间房，将身后的门关上时，无意间碰到了这个洗漱包，然后就正巧将这把带血的匕首插到这里面。可不成想惊动了哈巴特太太，于是就从另外一道门跑到走廊上去了。”

“就如同你所说，”波洛嘀咕道，“大抵就是如此了。”可是他说这话时，明显还在思考着什么。

“还有什么问题？”布克先生说道，“有些事你还在纠结，是吗？”

波洛迅速看了他一眼。

“同样的东西，你却没有注意到，呃，不过只是小问题而已。”

列车员朝房间看了一眼，轻声说道：“美国太太回来了。”

康斯坦汀医生看起来满心愧疚，他认为自己刚刚对哈巴特太太太过于无情了，可是她并没有因此怪罪他，她关注的是另外一件事情。

“有件事我得交代一下，”她一进门就上气不接下气地说，“我绝对不要再住在这间屋子了，给我多少钱我都不干。”

“可是，太太……”

“我明白你想要说什么，可是我现在就可以跟你说我不会答应的，哎呀，我情愿在走廊里住一晚上。”她开始痛哭，“啊，如果我女儿知道，她要是看到我如今的样子，啊……”

波洛迅速做了一个决定，将她的话打断了。

“你误会我们的意思了，太太，你的要求非常合理。请放心，你的行李我会马上搬到另外一个房间去。”

哈巴特太太顿时眉开眼笑，“你是说真的？那太好了，我马上就没有那么难受了。可是现在没有空房间，除非一位先生……”

布克先生这时发言了：

“太太，你的行李会被挪到另外一个车厢，我们会帮你把房间安排好的，就是从贝尔格莱德挂上的那节车厢。”

“唉，那太好了，我并不是一个神经过度紧张的女人，可是想想住在死者的旁边，还是会瘆得慌。”她不自觉地抖了一下。

“米歇尔，”布克先生叫道，“将这位太太的行李搬到雅典–巴黎车厢的空房间里去。”

“是，先生，依然安排三号房间吗？”

“不用，”波洛在他朋友回答之前赶紧说道，“我觉得还是给这位太太换个不一样的房间号吧，譬如，十二号。”

“是的，先生。”

列车员拿起行李，哈巴特太太充满感激地看着波洛。

“你真是太好了，办事又周全，我向你担保，我非常高兴。”

“没关系，太太，我们会陪同你一起过去，帮你安排好一切。”

在三个人的陪同下，哈巴特太太到了她的新房间，她高兴地环顾四周，显然非常满意，“非常好。”

“还行吗，太太？你看，这和你之前的那个房间几乎如出一辙。”

“确实是的，只是方向不一样而已。可是这不要紧，反正火车的方向就是随时变化的。我曾经跟女儿说：‘我想要住在靠近火车头的房间。’可是我女儿说：‘不，妈妈，这样其实不好，兴许你睡觉时是向着这个方向，可等到醒过来时却变成了另外一个方向。’她说得一点都没错。可不是吗，昨晚我们到贝尔格莱德是朝一个方向，可是现在呢，却完全变了。”

“不管怎样，太太，你现在觉得还好吧？”

“哦，不，话不能这样说，我们的列车现在在雪堆里动弹不得，也没有人过来帮忙，我的船后天就要启航了。”

“太太，”布克先生说，“我们所有人都是这样，无一幸免。”

“哦，那倒也是。”哈巴特太太说，“可是至少凶手没有半夜闯进过别人的房间。”

“我还是有点搞不懂，太太，”波洛说，“既然你的门是锁着的，那凶手是怎么进去的呢？你确定门是锁着的？”

“当然确定，瑞典太太当面试过的。”

“让我们重现一下当时的情景，你正睡在你的床铺上，那么，门闩你是看不到的，对吗？”

“是的，看不到，因为上面放着洗漱包。对，我想起来了，我得赶紧找个新的洗漱包换上，真是想想就觉得恶心。”

波洛将洗漱包拿在手上，把它放在两间房相通的门的把手上。

“原来是这样，我知道了。”他说，“门闩在门把手下面，洗漱包正巧盖住了它，而你睡着的地方是刚好看不到门到底是不是闩着的。”

“是啊，我刚刚也是这样说的呀！”

“那这样说来，瑞典太太、奥尔松太太是像我这样站着，站在你和门之间，然后试验了一下，之后就跟你说门是闩着的。”

“对，事情就是这样的。”

“但是，太太，或许她搞错了，你懂我的意思吧。”波洛似乎迫切想要说清楚什么一样，“门闩只是一个突起的一点，往右代表锁着，相反，往左，门就打开了。或许她只是试了下门，因为另外一边门是锁着的，因此她会误以为这边门也是锁着的。”

“噢，这也说不好，兴许她当时也没有弄清楚。”

“太太，再温和、再仁慈的人，都有可能犯错的时候。”

“那当然，这句话没错。”

“顺便打听一下，太太，你是要去士麦那游玩吗？”

“哦，不是，我直接乘船前往伊斯坦布尔。约翰逊老先生，也就是我女儿的朋友（他是一个非常讨人喜欢的男人，很期待你们的相识。）去迎接我，之后带我去伊斯坦布尔玩。可是这个城市太让人沮丧了，到处都是一片狼藉，还有……哦，我刚说到哪里了？”

“你刚说到约翰逊老先生来迎接你。”

“是的，他送我上了一艘开往士麦那的法国邮船，我女婿会在码头上迎接我。如果他知道了这些，他会怎么想啊？我女儿还说这是她所知道的最安全、最直接的路线，她说：‘坐上火车，一转眼就到巴黎了，那里会有美国的运输船等你。’但是，哦，真是的，我要怎样才能退掉船票呢？我真应该让他们明白，可是现在失去联系了，真是太恐怖了……”

哈巴特太太的眼泪又涌出来了。

早就魂不守舍的波洛马上逮住了这个时机。

“你确实被吓到了，太太，餐车服务员会马上给你送来一些茶和小饼干。”

“对于喝茶，我没有那么强烈的兴趣，”哈巴特太太眼含泪水地说道，“只有英国人才会喜欢喝茶。”

“那就喝咖啡吧，太太，你需要调节一下精神。”

“我刚喝的那个白兰地酒实在是太猛了，让我头发晕，我想我是该喝点咖啡。”

“那就好，你马上就会精神抖擞的。”

“我？你说得太好玩了。”

“可是，第一，太太，这只是依照常规，我是否可以对你的行李进行一番检查？”

“为什么？”

“对于所有的旅客的行李，我们都要经过一番检查，我不想让你觉得不高兴，可是，我们又知道，你的洗漱包……”

“哦，天哪，请不要再说了，我不能再一次经受这种打击了。”

检查不消片刻就结束了。哈巴特太太的行李太少了，只有一个帽匣、一个低廉的行李箱、一个满负荷的旅行箱。三个箱子里的东西都很少，一眼就看清了。如果不算上哈巴特太太非要让大家看“我的女儿”和两个难看的小孩的照片——“我女儿的孩子，很活泼吧？”浪费了检查的时间，估计不到两分钟就结束了。

## 第十五章　旅客的行李

波洛好话说了一箩筐，还跟哈巴特太太说，会给她送咖啡过来，这才得以和两个朋友一起出来。

“唉，刚有个开端又泡汤了。”布克先生说，“我们下一个目标是谁？”

“不用那么费神，我们只需要按顺序一个一个来就行了。我的意思是说，我们先从十六号房，和善可亲的哈德曼先生开始。”

正在悠闲抽雪茄的哈德曼先生高兴地站了起来。

“先生们，请进，这里就是太拥挤了。”

布克先生简单说明了他们来的原因，身形高大的侦探没有提出异议。

“可以的，说真心话，我还一直纳闷你们怎么现在才过来，这是我的钥匙，先生们，如果你们还想检查口袋的话，我也很乐意，需要我将行李箱拿下来吗？”

“列车员会代劳的，米歇尔。”

波洛一行很快就检查完了哈德曼先生的旅行箱，里面装着几瓶烈性酒，哈德曼先生顽皮地眨了眨眼睛。

“在国境线上，他们几乎不怎么检查旅行箱，如果给列车员送点礼，就可以躲过检查了。我立刻掏出一沓土耳其钞票，麻烦就不会再找上我了。”

“在巴黎也是这样？”

哈德曼又眨眨眼睛。

“只要一进入巴黎境内，”他说，“余下的一点就会被我倒进洗发水瓶子里。”

“对于禁酒，你是反对的，是吧，哈德曼先生？”布克先生微笑着说。

“是的，”哈德曼说，“我只能这样说，对于禁酒令，我从来没有操心过。”

“啊！”哈布克生惊讶地叹了一声。“是地下酒吧。”他小心谨慎地说出了这个词，像是还在回味它，“你们美国的语言真是太有意思了，感染力十足。”

“对于美国，你像是很向往。”波洛说。

“你必须要学习那边的上进精神，”哈德曼说，“欧洲沉睡太久了，需要警醒了。”

“确实，美国是个发达的国家。”波洛赞成地说道，“很多地方我都非常佩服，或者我是个很传统的人，可是我一直认为我们国家的人比美国的女性要优雅得多。比利时或法国的女孩，优雅诱人，我想没有哪里的人能比得上。”

哈德曼转过头去，看着窗外的景色。

“或者你是对的，波洛先生，”他说，“不过我想，每个国家的元首，还是对自己国家的姑娘情有独钟。”他眨巴眨巴眼，好像外面的雪晃了他的眼睛。

“眼看花了吗？”他说，“我说，先生们，这两件事真的让我内心忧虑不安，一个是谋杀，一个是铺天盖地的大雪。我们无能为力，只有到处瞎晃，浪费时间。真想做点什么充实一下。”

“非常有代表性的西方忙碌精神。”波洛微笑着说。

列车员将他的行李放好以后，他们继续到下一个房间。这一间是阿巴思诺特上校的房间，他正无聊地边抽烟斗，边翻看杂志。

波洛向他解释清楚了他们来的目的，上校没有异议，他所有行李就是两只价值看起来不菲的皮箱。

见到他们疑惑的眼神，上校补充说道：“剩下的行李都走海运了。”

上校不愧是军人，摆放东西也是井然有序，不到几分钟，所有行李都检查完了。波洛发现有一包烟斗通条。

“你抽烟斗一直都是抽这个牌子的吗？”他问。

“是的，只要可以买到。”

“哦！”波洛点点头，死者房间里遗留下来的烟斗跟这个烟斗一模一样。

他们从房间出来以后，康斯坦汀先生也禁不住发出了同样的疑问。

“就算是这样，”波洛小声地说着，“我依然不敢相信这就是事实，这太不像他了。如果这点疑问能理清楚了，估计整个案件也就迎刃而解了。”

接下来是德拉戈米罗夫公主的房间，房间门是紧闭着的。他们敲了敲门，听到里面传来压抑的声音："进来。"

布克先生向公主解释了他们来的目的，态度非常谦恭。

公主静静地听着，脸上看不到一点表情。

"如果可以的话，先生们，"布克先生说完以后她面无表情地说道，"我的行李都在这儿了，我的钥匙在仆人那儿，她会过来帮你们打开的。"

"您的钥匙一直都是由女仆掌管的吗，夫人？"波洛禁不住问道。

"是的，先生。"

"可是如果某天晚上，边境的海关人员要开箱检查呢？"

老妇人无奈地抖了下肩，然后说道："不会的，真要有这种情况发生的话，列车员会叫她的。"

"这样说来，你对她是一百个信任呢，是吧？"

"我刚已经跟你说了。"公主沉静地说，"我从来不会用我不相信的人。"

"是的，"波洛心有所想地说道，"如今这个社会信任真的是太重要了，或者请一个足够信任的纯朴的女人，要比请一个时尚的像聪明的巴黎女人要好得多。"

他看到那双闪着聪慧光芒的眼睛慢慢打量起他，之后盯着他问："你想说什么，波洛先生。"

"没有，我只是随口说说。"波洛赶紧解释道。

"可是你有，你认为我应该请一个机敏的巴黎女人来服侍我的生活起居，对吗？"

"或者这样比较正常，夫人。"

她摇摇头说："施密特非常值得信赖。"她故意拉长音调一字一句地说，"诚实是无价之宝。"

德国女仆拿着钥匙过来了，公主用施密特本国的语言告诉她帮着先生们检查行李，自己则走到走廊里看外面的风景。波洛陪同她一起，布克则负责检查行李。

她并没有给他一副和善的面容。

"先生，你没兴趣想要知道我的旅行袋里都有些什么吗？"

他摇摇头，"夫人，这只是按常规来办事而已，没必要那么隆重。"

“你确定你是这样想的？”

“我确实是这样想的。”

“可是我认识而且非常喜欢索妮亚·阿姆斯特朗，你还会这样想吗？可是我不会杀了卡塞蒂这样的无耻之徒吗？唉，或者你是对的。”

她安静了一会儿，又开始说道：

“像这样的人，你觉得我会怎么办，我会将所有仆人都集中到一起，然后对他们说：‘将这个人乱棍打死，然后扔到垃圾堆上！’这是我年轻时一贯的做事方法，先生。”

他依然没有作声，只是全神贯注地听着。

她突然变得烦躁起来，盯着他说：“你一个字都不说，波洛先生，你心里到底是怎么想的？”

他坦诚地看着她，“我在想，夫人，相比您的身体来说，您的精神蕴含着更大的能量。”

她闻言端详起自己枯小的，掩盖在衣服里面的手臂，还有形同枯槁般的蜡黄的、布满戒指的手指。

“你说得很对，”她说，“我身体的确不够强大，完全没有一丝力量，这样说来还不知道是该感到庆幸还是遗憾。”

之后她快速转过身，这时女仆还在忙着收拾行李。

布克先生开口准备说抱歉时，公主阻止了。

“不用觉得抱歉，先生，”她说，“发生了这样的谋杀案，是应该采取相应措施，本来就是这个道理。”

“谢谢您，夫人，您真是太通情达理了。”

他们离开时，她稍稍偏了下头。

后面两个房间的门都闭得紧紧的，布克先生停下来直抓脑袋。

“真是要命！”他说，“太难搞了，他们拿的是外交护照，行李可以不用检查。”

“海关检查可以豁免，可是关系到凶杀案又另当别论。”

“我知道，可我还是不想惹事。”

“没关系，我的朋友，伯爵夫妇二人都非常通情达理，看看我们和善的德拉戈米罗夫公主刚才是怎么处理此事的？”

“她是一位地位高高在上的妇人，这两位的身份也同样尊贵，可是我还是觉得伯爵的脾气有点古怪，甚至骄横，当你上次执意要讯问他的妻子时，他可是表现得非常不满意。这次估计得雷霆大怒了。如果……还是不检查他们了吧，他们肯定和这个案子没有关系，我们为什么要自己给自己找不快呢？”

“我觉得你这种说法有问题，”波洛说，“不管怎么样我们都得尝试一下，我敢说安德雷尼伯爵绝对会非常通情达理。”

还没等布克先生再反驳什么，波洛已经敲响了十三号房门。

里面有人说：“进来。”

伯爵坐在一个角落静静地看报纸，伯爵夫人像是在另外一个角落睡着了。

“很抱歉，打扰您了，伯爵先生，”波洛抢先开口说道，“很冒昧打扰您，我们正在调查一起谋杀案，需要对车上所有乘客的行李进行例行检查。布克先生刚说，因为您有外交护照，是可以免受检查的。”

伯爵想了一会儿。

“谢谢，”他说，“不过我觉得我还是不要打破这个常规吧，我希望可以和其他旅客一样，请你们检查我的行李。”

他转向他的太太，“我想你没有不同意见吧，埃伦娜？”

“当然没有。”伯爵夫人干脆利落地说。

之后开始了一场走马观花式的检查。波洛好像是想通过一些无关痛痒的小事来掩盖自己的狼狈，比方说：

“您箱子上的标签贴得有问题啊，夫人。”他手里拿着一个蓝色底纹，上面印有字母简称和皇冠图形的摩洛哥箱子。

伯爵夫人并没有回答他，看来因为这个搜查，她已经被搅得烦躁不安了。她依然待在角落里，面无表情地盯着窗外。这时波洛跑到旁边的房间去检查行李。

检查完毕以前，波洛将洗手池上的一个小柜子打开，迅速浏览了一遍里面的东西，里面有一块海绵、一瓶香水、一瓶面霜，还有一个小瓶子，上面贴着台俄那标签。

之后双方礼节性地说了几句话，检查小组就离开了。

接下来轮到哈巴特太太、死者，还有波洛自己的房间。

他们一行人进入二等车厢，首先映入眼帘的是十号和十一号房间，前者里面住着德贝纳姆小姐，她正在阅读。后者里面住着格丽塔·奥尔松小姐，她正在小憩。可他们一推门进来，她就醒了。

波洛又老生常谈了一番，瑞典太太看上去非常忐忑，可是玛丽·德贝纳姆小姐则非常镇定。

"如果你没有异议，小姐，我们会例行公事，检查你的行李，之后还得请你帮忙去看一下那位美国太太，虽然我们给她换了一个房间，可是自从她在洗漱包里发现刀以后，她的精神一直很不稳定。我已经请人给她送去咖啡了，不过我觉得有个人开解她比较好。"

善良的太太的同情心被引发了，马上就说要过去。她的精神一定受到了不小的震动，这位令人同情的太太现在变得焦躁不安，旅行的不顺，再加上女儿不在身边。啊，是的，她得立刻过去，她的行李是开着的，而且还得顺道给她带点氯化铵过去。

她迅速离开了，她的行李也马上检查结束了。她的东西很少，很明显，她还没发现，她的帽匣中少了一些铁丝。

德贝纳姆小姐放下手里正在看的书，仔细审视着波洛。他提出请求，她才将钥匙给他。他正准备开行李箱时，她问：

"你为什么不让她待在这里，先生？"

"我？小姐，我想请她帮忙去照看一下美国太太。"

"这真是个完美的理由，不过还是个理由。"

"我听不懂你在说什么，小姐。"

"我觉得你比我还明白。"她笑了，"你想让我单独待在这里，是吗？"

"不要将话强行加在我身上，小姐。"

"我连同想法也一起强行加在你身上了吗？不，我并不这样认为。你早就想了，是吗？"

"小姐，常言说……"

"谁要是狡辩谁就是默认了，是吧，你是想表达这个观点吗？你不能怀疑我的观察力和推断力。因为某些原因，你会觉得我知道一些事情的内幕，有关一个我从来没有见过，现在却被杀死了的人。"

"这全部都是你的猜测，小姐。"

"不，我没有瞎想。我觉得，我们将很多时间都浪费在了谎言上，不停地绕来绕去而不是直截了当。"

"那么你觉得直截了当说话比较好，喜欢抓住事情的重点来说。那好，我们就按照你所说的来。我一直想请你跟我解释一下这几句话是什么意思，这是我在叙利亚的车上偶然听到的。在科尼亚车站，我下车活动活动，用你们英国人的话叫'活动手脚'。深更半夜，你和阿巴思诺特上校讲话的声音被我听见了。你对他说：'现在不行，等一切都宣告终结了，等事情都结束了。'你说这些话代表着什么，小姐？"

她用非常沉静的语气说道："你觉得我所指的是这场凶杀？"

"现在我是问话者，小姐。"

"这些话是有寓意的，先生，可是请原谅我现在不能说，我只能用人格向你担保，在上火车以前，我和这个雷切特从来没有见过面。"

"那么，这就是说你不想给我一个理由吗？"

"是的，如果你一定要这样想，我只能深表遗憾，我只能跟你说一点，那就是这和我现在执行的一项任务有关系。"

"现在这项任务结束了？"

"为什么这样说？"

"任务结束了，不是吗？"

"这是什么意思？"

"小姐，我必须得提示你一下，我们才到伊斯坦布尔那天，因为一点小问题，火车延迟了，你非常焦虑，可是现在，你却镇定自若，可当时你却没有那份沉静。"

"我只是因为错过转车而非常焦虑。"

"你确实是这样说的，可是小姐，每个星期天，东方快车都会从伊斯坦布尔驶出，即便你没有赶上那趟车，你也只是晚了一天而已。"

头一回，德贝纳姆小姐快要忍耐不住了。

“你似乎没感觉到，也许她要去伦敦见一个朋友。如果迟了一天，可能计划会被全盘打乱，从而生出很多多余的麻烦。”

“哦，是这样吗？你急着去见一个朋友？你不想给他们制造麻烦？”

“当然是这样。”

“可是，令人感到怪异的是……”

“什么怪异？”

“这趟火车又延迟了，而且这次情况更加恶劣，因为你根本没办法联系上你的朋友，发电报或是打长……”

“你的意思是长途电话？”

“啊，那倒是，你们叫它多用电话对吧？”

玛丽·德贝纳姆粲然一笑，“长途电话，”她更正道，“是的，就像你所说的，不能发电报，也不能打长途电话，真的让人太讨厌了。”

“可是，小姐，这次你却表现得非常冷静，一点也没有愤怒的意思。”

玛丽·德贝纳姆脸气得通红，紧紧咬着嘴唇，笑容也收敛了。

“你是不是应该回答我的问题，小姐？”

“很不好意思，我不清楚可以回答你们什么。”

“你前后态度的差距，小姐。”

“难道你不觉得自己有点一惊一乍吗，波洛先生？”

波洛充满歉意地摊开双手。

“这也许是我们侦探的通病，我们希望所有人都能心口如一，情绪上不要有太大的起伏。”

玛丽·德贝纳姆一言不发。

“小姐，你和阿巴思诺特上校是老熟人吗？”

他觉得此刻换一个话题应该可以让她轻松点。

“这是我头一回见他。”

“有没有可能，你会认为他和那个雷切特认识？”

她马上摇了摇头，“我敢肯定他们不认识。”

“你为什么那么笃定？”

“从他所说的话中可以听出来。”

“可是，小姐，我希望你明白一个事实，我们在死者的房间里找到了一根烟斗通条，可是这列火车上抽烟斗的人只有阿巴思诺特先生自己。”

他密切观察着她，可是她却非常平静，只是说：

“真是太可笑了，毫无道理。这个世界上谁都有可能犯罪，唯独阿巴思诺特上校不会，更何况是这么情节化的凶杀案。”

这和波洛的想法如出一辙，他觉得自己都快要对她的看法表示赞同了，可是他说道：

“我不得不提示你，小姐，你和他只是认识而已。”

她抖了抖肩，“对于这种类型的人，我非常了解。”

他尽量用亲切的语气对她说：

“你依然不愿意告诉我那些话代表着什么吗，‘等一切都宣告终结了’？”

她淡淡地说：“我无可奉告。”

“不要紧，”赫尔克里·波洛说，“我会严查到底的。”

他行了个礼，把门关上，走了。

“那样做真的好吗，我的朋友？”布克先生说，“你让她有了防范之意，而且经由她，阿巴思诺特上校也会开始小心我们。”

“我的朋友，要想成功逮到猎物，就必须在洞口放上足够的诱饵。如果里面真的有猎物，它就会逃之夭夭，这就是我现在要做的。”

他们来到希尔德嘉德·施密特的房间。

这个女人将所有东西都收拾整齐，安静地站在那儿，脸上的表情虽然谦恭可是却非常平静。

波洛粗略看了一眼放在座位上的箱子里装的东西，之后请列车员将另外一个大一点的箱子拿下来。

“请问钥匙在哪里？”他问。

“这个箱子没有钥匙，先生。”

波洛将锁扣打开，将盖子掀起来。

“啊，”他说，看向布克先生，“你还记得我曾经说过什么吗，先生。”

箱子最上面，赫然放着一件一看就是匆忙之间折起来的褐色的列车员制服。

这个反应一向慢半拍的女人这时脸色突变。

“啊！”她大声叫道，“这不是我的，我没有放这个，自从火车离开伊斯坦布尔，这个箱子就没有被打开过。真的，请你们相信我。”她轮流看着三个人，眼神里满是渴求。

波洛亲切地扶着她，小声安慰着她。

“没关系的，我们相信你，你不要害怕，我相信这衣服不是你偷偷放在这儿的，就好像我相信你一定是个好厨子一样。喏，你是个好厨子，对不对？”

这女人听得云山雾罩，情不自禁地笑了，“是的，没错，我的女主人们都这样评价我……”

她说到这儿不说了，只是张着嘴，一副害怕的样子。

“不，”波洛说，“我可以跟你担保，一定不会有事的。听着，我会告诉你到底发生了什么。那个人，也就是你看到的列车员打扮的那个人，他从死者的房间出来，几乎和你撞到一起。他运气太差了，他本以为可以做到神不知，鬼不觉。下面他应该怎么做，当然是丢掉制服，因为此时的制服已经不是他的保护伞，而变成了一个烫手山芋。”

他看了一眼布克先生和康斯坦汀医生，发现二人也在聚精会神地听着。

“你看，外面大雪纷飞，他的计划被全盘打乱了，这些东西他能偷偷放到哪里去呢？所有的房间都人满为患。功夫不负苦心人，他路过一个房间时，看到门是开着的，又没有人，他猜想这肯定是刚刚他碰到的那个女人的房间。他偷偷闯了进去，将制服收起来，随便塞到行李架上一个箱子里。他猜想，这衣服肯定没那么快被发现。”

“之后呢？”布克先生问。

“那我们就得全盘考虑了。”波洛先生责备地盯了他一眼。

他将衣服拿起来看，发现第三颗纽扣没在上面。波洛将手放进衣服口袋里，里面有一把可以打开所有房间门的万能钥匙。

“这就是他可以将所有上锁的门都打开的原因了。”布克先生说，“你问哈巴特太太的问题，现在不用再问了。不管门锁上没有，这个人都可以轻松进入那道门。再说，既然可以弄到这身制服，拿到万能钥匙当然也就更加轻而易举了。”

“那倒是。”波洛说。

“事实上我们应该早就知道的，你还记得吗，米歇尔说他听到了哈巴特太太的铃声。然后跑到她房间去时，发现去往过道的门是闩着的。”

“事实确实如此，先生，”列车员说，“因此刚开始我以为这位太太肯定是在梦游。”

“可事实绝对比这复杂得多，”布克先生说，“很显然他是想将连通门闩上，可是无意间感觉到了床上有动静，所以吓跑了。”

波洛说：“现在我们的当务之急，就是找到那件猩红色的睡衣。”

“是的，可是后面那个房间的主人是男的。”

“男的也照样查。”

“哦，这是当然，除此以外，我还记得你好像说过什么。”

赫克托·麦奎因很愿意配合他们的行动，“我觉得你们应该早点过来，”他无奈地说，“我觉得在这列火车上，我是有最多疑点的人。你们只需要做一件事，那就是找到老头儿写给我的遗嘱，上面写着把所有财产都留给我，这样事情就水落石出了。”

布克先生犹疑地看了他一眼。

“我只是开个玩笑，”麦奎因连忙说道，“他没有给我留下一分钱遗产，真的，对于他来说，我只是一个工具，类似于语言翻译什么的。你知道，对于一个只通晓美国语言，而对别的语言一窍不通的人，很难有什么好运。我尽管不是对各国语言都精通的人，可是在买东西、住宿时，还可以用不同国家的语言，像德语、意大利语、法语之类的和别人简单交谈一下。”

他的声音比往常稍微洪亮一点，看上去好像很愿意配合检查，可是骨子里却是不情愿的。

波洛出来了，“没有什么，”他说，“和遗赠品有关的什么都没看见。”

麦奎因长出了一口气，“唉，总算可以让我睡个安稳觉了。”他诙谐地说着。

他们走向最后一间房，对高个子意大利人和男仆的行李检查也一无所获。

三个人站在走廊另外一头，互相看着，不知道说什么好。

“下面我们应该怎么办？”布克先生问。

“回到餐车上去，”波洛说，“现在我们已经将所能知道的情况都摸了个遍，我们有了旅客的证言、行李的证物，还有我们亲眼看到的证据……不要期望再有什么多余的收获了。到了我们开启智慧的时候了。”

他将手放进口袋里找烟盒，结果什么也没有摸到。

“我马上就过来，”他说，“我得借助烟，这是一桩错综复杂又很怪异的案子。那件猩红色睡衣是谁的？现在又在哪里？多么期望现在我已经全部知道了。这桩案件中有些东西，我一时半会儿又记不起来。它之所以这么乱成一团，是有人故意这样做的。可是我们马上会商量这一点的，请等我一会儿。”

说完，他匆匆跑向自己的房间，他印象中自己的旅行袋里还有一些的。

他将箱子拿下来，将锁打开。

接下来，他不自禁地向后退了几步，眼睛一眨不眨地盯着。

一件猩红色睡衣赫然放在箱子的最上面，龙也清晰可见。

“那么，”他轻声说，“如果确实如此，那就放马过来吧，我应战了。”

# 第三部　赫尔克里·波洛静坐思考

## 第一章　谁是凶手

波洛进入餐车时，布克先生和康斯坦汀医生正在讨论着什么，布克先生看上去一脸失望。

“你来啦！”后者跟波洛打招呼道。他的朋友刚坐下，他就继续说道：“如果你将这个案子查得水落石出了，亲爱的朋友，我会相信，这个世界上真的有奇迹发生了！”

“这个案子让你觉得很沮丧吗？”

“是的，我已经完全走入了僵局中，毫无头绪。”

“我也这样认为。”医生接着说道。他颇有兴味地看着波洛，“坦诚地说，”他说，“我真的不知道你接下来要怎么办了？”

“不知道。”波洛心有所想地说。

他拿出烟盒，将烟点着，任凭烟雾缭绕，眼神飘向远方。

“对于我来说，这才是本案最富有魅力的地方。”他说，“原来按部就班的步骤都不复存在，我们所了解到的证人证词，没有人知道它是否属实。除非我们自己使劲想，要不然答案是不会自动跳出来的，对于我们的大脑来说，这是一个巨大的磨炼。”

“相当好，”布克说，“可是你的根据在哪里呢？”

“刚才我跟你说了，我们手里掌握的有旅客的证人证言，还有我们亲眼看到的事实根据。”

“旅客的证人证言妙极，可是对于我们来说，几乎没起到任何作用。”

波洛叹息着摇了摇头。

“我可不这样认为，我的朋友，旅客给我们提供的证言至少让我们掌握了几个关键点。”

“哪儿呢？”布克先生充满疑虑地说，“这个我还真不知道。”

“因为你根本没有仔细听。”

“那么，现在请你听我说，我到底有什么东西没有听到？”

“只需要打个简单的比方，我们了解到的第一份证言，麦奎因说了一句很关键的话。”

“和信有关？”

“不是的，我到现在还记得很清楚，他当时说，他们四处旅行，雷切特先生想要游览全世界，可是奈何语言不过关，所以他的身份更像个导游而不是一个秘书。”

他分别看了看医生和布克先生。

“我这样说，你们还不清楚吗？这就不可饶恕了。因为刚刚我还给你提供了第二次机会，他说：‘只通晓美国语言，而对别的语言一窍不通的人，好运可能不会长久。’”

“你的意思是……”布克先生依然很茫然。

“啊，你是想让我挨个儿给你解读吗？那好吧，我就一一道来。雷切特不会法语，可是听到铃响，列车员跑去问发生什么事时，房间里却用法语传出来一个声音，跟他说按错了，而且用的还是一句常用的短语，对法语只知皮毛的人是不可能说出这样的话的，‘没事，我按错铃了。’”

“原来如此。”康斯坦汀医生激动地叫道，“我们应该观察到这个细节的。我记得你当时跟我们说时，还特地强调了一下，我现在终于知道了，为什么那块扁了的表上的证据，你觉得不可信。一点差二十三分时，雷切特就已经不在人世了。”

“那是凶手在为自己辩护。”布克先生无不感慨地说。

波洛摇摇头，表示了反对。

“不要操之过急，我们所假想的前提不能比我们实际掌握的事实还多。我觉得，完全可以下这样的论断，在当时，一点差二十三分时，有其他人在雷切特的房间里，而且那个人只有两种可能，要么来自于法国，要么对法语非常精通。”

“你真是太细致了，我的朋友。”

“我们只能层层推进，我们没有充分的证据表明雷切特就是在那个时间段死的。”

“有个刺耳的声音把你惊醒了。”

“是的。”

“从某个角度来说，”布克先生心有所想地说，“这一发现对案件本身并没有起到多大的作用，你听到隔壁有动静，可是不是雷切特的声音，而是其他人。毫无疑问，他正在拼命洗掉手上染的鲜血，打扫案发现场，将那些可以作为证物的信件全部烧毁。然后他等到一切都悄无声息以后，他就觉得万无一失了，走廊上也没有人了，然后从里面将雷切特房间的门锁上，之后插上链条，用万能钥匙将通向哈巴特太太房间的连通门打开，之后逃走。实际上，这也正是我们所预想的，不同点在于雷切特遇害的时间比被杀害的时间提前了半个小时，而且手表当时显示的时间是一点一刻，这样做的目的是制造不在现场的证明。”

“这个不在现场的证明好像有点拙劣，”波洛说，“手表的指针显示是一点一刻，也正好是这个入侵者离开作案现场的准确时间。”

“是的，”布克先生有点迷糊，“那么手表又说明了什么？”

“如果手表被人动过手脚，我是说假如，那么它所指的时间就肯定带有一定寓意。最常规的逻辑是，但凡在这个设定的时间内，一点一刻，只要此时不在现场的人都会有疑点。”

“是的，”医生说，“这个逻辑有点意思。”

“我们还得格外关注一下凶手进入现场的时间。什么时间，他才能趁机溜进去呢？除非我们假设一个前提条件，那个真正的列车员是个特工，要不然，他只有一个时间点内可以溜进车厢，那就是火车停靠在温科夫齐站时。火车离开温科夫齐以后，列车员一直是面向走廊坐的，而且旅客几乎不会观察到列车员，可以发现假扮者的只有真正的列车员。可是火车在温科齐夫停靠时，列车员都站在站台上，因此，他明显少了一个很大的障碍。”

“而且根据我们先前的推理，一定是一名旅客。”布克先生说，“我们又绕回来了，到底哪个才是呢？”

波洛微笑着眨了眨眼睛。

“我在这儿列了一个清单，”他说，“如果你们看一眼，或许可以记起一些事情。”

布克先生和医生都凑过去看那份清单，上面根据旅客的顺序，写得井井有条。

赫克托·麦奎因，来自英国，住六号铺，二等车厢。

原因——或许与死者有过交集。

不在现场的证明——半夜到凌晨两点。（半夜到一点半，证人是阿巴思诺特上校，一点至两点，证人是列车员。）

不利证据——没有。

嫌疑情况——没有。

列车员皮埃尔·米歇尔，来自法国。

原因——没有。

不在现场的证明——半夜至凌晨两点。（十二点三十七分，雷切特房间有动静时，波洛在走廊里见到了他，一点至一点十六分，其他两个列车员可以作为证人。）

不利证据——没有。

嫌疑情况——列车员制服被找到对于他来说是有利的，因为肯定是有人想要陷害他。

爱德华·马斯特曼，来自英国，住在二等车厢的四号铺

原因——和死者是主仆关系，也许会有联系。

不在现场的证明——半夜至凌晨两点。（安东尼奥·福斯卡雷利可以作为证人。）

不利证据——没有。

嫌疑情况——他的身高和体形和列车员制服是相匹配的，除此以外，找不到其他疑点。而且，他对法语也不精通。

哈巴特太太，来自于美国，住在头等厢的三号铺。

原因——没有。

不在现场的证明——半夜至凌晨两点，没有人可以证明。

不利证据或者嫌疑情况——哈德曼和施密特的证言可以给她做证明，也就是当时有个男人在她房间里。

格丽塔·奥尔松，来自于瑞典，住在二等车厢的十号铺。

原因——没有。

不在现场的证明——半夜至凌晨两点。（玛丽·德贝纳姆可以给她做证。）注：雷切特活着时见到的最后一个人就是她。

德拉戈米罗夫公主，来自于法国，住在头等车厢的十四号铺。

原因——和阿姆斯特朗一家很亲近，而且还是索妮亚·阿姆斯特朗的教母。

不在现场的证明——半夜至凌晨两点。（列车员和女仆可以作为人证。）

不利证据或嫌疑情况——没有。

安德雷尼伯爵，来自于匈牙利，持有外交护照，住在头等车厢的十三号铺。

原因——没有。

不在现场的证明——半夜至凌晨两点。（列车员可以作为人证，可是除开一点至一点十五分这个时间段。）

安德雷尼伯爵夫人，国籍和所持护照同上，住在头等车厢十二号铺位。

原因——没有。

不在现场的证明——半夜至凌晨两点吃了台俄那，然后睡着了。（她的丈夫可以给她做证。在她的柜子里有台俄那的药瓶。）

阿巴思诺特上校，来自于美国，住在头等车厢的十五号铺位。

原因——没有。

不在现场的证明——半夜至凌晨两点，他和麦奎因一直交谈到凌晨一点半，回房间后就没有再出来。（麦奎因和列车员可以做证。）

不利证据或嫌疑情况——烟斗通条。

赛勒斯·哈德曼，来自于美国，二等车厢的十六号铺位

原因——没有。

不在现场的证明——半夜至凌晨两点一直都在房间里。（列车员可以给他做证，除开一点到一点十五分这段时间以外。）

不利证据或嫌疑情况——没有，除了凶器和他本人的性格比较相符以外。（这是布克先生的观点。）

玛丽·德贝纳姆，来自于英国，住在二等车厢的十一号铺位。

原因——没有。

不在现场的证明——半夜至凌晨两点。（格丽塔·奥尔松可以作为人证。）

不利证据或嫌疑情况——波洛偶然听到的对话，而且她不愿意给出解释。

希尔德嘉德·施密特，来自于德国，住在二等车厢的八号铺

原因——没有。

不在现场的证明——半夜到凌晨两点都在睡觉。大概十二点三十八分列车员叫醒她，说她的女主人找她，她随后去了那里。（列车员和她的女主人都可以作为人证。）

注：旅客所说的话由列车员予以证明，也就是说，半夜至一点（也就是他在旁边房间的时候）还有一点一刻到两点之间，没有人到过雷切特的房间。

波洛发话了："这些列出来的资料，也就是我们之前询问得来的证人证言的概述，这样排列也只是经过了一个梳理。"

布克先生瞅了一眼，撇了撇嘴，将它还给了波洛，"我觉得没什么意义。"他说。

"或者你对这个更加感兴趣。"波洛说着，粲然一笑，又拿出第二张纸。

## 第二章　十个问题

只见第二张纸上写着:

需要给出理由的事情:

1.谁是上面带有字母“H”手帕的主人?

2.烟斗通条属于阿巴思诺特上校，还是有别的主人?

3.是谁穿的猩红色睡衣?

4.装扮成列车员的那个人到底是谁?

5.手表指针为什么指向一点一刻?

6.凶杀案具体发生在哪个时间?

7.还是更早些时候?

8.还是更晚些时候?

9.我们能够断定，谋杀雷切特是两个人或两个人以上吗?

10.他身上被捅的那么多刀，还可能有更加合理的解释吗?

“好，现在让我们逐一来分析，我们可以采取什么措施，”布克先生说，这是对脑力的极大考验，让他两眼放光，“就从手帕开始吧，我们一定要做到有条不紊，思维清晰。”

布克先生带着一种教导的语气开始他的陈述:

“首字母“H”关系到三个人，分别是哈巴特太太（Hubbard），德贝纳姆小姐，中间叫赫米翁（Hermione），最后一个就是女仆希尔德嘉德·施密特（Hildegarde Schmidt）。”

“啊，不会吧，嫌疑最大的就是她们三个人?”

“这也不好说，可是我觉得德贝纳姆小姐嫌疑最大，大家都清楚，可能大家都习惯于叫她中间的名字而不是第一个名字，而且她身上还有一些东西不能解释，就像你所说的，你偶然听到的对话，朋友，真的让人觉得很怪，而且她还不愿意解释，这也太奇怪了。”

“我觉得那个美国人嫌疑最大，”康斯坦汀医生说道，“这块手帕价值高昂，全球人都知道美国人对价格熟视无睹。”

“因此你们都觉得女仆不会是那个嫌疑人？”波洛问。

“没错，就如同她自己所说，只有上流社会的人才用得起这样的手帕。”

“现在谈到第二个问题——烟斗通条。它属于阿巴思诺特上校，还是其他人？”

“这就更难以说清楚了，英国人是不会杀人的，我觉得你的观点是对的，我更愿意相信，是有人想要栽赃陷害他。”

“就像你所说的，波洛先生，”医生说道，“现场遗留下来这样两条线索也太不细心了吧，我觉得布克先生的说法是对的。手帕才是真正粗心遗漏的，如果没有女士肯认领这块手帕。烟斗通条则是个障眼法。你们观察到没有，阿巴思诺特上校没有一丁点的尴尬，而且非常大方地承认自己就是抽的烟斗，还继续使用这种型号的烟斗通条，这样我的结论就更加可信了。”

“你的结论也还行。”波洛说。

“现在开始讨论第三个问题——谁是猩红色睡衣的主人？”布克先生继续说，“有关这一点，我先坦白我一点头绪都没有，你怎么看，医生？”

“我也没理清楚。”

“那么我们只有坦白在这个问题上，我们打了败仗。接下来，不管情况怎样，总归还是有点盼头的。装扮成列车员的那个人到底是谁？有关这一点，我们可以将先几个最没有可能的人排除出去：哈德曼、福斯卡雷利、麦奎因、阿巴思诺特上校、安德雷尼伯爵，这几个人人高马大的。哈巴特太太、格丽塔·奥尔松、希尔德嘉德·施密特，她们的体型很宽。余下来的还有男仆、德拉戈米罗夫公主、安德雷尼伯爵夫人、德贝纳姆小姐，可是他们全都没有嫌疑。安东尼奥·福斯卡雷利和格丽塔·奥尔松都在上帝面前宣过誓，分别指认男仆和德贝纳姆小姐一直都待在房间里。希尔德嘉德·施密特证明公主从来没有离开过自己的房间，安德雷尼伯爵跟我们说他妻子吃了安眠药睡着了。这样看来，谁都不是凶手，这简直是可笑了。”

“这和我们的老朋友欧几里得的说法一致。”波洛小声嘀咕道。

“毫无疑问，凶手一定就隐藏在这四个人之中。”康斯坦汀医生说道，“只排除一种可能，那就是凶手从外面溜进来，然后潜藏在我们中间，不过这种可能性几乎为零。”

布克先生谈到下一个问题。

“下面我们开始讨论第五个问题——手表指针为什么偏偏指向一点一刻？我觉得有这样两个方面的可能性，一种是凶手故意设置的，目的是为了制造不在现场的依据；另外一种可能是他正准备离开房间时，听到走廊上传来动静，所以被迫留了下来。抑或是，等等，我又想起来什么……”

布克先生艰难地回想着，其他两个人都毕恭毕敬地等待着。

“哦，我想到了，”最后他终于结束了痛苦的挣扎，说道，“设置手表指针的不是那个列车员打扮的那个人，而是我们所设想的二号凶手，她是个惯用左手的人，也就是身着猩红色睡衣打扮的那个女人。她到那里时已经很迟了，为了制造不在现场的依据，所以在手表指针上动了手脚。”

“真不错！”康斯坦汀医生说，“这个想法很好。”

“实际上，”波洛说，“她到的时候什么都看不清，所以还不知道雷切特已经不在人世了。可是不知道是出于什么原因，她猜想他的衣服口袋里有一块手表，就拿了出来，将时间给调了，之后还将表给压扁了。”

布克先生不置可否地看着他，冷静地说：“还有比这更好的理由吗？”

“现在这个时候，没有。”波洛坦陈，“不管怎样，”他说，“我觉得你们都忽略了这块手表中最有趣的一个方面。”

“和第六个问题有关吗？”医生问道，“有关这个问题，凶杀案是否就发生在一点一刻？我觉得答案是否定的。”

“我也这样认为，”布克先生说，“接下来一个问题是‘是早一些时候吗？’我的答案是肯定的，你也这样认为，对吗？”

医生也点头表示认可，“是的，可是接下来一个问题，‘还是晚一些时候？’我们答案也是肯定的。我认可你的观点，布克先生，而且不管我们是否愿意承认，波洛先生也是持赞成态度的。一号凶手是早于一点一刻行凶的，可是二号凶手是在这之后才到达案发现场的。对了，提到那个惯用左手的人，我们是否先找出来那个是谁？”

“我一直都很关注这一点，”波洛说，“你们也许已经观察到，我让每个旅客都亲手写下了他们的姓名和地址，可是这起不到什么关键性作用，因为有些旅客有时惯用右手，有时惯用左手。有些人虽然一直用右手，可是打高尔夫时却用左手。不过还是对我们有一定好处，因为几乎所有旅客都是用右手握笔写字的，只有一个例外，那就是德拉戈米罗夫公主，她不肯写字。”

“你说德拉戈米罗夫公主，怎么可能，我不相信。”布克先生说。

“我觉得她的力气根本不足以剁那一刀，”康斯坦汀医生困惑不解地说，“要制造出那样的刀伤，需要的不是一般的力气。”

“女人就不能使出那样的力气？”

“不是，我不是想表达这个意思，可是我觉得要造成这样的伤口，需要比一个老妇人更大的力气，很显然德拉戈米罗夫公主不具备这个条件。”

“或者这是一个意志对身体施加影响的问题，”波洛说，“德拉戈米罗夫公主非常强势，意志力也非常强大，可是现在先忽略这个不说。”

“接下来第九个和第十个问题，谋杀雷切特的是两个人，身上多处伤口是否还有更好的解释。从医学层面来说，这些刀伤只能这样解释，比如说，一个男人先小心捅一刀，然后再用力捅，先用左手捅，然后用右手捅，半个小时以后，在尸体上继续捅……很显然，这样根本不符合常理。”

“是的，”波洛说，“这很难解释得通，那你认为如果将凶手判定是两个人可以解释得清吗？”

“就如同你自己刚才所说的，还有比这更好的阐述吗？”

波洛直勾勾地看着他，“我也是这样对我自己提问的，”他说，“从来没有间断过。”

他往后躺在椅背上。

“从此时此刻开始，所有的东西都齐聚于此，”他敲了下自己的额头，“我们已经再三分析过了，事实也都清楚了，井井有条。旅客们的证人证言也全部在这儿。所有我们可以知道的东西，我们都知道了。从表象上看来……”

他朝布克先生露出一个和善的微笑。

“对于我们而言，这只是个戏言，对吗？就这样干坐着，能将前因后果想清楚吗？好，我要马上付诸现实，就用我们手上现成的东西。你们二位也试试。让我们三人都安静地思索，闭上眼睛……”

“一个人或者两个人或两个人以上的人将雷切特杀死了，你觉得会是谁呢？”

## 第三章　重要事实

整整十五分钟，餐车鸦雀无声。

布克先生和康斯坦汀先生尽最大努力按波洛的说法做，他们尽力从他们所听到和看到的，互相冲突的两个细节中得出一个明确的结果。

布克先生的思想活动是这样的：

“我是应该好好考虑一下，可是那些问题我已经反复想过了呀……很显然，波洛觉得那个英国女孩肯定参与到了这个案件中，可是我总是不愿意相信……英国人都非常冷淡，可能是因为他们身材不够好，可是这显然是次要的。看上去，那个意大利人也不会是凶手，真是太遗憾了。我认为那个英国男仆说他房间里的另外一个人一直都在房间里，应该说的是实话。可是他有动机会杀人吗？想要买通英国人可不简单，他们很难让人靠近。整件事简直是一团糟，我不知道怎么样才能走出这个迷宫，肯定得提供一些线索。这些国家做事效率太低了……做任何事之前都得反复考虑几个小时。还有这些国家的警察，他们简直太难缠了，不仅自恃强大，脾气狂躁，而且还做出一副自尊心超强的样子。他们会借机将此事闹大，因为他们觉得机会难得，所有的报纸上都会报道着……”

接下来，布克先生的思路又顺着他们已经经历过几百遍的老套路想下去了。

康斯坦汀的思想活动是这样的：

“这个小个子太让人讶异了，他是一个天才，还是一个笨蛋？他可以将所有问题都解决掉吗？我觉得不会，因为根本看不到出口在哪儿，这一切太复杂了……兴许，所有人都在说谎……可是即使是这样也无济于事。假设他们没有人说真话，可依然让人大惑不解，似乎他们所言都是真实的。有关刀伤的说法更是奇怪，我根本找不出合理的理由来解释……假如是枪打死了他，就比较容易解释了。再怎么说，'持枪者'这个词就代表着他们得有把枪。美国是个变化无穷的国家，我有生之年真应该去走一走，看一看，那里太发达了。我回到家得马上找到迪米特里厄斯·扎刚，他曾经到过美国，脑子里蕴含着无穷尽的新鲜东西。不知道他现在在从事什么工作，如果我太太知道……"

他的思绪已经转换了方向，进入到个人世界。

赫尔克里·波洛则安安静静地坐在那儿，纹丝不动。

不知道的人还以为他睡着了。

突然，经过一阵思索以后，他原来皱成一团的眉毛舒展开了，叹息过后，他小声嘀咕着：

"但是，无论如何，为什么不可以这样呢？要是这样，呃，所有问题都有答案了。"

他将原本紧闭的眼睛睁开，露出猫一样的光芒，小声说："好啊，我思考结束了，你们呢？"

思维已经不在这儿的两个人，纷纷开始畅所欲言。

"我也思考完了，"布克先生看起来非常愧疚，"可是没有得出一个结果，我觉得这个案子应该由你来解决，而不是我，朋友。"

"我也尽心竭力想过了，"医生说，恬不知耻地回想着刚刚脑子里想过的黄色情节，"我想了多种可能性，可是没有一个成立的。"

波洛亲切地点点头，就像在说：

"很好，这样说就是没错的，你们已经给了我提示。"

他坐得端端正正，抬头挺胸，摸着自己的小胡子，像个真正的演讲家一样准备开始发表自己的演讲：

"朋友们，我把所有的事实都在脑子里仔细思考了一遍，也对旅客的证言进行了过滤，之后形成一个结论：尽管还不明确，可是依稀看到了某种正企图掩盖事实真相的理由。这是个非常荒诞的理由，我还没有证据表明这是真的，为了验证它的准确性，我得亲身做几个实验才行。

“第一，我谈几点对我有启示性的观点。我就从我和布克先生在这里用午餐时，他说的第一句话作为起点吧。他说我们附近的人来自于不同的国家、有不同阶级的人，而且还分不同年龄层次。这在一年中来说，情况是罕见的。打比方说，雅典-巴黎、布加勒斯特-巴黎，这两节车厢几乎空无一人。不要忽略了，还有旅客没有上车。我觉得那个人就非常可疑。除此以外，还有几个小问题值得我们思考，比方说，哈巴特太太洗漱包所在的位置，阿姆斯特朗太太妈妈的名字，哈德曼先生所掌握的侦探手段，麦奎因告诉我们的是，那些我们找到的烧焦的纸片是雷切特自己所为。德拉戈米罗夫公主的教名，还有匈牙利人护照上所沾染的油渍是怎么回事。”

两个人紧紧盯着他。

“这些问题，你们觉得其中有什么玄机？”波洛问他的两位朋友。

“没有。”布克先生坦陈。

“医生，你觉得呢？”

“我也没听明白你所说的。”

布克先生赶紧抓住他朋友的一个契机，在他所说的护照中翻找起来。接下来，他小声嘀咕了一句，将安德雷尼伯爵夫妇的护照打开。

“你说的就是这块污渍？”

“没错，这块油渍一看就是新沾上去的，它所在的位置你注意观察了吗？”

“伯爵夫人姓名这一行的最前面，写的是她的教名，可这又代表着什么呢？”

“我从另一个层面向你们讲一下其中的缘由。从我们在现场发现的那块手帕开始说起，就像之前我们所讨论过的那样，只有三个人和这个字母有关联，分别是德贝纳姆小姐、女仆希尔德嘉德·施密特，以及哈巴特太太。现在我们从一个全新的视角来看这块手帕。朋友们，这块手帕价格非常高，可以说是一般人是用不起的，纯手工制作，典型的巴黎刺绣手法。这些旅客中，我们先不谈论所谓的什么字母，并不是每个人都有实力拥有这块手帕的，肯定不是哈巴特太太，她举止优雅，在衣着打扮上不会过于讲究。也不是德贝纳姆小姐，像她所在的那个层次的女人，用的都是典型的麻布手帕，并不是贵重的，也许要用掉200法郎才能买到的棉纱手帕，当然也不是女仆，可是火车上用这种手帕的只可能是两个人。总的来说，让我们将名字和字母再连起来看，我的意思是德拉戈米罗夫公主……”

“她的教名是娜塔丽亚。”布克先生讥讽地说道。

“对，这就是她的教名。就像我刚刚所说的，非常具有启发性。还有一个人就是安德雷尼伯爵夫人，这样我们立刻就可以联想到……”

“她也是其中一个！”

“好的，我承认，可是我马上联想到。她护照中的教名正好沾染了油渍。这只是碰巧，所有人都会这样认为。可是，看一下那个教名，埃伦娜[1]。如果不是埃伦娜，而是海伦娜[2]。字母H就会变成字母E，就可以很容易将旁边那个小小的e掩盖住，再沾染另外一块油渍来掩饰这种变化。”

“海伦娜！”布克先生叫道，“这个想法真心不赖。”

“当然，这个主意不错！我四处在找证据来证明我这个论断，无论这个证据多么微不足道，终于我找到了。她的行李箱上的一个标签看上去有点湿润，刚巧在箱子上的第一个字母上面。标签明显是沾过水的，撕下来又被贴到别的地方上去了。”

“我开始有点同意你的观点了。”布克先生说，“可是安德雷尼伯爵夫人……诚然……”

“呃，这时，我的朋友，我们必须转换思路，从全新的角度去审视这个案子。谋杀案原来是想怎样进行的呢？大家要记得，一场大雪把凶手原来的计划都打乱了。让我们假想一下，如果没有这场大雪的来临，火车就会全速前进，那么，接下来会怎么样？”

“我可以肯定地说，犯罪嫌疑人绝对会在今天早上在意大利边境被抓捕，当地警方也会得到相同的证据。麦奎因先生会对恐吓信供认不讳、哈德曼先生依然会陈述他自己的故事、哈巴特太太也会非常迫切地说出曾经有个男人经过她的房间，纽扣也同样会找到。我猜想，不一样的只有两样东西。那个男人会在凌晨一点以前经过哈巴特太太的房间，列车员制服会躺在厕所里。”

“你是说？”

“我是想说，这起谋杀案本来规划得像是外人所为，犯罪嫌疑犯本来准备在火车到达布罗德时下车，准点到达时间是零点五十八分。也许有人会在走廊看到一个怪异的列车

---

① 埃伦娜：英文为Elena。
② 海伦娜：英文为Helena。

员，制服会放在一个特别打眼的地方，这样人们一眼就可以看出，这件谋杀案是有人故意为之，蓄意设计的，这样所有的旅客都可以洗脱嫌疑。我的朋友，这起谋杀案本来是要以这样的形式呈现在大家眼前的。

“可是大雪将一切计划都打乱了，可以非常肯定地说，我们已经明白了，为什么凶手要在受害人房间待那么久了，他在等待火车一直朝前开，可是他最后明白，火车没办法继续往前开了，必须临时改变计划。所以我们现在知道，凶手一定还在车上。”

“是的是的，”布克先生非常焦躁地说，“这些我都知道，可问题是手帕从哪儿来的？”

“我会用一波三折的方式讲给你听。第一你们得知道那封威胁信件有瞎猫撞到死耗子的感觉，也许只是从一本很拙劣的侦探小说里摘抄来的，并不是真实的。事实上，只是蒙骗警方的，我们必须问自己一个问题：‘它成功骗到雷切特了吗？’表面上看去是没有，他指示哈德曼的指令似乎针对的是一个确定的人，他对对方的身份了如指掌，假设前提是我们觉得哈德曼所说属实。可是雷切特是真的收到了一封风格很怪异的信——里面的内容有关阿姆斯特朗那个小孩子，也就是我们在他房间里找到的碎纸片。如果雷切特没有第一时间感觉到，就要保证他知道自己生命安全受到威胁的原因。我一直提到那封信，犯罪嫌疑人没想过要让别人知道。他第一个关注的就是将这封信毁尸灭迹，这可是他计划中的另外一个阻碍。首先一个就是大雪，另外一个我们将那封信还原了它的本来面目。

“他那么谨慎地将那封信烧毁，只能充分说明一个问题，那就是，火车上一定有某个人和阿姆斯特朗家关系很近，可是如果那封信被人看到，就会直接让那个人成为最大嫌疑人。

“如今，我们再来说说其他两条线索。我先不提烟斗通条这个话题，因为我们已经对此谈得太多了。我们先说手帕，很显然，这条线索就是指首字母为‘H’的人有最大的嫌疑，而且那个人是无心掉的。”

“是的，”康斯坦汀医生说，“在得知手帕掉了以后，她会马上采取方式将她的教名掩饰住……”

“你反应还真是快，马上就有结论出来了，我可还不敢这么轻易下结论。”

“难道还有其他可能吗？”

“当然，比如，如果你犯了罪，你想栽赃到别人身上，而且，火车上只有一个人和阿姆斯特朗家人关系很近，而且是个女人。如果，你在现场遗留一块那个女人的手帕，她就会第一个受到怀疑。她和阿姆斯特朗家的关系就会被公之于众，也就是，动机，也是和这个案子密切相关的证明。"

"可是在这个案件中，"医生并没有表示认可，"没有污点的嫌疑人没有采取什么方式来掩盖自己的身份。"

"啊，是这样吗？你是这样想的？这恰好是警方的态度。可是我非常通透人性，我的朋友，如果突然受到审讯，就算是再正直的人都会做出荒诞可笑的事情。不要弄错了一点，油渍和被涂改过的标签并不能由此证明安德雷尼伯爵夫人就是杀人凶手，只能证明她出于某种原因想要隐瞒自己的身份。"

"你觉得她和阿姆斯特朗家关系怎么样？她说她从来没有到过美国。"

"非常肯定地说，她的英语中夹杂有外国口音，从外貌上看也非常像外国人①，只是有点夸大而已，可是不难想到她的真实身份。刚才我提到过阿姆斯特朗太太母亲的名字，是琳达·阿登，她的职业是一名演员，而且非常有名，非常擅长出演莎士比亚的戏剧。回想一下《皆大欢喜》中的阿登和罗莎琳德森林，她之所以给自己这样取名，就是从这里受到启发的。也就是让她闻名海内外的名字。'琳达·阿登'，只是她的艺名。她的真实名字或许是戈尔登贝格，她的身上，兴许有中欧人的血，兴许有犹太人的血，美国聚集了这个世界上的很多民族。我可以给你们一点提示，先生们，埃伦娜·戈尔登贝格就是阿姆斯特朗太太的妹妹，也就是琳达·阿登的小女儿。那件骇人听闻的惨剧发生时，她还很小，之后，她和在华盛顿当使馆专员的安德雷尼伯爵结婚了。"

"但是德拉戈米罗夫公主说，她是和一个英国人结婚了的。"

"我的朋友，可是她叫什么名字，她都不知道了，这现实吗？琳达·阿登是德拉戈米罗夫公主的最爱，就好像上层社会的妇人偏爱杰出的演员一样，更何况，她还是这个演员一个女儿的教母，这么快就不记得她女儿的夫姓了吗？这显然是假的。我觉得我们完全有理由说她没有说真话，她知道海伦娜也在这列火车上，而且还和她见过面。得知雷切特的真实身份时，她很快意识到海伦娜将是第一个被怀疑的对象，因此当我们向她打听阿姆斯特朗太太的妹妹时，她马上有意识地说了谎话，说自己忘记了。可是如果海伦娜和一个

① 这里的外国人，是相对于美国人来说的。

英国人结婚的话，和我们所要知道的事实的本来面目就相差太远了。”

餐车服务员从另一个门口走进来，来到他们跟前，询问布克先生说：

“开饭了，先生们，需要送上来吗？饭菜做好有一会儿了。”

布克先生望向波洛，后者点头表示认可，“一定要吃饭。”

服务员走了出去，紧接着按铃的声音响起，伴随的还有大声的叫喊声：

“开饭了，头等厢，晚餐供应开始了，现在第一桌。”

## 第四章　匈牙利护照上的油渍

波洛、医生和布克先生坐在一起吃饭。

餐车里用餐的人全都哑然无声，埋头吃饭。就连一向最聒噪的哈巴特太太也闭口不言。她一坐下就开始叨咕：

“我根本没有心思吃饭。”之后，在她觉得是她的保护伞的瑞典太太的激励下，她才将每样东西都勉强吃了一点。

在菜上桌以前，波洛给服务员领班交代了几句。接下来，伯爵夫妇的饭菜总是最后一个端上来，结账的时候也稍微延迟了一下，于是康斯坦汀医生马上明白了，波洛刚才跟服务员说了什么。这样的话，餐车里最后剩下的就是伯爵夫妇了。

过了好长时间，他们站起来，开始走向门口，波洛也慌忙站起来跟在他们身后。

“很抱歉，夫人，您的手帕掉了。”

他将那块小小的，上面绣有字母的手帕递给她。

她拿过去扫了一眼，又拿给他了，“这不是我掉的，你搞错了，先生。”

“不是您掉的？您肯定？”

“肯定没错，先生。”

“可是，夫人，您看清楚了，上面有您的名字的第一个字母‘H’。”

伯爵脸色变了一下，波洛没理他，继续看着伯爵夫人的脸。

她冷静地看着他，说：

“我不知道您说的什么意思，先生，我名字的简写是E.A.。”

“我并不这样认为，您的真实名字是海伦娜，而不是埃伦娜。阿姆斯特朗太太的妹妹，琳达·阿登的小女儿，都是一个名字，海伦娜·戈尔登贝格。”

周围一片安静，伯爵夫妇的脸色像死人一般难看。

波洛亲切地说道：“抵赖是无济于事的，这才是事实，没错吧？”

伯爵气愤地大叫起来：“我需要一个理由，先生，你为什么要……”

她阻止了他，用自己的小手蒙住了他的嘴。

“鲁道夫，让我来说吧，不承认这位先生所说的话是没有意义的。我们还是坐下来认真说说这件事吧。”

她说话的口音也发生了变化，尽管依然有非常浓烈的南方口音，可是却变得清楚犀利起来，头一回带有了传统的美国口音。

对于妻子的建议，伯爵同意了，闭口不言了，两人坐在波洛的对面。

“你所说的话是对的，”伯爵夫人说，“我就是海伦娜·戈尔登贝格，阿姆斯特朗太太是我的姐姐。”

“今天早上你可不是这么对我说的，伯爵夫人。”

“是。”

“事实上，你们夫妇二人都说的是谎话。”

“先生！”伯爵气愤地大叫起来。

“鲁道夫，别生气。波洛先生说的事实虽然很残忍，可是却是事实。”

“非常高兴您能坦陈这一事实，夫人。现在您是不是应该告诉我您这样做的原因了，还有您在护照上修改您的教名的原因？”

“这都是我一手操作的。”伯爵说道。

海伦娜非常冷静地说，“是的，波洛先生，你肯定知道其中的缘由，也就是我们的动机。被杀害的那个人就是谋害我小侄女的那个人，我姐姐也被他杀死了，我姐夫因此痛不欲生。这三个人是我的挚爱，是我的家人，是我的全世界。”

她的声音明显是喷涌而出，她母亲所具有的伟大演员的情感力量让数以万计的观众无法控制自己的眼泪，可是此时的她，一眼看去就是那个杰出演员的女儿。

她平复了一下情绪，接着说道：

“这趟火车上，恐怕就只有我想要杀害他的欲望最强烈了。”

“您没有对他下手，夫人？”

“我可以宣誓，波洛先生，而且我丈夫也知道内情，也可以宣誓，虽然我杀他的心非常强烈，可是我却从来都没有碰过他一根毫毛。”

“我也宣誓，先生，”伯爵说，“我可以拿我的人格担保，海伦娜昨天晚上一直待在自己的房间里，就像我之前所说的，她服用了一片安眠药，她是清白的。”

波洛认真审视了他们一会儿。

“我以我的人格做担保。”伯爵又重复了一遍。

波洛缓缓摇了摇头。

“可是你却坦承护照上的名字更改过了？”

“波洛先生，”伯爵真诚而激昂地说，“请站在我的立场上想一想，我怎么可能忍受自己的妻子被牵扯进一个如此龌龊的刑事案件里呢？她是无辜的，我明白，可是她所说也是事实，因为她和阿姆斯特朗家关系不一般，所以首当其冲会被人怀疑。她会受到审讯，甚至被逮捕。如果不幸的遭遇让我们和雷切特坐上了同一趟火车，我就只有选择这一条路了。我承认，先生，我没有对你说实话，我满口谎言，可是有一件事情是真的，那就是我妻子昨天晚上一直待在自己房间里。”

他说得非常真诚，几乎很难让人拒绝承认。

“我并没有对您表示怀疑，先生，”波洛悠悠地开口说道，“我明白，您的家族历史悠久，而且非常引人自豪，如果您的妻子和一桩龌龊的案子有所关联，确实很让人难受。我非常同情您，可是在案发现场，我们却发现了您妻子的手帕，对此，你又要作何解释呢？”

“那手帕根本不是我的。”伯爵夫人开口说道。

“即使上面第一个字母是‘H’？”

“即使上面第一个字母是‘H’。我的手帕和这个手帕很像，可是还是有些微的不同，当然，我明白，你可能还是会怀疑我，可是我可以向你保证，那块手帕的主人另有其人。”

“也许是有人特意放在那里的，为的是栽赃陷害？”

她微微笑了一下，“您是在用激将法，让我承认那块手帕是我的吗？可是波洛先生，那块手帕的确不是我的。”她非常坦诚地说道。

“如果手帕的主人不是您，您为什么还要对护照上的名字进行更改？”

伯爵对这个问题进行了解释。

“那是因为我们听闻，你们找到了一块带有一个字母为‘H’的手帕，在回答你们的问题之前，我们考虑了一下。我对海伦娜说，假如有人知道她的教名的第一个字母是‘H’，那么她马上就会被怀疑，会面临更多严刑审问。这件事情操作起来非常容易，将海伦娜改成埃伦娜。”

“您的手段倒是和犯罪分子有得一比，伯爵先生，”波洛干涩地说，“杰出的、天赋异禀，很明显要扭曲正义。”

“哦，不是，”女孩低身向前跨了一步，用法语说道，“波洛先生，他已经向你说明缘由了，”她又用英语说道，“我害怕极了，灵魂都出窍了。你明白的，这事非常恐怖，那时，现在又要重新上演一遍当时的悲剧，而且还要被当作犯罪嫌疑人，也可能还要坐牢。我真是只是出于害怕，波洛先生，你丝毫不理解吗？”

悦耳、低沉、多样、请求般的声音，伟大演员琳达·阿登的女儿的声音。

波洛一本正经地看着她。

“如果我选择相信您，夫人，我并没有说怀疑您，可是您得帮我做件小事。”

“帮忙？”

“是的，之所以会产生这起谋杀案，动机还要回想到以前，那个让你家庭解体，给你童年生活蒙上阴影的惨剧。带我重演一遍现实吧，小姐，或许这样我可以从中解开整个案件。”

“我有什么可以说的呢？他们都不在了。”她痛苦地呢喃着，“都死了，罗伯特，索妮亚，还有最可爱的黛西，她有一头非常漂亮的卷发，我们都深深被她吸引。”

“还有一个被害人，也可以说是一个间接受到牵连的人。”

“苏珊娜是吗？我怎么会把她给忘了呢？警察找她了解情况，认定她和此事脱不开干系，可能有关联，可是就算是有，她也是无意的。我相信，她只是和别人闲谈，无意说出了黛西出外游玩的时间。可怜的女孩被吓傻了，她觉得一切都是她的错。”她的身体抖动了一下，“她从窗户纵身一跳，哦，真是太恐怖了。”

她将脸深深放进双手中。

“她来自于哪个国家，夫人？”

“她来自于法国。”

“姓什么？”

“我忘记了，我们都称呼她苏珊娜，她是一个美丽的、青春洋溢的女孩，她照顾黛西非常尽职尽责。”

“她是保姆，对吧？”

“是的。”

“护士是谁？”

“斯坦格尔伯格，是个受过正规训练的医院护士，对黛西非常好，对我姐姐也很好。”

“那么夫人，现在请您好好想一下，您坐上这列火车以后，有没有遇到认识的人？”

她看着他，说道：“我？一个都不认识。”

“那德拉戈米罗夫公主呢？”

“哦，她我肯定认识啊，我还以为你是说当时。”

“我就是这个意思，夫人，请您再好好回想一下。这么多年了，夫人，也许这个人的容貌和体态都发生了很大改变呢？”

海伦娜开始了长长的思索，然后，她说：“不，我可以确定，我一个人也不认识。”

“当时你还很小，在学习方面没有人教导你吗？”

“哦，是，有个人，就好像我的家庭教师那样的，也是索妮亚的秘书。她来自于英国，更准确地说是个苏格兰人，是一个个子很高的红头发的女人。”

“她叫什么名字？”

“弗里博迪小姐。”

“年纪大的还是年纪轻的？”

“对于那时的我而言，她非常老。我猜想她现在也才30多岁。当然，我的生活起居都是由苏珊娜照顾的。”

“房子里还有没有其他人？”

"没有了，剩下的只有仆人了。"

"那好，夫人，你是否十分肯定，在这列火车上，没有一个人您见过？"

她仔细想了一会儿，然后说道：

"没有，先生，一个认识的人都没有。"

## 第五章　德拉戈米罗夫公主的教名

伯爵夫妇离开餐车以后，波洛注视着自己的两个朋友。

"你们看，"他说，"我们终于向前迈了一步。"

"真的是太好了！"布克先生真心实意地说，"如果换作是我，我打死也不会觉得安德雷尼伯爵夫妇可疑。我从一开始就认为他们不可能卷进此事。我想，凶手是她应该没有疑问了？这真让人觉得遗憾。可是，他们不会受到处罚的，这案子情理上说得过去，仅仅就只是关几年就可以了。"

"实际上，你认为她百分百有罪。"

"朋友，这还用怀疑吗？我看你那无事一身轻的样子，就感觉只要我们从雪地里跳出来，将这所有的一切都交给警察，所有的东西就都迎刃而解了。"

"对于伯爵以他人格做担保，他的妻子是无辜的事实，你不相信？"

"当然了，要不然他还能找到什么托词呢？他想救他的妻子，所以他说起谎来一套一套的，一副高高在上的样子。可是他现在除了说谎话，他还能狡辩什么呢？"

"呃，你知道吗？我有个非常可笑的想法，兴许他没有说谎。"

"怎么可能，你难道忘记手帕了吗？手帕可是不容置疑的。"

"嗯，对于手帕的事实还不能这么快下结论，你应该没有忘记，我一直跟你强调，有关手帕的主人，有两个可能。"

"不管怎么样……"

布克先生突然不说了，另一道门打开，德拉戈罗夫公主径直走了过来，三个人都站起了身。

她仿佛没有看到其他两个人，只是面对波洛说：

“先生，我应该没有弄错，”她说，“我有一块手帕在你这里。”

波洛朝他的两个伙伴投去成功的一瞥。

“您是指这个吗，夫人？”

他将那块质量上乘的棉纱手帕递给她。

“对，就是它。你看角落里还有我名字的第一个字母。”

“可是，公主，这里的第一个字母是‘H’，”布克先生说，“冒昧问一下，您的教名不是娜塔丽亚吗？”

她向他投去淡淡的一瞥。

“就是这个，先生，我手帕上的第一个字母是用俄语写的，俄语的‘H’就是‘N’的意思。”

布克先生吃了一惊，老太太身上所潜藏的东西，经常会让他觉得不安和六神无主。

“今天上午我们在例行讯问时，你并没有说这块手帕是你的。”

“你根本没问我这个问题。”公主冷冷地说。

“夫人，请坐下来谈吧！”波洛说。

她长叹了一声，然后依言坐了下来。

“不需要再多说什么了，先生们，你们肯定接下来会问我，我的手帕怎么会出现在尸体旁边，对于这个问题，我只能说我真的不清楚。”

“您确定你不知道吗？”

“当然，什么都不知道。”

“请宽恕，夫人，对于您答案的真实程度，我们可以相信几成呢？”

波洛说话时尽量语气亲和一点。

德拉戈米罗夫公主不屑地答道：“我想您之所以会这么说，是因为我一开始没有说海伦娜·安德雷尼其实和阿姆斯特朗太太的妹妹是同一个人？”

“在这件事情上，您确实没有对我们说实话。”

“是的，而且以后我依然会如此。她的妈妈和我是好朋友，先生，对朋友，家人，还是同一个阶层的人，我都是非常忠诚的。”

“难道正义不值得你去追求吗？”

“这个案子中，我觉得，真正意义上的正义已经得到了最大限度的伸张。”

波洛不由自主地低下身子。

“您肯定能理解我的处境，是吧，夫人。有关手帕的事，我可以选择相信您吗？难道您没有在帮朋友的女儿洗刷嫌疑？”

“哦，我知道你说的是什么意思了，”她的脸上闪过一丝淡淡的微笑，“好吧，先生，这样，我可以给你提供一个证明的途径，你可以和做手帕的巴黎人取得联系，他们只要看一眼你带过去的手帕，他们就会明确跟你说，这块手帕是我一年多以前在他们那儿定做的，毫无疑问，这块手帕是我的。”

她站起来了。

“还有什么不理解的，尽可以问我。”

“夫人，您的女仆，上午我们将这条手帕拿给她看时，她还会记得吗？”

“她当然记得，她一个字也没说，哦，这很好，这证明她也是忠实的人。”

她稍稍低了低头，然后走出了餐车。

“果实如此，”波洛轻声地说，“我在问女仆是否知道这块手帕属于谁时，我看出了她的犹疑，她不知道是否应该告诉我们这块手帕的主人就是她的女主人。可是如何才能和我心中那个怪异的理论结合到一起呢？对，应该可以。”

“啊！”布克先生做了一个很有代表性的手势，“她真是个实力非凡的老太太，令人刮目相看哪！”

“她会是杀害雷切特的凶手吗？”医生问波洛。

他摇了摇头。

“体质孱弱的人是不可能制造出那样深的伤口的。”

“可是如果换作浅一点的伤口呢？”

“对，稍微浅一点的。”

“我在想，”波洛说，“今天上午，当我故意跟她说精神上的力量要强于肉体上的力量时，其实是设了个陷阱。我想看看她的举动，是否会审视自己的胳膊。可是她不仅看了两条胳膊，而且还回答了一句很怪异的话，她说，‘我身体的确不够强大，完全没有一丝力量，这样说来还不知道是该感到庆幸还是遗憾’，正是这句话，让我验证了我对这个案子的想法。”

“这好像对左撇子的问题没有任何帮助啊。”

“是没有，可是不知道你们观察到没有，安德雷尼伯爵的手帕放在他上衣口袋的右边？”

布克先生不置可否地摇了摇头，他的思想还停留在刚刚前半个小时揭示的事情真相中。他嘀咕道：“谎言——始终是谎言。真是太令人惊讶了。今天上午我们耳边充斥的全部都是谎话。”

“我们还会更进一步的。”波洛看起来兴致很高涨。

“你真这样想？”

“要不然呢，我肯定会失望透顶的。”

“这么言不由衷是很恐怖的，”布克先生说，“可是你好像还挺兴奋的。”他的话语里颇有点责备的意思。

“有这样一个有利的方面，”波洛说，“如果你用事实的本来面目去面对说谎的人，往往他会坦率承认，往往就在不经意中，只要你蒙对了，就可以产生神奇的作用。

“这是解决这个案件唯一要采取的方式方法。我挨个将旅客请过来调查，考虑他们所提供的证人证言，并同时对自己说：‘如果某个人在说谎话，那么他在哪个问题上撒谎了，为什么要撒谎？’之后我回答说：‘如果他在说谎话，这里说的是假如，只能是出于这个方面的原因和只能在这个问题上说谎。’我们已经在安德雷尼伯爵夫人身上得到了成功的验证，现在我们就要用同样的办法来看其他的人。”

“假如，我的朋友，你的猜想刚好不对呢？”

“那么肯定有一个人可以完全置身事外。”

“啊！你是在用排除法？”

“对，就是。”

“那么，接下来我们要针对谁？”

“该轮到那位严格意义上的绅士了，阿巴思诺特上校。”

## 第六章　与上校第二次见面

很明显，重新走进餐车接受讯问，阿巴思诺特上校觉得非常恼火。他神情严肃地坐了下来，开口就说：

“又怎么了？”

“很不好意思还要请您再来一趟，”波洛说，“可是我想您一定还可以给我们提供更多的讯息。”

“事实果真如此吗？我看不见得吧？”

“第一，这根烟斗通条您见过吗？”

“见过。”

“是属于您的吗？”

“我怎么知道，上面又没有我私人的标志。”

“您知道吗，阿巴思诺特上校，在这节伊斯坦布尔-加来车厢的所有旅客中，抽烟斗的人只有您一个。”

“这样说来，也许是我的。”

“您知道我们为什么会知道它吗？”

“为什么？”

“我们在受害人的尸体旁发现的。”

阿巴思诺特上校的眉毛向上扬了一下。

“您是否可以跟我们说说，阿巴思诺特上校，为什么它会出现在那里？”

“如果你是想问是不是我放在那里的，我可以肯定地说，不是我。”

“那您有没有到雷切特的房间去过？”

“我甚至都没有和他说过话。”

“您和他从来没有打过交道，也没有杀害他？”

上校又嘲讽性地将眉毛扬了一下。

“如果确实是我杀的，我怎么可能对你说实话？实际上，我也没有杀害他。”

“呃，好吧，”波洛嘀咕道，“这并不是最关键的。”

“你说什么？”

“我说这不是最关键的。”

“哦，”阿巴思诺特上校一副不可置信的表情，紧张地看着波洛。

“那是因为，你看，”这个个子小小的男人接着说道，“烟斗通条本身并不是最关键的，我自己都可以想出更多种缘由来说明它为什么在这里。”

阿巴思诺特瞪大双眼看着他。

“我之所以把您叫到这儿来，事实上是另有目的。”波洛继续说道，“或者，德贝纳姆小姐已经跟您说了，在科尼亚车站上，我偶然间听到了你们的对话？”

阿巴思诺特上校沉默了。

“她说：‘现在不行，等一切都宣告终结了，等事情都结束了。’您知道这几句话代表着什么吗？”

“很对不起，先生，可是我不能回答您这个问题。”

“原因是什么？”

上校僵硬地回答道：“我觉得你还是问德贝纳姆小姐本人比较好。”

“我问过了。”

“然后呢，她没有告诉你？”

“是的。”

“那么我想这已经非常清楚了，就算对你，我也一个字都不能说。”

“你会一直帮她保守这个秘密？”

“可以这么说，如果你这么理解的话。”

“德贝纳姆小姐跟我说，这些话只有关她个人。”

“那为什么你拒绝接受这个原因呢？”

“因为，阿巴思诺特上校，在这起谋杀案中，德贝纳姆小姐的嫌疑最大。”

“一派胡言。”上校的情绪突然高涨起来。

“这其实是有根据的。”

“怀疑她是不会有任何根据的。”

“小黛西·阿姆斯特朗被绑架并撕票的那段时间，他们家的家庭教师正是德贝纳姆小姐，这个根据还不够充分吗？”

世界恢复了沉寂。

波洛亲切地点了点头。

“您看，”他说，“我们所知道的事实，比您预想的还要多得多。假如德贝纳姆小姐是被冤枉的，她为什么不能承认这个事实？她为什么跟我说她从来没有去过美国？”

上校咳嗽了一下，“或许你搞错了？”

“我有充分的依据，德贝纳姆小姐为什么没有对我说实话？”

阿巴思诺特上校无奈地抖了下肩膀。

“这个问题你还是问她比较好，我个人觉得你肯定是搞错了。”

波洛突然抬高声调叫人，一个服务员应声过来。

“帮我问一下十一号房的英国小姐，问她是否愿意到这里来一下？”

“好的，先生。”

服务员去叫人了，剩下的四个人安静地坐着。阿巴思诺特上校的脸像是蜡像一般，只看得到线条，看不到丝毫表情。

服务员很快就回来了。

“那位小姐马上就来了，先生。”

“谢谢你！”

一分多钟后，玛丽·德贝纳姆进入餐车。

# 第七章　玛丽·德贝纳姆的身份

她没戴帽子，头微微向后扬着。波浪形的卷发和优美的鼻子线条，让人不禁联想到奋勇驶进大海的船头雕像。那一刻，她是美的。

她只是看了阿巴思诺特上校一眼，然后就面向波洛说："你找我？"

"我想知道，小姐，为什么今天上午你没有跟我们说实话？"

"对你们说谎话？我不知道你什么意思。"

"你没有告诉我们一个事实，在阿姆斯特朗惨案发生期间，你就住在他们家，可是你却说你从来没有去过美国。"

他看到她明显往后退了一下，然后马上冷静下来。

"是的，"她说，"你说得没错。"

"不，小姐，这不是真的。"

"你领会错我的意思了，我的意思是说，我没有对你说实话。"

"啊，你真的是？"

她的嘴角艰难地挤出一抹微笑，"是的，反正你已经知道了。"

"至少你很坦诚，小姐。"

"好像也没有更好的选择了。"

"哦，那倒是，那么，小姐，现在你可以告诉我为什么了吧？"

"我觉得原因显而易见，波洛先生。"

"我完全不知道，小姐。"

她的语气虽然冷静，可是有一丝非常强烈的刚强，"我必须生活下去。"

"你的意思是……"

她抬起头，直直盯着波洛的脸，"你要明白，波洛先生。要想得到一份像样的工作有多么辛苦？一个和谋杀案有关联而被拘留过的女孩，一个名字甚至照片都有可能被登载在报纸上的女孩，你认为她还有可能被一个最平常的中产阶级主妇聘请过去，给她的女儿当家庭教师吗？”

“我不懂为什么就不可以，如果你是无辜的。”

“哦，无辜，这和无辜无关，重要的是报纸的大肆报道。一直到现在，波洛先生，我的生活还在按部就班地朝前走，收入也还不错，工作也很快乐。我不会因为一些肮脏的事而丢掉我现在的工作。”

“请原谅我打扰您一下，小姐，要想说谁才是最合格的裁判，我觉得应该是我，而不是你。”

她无奈地抖了下肩膀。

“打比方说，有关身份这件事，你可以助我们一臂之力。”

“你说什么我没听懂。”

“安德雷尼伯爵夫人的真实身份你可能还不知道，她就是你曾经任教过的阿姆斯特朗家太太的妹妹。”

“安德雷尼伯爵夫人？哦，”她头摇得跟拨浪鼓似的，“或者你会觉得奇怪，可是我真的不认识她。你看，我教她时，她还是个小女孩。那件事已经过去很多年了，伯爵夫人的脸，确实让我觉得迷惑，很像某个人。可是样子又和一个外国人没多大区别，很难将她和当年那个年少的美国女学生联系到一起。我只是进入到餐车时会瞄她一眼，更何况更多关注的是她的衣服，而不是脸。”她浅浅一笑，“女人大抵就是如此，然后，呃，我就开始忙自己的事情了。”

“你会一直保密你的秘密的，对吗，小姐？”

波洛的声音虽然柔和可是却非常有穿透力。

她轻声说：“我不可以。”

猛然间，没有任何征兆地，她情绪瞬间瓦解了，整个脸深深埋进摊开的手掌中，开始失声痛哭，觉得五脏六腑都要裂开了似的。

上校蹦起来，茫然地站在她身旁。

“我——听我说——”

他呆住了，突然转过身，怒气冲冲地瞪着波洛。

“真是个卑鄙无耻的小人，你的骨头都应该碎掉，可恶的小矮子！”他吼道。

“先生。”布克先生反抗道。

阿巴思诺特上校看向姑娘，“玛丽——上帝做证——”

她站起来，“没事，我很好。你不用我继续留下来了，是吗，波洛先生？如果还想再继续讯问，请再来找我。我真是个彻头彻尾的大笨蛋，我简直笨到极点了。”她匆忙跑出了餐车。

之后，阿巴思诺特上校重新转过来望着波洛。“告诉你，德贝纳姆小姐和这个案子没有任何关联，如果你让她不知所措或者打扰到她，我会不顾一切的。”然后就大步流星地走了出去。

“生气的英国人太可爱了，我很喜欢。”波洛说，“他们太有意思了，越是情绪亢奋越是不知道如何表达。”

可是布克先生丝毫不关心英国人的情绪波动，他只是暗暗对他的朋友竖起了大拇指。

“亲爱的朋友，你简直太棒了！”他大声叫道，“又一个奇妙的猜想。”

“你是怎么会想到这些的，太让人难以置信了！”医生也崇拜地说。

“哦，这一回，我觉得是情理之中的，这不是猜想，事实上这些是安德雷尼伯爵夫人跟我说的。”

“呃，是这样？”

“是啊，你忘记了吗，当时我向她打听有关家庭教师或女伴的事？我已经可以确定如果玛丽·德贝纳姆小姐卷入了此案，那么她一定在他们家中任职某个职务。”

“是的，可是安德雷尼伯爵夫人所说的完全是一个不同类型的人哪。”

“确实，她所说的是一个个子高高的红头发的中年女人。事实上，无论是从哪个方面来说，都和德贝纳姆小姐的情况截然相反。目的就是要形成一个强烈的对比，可是当时她得马上取一个新名字，她下意的猜想让她露出了破绽，你们还有印象吗，她说的是小姐。”

“啊？”

“好吧，也许你们还不清楚，一直到前不久，伦敦还有家商店取名为德贝纳姆·弗里博迪。因为脑子里一直盘旋着德贝纳姆这个名字，伯爵夫人必须马上熟记另外一个名字，头一个跃入她眼帘的就是弗里博迪。当然我立刻就清楚了。”

“这又是一个编造的故事，可是她这样做的动机是什么？”

“应该更多是从忠实的角度考虑，这件事情越来越棘手了。”

“唉，”布克先生气愤地说道，“但是，火车上就没有一个人说真话吗？”

“这一点，”波洛说，“也刚巧是我们要搞清楚的。”

## 第八章 惊天秘密

“现在，所有的一切都让我见怪不怪了。”布克先生说，“真的没有了，即使火车上的所有人都被证明在阿姆斯特朗家待过，我也不足为奇了。”

“这句话寓意相当深刻啊！”波洛说，“对于你最喜欢的那个嫌疑人，也就是那个意大利人，你想不想听听他的说辞？”

“你又要开始新一轮的猜想吗？”

“当然。”

“这起案件真是堪称史上奇闻啊！”康斯坦汀说。

“不是，它再正常不过了。”

布克先生夸张地挥动了一下自己手臂，然后沮丧地说：“如果你觉得这个案件都是正常的话，我的朋友——”他一时也语塞了。

这时，波洛已经请餐车服务员去帮忙叫安东尼奥·福斯卡雷利前来了。

身材魁梧的意大利人进来时眼神里满是戒备。他像一只被囚禁的野兽一样不停地打量着四周。

“你们想要知道什么，”他说，“我把我知道的全部都告诉你们了，毫无保留。我可以在上帝面前发誓。”他拍着面前的桌子说。

“不，你至少还可以跟我们说一件事，”波洛不容置疑地说，“事情的本来面目。”

“事情的本来面目？”他紧张地看了波洛一眼，言行举止间再也不复从前的谈定。

“当然，也许我已经了解了，可是如果由你亲口说出，应该于你更有好处。”

“你说话的口气和那个美国警察特别像，他们就是这样审问嫌疑人，‘坦白从宽’。”

“啊，听你的意思，你和纽约的警察有过交集？”

“不，从来没有过，他们没有证据证明我有罪，没有到法庭上公开审判。”

波洛面无表情地说：“阿姆斯特朗的案子，对不对？当时你是汽车司机吧？”

他直直看着意大利人，对方直接像泄了气的皮球一样。

“既然你已经知道了，还来问我干什么？”

“我想知道，今天上午你为什么要说谎话？”

“当然不是出于个人的原因，除此以外，我对南斯拉夫警察没有好感，他们讨厌意大利人，他们会在审判中故意针对我的。”

“也许他们会给你伸张正义。”

“不会，昨天晚上发生的案件和我没有关系。我一直都待在自己的房间里。那个脸瘦长的英国人，他会跟你说。谋杀那头猪，哦，不，雷切特的人绝对不是我。你们没有证据表明我是凶手。”

波洛在纸上写了点东西，然后静静地对他说：

“没事了，你可以离开了。”

福斯卡雷利焦虑不安地来回走动着，“你就那么确定凶手不是我？我和这事沾不上一点边。”

“我说你没事了，可以离开了。”

“这绝对是个陷阱，你在想让我跳进一个火坑，对不对？这一切都是因为那个该死的猪，为那个应该被判电椅处罚的人！他没有被判处死刑真的是莫大的不幸，如果换作是我，换作是我被抓起来了……”

“可是凶手不是你，那起绑架案跟你完全扯不上关系。”

“你知道你在说什么吗？噢，那个可爱的小宝贝，她给全家人都带来了笑容，她称呼我托尼奥。她会高高兴兴坐在车子里，有模有样地掌着方向盘，她是全家人的开心果，所有人都非常爱她，就连警察都深表同情。噢，真是个惹人爱的天使！”

他的声音逐渐变得温和起来，眼里饱含着热泪。然后，他突然转身，大步流星走了出去。

“彼得罗。”波洛大声叫道。

餐车服务员应声跑了进来。

“请帮忙叫十号房间的瑞典女士过来，谢谢！”

“好的，先生。”

“还有？”布克先生失声叫道，“噢，绝对不会的，一定不会的。”

“亲爱的，我们一定要将所有的情况都摸一遍。就算到最后，所有火车上的旅客都有可能会去制造这起谋杀案，我们也必须这样做。只有我们将所有情况都了解了，我们才能找到罪恶的根源。”

“我的头好疼啊！”布克先生叹息道。

格丽塔·奥尔松在服务员身后进来时，还在不停地哭泣。

她一屁股坐在波洛对面的椅子上，用一块大手帕将整张脸盖住，哭得难过极了。

波洛轻轻拍着她的肩膀，“别太难过了，小姐。只是顺口说了几句实话而已，这没什么的。小黛西·阿姆斯特朗就是由你照顾的是吧？”

“是的，就是这样。”伤心不已的女人啜泣着说，“啊，她真是个纯洁的天使，那么单纯，那么善良，可是可恶的人却没有放过她，她还受到了残酷的虐待。还有她那令人同情的妈妈，肚子里还怀着一个孩子。你们肯定难以理解，如果你们像我一样身在现场，亲眼看到了那场悲剧。今天上午本来我可以跟你们说实话的，可是我实在不敢回想，想起那可怕的一幕。我很高兴现在那个可恶的人被杀死了，再也不能为非作歹了。啊，我实在继续不下去，该说的我都说了……”

她哭得更加伤心了。

波洛继续亲切地拍着她的肩膀，说道：“好了，别再哭了，你说的我们都知道，也深表同情，这一切的发生都是有原因的。你可以走了，我不问了。所有我知道的事情，你已经亲口承认了，我很感谢你说的，也理解你的处境。”

这时已经说不出话来的格丽塔·奥尔松站起身，慢慢走向门口，刚好遇见一个正往里进的男人。

他就是男仆马斯特曼。

他直直向波洛走来，和平时一样非常镇静，不带任何感情色彩地说道：

“很抱歉打扰您，先生。我想了很久觉得还是过来跟你们说实话比较好。战争期间，我是阿姆斯特朗上校的勤务员，后来他定居在纽约后，我成了他的仆人。今天上午我说谎了，这是我的问题。先生，因此我想想还是澄清事实比较好。可是我希望，先生，不管怎样都不要认为托尼奥有罪。老托尼奥，先生，他是个善良的人连苍蝇都不忍心打死的人。我可以向你们担保，昨天晚上他一直都待在房间里，先生，因此，您看，事情根本不是他所为，他是个外国人，可是他非常亲切，和经常出现在报纸上的那些龌龊、杀人成性的意大利人有本质的区别。”

他说到这儿不再继续往下说了。

波洛非常冷静地看着他，对他说：“这就是你要说的全部？”

“是的，先生。”

他停顿下来，没有说话，因为波洛也静默不语，所以他微微鞠了一躬，犹豫了一会儿，就悄无声息地离开了餐车。

“这简直，”康斯坦汀医生说，“这简直太诡异了，比我看过的所有侦探小说都还要荒诞三分。”

“我也这样认为。”布克先生说，“这车厢总共就十二个旅客，现在承认和阿姆斯特朗一家有关系的就有九个人。我想请问一下，接下来还有吗？是不是要接着审问下一个？”

“我觉得我已经了解得差不多了，结论已经出来了。”波洛说，“鼎鼎大名的美国大侦探哈德曼先生来了！”

“他，也是来说清真相的吗？”

波洛还没有来得及说话，美国人已经坐到了椅子上，小心地看着四周，过了半天才缓缓开口：“火车上到底怎么了？简直像个精神病院。”

波洛俏皮地对他眨了下眼。

“哈德曼先生，你确定你不是阿姆斯特朗家的园艺工？”

“他们没有园艺工。”哈德曼先生一个字一个字地说。

“抑或是大总管？”

“那个职位所需要的涵养和气度，我根本不具备。不，我和阿姆斯特朗家没有任何牵连，可是我现在相信在这列火车上，仅有的一个和他们家没有关系的人估计就是我了。你觉得讶异吗？这就是我想说的。”

“的确有点让人讶异！”波洛亲切地回答道。

“真是滑天下之大稽！”布克先生猛然大声叫起来。

“现在这个案子，你怎么看，哈德曼先生？”波洛问道。

“我不知道，先生，我被彻底打垮了。我的思绪现在一团糟，不可能和所有人都扯上关系，如果其中一个人有罪，会让我难以理解。你是怎么将这一切理清楚的？我很想听听。”

“我也只是猜想。”

“不管怎样，我是发自内心地说，你是个机智过人的推测家。真的，我会跟全世界说，你是个了不起的推测家。”

哈德曼先生靠在后面的椅背上，带着无比崇拜的眼光看着波洛。

“非常对不起，”他说，“可是如果只注重表面，没有人会深信不疑。我非常敬佩你，真的。”

“你过奖了，哈德曼先生。”

“真的，先生，我对你佩服得五体投地。”

“可是，”波洛说，“事情还没有一个圆满的结果，我们还需要有更加切实的证据来证明是谁谋害了雷切特先生。”

“那算我一个。”哈德曼先生说，“我无话可说，只是对你非常敬佩。还有两个你没有假想的人呢？那个美国老太太以及她的女仆？我想我们可以认定在这列火车上仅有的两个纯净的人就是她们了吧？”

“要不然，”波洛微笑着说，“将她们也纳入到这个小圈子里面，确切地说是，阿姆斯特朗家的女管家和厨娘。”

“好吧，这世上所有的离奇都让我见完了。”哈德曼先生无奈地说道，“真是进了疯人院，疯人院哪！”

“啊，亲爱的，这也简直太离奇了。”布克先生叫道，“不可能所有人都参与其中啊。”

波洛盯着他说：“你还没搞清楚，你完全还是乱的，你跟我说，谋杀雷切特的凶手到底是谁？”

“你弄清楚了？”布克先生反过来将他一军。

波洛肯定地点了点头，“对，是的。”他说，“其实我知道答案已经很久了，很明显，为什么你们就不知道呢？”他看着哈德曼，问道：“你看出来了吗？”

侦探表示一无所知，诧异地看着波洛，“我不清楚，”他说，“根本摸不着头脑，到底是他们中的谁呢？”

波洛停顿片刻没有说话，然后接着说：

“请你帮个忙，哈德曼先生，将所有人都叫到这儿来，如今这个案子有两个暗藏的结果，我会一一跟大家说清楚。”

## 第九章　两个结论

旅客们陆陆续续涌入餐车，分别围坐在圆桌四周。他们的神情基本类似，除了希冀，就是焦虑。瑞典太太还在一直啜泣着，哈巴特太太正在轻声安慰她。

“事到如今，你只有坚强起来，亲爱的，所有东西都会变好的。你一定要掌控住自己的情绪，如果我们中间要揪出一个可耻的凶手，我们大家都清楚肯定不是你。唉，只是想一想这种事就让人抓狂。你好好坐在这儿，我就在你身边，不要害怕。”看到波洛站起来，她的音量便降了下去。

列车员不安地在门口踱来踱去，“我可以留下来吗，先生？”

“没问题，米歇尔。”

波洛咳嗽了一声。

“在座的各位，因为你们都会一点英语，所以我就用英语说吧。我们之所以来到这里，是为了查清楚一个案件，有关塞缪尔·爱德华·雷切特，也就是卡塞蒂，他被谋杀的原因。现在这个案子有了两种可能答案，我会给大家一一说清楚，然后请布克先生和康斯坦汀医生判定其中的正确结论。

“对于本案的情况，我相信大家已经都了解了。今天早上，雷切特被人发现死在自己房间里。列车员可以证实，昨晚十二点三十七分，他还和列车员交谈过。在他的睡衣口袋里，我们发现了一块被压扁的表，时间显示是一点一刻。康斯坦汀医生对尸体进行了法检，最后认定死者的确切死亡时间是半夜至凌晨两点之间。大家都清楚这样一个事实，半夜十二点半时，火车开进了雪堆里，在这之后，所有人都只能待在火车上。

“哈德曼先生，他是一名侦探，来自于大名鼎鼎的纽约侦探社。”有几个人听闻看了哈德曼一眼。“他给我们提供的证言说，他住在车厢最末端的十六号房，如果有人经过他的房间，他一定可以发现。所以，我们只能最终形成这样一个结果，那就是凶手毫无疑问是这节车厢上的人，也就是伊斯坦布尔-加来车厢的人。

“这就是我们的推论结果。”

“你不是开玩笑吧？”布克先生猛然大声叫了起来。

“可是我还要给大家说一个结论，那个更简单。雷切特先生说过有一个令人害怕的敌人，他还跟哈德曼先生仔细描绘过这个人的形象，还一再强调，假如这个人要加害他，非常有可能会在火车开出伊斯坦布尔的第二个晚上行动。

“我可以很负责任地跟大家说，相比他说出来的事情，雷切特先生要清楚更多的事。这个雷切特预想中的敌人，混进火车的时间不是在贝尔格莱德就是在温科齐夫，进入火车的入口是当时阿巴思诺特上校和麦奎因去站台透风时打开的。有人提前给他备好了列车员制服，他直接穿在他的外衣外面。尽管门是闩着的，可是他手里有万能钥匙，所以轻而易举就打开了雷切特先生的房门。雷切特先生因为吃了安眠药，睡得香甜。这个人就趁机杀死了他，之后就从哈巴特太太房间的连通门，溜走了……”

“对，就是如此。”哈巴特太太赞同地说道。

“穿过连通门时，他顺便将带血的刀放进了哈巴特太太的洗漱包里。他制服上掉了一颗纽扣他也全然没有发现，之后他离开了房间，顺着走廊逃跑了。急急忙忙中，他将列车员制服随便扔进一个空房间的旅行袋里。几分钟以后，他身着最平常的衣服，在火车就要出发时，从他上车的那个地方，也就是餐车附近的那个门溜走了。”

所有人都倒吸一口凉气。

“那块表呢？”哈德曼先生说。

“我会原原本本给大家还原事实。雷切特先生在查理布罗德时，不记得将手表时间调慢一个小时了。他的表显示的是东欧时间，比我们现在所在的中欧时间快了一个小时，因此雷切特先生遇害的时间准确来说应该是十二点一刻，并不是我们一直以为的一点一刻。”

“可是这个原因太离奇了。”布克先生喊道，“那对于还差二十三分一点时，房间里听到有人说话该如何说得通？不是雷切特就是凶手。”

“也不能完全这么说。也许还有第三个人。他想进入房间，找雷切特交谈之类的，可是却发现雷切特已经身亡了。他按响了铃声，之后，就是你们所想的那样，他担心被人怀疑是他杀了雷切特，所以他故意装作和雷切特说起话来。”

“这也不是没有可能。”布克先生无奈地说道。

波洛看哈巴特太太一副欲言又止的样子，说：“夫人，你有什么话想说吗？”

“哦，我是想说，你是不是认为我也忘记将表调慢了？”

“哦，没有，夫人，我觉得你听到有动静，可是当时你还是迷迷糊糊的。后来，你做梦，梦里依稀看见一个男人在你的房间里，所以你一个激灵醒了过来，然后就按响了铃。”

“好吧，我想这种可能性也不是没有。”哈巴特太太说道。

德拉戈米罗夫公主直视着波洛，说：“我女仆的证言，你要作何解释，波洛先生？”

“这很容易，夫人。我给她看您的手帕，她其实认出来了。她想掩护您，可是方法太笨了。她撞见一个男人没错，可是时间不对，应该比她所说的时间要早一点，也就是当火车停留在温科齐夫站时。她故意把时间往后延了一个小时，只为了她想给您做一个不在现场的证明。”

公主深深埋下了头，“你考虑得太周密了，先生，我对您表示钦佩。”

周围死一般的安静。

猛然间，康斯坦汀医生重重拍了下桌子，大家都被惊醒过来。

“可是，不对，这里面有问题，”他说，“这种原因完全解释不通，有很多明显的疏忽，犯罪过程肯定不是这样的，波洛先生一定很了解。”

波洛讶异地看了他一眼，“我了解，”他说，“我马上会跟你说我的第二个推论结果，可是不要急着反对这个结论，一会儿你也会认同的。”

他又转过来看着大家。

“对于这件凶杀案，我这里还有第二个结论。

“将所有证人证言都听完以后，我静静坐在椅子上想了好长时间。有几个问题吸引了我，我也将这几个疑问说给了我的同事听。有些漏洞我之前已经给大家讲清楚缘由了，这里就不再赘述了，打比方说护照上的油渍。接下来我们对余下来的几个问题再进行一下分析。首先也是最关键的一点，那就是火车离开伊斯坦布尔后的第一天，我和布克先生一起在餐车用餐时，他说了这样一句话，他说，这里所汇聚的人很有趣，来自不同国家，不同层次，肤色、语言都各不相同。

“我赞成他这个说法，可是当我想象这个显著特征时，我尝试着推理要满足什么样的条件，这些人才会汇聚到一起，我的结果是，只有在美国。美国的一个家庭很有可能会囊括世界上不同国家的人，汽车司机是意大利的，护士是瑞典的，家庭教师是英国人，有一个女仆是德国的，等等。这让人有了一个大胆的猜想，整体构架也就出来了。也就是说像导演安排演员角色一样，在阿姆斯特朗案中，每个人都扮演着不同的角色。这不仅非常有意思，而且也让我最终有了清晰的结论。

“对于每个人所说的证词，我都在脑海中用荒谬的结论进行了验证。先来说麦奎因先生的证言吧，和他的第一次对话，效果很好，可是第二次，他冒了一句不着调的话。我说我们找到了一封信，内容和阿姆斯特朗案件有关。他听到后，说：‘可是，一定……’然后停顿了一下，接着说：‘我是想说，那个老头子也不太细心了。’

“所以我直觉认为这并不是他一开始想要表达的话，如果他脱口而出，他肯定会说：‘可是，一定已经迟了。’在这样的情形下，就表明麦奎因对这封信非常了解，而且明白它已经不在了。也就是说，他如果不是凶手，就和凶手是一伙的。

“接下来是男仆，他说他的主人习惯坐火车吃安眠药，这也许是真的，可是雷切特昨晚真的吃了安眠药吗？我们在他枕头下面发现一把自动手枪，这表明仆人根本没有说实话。既然雷切特已经做好了防范工作，那么不管他昨晚是否吃了安眠药，他自己肯定是在不知道的情况下服用的。谁让他吃的呢？当然是他的仆人或者是麦奎因。

“接下来，我们来看哈德曼先生的证言。有关他所说的自己真实身份的情况，我相信是真实的，可是当他向我陈述他是如何保护雷切特时，我听出了其中的荒诞之处。要想切实做好保护工作，最保险的方法就是和他住一个房间，或者住在某个可以时刻注意到他房间动静的地方。他的证言中有一点很确切，那就是其他车厢里的旅客不会参与到谋杀雷切特中，这就间接帮我们缩小了破案范围。我觉得这一点很奇怪，难以理解，我们暂且不提。

“我偶然听见德贝纳姆小姐和阿巴思诺特上校的对话，或者现在大家都知道了。我觉得，一个非常有意思的现实就是，阿巴思诺特上校称呼德贝纳姆小姐为‘玛丽’。很明显，他们的关系非同一般，可是阿巴思诺特上校却说自己和她认识不久，而且据我所知，像上校这样的英国人，就算一眼就喜欢上了她，也会遵守绅士礼仪，一步步来，一定不会这么冲动。所以我可以断定，阿巴思诺特上校和德贝纳姆小姐并不是才认识不久。因为考虑到某种原因，他们只能假装不认识。还有个小小的遗漏就是，德贝纳姆小姐对‘长途电话’非常熟悉，可是她却跟我说，她从来没有去过美国。

“接下来说说哈巴特太太，她说她睡在床上根本没办法看到门是不是锁着的，因此她请奥尔松小姐帮她检查一下。其实我们经过观察，就不难知道，如果房间号是双号，门锁的插销就刚好在门把手下面，那表明她没有说谎。可是刚好她住的是三号这样的单数房间，插销在门把手上方，所以很容易就可以看到门是否锁着，所以根本不可能像哈巴特太太所说被洗漱包挡住了。我只能说，哈巴特太太虚构了一个故事。

“说到这儿，我就时间问题讲几句。我觉得，那块扁了的手表，真正有意思的地方就在于它被找到的位置，在雷切特的睡衣口袋里。一个很不恰当也很不合时宜的地方。更何况，床头边上还有一个专门放表的‘挂钩’。所以我相信那块表是被人特地放进去的，目的只是为了伪造案发现场，那么凶案发生的确切时间就不是一点一刻了。

“有没有可能比这个时间早一些，更准确地说，是不是一点差二十三分？从我被一声大叫从睡梦中惊醒这一事实，认可这个说法，而且布克先生还和我进行了辩论，可是如果雷切特被下了安眠药，那么他不可能大声叫喊。如果他可以大声叫喊，他就可以奋力保护自己，可是从案发现场来看，非常平静。

“麦奎因曾经反复提醒我们注意到一个细节，第二次表现非常突出，雷切特不会讲法语。我从这里总结出一个结论，那就是一点差二十三分上演的整场事件，充其量就是表演的一出喜剧。所有人都可以看懂的一场闹剧，这在侦探小说中是司空见惯的。他们觉得我可以将这个骗局看懂，然后据此得出结论，雷切特不懂法语，所以我就会断定，一点差二十三分时听到的声音就不是属于他的，那时雷切特已经身亡了。可是我相信，一点差二十三分时，雷切特一定还睡得正香。

“但是这个闹剧最终还是把我骗到了，我将门打开看，又真切听到了那句法语。如果我笨到根本就没有关注到那句话，那么肯定会有人想方设法让我注意到。如果情况需要的话，麦奎因会告诉我，‘很对不起，波洛先生，这句话不会是雷切特先生说的，他根本不会讲法语。’

“那么，到底凶案是什么时候发生的呢？还有，凶手到底是谁？

“从我个人来看，当然只是我一己之见，雷切特遇害应该是将近两点钟，也就是医生所说的那个时间临界点。

“而凶手到底是谁……”

他停顿了一下，注视着他的听众。他可不能埋怨人们没有注意他，所有人屏气凝神地盯着她，生怕漏掉了一个字。

他慢慢地接着说道：

“要想判定某个人确实有罪的难度非常大，这一点也让我大吃一惊。每个人都可以由他人给自己提供不在现场的证明，如此一来，麦奎因先生和阿巴思诺特上校可以彼此给对方提供不在现场的证明，可是这两个人之前绝对不可能之前就认识。同样的道理，英国男仆和意大利人也是这样的情况，瑞典女士和英国女孩也是如此。我跟自己说：‘这太不可思议了，他们怎么可能都和案件相关。’

“之后，先生们，我突然醒悟了，他们确实都和案件有关。坐同一趟火车出行，而且又都是和阿姆斯特朗关系密切的人，这种可能性也太低了，这绝对不是碰巧，而是提前计划好的。阿巴思诺特上校有关陪审团的一句话提醒了我，他说陪审团一共有十二个成员，也就是这里的十二位旅客，而雷切特身上也正好被捅了十二刀。那么，我一直苦苦思索的事情，在一年中旅游的淡季，所有这些不同的人聚集到伊斯坦布尔-加来的车厢的原因也就一目了然了。

“在美国，雷切特没有被判处死刑，毫无疑问，他犯下了滔天的罪行。我猜想一个由十二个人组成的陪审团就在这里，给雷切特判了死刑。因为情况危急，他们必须亲自做这个凶手的行刑人。也正是基于这个前提，这个案件也就真相大白了。

“一幅完整的图画呈现在我的眼前，每个人都各司其职，所有的设计都非常独具匠心。只要其中有一个人被怀疑，另外一个人就会站出来给他做证，并让局面越来越糟。如果有图画以外的人加入到这起犯罪案件中，又不能给出不在现场的证明，那哈德曼的证词就派上用场了。伊斯坦布尔-加来车厢里的旅客是不会被怀疑的，他们证言中的每句话都是提前规划好的，整件事情都是经过精心布置的。只要发现一个新的线索，案子就会增加一分难度。就好像我的朋友布克先生所说，这起案件太荒诞了，令人难以想象，而又恰好就是作案人员想要达到的目的。

“这个结论的阐述大家还有疑问吗？是的，完全可以。先看刀伤，一看就是由不同的人刺的不同刀法。那些特意制造的恐吓信，说他是特意为之的原因，是因为这件事本身就是虚拟的，写下来也只是为了提供证据。（可以肯定的是，恐吓信的确存在，告诫雷切特要小心生命安全的，可是被麦奎因烧毁了，改成了恐吓信。）之后哈德曼所说的雷切特请他做保镖的事，是彻头彻尾的谎话。对于那个大家都没见过的神秘人的描绘，个子比较小，皮肤颜色比较深，说话声音有女士的腔调，只是为了蒙蔽大家的眼睛。这样不会让列车员受到怀疑，而且无论是男是女都适合。

“用刀捅这个做法，一眼看上去好像挺不可思议。可认真想一下，就会明白这种做法是最合适的了。匕首是每个人都能运用自如的武器，不管身体强壮与否，而且没有什么噪音。可能是我推断错了，不过我想，十二个人按顺序从哈巴特太太的房间走到雷切特的房间里，每个人都捅了他一刀，根本不知道哪一刀是致命的。

“那封被雷切特发现的恐吓信，已经偷偷被人烧毁了。如果没有阿姆斯特朗一案作为提示，警方肯定不会将怀疑的眼光投向火车上的每一位旅客。那样这起案件就可以堂而皇之地推到外来人身上。那么车上更多人都可以做证，看到他们所描述的那个‘个子比较小，皮肤颜色比较深，说话声音带有女士腔调的人’在布罗德已经下车了。

“当这些共同作案的人，知道他们所实施的完美计划因为火车事故而没办法继续实施下去时，我不知道他们会采取什么办法。我猜想着，他们仓促商讨了一下，决定继续实施下去。这样一来，一个或者更多旅客都会有嫌疑，可是他们已经做好了这方面充分的思想准备。他们现在只用做一件事，那就是将局面搅得更糟。在死者的房间里发现了两条假线索，一个指向阿巴思诺特上校（他不在现场的证明非常充分，而且他到底和阿姆斯特朗家什么关系，很难得到验证）；另一个就是手帕，指向德拉戈米罗夫公主。因为她尊贵的社会地位，再加上她孱弱的体质，以及女仆和列车员的证词，她的嫌疑可以很快洗刷。

“为了让局面更糟，他们又编造出了一个身穿猩红色睡衣的神秘女人。我再一次因为这个穿猩红色睡衣的女人而去找证据，我的房门遭到重重的一击，我从床上跳起来看过去，正好看到一个穿着猩红色睡衣的女人消失在走廊尽头。他们非常聪明地选择了这样三个人，分别是列车员、麦奎因以及德拉贝姆小姐，这样三个人都见过她。我想，一定是哪个很有诙谐细胞的人，趁我不注意时，将那件猩红色睡衣放在我的旅行袋里。这件睡衣最早是从哪里来的，我不清楚，不过我觉得应该是安德雷尼伯爵夫人的，因为我们检查她的行李箱时，发现里面只有一件雪纺绸料子的长睡衣，太华美了，根本不像睡衣。

“当麦奎因头一个知道那封信没有被完全烧毁时，而且恰好露出了阿姆斯特朗那几个字时，他马上通知了其他人。就在此时，安德雷尼伯爵夫人的情况最为危急，她丈夫马上采取了涂改措施，让护照染上了油渍。这是他们的第二个不幸。

“他们全部都否认和阿姆斯特朗家有关系，也非常清楚我想要在短时间内弄清真相是不可能的，而且他们也笃定，排除一个可能，我会认定他们中间的任何一个人是嫌疑人，要不然不可能继续调查下去。

“如今，还有一个细节需要我们思考，假如我的推理是无误的，而且我相信一定是正确的，那么列车员也卷入了进来。可是如果是这样，这件案子的凶手就不是十二个人，而是十三个。和一般情况下那种多人中，只有一个人是有罪的不一样，我现在所要解决的难题是，十三个人中，只有一个人是无罪的。到底是谁呢？

“我想到一个很奇怪的结果，无辜的那个人，刚巧是我们觉得最有可能犯罪的人。我的意思是安德雷尼伯爵夫人。有一点让我现在还记忆犹新，伯爵非常严谨地以自己的人格向我担保，他的妻子一直待在自己房间里，那份真情感天动地。于是，我断定，安德雷尼伯爵参与了此事，替他妻子完成了这件事。

“假如事实像我所说的那样，那么皮埃尔·米歇尔毫无疑问就是其中之一了。可是对于他的加入，又有什么合理的解释呢？他在铁路公司服务很久了，并不是那种会因为收受好处而起杀人之心的人。所以可以肯定地说，皮埃尔·米歇尔和阿姆斯特朗家一定也有关联。可是这看起来似乎不合逻辑。后来我想了一下，那个死了的保姆来自于法国，假如这个保姆就是皮埃尔·米歇尔的女儿，那么所有问题也就迎刃而解了。这也可以用来解释为什么谋杀地点选在火车上。还有谁的角色很模糊呢？阿巴思诺特上校被我假设成了阿姆斯特朗的一个朋友，也许他们一起在战场上打过仗。女仆，希尔德嘉德·施密特，我已经猜到了她在阿姆斯特朗家任职什么了。或许是我太爱好美食了，所以我直觉她是一个好厨娘。后来我设置了一个陷阱，她也如约上钩了。我说我清楚她是个好厨娘，她也肯定地回复我了。可是如果你只是个女仆，你根本没机会让你主人知道你是个好厨娘。

“之后是哈德曼，看起来他最和阿姆斯特朗家不沾边，我只能假想他曾经的女友是法国女孩。我在他面前大谈特谈法国女人的优雅，我的推论结果再一次得到了验证，他的眼里蓄满了泪水，可是他却跟我说雪太晃眼了。

“现在还有哈巴特太太，请原谅我这样说，在这场剧中，你扮演的角色最为重要。因为你就住在雷切特房间旁边，所以你被指认为凶手的可能性最大。按照逻辑来说，她也提供不了什么不在场证明。为了将自己的角色扮演好，扮演一个非常合乎常理的，又荒诞滑稽的，特别溺爱女儿的美国母亲形象，真的需要一个表演艺术家来担当。可是确实有个艺术家和阿姆斯特朗家走得很近，那就是阿姆斯特朗太太的妈妈，她的名字叫琳达·阿登，这个女演员……”

他突然噤声了。

这时，一个温和的、梦呓般的声音响起，和此次在旅行中一直说出的声音完全不一样，哈巴特太太说：

“我一直在梦想自己可以演喜剧。”

她接着梦呓般地说道：

“洗漱包的设计太大意了，这种事应该提前先演练一下。我们来时曾经排练过，可当时肯定是一个双号的房间，没注意插销的位置会有区别。”

她稍微挪动了一下身体，直直地盯着波洛。

“你将所有事实都剖析清楚了，波洛先生，你真的很让人敬佩。可聪明如你，也难以想象当时那种感觉，有史以来最恐怖的一天，我痛苦难当，仆人们也是如此。阿巴思诺特上校也在现场，他和约翰·阿姆斯特朗是一起出生入死过的好朋友。”

“战争期间，我的命就是他救回来的。”阿巴思诺特上校说。

“那时我们就已经下决心（或许我们都失去理智了，我不清楚）一定要让卡塞蒂付出死刑的代价。我们一共有十二个人，也许可以说是十一个。因为，苏珊娜的父亲在千里之外的法国，我们决定由抓阄来决定由谁来执行这个死刑。可是最后我们商量以后，还是决定用现在这套方案。这是汽车司机安东尼奥想出来的。后来玛丽和麦奎因对所有细节进行了商定。他一直都很仰慕索妮亚，也就是我女儿，就是他告诉了我们卡塞蒂是如何通过金钱的贿赂，来让自己免除死刑的。

“对整套方案进行制定耗费了我们很长时间，第一步当然是对雷切特的行动轨迹进行了解，最后哈德曼完成了这件事。接下来我们竭尽全力让他聘请马斯特曼或者赫克托。我们也达成了心愿。之后我们和苏珊娜的父亲商量了一下，阿巴思诺特上校对于十二个人共同行动的计划很拥护，他想让整件事情更加合乎常理。对于刀刺这个主意，他并不是很喜欢，可是他却认为这样做可以省掉很多不必要的麻烦。而且，苏珊娜的父亲也同意这样做。苏珊娜是他的独生女儿，后来我们从赫克托那里知道，雷切特要坐东方快车从东边返回，刚巧皮埃尔·米歇尔就服务于那辆车，真是老天厚待。而且，这也是个不让更多无辜的人卷入其中的办法。

“当然，我的女婿也清楚这个内情，他一定要陪她坐这趟火车。赫克托想办法让雷切特最终选择坐上了米歇尔服务的那班火车，我们原来想将伊斯坦布尔-加来车厢的铺位整体包下来的，可是可惜的是，有个铺位已经提前被人预订走了，是一个公司董事订走的。‘哈里斯先生’的身份肯定是不真实的。可是如果赫克托的房间里有个不认识的人一起同住会很难堪的。所以，在最后一个关头，你来了……”她稍微停顿了一会儿。

“讲完啦！”她说，“现在所有事实你都清楚了，你预备如何处置，波洛先生？如果事情一定要宣扬出去，你可否将所有责任都加在我身上，让我一个人受罚？我甘愿是我自己捅了那个该死的人十二刀，这不仅仅是为了我的女儿还有她的孩子，同时也是为了另一个本来可以健康快乐长大的孩子。而且，在黛西遭遇绑架以前，还有其他孩子也遇到过类似的情况，而且将来也难免不会危及其他人。社会已经给他判定了罪刑，我们只是执行者。可是不需要将所有人都卷进来。现场的所有人都是真诚有爱的人，令人同情的米歇尔，玛丽和阿巴思诺特上校，他们都已经融入了彼此……”

她的声音非常美妙，响彻在这个嘈杂的空间中，这个富有感染力、激动人心的声音，让纽约的很多观众都受到很大的触动。

波洛看着他的朋友。

“作为公司的董事，布克先生，”他说，“你有什么要说的吗？”

布克先生清了清喉咙。

“我想说，波洛先生，”他说，“我觉得你得出来的第一个结果就是非常正确的，事实也验证过了。我提议，南斯拉夫警察抵达时，我们也将把这个结论告诉他们，你觉得这样可以吗，医生？”

“当然没问题，”康斯坦汀医生说，“有关那个医学上的证据，我想，我会有奇思妙想般的提议。”

“那么，”波洛说，“我的两套方案已经都跟大家说了，我也可以光荣退出了。”

# 大侦探家 中册

## 世界著名探案推理故事集

［法］莫里斯·勒布朗◎等著　陈睿◎译

中国华侨出版社

# 目 录

CONTENTS

## 莫里斯·勒布朗探案推理

### 三十口棺材岛

## 罗宾智斗福尔摩斯

# 莫里斯·勒布朗探案推理

# 三十口棺材岛

## 楔　子

一说起战争，总会让人们联想到那血腥的场面以及动荡不安的局势，正因为如此，在那样的环境下，许多看似轰动一时的大事件也会被人们很快遗忘，比如当年人尽皆知的德瑞蒙事件。

那么，德瑞蒙事件在当时究竟有多轰动呢？

说到这个事件，就不得不提到一个人，他就是安东尼·德瑞蒙。在研究史布列塔尼巨石阵方面，他的造诣可谓是首屈一指，因此备受人们的称赞和尊敬。

据说在1902年6月的某天，安东尼·德瑞蒙正和女儿薇洛妮可在林中散步时，突然不知从哪里蹿出四个蒙面歹徒。这四人凶残至极、毫不手软，搏斗中其中一人用木棍将德瑞蒙击倒。

面对突如其来的厄运，遭袭的德瑞蒙仍奋力反击，但最终还是由于寡不敌众败下阵来，而他的女儿，年轻漂亮的薇洛妮可也被那四人强行绑架。他们把她塞进车里，然后迅速启动车子一路向圣克鲁的方向开去。

绑架虽然来得突然，但第二天，人们还是得知了整个事件的真相。

原来，美丽的薇洛妮可爱上了一个名叫艾利克斯·沃尔思吉的波兰人，他年轻、帅气，自称是个有着皇家血统的贵族后裔。然而，沃尔思吉的名声却不怎么好，所以，即便薇洛妮可和他两情相悦，还是遭到了父亲德瑞蒙的极力反对。不仅如此，德瑞蒙还三番五次地找机会羞辱沃尔思吉，使得沃尔思吉愤怒至极，始终怀恨在心。于是，经过周密部署，沃尔思吉策划了这起绑架事件，当然，毫不知情的薇洛妮可一直被蒙在鼓里，根本不知道此次绑架竟然只是她心上人的计谋而已。

至于父亲，薇洛妮可也是有苦难言。虽然安东尼·德瑞蒙在外人看来成就非凡，值得尊敬，可生活中的他却性格暴躁、自私自利、喜怒无常，甚至动不动就会对家人大打出手，这让年幼的薇洛妮可备受折磨。

当德瑞蒙得知这次袭击事件的始作俑者竟是沃尔思吉的时候，他简直怒不可遏，发誓一定要进行报复！

然而，令众人大跌眼镜的是，这件事后，德瑞蒙竟破天荒地同意了女儿和沃尔思吉的婚事，并于两个月后在尼斯参加了他们的婚礼。

事情原本就可以这样按部就班地进行下去，可灾难却在第二年如期而至。德瑞蒙没有食言，为了实行报复计划，他把刚满周岁的孙子劫持到威尔弗朗，囚禁在他新买的一艘游艇上。另外，他还雇来四个水手，开着游艇向大海深处驶去。

糟糕的天气导致海面波涛汹涌，最终，游艇在临近意大利的海岸时遭遇了意外。四名水手被人救起幸免于难，但不幸的是，德瑞蒙和他的孙子却命殒大海。

消息很快传到了薇洛妮可的耳朵里，伤心欲绝的她最终选择进了修道院。

德瑞蒙事件到现在已经过去了十四年，人们早已淡忘脑后，可谁也没有想到十四年后，又有一件令人难以置信的事情闯入众人的视野。虽然这事听起来诡异至极，但不要质疑，因为它确实是真实发生的。

## 第一章　人迹罕至的小屋

5月，正值春末夏初，燥热的温度已显露端倪。

在布列塔尼的中心区，有个风景秀美的小村庄，名叫法乌埃村。这天早上，一位妇人乘车来到这里。她穿着一件灰白色的宽松长衫，脸上也蒙着厚厚的面纱，整个装扮显得有些不合时宜，尤其是那厚厚的面纱，将她的脸蒙得严严实实，完全掩盖了她原本美丽的面庞和风姿。

妇人下车后，在一家大型旅店匆匆吃完了午餐。她把行礼寄存在这家旅店，并向店老板打听了一些关于当地的情况，之后，便脚不停歇地穿过村庄，向远处的田野走去。

没过多久，妇人在一个岔路口停下了脚步。这条岔路分开两边，一边通向甘拜尔勒，一边通向甘拜尔。她犹豫片刻，踏上了前往甘拜尔的小路。

她沿着小路走了一段时间，又跨过一处山坳地带，然后爬上一个斜坡，这时，一条林荫小路赫然出现在她的右手边，在小路的路口，她找到了那块路标牌，上面写着距离罗克里福有三千米。

妇人环顾四周，喃喃自语道："应该就是这里了吧。"

可是很快，她就有些犹豫起来，因为周围荒草丛生，并没有她要找的东西。

站在山坡上向远处望去，除了连绵起伏的山丘和一望无际的草地，别无他物。距离村庄不远的地方，矗立着一座不大的城堡。城堡上所有的门窗和挡板全部遮蔽着，绿油油的草地和灰白色的高墙相互辉映，在教堂的钟声里显示出一种难以言喻的沉寂。

她找了块较干净的地方席地而坐，然后从口袋里取出一封信。那封信看上去很厚，信封上印着几个简短的字。

迪特莱伊事务所咨询处

私人信件

请勿拆看

在信封的下面印着收信人的姓名和地址。

贝乐桑时装店，薇洛妮可夫人亲启。

她看着信，小声地读了起来：

尊敬的夫人：

非常荣幸地告诉您，您在1917年5月交付于我的那两个任务，如今都已经办妥了。

直到现在我还记得，十四年前的那件事带给您的伤痛和打击有多么大。当时的您悲痛万分，对生活几近绝望，所以于情于理我都应该竭尽全力帮助您。当然，事实证明我也的确没有辜负您的期望，正是经过我认真仔细的调查，才确认了您父亲安东尼·德瑞蒙和儿子弗朗索亚的死讯。那是我作为职业私人侦探所圆满完成的第一个任务，不过，好汉不提当年勇，因为在那之后我还完成了其他很多出色的任务。

我想您还记得，那时为了帮您走出所谓爱情的虚伪假象，彻底看清您丈夫的真实面目，是我安排您进了加尔梅里特修道院。后来您说您无法适应修道院枯燥乏味的生活，又是我帮您在贝乐桑时装店找到了一份工作。虽然工资不高，但赖以生计却不是问题，更值得欣慰的是，那儿离您以前生活的地方很远。新的环境有助于您尽快地忘记过去，投入新的生活。我想您现在一定已经完全摆脱伤痛了吧。

好了，言归正传，接下来我要说的，就是关于您交付于我的那两个任务。

首先，我要说到的就是您的那个自诩为皇族后裔的丈夫，艾利克斯·沃尔思吉。他说有文件证明自己是波兰人，可我并没有查到相关记录。战争刚刚爆发时，他被当作嫌疑犯关进了距离卡尔庞特拉不远的一个集中营里，没过多久，他偷偷越狱，成功逃到了瑞士。后来在返回法国的时候，他又被抓了起来，也就是在那时确认了他的德国籍身份，并以德国间谍的罪名给他判了死刑。然而不知是不是老天眷顾，他竟然再次成功逃跑，之后就一直躲在枫丹白露森林里，直到被人杀死在那里。

夫人，我之所以这么直截了当地告诉您这些，是因为我知道您对他可谓恨之入骨，所以不必有什么忌讳。另外，我猜您肯定也从报纸上看到过一些报道，只是您不敢确定这件事的真实性而已。

不过，现在请您放心，我有详细的调查结果，证明艾利克斯·沃尔思吉的确已经死亡，而且就埋在枫丹白露。

关于他的死亡，还有一件事令我觉得有些蹊跷。您曾经告诉我，他是个过分相信命运的人，并且还会经常找人算命。当他得知那些不利于自己，甚至会危及性命的测算结果时，往往就会恐惧至极。我记得那时有个预测结果是这样说的：艾利克斯·沃尔思吉，作为皇族的后裔，您的性命将终结于朋友之手，而您的妻子最终也将被钉在十字架上，难于幸免。

哈哈，这简直太可笑了！用十字架诅咒别人的办法太落伍了！所以，夫人，您根本就不必在意这个！至于他的死因，倒是的确应验了预言所说，这就有点让人匪夷所思了。

噢，也许是我想得太多了……

薇洛妮可放下信，长叹了一口气，往事又一次浮现在脑海。这封信是私家侦探杜特莱伊写给她的，但他略显自负的语气令她感到非常不自在，那个随意的玩笑更是挫伤了她细腻敏感的神经，而且，一想到那个坏男人被人杀死时的惨状，她就忍不住浑身发抖。几分钟后，她渐渐平稳了自己的情绪，继续读了起来：

夫人，下面我要说的就是您嘱托我的另一项任务了。和之前那些比起来，我想这件任务在您心里可谓是重中之重了。

具体情况是这样的：单调的生活总会让人感到乏味，我想您也是感同身受，所以在三周之前，您才会和您的女职工一起去看那场名叫《布列塔尼传说》的电影。其实那原本是个普通的周四晚上，一场普通的电影，可是，您却说电影中一个朝圣的镜头令您心中倍感不安。银幕上，镜头由近及远，掠过公路，最后落在一间荒废的小茅屋上。本来这间茅屋也没什么特别之处，我相信在电影拍摄的时候也并没有刻意要把它拍进去，只是，在那扇破旧不堪的柏油门板上，写着三个字母：V. d’H.[①]，这还不算什么，您认为更加诡异的是，这三个字母的写法竟然和您在结婚前与亲戚朋友的书信往来时的落款写法一模一样。您说您自从结婚后到现在，这十四年中并没有用这种方法写过自己的名字，所以，即便只是一个匆匆而过的镜头，也被您深深印在了脑海里。V. d’H.，薇洛妮可·德瑞蒙！您之所以这么肯定，都是因为出于您本人的书写习惯，您总会把两个大写字母用小写“d”和符号’隔开，并且您也习惯于将字母H的收尾回笔，这些也都和十四年前如出一辙。

这三个字母的出现一下子搅乱了您的生活，您开始变得坐立不安、诚惶诚恐，并且极力想要找出事情的真相。之前咱们合作过，您也确信我的能力可以帮助您完成这个任务，因此，您再一次找到了我。

---

① V.d’H.，是薇洛妮可·德瑞蒙的法文名字的字母缩写。

现在，我就长话短说，把我调查的结果告诉您。

您可以从巴黎乘坐晚上的快车，第二天早晨到达了甘拜尔勒之后，再坐车去法乌埃村。如果时间充裕的话，您也可以去参观一下电影《布列塔尼传说》的拍摄地，圣巴尔博教堂。在穿过法乌埃村后，您会看到两条公路，一条去甘拜尔，一条去甘拜尔勒，您要选择的是后者。沿着那条公路爬上一道斜坡，您又会看到一片小树林，在您右手边的地方会出现一条小路，这条小路是通往罗克里福的。您顺着那条小路再走一段，就会看到那间荒弃的小茅屋了。

其实您看到那间茅屋的时候肯定会失望，因为屋子里面除了一块烂木头凳子和满是虫眼的横梁之外，什么都没有，整个屋子简直可以说是破败不堪。所以，我敢肯定您能在银幕上看到它完全只是个意外。

哦，对了，忘了告诉您，您看的那部电影是去年9月拍的，也就是说，那门上的字起码也写了至少有八个月了。

好了，大概情况就是这样了，您交给我的两项任务我都已经顺利完成了。尊敬的夫人，也许您觉得两项任务我只收您500法郎简直是便宜至极，但您想象不到，我是费了多大的精力和苦力，才能在最短的时间里圆满完成任务，不过，关于这些我也就不再一一赘述了。

此致

敬礼

薇洛妮可看完，将信小心翼翼地叠好。此时她的内心痛苦极了，仿佛又回到了那段在不幸婚姻中挣扎的日子，与此同时，另一个念头也跃进了她的脑海，她几乎可以断定父亲和儿子的意外死亡以及自己所遭受的一切不幸，这些都缘于那个叫作艾利克斯·沃尔思吉的坏男人。正是因为爱上了他，灾难才会如影随形。

虽然面对沃尔思吉的追求，她也曾经拒绝过，但是她明白，他不会就此罢休，而且她也担心父亲，那时父亲和他已有过正面冲突，以他的为人，绝对会做出出格的事情来，因此，出于无奈，她才会被迫与他结婚。

薇洛妮可明白，她的确爱过他，但那都是过去的事情了。从他们结婚开始，那个坏男人便露出了可怕的真面目。那时的她是多么懦弱，根本不敢直视他的眼睛，更别说和他有所争执。时光飞逝，这么多年过去了，如今回想起来，这种莫名的恐惧竟然依旧会让她的心突突地跳。

薇洛妮可长吁一口气，告诉自己不要再想以前那些不开心的事情了，这次离开贝乐桑市，来到这个偏僻的小村庄，她有更重要的事情要去解决。

一想到这儿，薇洛妮可就立刻打起十二分的精神来，她起身回头望去，忍不住喃喃自语：“有条小路是通往罗克里福的，沿着小路走一小段，就会看到一个半圆形的空地……四周都是树木……”

薇洛妮可一边说，一边思索着刚才信中所给的提示内容，突然发现自己原来是走过了，于是她连忙向来时的方向走回去，不一会儿，她便在一处树丛间找到了那间小茅屋。

那真是一间荒凉至极而又破败不堪的小屋子啊，其实说它是间屋子，也有点言过其实了，准确地说，它不过是供牧羊人或工人休憩的简易茅棚而已。

门板上的字迹经过风吹雨淋，早已变得模糊不清，但薇洛妮可依然能辨认出她名字的缩写V．d’H.以及字母H后的那个收尾回笔，另外，她还在门板上发现了一个箭头和一个数字9，而这些，都是那封信里并没有提及的。

薇洛妮可的心头涌上一股难以言喻的激动，虽然这件事令人难以置信，但这的的确确是她在结婚前一直惯用的签名，可是，她的名字究竟为什么会出现在这里呢？

自从父亲和儿子意外死亡后，薇洛妮可在这个世界上就再也没有任何亲人了，她埋葬了自己的过去，努力摆脱阴影开始新的生活，那么，还有谁会知道她结婚前常用的签名呢？更诡异的是，又是谁把她的名字刻在这个极其偏僻的地方？究竟是什么用意呢？

薇洛妮可绕着小茅屋走了一圈，认真检查了四周，并没有发现其他的标记。之后她回想起来，迪特莱伊在信中说他检查过小屋，里面什么都没有。对于这一点，她并不完全相信，于是她准备亲自打开门查看一番。

那扇门上只挂着一个生锈的螺丝钉，稍稍拉动门闩，门就被打开了。开门这个动作看似简单，可对薇洛妮可来说，那几乎可以称之为一次突破自我的挑战，因为在那扇门的后面，说不定隐藏着一个充满恐惧和灾难的世界，而令她深陷泥潭的，也许正是她自己。

薇洛妮可将手放在门把上，不由自主地浑身发抖，她既害怕又好奇，片刻后，她终于鼓起勇气，猛地拉开了那扇门。

就在那一瞬间，恐惧席卷而来，映入她眼帘的是一具男人的尸体。尸体蜷着腿瘫坐在地上，头斜靠在木凳上，而且，更可怕的是，那尸体竟少了一只手，模样看上去十分骇人，吓得她忍不住尖叫起来。

薇洛妮可扶着门，努力克制自己的惊恐，强迫自己看向那具尸体，她必须搞清楚到底是怎么回事，为什么她看到的和信中描述的会有所不同？

细瞧之下，薇洛妮可发现那男人的年纪比较大，灰白色的胡须杂乱无章，头发很长，毫无生气地垂在脑后。他的嘴唇黑紫，皮肤肿胀，呈现出一种青白色，另外，他穿着一件当地特有的工作服，衣服破旧但是比较干净，装扮就是个地地道道的农民，浑身上下除了胳膊上的刀伤以外，再无其他伤口，整个状态看上去好像是中毒身亡。

薇洛妮可的脑袋嗡嗡作响，浑身颤抖，她盯着尸体，不断地在口中重复念叨："死人……怎么会有死人……"

随后她转念一想，也许是自己糊涂了，说不定这男人还没死呢？于是她缓步走上前，伸手轻轻摸了摸他的额头。

一阵彻骨的寒意从手背传来，薇洛妮可立刻打了个激灵，毫无疑问，这男人的确已经死了。

在这个偏僻的树林，这间废弃的小屋，面对着这个已经死掉的男人，薇洛妮可束手无策，她能做的，只有返回法乌埃村报警。

她立刻蹲下身，在尸体身上的衣服口袋里翻找起来，看看有没有能证明他身份的东西，然而，很快她便发现，这一切都是徒劳，她翻遍了所有的口袋，查找了所有的衣领袖口，却仍没有找到任何线索。

就在她翻扯的间隙，那尸体也顺势瘫到了一旁，这时，她看到了他身后的木凳。

凳子的下面压着一卷绘画纸，纸很薄，也很皱。薇洛妮可捡起卷纸，颤抖着双手将其慢慢展开。

"啊！老天啊！……怎么会这样？"

薇洛妮可忍不住惊呼，因为她无论如何都不敢相信自己会看到这样一幅画面。鲜红的底色，四棵树干做成的十字架上，分别钉着四个女人，她们浑身是血，死相非常恐怖，而画在最前面的那个女人尤为显眼，她戴着修女的头巾，面部扭曲得非常夸张，更可怕的是，薇洛妮可辨认出，画中的这个女人正是自己！

她一下子被吓蒙了，凭借仅存的一点意识，哆哆嗦嗦地站起身来。她不知道自己是怎么走出茅屋的，也不知道后来发生了什么，只感觉眼前发黑，接着便一头栽倒，昏了过去。

薇洛妮可的身体素质一直很好，以前所经历的那些痛苦和折磨都并没有打倒她，不过，今天这件事情实在太突然了，再加上连续坐了两个晚上的火车，她也早已疲惫至极，才会这样突然晕倒。

几分钟后，她慢慢睁开眼睛坐了起来，在调整好心态后，她又重新返回屋内。

虽然心里还是极度的恐慌，但这一刻她的头脑却要清醒很多，这让她能够更加仔细地研究那幅画。她发现在卷纸的左半部分写着一些零碎的乱七八糟的字母，有的笔画拉得很长，似乎仅仅是为了填补空白，并不代表其他特殊的意义。

不过，认真分辨后，她还是从中读到了一些简短的句子：

“四个女人被钉死……”

“干枯树枝做成的十字架……”

“三十口棺材……”

在这些字迹的最下面写着这样一句话：“生死决定于天主的宝石。”

这句话被用黑红两种颜色的墨水线规整地勾勒起来，在它的上面用红墨水画着两把镰刀，镰刀用枝条捆扎成型，并且呈交叉状，在它下面画着的是一副棺材。

卷纸的右半部分正是那幅骇人的画面，画的旁边写着一些注释，就好像普通的书籍一样。画中的其他三个女人依次由近及远排列，身上都穿着布列塔尼当地的女性服装，头上都裹着当地的头巾，甚至就连头巾的打结方法也不例外，具有布列塔尼独有的特点：大大的黑结两边展开，像两个张开的大翅膀，样子和阿尔萨斯领结差不多。

而最中间的那个女人却不一样，她并没有穿当地的服装，而是用一条裹尸布包裹住全身。裹尸布很长，一直拖到了地上，这让她原本纤瘦的身体越发的细长。她的身上没有钉子，是被绳子从肩膀环绕着绑到了大腿部，牢牢地捆在一个大树干做成的十字架上。

这个女人面容扭曲，表情既痛苦又无奈。薇洛妮可当然很熟悉这张忧伤的面庞，在曾经那段痛苦不堪的日子里，她几乎天天都能在镜子里看得到。那时的她难过苦闷，不正是画中的这副表情吗?

不仅如此，画里的这个女人也有着和她一样的浓密卷曲的长发，身旁写着一个签名：V．d’H.。

薇洛妮可拿着画，呆呆地站在原地，她在脑中飞快地思索，想要找出点儿线索来，然而，这些文字和图画虽然令她震惊害怕，可想了很久，她也没有找出任何头绪。

她慢慢把那张画撕成碎片，然后随手向空中扔去，她心里清楚，不管真相如何，她绝不能坐以待毙。于是，她连忙提起长衫往村子走去。

一个小时后，薇洛妮可带着法乌埃村的村长、警察再次来到小茅屋，和他们一同前来的，还有村子里一些看热闹的人，但当他们踏进小屋，出乎所有人意料的是，尸体竟然不见了!

这个结果令薇洛妮可简直难以置信，她不明白为什么会这样。众人你一言我一语，不断地问这问那，现场一度陷入混乱。面对这种情况，薇洛妮可也百口莫辩，因此，大家便开始猜测她是不是压根儿就在说谎，甚至还有人怀疑她是不是脑子有问题。面对质疑，薇洛妮可起初还试图辩解，但根本没有人听她的解释，所以到后来，她也干脆就不再争辩。

现场混乱之际，但大家见薇洛妮可落落大方，也不像是心怀鬼胎的人，所以也就对她不再步步紧逼。

薇洛妮可想了想，决定先返回巴黎。在这群人当中，还有她寄存行李的那家旅店的老板娘，于是她向老板娘打听附近哪个村庄有车可以到火车站。老板娘告诉她，斯卡和罗斯波尔登这两个村子都可以。得到了这个信息，薇洛妮可便雇来一辆车，她自己先行离开，并嘱咐车夫去旅店取了行李后再来追她。

她走得很快，似乎只有这样快步的急行才能摆脱掉刚才那件不可思议的事情一样，她甚至已经完全忽略自己雇的那辆车正在后面不停地追赶。

一路上，她的脑袋空空如也，刻意地不去纠结那件事情的缘由。不知为何，以往那些痛苦的情景又跃进她的脑海，沃尔思吉的背叛、父亲的痛苦、儿子的死亡……这一切都让她恐惧不已。

她甩甩脑袋，将这些不愉快统统抛开，然后又回想起自己在贝乐桑那段生活。虽然生活节奏单一，活动的圈子也不大，但总归是没有痛苦和烦恼。她坚信，只要回到贝乐桑，在那间狭小简陋的屋子里，即使是做些日常生活里最简单琐碎的事情，她也会很快忘记掉刚才遭遇的那可怕的一切。

快到斯卡村的时候，薇洛妮可才留意到身后的马铃声，那辆车终于追了上来。她站在前往罗斯波尔登的路口，无意间看到一座废弃的房屋。那房子已经塌了一半，只剩了一面墙壁，而在这面墙上，画着一个箭头和数字“10”，更让她头皮发麻的是，她又看到了那个熟悉而恐怖的签名：V. d’H. 。

## 第二章　海边

盯着那面墙壁，薇洛妮可的心绪便骤然发生变化，她立刻恍然大悟，这箭头和数字必定是某个人留下的记号：箭头表示要行进的方向，而数字则表示在这段路途中的某个点。那么，数字“10”一定就表示了第十个点。

这是谁留下的标记？标记有什么作用？这些对薇洛妮可来说，都无关紧要，最重要的是，她也许可以根据这个标记来找到事情的真相，那就是她结婚之前惯用的签名为什么会出现在这种诡异的地方？

薇洛妮可坐上马车，吩咐车夫向罗斯波尔登村行进。

到达罗斯波尔登村时，已经是晚上六七点，家家户户都开始准备晚饭。正如薇洛妮可意料之中，这一路上她两次看到了自己的名字，都是写在交叉路口的地方，而且在她名字的附近，也分别标注数字11和12。

到了晚上，薇洛妮可住在罗斯波尔登村里。整晚她都在思索着这件奇怪的事情。因为她心里非常好奇，所以第二天一早，她早早就起了床，又开始踏上寻找之路。

她重新找到发现数字12的地方，那条路是通往孔卡诺村的。她沿着公路走了将近一天的时间，却并没有发现签名和数字13，这让她感到非常失望。

第二天，她终于找到了数字13，只不过那痕迹已经非常模糊。她沿着箭头所指的方向，往福艾斯村的方向走去，可是没走多久，她就发现自己迷了路，竟不知不觉走到了贝梅茵海滩。海滩很大，临着大西洋的岸边，景色非常迷人。

薇洛妮可在海滩边找了个村子，并在那里住了两天。这期间她也多次试探性地向村民询问一些关于那奇怪标记的问题，但却并没有任何收获。

一天早上，薇洛妮可在海边漫无目的地走着，她穿过参差不齐的岩石堆，又绕过长着灌木的石崖后，看到了一间用泥巴和树枝搭成的屋子。屋子很小，隐藏在两棵橡树之间，门口挡着一块石柱，看上去应该是海关人员休息的地方。她在石柱上发现了自己的名字和数字17，除此之外，并没有看到箭头。

薇洛妮可小心翼翼地走进小屋，她环顾四周，屋里并没有人，只有三个破碎的瓶子和几个空的罐头盒。

她想："应该就是这里了，有人在这儿吃过饭。"

她顺着窗口向外张望，目光落到了不远处的一个小海湾上。那小海湾呈圆弧形，仿佛是一只蜷缩在岩石中的小贝壳一样，除非仔细瞧，否则很容易被忽略掉。而在那个小海湾里，她还看到了一艘带有发动机的小艇。

就在这时，薇洛妮可留意到，从村子的方向走来了两个人。

走在前面的是个老年人，他的双手环在胸前，紧紧抱着一个装着食物的袋子。

他把袋子放在地上，转头对身后的女人说道："奥罗丽娜太太，您这一路上还顺利吧？"

"还不错。"

"您都去了哪些地方啊？"

"在巴黎待了大约一周，在那儿给主人买了些东西。"

"哦，那和巴黎相比，再回到这里您觉得开心吗？"

"当然开心啊。"

"太太，您瞧，您的快艇还在原位，我每天都会按时来看看它。今早我把帆卸掉了，哦，它的行驶速度怎么样？"

"疾如闪电。"

"太太，您真了不起，大家都知道您是个优秀的舵手，可谁又能想到您还会开快艇呢！"

“没办法，都是现实所逼啊。岛上的年轻人都去打仗了，剩下的人也去从事捕鱼的行当了，不过，每两周一次的船上服务，这个规矩可没有改变，如果我不做的话，可就没人做了啊。”

“可是，快艇的燃油问题怎么解决呢？”

“这个不是问题，我们都有提前储备好的燃油。”

“哦，那不错。太太，需要我帮您把东西搬上快艇吗？”

“不用了，谢谢。”

“好的，那没什么事情的话，我就先走了。太太，再见。”老人说完便向前迈步离开，没走几步他又回过头来，大声喊道：“太太，您在开船的时候最好多留心那些暗藏的礁石，它们可是非常危险的。这座岛真的很邪门，不然也不会叫三十口棺材岛了。您一定要多加小心呀！”

望着老人消失的背影，薇洛妮可只觉得后背蹿上一阵寒意。原来真的有三十口棺材岛！她确信这个名字在那张诡异的画中出现过。

再抬头望去，她看到那个女人走过去，把装着食品的袋子放到船上，然后又折返回来。

当薇洛妮可看到那女人的正面时，不禁惊讶地喊出了声，因为她发现那女人的穿着和头巾都是布列塔尼当地特有的装扮，而这身装扮不正是和她在那个诡异的小屋看到的那幅画上的一样吗?

薇洛妮可再仔细瞧了瞧，那女人裹着一件丝绒上衣，脖子上挂着一条金项链，她的年纪大约有四十来岁，脸型瘦削，平日里也许由于经常在户外劳作，脸色显得黝黑发亮，这使得她看上去精神百倍。她的眼睛又黑又大，明亮中透着善良和温柔。

那个被称作奥罗丽娜的女人跪在石头上，一边装船，一边小声哼唱着，时而抬头看看天上的乌云。很快，船装好了，她解开绳索，微笑着提高了声音继续唱歌。那是一首舒缓的摇篮曲，悠扬的歌词也飘进了薇洛妮可的耳朵里。

妈妈轻轻地摇着摇篮

温柔地望着孩子

低声呢喃

孩子啊，不要哭泣

圣母玛利亚仁慈博爱

希望看到你快乐的笑容

……

她的歌还没有唱完，就被突然出现的薇洛妮可给打断了。此时的薇洛妮可面容苍白，双肩也不受控制地抖动起来。

“请问，有什么事吗？”她问道。

薇洛妮可盯着她，颤抖着声音说道：“不好意思，请问你怎么会唱这首歌啊？这可是萨瓦地区的民歌，我妈妈在世的时候，也教我唱过，只是她离开后，我就再也没有听到过了，所以……”

薇洛妮可突然不知道该说什么了，只能无助地回望着对面这个满脸惊讶的女人。

过了一会儿，她又试探性地问道：“你能告诉我你是从哪儿学的吗？”

“别人教的。”奥罗丽娜答道。

“是什么人？”

“我们岛上的。”

薇洛妮可的心中涌上一股不安：“三十口棺材岛？”

对方摇摇头：“那都是别人那么叫的，其实它叫萨莱克岛。”

好半天，她们俩就那样互相看着对方，最后，还是薇洛妮可先开了口：“对不起，希望你不要介意我刚才那个唐突的问题，最近在我身上发生了很多怪事，我的脑袋乱极了。”

见对方点头默许，薇洛妮可又继续说道：“请相信我，我说的全都是真话。你知道我为什么会来到这里吗？这些都是由一件很怪异的事情引起的。”

接着，薇洛妮可就将自己一路上遇到的那些怪事都讲给了奥罗丽娜听，她还特意说明正是因为箭头和数字的指引，她才会来到这片海滩。

“你是说你在这里也发现了自己的签名？”奥罗丽娜急切地问道。

“是的。”

“在哪儿？”

“就在房门口的那块大石柱上。”薇洛妮可指了指那间屋子。

奥罗丽娜顺着她指的方向望过去，摇摇头说道：“我也经常来这里，可是却从来没有看到石柱上写着字啊。你看到写的是什么？”

“V. d’H.”

没想到奥罗丽娜一听到这个，脸上的表情立刻变得激动万分，她好像自言自语一般念道：“薇洛妮可·德瑞蒙。”

薇洛妮可非常惊讶：“啊？你怎么知道我的名字？”

奥罗丽娜激动地拉住她的手，满含热泪说道：“真的是你啊，薇洛妮可小姐，哦不，应该是薇洛妮可太太。老天保佑，真的见到你了！”

薇洛妮可一听，更加惊讶，便追问道：“你怎么知道我的名字？这究竟是怎么回事？”

奥罗丽娜沉默了一会儿，回答说：“其实我也不知道该怎么解释，不过倒是可以先说说你，你最开始到的那个村子叫什么来着？”

“法乌埃村。”

“哦，对，法乌埃村，那你说的那个废弃的小屋离村子远吗？”

“大概有两千米。”

“你进那间屋子了吗？”

“是的，而且我还看见了一具尸体，那是个老年的男人，我还记得他嘴唇是黑紫色的，一定是被毒死的。”

奥罗丽娜听得双眼发亮，问道：“你知道凶手是谁吗？”

“不知道，后来我把警察领去的时候，那尸体竟然不见了！”

“什么？不见了！怎么会突然消失的？”

“我也感到奇怪呢。”

“啊？你真的什么都不知道啊？”

薇洛妮可摇摇头：“千真万确。不过我还记得在那个尸体的背后发现了一幅画，虽然我把它撕掉了，但我永远都不会忘记那画上的内容，真的太诡异了！你知道吗？那画上画着四个被钉死在十字架上的女人，其中有三个穿着和你一样的衣服，而第四个竟然是我！最可怕的是，旁边还有我的签名！”

“什么？你是说画上画着四个女人，她们都被钉死在了十字架上？”奥罗丽娜突然变得脸色苍白，言语间透出浓浓的恐惧。

“是的，”薇洛妮可点头答道，“我记得画上面还有一些注释，里面就有提到三十口棺材岛，所以刚才听你说到这个岛的名字的时候，我简直被吓坏了！”

薇洛妮可还想继续说，突然，奥罗丽娜上前捂住了她的嘴，眼睛里充满了惊恐：“不，不，不要再说这个了，起码现在不要说。”

她的脸色越发苍白，身体也止不住地发抖，跪在石头上，嘴里不停地祈祷。薇洛妮可见状，也就连忙住了嘴。

好一会儿，她站起来，对薇洛妮可说道：“你说的这件事真的太可怕了，但是单凭一幅画我们还不能证明什么，所以我觉得你最好还是亲自和我去岛上看一看吧。”

“什么？去三十口棺材岛？”

薇洛妮可的神态让奥罗丽娜略显迟疑，她紧紧抓着她的手，问道：“我还得再确认一下，你真的叫薇洛妮可·德瑞蒙？”

“千真万确。”

“你的父亲呢？”

“他叫安东尼·德瑞蒙。”

“艾利克斯·沃尔思吉是你的丈夫，对吗？”

“是的，没错。”

“确切地说，在那次绑架事件之后，你就和他结了婚，同时你也和你的父亲断绝了关系，对吗？”

“嗯。”

“婚后第二年你们就有了一个儿子，对吗？”

“对，他叫弗朗索亚。”

“后来你父亲把他带走了，是吗？”

“是的。”

“然后他们在一次船难中全都死掉了，是吗？”

“对。”

“你从哪里得到的确切消息？”

“那件事情发生后，警方介入了调查，法院给出的最终判决就是这样说的，那四个水手可以证明，而且，当时我也找了私人侦探，得到的结果也是这样。”

奥罗丽娜耸耸肩：“你就那么确定他们说的都是真话？”

“为什么不呢？”薇洛妮可睁大眼睛，一脸的质疑。

“这也不一定，也许他们做证之前就被人收买了呢？”

“收买？会是谁？”

“你的父亲。”

“可是他当时已经出意外了呀！”

没想到奥罗丽娜摇摇头：“那只是你自己的想法。”

薇洛妮可呆在那里，好半天，她才开口问道：“你……你的意思是……”

奥罗丽娜没有直接回答她，而是反问道：“我想问你，你知道那四个水手都叫什么吗？”

“哦，以前好像有点印象，不过现在都不记得了。”

奥罗丽娜轻轻叹了口气，缓缓说道：“你瞧，在这之前你从来没有去过布列塔尼，对吧？可是你的父亲在写作寻找素材的时候却常常去那里，你母亲在世的时候也会常去，所以说，他们肯定和当地的人比较熟悉。如果你父亲恰好就认识这四个水手，并在事情发生前就收买了他们，让他们帮忙制造了这起事故的假象，这不是很容易吗？他们都是水性很好的水手，可以提前把你父亲和儿子安顿好，然后隐匿在水下故意把船弄翻，再游到岸边假装再找人来救援，不是吗？”

薇洛妮可一听，脸庞立刻放出光彩，她喊道：“按照你说的，我们现在就去找那四个水手问问清楚不就行了？”

“他们中有两个人已经死掉了，第三个叫马克诺，现在已经年纪很大了，就住在岛上。第四个就是刚才帮我搬东西的那个人，他后来用得到的钱开了一家小商店。”

薇洛妮可的脑海里马上浮现出刚才离开的那个老人，她脱口而出：“就是他！咱们现在就去找他！”

没想到奥罗丽娜摆摆手：“他还没我知道的多呢，你有什么想知道的问我就好了啊。”

见薇洛妮可有些不相信，她又继续说道：“相信我，你想知道什么，随便问。”

薇洛妮可在心里犹豫了许久，最终还是没有问那个盘踞在心里已久的问题，只是哑着嗓子说道：“其实我也不明白父亲为什么要这么做。”

“那是因为你的父亲要报复。”

“报复谁？沃尔思吉还是我？”

“你被沃尔思吉绑架，最后反而嫁给了他，这让你父亲的脸面往哪里放？你父亲的脾气你也清楚，他怎么能容忍这样的事情发生？所以，他肯定会报复的。”

“然后呢？”

“你父亲的确是要报复来着，可是当他看到孙子天真稚嫩的脸庞时，他明白自己不能那么做，那时候已经没有了你的消息，于是他就开始疯狂地寻找你。他也去了加尔梅里特修道院，但修女们说你早就离开那里了。”

“那他为什么不在报纸上登寻人启事？”

“他当然登了，可是你知道发生什么事了吗？那个沃尔思吉竟然也看到了寻人启事，他来找我们的时候，我们才知道他也在找你。他说他对你是爱恨交加，无论如何都要找到你。你父亲一看那情形，当然就不敢再公开登报纸寻找你的下落了。”

奥罗丽娜的话令薇洛妮可浑身瘫软，她跌坐在石头上，念道：“这么说，我父亲真的还活着……”

“没错，他的确没有死。”

“你们会经常见面吗？”薇洛妮可抬头问道。

“当然，我每天都会见到他。”

“可是……弗朗索亚呢？我儿子还活着吗？”

奥罗丽娜笑而不语。

“求你了，请告诉我，我儿子还活着吗？”薇洛妮可可怜地追问道。

这时，奥罗丽娜上前轻轻抱住她，语气温柔而坚定：“太太，你放心，你的儿子还活着。”

“真的吗？他真的还活着吗？”薇洛妮可惊喜万分，忍不住叫出声来。

奥罗丽娜扯出一个大大的笑容：“太太，我发誓，你的儿子真的还活着。他是我一手带大的，现在已经是个健康快乐的小伙子了！”

看着薇洛妮可泪眼婆娑，奥罗丽娜一边说，一边轻轻地抚摸着她的肩膀："太太，想哭就哭出来吧，那样心里就舒服了。我现在去旅店取你的行李，然后我们一起回去吧！"

奥罗丽娜说完，便转身迈步离开。大约三十分钟后，她又返了回来，只是神色有些凝重。她将行李装到船上，抬头望着薇洛妮可，突然问道："太太，你真的确定那张画上被钉死在十字架上的女人就是你吗？"

"我有百分之百的把握，因为画旁边还有我的签名呢。"

"这就真的太奇怪了。"奥罗丽娜的脸上闪过一丝惶恐。

薇洛妮可没有注意到她的变化，自言自语道："的确很奇怪啊，我在想这是不是我认识的某个人在搞恶作剧？又或者只是个巧合而已，不错这件事的确让我联想到了以前的日子。"

"我倒不担心以前，毕竟那些都过去了，我现在最担心的是以后怎么办？"

"以后怎么了？"

"太太，你忘了那个预言了吗？"

"什么预言？"薇洛妮可故意装作不知道。

"就是说沃尔思吉和你的命运……"

"你怎么知道的？"薇洛妮可十分惊讶，没想到她连这件事情都知道。

奥罗丽娜叹口气，说道："唉，一想到那幅画，还有一些你不了解的更糟糕的事情，我的心情就无比的难过。"

"原来你也是为这个担心啊。"薇洛妮可笑了笑。

"你别笑了，有些事是不可以玩笑的。"奥罗丽娜说着，在胸口画了一个十字，又说道："我知道你笑我没文化，爱迷信，这我承认，不错，关于这件事，我看你最好能和马克诺聊聊，那时候也许你就不会再取笑我了。"

"马克诺是谁？"

"他就是那四个水手中的一个，也是你儿子的良师益友，他的学识甚至比你父亲还要渊博，只不过……"

"怎么了？"

"他一直想要解开岛上的秘密。"

"哦？说来听听。"

“具体怎么做的我就不说了，我只能告诉你，他出了意外，手被烧伤了。他给我看了那个伤口，简直可怕极了，我想他也无法忍受自己的身上有那样的伤口吧，所以他就亲自砍掉了自己的右手。”

薇洛妮可立刻联想到小屋里的那具尸体，不禁脱口而出：“右手？你确定是右手？”

“确定，因为那是十天前发生的事，还是我替他包扎的呢，怎么了？”

“因为……因为我在小茅屋里看到的那具尸体，也恰好缺少了右手。”薇洛妮可的声音变得有些颤抖。

奥罗丽娜愣了愣，神色也开始慌张起来，她问道：“你说的是真的？那尸体也缺少了右手？那具尸体是不是一个头发很长而且很白的老年人？他的胡子是不是朝两边散开的？老天啊，这简直难以置信！”

奥罗丽娜说着，还不忘环顾四周，仿佛担心会有人偷听一般。她在胸前又画了个十字，然后喃喃说道：“马克诺长着一双与众不同的眼睛，能看过去未来，他说过我将是第一个遭遇不幸的人，然后则是我的主人。”

“难道……”薇洛妮可不敢想象。

“不，我一定不会让这种事情发生的！”奥罗丽娜猛地攥紧拳头，“我要保护他！太太，我得赶紧回去了。”

“我和你一起去！”此时，薇洛妮可的语气异常坚定，她也不希望自己的父亲会受到伤害。

“抱歉，太太，你现在不能去。”

“为什么我不能去见他们？”

“那样太危险，你想想那幅画，那四个十字架，那个可怕的诅咒，我不能让你冒这个险。”

“可是我真的很想念我的儿子啊。”

“这样吧，今天晚上我会把你的父亲和儿子带来，那时候你们就可以见面了，也就几个小时而已。”奥罗丽娜说道。

薇洛妮可无奈地笑了笑，“也许你觉得几个小时很短，可对我来说，几个小时却是无论如何都等不及的。我已经十四年没有我儿子的消息了，我现在迫不及待地想要抱抱他，不管怎样，我是一刻也等不了了。无论有多危险，我都要立刻见到他。”

奥罗丽娜看到薇洛妮可的态度如此坚定，也就没有再说什么了。她画了个十字，说了句：“走一步看一步吧。”

于是，两人互相搀扶着登上了快艇。奥罗丽娜点燃油料，拉动马达，熟练地将快艇开了出去。

## 第三章　弗朗索亚

奥罗丽娜驾驶快艇的技术果然娴熟，快艇穿梭于岩石和暗礁之间，如同一条灵活的鱼儿。

薇洛妮可坐在甲板的椅子上，她望着奥罗丽娜，脸上洋溢着一种幸福却又带有隐隐不安的笑容。这也许是十四年来她心情最复杂的一天了，不管过去经历过多少痛苦和磨难，现在最重要的是知道儿子还活着，这就是对她最大的安慰。一想到这里，她那饱经风霜的脸颊上就会浮上一种难以掩饰的风韵。

她的身材几乎完美，头发乌黑，在脑后松松地挽了一个发髻，皮肤黝黑，蓝色的大眼睛清澈明亮，看上去端庄又优雅。她的声音低韵婉转，尤其在提起儿子的时候，那语气更是温柔至极。她一定是太思念儿子了，所以才会在上船后不停地提起儿子。

奥罗丽娜好几次都想换个聊天话题，于是她说道：“太太，我还有两件事情没想明白。我的船一直停靠在这里，可我却并没有见过其他的人啊，那么还会有谁知道这里呢？他这样一路留有标记，让你从法乌埃村来到这里，那就说明在这之前他肯定也来过这里啊。另外，马克诺为什么会死在毫无人烟的小茅屋里？他怎么去的？是自杀还是他杀？如果是他杀，那又是谁把他的尸体运到那里的呢？而且，那尸体怎么会说不见就不见呢？”

“搬运尸体有什么困难的？”薇洛妮可有些不明白。

“那可不是件容易的事情啊。在岛上只有三艘快艇，我每两周会到贝梅茵海滩或彭拉伯海滩去采购一次东西，另外两艘，他们则一般会去更远的地方，那么马克诺是怎么离开岛的呢？他究竟是怎么死的？尸体为什么又会凭空消失呢？”

薇洛妮可显然对这个问题并不上心，她改口说道：“算了，先不管这些问题了，我现在最想知道的是我的儿子过得怎么样呀？快告诉我吧。”

奥罗丽娜无奈，只能把话题又转回到她儿子的身上：“当时你父亲把孩子带走之后，水手们安排他们来到这个岛上。你父亲让马克诺来照顾孩子，并且叮嘱他，对外要宣称这个孩子是捡来的。马克诺刚好有个女儿，所以就让女儿来抚养孩子，毕竟女人心思细腻。后来他女儿死了，你父亲就把孩子重新接回自己身边。我那时候刚从巴黎回来，也就是从那时候开始，我就帮你父亲做事了。在那之前我一直在巴黎给别人当佣人。”

“哦，那你们给他起了什么名字？”

“弗朗索亚，是你父亲给起的。别人都称呼他为安托文先生，孩子叫他爷爷，这很正常。”

“那他性格好吗？”薇洛妮可想起父亲的脾气，难免有些担心。

“哈，他可真是个乖孩子呢！又温和又懂礼貌，就连你的父亲也经常感叹，幸亏孩子的性格不像他或者你的丈夫。你的父亲非常喜爱他，每次看到他，也都会想起你，所以他才决定一定要找到你的下落。”

听到这样的回答，薇洛妮可心里的大石头总算落了地。谢天谢地，孩子的性格像她！但随后她的眼底又涌上担忧：“可是，他还认得我吗？”

“当然，你父亲本来不打算告诉他这些，但我还是都告诉他了。”

“真的吗？你怎么说的？”

“我就告诉他，在一次海难中，他的父亲死掉了，然后他爷爷带着他来到这个岛上，你并不知道他们还活着，所以伤心欲绝，最后进了修道院。你知道吗？每次我从外面回到岛上，他都要问我你的消息。他也非常思念你啊！刚才那首歌，就是你父亲教他的。”

“啊，我可怜的小宝贝啊！”

“他真的是个非常乖巧的孩子，他把我叫奶奶，把你才叫作妈妈。现在他就想快点长大，这样他就可以出海去寻找你的下落了。”

“那他现在还在上学吗？”

“一开始是你的父亲教他知识，两年前一个叫斯特菲·马卢的小伙子和我从巴黎一起回来了，他在战斗中立了不少功，后来受了伤就退役了。弗朗索亚很喜欢他，天天和他在一起学习玩耍。”

不知不觉中，快艇已行进了很久，天边的乌云慢慢散开，天空又恢复了平静和安宁。

薇洛妮可兴致高昂，她催促着奥罗丽娜赶紧说下去："那弗朗索亚穿什么样的衣服呀？"

“他呀，上身穿着一件有金纽扣的双面绒衬衫，下身穿着一条短裤，头上戴着一顶红色的贝雷帽。”

“那他还有其他的朋友吗？”

“以前他有很多好朋友，都是岛上的孩子，可后来这些孩子的父亲都去打仗了，他们也就跟着母亲离开了小岛，现在只剩下几个小水手和老人了，算算差不多也就三十来个人。”

“那他平常都和谁一起玩啊？”

“他有一条小狗，那是他最好的伙伴。”

“小狗？”

“是的，马克诺送给他的。那狗一半像卷毛，一半又像狐狸，长得简直难看极了，但是它却非常聪明，大家都喜欢它。”

“它叫什么名字？”

“杜瓦边[①]。”

“一切顺利的意思？”

“没错，是弗朗索亚给它起的这个名字。它可是个聪明的家伙啊，每天乐呵呵的，也不乱叫。有时候它不知道跑到哪儿去了，几个小时甚至几天都见不到踪影，但奇怪的是，如果你不开心了，它就会自己冒出来，然后做出各种调皮的样子来逗你开心。每次弗朗索亚都被逗得哈哈大笑，然后举手投降。不过，等你心情好了，它就又不见了。”

薇洛妮可听了这么多，心里真是既开心又难过。她回想起这十四年来的生活，真是痛不欲生。作为一个母亲，她却从来没有照顾过儿子的饮食起居，没有参与过他快乐的童年，而是每天活在丧子之痛中，这样的事情放到谁的身上，都会只是悲伤的回忆啊。

她一个人沉浸在悲伤中，就连奥罗丽娜告诉她还有一半的路程就到岛上了，她也没有听

① 杜瓦边在法语中是“一切顺利”的意思。

见。她想念自己的母亲，可母亲在她很小的时候就去世了，她根本记不起母亲的模样；然后她又想到了父亲，父亲暴躁的脾气总是令她不寒而栗；之后她又想到了那个坏男人，她认识他的时候只有17岁，懵懂的她根本不知道什么叫爱，只是一边害怕他一边又被他吸引。

她被他绑架，在一间小屋子里禁闭了好几周。他还用各种卑劣的手段威胁她，没办法，她只好与他结婚。结婚后，他整天吃喝嫖赌，做尽了坏事，这让她感到万分屈辱。直到现在回想起来，她依旧觉得生不如死。

奥罗丽娜发现了她的异样，于是安慰道："太太，别想那些不开心的事了，都过去了。"

"唉，只可惜那些都是无法抹去的啊。"

"太太，我想你之前肯定受了不少的委屈。"

薇洛妮可自嘲地笑笑："说不定这就是老天对我的惩罚呢！"

"太太，那些都已经过去了，想想开心的事情吧，你很快就能和他们团聚了呀！"

"真的会开心吗？"

"当然，那可是值得高兴的事情啊！快看，我们到了！"

奥罗丽娜说完，弯腰从凳子下面的箱子里取出一个大海螺，放在嘴边，像一个真正的水手一样，鼓足力气吹了起来。海螺的声音非常响亮，震彻云端。

薇洛妮可不明白她的用意，只能满脸疑惑地看着她。

"太太，我在用这个办法叫他呢。"奥罗丽娜解释道。

"你是说弗朗索亚？"

"是的，每次我回来的时候都会吹这个海螺，他一听到海螺声就会跑到码头来接我。"

"这么说我马上就会见到他了？"薇洛妮可突然紧张起来。

"当然，再过几分钟而已。"

奥罗丽娜的话音刚落，薇洛妮可就看到了小岛，等她们穿过眼前这片暗礁，就可以到达小岛的码头。

"嘿！这些恼人的暗礁！"奥罗丽娜大声抱怨，她关掉发动机，改用短桨向前滑动，"每次看着天气好好的，可这儿却总是危险重重啊！"

果然，小艇驶过的地方，细碎的浪花碰撞在一起，然后涌向两边的岩石，根本看不清海水是蓝色还是绿色。如此狭小弯曲的地方，也只有这种小艇才可以通过吧。

“这个岛的周围全是这样的暗礁。”奥罗丽娜说道，“所以想要到达岛上，也只有坐这种小艇了。听说以前德国军队想在岛上设立潜艇基地，洛里昂的军官特意来视察过，不过后来他们就放心了，因为这个岛的周围全是陡峭的岩石，根本无处攀爬，西边的几个岩洞在涨潮的时候也会被完全淹没。这样的地形别说潜艇基地，根本就是什么都做不成。你瞧见那些大块的石头了吗？不知道有多少船只都撞在上面了。哎……”

“这些石头不知道已经存在多久了，一直围绕在小岛周围，保护着小岛，但也同时制造着灾难。哎，好了，不说这些了，老天啊！一共三十个！”奥罗丽娜压低声音，把那些露出水面的大石头指给薇洛妮可看。那些石头形状各异，有的像野兽、有的像刺刀、有的像金字塔、有的仿佛用鲜血浸泡过一样带着黑红色的花纹。

奥罗丽娜说着，赶紧在胸前画了个十字，接着又对薇洛妮可说道：“太太，你知道别人为什么把这里叫三十口棺材岛吗？听你父亲说，在法语里，‘暗礁’和‘棺材’这两个词的写法和读音都很相似，再加上这些可怕的大石头，所以人们才会给它起了一个这么可怕的名字。你父亲还说，萨莱克这个词也是由‘棺材’一词演变来的，这么说来，这些石头就真的像一个个棺材一样，说不定里面也会真的有尸体……”

奥罗丽娜正说着，突然停了下来，她指着其中一块石头说道：“夫人，过了这块石头我们就可以看到岛上的码头了，你马上就可以看见弗朗索亚了，他的小红帽子可显眼着呢！”

无论奥罗丽娜说什么，薇洛妮可根本听不进去，她的心早已飞到了码头上，可谁知奥罗丽娜又把话题转回到了那些可怕的大石头上，她说道：“太太，其实这岛上还有更可怕的事情呢。你父亲当初选择在这里定居，因为他对岛上的那种石桌坟非常感兴趣。那是这个岛上特有的，而且外观都极其的相似，可是你知道吗？这岛上的石桌坟不多不少刚刚好有三十座！三十啊！每个石桌坟正好对应一个大石块，而且名字也和那些大石头一模一样。”

奥罗丽娜神色慌张，声音越说越小，就好像那些大石头会竖起耳朵听到一样，她悄悄环顾四周，又说道：“太太，你也觉得这事很蹊跷，是不是？算了，越是这种怪异的事，我们越是不要谈论，回头有机会了我再慢慢说给你听吧。”

薇洛妮可不说话，她的目光一直落在码头上，不断地搜寻着儿子的身影。

这时，小艇顺利地通过了暗礁，眼看就要到达码头。

“他没有来！”薇洛妮可的声音中透出失望。

“什么？不可能！他每次都会来接我的！”奥罗丽娜断然否决。

然而，当她看到码头上除了几个妇女带着一个小女孩，还有几个老水手之外，并没有熟悉的小身影的时候，她也感到有些意外：“怎么会这样呢？以前他都会一听到海螺声立刻就来接我的呀！”

“会不会生病了？”薇洛妮可问道。

“不可能！他的身体非常棒的！”

“那会是什么原因？”

“希望千万别出什么事啊！”奥罗丽娜低声说道。

薇洛妮可心里一沉：“他是不是遇到什么危险了？”

“不，我担心的不是弗朗索亚，而是你的父亲。马克诺还特意叮嘱我不要离开你父亲半步。”奥罗丽娜说着，转念一想，立刻又否定了自己的猜测，“不对，弗朗索亚和马卢先生都在你父亲的身边，应该不会出什么意外的呀！我可真够笨的，一说到关于这个岛上邪门的事情我就开始胡思乱想，最后还搞得自己心神不宁。”

奥罗丽娜口中的这座萨莱克岛，形状狭长，高低不平，长满了古老的树木。岛的四周有许多岩石，仿佛被花环层层环绕，在不同的四季产生出不同的效果。

整个萨莱克岛只有一个小码头，码头上有一些战争时留下的房子，如今已成为渔民的居住点。奥罗丽娜将小艇靠上码头的时候，还有另外两艘船也停靠在岸边。

上岸前，奥罗丽娜再次询问薇洛妮可：“太太，你确定真的要和我一起去吗？其实我觉得你还是在这里等着比较好，两个小时后我就带他们来见你，然后我们一起去吃晚饭，怎么样？”

薇洛妮可并没有回答，她站起身来，二话不说就跳上了码头。

见薇洛妮可如此坚决，奥罗丽娜也就不再说什么，她快步跟上去，对那些孩子们喊道：“嘿！小家伙们！你们看到弗朗索亚了吗？”

“他中午的时候就来过了，只是那时候你还没回来，他就又回去了。”其中一个女人回答道。

“原来是这样啊，不过我刚才也吹了海螺的呀……唉，无所谓了，反正等下就能见到他了。”奥罗丽娜自言自语道，随后她又对帮她卸船的那几个男人说道：“船上的东西，包括那些行李，先别送到修道院去。如果我五点钟还没来，你们就叫个孩子再送给我就好。”

一个水手闻言，说道：“还是我亲自送去吧。”

“谁送都行，哦，对了，克雷，你知道最近马克诺怎么样了？”奥罗丽娜问。

“他前阵子就离开了，是我送他去彭伊拉贝海滩的。”那个叫作克雷的水手答道。

“哦？什么时候的事儿？”

“就在你出海后的第二天，太太。”

“他有没有说要去做什么？”

“他没有详细说，好像是关于什么断手……朝圣……之类的，具体的我也不太清楚。”

“朝圣？难道他是去了法乌埃村的圣巴尔博教堂？”

“哦，对，对，好像就是这个名字。”

奥罗丽娜不再追问，她现在开始有点儿相信薇洛妮可的话了，也许马克诺真的已经死掉了。

她们沿着石子小路往前走，偶尔还会上几个台阶。小路很长，也很窄，弯弯曲曲地穿过一片橡树林，然后直达岛屿的北端。

期间，奥罗丽娜还说道：“太太，你父亲一直觉得我太迷信，虽然他也遇到过一些奇怪的难以解释的事情，但我还是不敢肯定能否说服他一起离开这里。”

“他住在哪儿？”薇洛妮可问道。

“离这儿大约有四十分钟的路程，几乎和另一个岛屿相连着，等下你就能看到了，其实那是很久以前的一个修道院。”

“只有弗朗索亚和马卢先生和他三个人吗？”

“战争发生前还有另外两个男人也住在那里，战争后他们就不见了，我和马克诺负责照顾他们的日常生活，哦，对了，还有一个叫玛丽·雷格夫的厨娘负责做饭。”

“你每次出海的时候，她就会继续留在那里，是吗？”

“是的，没错。”

两人边走边聊，爬过那些高低起伏的山坡。四周的橡树又高又大，透过稀疏的树叶间隙隐约可以看到树上的橡子。大西洋的海岸水面平静，宛若一条浅绿色的腰带，将岛屿层层环绕。

薇洛妮可又问道："等到了那儿，我们要怎么做呢？"

"等下我先进去，和你父亲提前说一下，然后再带你见弗朗索亚。不过你先不要暴露身份，让他好好猜一猜。"

"你觉得我父亲见到我会高兴吗？"

"当然会啦！太太，我们都非常高兴的！"奥罗丽娜说道，"不过想想真是奇怪呢，这个地方地势很高，无论从哪个角度都会看到我们的船，而且我也吹了海螺，但弗朗索亚却还是没有来接我，哎，真是难免会有些担心啊！"

说完，奥罗丽娜发现自己又掉进了那个怪圈里，于是连忙闭了口。两人沉默着，急匆匆地向前走去。

突然，奥罗丽娜停下脚步，又在胸口画了个十字，然后说道："太太，请你学着我的样子做吧！虽然这里曾经是神圣的修道院，但是毕竟时间久远，多少会有一些不太好的东西，尤其是这片'大橡树林'，也曾经发生过很多离奇的事情呢！"

薇洛妮可一听，连忙也在胸口画了个十字，她明白奥罗丽娜指的是什么，很久以前这里必定是用来举办祭祀活动的。到如今，再看看这片稀稀落落的树林，依然能够感受到当年的神秘和威严。

"这里连一朵花儿都没有，真的太荒凉了。"薇洛妮可说道。

"种花到不难，马克诺就在仙女石桌坟那里种了好多花，等会儿我们就能看到了，大家都把那儿叫作'花香满溢的园地'。"

"那些花漂亮吗？"

"非常漂亮！为了达到最好的效果，马克诺还从其他地方找来适于种花的土，又准备好了各种工具，他还给里面掺入了一些只有他自己认识的腐烂树叶，他说那是很有效的肥料，哈。"奥罗丽娜压低声音，故做神秘道，"他的付出是值得的，那些花儿真是美极了！"

两人走到山丘前，小路延伸下去，地势变得低了很多。岛屿被一条宽大的沟壑分成了两部分，对面那部分无论从地势或面积上都要比这边略逊一筹。

"太太，我们快到了！"奥罗丽娜说道。

破碎的岩石围在岛屿的周围，好似一个圆形的花环，从而形成一面陡峭的墙壁。一块大约有五十米长的厚重的岩石连接着墙壁与主岛。这块岩石的顶部非常尖，根本无路可走，下面又是很深的沟壑，于是，两人便在上面搭了一座简易木桥，这样她们才能安全到达对面。

两人一前一后走上木桥，那木桥着实简易，又很窄，两人踩上去发出咯吱咯吱的响声，听得人心里发毛。

“太太，你瞧，那里就是修道院了。”奥罗丽娜开心地说道。

总算平安走过了木桥，两人都忍不住长喘一口气。她们又向前穿过一片长满小松树的草地，绕过右边通向灌木丛的小路，渐渐地，修道院的门显露了出来。

“斯特菲先生！”奥罗丽娜冲着右边的那片树林高声呼叫。

“你喊得是马卢先生吗？”薇洛妮可问道。

“是的，就是我之前和你说过的，弗朗索亚的老师，也是他的好朋友。我刚才看到他了，他这会儿正从桥那边过来呢。”奥罗丽娜回答，“咦？真奇怪，我叫他他怎么不答应呢！你看到他了吗？”

薇洛妮可向林子里张望了一下，摇摇头说：“没有看到。”

“我不会认错的，一定是他！我们等等他吧！”奥罗丽娜肯定地说道。

“可是，你不是担心我父亲会出意外吗？还是不要等了吧，他认识路，一会儿也就会过来的。”

奥罗丽娜想想也对，于是便招呼着薇洛妮可赶紧继续向前走去。

她们距离修道院越近，心里的不安就越浓重，疾步小跑，刚到修道院的墙边，就听到里面传来了呼喊声。

奥罗丽娜惊呼：“太太，你听到了吗？是那个厨娘的声音，她在喊救命！”说完，她加快脚步跑到门边，哆哆嗦嗦地掏出钥匙准备开门，可是那两只手似乎根本就不听使唤，好半天，门还是纹丝不动。这时，她指着右边围墙的一个缺口喊道：“太太，我们从这里进去！快！”

薇洛妮可不敢耽搁，急急忙忙跨过了围墙的缺口。两人跌跌撞撞地跑过草坪，奥罗丽娜一边跑，一边喊：“别怕！我们来了！别怕！”随后她又嘀咕说：“奇怪，怎么又不喊了，她到底怎么了！”

薇洛妮可快速奔跑，紧紧跟着奥罗丽娜，突然，她脚下一紧，被一个树根绊倒了。

等她重新爬起来的时候，奥罗丽娜已经跑到屋子左边去了。她想了想，并没有再跟上去，而是起身跑到房门口使劲地捶打。然而，不管她多么使劲，都没有人来给她开门，就在她准备离开的时候，屋里忽然又传来了喊叫声。

薇洛妮可听出那声音像极了自己的父亲，她下意识地倒退了几步，这时，屋子二楼的一个窗户被打开了，父亲探出半个身子，苍老的脸上写满了惊慌和恐惧。

“救命啊！救命！混蛋……救我！”父亲声嘶力竭地喊道。

“爸爸，是我啊，我是妮可。”

薇洛妮可吓坏了，可父亲好像并不认识她一样，自顾自地想要爬上窗户跳下来。突然，枪声从他的背后陡然响起，随即一块玻璃被打得粉碎。

“混蛋！你这个混蛋！”父亲一边喊，一边重新收回身体。

薇洛妮可被这情形吓坏了，她惊慌失措，一下子乱了方寸，但很快，她就发现距离她大概二十米的地方有一架梯子，于是她赶忙跑过去，使尽了全身的力气将梯子搬到窗户下面。

情况十分危急，薇洛妮可顾不得自己颤抖的身体，脑子里一直不停地思索着：奥罗丽娜怎么不见了？弗朗索亚呢？他和马卢先生在一起吗？他们安全逃出去了吗？是不是找人帮忙去了？父亲遇到了什么危险？他口中的那个“混蛋”又是谁？

薇洛妮可顺着梯子爬上去，结果发现梯子距离窗户还有一段距离，她费了好大的劲儿才抓住栏杆。耳边不断传来父亲的呼救声，她害怕极了，顾不得疼痛，挣扎着终于把头探进了窗户。

她看到父亲又退到了窗户边，他的脸色苍白，目光中全是惊恐，僵硬地靠在窗户边，看上去非常无助。

“弗朗索亚！弗朗索亚！”

薇洛妮可一愣，心想是不是儿子也受了伤，于是下意识地也想开口呼喊。可是，那一瞬间，声音卡在喉头，她却一个字都喊不出来了，因为她看到距离父亲五米开外站着的不是别人，正是她的儿子，弗朗索亚！

此时的弗朗索亚，正如奥罗丽娜所说，带着那顶红色的贝雷帽，穿着金纽扣的双面绒衬衫和短裤。他那年轻的脸上怒气冲冲、青筋暴起，可怕的神情像极了他的父亲。

他没有留意到窗口的薇洛妮可，愤恨的双眼直直地盯着他的爷爷，那一刻，不知道是不是错觉，薇洛妮可甚至感受到他正在享受着杀人带来的乐趣。

薇洛妮可惊呆了，她双手紧紧抓住栏杆，鼓足力气纵身跃起，终于翻进了窗户。

砰——

在她落地的那一刹那，枪声竟从她耳边呼啸而过，一切都来不及了，她看到父亲啊的一声，便倒在了地上。

弗朗索亚似乎还不尽兴，这时，另一个房门突然被推开，奥罗丽娜从里面冲了出来，她大声尖叫着："老天！弗朗索亚，你在干什么？"

弗朗索亚转头望去，仿佛根本不认识她一样，毫不留情地举起枪扣动了扳机。在奥罗丽娜倒地后，他还不以为然地从她身上跨过去，然后撒腿跑远。

"弗朗索亚，怎么会这样？不，这不是真的……"

"哈哈哈哈。"门外传来弗朗索亚可怕残忍的笑声。薇洛妮可没有再追上去，她浑身发抖，仿佛又听到了当年那个坏男人的笑声，心里禁不住一阵阵地发疼。

"妮可……妮可……"

薇洛妮可意识到是父亲在呼唤她，便立刻跪在他的身边。此时父亲的呼吸已经非常微弱，伤口不断地涌出鲜血，浸透了他的衣衫。她左右看看，想找东西替他包扎，但却被他推开了。他明白，自己已经活不长了，现在剩下的时间，只想和女儿多说几句话。

"妮可……原谅爸爸……好吗？"

薇洛妮可低头吻了吻父亲的额头，泪流满面地说道："爸爸，什么都别说了，你一定会没事的。"

父亲的嘴唇一张一合，虚弱地吐出几个字，薇洛妮可不得不将耳朵贴在他的唇边，才能勉强听清楚他说的是什么。

"小心……小心……天主宝石……"

说完，父亲突然双眼冒出敏锐的光芒，他喘着气坐起身来，然后一字一句地对薇洛妮可说道："孩子，快点离开这里！越快越好！快……走……四个……十字架……孩子……你会被钉上十字架的……"

薇洛妮可迎着父亲的目光，她明白父亲已经洞悉她此行的目的，因此才会竭尽全力警告自己快点离开。

果然，父亲说完这句话，便咽了气。

薇洛妮可顿时觉得脑袋“嗡”的一声，觉得天都要塌下来了，四周一下子变得死气沉沉，她的心里涌上一股难以言喻的沉重。

就在这时，耳边传来了奥罗丽娜的声音：“太太，听你父亲的话，快离开这里！不能再耽搁了！”

薇洛妮可抬起头，看到奥罗丽娜捂着胸口缓缓向她走来。她的胸口也中了枪，毛巾也被染成了鲜红色。

薇洛妮可惊呼：“别动，让我来给你包扎一下。”

“唉，要不是门被挡住，我早就可以赶到的，唉，弗朗索亚真是太没良心了！”奥罗丽娜吃力地说道。

薇洛妮可拦住她，柔声说道：“来，别动，还是让我先看看你的伤口。”

“别管我，太太，你还是先去看看那个厨娘吧，刚才我发现她也在楼梯口受伤了，而且比我严重多了。”

薇洛妮可闻言，马上起身跑到门边，果真看到厨娘奄奄一息地躺在楼梯上。几分钟后，厨娘也死了，在毫不知情的情况下就那样死去了。

薇洛妮可的心情更加沉重了，她想起了马克诺的预言，她的父亲将会是第二个受害者，可是，这一切究竟有着怎样的联系呢？

## 第四章　沉船事件

幸运的是奥罗丽娜的伤口不算深，不至于危及性命。薇洛妮可替她包扎好后，她就昏睡过去了。

薇洛妮可把厨娘的尸体搬进那个装满书和家具的大房间，然后又把自己的父亲也搬了进去。

她轻轻合上父亲的双眼，并给他盖上床单，然后跪在他的身边，双手合十开始祈祷。她的脑子乱极了，祈祷的词一句也说不出来，眼前不断浮现的是一桩接一桩不幸的意外。她就那样跪着，把脸埋进手里，一个多小时都没有动弹。

弗朗索亚的模样重复从她脑海中闪过，她怎么也不愿意相信儿子变成可怕的杀人凶手，他的样子总让她联想到沃尔思吉那个坏男人。他们的身影重重叠叠，反复增加，最后整合成一张虚伪的、残忍的恐怖面孔。

在见到儿子之前，她的内心激动得难以平静，积压了十四年的母爱几乎在瞬间就要迸发，但此时，她却又宁可相信儿子早已经死掉，也不愿意看到儿子变得和那个坏男人一样！

她的内心悲伤极了，仿佛一下子从天堂跌进了地狱，那种落差让她几乎难以忍受。谁能像她一样，在即将和家人重逢的时候，却又要面临生死离别？儿子杀死了自己的亲生爷爷！老天啊！她可爱的儿子竟然真的变成了杀人凶手！更令她不寒而栗的是，儿子在杀人的那一瞬间所流露出的享受的神情。

她不知道他为什么会那么做！她想也许是那个马卢老师教他的！再或许根本就是马卢亲手策划的！那么现在，她该怎么办呢？她的脑子一团糟，根本理不出头绪，简直快要把她逼疯了，有那么一瞬间，她甚至也想要一死了之。

“太太……”奥罗丽娜虚弱的声音传了过来，让薇洛妮可立刻清醒过来。

“怎么了？”她问。

“门铃响了，可能是来给你送行李的。”

薇洛妮可惊慌起来：“那我现在该怎么办？指正我的儿子是杀人凶手吗？”

“不，不，你先不要着急，让我来说就好。”

“可是你现在受了伤啊。”

“我没事，现在已经感觉好多了。”

薇洛妮可确信她的脸色真的好些了，于是起身下楼，打开了门。

奥罗丽娜说得没错，门外果然站着一个水手，手里还提着她的行李箱。

“你好，太太，我刚才敲了门，厨娘没在吗？奥罗丽娜太太呢？”水手问道。

“噢！奥罗丽娜太太在二楼正等着你呢。”薇洛妮可赶紧侧了侧身，让水手进了屋。

水手疑惑地望着薇洛妮可苍白的脸，然后默不作声地跟着她上了楼，一看到奥罗丽娜，他立刻惊慌起来："太太，你怎么受伤了？出了什么事？"

"你看到了，克雷，这都是真的！"奥罗丽娜指了指不远处的两具尸体说，"安托文先生和厨娘都被人杀死了。"

克雷变了脸色，战战兢兢地说道："他们……被杀了……谁干的？"

"我们到这里的时候，他们已经死了。"奥罗丽娜摇头回答。

"那弗朗索亚和马卢先生呢？"

"没有见到他们，估计凶多吉少。"

"可是……马克诺说……"

"说什么？"

"马克诺说他有预知未来的超能力，如果现在他在这里，就肯定能知道谁是凶手，唉，他总是说自己会第一个死掉。"

奥罗丽娜悲伤地回答："其实，马克诺早就死了。"

一听这话，克雷的脸唰地一下就白了，他不停地画着十字，低声说道："原来，马克诺说的都是真的！前些天他还跟我说，这岛上所有的人都一定要离开这里！越快越好！"

说完，克雷突然转身向门外跑去。

"克雷，等一下！"奥罗丽娜喊道。

"马克诺说了，大家都得走，越快越好！"克雷慌张万分，简直要语无伦次了。

"克雷！站住！"奥罗丽娜大声命令。

克雷犹豫着停下了脚步，只听奥罗丽娜又说道："马克诺说得没错，我们也决定明天傍晚就离开这里，可是，在离开之前，我们必须先安顿安托文先生和厨娘的后事，对吗？这样吧，你去帮我找一下阿尔西姐妹吧，虽然我并不喜欢她们，但在这方面她们还是很有一套的。你告诉她们，最少要来两个人，我会付给她们双倍的报酬。"

"然后呢？太太。"

"这件事办妥之后，你就和其他的老人们一起筹备下棺材的事，明天早上就把他们埋葬到教堂的墓地吧。"

"下葬之后呢？太太。"

"下葬之后，你就可以准备行李，和其他人一起离开了。"

“可是你怎么办？”

“我有船，好了，别浪费时间了，快去吧！”

“好的，那就这样办吧，反正就多等一晚上，我想也不至于那么糟糕吧。”

“一定不会的，你快去吧！对了，千万不要告诉任何人马克诺已经死了，不然大家就会乱作一团了。”

“好的，太太。”说完，克雷便急急忙忙地离开了。

大约过了一个小时，阿尔西两姐妹都来了。她们带着沾满油污的帽子，皮肤又干又皱，是两个骨瘦如柴的老太太，就好像童话里走出的巫婆一样。

她们一起把奥罗丽娜抬回她自己的房间，便开始了守夜的仪式。

这天晚上，薇洛妮可为父亲守灵，之后又到奥罗丽娜的房间查看伤情，她身心疲惫，竟然在不知不觉中睡着了。迷迷糊糊中，还是奥罗丽娜叫醒了她，这时，她才发现自己发烧了。

奥罗丽娜说道：“亲爱的太太，弗朗索亚和马卢一定是藏起来了，因为马克诺以前告诉过他们这岛上哪里可以藏身，他们一定是藏到那里去了，难怪找不到他们。”

“真的吗？”

“真的！我想，明天等其他人都离开这里之后，他听见我的海螺声，就会来到这里的。”

薇洛妮可烦躁地甩着头：“我不想再见到他了！他简直和他那个丧心病狂的父亲一个德行！竟然亲手杀了自己的爷爷！还杀了厨娘！还开枪伤了你！老天！我真是恨死他了！太没良心了！”

没想到奥罗丽娜并不生气，她轻轻握住薇洛妮可的手，安慰道：“太太，别太难过了，他年纪还小，不能控制自己的行为。”

“不知道自己在做什么？你也看到他当时的眼神了！简直和那个坏男人一模一样！”

“也许他一时神经错乱了呢？”

“有这种可能吗？”

“太太，相信我，我很了解弗朗索亚，他绝对是个善良可爱的孩子。如果不是迷失了心智，他是绝对不会做出这种事情的！现在他可能也追悔莫及，痛哭流涕呢！”

“不，我不相信。”薇洛妮可痛苦地低喊。

“唉，这也不怪你，因为你根本不了解以前的事儿，对未来你也无能为力……如果你知道的话……那些事情就会……就会……”奥罗丽娜的眼睛睁得大大的，但声音却越来越小，薇洛妮可只见她的嘴巴在动，可是完全听不到她说什么了。

一整夜，薇洛妮可都过得提心吊胆，索性再没有其他事情发生，倒也算平安度过。

第二天清晨，天还没有完全亮起来，薇洛妮可就听见了钉棺材的声音。就在这时，阿尔西两姐妹突然推门跑了进来。

她们脸色煞白，神色异常慌张："你们太过分了！马克诺已经死了！为什么不告诉我们真相！现在快把钱给我们，我们要马上离开这里！"

薇洛妮可无奈，只得将工钱给了她们。她们拿了钱，飞一般地跑出了屋子。很快，这个消息就传遍整个岛屿，女人们叫回自己的丈夫，异口同声地说道："必须离开这里！越快越好！现在刚好有两艘船！"

奥罗丽娜见状，只好不停地劝他们，好在她平日里在岛上威信较高，再加上薇洛妮可给他们分了些钱，这才让他们的心稍稍平静下来。

按照原定计划，葬礼便在匆忙间举办了。在离房子不远的地方，有一座年代久远的老教堂，薇洛妮可的父亲曾经出钱将其重新修缮。教堂每月都会请来神父做弥撒，两边就是教堂的墓地，埋葬去世的修士们。

葬礼非常简单，由一个平日负责圣器的老人来主持，他随随便便说了几句祝福的话，然后两具棺材就被下了葬。

在场的人都心神不宁，由于事发突然，他们自然会浮想联翩，只想着尽快离开这里。八点钟，葬礼顺利完成，人们便立刻如鸟兽散。只有薇洛妮可的心里还是乱成一团糟，怪事一件接一件，让她濒临崩溃的边缘。

奥罗丽娜因为伤病的原因，并没有参加葬礼。等到薇洛妮可返回屋子，她便说道："太太，我现在感觉好多了。我们尽快带着弗朗索亚一起离开这里。"

薇洛妮可听到她又提起弗朗索亚，脸上即刻变得不悦起来。奥罗丽娜连忙说道："太太，之前我就和你说过的，这岛上现在太邪门了，我们必须尽快离开。你、我、弗朗索亚还有马卢，我们一起走！任何一个人留下，都会是死路一条！"

薇洛妮可不想再与她争执，于是沉默着点了点头。

可是，谁也没有料想到，九点的时候，克雷又急匆匆地赶来了，刚一进门他就慌慌张张地喊道："不好了，奥罗丽娜太太，你的船被偷走了！"

"你说什么？"奥罗丽娜瞪大了眼睛。

克雷气喘吁吁："船……不见了。今天早上起来我就有种不祥的预感，结果有人告诉我他们看到昨晚你的船被小偷割断了绳索，偷走了。只可惜我昨晚喝多了，都是我的错啊！"

奥罗丽娜和薇洛妮可互相看了看对方，马上就意识到他们口中的小偷一定就是弗朗索亚和马卢。

"没错，他的确会开快艇。"奥罗丽娜喃喃自语。

薇洛妮可觉得这样挺好，毕竟儿子已经离开了这座岛，但奥罗丽娜却担忧起来："这下我们该怎么离开？"

这时，克雷接话道："我们还有两艘船啊，放心吧，船上都有位子坐。我们必须马上离开这里，十一点一过，村子里的人就全走光了。"

"可是奥罗丽娜现在身上有伤……"薇洛妮可说道。

"没事，我好多了。"

"不行！你现在伤得这么重，怎么能坐船啊？"薇洛妮可打断她，对克雷说道："克雷，你后天再来接我们吧。"说完，她就把克雷推到了门边。

"这样也好，那后天我再回来一次吧……反正还有好多东西没有拿，到时候刚好再回来取一次东西。那你们多保重呀！"克雷说完，拔腿就跑。

"克雷！回来！"奥罗丽娜大声叫喊，"等等我，我现在就要离开这里！"

她等了片刻，并没有见到克雷返回来，于是她挣扎着就要下床："我不想一个人留在这个鬼地方！"

"你不是一个人！有我陪着你呀！我们不会分开的！"薇洛妮可一边说，一边将奥罗丽娜重新按回到床上。

"不……我好害怕……这里太邪门了……连马克诺都死了……这就是不祥的预兆啊……"

奥罗丽娜语无伦次，但还有几分清醒，她抓着薇洛妮可的肩膀说道："太太，我告诉你，马克诺说过，这座岛是被恶魔诅咒过的！一旦打开了那扇地狱之门，那么灾难就会毁灭整座岛屿。”

薇洛妮可无计可施，只能一遍又一遍地劝说她，慢慢地，她平静下来，缓缓说道：“太太，你不了解，我们都很爱这个岛，马克诺也不例外，但是他曾经非常神秘地跟我说，这个岛并没有看起来那么简单。它可以通向天堂，也可以通向地狱。其实他说得没错，你看他种的那些花儿就知道了。那些花要比普通的花大很多，也漂亮很多。”

沉默弥漫开来，两人都不再说话。就这样，时间一分一秒地流逝，窗外的海风越来越强劲，在海面上掀起阵阵白色的浪花。大雾笼罩着整个海岸，显得诡异又阴森。过了一会儿，东方的天空渐渐露出隐约的亮光，太阳慢慢露出了海面。

奥罗丽娜还在低声嘟囔：“这岛上的地狱之门其实就是一块金银混合的宝石，他们叫它天主宝石，不知是从哪里来的，马克诺说他见过那块宝石，用它打开了那扇地狱之门，所以灾难降临，他刚把手臂伸进门里，手臂就断掉了……”

薇洛妮可的心里烦闷极了，一股浓浓的恐惧将她团团包裹。这些天发生的事情简直诡异至极，她找不到头绪，只能无助地承受着这一切，然而事情似乎并没有停息，她隐隐感到似乎有更大的阴谋和灾难在等着她，而这一切，似乎都是命中注定无法避免。

只听奥罗丽娜又说话了：“太太，你看到船了吗？”

“没有。”

“你一定会看到的，这个岛只有一个码头，船开出来一定会经过窗户的。”

几分钟过后，薇洛妮可果然看到一艘装满东西的小船出现在了海面上。

那小船被塞得满满当当，所以吃水很深，女人和孩子坐在堆积的箱子上，四个男人则使尽全力摇着船桨。

“这是克雷的船。”奥罗丽娜说着，就从床上跳了起来，她指着窗户外说，“看，还有一只。”

说话间，薇洛妮可看见又有一艘船驶了出来。这艘船和刚才那艘船一样，也装满了箱子，上面有三个男人和一个女人。

两艘船只距离窗户起码有七八百米，因此她们根本看不清船上究竟是谁，在说什么。

“老天保佑，希望他们能顺利离开！”奥罗丽娜担忧地说道。

“别担心，不会有危险的。”

“不，只要他们没有完全驶出这个岛，那就还是会很危险。”

“他们的船已经开远了。”

“他们只是离开了岛的陆地，但并没有离开岛，你看那些石头棺材都在他们周围盯着呢。”

“可是海面看起来很平静呀。”

“我不是说大海，是其他的东西。”

“什么东西？”

“我说不清……”

两条船一路向北行驶，在它们的前方出现了两条航道，而这两条航道正巧对着两个暗礁。

奥罗丽娜解释说那两个暗礁分别叫作“魔鬼之石”和“萨莱克之牙”，克雷走的正是对应着魔鬼之石的航道，只有再顺利驶出一百米，他们才算是真的平安了。

她冷冷地笑着说：“看来这次地狱之门要不起作用了，太太，他们可以平安离开，咱们一定也可以的。”

薇洛妮可低着头，没有回应，因为此时她的心里涌上了那股子说不清道不明的慌乱。她希望克雷一行人能够顺利离开，可是她又总觉得似乎还有更糟糕的事情马上就要降临。

奥罗丽娜的发烧更厉害了，她迷迷糊糊地呓语：“我害怕……真的很害怕……”

“别怕，不会有事的。”薇洛妮可打断她。

奥罗丽娜突然睁大眼睛大叫起来：“啊！快看那！出了什么事？”

“什么？哪里？”

两人急忙趴到窗户上向远处望去，只见从“萨莱克之牙”直冲出一艘快艇，薇洛妮可立刻认出那就是奥罗丽娜被盗的那艘。

“弗朗索亚……弗朗索亚和马卢……”奥罗丽娜惊慌地叫道。

薇洛妮可也看到了，那的确是她的儿子，他正站在船头向其他两艘船上的人打着手势。薇洛妮可靠近打开窗户，急切地想听到他们究竟在说些什么，可是除了风中夹杂着的马达声以外，她什么也没听到。

“他们为什么不上岸来？”奥罗丽娜说道。

“也许他们害怕面对大家的指责。”薇洛妮可解释。

“不会的，岛上的人都认识弗朗索亚，他经常和我在一起，可现在这种情况，他们应该藏起来才对呀。”

“那他们为什么在这个时候又出现了呢？”

奥罗丽娜摇头，说：“就是啊，我也奇怪呢，他们刚好碰到的是克雷的船，不知道他们会说些什么？”

弗朗索亚驾驶着快艇很快便接近了那两条船，在相隔差不多十几米的时候，他熄灭了马达，然后弯下身子，突然向对面的船上扔了个东西，紧接着，马卢也向另一艘船上扔了一个。

只听见轰——轰两声，两艘小船相继发生了爆炸。火舌卷着浓烟瞬间就蹿起了几米高。薇洛妮可尖叫着，下意识地用双手捂住了脸颊，片刻后，她才缓缓抬起了头。

那是一幅多么惨烈的画面啊！

船只被炸出了大洞，几个人已经在爆炸中死掉，剩下的两个男人乱作一团，大喊大叫，一个女人抱着孩子，呆若木鸡，完全被这突如其来的爆炸吓傻了。大洞里不停地涌进海水，很快，两艘小船便被大海完全吞噬，随即消失得无影无踪。

薇洛妮可和奥罗丽娜原本就心慌意乱，没想到竟亲眼看到了这样的悲剧，两人一时间都被吓傻了。

过了很久，奥罗丽娜抱着头，痛苦地低吼：“我的头好痛！我要疯了！真的快疯了！为什么会这样？他们都是我从小到大的朋友，却怎么能在一瞬间就全部死掉了？我再也见不到他们了……一切都是这个岛的诅咒！我也逃不脱！弗朗索亚到底知不知道自己在做些什么啊！”

薇洛妮可脸色煞白，她抓着窗户探出身子，想要看看弗朗索亚此刻在做些什么。她多么希望他此刻能去救救那些人啊！可是她又不愿承认他刚才的所做作为又是神经失常所致！这让她的内心十分矛盾。

弗朗索亚驾驶着快艇后退到远处，他们俩一个在船头，一个在船尾。弥漫的大雾中，她们无法看清两人手里拿着的东西。

“他们拿的竹竿吗？要去救人？”薇洛妮可低声说道。

“太太，他们拿的是枪。”奥罗丽娜更正道。

透过大雾，两人看到海面上还有九个幸存者，他们正拼命地在海水里挣扎，试图能寻求到帮助。

渐渐地，九个人的距离越来越远，有几个人游离了船，其余四个人却越游离船越近，其中两个人甚至游到了弗朗索亚的快艇边。

他们伸出手，想要抓住快艇的甲板边缘，可就在这时，弗朗索亚和马卢几乎同时拿起了手里的枪，想都没想就向他们扣动了扳机。

两声枪响后，那两个幸存者也沉入了海底。

“真是个混蛋！”薇洛妮可浑身瘫软，哽咽着说道。

奥罗丽娜望着眼前的一幕，扯开嗓子大喊道：“弗朗索亚……住手……”

然而，海风呼啸，身负重伤的奥罗丽娜无论怎么拼命地喊叫，弗朗索亚也根本听不到。这时，她好像突然想起了什么，转身开始在屋里翻找。终于，她在房间的角落里找到了那个海螺号。

她拿着海螺号跑到窗边，鼓起腮帮吹了起来，只可惜她的伤势太重，气息原本就十分微弱，因此海螺号压根儿就没什么响声。

“真倒霉！”奥罗丽娜懊恼地抱怨，她一把扔掉海螺号，瘫坐在了地上，“我实在是没有力气了……唉……弗朗索亚到底要做什么……”

薇洛妮可看着气喘吁吁、脸色发白的奥罗丽娜，用几近恳求的语气说道：“奥罗丽娜，别白费力气了，他根本听不到。”

“可是，他们怎么能做出这么伤天害理的事情？”

此时的弗朗索亚开着快艇依旧在大海上追杀其他的幸存者，随着枪声再次响起，幸存者一个接一个地丧身大海。

“他们这样做，和猎杀动物有什么两样？哎，这些也都曾经是他们的朋友和伙伴啊！他们怎么能下得去手？”奥罗丽娜愤恨至极。

随着话音落下，海面上又消失了一个影子。

薇洛妮可绝望至极，她的脸上写满痛苦，双手紧紧捏着窗框，嘶哑着声音吼道：“弗朗索亚，你为什么会变得和那个坏男人一模一样！”

突然，一双手掐上了她的脖子，她惊恐地抬头，正好撞上奥罗丽娜的双眼。

“这就是你的好儿子！你怎么能生下这样的混蛋！你一定是个恶魔！你一定会被钉死在十字架上……没错……钉死在十字架上！”

奥罗丽娜一边诅咒，一边大笑，变得疯疯癫癫。

薇洛妮可使劲挣脱开她的手，想要让她平静下来。

奥罗丽娜像发了疯一样，猛然将薇洛妮可推倒，然后迅速跳上窗户，伸开手臂，喊着弗朗索亚的名字跳了下去。

所幸的是，窗户离地面并没有多高。奥罗丽娜跳到了草地上，脚步不停地沿着小路向岛上的最高点跑去。她站在悬崖顶上，发了一会儿呆，然后又喊了三声弗朗索亚的名字，便纵身一跃，跳入了大海。

此时的海面早已被鲜血染红了一大片，弗朗索亚和马卢杀完了所有的幸存者，他们驾驶着快艇，开动马达一路向贝梅茵和孔卡诺海滩驶去。

一切恢复了平静，太阳跳出海岸线，给岛屿镀上了一层淡淡的金色。空气中飘荡着冰冷和甜腥的气息，如今在这个岛上，就只剩下薇洛妮可一个人了。

## 第五章　十字架的诅咒

奥罗丽娜死后，整座岛上就剩下了薇洛妮可一个人。

她孤零零地靠在窗台上，她浑身发冷，刚才的一幕幕血腥场面不断在她脑海中重复。她甩甩头，强迫自己不要去想，可是越是这样，那些场面却变得越发清晰。

她不愿意，也不想去纠结这场悲剧的源头究竟是什么。她觉得奥罗丽娜说得是对的，弗朗索亚和马卢一定都神经错乱了，否则的话，他们怎么能做出这么残忍的事？正因为如此，她也就更加不去猜测他们还会做出什么过分的事。奥罗丽娜已经死了，岛上那么多无辜的人也都死掉了，而这一切，归根到底不也都是因为这两个家伙的精神出了问题吗？

有那么一段时间，她的脑子根本不听使唤了，迷迷糊糊中她似乎又看到了那些可怕的场面。她难过极了，忍不住呜呜哭了起来。忽然，一阵轻微的窸窸窣窣的声音传了过来，她一惊，下意识地抬头向后退去。

原来，她只是太过紧张了，那声音只是来自她面前的一个小动物。

它长着咖啡色的长毛，两只前爪重叠在一起，就那样坐在她的面前，呆呆地望着她。

薇洛妮可盯着这只小狗，不知为何脑子里立刻窜进一个名字："杜瓦边"。奥罗丽娜说过弗朗索亚也养了一只长得挺难看的小狗，她想，大概就是这只吧。

然而，当她看到这只小狗的时候并没有觉得开心，反而感到异常愤怒，恨不得将它立刻扔到门外去。什么"杜瓦边"？什么"一切顺利"？统统都是骗人的！从她踏上这座岛的那一刻起，她就一点儿都没有顺利过！父亲死了、奥罗丽娜死了、弗朗索亚疯了，可"杜瓦边"却安然无恙，这简直就是一场笑话！

她挥动着手臂，想要赶走这只丑陋的小狗，可小狗似乎一点儿都不怕她，还坐在她的面前做起了鬼脸。它歪着脑袋，闭起一只眼睛，咧着嘴巴发出呼哧呼哧的声音。

薇洛妮可感到无比悲哀，因为奥罗丽娜曾经说过，这只小狗只有在人感到痛苦难过的时候才会出现，它做出各种怪模样，就是为了逗人发笑。

这样想着，薇洛妮可的内心就更加伤心，她伸手拉住小狗的腿，将它拽到了身边，然后说道："小狗啊小狗，你的名字叫一切顺利，可是这一切却一点儿都不顺利，你是不是也觉得很可笑？我现在最大的问题不是发笑，而是一定不能像那些人一样变得疯癫，是不是？我必须要好好地活下去呀！"

说完这话，薇洛妮可的心中忽然涌上了一种对生存的渴望。她下楼到厨房找了些食物，自己吃了一点，剩下的大部分都给了那只小狗。

天黑的时候，她在二楼找了一间闲置的房间，简单地打扫后就躺下了。接二连三的突发事件令她身心疲惫，很快便进入了梦想。"杜瓦边"乖巧地卧在她的床头，在这安静的夜晚陪伴着她。

第二天，当她睁开眼的时候，天色已经大亮了。有那么一瞬间，她似乎觉得自己又回到了贝乐桑，在那个简陋干净的小屋里，肆意地享受着宁静舒适的时光。这样的心情和昨晚真是天壤之别，连她自己都感到非常意外。这一刻，她已经不再为那些死去的人们而悲痛欲绝。所有的悲哀都已随风散去，父亲的丧事也已经办妥，那么从现在起，她就不再会陷入伤痛而难以自拔了。

她躺在狭小的床上，舒展了一下身体，却还是不想起来。这些天以来，她从没有像此刻这样彻底放松过，享受孤独倒也成了难得的奢望。

窗外传来汽船靠岸的声响，但薇洛妮可还是没有挪动身体，她明白，昨天一定有人看到了爆炸，因此今天才会有人来视察。

接着，她又看到一艘小艇从汽船上放了下来，这倒让她有点儿担心。万一要是真的有人来调查，那她的名字、身份、来历等也都会被曝光，这样的话，很有可能会牵扯到弗朗索亚。她希望儿子能安然无恙，更害怕自己又一次陷入可怕的境地，因此，她决定在岛上再待一两个星期，到时候再搭乘顺路的船只离开这里。

不过，很显然是薇洛妮可多虑了，那艘小艇放下没多久就开动马达离开了，根本没有人上岸。她长吁了一口气，紧张的精神慢慢放松下来。就这样，她平静地度过了三个日夜。

整座岛上只剩下她一人，这种感觉奇妙极了，仿佛自己成为了整座岛屿的主人，她可以为所欲为，想干什么就干什么，心情也随之好了许多。可是，“杜瓦边”却不知什么时候离开了。

修道院处在小岛的一端，是在原址上重新修建起来的，而原来的修道院早在15世纪的时候就已经成了一片废墟。到了18世纪，有一个很有钱的船主来到这里，他用原来修道院剩下的建筑材料和教堂的石块重新修建了这座修道院，不管是建筑还是装饰，看上去都非常普通。

薇洛妮可对这所修道院没什么兴趣，更不会闲来无事去每间房子都看看，因为无论是那一个房间，都会轻易地勾起她对父亲和儿子的思念，所以她都是尽可能地待在屋子里不出来走动。

这天，天气非常好，阳光灿烂，天空湛蓝，薇洛妮可走出房间，来到了一片大花园。

花园连着屋子前的草地，上面全是废墟和常春藤，而且所有的小路都朝着同一个方向延伸到一个陡峭的岬角。她顺着小路走了一段，来到了一处半圆形的空地上。空地周围长着很多高大的橡树，对面便是一望无际的大海。在空地的中间是一座低矮的石桌坟。石桌坟呈椭圆形，架在两条岩石柱上，远远望去，就好像是一个放置在那里的桌子一般。

薇洛妮可心想：这就是奥罗丽娜说过的仙女石桌坟吧！那马克诺的花园应该也就在附近了！

她沿着空地走了一圈，看到石桌坟下面的石柱外侧非常光滑，好像是刻意雕刻出来的，但内侧却有一些古怪的记号。当她仔细查看这些记号之后，那股浓重的恐惧又向她席卷而来。

原来，在右边刻着的竟然还是四个钉在十字架上的女人。雕刻的刀法很笨拙，但很用力。左边刻着一行小小的字迹，不知是人为将它们抹去，还是经过风吹雨打的侵蚀，那些字已经有些看不清了。不过，薇洛妮可还是依稀辨认出这些字和她在马克诺尸体旁发现的那些字一样：四个女人……被钉死在十字架上……三十口棺材岛……生死决定于天主的宝石。

薇洛妮可心里又开始充满恐惧，她颤颤巍巍地站起来，马上转身逃走了。这座岛充满着神秘和诡异的气息，无论如何她都要尽快离开。

她沿着空地边的一条小路一直跑，穿过那片高大的橡树林，然后停在最后一棵橡树旁。那棵橡树没有树叶，只剩下干枯的枝干，看上去像是遭到过雷击。她不敢耽误时间，急匆匆地跑下台阶，又经过一片草地，这时，她看到了四行巨大而又粗糙的石头柱子。柱子非常大，依次排列开来，十分壮观，让她不由得停下了脚步。

“原来这里就是马克诺的花园啊！”她赞叹道。

那最后两块巨石仿佛一扇硕大的门框，在它的前面则是异常壮观的景象：

大约五十米长的台阶一直通向一块长方形的空地，台阶两旁也都平行排列着相似高度的巨石，如同寺庙大殿里的柱子一样，雄伟庄严。空地上铺着大块的花岗岩石板，它们大小不一，有的已经裂开。杂草从裂缝中挤出来，给原本丑陋的石板上镶起了一道道灰绿色的花边。

空地的中央有一尊年代久远的基督石像，它的周围则围绕着一圈正方形的花园，里面种满了奇异芬芳的鲜花。那些花儿实在是美极了！比我们往日看到的要大许多，颜色也鲜艳许多，如梦似幻，芳香四溢。

有弗吉尼亚的昙花、萱草等，还有像血色一般的委陵菜，还有颜色胜过主教红袍的鸢尾花，另外，还有许多常见的品种。薇洛妮可认得这些花，但令她感到震惊的是，她从来没有见过如此巨大而美丽的花。花的种类繁多，但每种花却只有几株，朵朵花苞上都聚集了五彩缤纷的颜色和奇异的香味。

更令她感到惊奇的是，以前见过的那些花，不同品种都会在不同季节开放，可这些花却是在同一时间盛开。虽然花期只有短短的两到三周，但那繁花锦簇的景象足以震撼人的心灵。

薇洛妮可注意到，在这些花里有一条花藤是顺着地面一直攀延到基督石像上的。花藤上开满了蓝色、白色、紫色的鲜花，仿佛要争先恐后地爬到石像的面前一样。

薇洛妮可认得这些是婆婆纳花，因为在法语里，“薇洛妮可”这个名字的解释就是婆婆纳花，所以她一下子激动起来。

她走近花藤，看到在石像的底座上有一个不大的牌子，牌子上写着四个字：妈妈的花。

薇洛妮可从不迷信，她相信凡事总有因。这些花看上去瑰丽巨大，但肯定不是什么超自然的原因，更不可能是马克诺的什么独家配方，至于究竟是什么原因导致这些花长得这样大，目前她还不清楚，不过她坚信，总有一天她会搞明白的。

然而，眼前的花朵实在是太漂亮了！百花齐放，围绕着基督石像，仿佛都在虔诚地叩拜着心中的那个神灵，看着这一切，就连薇洛妮可也忍不住跪在了地上。

之后，薇洛妮可又接连两天来到这片花园。身处于繁花缭绕中，她的心情有着前所未有的转变。尤其是看着那些婆婆纳花，她似乎对儿子的仇恨也褪去不少。

等到第五天的时候，她的食物已所剩不多，于是到中午的时候，她准备下山去村子里找些食物。

村子里大部分的房门都是敞开着的，村民在离开的时候肯定还想着能再回去取些东西，可谁知道命运多舛，他们却是有去无回呢！薇洛妮可想到这儿，心里难免又有些悲哀。

她站在一间屋子前面，看到窗台上摆着一盆天竺葵，屋里墙壁上的大挂钟还在重复摆动着。她犹豫了一下，还是没有走进去。

几分钟后，她在码头旁边的货棚里发现了一些食品袋和箱子，她认得这些都是从奥罗丽娜的船上搬下来的。

“太好了！这些足够我吃几个星期的了！”她暗暗欣喜。

她找了些巧克力、饼干、罐头还有一些生活用品，将它们一一放进篮子里，就准备返回修道院。突然，她转念一想，她还没有看过小岛的另一端是什么样子呢，于是她把篮子又放在了地上，出门向目的地走去。

小路一直通向高地，那里也有一片橡树林。林中枝叶茂密，把小路上的阳光全都遮蔽掉了。不过，沿途除了这片橡树林也就没有其他什么可看的了。小路越走越窄，可以看到宽阔的海面和远处的布列塔尼海岸。

薇洛妮可发现了一个老宅子，墙外也是一排岩石。这座老宅子呈长方形，尽管有被翻修的痕迹，但看上去依然破烂不堪。她看到院子里很脏，很多废铁和柴草就被随意地丢弃在院子中间。

就在薇洛妮可准备转身离开的时候，突然，她似乎听到了一阵呻吟声。她立刻警觉起来，侧耳倾听后确认那真的是一个女人的呻吟和呼救声！

这一刻，薇洛妮可不知道是该高兴还是害怕。在她看来，这个岛上能逃走的都逃走了，没逃走的也都死掉了，整座岛应该只有她一个人才对。现在突然听到了别人的声音，她觉得内心的孤独瞬间就被排挤掉了，可是下一秒，她又非常紧张，害怕自己再次卷入不可预知的灾难当中。

但无论如何，她还是决定去看一看究竟。

她确定了那声音不是来自卧室，而是院子右边的杂物储藏室，于是她轻轻推开院子里的栅栏门，走了进去。

也许是里面的人听到了她的脚步声，便使劲喊叫了起来，急迫的声音催促着薇洛妮可加快了脚步。

“救命啊！快来救命啊！”

突然，另一个声音响了起来：“别喊了，柯瑞蒙思，说不定是他们……”

“不会的，瑞尔特里得，如果是他们来了，我们根本就听不到任何声音的。外面的朋友，快开开门吧，钥匙就在门上挂着呢！”

薇洛妮可正在盘算着用什么办法能打开门，听到这话，低头一看，果然在门上挂着一把大钥匙。

薇洛妮可立刻拧动钥匙，打开了房门，原来里面说话的正是阿尔西姐妹俩。她们半裸露着身体，挤在一间洗衣房里。而此时在她们身边的，正是她们姐妹三人中的另一个。

那女人躺在干草堆上，正发出痛苦的呻吟声。

阿尔西姐妹俩一个瘫软在地上，一个抓着薇洛妮可的胳膊，急切地问道："太太，他们还在岛上吗？你看到他们了吗？为什么你会安然无恙呢？自从村民离开后，他们就霸占了这座岛。他们把我们关在这里已经有六天了。那天我们也在收拾行李准备离开，来这个洗衣房收衣服的时候，他们出现了。他们悄然无声，我们根本就没发觉。后来我们听到门被锁上的声音，才知道发生了什么。幸亏我们这里还有些吃的东西，否则我们真的会被饿死了。现在我们最担心的是他们会不会回来杀我们？到底情况怎么样了？他们还会回来吗？太太，我们真是害怕极了，神经每天都绷得紧紧的，你瞧，我们的大姐已经疯掉了，一个劲儿不停地说胡话。柯瑞蒙思也快不行了……我……叫瑞尔特利得……"

她一边说，一边使劲掐薇洛妮可的胳膊："克雷呢？太太，你见到他了吗？他是不是回来后又离开了？可是他为什么不来找我们呢？他知道我们在这里啊，只要他来了，我们肯定会大声呼救的啊……"

薇洛妮可想了想，还是把实情告诉了姐妹俩："克雷没有回来，他们的两艘船都沉了。"

"你说什么？"

"那两艘船刚开出码头不久就沉没了，船上的人都死了……"

薇洛妮可没再说什么，她害怕再次回忆起弗朗索亚和马卢杀人的场景。

柯瑞蒙思挣扎着靠在门框上，干瘦的脸上写满疑惑和恐惧。

只听瑞尔特里得问道："奥罗丽娜呢？她怎么样了？"

"她死了。"

"什么？死了？"姐妹俩异口同声地惊声喊道，又马上陷入了沉默。她们对视了一下，然后各自沉浸在思索当中。瑞尔特里得一边想，一边掰着手指好像在计算着什么。

渐渐地，恐惧将她完全笼罩，她盯着薇洛妮可，沙哑着声音说道："没错……果然是这样……太太，你知道吗？除了我们姐妹三人，那两艘船上一共有二十个人。加上马克诺、安托文先生、奥罗丽娜和那个厨娘，还有失踪了的弗朗索亚和马卢，一共是二十六个人啊！二十六个人！三十减去二十六是四，对不对？你明白是什么意思吗？"

她哽咽着，嘴里也变得含糊不清，但薇洛妮可似乎还是听懂一些关键的内容。

只听她继续说道："四个！太太，我们三姐妹加上你，刚好就是四个人啊！那四个十字架？还有四个女人？你还不明白吗？现在这岛上就剩下我们四个人了啊！我们将要被钉死在十字架上啊！多可怕？多可怕！”

薇洛妮可不以为然地说道：“现在这岛上就剩下我们四个人，那就更没有必要害怕了啊？你们究竟在怕什么？”

“怕他们！怕他们再回来！”

薇洛妮可有点不耐烦了：“现在岛上只有我们四个人了！没有其他人了啊！”

“千万别那么大声，他们会听到的。”瑞尔特里得连忙摆摆手，示意她小点声。

“你们说的到底是谁啊？”

“是他们！”

“他们到底是谁啊！”

“是祭祀的人，他们会杀掉这岛上所有的男人和女人，然后向上帝贡献。”

“你说的是德罗伊教徒？他们早就不存在了啊！”

“嘘……嘘……除了他们，还有神灵！”

“什么神灵？”薇洛妮可也被她们神叨叨的模样弄得有些紧张起来。

“没错，是神灵！但他们和我们人类很像。他们杀死了安托文先生和奥罗丽娜几个人，然后使船沉没，然后又把我们锁在这里……一定是他们！”

薇洛妮可哭笑不得，但她不能告诉阿尔西姐妹俩，这一切灾难都是谁一手造成的。

于是，她改口问道：“你们是什么时候被关在这里的？”

“十点半，因为我们和克雷约好会在十一点会合。”

薇洛妮可在心里算了算，认为弗朗索亚和马卢不可能在十点半到这里关起她们三人，然后又在一个小时后出现在航道附近弄沉两艘船，那么，究竟会是谁干的呢？是不是他们有同伙？

薇洛妮可没有接话，只是安慰她们说：“现在不管怎样我们都要面对现实，如果你们一直这样不吃不喝，身体很快就会垮掉的。”

“可我觉得我们应该先找个地方躲起来，这样他们就找不到我们了。”一旁的柯瑞蒙思也开了口。

薇洛妮可想了想，也觉得有道理，于是问道：“那要躲在哪里才最安全呢？”

“这个问题我们已经讨论过很多次了。马克诺说，如果发生了危险，就一定要躲到修道院去。”

“为什么要躲到修道院？”

“因为修道院的地势适合防御，而且能躲藏的地方也比较多。”

“但通过那座桥就很容易到修道院呀。”

“马克诺和奥罗丽娜早都想过这个问题了。在桥左边有一个小窝棚，那里可以存放食物和汽油。万一遇到什么危险，就把汽油点燃，然后炸掉那座桥，那样的话，我们就会彻底安全了！”

“可是，既然是这样，那村民为什么不躲到修道院去，而要冒着危险坐船逃跑呢？”

“坐船如果能逃离这座岛，那当然是最好的选择，关键是我们没有其他办法了啊！”

“我们现在就去吗？”

“走！趁现在天还亮着，路好走些，到了晚上可就难走多了。”

“可她好像不能走路了啊？”薇洛妮可担忧地指着躺在柴草上的女人说。

“没事，我们有两轮车，然后走近道去修道院。”

虽然薇洛妮可并不喜欢阿尔西姐妹俩，但如今形势所逼，她也没有别的选择了。

“那好吧，我们现在就走吧。我先带你们去修道院，再到村里拿些吃的东西。”她说道。

“我们在修道院也不会等太久的”，一个姐妹说道，“等桥被烧断之后，我们就在仙女石桌坟旁边点一堆火，那样的话，对岸的人就可以看到我们的信号，他们就会来救我们的。不过今天天气不好，有大雾，等明天再看看吧。”

薇洛妮可对她的话表示赞同，现在不管是否会接受调查，自己的身份是否会被公开，这些都不重要了。最重要的是她能赶快离开这个邪恶的岛屿，对她来说，多待一分钟简直都是一种折磨。

她们简单地收拾了一下，便起身前往修道院。阿尔西姐妹俩把她们已经发疯的姐妹放在两轮车里，她吱吱呀呀地说着什么，怪里怪气地笑着，好像在对薇洛妮可说话，又好像是在逗薇洛妮可发笑。

“他们没有来，他们已经准备好了……”

“闭嘴！疯子！你这样做会给我们带来厄运的！”瑞尔特里得呵斥道。

“哈哈，对啊，对啊，我们一起去玩吧……一起玩才最有趣。我的脖子上戴一个十字架，手上也有，看，这么多十字架！我们也会在十字架上，然后睡着，再也不醒来……”

“你给我闭嘴！疯子！”瑞尔特里得说着，随手扇了她一个耳光。

“打吧，打吧！他们一定会打你的！我看见他们藏身的地方了……”

启程的路非常难走，后来她们走上了地势高的地方，在那里沟壑相对减少，树木也稀疏了许多，歪歪扭扭的橡树像被狂风吹弯了一样。

“瞧，前面就是‘黑色荒原’，他们就住在那儿！”柯瑞蒙思说道。

薇洛妮可耸耸肩，不太相信她的话，她问：“你们怎么确定？”

“你忘了我们是谁了吗？我们可是巫婆，知道的当然要比别人多。就连马克诺那样有异能的人也会向我们请教关于医药、吉祥石和圣草的问题。”

“哈哈，什么圣草，不过就是一些杂草，都是太阳下山后我们自己采来的。”那个疯姐妹又开始嚷嚷。

“关于这个传说，我们也听说过。”瑞尔特里得说，“相传这座岛的下面是一座城市，他们就住在那里，我亲眼见过的。”

薇洛妮可沉默不语。

“其实我们三个都见过，那是6月满月之后的第六个晚上，我们看到一个穿着白色衣服的人，他爬上了大橡树，用金色的刀在采集槲寄生。月光下，槲寄生闪闪发光，我们都看见了。我想还会有其他人看到的。那人还有几个同伴。他们一代一代守护着这里的宝藏，听说是一块非常神奇的石头，叫作天主宝石。活着的人碰到它就会立刻死去，但死了的人躺在它上面又可以复活。这是千真万确的事！马克诺也说这是真的！现在他们要将三十个人装进三十口棺材，然后作为供奉给天主宝石的祭品……”

“四个女人会被钉死在十字架上！”疯女人继续喊道。

“我们没有时间了！马上又是月圆后的第六天了，我们要在他们采槲寄生之前逃离这里！快看！就是那棵大橡树！我们得经过它才能到达桥上！生死在此一举了！”

“他们就在那大橡树后面，他们在等着我们呢！我们过去就得死！”疯女人坐在两轮车上，嚷嚷个不停。

“别闹了！你们瞧见大橡树了吗？在那儿……最后一块荒地……还有……”

疯女人还没说完，阿尔西姐妹俩就把车子翻倒在了地上。

柯瑞蒙思立刻问道：“怎么回事？你看到什么了？”

“我……我看见一团白色的东西……好像还会动……”瑞尔特里得结结巴巴地回答。

“你说什么？白色的东西？他们在白天也会出来吗？你不会看错了吧？”

姐妹俩对视了一下，并没有发现什么白色的东西，于是两人扶好两轮车，又继续出发了。

穿过大橡树林，她们来到一片阴暗而又沟壑林立的荒地，地面上布满石头，像一个个小小的坟头。

“看！这些都是他们的坟墓。”瑞尔特里得低声说道。

她们一句话都没有说，只是沉默着低头往前走，阿尔西两姐妹推着两轮车深一脚浅一脚，中途不得不休息了好几次。

穿过一片洼地，她们便开始走上一个斜坡，薇洛妮可和奥罗丽娜曾经走过这里，爬上坡后，便可以到达桥头的树林了。

阿尔西姐妹越走越紧张，薇洛妮可明白，她们是惧怕那棵传说中的大橡树。那棵大橡树的确要比周围的树粗壮许多，薇洛妮可忍不住猜想，也许在树干后面真的会藏着几个人。

然而，虽然内心无比恐惧，但她们还是硬着头皮向前走去。她们越走越快，刻意不去留意那棵可怕的大橡树。

直到安全地绕过大橡树，薇洛妮可才敢长长地舒了一口气。看着阿尔西姐妹俩过分紧张的模样，她决定和她们开个小玩笑，让她们放松放松，可就在这时，她突然发现科瑞蒙思一头栽倒在了地上，嘴里不断地呻吟着。

与此同时，她也看到一把石斧从天而降，刚好砸中了科瑞蒙思的后背。

“老天啊！是雷石！”瑞尔特里得惊声尖叫。

薇洛妮可向空中望去，看着这突然而至的大石斧，她甚至也开始怀疑是不是真的如传说中那样，它是在打雷时迸发出来的。

就在这时，两轮车上的疯女人也突然坐了起来，她一下子跳到地上，紧接着也一头栽倒，痛苦地蜷起身体不断抽搐。薇洛妮可看到，射中她的一支箭。那支箭不偏不倚刚好射中她的肩膀，才会让她在瞬间失去平衡，从车上掉了下来。

瑞尔特里得吓得大叫着，顾不得她的两个姐妹，转身就向远处逃走。薇洛妮可愣在那儿有些犹豫，不知道该逃跑还是留在原地。科瑞蒙思痛苦地呻吟，倒在地上无法挪动，而那个疯女人则躺在地上打着滚，扯着嘴巴大笑着嚷嚷："哈哈，看吧，看吧，我说得没错吧，他们真的就藏在橡树背后，我刚才看到他们了！"

科瑞蒙思向薇洛妮可求救："求求你！别丢下我！救命啊！"

突然，又有一支箭"嗖"地射了过来，薇洛妮可一惊，慌忙拔腿就跑。她的心里害怕极了，不敢多停一秒钟，对她来说，逃跑是唯一的出路。她跑过橡树林，跑过木桥，跑向山坡上的修道院，她必须尽快找到可以防身的武器。她想起曾经在父亲的书房里见到过一些枪支，她还记得每把枪上都写着"上膛"俩字，估计应该是弗朗索亚闲暇时写上去的，于是，她竭尽全力，越跑越快，因为她心里清楚，不管面对什么危险，手里能有一支枪总归是很好的。

不一会儿，薇洛妮可就追上了瑞尔特里得。

"快……快把桥烧了……汽油……在那儿……"瑞尔特里得上气不接下气，指着桥下面的窝棚说道。

但薇洛妮可并没有搭理她。

薇洛妮可心知肚明，现在最大的危险是那未知的敌人，光烧掉桥有什么用，他们完全可以通过其他办法进入修道院，因此，目前的首要任务不是烧桥，而是拿到一把枪！

就在瑞尔特里得刚跑上木桥，突然从她背后飞来一支箭，刚好射中她的后腰，她一个踉跄，差点脚底打滑，从桥上摔下去。

"啊！救命啊！救命！拜托，请不要丢下我！"

薇洛妮可慌不择路地往前跑，并没有注意到她被箭射中了，只是回头说道："等我一下，我这就去拿枪，马上就回来！"

薇洛妮可决定拿两把枪，这样的话，她们一人一把会起到更好的防身效果。她拼命跑到父亲的书房，顾不得喘口气儿，从架子上拿了两把枪便转身就向回跑去。

可是，当她再返回到木桥时，却早已不见了瑞尔特里得的身影。她四下里找了找，又大喊了几声，仍是没有任何回应。这一刻，她才意识到，瑞尔特里得可能受伤了，甚至有可能已经遭遇了不测。

薇洛妮可迈开步子又跑了起来，很快，她便看到瑞尔特里得正抓着树根，挣扎着努力往山坡上爬去。

薇洛妮可见状，马上意识到她的胳膊和身体很有可能是被绳子捆住了。阿尔西的另外两个姐妹都是被从天而降的武器所伤，那么，危险的敌人必然就隐藏在高处。可如今她一个人虽然手里有枪，但却有什么办法去回击敌人呢？她根本就不知道他们藏在哪儿啊！

瑞尔特里得看上去非常虚弱，但还是努力抓着树根，呻吟着努力攀爬，她的脸色越来越苍白，看上去随时都有晕倒的可能性。

看着眼前发生的一切，薇洛妮可并不确定传说中的预言是否真的存在？那些隐形的“恶魔”是否真的残忍无度？这些事情中间又会有什么样的关联？但不可否认，她的内心还是充满恐惧。对于未知的敌人，她根本无从下手，而且会随时送命，但她明白她一定不能倒下，她告诉自己要坚强起来，因为只有这样才有可能救阿尔西姐妹，否则，她们就会同归于尽。

不！她一定不能就这样妥协！

她藏在一片布满荆棘的灌木丛中，如果敌人真的躲在大橡树后面，那么他们现在肯定正在暗中观察自己，她必须格外小心。

她猫着腰，蹑手蹑脚地走向那个装着汽油的小窝棚。果然正如阿尔西姐妹所说，在那个镶着彩色玻璃的小窝棚里，藏着很多汽油桶。

她躲在隐蔽的位置，悄悄地观察着对面的动静，然而，很长一段时间过去了，始终没有人走上木桥，也没有人从桥那端的树林里走出来。

天色渐渐转黑，月亮高高挂在夜空中，月光洒在地上，刚好照亮了木桥的对面。

一个小时过去了，一切照旧如常，并没有什么特别的事情发生。薇洛妮可稍稍放松了紧绷的神经，她先从小窝棚里提出两桶汽油，倒在了桥上比较松动的地方，之后又相继往桥面上倒了二十多桶汽油。之所以会选择相对已经松动的地方，是因为一旦点燃汽油，这些地方就马上会被烧断，这样一来，整座桥也就会在很短的时间内全部断掉。

薇洛妮可将唯一的一盒火柴放在身上，全身神经紧绷，时刻提防着意外发生。在一切妥当之后，她取出一根火柴，谁知心里竟有点儿犹豫起来。她可从来没做过这种事，所以一想到熊熊大火摧毁整座桥的时候，她还是会忍不住感到紧张。

“对岸的人看到大火会来人救援吗？这么大的雾，也不知道他们能不能看得见啊？”薇洛妮可心里想。

终于，她还是点燃了手里那个沾着汽油的纸团。她将纸团扔向倒满汽油的桥面，然后迅速向小窝棚跑去。

“噌”地一下，火苗瞬间就蹿了起来，转眼就连成一片火海。

大火噼里啪啦地燃烧着，薇洛妮可藏在窝棚里，神经紧绷，丝毫不敢放松警惕。

“现在火光这么亮，他们肯定知道我藏在什么地方了，也许正向我这边看着呢。”薇洛妮可心里想着，双眼却始终不敢离开对面的大橡树。

等了很久，对面的树林里还是一点儿动静都没有，大橡树后面也没有走出来任何人。

过了几分钟，一声巨大的咔嚓声从桥上传来，只见木桥顷刻间断成了两半。大火没有减小，从桥上时不时地会有东西掉落下去，带着火苗照亮两边的悬崖峭壁。

薇洛妮可看着掉落的木块，心里稍有些安慰，不过，她依旧不敢完全放松下来。虽说桥断了，敌人也就不可能达到修道院来，但她还是决定继续待在原位，以防有什么意外发生，一切等天亮后再想其他的办法。

深夜，雾气越来越浓，在伸手不见五指的黑夜弥散开来。薇洛妮可打起十二分的精神，完全没有睡意。半夜时分，她忽然听到对岸传来砍伐树木的声音。那声音铿锵有力，节奏分明，在黑夜里带着回音，听上去有些可怕。

薇洛妮可的脑海中随即冒出一个想法，她甚至开始担心对岸是不是会突然重新建起一座桥来。她下意识地握紧手里的枪，精神又紧张起来。大约一个小时后，她又听见了隐隐约约的呻吟声，仿佛被堵住嘴巴时从喉头里发出的哽咽。又过了一段时间，一切归于平静，只剩下了夜风刮响树枝的声音。

不知过了多久，这些繁杂的、隐含着不安的声音都消失了，整座岛屿再一次陷入了沉沉的夜色之中。

之前薇洛妮可的精神一直处于紧张状态，也就忘记了饥饿和困乏，现在，周围全都变得寂静，她才意识到自己又饿又困。她忽然想起那个装着食物的篮子还在村子里没有拿回来，没有了食物，她可就很有可能要挨饿了。不过这难不倒她，她决定等天亮之后，雾气散开，她就用汽油点起火堆来，如果到时候刚好对岸有人看到，那她就可以很快离开这里了。至于点火的地点，她也已经想好了，就在那个石桌坟上。

一想到点火，薇洛妮可一惊，马上就在身上搜寻起来，果然，火柴不见了！她回想了下，也许是在桥上点燃汽油桶的时候把火柴弄丢了。没有了火柴，天亮后就点不成火堆，这本是件令人遗憾的事，不过对薇洛妮可来说，她倒是没有多少顾虑，因为和能安全藏身相比，丢了火柴又算什么呢?

薇洛妮可强忍着饥饿和疲倦，藏在小窝棚里度过了漫长的夜晚，终于迎来了天边的一抹亮光。

天色转亮，周围的一切也渐渐显示出清晰的轮廓。薇洛妮可走出窝棚，发现整座桥都已经坍塌了。五十米的距离，没有了木桥，除非是长着翅膀，否则谁也过不来的。

现在，她终于安全了。

可当她抬起双眼望向对面的山坡时，犹如晴天霹雳一般，那恐怖的场景吓得她忍不住尖叫起来。原来，山丘最前面的三棵橡树全都被砍去了枝杈，只剩下了主树干，阿尔西姐妹三人竟然被分别挂在那光秃秃的树干上！

薇洛妮可心中一阵恐惧，她记得这个场面！这不就和她在马克诺尸体旁的那幅画上看到的一模一样吗！那画上分明也画着三个女人被挂在树干上！她们也穿着布列塔尼服装、头戴着当地特有的头巾！两臂打开向后伸展，撕裂的裙子下露出干瘦的大腿……

薇洛妮可吓坏了，昨天还和她一起逃命的阿尔西姐妹，竟然全都死掉了！

## 第六章　小狗“杜瓦边”

薇洛妮可几乎忘记了呼吸，只觉得脑中嗡嗡作响，她不敢再直视阿尔西姐妹三人那可怕的惨状，也不再担心自己是不是暴露了行踪，她什么都不想，只是拖着沉重的脚步返回了修道院。

如今，她心里的那个念头越来越强烈，那就是赶紧离开萨莱克岛！这几天，她遇到的可怕事情太多了。如果阿尔西姐妹是简单的被勒死、枪杀或者被吊死的话，她还不至于像现在这样感到恐慌。可她们姐妹三人偏偏是以这样的方式死掉的！而这种残忍的谋杀方式，她是无论如何都接受不了的！她还不止一次地在心里诅咒那些凶手赶紧下地狱去！

自从在马克诺的尸体旁看到了那幅画，隐匿而危险的事情就接连发生，仿佛一切都是命中注定的！那么，她会不会真的就是画中的第四个女人呢？她忍不住回想起这几天的遭遇，似乎总有一双无形的大手在引导她一步一步走向危险、临近死亡。想到这儿，阿尔西姐妹的惨状又一次浮现在她的眼前，让她不由得打了个哆嗦。

她安慰自己说："没事，总会搞清楚的！虽然这些事情看起来诡异恐怖，但肯定跟神明扯不上关系，极有可能是人为造成的。刚好现在处于战争时期，政府也顾不得派人来彻查，这些事情才会看上去玄乎其玄，但我确信这世界上并不存在什么神明，所以一定是人为的！没错！"

薇洛妮可不停地自我慰藉，可效果似乎并不怎么理想，她越是钻牛角尖，脑子里就越是乱成一团糟。最后，她几乎也有些相信村民们口中所说的"生死取决于天主宝石"的那个传说了，那么，究竟是谁要杀死岛上的那些无辜村民呢？是谁要杀死她呢？是谁杀死了阿尔西姐妹三人？又有谁来装满那三十口棺材呢？那个可怕的凶手到底藏在什么地方？看不见的洞穴里究竟住着什么人？隐形的凶手还会有怎样的计划？真的是会把那些村民当作祭品奉献给魔鬼吗？

"不能再想了！我快要崩溃了！"薇洛妮可甩着头，大声喊道，"我要离开这里！马上离开这里！一分钟也等不了了！"

说完这些话的时候，她突然觉得饥饿难耐，于是决定先找些食物填饱肚子。她找了很多地方，都没有发现可以吃的东西，最后，她来到父亲的书房。翻找了好半天，她还是一无所获，却在一个柜子里找到了一张画。那张画被钉在柜子后面的墙壁上，上面画着的竟然也是四个被钉死在十字架上的女人！

她又在隔板上发现了一个画夹，里面有好几张初稿，在每张画里最中间的那个女人的头上都写着三个字母V．d’H．，其中有一张上面的签名是安东尼·德瑞蒙。

薇洛妮可只觉得头皮发麻，难道这都是父亲画的画？在马克诺尸体旁发现的那张画也会是父亲画的吗？他为什么要把那个女人画得和他女儿那么像呢？

“够了！不能再想了！随便怎么样吧！我不愿意再纠结这个问题了！”薇洛妮可简直头疼欲裂。

她翻遍了所有的柜子和抽屉，都没有发现可以吃的东西，就连火柴也没有。现在大雾已经散开，正是点火发信号的好时机。她找了两块火石，试着看能不能摩擦生火，但没有成功。

希望一度破灭。薇洛妮可几乎是在绝望中度过了三天，三天里，她只能靠吃野草，喝小溪里的水来维持生命。她心力交瘁，已经快到了崩溃的边缘，好几次都忍不住哭了出来。

每到这个时候，小狗“杜瓦边”就会出现在她的身边，乖巧地做着各种滑稽的鬼脸来逗她开心。她不喜欢它，因为它有一个名不副实的名字，她甚至觉得它是弗朗索亚的狗，所以对它更是厌恶至极。

无辜的小狗被薇洛妮可赶到一边，但并没有离开她，还是远远地坐在那儿，使劲做鬼脸来逗她发笑。

薇洛妮可的精神紧张极了，不管哪里有一点点的声音，她就会禁不住浑身发抖，冷汗直冒。她总是担心藏在大橡树后面的人会突然冲出来袭击她。她环抱双臂，蹲在地上，脑子里不停地抗拒着可能发生的可怕场面，而且，有时候她也会想也许他们只是被她的美貌吸引这才会跟踪她。

第四天的时候，薇洛妮可在抽屉里找到了一个高倍放大镜，这让她欣喜若狂。她找了个太阳能够直射到的地方，然后通过放大镜把光聚集到一张纸上，果然，很快纸便被点燃了。

薇洛妮可见状，连忙把火苗连续点在手里所有的蜡烛上，这样的话，火苗就不会熄灭。她必须利用这些火苗来给对岸发送信号。

晚上十一点左右，天色还不够黑暗，她提着小灯，犹豫着点火后对岸是否能看得见信号。与此同时，她也担心藏在大橡树后面的敌人会先看到亮光，这样的话，她的危险就会更大了。

月光下，薇洛妮可从修道院走出来，小心翼翼地沿着一条长满灌木的小路往小亭子走去。当她走到一片较为开阔的空地时，停下来休息了一会儿，不过，可能是因为太过疲劳，她丝毫没有注意到所处的地方有多么危险。

她坐在一块石头上，抬起眼下意识地环顾四周，突然，她得眼角瞥见一个白色的影子。她的头皮一阵发麻，仔细瞧过去，果然是一个穿着白色袍子的男人，他正站在最高的一棵橡树枝杈上。

刹那间，她忽然想起了阿尔西姐妹曾经说过：在月圆后的第六个晚上，他们会来采集槲寄生。

她又回想起自己小时候好像参加过德罗伊教的祭祀礼，当时她被那种场面吓坏了，现在，她的脑子嗡嗡作响，根本不能确定眼前所见到的这一切是否和当年看到的一样。

只见四个男人都穿着白色的长袍，他们站在大橡树下面，向天空伸开双手，而在树顶的那个男人则挥舞着金镰刀，砍下一束槲寄生。

随后，那男人从大橡树上跳下来，和其他四人一起绕过树林，走向山丘的顶部。

薇洛妮可睁大恐惧的双眼，目不转睛地盯着那五个男人。不远处，阿尔西姐妹三人的尸体还挂在树枝上，脸部扭曲、表情痛苦，头巾上的结翅好似一个大大的乌鸦，无不透出阴森森的感觉。

五个男人走到尸体前面，高举着双手，嘴里念念有词，仿佛进行着某种祭祀的仪式。然后，树顶上的那个男人便拿着那束槲寄生，向第一个拱桥方向走去。

薇洛妮可虚脱般地呆在原地，视线开始变得模糊不清，她不知道他要做什么，只看到他拿着金镰刀在胸前晃动。她的心中不免一紧，难道，他要飞过来?

那男人站在悬崖边，伸出拿着槲寄生的手，向前跨了一步。这时，一道白光从他手中滑落，跌入了万丈深渊。

薇洛妮可惊呆了，她不知道白光是从哪儿来的，也不明白那男人要做什么，因此，最后她只能把这些归结于自己的幻觉。

她又甩甩头，索性不再去纠结这些恼人的问题，她心中明白，在这场无形的战斗中，无论如何她都会是战败的一方。只是，她不甘心自己以这样的方式死去，在她看来，即便是死，也应该在没有痛苦的情况下安然地死去。

“不管怎样我都一定要离开这里！”她喃喃自语。

忽然，她听到脚边传来一阵窸窸窣窣的响声，低头望去，原来是小狗“杜瓦边”。它摇着尾巴，呼哧呼哧地喘着气，脖子上竟然还挂着一包饼干。

薇洛妮可不再理会那五个奇怪的男人，她将饼干取下，带着小狗回到了修道院。吃完饼干，又喝了些水，她便倒头呼呼大睡起来。

第二天，她看着脚边的小狗说道："小狗啊，小狗，虽然每次在我痛苦难过的时候你都会出现，就像个小天使一样逗我开心，可是我知道你绝对不会自己去给我找吃的。来，告诉我是谁给你的饼干？是谁把它挂在你的脖子上的？是不是在岛上还有别的人？他是谁？为什么他担心我的生死却又不愿意和我见面呢？"

她抱着小狗，又说道："小狗，快告诉我，究竟是谁给你的饼干呢？弗朗索亚？奥罗丽娜？马卢？"

小狗像是真的听懂了她的话一般，摇着尾巴向门口走去。

薇洛妮可快步跟上去，一路来到了马卢的房间，看到小狗钻进了马卢的床底下。

她跪在地上探头望去，原来，在床下竟然藏着三盒饼干、两包巧克力还有两盒罐头，而且，这些东西上面无一例外都绑着一根绳圈，只要小狗套在头上，就能将它们都拉出来。

薇洛妮可十分惊讶，对小狗说道："真是太奇怪了呀！是谁把这些食物藏在这里的呢？是谁给你的呢？难道这个岛上真的有个好心人吗？他是不是也认识马卢？小狗啊小狗，快带我去找他吧！木桥已经断了，那边的人过不来，所以那个好心人也一定还在这里。"

薇洛妮可说着，又留意到床下还有一个箱子。她想这箱子是不是马卢藏起来的？他为什么又会把它藏在这儿？她把箱子取出来，考虑了片刻，便决定打开箱子看看里面究竟装着什么，也许这正是一个了解马卢的好机会。

"没错，我必须打开它看看。"她自言自语道，随后拿起剪刀撬开了箱子上的铜锁。

打开箱子，她看到里面只有一个用橡胶封好的笔记本。

她打开笔记本，随即变得目瞪口呆。本子的第一页竟然是自己还是少女时的一张照片，上面还有签名和赠言：送给我的好朋友，马卢。

薇洛妮可一头雾水，喃喃自语："怎么会这样？拍这张照片的时候我只有16岁，那时我根本就不认识这个人啊，怎么还会送照片给他啊？"

她满心疑惑，接着翻开第二页，小声读起了上面的文字：

亲爱的薇洛妮可，你可知我是多么希望能够和你在一起啊！当我知道弗朗索亚是你的儿子之后，我本来应该恨他的，因为他毕竟是另一个男人的孩子，可是事实上，我却无论如何都恨不起来。我深爱着你，所以我也必然会爱着他。我相信你们总有一天会再见面，因此我尽我所能将他培养成乖巧懂事的孩子，这样你们见面时，你一定也会感到欣慰的，毕竟他没有遗传他父亲的那些恶习。亲爱的薇洛妮可，你知道吗？我之所以这样做，都是因为我希望看到你开心。

薇洛妮可停下来，心中涌起一种别样的情绪，仿佛又看到了生命的曙光。这个专属于马卢的秘密，和马克诺的鲜花一样，带给她欣慰和宁静。

于是，接下来的每一天，她都会翻看这个笔记本。她从中了解到关于弗朗索亚的很多细节，比如学习、生活等，还马卢如何教育弗朗索亚的种种方法，那字里行间中透露的都是老师对学生的厚爱之情。

笔记中记录了每一天发生的事情，都是关于马卢和弗朗索亚之间的，看得出他们的感情非常好，薇洛妮可注意到这样一段话：

弗朗索亚，我真的很想叫你一声亲爱的儿子啊！你知道吗？你纯洁的心灵就像你的母亲一样醇厚质朴；你的双眼，和她一样清澈透明；我从你的身上可以看到你母亲的影子！和你母亲一样，你分不清什么是善良什么是邪恶，因为从你生下来的那一刻起，善良就是你的天性，融入了你的血液……

除了师生间的互动之外，笔记里还记录了一些弗朗索亚写过的作业。薇洛妮可读到了一段关于“妈妈”的作文。在作文中，弗朗索亚用简单纯真的文字表露出对妈妈的爱和渴望团聚的迫切心情。

马卢在作文后面写了这样的批语：

亲爱的弗朗索亚，你一定会和妈妈团聚的，到那时，你就能够体会到，在这个世界上，什么是真正的美丽，什么是真正的与众不同。

另外，令薇洛妮可意外的是，笔记中还记载了一些关于她自己的趣事，而这些事，有的是她的私人秘密，有的甚至连她自己都忘记了。

其中有一件事这样写道：

那时的薇洛妮可只有16岁，这天，她在杜伊勒里宫前面被人团团围住。人们争先恐后地往前挤，只是为了一睹她美丽的容颜。在她身边的几个伙伴也都开心极了，因为自己的朋友赢得了这么多人赞美的目光……

弗朗索亚，如果你们母子再度重逢，你在她的右手掌心会看到一条长长的白色的伤疤。你很想知道为什么会这样吧？哈，那道疤痕是她小时候翻铁栅栏的时候被划破的……

笔记的最后几页没有提到弗朗索亚，写的都是马卢对薇洛妮可的思念，句句都体现着对她毫无保留的爱意。

薇洛妮可合上笔记本，她觉得心绪烦乱，不能再读下去了。

她看着脚边正在做怪动作的小狗，说道：“小狗啊小狗，我现在样子是不是也很滑稽？我承认看了他的这些表白，我真的非常感动，不然我也不会止不住地流眼泪。可是，为什么我对这个人却一点儿记忆都没有呢？他对我如此熟悉，想必一定是我小时候的玩伴，或者也可能是某个暗恋我的人，但我却一直不知道他的存在，甚至连他的名字都丝毫没有印象啊。”

她把小狗拉近，又说道：“其实你也觉得他们两个都是善良的人，对吗？如果那天的事情真的是他们俩做的，我想他们也一定不是自愿的，一定是有什么身不由己的原因。我不相信什么迷魂药和咒语之类的东西，我敢肯定他们是被逼的！弗朗索亚是我的儿子，他怎么可能做出这么伤天害理的事情来？连奥罗丽娜说起他的时候都是满脸骄傲的，他在她心中永远是那么乖巧懂事，对吗？我还会再见到他的，是不是？我也会再见到马卢的，是不是？……”

从这一刻起，薇洛妮可又重新振作起来，她不再感到害怕和恐惧，也不再感到孤独无助，取而代之的，是前所未有的对未来的希望和信心。

第二天一早，她蹲在小狗面前，说道："亲爱的小乖乖，现在带我去见一个人吧？那个给马卢送食物的人，你一定知道他在哪儿！"

薇洛妮可话音刚落，小狗便抬起前腿，撒开步子向石桌坟下面的草坪跑去。它跑一段距离，就会停下来向后张望，看到薇洛妮可没有追上来，它就会在原地等上一会儿。

薇洛妮可跟着小狗，一口气跑到了悬崖边，在那里，她发现了一条杂草丛生的狭窄小路。

见小狗停下来，她问道："到了吗？"

小狗趴在地上，好像在示意薇洛妮可已经到了目的地。在她的面前，有两块大石头紧紧靠在一起，下面是布满常春藤的荆棘丛。荆棘丛下面是一个和兔子洞大小差不多的通道。

小狗钻了进去，过了一会儿又钻了出来，趁着这个空当儿，薇洛妮可赶紧用手里的砍刀清理了周围的荆棘丛。

没有了荆棘丛的石阶很快显露出来，薇洛妮可跟着小狗，顺着台阶往下进入到一条很长的岩石地道。地道右边的墙壁上有很多小孔，透过小孔，可以看到对面的大海。十几分钟后，地道越变越窄，此时的小孔又开到了地道的顶上。如此一来，在外面是根本看不到地道里面的。

薇洛妮可忽然明白为什么小狗可以在修道院和岛上来回自由地出入，因为这个隐匿的地道恰好连着这两个地方，而外面则是一波又一波的海浪。

小狗走在前面，上了几个台阶，便来到橡树林下的一个岔路口，它转头走进了右边的地道，薇洛妮可知道，那是通往大西洋海岸的，只是她感到万分意外，没想到这岛上竟有这么多神秘的地道。

她忽然想起阿尔西姐妹说过，那些神秘人就住在这里，难道小狗是要带她去他们的住处吗？一想到这里，她不禁心惊胆战起来。

小狗一边跑，一边回头张望，像是怕她掉队似的。于是，薇洛妮可小声地对它说道："小乖乖，我在你后面跟着呢，放心吧，我不会害怕的。我们要去见的是一个给予我们关爱的朋友，这有什么紧张的呢？可是，既然是朋友，为什么他不主动出来呢？你又为什么会这样听他的话呢？"

地道里乌漆墨黑，看上去几乎一模一样。每条地道周围全是细小的凿痕，地面铺着花岗岩，完全没有任何记号或标记。海风不断地贯穿进地道里，使得里面非常干燥。

见小狗又停了下来，薇洛妮可忍不住问道：“小乖乖，我们到了吗？”

那是地道的尽头，大小如同一间房屋，墙壁上有一扇窗户，微弱的光线从那里射进来，给原本黑暗的地道里投射出浅浅的亮光。

小狗站起身，将前腿搭在墙壁上，然后认真地倾听起来。

薇洛妮可这才发现，这里的墙壁并不是花岗岩，而是大小不同的石块混合水泥砌成的。由此可以判断，这条地道的修建时间并不久远。在地道的前面横着一堵墙，隔断了前方的路。

“我们到了吗？”薇洛妮可又问道。

忽然，她好像听见了喃喃的说话声。她上前靠在墙壁上，那声音马上就变得清晰起来，有人在低低地吟唱着一首儿歌：

妈妈轻轻地摇着摇篮

温柔地望着孩子

低声呢喃

孩子啊，不要哭泣

圣母玛利亚仁慈博爱

希望看到你快乐的笑容

……

薇洛妮可心里一沉：“这首歌……”

没错，这正是她第一次见到奥罗丽娜的时候听到的那首儿歌。奥罗丽娜已经死了，那么现在还有谁会唱这首歌？这个人究竟是谁？

歌声继续从墙壁里传了出来：

圣母玛利亚仁慈博爱

希望看到你快乐的笑容

虔诚地祈祷吧

圣母玛利亚……

唱完后，歌声便销声匿迹。小狗依旧趴在墙上，认真地倾听，这时，墙壁上的一块石头忽然被人挪动开来。随着洞口的出现，小狗也变得异常兴奋，它欢快地摇着尾巴，嘴里发出呜呜的叫声，然后后腿使劲一蹬，就蹿进了洞口。

“啊！是‘杜瓦边’！”里面响起一个孩子的声音，“怎么样了？昨天你怎么没有来看我啊？你忘了我是你的主人了吗？你见到奥罗丽娜了吗？哎，要是你会说话就好了，那样就能告诉我外面发生的一切事情了。”

薇洛妮可跪在墙边，心脏突突地直跳。里面说话的那个孩子会是她的儿子吗？他为什么会藏在这里？她想看看他，可惜墙太厚，她什么也看不到，但却能清晰地听到里面的说话声。

只听那孩子又说道：“为什么你不带奥罗丽娜来救我呢？爷爷一定也在担心我，可是他们为什么都没有人来救我呢？一定是出什么事了，对不对？小乖乖，走，我们自己从这儿溜出去。”

孩子的话令薇洛妮可更加确信这就是自己的儿子，只是，他似乎对外面发生的事情全然不知啊？这是怎么回事呢？难道是他失忆了吗？

“没错，肯定是失忆了！他在做那些事情的时候，心智是狂乱的，他根本就不知道自己做了什么，现在他恢复正常了，所以才会对发生的一切完全没有记忆！一定是这样！唉，我可怜的儿子啊！”薇洛妮可在心里暗暗感叹。

她竖起耳朵认真地听，生怕漏掉一个字。想到这十几年自己一直沉浸于痛苦，天天思念儿子，如今儿子就在一墙之隔的地方，这简直比做梦还要虚幻。

那孩子在里面继续说道：“乖乖，你要是能告诉外面我究竟发生了什么事就好了，前几天我让你给爷爷和奥罗丽娜捎信，可他们怎么都没人回复我呢？而且，马卢到现在也没有消息，真不知道他怎么样了。那些人把他关起来了吗？还有，你把饼干送给谁了？咦，你怎么了？干吗一个劲儿往外看？”

突然，那孩子压低声音：“你带人来了，是不是？”

小狗在喉咙里叫了一声，算是回应，之后，墙里面就没有一点儿声音了。

薇洛妮可激动得心都跳到了嗓子眼儿，她甚至怀疑墙那边的儿子是不是也听到了她强烈的心跳声。

“奥罗丽娜，是你吗？”那孩子小声问道，然后又是一阵沉默。过了片刻，他又说道：“奥罗丽娜，我知道是你，对吗？我都听到你的呼吸了，你为什么不说话呢？”

薇洛妮可难掩心中的激动，当她听说马卢也有可能被关起来之后，她就更加确信弗朗索亚并不像以前那样令她恨之入骨了。可是紧接着，她又有点儿紧张起来，面对儿子的问题，她一下子不知该如何回答。

“弗朗索亚……弗朗索亚……”她喃喃低语。

“啊！是你吗？奥罗丽娜？”孩子又问道。

“不，我不是奥罗丽娜，孩子。”

“那你是谁？”

“我是她的一个朋友。”

“哦，那我认识你吗？”

“不认识，不过现在我也是你的朋友了。”

孩子对她的话略显迟疑，他又问道：“奥罗丽娜为什么没有来？”

薇洛妮可一愣，她没想到他会这样问，但如果刚才的猜测是正确的，那么她就更不能把真相说出来了。于是她说道：“奥罗丽娜刚从外面回来，不过没停留，又接着出去了。”

“你在找我吗？”

“对，她还以为你们被绑架了。”

“那爷爷呢？”

“他也跟着岛上的村民离开了。”

“哎，又跟棺材和十字架有关吧？”

“没错，他们找不到你，便惊慌失措，于是离开这里继续寻找你的下落。”

“太太，那你为什么不走呢？”

“我和奥罗丽娜很早就认识了，我们一起从巴黎回来的，不过我并不相信那些诡异的传说，所以我打算在这里继续玩几天。”

墙里面又沉默了，看来孩子不太相信薇洛妮可的话，因为这些话听上去并不是那么足够令人信服。

他停顿了一会儿，接着说道：“太太，有件事我想问问你。我在这里已经十几天了，开始的时候并没有什么人来，可是前天开始，每天早上墙上的那扇小窗户都会打开，有一只手会给我送些食物来，那是一个女人的手……请问……是你吗？”

“你觉得那个给你送食物的神秘女人是我？”

“难道不是吗？”

“那只手是什么样子的？”

“又瘦又干，皮肤是黄色的。”

薇洛妮可释然，她挽起袖子，把手臂从洞口伸了进去：“瞧，这才是我的手。”

孩子的声音又传了过来：“这不是我看到的那只手，不过，这只手真是漂亮啊！”

忽然，他把她的手紧紧抓住，然后失声大叫：“怎么会这样！怎么可能！”

他将她的手指掰开，看到她的掌心，真的有一道白色伤疤。

薇洛妮可心中有些发慌，她意识到儿子一定读过马卢的那本笔记，所以才知道她的手掌里有这样一道白色的疤痕。

她感到孩子那稚嫩的双唇轻轻落在她的手上，接着，几滴眼泪也跌进她的掌心，然后，她听到他哽咽的声音：“妈妈！是你吗？妈妈……”

## 第七章　母子团聚

薇洛妮可和儿子分别跪在墙的两侧，通过洞口，他们互相可以看到对方布满泪水的脸庞。很长一段时间，他们都在不停地说话，一问一答，好像永远都说不完似的。

能够和儿子再次重逢，薇洛妮可自然是激动得难以自持，而弗朗索亚也是如此。他们把自己遇到的事情一件一件说给对方听，努力将对方融入自己这十几年生活的空白处。

他们紧紧抓着手，十几年的分离终究抵不过母子连心，如今，再也没有什么力量能使他们分开了。

这时，就听到弗朗索亚说道："来吧，'杜瓦边'乖乖，看我们这么难过，快来逗我们开心吧，不然我们会没完没了地哭下去的。"

这一刻，薇洛妮可不再感到悲伤，也断然否决了自己对儿子的猜测，现在她相信，他之前所做的那些事一定不是因为精神出了问题，而是有别的原因。不过，此时她的眼中只有儿子，别无其他，至于那些恼人的事情，都全部抛之脑后，没什么比儿子还活生生地站在她面前更重要了。她望着眼前许久未见的儿子，心里的激动难以用言语来形容。

"我可怜的孩子啊……"她不知把这句话重复了多少遍，"你真的是我的儿子啊！当年人证物证俱在，我真的以为你已经死掉了呢，没想到你竟然还活着。啊！我可怜的孩子啊，我从来没有想过还能这样抱着你！我简直不敢相信这是真的啊！"

弗朗索亚也泪流满面，呜呜地哭着说道："妈妈！你知道我有多想念你吗？每天睁开眼，我都想见到你！我知道你没有死，我也相信我一定会再见到你，为这一刻我等了十几年啊！"

两人你一言我一语，唠家常似的聊了一个多小时，然后，弗朗索亚说道："妈妈，咱们现在先不要说这些了，因为时间紧迫，我们必须要来说些正事了。"

"孩子，为什么这么说？我不会再让你离开我身边了！"薇洛妮可心中有些不安。

弗朗索亚知道母亲误会了自己的意思，于是连忙解释道："妈妈，我也不会再和你分开了！我的意思是现在我们必须先打通这道墙啊。我在里面的一举一动都有人监视着，如果他发现了你，那你也就有危险了啊！"

"监视你？谁？"

"前阵子我和马卢偶然间发现了通往'黑色高原'的地下洞口，然后我们就被抓了起来。"

"你知道是谁把你们抓起来了吗？"

"不知道，我们从来没有见过他们。"

"那那些人是谁呢？"

"不清楚。"

“你觉得有没有可能是……”

“你是说德罗伊教徒？我想应该不是，那些人肯定和我们一样，既不是神，也不是鬼。”弗朗索亚轻笑着说道。

“他们就住在这里面？”

“有可能。”

“你真的从来没见过他们吗？”薇洛妮可还是不甘心地问道。

弗朗索亚摇头：“从来没见过。不过我觉得他们就潜伏在周围，时刻监视着我们。那天我和马卢走下石阶，发现了一条通道。通道很长，两边大概有八十多个岩石凿成的房间。每个房间都有一扇木门，而且都是面向大海敞开着。我们看了一会儿就往回走，谁知那时突然冒出几个人，他们用黑布蒙上我们的眼睛，又塞住我们的嘴巴，还用绳子将我们捆得牢牢的，最后把我们关进了这里。整个过程非常迅速，几乎不到一分钟的时间。等我再次醒来到现在，已经在这里十几天了。”

“我可怜的孩子，你真是受了不少苦啊！”薇洛妮可抓着儿子的手，心疼不已。

“妈妈，我想他们应该不是想杀死我，不然怎么还会给我天天送饭吃呢？这屋里还有一堆干草，晚上睡觉也不会觉得冷。不过我还是盼望着能够早点从这里逃出去，我一直在等。”

“等什么？”

“等一个人。他说他会来这里，然后让我把岛上的事情说给他听。”

“那人是谁？”

弗朗索亚停顿了一下，说道：“妈妈，其实我现在还不能确定他是不是真的会来，我只是有这种预感而已，等他真的来了我再告诉你吧。我被关的这些天，从墙上搬走了两块石头，然后把这个洞堵住了，那些人竟然没发现……嘘……妈妈，你听，是什么声音……好像是在挠墙……”

“是小狗吧？”

“哦，没错，是小狗，这个岛上没有它去不了的地方，可是为什么它一直不带人来救我呢？它认识岛上所有的人啊，不管是谁，只要跟在它后面，就一定能找到我的。”

“估计是因为他们都离开岛去找你了，所以都没在吧。”

“开始我也这么认为，但我还是不明白为什么他们断定我离开岛了呢？爷爷应该知道我在哪儿的啊，因为当时我们走的时候告诉他了。我们就是来到这里然后被关起来的，他怎么会认为我们离开岛了呢？爷爷没告诉你这些吗？”

听了这些话，薇洛妮可的心中感到万分欣喜。儿子已经被关在这里十几天了，那么那天杀死父亲、厨娘、奥罗丽娜，还有那些无辜村民的凶手就一定不会是她的儿子了！

事情的真相渐渐浮现在她的脑海中，那就是一定有人穿着儿子和马卢的衣服假扮他们，然后杀人又炸船。只是她不明白，凶手为什么要这么做！不过，无论如何她的内心还是开心的，因为凶手毕竟不是自己的儿子！

看着儿子期盼又疑惑的脸庞，薇洛妮可于心不忍，她不想刚见到儿子就把父亲去世的消息告诉他，于是她说道：“我没有见到你爷爷，可能因为着急找你，所以他也一时有些没了头绪吧。”

“妈妈，他们都走了，现在岛上就剩你一个人了吗？那样多孤单呀。你是专门来找我的吗？”弗朗索亚又问道。

“对。”薇洛妮可肯定地点头。

“真的只有你和小狗了吗？”

“是的，我开始并不知道还有一只小狗，后来才发现它的。今天早上跟着它，我才找到了这里。”

“你们走的哪条路？”

“我们在马克诺的花园附近找到一个洞口，那儿有两块大石头挡着，非常隐蔽。”

“看来两个岛真的是相通的。”

“没错，通往修道院的木桥下面是悬崖，它们是相连的。”

“没想到这样小狗都能找到我！”弗朗索亚稍作停顿，又说：“妈妈，你听……不对，现在时候还没到呢，不过我们得抓紧时间了。”

“需要我做点什么？孩子。”薇洛妮可小心地问道。

弗朗索亚想了一会儿，指着面前的洞口说：“妈妈，只要把这个洞口再搬开几块石头，我就能从这里出去了，只是这些石头太硬了，必须得用工具才搬得动。”

“那我现在就去找。”

弗朗索亚叫住正要转身的母亲，说道："妈妈，我知道修道院左边的地下室里有很多工具，都是马克诺放在那儿的。你找一把短柄的十字镐就可以了。妈妈，你最好能在天黑前拿来，那样的话我刚好可以在晚上行动，明早我就可以逃出来了！"

"啊！如果真是这样，那就最好了！"

"一定没问题的，等我逃出来，我们再一起去救马卢！"弗朗索亚万分肯定。

"你知道他在哪儿？"

"爷爷告诉我这里的地道有上下两层，但只有地道尽头的那间才可以做牢房，所以我想，他应该就被关在我下面的那间房子里。不过，我还是很担心……"

"怎么了？"

"担心马卢的安危，因为爷爷以前说过，这两间牢房是专门用来审讯犯人的，他们都叫它'死囚监牢'。"

"啊！这么可怕！"

"不，别怕，妈妈。你看我现在也没有受到伤害，不是吗？我就是担心他们会不会对付马卢，所以我想让小狗去给他送点吃的。前几天我试过一次，小狗认得路。"

"不会的，毕竟只是条小狗，它根本不认得路的。"她担心地说。

"妈妈，你为什么这么说？"

"孩子，你知道吗？你让小狗送给马卢的东西，它并没有给他，而是都放到他的床底下了。"

"啊？原来如此，那现在真不知道马卢会不会有危险了！"弗朗索亚显得非常不安，他又说道，"妈妈，我们只有先逃出这里，才能去救马卢。我们已经没时间了！"

"别紧张，好吗？"

"妈妈，我怎么能不紧张，我们必须马上采取行动啊，不然就来不及了！"

"但是……"

"放心，妈妈，我们一定会平安逃走的！"

"计划不如变化快，万一有其他危险呢？"

"别担心，万一有意外，我等的那个人也一定会来救我们的！"弗朗索亚笑着回答。

"可怜的孩子，其实你也并没有十全的把握，对不对？"

“不，妈妈，相信我，我们会没事的。我们刚刚团聚，怎么会再分开呢？就算别人会遇上这样的意外，我们可不会，我们一定会有个很好的结局的。连小狗也是这么想的，是不是，乖乖？好了，现在带着妈妈赶紧离开这里吧。我必须赶紧把洞口堵上，一会儿可能会有人来巡查。等你们再回来时，如果这个洞口还是堵着的，那就说明事情已经败露，这里非常危险，你们就一定不能贸然进来！乖乖，记住了吗？好了，妈妈，快走吧，记得动作要轻一些。”

薇洛妮可很快返回修道院，并顺利找到了工具。她拿着工具快步返回到石道中，交到儿子手上。

弗朗索亚拿着工具，说：“这段时间一直没有人来过，但你们最好不要在这里逗留太久，因为他们随时都会出现。妈妈，你现在先回去，明早七点再来。有了这个工具，我晚上就可以干活了，万一他们来巡查，我可以立即停下来，也不至于被发现。刚才我好像听到了马卢的声音，他一定被关在我下面的那间牢房里。我这里的窗户太窄了，钻不出去，我得想办法再撬掉两块石头，把窗口扩大些。妈妈，明天早上你来的时候，最好带来一个带铁钩的竹梯子。哦，对了，再带些食物和被子，把它们藏在洞口的树丛里。”

“孩子，为什么要这样呢？”

“我自有打算，相信我，妈妈，现在赶紧回去休息吧，明天还有好多活儿要做呢。”

薇洛妮可听了儿子的安排，早早回到修道院。第二天，她满怀希望又来到石道，这一次，小狗并没有跟着她。

她蹑手蹑脚地找到洞口，只听弗朗索亚说道：“嘘，妈妈，轻点。我听见过道里有声音，很可能是他们来巡查了。我把石头已经撬松了，等会儿就可以从这儿逃出去了。梯子带了吗？”

“带了。”

“好，现在推走窗口的石头，小心，一定要轻一点，别让他们听到动静。时间紧迫，我真的担心马卢有生命危险。”

薇洛妮可后退开来，找到窗户的位置。窗户距离地面也就一米左右的高度，周围堆满了碎石块。她小心翼翼地将碎石块去掉，窗户便一下子宽敞许多。她把竹梯子靠在窗口上，将顶部的铁钩挂上了窗台。

从窗户向下望去，是一望无际的大海，海面上隐约露出些岩石顶。薇洛妮可撑好梯子，心里盼望着儿子能快点出来。

但她还是多少有些担心，心里不断地祈祷儿子不会有事。她不能确定儿子的判断是否正确，也许马卢根本就不在这里，或者被关在一个完全封闭的牢房，那样的话，这就只是一次完全徒劳的冒险了。

然而，面对儿子的决定，她还是给予他一万分的支持。她爱他，所以会义无反顾地为他做任何事情。即使有危险，她也不能让他独自面对。她在心里暗暗发着誓，甚至都没有留意到梯子上的铁钩并没有完全钩住窗台，更是忽略了她脚下的万丈深渊。为了亲爱的儿子，她必须这么做！

她绑住裙角，然后跨过窗户，爬上了窗台。她紧张极了，心脏几乎要跳出胸腔，但还是慢慢摸索着抓住了梯子，并顺着横杠一节一节往下爬去。

她在心里默默数着，等二十节梯子爬完，她便到达了底部。她向左望了一眼，颤抖着声音喊道："弗朗索亚……我的孩子……"

她又瞧见一米开外的悬崖上有个凹陷的洞口，于是继续喊道："马卢……马卢……你在吗……"

她万分谨慎，不敢用太大的声音叫喊，因此就算马卢在那个洞里，他也根本无法听见。

她挂在梯子上，上也不是下也不是，很快便觉得浑身无力，头晕眼花。她必须尽快找到一块可以落脚的地方，才能避免跌入悬崖。她冒着生命危险把挂钩解开，然后试着挪动了梯子的位置。就在那一瞬间，她抓住了洞口的一块尖锐的石块，接着使尽全身力气猛然一跳。万分幸运的是，她成功了！

那个洞不大，也很浅，没有遮蔽的东西，远望过来一定以为这里是个石坑。突然，她看到有个人躺在干稻草上，身上五花大绑，动弹不得。

那人似乎正在睡觉，并没有注意到她。

薇洛妮可走过去，弯下腰仔细端详起来。他个子挺高，身材匀称，有着宽阔饱满的额头，金色的头发梳在脑后，脸色略显苍白。她不认识他，但恍惚中总有点熟悉的感觉。他长得很漂亮，像个女孩子一样，这倒让她想起了以前修道院里死去的一个女修士。

他伸开双臂，始终保持着同一个姿势，依然睡得很沉。她轻轻地解开绳子，这才发觉原来这姿势似乎是他每次等待解放束缚然后吃饭的样子。

他感觉到了异样，低声嘟囔着说道："我现在还不饿……还不想吃饭……"

忽然，他睁开了眼，然后腾地坐了起来，看着眼前这个突然出现在的女人，他一下子变得异常清醒。

而下一秒，他清澈的目光变得炙热起来，因为他认出了她。他不知道是不是在做梦，只是一个劲儿地喊着她的名字："薇洛妮可……薇洛妮可……"

迎着马卢热切的目光，薇洛妮可突然害羞起来，她低下了头，继续帮他解开身上的绳子。

马卢愣了愣，真实地感受到了她温暖的双手，这才意识到自己并不是在做梦，他激动得语无伦次："啊！老天……真的是你？薇洛妮可，真的是你吗？这怎么可能！你说话啊……"

紧接着他继续说道："是的，是的，没错，薇洛妮可，我知道是你，我就知道你一定会来的！"

没等薇洛妮可回应，他的脸上又浮现出隐隐的不安："薇洛妮可，前几天晚上我看到有个女人来到这里了，那是你吗？哦，不，不可能是你，肯定是别的什么人，不知道她是什么用意。薇洛妮可，你从哪儿来？"

"从那儿来。"她指着大海。

"啊！这太不可思议了！"马卢感叹道。

他难以掩饰自己内心的激动，只能深情地望着她，一刻也不离开视线。

在那炙热目光的注视下，薇洛妮可的脸竟然红了起来，她低声说道："是弗朗索亚告诉我你在这里的。"

"弗朗索亚？他怎么样了？你能来这里说明他已经没事了吧？"

"不，他还得一会儿才能逃出来。"

沉默弥散开来，薇洛妮可轻咳一声，掩饰自己的心虚，她说道："他很快就能逃出来了，到时候你们就可以再见面了，不过有些事……还是不要告诉他为好……"

她说着，抬起了头，却发现他似乎并没有听她讲话，而只是在回味她的声音。他望着她，抿着嘴笑。

她也乐了，追问他笑什么：“你是不是认识我？不然你不可能知道我的名字，其实我看你也有点眼熟，好像……好像一个我去世的好友……”

“她是不是叫玛德琳娜·布朗？”他问道。

“是的，就是她。”

“那你记不记得她有个弟弟？那个男生性格腼腆内向，他不敢和你说话，只敢站在远处偷偷望着你。”

“啊，没错，我记起来了，我们还聊过几次的。”薇洛妮可肯定地说道，“你就是那个特别爱脸红的男生吧？你叫斯特菲·马卢，对吗？”

“对，是我。”

她伸出手说：“马卢，这么说来我们是老朋友了，本来久别重逢应该好好叙叙旧，但现在没有那么多时间了，我们必须赶紧从这儿逃出去，你还有力气跑吗？”

“当然有，其实我被关在这里并没有受到什么虐待，但我们要怎么逃走呢？”马卢问道。

“我刚才是顺着梯子爬下来的，现在我们得原路返回。”

马卢站起来，眼神灼灼，说道：“薇洛妮可，没想到你不仅漂亮，竟然还这样勇敢！”

薇洛妮可有点不好意思：“其实没你想象的那么勇敢。说真的，弗朗索亚非常担心你，他一直以为你们都被关在‘死囚牢房’里。”

听到这个词，两人才恍然惊醒，这里是多么危险的地方啊，他们竟然还在这里慢悠悠地聊天！

“薇洛妮可，你真不该来这里！弗朗索亚说得没错，这里的确是‘死囚牢房’，要是知道你冒死来这儿救我，我是说什么都不会同意的！万一你有什么闪失……”马卢说着，俊朗的脸上全是恐惧。

看着他惊慌失措的模样，薇洛妮可只好不断安慰他，但他依旧央求道：“薇洛妮可，快离开这里！你看看这地方，我们是根本逃不出去的，而且我已经被判了死刑，我不能连累你！你快走吧！”

“要走一起走！”她语气坚定，不容置疑。

“你先走，只要你安全地离开这里，我也会自己想办法逃出去的。”

她想了想，全然不顾他的央求，用十分肯定的语气说道："马卢，我们别在这儿争来争去了，现在最要紧的是赶紧离开，这样我们俩才都能安全。梯子还在原位，我们必须原路返回，而且还得在悬崖峭壁上挪动梯子靠上窗台，我们才能爬上去。你准备好了吗？"

马卢被她的执着感动，于是点头答道："好！听你的！"

"那快走吧！"

薇洛妮可带着马卢顺着小道走到悬崖边，然后她弯下腰说："来，拉着我的手，千万要保持平衡。"

说完，她紧紧贴着悬崖壁，伸手去摸梯子，可是她发现了一个很严重的问题：梯子不见了！

她疑惑地抬头望去，这才发现原来自己刚才在使劲跳到洞口的那一瞬间，不小心把梯子右边的挂钩晃掉了，如今梯子只挂着左边的挂钩，像一个钟摆一样在半空中摇来晃去。

薇洛妮可试了好几次，但始终都够不着梯子下面的横杠。

## 第八章　潜在的危险

如果只有薇洛妮可一个人，那么也许她在面对危险时还会多少表现出胆怯和软弱，可是面对马卢，她却必须表现得非常勇敢。因为她觉得他一定是被囚禁得太久了，以至于原本腼腆的他才会变得越发懦弱，因此，在发现梯子的意外状况后，她依然用平静的语调对他说道："马卢，梯子……够不着了。"

马卢一听，立刻紧张起来："啊？怎么会这样？那我们怎么办？会不会死掉？"

"我们为什么会死？"她失笑。

"没有了梯子，我们怎么逃走呢？"

"还有弗朗索亚呀！"

“弗朗索亚？”

“是的，再过一会儿他就能逃出来了，到时候他一定会来帮助我们的，现在我们就在这里等他好了。”

“等？在这儿？”马卢面色苍白，“那万一那些人来了怎么办呀？”

“嘘，现在我们都不要说话了，这样他们就不会发现了。”薇洛妮可把手指放在嘴边，示意他赶紧闭嘴。

“他们每次来巡查的时候都会打开这个窗户，那样他们还是能看见我们呀！”马卢指着一个小窗说道。

“我们用护窗板挡住，窗户就打不开了。”

“打不开窗户，他们就会走进来的。”

“马卢，我们不要管它了，还是等弗朗索亚来了再说吧，好吗？”

“薇洛妮可，我是担心你啊！”

“别担心，万一他们要进来，我们也有武器抵抗的。”薇洛妮可说着，掏出了一把手枪。这把手枪自从从父亲的柜子里拿出来，就一直被她放在身上。

“你不要太乐观了，他们会用其他手段制服我们的。”

“什么手段？”

马卢没再说话，目光落在了地板上。薇洛妮可也望过去。

这座牢房四周的墙壁上全是花岗岩，质地非常粗糙而且形状也不规则。在花岗岩里面有一块正方形的大木板，边缘是深深的凿痕。它的主梁由于时间久远已经裂开了许多口子，但依然非常结实，其中一边和悬崖壁的距离不过二十厘米。

“这个木板门是可以打开的？”薇洛妮可紧张地问道。

“不，它太厚重了。”马卢回答。

“那这是什么？”

“不知道，也许很久以前就有了，至于做什么谁也不知道，不过……”

“怎么了？”

“今天早上我突然听到木板下面有动静，噼里啪啦的短促声音，不知道是不是他们在试探。不过这木板时间这么久了，他们一直没用它，那估计也就真的没什么用了。”

“他们到底是谁啊？”薇洛妮可问道，不等马卢回答，她又继续道：“马卢，我们现在不要想其他的事情了，还是等着弗朗索亚来吧。这会儿暂时没什么危险，我们刚好可以聊一聊。”

薇洛妮可语气平缓，丝毫看不出紧张，但实际上她的内心也忐忑不安。她相信儿子能顺利逃出来，只是她不能确定，万一儿子没有看到梯子，会不会以为她已经走了，然后直接跑回修道院呢?

然而，虽然心里有诸多不确定，但她依然努力保持平静。她找了一块平滑的花岗岩，然后坐了下来，开始将自己这一路的遭遇娓娓道来。

她留意到，马卢在听她讲述这些的时候，脸上的表情也会跟着她的故事而发生转变，就好像当时他也在场一样。当她说到父亲和奥罗丽娜都已经被枪杀时，他简直愤怒至极，恨不得立刻就将凶手千刀万剐。

后来，她又说到了阿尔西姐妹，这让她感到有些遗憾，毕竟当时还是应该回头看看的。她还讲到自己如何发现地道，如何遇到了儿子，最后，她告诉马卢，她并没有把这些告诉儿子，并希望马卢能和她站在一条战线，共同和这些可怕而神秘的敌人做斗争。

马卢说道：“薇洛妮可，虽然你对整个事件也不太清楚，但我还是很想知道，凶手到底是谁呢？我觉得只有两种可能：第一，这场灾难很有可能是经过周密计划的，而我们仅仅是刚被卷入开头而已；第二，这些事情之间根本没有关联，我们只不过恰好不幸碰上罢了，一切都是巧合。除此之外，我实在想不出别的什么原因了。其实这也都是我的猜测，我和你一样，完全一头雾水。但这些凶手的做法太残忍、太野蛮了，他们就是疯子啊！”

薇洛妮可点点头：“没错，的确是疯了！但我就是想不通，凶手和之前那些住在洞里的人有什么联系。他们好像对我们了如指掌，每次我们刚要做什么，他们就会抢在我们前面，但是又看不出他们究竟想干吗。我还是从奥罗丽娜和阿尔西姐妹那儿才了解到一些的，但具体的情况我也不清楚啊。”

他们尽量压低声音，避免隔墙有耳。马卢不时地注意着走廊，而薇洛妮可则转头朝悬崖边，看弗朗索亚什么时候会来。

“传说有很多种版本，人们无法判断哪个版本是真实的。”马卢说道，“不过，在这些版本中大致可以归纳出两个：一个是关于石头宝藏的；另一个是关于三十口棺材预言的。”

“照这么说，出现在马克诺尸体旁的那幅画中的，还有刻在仙女石桌坟柱子上的那些话，也都是预言吗？”

“没错，关于三十口棺材的这个预言至少已经存在有几百年了，整座岛的人都相信，总有一天预言会变成现实，那就是整整三十个人的尸体会装在围绕着萨莱克岛的三十口暗礁棺材里。这三十个人都是非正常死亡的，其中有四个女人，她们是被钉死在十字架上的。所有人都对这个预言深信不疑，因为在仙女石桌坟上也刻着这样的话：

三十口棺材，刚好装满三十具尸体

其中钉死在十字架上的，是四个女人……”

“既然已经存在几百年了，那这几百年里村民们不都生活得很平静吗？为什么偏偏今年就会出现这么多诡异的事情呢？”

“可能还是和马克诺有关。他不仅是个巫师，还是个江湖医生，但同时他又上知天文下知地理，所以人们都喜欢问他关于过于和未来的事情。马克诺也跟大家说过，1917年是个灾难之年。”

“为什么会这么说？”

“可能是他自身的预感吧。你知道吗？马克诺通晓巫术，他会用鸟翅膀或鸡内脏来预测答案。在这方面，他从来不遗余力，甚至是一些最古老最神秘的巫术，他也都懂。不过，虽然只是预感，但他却说自己是有可靠证据的。他还说在他小的时候，岛上的老人们说那时仙女石桌坟上刻的字迹比现在要清晰许多，他们看到上面写着关于‘女人’和‘十字架’的句子，时间落款是十四加三年。”

马卢看薇洛妮可满脸疑惑，继续说道：“十四加三年就是十七年啊！一开始人们并没有多放在心上，可就在今年连续发生的一些怪事让人们开始相信他的预言的准确性了，比如他预测过1914年会爆发战争，事实果真就是如此。马克诺见自己的预言变成了现实，并不觉得高兴，反而整天闷闷不乐。他预测到在自己死后不久，德瑞蒙先生，也就是你的父亲，也会很快死去。从那时起，萨莱克的灾难就会正式降临。今年就是1914年啊，年初爆发战争的时候，人们害怕极了，都觉得萨莱克岛要真的毁灭了。”

“但是……但是这也许都只是巧合呢？”薇洛妮可问。

“的确有这个可能，不过当马克诺发现自己的预言竟然和石桌坟上的预言不谋而合的时候，人们就不得不相信了。”

“那他后来又做了什么呢？”

“他在修道院里一间荒废的屋子里找到一本弥撒经文，那经文虽然破旧不堪，但还有几页是完整的，其中一页上就正和你在马克诺尸体旁见到的那幅画一模一样！”

“我见到的那幅画应该是临摹下来的，会是我父亲画的吗？”

“是的，是你父亲画的。他喜欢画画，在他的柜子里还有很多临摹的画，那只是其中一张。他不仅临摹了画面，还抄写了石桌坟上遗留下来的短诗。”

“可是为什么其中一个女人会那么像我呢？”

没想到马卢摇摇头说：“这我就不太清楚了，你父亲从马克诺那里得到原画之后，就把它锁在书房的柜子里，我也从来没见过。我只记得你父亲当时也在感叹画里的女人有些像你，也许是他太想你了吧，所以才会在临摹的时候加上自己的主观色彩，把那个女人画得更像你了呢。”

“这也有可能。”薇洛妮可小声说道，“马卢，你还记不记得我的前夫，沃尔思吉在算命的时候，人家说他最后会被自己的朋友杀死，还说我会被钉上十字架？我想我父亲在临摹原画的时候的确很想念我，所以才会在画完之后签上我的名字V．d’H．。唉，没想到这些竟然都应验了……”

两人都沉默了，他们没想到，这些预言其实在几百年前就已经出现在经文和石桌坟上了。如果预言属实，那么三十口棺材里现在只装了二十七具尸体，还差的三个，不就正好是他们俩和弗朗索亚吗？现在他们三人还不是自由之身，随时都会被隐匿的敌人所杀害。另外，大橡树旁也只有了三个十字架，那么，第四个十字架会在什么时候出现呢？

“弗朗索亚怎么这么慢！”薇洛妮可下意识地瞥了一眼梯子，小声抱怨道。

“是啊，那些人随时都有可能冒出来，他怎么还不来呢？”马卢也跟着说道。

恐惧在两人心里慢慢升腾，但他们谁都没有表现出来，薇洛妮可岔开话题，问道：“马卢，你刚才说的什么宝藏？那是怎么回事？”

“噢，那是石桌坟上的短诗里的最后一句——生死取决于天主宝石，不过至于原因，至今也是个未解之谜。”马卢解释道，“传说天主宝石是一块神奇的石头，听你父亲说，在古代，民间就流传着石头具有异能的传说了，比如人们会让自己体弱多病的孩子在石头上睡上几天几夜，之后孩子的身体就会强壮起来；无法生育的妇女在石头上躺过后就可以顺利生下孩子；还有老人、病人，等等，无论是怎样的病情，只要在石头上躺几天，马上就可以恢复健康。人们口口相传，把石头说得神乎其神。可是，过了一段时间，石头忽然不见了，有人说石头凭空消失了，也有人说石头自己换了地方。到了18世纪的时候，人们就只能拜石桌坟了，还有人让生病的孩子躺在石桌坟上。”

“这个传说只是说石头能帮助人们解除病痛，那既然生死都由石头决定，那么石头也有可能给人们带来死亡的灾难呀！”薇洛妮可说道。

“没错，那石头都由专门的人来看护，如果未经同意就擅自触摸，那么灾难就会降临。谁也说不清到底是什么原因。此外，传说还有一种首饰也是由这石头做成的，每当要触摸的时候，它就会自己喷出火来，让他遭受到地狱般的惩罚。”

“我想起来了，也许就像奥罗丽娜说的，马克诺就是这样才丢掉性命的吧。”薇洛妮可若有所思。

马卢一听，便说道：“其实那些可以算是古旧的神话了，但马克诺是在不久之前才死的，不知道和这个有没有关系。我们现在根本无法弄清楚他到底遭遇了什么，这也会是个谜。我记得那时他起码抑郁了整整一周，什么也不干，然后忽然有一天，他跑进你父亲的书房大喊：‘我完蛋了！我摸着它了！它就像一团火，烧到我的骨头了……老天！怎么办？我要死掉了！’后来他伸出手，我们才发现他手掌上已经出现了一个黑乎乎的洞。我们想帮他叫医生，可他却忽然癫狂起来，嘴里一直嘟囔着：‘我会死掉的，神火毁灭的先是我的手，然后是我的骨头，最后是我的心脏。我将会是第一个死掉的，但却不会是最后一个，在我后面，还会有很多人死去……’那天晚上他用斧头砍断了自己受伤的手臂。后来又过了一周，岛上开始传言灾难降临的时候，他就不见了踪影。”

“他去哪儿了？”

“听说好像是法乌埃村，应该就是你发现他的地方吧。”

“那么凶手会是谁呢？”

“依我看就是那些住在石道里的人，他们从来不露面，只有一些信号和标记把你引到这儿来。谁知道他们鬼鬼祟祟地在做什么！”

“那偷袭你和弗朗索亚的，也是这些人吗？”

“我想是的，他们把我们关起来，然后穿上我们的衣服，假扮成我们。”

“可他们为什么要这么做呢？”

“为了混进修道院吧，因为修道院不是谁都可以进去的。”

“你被关的这些日子，有没有见过他们？”

“没有，”马卢摇头，“但我好像见过一个女人。她会在夜里来解开捆绑我的绳子，让我吃她带来的食物，然后大约两个小时之后，她又会返回来重新捆住我。”

“你和她说过话吗？”

“只说过一次。那是我被关起来的第一天夜里，她警告我说如果我乱喊叫，他们就会马上杀死弗朗索亚……”

“在他们偷袭你们的时候，你没有看到他们的模样吗？”

“没有，我想弗朗索亚看得可能会比我更清楚些。”

“你们被偷袭之前没有遇到什么奇怪的事情或征兆吗？”

马卢继续摇头说：“完全没有。偷袭发生得很突然，我们根本没有防备。有天早上你父亲收到两封信，都是他之前对这些事情暗中调查的结果。其中一封来自一个老贵族，他是布列塔尼人，和保皇党有一定的联系。信中还附着他从曾祖父留下的信件中所获得的绝密图纸。那是一张关于朱安党人占领萨莱克岛时的地道的草图。”见薇洛妮可不太明白，马卢连忙解释，“朱安党就是保皇派，他们在法国资产阶级大革命时期发动了很多叛乱。而我们现在看到的那些小岩洞就是当时德罗伊教徒的住所，图中还详细标注了两层地道的入口，以及每层审讯室的位置。我和弗朗索亚其实也是想来看看地道分布的，谁知却被他们偷袭了。”

“之后你们还有什么发现吗？”薇洛妮可问道。

“没有了。”

“可我见到弗朗索亚的时候，他说会有人来救你们的，那个人是谁啊？”

“弗朗索亚说的是你父亲收到的第二封信里提到的，没想到他还信以为真了。”

“第二封信里都写了些什么？”

马卢闭口不答，他警惕地望着窗户，似乎发觉有人在门口暗中偷窥，他走过去探头张望，却没有发现任何人。

于是他继续回答："唉，如果真的像信里说的会有人来救我们，那我只能期望他快一些了，不然的话，等下那些人来了，我们一个都跑不了。"

"这么说，真的有人会来救我们？"

"信里反正是这么写的。但就目前来看，估计也是竹篮打水一场空。"马卢说，"那时候有军官和专员们来岛上视察和勘探，他们是想确定岛上有没有敌军修的潜艇基地。最后一次来的是帕特里斯·贝诺瓦上尉，他既是巴黎派来的特派员，本身又是个荣誉军人。你父亲和他见了面，并把自己了解到的关于岛上的传说告诉了他，而且也提到当时马克诺失踪两天，岛上已经人心惶惶的情况。上尉听了这些，立刻应允会把这件事和巴黎的一个朋友交流。他说那个朋友是个西班牙或葡萄牙贵族，叫堂路易·佩雷。听说此人行事果断，最擅长侦破这些难解的案件。后来上尉走后没几天，你父亲就收到了来自佩雷的信件，但我并不了解全部内容，因为你父亲当时只给我们读了开头部分。我记得开头是这样写的：

先生，依我看马克诺失踪这件事情并不像表象看到的那么简单，如果你一旦有什么新的线索，请第一时间给贝诺瓦上尉发电报。我能体会你现在的复杂心情以及所处的危险环境，但请你记住，从现在起无论发生什么事情，都不要害怕，因为一切有我在！相信我！

"我看了你给上尉的那些关于天主宝石的资料，但我觉得那些都是小儿科的骗人东西，你怎么还能觉得是未解之谜呢？我用简单几句话就可以解释这个问题了……"

"后面怎么说？"薇洛妮可急切地追问。

马卢满脸遗憾："你父亲只读了开头，我们并不知道后面还写了什么。他看了后，表现得非常惊讶，还一个劲儿地说'这不可能！'当时我们也很好奇信里究竟写了什么内容，所以我们就问他，但他只说：'孩子们，你们不是一直对黑色荒原感兴趣吗？你们可以去那里看看，回来之后我就告诉你们信的所有内容。现在我只能告诉你们，内诺瓦这个人真是不简单，他一下子就剖析了天主宝石的秘密，还标明了宝石的藏匿地点，真是太厉害了！'"

"后来呢？"

“后来的情况你都已经知道了啊，我和弗朗索亚被绑架了，你父亲也被杀了，信的内容也成了一个谜。”

薇洛妮可思索片刻，说道：“我想既然所有的灾难都源于这块天主宝石，那么那些人肯定也非常想得到宝石，会不会是他们把信偷走了？”

“不可能，因为你父亲看完信之后就当着我们的面把它撕成碎片了，他还说是佩雷叮嘱他这么做的。”

“那就是说佩雷也没想到后来会发生这样的悲剧！”

“没错。”

“那弗朗索亚呢？”

“弗朗索亚一直以为他爷爷发现我们失踪后，会第一时间通知佩雷，然后上尉就会赶来救我们，但他却根本不知道他爷爷已经被杀害了。”

“可怜的孩子，他把希望全都寄托在他爷爷身上，可事实却是如此的残忍啊！”

“弗朗索亚之所以会说有人会来救我们，那是因为贝诺瓦上尉和他讲了很多关于佩雷的事迹。他很喜欢阅读，尤其喜欢读侦探小说，所以他就想当然地认为佩雷就是神探亚森·罗宾。所以，他坚信如果发生危险，亚森·罗宾就会从天而降来救我们逃离危险。”

薇洛妮可听到这儿，禁不住笑了出来。

马卢也表示无奈：“所以说他的思想单纯呢，不过这也不是什么坏事，毕竟有希望才有新生，这样的信念会让他变得勇敢和乐观。他还是个孩子，总不能让他只看到人性的残忍和绝望吧！”

这时，薇洛妮可又担心起来，她小声对马卢说道：“其实不管谁来救我们，这些都不重要，重要的是我不能让儿子受到一丁点儿的伤害啊！”

沉默又一次飘散开来，两人都心照不宣地闭了嘴。敌人隐藏在岛上，无处不在，可却踪迹难寻，他们借助预言的力量，已将自己的残忍屠杀变成现实，这样的悲剧像一张无形的大网，牢牢地拽着两人的心。

“这一切究竟是为什么呢？他们到底想做什么呢？”薇洛妮可的语气中透出绝望，“现在和过去之间有什么联系？他们为什么要用以前的手段去肆意屠杀呢？”

马卢没有接话，因为他完全找不到话题。

过了一会儿，薇洛妮可似乎又想到了什么，接着说道：“要是弗朗索亚现在也在这里就好了，那样我们就可以团结起来联手对抗他们了！哎，也不知道他那里出了什么意外，怎么到现在还没来呢？”

马卢只能安慰道：“放心，不会出事的，凿开洞口是需要时间的。”

“马卢，你说得没错，但我相信他不会半途而废的。他那么乖，那么开朗自信，他还向我保证我们不会再分开，而且我们一定会取得最后胜利的！我相信他！马卢，你也这么认为的，对吗？我们才刚团聚，我不能再次失去他啊！要是那样的话……”薇洛妮可说着，几乎要哽咽起来。

突然，她屏住呼吸，神色也开始变得警惕。

“薇洛妮可，你怎么了？”马卢关切地询问。

“马卢，你听！”她低声说道。

马卢竖起耳朵，果然听到了细微的响声，他有些兴奋地说道：“上面真的有动静！”

“是的，我想应该是弗朗索亚，说不定他从上面正要往下爬……”薇洛妮可说着，就要站起身来去悬崖边张望，就在那一瞬间，马卢将她一把按住。

“嘘……薇洛妮可，这声音是从石道里传来的。”他变得非常紧张，眼中充满恐惧。

“那我们现在该怎么办？”薇洛妮可也一下子慌了神。

两人互相对视，谁也不敢发出一点儿声音。那的确是从石道里传来的脚步声，不过缓慢而有力，和平常巡视时的脚步没什么两样，这说明敌人应该并没有发现异常。

“薇洛妮可，快！把我绑起来！绝对不能让他们看到我把绳子解开了！”马卢压低声音，催促薇洛妮可赶紧动手。

谁知薇洛妮可还没来得及捡起绳子，就听到脚步走到了门外，她果断命令道：“马卢，躺下！他们已经来了！”

马卢顺势就地躺下，她迅速用绳子胡乱在他身上缠了几圈，看上去和之前一样，只是她还没来得及打结。

“转过去，脸向岩石壁，把手藏起来。”她继续命令。

“那你怎么办？”

“我没事。”

说着，她跳起来，跑到门边躺了下去。这个地方非常隐蔽，因为从门上的窗口望进来，除了这里，整间房子都是一览无余。

就在这时，脚步声停了下来。

薇洛妮可不敢呼吸，她竖起耳朵仔细倾听，虽然门很厚重，但她依然听到了裙摆的窸窣声。

薇洛妮可的心里非常紧张，她看不到上面的敌人在做什么，只能不停地猜测："是不是他们发现我了？为什么那个女人不进来呢？是不是她发现马卢身上的绳子有了异常？还是他躺的姿势不一样？"

就在这时，她听到门外有人轻轻吹了两声口哨。

随后，一阵匆忙的脚步声由远及近，最后也在门外停了下来，两人叽叽咕咕，像是商量着什么。

薇洛妮可悄悄掏出衣服里的枪，对准大门，她发誓，无论是谁，只要跨进大门，她就立刻开枪！这种危急的时刻由不得她有半点迟疑，否则她也许就再也见不到儿子了！

## 第九章　马卢之死

薇洛妮可希望门是朝外打开的，那样的话，她就能轻易地开枪射中敌人，因此，她想仔细瞧瞧门轴，确定一下开门的方向，然而她突然发现这个门非常与众不同，因为在它的底部加了一个又粗又大的门闩。

"这个东西要是能加以利用就更好了。"她在心里盘算着，可就在这时，门外陡然响起大串钥匙碰撞的声音，紧接着，门锁就被打开了。

刹那间，薇洛妮可的脑袋一片空白，她又害怕自己枪法不准，又害怕他们发现她之后立刻关上门，然后去杀掉弗朗索亚。

一想到儿子可能遇到的危险，她就会变得焦躁不安。她想都没想就伸手将门闩插上，然后又关上了窗户。如此一来，外面既看不到里面的情况，也无法进来了。

然而，几乎是在同一时间，她就意识到这个做法非常愚蠢，除了能拖延点儿时间之外，没有任何价值。

“薇洛妮可，你在做什么！我被绑在这里，怎么可能会把门插上！你这样做他们就会马上意识到里面有别人的！”马卢焦急地低声嚷嚷。

薇洛妮可强装镇定：“那又怎样，他们就算发现了，砸门也是需要时间的，我们可以趁机逃走！”

“怎么逃？”

“弗朗索亚会来帮我们的，他……”

话没说完，两人便听到门外的脚步声急匆匆地远去。很明显，他们断定马卢是没法逃走的，所以他们很可能又去巡查弗朗索亚了。

他们一定在猜想，弗朗索亚偷偷跑了下来，然后堵住了门。

一想到这儿，薇洛妮可的心一下子提到了嗓子眼儿，她忽然意识到儿子很有可能还没来得及逃走就又被他们抓起来了！

她害怕极了，过了好一会儿，她才自责道：“我真是笨！我为什么要先下来呢！我应该在上面等弗朗索亚逃出来，然后和他一起下来啊！”

后来她又想，是不是明明知道马卢深爱着自己，所以才会急切地想来救他呢？她不敢想这个令她感到害羞的问题，连忙转开话题说道：“其实这都是命运的安排啊！”

“薇洛妮可，别这样，会没事的。”马卢安慰道。

“一切都太晚了！”她绝望地摇头。

“为什么这么说呢？刚才我们算了时间，没准这会儿弗朗索亚已经逃走了呢？”

她沉默不语，表情十分痛苦，仿佛临近到绝望的边缘：“我们无处可去，是不是只能在这里等死了？”

马卢勉强挤出一个笑容。

“你现在也和岛上的那些人一样害怕了吧？”

“难道你不怕吗？”

她拔掉门闩，使劲想把门打开，但当她发现他们在外面反锁了这扇又厚又重的大门时，她又一次陷入了绝望之中。

忽然，马卢抓住她的胳膊说道：“听！上面有声音！”

她听了听，果然是有人在说话，于是她说道：“没错，他们现在一定在弗朗索亚的房间里！”

“不，你再听听……”

薇洛妮可竖起耳朵，声音却突然消失了，过了一会儿，又从岩石缝里传出响声。原来，声音竟然来自他们脚下。

“老天！这就是我和你说过的，我早上听到过的声音！现在我明白了！”马卢变得惊慌失措。

“明白什么？”她问道。

脚下传来的声音节奏鲜明，但是没一会儿就停止了，取而代之的，是轰鸣声和机器轮轴相互交错的响声，这响声连续不断，偶尔还夹杂着噼噼啪啪的杂音，就好像打捞船上的那种绞盘转动时发出来的。

薇洛妮可神经紧绷，睁大眼睛等待着随时可能发生的意外。她望向马卢，希望从他眼中读出点什么来。这时的马卢也在凝望着她，那眼神仿佛是对恋人的诀别。

突然，薇洛妮可一个趔趄，差点摔倒在地，这时两人发现整个山洞和悬崖都晃动起来。

她连忙扶住墙壁，抓住马卢的手问道：“啊！怎么了！发生了什么事？是不是我太紧张了才会差点摔倒？告诉我……”

马卢无声地回应着她，他满含泪水，目光深情而温柔，就那样一动不动地望着她。他不想解释，因为在他看来，一切皆是徒劳，真相正在一步步显露。

薇洛妮可似乎已经察觉到事情的蹊跷，只是对于这些难以解释的现实，她还是不愿相信而已。

这时，地面中间那个巨大的木板在旋转中逐渐上升，刚开始的时候，两人还能够平稳站立，可随着轴承的转动，木板的斜面也越来越陡，他们就越来越难以保持平衡了。

起初薇洛妮可认为敌人升起木板，是想把他们夹死在地板和花岗岩中间，可很快她就意识到事情没有那么简单，她发现敌人根本就是想把他们推到大海里去。当这块木板被吊起成九十度时，无论他们怎么挣扎，都会毫无立脚之地。摔下悬崖，葬身大海就会是他们的最终结局。

“这简直太可怕了……”薇洛妮可惊呼。

他们紧紧握着对方的手，马卢早已是泪流满面。

“真的没有其他办法了吗？”

“一点希望都没有了。”

“可是木板的边缘有空地，我们可以站在……”

“你说的这个我早就想过，可是你看到吗？空地太小了，我们站在那儿，等木板被吊起来的时候，我们就会被挤成肉饼。”

“那我们就只有祈祷他快点来了！”

“谁？”

“弗朗索亚。”

马卢突然哭了起来：“弗朗索亚，说不定他早就被那些人抓住了，唉，可怜的孩子啊，你们刚重逢就又要面临分离，他在临死前都没来得及再见你一面。”

薇洛妮可努力使自己平静，她紧紧抓着马卢的手说：“马卢，如果我们俩能幸存一个人的话，我希望那个人是你！”

“不，我希望是你！”马卢语气坚定，“那些人这么做，只是想杀了我，他们并不知道你在这里。”

“我也这么认为。”薇洛妮可说道，“其实不管我遇到什么危险，我都已经无所谓了，反正我已经没有机会再见到儿子了。马卢，答应我，如果我死了，你一定要替我好好照顾弗朗索亚。我知道你会像我一样爱着他的，因为你为他付出的不比我少……”

说话间，木板持续被吊起，斜面越来越陡，过不了多久他们就会失去平衡了。

马卢努力稳住重心，说道：“我答应你，如果我活着，我一定好好照顾弗朗索亚，我会把他当自己的儿子看待的！看到他我就会想起你……”

“想念我？就像想念你深深地暗恋着的那个年轻的薇洛妮可一样吗？”

“你都知道了？”他有些意外。

“是的，抱歉我私自看了你的笔记本。”她的笑容委婉而忧伤，“你真是太傻了，只能把对我的爱偷偷写在笔记里，现在我就要死掉了，你还会继续爱着我吗？”

“亲爱的，别这么悲观，我有预感很快就会有人来救我们了。我的爱情在过去是空白，可是未来的日子，我一定要你陪伴在我身边。”马卢悲伤的眼中又透出些许期望，他一边说，一边试图去亲吻她的手。

“抱抱我吧！”她说道。

他们分别用一只脚踩在悬崖边，然后紧紧抱在了一起。

“马卢，抱紧我！”薇洛妮可说着，她仰起头，悲痛地喊出了声，“弗朗索亚！弗朗索亚，你在吗……”

然而，上面的洞口没有任何回应，梯子仍然挂在半空中，来回地晃荡，他们根本抓不着横杠。

薇洛妮可向海面上望了望，她看到在暗礁围拢的中间，有一个小湖。小湖静谧安宁，深不见底，周围则是尖锐的岩石。看到这些，她忽然有了一股冲动，既然最后的结局都是死路一条，那她还不如痛痛快快地死掉，省得在这里再受折磨。

于是她对马卢说道：“我们与其这样等死，还不如跳下去，一了百了。”

“千万不要。”马卢惊慌阻止，他不想这么快就失去她。

“可现在还有什么办法呢？”

“不管怎样，你都要坚持到最后一分钟啊。”

“我现在已经没有什么期望了。”

其实他自己也早已陷入绝望，只是他更不愿意看到她痛苦，所以才会尽可能地鼓励她。

随着地板不断被吊起，斜面已经越来越陡，几乎要碰到窗户上了。突然“咔嚓”一声，不知是什么东西发生了猛烈撞击，然后按到了开关，整个窗户就全被封闭住了。这时，薇洛妮可和马卢已经没有地方站立了。

他们顺着斜坡躺下，两只脚只能抵住花岗岩的边缘。

忽然间，震动再一次来袭，而且每震动一次，木板就会陡然上升一截，最后，它被吊起到一定的高度，并准确无误地覆盖住了整个洞口。

这下，他们就更没有逃生的余地了。

他们拉着手，悲悯地望着对方，只能将命运交给老天爷了！

很久以前，人们便已经将整座岛屿修建完毕，其中也包括这些暗藏的机关，当然，也许期间也有人将它们重新翻修，但很显然，时至今日，它们还是完全能够起到效果。整座岛屿笼罩着一层神秘而恐怖的迷雾，包括机关在内，所有这一切都被一个悄无声息的魔鬼所控制着。罪犯、无辜贫民，以及所有生活在岛上的生命全被这个魔鬼随心所欲地处置。它还把那些战俘、对神明不敬的修士、农民、朱安党人、参加战争的士兵，等等，一个接一个地扔进死亡的地狱。

现在，薇洛妮可和马卢也将面临这样的绝境。

面对迷茫的困境，他们无力反抗，甚至连满腔的怒火都无从发泄。敌人隐藏得太深，完全不给他们辨析的机会，便轻易让死亡降临。他们的死，也许不过是为了掩人耳目，为了那个荒谬的预言传说去凑够数字而已吧。

身下的木板还在继续升高，只要再过几分钟，就会完全垂直起来，到那时，也就是他们死亡的时刻了。

薇洛妮可浑身发抖，好几次她都差点跳下去，幸亏马卢一直紧紧拉着她的手。

她小声哀求：“马卢，求你，让我跳下去吧，我真的快要疯掉了！”

她说的是实话，这一刻，她满脑子都是儿子在受折磨的画面，这种画面折磨得她近乎抓狂。

“不，薇洛妮可，相信我，弗朗索亚一定会来的！”马卢肯定地说道。

她根本听不进去，嘴里不断地喃喃：“我可怜的孩子，他不会来了，现在他肯定和我们一样，正在受着非人的酷刑折磨……”

“坚强点，薇洛妮可，你说过你们刚重逢，没什么力量能把你们再分开的！”

“什么都别说了，我想我们也只有在另一个世界才能再团聚了。老天，赶快让我死掉吧，别让我的孩子再受折磨了……”

薇洛妮可真的受够了，她再也不想承受这种痛苦了，于是她用力甩开马卢的手，撑起手臂就要跳下去。但就在那一刻，她忽然大声叫了起来，随后她又重重地靠在了木板上。

马卢也惊呆了。

这时，从他们左边飞来一个东西，速度非常快。

“老天！薇洛妮可，快看！是梯子！”马卢惊喜地呼叫。

“没错，是的，是弗朗索亚！我的孩子！他逃出来了！他终于来救我们了！……”

说时迟那时快，木板已经在她说话的间隙垂直了起来，洞口也已经完全看不到了。他们只能紧紧贴着悬崖壁，努力用手抓在上面，才能避免掉下去。

薇洛妮可低头看看，恰好梯子又飞了过来，稳稳停在她面前，另外，她还留意到梯子的两个挂钩也分别牢牢地挂住了窗台。

这时，在他们上面的洞口探出一张稚嫩的脸庞，他一边笑一边向她们伸出手臂。

“妈妈，快抓住梯子……”

薇洛妮可惊喜万分：“啊！我的孩子，谢天谢地你没事……”

“妈妈，快，梯子很稳，快爬上来！”

“好的，我这就上来！”

她借助马卢的扶持，很快就爬上了梯子的横杠，于是她回头说道：“马卢，你也上来。”

“你先上去，我再上。”

“可是……”

“别可是了！快上去吧！抓紧时间！”马卢催促道。

她向上爬了几节，心里放心不下，又停了下来，说道：“马卢，快上来！”

马卢转身，用右手抓着梯子，左手钩住木板和悬崖间的凸起岩石，然后把脚踩在了梯子上！他也得救了！

虽然身后是万丈深渊，但薇洛妮可并不害怕，她爬得很快，只想尽快见到她可爱的儿子，然后给他一个大大的拥抱。

“亲爱的……我的孩子……妈妈来了……”

她说着，将身体探入窗口。那男孩给她搭了把手，她便顺利地跳了进来。两人一见面，便紧紧拥抱在了一起。

“这是真的吗……妈妈……”

蓦地，说不清是为什么，一个不祥的念头闪过薇洛妮可的脑海，她下意识地放开了手臂，后退了两步。

她拉着男孩的手走到窗户前说：“来，让我好好看看你！”

在窗户前明亮的光线下，她将那孩子细细端详了几秒钟，紧接着，她便惊声尖叫起来：“你不是我儿子！你是那个杀人凶手！”

无论如何她都不能相信，那天杀死父亲和奥罗丽娜的凶手此刻就站在她的面前！

“你认出我了吗？”男孩讥讽着她，嘴角扯出一个不屑的笑容。

这次，薇洛妮可仔细听了听他的声音，和她儿子的声音的确不同，这下，她就更加肯定这不是自己的儿子了！他只不过穿着她儿子的衣服而已，可关键是，他们长得真的很像！

只听那男孩又说道：“太太，我想你现在知道我是谁了，对吗？”

说完，男孩的脸突然变得扭曲、狰狞，看上去既可怕又无耻。

薇洛妮可盯着他的脸，忽然有种莫名的熟悉感。

“沃尔思吉！”她痛苦地叫道，“你怎么会这么像沃尔思吉！”

男孩放声大笑：“你终于认得我了！他是我爸爸！你以为谁都跟你一样背叛爸爸吗？”

“你……你是沃尔思吉的儿子……”薇洛妮可语无伦次地低语。

“没错，我就是他的儿子，在我眼里，他是全天下最棒的英雄！最好的爸爸！很幸运，我比那个蠢蛋弗朗索亚先来到这个世界上！”

“你……你真的是沃尔思吉的儿子……”薇洛妮可又忍不住重复。

“当然！虎父无犬子！你看看我的身手，是不是很完美？觉得我很厉害吧？但别着急，后面还有好戏看呢！等下让你看看我怎么对付那个笨蛋老师吧！”说着，他纵身一跃跳上窗台，这时恰好马卢爬到窗口，男孩突然搬起一块石头，使劲向他砸去。

薇洛妮可猛然意识到男孩要做什么，她快步向前，想要拉扯住他，然而，一切已经太晚了，马卢闷哼了一声，便松开手掉了下去。几秒钟后，海面上响起“扑通”一声，薇洛妮可明白，马卢已经凶多吉少了。

薇洛妮可冲到窗户边，张望着马卢落水的地点，可是海面平静如初，除了刚才她攀爬的那架梯子之外，早已没了马卢的踪迹。

“马卢……马卢……”她扯着嗓子大声呼喊。

海面上一片沉寂，没有海风，没有回应。

“你这个混蛋！为什么要这么做？”她恶狠狠地质问道。

“太太，这个笨蛋老师死掉了，你应该感到高兴才对，瞧他把你儿子教成什么孬样子了！”男孩不以为然，上前伸开手臂想要拥抱她，“来吧，我们应该庆祝一下！是不是？我可是帮了你的忙啊，我爸爸的太太！可你怎么看上去不开心呢？你在生我的气？”

看着他朝自己走来，薇洛妮可想都没想就掏出了枪，她厉声喊道："滚！你这个疯子！再过来我就一枪崩了你！"

看到枪，男孩立刻凶相毕露，他咬牙切齿地说道："太太，你这么漂亮，怎么能做这么粗鲁的事？我只不过是想拥抱你庆祝一下而已，你却要开枪杀我？你会为此付出代价的，用鲜血来偿还对我的不敬……哈哈哈哈……"

鲜血，男孩说起这个词的时候特意加重了语气，他哈哈大笑着，转身朝修道院方向的地道跑去，那凄厉残忍的笑声依旧盘旋在空荡荡的房间里："薇洛妮可太太……你会用鲜血来偿还的……你儿子的血……"

## 第十章　逃离萨莱克岛

男孩渐渐远去，可薇洛妮可的心却还紧紧揪在一起。见到马卢摔下去的那一瞬间，她的脑袋一片空白，悲伤至极，可现在，恐惧悄悄升腾，将她团团包裹，因为她想到了弗朗索亚。她不清楚儿子的处境，更不知道他有没有危险，越是焦急，她就越觉得恐惧。

她喃喃自语道："真糟糕，刚才的事情太突然了，现在让我好好捋一捋思路。几个小时前，我在牢房见到的那个男孩一定是我的儿子，因为昨天他亲吻了我的手，那种母子连心的感觉是不会出错的，可是，我离开的这段时间他怎么样了？有没有顺利逃走呢？"

她沉思了片刻，又缓缓说道："一定是刚才我和马卢在下面的时候就已经被那个小子发现了，所以他就立刻跑上楼。他没找到弗朗索亚，只看到墙上的洞，因为那个时候弗朗索亚应该已经顺利逃走了，可他从哪儿逃走的呢？让我好好想一想。那个小子先在窗口看到了我们，那窗户是面朝大海的，那他一定认为弗朗索亚是从窗子逃走的，然后他又看到了梯子。现在他去了修道院，弗朗索亚会不会也恰好在修道院，要是被那小子发现的话，那后果……"

薇洛妮可稳住心绪，并没有急于往修道院赶去，因为她始终觉得这两间牢房有问题。如果弗朗索亚没有顺利逃走，那他会不会是在挖洞的时候被那些人发现了？他们抓住了他，会不会把他……

她简直不敢再往下想了。

她找到洞口，发现的确比之前宽了许多。她试着从洞口钻过去，可是由于肩膀太宽，好几次都没有成功。她断定弗朗索亚是从这个洞逃走的，因此她使尽全力，尽管锋利的岩石刮烂了她的裙子、刺破了她的皮肤，她还是坚持忍痛钻了过去。

牢房的门敞开着，里面空无一人，在微弱的光线里，薇洛妮可隐约看到一个女人躲在门外的石道里，很显然，那女人并没有想到会有人突然冒出来，因此感到非常惊讶。

薇洛妮可心想："这女人一定是那小子的帮凶，她说不定发现了弗朗索亚并且控制住了他……"

等薇洛妮可的眼睛适应昏暗的光线后，她看到那女人正在试图拉上门。令她感到疑惑的是，她不明白为什么那女人不一下子就把门关上，而是缓缓地让门挡住她的视线。

很快，薇洛妮可就发现了端倪。原来，并不是那女人故意那么做，而是因为在门的下面卡着一块石头，所以她没办法将门一下子关上。

薇洛妮可一个箭步冲上去，试图抓住门上的那只手，可谁知她竟然扑了个空，那只手不见了！这时，门还在缓缓阖上，她想那女人一定在拉着门上的另一个把手。

突然，走廊里传来一阵哨声，紧接着是那女人的求救声，与此同时，还响起了另一个稚嫩的声音："妈妈！妈妈！"

薇洛妮可非常激动，她听出这是弗朗索亚的声音，那就意味着他还是安全的！

"弗朗索亚，我在这儿呢！"

"妈妈，我被绑住了，快来救我！刚才那哨声就是他们的暗号，很快他们就又要过来了！"

"别怕，孩子，我这就来救你！"

薇洛妮可说完，浑身好像都充满了力气，没有什么能够阻挡她救儿子！她坚定信念，使尽全力拉着门，就这样僵持了一会儿，门外的那个女人渐渐松开了把手。薇洛妮可赢了！

那女人见形势不妙，便用绳子拖着弗朗索亚往前走，她发现薇洛妮可跟了出来，于是放下绳子，停住了脚步。

薇洛妮可举起枪，眼中尽是愤怒之情！

借着微弱的光，薇洛妮可看到了那女人的脸。她看上去挺年轻，瘦削的脸上挂着疲惫，金色的头发里夹杂着白发。她穿着一件白色的长裙，挽着袖子，系着腰带，她就那样站在那里，用仇恨的目光迎视着薇洛妮可。

两人谁都不先出击，仅仅用目光打量着对方，最后，薇洛妮可的嘴角勾起一个戏谑的笑容，说道："我警告你！如果你敢伤害我的孩子，我会马上崩了你！现在，赶紧滚吧！"

那女人听后好像并不害怕，她停在原地，也不说话，好像在等待支援。可几分钟过去了，并没有其他人出现在石道里，于是她低头看了看弗朗索亚，拉起绳子想要带走他。

"站住！别动！否则我真的开枪了！"薇洛妮可呵斥道。

那女人耸耸肩，干瘪的脸上露出无所谓的表情，她说道："别跟我来这套！我要是想杀死这个小子，早就动手了！不过，现在还没到时间，而且要杀死他的人也不是我！"

薇洛妮可打了个哆嗦，问："那是谁要杀他？"

"我儿子！我想你们已经见过面了。"

薇洛妮可恍然大悟："原来那小子是你儿子！他真是个混球！"

"他爸爸是……"

"住嘴！"薇洛妮可厉声喝道。现在她知道面前的这个女人和沃尔思吉的关系了！但她不想让儿子听到沃尔思吉的名字，因此便毫不留情地打断了女人的话。

"为什么要住嘴？"女人说道，"你知不知道你把我害惨了？现在，该是你来偿还的时候了！不过别着急，好戏才刚刚开始！"

"混蛋！"薇洛妮可拿着枪，恨不得立刻扣动扳机。

"我说过，别跟我来这套。"女人又说道。

"现在给我滚远点！我以我儿子的性命发誓，如果你再敢走近他半步，我就立刻开枪！"

那女人最终还是不敢轻举妄动，她愤恨地攥着拳头，哑着嗓子说道："我一定会报仇的！薇洛妮可，你记住！十字架已经准备好了！而你，将被钉死在上面！"

她晃动着拳头，继续说：“薇洛妮可，你知道我有多恨你吗？为了这一刻，我足足等了十五年！你的死期就要到了！我会亲手把你钉上十字架的！等着瞧吧！”

说完，她转身迈着大步离开了。

“妈妈，求求你，别打死她。”弗朗索亚颤抖着声音哀求着，他几乎以为妈妈真的会扣动扳机呢。

薇洛妮可回过神，立刻用温柔的语调安慰他：“不会的，孩子，别害怕，我们只是……”

“妈妈，放她走吧，我不要看到你杀人，我们走吧。”

薇洛妮可弯腰抱起儿子，就好像十五年前他刚生下来一样，然后走进了牢房。

“妈妈……”他轻声呼唤。

“亲爱的，妈妈就在你身边。我发誓，我们再也不会分开了！”

她顾不得皮肤上的刺痛，又从洞口钻了出去，然后把儿子拉出来并替他解开了绳子。

“现在安全了，孩子。”她抱着儿子说道，“他们要是从这个洞口钻进来，咱们也可以进行抵抗。”

她温柔地望着儿子，怎么看都看不够：“孩子，你长得真是漂亮啊！”

“我也从来没想过我会有个这么漂亮的妈妈呀！就算我以前做梦梦到你，也没有亲眼见到这么美丽，以前马卢还说……”

一提到马卢，薇洛妮可的心就沉了一下，她的神经就又紧绷起来，她对儿子说：“孩子，咱们不能在这里久留，要快点走。”

“妈妈，你说得对，我们一定要尽快离开这个岛。”弗朗索亚说道，“我有一个计划，按照这个计划走，就会万无一失。哦，对了，马卢呢？他怎么样了？我刚才听见下面有动静……”

薇洛妮可没有回答，拉起儿子的手就准备离开。

“孩子，有些事虽然难以启口，但我还是不得不告诉你事情的真相。不过不是现在，我们得快点到修道院去，刚才那个女人肯定去叫救兵了，他们会很快返回来的。”

“妈妈，我刚才在挖洞的时候，确实看到她和另一个人一起进来的。”

“是不是一个和你年龄差不多的男孩？”

“不知道，光线太暗了，我没有看清楚。他们冲过来一下子绑住我，然后把我往石道里拖，那女人离开了一会儿，和她一起来的那个人又返回了屋子，他好像对地道的布局很熟悉。”

“好的，我想我知道是谁了。别担心，我们把这个洞口堵上，他们就追不上来了。”

“但是还有桥可以到修道院呀？”弗朗索亚问。

“放心，我已经把那座桥烧掉了。”

薇洛妮可拉着儿子急匆匆地走着，但儿子似乎对她的话还是不太放心。

他喃喃自语：“妈妈，我知道你是怕我担心，所以才没有告诉我事情的真相。但马克诺以前说过，只有遇到危险的时候，才可以用桥下藏着的汽油烧掉木桥，你烧了桥，是不是当时情况很危急？他们是不是已经开始针对你了？那个女人为什么看上去非常恨你呢？也不知道现在马卢怎么样了。刚才我偷听他们说话，似乎谈到了马卢，我现在非常担心他。而且，你来的时候拿的那架梯子也不见了……”

“宝贝，先别乱想了，我们得快点，他们很快就会追上来的。”

突然，薇洛妮可停下了脚步，弗朗索亚不解地问道：“怎么了？你听到什么了？”

“脚步声。”

“你确定？”

“嗯，从前面传来的，是不是他们要堵截我们？”

“我知道了，他们一定是从修道院方向来的！”

薇洛妮可一听，立刻掏出手枪，进入戒备状态。她猛然把儿子推进右边的一个角落，那可能是另一个地道的出口，但现在应该已经不通了。

“快！我们躲在那儿！”她低声催促。

脚步声越来越近，她叮嘱儿子：“尽量缩成一团，千万不要动！”

只听弗朗索亚哀求道：“妈妈，求你，不要开枪……”

“我尽量，但如果早知道对方是个杀人不眨眼的恶魔，那我是绝对不会手软的……”她想了想，随即对儿子说出了事实，“孩子，这个人可能就是杀害你爷爷的凶手！”

“什么？妈妈……”

弗朗索亚浑身发抖，薇洛妮可连忙扶住了他。黑暗中，他低声呜咽，嘴里还在不停地说："妈妈……不管怎么样……求你……不要开枪……"

"嘘！宝贝！闭嘴！他来了！"

两人屏住呼吸，只见从远处走来一个人，他东张西望，好像是在寻找什么。薇洛妮可看到他的外形和儿子几乎一模一样，而且他还穿着和儿子一样的衣服、戴一样的红帽子，这才明白原来父亲和奥罗丽娜根本就是认错了人。

那男孩没发现什么异常，渐渐走远了。

"你认识这个男孩吗？"她问儿子。

"不认识。"

"确定？"

"确定！"

"和那个女人一起进来绑住你的就是他，记住了吗？"

"他好像特别恨我，总是无缘无故扇我巴掌。"

"老天啊，我们什么时候才能真正逃离灾难啊！"薇洛妮可忍不住感叹。

"妈妈，趁现在路上没人，我们快走吧！"弗朗索亚脸色苍白，但依然挂着笑容。

他们穿过悬崖，终于爬出了洞口。天色暗下来的时候，他们已经走到马克诺的花园了。

"我们安全了。"薇洛妮可轻呼一口气。

"是的，但我们还不能掉以轻心，最好把这个洞口也堵住，这样他们就出不来了。"弗朗索亚建议道。

"怎么堵？"

"妈妈，你等等我，我这就去修道院找工具来。"

"不行！孩子，我们必须一起行动。"

"那我们一起去？"

薇洛妮可想了想，还是决定放弃："算了，万一咱们都走了，他们岂不是顺利从这里追出来了。"

弗朗索亚点点头，他发现地上有块石头，于是说道："妈妈，帮我抬起这块石头。"

说完，两人将洞口处一块松动的石头搬开。石头滚下阶梯，很快便堵住了洞口。即便是不能完全堵上，但想要通过那也是非常不容易的了。

“我们就在这儿等等。”弗朗索亚说道，“妈妈，相信我，这个计划万无一失，我们一定会顺利离开这里的。”

薇洛妮可点点头，他们两人都太累了，现在刚好坐下来休息片刻。

“妈妈，你也躺下来休息一会儿吧。瞧，这块青苔像不像地毯？你躺在上面肯定像童话里的王后一样。”弗朗索亚笑着说道。

“宝贝，你的嘴巴可真甜！”薇洛妮可也笑了，心里像开了花。

这时，薇洛妮可将自己所遭遇的一切都统统告诉了儿子。弗朗索亚一边听，一边默默地流泪，尤其当他听到马卢也被杀害之后，他简直深受打击。

薇洛妮可心疼极了，她一边说，一边将他拥在怀中，替他擦拭眼泪。她暗下决心，要在以后的生活中给儿子加倍的爱来弥补他所受到的创伤。

“妈妈，你确定马卢死掉了吗？”弗朗索亚突然问道，“你只是看到他掉进了大海里，可你知道吗？马卢的游泳技术非常棒，跳进海里对他来说是易如反掌的事，所以我们不该绝望，是不是？瞧，妈妈，看谁来了？它也会告诉你要乐观起来的。”

薇洛妮可一看，果然是小狗“杜瓦边”，它盯着两人瞧了瞧，喉咙里发出呜呜的声音。在这个世界上，除了眼泪，也许没有什么事情能让这只小狗感到奇怪的吧？它不喜欢看到人哭泣，因此，只要有人哭泣，它就会立刻出现。薇洛妮可和弗朗索亚并没有抱头痛哭，但可能因为弗朗索亚是它的主人吧，所以小狗又出现了。

“妈妈，你看，我说得没错吧？连小狗都觉得我们不应该那么悲观的。对了，小狗是我从小养大的，我们也带着它一起离开，好不好？”弗朗索亚问道。

薇洛妮可望着他：“离开这座岛？”

“是的，而且不能耽误，越快越好，你说呢？”

“但我们要怎么走呢？”

“我们可以坐船。”

“可我们没有船啊？”

“妈妈，我有船。”

“什么？你的船在哪儿？”

“在岛的岬角上。”

“可是那儿四周都是悬崖绝壁，我们要怎么把船取下来呢？”

“在那座悬崖最陡峭的地方有个暗道，我和马卢对它非常感兴趣，我们相信只要是暗道就一定会有入口和出口。所以后来我们问了很多人，才知道那条暗道是中世纪时修道院的围墙。因此，我们确信那条暗道可以控制出入海。再后来我和马卢还去实地考察过，果然在悬崖边上找到一条深深的沟渠，里面全是沙子。我们沿着那条沟渠间的小路一直向前走，最终发现了暗道的出入口。当时我们已经把暗道修复好了，就把我的船挂在那儿了。”

薇洛妮可听后惊喜万分：“真的吗？那我们这次是真的得救了！”

“绝对没问题。”

“那些人不会追到那儿吗？”

“当然不会。”

“可他们有自己的快艇。”

“那个出入口非常隐蔽，周围全是暗礁，不仔细找根本就发现不了，他们现在都没找到，那就说明他们没有想到那儿还有个出入口，放心吧。”

“什么都不说了，我们赶紧离开这里吧！”

“别着急，妈妈。现在天已经黑了，虽然我熟悉地形，但晚上开船也会有触礁的可能，我们还是等明天再行动吧。”

“那还要等很久的！”

“还有几个小时天就亮了，等天一亮我们就出发，到时候我们划着船到牢房下面，我相信马卢还活着，而且就在那儿等我们呢，所以我们必须找到他，然后一起离开，小狗狗，你觉得怎么样？我估计我们到彭伊拉贝海岸就是中午了。”

薇洛妮可心下觉得非常满意，对儿子能表现的如此冷静也是赞不绝口：“孩子，你说得没错，我们现在要开始走运了！”

深夜降临，薇洛妮可和儿子担惊受怕地过了一整晚，除了一个小小的插曲，基本上还算是平安无事的。那就是当他们正在睡觉时，突然听到被堵的洞口里面传出一些声音，紧接着又闪过一道光，他们集中精神，马上紧张起来，直到第二天，当他们出发的时候，紧绷的神经依然没有放松。只是，面对着即将到来的自由和安宁，这点煎熬又算得了什么呢？

“妈妈，放心吧，我们现在是绝对不会再分开的了。”弗朗索亚说道，“还有一件事，不知道马卢有没有告诉你，那就是我一直相信那个神秘的英雄会来救我们的。我对他深信不疑，那天我被抓起来的时候，我也一直坚信他会出现的！”

“孩子，妈妈很愿意相信你说的话，但是事实上，你被抓起来的时候，那个英雄并没有来，是不是？”

“但他一定会暗中帮助我们的！”弗朗索亚一脸的坚定。

“他要怎么帮助我们呢？根本没有人通知他我们遇到了什么困难和危险啊！”

“他不需要别人通风报信，他有预知的能力，会知道我们身处险境的，妈妈，无论如何，你都一定要坚定信心啊！”

“好吧，孩子，我答应你。”

弗朗索亚笑着竖起大拇指，然后说：“哈哈，妈妈，我好像成了你的领导了。其实我没有告诉你，为了确保万无一失，昨天晚上我就开始安排食宿的问题。现在我们不能回修道院，所以这些东西可就派上用场了。妈妈，你带来的包裹呢？”

薇洛妮可取出包裹，两人开心地吃了些东西，然后两人便依偎在一起，沉沉地睡着了。

清晨，微凉的空气掠过鼻息，薇洛妮可醒来时，天已经完全亮了。她转头看了看弗朗索亚，他正在安详地熟睡着。她就那样默默地注视着他，浓浓的爱意在她的眼底荡漾着。

等到弗朗索亚睁开眼睛，便对薇洛妮可说道：“妈妈，我们开始吧！现在地道里应该没有人，我们就可以慢慢上船了。”

他们带着被子和食物，一路向岬角的暗道走去。岬角处果然有许多暗礁，海水拍打在上面，发出噼噼啪啪的声响。

“老天保佑你的船还在那儿！”

“妈妈，你快看，船！”弗朗索亚喊道，“看到那块凸起的岩石了吗？船就挂在上面。我们现在转动滑轮把它放下来就可以了。一切都在我意料之中。只不过……”

弗朗索亚说着，突然停了下来。

“孩子，怎么了？”

“噢，没什么，只是我突然想到一个问题。”

“什么问题？”

弗朗索亚忽然笑了，他说：“瞧我这记性！我忘了一件大事啊，划船是需要船桨的！可是我把它们忘在修道院了！”

“啊？怎么会这样！”薇洛妮可惊呼。

“妈妈，我现在就去取，马上就回来。”

一想到弗朗索亚在返回的途中会遇到的种种危险，薇洛妮可就忍不住担心起来：“如果那些人刚好从地道里追来怎么办？”

“这完全不用担心。”弗朗索亚笑着说道，“要挖开那个地道起码也得一个小时呢，可昨天晚上咱们没有听见什么声音呀，是不是？所以，妈妈，我现在就去取，马上就会回来了，放心吧！”

说完，他迅速向修道院方向跑去。

“弗朗索亚！弗朗索亚！”薇洛妮可呼喊着儿子的名字，但他已经跑远，根本没有回应。她想自己曾经发誓不离开他半步，可现在却怎么让他一个人去拿船桨呢？一种不祥的预感在她心里慢慢升腾起来。

于是她提起裙子，也跟着跑了过去。她跟着他，一路跑到了仙女石桌坟和马克诺的花园中间。在山坡上，她看到了地道的出口，也看到了弗朗索亚。

他正跑向修道院的地下室，但很快他便出来了，手里什么都没有，紧接着他又打开大门跑了进去。

薇洛妮可算着时间，心想着船桨应该是放在门厅里或者楼下，那么也就是一两分钟的事儿。

然而，过了好一会儿，她却仍然没有看到儿子的身影。

薇洛妮可感到懊悔极了，她不断地自责自己总是拿不定主意，真不该让儿子一个人去修道院。于是，在逐渐浓郁的恐惧感的驱使下，她跌跌撞撞地向修道院跑去。

在到达仙女石桌坟的时候，她忽然注意到一件奇怪的事。在距离石桌坟不远的地方有一片橡树林，空地上叠放着一些树枝，而树枝上的叶子竟然是嫩绿的，这就说明它们是刚刚被砍伐下来的！

薇洛妮可一愣，立刻明白了！她抬头望去，果然其中一棵橡树被砍掉了枝杈，大约四五米高的主杆突兀地矗立在那儿，树干上用箭钉着一块木牌，上面写着她的签名：V. d’H. 。

“这就是那第四个十字架吧……”薇洛妮可下意识地说道，“是不是该轮到我了……”

很明显，这很有可能是那个可怕又神秘的凶手干的！薇洛妮可首先想到的是之前碰过面的年轻女人和男孩，但这仅仅只是个猜测，她还不能完全确定！

猛然间，她忽然意识到：现在看到了第四个十字架，那是不是证明那些人已经都来到这里了？说不定他们另外建了一座桥，然后进到修道院里了，那么，她的儿子也很有可能被他们抓住了！

薇洛妮可丝毫不敢怠慢，她拔腿冲过草坪，向修道院的大门奔去。

“弗朗索亚……弗朗索亚……”她边跑边喊。

修道院的大门敞开一半，她冲进去，对着门厅大喊儿子的名字，随后她又跑上楼检查马卢和奥罗丽娜的房间，可是完全不见儿子的踪影。

“弗朗索亚……弗朗索亚……你在哪儿啊……回答我……”她大喊着又跑进父亲的书房，但很快，她几乎想都没想就退了出来。

父亲的书房里，一个男人双手环抱，好像早就知道她会来一般，一脸得意的表情。

薇洛妮可脸色煞白，哆哆嗦嗦地说道：“沃尔思吉……你是沃尔思吉……”

## 第十一章 恶魔再现

薇洛妮可浑身僵硬，她不敢相信眼前这个男人就是那个折磨了她很久的恶魔！原来，那封信上写的都是假的！他根本没有被同伙杀死！根本没有埋在枫丹白露！事实上他现在就站在她的面前，还是当年那副邪恶恐怖的面孔！

没错！沃尔思吉竟然还活着！

薇洛妮可遇到过很多挫折，也承受过很多困苦，但唯独这一点是她所不能接受的，那就是再次看到这个坏男人！只要他一天没有死，就还会牵连很多人受苦。

而一想到曾经和这个坏男人还谈过恋爱，薇洛妮可的脸就忽然红了。

沃尔思吉站在那儿，双眼一刻不离地盯着她裸露的双臂和肌肤，贪婪的目光就好像在盯着一个猎物。她感到羞愤至极，但一时又找不到什么可以遮蔽的东西。只能毫不退缩地回瞪着他。

“你把我儿子藏在哪儿了？把他还给我！”她攥紧拳头大声喊道。

沃尔思吉耸耸肩：“亲爱的，你忘了他也是我的儿子啊，我们父子团聚你怎么不开心呢？”

“他在哪儿？我现在就要见他！”

他举起手放在胸前：“亲爱的，我发誓，你会见到他的。”

“这么说，你杀了我的儿子……”她的语气一下子低沉下来。

“不，不，你错了，亲爱的，他活得好好的。”

薇洛妮可没有说话，两人之间沉默下来，很显然，沃尔思吉在思索着如何用合适的词句来开始他们之间的谈话。

他身体非常强壮，胸肌发达，头小脖子粗，又有点儿罗圈腿，鬓角有两缕金色头发。这副模样令人很容易联想到他年轻时必然强健有力，可现在年纪大了，倒看上去变得猥琐起来。以前那些迷惑女人的魅力早已不复存在，如今在他身上留存的，不过是一副俗不可耐的面容罢了。

他扯出一个笑容，拉过一把椅子给薇洛妮可，说道：“来吧，亲爱的，我们应该有很多话说说的。”

薇洛妮可没有动，这让他感到有些尴尬。

他又说道：“瞧，这儿有些吃的，我想你一定饿了吧，先吃点东西怎么样？”

他努力表现出绅士风度，但这些都逃不过薇洛妮可的眼睛，她深知他这些虚伪行为下掩盖的小伎俩，因此，她还是没有说话，想看看他究竟想干什么。

只听沃尔思吉说道：“好吧，亲爱的，你喜欢看我站在这儿表现我的修养吗？哦，对了，抱歉我今天穿得不太得体，你知道我在集中营和地洞里都生活过，那种地方可没必要穿得有多体面。”

沃尔思吉说得没错，今天他只穿了一件破裤子，上身挂着一件破烂的红羊毛背心，外面随意罩着一件白亚麻的祭祀长袍，腰上还系着一条粗绳子，这种装扮的确看上去邋遢至极，而且非常荒谬。

他似乎对自己的调侃很得意，但这才只是表演的开始。他背着手，来来回回地走动起来，面容镇静，似乎在思考什么重要的事情。过了一会儿，他停下脚步，缓缓说道：“亲爱的，我觉得我们还是先谈谈过去的生活吧，你觉得呢？”

见薇洛妮可依旧沉默，他继续说道：“那时候我们……”

他稍作停顿，故意忽略掉薇洛妮可厌烦的表情，说道：“亲爱的薇洛妮可，你还记得我们……”

“够了！别用你那肮脏的嘴念出我的名字！”

沃尔思吉笑了笑，说道：“亲爱的，别用这种语气跟我说话，其实我对你还是很尊敬的。好吧，那我接着说。我承认当年的我放荡不羁、无情无义、做事极端，是个典型的浪子，我觉得自己配不上你，但我还是深深被你吸引，真的爱你爱得发狂。你是我见过的所有女人中最有魅力的，我也相信在我们结婚后，自己能在你的影响下有所改变。你知道吗？当年你要是再温柔点儿，再有耐心点儿，结果也许就不是这样了。但是事实却不是这样。在我们结婚后，你满脑子都是你父亲如何如何痛苦，而最让我痛恨的是，你嫁给我并不是出于爱我，而是被逼无奈。虽然我们结了婚，可你对我没有爱，只有恨。这是我最不能接受的！婚后你还是保留着大小姐的习性，不断地抱怨、挑剔、数落我，你知不知道你对我的这些不满恰恰是别的女人欣赏的？你的不满让我更加反感。我知道你不喜欢我这样的性格，所以最后我们还是分道扬镳。离了婚，我的确是自由了，可是……”

他停了停，继续说道：“可是我依然爱着你。一年之后我听说你父亲和儿子失踪了，后来被发现遭遇了海难，你伤心欲绝，进了修道院。可你理解我的痛苦吗？我天天在爱恨中纠结，痛不欲生。后来我也做过很多极端的事情，想以此来忘记你，可却适得其反，越是这样，我对你的爱就越是加深。再后来，我打听到你父亲和儿子的下落，知道他们并没有死去，所以我就找到这里，并天天监视着他们，同时，我也在继续打听着你的下落。当时我的生活就只有一个目标，那就是无论如何都要找到你！但很可惜，战争爆发的时候，我没来得及逃走，这才被抓进了集中营……”

他说着，语气越来越生硬，脸上的表情也渐渐转冷，继而他大声吼道：“亲爱的薇洛妮可，你知道集中营是什么地方吗？你知道我是如何在那地狱里度过每一天的吗？我是谁？我是拥有皇族血统的沃尔思吉啊！可那时候我却只能天天和那些下等人混在一起！我竟然成了俘虏！在集中营里，我没有一天穿过干净的衣服，浑身长满了虱子！可你知道吗？这一切，我都忍受过去了！老天爷！真不想再提这些了！虽然我身处牢笼，但我并没有放弃逃跑，我不能就那样不明不白地死掉！后来，我想到了一个好办法，那就是找一个人做替死鬼！这样一来，所有的人就都会以为我死掉了！之所以会这样做，是因为当时出现了一件令我重燃希望的事情，当然，现在我还不能告诉你究竟是什么事，这是我的秘密！如果你想知道的话，以后有机会我会告诉你的，只是现在还不行。”

面对着夸夸其谈的沃尔思吉，薇洛妮可一言不发，也不再看他，仿佛他并不存在在她眼前一样。

他走上前，恶意挑衅说：“我看你对我的话好像并不怎么感兴趣，但没关系，下面我要说的话可是非常重要的，希望你听好了！现在，我们已经无法再回到过去了，我们只能成为对手！成为敌人！我说这些只是想让你看清楚自己现在的处境！别忘了还有你的儿子！所以，在你张嘴之前，你可要想想清楚……”

薇洛妮可还是对他视而不见，他知道，她的心思现在都在儿子身上，所以他变得非常生气，说道：“你给我听好了！现在最好顺着我的意思，否则，你儿子会是什么情况谁也说不定。而且，别忘了，我们现在还没有办完离婚手续，所以从法律意义上讲，我们还是……”

他突然停了停，然后用双手抓着薇洛妮可的肩膀，使劲摇晃着喊道：“你到底有没有在听我说话！你这个可恶的女人！”

薇洛妮可被他摇得差点失去平衡，她急忙扶住椅子，但目光依然没有退缩。

沃尔思吉意识到自己冲动了，因此努力克制住自己的脾气，但声音听起来还是非常不满：“听着！我再重复一遍！我们现在还没有离婚，不管你怎么想，我们现在还是法律意义上的夫妻！你应该清楚自己的身份！好了，现在我们来聊聊，我知道你不爱我，我也不可能得到你的温柔，但我也不愿你像以前那样处处管着我，我只想要个温顺、忠诚且专一的妻子……”

“不，你要的不是妻子！你要的是一个奴隶！”薇洛妮可说道。

“好吧！这可是你自己说的！我需要的就是个奴隶！可是奴隶必须捆住手脚，全心全意的服从主人的命令，你确定你喜欢这样？你确定会全心全意地服从我？噢，其实我并不在乎你的心在哪儿，我只是要得到之前没有得到的。我是你的丈夫！但我现在每次想起婚姻生活，跃入脑海的竟然都是无休止的争吵！那时候我们连陌生人都不如。哈哈，现在，这些都已经成为过去，你又一次回到我身边了。所以，以后你可不能像以前那样了，从今天晚上起，你就要开始履行你的职责，你愿意吗？”

薇洛妮可的沉默激怒了他，他高声喊道：“说！你愿意吗？必须说实话！如果愿意，那就立刻跪下来画个十字，然后大声宣誓说：‘我愿意做个温顺而忠诚的妻子，我会听从你的一切命令，甚至付出我的生命也在所不惜，因为你就是我的主人！’”

然而，薇洛妮可自始至终没有说过一句话。

沃尔思吉非常恼火，但他并没有动手，而是说道：“好吧，我早就料到你会是这种反应，我只是再做最后一次努力而已，但你要知道拒绝的后果会有多严重！不过我还是打算再给你个机会。我知道也许我现在看上去很邋遢，所以你才会拒绝我，可你不知道，皇族后裔沃尔思吉就要重新崛起了！”

沃尔思吉总是喜欢用“皇族后裔沃尔思吉”来形容自己，薇洛妮可明白这是他虚荣心的体现。她看到他眼中兴奋的光芒，当然，还有一时的迷茫的混乱。其实他早就疯了，也许随着时间的推移，他的病情也跟着加重了呢！

只听他又说道：“战争爆发后，我派一个心腹在这里监视你的父亲。一次，我们在很偶然的情况下发现了黑色荒原以及山洞的出入口。我逃出来之后，就一直躲在那里。后来在截获你父亲的信件的时候，我发现你父亲也在秘密勘探这个岛，我还了解到他已经掌握的信息。所以我就对他进行了更严密的监视。那期间我也发现了一些巧合得有些过分的怪事。这一切都是命运的安排！是命运驱使我去完成这个使命！只有我，沃尔思吉，才能完成这个使命！而我，沃尔思吉，也会被载入史册！只有沃尔思吉才具有足够的能力和品质！现在我已经准备好了，我会沿着这条路一直走下去，不久的将来，我一定会取得最后的胜利！其实，今天的沃尔思吉只要动动手，就可以轻而易举地获得财富、荣誉和至高无上的权力！瞧！这就是皇族后裔沃尔思吉！几个小时后，他就会成为世界之王，而亲爱的薇洛妮可，就会成为他唯一的王后！”

他夸张地伸开手臂，脸上洋溢着胜利的微笑，像个滑稽的小丑，他弯下腰对薇洛妮可说道：“亲爱的，你想成为世界之王的王后吗？皇族后裔沃尔思吉即将统治全世界，而你，也将会高于所有女人！虽然你是我的奴隶，但你却可以统治全天下的人，你愿意成为这样的王后吗？除了我，你可以随意使唤任何人！所以，现在再给你一个机会，慎重地考虑一下是否要拒绝。两条路，你任选一条，要么成为我的王后，要么……”

他故意顿了顿，然后用阴森森的语气说道：“要么就会被钉上十字架！”

薇洛妮可下意识地打着哆嗦，这个恐怖的字眼儿又一次飘进她的耳朵里，如今她终于知道那个隐藏在暗地里的凶手究竟是谁了！

“十字架。”他刻意强调，脸上的表情又得意又阴冷，“两条路，你自己选。一边是让你有享不尽的荣华富贵和权力，另一边等待你的是残忍可怕的死神，你选吧！只能二选一，没有别的选择！希望你明白这不是出于残忍和威胁，我也不过是个工具罢了。这是命运给你的选择！命运会让你最终被钉死在十字架上！除了皇族后裔沃尔思吉，谁也救不了你，因为没有一个人会向皇族后裔沃尔思吉那样足智多谋、骁勇善战。不然他也不会在枫丹白露的森林里找一个替死鬼，更不会逃脱命运的恐怖预言，没有死在朋友的手里。正是他出类拔萃的聪明才智，才能做到这些。因此，他也可以让他爱的人逃离死神的魔掌，不过前提是她得服从于他！好了，现在你自己选吧！”

“我选择后者！”薇洛妮可果断回答。

“后者？”他做了一个杀人的动作，“这么说，你是选择了死神？好吧，那让我告诉你吧，死亡的方式也分很多种，你想用什么办法死？”

“用酷刑！”

他恶狠狠地说：“是吗？可我想你忘了你还有个儿子呢！你要是死了，他可就成了孤儿了！不过，还有个更让你不能忍受的，那就是当你死了，就理所当然地由我来抚养他。我想你是不希望这样的事情发生的吧？但话又说回来，我也是他的亲生父亲，不是吗？所以，你要慎重选择！”

“我选择死亡！”她斩钉截铁地说道。

“你确定？如果我当着你的面，把刀放在你儿子的脖子上，你还会这样选择吗？”

薇洛妮可闭上眼睛，心中涌上无限痛苦，随后，她低声说道：“我选择死亡。”

沃尔思吉恼羞成怒，完全摒弃了假惺惺的绅士风度，满嘴脏话骂了起来：“你真是个恶毒的女人！没想到你竟然这么恨我？你宁可不要儿子，也不愿意向我妥协！是你把自己的儿子推向死亡的！你真是狠毒！难道我们真的这样势不两立吗？不！我不信！你一直是个善良的母亲，我不相信你会不管儿子的死活！那么，让我来猜猜究竟是什么原因呢？难道是因为爱？不可能！薇洛妮可只爱自己！也许你会觉得我会可怜你，放了你，可是你错了！为了最后的胜利，我是绝对不会心慈手软的！传说是怎么讲的？萨莱克岛将面临一场浩劫，结果呢？船沉了、人死了！就连阿尔西姐妹也被钉在了十字架上！我在做这些的时候有一点点心慈手软吗？在我很小的时候，我就徒手捏死过小狗、活剥过山羊。我更不会怜悯任何人！要不然我母亲也不会叫我'阿迪拉[①]'了！所以，你觉得在我的心里会有怜悯吗？要是你抱有这样的幻想，那么你就大错特错了！我是绝不会有一点心软的！我们的祖先只怕天掉下来砸到脑袋，那我们就更应该什么都不怕！我听老天爷的指令！他选择了我，那我必然就会是日耳曼的皇帝、德国的统治者。要知道皇帝再对待儿子的事情上可从来都是一意孤行的。而我是个彻头彻尾的坏蛋，所以我更喜欢残忍的事情。亲爱的薇洛妮可，既然你选择了死亡，那么你就必须承受自己所选择的一切结果，我已经迫不及待看到你被钉上十字架了……哈哈哈哈……"

他说完，大声笑了起来，然后举起双手，来回地走动。

薇洛妮可望着他近乎癫狂的模样，心里忍不住害怕起来。

忽然，他走近她，恶狠狠地说道："跪下求我！求我爱你！皇族后裔沃尔思吉可没有那么多耐心，现在之所以会给你机会，是因为他还爱着你，不想失去你，不想放弃你！薇洛妮可，你要懂得珍惜！忘记过去吧，从现在起，做一个温顺的妻子。如果你有足够的魅力，说不定某一天就是我向你下跪。亲爱的，你不能抛弃我，不能让我失望！明白吗？我是真的很爱你！"

他越来越激动，抓住她胳膊的手也越抓越紧，疼得她几乎要叫喊出来。她努力挣脱他的钳制，可是她越挣扎，他就抓得越紧。

最后，他气呼呼地说道："薇洛妮可，你可要想清楚，一旦你抛弃了我，你就要为你的行为负责，我可是什么事情都做得出来的！你会被钉死在十字架上！你儿子也只会死路一条！这就是现实！你除了接受，别无选择！你要知道，只有皇族后裔沃尔思吉能拯救你于苦海，只有他能给你幸福。我知道你恨我，但我还是爱着你！瞧那可爱的小嘴唇，真

---

① 阿迪拉（406—453），匈奴国王，残忍成性，被欧洲史学家称为"上帝之鞭"。

是让我神魂颠倒、难以自拔……”

薇洛妮可不愿听他的废话，只是碍于被他抓得死死的，一时间难以脱身。不管怎样，她的力气总是比不过他的。沃尔思吉红着眼睛，将那张邪恶的脸渐渐靠近，她下意识地向后靠，想要避开他喷出的气息。

就在沃尔思吉凑近想要亲她的时候，她猛然间狠狠地咬了他一口，这下，沃尔思吉连忙松开手，趁这空当儿，她赶紧甩开他的双手。她后退一步，迅速掏出手枪，对着他连开了好几枪。

然而，因为她实在太害怕了，所以两颗子弹射偏了，只是擦过他的耳朵，射到了他背后的墙面上。

“你这个臭女人！你差点杀了我！”沃尔思吉恼羞成怒。

他上前一步将她拦腰抱起，把她重重地摔到了沙发上，随后他取出一根绳子将她牢牢捆住。

做完这些，他擦了擦头上的汗，又仰头喝下一大杯酒。

他用一只脚踩着她，说：“这样就对了，亲爱的，你最好还是安静地待在这儿。瞧，你现在模样就好像是我打来的猎物，我现在想干什么就可以干什么，我可没和你开玩笑。不过，你不用担心，皇族后裔沃尔思吉可不是那种人，他可不会为难他心爱的女人。只是要让他彻底忘了你也就只有一个办法，那就是让你从这个世界上消失！死亡，是你刚才自己选择的，你确定你现在还坚持这个选择吗？”

“你杀了我吧！”她语气坚定。

“那么你也愿意把你的儿子送上黄泉路吗？”

“如果你想用儿子来威胁我，那么你会失望的！”

他搓搓手，继续说道：“好吧，既然你这么坚决，那我就成全你。在这之前，我们还是先来说点儿正事吧。你现在可以回想一下，从你踏上这座岛开始，你所经历的那一切难道仅仅都是游戏吗？不，如今有了你的参与，现在好戏才刚刚开始。亲爱的，这可是非常可怕的。不管你以前为谁哭红过眼睛，我希望你还是最好再慎重考虑一下，也许皇族后裔沃尔思吉能临时改变主意呢！不然他可就真的没有拯救你的办法了，因为这一切都是命运的安排！所以，如果你依旧坚持，那么你的眼泪将会比以前多很多。就算你想死，那也要在我折磨够了你，才会把你杀掉。亲爱的薇洛妮可，你做好准备了吗？唉，你真的很命苦啊……接下来我要说的，可是会更让你接受不了的……”

他又喝了一杯酒，背对着她低声说道：“亲爱的，有件事我放在心里很久了，一直没跟你说，现在我就告诉你，也算是弥补我的一个过错吧。其实在我们结婚之前，我已经结过婚了。对不起。不过对我来说这也没什么大不了的，这世界上邪恶的事情多了，这算什么呢，是不是？我的第一次婚姻里有个儿子，我想你已经在地道里见过他了。他叫雷诺尔德。你一定也体会到了他的无赖痞性吧？没错，他的确是个称职的无赖。可我就是喜欢他的这种无赖劲儿，也许这都是从我这里遗传的。我很开心，我知道自己的优良品质后继有人了。他和我非常相似，甚至比我更胜一筹，有时候面对他连我自己都会感到莫名的挫败。他真是坏极了，一个15岁的孩子能坏到如此程度也并非易事。相比起来，我15岁的时候简直就是个完美的乖孩子。除了这个儿子，我还有另一个，他叫作弗朗索亚。这就是命！命中注定他们会有一场殊死搏斗！那么，就让我来做裁判吧。无论这场决斗的时间有多长、有多激烈，结果只会有一种，那就是他们俩之间必须死掉一个！”

薇洛妮可望着他阴恻恻的笑脸，知道他又开始癫狂了。两个儿子都是亲生骨肉，可他竟然想让他们互相残杀！面对这个疯子，薇洛妮可的内心已逐渐麻木。

“亲爱的，事情还没完，”他又说道，“虽然我也不想这样，但没办法，这就是命运！而你，你是弗朗索亚的妈妈，所以你必须亲自到场去看他们决斗，你觉得怎么样？我很乐意给你这个机会。雷诺尔德比起弗朗索亚可要强壮得多，而且他还专门受过训练，那么他是一定会将弗朗索亚打死的。不过如果你去现场加油的话，说不定弗朗索亚会鼓足干劲儿再拼搏上一阵子。他会以为取得了胜利就一定会救出你，说不定他还要感谢我呢！亲爱的，一定要去现场观看哦！那肯定刺激极了！而且，我还会继续我的计划，那样你就会感到更刺激的，到时候……”

他突然抓住她，逼着她面对自己，然后生气地说道：“亲爱的，你觉得我的建议怎么样？你害怕了吗？”

“没有！”她怒声喊道。

“这么说你到现在还是坚持选择死亡？”

“是的！没错！”她使尽全力大喊。

“你对我的恨意真的有这么深吗？”

“我恨你！恨死了你！我告诉你，别妄想用儿子来威胁我，我是绝对不会妥协的！”

“你骗人！”他恶狠狠地说，“你把你的宝贝儿子看得那么贵重，怎么可能愿意眼睁睁地看着他死？”

“我对儿子的爱再深，也比不过对你的恨！”

薇洛妮可终于爆发了，她不顾一切地大喊着：“你这个混蛋！我恨你！恨不得你马上死掉！你想用儿子来威胁我？那我就告诉你，别做梦了！我宁愿看着他死，也不会向你低头！你杀了我的父亲！我会一辈子都恨你！”

沃尔思吉恼羞成怒，他猛然提起她，把她拖到窗户前，吼道：“跪下！我现在就让你尝尝受折磨的滋味！”

他使劲将她按倒在地，随后打开窗户，将绳子绑在窗框上，并堵住她的嘴。

“那你就看清楚了！你马上就可以见到你最最亲爱的儿子了！”他大喊，“你记住，这些都是你自找的！你马上就可以体会到生不如死的滋味了！现在想要后悔都来不及了！一切都晚了！除了观看你儿子的决斗，你别无选择！等他被打死之后，你也会被钉死在十字架上！薇洛妮可，你的命真的很苦，但没办法，这都是老天安排好的！我听说弗朗索亚很喜欢冒险，那就让他来吧，皇族后裔沃尔思吉会好好接待他的。这个游戏，几个人，都有谁，都无所谓，人多了才更有意思。什么天主宝石，什么黑色荒原，什么天大的秘密，这些都无所谓了！只有皇族后裔沃尔思吉的事情才是最重要的！你看不起他，你嘲笑他，那你就要做好准备迎接即将到来的灾难！他一定会报复的！想想你生不如死的样子，他真是觉得开心极了！他不会让你死得痛快！他要慢慢地折磨你！然后让你一点一点地死去！”

沃尔思吉激动得手舞足蹈，他说着，忽然掏出手枪对着镜子“砰”地开了一枪。

玻璃应声碎了一地，可沃尔思吉丝毫不在乎，他打开门，晃晃悠悠地走了出去，嘴里一直不断地重复着：“皇族后裔沃尔思吉要报仇！皇族后裔沃尔思吉要报仇！一定要报仇！……”

## 第十二章　备受折磨

过了很久，薇洛妮可还是保持原样，没有人发现她，没有人救她。她的头被窗棱划破，绳子也深深地陷进了她的肉里。她的嘴被头巾堵得死死的，根本透不过气。由于被挂在窗棱上，她只能用弯曲的两条腿来支撑着全身。时间越久，她就觉得身体越是僵硬，直到最后完全麻木。和这种身体上的折磨相比，精神上的痛苦才是最让她痛不欲生的。

她的脑中完全空白，嘴里喃喃自语："我快要死掉了……"

她似乎已经体会到了死亡之前的片刻宁静，她明白，在真正面对死亡之前，沃尔思吉绝对还会变着花样来折磨她，不过，这些她并不在意，因为此刻的她什么也不愿意去想，甚至就连弗朗索亚的模样也渐渐地在她脑中消退。

虽然她的意识逐渐消失，但从内心来讲，其实她还是很渴望能有奇迹出现的。她明知不可能，可还是希望沃尔思吉能良心发现，放弃这种残害儿子的暴行。

她昏昏沉沉地在心里默默祈祷。这时，只听到房间里响起了一阵争论声，伴随着的，还有由远及近的匆匆脚步声。她努力打起精神，心中的渴望也渐渐强烈起来。她不能就这样死掉。弗朗索亚说过，没有什么能把他们再分开了！所以，她必须强迫自己振作起来。

"我亲爱的孩子，你不会有事的，我们还会团聚的！你一定要有信心！"她小声地重复着。

窗外，天边翻腾着滚滚乌云。薇洛妮可抬起头，忽然留意到草坪中出现了一块沙地，沙地非常平整，就好像竞技场一般。她的心中一沉，难道，儿子会在这里和那个坏小子决斗吗？不祥的预感笼罩着她，她的内心痛苦万分："弗朗索亚，可怜的孩子，原谅妈妈吧！都是妈妈的错，才让你受这样的罪！是你在替妈妈赎罪啊！孩子，原谅妈妈吧……"

就在这时，楼下的门似乎被打开了，接着，她听到沃尔思吉的声音："规则就是这样，我们各自站在一边，我在右边领一个孩子，你们在左边领一个，然后我们就在决斗场见。让我们一起都来见证这场难得的决斗吧！”

薇洛妮可痛苦地闭上眼睛，她无法面对儿子被虐待，更不能亲眼见到他被像奴隶一样带到决斗场上。她听到沃尔思吉可怕的笑声，然后，她看到有人走近草坪，然后站到了草坪的两边。

“好了，就站在那儿！”沃尔思吉宣布，“所有人都要听我的命令，违抗者，必死无疑！好，准备好了吗？现在向前走！”

老天，最不愿面对的一幕真的就要发生了！

薇洛妮可不想睁开眼，可是，此刻她最心爱的儿子就在决斗场上，她又怎么能放心得了呢！无奈，最终她只有睁开了眼睛望过去。

沙地角斗场上，此时两个孩子正扭打在一起，但薇洛妮可实在分不清哪个究竟才是她的儿子，因为他们长得实在太像了！他们穿着相同的白色法兰绒衬衣和短裤，系着相同的腰带，头上都蒙着相同的红丝巾。他们被包裹得严严实实，只能看到对方的眼睛。

“啊！哪个才是我的儿子？噢！这个肯定不是，因为他看起来好凶！不过也说不定，唉，我完全糊涂了……”

说实话，她真的分不清哪个才是她的儿子，可是在她心里，依然希望儿子能在决斗中取得胜利。沃尔思吉让她观看，不就是为了给儿子加点勇气和动力吗？现在她睁开眼睛看了，也在心里默默给儿子祈祷了。必须承认，沃尔思吉的这个计划真的非常恶毒！

那两个孩子，一个看上去强壮、矮胖，行动也不怎么灵活，会是雷诺尔德吗？另一个身材高瘦、行动敏捷的会是她的儿子吗？因为两个孩子都被蒙着脸，所以她根本判断不出来。

无论薇洛妮可的内心多么纠结，决斗仍然还在继续，这对她来讲，才是最痛彻心扉的事情！

“干得漂亮！”沃尔思吉拍手叫好。

他故意装作很公正的样子，对哪一方都不偏袒，但他潜意识里还是希望雷诺尔德能取胜，借此以正当理由来杀死他的另一个儿子，弗朗索亚。

在沃尔思吉的对面站着两个男人，他们长得很难看，秃顶、大鼻子，而且都戴着眼镜。他们的身材都非常消瘦，可是肚子却大得出奇。两人在观看决斗的时候并没有表现出多么高昂的兴致，而是从头到尾面无表情、冷眼旁观，更不要说会拍手叫好了。薇洛妮可由此猜想也许他们也是迫于沃尔思吉的威胁才来现场观看的吧。

“干得好极了！回刺得漂亮！就这样，继续打！我该给谁奖赏呢？”沃尔思吉大声嚷嚷着。

他一边不断地围着两个扭打的孩子来回转，一边用沙哑的嗓子给他们加油打气。

薇洛妮可被绑在那儿，根本动弹不得，她眼睁睁地看着两个孩子扭打厮杀，可就是不确定哪个才是她儿子，心里自然是焦急万分。她挣扎着动了动手，几乎要脱口而出向沃尔思吉求饶，因为她实在受不了这样的折磨了。

就在这时，其中一个孩子突然受了伤，他后退一步，迅速用手帕包住流血的右手腕。薇洛妮可立刻意识到这个孩子就是她的儿子，因为他就有一条蓝色的手帕！她难掩欣喜，目光紧紧地锁住这个瘦高敏捷的男孩。

“这是我的儿子，弗朗索亚，是的，没错，就是他！我可怜的孩子，心爱的宝贝！”

薇洛妮可判断得没错，虽然两个孩子扭打得异常凶猛，再加上他们蒙着头，又穿着相同的衣服，只看这些根本就分不清谁才是她的儿子。可是如果仔细看的话，那个用蓝色手帕包住手腕的男孩虽然也在攻击对方，可他的攻击却并不致命，而更像是一种自我防御。他看上去举止优雅又有教养，与另一个野蛮凶残的孩子完全不同。

“啊！弗朗索亚，千万别手下留情！你的对手可是个杀人不眨眼的恶魔，你只要稍稍心软一点，也许就会……”薇洛妮可真想大声喊出声来，可是无奈的是她的嘴被堵着，根本就发不出声来。

匕首的寒光在弗朗索亚的头顶来回晃动，薇洛妮可害怕极了，真想大声喊出来。这时，对方又挥刀砍了过来，只见弗朗索亚敏捷地躲开了，她忍不住在心里为他加油：“小心！宝贝！加油！对，就那样！千万要小心！别让他刺中你！”

随着时间的推移，弗朗索亚似乎有些体力不支，但对方却似乎越战越勇，最后，弗朗索亚被逼得连连后退，不一会儿就退到了沙场的边缘。

“哈哈！混球！你是不是想临阵脱逃？”沃尔思吉讥讽道，“笨蛋！脚要站稳！别忘了我告诉过你，赢了之后会得到什么！”

弗朗索亚听后，好像立刻来了精神，鼓足干劲回击过去，杀得对方连连后退。

沃尔思吉又一次拍手叫好。

“我可怜的孩子，他都是为了我才这么做的。”薇洛妮可喃喃自语，“肯定是沃尔思吉这个恶魔用我来威胁他了，所以他才这么拼命。也可能他知道我在这里看着他。宝贝！妈妈会为你加油的！”

弗朗索亚一次次被击退，又一次次反击，薇洛妮可看到儿子这么勇敢，心里激动极了。突然，弗朗索亚一个趔趄，猛地倒在了地上，身子压住了右胳膊。

对手迅速上前攻击，用膝盖压住他的胸膛，然后举起匕首。

“救命啊！救命！”薇洛妮可呜呜咽咽地大喊。

她顾不得被绳子勒得多疼，顾不得额头被窗棱划出了口子，她挣扎着靠着墙，浑身上下被恐惧的浓雾包围着，仿佛死神即刻就要降临一样。

这时，她看到沃尔思吉面无表情地走了过去，站在了两个孩子的面前。

就在对手挥下匕首的那一瞬间，弗朗索亚迅速用手抓住了他的手腕，挡住了迎面而来的危险。两人僵持了一会儿，弗朗索亚的手也渐渐没了力气，刀子离他的脖子越来越近了。

沃尔思吉弯着腰，详细地打量着僵持的两个孩子，不过他似乎对这样的结果并不满意。两个孩子都没有发现他在身后。沃尔思吉会帮助哪一个呢？

薇洛妮可睁大眼睛，一刻也不敢呼吸，她的视线丝毫不敢从沃尔思吉的身上移开。

此时，刀尖已经抵到了弗朗索亚的皮肤上，他使劲顶住，但还是不能避免皮肤被划出一道口子。

沃尔思吉俯下身子，目不转睛地盯着两人。突然，他从兜里掏出一把小刀。谁也没有想到，几秒钟后，他竟然向雷诺尔德的肩膀上猛然刺去。

孩子惨痛地喊叫着，下意识地松开了手。弗朗索亚趁机站起来，以极快的速度开始进攻。他仿佛有着深仇大恨一般，冲着对方的脸就猛然刺过去，紧接着，对方便应声倒地。

事情转变得太快，薇洛妮可被吓呆了，她不知道是不是应该感到庆幸。不过很快，她就意识到事情没这么简单，沃尔思吉怎么可能去救她的儿子？一想到这儿，她的心就马上又揪了起来，一个可怕的念头窜进她的脑海，那就是刚才被刺伤肩膀的，才是她的儿子。

想到这个结果，她竟忍不住晕了过去。

不知过了多久，她又渐渐苏醒过来，她听到四声钟响，自言自语道：“我儿子已经死了有两个小时了……"

刚才的那一幕还盘旋在她脑子里，她确信沃尔思吉是不可能让她儿子取胜的，所以，他才会用小刀刺伤她儿子。她真是笨啊，把雷诺尔德当成了她儿子，竟然还在替他祈祷。

"我可怜的孩子，是沃尔思吉杀了我的儿子！"她反复呢喃。

这时，沃尔思吉推开房门，踉踉跄跄地走了进来。

"亲爱的，抱歉啊，我可能喝多了，睡得久了点，不过，这可都怪你爸爸，谁让他在酒窖里藏着苏密尔酒呢。孔勒和奥托把我灌醉了，啊，不要哭泣，我们还要在半夜行动呢，所以……"

他向她靠近一步，大声说道："哎呀，沃尔思吉怎么能把你捆在这儿？真是太粗鲁了！亲爱的，你的脸色太难看了，是不是不舒服呀？老天，你怎么不说话？你还活着吗？"

他抓住她的手，惹得她使劲挣扎起来。

"好，你竟然还不顺从？看来你真是要和我对抗到底了！"

门外又传来一阵声响。

他问道："是谁在叫我？奥托吗？有什么事上来说。刚才我睡着了，真不该喝那么多酒啊……"

说话间，那个叫奥托的人就跑了进来，薇洛妮可定睛一看，原来就是在角斗场上观战的两人中的一个。

"怎么了？"

"我刚才看到一个人。"

沃尔思吉咯咯笑起来："现在岛上怎么可能还会有别人？你也喝多了吧？"

"不！是真的，孔勒也看到了。"

"哦？"沃尔思吉收住笑容，"那你到底看到谁了？"

"没有看清，我们只看到一个白色的影子，不过很快就躲起来了。"

"在哪儿看到的？"

"在村庄和黑色荒原之间的一片小树林里。"

"岛的另一边？"

"对。"

“好，那我们以后可要当心了。”

“那我们要怎么办？他们好像有很多人。”

“就算他们有十个人也不算什么，到最后还不是死路一条。对了，孔勒在哪儿？”

“他正在我们刚修好的桥附近守着呢。”

“还是孔勒聪明，以前那座桥被烧毁之后，我们根本就过不去，现在如果这座桥再被毁掉，那我们可就难办多了。瞧，薇洛妮可，救你的人来了，不过，我劝你别抱有希望，因为他们来得太晚了！”

他说着，便解开她身上的绳索，还拿走了堵在她嘴里的布团。他把她放到沙发上，慢吞吞地说道：“现在好好休息吧，去戈尔格达山的路还远着呢，而且很不好走。”

说完，他便笑着走开了。随后薇洛妮可又听到了他们小声的谈话。

“这个女人是谁啊？”奥托问道。

“和你没关系。”

“可我们总该知道个大概吧？”

“为什么？”

“先了解一下情况嘛！”

“你们这两个蠢货，”沃尔思吉不满地说道，“当初咱们谈好条件，我才带你们来这里的。你们知道的已经够多了，现在不要多管闲事，否则……”

“否则怎样？”

“否则后果自负，我最讨厌不守信用的人！”

薇洛妮可听后，这才明白原来那两个人根本就是沃尔思吉的伙计，他们并不知道沃尔思吉的计划。现在对她来说，自由与否已经不是那么重要了，自从知道儿子死后，无论是不是被钉上十字架，她也早就一心想去与他团聚。没有了儿子，十字架又算什么呢？

她开始在心中默默祈祷。

往日的一幕幕又重现在她的脑海，如今她依然觉得所有的这些都是源于自己的错误。

她记不得自己祈祷了多久，只记得再次从昏睡中醒来的时候，沃尔思吉刚好也回来了。

“时间到了！赶快祈祷吧！”

他尽量压低声音，仿佛怕被另外两人听到一样，他凑到她的耳边咕咕哝哝地说了些以前的事，最后，他突然放大声音说：“奥托，去找些吃的东西来，我现在饿了！”

奥托闻言去找了些食物，他们便大吃起来。

过了一会儿，沃尔思吉站起身，对薇洛妮可说道：“别这么看着我，宝贝，你的眼神让我觉得不舒服。要是没有别人也就罢了，可现在有外人在场，你这么肆无忌惮地望着我，会让我浮想联翩的。亲爱的薇洛妮可，还是闭上眼睛吧。”

说完，他取出一块手帕，将薇洛妮可的眼睛蒙住，然而，他似乎觉得这样还不够，于是又卸下窗帘，包住了她的头和脖子。

做完这一切，他又继续吃了起来。

三个人默默吃着东西，谁都没有说话，也不讨论关于他们行动以及决斗的任何事情。算了，薇洛妮可也根本无心偷听，她早对这些抛之脑后，现在，她只想赶紧死去。

等到天色昏暗时，沃尔思吉才下达了命令。

“你决定了？”奥托问道。

“废话，不是早都说好了吗！怎么这么问？”

“没什么，只是不管怎样……”

“什么？”

“好吧，那我们就直说了吧，我们俩对你的计划根本就不感兴趣。”

“什么意思？你们想退缩？太可笑了，你们忘了你们是怎么吊起阿尔西姐妹的吗？那个时候怎么没想放弃呢？”

“那天是你把我们灌醉了，我们才会做出那样的事。”

“既然这样，那就再喝醉一次吧！来吧，孔勒，架子呢？”

说着，沃尔思吉又看向薇洛妮可，说：“亲爱的，我们必须得先把你捆起来，不过放心，你不会觉得难受的。”

八点半，他们准时出发了。

沃尔思吉拿着灯走在最前面，其他两人抬着薇洛妮可跟在后面。

下午的时候，天上的乌云就渐渐增多，现在天黑了，又刮起了风，看上去很快就会有一场大暴雨。大风中，沃尔思吉手里的灯火闪烁不停。

“啊，这种凄惨的景象正适合登上戈尔格达山啊。”沃尔思吉小声说。

话音还没落，突然有一个黑影蹿了过来。沃尔思吉吓了一大跳，连忙躲开半步："什么鬼东西？啊！原来是一只狗！"

"这是那个孩子养的狗。"奥托答道。

"啊！这就是那个'杜瓦边'吧，好吧，现在还顾不上你，看我等会儿再收拾你！"

沃尔思吉说着，就要去踢小狗。小狗汪汪叫了两声，躲闪开来，跟在三人的后面一起往前走去。

路面坑坑洼洼，非常难走，三人走得很艰难，时不时就会有人走偏了道，然后被路边的荆棘和常春藤绊倒。

"等等！"沃尔思吉命令，"咱们歇会儿吧。我现在突然想喝酒，奥托，把酒壶给我。"

沃尔思吉接过酒壶，咕咚咕咚喝了好几大口，然后说道："奥托，你要不要来点？怎么了？你为什么不想喝？"

"岛上可能有人在暗中监视我们。"

"随便他们好了。"

"如果他们是坐船来的话，那就一定会通过悬崖上的那条路。这个女人和他儿子今天就想从那儿逃走，不过及时被我发现了。"

"不，我不是怕他们坐船来，我是担心他们在陆地上袭击我们。不过，也不要太担心了，自从那座桥被烧毁之后，就没有路到这里了。"

"万一他们发现了黑色荒原的洞口怎么办？那他们就会沿着地道到这里的。"

"洞口？哪有那么容易发现啊！"

"那就不一定了。"

"假如真的被他们找到了，我们也可以把这边的洞口堵上，再拿走梯子，他们还是过不来呀。就算他们要打通地道，那也得好长时间呢，绝对够咱们逃离的了。"

"就这样离开了？但是……"

"但是什么？"

"那宝藏……"

"如果你是担心这个，那我告诉你完全没有必要，事成之后我一定会信守诺言给你应得的那份的。"

“真的？”

“废话，我们做这么多是为了什么？不就是为了宝藏吗！”

三人说着话，继续向前走去。

没过多久，天空开始轰隆隆地打起了雷，很快，又下起了雨。

当走到坑洼比较多的地段时，沃尔思吉还得给他们搭把手，因为他们抬着薇洛妮可，在风雨交加的黑夜，简直是寸步难行。

“啊！终于到了！”沃尔思吉说道，“奥托，把酒壶拿来！”

三人到达的地方是一棵只有主干的大橡树下。他们放下薇洛妮可，在微弱闪烁的烛光下，树干上刻着的V．d’H.依稀可辨。

沃尔思吉将梯子靠在树干上，然后拿着一条绳子说：“就像对付阿尔西姐妹那样，还是用绳子当滑轮。”

沃尔思吉正说着话，忽然闪开身子躲到一边，说道：“什么东西？你们听到什么了吗？”

“听到了，好像是谁扔了个什么东西，刚好从我耳边飞过去。”孔勒说道。

“你确定？”

“我也听见了，好像打着树了。”奥托也附和道。

“哪棵？”

“就我们身边的这棵橡树。”

“但没有听到枪响啊！”

“不一定是枪啊，也许是石头。”

“这容易，看看树上的痕迹就知道了。”沃尔思吉说着，将手里的灯提到树旁，随即大叫起来，“真是见鬼了！你们看这儿！”

奥托和孔勒顺着他手指的地方，看到树上名字的下边有一支箭，箭的尾端还在颤抖着，说明是刚射上去的。

“老天！怎么会是一支箭！”孔勒也喊道。

奥托咕哝：“完蛋了，肯定有人躲在暗处想偷袭我们。”

“如果事情真的是这样，那人肯定就躲在附近，”沃尔思吉小声说道，“我们都仔细找找看。”

话刚完，他提着灯在四周黑暗的地方照了一圈。

“等等，看右边，快看！”孔勒焦急地叫喊。

“啊，没错，我也看到了。”

果不其然，他们发现在那棵大橡树干的旁边，有一团白色的人形东西在晃动。于是，他们连忙躲进了灌木丛中。

“嘘！别动、别出声。”沃尔思吉示意道，“他现在还不知道我们已经看到他了，孔勒，跟我走，奥托，你拿着枪留守，记住，如果有人来救这个女人，你要立刻放上两枪，我们听到就很快回来的，你明白吗？”

“明白了。”

沃尔思吉瞅了瞅薇洛妮可，将她头上的头巾松了松。

她的嘴和眼睛依旧被布蒙着，呼吸渐渐微弱，脸色也越来越苍白，看上去并不乐观。

“我们还来得及。”沃尔思吉小声说道，“但是如果按原定计划处死她的话，似乎时间有点紧，我看她现在昏迷不醒，应该也感觉不到疼痛了，我们得加快速度。”

沃尔思吉说完，放下灯，便带着孔勒蹑手蹑脚地向白影靠近。

然而，很快，他就发现那个白色的影子似乎也在移动，他们之间始终保持着刚才的距离，而且，白影的旁边还有一个小黑影，那个小黑影则在不停地跳动着。

“我知道了，那黑影子是刚才那只狗！”沃尔思吉咒骂道。

他加快速度向前靠近，可是不管他怎么跑，和那影子的距离却还是保持不变。更奇怪的是，他跑动的时候，即便是再小心翼翼，也会发出点儿声响来，可是那影子在移动的时候却没有半点响声。

“真是见鬼！”沃尔思吉骂道，“他故意的！孔勒，我们开枪试试。”

“距离太远了，恐怕射不到他。”

“那怎么办？老是这样我们根本无能为力。”

他们跟着白色的影子一路跑到岬角，然后又兜兜转转跑了很多地方，那个黑色的小影子不时欢快地发出阵阵叫声。

无论沃尔思吉怎么追，可就是追不上，这不禁让他愤怒至极。差不多十五分钟之后，他懊恼地大骂起来：“站住！有本事就出来！这样算什么？你不就想救那个女人吗？

我告诉你吧，她快死了，你别妄想了！混蛋！赶快出来！让我逮住你我决不轻饶你！”

突然，孔勒使劲拽住了他的衣角。

“发生什么事了？”

“你快看，他好像不动了。”

沃尔思吉定睛一看，那白影果然停住了脚步。于是两人慢慢靠近，那影子也渐渐清晰起来。穿过参差不齐的树丛，他们似乎看到那影子趴在了地上。

“他是不是摔倒了？”孔勒问道。

沃尔思吉没理他，而是上前继续大喊：“蠢货！你跑啊！怎么不动了？现在举起手来，不然我就马上开枪打爆你的脑袋！”

等了一会儿，那影子并没有什么反应。

“好吧，我数三下，你要是敢反抗就必死无疑！”

他走到离影子差不多二十米的距离，数道：“一……二……孔勒，准备开枪！”

话音刚落，孔勒便连发两枚子弹。

紧接着，便传出一阵痛苦的哀号。

两人心中暗喜，觉得那影子一定是被打中了，于是立刻跑了过去。

“你这个混蛋，竟然敢戏弄皇族后裔沃尔思吉，现在就让你看看你的好下场！”沃尔思吉大喊着。

他迅速向那个影子跑过去，快跑到影子身边的时候，他速度慢了下来，因为他担心那个人没被打死，会反击自己。沃尔思吉看到那个人躺在地上，没有了呼吸，应该已经死了。

沃尔思吉看到这里彻底放心了，一边跳到影子身上准备打他一顿出出气，一边对孔勒说：“快点来看看我们的猎物！”

可是当他要出手打影子的时候，才发现地上根本没有人躺着，只剩下了一件衣服，这件衣服被人挂在树枝上，人早就跑得无影无踪了，连那只狗也早跑了。

“真是见鬼了，这个混蛋，又被他耍了，他到底想干吗？”沃尔思吉大骂着用脚使劲踩地上的衣服。突然，他明白这是为什么了，他们被那个影子耍了，那个影子故意引开他们，而真正的目标是奥托，想到这里，他马上赶回奥托那里。

快到奥托那里，他远远地就开始喊了：“奥托，奥托，你在吗？”

奥托看到沃尔思吉跑过来，端着枪指着他，一脸惊讶地问：“站住，你是谁？”

“奥托，是我啊，不要开枪，我是沃尔思吉啊，你不认识我了吗？”

“我不认识你。”

“奥托，你这个笨蛋，我是沃尔思吉啊！”沃尔思吉连忙说。

“刚才我听到外边有两声枪响，发生了什么事？”

“回头告诉你。”

他跑到大橡树下，立刻用灯去照薇洛妮可，当他发现她还是躺在那儿，头上也依旧裹着布的时候，他松了一口气。

“还好没出意外。真是见鬼了！”

“你指什么？”

“我怕她被人救走了！”

“怎么会？我一直在这里啊！”

“就你？真要是出事，你可不一定有那么勇敢，再说，假如有人要袭击你……”

“那我就会立刻开枪啊，你们听到枪声就会回来的啊。”

“也许吧，现在我们要庆幸没出什么事。”

“一切如常。”

“她没闹过吗？”

“开始好像一直在呻吟，吵得我头疼。”

“那后来呢？”

“后来我实在忍受不了，就给了她一拳，她就不吭声了。”

“什么？你这个蠢货！”沃尔思吉生气地大骂，“你要是把她打死了，我就立刻杀了你！”

他说着，急忙蹲下去伏在薇洛妮可的胸口上仔细听了起来。

“幸好没死。”他说道，“心脏还有跳动，就是太弱了，可能支撑不了多久了。我们得快点！十分钟搞定！听到没有？”

## 第十三章　钉上十字架

沃尔思吉也参与到其中，很快他们便将梯子靠在树上，然把绳子的一端搭在树枝上，另一端拴住薇洛妮可。然后，沃尔思吉爬上梯子对奥托说道：“拉动绳子，先把她立起来，然后再把她吊在树上，注意，你们得扶着点她，别让她摔倒了！”

沃尔思吉等了一会儿，看到孔勒和奥托并没有立刻按他的意思行动，而是在交头接耳说着什么，他不满地催道：“你们俩还在磨蹭什么？我现在在树上，如果有人袭击我我就死定了！快点开始！”

孔勒和奥托还是没有回答他。

“奥托！孔勒！你们俩听到没有？她快僵硬了！”他从梯子上跳下来，忍不住用灯照着奥托的脸，训斥道，“像你们这么磨蹭，咱们到明早也干不完，你们到底想干吗？有什么就说，别这么磨磨蹭蹭的。”

奥托摇摇头说道：“不是我们磨蹭，我们只是有些事情想和你说一下。”

“什么事？关于这个女人？还是那两个臭小子？”沃尔思吉怒道，“我们之前谈好的条件就是：你们只管干活，什么都不要问，虽然事情比较危险，可事后我会给你们很多钱的！现在怎么了？”

“我们想说的就是这件事。”奥托说道。

“什么意思？”

“我们觉得这话由你嘴里说出来最好，咱们当时是怎么谈的条件？”

“你们俩那么熟，问我干吗？”

“我们就是怕你忘了，才想让你重复一遍。”

“好吧，我们当时说好事成之后，宝藏归我，而我会拿出20万法郎给你们作为报酬。”

“好，那我们就来说说宝藏的问题。这几个星期以来，我们每天都会为自己干得这些事情感到心有不安，几乎每晚都会做噩梦，可是现在我们连个宝藏的影子都没见着！”

沃尔思吉不以为然：“奥托，你真是笨得可以了。要经历风雨，才能见到彩虹，现在事情都没做完，哪来的宝藏？”

“可我们根本不知道你的计划是什么？更不知道你什么时候才能得到那些宝藏啊！”

“你们怀疑我在胡扯？我要是没有十足的把握会去冒这个险？这些事情都在按原定计划一步一步地解决，这件事情也不例外。只要处理完这个女人，我们就可以推开宝藏的大门了！”

“宝藏的大门？我看是地狱之门还差不多！马克诺以前这么说过。”奥托嘲笑说。

“不管怎么样，我一定会得到那笔宝藏的！”

“好吧，就算你对自己的计划信心满满，最后能得到宝藏，可是我们怎么能保证你会履行诺言分给我们那20万法郎呢？”

“我言而有信！那宝藏多得数都数不过来，给你们区区20万法郎简直就是凤毛麟角！”

“这么说，我们应该相信你？”

“废话！”

“你现在口头保证和当时咱们谈的一样吗？不能反悔！”

“当然不会！你们现在提这些干吗？”

“因为最近这段时间你没有信守诺言啊，总是用卑鄙的手段来欺骗我们。”

“这是什么语气？你知不知道你在和谁说话？”

“当然知道，你是沃尔思吉啊。”

沃尔思吉怒气冲冲，上前揪住了奥托：“你现在对我说话越来越无礼了！”

“为什么不行？这难道比你偷我们东西还无耻吗？”

沃尔思吉努力控制自己不发火，他抖着声音说道：“你给我说话小心点！别玩火自焚！你要为你说的话负责任！我偷你们什么东西了？”

“我们当时就说好的，除了那20万法郎作为报酬之外，无论在什么时候，只要是找到的现金，我们都要平分，你拿一份，我们拿一份，对吗？我们当时可是发过誓的！”

“是的，怎么了？”

“好，那现在就给我！”奥托向沃尔思吉伸出了手。

“我没有找到现金怎么给你？”

“你骗人！阿尔西姐妹死的时候，她们的衬衣口袋里有私房钱，你处置的她们，肯定是被你拿走了，我们当时在她们家什么也没搜到。”

“你们别诬赖我！”沃尔思吉尴尬地说道。

“这是千真万确的事！”

“你有证据吗？”

“好，让我说证据吗？你用别针在你衬衣里面缝了个小包，拿出来！”奥托指着沃尔思吉说道，过了一会儿，他似乎又想到了什么，补充道：“赶紧拿出来！我知道那个小包里有五十张1000法郎！”

沃尔思吉大吃一惊，一下子不知该怎么回应，他实在不清楚奥托是如何发现这件事的。

“你不承认？”奥托问道。

“没错，你说的是真的。”沃尔思吉说道，“但我并没有独吞，我只是想等宝藏拿到后一起分。”

“不用，现在分就好。”

“我要是不答应呢？”

“你会的！”

“好吧，我现在告诉你，我不答应！”

“沃尔思吉，你小心点！”

“你们不过两个人，我有什么好怕的！”

“不，你错了，我们有三个人。”

“第三个人在哪儿？”

“你忘了吗？我们和你说过，有个人来到岛上了，就是刚才戏弄你的那个白影子。”

“是吗？这么说你要叫他来帮你们？”

“没错！”

沃尔思吉心想，如果奥托说的是真话，那么他以一敌三，根本没有胜算。于是，他想了想，便掏出了小包，当着奥托和孔勒的面拿出钱，嘴里嘟囔着：“好吧，好吧，你是强盗！给你……”

“不用数了！”奥托说着，一把将沃尔思吉手里的钱全部抢走。

“可是……”

“没有可是，这钱一半是孔勒的，一半是我的。”

“你们真是混蛋！不能这么分！把我那份给我！算了，其实我根本不在乎这点儿钱，只是你不应该在这里明抢！”他咒骂着，忽然笑了起来，“干得漂亮！奥托，我很好奇你是怎么知道的？但现在我还没时间详细问你这些，我们现在可以开始干活了吗？别再耽误时间了！”

“当然可以！”奥托说道。

孔勒也讥讽道：“沃尔思吉，你真是够爽快！”

“好了，别废话了！快点干活！”

沃尔思吉重新爬上梯子，他站在上面向两人发布命令，这一次，他们非常配合。三人合力，事情进展地很快。他们一人拉住绳子，一人扶着薇洛妮可，让她保持平衡，沃尔思吉则在树上接应。他把她的腿弄直，将她的身体紧紧贴在树干上，两条胳膊拉伸成直线，然后用绳子紧紧捆住。

薇洛妮可至今还在昏迷之中，她的嘴唇紧闭着，发不出一点儿声音。沃尔思吉想跟她说话，但看到她的这副模样，就一句也说不出来了。他看到她的头垂在胸前，想将它扶正，但最终还是没有那么做，不知为什么，沃尔思吉面对这个即将死去的女人似乎有了些胆怯。

把薇洛妮可捆好，沃尔思吉从树上跳了下来，他神色慌张地说道：“奥托！给我那点酒来，我要喝酒！”

“现在？时间还来得及呢。”孔勒说。

沃尔思吉咕咚咕咚喝了几口，大声说道：“来得及干吗？来得及救她吗？孔勒，你要是救她，那就是让我去死，但这是不可能的，我还有我伟大的事业没做完呢！你不知道我这事业究竟有多宏伟！不然的话……”

他又灌进一口酒，说道：“这酒味道不错，不过还是朗姆酒能让我觉得安心些，孔勒，你有朗姆酒吗？”

“还有一点。”

“拿来。”

三人靠在树干上，为了隐蔽起见，他们将灯蒙上了布。沃尔思吉喝了酒之后，心情大好起来，于是嘴里开始侃侃而谈：“来，在处死她之前，我来给你们讲一件事情。你们不用知道她是谁，她叫什么，你们只要知道她是命运安排的第四个被钉上十字架的女人，这些都是不可改变的！不过，在皇族后裔沃尔思吉即将获得胜利前，他要告诉你们，如果之前的那些事情，之所以完成得完美都是因为沃尔思吉的意志的话，那么，接下来的这件事也要靠对他的忠诚意志来完成！”

“沃尔思吉……沃尔思吉……”他又重复念了几遍自己的名字，每念一次，心里就会觉得舒服一下，然后，他便开心地手舞足蹈起来。

“他是国王的儿子！他是命运的宠儿！现在，胜利即将到来，沃尔思吉，是强盗、是超人、是预言家，这些都是命中注定的。这是一个激动人心的时刻，瞧，我们要献给祖先诸神的，是一颗鲜活的，还在跳动着的心脏。你们俩仔细听着。”

说完，他又爬上梯子，靠近薇洛妮可的胸前，想要确定她是否还有心跳。可是，薇洛妮可将头垂向左边，他压根儿就够不到她胸口。他不敢惊动她，但他能确定自己听到了她微弱的呼吸声。

“薇洛妮可，你能听见我说话吗？薇洛妮可……”他小声地叫着。

他停了片刻，接着说道：“你应该明白，其实我自己有时候也不敢面对自己所做的这些事情，但没办法，这些都是命运，我们无法改变，只能顺从接受。你还记得那个算命先生说过的话吗？他说‘你的妻子将会被钉死在十字架上！’瞧，你的名字叫薇洛妮可，这个名字就让人很容易联想到预言！‘圣薇洛妮可’不就是指用一块布擦耶稣的脸吗？所以这块布上，一定会留着救世主的痕迹的。薇洛妮可，你能听到我说的话吗？”

他说完这些，便急匆匆地爬下梯子，一把抓起朗姆酒又咕咚咕咚灌了几口。

几分钟后，他又开始胡言乱语了，然后他癫狂地咒骂那些隐藏在暗处的敌人，在这期间，他也不忘记咒骂老天爷。

“皇族后裔沃尔思吉是最了不起的人！他有着通晓一切的神秘力量！他会用神秘古老的方式向人们揭露最伟大的秘密。所有的事情都会按照他的计划进行！沃尔思吉正在等待神的旨意。没有人能够知道谁会带给他荣誉和祝福。准备好吧！从地狱中走出来吧！从黑暗中走出来吧！这就是伟大的皇族后裔沃尔思吉！他在钟声中向宇宙发出号令，把命运之火投进裂开的土地中。"

他停住口，抬头望向天空，仿佛他真的会有召唤天神的魔力。

奥托和孔勒看着他这样颠三倒四的样子，不由得面面相觑。

"吓了我一跳，他怎么了？"奥托问道。

"朗姆酒烈性强，可能喝多了吧，"孔勒说道，"不过听上去还挺吓人的！"

"我没有胡言乱语，我说的这些都是真实发生的，可都是几个世纪流传下来的。"沃尔思吉神秘兮兮，"我会完成这些事情，也都是命运安排的。今天我和你们说这些，就是让你们来当见证人。你们要看好了，当沃尔思吉找到宝藏的那一瞬间，大地就会裂开，烈焰会从地缝中直蹿上天。"

"他在胡说什么？"孔勒嘀咕。

"看，他又爬上去了。"奥托小声低语，"现在这个时候要是被人射中也真是死有余辜。"

沃尔思吉非常激动，可薇洛妮可却已经奄奄一息。

沃尔思吉开始还对她低声说话，到后来就变成大声喊叫："薇洛妮可，你已经圆满完成了命运安排给你的使命，如今，是你牺牲自己的时候了！你听到了吗？你不用再抱有任何幻想，没有人会来救你的，现在，你的死期就要来临，你的心里只会有一个声音，那就是'老天啊，你为什么要这样对我！'"

他哈哈大笑，像个疯子。然后，他不说话了，雷声也停止了，他俯下身子，突然大叫起来："'老天，你为什么要这样对我？'所有的神明都不愿眷顾她，死神即将现身！薇洛妮可，你将是第四个被钉上十字架的女人！"

他停下来，继而大喊："薇洛妮可死了！她死了！"

接着，又是一阵过分的沉寂。

这时，大地抖动起来。这不是雷鸣引起的，而是大地自身的震动，这种震动连绵不绝，向飘荡在山谷中的回声一样。

忽然间，在距离他们不远处的那个半圆形橡树林的另一端，有一道火光直冲上天，滚滚浓烟中，红色、黄色和紫色的烈焰相继融合。

奥托和孔勒被吓呆了，其中一个说道：“这不是那棵已经烂掉的橡树吗？它以前就被雷击过一次……”

等大火烧得快要熄灭的时候，三人的眼前依然清晰地浮现出刚才烈焰冲天，吞噬着大橡树的场景。

“快看！这就是宝藏的入口处，”沃尔思吉表情严肃，“这就是命运的安排！大橡树被烧毁，也正是为了皇族后裔沃尔思吉！以前，我服从于命运，现在，命运得服从于我！”说完，他提着灯向前走去。

奥托和孔勒借着光线，发现那棵橡树上根本没有火烧过的痕迹，这使他们惊讶极了。另外，他们还发现有一大堆枯树叶是被几根树枝隔开的，并没有烧到其他地方。

“这真是不可思议！”沃尔思吉说道。

“接下来我们该做什么？”孔勒问道。

“孔勒，你带着梯子，我们现在就去那个洞口。等等，先用手摸一摸这些树叶，树好像是空的，让我们来试试……”

“就算树是空的，那也会有树根的，有没有小路通过树根进入洞口呢？”奥托说。

“孔勒，把这些树叶弄走，我们再试一次……”

“不。”孔勒摇头否决。

“为什么？你又想干什么？”

“你忘了马克诺为什么砍断自己的手臂吗？就是因为碰到了那块宝石。”

“我当然知道啊，但是宝石并不在这里啊。”沃尔思吉冷笑。

“你不知道这就是马克诺说的地狱之门吗？”

沃尔思吉无所谓地望向奥托：“奥托，你也怕了？”

奥托面露犹豫，并没有回答他。

沃尔思吉也跟着犹豫起来，他说道：“好吧，那我们不着急，等天亮之后，我们就用斧头砍倒大树，那样就能看得清楚了。”

他刚说完，就立刻得到了奥托和孔勒的赞同。

于是，三人决定先在这里过一夜，等第二天再做打算。

然而，他们还有所担心，因为刚才的火光太亮，除了他们，很有可能也被其他人看到了，无论如何都不能让别人抢先进到洞里。因此，他们决定就躲在树对面的仙女石桌坟下面过夜。

沃尔思吉命令道："奥托，去修道院找点吃的东西来，哦，别忘了再带把斧头和绳子。"

奥托顺从地去了修道院，没过多久就带回了沃尔思吉说的那些东西。

他们还没有吃完，天空就下起了大雨。他们躲在仙女石桌坟下，三人轮流站岗放哨，这一晚，就这样平静地过去了。

第二天，风暴依然很强烈。海浪在礁石间呼啸，他们等一切稍稍平静，天气转好之后，才开始动手。

他们对着大树乱砍一阵，然后用绳子一拉，树便应声倒地。

他们清理了树根边的那些碎岩石块和腐烂物，果真看到一条通道。

于是，他们便加快速度，将通道口处理干净后，一些台阶便显露出来。他们用灯火照了照，看到了下面的岩洞口。

沃尔思吉率先走了下去，奥托和孔勒紧随其后。他们走得小心翼翼。岩洞并没有什么特别，前段的阶梯是泥土和石子铺成的，后段的阶梯则是在岩石上直接开凿出来的。继续走了一会儿，他们看到一个半拱形的地下室。地下室的墙壁是粗糙的石头，四周立着十二个还没有雕琢成型的巨柱雕像，而每一根石柱上都有一个马的头部骨骼。

沃尔思吉用手轻轻摸了摸，马头立刻就掉了下来。

"哈哈，我们真应该感到庆幸，我们是这二十个世纪以来第一批走进这里的人。"随后他又补充："这是一个墓穴，埋葬的肯定是一个大首领。看，这些马匹和武器都是他的陪葬品，那木炭还有烧过的骨头都是证据。这是一把斧头，这是一把火石刀，我们应该还会发现其他的陪葬品……"

沃尔思吉突然又变得激动起来："伟大的皇族后裔沃尔思吉，他是第一个走进这里的人，他将让这座沉睡的古墓重现光明！"

孔勒打断他："那儿好像还有个洞口，路的尽头可以看到光。"

于是，他们向着亮光走过去，穿过第二个墓室，来到第三个墓室。这三个墓室看上去非常相似，都有着石柱巨像和马头的骨骼。

"这里应该埋着三个首领。"沃尔思吉说道，"很显然，国王的墓穴应该就在这三个墓穴的后面，他们生前一定是国王的随从，所以死后还要继续效忠国王。以此推论，国王的墓穴应该就在……”

沃尔思吉内心激动得无以复加，这反倒使他不敢去继续冒险，而是忍不住自我陶醉其中。

他说道：“我就知道，皇族后裔沃尔思吉的计划就要成功了！天主宝石就在前方等着他呢！这么多年来，很多人想解开萨莱克岛的秘密，可是都失败了。现在，沃尔思吉成功了！命中注定天主宝石就是他的！宝石！现身吧！给我力量吧！我要得到你！预言家，从黑暗中走出来吧！在这沉寂的墓穴里，将金冠戴在我的头上吧！带我去寻找那瑰丽的宝石吧！伟大的皇族后裔沃尔思吉来了！”

说完，他便走进了第四个墓穴。

前三间都没有这第四间墓穴大，形状看起来像帽子一样的屋顶有一个地方有凹陷。在凹陷处的中间位置有一个圆形的小洞，很小，如同一根细小的管口，一道微弱的光芒从那里照射进来，在地上形成一个小光盘。

在光盘的中央有着一些石头，组成了一个砧板似的图形。而就在这块砧板上方放着一根金属棍棒，这组合看起来似乎专门是为了供人观看一样。

在这间墓穴另外的方面倒是和其他的几间没什么差别，都有着一模一样的糙石巨柱，马头的装饰，还有祭奠的痕迹。

沃尔思吉双眼一直盯着那根金属棍子。似乎在好奇这根闪闪发亮的金属棍棒为什么这样干净。沃尔思吉朝着金属棍子伸出手。

“不要，不要。”孔勒连忙制止。

“怎么了？”

“马克诺或许就是因为触碰了它，手才会烧坏的。”

“你是在害怕了。”

“但是……”

“我一点都不害怕。”沃尔思吉一边说，一边伸手抓起了那根棍子。

这仅仅是一根用铅制作而成的权杖，表面的做工看起来很粗糙，而这恰恰反映出了一定的工艺水准。权杖柄面缠绕着一条时凹时凸的蛇的浮雕，蛇头很大——与蛇身相比根本就没有比例可言，蛇头权杖柄的球形雕饰的构成，那上面用银钉连接着类似祖母绿透明的石子。

“莫非这就是那天主宝石？”沃尔思吉喃喃道。

他伸手抚摸着权杖，怀揣着又敬又怕的心情上下打量着它，不到片刻他就发现权杖柄上面的球形雕饰是能移动的。他用手转动它，先是向右转一下，接着又向左转一下，最终他扭动了一个开关，那个浮雕的蛇头就掉下来。

蛇头的内部是空心的，里面存放着一块小小的石子，带着淡淡的红色，有着金黄色条纹，看起来如同血管一样。

“就是它！天啊！是它！”沃尔思吉兴高采烈地说。

“不要碰它！”孔勒恐惧地再说了一遍。

“它会灼烧马克诺，但是不会烧到沃尔思吉。”他严肃地回答道。

他此时此刻内心感到无比自豪与愉悦，这块奇妙的石子被他放在手心里，用手握住它，牢牢地握住。

“就让它来焚烧我吧，我非常愿意！让它和我的血肉融为一体吧，我会感到无比的幸福。”

孔勒用手对着他比了个手势，并且把手指放在了嘴唇上。

“你发现了什么吗？”他问，“你听见了什么声音吗？”

“没错。”孔勒说。

“我刚才也有听到。”奥托附和说。

果然过了一会儿，他们就听见了一个带有节奏感的声音，音调一会儿高一会儿低，如同那些走了调的乐曲一般。

“这个声音就在我们的附近！”沃尔思吉嘀咕着说，“……似乎应该就是在这屋子里。”

不一会儿，他们就非常肯定声音就是从这间屋子里发出来的，而且一点都不怀疑，这声音听起来像是人睡觉时打鼾一样。

孔勒大着胆提出这个比喻，刚说完他就笑了起来。这时，沃尔思吉对他说：

“你说的说不准是对的……这听起来真的很像鼾声……那么，这里还有其他人吗？”

“声音是从那边传来的，”奥托说，“是从那个黑暗的角落里传出来的。”

奥托说的地方是灯光照不到的石柱后面。那后面有许多停尸间。沃尔思吉拿着灯照亮了其中的一个，他吓得立马尖叫了起来。

“真的……有人……是人……看……”

两个搭档跟着他往前去。在墙角，一个白胡子老人正在石头堆上睡觉，他有一头长长的白发，脸上和手上的皮肤皱皱巴巴的，全是纹路，一道蓝色的光圈萦绕在他的眼睛周围。他的样子看起来至少都经历了一个世纪。

他的身上穿着一件亚麻长袍，上面打满了补丁，长长的没过脚面。海胆做成的念珠刚好挂到他的胸口。在他手旁边，有一把画满怪异符号的翡翠斧头，在他身前的地上有规律地摆放着火石和戒指，碧玉材质的耳环，另外还有两条珐琅彩的项链。

从老人嘴里不断有鼾声冒出。

沃尔思吉低声地说：

“老天！快看！……他竟然……是德罗伊教时代的老祭司。”

“这到底是怎么回事？”奥托问。

“以现在的情况看，他是在等待我的到来！”

孔勒脑海里钻出一个吓人的念头：

“我觉得，我们一斧头把他砍死算了。”

沃尔思吉生气了：

“若是你敢动他一根头发，我立马让你下地狱。”

“但是……”

“但是什么？”

“他或许有可能是一个敌人……你看他白色的衣服……就像是我们昨天晚上出去追踪的那个人。”

“你这愚蠢的家伙！你看他都这么大岁数了，你觉得他能跑得比我们快吗？”

他弯下腰，轻柔地抓住老人的胳膊摇摇，说：

“请您醒醒……我已经来了……”

一点反应都没有，老人连眼皮都没有动一下。

沃尔思吉没有放弃，坚持不懈地呼唤着老人。

那人突然动了一下，然后嘴里吐出几个字，又再次睡着了。

沃尔思吉的性子被磨光了，他又叫了一次，只是这次的声音很用力，声调也提高了：

“喂，你到底要怎么样？我们都已经来了！我们不会在这里逗留很长时间的，喂！”

他使劲推了一下老人。老人非常生气地用力推开这个不请而来的人，又过了很长一段时间，老人还是没有清醒。直到最后，老人被他弄烦了，才翻了个身，恼怒地骂道：

“滚！一边去！”

## 第十四章　德罗伊教老祭司

这三个人都深谙法语的精妙之处，各种行话更是不在话下，但是他们对于老人这声不在意料之中的叹息，却一点都弄不明白。

沃尔思吉看向孔勒和奥托：

“嗯？你们知道他刚刚说了些什么吗？”

“知道，知道，听得很清楚啊……他说的就是这个……”奥托答不出来。

最后都没有想出来，于是沃尔思吉再次尝试用手拍了拍老人的肩膀，老人在石床上翻了个身，又伸了伸懒腰，打了个哈欠，一副又要睡着的表情。突然间他清醒过来，翻身坐起，大声说：

“你们到底要做什么？就不能让我在这个角落里安安稳稳地睡一觉吗？”

眼前强烈的亮光让他睁不开眼，他惊叫道：

“这是发生了什么事？你要做什么？”

沃尔思吉把灯收回，放在了墙壁的一个凸出处，此时他的脸被光照得一清二楚。老人接着发脾气，嘴里面嘟嘟囔囔地说着话，但他最后看了看沃尔思吉，心情也就渐渐平和了下来，表情也变得温和，他脸上露出微笑，伸出双手，大声说：

“啊！原来是你来了，沃尔思吉？你还好吗？老兄？”

沃尔思吉整个人一抖。他没有想到眼前这个老人竟然会认识他，还能准确地直呼他的姓名，不过这倒不会让他太过惊讶，在他心里有一种神秘的信念存在，作为一位预言家，他是非常期待被人认可的。但是，作为一个先知，作为一个有声望而出色传教士的他被这个肩负圣职的陌生老人，称之为老伙计，这让他有些尴尬。

他迟疑着，内心有些惶恐，他不知道他面对的是一个什么样的人，他问道：

“您是谁？为什么您会出现在这儿？您又是如何来到这里的？”

他见那人非常惊讶地盯着他，于是他又用更大的声音问：

“请您现在就回答我，您到底是谁？”

“你是问我吗？”老人的声音嘶哑而颤抖，“我是什么谁？你是在以高卢神多培代斯的名义向我提出这样的问题吗？所以说，你并不认识我啰？那么试着想想看……那个塞若纳克斯……嗯！你现在是否想起来了？……维蕾达[①]的父亲？……夏多布里昂在他的《殉教者》[②]第一卷中提到的那个受雷顿人爱戴的法官塞若纳克斯？看吧！我认为你已经开始慢慢想起来了。”

“您究竟在对我胡说些什么啊！”沃尔思吉大声说。

“我没有胡说！我是在向你说明我为什么会出现在这里还有当初致使我来到这里的伤心往事。维蕾达所做的丑行让我感到厌倦，她同那个该死的于多尔‘失足’了，于是我进了——按现在的说法——苦修院。换一个意思就是我光荣地通过了德罗伊教的学位考试。之后，我又做出了几件荒唐事——噢！其实也没什么……在去首都的三四趟里，我先到马比耶，再到红磨坊[③]——于是之后，我只得接受这个卑微的职务，就是你看到的这样，长眠的岗位……为了守护天主宝石……这是一个远离战火的岗位，事情就这样！”

沃尔思吉越听越觉得惊讶，越发的不安。他向他的同伙寻求意见。

“用斧头砍死他，”孔勒说，“我的想法就是这样，我不会有任何改变。”

“那么你呢，奥托？”

---

① 维蕾达，公元一世纪时日耳曼女祭司、女先知。

② 《殉教者》是一部宗教历史小说。

③ 马比耶和红磨坊均为巴黎夜生活比较活跃的地区。

“我觉得我们应该要小心。”

“的确要小心。”

而旁边的德罗伊老人听到了这句话。他用手撑着身边的棍子站了起来，大声喊道：

“你的话是什么意思？小心我！它是坚硬的，它！你竟敢把我当成骗子！你难道没有看见我的斧子，和斧子把上那个（X）的符号吗？嗯！（X）是这个世界上最神秘的太阳符。喂！你知道这个是什么？嗯！难道是兔子屎？‘你们真是无法无天！竟然敢叫它吃这些恶心的东西，它们会把唾液喷射到空中的。’布里纳总是这么说的！我希望你不要认为他是骗子，而且还要防备我，我的手里有很多德罗伊的证件、执照还有公证书，上面都有布里纳和夏多布里昂的签名。你确定你们敢看吗？不，说实话，在那个年代，随处都可以看到长着白胡子的百岁老人。而我不过是个骗子罢了！我的脑子里有很多传说，还了解不少当年的习俗。你想看德罗伊老祭司跳当年的舞蹈吗？想看吗？”

老人也不等沃尔思吉的回答，一把扔掉棍子，手舞足蹈地跳起舞来。他的舞步十分的灵活多变。这个场面显得十分的滑稽可笑，他一边跳，一边挥舞着双手，弓着后背，甩着两条腿，就连胡子也跟着舞步摆动不停，他颤抖着声音念着：“《德罗伊古老的祭司舞》又名《于勒·恺撒的快乐时光》。喂！……《神圣的槲寄生之舞》又称为《圣槲寄生舞》！……由布里纳配乐的《蛇卵华尔兹》……嘿！嘿！烦恼忧愁全消失！……《沃尔斯卡舞》、《三十口棺材探戈舞》！……红色先知颂歌！光荣属于你们！”

他再次蹦跳了一会儿，随即突然站在沃尔思吉的面前，语气沉重地说：

“够了！别啰唆了！现在到了我们谈谈的时间了，我受命要将天主宝石给你，你已经准备接收吗？”

三个人一下子目瞪口呆的。沃尔思吉完全不明白这个该死的混蛋究竟是什么人。

“好了！您给我安静一点！”他怒吼道，“您到底在做什么？您出现在这里的目的为了什么？”

“天啊，我的目的？我刚才不是对你说过了吗？是把天主宝石移交给你。”

“那您凭什么可以这样做？您有什么权力？您是以什么名义这样做呢？”

德罗伊老人点头。

“是的，我明白……这个事情完全出乎你的意料。你完全不知道是怎么回事，是吗？你匆匆忙忙地赶到这里来，你因为即将完成了你的使命而感到喜悦和骄傲。但是你想想看……你亲手填满了那三十口棺材。还有四个女人被你钉在了十字架上，你还制造沉船事件，现在你的双手沾满了鲜血，口袋里填满了罪恶。这绝非小事，在你的想象里是有着一个正式的接收仪式，排场特别，有古代的那种唱诗班，有高卢僧侣和古代克尔特族人在吟诵你的功勋，有人搭起圣体供奉台，上面摆上活人祭品，总之，就如你想象中的那样，高卢人的那风光的大排场……可是你现在发现了，这与你想象的完全相反，这里只有一个蜷缩在角落里睡大觉的老德罗伊祭司，而且他还非常草率向你提出移交。这在你眼里是多么不值一提，老兄！您还想怎么样呢？沃尔思吉？我现在只能做些我能做到的，我们每个人都要根据自己的情况行动。我也掉进在钱堆里，我在之前早已和你说过。我现在身上除了这能够用于浆洗的几件白长衫，也不过只有13法郎40生丁买点孟加拉焰火，放点焰火，夜间搞点小地震迎接你。”

沃尔思吉震惊了，他忽然明白了过来，生气地问道：

“您到底在说些什么？怎么可能！原来……”

“是的！就是我。你还以为会是谁呢？是圣·奥古斯丁吗？你想象中是神明显灵，你幻想昨天晚上是岛上那些神明关照，他们会给你派下来一个穿白袍的天使，然后把你引到橡树下面……你若是真的这样想了，那你就太异想天开了。”

沃尔思吉紧紧握着拳头。原来这个骗子真的就是他昨晚追赶的那个穿白衣的人！

“啊！”他怒吼道，“我讨厌别人戏耍我！”

“戏耍你！”老人叫道，“你还真是爱开玩笑，我的孩子，那是谁把我当野兽一样地追赶，把我累得气喘吁吁的？还有谁把我的白长袍打穿了两个洞？瞧瞧你这个家伙！因为你我才学会了戏耍！”

“不要再说了，不要再说了，”沃尔思吉愤怒地说，“不要再说了！我最后问您一次，您到底想要我如何？”

“我都说了这么多次了。我是受托来向你移交天主宝石的。”

“谁托付你的？”

“啊！这个问题，我还真是不知道！我只知道，在某一天在萨莱克岛会出现一个叫沃尔思吉的日耳曼王子，他会杀死三十个人，当第三十个受害者咽气的那一刻，我需要按当初的约定发信号。我也只是听从这道命令的奴隶，而我早就准备好了我的小包袱，在布勒斯的一家五金店里我买了2个法郎75生丁一个的孟加拉焰火，又另外买了几个爆竹。等到了预定的那个时间，我就拿着一根蜡烛，手脚并用地爬上我的瞭望台，做好迎接你准备。当你在树上喊道‘她死了！她死了！’的时候，我就明白时间到了，于是我就点燃了孟加拉焰火，用我的爆竹震动了大地。事实就是这个样，现在你都知道了吧。”

沃尔思吉高举起拳头向前走着。这一番话，这种冷静有逻辑的态度，这种饶舌，这种心态平和的挖苦人的口气，这一切都让他怒气冲冲。

“若是你再敢说一个字，我就会打死你，”他吼道，“我已经听够了！”

“你的名字是叫沃尔思吉吧？”

“那又怎样？”

“你也是日耳曼王子，是吗？”

“是的，是的，可是又怎么样？”

“到现在已经有三十个人死在你手上了，对吗？”

“没错！没错！没错！”

“那就对了！你就是我等待的那个人。现在，我要把天主宝石转交给你。是的，我认定了你，就必须交给你。你非得拿着它，就算把它吃了也无所谓，它现在是属于你的宝石。”

“我根本就不在乎什么天主宝石！”沃尔思吉用力地跺着脚吼道，“我管你是谁！我已经得到了天主宝石，根本不用你给我什么！”

“哦？让我瞧瞧你说的是不是真的。”

“看吧，就是这个，你看仔细了！”沃尔思吉一边说，一边取出他从权杖雕饰里得到的那枚小小的石头。

“这是个什么东西？”老人神情有些惊讶地问道。

“就在权杖雕饰的位置，我灵机一动，连雕饰整个都取了下来。”

“但你知道这是什么？”

“当然是天主宝石的一部分了。”

“你是在开玩笑吧。”

“哦？那么你说说这个到底是什么东西？”

“这只不过是裤子上的一颗纽扣罢了。”

“你胡说！”

“我发誓没说假话。”

“你怎么那么肯定？”

“瞧，扣眼已经坏掉了，萨哈拉的黑人常用这种扣子，我也有一枚一样的。”

“我不信！让我看看！”

“这个是我放在那里面的。”

“你为什么要这样做？你的目的是什么？”

“自然是为了换下宝石，马克诺就是因为想偷它，所以才会烧了手，最后不得不把手砍掉。”

这个时候，沃尔思吉再也不说话了。因为他一时半会儿找不到可以对付这个老头的办法。

德罗伊老人慢慢朝他走过去，温和地说：“孩子，相信我，没有我的帮助，你是得不到天主宝石的。只有我才知道开锁的钥匙和密码。现在你在犹豫什么呢？”

“您只是一个陌生人。”

“亲爱的！如果我让你做坏事，你有这样的顾虑我也能够理解，但是现在我的建议绝对不会伤害到你。怎么样？你可以考虑看看啊！究竟愿意相信我吗？我以神的名义问你，你究竟相信我吗？你要是连神都不相信，那你认为还可能会出现奇迹吗？如果是你早点说出来，那这些所谓的奇迹可就不怎么值钱了。每天早晨，就在我喝牛奶咖啡的时候，我都会玩点与这种类似的小小奇迹。你仔细思考一下，一个德罗伊祭司！这是奇迹吗？在我的铺子里多得数不清，就连我坐的地方都没有了。沃尔思吉，你内心里想要什么？想要死人复活？想要秃顶生发？还是想预知未来？总的来说，这种奇迹多得让你不知道该怎么选择。你现在想想，你是什么时候杀死第三十个受害人的？”

“我，我忘了!”

“是十一点五十二分。那时你肯定过于激动，瞧，表都不走动了。”

这简直太荒唐了。一个人的心里感情再怎么跌宕起伏，也不可能左右表的停止和走动啊！然而，沃尔思吉连忙掏出表，竟然发现指针果然指着十一点五十二分，半秒都不走动。他试图去拨动发条，却发现它已经完全破碎了。

德罗伊老人望着他，继续说：

“你是不是觉得很奇怪？不过，这对我来说根本不算什么。我有神奇的法力，能看到一般人看不到的东西，而且我愿意让谁看到，谁就可以看到。沃尔思吉，你想不想尝试一下？告诉我你真的姓氏是什么？”

“这个我不能说，”沃尔思吉直接拒绝了，“这可是秘密，我不会告诉任何一个人。”

“那你干吗还要写在纸上呢？”

“我发誓没干过这事。”

“沃尔思吉，在你随身带的小本子的第十四页上面你用红色的笔写着你父亲的姓。你现在可以去看看。”

沃尔思吉似乎变成了僵硬顺从的机器人，他从背心里掏出一个夹子，夹子里装着一个白纸的本子，他下意识地翻到第十四页，随即立刻非常惊讶说道：

“这绝对是不可能的！这不是我写的！您怎么会知道这上面写着这个？……”

“这不是你想让我证实的吗？”

“我再次向你提出保密的要求！我不许您……”

“随便你好了，老兄。我刚刚做的一切，不过就是为了向你展示我的本领而已。这些对我而言根本算不了什么！若是我决定制造奇迹，那么我就会停不下来。为了制造一点乐趣，我再来一个。现在在你脖子上贴衬衣的里面正挂着一条银项链，上面是一个椭圆形的颈饰，我说得对吗？”

“正确。”沃尔思吉答道，眼里开始闪烁着光芒。

“这个项饰是一个框框，里面原本应该有着一张照片，对吗？”

“是的，是的……有一张……”

“那是一张你母亲的照片……我知道，你不小心把它给弄丢了。”

“是的，在去年的时候丢的。”

“那你一定认为它丢了。”

“当然了！相框现在都是空的了。”

“你以为它是空的，其实它并不是空的。你再拿出来瞧瞧。”

沃尔思吉这下惊讶得瞪大了双眼，他僵硬地解开了衬衣的扣子，把那条银链拉了出来。颈饰显露在灯光下，在那金框里正嵌着一个女人的肖像。

“是母亲……是母亲……”他整个惊叫道。

“是她本人吧？”

“是的。”

“那么现在你对于这个情况有什么样的看法呢有？嗯，比如这不是虚假的……不是吹牛的吧。这个德罗伊老人看起来精力充沛的样子，你要不要就这样跟着他了，好吗？”

“好啊。”

沃尔思吉对这些彻底信服了。这个人已经被老人的表演完全给征服了。他本就迷信，对神秘力量充满了的无尽的信仰，再加上他的性情急躁和精神有些失常，这些都令他完全信服于老祭司。虽然在心底还是有些怀疑的，但是这些都无法阻止他从心里的相信。他问道：

“移交的地方离这里远吗？”

“很近，就在旁边那间大厅里。”

奥托和孔勒在一旁听着这两人对话，都感觉到莫名其妙。而孔勒试图提出反对的意见。可是沃尔思吉却一手堵住了他的嘴。

“如果你现在是害怕，那就走到一边去。退一步说，”他装腔作势地添了一句，“我们的手里可是握着手枪的，若是等会儿有了任何情况，直接开火就可以了。”

“你是准备向我开火吗？”德罗伊老人冷冷地笑道。

“我是向所有的敌人开火。”

“那好吧，你走在前面吧，火[①]沃尔思吉。”

老人发现沃尔思吉想要反驳，他高声笑了起来。

“火沃尔思吉……你不觉得可笑吗？噢！我也并不感到生气……这只不过是一个小玩笑……所以，你为什么不在前面走呢？”

他把他们带到墓穴的尽头，在一片黑暗中，灯光照着墙根凹进去的一条缝，这条缝向下非常深入。

---

① 法语中，人名前加火表示已故的、死去的意思。

沃尔思吉迟疑了一下就走了进去。在这条狭窄而曲折的过道他不得不跪着用两只手爬行过去，就在一分钟后他就来到了一间大厅的门口。

剩下的人也跟在他的后面。这时，只听见德罗伊老人大声喊道：

“欢迎来到天主宝石殿堂。”

大厅宽广而肃穆，大小和他们见过的第四间墓室差不多。在大厅里也有石柱，粗糙、巨大，数量相同，而且，它们摆放的方式也和大庙里的一样。石柱上的雕饰非常精美，排列却并不对称。地面上的石板大小不一，上面有一条条的小沟，映照着上面射下来的光影。

大厅的中央就是马克诺花园，在花园的下面建造着一个高四五米的断头台。

断头台的上面是一个石桌坟，石桌坟上是一个椭圆形的花岗岩桌面。

“我真的找到了吗？”沃尔思吉声音有些呜咽地说。

德罗伊祭司没有明确地回答他。

“你觉得它怎么样？它可是我们古代建筑的杰作，你看它是多么精巧啊！为防止那些守不住秘密的人看见和那些渎神者的探索，祖先做得多么谨慎！你知道这些光是从哪儿来的吗？我们现在是在岛的深层处，没有一扇窗户朝天开着。从巨石柱上面可以射进来许多光线。而这些石柱都是空心的，从上到下都是这样，底部大，顶部小，光线就是这样照进来。每当正午太阳当头的时候，那景色才真是奇妙呢。若是你是一个艺术家，我相信你一定会赞不绝口的。”

“那这就是它吗？”沃尔思吉重复问了一句。

“总的来说，它是一块非常神圣的石头，”德罗伊老祭司平静地说，“它处在最重要的地下祭坛上。在这下面还有一个，不过被石桌坟挡住了，你从这儿是看不见的。人们在石头上杀死祭品，它们的血就会流到沟槽里，然后沿着悬崖，一路流向大海。”

沃尔思吉的情绪逐渐激动起来，他问道：

“那我们快点走吧，它可能就在这里呀！”

“别激动，”老人镇定自若地说道，“我们还没到呢，你抬头就可以看到第三块了。”

“你确定？第三块在哪儿？”

“我发誓，你再瞧仔细些……在石桌上面啊，没错，它就藏在天花板拱顶的大理石板中……看到了吗？那是一块独立的石板，你应该可以看到的……那石板和下面的那些石板，无论是形状还是做工都一模一样……但藏有天主宝石的石板只有一块，上面是有标记的……”

沃尔思吉心里不禁有了一点失望，其实他原本觉得应该在更加神秘的某个地方。

“天主宝石原来在那儿啊？这看上去太普通了。”他问道。

“当然，无论你是远看还是近看，结果都不一样……真正的天主宝石上有天然形成的纹理和色彩，异常美丽……更重要的是它具有无与伦比的魔力。”

“魔力？什么魔力呢？”沃尔思吉问。

“它可以主宰人的生死啊，除了那些你已经了解的，还有很多你想都想不到的呢。”

“那些是什么？”

“哎呀！你一下子问得太多了，我都不知道该怎么回答你。”

“怎么会！您怎么会不知道……”

德罗伊老祭司弯下腰去，神秘地小声说：

“听好了，沃尔思吉，跟你说实话吧，我夸大其词了，其实我的人物就是守护这颗天主宝石，但我是听命于一个更加厉害的神秘力量。”

“那是什么力量？”

沃尔思吉凝视他，内心再一次感到了不安。

“维蕾达？”

“起码我是这么称呼的，她是德罗伊的最后一个女祭司，但我并不知道她的真名是什么。”

“那么她现在人在哪里？”

“就在这儿。”

“这里？”

“没错，她现在在祭坛的石桌上。她刚才睡着了。”

“什么！你是说她在睡觉？”

“她已经沉睡了很久了，就这样睡着，我一直守着她。睡得很安详，就如同那些树林中的睡美人一样，在等待着一个神秘的人来叫醒她，而这人……”

“你知道是谁吗？”

“就是你，沃尔思吉。”

沃尔思吉皱着眉头。这究竟是什么意思？这个神秘人物究竟想做什么？

老人继续说道：

“你在害怕，对吗？瞧，你的双手沾满鲜血，背负着三十口棺材，但这些并不会成为阻拦。孩子。你想听我说说吗？维蕾达非常漂亮，无与伦比。年轻人，你还没有动心吗？”

沃尔思吉有些犹豫。他确实感到危险重重，但老人还在继续说着。

“我还有一句话，沃尔思吉——嘘，小心别人听到——你用裹尸布包裹你母亲并听从她的意愿把那枚戒指戴在她的食指上，那戒指是有魔法的，中间嵌着一颗大的绿松石，周围是一圈小绿松石。对吧？”

“是的，”沃尔思吉害怕地说，“可是，你是怎么知道的？”

“沃尔思吉，你相信那戒指现在就戴在维蕾达的食指上吗？你会不会以为是你母亲派她来送给你的？”

沃尔思吉走向坟头边。登上阶梯时，他把头伸了过去。

“啊！”他惊讶地喊道，“戒指……”

女祭司躺在祭台上，身上裹着一件白色的裙衫，在那裸露的手臂上，沃尔思吉分明看到了那枚戒指。

“认识这枚戒指吗？”老祭司问道。

“没错，就是它。”

沃尔思吉快步走到石桌坟前，他弯下腰，几乎要跪下去。

“戒指上绿松石的数量也是一样……而且其中的一颗也有一样的裂缝……还有这一颗也一样。”

“你不用这样小心翼翼的，”老人说，“她是听不见的。你现在最好赶快站起来，用手轻柔地抚摩她的额头。也许这样才能将她唤醒。”

沃尔思吉立刻站了起来。可是他却始终不敢用手去碰触她。她令他感到十分畏惧，却又感到崇高的敬意。

“你们两个离远一点，”老祭司吼道，“当维蕾达醒来的时候，她只要看见他就行了……好了，沃尔思吉，你现在害怕吗？”

“没什么能让我害怕的。”

“难道你是不舒服吗？比起这个，杀人是不是更加容易些？好了，现在拿出你的勇气！揭开她头上的面纱，伸出手抚摸着她的额头。现在天主宝石就在你的眼前，你马上就可以得到了。动起来吧，你会成为这个世界的主人。”

沃尔思吉的身体动了。他笔直地站在祭台前，向下俯视女祭司。他弯下腰在这一动不动的身躯上，凝视那随着呼吸的节奏而均匀地起伏的洁白衣裙。他犹豫不决地用手揭开了面纱，然后他把腰弯得更低，好方便一只手去抚摸露出的额头。

但是，就在这个时刻他的手猛然停住了，他如同一个木头一样呆在那儿一动不动，似乎是在极力思考一件他怎么都弄不明白的事情，却还是不知道是怎么回事的样子。

“喂，发生了什么，老兄？”德罗伊祭司朝他喊道，“你现在的样子像是在发呆？难道事情朝坏的方向发展了？你需要我的帮助吗？”

沃尔思吉没有说话。他只是迷茫地看着，他脸上的表情由最开始的惊讶，到惧怕，最后额头上冒出大大的冷汗。

老人却突然放声大笑起来。

“耶稣—玛利亚，你看看沃尔思吉现在的表情是多么的愚蠢！真希望她不要看到你这副窝囊的样子！沉睡吧，维蕾达。沉睡在一个纯洁无瑕的梦里。”

沃尔思吉越来越生气，他气得连话都说不出来了。他似乎看清了什么真相。甚至有些话到了嘴边却说不出来，好像只要他一说出口，这个女人马上就会复活一样。没错，他确信他亲手杀了她，所以她一定是死了。终于，最后，他还是痛苦地低语喊道：

“薇洛妮可……薇洛妮可……”

“你觉得她看起来像那个人，是吗？”老祭司讽刺地笑道，“说真的，或许你是对的，……看上去是挺像的……嗯！若不是你亲手把她绑上十字架，亲眼看到她死去，你一定会认为她们是同一个人，薇洛妮可她还活着，并且看起来没有受到过一点伤害……甚至于在她身上找不到一点伤痕……她的手腕上没有绳子勒过的伤痕……但是，你再看看，沃尔思吉，她神情是多么平静！多么安详！老实说，我刚开始的时候还以为是你弄错了，或许你捆的是另一个女人！你想想……好啦！你现在倒是责怪起我来了！赶快来救救我吧，多塔代斯。这个先知他要杀我了。”

沃尔思吉猛地站了起来，他看着老祭司，脸上充满了仇恨和愤怒……这个老祭司不仅耍弄了他一个多小时，而且还在编造谎言欺骗他。所以，他意识到自己必须要立刻摆脱这个人，如今机会已经来临了。

“我死定了，”老人说，“你现在是在打算将来要怎么吃掉我吗？见鬼了，你这副吃人的模样！……救命啊！赶快来人抓凶手啊！噢！他那双铁爪将会抓住我脖子，把我掐死！要不然就是换成匕首？或者换成绳子？不，有可能是用手枪。这样反而更好一点，更痛快一些。赶快动手吧，阿历克西。你手枪里面的七颗子弹中已经有两颗打穿了我的第一件长袍。现在剩下五颗了，来吧，阿历克西。”

老祭司现在所说的每句话都在给沃尔思吉的怒气上火上浇油。他急切地想要赶快收场，于是便命令道：

“奥托……孔勒……你们都准备好了没有？……”

他抬起了胳膊。而他的两个同伙也同时举起了武器。老人就在离他们四步远的地方，向他们笑着求饶。

“先生们，求求你们了……我再也不敢了……我保证……求求你们，先生们……”

沃尔思吉再次重复了一遍：

“奥托……孔勒……集中注意力了！……准备，开枪！”

枪声同时响起。老祭司在原地打转，然后又稳稳地站住了，他悲声喊道：

“噢！老天！我被打中了！我要死了！真是可悲啊！”

“开枪！”沃尔思吉再一次吼道，“开枪呀，蠢蛋！继续开枪！”

“开枪！”老祭司同样重复着，“砰！砰！砰！打他的心脏！……继续打！……孔勒，你来打。砰！砰！……奥托，换你了。”

他们对准目标猛烈射击，枪声砰砰地在大厅里不断回响，一个刀枪不入的老人闪来躲去，十分灵巧，很轻松地躲过，他们很是惊讶，看见老头如此轻松气得火冒三丈。

“我们在洞里，笨蛋，沃尔思吉！去死吧！什么爆竹，什么裤扣！还有那个什么破戒指！你真是个蠢货！”

沃尔思吉立刻意识到，三支手枪都被卸掉了子弹，可他是怎么做到的呢？难道会法术不成？面前这个到底是人是鬼？

他扔掉手枪，冷冷地盯着老人，想冲过去掐死他。他又看看那女人，也准备袭击她。但现实的问题是，他根本没有办法同时对付他们两个。

说时迟那时快，他迅速转身，向来时的路跑去。

“瞧，他被吓跑了，天主宝石不要了吗？你的屁股着火了吗？比兔子跑得还快，快滚吧……”老祭司追在后面大加挖苦道。

## 第十五章　地下祭厅

沃尔思吉从来都没有恐惧过，这次逃走并不是因为真正感到害怕。也不知道是怎么回事，他有些惊慌失措，头脑中头一次感觉到了无法挽回的失败，没有任何挽回的余地。

沃尔思吉自诩是命运之子，可是现在他的使命却没有了，被其他的人代替了。其中沃尔思吉有一股力量，老祭司有另一股力量，两股力量相遇躲避不了一场战争，老祭司的力量很强大，竟然把另一股力量吞没了。薇洛妮可的复活，老祭司他们都很开心，一群人在一起谈笑风生，他开起了玩笑，叙说着自己的行动和一些无敌的本事等，这就像是魔法，也像是神话，远古时代的墓穴经过长期的变化，产生了有毒气体，使人呼吸不了，从而精神混乱。

沃尔思吉想赶紧回到地面来，他急切地渴望自由，渴望新鲜的空气，不过，他更想看看那棵光秃秃的橡树，因为薇洛妮可就是被捆在那里咽气的。

“她真的死了，我是不会搞错的。那这个魔鬼是怎么使她复活的？”他在最大的一个过道里爬行时，恶狠狠地说道。

“除非是……”在曾经拾起权杖的地方，沃尔思吉突然停下来。

“快走，别说废话了。”孔勒跟在后面喊道。

沃尔思吉被推着往前走，脑中似乎想到了什么。一边继续说：

“孔勒，你想听我的想法吗？他们指给我们看的那个睡着的女人，不是薇洛妮可。

这个老巫师什么都干得出来。他可以造一个面孔……和她一模一样的蜡人。”

“别发疯了，赶紧走！”

“我没发疯。这个女人肯定死在树上了，我敢保证，不信你可以爬到树上去看，不可能有奇迹发生！”

三个人现在没有灯笼，只能在石头上磕磕碰碰地往前走。他们的脚步声回荡在墓穴中。

“我先前早就说过，就应该砸碎他的脑袋。”孔勒碎碎地唠叨着。

奥托好像有些累，上气不接下气的，一声不吭。

他们就这样摸黑来到了第一个墓穴的门厅，大厅内黑乎乎的，只是勉强可以看得见，橡树底下被他们挖了通道，所以光应该可以照进来……

“真是不可思议。”孔勒说道。

“我们必须在那道墙上找到阶梯。我找到阶梯了，一级……两级……”奥托有些激动地说道。

他登上阶梯，但随后就不爬了。

“前面好像塌了，我们走不了了。”

“不可能，等等，让我打开打火机看一下。”沃尔思吉说。

他把打火机打着，三个人看到阶梯的上部还有前厅都被沙子和石头堵死了，那棵已经枯死的大橡树堵在中间，他们都大叫起来。

看来逃跑真的是没有希望了。

沃尔思吉浑身无力，随即倒在了阶梯上。

“我们完蛋了，肯定是那个该死的老头干的，这里肯定不只他一个人。”

他开始哀叹，胡言乱语，对这场力量悬殊的斗争开始感到绝望。

“到底怎么啦，你还是以前的沃尔思吉吗？遇到事就这样？”孔勒大声说道，显然他发火了。

“我们斗不过这个老头。”

“这样就放弃了？我已经重复差不多二十遍了，要是再遇到他，就掐断他的脖子。可是我当时就忍不住了。”

“你当时根本没有机会碰到他啊，连我们的子弹都没有打中他，还有机会吗？”

“我们的子弹有可能被换了，现在一切都值得怀疑，把你的打火机拿来，昨天早晨我亲自上的子弹，这儿还有一支从修道院拿来的手枪，我来看看。”孔勒喃喃道。

他检查了武器，很快就发现，弹夹中的七颗子弹被换成了七颗空壳弹。

“瞧，问题就在这儿了，那个老头把我们骗了。如果我们的子弹没有被换掉，那么想要打死他简直易如反掌。”孔勒说。

然而，沃尔思吉却感到更加迷茫。

“我一直拿着枪，子弹怎么可能被偷走？他不可能在我的眼皮子底下把枪偷走然后再放回来，而我竟然都不知道！”

“我的也是。”孔勒急忙说道。

“我敢保证，要是有人碰它，我肯定会看见的。那么，这就足以证明这个魔鬼具有特异功能啊！或者他是一个掌握着奥秘的人，他有方法。”

孔勒耸了耸肩膀，表示无语。

“沃尔思吉，你真的快完蛋了，原来您是这样软弱的人。换作是我，我才不会像你这样俯首低眉。如果他追我们，我们三个人，怕什么！”

“他不会来的。他把我们关在这一个没有出口的地洞里，就是要我们在这里等死。”

“他要是不来，我就返回去找他！一把刀子就足够了。”

“你错了，孔勒。”

“怎么会？那个人绝不是我的对手，对方不过是个老头，还有一个昏睡的女人而已。”

“孔勒，他们可不是一般的人，他们有奇怪的能力，你还是当心点为好。”

“我会的，放心吧。”

“可你有什么打算呢？”

“我只有一个打算，那就是杀了这个该死的老头。”

“不管怎样，你都要注意安全啊……千万别正面进攻，要出其不意地制服对方。”

“当然！我才不会傻到自己送上门，你放心吧，我一定会抓住他，这个死老头！”孔勒一边走一边说道。

沃尔思吉望着信心满满的孔勒，心里似乎也没有刚才那么害怕了。

“他是对的。这个老祭司没有来追我们定然有他的主意，他肯定没想到我们会突然进行反击，孔勒一定会给他一个惊喜，你说呢，奥托？”孔勒走开之后，沃尔思吉说道。

“只要等等看就知道结局了。”奥托也同意这种看法，随后他答道。

一刻钟过去了，沃尔思吉慢慢地恢复了镇定。他刚才软弱，是因为之前过高的期望遭到太大的挫折之后引起的反应，也有酒精的原因。可现在他又重新拾回信心，决心与敌人斗到底。

“孔勒有没有杀死他呢？”沃尔思吉开口问道。

他现在信心十足，想立刻去参与战斗。

“走吧，奥托，消灭了这个老头就完事大吉，完成这个最后的历程，现在你的匕首用不着了，用我的两手就足够了。”

“这个老头会是一个人吗？”

“我们去瞧瞧。”

沃尔思吉又一次向墓穴走去，他小心翼翼地走着，仔细察看每个岔道口。周围非常安静，他们朝透着亮光的第三个墓室走去。

“孔勒一定是杀死那老头了，否则，他一定会回来找我们得的。”沃尔思吉有些兴奋地说道。

奥托点了点头，很显然他赞同沃尔思吉的说法。

“孔勒不回来是个好兆头，他身强力壮的，那个老头有的受了。”

他们进入第三间墓室。一切照旧，权杖还是被放在石砧上，还有一个被沃尔思吉拧开的球形雕饰，仍然在不远处的地上放着。他们朝角落望了一眼，没有看到那个老头，再仔细瞧看之下，才发现那老头正在过道的入口处呼呼大睡。

“他在那儿做什么？”他低声嘟囔道，他突然发现老祭司像是睡着了一般，这让他感到很是意外。“他是不是睡着了！”

老祭司一动不动，看上去好像真的是睡着了。不过他睡觉的姿势为什么会这么奇怪呢？瞧他整个人趴在地上，环抱双手，面朝下贴着地板。

能摆出这种姿势的，一定是一个具有戒备心理的人。他肯定遇到什么突发状况了，所以才这样趴在地上。刚才究竟发生什么事情了？沃尔思吉的眼睛渐渐适应了黑暗，他身上的白色袍子染上了红色，毫无疑问刚才肯定发生了一场惊心动魄的打斗……

“他这姿势有点诡异。”奥托小声说。

“没错，一动不动，好像死了一样。”沃尔思吉赞同地点头。

“你说得完全正确。”奥托也跟着附和。

片刻后，沃尔思吉向后退开了一步。

“噢！真的是这样？”他说。

“你说什么？”奥托问道。

“你瞧，老头两个肩膀之间……”

“怎么啦？……”

“有把刀子……”

“什么刀子？孔勒的刀子？”

“对，就是孔勒的匕首……我知道……正好插在他背上。”沃尔思吉肯定地说道。

“红色斑点就是从他背上的伤口里流出来的血。”接着他又颤抖着补充说道。

“这么说，他真的死了？”奥托看了看说道。

“他的确死了，肯定是孔勒把他杀死了！”

沃尔思吉犹豫了很久，准备扑上前去，再把他打上一顿，似乎这样才解恨，但是他最终还是没有那样做，只是上前把插在老祭司身上的匕首拔出来。

“强盗，你死有余辜，孔勒干得漂亮！我永远不会忘记这一天的。”沃尔思吉激动地说道。

“孔勒现在会在哪里？”

“应该是在天主宝石厅，奥托，我要再去看看那个女人，顺便也找她算账去！”

“你真以为那女人还活着吗？”奥托讥笑道。

“废话！那个老祭司也还活着，他们都把我们骗了！不过他们并没有什么真能耐……他的下场就是最有力的证明！”

“就算是江湖骗子，但无论如何，他用计把你骗到这里来究竟是想做什么？难道他真的知道天主宝石在哪儿？”

“有这个可能，但现在我不想想这些，总有一天谜底会被揭开的。”沃尔思吉昏昏沉沉地说道。

于是，他再一次穿过通道，昂首阔步来到大厅里，他的目光坚定，神态自若，仿佛打了胜仗一般。

障碍被扫清，敌人也不复存在。无论天主宝石是不是真的藏在大厅顶部的石板中，他都一定要得到它。虽然那个不知死活的女人看上去和薇洛妮可十分相像，但他心里明白，那根本不是同一个人！他一定要去揭穿这个假象！

“我早就怀疑了，一定是老祭司让她这么干的，他肯定以为我走了……”

说完，他走到台阶上，看到那个女人还是一动不动地躺在那儿。

她安详地躺着，脸上依旧蒙着面纱，只是她的胳膊不再像之前那样垂在地上，裸露的手上还戴着那枚漂亮的绿松石戒指。

“她好像还在沉睡着。”奥托说。

“不是好像，可能她是真的睡着了呢，让我看看。”沃尔思吉说道。

他走过去，手上还拿着孔勒的刀，他完全可以用这把刀杀了她，但他不能确定自己是不是要这么做。

当他离那女人只有三步的距离时，他看到了那露在外面的两只手腕上布满伤痕，那都是因为绳子勒得太紧而造成的。可在一小时前，老祭司向他展示的是无任何伤痕的手啊！

这个情况令他感到不安，首先，这个真的是薇洛妮可，她是被人解救下来的；其次，让他意外的是，薇洛妮可的胳膊不可能一会儿是鲜活完美的，一会儿又是一动不动、伤痕累累。

他那颤抖的手握着匕首，手心都捏出了汗。他的思维混乱极了，又冒出了杀死她的念头。只是，这时刻并不是为了杀死这个已经死掉的女人，而是为了杀死那个无形的敌人。

他举起手中的刀，选择好位置，脸上露出阴森森的笑容，然后，他猛地刺下去，像发疯似的，没有任何停留地又拔出刀，使尽全力不停地刺杀，十下，二十下。

“再来一次……你这个混蛋，我一定要杀死你！我要自由！我才是世界的主人！”他念念有词地说着。

他忽然停住了口，大口大口喘着粗气，看上去已经没了力气。

他感到头昏眼花，他不断挥舞着匕首，将面前的那具尸体刺得面目全非。这时，他突然觉得有点异样，因为在他的面前不知什么时候多了一个影子。

“你知道自己这样像什么吗？”耳边忽然响起一个陌生的声音。

他惊恐万分！他从没有听过这个声音，他再次低下头，又开始重复刺向那具尸体，但那可怕的声音仍然环绕在耳边：

“沃尔思吉，你现在的模样让我想起了家乡的那些愚蠢的斗牛。在西班牙，那儿的斗牛都喜欢杀死对方之后还要不停地翻动着对方的尸体，这还不够，它们还要疯狂地用牛角刺击。你现在就是这样子，已经杀红眼。为了保护自己，你甚至还要拼命刺杀已经死掉的敌人，而你拼命刺杀的正是死神啊。看你是多么残忍啊！”

沃尔思吉抬头望过去。

他看到面前站着一个男人，那男人靠着石桌坟旁的柱子，中等身材，瘦瘦的，不是很健壮，两鬓已经花白，却仍然精神矍铄。男人身穿一件深蓝色的短上衣，镶着金色的扣子，头上还戴着一顶黑色的鸭舌帽。

“不用再多想了，你并不认识我。我是堂路易·佩雷纳，拥有很多领地的西班牙大贵族，萨莱克的王子。虽然这个头衔是我自己加冕的，但我有权得到这个头衔。”男子开口说道。

沃尔思吉莫名其妙地看着他，不知道眼前此人到底想干吗。

“你对西班牙贵族似乎不太熟悉。那么就回忆一下……你的儿子弗朗索亚口中的那位英雄……想起来了吗？奥托似乎是想起来了……哦，也许你对我的另一个名字会比较熟悉，我就是亚森·罗宾。”

沃尔思吉看着这个陌生的男人，心中的恐惧和疑惑越来越浓。即使他不认识这个人，可他还是感到自己似乎被一种莫名的力量所控制，怎么会出现这种情况呢？

只听男人继续说道：“一切皆有可能，包括你的思想，不过我还得重复一遍，你的行为真的是太残忍了！你看上去就是个强盗，还要摆出大冒险家的姿态，你自己身陷罪恶深渊却毫不知情！你的勇气都只用来杀害那些无辜的人，只要遇到点挫折，你就会立刻垂头丧气。薇洛妮可·德瑞蒙是死是活？她到底是在十字架上，还是躺在祭台上？你是在树上杀死她，还是在这里杀死她的？在杀人之前，你根本脑中空无一物，唯一的目的就是杀人。只要能杀人，你就是快乐的！你去看看吧，蠢货，真正的杀手是不会在杀人的时候蒙住死者的脸的。”

沃尔思吉俯下身，慢慢地掀开尸体脸上的面纱。

此刻他闭上了眼睛，颤抖地跪了下来，上身压着死者的腿，眼睛就这样紧紧闭着。

“瞧见了吗？你那愚蠢的脑子现在在想什么？现在岛上只有两个女人了，一个是薇洛妮可，一个叫艾尔弗丽德，我说得对吗？……这两个女人都是你的妻子……一个生下了弗朗索亚，一个生下了雷诺尔德……被你刚捆在十字架上杀死的这个手腕上全是伤痕的女人，要么是薇洛妮可，要么就是艾尔弗丽德……这些都不会错……艾尔弗丽德，她是那么的爱你，甚至愿意为你做任何事情……这点你比谁都清楚，但你却始终不敢正视她，真是个懦夫！”堂路易句句见血地说道。

沃尔思吉把头埋在胳膊里一直颤抖。他并没有哭，他的肩膀抽动着，那模样表明他绝望至极，似乎没有想到会发生这一切。

他保持这样很长时间。后来不再颤动，可身子还是没有任何挪动。

“说真的，你真的太可怜了，你对艾尔弗丽德真的这么执着吗？还是只是一种习惯而已？因为她是你的偶像？你怎么会蠢到这种程度！人应该要明白自己在干些什么！要做到心中有数！要将问题考虑清楚！你像一个掉进水里的婴儿一样，挣扎在罪恶的海洋里，你会沉下去然后被淹死。德罗伊教老祭司是死是活？你看到是孔勒把匕首刺进了他的后背？可也许这只是我扮演的角色而已呢？总之，现在有一个老祭司和一个西班牙贵族，或者他们根本就是一个人？所有这些，你想弄清楚这件事吗？要我帮忙吗？”堂路易又说。

如果沃尔思吉贸然行动，那么其实很容易就会明白。他抬起头，思考了一会儿，心中已然清楚事情的真相，这使他更加绝望起来。就像堂路易说的那样，事情总归是要弄明白的，他手里握紧匕首，紧盯着堂路易的眼睛，眼中杀机涌动，随后，他举起匕首，站了起来。

“别得意，说不定你的刀子就像你的枪一样，早就被人换成用锡箔做的了。”堂路易满脸不在乎地说道。

这个玩笑没有阻拦沃尔思吉的脚步，此刻的他脑子混乱之极，无论如何都准备做最后的挣扎。他绕过祭桌，几步便走到堂路易跟前。

“原来这些日子都是你在破坏我的计划？”他说。

“时间并没有多久，我到萨莱克岛才二十四小时，只有二十四小时而已。”

“那么，你到底要干什么吗？”

“可能会走得更远些。”

“为了什么利益？”

“不，仅仅是爱好，因为你让我讨厌至极。”

“难道我们之间没有任何和解的可能性吗？”

“没有。”

“你不会参与我的计划？”

“没错！”

“若你可以分得一半的财宝呢？”

“我更想要全部。”

“天主宝石？”

“天主宝石本来就属于我。”

说任何话似乎都是多余的。这种对手非常危险，必须马上除掉，否则，他就会杀了你，别无选择。

堂路易无动于衷地靠在石柱上，沃尔思吉比他高出整整一个头，无论从个头还是力量，沃尔思吉都会胜他一筹。除此之外，还有一点非常重要，如果堂路易还是如同先前一般保持不动的话，那么进可攻退可守。所以，沃尔思吉杀堂路易就可以像踩死一只蚂蚁那么简单，他信心十足地刺了过去。

说时迟那时快，仅仅用了三四秒钟，沃尔思吉就躺到了地上，武器也丢了，两条腿像被打断了一样，右胳膊动弹不得，痛得叫不出声来，可想而知，敌人下手多么狠辣。

堂路易没有把他捆起来，他嚣张地用一只脚踏在这个庞大的身躯上。

“我现在无话可说，留着以后再说，你会觉得话可能有点长，不过它也能向你证明，我对这件事情知道得比你多得多，如今我来问你，你的儿子弗朗索亚现在在哪里？”堂路易看着他问道。

“弗朗索亚在哪里？”没有得到回答，堂路易又问道。

毫无疑问，沃尔思吉认为，命运又给了他一张王牌，如果他不说，还有赢的可能。

“你拒绝回答吗？一……二……三……很好！”堂路易问道。沃尔思吉还是没有开口。

堂路易轻轻地吹了一声口哨，四个男人从大厅的一角走出来，这四个人，面孔黝黑，长得挺结实。他们的穿着同堂路易一样，短上衣，黑鸭舌海员帽。

第五个人也紧跟着走了出来，是一位法国军人，只是右腿残缺，换上的是一条木头做的假腿。

“帕特里斯？”堂路易显得有些兴奋，他说。

“他是我最好的朋友，帕特里斯·贝尔瓦上尉，这位是沃尔思吉先生，是个德国佬。”堂路易简单地给两人做介绍。

“有什么进展吗？找到弗朗索亚了吗？”他接着问道。

“目前还没有线索。”

“我们必须在一个小时内找到他，然后马上离开这里。我们的人都已经上船了吗？”

“没错。”

“进展都顺利吗？”

“完全没问题。”

他对四人下达命令：“来吧，把这个德国佬好好收拾收拾，然后把他放到石桌坟上就行了，不用怕他溜走，他现在根本就动不了。”

“临走之前，希望你好好看看拱顶石板中间的天主宝石。它确实是多少世纪以来人们梦寐以求的宝石……是我从遥远的地方通过书信往来才发现了它的存在。而你，现在就向它告别吧，沃尔思吉！你再也看不到它了！”他附在沃尔思吉耳边说道。

堂路易做了个手势，四个男人便一把抓起沃尔思吉，把他抬到大厅后面的走道上。

堂路易转过身来看着一动不动的奥托说道：“你应该是一个聪明的小伙子，现在看清了形势。你还想参与吗？”

“一点也不想。”

“好，你要是不害怕的话，就跟我们一起走把。”堂路易搀扶着上尉的胳膊，一边说一边走。

众人离开了天主宝石厅，穿过所有的墓穴。这三间墓穴中，层层升高，最后一间墓室也有个门厅。门厅尽头的墙上靠着一个梯子，墙上被他们开了一个洞口。

他们在露天走上一条陡峭的小路，小路上有石阶沿崖壁盘旋而上，一直通到那个悬崖前面，这条路也通往暗道。站在上面往下看，会看到一只小船被铁钩悬挂着吊起来。弗朗索亚就是准备用这条小船逃生，另外，在附近的那个小海湾里，还隐藏着一艘潜艇。

堂路易和帕特里斯·贝尔瓦一行人走向橡树林，在仙女石桌坟前，他们停下了脚步。那四个男人把沃尔思吉放在那棵之前绑着薇洛妮可的大树下。树上光秃秃的，只能看到刻下的字母V．d’H．。

“沃尔思吉，你觉得累了？腿应该好些了吧？”堂路易关心地问道。

沃尔思吉看着他，轻蔑地耸耸肩膀，像是不屑。

“我知道，你还抱有侥幸心理，不过，你的胜算不多了，你瞧那棵大树，那就是最好的证明。正当你陷入罪恶的泥潭中和杀人如麻的时候，我却让他们一个个复活。你看正从修道院走来的这个人，他就是被你杀害的受害者之一，你将他关进牢里，准备过几天就把他扔下海去，就是雷诺尔德当着薇洛妮可的面把他推向悬崖的。你还记得吧？马卢他根本没死……我用魔杖把他救活了。你看，他向你走过来了。”堂路易说道。

“马卢，我跟你说了，正午时分的时候这一切都会结束，我们将会在这个时候在石桌坟前会面。”堂路易朝那个人迎上去，与他握手，然后开口说道。

面前的马卢看起来非常健康，身上看不出来有一点伤痕。

“老师……斯特凡·马卢……”沃尔思吉目瞪口呆，吃惊地看着他，结巴地说道。

“怎么，你觉得意外？你简直蠢得无可救药。你和雷诺尔德只顾把他扔到海里去，居然没有想到低头看一看他有没有沉到海里去。就是我在下面接住了他……你会不会感到很惊讶？我还有好多招数呢，现在才刚开始，你动动脑子就知道，我的老师可不是一般人啊！”

“马卢，情况怎么样？”

“完全没头绪。”

“有弗朗索亚了的消息吗？”

“完全没有。”

“我们不是让小狗去搜寻弗朗索亚的踪迹了吗，情况如何？”

“它只是把我们领到弗朗索亚藏船的地方去了。”

“那儿有可以躲避的地方吗？”

“完全没有。”

堂路易顿时沉默了，他在石桌坟前走过来走过去。神情似乎显得有些犹豫不定。

“我的时间不多，必须在两个小时内离开这里。你想用弗朗索亚的自由换多少钱？”最后似乎他已经做了决定，他转向沃尔思吉，说道。

“弗朗索亚同雷诺尔德进行决斗，他输了。”沃尔思吉答道。

“你骗人，弗朗索亚赢了。”

“你怎么会知道？你又没有看见决斗。”

“他不可能赢得比赛，因为我想让谁赢就让谁赢。”

“他们都戴着面具，只有我能分得清谁是谁。”

“如果弗朗索亚掉根头发，你也会死无葬身之地。”

“毫无悬念。”沃尔思吉肯定地说道。

“那你用什么来交换？”他问道。

“自由。”

“还有呢？”

“你还想要什么？”

“我要天主宝石。”

“休想！最多给你自由，因为我了解你，你已经什么都没有了，就算自由后你也一定会去别的地方寻死，而只有天主宝石才可以救你，它可以给你带来财富、力量和作恶的本领……”堂路易斩钉截铁地说道。

“正是因为这样，我才要它，而且关于它的价值，你已经向我说明了一切，无论时间早晚，我也一定会找到弗朗索亚，因为我还要在岛上待几天。”沃尔思吉说。

“你不可能找到他的！就算找到他，那时也已经晚了！”

“何以见得？”

“那小子从昨天就开始绝食了。”他盯着堂路易，语气恶毒。

“你要是不想看到他死，就赶紧说他究竟在哪儿！”堂路易沉默了一会儿，接着说道。

“除了神赋予我的使命，其他东西我都可以不要！我一定要完成我的使命！我马上就要成功了，如果有谁敢阻拦我，那就得死。”

“你撒谎。你怎么能眼睁睁地看着你的亲生儿子死掉！”

“我已经杀掉一个儿子了。”

帕特里斯和马卢听到，不禁浑身颤抖了一下，而堂路易却笑了，像是意料之中的一样。

“好你一个德国佬！你这人不虚伪。说话倒是很干脆，说服力也足够。但你就是一个虚荣心、残忍、阴险和神秘主义的大杂烩！总是有使命要完成，即使是偷盗、杀人也行。你就是一个超级恶棍！”

“我再问你最后一次，弗朗索亚现在到底在哪儿？”他笑着问道。

“不。”

“很好。”

“动手。”他镇定自若地转向四个男人说道。

四个男人动作极快，就像预先按军事演习反复进行过训练一样，他们抓起沃尔思吉，然后再用绳子把他捆在树上，直接忽视了他的呼喊、威胁和吼叫，用绳子牢牢地把他捆起来。

“叫吧，叫破喉咙也不会有人来救你的，你这个恶棍，你叫醒的只会是阿尔希纳姐妹和三十口棺材里的人！”堂路易丝毫没有把他的威胁当回事，一脸平静地说道。

他往后退了几步，看着这个场面，满脸欣赏的样子。

“不错！你演得非常出色，一切都那么符合分寸……符合V. d’H.，作为国王的儿子，你一定到过这个高贵的房子。现在你只要竖起耳朵听着就行，我就要向你发表我曾答应过的演讲，这个演讲定然会很精彩。”

沃尔思吉不断挣扎，试图弄断绳子，可哪知他越使劲，绳子反而勒得更紧，最后，他不得不放弃挣扎。

“你才是真正的凶手！弗朗索亚是被你害死的！他在比赛中可能受了伤，伤口也可能感染了……”沃尔思吉开始不停地大声咒骂起来。

斯特凡有些担心这个德国老。他和帕特里斯一个劲儿地劝他，却没有任何效果。

“世事难料。万一孩子要是真的生病了呢？……”斯特凡说道。

“一派胡言！孩子身体很好。”

“你确定？”

“当然，一个小时是没问题的。这家伙只有被吊在树上，才会开口说真话。”

“要是他还是不说呢？”

“他会的。”

“如果他用力太猛造成动脉破裂，死在树上呢？”

“那又如何？”

“他一死我们就失去了了解弗朗索亚下落的希望。”

“他死不了！沃尔思吉这样的人怎么可能死于中风，一个小时之内，他一定会开口的。这段时间正好够我做一篇精彩的演说！”堂路易没有丝毫动摇，他说道。

“那么您要发表演说啰？”帕特里斯见他这样说不禁笑了起来。

“是一篇关于天主宝石的探险记！也是一篇关于历史题材的论文，从史前到三十起案件的历史！机会难得，我可要好好把握。”堂路易说道。

他慢慢地走到沃尔思吉面前，站在他跟前。

“你真走运，坐在这儿就可以全部听完，人在糊涂的时候都需要别人来指明方向。开始的时候我不太明白，这简直是个没有答案的千古之谜啊，加上你的搅和以后变得更加明朗起来。”

“强盗！小偷！”沃尔思吉咬牙切齿地骂道。

“你觉得不舒服？那我们来聊聊弗朗索亚吧。”

“做梦！他早死了。”

“你会愿意谈谈他的，你只要说出他的下落，我就会立刻派人去查找，只要你没撒谎，我就让奥托解开你的绳子，你们就可以坐船离开这儿。这样可以吗？”

“坐下来，让我慢慢讲……你们既是听众又是法官。”他转过身对着斯特凡·马卢和帕特里斯·贝尔瓦两人说道。

“只有我们两个？”帕特里斯说道。

“不，三个。”

“第三个在哪儿？”

“在这儿。”

话音刚落只见小狗“杜瓦边”一路小跑缓缓走来，它向斯特凡和堂路易亲昵地摆着尾巴，好像在说，“我认识你们，我的朋友们……”之后，它便坐在地上，似乎已经准备要听这精彩的演讲了。

“小狗，真乖，”堂路易说道，“你也想听故事，是不是？很高兴你会这样兴致勃勃，而我一定不会让你失望的。”

堂路易非常高兴。现在听众和法官都有了，沃尔思吉还在树上不停扭动着，企图挣脱麻绳，这真是令人激动的时刻。

他两脚一碰，就像老祭司跳的旋转舞，而后，他又站直身体，微微点了点头，像马上要演讲一样，打了个喝水的手势，然后将两手放在胸前，不紧不慢地说道：“各位，记住这个日子吧：公元前732年7月25日……”

## 第十六章　预言与现实

堂路易讲完头一句话后，贝尔瓦上尉会心地笑了笑，斯特瓦则依然担心着，“杜瓦边”则一动未动，堂路易停顿一下看着所有人的反应，继续说道：

“我为什么要把日期说得这么确切？并不是为了让你们感到惊讶。因为很多年后，我根本就记不得我讲的究竟是几月几日。不过能确定的是，在欧洲有一个叫作波西米亚的国家，在这个国家里又有一座名叫阿西姆斯塔尔的小城，这件事就发生在那里。现在我说得够明白了吧？就在这天早上，一直定居在海西尼森林里的克尔特人，统统由他们的妻子帮忙卷起帐篷，收起部落里的一切东西。

“酋长们反复仔细地检查完毕，组织有序，没有任何混乱，大队人马在一天清早就朝易北河的一条支流埃日河方向进发了，黄昏很快就要来临。很多船只由提前派去的上百名优秀士兵看守。那些士兵就在目的地等着他们。而其中有一只装饰得富丽堂皇的大船十分引人注目。一块赭石色的布遮住了船身。一个酋长慢慢地登上了后船台，并发表了演讲，我就不在此全文叙述，我只简要地概括一下：‘部落这次的迁移是为了躲避相邻部落的贪得无厌的掠夺。离开大家居住的故乡，是让人难过的。但在我们看来，没有什么了不起，因为我们带走了祖先遗留的最珍贵财富，那就是先王们的盖墓石板，它能保佑着我

们，使我们成为令人生畏的神。’

“就在酋长十分庄严揭开布帘的时候，一块巨大的花岗岩石板就显露出来。那石板大约长两米，宽一米，颜色灰暗，满是闪着光的岩石片。

“无论男女老少都不约而同地发出赞叹之声，他们向那墓碑下跪，双手摊开，几乎将鼻子贴上了地面。

“酋长举起他的权杖，一边在空中挥舞着，一边大声说道：‘我要用我这根权杖来保护这块石板，而它本身就是来自这块石板。它也可以左右人的生死。虽然祖先的坟墓被掩藏在石板之下，但权杖却一直陪伴在我们左右！让它为我们指明方向吧！’当他的话音落下，部落就整齐划一地出发了。”

“听他讲完这些，部落就整齐划一地出发了。”堂路易沉默了一会儿，再次重复道。

帕特里斯听得激动万分，这也使得斯特凡僵硬的脸庞渐渐地有了笑容。

“别笑！我讲的可都是真实的故事，你们应该严肃一点，它会解释一切的……没错，真实的解释，我用词很准确，现在我要说的话很严谨，而我想沃尔思吉可能仍然会感到困惑的。”

堂路易又做出手势，喝下第二杯水，说道：

“沿着易北河，整个部落一直走了几个月，终于在某天晚上九点半的时候到达一个叫弗里松的地方。他们在那里住了足足几个月，可还是不能够完全安心，于是决定继续全面迁移。

“这次迁移是走海路。他们用了三十条船，你们请注意三十这个重要数字，也就是说他们刚好有三十个家庭。三十条船在海上航行了很久，经过一个个海岸。他们从斯堪的纳维亚半岛登上岸，在当地的撒克逊人中住下来，可后来竟又被赶走。他们便又从海上出发。我告诉你们，那种场面你们可能会觉得奇特，但却特别感人而壮观！这个流浪的部落，都会随时带着自己祖先的墓盖，不遗余力四处寻找可以让他们永久居住的栖身之所，然后将墓盖隐藏起来，以防被别的部落抢去，并按宗教仪式进行庆典活动，祈求它让他们变得强大。

“最后这个部落到了爱尔兰岛。他们在这里定居了下来，一直在这里居住了大半个世纪，在与当地比较开化的居民接触中，他们逐渐变得文明起来。一天，被派往邻国的使者安全返回，大酋长的孙子接见了他。使者说他发现了一个很好的栖息之地。那座岛屿远离海岸，周围围绕着三十块礁石，还有三十座花岗岩建成的建筑物。

“三十！这真是命中注定的，又是神明的召唤与命令！部落的三十条船又下海开始了远征。

“这次远征异常顺利，他们登上了岛屿，当地的土著居民被他们彻底消灭了。于是，从此部落便在这里定居到现在，那块波西米亚的墓盖也就被安放在了这里，我们现在所处的位置，就是刚才我让沃尔思吉看的那个地方。

“这里还要多一句嘴，几千年来，利古里亚人一直居住在萨莱克岛上，因此他们还保留着古老的风俗文化。在我看来，这些人都是伟大的建筑师。细石器时代时，他们多少接收到了西方的文明，于是就在岛上建起了巨大的建筑和墓室，可以想象，他们是多么伟大。

“后来，我们的部落来到这里，也逐渐适应了这里的一切。

“经过最后的长途跋涉之后，天主宝石进入安息和接受拜祭的阶段，德罗伊祭司时代来临。这个时代延续了很久，有一千到一千五百年之久。而这个部落，后来在布列塔尼国王的管辖下，同化到相邻的部落里了。因为某些原因，酋长的权力逐渐转移到了祭司手中，而这些德罗伊祭司到后来经过几代人权力变得越来越大。

“是那块神奇的石板赋予了祭司至高无上的权力，他们是公认的祭司和教师。他们按照当地长久以来的风俗，利用活人来祭祖，并命令众人采摘槲寄生等植物，然后把它们放在祭台上，我想那个时候在地面上绝对是可以看到的。至于开满鲜花的仙女石桌坟，它的作用肯定是用来掩盖天主宝石的。那块神奇的宝石可以让病人恢复健康，不孕的妇女生下孩子，年老的人重获青春活力。

“在布列塔尼流传的各种传说和神话中，这块石板有着举足轻重的地位。人们盲目地崇拜、信奉它。德罗伊祭司的那根权杖就是用它做的，它可以燃起可怕的火焰，既可以烧坏皮肤，也可以治疗疾病，因此，民间流传了许多关于它的传说。因此，它是一切象征的核心。”堂路易用讲课的声调说道。

堂路易略显激动地讲完，然后笑着说道：“别动，沃尔思吉。我们等会儿再来说说你干的好事。刚才我们说到了德罗伊教盛行的那个年代，当然，在德罗伊教初期的很久一段时间里，这块神奇的石板又被巫师们和占卜者们所利用。现在我们来讲讲宗教时期，也就是萨莱克经历了富有、崇拜到衰退后的时期。

“教会最反对这种充满着原始气味的教派，当他们掌握了政权之后，就在花岗岩石附近发动战争，因为他们有很多信徒，因此双方力量悬殊，很快原始的教派就败下阵来。后来他们把石桌坟搬到这里，又在墓盖上铺了土，并在这里建起了一座耶稣的石像。

“从那时起，除了天主宝石，那些宗教仪式和习俗就逐渐被人们淡忘。没有人知道它究竟是什么？究竟埋在什么地方？但长久以来，人们却仍然没有放弃对它的好奇，他们都相信这块神奇的天主宝石是真实存在的。他们将这些传说一代传给一代，甚至越来越离谱。可怕的传说越来越多，鱼龙混杂，天主宝石这个名字依然存在于人们记忆当中。

“地方史志中都有对于这些事情的记载，有那么两个人竟然想试图恢复奇迹，其中一个叫托马斯，他是个15世纪的修士，另一个就是我们熟知的马克诺先生。托马斯修士是个诗人，而且精通画画，我读过他的诗，觉得他简直有愧于诗人这个称呼，但我能确信他是个优秀的画师，除此之外，对他的生平并不了解。在他死后，人们发现了一本弥撒经，经文歌颂了他在修道院生活的点点滴滴，还画了三十座石桌坟，并配以诗文、宗教引语或者诺斯特拉达姆[①]式的预言。是马克诺先生发现这本弥撒经的，我昨晚在他房间里看到过这本经文，我还记得上面有一页就画着一个女人被钉死在十字架上，另外还有关于这座岛屿的一些预言。

“马克诺有着神秘的身份，他其实是巫师的后裔，我怀疑他曾多次在月圆后的第六天晚上假扮成祭司来采摘槲寄生。作为祭司的后代，他当然知道如何让花开得更加漂亮和艳丽，这些他都知道，还有，他曾经去墓室勘察过，是他偷走了权杖里的那枚宝石。他一定是从暗道的入口进到墓室里面的，每次出来他都会重新弄好一切，这样才不会让人发现。他把自己从弥撒经上了解的那些和自己实地探查的结果都告诉了德瑞蒙先生，至于德瑞蒙先生究竟知道多少，这些都没有太大的关系。后来沃尔思吉出现了，他搅和进来，人们的注意力慢慢转移到了他的身上，而这隐藏了几百年的谜底，也将慢慢揭开……

“沃尔思吉，你渴吗？奥托，如果他渴的话就给他喝点水。”堂路易喝了第三杯水，向沃尔思吉的同伙奥托做了个手势说道。

---

① 诺斯特拉达姆（1503—1566），法国著名的星相学家，也是国王查理九世的贴身医生。

沃尔思吉在树上已经没有丝毫力气反抗，此时他已经精疲力尽，斯特凡和帕特里斯怕他会在树上死去，再一次对堂路易进行劝阻，可却没有任何效果。

“不，他还好得很呢，他可以坚持到我演讲结束，沃尔思吉，我讲的这些你应该很感兴趣，渴望着知道个究竟就应该能坚持下去。”堂路易大叫道。

“小偷！凶手！”沃尔思吉小声地说。

“好！好！好！你还是拒绝说出弗朗索亚藏在哪里啰？”

“凶手！……强盗！……”

“既然如此，你就继续待着吧，受点苦对你的健康有极大的好处。再说，你先前是如何折磨别人？你这个恶棍！”

堂路易说得很大声，坚强有力，语气之中带着出人意料的愤怒，他曾经见过无数的罪案，与无数罪犯进行过斗争。但眼前此人真是罪大恶极，真是令他咬牙切齿。

堂路易没有多做停留继续说道：

“大约三十五年前，在巴伐利亚湖一带水域，出现了一个匈牙利血统的波西米亚女人，她美貌超群，以算卦、纸牌算命、看手相、占卜和通灵术等很快在那里赢得了很多声誉，同时，她引起了国王路易二世的注意。路易二世，是贝莱特市的缔造者，他是一个戴着王冠的疯子，他反复无常，性情古怪，后来国王和这个女预言家在一起了，他们私通了好几年，虽然中间也有过动摇和狂热，但是由于国王的反复无常，最终他们的故事还是以悲剧告终。传说是这样的，在一个神秘的晚上，巴伐利亚国王路易二世从船上跳进了斯塔恩贝湖。官方说因为国王精神失常所以投水自尽了，又有一个说法是国王遭到别人暗害，可是为什么自杀，为什么遭到暗害呢，这些问题都没有被弄清楚，但是可以确定的事实是，那个女预言家当时陪着国王在湖上游玩，国王死去的第二天，她被剥夺了首饰等贵重物品后，被驱逐出境了。

“这段姻缘给她留下了一个4岁的小魔鬼，他叫艾利克斯·沃尔思吉。这个小魔鬼同他的母亲生活在波希米亚离若阿希姆斯塔尔村不远的地方。不久后他在母亲那里学会了催眠暗示术、天眼通和许多诈骗的伎俩。他从小就生性粗暴，而且缺少才智，时常受幻觉和噩梦的折磨，并且十分相信巫术、预言、梦幻和秘术，把一些传说当历史，把谎言当事实。有一个山村里的传说对他影响非常深刻。传说讲的是一块石头有着神奇的力量，在古时候的某个夜晚，它被恶神抢走，并有传说，某一天它将由国王的儿子找到，并带回去。当地的农民还带他看石头在山坡上留下的印痕。

“‘你就是国王的儿子，’母亲对他说，‘如果你能找到这块被盗走的石头，你就可以逃过匕首对你的威胁，并且将能成为国王。’

“这个预言，再加上波希米亚女人另一个荒诞的预言，他儿子的妻子将死在十字架上，而他自己将死于朋友手中，这些预言对沃尔思吉有着最直接的影响。我接着就讲这个预见的时刻，沃尔思吉结婚了两次，先是和艾尔弗丽德，然后是和薇洛妮可·德瑞蒙；德瑞蒙先生劫走自己的孙子，而薇洛妮可也失踪了，所以你就开始暗中调查。另外还有你在集中营的那些事，这些跟我所要说的比起来，可重要得多，甚至是有过之而无不及，刚才我们了解了天主宝石的历史，那现在我们就来说说这位沃尔思吉先生吧。

“真相是这样的。沃尔思吉被抓住后，关进了蓬蒂维附近的集中营。那时的他改名叫洛特巴赫。就在十五个月前，军事法庭审判后宣布他是死刑，他就在那时找机会逃了出来。在枫丹白露森林的那段日子，他又遇到了老仆人洛特巴赫，和他一样，洛特巴赫也是从集中营逃出来的。这个心狠手辣的家伙把老仆人杀了，然后把自己的衣服套在他身上，还将他化装得跟自己一模一样。就连军事法庭也没发现真相，他们把老仆人就地掩埋。沃尔思吉以为自己万无一失，可没想到他又以洛特巴赫的身份再次被抓进了集中营。

“这就是沃尔思吉，另一方面，他的第一个妻子艾尔弗丽德是他罪恶的同谋，她也是个德国人，这个艾尔弗丽德和她的儿子一起藏在萨莱克岛的地下房间里，监视着德瑞蒙先生，并通过他找到薇洛妮可·德瑞蒙。这个贱妇为什么要这么做，动机是什么，我并不是很清楚。不过她到后来总算遭到了最可怕的惩罚。

“三年来她很辛苦地过着地下生活，她忍受痛苦，等待能有人救出她的主人，她愿意继续服侍他，所以她只有晚上才会出来给自己和儿子找点填饱肚子的东西。

“我并不知道他们究竟以什么方式进行联系，但是我有足够的证据表明，沃尔思吉的逃跑计划都是艾尔弗丽德一手制定的，她把一切安排得妥妥当当，并且连一切可能发生的危险以及预防措施都已经帮他想好了，可以说是万无一失，因此，沃尔思吉才能带着他的两个同伙在去年的9月14日顺利逃出来，他们在狱中相识，而那两个人正是后来被他招募雇佣的奥托和孔勒。

“逃跑异常顺利。他们在每个路口都留下一个箭头，并且写着V．d’H．的签名，旁边还标上序号，这是标明他们前进的路线。他们只要累了就会休息，等恢复了便会继续赶路，他们一路经过盖默内、法乌埃，再穿过罗斯波尔登，最后来到了达贝梅伊海滩。

“夜晚的时候，艾尔弗丽德和雷诺尔德驾驶着奥罗丽娜的汽艇，把他们送到黑色荒原下的房子里。在他们到达之前，住宿都已经被安排好了，日子也过得很安逸。日复一日，冬天很快过完了，沃尔思吉原来还有些模糊的计划变得明朗了许多，甚至开始有了轮廓。

“可令人奇怪的是，战争发生前，并没有人来过萨莱克岛，更不可能听说关于小岛的秘密。他是后来从艾尔弗丽德写给他的信中了解到这些的。可以想象，当他得知这个秘密后，心中会有多么激动。为了掩人耳目，他说这块宝石原本就属于他的王国，只是不小心被小偷偷走了，只要找到宝石，他就会重新获得权力和王位。对这个传言他坚信不疑。可是，真正让他感到不安的是托马斯的预言。人们都在盛传着这个预言，以至于他忍不住每晚都要去偷听农民们的讲话，慢慢地去搜集。岛上的人很惧怕这些恐怖传说，比如船只莫名沉没大海，无辜的女人被钉死在十字架上之类的事件。而这之前，沃尔思吉就已经知晓了仙女石桌坟的传说……三十口棺材里刚好装着三十具尸体，四个女人将被钉死在十字架上，天主宝石可以左右人的生死，等等，这些事情在他看来，都是难以预料的巧合，简直巧合到令人不安。

“然而，整件事情最重要的部分，是马克诺发现了那本弥撒经，而且，他还在经文中发现了那个预言！德瑞蒙先生临摹了好几张被马克诺撕掉的经文，而且把上面的女人画得偏向于自己的女儿。于是有天晚上，当马克诺把原画和临摹画放在一起比较的时候，恰好也被沃尔思吉看到了。他迅速用铅笔抄下这十五行的小诗，然后把所有东西都拼凑到了一起，最终，他了解到了一切。毫无悬念的是，这个预言就是针对他的！他必须实现使命！

“从这时起，这个预言就成为了沃尔思吉前进的道路。对他来说，预言毋庸置疑，可写这十五行诗的诗人是多么傻，因为它们根本就无从考证。没有一句有灵感的话！没有任何闪光点！更没有这个女预卜者精神病发作的痕迹和引起幻觉的痕迹！既没有音节，也没有任何韵律。不过它足以吊起沃尔思吉的胃口，使他完全相信这是命中注定的！

“我把托马斯修士的预言念给你们听听，瞧这个德国佬，还把它们分别抄在了十张纸上，你们所有的人，包括你，沃尔思吉，你也要听好了，这即将是你最后一次听到了，有一页上的诗是这样写的：

萨莱克岛上，十四年再加三年，

将会有船只莫名沉没，谋杀和伤害，

毒药、恐惧，流言蜚语，四个女人会被钉死在十字架上

三十具尸体将装满三十口棺材。

亚伯当着母亲的面杀死了该隐，

父亲是阿拉马尼的后裔，

履行命运旨意的王子，

六月的某一晚，你将用残酷的手段，

杀死自己亲爱的妻子。

那时，藏有宝石的土地上，

会点燃烟花，鸣放巨响，

最终，他将会找到那块遗失的宝石，

那块能赐生赐死的天主宝石。”

堂路易·佩雷纳用诡异的语气朗读着，好像是故意念出诗文蹩脚的押韵，最后，他沉着嗓子念完了诗文，周围安静得可怕，好像都被这个故事吓到了。

他顿了顿，继续说下去：

“在15世纪，有一个疯癫的小修士，他满脑子想的都是如何实现自己那些可怕而又荒诞的噩梦。我们之所以说它荒诞，是因为诗文本身并没有美感，而是作者故意为了押韵才那样写，这在诗人心目中甚至比平时的胡扯更没有价值。他的这首诗和天主宝石的传说完全扯不上关系，所谓的预言，只不过是小修士胡乱编造出来的，他只想把这首诗写得押韵，除此之外，别无其他想法。后来他把这首诗的某一部分刻在了石桌坟上。

“谁知经历了四个世纪之后，一个狂妄自负的家伙竟然发现了这篇预言，他认为这是神的旨意，是命运的安排，是不可抗拒的神圣的弥赛亚[①]。

① 意即“救世主”。

“沃尔思吉当然高兴，他一点也没有搞错。因为他可以以此为借口获得权力和财富，不过这些还不是他最想要的，他最想得到的是那种神圣不可改变的神秘使命，那就是可以肆意地烧杀掠夺。而他恰好从托马斯修士的预言中看到了希望。托马斯修士明确了他要做的一切，将沃尔思吉称为国王的儿子‘阿拉马尼王子’。他认为沃尔思吉正是从丢失宝石的那个国家来的，他的妻子也如预言所说的那样将被钉死在十字架上，同样，他也有两个儿子，一个温柔可爱，一个残忍可怕。所有这些预言中的事情他都满足了。

“然而这些对他已足够了。因此，他按照所谓的神的旨意，将那些人统统杀死，这样他才算完成了使命，才会得到天主宝石，才会带上命运赋予的王冠。为了这一切，他挽起袖子，挥刀实现了预言，沃尔思吉把托马斯的梦魇变成了现实！

“你们已经弄清了整个事件的来龙去脉了吧？斯特凡，您就是一个受害者，您已经或正在了解到其他受害者了吧？您也是，帕特里斯？”

## 第十七章　沃尔思吉的计划

堂路易再次看向沃尔思吉说：

“我们的想法是相同的吧，老兄？我刚刚说的一切都是符合实际的吧？”

沃尔思吉阖上双眼，低着头，他太阳穴突突直跳。堂路易高声说道：

“请你说说话吧，老兄！难道是痛得无法忍受？你动了脑筋吗？幻想……吹着《妈妈，小船……》这首口哨的曲子，我的讲话马上就要结束了……你很讨厌吗？你应该思考清楚了？果然是该死。马卢，你根本不用担心弗朗索亚，有我在呢。这个恶魔不需要怜悯，算我拜托你。老天！这绝对不行！不要忘记了，现在这些都是他制定、设计的，他是极其残忍的。绝对要记住……不然我要动手了。绝对不能……”

堂路易翻开沃尔思吉的记录本，找到抄写着预言的那一张，仔细看着说道：

“现在事情已经大体清楚了，其余的都是不需要注意的小事情。但是，有些事情必须要弄明白，那个沃尔思吉设计制造的鬼机器要全部拆掉，后面还需要说说德罗伊老祭司扮演的角色……如今已经是6月了。这个时间定好要杀死三十个人。很简单，因为‘该隐’和‘命运’两个词的押韵，所以托马斯修士定在了‘6月’；托马斯之所以会定下‘三十’和‘十四加三年’也是因为‘恐惧’和‘十字架’的押韵。而岛屿周围的暗礁和石桌坟的数量与它们也是相同的。沃尔思吉已经把它奉为圣经。在6月17这一整日，有三十个人要死去。他需要这么多人……他肯定会找来三十人，但是有个问题，这座岛屿上居住的人只有二十九个——至于沃尔思吉手中的第三十个受害人，等一会儿我们会说到——非常乐意地留在岛上什么都不做。可是，沃尔思吉却听见奥罗丽娜与马克诺离开了岛屿。奥罗丽娜后来是回来了，而马克诺没有。于是沃尔思吉让艾尔弗丽德和孔勒在暗中监视他，还让他们杀了他。他怀疑马克诺要拿走那块稀有的石头，稀奇的宝石，那块石头是不能用手接触，必须要存放在铅盒里。（马克诺是这样说的）

“所以艾尔弗丽德和孔勒在一天早晨出发了。他们在旅店里把毒药投进马克诺喝的咖啡里（预言说有个人会被毒死）。马克诺继续前行。过了几小时后，他走到山坡底下的时候他肚子剧烈地痛了起来，他马上就要死掉了。这个时候艾尔弗丽德和孔勒从暗中走了出来，把他口袋翻出来查找，却什么都没有找到。不仅没有宝石就连值钱的首饰也没有。沃尔思吉的期望告破。但是尸体留下了。该如何做呢？他们找到一个塌了一半的小屋，把他丢下。而在几个月前沃尔思吉同他的朋友从那里走过。马克诺的尸体被薇洛妮可看到了……但是就过了一小时，尸体消失了。艾尔弗丽德和孔勒把尸体搬走了，他们一直都在这附近监视，他们又把尸体放在了一座废弃的小城堡的地窖里。

“这是第一点。注意一下，那个三十个受害者死的顺序，在马克诺的预言上根本没有写明。而在托马斯的预言中也没有写到。只能算是沃尔思吉赶巧了。在萨莱克，他很谨慎，为了不引人注意，也为了方便进入修道院，他穿上马卢的衣服，而雷诺尔德则穿上弗朗索亚的衣服，一起绑架了弗朗索亚和马卢。当时修道院里只有两人，一位是德瑞蒙先生，另一位是厨娘玛丽。他们杀了这两个人，接着找遍了修道院的房间，在马克诺房间更是仔仔细细地翻找。‘没有人会知道。’沃尔思吉根本不知道他执行艾尔弗丽德任务的意义——‘或许马克诺会把珍贵的首饰留在修道院里？’

“第一个受害者是厨娘玛丽，沃尔思吉抓住她，然后在她脖子上刺了一刀。他的脸上被喷溅到了鲜血，他开始发抖了，心惊胆战了，于是在雷诺尔德杀害了德瑞蒙先生之后，他就跑掉了。

“当时孩子和老人反抗了很长的时间。薇洛妮可偶然走过房间的时候目睹了德瑞蒙先生的惨案。

“情况开始发生了翻转改变。这天晚上，恐怖降临。萨莱克的居民以为马克诺的预言发生了，他们一直担忧的灾难就要发生了，所有人都恐惧了，他们选择逃离岛屿。这完全符合沃尔思吉父子想要的。他们偷偷躲在偷来的汽艇上，冲向那些逃难的人们，多么罪恶滔天的犯罪，这就是托马斯修士的预言：

会有沉船、尸体和杀戮。

“奥罗丽娜那天本就受到巨大的刺激，如今又亲眼见证了这惨剧的发生，她的精神根本承受不了，于是她跑到悬崖边跳进了深渊里。

“这些事情发生后，岛屿获得了几天平静的日子。薇洛妮可没有遇到袭击，她去修道院与萨莱克岛查看。实际情况是，这场灭绝人寰的捕杀后，沃尔思吉父子离开了小岛，岛上只有奥托，他在地下小屋里喝了一整天的酒。沃尔思吉父子他们坐着汽艇找到了艾尔弗丽德和孔勒处理马克诺的尸体，他们把尸体投进萨莱克岛附近的海里。因为指定了冥宅，那三十口棺材马克诺必须要去埋掉。

“事情到了这里，沃尔思吉就已经获得了二十四具尸体，这个时候他回到萨莱克岛。奥托看守着如同瓮中之鳖的马卢和弗朗索亚。另外四个遭受过刑法的女人，阿尔希纳三姐妹全被关在了食物贮藏室。如今到了要处理她们的时候了。薇洛妮可曾经想要救出她们，但是已经太迟了。她们惊动了歹徒，而神箭手雷诺尔德用箭对准她们，阿尔希纳姐妹被箭射中，被他们抓住（利箭同样出现在预言中），那天晚上沃尔思吉在她们身上找到了五十张1000法郎的钞票，之后把她们绑在了三棵橡树上。于是，死亡的总数上升至二十九人，那么第三十个会是谁呢？谁会是第四个女人呢？”

堂路易停顿了一会儿，接着说道：

“这个问题在预言上写得非常清楚，一共有两处写到，相互印证：

母亲眼睁睁地看着亚伯杀死该隐。

“下面几行字后又写道：

在六月的某个夜晚……他杀死了自己的妻子。

“沃尔思吉在得到这份资料过后，他完全是照着他的思维方式去解释这两句话。真实情况是，他曲解预言，因为他在法国没有找到薇洛妮可，更操控不了她。于是第四个受到刑法的变成了他第一任妻子艾尔弗丽德。这也不算是违背了预言，因为他实在是没有办法，所以这第四个女人可以在该隐的妈妈和亚伯的妈妈之中任意选择一个。再说一句，之前那个特别为他定做的预言没有详细地说明是谁：‘沃尔思吉的妻子将死在十字架上。’他会选择哪个妻子呢？只能是艾尔弗丽德了。

“于是，死亡降临到了那个忠诚的同谋妻子身上。沃尔思吉可真是痛不欲生！沃尔思吉非常想要依照莫洛克神①的神谕，他已经奉献出了他自己的儿子雷诺尔德来完成自己的使命，所以若是他不交出他的妻子艾尔弗丽德，会遭受到惩罚的，只要交出她就什么事情都没有了。

“谁知道，事情在一瞬间就发生了逆转。就在他继续寻找阿尔希纳三姐妹的踪迹并想杀死她们的时候，他竟然找到了薇洛妮可。

“沃尔思吉理所当然地认为这是上帝的安排。这个他一直在不停寻找的妻子竟然在这个该她出场的时候及时出现了，这是上帝把她这个猎物送到他的手中的，让他夺取她的性命……或奉献她的生命。这真是太神奇了！不亚于雨后的天空出现彩虹！沃尔思吉已经完全昏了头，他把自己看作救世主，看作是上帝挑选出来的赋予神圣旨意的英雄，看作是守护天主宝石的使者。他就是德罗伊的大祭司。所以，在每次月圆后的第六天晚上，他就会假扮成大祭司，用金斧去采摘槲寄生，然后可怜的薇洛妮可就会被烧死在桥上。

“他们开始围困修道院。关于这个就不说了。马卢，我已经说过薇洛妮可的事情

① 莫洛克神是《圣经》中的恶神，传说他在祭奠时，要先杀死孩子，再用大火烧他们的尸体。

了，也明白她曾受到了怎样的折磨。可爱的小狗‘杜瓦边’在这件事情里起到了非常重要的作用，它发现了地道和地下室，努力想要救出弗朗索亚还有你。在他们发现你和薇洛妮可的时候，你又被那个可恶的雷诺尔德扔进大海里。虽然后面弗朗索亚和他母亲逃了出来，可是悲惨的是沃尔思吉他们那帮人再次追杀到了修道院，他们抓住弗朗索亚了，就连他的母亲也……之后那些惨不忍睹的事情我就不想详细讲了，沃尔思吉见到了薇洛妮可，亚伯和该隐这两个亲生兄弟在薇洛妮可·德瑞蒙面前的决斗。这些不都是预言里有的吗?

*亚伯当着母亲的面杀死该隐。*

“沃尔思吉为了让她如同预言里所说的那样受到巨大的痛苦，残忍如同暴君的他让两个儿子戴上面具去决斗，可是亚伯就要输掉的时候，他亲自动手刺伤了该隐，让亚伯赢得了胜利，杀死了该隐。

“他是个恶魔，他已经彻底疯了。神志不清。他制订的计划就要完成了，在薇洛妮可受到刑法的夜晚他不停地喝酒。

“就在这个6月夜晚里，他让他的妻子在遭受了千万倍的折磨之后，在痛苦中渐渐死去。

“薇洛妮可已经受过千万倍的惩罚了，她会渐渐地死去。现在是晚饭后，时间刚刚好，送葬的队伍该出发了。所有的都准备好了，把梯子立起，绳子绑好，之后……之后，老祭司就该出场了！”

还没从嘴里说出祭司这两个字，堂路易就不可抑制地大声笑了出来。

“天啊！这真是太好笑了。看看这个时候，悲剧多么像喜剧，这让人心惊胆战的悲剧在一瞬间变成了笑话。啊！德罗伊老祭司看起来是多不正常啊！你们这些在后面暗中观看的人，马卢、帕特里斯，这是多么无聊乏味的故事。可是在沃尔思吉看来……是那么吸引人的地方啊！……我觉得，奥托你该把梯子靠在树干上，这样你的主子就能把脚踏在最高一级了。对，这样简单一些吧，沃尔思吉？集中注意，我的关注点可不是因为那可笑的同情。绝对不会。我是怕你现在死掉了，另外，我想让你听完这个老祭司的忏悔词，我想这样你会舒服一些。”

接着又是一阵狂笑。多半是德罗伊老祭司又惹他发笑。

“老祭司的出现，”他说，“让事情变得有了规矩。乱七八糟的事情变得井然有序。施行罪恶的时候是没有条理可言，在惩戒的时候却与逻辑相符。到了如今托马斯修士的韵脚已经没有作用了，现在要的是一个人的良知，需要一个清楚知道该做什么、不会浪费时间的人，按严酷的手段施行。老祭司有的地方我们还是应该敬佩的。

“这位老祭司还有另外一个名字——你或许已经知道了吧，对吗？——堂路易·佩雷纳，或者亚森·罗宾，昨天中午左右，他通过‘水晶瓶塞’潜艇的潜望镜看见了萨莱克海岸，却弄不清那里发生了什么。”

“不清楚这一切？”马卢脱口而出。

“完全不知道。”堂路易坚决地说。

“那怎么可能！难道你完全不知道沃尔思吉发生的事情，不清楚他在萨莱克的罪行，不清楚他的阴谋，以及艾尔弗丽德起的作用还有马克诺被毒死等的事情吗？”

“这些事情都是我昨天到这里后，听说的。”堂路易说。

“谁告诉你的？我们可是片刻不离你。”

“请你们信赖我吧，我昨天告诉你们老祭司在萨莱克上岸的时候，我也什么都不清楚。只是，老祭司自大得以为得到了上帝的偏爱，比你沃尔思吉还要好。所以，他刚上岸就看见我们的朋友在一个荒芜人迹的小海滩上，而他则掉到了一个比较深的湖中，所以他挣脱了你和你儿子为他定下的未来。后面就是解救和谈判，一共用了半小时，对于那些情况老祭司了如指掌。紧接着展开了搜救……在最后我们在地下小屋，那个属于你的沃尔思吉的房间里找到了一件白袍子和一张抄录预言的纸。棒极了，敌人制订的计划老祭司全都清楚了。

“他选择了弗朗索亚和他母亲逃跑时走过的地道，可是洞口坍塌了他过不去，于是他返回原地，选择从黑色荒原洞走出来。他还对岛屿进行仔细地探察，途中还遇到了奥托和孔勒。敌人焚烧了天桥。时间已经是下午的六点了，他要如何去修道院？马卢说：‘从暗道走出去。’老祭司再次回到‘水晶瓶塞’。遵循着马卢指示的路线——他了解这里一切的航道——绕过小岛，这里要注意一下，我亲爱的沃尔思吉，‘水晶瓶塞’是一艘很棒的潜艇，它完全是由老祭司设计并制造成的，任何地方都可以行驶。后面我们在弗朗索亚挂船的地方登陆，还遇见了小狗‘杜瓦边’，它正在船的下面睡觉。老祭司做了自我介绍，很快引起了大家的好感。于是大家再次上路。但是走到中间的时候，‘杜瓦边’突然朝着岔道上拐去，在那个好像是用碎石仔细补过的岩壁停下。在这些碎石的中央出现一个洞，这一定是马克诺挖的，老祭司心里明白，这应该是为了进去地下墓穴和祭室设计的。所以老祭司立马就明白到了整个事情的核心，所有一切的情况都了然于胸。这才不过晚上八点而已。

“关于弗朗索亚，不用担心。在预言里写着：‘亚伯在母亲面前杀死该隐。’而薇洛妮可，她是否已经在‘六月的一个夜晚’，受到了残酷的刑法呢？难道她已经没有救了吗？”

堂路易看向马卢：

“不知道您记不记得？马卢，您和老祭司经历过同样的焦虑不安，在看到那棵写着V．d’H．签名的大树时，您的心情应该是相当高兴吧？薇洛妮可没有在那棵树上，她还活着。有说话的声音从修道院传了出来。是送葬的队伍。他们在黑暗里，沿着草坪慢慢地走。灯光摇摇晃晃的，在路中稍微休息了一会儿。沃尔思吉在路上一直自说自话。目标越来越近了，解救行动也要执行了，薇洛妮可马上就会得救了。

“但是这个时候发生了一件意外。你应该会高兴的，沃尔思吉……没错，我们，我和我的朋友们看到了一件怪异的事情……在石桌坟附近有一个女人转来转去，发现我们后就躲了起来。我们逮住了她。你知道那个女人是谁吗？马卢把手电照在她的脸上认出了她。沃尔思吉，你没有想到吧，她是艾尔弗丽德！没错，是你的同谋妻子，那个被你最先想要钉在十字架上的女人！这很难理解，对吗？她情绪很不稳定，整个人都像疯了一样，她说她答应让两个男孩参与决斗，但她的儿子必须赢，必须要杀死薇洛妮可的儿子。哪里想到你会把她关起来，当她晚上逃出来，才发现她儿子雷诺尔德的尸体。她那个时候是准备去看薇洛妮可的酷刑，等一切结束了她要杀了你，我的老兄。

“没问题！老祭司赞同了。就在你走到石桌坟的时候，马卢看着你，老祭司还在盘问艾尔弗丽德。可是，谁都没有料到你的声音被她听见后，她开始抵抗。态度明确！你这个暴君的声音令她变得温顺了。她想要去提醒你，试图想去救你。她拿出匕首扑向老祭司。老祭司打晕了她，对着这个垂死挣扎的女人，他立刻想到一个可以利用的办法。用了很短的时间，把这个女人绑好，让你，沃尔思吉去施行你为她指定的命运。老祭司嘱咐了马卢几句，把袍子给了他穿。等你来到地方的时候，老祭司给了你一箭，而追着他白袍子的时候，他就像是变戏法一样把薇洛妮可换成了艾尔弗丽德，简单来说就是用你的第一任妻子换下了薇洛妮可。至于到底是怎么做到的！这就和你没有多大的关系了。反正魔术是完成了，你也表演得非常完美！”

堂路易吸了一口气。口气亲近、真诚，如同在给沃尔思吉诉说一个好笑故事，应该是能让沃尔思吉首先笑出声的笑话。

“还没有呢，”他接着说，“那几个男人与帕特里斯·贝尔瓦——为了解决你，船上还有十八个——在地下墓室做事。在预言里写着不是吗？就在那位妻子咽了气的那一刻：

藏匿宝石的地方，

将发生巨响和放出烟火。

“的确，托马斯修士他完全是不清楚宝石藏在什么位置，这个世界上根本就没有人知道。但是老祭司想到了，他为了让沃尔思吉得到信号后来自动送上门。于是，在仙女石桌坟的附近他必须得找到一个出口。这个出口被贝尔瓦上尉找到了，这方面的工作马克诺一早就做好了。他们找到了一个旧阶梯，还把那棵枯树的里面也一并清扫了。又从潜艇上拿了不少的炸药和信号烟火放在那里。所以当你在树上如同传令官那样叫喊：‘她死掉了！十字架上的第四个女人死掉了！’的时候，‘砰！砰！’天雷一样的声音，伴随着烟和火，那反应真正的是地动山摇……这完美了，你越发认为你是上帝的使者，命运的先驱了，你的内心里熊熊燃烧起高人一等的欲望，迫不及待地想要跑进火里，把天主宝石吞进肚子里。到了第二天的时候，当你从烧酒和朗姆酒中清醒，那衷心的喜悦还挂在嘴边。你按照托马斯修士的预言把三十个人杀害了。

他终于把那块从北方蛮族手中盗走的石头找回来了，

生死取决于天主宝石。

“老祭司埋头苦干，把打开天堂之门的钥匙给了你。当然，这必须要来一个小小的插曲，跳个舞，说些玩笑话。最后才去到由睡美人守护的天主宝石那里！”

堂路易在原地跳了几下，他似乎特别喜欢这种舞步。接着他对沃尔思吉说：

“我的老兄，我觉得你现在肯定有些烦了，你应该不大想听下去了，愿意立刻就告诉我弗朗索亚在哪里。可是没有办法！你一定想要知道睡美人和薇洛妮可·德瑞蒙为什么会出现在那里。很快，两分钟。谅解一下我。”

堂路易这时不用老祭司的身份开口了，他选择了用第一人称讲述：

“知道我为什么要救出薇洛妮可吗？为什么又把她抬到那个地方吗？我的想法非常简单：我不知道该把她放在哪里，把她抬到潜艇里去吗？这个建议绝对不行的。薇洛妮可的情况需要休息，而那天晚上的风浪很大。难道把她安置在修道院？也是不行。那里远离了‘剧场’，我放心不下。现在就只剩下一个地方，既没有风浪，又可以不用担心你突然的袭击，没错！地下祭室。所以我给她打了麻醉剂后把她放在那里。我是下定决心想让你看到这场戏剧。很显然我的决心得到了不错的报偿！现在你可以回忆一下，你那时那副嘴脸是多么的可怕！薇洛妮可复活了！一具死尸活过来了！那情景把你吓坏了，你转身就跑。后面的我就简单说下。你到了出口，发现出口堵住了，于是你转变了想法。你派遣孔勒偷袭我，而我正抬着薇洛妮可回到潜艇上。我手下的一个人给了孔勒致命一击。所以第二部喜剧再次上演了。把老祭司的白袍子给孔勒穿上，让他躺在墓室里。你发现后第一时间冲过去殴打他。在你发现艾尔弗丽德的尸体变成了薇洛妮可出现在桌上时……你又激动地跑了过去剁那个被你钉在十字架上的女人，直到她成了肉酱。你看，你老是在做傻事！最后的结局当然也是带着一些喜剧颜色。我给这个故事最好的结局就是把你吊在树上，由此我得出一个结论，若是你夺取天主宝石的代价是三十条人命，那我就是用我的品行拥有了它。完整的故事就讲完了，我乖巧的沃尔思吉。除去小事情和一些你不需要知道的事情以外，你都完全清楚了。你现在看起来在树上很舒服，应该有大把的时间可以好好想一想了。我等你告诉我弗朗索亚在哪里，我选择相信。好了，唱首歌吧——‘妈妈，川上行走的小船长着腿吗……’怎么样？说出来吧！”

堂路易站在梯子上向上又爬了几级，马卢和帕特里斯紧张地移过去想要知道。到了这个时候沃尔思吉一定是会开口的。他睁开双眼，目光中带着怨恨与惧怕地看了一眼堂路易。在他看来与这个了不起的人作对是没有用的，希望他能够可怜自己也是没有用的。堂路易如今是胜利的标志，在强者面前他能做的只有屈服和忍受。而且，他已经没有一丝力气去抵抗了。这个看起来没有伤害的惩罚已经让他无法忍受了。

“请你声音大一点，”堂路易说，“我听不清！你把弗朗索亚藏哪儿了？”

他再一次爬了一级梯子，沃尔思吉唯唯诺诺地问：

“你会放掉我吗？”

“用我的名义发誓。我们离开这里后会让奥托留下，由他来放开你。”

“立刻吗？”

“立刻。”

“那好吧……”

“好吧？”

“嗯……弗朗索亚没有死。”

“屁话，我当然知道。那么他现在在哪里？”

“在船里绑着……”

“是悬崖脚下挂着的那只小船吗？”

“没错。”

堂路易打了一下自己的脑袋。

“真是个大笨蛋！……请不要在意，我在说我自己。我应该老早就想到这一点！‘杜瓦边’非常安静地睡在那只船下，完全是一只乖巧的狗陪伴着它的主人睡觉那样！那时把它放出去寻找弗朗索亚时，它不是把马卢带到了这只船旁边吗？噢！有时聪明反被聪明误！好吧，沃尔思吉，那里有暗道和小船你清楚啰？”

“昨天才知道。”

“那么你这个狡猾的家伙是打算坐这只船逃跑了？”

“没错。”

“好的！沃尔思吉，我把这只船给你，你和奥托可以坐它走。马卢！”

但是马卢已经和“杜瓦边”一起去悬崖了。

“把弗朗索亚救出来，马卢。”堂路易叫喊道。

接着他又对着他的人吩咐道：

“你们一块去帮助他，接着把潜艇发动起来。我们十分钟后离开。”

他转过头看着沃尔思吉说：

“再见，亲爱的朋友。对了！有一句话要告诉你。在所有条理清楚的故事里，都穿插着爱情的情节。但是在我们的故事里似乎是没有的，那个姓你的姓的圣洁女人的感情让我不敢称之为爱。但是，这里有一种十分高尚而没有欲念的爱。你在刚刚又目睹到了马卢急切地跑去营救弗朗索亚的情景吗？很显然，他爱自己的学生，他也更爱这位学生的妈妈。我想，能让薇洛妮可·德瑞蒙快乐的事，应该你也会感到快乐，所以我非常乐意向你保证，她对马卢的行为必定动心了，这种值得人赞扬的爱，是能够打动她的心的。就在今天早晨她见到马卢时，她的神情是那样喜悦，他们终究会在一起的……当然，这一切都要等到她的丈夫过世之后。你知道我的意思吗？在他们幸福的中间存在着一个障碍，也就是你。你是多么绅士的人，你必定是不会……我不需要多说什么了。我认为你明白这些的，祝愿你早日离去。再见，老兄。我就不和你握手了，我的心意留下了！奥托会在十分钟之后出现，如果你不反对的话，一会儿他会把你放下来，你们可以去悬崖底下找到小船。愿上帝保佑你们，朋友们。”

这事也算是结束了。这场战斗从一开始就成定局了。一个人完全压制另一个人，哪怕这个人胆子大，曾经犯过罪，不过也如同散了的木偶一样，变得荒唐而可笑。沃尔思吉原以为他已经要完成自己的目标，甚至还远远超出了，就要成为胜利的掌控着所有事情的主人。可一转眼，就被吊在树上，就像是被针钉在了软木塞上喘不过气来的小虫。堂路易自然没有理会他，带着帕特里斯·贝尔瓦离开。贝尔瓦对他说：

“这对无耻之徒来说是不是太便宜了？”

“放心！他们要不了多久就会在另外的地方被逮住，”堂路易讽刺地说，“你以为他们还会干什么？”

“他们第一件事就是去拿天主宝石。”

“不会的！那个需要脚手架、器具什么的，至少需要二十个人才有办法拿得动，我自己现在都没有办法。等不打仗我就会回来的。”

“但是，请你告诉我，那块神奇的石头到底是怎么一回事呢？”

“您的好奇心可真旺盛。”堂路易避而不答。

他们离开后，堂路易两只手交叉着说道：

“我做的真厉害。到现在我们登上萨莱克岛还不到二十四小时，就已经把存在二十四个世纪的谜破解了，一个小时可以代替一个世纪。你太厉害了，罗宾[1]。"

"堂路易，我也要恭喜你，"帕特里斯说，"虽然可能对于您来说，我的恭喜是不重要的。"

他们在海边那块小沙滩上慢慢地走着，海上的"水晶瓶塞"就在那儿漂着，在它的左边是从悬崖上卸下来的弗朗索亚的船，里面已经没有人了。

弗朗索亚朝他们跑了过来，快跑到堂路易身边的时候站住了，惊讶地看着他。

"所以，"他轻声地说，"您就是我一直期望的人吗？"

"没错，"堂路易笑着说，"我可是不知道你在等我的……但是，我确定是我……"

"您真的是……堂路易·佩雷纳……"

"嘘！不用这样正式……称呼我佩雷纳就可以了……另外，不要再议论我了，可以吗？我，我只是无意间经过这里，正好遇见。可你……我的孩子，天啊，你才是非常艰险地从危险中脱离啊！……你一直就被困在船里吗？"

"没错，我被紧紧地捆在底下，身上被防雨布遮挡着，他们封住了我的嘴。"

"担心吗？"

"没有。我到船上后不久，杜瓦边'就来到我的身边了。所以……"

"那个凶手……他有威胁你吗？"

"放心。在那场决斗发生后，他们都忙着处理我的对手，他把我绑到这里，说一会儿带着我去见妈妈。等我们到了船上，他抓着我一句话都没有说。"

"那你知道他是谁吗？"

"不知道，他的一切我都不知道。我唯一知道的是他要伤害我和妈妈。"

"他为什么要伤害你们，我会让你知道的，亲爱的，现在你不需要再害怕他了。"

"啊！您亲手杀死了他吗？"

"不是的，我只是让他没有能力作恶了。这儿发生的一切我都会全部告诉你的。目前，我觉得最重要的事情就是你去找你的母亲。"

"她现在在潜艇里休息，这是马卢告诉我的。您救了她。她现在是在等我吗？"

"没错，就在昨晚我和她聊天的时候，我承诺她会找到你。我知道她很信赖我。所

① 此处又用的是第三人称

以，马卢，您现在赶快过去，她需要一点准备……”

在右边那道防波堤的尽头上，安静地漂浮着“水晶瓶塞”。两个人扶着舷梯让堂路易和弗朗索亚从上面走过去。

薇洛妮可正躺在船舱里的长椅上。她看起来很虚弱，特别疲倦，她惨白的脸上残留着她曾经遭受磨难的印迹，但是那双满含泪水的眼睛散发着喜悦的光芒。

弗朗索亚过去抱住她。她现在什么话都说不出来，只能无声地哭泣。

“杜瓦边”就坐在他们的对面，两只前爪趴着，头偏向一边望着他们。

“妈妈，”弗朗索亚说道，“救命恩人在那儿……”

她握住堂路易的手，亲吻了很长的时间。弗朗索亚反复地说：

“是您拯救了妈妈……是您拯救了我们……”

“你这是希望我开心吗？小弗朗索亚？若是这样就不要再说谢谢了。你应该感谢你的朋友‘杜瓦边’。在这次的困境中，与那个伤害你们的混蛋相比，它完全是一个聪明、慎重、不贪功、沉默不语的天使。”

“您也一样。”

“啊！我一点都不谦虚，也很话痨，所以我赞扬‘杜瓦边’。走吧，‘杜瓦边’，跟我来，鬼脸就不要做了。不然你今晚就在这里睡觉，这对母亲和儿子要一起哭几个小时……”

## 第十八章　恶人伏法

“水晶瓶塞”在海上前进。堂路易坐在中间，马卢、帕特里斯和“杜瓦边”坐在他的旁边聊着天。

“沃尔思吉绝对是个混蛋！”堂路易说，“我曾经见过很多穷凶极恶的人，却没见过像他这样的。”

“既然如此……”帕特里斯·贝尔瓦说。

“既然如此？”堂路易跟着念了一句。

“我依旧坚持我曾对您建议的那样，反正您已把这个恶魔抓住了，您为什么要把他放掉！不说这样很不道德……您想想看，他将来依旧会干坏事，这是他的天性！这样您对他犯下的罪行是有责任的，您难道不知道吗？”

堂路易问：“您和他的想法是一样的吗，马卢？”

“我不太清楚我的意见是什么。”马卢回答，“弗朗索亚已经被救出了，我愿意做出让步。可是……”

“无论如何，您是愿意用另一种方式解决，对吗？”

“是的。我认为他活着，可以到处行走，这对于德瑞蒙夫人和她的儿子而言都是威胁。”

“那该怎么解决呢？当时为了可以立马拯救出弗朗索亚，我承诺了给他自由。我只应该同意让他活下来，接着把他送往法庭呢？”

“可能这样不错。”贝尔瓦上尉说。

“就应该这样做！把他交给法庭，法庭预审后，就会知道这个混蛋的真实身份，这样薇洛妮可就能再次结婚，而弗朗索亚就能拥有一位父亲。这是你们希望的吗？”

“不是的，不是！”马卢慌忙辩解说。

“这样也不行。”帕特里斯·贝尔瓦尴尬地说，“这不是一个好办法。奇怪了，您，堂路易竟然也和我们一样想不出一个让我们都满意的办法。”

“有唯一的一个办法。”堂路易·佩雷纳果断地说，“唯一一个。”

“是什么？”

“让他死掉。”

所有人都安静了。

堂路易继续说：

“朋友们，我把你们集中在一起，这就是一个法庭，不是在开玩笑，不是辩论结束了你们这些法官就没事了。我需要你们明确地回答我：你们认为沃尔思吉是否该获得死刑？”

“应该。”帕特里斯答道。

马卢也立即地说：

“应该，不需要一点犹豫。”

“朋友们，”堂路易继续说，“你们的答案很轻率，请根据法律和你们内心的良知来表决，如同那个凶手就站在你们的面前。我再一次发问：沃尔思吉他应该得到什么样的刑罚？”

他们两个高高地把手举起，几乎是同时地说：

“死刑！”

堂路易吹了下哨子，一个男人从外面跑了过来。

“哈奇，把望远镜拿来。”

哈奇拿来了望远镜，堂路易把它们分别递到马卢和帕特里斯的手上。

“我们现在所处的位置和萨莱克岛之间只有一海里的距离。现在看看海岬，那只船已经出发了吧。”

“没错。”帕特里斯举起望远镜，看了一会儿说道。

“你呢，马卢？”

“是的，不过……”

“不过……”

“只有一个人吗？”

“对。”帕特里斯回答。

他们放下望远镜，互相看了看，说道：

“只有一个人……那就说明沃尔思吉……很有可能把奥托杀死了。”

谁知堂路易笑了笑，摇头说道：“这不可能，奥托绝不会给他这样的机会……”

“为什么您这么肯定？”

“不为什么，你忘了吗？那个针对沃尔思吉的预言不是说他将被自己的朋友杀死吗？’”

“我可不相信这个。”

“我还有其他办法证明。”

“其他办法？”

“朋友们，这就是最后一个悬念了。举个例子说，你们知道我是怎么把薇洛妮可变成艾尔弗丽德的吗？”

马卢摇摇头。

“我一直都想不明白。”

“这很容易！当魔术师给你们变魔术时，他或许已经知道了你们在想什么，你们肯定也会认为他在上面做了手脚，也许他找了别人来帮忙，是吗？你们仔细想想，不用想太远。”

“啊！你也找了一个人来帮你？”

“没错。”

“他是谁？”

“是奥托。”

“奥托！您从来都在我们旁边，您也没有与他交谈呀？”

“若是没有另外的同谋，我要怎么实现调包呢？真实的情况是，我找到两个帮忙的人，艾尔弗丽德和奥托，他们两人都先后背叛了沃尔思吉，一个是想报复，一个是出于贪恋和惧怕。所以您在吸引着沃尔思吉远离仙女石桌坟那个时候，马卢，我已经走向了奥托。我和他很快达成了共识，我用几张钞票，并承诺会让他安全地从这个事件走出。还有一点，我把沃尔思吉从阿尔希纳姐妹身上拿走了5万法郎的事情告诉了他。”

“您怎么知道这件事情的？”马卢问。

“这是通过我的另一个帮助者艾尔弗丽德，在你们都注视着沃尔思吉的时候，我一直在盘问她，那个时候她告诉了我这件事情。”

“可是您这是与奥托的初次见面。”

“在艾尔弗丽德死亡后也就是在枯树洞里燃放烟火的两小时后面，在仙女石桌坟那儿我和奥托再一次见面。沃尔思吉那时喝多了已经睡着了，奥托在外面在看守。你们没有想到吧，我抓住了那个机会去了解了事情的一些情况，也获得了奥托在这两年来私下搜集的这个令人怨恨的主子沃尔思吉及他手下那伙人的情况。再后来把沃尔思吉和孔勒手枪里的子弹取出来了，准确地说是他留下了空心弹壳。后面他把沃尔思吉的手表和笔记本交给了我，其中还有包括相框颈饰和一张沃尔思吉母亲的照片，全都是奥托几个月前从笔记本里取下来的。这些全部的物品都在第二天见到沃尔思吉时，被我当作游戏的筹码了。真相就是这样。”

“原来如此，”帕特里斯说，“您应该没有指示他杀掉沃尔思吉吧？”

“自然没有。”

“那现在谁能证明沃尔思吉已经死掉了？”

“你们想想，沃尔思吉难道会不知道他为什么会失败吗？你们再想想，奥托他难道不会想到这一点吗？请你们不要怀疑：若沃尔思吉恢复了行动能力，他会第一时间杀掉奥托，这样不但报了仇，还再次拿回阿尔希纳姐妹的5万法郎。我相信，奥托不会给他这个机会。沃尔思吉在树上动弹不得，如同像一只落水狗，奥托会杀掉他吗？我不这样认为。奥托的胆子很小，他不敢杀他。所以他根本不会把沃尔思吉从树上解开。那沃尔思吉就只能一直在树上，这样是对于他的惩罚。你们觉得还满意吗，我的朋友们，你们想要的锄强扶弱，得到圆满的解决了！”

帕特里斯和马卢都沉默着不说话，堂路易向他们描述的场面让他们感到恐惧。

“我就知道，”他笑着说，“所以刚刚在橡树底下，在面对着那个活生生的人的时候没有逼你们做出表态，是正确的选择。在我脑海里存在的两个法官在那种时刻，绝对不会有丝毫动摇。

“‘杜瓦边’也会做出这样的选择，你太容易被情感左右，是个喜欢眼泪丰富的家伙，对吗？我也和你们是一样的，我们都是善良的人。但是沃尔思吉实在是太可恶了，想想那三十个无辜的受害者，想想他那残忍的手段，你们要恭喜我，在最后做决定的时候，我选择让奥托来做刽子手……”

萨莱克海岸渐行渐远，最终消失在雾中，完全看不见踪影。

三个人都默契地不再说话。他们三人在思考着，萨莱克因为一个人的疯狂欲念变成了荒无人烟的死岛。也许在不久之后，来岛观光的旅游者会去发现那些无法掩盖的悲剧印记。最后，他们在这座岛屿的尽头，在那个刻着可怕预言的仙女石桌坟旁边，看到沃尔思吉那高大干枯的尸体，他将一个人孤零零地摊在那里，最终被乌鸦和野鸟吃得一干二净……

## 尾　声

靠近阿尔卡雄的附近有一个风景秀丽的穆洛村，那里栽种的松树一直延伸至海湾边上。在那个小村庄里有一栋别墅。

薇洛妮可如今正坐在花园里。经过了一周时间的休息，她忘记了曾经的痛苦。美丽的脸庞再一次恢复了红润，她面带笑容地望着她的儿子，他正站在离她稍远一点的地方，正在与堂路易·佩雷纳聊天，间或询问一些问题。她又看了看马卢，在他们的相交的目光里爱情的情愫在缓缓流转。

所有人都认为，他们两人对孩子的爱，成为了联系他们的纽带，虽然彼此都没有言明，但内心的感情却越来越深厚。马卢回来后一次也没提起过在黑色荒原下的小屋里表白过的事情。而薇洛妮可一直记着，她非常感激他对弗朗索亚的培养，而在这感激之情中多了一丝特殊的情感，这让她心里十分沉醉。

那天晚上大家乘坐“水晶瓶塞”回到了穆洛别墅后，堂路易就乘着火车去了巴黎了。今天吃午饭的时候，堂路易却在帕特里斯的陪伴下突然出现了。他们已经在花园的摇椅上交谈一个小时了，弗朗索亚脸上红彤彤的，整个人都很激动地跳来跳去，不断地向他的救命恩人发问。

“那么，您是怎么做的？……您如何知道的？……是谁告诉你方向的？……”

“我的宝贝，”薇洛妮可唤道，“你会让堂路易感到烦恼的。”

“不，夫人，”堂路易站起身来走到薇洛妮可身边，用其他人听不清的声音说，“不会的，弗朗索亚不会令我厌烦，我非常愿意回答他的提问。不过我得承认，他的某些提问让我有点为难，我害怕自己会说什么不适当的话。请告诉我他对这次的事情知道了些什么？”

“我已经把我知道的都告诉他了，除了沃尔思吉的名字以外。”

“那他是否清楚沃尔思吉在这次的事件中担任什么角色呢？”

“清楚，只是没有那么详细。沃尔思吉是个专门搜集萨莱克的传说的逃犯，他当初为了得到天主宝石，于是找到预言，按照预言上的去做——关于弗朗索亚的预言诗句我没有告诉他。”

“那么于艾尔弗丽德呢？她对您的怨恨？毕竟她曾那样地威胁过您。”

“我告诉弗朗索亚，她是个疯子，完全在说疯话，我不知道她在说些什么。”

堂路易露出了笑容。

“您这种解释太含糊了，”他说，“我认为，弗朗索亚应该已经知道了很多事情。虽然可能我们都对他隐瞒了某些事情。最重要的是，他不知道他的父亲是沃尔思吉，对吗？”

“是的，他永远都不会知道。”

“所以——我想问的就是这个问题——所以他的姓到底什么呢？”

“您为什么这么问？”

“夫人，若是他自己问您他是谁的儿子？您知道的，您同我一样非常清楚整个事情——弗朗索亚·沃尔思吉与他的外祖父已经在十四年前于海难中丧生了。那么沃尔思吉在一年前被一个同谋谋杀，按照法律上讲，这两个人已经死掉了，因此……”

薇洛妮可边笑边摇头。

“我也说不清。这个里面实在是太复杂了，但我相信一切都会解决的。”

“您为什么这样自信？”

“因为你就在这儿。”

堂路易也笑了。

“我之前做下的准备和预防手段都已经没有作用了。所有的一切都从源头上解决了，的确没有什么值得担心的了。”

“是我说的这样吗？”

“没错。”他严肃地说，“我想那个受到了那么多痛苦的女人以后也不会再烦恼了。这以后不会有什么能伤害到她的了，我向您起誓。您不听父亲的劝告，和一个远房表亲结了婚，但后来他死了，您只剩下儿子弗朗索亚了。您的父亲处心积虑想要报复你，于是把你的儿子劫走带到了萨莱克岛上。如今您的父亲已经过世，德瑞蒙这个姓也消失，之后再没有什么能让您想起这场婚事了。”

“但是我的姓还是存在的。因为从法律意义上来说，我在户籍登记本上的名字是薇洛妮可·德瑞蒙。”

“但您在结婚以后，娘家的姓就该换成夫家的姓了。”

“难道我要姓沃尔思吉？”

“当然不是，您并没有嫁给沃尔思吉先生，您嫁给的是您的表兄，叫什么……”

“什么？”

“让·马卢，结婚证上的名字，是合法的。”

薇洛妮可惊讶地望着堂路易：

“为什么要换成这个姓？”

“这是为了您的儿子不再想起那些不开心的往事；而沃尔思吉只会让人想到那个叛徒的名字。看，他的出生证明在这里，弗朗索亚·马卢。”

她整张脸通红，尴尬问着：

“为什么您如此确定地选择这个姓？”

“我只是觉得这个姓非常适合弗朗索亚。因为这是马卢的姓，弗朗索亚会和他们一起生活很长的时间。您对外可以直接说马卢是您丈夫的一个亲戚，这样解释起你们的亲密关系也相对容易些。这是我的计划。请您完全相信我，这个计划是不会给您带来丝毫危险的。若是您身处在痛苦的深渊里，有时候运用一点特殊的方式，就算是不合理也是应该的，您认同我的想法吗？”

薇洛妮可点点头。

“没错，没错。”她说。

他稍稍立起身接着说：

“退一步说，哪怕某些地方不太合适，但是以后也会慢慢忘记的。我现在稍稍提一下马卢对弗朗索亚母亲的感情，应该不算冒昧吧？我想，若是有那么一天，弗朗索亚的母亲无论是出于理智或者出于情感上的感激，愿意接受马卢的感情，那就足够了；若是那个时候弗朗索亚已经用上马卢这个姓，那么一切就变得更加简单。我想，这样过去的事情就会遗忘得一干二净，不管是对弗朗索亚还是其他人。他们都不会再去追寻那些消失的秘密，他们什么都不会记得。这就是我认为的重要的理由，您认同了我的意见让我很高兴。”

堂路易随后向薇洛妮可说了一声，没有去注意她脸上害羞的神情，毫不迟疑地转身朝着弗朗索亚走去，还高声说道：

“现在，我的孩子，我把我交给你。既然你弄明白了所有的事情，那么我们再来谈关于天主宝石和对它充满欲望的那些强盗吧。噢，对了，就讲讲那个关于强盗的事情，”堂路易再一次说了一遍，他觉得现在已经没有任何理由隐瞒关于沃尔思吉的事情了，“这是我遇上的最可怕的强盗，他一直觉得他肩负……使命，总之是一个精神病的人，一个疯子……”

“我第一个不清楚的事情就是，”弗朗索亚说，“您是在过去一晚后才去抓捕他的，他当时和他的同伙正在仙女石桌坟下睡觉啦。”

“很聪明，孩子，”堂路易笑着说，“你一下子问到了我的中心点上。若是我当时立刻就行动了，或许这场悲剧能够提前十二到十五个小时结束。但是那样就无法确定你能否得救，而那些强盗是不会主动说出来的。为了让他主动开口，我们必须要先迷惑他一下，使他昏了头，焦躁不安，把他逼疯，最后用铁一般的事实击破他的内心。这样他才会开口，我们才能找到你……而且，当时我的计划还没有制订好，我也不清楚怎样做才能达到目的，直到过了一段时间，我才想到，不是用刑——这点我无法做到——是把他绑在他原先想让你母亲死在那儿的那棵树上。这件事让我很为难，迟疑，最后我用孩子式的顽皮把预言执行到底，目的就是想要看看那个上帝的使者在德罗伊老祭司面前会如何表现，简单来说就是想开开心。这也是没有办法的事情，当时发生的事情太悲惨了，需要添加点让人感到高兴的事情。我是这样认为的。所以最后我高声欢笑了。这是错误的，我要道歉，对不起。”

弗朗索亚也笑了。堂路易把孩子带到自己跟前站着，亲吻他，然后问道：

“你愿意原谅我吗？”

“愿意，但您需要回答我两个问题。”

“说吧。”

“是关于戒指的问题。你怎么弄到的？”

“那是那天夜里，我用一枚旧戒指做底架，又加上一些彩色石头，花了几分钟时间制造出来的。”

“可为什么那强盗会把它当作他母亲的戒指？”

“因为以假乱真，他被骗了。”

“您是从哪里知道这件事的呢？”

“他告诉我的。”

“这怎么可能？”

“真的！他在仙女石桌坟下睡觉的时候，是他自己说梦话说出来的……他在梦里说出了关于他母亲的故事，而艾尔弗丽德也知道一点。你看，这是多么的简单！命运太宠爱我了！”

“可是天主宝石就没那么简单了！”弗朗索亚高声说，“但您同样解开了谜底！人们寻找了十几个世纪的谜，您只用了几小时就找到了！”

“不，是几分钟而已，弗朗索亚。我读了你外祖父写给贝尔瓦上尉的信。然后就知道了天主宝石藏匿的地方以及它奇妙的功用。”

“是啊，堂路易，”孩子叫喊道，“我就是想问，人们为什么会相信天主宝石有那么大的魔力呢？”

马卢和帕特里斯把椅子也搬了过来。薇洛妮可也站起身，很认真地听着。他们都想知道，堂路易等着他们聚在一起时才揭开谜底。他开始笑了。

“你们不要期望会听到一个恐怖的故事，”他说，“事情看上去挺神秘，但当我们揭开谜底之后就会发现其实真相未必如此。当然，说不定也会有特别的地方。”

“当然会这样，”帕特里斯说道，“其实在萨莱克岛乃至整个布列塔尼的人们都相信天主宝石有这样神奇的魔力。”

“没错，”堂路易说，“它具有非常顽强的生命力，甚至到今天你们还是为之着迷和崇拜。”

“什么？”上尉反驳道，“我才不相信。”

“我也一样。”

“不，虽然你们嘴上这么说，但内心还是相信的，不然你们早就清楚事情的真相了。”

“为什么会这样？”

堂路易摘下一朵玫瑰花，问弗朗索亚：

“你觉得我能把这朵花再变大两倍吗？把它的树也变两倍高呢？”

“不可以。”弗朗索亚回答。

“可是你们都相信马克诺可以在某一个时间段去萨莱克岛的一个地方取土呀！在你们的潜意识里，你们都是这样认为的。”

马卢说：

“可我们是亲眼看见的。”

“但是你们认为它是真的，你们也就相信马克诺使用特殊手段制造那些超自然的现象了。我当日在德瑞蒙先生的信中看到这些细节时，立刻就联想到漂亮的鲜花以及鲜花底下的骷髅。很快，我就确信：‘马克诺并不是巫师。他只是在耶稣像附近开垦出了一块荒地并在上面铺满了腐殖质的土壤，才让那里开出了与众不同的花朵。天主宝石就在那块花园的下面，有传说它可以使花朵开得更加漂亮，可以让病人完全康复，让小孩子身体变得健康。’”

“因此，”帕特里斯说，“这是奇迹。”

“若是你相信，那就是奇迹。如果你们研究过，那么这就只是自然现象。”

“可是那里没有存在什么可以解释的物理原因啊！”

“你们看到的漂亮的鲜花就是真相。”

“所以，”帕特里斯讽刺地说，“那一块石头就祛病强身啦？它还真的是天主宝石？”

“不，很多石头里面含有像二氧化铀、银等的矿石。这些矿石能够放射出射线。这种沥青铀矿，只存在于波希米亚北部，在若阿希姆斯塔尔小城附近才能找到，欧洲是没有的……”

“是镭。”弗朗索亚抢着说道。

“真聪明，亲爱的，是镭。世界各地都存在放射性现象，温泉就是如此。不过镭的功效更加明确而已。而镭的光和射线可以让植物更容易吸收所需的营养，从而生长得更快。

“同理，镭射线可以杀死或培养特定细胞，可以治愈或减轻关节炎、神经错乱等病痛问题的。所以镭才是真相。”

“这样说，”马卢说，“那天主宝石是……”

“没错，在我个人看来，天主宝石不过是一块含有镭射线的沥青铀矿石而已。我很早以前就听说过一个波希米亚的传说，讲的就是从一个山上取下的神奇石头的故事。而我在一次旅行中，也有幸看见了那块石头留下来的坑，大小与天主宝石差不多。”

“但是，”马卢说，“镭在岩石中都是以微粒状态存在的啊。一千四百吨的大岩石，经历开采、冲洗到加工处理等一系列工序，最后才提炼出大约一克的镭。但是您如今把这神奇的功用全部加注在这块重量不到两吨的天主宝石上……”

“这块宝石中镭的含量很多的。大自然是慷慨的，或许它喜欢在天主宝石里聚集大量的镭呢？使它可以产生我们所知道的那些表面上看来十分神奇的现象……再说了民间传说中都含有夸张的成分！”

马卢已经越来越相信了。可他还是问道：

“我还有最后一个问题。马克诺摸到权杖里找到的那块小石头而烧坏了自己的手，它也是一粒镭的矿石吗？”

“当然。可能正是因为这样，镭才会显露出来。当时物理学家亨利·贝克莱在他的背心口袋里放了一个小试管，里面就装着镭，后来他的皮肤上竟然化了脓，也出现了溃疡。他再一次重复了试验，得到的都是同样的结果。而马克诺把它放在手里观看，情况自然更严重。而他因为知道并且还向人传播过这块石头的神奇之处，认为它能像地狱之火一样灼人，可以把人赐生或赐死，所以他害怕得把手砍掉了。”

“即便如此，”马卢问，“可这粒镭来自哪儿呢？天主宝石不可能掉落碎片啊，而且即使矿层的镭含量非常高，但其中也不可能有这样高纯度的镭粒啊。要得到它，肯定要先把矿层溶解掉，然后还要经过一系列复杂工序，才能提取出含镭量很高的部分，再将它们集中起来进一步进行凝固结晶，所有这一切都需要有大规模的设备、实验室等，总而言之，我们必须承认的一点是，在那样一个落后的年代，我们的祖先是不可能拥有这样高科技的手段的……"

堂路易微笑着，轻轻拍打马卢的肩膀。

"不错啊，马卢，你很聪明，我非常欣慰。下面我来解释一下。假如有一个天然方法可以分解镭，那么如果在花岗岩断层下面有一片矿床，它含有丰富的镭，矿床上裂着一道沟壑，所以河水才可以从那里缓缓将镭逐渐带走，然后在某个地方淤积起来，集中在一起，很久很久之后，就在那里形成了小型的钟乳石，而这些钟乳石的镭含量也自然就很高。某一天，这块钟乳石不小心被碰断了……我们根本不用这样打破砂锅问到底，不是吗？人们为什么就不能把这一切都归于大自然的鬼斧神工呢？是大自然制造出一颗镭，这难道不行吗？小弗朗索亚，我们的看法是相同的吗？"

"我们总是一样的。"孩子回答。

"你对天主宝石感到失望吗？"

"不会，不过奇迹总是存在的！"

"非常正确，弗朗索亚，奇迹永存，而且它会更加光彩夺目。科学不会扼杀奇迹，它只会使奇迹变得更加纯洁高尚。这个神奇的小东西，会被无知的人们所利用，为什么会这样呢？但是它同样具有善良、明智、公正的一面。今天它就通过一颗镭向我们展示着与众不同的奇妙，可是又为什么会这样呢？这是什么……"

堂路易停顿了，他笑了起来：

"瞧，我又忍不住激动了，我现在是在赞颂科学。非常抱歉，夫人。"他站起来，走到薇洛妮可身边，"请告诉我，我的解释是否让您感到无聊了？没有，是吗？不无聊？我的话已经说完了……应该说差不多讲完了。还剩一点需要说明，或者需要抉择的。"

他在她身边坐下。

"好的，看，现在我们得到了天主宝石，这是一笔真正的财宝，我们要如何使用它？"

薇洛妮可身体一颤。

"天！这不重要。我从来没有想过要这个东西，我不会要任何修道院的东西。我们要靠劳动来生活。"

"但是修道院是属于您的啊。"

"不，不，薇洛妮可·德瑞蒙已经死掉了，修道院也不再属于任何人。那些东西都拿去拍卖掉吧！过去的东西我都不要了。”

“那您靠着什么生活呢？”

“和我过去一样，靠这双手的劳动。弗朗索亚会赞同，是不是？”

接着，她又下意识地看向马卢，似乎他也有权利参与一样，她再次说：

“您也会认同我的想法，对吗？”

“完全认同。”他说。

她继续又说：

“另外，虽然父亲很爱我，但是我根本没有依据证实这是他的遗愿。”

“我有证据。”堂路易说。

“这不可能吧？”

“我跟帕特里斯都曾经返回萨莱克岛，这封信是在马克诺房间的写字台的抽屉里找到的，上面没有写地址，我们打开一看，发现是一张2万法郎的债券，那张纸上写着这样的话：

在我去世之后，委托马克诺把这张债券转给斯特凡·马卢，我把外孙弗朗索亚交于他抚养成人，等他到18岁成人的时候，就拥有对这张债券的所有权。另外，我确信，他也会尽一切可能寻找母亲，我可怜的女儿也会为我的灵魂祈祷的。真心祝福他们母子早日团聚。

“给，这就是债券……这是信，日期是今年的4月。”堂路易说着，给她手上塞了东西。

薇洛妮可呆住了。她望着他，脑子里产生了一个想法：说不定这一切只是他为了让他们母子能够不被生活所迫才编造出的善意的谎言。可这个想法瞬间就被她否定了。无论如何，德瑞蒙先生的举动是情理之中的，他早就料到自己死后，外孙的生活也会受到干扰。他这是正当的关怀外孙。于是，她轻声地说：

“我想我应该接受……”

“您当然要接受，”堂路易高声说，“这件事与您没有关系，是您父亲直接给弗朗索亚和马卢的。所以，我们对这个问题意见是相同的。那么就只剩下来天主宝石这问题了，再一次提出来，我们该把它怎么办呢？它到底是谁的？”

“是您的。”薇洛妮可坚决地说。

“我？”

“是的，这是您找到的，该是您的；您又认识了它的所有价值，它是属于您的。”

堂路易说道：

“我需要告诉您，这块石头是具有计算的价值。”

“真是太好了，”薇洛妮可说，“您一定会比其他人更知道怎么运用它。”

堂路易考虑了一会儿，笑着说：

“您说得很正确，我承认，我期盼过这样的结果。第一点，我认为我有权拥有天主宝石。第二点，我需要这块石头。巧合的是，它对我的事业非常重要。等我的事业完成了，我就把它运回法国，然后建立一个国家实验室。您同意吗，夫人？”

她伸出手说：

“非常愿意。”

沉默了一段时间。堂路易·佩雷纳接着又说：

“噢！是的，悲剧，无法形容的悲剧。我见证了这些可怕的悲剧，甚至于我自己都亲身经历过，我到现在都保留着那些令人惶恐的记忆。而萨莱克的悲剧超过了我所经历的一切。它大大超出了现实的可能，超出了人们能忍受的痛苦程度。它违背逻辑，它是由一个疯子设计出来的……它在这一个疯狂的、迷茫的时代发生。战争让一个恶魔设计、准备和制造的罪恶在平静和安全的环境中发生了。如果处在和平年代，那些坏人们是根本没有机会去搞破坏的，可今天在萨莱克岛上，那个恶棍似乎找到了这些符合一切的条件……”

“我不想谈论下去了，可以吗？”薇洛妮可颤颤巍巍地说道。

堂路易礼貌地亲吻了她的手背，接着抱起小狗。

“您说得非常正确，我们再也不要谈论这些不开心的事情了。不然，您又要哭了，那样的话，小狗也会不开心的。可爱的小狗，我们以后再也不提起了，但我们还是可以怀念那些美丽的故事，对吗？噢，可爱的小狗，假如我是个小说作家，如果有人让我讲关于三十口棺材岛的这些事，那我绝对会实事求是地和盘托出，而且我也会把你写作一个小小的英雄。不过我不会写到堂路易的，我会让你代替它。让你同那个坏事做尽的魔鬼打架，拆穿他的所有的阴谋。故事的结尾肯定是邪不胜正，啊，这种结尾真是完美至极。亲爱的小狗，你是那样的天真可爱，时时刻刻都向我们展示着生活的美好，万事随心……”

# 罗宾智斗福尔摩斯

## 第一章　一张彩票

去年年底的12月8日，在凡尔赛高中教授数学的吉柏先生，在一家专门卖旧货的店铺里看中了一张桃花心木的写字台，虽然他平日里的收入不高，但他还是决定将这张写字台买下，作为生日礼物送给自己心爱的女儿。

经过一番讨价还价，他终于以65法郎买下了这张写字台。

就在这时，一个外表英俊潇洒的年轻男子，突然走了过来。这个男子说，他也十分喜欢这张写字台，希望吉柏先生能够将这张写字台让给他，他愿意出更高的价钱给吉柏先生买一张新的。

“但我买到的这张写字台就已经很好了，我没有必要再要你买给我。”吉柏先生拒绝道。

年轻男子还是不愿意就这样罢手，于是他又提出以三倍的价钱来购买这张写字台，但最后还是被吉柏先生拒绝了。

他说：“你还是不要再说了，已经属于我的东西，我是不会轻易转手给他人的。”他就是这样的性格。

被拒绝之后，年轻人狠狠瞪了一眼吉柏先生之后，一句话都没有说，转身离开了。

一个小时以后，写字台便送到了吉柏先生的家里。

吉柏将女儿叫过来笑着道：“我亲爱的苏珊，这张写字台是爸爸送给你的生日礼物，我希望你能喜欢。”

苏珊是一个长相甜美，热情活泼的女孩，她听到吉柏的话之后，感动得抱着父亲的脖子，高兴地亲吻着他的面颊，仿佛这份礼物是一份无比珍贵的东西。

当天晚上，苏珊和女佣一起，将写字台搬到了她的卧房。苏珊将写字台的每个角落都擦得干干净净，然后又小心翼翼地将自己的心爱之物都放进了这张写字台的抽屉里。

第二天早上，吉柏先生吃过早饭之后，便去学校上课了。十点钟，按照老规矩，苏珊会在学校的门口等着她的父亲吉柏先生，然后父女俩一起回家。

吉柏问道："你喜欢那张写字台吗？"

"当然，写字台真是棒极了！我已经将它擦得一尘不染，所有包铜的地方都闪着光芒，就和金子一样！"

父女二人走过屋前的花园。

吉柏先生提议道："在吃午饭前，我们再一起去看看你的写字台吧。"

"好的。"

父女俩一起朝着楼上走去，然而，当苏珊打开房门的时候，却突然尖叫了一声。吉柏先生一看，这才发现房间里的写字台竟然不见了。

令检察官感到惊讶的是，这起案件的作案手法非常不同寻常。家里的女仆早在苏珊出门前就已经到市场去买东西了，而在那之后，一个身上佩戴着身份牌的送货员开车过来，他先将车停在花园前，然后按了两次门铃，便进了房间。由于邻居们都不知道女佣也不在家，因此当那个人走进房门之后，大家都以为是女佣为他开的门，因此并没有人怀疑。而这也让犯人可以毫不费力地进行行窃。

但还需要说明的是，房间里的衣橱完好无损，其他的东西也都没有被翻找过的痕迹，甚至连苏珊原本放在写字台上的钱包也只是被放在了另一张桌子上，里面的钱币没有丢失一分。

由此可以推测，这个盗窃者行窃的动机并不在钱财上，但同时，这也使得案件变得更加扑朔迷离。究竟是什么原因，导致此人入室行窃呢？

根据吉柏先生提供的唯一线索就是，此人定然是他在前一天遇到的那个年轻人。

"被我拒绝之后，那个年轻人狠狠瞪了我，而且一脸愤恨地走开了。"

这样的说辞十分含糊，并不能作为有力的线索。因此警方又另外询问了旧货商，但他也表示自己与这二人并不认识，因此警方在这里也没有获得有力的线索。案件一时之间又陷入了僵局。

但吉柏认为，在那张丢失了的小书桌里，一定藏有巨大的宝藏，而这也是那年轻人冒险来他家偷取书桌的原因，因此他丢了小书桌，无异于丢失了一笔巨大的财富。

“爸爸，就算那张书桌里真的有什么宝藏，那对我们来说又有什么用呢？”苏珊说。

“傻孩子，有了这笔财富，你就可以找一个门当户对的人家嫁过去了。”

苏珊听了吉柏先生的话之后无奈地叹了一口气。事实上她已经有心上人了，而她的心上人菲利普并不是她父亲口中所说的门当户对的人。就这样，日子一天天过去了，原本充满欢笑的吉柏家因为这件事情而变了很多，吉柏先生每天都生活在懊悔和失望中。

两个月的时间就这样过去了。接下来则发生了一系列的事情，先是好事，接着却又飞来横祸。

2月1日五点半的时候，吉柏先生从外面买完报纸回来，刚坐下打算看报纸的他，却被报纸上的一行标题吸引住了目光。

“法新社第三次抽奖，中奖号码514-23号，获奖者奖金100万法郎。”

报纸从吉柏先生的手中滑落到地上，此时他眼前的墙壁正在转动，而他的心脏也几乎停止了跳动。514-23号，这正是他买的彩票的号码！当初买这张彩票完全是为了帮一个朋友的忙，他并没有想过自己会中奖，因为他从不相信自己能够有如此好运，却没想到，这一次，他竟然真的中奖了！

为了确认自己并没有记错，他急忙掏出记事本，当初为了避免自己忘记号码，他特意将彩票的号码记在了上面。果然，他看到了记事本上写着的号码正是514-23号。

惊喜过后，他冷静了下来，他想到了一个问题，彩票放到了哪里呢？

他急忙冲进书房去找那个装有信封的盒子，他记得自己曾将那张贵重的彩票放到了信封中间。然而，当他冲进书房的门口时，脚步却突然停了下来，两只脚险些站不稳，因为盒子竟然不见了！更可怕的是，他现在才想起，他竟然有好几个星期都没有见过那只盒子了。

恰好在这时，花园外传来了脚步踩着石子路的声音，他朝着外面看去，见到是自己的女儿，于是大喊道：“苏珊，苏珊！”

听到父亲的呼喊，苏珊快步跑上楼。

吉柏先生结结巴巴地问道：“苏珊……那个盒子……那个装着信封的盒子，你有看到放在哪里吗？”

“哪个盒子？”

“盒子上面印着卢浮宫……我之前带回来的那个……里面还装着信封的盒子……放在哪里了？”

“爸爸，您忘记了吗？不久前是我们两个人一起把它收起来的啊。”

“什么时候？”

“就是那天晚上……您记得吗？我们一起把它放进了写字台的抽屉里……在您买回那张写字台的晚上。”

“就是那张被偷走的写字台吗？”

“对！”

听到女儿的话，吉柏先生的心猛地往下一沉，他简直不敢相信这样的事实。接着，他紧紧抓住女儿的手，声音低沉地说道：“你知道吗，在那张写字台里，装着一张100万法郎的彩票。我们中奖了。”

这场变故来得太过突然，对他们来说简直是一场灾难，几乎将这对父女压垮。过了很久，他们都没有人开口说话，来打破房间里的尴尬气氛。

也不知道过了多久，苏珊才终于开口说道：“可是爸爸，我相信即使您没有彩票，他们还是会将奖金给您的。”

“凭什么？我们的兑奖凭据现在已经被偷走了，人家是不会给我们奖金的。”吉柏先生一脸沮丧。下一秒他却又突然浑身充满了斗志，“不，我绝对不会让那个偷走彩票的坏蛋得逞的。”

几分钟之后，他发出了一份电报：

巴黎，加布辛路，土地银行总裁：我是514-23号彩票的持有者，请您用一切合法的手段阻止所有不相干的人所提出的兑奖要求。

吉柏

几乎在同一时间，另一个人也给这家银行发了一份电报：

514-23号彩票现在在我的手中。

亚森·罗宾

土地银行在接到这两封电报之后，马上对此事展开了调查。调查结果表明，514-23号彩票是经由凡尔赛里昂信贷分行卖给一个名叫贝西的炮兵司令的。但是后来，发生了一件不幸的事情，那个炮兵司令在一次骑马中意外摔下，当场身亡。不过据这位炮兵司令的朋友说，司令曾在生前将自己的彩票转卖给了一位朋友。

吉柏先生肯定地说："那位朋友就是我！"

土地银行的总裁则说道："那您必须拿出证明来。"

"要拿出证明，这很容易，我可以找出二十个人来替我做证明，证明我和司令生前有亲密的交往，而且我们还经常到市政府广场附近的咖啡厅一起喝咖啡。我就是在那间咖啡厅里，以20法郎的价格从他那里买来了这张彩票。"

"买彩票的时候，身边可有其他的证人？"

"没有。"

"那您又如何能证明这彩票就是司令转卖给您的？"

"我有一封他写给我的信可以证明这一点。那封信和彩票一起寄过来，但那封信和那张写字台一起被偷走了。"

最后拿出这封信的是亚森·罗宾。就在吉柏先生强调自己就是彩票的持有者时，亚森·罗宾已经在《法兰西回声报》上发表了一份声明。在这份声明中，他说自己已经把贝西司令写给他的亲笔信交给了他的法律顾问德狄诺律师了。

听说亚森·罗宾找了律师，所有记者都分外兴奋，他们瞬间蜂拥而至德狄诺律师的家中。众所周知，德狄诺律师是一位十分具有影响力的极端派议员，他不仅为人正直，而且心思十分缜密，但同时他的个性又倔强坚强且睿智多疑，不得不说，他是一位性格自相矛盾之人。

对德狄诺来说，遇见亚森·罗宾这样的人，也许并非是一件值得高兴的事情。但不可否认的是，在最初接到亚森·罗宾委托他这起案件的时候，他也曾一度感到过受宠若惊，他甚至更表示自己将竭尽所能保护自己当事人的合法权利。

于是，他打开已经建立好的卷宗，向世人展示了那封司令的亲笔信。信中虽然提到了彩票转让的事情，但却并没有说明这张彩票转让给谁，只在信的最开头写了非常简单的："我亲爱的朋友……"

亚森·罗宾在交出这封信的同时，还另外写了一张纸条补充说："'我亲爱的朋友'不会是其他人，这个人就是我，因为那封信此时就在我的手中，这就是最好的证明。"

记者们于是又涌向了吉柏的家中。而吉柏先生却一直坚称："信中所说的'最亲爱的朋友'是我本人，是亚森·罗宾偷走了那封信，还有那张彩票。"

罗宾听到这个消息后，反问在场的记者："那他有什么证据呢？"

"证据就是他偷了我的写字台。"吉柏向记者们说道。

亚森·罗宾不甘示弱，他说："这并不能成为证据。"

这场因为中奖彩票而引起的两个自称中奖者的斗争就这样展开了。所有记者们乐此不疲，在二人之间来来往往，不断报道着亚森·罗宾如何冷静处理，以及吉柏先生在面对此事时又是如何的惊慌失措，窘态百出。

当地的报刊杂志报道了吉柏的可怜控诉，他说："记者先生们，我希望你们能够了解一件事情，那就是那家伙所偷走的正是我们家苏珊的嫁妆。对于我本人来说，那100万法郎或许无所谓，但对于苏珊来说就不同了。你们想想看，那可是100万法郎！这个数目可不小啊！我就知道，在那张写字台里定然藏着什么宝藏！"

然而，众人却纷纷反驳说，偷走那张写字台的人在当时并不知道其中还藏着彩票，就算知道此事，那么对于这张彩票会中奖，那个小偷也是无法预知的。

"不，他一定是知道的，不然谁会费了那么大力气去偷那一张旧的写字台？"吉柏先生反驳。

有人提出异议："要偷一件东西的原因有很多种，但绝对不会是因为一张当初只价值20法郎的彩票而去大费周章。”

“不，不是价值20法郎，而是100万法郎！”吉柏先生强调，“他一定事先就已经知道了这张彩票会中奖，他这个人无所不知……你们太不了解那个强盗了，毕竟丢掉彩票的人不是你们，你们当然没有办法理解我心中对他的恨！”

就这样，这件事情在你争我辩中，继续发展下去，直到第十二天时，吉柏先生突然收到了亚森·罗宾寄过来的一封注明“机密”的来信。

读着这封信，他心中十分忐忑：

……先生，现在所有人都在看我们二人的好戏，您难道不觉得，此时我们应该认真对待这件事情吗？至少，此时的我是非常想要认真地和您商量这件事情的。

目前的情况已经很明确：我手里持有一张彩票，但却没有领取奖金的权利；而您虽然可以兑换这张彩票，但很遗憾，您手里此时没有彩票。所以，在我看来，我们两个谁也离不开谁。当然，我也知道，您不会把这张彩票让给我，同样，我也不会将彩票还给您。

这可如何是好呢？

我想，目前的办法只有一个，我们平分！奖金的50万法郎归您，另外的50万法郎给我。这样的裁断，我想十分公平。

但要知道，这种办法虽然公平，却必须立即行动。你没有选择的权利，更没有讨价还价的时间。现在的情况不允许您犹豫。所以，我会给您三天时间考虑，希望您能够在周五早上的《法兰西回声报》中，刊登一份用词谨慎，并且能够让我看到的通知，表示您完全接受我所提出的方法。

如果您接受了我的提议，您马上就可以兑换那100万法郎奖金，至于我的那50万法郎，日后我会告诉您如何把钱交到我手上的方法。

如果您拒绝了我的提议，那么我也会用我自己的方法拿回属于我的那50万法郎奖金。不过，您的固执行为，将会为您自己带来麻烦，并且您最后还将会多支付25000法郎来作为附加费用。

亚森·罗宾

收到这封信的吉柏先生非常生气，他甚至冲动地将这封信公之于众，并且还让别人将它抄了下来，互相传阅。

他在记者的面前大声宣布："他什么都不会得到，我不会将钱分给他！如果他愿意，他现在可以选择将彩票撕了！"

有人提醒说："能够得到50万法郎，总比什么都得不到好。"

"不，这并不是钱的问题，而是关系到我的权利。我要在法庭上争取属于我自己的权利。"

"您是说，您要控告亚森·罗宾？这实在太可笑了！"

"不，我是打算控告土地银行。它们应该给我这100万法郎的！"

"但您必须提供那张彩票，或者您必须证明，那张彩票当初是您买了。"

"我有证据，因为亚森·罗宾已经承认，是他自己偷了那张写字台。"

"法院会相信亚森·罗宾的那番话吗？"

"不管怎么样，反正我就是要向法院提出控诉！"

人们听说这个消息之后，纷纷迫不及待地为此事而打赌。有人说亚森·罗宾定然会让吉柏先生屈服，而另外一些人则认为亚森·罗宾定然会为了自己向吉柏先生威胁而付出代价。不过，这场赌局也为大家带来了不安，毕竟参与争斗的双方实力相差太多：亚森·罗宾是狠角色，而另一方的吉柏则像是一直遭遇了追捕的猎物。

周五早上，人们纷纷购买《法兰西回声报》，寻找那则专门写给亚森·罗宾的通知，但事实上谁也没有找到。吉柏先生完全忽视了亚森·罗宾的建议，很明显，这是吉柏先生在用自己的沉默方式向亚森·罗宾宣战。

当天晚上，人们便听说了吉柏家苏珊小姐被绑架的消息。

根据女仆的回忆，苏珊在九点四十分出门，而他的父亲按照平时的习惯，在十点零五分来到学校门口的时候，却并没有像往常一样看到自己的女儿。也就是说，绑架事件所发生的时间，应该是在苏珊从家走到学校门口，或者在其附近地点的短短二十分钟的路程里。

两个邻居说，大约在距离吉柏家三百米左右的地方，曾和苏珊擦肩而过。另一个妇人还说，她曾经看到一个年龄和苏珊十分相似的女子在路上走着。至于之后发生了什么事情，她就不知道了。

警方接到报案之后，四处搜寻。搜查人员向车站和高速路口的工作人员询问，但他们那天都没有收到任何有关绑架的消息。反倒是另一位居住在阿富耶市的杂货店老板向警方反映，自己在案发的那天曾卖油给一辆来自巴黎的汽车，而在司机的旁边，当时还坐着一位金发女郎。

一个小时之后，那辆车又从凡尔赛开了回来。因为当时路上堵车，那辆车开得十分缓慢，所以他看得很清楚，在那个金发女郎的旁边坐着一位披着披肩，戴着面罩的女孩子。

根据杂货店老板的形容，警方断定，那女孩儿正是苏珊·吉柏。

但有一件事情，却让众人无法想通。如果那个戴着面罩的女孩儿真的是苏珊，也就说明，这起绑架案所发生的时间是白天，而且还发生在市中心一带十分繁华热闹的大路上。

那这起绑架案又是如何进行的呢？又是在哪里进行的？奇怪的是，案发当时并没有人听到尖叫声，也没有人发现任何可疑的事情。

杂货店老板说，他看到的那辆车是一辆深蓝色标致车。警方根据线索，找到了车厂的厂主，一位女士。她表示自己确实在周五的上午，以按天计价的方式将一辆标致车租给了一位金发女郎。但在那之后，那位女郎再也没有出现过。

“那个开车的司机是什么人？”

“司机名叫厄尼斯特，我以前也不认识他，那天是在别人的大力推荐下才雇佣他的。”

“司机是本地人吗？”

“不是，那辆车就是他开回来的，之后他也没有再出现过。”

“那你能找到司机吗？”

“你可以向推荐他过来的人问一下情况，这里有推荐人的姓名和住址。”

然而让警方感到遗憾的是，他们询问过推荐人，却发现他并不认识那位叫厄尼斯特的司机。

无论警方如何调查，都没能找到有用的线索，案情已经变得越来越离奇。

面对这场对决，毫无疑问，吉柏先生完全没有招架的能力。自从苏珊失踪之后，他就陷入了深深的自责中，无法自拔。最终，他选择了投降。

他在《法兰西回声报》中发表了一则简短的声明，表示自己愿意接受亚森·罗宾的条件。

这场战争，以亚森·罗宾的胜利告终。

两天以后，吉柏先生走进了土地银行的大门。当他被领到总裁面前的时候，他将手上拿着的那张514-23号彩票交给了总裁，而这样的举动，则让土地银行的总裁大吃一惊。

“哦，您找到那张彩票了吗？还是亚森·罗宾还给您了？”

“不，其实这都是误会，是我自己记错了地方，所以才会以为被盗走了。”吉柏解释。

“可是……您……”总裁还想问，却被吉柏打断。

“不是被偷走了，只是我自己记错了地方。我的记忆力实在太糟糕了。”

“哦，那好吧。不过我们还需要其他能够证明您就是买走彩票的人。”

“司令亲自写的那封信可以吗？”说完他将信交给总裁。

接过信的总裁高兴地说道：“这真是太好了！我们现在要先将这些文件存档，另外需要大约半个月的时间进行查证核实，等一切结束之后，我们会通知您来银行领钱。先生，我必须提醒您，在这期间，您最好保持沉默，我想这对您将会更有利。”

吉柏先生对此事保持了沉默，他什么都没有说，而土地银行的总裁也一样。只是有些事情，并不是你想隐瞒就能隐瞒得住的。没过多久，众人就已经得知了亚森·罗宾竟然放心地将那张彩票归还给吉柏，所有人都对此惊讶不已，同时也对亚森·罗宾万分敬佩。

没错，只有品德高尚的人，才会毫不犹豫地做出这样大的牺牲，一张中了100万法郎奖金的彩票，这非同小可。当然，这张王牌并不是随便就能亮出来的，亚森·罗宾之所以这样做，正是为了平稳战局。可是，如果那个年轻的女孩儿逃走了呢？或者，有其他人将她救回来了呢？

警方因为找到了亚森·罗宾的弱点而加紧了追查。而对于那些下赌注的人来说，没有了王牌的亚森·罗宾几乎已经陷入了自己设计的局中无法脱身，这样下去，他将一分钱都拿不到。因此，这些人瞬间全部倒戈到吉柏先生的方向。

但事实上，警方虽然查到了线索，却并没能救出苏珊，甚至连她所在的地方都没有找到。至于苏珊自己，她更是没能逃跑。

毫无疑问，亚森·罗宾在这场较量中，赢得了第一场的胜利。目前他的手里确实有苏珊小姐这个人质，但只要在得到50万法郎奖金之后，他就必须将苏珊小姐放还回来。而在进行交换的时候，就一定会涉及交换地点的选择问题，如此一来，只要吉柏先生提前通知了警方，让其埋伏在交换地点，之后再凭借警方的力量救出女儿，那么独得奖金并不是不可能的事情。

关于此事，记者们特意来到吉柏家采访了这位老师。然而此时的吉柏却情绪低落，面对记者的询问，他选择一言不发，实在让人无法捉摸。

于是记者们又去采访亚森·罗宾的律师德狄诺，他同样也选择了沉默。

“众所周知，亚森·罗宾先生是我的客户，出于职业道德，我无可奉告。”德狄诺律师十分严肃地拒绝了记者的采访。

如此情况，实在让众人摸不着头脑。毫无疑问，亚森·罗宾已经在暗地里策划了各种事情，而当他正按照他事先计划好的事情，一步一步进行着的同时，警方则在密切地关注着吉柏先生的一举一动。

而这将意味着，只要亚森·罗宾出现，他就会被警方抓捕。

3月12日，星期三，吉柏先生收到一封外表十分普通的信件，而这封信正是土地银行寄过来的。

星期四下午一点，吉柏坐上了开往巴黎的火车，两点的时候，银行的工作人员将一千张1000法郎面值的钞票交到了他的手中。

当他一边颤抖着双手一边数着那些钞票的时候，他的心里所想的是：这些可都是苏珊的嫁妆啊！

而与此同时，在土地银行不远处的一辆汽车内，有两个人正交头接耳地说着什么。其中一人头发灰白，脸上流露着充满朝气的神情，这和他身上穿着的那身普通公务员服装形成鲜明的对比。这个人就是总探长加利瓦尔。

老加利瓦尔与亚森·罗宾是死对头。

就在这时，加利瓦尔对身边的福朗方队长低声说道：“就快了，再有五分钟，我们就可以见到我们想见的那个人了。不管怎么说，这一次绝对不能让吉柏从我们的眼前消失，否则，他一定会去见亚森·罗宾，用其中的50万法郎换回他的女儿。这样一来，我们这一次的任务就将以失败告终。”

“为什么吉柏这家伙不与我们合作呢？如果他和我们合作，告诉我们他们会合的地点，那样他就可以得到100万法郎奖金了。”

“你说得没错。我想他之所以这样做，问题在于他害怕了。如果没办法做到让那个人满意，他就找不回自己的女儿了。”

“那个人是谁？”

“他。”加利瓦尔用沉重而又略显惊慌的语气说出那个名字，仿佛他所说的人的力量十分让人恐惧一般。

“只要有亚森·罗宾在，整个世界都有可能会倒着走。”加利瓦尔想到亚森·罗宾，不禁感慨道。

就在这时，吉柏走出了银行，在加布辛路的尽头，拐入了左边的林荫大道，然后又沿着左边的商店慢慢走远了，边走还边看着橱窗里的展示品。

“他的神情，是不是太过镇定了？”加利瓦尔说，“正常来说，一个人的口袋里放着100万法郎，是不可能这般从容自在的。”

“他是不是又在玩什么花样？”福朗方队长问道。

“他应该玩不出什么花样。”加利瓦尔皱了皱眉头，“不管怎么说，我们还是小心点儿为妙，毕竟亚森·罗宾不同于一般人。”

就在这时，吉柏竟然朝着一个报亭走了过去，他在那里随便挑了一份报纸，付了钱之后，打开报纸，就这样张开双臂边走边看了起来。在加利瓦尔等人还没有反应过来的时候，他却突然之间跳入了一辆停在人行道旁的汽车中。

那辆汽车在这之前肯定没有熄火，所以吉柏才一跳上去，那辆汽车就马上发动，并且以飞一般的速度开走了。在绕过马德莱教堂之后，便消失无踪了。

“可恶，这一定又是他的杰作。”加利瓦尔大声道。

他迅速向前追去，而其他人也随他向前追去。

不过，他却又突然放声大笑起来。原来吉柏刚刚坐上的那辆车，在马乐柏林荫大道的尽头抛锚了，而吉柏只好从那辆车上下来。

“快，福朗方……那辆车的司机……很可能就是那个名叫厄尼斯特的人。”加利瓦尔一边喘着，一边指着前方抛锚的汽车说道。

然而当福朗方跑过去查验司机的身份时，却发现这个人名叫加斯东，是一名出租车司机。十分钟之前，有人叫住了他，并让他将汽车停到报亭的旁边，保持汽车一直处于发动状态，直到一位先生上车之后，便马上开走汽车。

“刚刚上车的这位客人，有将他的联络地址告诉您吗？”福朗方问道。

“并没有。他当时只说了‘马乐柏林荫大道’、‘梅辛林荫道’还有小费加倍之类的话。”

而在此之前，吉柏先生早已经先一步跳上了另一辆从这里驶过去的汽车中。

吉柏先生在协和广场地铁站下车之后，又上了地铁，之后在罗亚尔宫广场站下了地铁，刚一出地铁，他又跳上了停在路边的另一辆汽车，一直坐到了股票广场。之后从股票广场搭乘地铁，一直坐到维里埃大街，在那里他上了第三辆汽车。

他按照事先的约定，来到了德狄诺律师位于克拉贝隆25号的家。

而当吉柏先生走进律师办公室的时候，时钟正好指着三点钟。他立即说：“他和我约定的时间是三点钟，怎么还没有到吗？”

“是的，还没有。”

吉柏只好又坐下来，抬手擦了擦脸上的汗水，之后便一直盯着自己的手表。过了一会儿，他又问道：“他还会来吗？”

“先生，您知道吗，您所问的问题，也正是我一直在思考的。这一辈子，我还从没有像现在一样如此心神不宁过。不过，如果他肯来赴约，那么他将会冒着非常大的风险。因为这半个月以来，我这间房子的周围早已经被警察控制住了，他们时刻对我监视着……这些警察对我十分提防。”

“他们提防你不假，但他们更提防的人是我。”吉柏激动起来，他说，“我相信，刚刚跟踪我的那些人，绝对没有把我跟丢！”

“那您的意思是……”

“这不能怪我！”吉柏先生嚷道，“怎么可以怪我？我并没有什么错，一直以来，我都是按照他的指示在做事。而我也的确照做了，我在他规定的时间里取了钱，然后又按照他规定的方式到了您的家。为了见到我那可怜的女儿，我已经履行了我的诺言，但事实上，他却没有兑现他所说的话。”

吉柏又用同样的口吻接着问道：“他会把女儿带来还给我的，对不对？”

“但愿如此。”

“可是……您不是见过他的吗？”

“我？我可没有见过他。”德狄诺先生摇头，“他只是曾经写信给我，吩咐我招待你们两位……并且在三点之前，让我的佣人离开，在您到达至他离开之前，不让任何人进入我的家里。如果我不同意他的要求，他希望我能在《法兰西回声报》中刊登一个声明，以便让他事先知道这一点。但由于我对于能够为他提供服务这件事情感到太兴奋了，以至于没有多想便按照他的意思去做了。”

听了德狄诺先生的话，吉柏的声音有些颤抖地说：“不知道这件事情的结果究竟会怎样。”

他从口袋里掏出钞票，放在桌子上，将它们平均分成两份。之后便呆呆地坐在那里，谁也没有说话，只是时不时地竖起耳朵听一听外面，想要确认是不是有人在按门铃。

随着时间的流逝，吉柏先生变得越来越焦虑，就连德狄诺先生也开始不安了起来。

也不知道等了多久，德狄诺律师突然站起来，对身边的吉柏先生说：“我想我们今天是见不到他了。这也是没有办法的事情。虽然他能够信得过我们，但我想，他却没有我们想象的那样可靠。像他这样爽约，实在是太过分了！”

被他这样一说，吉柏先生整个人都垮掉了。只见他双手紧紧按着桌子上放着的两摞钞票，结结巴巴地说道：“只要他来……只要他能够来赴约，无论如何……只要我能够找回苏珊，我的宝贝女儿，我甚至可以将钱全部都给他！”

就在这时，门突然被人推开了，一个声音传了进来：“吉柏先生，钱我只要一半就够了。”

一个穿着十分考究的年轻男子站在门口，吉柏先生马上就认出了面前出现的男子，正是不久前在凡尔赛旧货铺里遇见的那个人。

吉柏先生马上问道：“我的女儿苏珊她在哪里？”

亚森·罗宾小心地关好门，一脸从容地脱下双手的手套，向德狄诺律师说道：“亲爱的律师，谢谢您能够如此维护我的权益，我不知道该如何感激您。我会永远记住您为我所做的一切。”

相较于亚森·罗宾的从容，吉柏先生的激动，德狄诺律师则显得有些意外，他看着面前的亚森·罗宾，悄悄地问道：“可是，我并没有听到门铃的声音……也没有听到门响，奇怪……”

“不让门铃和门发出声音，这对于我来说，本来就不是什么困难的事情。我来了，这才是最主要的。”

“我的女儿……苏珊……你把她怎么样了？”

亚森·罗宾走上前，有些惊讶地说道：“天，这位先生的性子怎么这样急？放心吧，您的女儿一会儿就会回到您的身边。”

他踱着步子，然后像老板表扬表现好的手下的口吻般说道：“吉柏先生，对于您刚刚在甩掉警察的时候所表现出来的优秀表现，我不得不表扬您的聪明。如果车子中途没有抛锚，我想我们的见面地点会在戴高乐地铁站，这样也就不必来打扰律师先生了。不管怎么说，这些都是咱们事先约定好的。”

就在这时，他的目光瞥到了桌子上放着的两堆钞票。

“哦，真是好极了！100万法郎全在这儿……既然如此，我们就不要再浪费时间了。”

“等一下！”德狄诺站在桌前，双手按在钞票上，阻止亚森·罗宾道：“吉柏小姐还没有到。”

“那又如何？”

“在这之前不是已经做过约定吗？你要将吉柏小姐送回来。”

“哦，真让人难过！原来亚森·罗宾竟然如此无法让人相信。在他人眼中，他竟然是想要50万法郎，却又不肯交出人质的人。”亚森·罗宾一脸无奈，“亲爱的律师，我想你们都误会我了。因为一些其他原因，让我曾做了一些不同于常人的事情，而这就让大家对我产生了怀疑，怀疑我这个谨慎体贴的绅士。”亚森·罗宾停了一下，然后又说道：“律师先生，如果您不相信我，您尽管打开窗户向外面求救，现在的门外，可是埋伏着十几个警察呢。”

“你说的是真的？”律师惊讶。

亚森·罗宾则掀开窗帘说道："我相信吉柏先生一定不认识加利瓦尔……我刚刚跟您说了什么？哦，在那里的那位，正是那位朋友！"

"这怎么可能！"吉柏有些激动，"我向你发誓，我并没有……"

"保证您没有出卖我吗？"亚森·罗宾接言道，"我知道您并没有，可是那些警察们并没有那么容易摆脱，他们十分难缠。您看，我都已经看到了福朗方了，还有很多我曾经的好朋友，他们都到了！"

德狄诺惊讶地看着面前的亚森·罗宾。面前的这个人神情自若，笑得非常愉快，仿佛真的见到了许久不见的老朋友一般，又好似此时的他，正玩着什么好玩的游戏一样。他此时的表现，相比那些在外面埋伏的警察更令律师感到心安。律师放在钞票上的双手终于抬了起来。

亚森·罗宾先后从两堆钞票里各抽出二十五张，一并交给德狄诺律师。

"这是您应得的酬劳，是我和吉柏先生支付给您的。"

"你们不需要支付任何费用。"德狄诺律师拒绝道。

"那怎么可以？由于我们之间的事情，已经给您带来了许多麻烦。"亚森·罗宾坚持。

"我在这些麻烦中体会到了快乐。"

"哦，那您的意思是，您不愿意接受来自亚森·罗宾的任何东西，以免将来会落得声名狼藉的地步，是吗？"亚森·罗宾一脸失望。

他只好又将这五十张钞票全部递给吉柏先生。"既然律师先生不愿意收下这笔钱，那么请允许我将这笔钱转交给您，为了纪念我们二人的相识，同时也可以用来当作吉柏小姐的嫁妆。"

吉柏毫不犹豫地接过这5万法郎，口中却反驳道："我的女儿还没有嫁人。"

"是的，您是她的父亲，如果您不同意，她自然不会嫁人。但问题是，现在您的女儿，却迫不及待地想要嫁人呢！"

"你怎么知道的？"

"我知道，很多女孩儿经常会在未能得到父亲允许的情况下暗自做着美梦。值得庆幸的是，这世上存在着像我亚森·罗宾一样善良的人，能够轻易地在写字台的抽屉底下，发现恋爱中的女孩儿藏在心里的秘密。"

“除了这个秘密之外，你难道就没有发现其他的秘密吗？”德狄诺律师感到奇怪，“我实在想不通，你为什么会对这种旧写字台如此感兴趣。”

“我是对那段历史感兴趣，律师先生。事实上，最初在我拿走这张写字台之前，我对于里面的那张彩票的事情一无所知，而这张写字台除了那张彩票之外，也没有任何的财宝。虽然这点与吉柏先生的见解完全相反。早在很久以前，我就想买下这张写字台，而且我已经寻找它很久了。这张用紫杉和桃花心木做成的装饰着树叶柱头的写字台，是在波兰玛丽·瓦尔芙斯卡住在布洛涅森林中的隐秘的小屋中被发现的。而在其中的一个抽屉上，还刻着‘献给法兰西帝王——拿破仑一世，忠实的仆人蒙雄’。而且在这些字的下方，还有一行用刀雕刻出来的几个字：送给你，玛丽。后来，拿破仑又让人按照这张写字台的模样，做了一张一模一样的送给了约瑟芬皇后。事实上，人们在马尔梅松宫看到的那张写字台，只是我手中的这张写字台的复制品而已。”

吉柏听了他的话之后，无力地说道：“唉，早知道是这个原因，当初在旧货铺的时候，我就将那张写字台让给你了。”

“没错，您原本可以独自拥有那张514-23号彩票的。”亚森·罗宾笑着说。

“如此一来，你也不会绑架我的女儿了。”

“吉柏先生，我想您一定是误会了，吉柏小姐并没有被绑架。如果非要说成是绑架，那么也是她自己心甘情愿地当了人质。对，几乎是她自己要求的！一个像苏珊小姐这样聪明的姑娘，再加上她心底里还藏着一份那么甜蜜感情的人，她是绝对不会拒绝拿到自己的嫁妆的！我向您保证，我们当初并没有花费多大的力气，就让她相信：只有让您心软，除此之外，没有其他的办法。”

德狄诺先生越听越觉得有趣，不禁问了一句：“我想在这中间最困难的，应该就是和她商量，我想小姐她是不可能让你轻易接近她的。”

“接近她的人当然不是我，我没有认识她的荣幸。是我的一个女朋友，她很愿意参加这次谈判。这次事情的成功，还好有她的帮忙。”

“就是汽车里的那位金发女郎吧！”

“是的。她们两个人在学校附近见过一次面之后，一切就都安排好了。此后，吉柏小姐和她的新朋友就到外地去旅行了。她们访问了比利时和荷兰，当然，她们的旅行方式是最惬意，并且对年轻姑娘很有帮助的。”

就在这时，前厅的门铃响了，三声长音，两声短音，接着又是一声短音。

“我想，是她们来了。”亚森·罗宾对面前的二人说道。

“亲爱的律师，麻烦您去开一下门。”

律师于是将门打开。

门外站着两位年轻的女子。其中一个刚一看到房间里站着的人，便直接冲向了吉柏先生，而另一个则走向了罗宾。

金发女郎身材婀娜，但却脸色苍白，一头波浪般的金发绑成了两条辫子。她身上穿着黑色的衣服，虽然只在脖子上戴了一条墨玉项链，但却难掩她身上所散发出来的高贵气质。

亚森·罗宾和金发女郎说了一会儿话，就转过身和苏珊小姐打招呼。

“小姐，很抱歉让您受了这么多的苦，还请您能够原谅。”

“受苦？哦，不，罗宾先生，如果不是因为我那可怜的爸爸，我甚至可以说，我过得非常开心呢！”

“那真是太好了！再和他拥抱一次，顺便在现在这个难得的机会，和他谈一谈您的表哥。”

“我的表哥？您是什么意思呢，我好像听不懂……”

“不，我想您一定明白。您的表哥菲利普，您还将他写给您的信精心收藏着。”

苏珊的脸红了，她有些不知所措，最后钻进了她父亲的怀中。

罗宾看着这父女二人，很是感动。不由得夸奖起自己来：“善有善报！这场面多么感人啊！多么幸福的一对父女，罗宾，这都是你的杰作！我相信，他们父女二人将来一定会感谢你的，你的名字也将会在他们的子孙后代中流传下去……”

接着，他走向了窗边，朝外望去。“加利瓦尔还没有离开吗？他应该多么希望能够亲眼看见这幅感人的画面啊！哦，天啊，他竟然已经不在那儿了，其他人也已经不在了……这下可糟了，也许他们现在正在朝着这里包围过来，或者他们现在已经将这周围团团围住了。”

吉柏先生听到他的话，心里不由一动。现在他的女儿已经回到了自己的身边，一切局面又都倾向了他这边，如果他能够抓住现在的机会，抓到亚森·罗宾，那么他就可以独得那100万法郎奖金。他本能地向前迈了一步，但却被突然过来的罗宾挡住了去路。

“怎么，您是想保护我吗，吉柏先生？”亚森·罗宾看着他，“虽然很感谢您，但我想说不必了。而且，在我看来，他们那伙人一定比我还要难缠。”

就在这时，有人按响了门铃。

罗宾猛地拦住了吉柏先生的动作，并一脸冷酷地对他说道：“先生，我希望您能为您的女儿想一想，不要乱来，否则……至于您，德狄诺律师，可得信守您的诺言。”

吉柏先生被亚森·罗宾按在原地没办法动弹，而律师也一动不动站在那里。

亚森·罗宾淡定从容地拿起帽子，又用手擦了擦帽子上的灰尘。

“亲爱的律师先生，如果您日后有需要我帮忙的地方，尽管提出来。苏珊小姐，我在这里提前祝福您，另外也请您代我向您的表哥问好。”

接着，罗宾又从自己的口袋里掏出一只有双层表壳的怀表。

“吉柏先生，现在的时间是三点四十二分，在三点四十六分之前，您必须留在这里，而之后，您必须在四十六分时，准时离开这里，一点都不能提前，知道吗？”

“可他们会硬闯进来的！”德狄诺律师忍不住说道。

“我亲爱的律师，难道您忘记法律了吗？在没有得到允许之前，加利瓦尔是绝对不敢擅闯法国公民的住宅的。看你们现在的情绪已经被我弄得很坏，那么我就不再打扰，先离开了……”

他将怀表放在桌上，然后对金发女郎说道：“我们走吧，朋友。”他向一边的苏珊小姐道了别，便走了出去。

离开前，亚森·罗宾对着前厅高声喊道：“你们好吗，我的老朋友加利瓦尔、福朗方？哦，请代我向加利瓦尔太太问声好，有时间我会请她吃饭的……再见了，朋友们！”

房门外的门铃声越来越急促，接着又从楼梯那边传来了一阵喧哗声。

“已经三点四十五分了。”吉柏先生说道。此时的他，心急如焚。

又过了几秒钟，他终于再也没有办法忍受。他鼓起勇气走到前厅，而此时亚森·罗宾和那个金发女郎早已经不见了。

“爸爸，你不可以这样，还有一分钟……”苏珊制止地大喊。

“还等什么！你疯了吗？就是那个小子夺走了我们50万法郎奖金！”他丝毫不理会女儿的话，坚持打开了门。

加利瓦尔瞬间便冲入了房间。“那个女人呢？她在哪里？罗宾那个家伙呢？”

“他们是逃不出我的手掌心的！”加利瓦尔得意地笑道，“他们刚刚就在这里……如今这房子周围已经被我们团团包围了。”

“后楼梯那边呢？”德狄诺问道。

“后楼梯那边通向小院子，那里只有一个出口就是大门，现在大门那里已经有十几个人在把守。”

“但刚刚他们并没有从大门走进来，我想他们也不会从大门离开。”德狄诺说出了自己的猜想。

“那他们还能从哪里离开，难不成还会用飞的吗？”加利瓦尔反驳。

他掀开帘子，看见有一条长长的通往走廊的通道，加利瓦尔顺着走廊跑了过去，在来到后楼梯的时候，他发现了一扇门，那里此时上了两道锁。

加利瓦尔对着窗口外守卫的人喊道：“看到有人从这里出去吗？”

“没有。”

“这么说，他们一定还在房间里，并没有离开！”加利瓦尔大声喊道，并下令让手下继续搜索房间。

“罗宾，你曾经不止一次戏弄过我，今天，我终于能报仇了！”

晚上七点的时候，久久没有得到回音的保安局局长迪杜伊先生亲自来到了克拉贝隆做监督指导。他向一直守候在附近的警察询问了情况之后，便跟着德狄诺先生来到了他的房间。刚一进去，他就看到了一个男人，更准确地说，他看到的应该是一双腿在那里摇晃着，因为此时那双腿的主人的上半身竟然在烟囱里。

“啊……啊……”一阵阵焦急的声音从烟囱里传出来，“啊……啊……”

看到此情此景的迪杜伊先生哈哈大笑了起来，“加利瓦尔，你在做什么呢？你怎么把自己搞得像是个清洁工一样？”

加利瓦尔在烟囱里找了半天，将自己弄得灰头土脸。此时他的眼中闪烁着火光，若不是从他的声音判断，根本无法认出他竟然是鼎鼎大名的探长大人。

“我在找他，亚森·罗宾……他和那个女人。”

“难不成你认为他们躲进了烟囱里吗？”迪杜伊不敢置信地看着加利瓦尔。

加利瓦尔激动地伸出满是脏污的双手，紧紧抓着局长先生的手臂，“局长，您说他们去了哪里，难不成真的凭空消失了吗，他们都和我们一样，总不可能会像一阵烟一样从烟囱这里飘出去吧。”

“当然不会……只是，你还是让他们逃跑了。”

任凭加利瓦尔和他的手下，将这栋建筑物的里里外外，全部都搜查遍了，就是没能找到亚森·罗宾和那位金发女郎。甚至他们已经在这里连续搜寻了三天三夜，竟然连一点线索都没有找到。

而加利瓦尔坚信，只要没有找到他们逃走的证据，就证明他们还在这栋建筑物里，并没有离开。

或许，在他的内心深处，他其实也早已经知道了亚森·罗宾逃走了的事实，但他绝对不会承认这一点的。他怎么样都没有办法接受一对活生生的男女，竟然可以像幽灵一样，毫无声息地从这里消失。

因此，他仍旧坚持继续搜查，仿佛这样做就能够将那对男女从这房间里的某个缝隙中挖出来一样。

## 第二章　一颗蓝宝石

在亨利马丁林荫道的134号住宅中，住着一位名为奥特雷克的男爵，他曾经是第二帝国派驻柏林的大使。3月27日晚上，这位男爵正躺在一张舒适的椅子上休息，而他的侍女此时正在为他朗读一本书，而修女欧格斯特则正在给他铺床，并给他准备好了床前的夜间小灯。

那天晚上，修女因为有事情要早一点回到自己小区的修道院，于是在晚上十一点的时候，便对侍女说道："安德尼特小姐，现在我的工作已经完成了，我还有事，就早些回去了。另外，家里的厨师今天请假了，请不要忘记如今家里只剩下您和佣人了。"

"您不用担心，我就睡在隔壁，我会将门开着，以便随时注意男爵的房间。"

于是修女放心地离开了。

过了一会儿，家里的男仆人查理走了进来，想要看看男爵是否有什么指示，恰好此时男爵已经醒了，他对查理吩咐道："我没有什么特别的指示，一切照常。只是记住一点，你回去之后要检查一下房间里的电铃是否有故障，只要我一按铃，你就马上去叫医生过来。"

"好的。不过我想您不必这么担心……"

"我如今的健康状况很不乐观，我不敢掉以轻心。对了，安德尼特，你的书读到哪里了？"

"男爵先生，您还不打算就寝吗？"安德尼特问道。

"时间还早，我还没有睡意。"

然而二十分钟之后，老人便又睡了过去。于是安德尼特便轻轻走出了房间。

而查理也过来和往常一样，将一楼所有的窗户都小心地关好了。之后，他又将通往花园前厅的门都上了锁。弄完这一切，他才回到自己位于顶楼的房间，上床睡觉。

大约过了一个小时的时间，电铃突然响了起来，查理猛地从床上跳了起来。铃声一直持续响了大约七八秒的时间。

直到电铃声停止，查理才缓过神来，口中一边念叨着“不知道男爵又有什么新花样”，一边穿上衣服，快速走下楼，来到男爵的房间，并习惯性地敲了敲门，却没有听到男爵的声音，于是他径自走了进去。

“奇怪，房间里怎么没有开灯。”查理自言自语，“他们为什么将所有的灯都关了……”

他轻声喊道：“安德尼特小姐，您在哪里？”回应他的只有四周的一片寂静。

查理心里有些担心，他又问道：“您在吗，小姐……是不是男爵先生出了什么事情？”

四周仍然是一片死寂，查理心里也有些害怕，一种不祥的感觉袭上他的心头。他又鼓起勇气向前走了两步，脚下突然一痛，像是碰到了椅子，他心中疑惑，伸手摸了一下，才发现是一张椅子翻倒在地。而此时他的手也摸到了另外的东西，那是一张小圆桌还有一个屏风。他顶住心里的压力，又凭着感觉摸索了半天，才终于找到了灯的开关，并开了灯。

转过身看去，只见房子中间，他的主人、奥特雷克男爵的尸体，此时正躺在那里。

“这……这怎么可能？”查理结结巴巴地说。

他从没有想过会是这样的情况，所以一时间竟不知如何是好，他瞪大了双眼，一动不动地望着散落一地的东西，翻倒的椅子，碎成无数片的水晶烛台，还有躺在壁炉大理石平台上的钟摆……眼前的这一切，都说明有人入侵了这里，并且在房间里发生了激烈的搏斗。而此时距离尸体不远处的地上，还躺着一把满是鲜血的钢刀，床垫上也扔着一条沾满血迹的手帕。

查理吓得惊声大叫：“男爵被杀了！男爵被杀了！”

他突然想到了另一桩可能发生的命案，于是匆忙打开了隔壁房间的门，那是安德尼特小姐的房间，也许杀死男爵的凶手，也会对小姐下手的。

然而，房间里却没有人。

他想，也许小姐不是被绑架了，就是在发生命案之前，就已经逃离了现场。

查理又回到了男爵的房间，目光落在了书桌上，才发现房间里的家具并没有受损，不仅如此，查理还在男爵每天晚上放置钥匙的地方，看到了皮夹，他拿起来打开一看，竟然在里面发现了一摞钞票。

一种邪恶的想法瞬间袭上心头，他下意识地拿起那些钞票，塞进了自己的衣服口袋里，然后连滚带爬地逃下楼从花园逃走了。

查理是一个老实人，他才刚刚推开花园的铁门，就被外面的大雨浇醒了。他停下脚步，对自己刚刚所做的事情，感到深深的自责与恐惧。

恰好这时一辆马车驶过，他叫住车夫，请他赶紧到警察局报案，说这里发生了一起凶杀案。

然而，当查理返回住处的时候，却发现自己根本没有办法再进去了。因为他刚刚出来的时候，将那道前厅通往花园的院门锁上了，而那道门没办法从外面打开。由于房子里一个活着的人都没有，就算他在外面按门铃，也不会有人给他开门。

无奈之下，查理只能沿着林荫道上一个接着一个的花园漫无目的地走着。这样等了一个小时之后，查理终于见到了闻讯而来的警察，他将自己所知道的详细情况向警察说明之后，又将自己拿出来的那十三张钞票交给了警察。

警察找来开锁匠，费了好大的力气，才终于将花园的铁门和前厅的锁撬开。

才刚一走进去，警察就奇怪地问道："奇怪，你刚刚不是说，房间里一片凌乱吗？"

查理一看，瞬间愣住，所有家具竟然都已经回归到原位，翻倒的桌椅都已经摆放整齐，地上的碎片也已经消失不见。惊讶的查理，半天没有说出话来。

他走到床边，掀开一张大床单，只见在那张床单的下面，躺着一位穿着挂满十字荣誉勋章将军服长外套的老人。老人双目紧闭，面容安详，显然已经死去了。而这人不是别人，正是为国家建立了不少功勋的奥特雷克男爵。

查理肯定地说道："肯定有人进来过……一个小时前……当时在那边的地上，还有一把钢制的尖刀……我亲眼看到的。另外在床头那里，还有一条带着血迹的手帕……怎么会不见了，刚刚都还在的……一定是有人整理过了，一定是……"

"我们刚刚进来的时候，这里的所有门都上着锁，也就证明凶手此时还留在这里，而你刚刚一直在外面，可有看到有人离开？"

“是的，我是在外面，不远处……可是……”

“你看见的最后一位留在男爵身边的人是谁？”警察询问道。

“是安德尼特小姐，她是男爵的侍女。”

“那么，此时这位小姐去了哪里？”

“我不知道，但我想她应该已经出去了。她的床并没有被弄乱，我猜她应该是在修女欧格斯特离开之后，就出去了。”

“那她是从什么地方出去的？你说你已经将大门锁上了安全链，那她根本就没有办法从大门走出去。”

“哦，大门的安全链我是很晚的时候才锁上的，所以，我想当我上锁的时候，她已经不在这里了。”查理不认为这件凶杀案会与那位漂亮的小姐有什么关联。

“也就是说，凶杀案应该是在她离开之后才发生的？”

“我想是的。”

在场的警察将这栋住宅里里外外都搜查了一遍，别说是凶手，就连一点线索都没有找到。显然那凶手在清理完现场之后，就已经离开了。

那么，他究竟是如何逃走的？他又是在什么时候逃走的呢？现场，又是谁来清理的？是凶手自己，还是他有其他的同伙，帮他清理了对他们不利的证据？

这些谜题始终都没有办法解开。

七点的时候，法医到达现场，而保安局局长迪杜伊则在八点的时候抵达，之后法官和检察官也都纷纷过来了。除此之外，还有很多人都来到了男爵的家里。

警方在屋内继续搜查线索，他们根据查理提供的线索，尽量还原男爵死时尸体所在的位置。而欧格斯特修女才刚一到达这里，就被警方盘问了起来，但她也没能提供什么有用的线索。只是，她对于安德尼特小姐的失踪，感到十分不解。她说那位小姐是在十二天前来到男爵的府中的，而她对于安德尼特小姐竟然会在遇到危险的时候，独自离开，感到很不可思议。

“如果真的是这样，那么在此时危险已经解除的时候，她就应该已经回来了。”检察官提出自己的疑惑，“所以，我觉得我们首先应该考虑的是，她究竟怎么了，是否发生了什么事情。”

查理说：“我觉得她很可能是被凶手绑架了。”

迪杜伊局长点头说道：“被绑走，这并非不可能。”因为这确实与这起案件的某些特征吻合。

“我并不这么认为。”一个略显沙哑的声音传过来，众人看过去，才发现竟然是加利瓦尔探长，他说：“这种假设不仅不可能，而且还和事实、调查的结果和我们所掌握到的证据不符。”

“加利瓦尔，怎么是你，你什么时候到的，我刚刚怎么没有看到你？”迪杜伊局长有些惊讶。

“两个小时以前，我就已经到了。”

“除了514-23号彩票案件，克拉贝隆路事件，还有亚森·罗宾和那个金发女郎的事情之外，难道你对其他的案件也感兴趣吗？”

“哼，”加利瓦尔冷笑一声，“我并不认为这起案件和亚森·罗宾没有关系。不过，在新线索出现之前，关于彩票案件，我们暂时还是先放一下吧，现在最紧要的，还是将这起案件查明白。”

虽然加利瓦尔并不像杜宾、福尔摩斯等大侦探那般，拥有破案的天分，但他却也有自己的优点，那就是他的洞察力、耐力，还有第六感都很好。而且，能够在没有任何协助的情况下，独立完成一起案件的侦破。在这个世上，除了亚森·罗宾能够扰乱他的情绪之外，没有任何事情能够影响到他。总之，在场的众人都很希望和他合作。

“在正式开始之前，我想先请查理先生确认一件事情。”加利瓦尔看向查理，“在你再度回到这间房间之后，你所看到的摆放整齐的桌椅，它们是否已经摆放到平时的位置上了？”

“是的，这一点我可以保证。”

“那么也就是说，能够将这些桌椅回归原位的人，定然是十分熟悉这间房间摆设的人。”他的分析十分在理，令在场的众人纷纷对他赞叹不已。

加利瓦尔又继续问道：“那么，你说自己是被电铃吵醒的，在你看来，会是谁按动的电铃？”

“毫无疑问，当然是男爵先生。”

“嗯，姑且这样认为，那么，你觉得他会在什么情况下按动电铃呼唤你过来？”

“在和凶手发生搏斗之后……临死之前。”

“这不可能。”加利瓦尔打断他说道，“根据你的描述，他当时所倒下的位置，距离电铃的位置大概有四米远。”

“那就是在搏斗中按下去的。”

“也不可能。”加利瓦尔解释道，“你说电铃一直持续响了足有七八秒的时间，如果两人正在发生打斗，那么凶手是绝对不可能给他这么长时间，让他去呼救的。”

“那……就是他在受到攻击之前，在看到凶手的时候，他就已经按下了电铃。”

“这几乎更不可能。你说过，在你听到铃声响起，到你来到男爵的房间，所花费的时间最多也就只有三分钟。如果男爵真的是在刚一发现凶手的意图时，就已经按下了按铃，那么也就代表，发生搏斗、杀人、死亡以及凶手逃走，这前后所有的事情，都在这短短的三分钟时间内完成。这根本就是一件不可能完成的事情。”

“可的确有人按动了响铃，如果不是男爵，那又会是谁呢？”检察官提出疑问。

“我猜应该是凶手本人。”

“那他有什么目的？”迪杜伊局长问道。

“他的目的是什么，暂时我还没有想到。不过单从他按铃这件事情就能看出，他是知道铃声会传到查理房间的。如果凶手不是早就对这里做过了解，他又怎么会知道这个细节？”

经过加利瓦尔的分析，嫌疑对象的范围缩小了。他的思路非常清晰，分析得也很有道理。检察官根据加利瓦尔的分析，下了结论。

“所以说，你在怀疑那个侍女安德尼特？”

“我不是怀疑她，我已经断定，她绝对与此案有关。”

“难不成，你打算以共犯的罪名起诉她吗？”

“不，准确地说，我将会以杀害男爵的罪名起诉她。”

“你有证据吗？”

“我在检查被害人的尸首时，在他的手中发现了一小缕金色的头发，这就是最好的证据。这头发当时就在他的指甲里。”他将拿到的金色头发展示给众人看。只见那头发在阳光下竟闪烁着光芒，犹如黄金般耀眼。

查理看过之后，低声说道：“这确实是安德尼特小姐的头发。我想起一件事情，我之前看见的那把带血迹的刀，就是后来失踪不见的那把，也是她的没错……是她平时用来切割书页的。”

房间里出现了一瞬间的凝滞，所有人都没有说话。这起案件不同寻常之处在于，凶手竟然是一名女子。

检察官提出自己的不同观点，他说：“在还没有得到其他线索之前，我们先假设真凶就是安德尼特小姐。但即使如此，我们仍然需要找到她在命案发生之后离开的方法，还有就是在查理离开之后，她又是如何回来的，而在警察赶到之后，她又如何能够成功再次离开现场。加利瓦尔，对于这点，你又是如何解释的？”

“没有解释。”加利瓦尔显得有些懊恼，半晌他才一脸尴尬地说道，“我唯一能解释的就是，在男爵被杀和514-23号彩票两起案件中，我所发现的共同点就是，突然消失这件事情。无论是安德尼特还是亚森·罗宾和那个金发女郎，他们都是在突然之间神秘地消失于宅子里，就仿佛人间蒸发一样。”

“这又能说明什么？”

“关于这一点，让我不得不注意到这两起案件中的巧合之处：安德尼特小姐是在十二天之前被雇佣过来的，也就是那位金发女郎从我的面前逃脱后的第二天。还有一点就是这两个人都有着金色的头发，仿佛是黄金一样散发着光芒。”

“所以，你的意思是，这安德尼特小姐是……”

“就是那天突然消失的金发女郎。”

“那你的意思是，亚森·罗宾则是这起案件的幕后主使？”

“是的。”

他的话音才刚落，房间里就响起一阵笑声，正是保安局长迪杜伊在大笑。

“罗宾，罗宾，你的眼里只能看到亚森·罗宾。在你的眼里，罗宾就是无处不在的。”

“这件事情就是罗宾所为！”加利瓦尔脸上满是不悦。

“可即便真的是亚森·罗宾所为，那也要有他的作案动机。”迪杜伊说，“目前我们并没有发现这起案件的作案动机，这里的一切都完好无损，钱财更没有丢失，甚至在桌子上还放着钱。”

“话虽如此，但是那颗名贵的蓝宝石呢？你们有看到吗？”加利瓦尔大声说道。

“什么蓝宝石？”

“就是那颗原本属于皇室，镶嵌在法国国王王冠上的蓝宝石。这颗宝石经过几次转卖之后，最终由奥特雷克男爵花高价买了下来。”

“如果这颗蓝宝石真的失踪了，那么这起案件也就明朗了。”检察官说道，“只是，如今我们要去哪里找这颗宝石呢？”

“男爵总是将那颗宝石戴在自己的左手手指上。”

“我已经检查过他的手指了，”加利瓦尔说，“但却没有发现你说的那颗宝石，只在他的左手上，看到了一枚金戒指。”

“检查一下他的手掌。”查理说。

加利瓦尔用力掰开男爵紧紧攥在一起的手掌，在他的手掌心看到了一个戒指托，而在那托子的中央，则镶嵌着那颗蓝宝石。

“这究竟是怎么回事，我怎么越来越弄不明白了？”加利瓦尔懊恼地说。

“现在这枚蓝宝石在这里，也就证明这起案件和亚森·罗宾没有关系了。”迪杜伊一脸幸灾乐祸地说。

加利瓦尔沉思了一会儿，“不，这件事情我越是想不明白，就越证明这件事情与亚森·罗宾脱不开关系。”

以上就是在这起案件发生后的第二天，司法部门所掌握到的情况。可以说，这些发现对这起案件没有任何推进作用，人们依然不知道凶手究竟是谁。甚至连安德尼特小姐和那位与亚森·罗宾一起消失的金发女郎的行踪也依旧是一个未解之谜。至于那位杀害了奥特雷克男爵却没有偷走他手上的那颗蓝宝石的金发女子的所作所为，更是令人费解。

最主要的是，这起案件引起了大众的关注，而本案中消失的女凶手，也激起了民众的好奇心，在大众眼中，这起凶杀案的凶手已经犯下了一桩滔天大罪。

在这起案件中唯一获利的，就是男爵的那些财产继承人们。他们在位于亨利马丁林荫道的住宅里举办了一起声势浩大的家具展览拍卖会。在展览会上所展出的家具都是一些在现代人眼中已经过时的老式家具，但在展厅的中央，却摆放着一个由两名保安保卫着的展柜，在这个展柜上所展出的，正是那枚镶嵌着蓝宝石的戒指。

这颗宝石不仅硕大纯洁，而且还散发着一种神秘的蓝色光芒，吸引着众人的目光。这种蓝就像海天相接时的蓝，让在场的众人无不对它称赞。所有人都陶醉在它的光芒之中，然而，这些人在欣赏这枚宝石戒指的时候，却又无法忽视掉心中对这间房间本身的恐怖。他们没有忘记，就在不久前，男爵曾莫名其妙死在了这座宅子里。他们也都已经听说了，那个神秘的女凶手，就是在这间房间里突然失踪的。有些人开始在心里怀疑，在这间房间里存在着通往外界的暗道，这里的大理石壁炉上暗藏着可以移动的机关……

在杜欧厅举行的拍卖会刚一开始，就在现场掀起了阵阵热潮。

几乎巴黎境内的所有大人物都来到了这里参加此次的拍卖会，无论是商界、政界还是演艺界的人，都想见识一下这枚宝石。其中一位来自意大利的男高音歌唱家喊出了15万法郎，而另一位来自法国合作社的人员则将价格喊到了16万法郎。

当价格攀升到20万法郎的时候，所有在场的艺术品收藏家都已经开始泄气。当价格升到25万法郎的时候，在场的竞争者只剩下了两位：一位是著名的金融家兼矿产大王赫舍曼，另一位则是以收藏宝石而闻名于美国的柯蓉伯爵夫人。

拍卖价格在二人的你来我往中，一路飙升。当赫舍曼喊出30万法郎的时候，所有在场的人，都屏住了呼吸，谁也不敢发出一点声音。

所有人的目光都落在了伯爵夫人的身上，想看看她将会作何反应。只见她缓缓站起来，脸上挂满微笑，但从她那略显苍白的脸上，还是能看出她此时内心的挣扎。她身体微微前倾，依靠在前面一张椅子的靠背上，仿佛只要离开那张椅子，她就会马上跌倒一样。

事实上，她和所有在场的人一样，都明白这场拍卖会的赢家无疑会是那位金融家，因为在他的账户里，至少会有500万法郎的财富能够准许他来挥霍。然而她却出乎所有人意料地喊出了“305000法郎。”

四周再度鸦雀无声，在场的所有人又都将目光移向了金融家的身上，等待着他喊出更高的价格。在场的所有人，包括伯爵夫人在内，都觉得他一定会喊出一个能够决出最后胜负的价格。

然而，众人的期待落空了。此时的赫舍曼根本就没有注意到现在场中的情况，他的全部心思都落在了突然出现在他手中的信上。

“305000第一次……”拍卖报价员喊着，“305000第二次……朋友们，现在出价还有机会……”仍然没有人开口，“哦，真的没有人出更高的价格了吗？我就要喊了……”

然而场下的赫舍曼就好像根本没有听到一样，竟然没有一点反应。直到拍卖员手中的铁锤伴随着那句“305000第三次”一起落下，赫舍曼才仿佛刚刚神游回来一般，喊出“40万法郎。”然而一切都已经来不及了。

许多人都对此事感到好奇，在拍卖会结束之后，便凑了过去询问他究竟发生了什么事情，为何会心不在焉，以至于错失了这次机会。

听到他人的询问，赫舍曼无奈地笑了笑，解释道：“事实上，究竟发生了什么事情，我也不是很清楚。”众人听到他的解释更加不解，他则说道：“就在刚刚，有一个人给我送来了一封信，而我正是因为这突然出现在我手中的信而分了一会儿神。”

加利瓦尔也在拍卖会的现场，刚刚所发生的事情，他早已收入眼底。

于是，拍卖会刚一结束，他就走到一位跑腿的侍者身边问道：“刚刚就是你将那封信交给赫舍曼先生的吧？”

“是的，先生。”

“是谁让你将这封信交给赫舍曼先生的？”

“是一位女士。”

“她人现在在哪里？”

侍者看了看周围，突然指着不远处站着的一位穿着厚厚的紫色上衣的女士道：“就是那位女士，先生，刚刚就是她让我去传递那封信的。”

加利瓦尔连忙朝着那位女士奔过去，然而就在这时，因为拍卖会散场而离开的众人却都涌向了门口，将他的去路堵死，等他从门口挤出来的时候，那女子早已不见了身影。

他只好又回到大厅，上前和赫舍曼交谈。经过一番自我介绍之后，他向赫舍曼询问起那封信的事情。赫舍曼将手里的信交给他。

那封信上的字写得很潦草，赫舍曼并不认识这字迹的主人。

只见上面简单地写着一句话："蓝宝石会为你带来厄运，不要忘了奥特雷克的下场。"

蓝宝石会带来厄运的诅咒并没有就此打住。在经历了奥特雷克男爵死亡和杜欧厅拍卖会事件之后，它早已名声大噪，然而半年后发生的一件事情，更是将它的名声推向了巅峰。因为这枚由伯爵夫人以高额价格拍卖而来的宝石，竟然被人偷走了。

现在，就让我们来重头将这起案件捋一捋，并由我来为大家揭开这其中的种种疑点。

8月10日晚上，伯爵夫妇二人在位于松姆河港湾华丽的城堡中招待客人。伯爵夫人亲自为大家弹奏了一曲好听的乐曲，而在她的钢琴边放着的家具上，正摆放着那些她从世界各地收来的珍贵宝石，其中就有那枚在拍卖会上拍来的奥特雷克男爵的戒指。

一个小时后，伯爵因为有事而先离开了客厅。和他一起离开的，还有他的侄儿丹德尔。而伯爵夫人的好朋友雷勒夫人则留下来和伯爵夫人一起陪着奥地利领事布莱兴先生和他的夫人。

他们几个人留下来在一起聊天。由于光线过于明亮，伯爵夫人便关掉了客厅桌上的一盏大灯，而布莱兴先生则在同时关掉了钢琴边的两盏小灯。霎时间，房间里陷入了一片黑暗，几个人都有点害怕。于是布莱兴先生又点燃了身边的蜡烛，他们几人借着烛光，各自回到了自己的套房中。

就在这时，伯爵夫人突然想起还放在客厅中的那些宝石，于是遣了佣人去帮她将宝石取回来。女佣领命取回了宝石，并没有经过伯爵夫人的检查，就直接将它们都摆放在了壁炉上原来放置宝石的位置。

第二天一早，伯爵夫人便发现了那些宝石中最珍贵的那枚戒指不见了。

伯爵夫妇二人商量了一番，几乎得出了完全相同的想法：因为家里的女佣不可能冒险偷走那枚戒指，因此唯一有嫌疑的人，就是布莱兴领事。

伯爵将案件告诉了警察局局长，局长马上指派手下开始调查此案，另外他还特别安排了人手秘密监视布莱兴领事的一举一动，只要他有所动作，打算将此枚戒指转卖，就马上将其逮捕。

转眼两个星期就这样平静地过去了，仿佛什么事情都没有发生一样。而这天，布莱兴领事却突然对外宣布，自己将要离开。于是，有人暗中向司法部门提起了诉讼，警方开始正式介入此事的调查。局长命令搜索人员检查领事的行李，结果警方在一个随身携带钥匙的小袋子里找到了一瓶牙粉，而在这个瓶子里装的正是那枚丢失的戒指。

面对这样的情况，布莱兴太太差点晕倒，而领事先生则直接被警方逮捕。

但布莱兴先生却坚称自己并没有偷窃，这一切究竟是怎么发生的，他自己也不清楚，如果真的有可能，那一定是柯蓉伯爵先生对他的报复行为。

“伯爵先生为人粗暴狠戾，他经常对自己的夫人使用暴力，所以我知道，伯爵夫人过得一点都不好，因此我曾暗地里劝伯爵夫人和他离婚。伯爵知道这件事情之后，就拿了那枚戒指，在我离开之前，偷偷嫁祸给我。”

虽然他在极力辩解，但伯爵夫妇却仍然要坚持告他。原告与被告各有各的道理，再加上一直都没有新线索出现，一时间让司法部门也没有办法断定谁才是真正的被害者。

由于始终无法解开谜团找到真相，再加上外界的舆论压力一直困扰着伯爵夫妇二人，于是伯爵夫妇二人雇佣了一位非常有能力的侦探，来帮着他们找到真相，而这个人就是加利瓦尔探长。

在加利瓦尔到来的四天时间里，他几乎每天都在四处打探消息。他经常会到公园去散步，与遇到的人闲聊，无论是家里的仆人、司机、园丁，还是附近邮局的工作人员，他都要向其询问上几句，另外，他还查探了布莱兴夫妇二人以及丹德尔和雷勒夫人曾经住过的套房。

然而，让所有人都不解的是，在之后的一天，他突然消失了。

一个星期之后的周四，柯蓉伯爵夫妇二人收到一份电报：

请你们二人在明天下午五点整，来柏西瓦格拉路的日本茶馆，我将会在这里与你们会面。

加利瓦尔

周五下午五点整，伯爵夫妇二人按照约定来到了柏西瓦格拉路的日本茶馆前，他们将车停好之后，便下了车。而这时，早在人行道边等候二人多时的老探长直接走了过来，什么话都没有说，就直接将他们二人带上了日本茶馆的二楼。

此时，房间里已经有两个人坐在了那里。加利瓦尔向伯爵夫妇介绍道：“这位是吉柏先生，他是凡尔赛高中的数学老师，我想你们一定对亚森·罗宾诈骗他50万法郎的事情不陌生。”说完，他又指了指另一位说道：“这位是奥特雷克男爵的侄儿列旺斯先生，同时他也是男爵先生的遗产继承人。”

四个人依次落座之后，没过一会儿，第五个人到了，是保安局长。

迪杜伊先生的心情坏极了，他进来之后就向加利瓦尔询问道：“加利瓦尔，你在电话里说的可是真的？”他今天收到一份电话留言记录，正是加利瓦尔所留。

“是真的，我非常确定。再有不到一小时的时间，我所负责的这件事情就会真相大白。在这种时刻，我认为您有必要在现场亲自见证。”

“所以，也包括福朗方他们吗？加利瓦尔，我有些糊涂了，你现在可否为我解释一下，究竟发生了什么事情？你现在是打算逮捕某个人吗？”

加利瓦尔犹豫了一下之后，才对众人说道：“在说这件事情的来龙去脉之前，我想要先说明一下，布莱兴先生绝对不是偷盗宝石戒指的人。”

他的话音刚落，在场的几人就提出了质疑，但加利瓦尔却解释道：“就在盗窃案发生的第二天，伯爵家中有三位客人驾车出去游玩了，他们来到了克西镇。而在那天，这三人中的两个人去参观了这里著名的战场，只有一位匆匆忙忙来到了邮局，寄出一盒物品。那个盒子是按照规定封好了盖上邮戳的，并且邮寄人还为里面的东西申报了100法郎。而事实上，那位邮寄东西的人，所使用的卢梭这个名字，根本就是假的。

“而收件人是一位名为波勒的先生，他原本住在巴黎，但在收到那个盒子的当天晚上，他就搬家了。所以，足可以证明那盒子中所装的正是丢失的那枚戒指。”

“也许寄件人是我的侄儿们中的一个。”伯爵猜测。

“不是。”加利瓦尔摇头。

“那么，就是雷勒夫人了？”

“没错，就是她。”

伯爵夫人并不认为这件事情是她的朋友所做，她说：“这不可能，我的朋友雷勒夫人怎么可能会做出这样的事情？”

但加利瓦尔却给她分析道："伯爵夫人您先不要激动，请先听我的分析。"他说，"我想雷勒夫人也一定参加了那场拍卖会，而且最终您会拍下这枚戒指，也一定是听从了她的劝导。"

"是的。"伯爵夫人回忆说，"有关这枚宝石戒指的消息，我就是从我的这位朋友那里听到的。虽然如此，但是我的朋友……"

"哦，伯爵夫人，我想那位雷勒夫人应该只是和您萍水相逢的友人，并不是报纸上写的，是您最亲密的朋友。据我了解，您是在冬天的时候，认识她的。我想，有关那位太太的家世背景，以及社会关系都是假的，而且那位夫人在认识您以前，根本就不存在。哦，或许说，从此以后也不会再存在了。"

"就算你说的是真的，"伯爵夫人说，"那枚戒指，最后为什么会出现在布莱兴先生的牙粉里？"

"关于这一点，我暂时还无法准确地判断。但我相信，雷勒应该可以。"

"所以，真的有雷勒这个人是吗？"

"可以说有……但也可以说没有。"加利瓦尔向众人解释道，"就在三天前，我在读报纸的时候，在一张特鲁维尔旅游名单中，发现了'博礼瓦日旅馆，雷勒夫人'的字样，于是我立即前往该市，并向博礼瓦日旅馆的经理做了询问。根据这位经理的描述，以及我所得到的信息来判断，我确定这位雷勒夫人正是我要找的人，可是她却早就已经搬离了博礼瓦日，只留下了巴黎的地址，科里兹路三号。前天，我来到了这个地址，但却始终都没有找到那位雷勒夫人的身影，只有一位名为亚勒的女士，她恰好住在三楼，是一位宝石经理人，那天刚刚旅游回来。昨天，我到她家拜访，并以假名向她表示，自己其实也是一个宝石经理人，有人想要买宝石，所以我将她今天约到这里，就是打算和她进行一笔交易。

"我们约定的时间是五点半，我相信，今天过来的人，一定就是偷走宝石的雷勒夫人。"就在这时，楼下传来一声口哨声，加利瓦尔笑着道："福朗方给我们发来了信号，人来了。

"伯爵和夫人，请你们先到隔壁去，还有吉柏先生、列旺斯先生，你们也是……一会儿，我会将门开着，等我发出信号，你们就可以过来了。哦，长官，这时候您得和我一起留下。”

“你就这么确定来赴约的人一定会是雷勒夫人吗？”迪杜伊质疑。

“是的。因为这家茶馆新开不久，老板是我的朋友，如果不是确定来者正是我们要等的人，他是不会放人进来的。”

正在这时，一个身材瘦高、脸色苍白，有着一头金色长发的女子走了进来。

她焦虑不安地站在门口，脸上满是担忧。似乎对目前的情况，并不了解。

她转身，刚准备离开，加利瓦尔却马上走上前，拦住了她的去路。

女子脸色更加白，她有些结巴地问道：“你们想干什么？”

加利瓦尔却在心里暗暗激动，这一次他终于打败了罗宾，他抓住了这位金发女郎，再不会让她从自己的手中逃走。他的脸上满是得意与自信，说道：“让我来向您介绍一下我的朋友，他打算从您的手里买些珠宝，尤其是那颗宝石。哦，那颗宝石，不知道您带来了吗？”

“不，我不知道你在说些什么……我不记得什么宝石。”

“不，您记得。您的一位旧相识一定将一颗镀了色的宝石交给您了……就是那颗蓝宝石。您当时还说，您的手中恰好有我要的东西。您现在有印象了吗？”

她没有说话，手中拿着的小提包掉在了地上。她迅速捡起提包，用不断颤抖的双手将小提包紧紧抱在胸前。

“好吧，雷勒夫人，”加利瓦尔说，“我看得出来，您对我们还是不太信任，既然这样，就让我来帮您回忆一下吧。您看看我手中拿着的是什么东西。”

加利瓦尔从钱包里拿出了一个小纸包，他将纸包打开之后，从里面拿出一缕头发。

“这几根头发，是我从已经去世的奥特雷克男爵的手中找到的，而且可以肯定的是，它们是属于安德尼特小姐的。我见过吉柏小姐，她也确定这些头发就是那位金发女郎的，而这些头发，与您的一模一样。”

亚勒女士望着加利瓦尔发呆，仿佛根本听不懂他在说些什么似的。接着，他又说道：“现在我手中拿着的是两个香水瓶，这两个瓶子并没有贴着标签，而且瓶子也是空的，但是这里仍留有浓烈的香水味道。而今天早上，吉柏小姐也已经确认过这两只瓶子里的香水味，确实与金发女郎身上的味道相同，毕竟她曾经和金发女郎一同生活了两周，我相信她不会弄错。而这两个瓶子，其中一个来自柯蓉城堡，雷勒夫人曾经居住的房间，另一瓶则是从您所住的房间搜出来的。”

“您到底想要说什么？什么金发女郎、柯蓉城堡的？”

加利瓦尔并没有回答她的问题，只是自顾自地在桌子上放了四张纸。

“最后，”他说，“请看这里，这四张纸上，有四个人的字迹。首先是安德尼特的，另一张是在宝石拍卖会上，一位女士写给赫舍曼先生的信，第三张是雷勒夫人在柯蓉城堡中留下的字迹，而这第四张……女士，是您留给博礼瓦日旅馆的姓名和住址。比较一下这四张纸，可以发现，它们是完全一样的。”

“您疯了吗，先生！就凭这些又能说明什么？”

“女士，这就表示，”加利瓦尔激动地说道，“您就是那位金发女郎，也就是说，亚森·罗宾的共犯和朋友，就是您！”

加利瓦尔推开旁边的房门，将房间里的吉柏先生带到了雷勒夫人的面前。

“吉柏先生，您能认得出面前的这位女士吗，她是否就是绑架您的女儿，并且也曾出现在德狄诺律师家中的人？”

“不，我不认得她……”

这句话带给加利瓦尔的无疑是震撼，让在场的所有人都感觉到，加利瓦尔的身子摇晃了一下，仿佛下一秒就会倒下去。

“不认得？怎么可能！您再仔细看看……”

“您说得不错，面前这位女士的头发确实和金发女郎的相同，而她的面色，也确实和金发女郎一样，都是苍白的，但是她们二人的面容却完全不同。”

“我不相信，您的这种错误，我无法接受……列旺斯先生，这位可是安德尼特小姐？”

“我曾在舅舅家中见过安德尼特小姐……这不是她。”

“而且，这位女士也不是雷勒夫人。”柯蓉伯爵肯定地说。

接连几个致命的打击。加利瓦尔的头有些晕，对于这样的情况，他不知道该如何是好。他低着头，一脸沮丧，他的布局，竟然完全失败了，他所设计的破案方法，竟然完全被破解了。

迪杜伊也有些束手无策，他站起身，对这起乌龙事件抱歉道：“请原谅我们所制造的混乱，女士。只是，我想不明白的是您脸上的不安……还有您刚刚走进门时那一系列奇怪的反应。”

“天啊，先生，那完全是因为我的心里非常害怕……我手提包中有价值100万法郎的珠宝，而您那位朋友的举动，确实令人无法放心。”

“可是，我听说您经常出差。”

“我的工作性质使然。不是吗？”

迪杜伊被问得哑口无言。他转身对他的下属说：“加利瓦尔，你的做法太过轻率了，而且刚刚你对这位女士的态度，也十分不尊重，你最好找时间来我的办公室解释一下。”

这场乌龙事件就此结束。正当迪杜伊准备离开的时候，亚勒女士却走到了加利瓦尔的身边，说道：“我刚才听说您的名字叫加利瓦尔？……我没有听错吧。”

“没错，就是我。”

“哦，这么说，我手上的这封信，就是交给您的。”亚勒女士解释道，“我是今天早上收到的，信上是这样写的：‘致加利瓦尔先生，请亚勒女士代转。’最初我还以为是谁开的玩笑，因为我并不知道谁是加利瓦尔，现在看来，这位寄信人，似乎早就知道我们会在这里见面了。”

在一种特殊第六感的驱使下，加利瓦尔差一点就直接将这封信抢过来撕掉。不过在自己的直属上司迪杜伊的面前，他还不敢这样做，只好拆开信封，用一种微弱的，却带着愤恨的声音念出了信中的内容：

很久以前，有一个金发女郎、一个罗宾和一个加利瓦尔。

不过，可恶的加利瓦尔想要欺负美丽的金发女郎，善良的罗宾当然不会允许这样的事情发生。另外，善良的罗宾还想要金发女郎和柯蓉伯爵夫人成为好朋友，于是就让金发女郎用了雷勒夫人这个假名字。而恰好，这个假名字，几乎和一位同样拥有金发且面容苍白的诚实的女商人的相同。

善良的罗宾告诉自己：如果将来可恶的加利瓦尔跟踪金发女郎，我就将他引诱到调查这位女商人的身上。事实证明，我所采用的防范措施既聪明又有效。我在可恶的加利瓦尔经常看的报纸上动了手脚，发了条小消息，然后让真的金发女郎故意把香水遗忘在博礼瓦日旅馆的房间里，另外还让她在旅馆的登记名单上写下了亚勒女士的姓名与住址。于是这件事情就这样搞定了。

加利瓦尔，你觉得如何呢？我真的很想详细地描绘我这条计策的细节，因为我知道，凭您的聪明才智，您一定会笑死的。说真的，这条计策还真是有趣！我从中得到了太多的乐趣了。

在此向您致谢，我亲爱的朋友，代我向迪杜伊问个好。

亚森·罗宾

“原来他竟然什么都知道！”加利瓦尔咬牙切齿地说道，“就连我根本没有向其他人提起过的事情，他也都知道！他是如何知道我会来这里请您赴约的，长官？他又是怎么知道，我找到了第一个香水瓶的……他到底是怎么知道这些事情的？”

加利瓦尔整个人陷入了一种绝望中。迪杜伊看着他这样，也觉得十分心酸。于是安慰道：“好了，加利瓦尔，不要再伤心了，下次我们做得好一点就可以了。”

说完之后，他和亚勒女士一起离开了茶馆。

十分钟过去了，加利瓦尔仍然在一遍又一遍地读着罗宾的来信。与此同时，在另一个角落里的柯蓉伯爵夫妇和列旺斯等人正在一起激烈地讨论着事情的最新进展。最后，伯爵走到加利瓦尔的面前，告诉他：“亲爱的先生，这一切的结果到头来依然是原地踏步，停滞不前。”

“真的很抱歉。不过根据我所做的调查显示，金发女郎无疑就是这所有案件的犯案人员，而她的幕后指使者正是亚森·罗宾。”

但他的调查根本没有任何作用，真正的问题或许比他们所想象的还要复杂得多。金发女郎为了蓝宝石而杀人，却让人找不到她偷窃的证据。她偷了蓝宝石之后，却因为另一个人的利益而将它卖出。

“我也没有办法解释这些问题。”

“您是没有办法，但或许另一个人可以解释……”

“您这话是什么意思？”

伯爵有些迟疑，但伯爵夫人却十分清楚他话中的意思，于是替他解释道：“我认为除了您之外，还有一个人可以和罗宾对抗，并能将他修理得服服帖帖。加利瓦尔先生，如果我们请福尔摩斯过来帮忙，您不会觉得尴尬吧？”

加利瓦尔一听，顿时不知所措。

“当然不会，只是我有些不明白……”

“总而言之，如今所发生的这些事情让我十分不愉快。我希望能够尽快解决此事，而列旺斯和吉柏两位先生也和我们有同感。经过我们的讨论，他们也同意去英国寻求那位侦探的帮助。”

“您说得对，女士。”加利瓦尔以一种颇为令人敬佩的口气说道，“您说得很有道理。已经老了的加利瓦尔再也不是亚森·罗宾的对手了。我只希望福尔摩斯能够成功对抗他，我很佩服这位侦探，只是，他不太可能……”

“不太可能成功吗？”

“我确实是这样想的。我认为福尔摩斯和亚森·罗宾之间还没有开始对决，胜负就已经确定了。那个英国人，根本不是他的对手。”

“先不论这些，不知道您是否可以全力帮助福尔摩斯呢？”

“当然可以。女士，我绝对会全力以赴帮助他的。”

当晚，柯蓉伯爵夫妇就撤回了对布莱兴领事的控告，同时，他们也将一封联名信函邮寄给了远在英国的福尔摩斯。

# 第三章　全新战局

某天晚上，亚森·罗宾将我约到了一个饭店用餐。

“先生们需要点点儿什么？”

亚森·罗宾回答说：“您看着办吧。我对吃的东西都不太讲究，但是我不要酒不要肉。”

服务员一脸鄙夷地走开了。

“怎么开始吃素了呢？”我问。

“是啊，我现在已经成了地道的素食主义者了。”他语气坚定地说。

“是口味变了还是信仰问题，还是说根本就是习惯了？”

“是卫生问题。”

“从没有犯过禁忌吗？”

“哦，当然有。大家在一起的时候，我也不想一个人太特别。”

我们所在的饭店位于北站附近。亚森·罗宾总是这样，喜欢在早上给我打电话，将我约出来，然后在巴黎的某个小角落里碰面。他似乎总有用不完的热情，就像是一个单纯的小孩子，愉快地生活着。更重要的是，他总能从他那些“平凡”的记忆中，讲出一些能够让我激动的奇闻轶事。

我觉得那天晚上的他比平时还要兴奋，说笑间带着勃勃生气。他一边自斟自饮，一边嘲讽自己的人生。看见他这样，我感到很愉快，同时也暗自惭愧，因为我是做不到像他这般可以肆无忌惮表达自己的真性情的。

“这几天，我过得实在太精彩了！我觉得活着一点都不辛苦，生命对我来说，就像是一个无穷无尽的宝藏。而且我相信，上帝一定不会限制我的寿命。”

“你说得太离谱了吧。”我感到好笑。

“我说的是真的，这个宝藏一定会无止尽的。我可以随意消磨时间，可以自得其乐，还可以肆意挥洒我的青春。我经常想做一个我自己想成为的人物，而且一想就是一整天的时间。但无论我怎么想，这些工厂老板、政治人物等，我都没有真正成为过，我是亚森·罗宾，我就始终都是亚森·罗宾，不会改变。我想就算是历史上，也找不到像我一样这般自信有内涵的人了……你说拿破仑很有自信有内涵？也许你说的是对的，但是欧洲人只要一打了胜仗，他就会自问那会不会是王朝的最后一仗了。”

他将一大杯凉水一饮而尽，然后又说道：“您今天看了《泰晤士报》了吗？”

“没有。”

“今天下午，夏洛克·福尔摩斯就已经越过了英吉利海峡，大约在六点钟就能到达这里了。”

“他来巴黎做什么？”

“柯蓉伯爵夫妇、奥特雷克的侄子列旺斯和吉柏先生邀请他过来的。他们和加利瓦尔约在北站这里汇合，到时候他们六个人一同商讨计划。”

虽然亚森·罗宾的事情总能引起我的好奇心，甚至让我非常激动，但事实上，只要是他不想说的事情，我从来不会主动过问，因为这都是他的隐私，当然除非十分必要的。关于这件事情，他开口之后，我便已经知道了，福尔摩斯是为了那颗蓝宝石而来的。由于事态严重，我便耐心听他的讲述。

“之前在《泰晤士报》上刊登了一篇对福尔摩斯的专访，那篇文章上面写到，在我的身边有一位金发女郎，而她很可能就是杀害了奥特雷克男爵的凶手，而她也很可能就是打算偷取柯蓉伯爵夫人手上那枚价值连城的蓝宝石戒指的人。另外，那篇报道中还指出，这些案件的背后主谋就是我。”

听了亚森·罗宾的话，我不禁打了一个哆嗦。我是否应该相信一个经常偷盗之人口中的话呢？是否有可能他对案件的思考逻辑，已经在一步步指引他走向犯罪的道路？我静静地观察面前的人。他表现得很平静，眼神还是和以往一样的深邃。他的手指修长而优雅，像是一名艺术家的手。

“福尔摩斯真是乱来。”我说。

“不，福尔摩斯很细心，他的思考十分缜密。”

“思考缜密？”我有些不解。

“是的，这个专访，就是他的高明之处。”他解释道，“首先要说明的是，他的这篇专访报道就是他在向世人宣布，他是已经打败了所有英国的侦探对手，从而被邀请到法国来的，并以此向我表现了他能够摆平最棘手案件的能力。其次，他已经将案件的各个疑点都挑了出来，表明他的心思都在案件上，只关心这起案件。所以，这将会是一场十分精彩的战局。”

“不管福尔摩斯做了什么，这一次他和加利瓦尔算是联手了，你将会以一敌二。”

“哦，有一个人不用认真对付。”

“那另一个呢？”

“哦，你是说福尔摩斯？我很了解他，所以这就是让我至今仍兴致勃勃、兴奋的原因。首先摆在面前，需要克服的就是自大的问题，因为所有人都认为他想要战胜我是不可能的事情，我担心自己的内心也会如此想。人们都相信我必然会胜利，然后又都热衷于观看我和福尔摩斯的斗智斗勇。其次，这一次我必须全力以赴，因为根据我的了解，他是一个十分难缠的家伙。”

“这么说，他非常厉害？”

“是的。作为侦探，我不相信他会每次都出相同的招数，只是在这件事情上，我比较占便宜。他是猫，我是老鼠，我的角色让我扮演起来比较容易，而且……”

他笑了笑继续说道：“而且我知道他的策略，他却不知道我的想法。我会首先出击，让他看看我的厉害。”他用手指轻轻敲击着桌面，神色愉快。

“亚森·罗宾对战福尔摩斯，法国对战英国，真是一场为塔拉法尔加复仇的好机会。可怜的福尔摩斯怎么也不会想到，我已经准备好，在迎接他的到来了，一场旋风，就要由我亚森·罗宾刮起来了！”

说到这里时，他突然停了下来，又用手指轻轻敲了敲桌子。之后他将自己的脸埋在了餐巾的后面咳嗽了一会儿。

我以为他被东西卡住了喉咙，却听到他说：“请把我的外套和帽子给我，朋友，我们该走了。”

“为什么？”我不解。

“刚才进来的那两个人，你盯着那个高个子的，一会儿出门的时候，从我的左边走，将我挡住，别让他看到我。”

“你说的是，坐在我们后面的那个人吗？那个人是谁？”

“是……福尔摩斯。”

亚森·罗宾努力克制了一下自己，以往的他是不会这样激动的。然后他将餐巾放回原位，又喝了一口水之后，对我微笑着说：“很可笑吧，我也说不清楚，但我知道这家伙不简单。”

“你害怕什么？你的易容术那么高明，没有人能认出你来。就算是我，也经常会以为你是另外一个人，根本不知道眼前的人真的是你。”

“可他能够认得我。”罗宾说，“虽然他只见过我一次，但我觉得，他应该会一辈子都认识我。虽然我的外表经常不同，但他还是能认出我来。不行，我得快点走了，真是狭路相逢，竟然会在这样的小餐厅遇见他。”

“既然这样，那我们还是赶紧离开吧。”

“不……我想我现在最好还是主动出击。反正我有他想要的答案。我觉得此时他正在盯着我的后背，已经开始怀疑我了。”罗宾思索着，嘴角不自觉地露出一抹狡黠的笑。

“您真的这样想？”

就在这时，罗宾突然大笑着站起身，并转过身对我说道：“真是太巧了，请允许我向您介绍一位我的朋友……”

气氛一下变得尴尬起来，福尔摩斯转向亚森·罗宾，然后本能地向前倾了一下身体，像是要抓住他似的。

罗宾却摇了摇头，说：“您这样就不对了，光有漂亮的姿势是抓不住我的。”

福尔摩斯顾左右而言他：“这样当然是没有用的，您也一定有什么好对策，想要对付我吧。那就表现出来吧！”在这种情况下，这位似乎是最厉害的英国人也必须施展一下自己的计谋了。他站起身，冷冷地介绍道：“这位是华生先生，我的朋友，合作伙伴。这位是亚森·罗宾先生。”

华生听到这话，惊讶地问道：“先生……您为什么不马上逮捕他？”

“你没注意到吗，这位先生站在我和门的中间，而且距离门口只有两步的距离，在我还没来得及抓到他的时候，他就已经夺门而去了。”

“这不算什么。”亚森·罗宾果然就站在福尔摩斯和门之间，这也显示出了他的谨慎小心。

华生看了看福尔摩斯，刚想表扬一下他的聪明，然而下一秒福尔摩斯却找来了服务生，点了苏打水、啤酒和威士忌。不一会儿，几个人就坐在了桌子边聊起天来，仿佛二人之间已经签订了和平条约一样，谁也没有再动。

福尔摩斯的外表十分平常，就像是我们每天在大街上都能遇到的那种人。他五十几岁的年纪，留着橙红色的胡须，下巴上十分干净整洁，脸上的表情略显沉闷，那模样和老派伦敦人没有差别。唯一与众不同的，就是他那双敏锐，似乎能洞察一切的眼睛。

很快，亚森·罗宾和福尔摩斯的谈话，就进入了主题。罗宾询问起福尔摩斯这一次将要在巴黎逗留多久。

“我的行程时间得看您的了，罗宾先生。”

“如果真如此，我希望您能在今天晚上就返回伦敦。”

“今天晚上有点早。我希望能够在八到十天之后回去。”

“看来您很忙。”

“我手上的案件实在太多了，除了中央银行失窃案之外，还有埃克莱斯顿夫人的案子等着我回去处理……所以，罗宾先生，您看一周时间够了吗？”

“即使还要同时侦办蓝宝石的案件，一周的时间对您来说也绰绰有余了。当然，在这段时间里，我得十分注意我的个人安全了。”

“办理此案，我的计划是八到十天。”

“也许您能在第十一天逮捕我。”

“不，最晚第十天。”

罗宾想了想，摇了摇头，表示不赞同。“很难。”

“是难，但还是有很大可能，并且一定可以的。”

“绝对可以做到！”华生像是在为案件做定论一样。

“华生，这一次你可以做个见证。”福尔摩斯转身，“现在，我的手中一张王牌都没有，毕竟这件事情是发生在几个月前，现在我的手中缺乏调查中要依靠的证据，现在所缺少的正是可以支持我的论点的线索。”

“目前我们手中所掌握的线索，只有加利瓦尔先生所调查到的情况。”华生补充道。

“是的，我们可以通过这些线索进行一些假设和分析。”

亚森·罗宾对福尔摩斯的口吻一贯带着些许敬畏，他说：“先生，您不觉得您的做法太过草率吗，这些线索真的可靠吗？”

福尔摩斯将烟草慢慢塞满烟斗，点上火抽了起来，然后说道：“我相信这件事情原本就没有想象中的那么复杂。”

“奥特雷克男爵之死、戒指的失踪，514-23号彩票事件，这些对我来说，其实都只是同一件事情，这些不过是那位金发女郎的故弄玄虚而已。只要我找出其中的关联，就能轻而易举地将这三件事情串联起来。至于加利瓦尔先生的判断，未免有些草率，他太高估这几件事情了，他根本没有发现这几件事情的联系，所以，对于他的办案方法，我无法认同。而对我而言，找到那个能够将三件事情联系在一起的关键要素，就是当务之急。”

“您能再说得明白一些吗？”罗宾看着福尔摩斯说道。

“这很简单。”福尔摩斯解释道，“从一开始，您和吉柏先生发生冲突的地点是在德狄诺律师的公寓里，这个地点是您挑选的，因为您觉得这里比其他地方安全，所以您的胆子也大了，您可以让金发女郎和吉柏小姐出现了。

“接下来我们再说说蓝宝石。蓝宝石还在奥特雷克男爵手上的时候，您就想着将它占为己有。之后，男爵继承了他哥哥的公馆，住进了那所发生命案的宅邸。于是在六个月后，安德尼特便潜了进去，并进行了第一次偷盗的尝试，很显然，她当时没有成功。之后便是在拍卖会上的交易了，不过，这真的是一场公平的交易吗？那位富有的收藏家真的能买到那枚戒指吗？当然不能。就在赫舍曼即将拍卖成功的时候，一位女士托人带给他一封恐吓信，从而影响了他下最后决定的时间。最后，柯蓉伯爵夫人胜出，她获得了这颗蓝宝石。宝石会就此不翼而飞吗？不，如此的作案手段不够完美。后来，公爵夫人将蓝宝石带回了自己的城堡，这恰好是您期望的，之后这枚镶嵌着蓝宝石的戒指，果然不见了。”

“可最后，这颗宝石却出现在了布莱兴领事的牙粉里，这有违常理。”罗宾反驳。

福尔摩斯敲了下桌子，说道：“我没有时间和您在这里闲扯。您留下这么多让别人无法解释的疑点，真是我见过的最狡猾的狐狸 。”

“您何出此言？”

“藏在牙粉里的宝石是假的，而真的，早就已经被您拿走了！”

亚森·罗宾沉默了一会儿，然后，他盯着面前的英国人，只是淡淡地说道：“先生，您果然很细心。您是唯一能够看清事实真相的人。”

“现在，我最想搞清楚的就是三件事情所发生的地点，克拉贝隆25号、亨利马丁林荫道134号以及柯蓉城堡围墙这三者之间的关系，问题的所有关键都在这里。我想，在未来的十天内，我将会完成任务，没错吧，罗宾先生？”

“十天，足够让您了解一切真相。”

“您会被逮捕的。”

“不会。除非出现了十分偶然的情况，或者是一连串的倒霉事，否则您是不会逮捕我的。我不会允许这样的事情发生。”

“罗宾先生，即使没有特殊情况，不发生什么倒霉事儿也没有关系，因为我相信只要凭着一个人的顽强意志，就足够了。”

“福尔摩斯先生，如果一个人会固执，那他一定是遇到了同样固执的阻碍。”

“不会有那样的阻碍的，罗宾先生。”

两人目光锐利地交接在一起，没有丝毫挑衅，只有平静和坚定，他们像两把锋利的剑，只要遇到一起，必然会擦出铿亮的火光。

“这将会是一个好的战局。”罗宾说，“福尔摩斯先生是一个难得的好对手，我们得好好玩一下。”

“你就不害怕吗？”华生问道。

“有点儿害怕。”罗宾起身说，“我得赶紧找出证据，不然，可能就要失去藏身之所了。福尔摩斯先生，我们讲好了，就十天时间。”

“十天。今天是周日，到下个星期三中午十二点为止，所有真相都将水落石出。”

“到那时，我将会被关进大牢吗？”

“是的，没错。”

他们彼此如绅士一般互相道别。此时他们二人之间是没有什么恩怨的，但上天注定他们二人之间要分出胜负，所以一场无硝烟的战争也注定会上演。

罗宾虽然不抽烟，但他刚一走出门，就一根接着一根地点着香烟，不过都没有抽，他就直接将它们熄灭了。后来他索性丢了烟，跑过马路，隔着玻璃看那两个人在做什么，之后又跑回来。

“很抱歉，这个该死的福尔摩斯故意刁难我，不过，我向你保证，我罗宾也绝对不是省油的灯。很快，我就会让他见识一下我的厉害……我要先走一步了，事情比较紧急，我不能再浪费时间。”

他匆忙离开了。

就这样结束了这个令人感到奇怪的一天，不过在后来的几个小时里，又出现了很多事情。

就在罗宾和我说再见的同时，福尔摩斯从怀里掏出表看了一下，然后站起来说：“现在是八点四十，九点钟的时候，我得到车站和伯爵及他的夫人见上一面。”

他们先后走出了房间。

刚一走出门，福尔摩斯就说道：“不要回头，或许有人正在跟踪我们。你来说一说，为什么今天晚上我们会在这里见到罗宾？”

华生毫不犹豫地说道：“来这里当然是吃饭啊！”

福尔摩斯无语，“和我在一起工作这么久了，你竟然一点长进都没有。”他说，“其实他是想来确认一下，我是否会和柯蓉夫妇见面。”

“现在你沿着这条路往前走，然后换乘三辆车去把我们寄存的行李取回来，然后飞快地赶到‘爱丽舍旅馆’来。”

“去‘爱丽舍旅馆’？”

“订一间能够让你舒适休息的房间，好好睡上一觉吧，然后等我的指令。”

华生一脸骄傲地离开了，福尔摩斯买了火车票，上了开往亚眠的快速火车，柯蓉伯爵夫妇二人都已经在车上了。

火车开出十分钟之后，他坐到了柯蓉伯爵夫人身边，“夫人，戒指带来了吗？”

“是的。”

“请您借给我看一下。”他把戒指拿过来之后，仔细看过，“果然不出我所料，这个是复制品。”

“您说这枚戒指是复制品？”

“是的。将宝石碎片放在高温下，熔化重组，就能让它成为一颗看起来像是宝石的石头。”

“不可能，我的宝石可是货真价实的！”

“您的宝石确实是真的，但这不是您的。”

“那我的宝石呢？”

“在亚森·罗宾的手上。他用这颗假的换走了您手上的那颗真的，然后又把这颗假的放进了布莱兴先生的牙粉瓶里，用来代替您的那颗宝石。”

“您确定这颗真的是假的？”

“绝对是假的！”

伯爵夫人对于这个结果，感到非常震惊。她的丈夫对此也感到有些怀疑，于是拿起那颗宝石仔细端详起来。过了好半天，伯爵夫人才结结巴巴地说：“这……可能吗？为什么他不干脆直接将真的宝石偷走，还要多此一举呢？还有，他究竟是如何做到的？”

“这就是我要弄清楚的。”

“在哪？柯蓉城堡吗？”

“不，我会先在克莱耶下车，然后去巴黎。那里才是我和亚森·罗宾展开较量的地方。虽然在哪里都可以，但我还是要给他制造一种假象，让他觉得我其实是在旅行。”

“那么……”

“夫人，您关心的是您的那颗真的宝石吧？放心吧，我已经做了承诺，我会以我福尔摩斯的人格做保证，我一定会将真的宝石送回您的手中。”

火车减速了，福尔摩斯将那颗假宝石放进了自己的衣服口袋中，车门打开的那一刻，他下了车。

伯爵激动地说：“先生，您怎么从背对着月台的方向下车？”

“用这样的方法，就能甩掉罗宾派来跟踪我的人了。再见！”一位列车员想要阻止他，但却没有用。这位英国人径直走向站长室。五十分钟后，他跳到了另一班开往巴黎的火车。

在午夜前夕，他再次回到了巴黎。他跑着穿过了车站，之后跳上了一辆马车。

“车夫，请到克拉贝隆路。”

在确定没有被人跟踪之后，他让车停在路口处。接着，他用自己的脚丈量了一下德狄诺律师家和邻居家的距离，并在笔记本上记下了脚步的数量。

“车夫，请再到亨利马丁林荫大道。”

车停在亨利马丁林荫大道与庞伯路的交叉口处。福尔摩斯沿着人行道找到第134号，又开始在奥特雷克男爵的住宅和两栋紧挨着的建筑之间，用自己的脚做了相同的测量，另外他又测量了每栋房子的宽度，并且计算了房前小花园的长度。

夜色下，福尔摩斯看到在公馆住宅花园的栅栏门上挂着“出租”的告示牌。此时，这里只是一栋无人居住的房子。

“自从男爵死后，这里就成了一栋空宅，如果我能进去，我就可以看到第一案发现场。”福尔摩斯自言自语道。

他是一个行动派，一旦有想法了，就一定会付诸行动。可是他该如何进去呢？这里的栅栏高度，是他不可能翻越的。

他从兜里拿出手电和从不离身的万能钥匙。令人惊讶的是，他却发现有一扇门已经打开了。于是他走进去，小心地将门半掩上。然而，他还没有走上三步路，就突然停了下来。因为他发现，在二楼那里，竟然有微弱的光传了出来。接着，那道光又下到了一楼，穿过一个又一个房间。

“究竟是谁这么大胆，半夜一点到这个曾经发生过命案的地方？”福尔摩斯既好奇又觉得有些奇怪。

他知道，只有亲自去看看，才能知道答案。可是，当福尔摩斯走到楼梯口的时候，楼上的灯光，却突然熄灭了。那个人肯定发现了福尔摩斯。

福尔摩斯听不到任何的声音，他没有办法找到那个人。他摸着黑走进了一个房间，在窗边向下看的时候，他发现那个人此时竟然已经到了院子里。毫无疑问，那个人是从另一道楼梯走下去，并且从另一扇门出去的。此时，他正沿着灌木丛偷偷向着前面走着。

“竟然想逃！”福尔摩斯迅速冲下楼梯，跳下台阶，希望能够在前面拦住那个人，但遗憾的是，他的眼前一片漆黑，根本看不见那个人的身影。几秒钟内，那个人就在那大片灌木丛的掩护下溜走了，就连树枝都没有摇晃一下。

福尔摩斯被搞糊涂了，“那个人是怎么逃走的，为什么能够如此从容？难道这个人一直站在那里监视我，等一下好阻挠我追查案件吗？”福尔摩斯敢肯定这个人绝对不是罗宾，因为罗宾的身手要更灵活一些，所以这个人很可能就是他的同伙。

时间一分一秒地过去了，对方仍然没有一点动作，似乎只是在观察着福尔摩斯的行动。既然对方没有任何动作，福尔摩斯也不想再这样和他耗时间，于是他检查了一下左轮手枪是否装好了子弹，又拔出匕首。面对眼前的大胆狂徒，福尔摩斯不敢掉以轻心。

突然有什么声音传了过来，那是对方在将子弹上膛的声音。福尔摩斯把目光转向了灌木丛，已经不能退却了。那个人已经注意到他了，这将会是一场无法避免的殊死搏斗。他循着声音冲了过去，抬手一拳将对手打翻在地，迅速翻身骑在了那个人的身上，一只手紧紧扼住对方的喉咙，另一只手拿出手电，他想要看看究竟是谁在监视他。

“华生！”但看清被自己压在身下的人是谁的那一刻，他惊声尖叫。

“福尔摩斯。”华生颤抖地说出这个名字。

此时他们二人都已经筋疲力尽，脑袋一片空白，谁也弄不明白究竟发生了什么事情。外面驶过的车子喇叭的声音，打破了这瞬间的沉默。福尔摩斯的手指还按在华生的脖颈处，华生的气息越来越弱，脸色也开始变白。福尔摩斯忽然十分生气，他放开华生的脖子，双手摇晃着他的肩膀问道：“你在这里做什么？是我让你过来监视我的吗？”

“监视您？我不知道那个人就是您。”

“那你来这里做什么？你不是应该在睡觉的吗？”

“是啊，我睡觉了。”

“你应该睡着。”

“是的，我睡着了。”

“那你就不要醒啊！”

“是您的信让我……”

“我的信？”

“是啊。就是您托人送给我的信。”

华生拿出一张纸，在手电的照射下，福尔摩斯能够看清上面写了什么，他惊讶地读着：“华生，起床，马上到亨利马丁林荫大道。房子是空着的，你进去仔细查看每一处，然后做一份完整的记录，之后再回来睡觉。福尔摩斯。”

“发现外面有人靠近的时候，我正在测量房间。当时只有一个想法……”

“制服那个人？想法是没错，但华生，下次再收到信的时候，你最先做的应该是确认一下这是否真的是我的笔迹。”福尔摩斯一脸郁闷地说道。

“所以说，这不是您写的信？”

“当然不是了。”

“那会是谁写的？”

“亚森·罗宾。”

“他为什么要写这样一封信给我？”

“这个我暂时还不知道，而这也正是我所担心的。为什么这鬼东西要找到你呢？他针对的人应该是我，可是却给你写了这样一封信……这家伙究竟在想什么？”

“我们还是快点回旅馆吧。”华生说。

“我也这样认为。”他们走到铁栅栏门边，却发现门外面被人上了锁，他们没有办法出去了。

福尔摩斯也使劲摇晃了一下，根本没有办法将门打开，只好停手。

“现在我终于明白了，是他，他知道我一定会到克莱耶来，所以才会在我要调查的地方设下陷阱，从而阻挠我办案，另外还将你叫来和我一起做伴。他所做的一切，都是为了拖延时间，不想让我找到真相。”

“所以，现在我们是他的阶下囚吗？”

“是的，现在你和我都是他，亚森·罗宾的阶下囚。这件事情真是越来越精彩了。可是……不能让他得逞。”

就在这时，二楼上有一扇窗户里透出了光亮。华生拍了拍福尔摩斯的肩膀，指着那盏灯。

二人彼此看了对方一眼，迅速朝着那间房间跑了过去，眨眼之间已经冲进了那间亮着灯的房间。

在房间的地板中央放着一支蜡烛。蜡烛旁边放着一只装有酒、鸡腿和面包的篮子。

福尔摩斯哈哈大笑起来。

“真是太好了，竟然有人帮我们送吃的。好了华生，你别哭丧着脸了！这一切真是太好笑了。”

“您确定这真的好笑吗？”华生忧心忡忡，一点也不觉得好笑。

“是啊！”福尔摩斯肯定地说，“我从没有见过这么好笑的事情，这真是一出好戏。亚森·罗宾果然是恶作剧的高手。我被他骗了，而且是如此巧妙地骗了。”

福尔摩斯的话让华生重新振作起来，他们将鸡腿和酒都消灭了。二人就在地板上凑合着睡了一夜。

第二天清晨，当华生醒过来的时候，他听到了一些声音，是福尔摩斯发出的。此时的福尔摩斯正双膝跪在地上，仔细观察着地板上的一些几乎被抹掉了的粉笔灰，上面记录着的数字，和他笔记本里的一样。同样的粉笔记号，在另外两个房间，也同样被发现了。除此之外，福尔摩斯发现在橡木墙板上画有两个圆圈，在天花板上有个箭头，在楼梯的四级台阶上还有四个数字。

过了一个小时左右，福尔摩斯说道：“依照他的幽默性格，这些数字，一定代表着什么含义。”

“这件事情已经很明显了，这些数字就代表地板的片数。”华生说，“至于那两个圈，则代表了那墙板之后是空心的，不信您可以亲自敲敲看，而箭头则指着升降器的方向。”

福尔摩斯惊讶地看着他，赞叹道：“我的好朋友，你是怎么知道的？你的聪明才智，让我自愧不如。”

华生扬扬得意地说：“这其实很简单，因为我昨天听从您的指示……哦，不是，是依照着那封信的指示，跟踪调查过这些记号了。”

虽然福尔摩斯的口中夸奖着华生，但是此时他的内心已经快要被气炸了，他现在比刚刚发现那个监视自己的人竟然是华生的那一刻还要生气。但他最后还是定下心来，似笑非笑地说：“真是太完美了，我们的工作已经有了很大的进展，你的观察和分析能力，真是值得我学习和表扬。不知道你是否可以将它应用到其他方面呢？”

“哦，很遗憾。”

“那真可惜了，我们只有先离开这里了。”

他们想要从正门离开是不可能的，因为那里已经被人锁上了，没有人能够从这里走出去。无奈之下，他们二人只好喊离这里最近的巡逻警察过来给他们开门。接着他们被带到了警察局进行了一番严密询问，最后才将他们二人放了出去。而这审问的过程，一点都不令人开心。

警方派了一辆车将他们二人送到了爱丽舍旅馆。华生到前台去取房间钥匙，结果却被告知，他们二人今天早上已经退房了。

“这怎么可能？”华生惊呼一声。

“今天早上，您的朋友交给我们一封信，说您要退房。”

“什么朋友？”

“当然是将那封信交给我们的先生……您看，他还留下了一张您的名片。”华生拿起来一看，这确实是他的名片，也确实是他的字迹。更可恶的是，他们的行李，也被人取走了。

他们两个人苦笑着来到了香榭丽舍大道上，谁都没有说话，都在思考着这一天的种种不光彩的经历。

福尔摩斯点燃了烟斗，又继续走了几步。

“真不明白您为什么还能这样淡定。人家将您当老鼠一样戏耍，也不见您生气，还能这样不吭声。”

福尔摩斯突然停住脚步，转过身来说道：“华生，我刚刚在想你的名片。”

“为什么？”

“这个人能够猜到我们将要进行的事情，对我们的策略了如指掌，而且还能模仿你我二人的笔迹，另外还能随时拿出你的名片……能做出这样事情的人，一定是一个十分聪明、敏锐且异于常人的人。”

“那您的意思是。”

“也就是说，为了能够打败这样一个人，你必须像我一样沉着冷静，只有这样，我们才能找回自己的尊严。还有，你应该知道，第一回合，我们并没有赢。”福尔摩斯笑着说道。

事实和福尔摩斯所料想的一样，下午六点的时候，《法兰西回声报》就刊登了这样一篇文章：

今天早上，十六区警察局的特派员戴那先生释放了夏洛克·福尔摩斯和华生两位先生，这两个人于前一夜擅自闯进了奥特雷克男爵的故居，并被亚森·罗宾关在了那里，他们二人在里面度过了一个夜晚。

另外，他们二人的行李，也丢失了，而这件事情，他们已经向警方报案，并指控是亚森·罗宾所为。亚森·罗宾对于这次能给他们二人小小教训的事情十分满意，也希望他们不要做更过分的事情，进而逼得他做出更加任性妄为的事情来妨碍他们的行动。

“可恶！”福尔摩斯生气地将报纸揉成一团，并狠狠扔掉，“这还是我第一次想要破口大骂一个人，他实在太过分了，这些舆论也未免太过抬举他。真是个不识好歹的家伙！”

“所以，您还能保持冷静吗？”

“放心，我会一直保持冷静。”福尔摩斯语气带着愤怒，却又反驳道，“我有什么好生气的，鹿死谁手还不知道呢！”

## 第四章　同一个建筑师

福尔摩斯整个下午的时间都在抽烟和睡觉中度过了。到了第二天，他便开始了新的调查行动。

福尔摩斯先后约见了三个人，他们分别是德狄诺律师，他仔细地检查了这位律师的公寓。之后他又打电话给吉柏小姐，请她过来，和她聊了一下金发女郎的事情。最后是修女欧格斯特，自从听说奥特雷克男爵被人杀害了，她就离开了修道院。

这几次见面，华生一直都等在外面。每次福尔摩斯出来之后，他都会询问："是否还愉快。"

"嗯，非常愉快。"

"我就知道，您的计划绝对是正确的，走吧！"

他们二人跑了很多路，先后查看了环绕在亨利马丁林荫大道的两栋房子以及克拉贝隆25号门前的那条路。

"很显然，在这几栋建筑之间一定存在着某些密道，只是我还没有找到。"

就在他们谈话的时候，突然有什么东西从他们头顶上掉了下来，那东西落在他们的脚边，竟然是一个装了半袋沙子的麻袋。若是刚刚被砸到，此时一定受伤不轻。

福尔摩斯抬头朝着上面看过去，只见上面正有几个工人在脚手架上工作。而脚手架就在五楼的阳台上。

"还好我们还算幸运。"他说，"就差一步，就砸到我们的脑袋上了，否则就真的是飞来横祸。"

话刚说到一半，他突然想到了什么，一个箭步朝着那栋房子冲了过去。接着他上了五楼，打开房门之后直奔阳台而去，只是此时哪里还有什么工人？半个影子都没有。

"刚才在这里工作的工人呢？"福尔摩斯问随后赶来的仆人。

"刚刚已经出去了。"

"从哪里离开的？"

"从工作楼梯离开的。"

福尔摩斯从窗户探头出去，看见有两个人已经出了楼门，推着自行车，一脸得意地离开了。

"他们在这里干了多久了？"

"这两个人是新来的工人，今天早上刚刚开始在这里干活。"

福尔摩斯和华生会合之后，一脸沮丧。二人回到旅馆，在沉闷中结束了这一天。

第二天，他们又来到了亨利马丁林荫大道，坐在一条长板凳上，看着对面的那三栋建筑。

福尔摩斯说："真希望能出点儿什么事情，哪怕是一件很小的事情，也许就能为我们带来转机。"

"要是始终没有线索呢？"

"总会有一些线索的，一些可以影响到大局的线索。"

后来确实出了一件意外的事情，打破了现在的僵局。

有位先生骑着马正走在大道上的两条车道中间的马道上，然而那匹马却突然偏离了马道，撞向了福尔摩斯他们所在的长凳，马屁股恰好从福尔摩斯的肩膀擦过。

"您的马差点将我的肩膀撞坏了。"就在那位先生和他的马纠缠不休的时候，福尔摩斯愤怒地掏出了手枪和证件，瞄准了他。

华生连忙上前阻止了他，"先生，请您不要激动。"

就在福尔摩斯和华生说话的这会儿，那位骑着马的人狠狠刺了马一下，接着跑远了。

"笨蛋，你难道没看出来那个人是亚森·罗宾的同伙吗？"福尔摩斯怒不可遏。

"刚刚那个人和那些朝我们头上扔沙袋的人都是亚森·罗宾的同伙，如果不是你拦着我，我只要开枪打中他的马，现在我们就已经抓到一个罪犯了。你现在简直就是在给我添乱。"

华生被福尔摩斯的样子吓坏了，整个下午都闷闷不乐。五点钟，当他们正沿着克拉贝隆路走的时候，突然迎面撞过来三个手挽着手唱着歌的年轻人，直到撞到了他们二人，这些人挽在一起的手也没有松开过。之后，两方人就发生了冲突。其中两个人被福尔摩斯打倒在地，另外一个人见占不到便宜，便仓皇而逃了。

"我正愁着没处发泄呢，你们就自己送上门来了。"

福尔摩斯正打算和他们大干一场，却发现一边的华生正倚靠在墙边，有些不对劲。他的脸色苍白，手臂无法动弹。经过检查，才发现，原来华生的手臂竟然断掉了，必须得立即做手术。

在等待手术的过程中，医护人员帮华生换下了衣服，以减轻他的痛苦。福尔摩斯一边扶着他的手臂，一边说道："好了，朋友，你忍耐一下，再有几天，那些无赖就不能再出现了，我会让他们付出代价的。亚森·罗宾，我是不会放过他的，我以我的人格做保证。"

他像是突然想到了什么似的，突然停了下来。接着他张开双臂，使劲拥抱了一下面前的华生。结果可想而知，这突如其来的动作，令华生痛得直接晕了过去。福尔摩斯拍了一下自己的脑门说道：“华生，我想起来了，这些绝对不会是巧合。所有事情都可以串联起来，我真是太笨了，竟然绕了这么一个大圈子。只是现在，仍然有些疑点需要我再仔细思考一下。不过，朋友，我想你知道这些之后，一定也会非常高兴的。”

他将华生放平躺下后，一直朝着克拉贝隆25号跑了过去。

在门的右下方的位置，有一块石头上刻着这样一行字：建筑师，德斯坦，1875年。

而在23号的门前也有这样的标记。可是，在亨利马丁大道那边呢，又刻了些什么东西?

福尔摩斯叫了一辆马车，迅速赶往亨利马丁林荫大道134号。

在公馆的门前，他看到了那块刻有字迹的石头，那上面写着：建筑师，德斯坦，1874年。而在相邻的几座建筑的墙上，也同样刻着“建筑师，德斯坦，1874年”的字样。

这些发现让福尔摩斯分外激动，他终于找到了可以击退敌人的方式。

之后，福尔摩斯又跑到邮局，打电话到柯蓉城堡，询问相关情况。接电话的是伯爵夫人本人。

“是福尔摩斯先生吗，事情可还顺利?”

“事情进展得很顺利。不过我还有一件事情想要询问您。”福尔摩斯问道，“麻烦您告诉我柯蓉城堡是什么时候修建的，建筑师又是谁。”

“在门前的台阶石头上有标记，建筑师，吕贤·德斯坦，1877年。”

“谢谢您，夫人！”

他一边走还一边念叨着：“吕贤·德斯坦……应该是一位有名的人，名字听起来怎么这么耳熟?”

福尔摩斯跑到图书馆，查询了一下现代名人辞典，终于找到了这个吕贤·德斯坦的相关资料。此人生于1840年，是罗马建筑大奖的获得者，获得过荣誉勋章，曾经撰写过很多与建筑有关的重要著作，设计了很多富有艺术价值的建筑物……深受建筑师和建筑爱好者的推崇。

离开图书馆，他回到了药房，之后又去了华生所在的医疗中心。

“我找到线索了。”福尔摩斯一进门就大声说道。

“什么线索？”

“我已经找到了有关那个金发女郎，在几起案件中能够做到神秘失踪的线索了。还有为什么罗宾会选择这三栋房子。”

“是吗，究竟是为什么？”

“因为，这三个地方的建筑师都是同一个人，这本来就是一件很明显的事情，可是很少有人会想到这里。其实，同一个设计师，只要把这三个相似的情况联系在一起，并重新组织，就能明白了。真的是表面神秘莫测，实际很简单啊！”

“朋友，既然你已经分析出了这么多，那么我们现在就要开始行动了是吗？我已经有些等不及了。而且今天已经是第四天了。”

“是啊，不过我刚才在过来的路上想到，既然这些坏蛋可以将你的手臂打断，那是否也会使用同样的手段，将我的手臂打断？”

福尔摩斯又接着说道：“这真的是给我们上了宝贵的一课，我们可以从中收获不少。华生，咱们之前的失误就在于，让亚森·罗宾知道了我们都发现了什么，然后他在做好了充足准备的情况下，对我们出击。一直以来，都是他在暗，而我们在明。不过好在这次还不是太糟糕，他只伤到了你……”

“是啊，他只伤到了我……”华生有些郁闷地说。

“其实我们本来可能会更惨。但如今我们可以在暗处自由来去，一整天都没有被人跟踪，这其实已经证明，我们还是占有优势的。”

“或许加利瓦尔可以帮您。”

“不，除非我亲手抓住了亚森·罗宾，然后对他说：‘可以将罗宾关起来了，大牢就是他的住所了。’直到大功告成之后，我才会按照加利瓦尔给我的两个地址去找他，也许他会住在佩尔莱斯路，也许他会住在夏特莱广场的瑞士小酒庄里。不过，现在，我还得单独行动。”

他来到床前，对着受伤的华生甚为关心地说：“老朋友，你现在的任务就是帮我牵制住罗宾的两三个手下。你只管好好照顾自己，在罗宾的手下想要找到我的踪迹时，让他们无功而返。这个角色现在非常适合你。”

本来华生还想要福尔摩斯帮他拿一下水杯，他现在非常口渴，但福尔摩斯却将此事抛诸脑后，说完这些后，就直接离开了。

不久之后，一个身穿黑色礼服的人来到了德斯坦先生的住所。他按响了门铃，口中说道："德斯坦先生。"

佣人从公馆里走了出来，打量他一眼之后，发现来者是个头发微卷，一脸胡茬的矮个子男人，虽然身上穿戴整齐，但却浑身透着一种粗俗。于是轻蔑地问道："先生，您有名片吗？"

这位来访者没有名片，但是他的手中却有一封介绍信，于是他便托佣人将信拿给了德斯坦先生。

之后，他被带到了公馆里侧面的一处园亭里。老建筑师此时正靠在墙上读书。

"您就是史迪克曼先生？"

"是的，先生。"

"我的秘书告诉我他病了，于是介绍你过来这里接替他的工作，继续整理这些书，将它们分好类别。尤其是这些德文书，你以前有过这方面的经验吗？"

"是的，先生。我有相当丰富的经验。"史迪克曼说着一口浓重的日耳曼口音。

由于这位先生的条件满足建筑师的要求，于是他们双方很快就达成了协议。而这位新秘书，也迅速投入到工作中。但事实上，这位新秘书正是福尔摩斯假扮的。

为了避开亚森·罗宾的跟踪，同时能够埋伏在德斯坦的身边，福尔摩斯只能用这种方式潜伏在这里。他从别人那里得知，德斯坦的身体不太好，已经退休在家，看书就成了他的唯一乐趣。听说德斯坦还有一个和他同样奇怪的女儿，整天不离开房间，可谓大门不出，二门不迈。

福尔摩斯一边完成德斯坦分给他的任务，记录各类书籍的书目，一边在心中紧张地思索着。"虽然这些不是能够解开谜题的关键，但这毕竟是一个不小的进展。说不定答案就要出现了，德斯坦先生和亚森·罗宾两个人究竟是不是同伙，他们二人是否认识？还有这三栋房子的图纸资料，是否在这里？那些图纸上会不会泄露什么秘密？比如有关其他建筑物的信息，这类建筑物中，一定有一栋房子是属于亚森·罗宾和他的同伙的老巢。"

对于自己的假设，德斯坦先生和亚森·罗宾是同伙，这位德高望重的老先生也会做一些不光彩的事情，福尔摩斯觉得有些不靠谱。更重要的是，德斯坦在三十年前建筑那些房子的时候，不可能就已经认识了罗宾。怎么说，那时候的罗宾，也还只是个孩子而已。

福尔摩斯对工作十分尽职，从他刚一踏进公馆的那一刻，他就感觉到这里似乎弥漫着一种诡异的气氛，似乎正有一个秘密在酝酿中。

第二天早上，事情依然没有任何进展。直到下午，他才第一次见到了克洛蒂·德斯坦小姐。她是来书房找书的。这是一个30岁的女人，她的头发是棕色的，脸上满是淡漠，给人一种拒人于千里之外的感觉。她只简单和他的父亲交谈了几句，之后就离开了，整个过程好像都没有看到福尔摩斯一般。

下午五点钟的时候，德斯坦先生有事外出了，留下福尔摩斯一个人在书房那个足有一人高的大书架上继续工作。

外面的天逐渐暗了下来，是他该行动的时候了。不一会儿，他就听见有什么声响传过来，有人在这间房间！又过了好一会儿，眼前突然出现的场景将他吓了一跳。在朦胧的暮色中，他看到在距离他不远的阳台上，出现了一个人影。这个人是什么时候站在这里的，他来了有多久了，他又是从哪里来的？

这个人朝着大橡木柜走了过去，福尔摩斯用衣服掩护住自己，然后躲在了走廊的扶梯上仔细观察这个人的一举一动。福尔摩斯发现，这个人似乎在找什么东西。

就在这时，门突然开了，克洛蒂快步走了进来，对跟在他身后的父亲说道："您确定不出去了吗，父亲？我先去开灯，您等一下。"

那人听到声音，迅速关上了柜门，藏到了大窗户旁边，用窗帘遮掩自己。难道克洛蒂没有听到声音吗？她静静地打开灯，父女二人并肩坐下，克洛蒂拿起一本书开始阅读，而他的父亲则在一边渐渐睡了过去。

又过了一会儿，窗帘缓缓打开了，那个藏着的人，沿着墙向门口悄悄溜了过去。由于在出去之前，他必须从克洛蒂的面前经过，之后绕到德斯坦先生的身后，才能到达门口。所以，这也让福尔摩斯看清了那个人，他就是亚森·罗宾！

福尔摩斯高兴极了，他差点就要手舞足蹈起来。他的猜测没有错，他现在已经窥探到了事件的核心部分，因此罗宾才会在他的预料中出现。

克洛蒂小姐始终没有动，仿佛根本就没有看到那个人一样。亚森·罗宾已经走到门口，他的手甚至已经按在了门把手上，却就在这时，他的外衣将桌子上放着的什么东西碰掉了，恰好砸在了德斯坦的衣服上。德斯坦突然醒了过来，看到亚森·罗宾正站在自己的面前，手里拿着帽子，对着自己微笑着。

“马克西姆·贝尔蒙！是什么风将您吹过来了？”德斯坦又高兴又惊讶地问道。

“我是过来看看您和克洛蒂小姐的。”

“这么说，您的旅行已经结束了？”

“是的，昨天刚回来。”

“和我们一起共用晚餐怎么样？”

“今天不行，很抱歉，我已经和朋友约好了，要在饭馆里吃饭的。”

“那明天呢？马克西姆，这些天我可是一直记挂着你呢。”

“真的吗？”

“当然是真的。而且我最近一直在整理这个柜子里的旧文件，已经找到了最后一个记录本了。”

“记录本？是什么记录本？”

“就是记载亨利马丁林荫大道那件事情的。”

“真的吗？这些废纸您还保留着？那真是太好了！”

他们三个人去了隔壁的小客厅，继续闲聊。

福尔摩斯有些怀疑，刚刚这个人真的是亚森·罗宾吗？

他敢肯定，这个人就是他。因为从特征上看，这个人就是亚森·罗宾。可是，如果说他是一个和罗宾很像的人，好像也能够说得通。但如果看他的五官、特征还有眼神、发色，就不难看出，这个人就是亚森·罗宾无疑。

他似乎在给另外两个人讲述什么故事，看他那激动的神情，还有德斯坦那爽朗的笑声就能知道了。另外，自从见到了马克西姆之后，克洛蒂·德斯坦小姐脸上的烦闷似乎也一扫而光。

福尔摩斯想，马克西姆和克洛蒂是彼此相爱的。可是，克洛蒂小姐和马克西姆是如何认识的？克洛蒂小姐是否知道，她面前坐着的这个人正是亚森·罗宾？

福尔摩斯就躲在这里，一直听着他们聊天，直到晚上七点钟才结束。他听到的不过是只言片语，并没有什么紧要的内容。他小心翼翼地下了书架，沿着墙根溜了出去。

出门之后，福尔摩斯确定这里根本租不到汽车或者马车，于是只得慢慢地沿着马乐柏林荫大道向前走去。到了下一个路口处，他又把手里拿着的大衣披在了身上，然后戴上帽子，易容之后，又回到了广场上等着，眼睛死死盯着德斯坦住宅的大门。

很快，亚森·罗宾也出来了。他沿着君士坦丁堡路和伦敦路向市中心走去。夏洛克·福尔摩斯则在距离亚森·罗宾有一百步远的距离处紧紧跟着他。

对福尔摩斯来讲，这一次他在暗处，而亚森·罗宾则是那个受监视的人。

但是很快，他就发现了一个令他十分不解的现象。除了亚森·罗宾之外，竟然还有很多人，也在一直朝着同一个方向而去。在人行道的左右两边，分别有两个身材高大的人，和两个戴着鸭舌帽、叼着香烟的人跟随着。

最初，福尔摩斯还觉得是偶然。然而之后发生的事情，却让福尔摩斯确定了自己的想法。因为当亚森·罗宾走进一家香烟店之后，这四个人也突然停住了脚步，罗宾走出来之后，他们又继续跟踪。好在最后这四个人没有一直这样明显地跟踪下去，他们化整为零，分开行动，各自走在坦恩大道上。

“可恶，他竟然已经被其他人盯上了。”

竟然还有另外一组人在跟踪亚森·罗宾。

福尔摩斯有些想不通，难道这些人是加利瓦尔派过来的吗？或许他已经知道这个秘密了，现今正在拿我开心？

福尔摩斯很想走过去，询问一下这四个人。可是，在走近林荫大道的时候，人也越来越多，他担心自己将罗宾跟丢了，于是只好加快了步伐，不敢掉以轻心。

罗宾在埃尔德尔路拐角的匈牙利餐厅门前停下来，而福尔摩斯则正好坐在了对着门的马路对面的长凳上。罗宾坐在了靠近过道的位置，和他同桌的是三位穿着正式的先生，以及两位衣着华贵的女士。对于他的到来，几个人都表现出了热烈欢迎。

福尔摩斯又仔细地观察了一下另外那四个跟踪亚森·罗宾的人，发现他们此时正分散在隔壁的咖啡馆中坐着。令人不解的是，他们四个似乎并没有监视罗宾，反而在看着罗宾周围的其他人。

那几个人中的一个人，突然从口袋里拿出了香烟，然后向身边另一位衣着比较正式的男人借了火。福尔摩斯突然觉得那个借火的人有些面熟，直到这个人转身回到自己的座位之后，福尔摩斯才认出他就是那个在亨利马丁林荫大道骑马撞向他的人。直到这时，福尔摩斯终于明白过来，原来亚森·罗宾不是一个人，这些人全都是他的同伙。

福尔摩斯震惊了。一个人能拥有这样厉害的团队，那么他们中的领导者亚森·罗宾该有多厉害?

他从笔记本上撕下一张纸，用铅笔在上面写下了几行字，然后将纸装在信封里，以5法郎的价格，让一个十四五岁的小孩子帮他将这封信送到夏特莱广场的瑞士小酒庄。

半个小时后，加利瓦尔就来到了福尔摩斯的面前。

“终于找到您了，福尔摩斯先生。我收到了您给我的纸条，发生了什么事情?”

“他在那里！亚森·罗宾，此时他正在给邻座的女士倒香槟。”

“那个不是罗宾。”加利瓦尔反驳。

“不，那个就是他。坐在他身边的那位女士是克里丹公主，另一位是克里斯公爵夫人，还有他对面的那位先生，是西班牙驻英国伦敦的大使。”

加利瓦尔不自觉地向前走了一步，福尔摩斯连忙将他拉了回来。

“千万不要打草惊蛇。”

“他只有一个人，我一定能逮到他。”

“不，在他的身边，还隐藏着许多保镖，正在暗中保护他。”

“但如果我现在冲过去，揪住他的衣领说，他就是亚森·罗宾，我相信周围的人都会帮我的忙。”

“那我宁愿去叫几个警察过来帮忙。”

“如果这样做，亚森·罗宾身边的那些保镖们一定会发现的。所以，福尔摩斯先生，我们现在没有其他更好的办法。”加利瓦尔坚持着。

福尔摩斯也觉得他的话很有道理，他想既然如此，不如趁此机会利用这个特殊的环境去冒一次险。他对加利瓦尔说：“你要小心，千万不要让他们认出你来。”

而他自己则躲在了报亭之后，一双眼睛紧紧盯着马路对面的亚森·罗宾。

加利瓦尔快步穿过马路，并从另一边，走进了餐厅。

就在这时，突然响起了一声尖锐的哨声。加利瓦尔一分心，不小心就撞到了餐厅门口的领班身上。这位领班很生气，于是使劲将他往外推，似乎他是一个不配走进这家餐厅的人一样。听到吵闹声，那位衣着整洁的罗宾手下也跑过来凑热闹，他站在加利瓦尔这一边，帮他一起与领班争吵。虽然最后加利瓦尔还是顺利地冲进了餐厅，但当他来到那个原本应该坐了六位客人的桌子前时，却发现这里只坐了五个人……

他环顾了一下餐厅的四周，并没有发现这里有其他出口。

于是他向这张桌子上的一位客人问道："这里坐着的另一个人呢，这里原本应该有六个人的。"

"您说的是德斯特罗先生？"

"不，我说的是亚森·罗宾！"

恰好在这时，一位服务生走了过来，对他说道："您说的那位先生他上了中二楼。"

加利瓦尔赶紧冲了过去。这个所谓的中二楼是一个非常小的空间，但这里却有一条能够通向林荫大道的小门。

"这可如何是好？他一定已经跑出去很远了。"加利瓦尔感到束手无策起来。

加利瓦尔不知道的是，亚森·罗宾并没有走远，他们两人之间的距离最多也就只有二百米。此时的亚森·罗宾正坐在由马德莱那开往巴士底的公共汽车上。汽车的平台上有两个身材高大的人，他们戴着圆顶帽子，正是罗宾的两个手下。而在汽车的顶层有一个上了年纪的老人家正在睡觉，他就是福尔摩斯。

很快，终点站就到了。福尔摩斯弯腰看着下面的人，此时的罗宾正往车下走，在他经过那两个高大男子的身边时，他听到罗宾说了句"星形广场"。

这两个高个子男人很快就来到了星形广场，并在夏尔格兰路的40号的门前停了下来，他们按响了这座房子的门铃。而此时的福尔摩斯，就躲在这座房子不远处的一处拐角的阴影里，将他们的一举一动都收入眼中。

一楼一共有两扇窗户，其中一扇开着，福尔摩斯透过窗户看到一个戴着圆顶帽子的男人将那扇窗户的百叶窗关上，只有里面的灯光，从窗户的缝隙中透了出来。

十分钟以后，又有一位先生按响了这座房子的门铃。不一会儿，又来了一辆出租车，从车上先后走下来两个人。分别是亚森·罗宾，和另一位穿着大衣，蒙着面纱的女郎。

“这毫无疑问，一定就是那个金发女郎。”福尔摩斯心里想着。他又在阴影处等了一会儿，确定再没有人过来，这才靠近那幢房子。他爬上窗台，踮起脚尖，从气窗里偷偷观察着房间里的动静。

房间里，亚森·罗宾正靠坐在壁炉边，给大家讲着什么，他的神情显得有些激动。而其他人都围在四周，聚精会神地听着。福尔摩斯认出了这些人中其中一个就是那位衣着整洁，穿着西装的男子，而另一位竟然是餐厅里和加利瓦尔发生冲突的那位领班。至于那个金发女郎，此时则背对着他，坐在了沙发上。

“看来今天晚上，他们一定会有所行动，这些人此时正在商量什么对策。”福尔摩斯心中暗暗想着，“我必须慎重对待此事，只有这样才能将他们一网打尽。”

他们似乎已经商量完毕，开始分头行动了。房间里的其中一人先准备离开，朝着门口走过来。福尔摩斯迅速躲回拐角的暗处，避免被人发现。之后那位衣着整洁，穿着西装的男人和餐厅领班也离开了原处，不一会儿二楼的灯突然亮了，然后有人拉上了窗帘，四周瞬时又变成一片漆黑。

“很明显，那两个同伙住在二楼，而他和那位女郎，两个人则在一楼。”

因为担心亚森·罗宾会离开，所以福尔摩斯一整晚都守在外面，一动不动。直到早上四点的时候，他才在路口处看到了两个警察，于是跑过去和他们说清了事情真相，并拜托他们帮忙继续看着这房子里的一举一动。

之后，他来到了加利瓦尔位于佩尔莱斯路的家中，将还在酣睡的加利瓦尔叫醒，并对他说，自己马上就能抓到亚森·罗宾了。

两个人先是去了警察局，将还在睡觉的分局局长从床上叫了起来，然后又带了六名警员，一同赶往夏尔格兰路。

“有什么消息了吗？”福尔摩斯问那两位替他监视房间里情况的警察。

“没有。”

远处的天空已经亮起了鱼肚白，太阳马上就要出来了，他们该行动了。于是局长率先走过去，按响了门铃。被突然造访的警察吓得不轻的门房一直坚称一楼并没有住客人。

“什么？一楼没有住客？”

“是的，没有。”门房说，“一楼一直都没有人住，这里原本一直都堆放着乐鲁先生的家具。后来也是乐鲁他们将一楼的房间整理出来的，以便招待从远处过来的他的父母。”

“是一位先生和一位女士吗？”

“是的。”

“昨天那二人是和乐鲁他们一起回来的吗？”

“这我就不太了解了……因为当时我正在睡觉。不过我想应该没有，因为他们并没有来找我拿一楼房间的钥匙。”

一楼一共两间房，局长从门房手里拿过钥匙，打开房间。里面根本没有福尔摩斯昨天晚上看到的那两个人。

然后他们又跑去了二楼，以为那一男一女此时会在二楼，然而当他们打开房门的时候，出来的却只有乐鲁先生一人。

“怎么会是你们，局长、加利瓦尔？”乐鲁原本被打扰了睡眠，心中正有闷气，打算发作，然而当他看清门前站着的二人时，却马上转换成一张尴尬的脸。

“是您，乐鲁先生。您怎么会是亚森·罗宾的同党呢？”加利瓦尔哈哈大笑起来，“天啊，真是太好笑了。哦，对了，您的兄弟，他在哪儿呢？”

“艾德蒙，加利瓦尔先生过来看我们了。”

听到喊声，另一个人也从房间里走了出来。在场的众人都露出了笑容，在他们眼中，这二人根本不可能是亚森·罗宾的同党。

加利瓦尔更是开玩笑地说：“您没有想到吧，在您和弟弟二人在房间里睡觉的时候，竟然还有我在外面给你们守着，更重要的是，我还有一位来自远方的朋友帮忙。”

加利瓦尔转身对身后的福尔摩斯说道：“这位是维多·乐鲁，是国家安全局最精英部队的督察，他身边的这位，则是艾德蒙·乐鲁，侦查处书记。”

## 第五章 绑架

面对这样的情况，福尔摩斯反倒表现得相当淡定。他知道此时无论如何抗议控诉都没有任何作用，因为他没有证据，无法证明这两个人就是亚森·罗宾的手下。

他双拳紧握、强制自己压制住身上的怒火，只希望自己此时的情绪不要被加利瓦尔看出来。他向乐鲁兄弟道别之后，就离开了。

重新回到一楼大厅，福尔摩斯转了一下，来到了一扇通往地窖的门。在这里，他看到了地上遗落的一块红色的小石头。这是一块石榴石。

接着，他又走出房门，在外面转了转，突然在一块墙的石头上，看到了已经不止一次见过的刻字，建筑师，吕贤·德斯坦，1877年。而在42号房子的门口，也同样看到了这样的刻字。

“都是有两个出口的。40号和42号是相通的。为什么之前我就没有想到这一点？昨天晚上，真应该和那两位警察一起守在这里的。”

他找到那两位警察，向他们询问之后的情况。

“在我离开之后，是不是有两个人从42号走出来了？”

“是的，是一位先生和一位女士。”

福尔摩斯拉着加利瓦尔的手说：“加利瓦尔先生，看您刚刚笑得这么开心，显然没有怪罪我给您带来的这个麻烦。”

“是的，当然没有。”

“那就好。可是，即便再有趣的笑话，也终究会有结束的那一天，而我相信，这一天不会遥远。”

“我很赞成您的看法。”

“如今已经是第七天了，还有三天时间，之后无论如何我都要回到伦敦。我一定会准时回去，所以我希望您能在周二的晚上做好行动准备。”

“准备什么？”

“逮捕亚森·罗宾。”

“您就这么肯定能抓住他，而不是再给我们一次乌龙事件？”

“我以名誉保证，一定会抓住他！”

福尔摩斯和加利瓦尔告别后，就来到了附近的一家旅店休息。等到体力恢复之后，他又回到了夏尔格兰路40号。

从兜里掏出些钱塞给门房，向她打听了一下乐鲁兄弟的去向，确定二人并不在家之后，福尔摩斯又和门房确认了一下这房子的主人的姓名。确定是一位叫阿蒙加的男士之后，他点了一根蜡烛，从他捡到红色石榴石的那扇小门走了进去，来到了地下室。

在地下室的楼梯下，他又捡到了一颗形状一模一样的石榴石。

福尔摩斯猜测，这个地方确实是相通的，而且这里很可能就是他们行动的窝点。他从兜里掏出万能钥匙，打开了一楼住户专用的小酒窖，他发现在这个酒窖里面摆放着一箱一箱的酒，然而那酒瓶的上面，有些地方的灰尘，却明显给人擦掉过，而且地上还留有明显的脚印痕迹。

就在这时，安静的空间里突然传来一丝微弱的响动，福尔摩斯瞬间竖起了耳朵。他迅速将手里的蜡烛熄灭，然后躲在了一堆空酒箱的后面。几秒钟后，他发现其中一个铁架正在缓缓移动，而与那铁架相连的墙壁也在旋转着，只一会儿的工夫，就从里面走出一个男人。

他弯着腰，像是在寻找着什么东西。福尔摩斯看到他用手指在灰尘中来回翻找，期间他直起身子几次，像是将什么东西放进了左手拿着的纸盒里。做完这一系列动作之后，他将自己和罗宾、金发女郎留下的所有脚印痕迹都擦掉了。之后，他又一次走向铁架。

就在这时，福尔摩斯突然朝着他挥出一拳，将他瞬间击倒在地，为了防止他反过来攻击自己，福尔摩斯又朝着他的身上踢了一脚。接着猛扑到这个人的身上，将他的四肢捆绑住。

福尔摩斯低头看着他问道：“要给你多少钱，你才会开口说出你所知道的一切？”

听到福尔摩斯的话，这个人的脸上露出一丝不屑的神情。福尔摩斯明白，他问也是白问，因为这个人是绝对不会说的。

福尔摩斯只好放弃，于是他开始搜这个人的身。他相继从这个人的身上找到一串钥匙、一块手帕还有一个装着和他在地上捡到的一模一样的十二颗石榴石的小盒子。

福尔摩斯不知道该如何处置这个人，就在他犹豫不决的时候，他恰好看到了纸盒上所记载的地址：和平路珠宝商莱奥纳尔。

福尔摩斯不想再和这个人耗时间，于是他将这个人丢在了地窖里，推上铁架，走出了地窖，之后又将门锁好。他先给德斯坦先生寄了一封信，说自己第二天才有时间过去上班，之后他迅速赶往珠宝商莱奥纳尔所在的地方，并将红石榴石交给他。

“夫人让我将这些东西送到您这里来，这些石榴石都是她从珠宝店买来的首饰上掉下来的。”

“没错，这位女士已经给我们打过电话了，她说自己马上就会亲自把那件首饰送过来。”

福尔摩斯一直在外面蹲守到晚上五点，才看见一位行色匆匆，形迹可疑的女子走进店里。透过玻璃窗，福尔摩斯看见她把一件镶嵌着红色石榴石的首饰放到了柜台上。

她没有在店里多做停留，几乎是放下首饰就从里面走出来了，之后朝着克里希的方向跑了过去，不一会儿，又拐进了一条马路。由于天色比较暗，福尔摩斯在跟踪的时候，并没有很吃力，他尾随着女子进入一栋六层的建筑中。好笑的是，就连门房也没有注意到福尔摩斯。

这幢楼房一共有两个部分，女郎走进了三楼的一间房间。两分钟之后，福尔摩斯拿出在酒窖男子身上所搜到的钥匙，小心地一间接着一间地试着碰运气。在试到第四间住户的时候，门竟然真的开了。

房间里一片漆黑，但他能看出这间房间里什么东西都没有，所有的房门都敞开着，似乎从没有人住进来过。在走廊的尽头，有一点光从那边传过来，照到了他的脚尖上。在客厅和邻接着的房间中间有一扇很大的玻璃隔着，从那里，福尔摩斯看到一位女士将身上的外衣和帽子脱下之后，将它们放到了房间中唯一的椅子上，然后又穿上了一件浴袍。

女郎朝着壁炉走了过去，她按下电铃的按钮，只见壁炉右边的半个护板向一边开始移动了，一直插进了另一块厚厚的护壁板后面。

等到那入口能允许一人通过之后，女郎便拿着灯，从这里走了进去。

这个机关很简单，所以福尔摩斯很容易便找到了那个按钮，他也按了一下，走了进去。

福尔摩斯在黑暗中走着，没走几步，脸就碰到了什么软软的东西。他点燃了一根火柴，火光将四周照亮，也让他看清了这里竟然是一间放着各种衣裙的小储藏室。伸手拨开这些衣物，福尔摩斯找到了一条小路，走过去之后来到了一个挂着帘子的门前。这时，他手中的火柴燃尽熄灭了。他看见有一丝光线从那挂着帘子的缝隙中透过来。他从缝隙往里看，只见那个金发女郎此时就在那儿，他只要伸出手，就能碰到她。

房间里，女郎吹灭蜡烛，打开电灯，福尔摩斯终于能够清楚地看见她的容貌了，然而当他看清那名女子之后，他却顿时哆嗦了一下。他没有想到，那个让他经历如此之多的周折、费尽心机找到的女人，竟然是克洛蒂·德斯坦小姐。

那个杀害了奥特雷克男爵、偷走蓝宝石的女子，那个亚森·罗宾的情人，竟然就是克洛蒂·德斯坦小姐。克洛蒂·德斯坦小姐就是金发女郎！

“我真是太笨了！怎么就没有想到，那个金发女郎在杀害奥特雷克男爵、偷走宝石之后，还可以改变头发的颜色呢？试问她又怎么可能还保留一头金发呢？”

透过门帘的缝隙，福尔摩斯又仔细打量了一下这个房间，这是一间布置典雅别致的妇女小客厅，房间里用淡雅的帏幔和贵重的小摆设装饰着，在矮脚凳的前边，摆放着一条桃花芯木的软垫长椅。克洛蒂小姐此时就坐在那条长椅上，双手捧着头，像一尊雕像一样一动不动。过了一会儿，福尔摩斯才发现她竟然哭了。那从眼角滴落的泪水，显露出她此时的绝望和对命运的屈从，不禁令人感伤。

恰好在这时，她身后的门开了，是亚森·罗宾过来了。

房间里出现了一瞬间的凝滞，谁都没有说话。过了很久，罗宾才缓缓地跪在她的面前，头埋在她的胸前，双手紧紧搂着她。

他轻声说道：“我多希望能够让你幸福啊！”

“我已经很幸福了。”

“不，你哭了……克洛蒂，看到你哭，我很难过。”他说，“这些悲伤不应该属于你。”

克洛蒂伸出她的那双雪白修长的手，严肃地说：“只要这双手还是我的，我就会感到伤心。”

“为什么？”

“因为这双手曾经杀过人。”

他有些心痛地说：“啊，克洛蒂，当初我为什么让你卷到我的冒险生活中来？如果我还是你五年前所爱的那个马克西姆·贝尔蒙那该多好。真不应该让你知道我的另外一个身份。”

她低声说：“我一点也不后悔，因为我也爱现在的你。”

“不，我知道你后悔了，你后悔放弃了曾经的安逸生活，你怀念以前能够在阳光下的生活。”

“只要你一直在我的身边，我就不后悔。”她深情地说，“可是，你能保证爱我吗？”

“我当然也爱你，就像你爱我那样爱你。只是你也知道，我现在的生活太不平稳，根本没有办法把所有时间都奉献给你。”

克洛蒂显然被他的话吓到了，“出了什么事？”

“他已经跟上我们了。”

“福尔摩斯？”

“是的。昨天就是他把加利瓦尔叫到匈牙利餐厅的，也是他在昨天晚上安排了两个警察守在夏尔格兰路的，我有证据能够证明这些。因为今天早上，加利瓦尔和警方搜查了那所房子，福尔摩斯当时也在场。还有，我们少了一个人，让尼约。我想，他此时一定已经落入了福尔摩斯的陷阱中。”

“那个人没有回来吗？今天上午我让他去夏尔格兰路找回我的石榴石了，而且我的石榴石也已经按时送到了和平路的珠宝商那里了。”

她顿了一下，又接着说道：“那如今我们该怎么办？我有点害怕。”

“不用怕。只是，现在的情况确实非常紧急。”

“那你打算怎么办？”

“我已经想好了，后天，星期三的时候，我们搬家离开这里。等过了中午十二点，一切就该结束了。等我将这里的一切痕迹消除之后，两点钟的时候，我就能离开了。在这期间……”

“在这期间要怎么做？”

“这件事关系重大，不能有任何差错，所以从现在起，我们不能再见面了。还有，你也千万不要再见任何人。不要出门，我特别担心他会去找你的麻烦。”

“那个英国人不可能找得到我。”

“他这个人，什么事情都干得出来。现在，就连我也要加倍小心了。昨天我去你家里翻找东西，不小心撞见你父亲的时候，我能够感觉到，有人正在监视着我。他已经离我们越来越近了，此时或许已经布下了天罗地网，就等着我们自投罗网呢。这是我的直觉告诉我的，我的第六感向来很准确。”

“既然如此，那你赶快离开吧。”虽然不舍得分开，但克洛蒂还是将他推出了门外，两个人就此分别。

此时的福尔摩斯，较之前一天更加激动，他再也待不住了。于是他跟了上去，出现在他面前的是一个前厅，在前厅的尽头是个楼梯。正当他要往下走的时候，下面突然传来人说话的声音，于是他沿着圆型走廊找到了另一个楼梯。

当他走下楼后，他却被吓了一跳，仿佛自己是在做梦一般，因为出现在他眼前的家具的式样和位置都是那样熟悉。眼前出现的那扇半掩着的门，还有门后出现的那间圆型的厅室，这正是德斯坦先生的书房！

“这真是太妙了！这下我终于全明白了，原来克洛蒂的房间，也就是金发女郎的那间小客厅，和旁边那栋大楼的一间公寓是相通的。而那大楼的出口并不在马乐柏林荫大道的广场，而是在旁边的街上。另外，我也终于明白为什么富家千金小姐能够一边维持着大门不出二门不迈的好名声，一边又能和情人幽会了。我还明白了，昨天傍晚，亚森·罗宾为什么会突然从书房里冒了出来。旁边那间公寓和这间书房之间还有个通道……”

福尔摩斯得出了结论：这定然又是一栋藏有机关暗道的房子，毫无疑问，这又是德斯坦先生的杰作。现在想要的线索都已经明朗，趁着还有时间，又恰好在这里，于是他决定再检查一下柜子里的东西……看看是否能找到其他有关机关暗道房子的资料。

福尔摩斯爬上书架，躲在布帘的后面。担心被人发现，所以他不敢动，直到午夜时分，有人进来熄了电灯。又过了一个小时后，他才打开手电，来到书柜前。

和他所想的一样，在书架上装满了建筑师的旧文件、图纸和工程材料报价单等资料。而在书架的第二层，他发现一摞登记簿，按照年代顺序排列摆放着。他从那些登记簿里挑出最近几年的几本翻了一下，尤其注意查看了H开头的那一部分目录，真的让他发现了阿蒙加这个名字。在名字的旁边标注着63，于是他翻到63页，看到那上面写着这样一段话："阿蒙加，夏尔格兰路40号。"

在这行字的后面，还标记着为这位房主的大楼安装暖气设备的施工情况记录。

而在空白处，还有一行小字标记："见M.B.案卷。"

"现在我终于全明白了，这个M.B.案卷正是我要找的。有了它，我就能找到亚森·罗宾的真正住址了。"

一直找到天快亮了，他才终于在一本登记簿的第二部分找到了他寻找多时的那份案卷。

这份案卷一共只有十五页，其中一页所记载的内容，和阿蒙加的大楼施工情况相同，第二页记载的是住在克拉贝隆25号的德狄诺律师的住宅，第三页记载的正是住在亨利马丁林荫大道134号奥特雷克男爵住宅的情况，还有一页是有关柯蓉城堡的。其余十一页则记载了住在巴黎的另外十一位房主的房子情况。

福尔摩斯拿出纸笔将剩下的十一个地址抄下来，然后把文件放回原处，打开窗户，跳到了寂静无人的广场上，之后又小心地关好窗户。

早上八点，他给加利瓦尔寄了封信件：

今天早上，我会带一个人到佩尔莱斯路，请您务必帮我看住他。因为这件事情关系重大。无论如何，从今晚起到明天中午，请您务必留在家里，并请安排三十个人随时待命。

之后，他上了一辆出租汽车，在马乐伯路距离德斯坦公馆只有五十米的地方停了车。

“司机先生，从现在起，请您将车门关好，留在这车里等着我，一个半小时后，只要见到我出来，请您马上发动汽车，载我赶往佩尔莱斯路。”

就在走下汽车的一瞬间，他有些迟疑。在亚森·罗宾正准备搬家的同时，他却来找金发女郎，这是否是个失误？是否应该先根据手中所掌握的资料，找到罗宾的住所更妥当？但他仔细一想，如果能够将金发女郎弄到手，那也就证明他控制了局势。于是他径直走向了公馆，按响了电铃。

德斯坦先生正在书房里。他们工作了一会儿，福尔摩斯正打算找个借口直奔克洛蒂的房间，却见到她刚巧走过来，向她的父亲问早安。然后，她就去了小客厅写信。

过了一会儿，他从书架上拿了一卷书，走过来对德斯坦先生说：“克洛蒂小姐让我找到这本书后立刻拿过去给她。”

福尔摩斯走进了小客厅，坐在克洛蒂的面前，他的后背正好可以挡住德斯坦先生的视线。

“克洛蒂小姐您好，我是史迪克曼，德斯坦先生的新秘书。我想同您谈几句话。”他尽量压低自己的声音，以保证不让德斯坦先生听见。克洛蒂小姐最开始并不愿意和这个下人交谈，直到她将那封信写好，并和她的女裁缝讲完电话，催促对方尽快将她的旅行大衣做好之后，她才终于同意和他交谈。

“现在我有时间了，你想要谈什么？为什么刻意压低声音，难道不能在我父亲面前谈吗？”

“当然不可以。小姐，我劝您尽量压低声音，这样对您有好处。”

克洛蒂心中虽然有些生气，但她最后还是妥协了下来。

“你说吧，究竟有什么事情要谈。”

“好，既然这样，那我们就开门见山。五年前，您的父亲偶然遇到了一位名叫马克西姆·贝尔蒙的先生，而这位年轻人自称是个工程承包商……或者也有可能是个建筑师，德斯坦先生对这位年轻有为的马克西姆先生很有好感，再加上他自己上了年纪，身体不好，不能事必躬亲，于是就把之前承接下来的几项老主顾的建筑工程交给了马克西姆先生来负责。很显然，这位先生是一位相当有才干的人。”

说到这里，福尔摩斯打量了一下面前这位女士的脸色，好像变得更苍白了，声音也更冷淡了一些：“史迪克曼先生，我不知道您说的这些事和我有什么关系。”

“小姐，我知道您心中很清楚，因为您和我一样，都知道这位马克西姆·贝尔蒙先生有他的真名实姓，他叫亚森·罗宾。”

她像听到什么好笑的笑话一样哈哈大笑起来：“一派胡言！马克西姆·贝尔蒙根本就不是亚森·罗宾！”

“我就知道您不会承认，克洛蒂小姐，请您允许我把话说完。为了实现他的计划，亚森·罗宾还在这儿找了个女朋友，哦，或许说是一位盲目追随他的女同谋更加贴切一些。”

克洛蒂站起身，一脸冷漠地说：“先生，我不想再听您的胡言乱语，还请您出去吧！”

福尔摩斯也同样非常镇定，他说：“我并没有打算打扰您，当然，我也没有打算自己一个人离开这里。”

“那么，你想让谁陪你一起出去呢？”

“您，克洛蒂·德斯坦小姐，咱们得一起去一个地方。而且，您必须乖乖地、不再多说一个字地和我一起出去。”

克洛蒂小姐耸了耸肩膀，又重新坐下来。福尔摩斯拿出手表看了一下说道：“已经十点半了，五分钟之后，咱们得离开这里。”

“如果我不答应和你走呢？”

“那就不要怪我去找德斯坦先生，将事实真相告诉他。告诉他那个让他十分相信的马克西姆·贝尔蒙的生平都是捏造的，而那个他疼爱有加的女儿，竟然是罗宾的女同谋。”

“女同谋？”

“没错，你就是被人们称为‘金发女郎’的那个女同谋。”

“你有什么证据证明我就是金发女郎？”

“我可以将德斯坦先生带到夏格兰路去，让他看看在40号和42号大楼之间修建的秘密通道，我想他一定能猜到，这是罗宾利用指挥工人之便趁机修建的。我猜昨天晚上，你们就是利用那条通道逃走的。

“然后，我还要带着德斯坦先生到德狄诺律师先生家里去，我会和他一同从佣人楼梯走下去，当初你和罗宾就是通过这个楼梯逃走，从而躲开了加利瓦尔的追捕。下楼之后，同样可以在和隔壁的大楼之间，找到一条相通的通道。而这座大楼的门口在巴蒂涅奥尔林荫大道上，并不在克拉佩隆路。

“再然后我还会带他到柯蓉城堡去，我相信您的父亲一定对这个地方不陌生，因为这里的设计和后期修复都是由他负责的。我相信，只要他看一眼就一定会发现亚森·罗宾利用工作之便在这里所修建的秘密通道。而金发女郎之所以能够在深夜偷偷潜入伯爵夫人的房间，神不知鬼不觉地从壁炉上拿走蓝宝石，又在两星期之后，悄悄去了布莱兴领事的房间，将那颗丢失了的蓝室石塞进他的牙粉瓶里，就是利用了这条通道……这种行为确实让我费解了一下，因为这事情很诡异。也许是女人的报复心使然吧，但这无关紧要。”

“然后呢？”

福尔摩斯看着面前的小姐，语气变得更加严肃，他说：“再之后，我会把德斯坦先生带到亨利马丁林荫大道134号去，那么，奥特雷克男爵究竟是怎么死亡的真相就……”

“住口……不要……不要再说了。”女子的脸上突然布满恐惧，“我不准你再说下去，我不准你……你竟然说我是……说我……”

“我说你就是杀死奥特雷克男爵的凶手！”

“不，这是你对我的污蔑！”

“污蔑？您真的这样认为的吗？小姐，的确是您杀死了奥特雷克男爵。您化名安德尼特，潜伏在他的身边，照顾他的起居，实则是为了从他手里抢走蓝宝石，可是，您竟然把他杀死了。”

她用嘶哑的声音祈求着：“先生，请您不要再说了。既然您知道那么多的事情，想必您也一定知道，我并不是故意要杀死他的。”

“我并没有说您是蓄意谋杀，小姐。奥特雷克男爵本身就患有精神病，在他发病癫狂的时候，只有欧格斯特修女才能控制住他，这件事情，是修女亲自告诉我的。那天晚上，修女先离开了，我猜肯定是恰好在这时，男爵发狂朝您扑了过去，于是，在紧急情况下，您为了自保，才给了他一刀。您当时定然是被吓坏了，才会在惊慌之下，按了电铃。您没敢从已经死去的男爵手上摘下那块您本来要弄走的宝石，就仓皇逃走了。过了一会儿，您带回罗宾的一个同伙，也就是隔壁那栋大楼的门房，你们两个人把死者放在床上，重新将房间整理好……可是，这一次，您还是没敢摘下宝石。而这就是事情的全部过程。所以我再重申一遍，您并没有蓄意谋杀男爵，只是在自卫过程中，给了他一刀。”

听着福尔摩斯的话，克洛蒂那双优雅、修长，却又略显苍白的手一直交替着挡在前额，她坐在那里一动不动，过了许久之后，她才终于松开双手，露出那张满是痛苦的脸，问道：

“您打算告诉我父亲的就是这些吗？”

“是的，还有，我会找吉柏小姐做证人，因为她能够认出金发女郎，另外，我还可以找欧格斯特修女，她也能够认出安德尼特小姐，至于柯蓉伯爵夫人，自然也是能够认出她的好友雷勒夫人的。我要对您的父亲说的，就是这些了。”

“您不敢！”在危险近在眼前的时候，她反倒又恢复了冷静，“我猜，您就是夏洛克·福尔摩斯，对吗？”

“是的，您猜得不错。”

“您究竟想干什么？”

“干什么？我和亚森·罗宾相约一场决斗，而我必须赢了他。在这场对决还没有结束，我还没有赢过他之前，有您这样的人质在我的手中，我想我的胜算会大了很多。小姐，现在请您和我走吧。我会把您交给我的一个朋友，只要我获得了这场对决的胜利，那么您就自由了。”

“就这么简单？”克洛蒂担心自己杀人的事情会被爆出来，这样她也将面临牢狱之灾。

“就这么简单。我不是法国人，所以我无权管理法国的事情，我也没有义务在这里伸张正义。”福尔摩斯说道。

“我需要休息一下。”克洛蒂闭上了双眼。她脸上的神情突然变得非常平静，似乎对身边的危险视而不见。

“她自己真的意识到了危险吗？很显然，她没有，因为她有罗宾的保护。只要和亚森·罗宾在一起她就不会受到任何伤害。因为罗宾是无所不能，战无不胜的。”福尔摩斯看着她，禁不住这样想。

“克洛蒂小姐，刚刚我说再过五分钟，我们就离开，如今已经过了三十分钟。”

“我可以上楼去收拾一下我的行李吗？”她显然下了决心。

“您如果非要这样做，那我只好到蒙夏南路上等您。我和那里的门房让尼约是好朋友。”

她显然大吃一惊，这下，她真的有点害怕了。随后她让仆人拿来她的帽子和外衣，正如他所预言的那样，他们两个人一同离开了公馆。

广场上，那辆汽车还等在那儿，和约定的一样，等他们刚一上车，汽车就马上起动了。

坐在车里的福尔摩斯琢磨着下一步的行动计划。他不能将克洛蒂小姐的真实身份告诉加利瓦尔，否则那家伙一定会将克洛蒂小姐送到司法机关，那么这所有的一切都将被搞砸。他现在只要将人送过去，并请加利瓦尔帮忙看着就好。另外，他认为自己只要再看一下M.B.案卷的名单，就能开始围捕亚森·罗宾了。那么今天晚上，或者明天早晨，他就能把亚森·罗宾和他的团伙全部交到加利瓦尔的手上，和之前约定好的一样。

就在福尔摩斯思考的时候，汽车竟然从奈伊城门驶出了巴黎城。佩尔莱斯路并不在城外！

福尔摩斯摇下车窗玻璃，对着司机说：“我说，先生，我们好像搞错了！……是佩尔莱斯路……”

但那个司机并没有理他。于是他又大声重复了一遍，司机还是没有任何回应。

他歪过头看了克洛蒂一眼，却见到一抹令人难以捉摸的笑，正从那小姐的唇边溢出。

忽然，一个念头涌上他的心头。他撑起上半身，仔细看了看坐在驾驶位置上的男人，瞬间被自己的想法惊出一身冷汗，虽然不想相信，但事实已经摆在眼前，这个人是亚森·罗宾！

“福尔摩斯先生，坐车逛得是否开心？”

“是的，我非常开心。”福尔摩斯心中郁闷极了，但嘴上却还在逞强。

这是他有生以来，第一次像这样压抑着自己的脾气，因为只有这样，他才能心平气和地和面前的人对话。只是话才刚说完，他的怒火就再也没有办法抑制地冲了上来。他从衣服里掏出手枪，对准了克洛蒂小姐的头。

“我要你马上停止现在的花招，和我一起去见加利瓦尔，否则我就打爆她的头。”

“如果您真的想打烂她的太阳穴，我劝您应该将枪口对准她的脸颊。”罗宾说这话的时候，连头都没有回。

克洛蒂的脸上没有丝毫恐惧，依旧笑着说：“马克西姆，请开慢点，这路面很滑，再说，我天生就是胆小之人。”

福尔摩斯怒不可遏，大喊着要亚森·罗宾停车。但丝毫没有作用，车里的两个人似乎都将他的话当成了空气。

福尔摩斯只好又将手枪放回衣服口袋里，他一只手抓住门把手，打算从车上跳下去。但他却发现，在这辆车的后面，竟然还跟着一辆车，那是一辆红色的大车，有着尖尖的车头，而车上坐着四个穿皮大衣的人。

“算了，既然落在他的手中，那我就耐心点吧。”福尔摩斯心想。汽车一路开过了塞纳河，又急速地驶过了絮伦、律埃、沙杜。福尔摩斯一路都在克制着自己的怒火，乖乖地一动不动地端坐着，一心想琢磨出亚森·罗宾究竟是用了什么计谋和司机换了位子。

他突然想起克洛蒂曾打给女裁缝的电话，瞬间明白了一切。尽管谈话并未开始，但当他踏进那间小房间，并向她介绍自己是德斯坦先生的新秘书，并要求与她谈话时，她就已经预感到将要出事了，甚至，她也猜出了来者的姓名和目的。但是她的脸上却没有任何特别的情绪，依然做到如往常般自然、冷静，然后她偷偷向罗宾发出了求救信号，用了只有他们才知道的暗语。

对于眼前这个欺骗自己的女子，福尔摩斯不禁心生佩服。在面对危险的时候，这个涉世未深的女子，居然能够如此出色地控制住了自己的感情，甚至脸上不带任何表情，这不得不让人敬佩。

他们的汽车已经驶上了圣日尔曼斜坡。在离开这座小城五百米之后，汽车减速了，另外一辆车也开了过来。随后，两辆车都了停下来。四周一个人也没有。

罗宾首先打开车门，并对福尔摩斯说道："福尔摩斯先生，请您换乘另一辆车。我们这车走得太慢了。"

"你说什么？"福尔摩斯激动之余，终于大声嚷了起来。

"您先不要激动，这件皮衣是要借给您的，待会儿车子会开得很快，怕您会冷。还有，这里有两个三明治……也不知道您下一顿饭要什么时候才能吃上。"

恰好在这时，另外那辆车上的四个人也纷纷下了车，其中一位走过来，当他将脸上那个戴着的大墨镜摘下之后，福尔摩斯马上认出他就是在匈牙利餐厅里的那个着装整洁，穿着西服的绅士。

罗宾对他说："你把这辆车开回去，还给那位司机，我答应他要给他1000法郎，现在已经付了一部分，你到勒让德尔路右边第一家小酒店那里找他，然后将剩下的那部分交给他。另外请将你的墨镜摘下来，借给福尔摩斯先生。"

他与克洛蒂·德斯坦小姐说了几句话，然后坐到方向盘前，发动了汽车。福尔摩斯坐在他的身边，在他们的后边，还坐着罗宾的一个同伙。

汽车果真如罗宾所说，开得飞快。一路上他们谁也没有说话。这一路经过了很多城市，但最后，汽车竟然又回到了塞纳河。车停在一个小码头的尽头，而这里此时正停着一艘快艇。一个身穿水手服的男人走了过来，对着罗宾认真行了个礼，他说："我已经收到了您的命令，'燕子号'也已准备妥当，随时可以出发。"

"既然如此，福尔摩斯先生，请您上船。"

福尔摩斯四下张望了一下，发现在不远处的露天咖啡店里坐着很多人，另外在他的身边也有很多人，但如果此时有其他人插手，他们一定会毫不犹豫地将他架住，并拖上船。所以，已经意识到自己处境的福尔摩斯，便顺从地跟着罗宾走过舷梯，进了船长室。

船长室很宽敞，房间里打扫得很干净，墙壁上甚至能够反光，犹如一面镜子。

罗宾将门关好，他们对视了片刻，罗宾先开口问道："你究竟知道了多少？"

"全部。"

"全部？说来听听。"此时他一改往日在面对福尔摩斯时的那种腔调，转而用一种平时习惯的命令口吻，即使对方是福尔摩斯，他也不例外。

他们二人目光相接处，擦出一道火光，两人就此成了敌人。

罗宾有些不耐烦，率先说道：“先生，有好几次您已经妨碍了我的计划，还有好几次，我差点就掉进您已经设好的圈套里，这些都让我浪费了不少时间。之前我已经说过，我会采取什么样的行动，这都完全取决于您的所作所为。我相信，您应该明白这是什么意思。”

“明白。我再重复一次，我已经知道了您的所有事情。”

“让我来说明一下，您所知道的事情。您已经知道我在以马克西姆·贝尔蒙的名义之下，对十五所由德斯坦先生设计的建筑进行了改造。而这其中的四栋建筑的相关情况，您已经掌握了。”

“是的。”

“您的手里还有另外十一栋建筑的地址。而您认为我定然在这十一栋中为自己留了一栋，所以您肯定在昨天晚上已经委托加利瓦尔去这十一处住宅搜查了。”

“您猜错了，我并没有。”

“为什么？”

“因为我要单独行动。”

“也就是说，我根本不用担心会被他们调查？因为您已经在我的手中了。所以，您已经失去打败我的机会了，是吗？既然这样，那我们就此结束吧！”

“好，那我们就做个了结。”

“您要以您的名誉向我保证，在这条船进入英国水域之前，您不会设法从船上逃走。”

“好的，我会以我的名誉向您保证，我会想尽一切方式逃走。”福尔摩斯看着他骄傲地回答。

“您真的是太顽固了。”亚森·罗宾无奈，“希望上帝能够原谅我现在对您的无理，抱歉。”罗宾打开门，叫来两名水手和船长，两名水手将福尔摩斯全身搜查一遍，确认没有匕首之类的东西之后，把他捆在了船长的铺位上。

“可以了。”亚森·罗宾让水手们退下去，然后对船长吩咐道：“船长，请您留下一个人在这里照顾这位先生，我希望您尽量找时间亲自过来照顾他，因为他并不是我们的犯人，而是我们的客人。您的手表现在是几点了？”

“两点零五分。”

亚森·罗宾看了看自己的手表，又看了一下墙上的挂钟，说道：“好的，那我们现在将所有的时间调成一致。两点零五分。您大概需要多久的时间才能到达南安普顿？”

“如果不急，大概需要九个小时。”

“好，那就请您用十一个小时来行驶这段水路。在英国的邮轮午夜离开南安普顿之前，请您千万不要到达那里，因为那艘邮轮会在明天早上八点再度回到法国。我再强调一下，请您千万不能在邮轮离开南安普顿之前到达那里，如果这位先生再次回到法国，我们都会有麻烦。”

“好的，我记住了。”

几分钟后，“燕子号”终于启航，踏上它的这趟旅程。

次日早晨，也就是对决展开后的第十天，《法兰西回声报》上刊登了这样一篇文章：

昨天，亚森·罗宾对英国大侦探夏洛克·福尔摩斯下了逐客令。当天中午，这条命令就已经实行了。在今天凌晨一点的时候，福尔摩斯已经平安从南安普敦下船。

## 第六章　亚森·罗宾被捕

从早上八点开始，克雷沃路就被十二辆搬家的马车堵得水泄不通。原因是住在八号大楼五层的费利克斯·达维先生要搬家。巧合的是，同样住在这栋大楼里的迪布勒伊先生也在同一天搬家。但事实上，这两个人并不认识，能在同一天搬家，也实属巧合。

迪布勒伊先生是一位收藏家，他收藏了很多的家具，因此他曾一并租下了六层楼的一个套间以及和这栋大楼左右相连的两栋大楼的六层所有房间。

费利克斯·达维先生是一位文质彬彬的年轻人，他的身上穿着做工精细的礼服，手里正拿着一根健身手杖，他慢慢走出大门，坐在与布洛涅森林大街相交且正好面对佩尔莱斯路的一条长椅上。离他不远的地方，有一位贵妇装扮的女子正在读报纸，女子的身边，一个孩子正在用小铲子挖一堆沙子。

过了一会儿，费利克斯头也不抬地对那女子问道："加利瓦尔呢？"

"他早上九点的时候就出门到警察局去了。"

"他家里的人有没有对你起疑心？"

"没有。我为加利瓦尔夫人干了很多零活儿，她对我很信任，因此几乎把她丈夫的一举一动都告诉我了……"

"很好。在接到新的指令之前，你还是和往常一样，在每天上午的十一点，到这儿来。"

说完他就起身走了。不久之后，他回到克雷沃路，对女门房说再到楼上看一看，然后就将钥匙交给她。

他在原来的书房里转了一圈，然后拿起一支吊在壁炉上的瓦斯管，将上面盖着的铜盖弄掉，并将一只喇叭似的东西放在上面，然后朝着里面吹了一口气。

从管子里传回一声轻轻的哨声，显然是回应他的。

"上面还有其他人吗，是否可以上去了？"

"没有其他人了，您可以上来。"

他把管子放回了原位，然后朝着里面推了一下。只见壁炉的一块大理石护板突然动了起来，接着沿着一道隐秘的齿槽滑开了，从里面露出一个大洞口来，而洞口里建造的楼梯，也瞬间显露出来。楼梯上的所有台阶都十分干净，而且是用精心打磨的生铁和白磁砖修筑的。

他走上了楼梯，在六楼的壁炉上方也有相同的建筑开口，此时的迪布勒伊正在出口处等着他。

他们两个人一前一后往前走着，之后来到了位于顶楼的佣人房。在这个小房间里一共有三个人，其中一个人正从窗户向外看。

"有什么新发现吗？"达维先生问道。

"没有，老板。"

“从现在起，一旦在路上发现了什么可疑情况，一定要马上向我报告。”

“是的，老板，我将随时听候您的安排。”

“迪布勒伊，你有告诉那些搬家工人，不要去碰触电铃上的电线吗？”

“当然，我已经告诉他们了。电铃运作正常。”

“那就好，我也放心了。”

布置了一番后，两位先生又回到费利克斯·达维的房间。

达维弄好那块大理石板之后，激动地说：“迪布勒伊，我真想知道如果那些人发现了我们这里的各种机关之后，会是什么表情，想想就觉得好笑！”

“是啊，这简直就是神话一般的机关设计。只是太可惜了，我们现在必须得离开这里，唉，都是福尔摩斯害的。您说福尔摩斯还会回来这里吗？”

“福尔摩斯是一个固执的人，他从来不会半路退缩。所以，他肯定是要回来的，只是可惜了，当他赶到南安普顿的时候，邮轮已经离开港口，就算他回来也太晚了，那时咱们已经走远了。”

“德斯坦小姐要怎么办？”

“一个小时后我会去找她。”

“您能确定，此时的我们，没有被他们监视吗？”

“谁会来监视我们？他们都不知道我们住在什么地方，我只是有些担心福尔摩斯。”

迪布勒伊出去了，费利克斯·达维又在房间里转了最后一圈，做最后的检查。他从地上顺手捡起两三封撕碎了的信，接着又拿起一个粉笔头，在餐厅里有些灰暗的壁纸上画了个大方框，在中间写下几个大字：

20世纪初，绅士大盗亚森·罗宾，在这里居住了五年。

他的心情很好，一边轻声吹着口哨，一边打量这些字，然后大声说道：“福尔摩斯大侦探，再过三分钟，我就会离开这里了，如果您还不回来，那时候，您就真的输了……哦，还有两分钟，千万不要让我久等……还有一分钟，您还不过来吗？那我将正式宣布，您，福尔摩斯败给了亚森·罗宾！哦，永别了，我的亚森·罗宾王国，这间我经营了五年的地方。”

突然响起来的铃声打断了他的抒情，尖厉的铃声急促又刺耳，中间停了两次，之后又响了两次，最后又停了。这是警告讯号！

“发生什么事情了，难道是有什么意外情况？……加利瓦尔……不……”

他差一点就能从书房逃出去了，可是在他逃走之前，他先来到窗边向下望去，并没有看到人，难道敌人已经来到这里了？他仔细听着外面的响动，仿佛听到了什么声音，所以他又赶紧跑到书房里。

就在他跨进书房门槛的时候，他听到有人正试着用钥匙开前厅的大门。

他料想到自己此时可能已经被人包围了，于是他猛地推了一下护壁板，打算从这里逃走，然而护壁板并没有动。接着他又用力推了一把，但那护壁板还是没动。

“怎么办，如果这个机关在此刻坏掉了，那我就真的完了。”他扣动机关的手指有些抽筋，尽管他已经使尽全身的力气，但那机关还是纹丝不动。就在几分钟之前，它还运作自如，如今竟然坏掉了。他不得不相信，厄运降临到他的身上了。

与此同时，他听见吱呀一声，显然前厅的门已经被打开了，接着，他听到了脚步声正在向他靠近。

他在护壁板四周来回摸索，但都没有任何作用，他怒不可遏地用拳头捶它、连声咒骂它……

“怎么了，罗宾先生。为何如此发怒？”

罗宾猛地一回头，瞬间震惊了：在他面前的正是本来应该已经在英国的夏洛克·福尔摩斯！

亚森·罗宾不敢相信自己的眼睛。眼前的人怎么可能还在法国？前一天，他已经将这个人送回了英国，而现在的福尔摩斯竟然像是一个胜利者般，重新站在了他的面前。这根本不可能！

这次，轮到福尔摩斯用罗宾之前对他说话时的那种充满轻蔑的语气回敬，他以讥讽的口吻说：

“罗宾先生，现在我警告您，从这一分钟起，我不用去回想您让我在奥特雷克男爵公馆里过的那一夜，也不用再去回想我的朋友华生遇到的倒霉事儿，更不用去回想我坐在汽车里被绑架，以及我在昨天晚上被您的手下绑在一张小床上，而不得不进行的不愉快的旅行了。因为这一分钟所发生的事情，足以将之前所遇到的不愉快全部都抹掉了，如今，我已经把那一切都忘了。我得到了补偿，得到了最好的补偿。”

罗宾始终没有说话。

“罗宾先生，如今这几幢楼已经全部被警方包围了，因此，您被捕了。”

罗宾干脆地说：“先生，如今咱们的账算是两清了。从您能够逃脱船长和水手的掌控，并单枪匹马出现在我的面前这一刻起，您已经彻底报了之前的仇。”如今的他，也真切感受到了之前福尔摩斯被绑架时的那种愤怒，同时这也激发了他身体里的反抗意志。

“这一次，我算是落到了您的手中了。如果一直都是我一个人在赢，人生倒显得无趣了。正是因为这一次我落到了您的手中，我才觉得更加有趣。哦，对了，加利瓦尔在什么地方，他为什么不进来？”

“因为我想先和您谈谈，所以我请他先别进来。”

“哦，他竟然这么轻易地就同意了？”亚森·罗宾有些惊讶。

“本来这件事情就是由我做主的，而他只是从旁协助而已。更何况，他一直以为费利克斯·达维只是你的一个同伙。”

“既然如此，我倒想听听，您究竟想和我说些什么了。”

“我长话短说。事实上，此次我来法国的目的并不是逮捕您，之所以会一直追踪您，是因为我没有其他的方法能够达成我的目的。”

“什么目的？”

“找到那颗蓝宝石！”

“蓝宝石？”

“是的。因为我知道从布莱兴领事的牙粉瓶里找到的那颗蓝宝石是假的。”

“您说得对，真的已经被金发女郎拿走了，所以我按照那颗蓝宝石的样子仿造了一颗，它足够以假乱真。而且，我也盯上了柯蓉伯爵夫人的其他珠宝首饰，再加上布莱兴领事本来就已经受到了怀疑，我又要帮金发女郎摆脱嫌疑，所以就干脆将那颗假的蓝宝石放到了领事的牙粉瓶里。”

“正因为那颗蓝宝石被您留下了，所以我这一次一定要拿回去。因为我已经答应过伯爵夫人会把真的还给她，所以我势在必得。”

“您是打算让我将它还给您？”

“我要买下它。”

罗宾哈哈大笑起来，“您还真是一个会做生意的人。”

“没错，这的确就是一笔生意。”

“那您能付给我什么？”

“克洛蒂·德斯坦小姐的自由。”

“她的自由？据我所知，她并没有被警方拘捕。”

“我可以向加利瓦尔先生提供必要的证据，少了您的保护，想要逮捕她，一点都不困难。”

罗宾又哈哈大笑起来，他说：“亲爱的先生，您所说的这些事情未必会成为现实，毕竟现在的克洛蒂还很安全，所以我根本不用担心。您还是拿其他东西和我交换吧。”

福尔摩斯的脸上露出些许尴尬，他说：“要是我用您的自由来交换呢？”

“加利瓦尔是不会同意的，这又有什么用？真是该死，这破机关怎么突然就不动了？”罗宾一边说，一边生气地推了一把壁炉的护壁板。

他差点尖叫出声，幸好他及时克制住了。看来上天还是十分眷顾他的，所以那护壁板竟然在他的手下动了一下。他或许马上就能够逃走了。

他将一只手放到福尔摩斯的肩膀上，说道：“我的自由，应该由我自己找回来，我不需要别人的帮忙。”

“您要知道，如果您被加利瓦尔逮到，就真的完了。”

“您又怎么知道，他一定会逮到我？”

“所有的出口都已经被封锁了，您已经无路可逃了。”

“不，这里还有一个，我要选择的那个。”

“都已经到了这个时候，还在耍嘴皮子。其实您现在已经算是被捕了。”

“还没。”

“那您究竟想要做什么？”

“我要留着蓝宝石。”

福尔摩斯拿出怀表，看了一下说道：“现在还有十分钟就到三点，三点整，我会叫加利瓦尔进来。”

“也就是说，咱们还有十分钟可以闲聊。所以，我得充分利用这十分钟。为了满足我的好奇心，请您告诉我，您究竟是如何知道我的这个地址和费利克斯·达维这个名字的？”

福尔摩斯的心里有些担心，他不知道亚森·罗宾还有什么招数。但他还是向他解释道：“我是从金发女郎那里找到这个地址的。昨天上午……我本来打算将她带走，但没想到她早就已经认出了我的身份，所以她给女裁缝打了一个电话。后来，我知道那个女裁缝就是您。昨晚在船上，我回想起那个电话号码的最后两个数字是7和3，再加上我手上还有被您‘改造’过的建筑的地址，于是当今天上午赶回巴黎之后，只要查找一下电话本，很简单就找到了费利克斯·达维这个名字，也就知道了这里的地址。之后，我就请来了加利瓦尔先生来帮忙。”

“您真是太厉害了，让我不得不佩服。不过，还有一件事情，是我想不明白的，您究竟是如何从‘燕子号’上逃出来的？”

“我并没有逃跑。”

“怎么会？”

“您命令船长不能早于凌晨一点到达南安普敦，事实上，他们却在十二点的时候，就已经将我送上了岸。所以，我理所当然赶上了回法国的船。”

“那名船长竟然出卖了我？”

“不，他没有出卖您，是我使用了小计策让他误以为抵港的时间是凌晨一点。因为我把他的表拨快了一个小时。他对我给他讲的故事十分感兴趣，因此他肯定没有注意到我的动作。”

“可是，墙上的挂钟呢？您被绑在床上，又是如何做到的？”

“这很简单。在船长不在房间的时候，留下照顾我的水手用他的大拇指将挂钟的指针同样拨快了一小时。”

“他为什么会这样做？”

“因为一颗蓝宝石，当然不是真的，是您用来换真宝石的那颗假的，我从伯爵夫人那里将它要了过来，没想到竟然在这里派上了用场。”

罗宾觉得十分好笑，他没想到福尔摩斯竟然是这样逃回来的。罗宾一边笑，一边像是有所意图地向福尔摩斯靠近，后者则略感到不安地向后退去，同时手插入口袋掏出了表。

“已经三点了，罗宾先生。我还在等您的答复。”

“我的答复？天，您可真够麻烦的，如今咱们的戏也该收场了。下赌注吧！我的自由！”

“蓝宝石！”

“好。请您先下注，您要出什么？”

“我出老K！”福尔摩斯一把拔出左轮手枪。

“我出点（法文中的点和拳头的发音相同）！”罗宾伸手给了福尔摩斯一拳。

福尔摩斯朝着天花板开了一枪，他是在向加利瓦尔发出救援信号。亚森·罗宾那一拳正好打在他的胃上，使得他向后退了好几步。趁着这个机会，罗宾迅速跳到壁炉边，护壁板上的大理石机关正在启动……然而，一切都太晚了，因为门在这时候被人打开了。

“赶紧投降吧，亚森·罗宾，否则我就开枪了！”

罗宾根本就没有想到，加利瓦尔等人竟然就待在门口，如今加利瓦尔就站在他的面前，而在他的身边还有二十来个看起来身形彪悍、心狠手辣的家伙，只要他稍微动一下，就一定会被乱枪打死。

让所有人都惊讶的是，罗宾竟然神情十分镇定地说：“我投降，别开枪！”

在场的所有人都以为他会从壁炉那里的机关逃走，然而他却说出这样的一句话。他的那句话好像有回音一般，在这间空荡荡的房间里久久没有消散。

加利瓦尔十分激动，他缓缓走上前，以这种场合应有的最庄严的态度，向他的老对手伸出手，非常高兴地高声宣布道：“亚森·罗宾，您被逮捕了！”

“哟！”罗宾故意抖动一下身子，“好加利瓦尔，您现在的样子，真是太阴森恐怖了，真让我感到毛骨悚然！不知道的人，还以为您是在对着朋友的坟墓讲话呢！行了，我还没死，别弄出一副要给我送葬的样子了！”

“您被逮捕了。”

“在场的各位难道不感到激动吗？这是多么具有历史意义的时刻啊。你们最忠实的执法者、总探长加利瓦尔以法律的名义逮捕了大坏蛋罗宾。这一时刻的历史意义，你们可要理解啊……”

罗宾伸出双手，等着被对方戴上钢手铐。

罗宾叹了一口气，说道：“我可怜的罗宾，如果您的亲朋好友看到这一幕，心里会作如何感想呢？”

一边说，一边绷紧了身上的肌肉，双手手腕上猛地一用力，只听到“嘭”的一声，那钢制手铐中间的锁链就断掉了。

“再换一副新的过来，这个太不行了。”

警察们马上又找来两副新的手铐，全部套在了他的手腕上。这下他才终于满意地点点头，“这还差不多，够安全了。”

接着，罗宾又转向福尔摩斯：“大侦探，您看，这就是您的杰作，罗宾真的要感谢您，是您的参与，让他不得不在监狱里的湿稻草上烂掉。现在您的良心是否在为此而感到不安，或者是否有所后悔呢？”

福尔摩斯耸了耸肩，“这就得看您的表现了。”

“要我把蓝宝石还给您吗？不！永远不！那可是我费了很大的力气才得到的，我要留着它！下个月我去伦敦您的府上拜访的时候，我会把理由告诉您……不过，您下个月会在伦敦吗？或者说，您希望我们在维也纳见面？或者圣彼得堡呢？”罗宾边说边笑。

突然，房间里响起了一阵铃声，不是警报的电铃，而是电话的声音。电话安装在两扇窗户中间，直接连接到他的书房。他刚刚竟然忘记拔掉电话线了！

究竟是谁，会在此时给他打电话？这无疑会给打电话的人带来危险。亚森·罗宾双手用力，打算朝着电话线扑过去，切断电话那头和这头的联系。然而，加利瓦尔却快他一步，抢到了电话。“喂！喂！这里是64873，没错，就是这里。”

福尔摩斯一把推开加利瓦尔，抓过他手中的听筒，然后又用手帕将对讲话筒盖住，以便对方很难听清他的声音。

他朝着罗宾看了过去，两人目光交会，都从对方的眼中看到了了然，没错这个电话是金发女郎打来的，她想与费利克斯·达维，或者说与马克西姆·贝尔蒙通话，然而，接听电话的人却是夏洛克·福尔摩斯。

福尔摩斯故意对着电话那边说道："喂！喂！……能听得见吗？我就是马克西姆……"

罗宾的脸色变得苍白，他的脸上终于再看不到往日那个傲慢的样子，取而代之的是无法掩饰的焦急。

福尔摩斯对着电话讲道："真糟糕，我也听不清……哦，现在好了……咱们想想……您最好还是先回家吧……危险？……已经没有了！……他现在还在英国，并没有回来，我刚刚接到从南安普敦来的电报，他确实已经到英国了。所以我们现在安全了，亲爱的，我去找你。"

他挂了电话，转身对加利瓦尔说道："先生，请您借给我三个手下。"

加利瓦尔知道福尔摩斯的想法，于是很爽快地答应了他的请求。"福朗方，你带着这两个人，随先生一同去将金发女郎带回来。"

这下真的完了！就连金发女郎也将要落到福尔摩斯手里了！罗宾终于开口叫住了正在往外走的福尔摩斯："福尔摩斯先生请留步！"

"罗宾先生……"福尔摩斯停下脚步，看着罗宾。

虽然不想承认，但罗宾这次还是输了。他虽然倍受打击，但脸上依然故作轻松，对着福尔摩斯说道："您也应该知道，我今天是运气不好，所以才会被您抓到，但不管怎么说，抓到就是抓到了，所以我想让步，和您重新进行谈判。"

福尔摩斯很满意他的说法，于是走到加利瓦尔的身边，以一种他无法抗拒的语气说，他希望能和罗宾单独讲几句话。

"您想要什么？"福尔摩斯看着罗宾，有些粗暴地问道。

"克洛蒂·德斯坦小姐的自由。"

"您知道我想要的是什么，您同意了？"

"是的，我将接受您提出的所有条件。"

福尔摩斯有些不敢相信地看着他，"可是就在刚才，您还拒绝了我的条件……"

"福尔摩斯先生，刚才这件事情只涉及我自己的安危，可现如今，它还牵扯到另一位女子……一位我所爱的女子。作为一名绅士，我怎么能让一位我所深爱的女子因我而涉险？”他脸上的表情十分平静，没有一丝波澜。

福尔摩斯点点头，问道：“蓝宝石现在在什么地方？”

“把放在壁炉旁边墙角的那支手杖拿过来，一只手抓住手杖的把手，另一只手再拧开固定手杖另一端的铁环就可以了。”

福尔摩斯拿过手杖，转动上面的金属铁环，手杖的把手果然就分开了，里面放着一个胶泥团，而那枚蓝宝石戒指就放在里面。他检查了一下，确定就是这颗蓝宝石没错。

“罗宾先生，从这一刻起，克洛蒂小姐自由了。”

“无论发生什么情况，她都会自由吗？”

“是的，无论在任何情况下，她都会如现在一般自由。我再也不知道她的姓名，也不知道她的地址。”

“福尔摩斯先生，谢谢您！再见！咱们总有重新再相见的那一天。”

“我也相信会有那么一天。”

加利瓦尔又和福尔摩斯争论了起来，福尔摩斯不想再和他说下去，于是很粗暴地打断了争论：

“加利瓦尔先生，非常遗憾，我不能同意您的意见。而我也没时间再和您争执，或者说服您，因为一个小时以后，我就要动身回英国了。”

“可是……金发女郎呢？”

“我不认识什么金发女郎，反正我把罗宾交给您了。还有这颗蓝宝石……您现在可以亲自把它交给伯爵夫人。我想，您现在已经没有什么好抱怨的了。”

福尔摩斯戴上帽子，毫无留恋地出了门离开了。

罗宾对他的背影喊了几句：“大侦探，一路顺风哦！我一定不会忘记我们之间的亲切友好关系！另外，请代我向华生先生问好！”

然而，他并没有得到福尔摩斯的任何回答，只好笑了笑说：“原来英国人的不辞而别，真的是这样。这位可敬的先生，根本一点都没有学到我们国家的文明礼仪。加利瓦尔，您想想，如果是在同样的情况下，一名法国人，他会用什么方式告别？我想一定会用非常精致的礼貌来掩饰一下他的胜利！……可是，哦，老天，加利瓦尔，您到底在干什么？好吧，原来是在搜查啊。其实这里什么都没有了，我可怜的朋友，很遗憾这里连张纸片也没有！我的那些重要文件，早就已经搬到安全的地方去了！”

“那可不一定！”加利瓦尔仍然不放弃地搜查着。

罗宾耸了耸肩膀，只好乖乖待在原地。此时他的胳膊被两个警察架着，四周还围着一大群警察，他只好静观其变，看着这些人在这几间空房里来来去去地搜查。

“加利瓦尔，麻烦您能快一点吗？”

“有什么事情吗？”

“我还有一个约会，本来约定的时间是下午两点，如今都已经三点钟了。”

搜查没有任何结果，罗宾对这样的结果早就已经料到了，他哈哈大笑起来：“难道说，您还在奢望从这间建筑里找到我的同伴名单，或者我做了违法事情的文件吗？您真是太天真了。如果说这里真的还有什么值得你们看的，那就是我这里所设置的机关。看吧，这个瓦斯管实际上就是个传声筒，这壁炉里还有个楼梯，墙都是夹壁墙，还有复杂的电铃系统。喂，加利瓦尔，过来按一下这个按钮……”

加利瓦尔真的按照他的话做了，按动了一下按钮。

“听见什么声音了吗？”

“什么也没听见。”

“我也没听见，不过，当您按下这个按钮的时候，您就已经通知了我的气球站站长，让他帮我准备好一个热气球，很快，这颗热气球就会把我们带到天上去。”

“好了，就不要再说什么蠢话了，现在就跟我们走吧！”加利瓦尔朝前面走了几步，其他手下也纷纷跟在他的身后，只有罗宾仍待在原地，一动不动。即使身边的人对他恐吓，他依然不走。

“你是不肯走了？”加利瓦尔强压制着怒气。

“要看你带我到什么地方去。”

“当然是去警察局。”

“如果是警察局，那我不走，我已经说了，我还有约会，我不能不去。加利瓦尔，金发女郎正在等我，我不能让她为我担心，所以我不能和您去警察局。”

加利瓦尔的耐心已经用光，他有些恼羞成怒：“我已经相当照顾您了，您可不能得寸进尺，现在马上跟我走！”

“不可能，我还有约会，我不会和你走。”

加利瓦尔做了一个手势，罗宾身边的两个大汉伸手打算将他提起来，然而下一秒，却传出了他们的惨叫声。亚森·罗宾的两只手上各拿着一根长针，刺入了两名大汉的体内。

见此情况，在场的警察们都像疯了一样冲了上去，将罗宾围了起来，对着他拳打脚踢。更是有一位身材强壮的男子，直接出拳朝着罗宾的太阳穴打了过去。

罗宾当场倒了下去。

“快住手！”加利瓦尔上前制止，“要是你们谁将他打伤了，就给我走着瞧。”

加利瓦尔检查一下，发现他呼吸正常，并没有受重伤，这才放心。于是命人将罗宾抬起来，而他则托着罗宾的腰部，一起往外走。

大家到了楼梯口，罗宾呻吟着：“加利瓦尔……我们还是坐电梯下去吧……”

加利瓦尔批准了，他们将罗宾平放在电梯里，加利瓦尔则站在他的身边，接着他命令其他人走楼梯下去，到门房等着他们。就在这时，电梯的门发出刺耳的尖叫声后，关上了。电梯却一跳，瞬间像个断了线的气球似的飞了起来。

加利瓦尔拼命摸索下降的电钮，可是，他什么也摸不到，只好对着外面大喊：“到六楼，到六楼的时候，电梯门会打开。”然而显然这事情并没有按照他所料想的发生，因为电梯穿过了六楼的天花板，直接在众人的眼前消失了，接着竟然在顶楼仆人住的房间里冒了出来。守在这里的三个人打开梯门，两个人扶住已经有些头晕眼花的加利瓦尔，第三个则扶出了罗宾。

“加利瓦尔，我早就已经告诉您了……坐气球上升……这次成功还要感谢您的帮助！”电梯门关上了，加利瓦尔又被送下楼，遇上了等在这里的手下。他们来不及说话，直接冲过院子，上了佣人的楼梯。因为这是这栋建筑里唯一能够通往顶楼的通道，罗宾很可能要从那儿逃走。

顶楼是一条很长的走廊，里面有很多拐弯，在走廊的两边都是编了号的小房间。走廊的尽头有一扇门，门虚掩着，门的另一边通向的是另一幢大楼。同样是一条长走廊、拐弯、编号的小房间，走到头时，出现的是佣人楼梯。加利瓦尔下了楼梯，穿过院子，最后竟然来到了大马路。

加利瓦尔这时才恍然大悟，这两幢大楼竟然共用一个地基，而且两栋楼之间竟然是互通的。这两栋楼的出口分别通向两条马路，两条马路并非垂直，而是互相平行的。它们的大门相距只有六十多米，显然罗宾他们就是从这儿逃走的。

加利瓦尔灰心丧气地回到门房，向对方询问道："是否有四个男子从这里经过？"

"有，那四个人分别是五楼、六楼的两个佣人，还有他们的两个朋友。"

"那么，五楼和六楼住着的又都是些什么人？"

"是费利克斯·达维先生和迪布勒伊先生。只是他们今天刚好搬家了，只剩下两个佣人，刚刚那两个佣人也离开了。"

"天啊！"加利瓦尔倒在门房里的长沙发上，"真是太可惜了，我们竟然错过了这样的好机会！原来罗宾的整个团伙，竟然都在这几幢大楼里！"

就在加利瓦尔懊悔错过大好机会的四十分钟后，福尔摩斯和华生已经坐着汽车赶到北方车站，他们赶着搭乘将要开往加莱的快车。在他们的身后，是一个负责扛皮箱的脚夫。

"快点，华生，我们不能错过火车……这十天真是太精彩了，我们不仅打败了罗宾，还找回了蓝宝石，这真是一场漂亮精彩的胜仗。"

"是的，我的手也断了。"华生看了看自己缠着绷带的手臂说道。

"有这样大的成功，断了一条手臂又有什么。"

"尤其断掉的还是我的手臂，不是您的。"华生闷闷不乐。

火车车厢的门马上就要关上了。提着行李的脚夫冲上一节空车厢，将行李放在了头顶的行李架上。福尔摩斯也扶着华生上了列车，他掏出50生丁给脚夫："好了，朋友，这是给您的。您可以离开了。"

"谢谢您，福尔摩斯先生！"

福尔摩斯抬头一看，不禁惊讶道："亚森·罗宾，怎么会是您？"

"您……您……您不是被捕了吗？"华生挥舞着那条残了的手臂，一脸不可置信，"福尔摩斯告诉我，他走的时候，加利瓦尔带着三十个人已经将您团团包围了。"

罗宾没有回答他的问题，而是有些不满地说："你们以为，我会不和你们告别，就让你们离开吗，那样做可不是我的风格，实在太不礼貌了。再说，我们之前建立的友谊又是那般的深厚！"

列车汽笛长鸣，车就要开了。

他跳到站台和他们挥手道别："我亲爱的朋友们，如果你们需要我，我随时可以为你们效劳……还有，以后我会给你们写信的，我也会等你们的消息，偶尔给我寄一张明信片，地址就写'巴黎，罗宾收'就可以了，不必贴邮票，我能收到。再见！我们不久后就能再见！"

## 第七章　失窃的犹太灯

福尔摩斯和华生两人分别坐在客厅里大壁炉的左右两侧，悠闲地伸展着身体，在温暖又舒适的房间里，享受着这难得的假日。

福尔摩斯为自己点了一支烟，华生则安静地看着福尔摩斯，而福尔摩斯却始终都没有说一句话。

华生终于忍受不了此时的安静，首先开口说话："好无聊，最近怎么都没人来委托我们办案了？"

福尔摩斯仍然没有说话，依旧在那里专心致志地吸着烟。

华生觉得无趣，他站起身来，走向窗前。

窗外正下着大雨，街上鲜少有人经过。安静的街道夹在两旁门面灰暗的楼房中向前延伸，一辆双轮马车突然从楼下驶过，过了一会儿，又一辆马车也驶了过去。华生将它们的车牌号一一记录在记事本中。"反正也无聊，说不定将来就会用到。"

"瞧！"华生转身对着福尔摩斯喊了起来，"邮差过来了。"

仆人领着邮差走了进来，他给福尔摩斯送来了两封挂号信。其中一封信内容是：

先生：

不久前，我遇到了一起重大的盗窃案。到目前为止，警方所进行的一切搜查都没有任何作用，所以，我希望您能够用您的专业知识来帮我破案。

过几天，我还会将与这起盗窃案有关的一些报道资料也一并邮寄给您，这些将有助于您对此事进行了解。如果您答应了我的请求，决定过来帮我找到窃贼，我可以将我的私人宅邸借给您使用，另外还请您在随信附上的有我签名的支票上填写您此次旅途将所需的钱款数目。

请您用电报给我答复，并请您接受我最诚挚的敬意。

维克多·安布勒瓦勒男爵

于巴黎莫里诺街18号

“这真是一个好消息，马上又可以去巴黎进行一次旅行了。其实自从上次和亚森·罗宾决斗后，我一直没有机会再去巴黎。现在正好有这个机会，我也即将有幸目睹一下这座世界名都的迷人与浪漫。”

相对于福尔摩斯对此次巴黎之行的期待，手臂受伤至今还没有康复的华生却怨言连连，他并不赞成此次的巴黎之行。就在华生不停抱怨去巴黎多么不好的时候，福尔摩斯拆开了另一封信。

才刚开始看，福尔摩斯就一脸怒容，狠狠将信纸揉成一团，摔在地板上。

“怎么了？发生了什么事？”华生有些不知所措，更有些摸不着头脑。

华生从地上捡起纸团，把它铺展开来，读道：

亲爱的大侦探：

您是一位声名远扬的大侦探，您知道我对您一直十分敬仰。所以，请您相信我，刚刚您接收到的那封信上的委托案件，请您千万不要接受，因为无论您怎么努力，都只能导致可悲的后果，而您也将不得不向大众承认您的失败。

身为您的好朋友，我深切希望您能免于如此有碍名声的侮辱，所以我恳求您安静地待在家里，好好在伦敦享受美好的生活时光。

请您代我向华生先生表达深切的歉意，并请您，亲爱的大侦探，接受我诚挚的敬意。

您忠诚的

亚森·罗宾

“亚森·罗宾。”华生脸上满是怒容，他又狼狈地念了一遍最后落款处的名字 。

福尔摩斯愤怒地用拳头使劲捶打着桌子。

“啊！好啊，他竟然把我当作失败者来嘲弄！什么当众承认失败！怎么可能！我不是也曾经逼得他不得不归还蓝宝石吗？”

“他一定是害怕了。”华生说道。

“不要说傻话了！亚森·罗宾可不是那种会害怕的人，他现在是在向我挑衅。”

“可是，罗宾又是怎么知道安布勒瓦勒男爵给我们寄来求助信呢？”华生大惑不解。

福尔摩斯按铃唤来仆人：“帮我准备行李吧，我要出门去趟巴黎。”华生知道他此行的目的之后，也请求同行。

“朋友，难道您就不怕您的左手臂也被弄断了吗？”福尔摩斯眼角含笑地说道。

“当然不害怕，因为有您在，您定然会保护我的。”

“好，那我们就直接出发。电报也不用发了，不然罗宾就知道我们会过去，我现在已经迫不及待想要给罗宾一个出其不意了。”

当天下午，这两个人就已经到达多佛港，并从这里乘船前往法国。到达法国加莱港之后，他们又换乘至巴黎的快车，福尔摩斯利用这三小时的时间，美美地睡了一觉。当他醒来后，精神饱满，心情非常愉快。即将对战亚森·罗宾的事情让他感到非常激动，他们下了车，步履轻松地走出车站。

“请问您是福尔摩斯先生吗？”

听到有人叫自己的名字，福尔摩斯被吓了一跳，他没有想到，在这里竟然也会有人认出他。循着声音望过去，见到一个女子正站在他的身旁。这是一位十分年轻的姑娘，原本俏皮可爱的脸庞此时却不合时宜地透出一丝痛苦不安的神色。

因为福尔摩斯没有答话，所以她又问了一遍：“您就是福尔摩斯先生，对吗？”

“什么事？”对于这位少女的搭话，福尔摩斯心存怀疑。于是，他提高了警惕。

“先生，请您听我说，这件事非常重要。您现在是要到莫里诺街18号去吗，我劝您，还是不要过去了，不然您会为此后悔的。我这样说真是为您考虑，所以还请您听从我的劝告，千万不要过去。”

福尔摩斯本想避开这位女子，但她却始终不放弃，仍然紧紧跟在福尔摩斯的身边，坚持自己是出于好心。

“先生，二十分钟之后，就有一列开往加莱的列车，请您赶紧准备回去吧，这里您真的不该来。”年轻的女子坚持不懈地劝说，但福尔摩斯却已经置若罔闻，自顾自迅速地走远了。

夏洛克·福尔摩斯对战亚森·罗宾

他们才走出没有几步，这几个清晰的大字就出现在他们的面前。

他们走过去，发现很多身上挂着广告牌的广告员，正在街上闲逛，他们的手里拿着包了铁头的手杖，用力地在人行道上敲打。而在人行道的地面上赫然贴着一大张宣传语。人们可以看到那宣传语上写着这样一段文字：

夏洛克·福尔摩斯将要对战亚森·罗宾。英国著名大侦探福尔摩斯已经抵达巴黎，此次前来，旨在查明莫里诺街的神秘事件。具体经过，请各位随时关注《法兰西回声报》。

看到这些广告牌，华生不禁摇头说道：“我们本来还打算悄悄潜入呢，结果人家早就已经知道了。我猜，等一会儿我们到了莫里诺街，一定会有一个大型的欢迎仪式。”

“华生，真没看出来，你还这样有幽默感呢。”福尔摩斯显然已经有些生气。

他强压制住心中的怒火，向着那些广告宣传员中的一个走去，问道：“你们是什么时候就开始在街上这样宣传的？”

“今天早上开始的。”

“这些广告牌是之前就已经准备好的吗？”

“是的，今天早上，我们刚到广告公司的时候，就发现了这些已经准备好，并放在办公室那里的木牌。”

这么说，亚森·罗宾早就已预料到他会无视那封‘善意’提醒的书信，而坚持来到巴黎接受挑战，甚至也早就已经将他们二人之间的较量，列入了此次的行动计划中。亚森·罗宾这样做的动机是什么?

虽然心中犹豫是否要接受亚森·罗宾的挑战，但他还是决定先到案件发生的地方，莫里诺街去一趟。于是他和华生二人叫了一辆马车，直奔莫里诺街18号。

莫里诺街，豪华的私人宅邸林立两旁，而在这些公馆的后门处，就是蒙梭公园。在这条街上，最繁华漂亮的住宅就是18号，安布勒瓦勒男爵和他的家人住的地方。他将这里装饰得十分精美，犹如一幅值得珍藏的艺术品。一进前门的地方，是一个庭院，在院子的两侧则是附属建筑。后门处有一个小花园，那里树木成荫，园中的树枝与蒙梭公园里的树枝连成一片，甚是美丽。

福尔摩斯按下门铃后，一名仆人将他和华生二人带到了一侧建筑里的小客厅。

二人相继落座后，迅速环顾四周，将整间小客厅中的摆设打量了一番。

“这里的东西真的太精致了，而且风格独特，充满高雅……”华生一边欣赏，一边不停赞美道，“能有如此闲情逸致收集这些东西的人一定是上了年纪的人，或许应该有50岁了……”就在这时，安布勒瓦勒男爵走了进来，随后跟着的是他的夫人。

与华生推测的恰恰相反，这夫妻二人都很年轻。他们不但谈吐不凡，就连身上的气质也非常人可匹敌。对于福尔摩斯的到访，他们非常感激。

经过简单的寒暄后，男爵终于将话题转到了那桩盗窃案上。

“在向您介绍这起案件经过之前，请允许我向您简单介绍一下我的个人情况。我和妻子平时很少出门，也没有什么应酬，大多数时间都花在了我们的女儿身上，只是偶尔会有几位关系不错的朋友登门拜访。我和夫人平时就喜欢在这间小客厅里休息，后来干脆将这里改成了起居室。这里放着一些古董，没事儿的时候，我们就喜欢拿来把玩一下。而这起盗窃案就发生在上星期六的晚上。周六晚上快十一点的时候，我熄了灯，和妻子一起离开这间小客厅，回到我们的卧室休息。”

“卧室在什么地方？”

“就在隔壁。”

“第二天，我很早就起床了，担心吵醒夫人，所以我就来到了这间房间。之后我发现这扇落地窗竟然敞开着。我感到有些惊讶，我明明记得前一天晚上关上了这扇窗。”

“会不会是佣人打开的？”

“不会的，因为我们规定，每天早上如果我没有按铃，他们不可以进来这里。所以，他们是不会过来。而且，我发现那扇窗户是从外面打开的，窗子右边第二块玻璃，已被人割开了。”

“从这里进来很容易吗？”

“是的，并没有想象中的困难。您看，这扇窗的外面，是个砌有石栏杆的大阳台。我们这儿是二楼，从这里能看到房子后面有个小花园，而在花园的外面，只和蒙梭公园隔着一道栅栏。所以那个小偷应该是从蒙梭公园那儿过来的。只要他借助一把梯子，然后越过那道栅栏门，就可以很简单地爬上阳台了。”

夏洛克·福尔摩斯沉思片刻，又问道：“盗窃案就发生在我们所在的这间房间里吗？”

“是的。原本在这幅12世纪圣母像和这只做工精细的银质神龛之间，放着一盏小小的犹太灯。可是现在它却不见了。”

“这么说，丢失的是一件并不值钱的东西？”

“是的，犹太灯本身并没有什么价值。但是，这盏灯的里面有一个小机关，在那里可以藏一些东西。而我总是喜欢把一件非常名贵的珍奇古玩，或者一件古代的首饰收藏在里面，而在失窃的那天，里面恰好放着一件金制的首饰，那件首饰上面镶嵌着红宝石和翡翠，这些都可以说是无价之宝。”

“还有其他人知道这里面藏有宝贝吗？”

“应该没有人知道。因为我们也是无意中才发现这个小机关的。”

“很显然，那个小偷是了解这一情况的。不然，他也不会大费周章地前来偷盗这样一个不值钱的小小犹太灯。”福尔摩斯提出自己的看法。

福尔摩斯站起身来，走到落地窗前，仔细观察这扇窗户以及窗外的阳台，之后又用放大镜仔细观察了一下那上面留下的两条磨损的痕迹。然后，他又请求安布勒瓦勒先生带他去花园。

来到花园之后，福尔摩斯坐在了一张藤制的椅子上，眼睛瞅着屋顶。然后，他突然站起来，走到阳台下。这里放着两只木箱子，这两只木箱是警方为保护现场而放在这里的，目的是防止阳台下留下的扶梯印子被谁无意中踩掉。他掀开木箱，跪在地上，弯下身子，将鼻子凑过去，在离地只有二十厘米远的地方仔细观察着地面，并测量着什么。接着，他又沿着栅栏门前的印子进行了同样的观察。

做完这一系列事情之后，福尔摩斯和男爵回到小客厅，他沉默了片刻，才说道：

“男爵先生，从您最开始向我叙述这起盗窃案的时候，我就觉得很惊讶，因为这起看似简单的盗窃案子，其实很不寻常。用一把梯子，翻过栅栏，然后爬上阳台，卸下一块玻璃，偷走了宝物，之后离开……不，事情远没有想象的那么简单。”

“那您的意思是？”

“这件事情其实是亚森·罗宾在背后操控的。”

“怎么可能！”男爵惊讶地大声尖叫。

“就是他。不过这起案件并不是他亲自下手的，就连他的手下也没有参与。应该是您这里的某位佣人从阁楼沿着水管爬下来，然后又从窗户进来，偷走了那个宝贝。我刚刚看到了外墙那里有水管，觉得很可疑。”

“那您是怎么确定，亚森·罗宾没有亲自过来的？”

“如果是他，不会仅仅偷走那一件东西。旁边放着的那些宝贝，他都会拿走。所以我断定他没有亲自作案。”

“可是，您又怎么解释那些已经发现的线索呢？”

“那些不过是演戏而已！一切都是为了转移目标，让别人不至于怀疑到小偷的身上。”

“可是，您刚刚不是也看到了吗，那栏杆上有磨损的痕迹，这又怎么解释？”

“这都是犯案者伪装的骗局！我刚刚观察过，发现那是用玻璃砂纸磨出来的。瞧，我手上的这些，就是我搜集到的一点砂纸碎屑。”

“那阳台下面留下的梯子的印记呢？”

“那个也不过是伪造出来的。仔细观察，就会发现阳台下面那两个直角的窟窿和栅栏门附近的两个窟窿，虽然它们的大小是相同的，但是，这边的两个窟窿是平行的，而在栅栏门那边的却并不平行。对比一下两个窟窿之间的距离就能发现，其中一个是二十三厘米，而另一边的却是二十八厘米。”

“那您的结论是什么？”

“不难看出这几个窟窿的大小是相同的，所以也就是说，这四个窟窿是用一根棍子戳出来的，只要找到了棍子，就能证明这一点。”

他从地上捡起一根木棍，对大家说：“我说的木棍就是这根，刚刚我在花园里的一棵桂树旁的箱子下找到的。”

男爵相信了福尔摩斯的话，并且对他佩服得五体投地。仅仅用了不到一个小时的时间，福尔摩斯就推翻了警方调查了多天的结果，而且很明显，他的证据和论断都更加令人信服。

“只是，福尔摩斯先生，那些仆人都是家里的老佣人，我相信他们不会有人背叛我的，所以这件事情我不太敢相信。” 男爵夫人摇着头表示。

“如果他们没有人背叛您，那么我手上拿着的这封信，又如何解释？这封信和您二位写给我的求助信同时到达我的手中。”

他把亚森·罗宾寄给他的信交给男爵夫人，夫人一看到信之后，马上变得惊慌失措。

她说：“亚森·罗宾……他……他是怎么知道这件事情的？”

“关于这封信中的内容，你们是否曾和其他人提起过？”

“没有，谁都不知道。”

这时，华生突然询问道：“那是谁将这封信送到邮局去的呢？”

“是一位已经跟随我二十年的随身男仆，名叫多米尼克。我绝对相信他对我的忠诚，他不可能背叛于我。”

初步调查已经结束，福尔摩斯等人退出了这间房间。

一个小时之后，在吃晚餐的时候，福尔摩斯见到了安布勒瓦勒夫妇的孩子索菲和昂丽埃特，这两个女孩都是非常可爱活泼的，她们一个8岁，另一个6岁。吃饭的时候，福尔摩斯一直都没有说话，很快这顿晚餐就结束了。就在福尔摩斯准备离开的时候，一位仆人将一封电报递给了福尔摩斯，福尔摩斯随即打开读道：

**请允许我向您表示最崇高的敬意，能够在如此短的时间里取得这样大的成就，您真**

的很厉害，让我感到自愧不如。

亚森·罗宾

福尔摩斯将电报递给男爵，阴沉着脸说道：“看来您的家里真的有他的人。所以，无论我在您这里做了什么，都必然逃不过他的眼睛，我所说的每一句话，他也都能了如指掌。”说罢，福尔摩斯和华生一起起身告辞。

这天晚上，华生的心情很不错，所以早早就上床睡觉了。他是被福尔摩斯从梦中叫醒的，福尔摩斯站在他的床边，将他拖下床，然后让他看着花园那边，结果他们发现了两道人影，正在那里。

于是这两个英国人摸着黑走下楼，到了一间朝着花园台阶而开的房间里。他们透过门的玻璃朝着那两个人看过去，果然看到他们正站在花园的栅栏附近。

这时，从栅栏那边传过来一声轻轻的哨声，然后，他们二人看到一道依稀可辨的亮光，从府邸里闪出。

“大概是安布勒瓦夫妇在点灯。”福尔摩斯悄声说，“咱们的头顶上是他们夫妇的卧室。”

“也许他们也是听到了响声，所以也正准备监视栅栏门那儿的动静。”

就在这时，又响起了一声更加轻微的哨声。如果不仔细听，根本无法听到。

“这究竟是怎么回事？我不明白，我真的不明白。”福尔摩斯有些恼火地嘟哝着。

“我也搞不懂。”华生也说道。

福尔摩斯转动门上的钥匙，打开锁，轻轻地推开了门。

就在这时，第三声哨声响起了。这一次的声音比较响些，而且调子和之前也有些不同。在他们头上的声响越来越大，节奏也越来越快。

“楼上的声响似乎是从阳台那里传出来的。”福尔摩斯低声说。

他从门缝这里将头伸出去，然而下一秒却又缩了回来，强忍着才没有骂出声来。华生有些好奇，也伸出头朝外一看，这才注意到，原来在他们的身旁，有一把梯子正靠着墙，架在阳台的栏杆上。

“很显然，有人在小客厅里！我们刚刚听到的声音，就是从那里传出来的。这就是我所等待的。快，咱们去把梯子拿走。”福尔摩斯抿着嘴唇说道。

他们这边的话音未落，那边已经有一个人影从高处滑了下来。双脚刚一落地，瞬间就把梯子扛在了肩膀上，然后飞一般地朝着栅栏门跑去。福尔摩斯和华生一个箭步冲了过去，就在那个人把梯子架在栅栏门上的时候，他们刚好来到这个人的身边。然而就在这时，栅栏的另一侧却响起两声枪响。

“受伤了吗？”福尔摩斯问道。

“没有。”华生回答。

华生一边说着，一边揪住那个人企图制服他。却没有想到那个人竟然突然转过身，一只手紧紧抓住华生，另一只手则拿出一把尖刀朝着华生的胸口刺了过去。华生呻吟一声，身子摇摇晃晃，跌倒在地。

福尔摩斯被激怒了，他先将华生平放在草坪上，然后打算上前抓住那个人，可惜已经太晚了，那个人已经爬上梯子，翻过栅栏门，被他的同谋接应过去，在高地上消失不见了。

福尔摩斯只好放弃追捕，反过来查看华生的伤势。“华生，你没事吧，应该只是皮外伤对吧？”

就在这时，府邸的门突然打开了。安布勒瓦勒先生第一个冲了出来，后面跟着的是拿着蜡烛的仆人们。

众人发现，华生的伤口正在汩汩往外冒着鲜血，他面色苍白，躺在地上一动不动。

二十分钟后，附近医院的医生赶了过来。对华生进行一番检查后说道：“这刀尖再稍微偏上四毫米，就夺走了他的生命。”

“四毫米，还好，这家伙命大，死不了了。”福尔摩斯呼出一口气。

确定华生没事之后，福尔摩斯对华生的伤势已完全放心，于是他来到小客厅去见男爵。

这一回，那位神秘的来访者可没上次那么客气。那家伙竟然丝毫没有羞耻心地偷走了镶嵌金刚钻的鼻烟盒和一条蛋白石项链。甚至将其他有价值的东西也统统一扫而光。

阳台处的落地窗敞开着，一块玻璃被卸掉了。经过一番调查，福尔摩斯发现梯子是从隔壁邻居那处正在装修的宅子偷来的。

总之，这两次的失窃案的手法不尽相同，小偷的目的就是进一步引导他们去相信最初的那个假设。

福尔摩斯依旧认为窃贼是某个住在公馆里的人。即使男爵一再强调这次的小偷是从外面进来的，他也不想多做解释。另外，他已经发现这前后两次失窃只有表面上的关系。当务之急，就是要寻找到它们之间的内在联系。

两天过去了，什么也没再发生。对于此次华生的受伤，福尔摩斯在感到难过的同时，也感到非常丢脸。他又一次没能保护好自己的朋友。为了找回失去的自尊，福尔摩斯持续不懈地在公馆和花园四周进行地毯式搜索，几乎每个仆人他都要盘问一遍，可是，他没有找到任何能给人启发的蛛丝马迹。

“我一定能找到线索。那些罗宾的党羽们，你们给我等着，我一定会将你们揪出来。”

第三天下午，福尔摩斯来到了位于小客厅楼上的书房中，男爵的两个小女儿正在此，年纪较小的昂丽埃特正在寻找剪刀。

“先生您看，那天晚上吃饭时您收到的那种纸上贴着纸条的信，我也会做。”她说完之后，就走出书房。

最初小昂丽埃特的话，并没有引起福尔摩斯的注意。谁会在意一个小孩子的话呢？所以，福尔摩斯在和她说话的时候，一直都有些心不在焉。他一边观察房间的每个角落，一边有一搭没一搭地和小昂丽埃特聊天，直到小姑娘最后这一句话，突然引起了他的注意。福尔摩斯迅速冲出房间，朝着楼梯跑了过去，在楼梯口追上了小姑娘，他向她询问道：“那么说，你也会把小纸片贴在纸上？”

昂丽埃特听到有人询问自己这件事情，显得十分骄傲，她一脸自豪地说：“当然！我已经做过很多次了。每次我都会先把那些我需要用到的字剪下来，然后再按照顺序，一个一个地粘到纸上。”

“这个有趣的游戏，是谁教给你的？”

“是我的家庭教师……我曾经看见她从报上剪下字，然后再贴上去……”

“那你知道她用这些纸做什么吗？”

“我看到她把这些东西都贴成电报或者信，然后再邮寄出去。”

福尔摩斯重新回到书房，决定对小姑娘刚才所说的事情，进行调查。

福尔摩斯重新检查了一下房间，他发现在壁炉架上放着一大堆报纸。打开之后，他发现那些报纸上确实有很多地方都缺掉一些词或者成行的字，不难发现这些是被人有规则而又利落地剪去了。通过阅读上下文，福尔摩斯很简单就猜出了那些被剪掉的都是什么字母。这显然是昂丽埃特做的。但也许，那张被家庭教师剪过的报纸，也就藏在这捆报纸里。只是，如何才能找到那张报纸呢？

福尔摩斯随意翻着堆放在桌上的书本，然后又到书架上看了一下另一堆书。这其中的一本引起了他的注意。他发出一声欢乐的呼声。那是一本孩子们的纪念册，一本看图识字本。他发现，在这本纪念册的某一页上有一个被剪的空缺。

这一页上记载了一周七天的学习内容。星期一、星期二、星期三等，唯独缺了“星期六”。而犹太灯丢失的那天，恰好是在星期六的夜里。

他紧紧皱了皱眉头，显得有些焦躁，但他还是十分有耐心且仔细地翻阅这本纪念册，等翻到后面的时候，他又有了惊人的发现。

这一页所介绍的是二十六个大写的字母，最后还附有一行数字。这中间的九个字母和三个数字被人小心地剪掉了。

福尔摩斯将这些被剪掉的字母按照原有的顺序，依次写在自己的记事本上，得到如下结果：

CDEHNOPRZ——237

乍一看，根本什么都看不出来，也不能说明什么。

如果将它们重新排列，是否就可以得到一个或者几个完整的词呢？

但事实上，福尔摩斯试了很久，最后还是拼不出一个词。

他在笔记本上不停地写写画画，却始终没有找到正确的方式。后来，他终于想到一种可能。由于这页纸上只有二十六个字母，而且每个字母都只能用一次，所以当相同的字母出现两次的时候，就得从其他地方剪下一个来凑成单词。根据这个想法，他终于组合出这样的结果。

REPOND.Z——CH237

第一个单词很明显，应该是Repondez（答复），只是此时缺少了一个字母E，因为这个字母已使用一次，所以无法再用。

至于第二个未写完的词，应该是与数字237组合成的地址。寄信人要求收信人在星期六这一天，将确定的答复送到CH237这个地址。

也许CH237指的是邮局里信件自取的意思，也许字母C和H只是某个单词的组成部分，这里面还有其他的字母。福尔摩斯继续翻阅纪念册，却并没有在后面的页面上，找到其他被剪掉的字母。由此看来，在找到新的线索，确定排列顺序之前，他也只能暂时得到现在的解释。

“您是不是也觉得很好玩？”昂丽埃特回到房间，向福尔摩斯问道。

“是很有趣！只是，你还有其他可以剪的纸吗？或者，已经剪好的字母，可以让我贴着玩的？”

“其他的纸吗？……不……老师会不高兴的。她之前就已经骂过我了。”

“为什么？”

“因为我告诉了你有关这个剪纸的游戏……她说，我不应该把自己喜欢的人的私事告诉其他人。”

“你说得很对。”

昂丽埃特听到表扬，心里开心极了。她高兴地将一个用别针别在裙子上的小布袋里的东西都掏了出来。里面装着几条旧布片，三颗纽扣，两颗糖，还有一个方形的小纸条。

“喏，这个送给您。”她把纸递给福尔摩斯。

上面记录的是一辆出租车的车牌号码：8279。

“你怎么会有这个东西？”

“周日那天去教堂的时候，老师在捐款打开钱包的时候，从里面掉出来的。”

福尔摩斯思索片刻，和昂里埃特道别之后，便去找安布勒瓦勒先生，并向他询问了那位家庭教师的情况。

“爱丽丝老师，是我见过最温柔亲切的家庭教师，我对她很放心。她来到这里已经有一年左右的时间，前两天恰好请假，今天刚一回来，就去照顾您的朋友华生先生了。”

“爱丽丝小姐星期天早上是否有出过门？”

对于这点，男爵先生并不是太了解，于是他叫来自己的夫人。夫人说：“爱丽丝小姐和平常一样，在周日的十一点带着孩子们去了教堂。而在那之前，她应该没有出过门。哦，我想起来了，周六的时候，她曾和我说，周日早上她要外出一下，去找一位来巴黎的表妹。福尔摩斯先生，您是在怀疑她吗？”

“当然没有，我只是想见见这位女教师。”

当来到华生的房间时，他恰好看到一位女子正在那里照顾华生，当这位年轻的女子转过身时，福尔摩斯发现眼前的人，竟然就是那天在车站阻止他们过来这里的女孩。

爱丽丝见到福尔摩斯并没有一点尴尬，依旧如常地照顾华生。福尔摩斯本想向她询问几句，但最后还是打消了念头。他问了问华生的情况，确定没有大碍之后，就离开了。

然后，他来到了车行，了解到周日那天驾驶过8279号出租车的司机杜普烈刚好不在，他便留在那边等这位司机。

杜普烈来了之后表示，那天，他确实在蒙梭公园附近载了一位身穿黑衣，胸前带着一朵紫罗兰的女客人，这位女客人当时的神情有些紧张，所以他记得很清楚。

福尔摩斯还了解到，这位女客人拿着一个长形的包裹，在坦恩大道和圣费迪南德广场的转角下了车，之后又进了一座公寓，大概过了十分钟左右的时间才离开，之后又回到了蒙梭公园那里。

接着福尔摩斯让杜普烈载着自己先去了警察局找到加利瓦尔，然后又和他一起去了位于坦恩大道附近的那栋公寓。他们在公寓附近的咖啡馆里监视着对面公寓的一举一动。

福尔摩斯叫来服务生，然后递给他一张纸条，让他帮忙转交给对面公寓的管理员。过了一会儿，一个管理员来到了他们面前。

福尔摩斯向他询问道：“星期天的时候，是否有一位身穿黑衣的女子来过这里？”

“是的，大约在早上九点的时候，她来了之后，上了二楼。”

“她经常会过来吗？”

“不是……但最近确实经常来，这两个星期，几乎每天都过来。她现在就在那里。

大概有十分钟时间了，每次她来，接送她的车都会停在圣费迪南德广场那边。”

“二楼住了什么人？”

“二楼上一共有两户人家，一位是个女裁缝师，人称蓝琪小姐，另一位是一个男的。一个月前租下了那里，所用的名字是布烈松。”

“嗯？所用的名字？难道他的真名不是这个吗？”

“我觉得应该不是。我太太负责帮他打扫，有一次在他的衣服上看到了姓名缩写每一件都不同。而且这个人经常在外面，有时候甚至三四天都不回来。他的外表经常变换，有时高，有时矮，有时又会变胖，就连他头发的颜色，也会每天变来变去。有时就连我都没办法认出他来。”

听了他的话，福尔摩斯和加利瓦尔都已经确定了这个人就是亚森·罗宾。

“上星期六和星期天他有回家吗？”

“哦，星期天晚上回来了，之后就没有出门。”

就在这时，那位小姐走了出来。管理员提醒他们二人。此时，爱丽丝正朝着广场上停着的车走过去。

“布烈松先生也出来了。”管理员指着远处那个拿着包的男子说道。

两名侦探匆忙站起来，盯着那个布烈松，或者说是亚森·罗宾的背影看着。看到那个人离开，这二人马上跟了上去。

他们通过各种掩护，一路跟踪这个名叫布烈松的男人。他们看到他走到塞纳河畔，在那里停留了一小会儿，然后又转了回来，沿着原路往回走。福尔摩斯和加利瓦尔躲在一道栅栏后面，在罗宾经过他们身边的时候，他们发现他手上的包裹竟然不见了。

就在这时，他们发现除了他们之外，竟然还有人也在跟踪罗宾。他们一路跟踪，直到罗宾回到公寓，他们二人也跟了上去。

加利瓦尔对福尔摩斯说道：“现在最保险的方式，就是您回去搬救兵，我守在这里。”

福尔摩斯反驳：“不行，一对一，您没有胜算。”亚森·罗宾的身手，他们都很清楚。最后两人决定一同闯进去，即使没有搜捕令，但只要抓到了罗宾，将来也不会有人指责他们的违法行为。

加利瓦尔按响了罗宾房间的门铃，但却没有人回应，就在他们二人打算冲进去的时候，房间里传来一声枪响，接着是重物倒地的声音。他们二人马上用力撞开房门，看到一个人倒在壁橱边，已经死亡。

那个人满脸鲜血，太阳穴和脸颊上各有一个子弹打出的大洞，基本已经无法分辨容貌。

“这个人不是亚森·罗宾，也不是他的同党。以罗宾的性格，他不会自杀，而他的同党，更没有理由自杀。”福尔摩斯坚持说着。

他们从这个人的身上没有搜到任何能证明他身份的东西，只在房间里看到了一口大皮箱还有两个行李，里面放着的都是一些个人衣物用品。书架上则放着一摞报纸，全都是和犹太灯失窃案有关的东西。

他们没有查到这个人的身份，最后只好悻悻地回去了。

当天晚上，福尔摩斯以极坏的心情上床睡觉了。结果第二天早上刚一醒来，就收到了一封讣告。内容如下：

昨天晚上布烈松先生在公寓不幸去世，他的葬礼将于6月25日，星期四举行。亚森·罗宾希望您能出席此次葬礼。

## 第八章　字母之谜

福尔摩斯拿着那封亚森·罗宾寄来的信对华生说：“现在这起案件真是越来越棘手了，这位该死的‘绅士’的眼睛一直都在盯着我，他好像对我的一切都了如指掌。华生，你现在能理解我的感受吗？”

华生的身上还发着高烧，仍然处于昏迷状态，自然没有办法回答他的话。但福尔摩斯不管他是否能够听见，仍然自顾自地说着。

“臭小子，你现在就偷着乐吧，总有一天你会露出马脚。所有的案情总有被澄清的那一天。我们也正是通过那家伙的第一封信，从而查出了爱丽丝小姐和这件事情之间的关系的。对吗，老兄？现在，我需要查一下那位布列松先生丢弃的包裹，加利瓦尔和我，我们二人约在塞纳河见面，我们要将那个被扔掉的包裹打捞上来，相信这里面应该会有线索。之后，我们再调查一下爱丽丝小姐。用不了多久，我就会弄清纪念册上那句话的含义，也会弄明白那两个单独列出的字母C和H的含义。”

就在这时，爱丽丝小姐走了进来。

“福尔摩斯先生，大夫吩咐了，不能吵到病人休息，您在这里将病人吵醒可不行。”爱丽丝说道。

福尔摩斯没有说话，而是静静看着面前的女子，仿佛他们才第一天见面一样。福尔摩斯有些惊讶于她自始至终都保持着的这种镇静态度。他走近她的身旁低声说：“昨天晚上，布烈松先生在自己家中自杀了。”

“昨天晚上，布烈松先生在自己家中自杀了？”她将福尔摩斯所说的话重复了一遍，但好像根本不明白福尔摩斯为什么会和她说这些一样。更重要的是，福尔摩斯也没有在她的脸上看到有什么迹象表明她在装假。

“您还要装模作样到什么时候呢？”

福尔摩斯拿起放在身旁一张桌子上的那本带画的纪念册，翻到被剪去字母的那一页，说道：“您现在能告诉我这些空缺处的字母都是怎么排列的吗？我想知道在犹太古灯失窃的前四天，您在给布烈松先生邮寄的那张纸条上究竟写了些什么内容。”

她突然哈哈大笑起来。

“哦，我明白了！原来您以为我和那窃贼是同伙啊！您的意思是，有一个名叫布烈松的先生偷走了犹太灯，然后又自杀了，而我是这位先生的同伙。天啊，真是太有趣了！”

“昨天傍晚，你到坦恩大道的一幢楼房去了，你上了二楼，说，你到那里去找谁了，又去干什么了？”

“我当然是去找蓝琪小姐，我的裁缝啊，难不成您以为蓝琪小姐和那位布烈松是同一个人吗？”

爱丽丝的脸上的表情始终不像是在说谎，这让福尔摩斯也有些怀疑自己是不是弄错了，但他的心里还是觉得她很可疑。

“好，我现在还有最后一个问题，那天傍晚，你在北方车站为什么要拦阻我？为什么您极力反对我来这里，还希望我马上回到英国去，不要管这起案件？”

“福尔摩斯先生，您的好奇心实在太重了。”她始终笑容可掬，神情自如地说，“为了惩罚您，我决定不告诉您。另外，我还有事，麻烦您留下照顾华生先生。”

爱丽丝小姐面带微笑，话音刚落就直接走出了房间。

福尔摩斯意识到自己上当了，不仅没有从她那里得到任何消息，反倒还向她暴露了自己的想法。

他突然想起了之前蓝宝石事件时，他和克洛蒂·德斯坦谈话的情形。当时那位金发女郎不也是一直都如此安详吗？他刚刚所面对的人，是不是又是在亚森·罗宾的羽翼保护下的人？由于亚森·罗宾的存在，使得那些人，即便身处险境，他们也依然可以保持着令人惊讶的镇静。

就在这时，华生突然醒了过来。他半天才挣扎着说道：“不是……不是她……福尔摩斯……她……不可能。”

“怎么不是她，我看就是她！说不定现在亚森·罗宾已经知道了我知道剪贴匿名信的事情。”

福尔摩斯急匆匆地走出门，来到梅西娜大街，发现爱丽丝小姐正巧走进一家药房，过了十分钟的时间，她又从药房中走了出来，手上多了一只小瓶和一个用白纸包裹着的细颈瓶。然而，正当她重新走上街道的时候，她的身后却有一个人跟着她，并和她搭讪。这个人的手里拿着一顶破帽子，一脸谄媚的样子，好像是在向她乞求施舍。

爱丽丝停下脚步，掏出几枚硬币给他，然后继续向前走去。

“她和那个乞丐说话了。”福尔摩斯暗暗思忖。

出于身为侦探的敏锐直觉，福尔摩斯暂时放弃跟踪她，转而去跟踪那个乔装假扮的乞丐。

他们俩一前一后来到圣费迪南德广场，那个人在布烈松原先居住的楼房门前徘徊了很久，时不时地朝着二楼的窗户看看，顺便还留神观察所有进入这所楼房的人。

大约一个小时之后，男子上了开往纳依的双层有轨电车的顶层，福尔摩斯紧随其后，也上了电车顶层，他在男子身后不远的地方坐下，而在他身边坐着的是一位用报纸遮着脸的先生。电车很快就开到了城墙遗址的位置，在这时，坐在福尔摩斯身边的先生放下手中的报纸，他竟然是加利瓦尔。加利瓦尔指着那个家伙，在福尔摩斯的耳边轻声说道：

“那个小子，就是昨天一直跟踪布烈松的那个人。我发现他在一个小时之前，就一直在广场那边鬼鬼祟祟地走来走去。”

福尔摩斯的目光一直紧紧盯着那个男子，轻声向身边的人询问道：“关于布烈松，您有什么新的发现吗？”

“有，我得到消息，在今天上午，邮局那里有一封寄给他的信。”

“今天上午？那么也就是说，给布烈松寄信的人，至少在邮寄出这封信的时候，还没有得到他的死讯，所以，这封信应该是在他昨天傍晚丢掉包裹之前寄出去的。”

“是的。现在这封信在检察官的手中。不过，我已经看过上面的内容，并且记住了，信上说：‘他毫不让步，对方什么都要，无论是第一次的东西，还是第二次的东西，如果你不答应，他就要采取行动。’那封信上没有留下署名，所以根本无从查起。”

“不，加利瓦尔先生，我倒觉得信上的这些话使我产生了浓厚的兴趣。”

电车来到了城堡街的终点站，并在这里停了下来。那个神秘男子率先下了车，神情轻松地向前走去。

福尔摩斯则小心地紧紧跟在他的身后。

“我们跟得这么近，难道就不怕被他发现吗？”

“他是不会回头的，因为他早就已经知道有人跟踪他了。这个人应该是罗宾的手下，你看他那样神态自若，一脸轻松的样子，就知道他不担心，因为他没有把柄在我们的手里，所以他根本不用害怕。”

那个人走近前面站着的两名骑车的警察，当时那两名警察正打算跨上脚踏车。不知道他对那两名警察说了什么话，之后就见到他猛地蹬上另一辆早已停靠在咖啡馆外墙那里的自行车，同这两名警察一起，飞快地离开了。

“加利瓦尔先生，您看这三个人一起逃走了。我刚刚就说了，他的态度过于平静，其中一定有问题。没想到，他竟然是亚森·罗宾。”福尔摩斯哈哈大笑。

“气死了。现在怎么办？”

“不要急，今天我们只有两个人，想要抓住他还很困难。”

“哦，我已经和福朗方约好了，他现在就在前面不远处等着我。”

“好，那你现在去找福朗方刑警，我先追上去看看，一会儿我们再会合。”

看着加利瓦尔逐渐走远，福尔摩斯这才追寻着那些自行车留下的印迹追了上去。这条路很不好走，到处都是尘土，所以自行车走过去之后，在路上留下了很深的轮胎印记，因此福尔摩斯很容易就找到了他们。

跟着那些痕迹，福尔摩斯来到了塞纳河边，他发现那三个人转弯消失的地方，就是前一天晚上，布烈松所站着的地方，而他清楚地记得，布烈松就是在那个地方将包裹扔下去的。福尔摩斯朝着斜坡走了过去，他发现这里的斜坡很平缓，此时由于落潮，河水已经退了下去。若是现在想要找到那个包裹，应该不会费太多事……他看了看周围的情况，确定刚刚那三个人，并没有率先将那个包裹弄到手。

就在福尔摩斯分析现场情况的时候，他意外发现，在不远处的河面上，竟然停放着一艘小船，而此时在那艘小船上，正有一个人在钓鱼。福尔摩斯朝着那个人走了过去，开口询问道：“几分钟之前，您是否有看到三个骑着自行车的男子，从这里经过？”

钓鱼人没有回头，而是背对着福尔摩斯摇了摇头。

“怎么可能会没有看到？……刚刚明明就有三个人……我都看到他们从这里过去了，他们就在离你两步远的地方经过……你怎么会没看到？”

钓鱼人转过身，看了面前的福尔摩斯一眼，然后将手中的钓竿夹在腋下，动作连贯地从口袋里掏出一本笔记本，只见他拿起笔迅速在纸上写了些什么之后，把纸撕了下来递给福尔摩斯。

福尔摩斯对于现在的状况一直保持着接戒备的状态，但他刚刚清清楚楚地看到了这个钓鱼人在纸上写下的内容，就是那本纪念册上被剪去的一系列字母。

CDEHNOPRZEO——237

男子做完这一系列动作之后，又转身重新拿起钓竿，专心致志地开始钓鱼了。福尔摩斯有些惊讶地看着面前的男子，只见他的头上戴着一顶遮阳帽，一张脸都被帽檐下的阴影遮住，所以福尔摩斯并不能看清他的容貌。男子的身边，放着叠得整齐的衣服，他手中钓竿的浮子正顺流飘动着，从他身上所透露出来的是安逸与神秘的气息。

看着面前的男子，福尔摩斯的心中升起一种想法，而这种想法的产生，竟然连他自己都觉得有些惊讶。“真的会是他吗？”他自己问着自己，“但似乎也只有他，才能做到这样事不关己，一副淡然的样子；也似乎只有他，才能知晓那串字母的含义；也只有他，才能事先知晓那本纪念册的事情。因为爱丽丝已经通知他了。”

想到这里，福尔摩斯已经非常肯定自己的想法，于是他迅速从口袋里掏出手枪，上好子弹，瞄准那钓鱼男子的脑袋。他目不转睛地盯着这个家伙的后背，手枪的枪口正抵着男子的后脑勺。只要此刻他的手指一动，这场猫捉老鼠的游戏就彻底结束了。而从此，这位一直让警方头痛的怪盗的一生，也将画上句号。

钓鱼男子依旧纹丝不动坐在那里，仿佛根本不知道后面发生的事情一样。

福尔摩斯双手紧紧握着手枪，恨不得马上就一枪了结了他。但身为一名绅士，这样偷袭的事情，他又做不来。虽然这可以杀了罗宾，将一切结束。

就在他犹豫该如何是好的时候，身后传来一阵脚步声。福尔摩斯转身回头望去，发现不远处加利瓦尔正和另外几名警察一起朝着这边走了过来。

看到救兵们赶到，福尔摩斯嘴唇一抿，脑海中闪现了新的想法，只见他迅速朝着前面钓鱼的男子冲了过去，然后以迅雷不及掩耳之势跳到了钓鱼人的小船上。由于他跳跃的动作比较大，脚下用力过猛，使得原本拴在小船上的缆绳被挣断了。他跳到钓鱼人的身上，两个人扭打成一团，一起滚进了舱底。

“您究竟想干什么？”那个钓鱼人果然就是罗宾，只见他一边挣扎，一边对着福尔摩斯大声喊道，“这叫什么事儿啊，我们两个人这样在这里厮打，无非是让人看笑话罢了，您还以为能把我怎么样吗？”

在他们二人扭打过程中，船上放着的两条桨全都滑落水中，小船瞬间失去了控制。见到此幕的岸上人员纷纷发出此起彼伏的惊呼声。

罗宾费了好大的力气，终于摆脱了福尔摩斯的控制。而此时的福尔摩斯早已怒火中烧，他决定铤而走险，于是伸手入口袋，打算拿出里面放着的手枪。然而他不知道的是，原本放在口袋里的手枪，早已经被罗宾神不知鬼不觉地拿走了。

没办法，他只好又跪下身来，打算抓住船桨，把船划向岸边。但罗宾却在另一边，拼命地划动另一只船桨，试图把船划得更远。

就在二人拼命划动船桨的时候，岸上不知谁突然开了一枪，罗宾低头，险险地避过了从头顶飞过的子弹。

罗宾脸上神色未变，抬头看着岸上开枪的人，哈哈大笑道："我亲爱的朋友加利瓦尔，难道您忘了吗，警察只有在遭遇危险，出于自卫的时候，才可以开枪。您现在对我开枪，是因为见到我之后，您觉得害怕，认为自身安全受到威胁了吗？哈哈……"罗宾无情地嘲笑道，"还有我希望您下次再开枪的时候，请瞄准一些，以免误伤了福尔摩斯侦探。"

亚森·罗宾站在福尔摩斯的身前，一副保护他的样子，对着加利瓦尔说道："嗯，现在您可以开枪了，不过您一定要瞄准一些哦。哎呀，您怎么又瞄偏了呢？"

话音刚落，罗宾手中拿着的手枪，看都没看，直接朝着岸边开了一枪。加利瓦尔感觉子弹从头顶呼啸而过，他下意识地用手按着帽子，才发现，子弹已经穿透了他的帽子。

就在这时，罗宾已经用力将手枪朝着加利瓦尔的方向扔了过去。"咚"的一声，手枪落在了加利瓦尔的脚下。

福尔摩斯看着面前所发生的这一幕，不自觉地轻笑出声。他很欣赏罗宾的个性，又生气且帅气，带着年轻人特有的欢乐！

河边上站着的人越来越多，看着船顺水越飘越远，加利瓦尔和他的一众手下只好沿着岸边朝前跑，去追逐那艘小船。

罗宾收回目光，转过身来对福尔摩斯说道："大侦探，我希望这件事情您不要再管了，答应我好不好？我之所以这样说，真的是出于我对您的好意。如果您再继续坚持下去，那到最后只会造成不可挽救的悲剧。所以，我希望您能够答应我，不要再继续插手这件事情，好不好？"

"不好，无论你说什么，我都不会放弃。"

罗宾绷紧了脸，显然，对于福尔摩斯的固执，他很恼火。但他还是努力试图说服对方："您就答应我，退出这起案件吧，我真的是为了您着想。"

“这不可能。”

罗宾蹲下身，从舱底拿起一块木板，福尔摩斯看了一会儿，也没看明白他在做什么。之后他又站起身来，坐到了福尔摩斯的身旁，这样说道：

“大侦探，我知道您来这条河边的理由和我一样，也希望能够得到那个被布烈松扔掉的包裹。您也看见了，我身上所穿的衣服正是适合下水的，我已经约好了几个朋友，打算一起过去找那件东西。不过当我的朋友过来通知我说您也过来了的时候，我并没有感到惊讶，因为关于这一点，我早就已经料到了。您有所不知，关于您在此次事件上的进展情况，我都了如指掌，因为时时都在有人向我汇报。”

说到这儿的时候，他停顿了一下。福尔摩斯皱了下眉头，看向他，只见他此时正低头看着船底，福尔摩斯也望过去，这才发现之前被他挪动的那块木板，此时已经被渗出的水托了起来，而此时在舱底那里，正有汩汩的水花往上冒着。

“哦，天啊，”罗宾煞有介事地低呼一声，“大侦探，您看我刚刚都做了什么？这里怎么会漏了一个大洞？这是我做的吗？您不害怕吗？”

福尔摩斯看着面前的人耸了耸肩，表示无所谓。二人目光相接，福尔摩斯早已看出了罗宾的花招。他知道，罗宾刚刚是故意将船底击穿的。河水一刻都不停地朝着小船里流入，船体在逐渐下降。不一会儿的时间，水就已经没过了他们的脚踝。

福尔摩斯脸上没有丝毫变化，他十分淡定地拿起烟袋，点了一支烟吸了起来。

河水已经将他们二人所坐着的椅子淹没，小船下沉的速度也加快了。

福尔摩斯依旧镇静自若，仿佛并不知道此时发生了什么事情一样，他的嘴里叼着烟，正全神贯注地看着头顶的蓝天，犹如度假一般悠闲自在。而这时，加利瓦尔等人已经乘着一艘快艇向小船驶来。

由于进入小船的水越来越多，小船开始在水里旋转起来，福尔摩斯只得紧紧抓住两边挂船桨用的铁环。他们二人心知肚明，这艘小船马上就要沉下去了，但他们谁都没有率先露出一丁点的恐惧。

罗宾也像福尔摩斯那样，将身上的衣服裹得严严实实，然后对着福尔摩斯叹了一口气，说道：

“福尔摩斯先生，您真是太执着了，竟然会为了这么点小事情而牺牲，实在不值得。”

“罗宾先生，”福尔摩斯终于再度开口说话了，他看着面前的亚森·罗宾说道，“您不累吗，说了这么多的话。事实上，您常常因为过于自信，而犯下轻率行事的错误。”

“您这话就说得有些夸张了，我什么时候犯下了轻率行事的错误，我怎么不知道？”

“我的话一点都没有夸张。就在刚才，您已经在不知不觉中给我提供了一个我一直在思索的事情。”

“怎么，您想要知道线索吗，您可以直接和我说的，我一定会毫无保留地告诉您。”

“我不需要你的帮忙！还有，从现在起，三个小时之内，我将会把谜底告诉安布勒瓦勒夫妇，我已经知道……”

福尔摩斯的话还没有说完，小船突然沉入了水底，并把他们两个人一并卷入了水中。河两岸顿时发出一阵又一阵的尖叫声，过了一会儿，终于有一个人浮出了水面。

那是夏洛克·福尔摩斯。福尔摩斯不愧是一名杰出的游泳者。只见他挥动着手臂，快速朝着警方的快艇游了过去。

福尔摩斯紧紧抓住小艇上抛过来的绳子，正当他往船上爬的时候，身后的水中传来了说话声。罗宾对着他喊道：“亲爱的大侦探，我相信您会知道谜底的，只是您有了谜底又有什么用？您只会将这些事情越弄越糟糕，我是不会让您得逞的。”

亚森·罗宾骑坐在浮出水面的船底上，然而，他才刚从船壁攀上去，正对着福尔摩斯夸夸其谈的时候，福朗方却将手枪瞄准了他，并喊道：“罗宾，投降吧！”

“福朗方，我为什么要投降？人只有在受到生命威胁或者受了重伤的时候，才会投降，很显然我并没有。因为您并不打算杀了我，最多也就是打伤我。”

枪声响了。

罗宾摇晃了一下身子，整个人跌入了水中，消失不见了。

这一连串事情发生在下午三点钟。三个小时后，到了福尔摩斯和安布勒瓦勒等人约定要揭开油灯失窃案件真相的时候，福尔摩斯穿了一套从纳依的一家旅店老板那儿借来的一条显得很短的裤子，和一件过于窄小的上衣，走进了莫里诺街上那幢公馆的小客厅，他要求和安布勒瓦勒夫妇面谈。

安布勒瓦勒夫妇走进客厅的时候，福尔摩斯正在客厅里来回踱步。

发现他们进来后，他停下脚步，看着他们问道：“爱丽丝小姐在家吗？”

“在家。她和两个孩子在花园里。”

“男爵先生，接下来我将要揭开盗窃案的真相，所以我希望爱丽丝小姐能够在场。我会将整件事情的来龙去脉和您说明白的。”

安布勒瓦勒夫人走出了房间，不一会儿就和爱丽丝小姐一同回到房间。爱丽丝小姐的脸色看起来有些苍白，她站在一张桌子旁，整个人显得很安静，似乎对房间里所发生的事情并不关心，竟然连为什么叫她进来都不曾问一句。

福尔摩斯只淡淡瞥了她一眼，并没有说什么，仿佛并不在乎她是否站在那里一样，反而转过身看向安布勒瓦勒先生，用一种不容他人质疑的语调，铿锵有力地说：

“先生，经过这几天的调查，我依然坚持最初的看法，偷走那盏犹太灯的人，就在这幢宅子里。”

“那根据您所掌握的情况来看，那个小偷是谁？”

福尔摩斯并没有说出小偷是谁，只是表示自己所得到的证据，足以让那个人承认自己的罪行。

“只承认不行，最重要的是，我们要寻回那些已经丢失的宝贝。”

“犹太古灯和后来丢失的蛋白石项链、鼻烟盒等东西，现在都在我的手中。”

男爵夫妇一时没有反应过来，只是一脸疑惑和好奇地看着面前的福尔摩斯。虽然他们什么都没有说，但他们二人此时所表现出来的样子，却是对福尔摩斯最好的赞扬。

福尔摩斯将最近这几天所发现的事情都和在场的众人说了一番。从他无意中发现那本纪念册说起，到他记下那些被剪取的字母，从而从中获得了什么消息，得出什么句子，接着，他又说了布烈松到塞纳河畔扔东西，回到住所后自杀。最后他谈到自己刚刚和罗宾在小船上的搏斗，以及，小船的沉没和罗宾的失踪。

在他说完后，男爵问道：“根据先生您的调查，您觉得谁是那名小偷？您现在能说出他的名字吗？”

“我所要指控的人，正是剪取这些字母，并用这些字粘贴成纸条和亚森·罗宾取得联系的人。”

福尔摩斯从口袋里掏出一小张湿漉漉、皱巴巴的纸条，这张纸就是在河岸边遇到罗宾的时候，罗宾从笔记本上撕下的那页。那上面还有罗宾曾写下的那一行字。

“各位请注意，”福尔摩斯神情突然变得严肃起来，“当时，我并没有强迫罗宾让他将这张纸条给我，或许是他觉得有趣，所以才将这张纸条丢给我，但这不仅让我猜到了他的身份，同时他也给我提供了线索。”

福尔摩斯用铅笔将这上面的数字和字母又重新写了一下。

CDEHNOPREO一237

“这个字母，您之前不是已经让我看过了吗？”男爵有些疑惑，不明白他什么意思。

“不，其实只要您仔细看一下，不难发现这些字母比当初多了E和O两个字母。”他继续说，“最初我们就已经知道，如果去掉了字母C和H，我们能够得到‘repondez’（回答）这个词，如果把C和H两个字母排在一起，再加上E和O两个字母，就可以得到另外一个词，ECHO（回声）。这两个词放在一起，正是《法兰西回声报》，而事实上，这个报纸的老板就是罗宾。他在这份报上保留了他的‘联系’专栏。

REPONDEZ ECHO 237

“所代表的含义就是，‘请在第237期《法兰西回声报》的通信专栏上做出回答’，之前一直没有找到答案的237这三个数字，也终于知道了它们所代表的含义。这还真是多亏了罗宾的好心。所以我根据这个线索找到了《法兰西回声报》的办公室。”

“您有什么发现？”

“我发现了罗宾和他的女同谋之间是如何联系的，以及他们之间都说了些什么。”

福尔摩斯拿出八份报纸放到桌面上，然后又把它们都翻到第四版，并从上面剪下了七行字。

1、亚·罗。女子恳求保护。540。

2、540。请说明详细情况。亚·罗。

3、亚·罗。已在敌人控制下，已绝望。

4、540。请留下地址。将进行调查。

5、亚·罗。莫里诺。

6、540。公园三点钟，紫罗兰花。

7、237。星期六，一言为定。星期日上午，公园。

“这些都是什么？还请您给我们解释一下。”男爵实在看不懂这些奇怪的东西。

“好的，我正准备为您一一解释。”福尔摩斯看了眼桌子上的报纸，然后对众人说道：“大家请看，这上面所写的540，其实是代表一位女性，而亚·罗，毋庸置疑，所指代的正是亚森·罗宾。这一整句话所代表的意思就是，最开始，一位代号540的女子向罗宾寻求帮助。而这第二句话则表示，罗宾希望这位540小姐能够说明详细情况，向他说明原因。然后这位540小姐便回答说，她被敌人控制了，几乎已经绝望。很明显，这里所说的敌人，就是布烈松。但罗宾这个人，是一个十分谨慎的人，在他未能确定事情真相的时候，他是不会轻易泄露自己的信息的，所以他要求这位540小姐留下地址，他将会进行一番调查。从这几张报纸的日期可以发现，这位540小姐犹豫了四天之后，才将自己所在的街道地址莫里诺告诉了罗宾。第二天，罗宾就通知540小姐在下午三点钟，到蒙梭公园见面，为了方便确认身份，他还特意让这位女子带上紫罗兰花作为联络暗号。再之后，他们又有八天没有进行联系，这是因为他们已经彼此认识，因此不需要再通过在报纸上留言这样的方式进行联络。他们的计划已经布置得很详细，为了满足布烈松的要求，那名女子不得不取走犹太古灯。但关于盗灯的日期，还需要再进行确认一番。不可否认，这位盗灯的女子是一位十分谨慎的人，为了避免被他人发现，于是她使用从纸上剪下来的字，贴成纸条和罗宾进行联系。他们决定在星期六的晚上动手，女子还在最后补充要求罗宾：‘请在第237期《法兰西回声报》上回复。’于是，你们看这里，”福尔摩斯指着最后一张报纸说道，“从这里我们可以看出，罗宾答应了她的要求，并且回答她一言为定，说他会在星期天的上午去公园。于是，星期六到星期天的夜里，就发生了那起盗窃案。”

“经过您的说明，案件确实清晰明了了很多。”男爵感慨道。

福尔摩斯又说道：“盗窃案发生的第二天早上，也就是星期天，女子上午出门，向罗宾汇报了她所做的一切，并将那盏犹太灯送去给布烈松。之后所发生的事情，就和罗宾所预料的一样，警方被故意设计出来的假象迷惑，以为盗贼是从外面借助梯子上了阳台，然后又割开窗户进入房间。而事实上，这一次的盗窃不过是他们伪装出来的罢了。所以那名女子便安然无事了。”

“照您这么说，那第二起案件，就应该是亚森·罗宾亲自所为了？”

“不，他不是一个会轻易对别人动刀的人。事实上，进行了第二次偷盗的人是布烈松。他就是那个刺伤了华生的人。而这一次，原本一直被他敲诈的那名女子并不知道。”

“您确定吗？”

“是的，我非常确定。其实，昨天布烈松死了之后，我了解到，他的同谋曾给他寄出了一封信。这封信可以证明罗宾和布烈松之间曾有一次谈判。罗宾要求他将所有从府上得到的东西，全部都交给他。信上说的‘对方’正是罗宾，而罗宾坚持要的东西包括第一次的犹太灯，和第二次的所有宝贝。另外，我还发现，罗宾曾派人监视布烈松，甚至也一直跟踪他到了塞纳河。”

“布烈松去塞纳河干什么？”

“因为他得知了我的调查进展情况……”

“是谁告诉他的？”

“就是那名之前被他威胁的女子。这个女子偷走了犹太灯，所以我有理由相信，她是因为担心我会查出事实真相，因此才跑到布烈松那里，去告诉他毁灭证据。布烈松知道这件事情之后，非常担心，于是他便把那些可能牵连到他的东西全部打包丢到了塞纳河里。不过，在他回家的途中，他无意中发现了一直在跟踪他的加利瓦尔和我，他心里一定很担心，甚至认为自己就要完蛋了，于是回到家之后，他就开枪自杀了。”

“布烈松扔掉的那些东西，现在真的在您手中吗？”

“是的，那些东西现在就在我的手中。罗宾落水失踪后，我便立刻潜入水底，去了布烈松丢包裹的地点。这些东西就静静地躺在水下，它们被一件衣服和一块油布包裹着。”

男爵迅速走上前，从身边拿起一把刀，将油布包裹上的绳子割断，又用力撕开湿衣服，然后把犹太灯拿了出来，旋转一下之后，他按了一下灯脚下的螺母，把灯下的油壶拧了下来，又从中间那里将它打开，果然看到了那件丢失的金质镶嵌着宝石和翡翠的贵重首饰。

虽然福尔摩斯并没有明说那位和亚森·罗宾联系的女子是谁，但他已经将案情经过说得很清楚明白，所以几乎所有人都已经猜到了那个女子就是爱丽丝小姐。然而相对于其他人的疑惑与惊讶，反倒是犯罪嫌疑人爱丽丝却异乎寻常地保持缄默。她那双清澈的眼眸中没有流露出一丝一毫的恐惧，依然那般泰然自若。

男爵先生想了想，心中有些犹豫，但最后他还是走到福尔摩斯的面前问道：“虽然我知道您说的没错，先生，但我还是不相信爱丽丝小姐会做出这样的事情。您确定没有搞错吗？”

“关于这一点，我可以保证，我绝对没有弄错。因为，爱丽丝小姐是府上除了您夫妇二人之外，唯一知道那盏犹太灯里藏有稀世珍宝的外人。”

虽然男爵对此事很是抵触，并不相信这就是真相，但他还是告诉自己，不能逃避现实。于是，他走到爱丽丝的身旁，目不转睛地盯着她的眼睛问道：“小姐，这一切真的都是您做的吗？您就是府上的内贼，您就是和亚森·罗宾联系的那个人吗？”

爱丽丝回答道：“是的，先生，这一切都是我做的。”

她并不低头回避男爵的注视，脸上没有任何表情，既不羞愧，也不窘困……

“这怎么可能呢？”安布勒瓦勒先生喃喃道，“我还是无法相信……我从没有怀疑过你……哦，天，你究竟是怎么做到的？”

她说：“刚刚福尔摩斯先生已经都说了。星期六深夜至星期天凌晨的那段时间，我小心地潜进了小客厅，然后拿走犹太灯，星期天的早上，我把灯带给了……那个人。”

“不对，那天早晨我明明看见小客厅的这扇门是锁上的。”

爱丽丝小姐闻言涨红了脸，脸上露出紧张的神色，她抬头看向福尔摩斯，仿佛在向他求救。

福尔摩斯见到爱丽丝小姐的表情之后，感到十分震惊，他的心中突然有一个声音，在提醒他，这一次他错了。爱丽丝小姐刚才的供认不讳，很显然是在掩盖着一句谎话。

男爵又开口道：“我记得清清楚楚，那天早上，我过来的时候，这扇门是关紧的。插销就同我前一天晚上插上时一模一样，如果事实真如你所说，你是从这扇门走进来的，那么就必须有人从里面给你开门，但事实上，无论是这间客厅还是我们的卧室，当时就只有我和我的妻子两个人。”

福尔摩斯闻言低下头，将脸埋在手掌中，以掩饰他此时的尴尬。

爱丽丝小姐是清白无辜的。

丝毫不用怀疑，爱丽丝是清白无辜的。其实最开始指证爱丽丝，他就觉得有些牵强，总觉得哪里不对。现在他终于看清了，他也想明白了。所有的证据都表明，他刚刚说的不过是自己编造的事实而已，而眼前的女子，是再清白不过的。

过了几秒钟，他才重新抬起头，尽可能态度自然地把目光转向安布勒瓦勒夫人身上。

夫人此时的面色非常苍白，她的双手，也在不停地颤抖着。

“用不了几秒钟，她就会自己露出马脚。她要撑不住了。”福尔摩斯心里想到。

福尔摩斯走到了男爵和他的夫人中间，似乎想要阻止这场因为他而即将出现的家庭悲剧。然而，当他抬头看向男爵的脸色时，他也不禁颤抖了一下。他知道，男爵此时也定然已经想明白了这一切。

爱丽丝小姐一遍又一遍地说着自己就是嫌犯，但在事实真相的面前，她的反驳显然很苍白无力。

“男爵先生，我想起来了，是我记错了。您说得对，那天我并不是从这扇门走进来的，我应该是从前厅那里转过来，然后去了小花园，再之后我用梯子……”

她做出最后的努力，想要挽回局势……但这毫无用处！

小客厅里一片死一样的寂静，谁都没有说话。安布勒瓦勒夫人面色苍白，全身已经僵硬，不知该如何是好。此时她的内心充满挣扎和恐惧，她害怕，她后悔，同时她也知道一切都已经晚了。

男爵似乎也不愿意看到现在这样的结果，沉默了一会儿之后，终于还是对着她说道："现在你自己给我解释，究竟发生了什么事情！"

"亲爱的，我没什么可说的。"男爵夫人低声说，她的脸庞痛苦地扭曲起来。

"那么……爱丽丝小姐……"

"爱丽丝小姐是清白的，是她救了我……出于她的忠诚……出于她对我的友情……所以她在替我顶罪……"

"她怎么救的你？有谁要害你？"

"从那个男人手中。"

"布烈松吗？"

"是的，他威胁的人是我……我是在一位女友家里认识他的……当时的我绝对是疯了，才会和他……哦！我知道，你不会原谅我的……后来，我曾给他写了两封信……这两封信，我会给你看的……之后，我把这两封信赎了回来……你知道我是怎么赎回来的……可怜可怜我吧……我现在真的很后悔，我不该那样做！"

"竟然是你！"男爵举起拳头，想要打她，甚至想要当场杀了她，但最后他还是放下了这个念头。"你怎么会做出这样的事情。"他此时的内心是崩溃的，是难过的，是绝望的。

男爵夫人断断续续地讲述了她的那段风流韵事，说明了她是如何惊恐地发现这个人的卑鄙无耻，当她被那个卑鄙小人威胁时，她的内心又是如何的懊悔和恐惧。同时她也谈到了爱丽丝小姐那令人钦佩的行为。爱丽丝发现她好像有心事，便向她问明了情况，之后便写信给罗宾求助，编造了这件失窃事件，以便把女主人从布烈松的魔爪中解救出来。

一切都真相大白了，现在的福尔摩斯再没有什么事情可以做了。

当天晚上，在来往于加莱与多佛之间的"伦敦号"轮船上，一位绅士装扮的人，沿着轮船舷墙迈着有规律的步子，走到一个躺坐在长椅上的女子身旁，见那女子动了一下，便说道："爱丽丝小姐，我以为您在睡觉呢。"

"没有，福尔摩斯先生，我现在还不想睡，我在想心事。"

"您在想什么事情？"

"我在想男爵夫人，现在她一定非常难过，而且她这一生都会在自责中度过，即使男爵已经原谅她了，她也不会再像以前那样开心地生活。”

“您很喜欢男爵夫人是吗？”

“是的，我以前是孤儿，而男爵夫人就像是我的家人一样，对我非常好。”

“等您到了英国，认识了更多的朋友，您就不会感到伤心了。我在英国有很广的人脉，我相信您一定会喜欢上在英国的新生活的。”

“或许吧……只是以后不能再见到男爵夫人了。”

用不了多久，加利瓦尔就能追查到在《法兰西回声报》上和亚森·罗宾联系的人是爱丽丝小姐，而他也将很快会追查到男爵夫人的事情。为了将这件事情彻底画上句号，爱丽丝小姐只有选择离开。

他们二人谁都没有再说别的话。夏洛克·福尔摩斯在甲板上转了转后，又回到爱丽丝小姐的身旁。

福尔摩斯从斗篷里拿出烟斗，塞满烟丝，直至将火柴用光了也没能点燃烟斗，只好站起身，向坐在几步远的一位先生问道：

“这位先生，请问您有火柴吗？”

这位先生打开一盒防风火柴，从中取出一根，划了一下，立刻冒出一朵火花，福尔摩斯就着火光一看，眼前的人竟是亚森·罗宾。

福尔摩斯并没有一点吃惊的表现，仿佛他早就已经料到罗宾会出现在这艘船上一样，同时他很自然地将烟斗凑近点燃的火柴。

“您竟然一点都不吃惊！”亚森·罗宾不禁对他心生敬佩，“真是了不起。”

“这有什么了不起？”

“您一点都不关心我落水之后的死活，直接就走了。而刚才看到我之后，竟然一点也不吃惊。”

“罗宾先生，在这世界上，只有两个人是我对他们所做的任何事都不会感到吃惊的，首先是我，其次是您。”

之后，罗宾向福尔摩斯讲述了自己的逃脱经过。他说：“这一次逃跑对我来说，实在太简单了！”他说，“您不知道，其实之前我和我的朋友们，就已经决定要把犹太灯从河中捞出来，所以，他们一直就守在附近。后来由于警方的出现，暂时扰乱了我的计划，我不得不在翻了身的船体下耽误半个小时的时间，直到警方在沿岸寻找我的尸体时，我才爬上那艘翻了的船。然后我的朋友把汽艇开过来接走了我。在场的加利瓦尔和福朗方等人只能惊呆地看着我们离开，却无能为力。”

“果然厉害！”福尔摩斯不禁赞叹道，“您真的很出色……那现在，您去英国有事吗？”

好像记起了什么似的，亚森·罗宾说：“有点私人事情，不过具体是什么我忘了……哦，安布勒瓦勒男爵怎么样了？”

“他一切都知道了。”

“啊！我亲爱的大侦探，我对您说过什么？我叫您不要插手这件事情的，如今倒好，已经造成的损失是无法挽救的了。当初如果您按照我的要求不参与到此事中，只要再给我一两天的时间，我就可以从布烈松那儿讨回犹太灯和其余的所有东西，而且我还会把这些东西归还给安布勒瓦勒夫妇，这两个人就可以白头到老，做一对恩爱的夫妻了，然而事与愿违……”

“事与愿违，是我把事情搞乱了，并给您处心积虑要保护的这个家庭带来了不和，是吗？”

“我处心积虑要保护的吗？看您说的。您不会以为我整天就只知道偷盗吧，其实我也会行善的。”

静默良久。罗宾又说道：“大侦探，相信您也清楚地看到了，无论做什么，我们永远不会持相同的意见。你我二人就像隔河相望的两个人，你在这边，而我在那边。我们可以互相敬礼，伸手致意，交谈片刻，但永远不会站在一起。您永远是夏洛克·福尔摩斯，在您的身上，永远有着侦探的本能在驱使着您，您是要追大盗的，所以只要有可能，您就会引他进入您的圈套。而亚森·罗宾却始终凭着大盗精神和机智，逃出侦探的手心，并讥笑他所能做到的一切。”

说完，他哈哈大笑起来。

之后，他又一本正经地对爱丽丝小姐说：“小姐，如果您到了英国，不方便接受福尔摩斯先生的帮助，随时可以去找这位女士。”一边说着，一边将一张名片撕成两半，其中一半交给爱丽丝，“拿着这半张名片，然后说出‘忠诚的回忆’这句话，她就会尽全力地帮助您。”

“好的，谢谢您的帮助，我明天就去找她。”爱丽丝脸上满是笑意，眼中是对亚森·罗宾的感激。

罗宾心满意足地转头对福尔摩斯说道：“大侦探，还有一个小时的船程，我要去好好享受一下我的旅行了。”

说完，他平躺在长椅上，双手交叠着放在脑后，闭上眼睛睡了过去……

# 大侦探家 下册

## 世界著名探案推理故事集

［法］莫里斯·勒布朗◎等著　陈睿◎译

中国華僑出版社

# 目 录

CONTENTS

## 约瑟芬·铁伊探案集

### 时间的女儿

## 一先令蜡烛

# 约瑟芬·铁伊探案集

# 时间的女儿

## 第一章

格兰特摔断了腿。

所以他现在只能无可奈何地躺在医院的白色病床上，双眼所及之处只有上面那充满裂纹的一小块天花板，只觉得慢慢流淌的时间里，仿佛写满了枯燥和无聊。

每一天格兰特都这样百无聊赖地躺在病床上，厌烦地看着天花板，表面上看似安静，但是脑子里已经开了锅，因为他在对天花板进行想象，思维正如流水般奔逸不息。

他将天花板想象成地图，那些裂纹、污渍，还有明暗不同的区域，在他的眼里构成了河流、岛屿、大陆……

他对着天花板玩猜谜游戏，寻找着里面隐藏的各种图形，有不同表情的人脸，有花鸟鱼虫，有怪诞的形象……

他还对着天花板进行数学运算、背诵公式定理、测量角度、进行三角几何计算……

那一小块面积不大的天花板，似乎都被格兰特的目光和思维给煨热了。

而现在，格兰特早已经把头顶这一小块天花板看透了，已经无事可做很久了，开始感到厌烦了。

格兰特曾跟“矮冬瓜”说过，把病床挪一挪，好开发一块新的天花板区域供他想象研究，但“矮冬瓜”却不同意。

她说这会破坏医院的协调感，而协调感可是医院里重要性仅次于清洁的方面，绝对不能破坏。

“矮冬瓜”的本名叫英格翰，是白班护士，她确实很矮，只有五英尺两英寸高，但身材是很匀称的。

而且“矮冬瓜”身体强壮有力，她可以轻松地扶起格兰特那六尺之躯，就连她丢床垫时都好像是在耍转盘一样漫不经心，而且非常优雅。

如果格兰特没断腿，对付这样的女人颇为容易，但现在却只能被迫受她呼来喝去，所以格兰特才管她叫“矮冬瓜”，也算是一种心理平衡了。

另有一位叫亚马逊的护士上夜班，她身材高挑，双手大而软，手臂如同毛榉树枝，双眼大如牛眼，总是温柔地用一种充满同情的眼神看着你。

亚马逊护士虽然长得高，但体格很弱，稍一活动就呼呼直喘，她搬动格兰特的身体时常显得特别费力，似乎格兰特重如大山。

被人认为自己重得要死，让格兰特觉得是一种极大的耻辱，还不如认为他轻得像根羽毛好一些呢。

格兰特是在跟他当时正热烈追求的一位小姐散步时摔倒的，他不幸地绊在了地上的一个掀门上，于是他摔断了腿，脊背也伤得不轻。

对格兰特来说，作为一名苏格兰场的著名警探，却以这种方式受伤，这不但是一种耻辱，还非常可笑、荒唐、滑稽，且不可思议。

但无奈的是，这是事实。

于是他只好窝在医院里，任由“矮冬瓜”和亚马逊这两个护士摆弄来摆弄去。

格兰特非常不喜欢被女人摆布，这不合他的性格，可是没有办法。

看见格兰特天天苦恼无聊，“矮冬瓜”有时会建议他看看新女友送给他的那些书，说不定可以打发时间。

格兰特却摇头叹道：“每天有那么多人出生，每天都有那么多字被写出来，每天都有不计其数的文字在发出吱嗡嗡噪音的机器上印刷，这些事加在一起，让我一想起来就觉得可怕。”

“你这样未免过于偏激了吧？”对此，“矮冬瓜”总表示不以为然。

枯燥又无聊，时间像一把折磨人的刀。

那一小块天花板实在已经没什么可看的了，格兰特觉得或许可以听一听“矮冬瓜”的那个建议，于是他终于把目光从天花板上移开，转向了一旁床头柜上面那一摞价格不菲的书。

这些书都是格兰特新认识的女朋友玛塔送来的，就为了让他打发时间。

玛塔长得非常漂亮，她是个话剧演员。不过她很忙，不常有时间来看望格兰特。

格兰特的目光在这些书上扫来扫去，眼珠在动，但是却不想伸手去拿。这些书也不知在床头柜上放了几天了，格兰特从来都没想过看它们。

最上面的一本应该是女作者拉薇妮亚的书吧，也不知书名是什么，只看得到封面是偏粉色系的风景照。但猜也猜得出来，书中主角一定又是什么海军的妻子，因为拉薇妮亚就会写这些东西。

下面那本则是希拉斯写的《汗水与犁》，但不用看也知道，这书一定又臭又长，而且跟作者的上一本书内容相差无几，写的东西满是乡土气息。唉！作者就不会写点新鲜东西了？

再往下是《她脚趾上的铃铛》，写的虽是爱情故事，又不乏讽刺之笔，但其实和笑话集没什么区别，而且作者还有效仿乔治·萧伯纳之嫌。

而其余的那些书格兰特更是没有兴趣了。不是欧克里写的垃圾小说，就是充满错误的那本叫《遗失的开罐器案例》的侦探小说，或者是跟统计有关的枯燥的书，对这种书格兰特都能轻易地猜到下一页的内容，还有……

格兰特总是想，人们为什么就不知道创新呢？作家为什么只知道一味迎合读者呢？

格兰特真是烦死了，皱着眉头把目光又从这些乱七八糟的书本上移开了。

真希望全世界都能停止印刷，停止出书，真希望能有高人发明个时间停止光线之类的东西，这样就不会有人总送些无趣的书给你，而像“矮冬瓜”这样的护士也就不会总催你看这些破书了。

忽然，门声响了，有人走了进来。

格兰特以为是护士，便立刻把脸扭了过去对着墙，同时闭上眼睛以示态度坚决。

他很烦，现在不想和人说话，也不想见人，不管是面对两个护士中的哪一个。

那人轻轻走近床边，似乎正俯身观察格兰特是不是真的睡了。于是，格兰特的鼻中便忽然闻到了一丝具有乡土青草气息的若有若无的气味，挑逗着他的神经，甚至让他微微眩晕。

格兰特不动声色，悄悄地品味着、分析着这气味。这绝不是“矮冬瓜”，也不是亚马逊，和她们两个的气味完全不同。

这时，格兰特又闻到了兰卡洛斯牌子的香水味，他脑中灵光一闪，在自己熟识的人当中，只有一个人用这种牌子的香水，那就是玛塔——他的现任女友。

格兰特把眼睛悄悄睁开一条细缝，偷偷地观察她。

她刚刚已经察看过格兰特是否是睡着的，不过显然还不确定，不知道是不是要叫醒他。

而她此时的目光，则投向了床头柜上那几本根本就没被动过的书。

格兰特见她今天穿着一身黑白裙装，头戴一顶新帽，脖子上戴的是格兰特送她的一条珍珠项链。

而她两边腋下则都夹着东西，一边是两本书，一边则是一束白色丁香。

这美丽的玛塔小姐就这样站在床边，娇容如玉，体态多姿，颇有巴黎淑女的风范。

而最重要的是，她跟那些讨厌的护士气质完全不同，这让格兰特在心里不住地感谢上苍。

见格兰特睁开了眼睛，玛塔笑道：“我把你吵醒了吧，警探大人？”

“没有，我根本就没睡！”

玛塔把腋下的两本书也扔在了床头柜上，跟她以前送的那些书放在了一起，微嗔道：“看来我真是多此一举！这些书你一本也没看过！不过希望这次的两本书能让你满意。”微微一顿，又说道：“我说，你难道连拉薇妮亚的书都一点也看不下去吗？”

格兰特不顾这女人情绪如何，只是懒懒地摇头说道：“我一本书也看不下去。”

“你是不是还很疼？”玛塔关心地问道。

“疼！当然疼！不过既不是腿疼，也不是背疼。”

“那是哪疼？”

“嘿，有个词儿叫‘无聊的芒刺’，就是这玩意儿让我疼得要死。”

“我看你也是太无聊了！”玛塔的语气中微带调笑，又饱含关心，但总算是放了心，毕竟在女人眼里，无聊可要比情人身上的疼痛强多了。

她笑着把大花瓶里原有的一束水仙抽出来扔在洗脸盆里，然后把自己带来的丁香花插了进去，细心地摆弄着，同时说道：“有些人哪，认为无聊是很严重的病态，其实没什么了不得的。”

“你说得对，是微不足道，就像是……被荨麻疹这种小毛病击倒在病床上一样。”

“我说你就不能找点事打发时间？”

“有什么用？”

“当然有用，手头有事做就可以改变你的性格、脾气。比如……研究研究哲学什么的，瑜伽可以吗？唉，我看还是算了吧，说了也是白说，像你这种分析型的头脑，真的不适合去体会抽象的事。”

格兰特微微一笑，说道：“其实我也想过重新开始学代数的，以前上学时就没学好。不过这一阵子我对着天花板做了太多的几何题目，跟数学实在是离得有点远了。”

“那……填字游戏你玩不玩？我有这方面的书。”

“千万别拿过来！我可不玩！”格兰特闻言脑袋不住地摆动着，一脸厌恶的表情。

“那你干脆自己设计填字游戏吧，这更好玩。”

“也许吧。但设计这种游戏还得查字典，可一本字典就能有砖头那么重，你知道我最烦查工具书的。”

“那下棋呢？你这么有头脑，下棋或许适合你。”

“我对游戏规则不感兴趣，顶多把棋盘和棋子当成漂亮的图案。”

“那这样吧！”玛塔双掌一击，似乎想出了一个好主意，语带兴奋地说道：“历史上有很多悬而未决的公案，你来把它们都破解了吧！你本身不就是警探吗，这应该正对你的胃口！”

“你是说犯罪案吗？拉倒吧！我对历史上所有的悬案都心里有数，可这些案子啊，根本不可能有答案。再说我一个整天躺在病床上不能动的家伙，又能做出什么贡献啊！”

格兰特说得飞快，就像胸中积了无数的牢骚一样，每个字都如同子弹一样弹射出来，语气中充满了不屑于破解这些公案的态度以及因伤病造成的烦躁情绪。

玛塔连忙不住地摆手，说道：“不不不，我不是说这些，我是说更为古老的案子，比如……首饰盒信件[①]？”

“首饰盒信件？你是不是想说那个苏格兰女王玛丽·斯图亚特[②]？我说，咱们能不聊这个笨女人吗？”格兰特脸上毫不掩饰地露出了嫌恶的表情。

“女王怎么了！你怎么能这么说她！她笨吗？”玛塔的表情、声音和动作都很夸张，就像她在舞台上表演时一样。

“她何止是笨，简直笨得要死！像这种没水准没层次的女人，全靠她那些服装发饰来提升形象。”

玛塔的脸沉得像水，就像有人在她脸上重重打了一拳。苏格兰玛丽一世女王可是她心中的偶像，她不允许自己男友如此地轻视女王陛下。

“我亲爱的格兰特，我看在你眼里，玛丽一世女王恐怕一无是处吧？”

“那当然，在别人的眼里，这个女人的一生是个悲剧，值得同情，也赚到了不少

---

① 当时的苏格兰女王玛丽一世的合法丈夫是达恩利，但夫妻关系不和，达恩利曾殴打甚至意图刺杀玛丽一世。后来玛丽一世与博思维尔伯爵通奸有染，而达恩利则在一次事故中神秘死亡，于是有人怀疑是玛丽一世幕后操纵情人博思维尔暗杀了丈夫。玛丽一世因遭到国内一些贵族的反对而失势，逃亡到英格兰，投奔其表姑英格兰女王伊丽莎白一世，但一直被软禁。

伊丽莎白一世不想表侄女被审判，但当时苏格兰暂时掌权的莫里伯爵（玛丽一世同父异母的兄弟）对玛丽一世提出公诉，显然是不想让她回国重新掌权。

在审判中，有苏格兰贵族拿出一样重要的证据，即玛丽一世的一个首饰盒，里面有一些信件和诗歌，内容全是用法文和拉丁文所书写的关于她和博思维尔伯爵的私情以及合谋刺杀达恩利的计划。

此即“首饰盒信件”。

在法庭上，玛丽一世对这份证据并没有正面回应，甚至没有看到这些证据，不过从她的一系列反应和举动来看，这份证据应该是真实的。她因此最后被判以死刑。

有些史学家对于这些信件的真实性提出质疑，认为是玛丽一世的政敌伪造的，不过因为资料缺乏，这个问题目前已经无法考证。

但无论真相如何，玛丽一世的死从根本上看仍旧是基于政治因素。

② 那时苏格兰与英格兰两个国家尚未合并，苏格兰当时执政的女王是玛丽·斯图亚特，即苏格兰的玛丽一世。而同一时代，英格兰的女王玛丽·都铎也是英格兰的玛丽一世，即所谓的“血腥玛丽”，是下一任英格兰女王伊丽莎白一世的姐姐。故此两个玛丽一世也是姑表亲关系，不能混淆。

心慈面软之辈的眼泪。可是在我眼里，那大都是她自己的问题。”

这一下格兰特像是来了劲头，开始数落起苏格兰女王玛丽一世的不是来。

“她18岁守寡，倒真是不幸。但她后来未经教皇同意，又不顾众人的反对，居然一意孤行地用新教徒的仪式跟达恩利结婚①了，结果不但国内有人公然反对她，还惹得她表姑英格兰女王伊丽莎白一世大大地不高兴，这都是她后来被表姑痛恨的根源②！而她在苏格兰失势之后居然傻乎乎地跑去投奔她表姑伊丽莎白一世，结果被软禁了二十年！不过软禁期间她花的是她表姑的钱，待遇还一直不错。而等到待遇下降了，她就开始抱怨个没完，而在此期间她居然还天真地想要复位，这女人……”

格兰特还想说下去，却无意中看到了玛塔脸上那充满调皮味道的笑意，于是立即住嘴收声。

玛丽嘴角一挑，笑道：“现在感觉好些了吧？”

“什么？好什么？”

“你身上那根‘无聊的芒刺’啊？”

“你呀，你这个女人！”格兰特恍然大悟，不禁笑出声来，“原来你是在逗我！

---

① 欧洲各国王室之间通婚现象十分常见，而王位的继承权又和血统关系密切，因此同一个人如果有双重血统，就可能会担当不同国家的国王。

苏格兰女王玛丽一世因为嫁给了具有苏英双重血统的达恩利，其子女便也同时具备了苏英两国王位的继承权。所以这次婚姻的本质其实是玛丽一世为了给自己增加政治资本。

② 达恩利是英格兰都铎家族的一员，是伊丽莎白一世的表侄。玛丽一世与达恩利的婚姻并未经过伊丽莎白的允许，这让伊丽莎白非常生气。

而最重要的是，玛丽一世和达恩利的婚姻具有明显的政治意图，其本身潜藏着染指英格兰王位的嫌疑。

伊丽莎白一世当时虽然在位，但按天主教会的规定，她被认定为私生女，和表侄女玛丽一世相比，后者在继承权上更为优先。

此外，玛丽一世是天主教徒，虽然她和达恩利是以新教仪式结婚的。而伊丽莎白一世信奉新教，这种信仰对于伊丽莎白后来的婚姻甚至都产生了一定的影响，所以在宗教问题这一点上，伊丽莎白一世也无法接受玛丽一世。

基于以上三种主要原因，玛丽一世逃往英格兰之后，伊丽莎白必然会从政治角度考虑，觉得这个表侄女是她政治上的威胁。

因此，玛丽一世之前自认为非常聪明的举措，辩证地看也是引火烧身的行为，尤其是在她失势的时候。

后来苏格兰的莫里伯爵坚持对玛丽一世进行审判，又拿出首饰盒信件这份有力的证据，这些应该都符合伊丽莎白一世的政治意图。

虽然伊丽莎白一世表面上只是对表侄女只是长期软禁，又不愿她被审判，但玛丽一世其他敌对势力所坚持的做法，应该说是替伊丽莎白一世进一步地完成了她不方便做的那些事情。

小说中格兰特的思路就是如此。

转移我的注意力。嗯，还不错，现在不无聊了。看来女王陛下也并非一无是处，至于还能让我数落她的时候暂时忘记了无聊对我的折磨。”

“我看你挺了解她的，可是为什么不喜欢她？她的一生不是个悲剧吗？”

“是，她的人生是个悲剧。但这全是源于她低劣的境界和高贵身份之间的强烈反差。你看她身为女王却满脑子都是乡下人那没见过世面的庸俗想法，导致其所作所为惹得英格兰的表姑大动肝火。你说你一个人折腾也就罢了，毕竟影响不大。但你身为一个国家的女王却非要嫁这个嫁那个，不就是想增加自己的政治资本嘛！可这不正是典型的农村妇女的想法嘛！为什么就不能老老实实本本分分地当她的苏格兰女王呢？结果导致本国贵族也反对她，邻国女王也怀疑她，最后就只能以失败而告终。”

玛塔的脸色很不好看，“你这人真是的！挖苦人的时候，说的话也太阴损了！”

“我说的都是实话！”

“好了好了，那咱们不说女王大人了，咱们说说……说说铁面人吧？这可是非常有名的公案。”

“不感兴趣。”格兰特刚才的兴奋劲儿一下子又没了，“你知道我只对别人的脸感兴趣，这家伙却像个害羞的姑娘一样躲在铁皮后面，我哪里还有兴致研究他啊？”

“唉，我倒忘了这一点了，你只对人脸感兴趣。关于人脸都有什么好玩的事呢？让我想想。”

玛塔随后便提了一大堆建议，却都得不到格兰特的响应，弄得玛塔不禁也有些精神低落了。

就在这时，“吱”的一声，门又开了，汀可太太从门外走了进来，头上仍然戴着那顶老旧的蓝帽子，那帽子比她的脸还平凡，据她自己说，这蓝色可以衬托出一种忧郁气息。

汀可太太是格兰特的家政服务员，负责洗衣、饮食之类的，格兰特对她的服务倒还满意。

“果然是玛塔小姐在这！”汀可太太一看到玛塔，脸上就浮现出热情的笑容，“我刚才在门外就听见病房里有客人，我听着就像玛塔小姐，进来一看，果然没猜错。”

这两个女人便开始客套起来，东一句西一句地聊着，都是些女人们常用的谈话套路，无非就是你夸夸我的衣服漂亮，我夸夸你的花好看之类的。

这些女人之间的交际手腕，在格兰特眼里显得既无趣又啰唆。

他只担心一点，就是他看到汀可太太手里除了几个纸袋子之外，最醒目的是还有一束秋牡丹，可是玛塔却已经先一步把她那束丁香花插在花瓶里了，这让汀可太太的花往哪里插?

女人穿了同样的衣服时会觉得尴尬，那么看望同一个病人时手里都拿了鲜花，而花瓶却只有一个，这会不会也让汀可尴尬甚至是生气?

好在玛塔是个八面玲珑的女人，她故意把汀可太太的秋牡丹说成是百合花，然后不住地夸百合花漂亮高贵，都把丁香花给比得一钱不值了。

不过汀可太太似乎对花有一定了解，听玛塔浮夸地抬高这束秋牡丹的身价，却也不点破，只是故作糊涂，随声附和。

不过玛塔的这种社交手腕却确实让汀可太太从心里到脸上都显出高兴的神情来，于是潜在的尴尬气氛一扫而光。这让格兰特不得不佩服女人们的智慧和手段。

这两个女人正在闲聊着，“矮冬瓜”推门进来了，手里还捧着一个花瓶，看样子是为了玛塔的那束丁香花准备的。

“这或许是为了讨好病人的女友吧? 这些女人哪！”格兰特心里不禁这样想着。

不过玛塔是个现实的女人，她不会对一个护士投入过多的热情，所以对这个用来讨好她的花瓶并没怎么在意。

“矮冬瓜”便自顾自地把玛塔之前丢在脸盆里的水仙重新捡起来，温柔地、用心地又插回自己带来的花瓶里。

玛塔见时间不早，便准备向格兰特告别，说道：“我该走了，汀可太太也该喂你吃些东西了。哦，这香气，我都闻到了，汀可太太，你袋子里装的是不是可爱的圆形蛋糕?”

见到玛塔那刻意装出来的猴急神情，汀可太太更加高兴了，便请玛塔拿上两个慢慢吃。

玛塔小心地挑了两个，像是小孩子得到了心爱的玩具一样地兴奋，她把点心放在袋子里这才跟格兰特飞吻告别。“矮冬瓜”则恭敬地送她出去。

## 第二章

过了两天，玛塔又来了，看得出来，她今天打扮得很仔细，是那么的美丽迷人，不过她却一进病房就开始发牢骚。

“亲爱的，我不能多待，一会儿就得走了。剧场演出太多，忙得要死！你知道吗亲爱的，我现在天天演的都是同一出戏，台词都背得烂透了，没有新鲜感，没有变化，这得多么折磨人！演出的剧目这么多年来一丁点变化都没有！我都有舞台恐惧症了！就拿我一个同事来说吧，他现在居然能一边说台词，一边却想着心事！”

“他在想什么心事？”格兰特心里清楚，对于女友的牢骚必须得敷衍两句才行，就算是一种变相的安慰吧，否则女人一定会认为你不重视她。

玛塔夸张地叹了口气，说道：“他事后跟我说他当时走了神，满脑子想的都是房子和装修的事。一会儿想着浴室，一会儿想着装修，一会儿想着下水道，一会儿想着瓷砖和厨具。天哪！等他回过神来才发现自己正在台上演出，面前站着我，而下面还有好几百观众呢！”

玛塔说到这儿却话锋一转，把目光投向了她之前带过来的几本书上，稍有些阴阳怪气地说道：“喂，我说格兰特先生，我想你应该读过我送你的书了吧？就算读了一本也行啊。我得检查一番，如果书皮皱了，才证明你看过了。你这个家伙！”

“呃……我看过了，比如……那本跟山有关的，就……就挺好。上面有好多漂亮的图片，我看得挺过瘾的。”格兰特听她语气不善，忙应和道。

玛塔不禁抿嘴一笑，“关于星星那本不好吗？”

“哦不不不，星星会击倒一个人的尊严，在星星面前，我们都渺小得如同细菌。但是大山就不错，尺寸刚刚好，跟那些冒着风险辛苦爬山的朋友们相比，我发现能躺在病床上舒舒服服地养伤可真是天堂一样的享受了。那两个护士都挺会照顾人的。”

玛塔忍不住笑了，她不再理会那些书，而是像变魔术一样不知从哪拿出一个大纸袋子来，然后从里面抖出一堆大纸片，调皮地全倒在了格兰特的胸口。

“喏，全是给你的！这下够你看的了吧？”

“这是什么呀？”格兰特吓了一跳，有些吃惊。

“脸哪！你不是喜欢研究人的脸吗？我就专门给你带了一堆脸谱过来。有男有女，有老有少，有古有今。合不合你意？”

玛塔显然对于自己的聪明劲儿非常满意，脸上显出得意的笑容。

格兰特随手捡起几张纸来看了看，确实都是脸谱，有的是雕塑，有的是画像，形式不一。

里面也确实什么人都有，有意大利传奇的邪恶女人露克西亚，有法国国王路易十七，有伊丽莎白一世的神秘情人莱斯特伯爵，等等。

“你都从哪弄来的？”

“找人帮忙呗！我有一个懂画像的公务员朋友，他是这方面的权威，我叫他帮我找来的。”

格兰特笑着摇摇头，暗道：“漂亮女人办事就是容易，随便打声招呼，勾勾手指，就会有男人大献殷勤，鼎力相助。”

玛塔似乎有事，一副很着急的样子，说道：“亲爱的，不行了，我得走了，以后再聊吧，我还有饭局呢，有人说要给我写剧本，我得请人家吃饭。你就安心地在这儿看图片吧。”

这女人风风火火的，去如一阵旋风，她一离开，病房里便又恢复了平静，就像从未起过浪花的井水。

格兰特一张又一张地看起这些脸来，这比看那些无聊的书可强多了，至少打发了一个下午的时间。

说起看脸识人的本事，格兰特在很早的时候就非常擅长这一手了。而等到他在苏格兰场当警察的时候，他还利用自己的这个特长破了不少案子。

记得有一次，格兰特在局里遇到了督察长，两人没事闲聊，正巧旁边正在进行罪犯指认的工作。

供指认的对象一共有十二个，长得都挺普通的，没什么特征。有两个目击证人要在这十二个人里把真正的罪犯挑出来。

督察长有点考格兰特的意思，向十二个对象一指，说道："你看看，能不能凭你的本事把真正的罪犯直接挑出来？"

格兰特不当回事，说道："我试试，或许能猜得出来。"

对着十二个人相看了一番，最后指向其中一个，说道："就是他，左边数第三个。"

督察长笑吟吟的，却似乎不大相信，又问："你说他犯了什么罪？"

"那我就不知道了，这又不是我接手的案子。不过我肯定是那个人。"

督察长有心等待结果，好看看格兰特是不是吹牛。

过不多时，指认结束了，不过那两个目击证人却没有指出来，一脸不甘心的样子。

于是那十二个人便恢复了正常的活动状态，三五成群地说笑着，收拾着衣服和随身物品，准备回家。

但是左数第三个人却在那待着没动，后来被警察领走，送回了牢房。

督察长又惊又喜，挑起大拇指，夸道："了不起！十二分之一的小概率都叫你给蒙着了！漂亮！"

说完兴冲冲地把这事告诉了负责这个案子的警察。

那警察也很吃惊，饶有兴趣地看着格兰特，问道："你该不会是认识他吧？他以前可没犯过事儿！"

"我不认识他，我都不知道他是谁。"格兰特平静地回答道。

"老天，那你是怎么猜出来的？"

这一下格兰特可不知道说什么好了。因为对他来说，这种技能主要是一种本能和直觉，并非条理清晰的理性分析。

最后格兰特只好回答说："十二个人里面，只有这个人脸上没有皱纹。"

听到这个有些无厘头的答案，人们不禁笑出声来。

不过格兰特把这话一说出口，却忽然发觉，原来自己是可以分析这种直觉能力后面所隐藏的原理的。

他对众人说道：“我知道这个理由听起来似乎不是正确答案，但事实如此，因为只有白痴才会在成年之后脸上不长一丝皱纹。”

那警察立即抢白道：“这家伙可不是什么白痴，他比猴还精，是个狡猾机灵的坏东西。”

“不不不，我说的白痴不是指脑子有病那种人，我是说……对人生缺乏责任感的意思。十二个人都30多岁了，可是只有这个家伙脸上显出那种责任亏乏的样子，所以我就选他喽！”

众人被格兰特的理论逗得前仰后合，于是这件事很快就传遍了警局，人人都说格兰特有“一眼识贼”的超凡本领，不过语气中却透着揶揄之意。

曾经有个助理律师笑着问格兰特：“朋友，你该不会认为有一种脸型叫‘罪犯脸’吧？”

格兰特却认真地回答道：“当然没有。犯罪的人有各种不同的动机，样式太多了。如果警察想把这些内容分门别类地整理一下，我看工作量会大得惊人。再说每一种情况又都会有特例。比如你守在红灯区观察一段时间，就能总结出妓女的面相共性来。可是有些极为淫荡的女人，她的面相看起来反而纯洁得很。”

格兰特解释得很认真，那助理律师对这套理论却根本没往心里去。

是啊，有些超出平常人的技能，常常是难以被平常人接受的。

格兰特爱上了分析人脸，他开始着意地进行研究，并着重个案，深入地总结每个独立案件中的面相。

他研究越来越深入，技能也不断地变得纯熟，有了不少自己的心得体会。

比如他在研究一份某著名大案的卷宗时，看到了原告、被告、辩护律师、法官等人的照片。

即使没有资料文字的提示，他也能仅从照片上就明显地看出每个人的身份，谁是被告，谁是法官，一目了然。

当然，有些时候辩护律师的神情看着倒像是罪犯（毕竟辩护律师也是人，也有七情六欲，他和他的被告当事人是同一立场，难免神情上相似），但法官却是绝对不会跟其他人弄混的，即使不戴假发也不会，因为法官脸上的神情透着一种明显不同于他人的强烈的正义感。

就这样，格兰特靠这些照片快乐地度过了一个下午，觉得充实而安逸，直到“矮冬瓜”过来给他送下午茶时，他才伸了个懒腰，略事休息。

格兰特把乱七八糟的照片收拾了一下，哪知无意中手一按，居然在身边床上又摸到一张，估计是之前从胸口滑下去的。

纸上是一个男人的画像，看起来有三十五六岁，清瘦却显得很干净，下巴上胡子刮得很干净。

这男子头戴天鹅绒小帽，身穿紧身衣，领口上满是宝石，一看就是15世纪的服饰。

画中人正在把一枚戒指往右手小指上戴，不过眼神却有些发飘，并没有盯着戒指，而是呆呆地望向前方，好像要看透一片虚无似的。

格兰特本来已经打算用下午茶了，可是一看到这张与众不同的照片却立刻被吸引住了，他本能地觉得这个男子一定有些故事，而且颇不寻常。

从画像上可以看出，那画师的水平一般，不能够把他心里想要表现出来的东西展现在画布上，让人感觉这画师似乎有些力不从心。

比如最能体现人的内心和灵魂的部位——眼睛——那画师就没画好，这是个极大的败笔。

嘴也一样，不管是薄厚、开合还是曲线什么的，都画得不好，从而使模特的嘴显得非常生硬。

不过也有可取之处，比如骨骼就表现得不错。颧骨高突，颧骨下凹陷明显，下颌骨过大而显得无力。这些地方都可圈可点。

这画中人是谁？干什么的？什么职业，什么身份？

格兰特没有去看文字提示，只是靠自己的分析去猜测。

最后觉得这人一定是个有权势的人，身负重任，有责任感，平素过度操心而常感焦虑，追求完美，大事处理得轻松得当，小事却让他揪心。

此外，这人或许有胃溃疡，而且似乎从小就不那么幸福，愁苦满怀，意志消沉。

这些信息那画师显然都知道，而且也能够很好地在画像上表现出来，比如大眼袋让这个男人看着就像是个贪睡的孩子，而面孔虽然年轻，但皮肤的质地却像个老人。

格兰特对这张脸看了半晌，这才把纸翻过来，想看看这人的名字，可是看到之后却不禁倒吸一口冷气，失声道："原来是他！"

只见画像的背后赫然写着几个字：理查三世。

格兰特虽然对历史并不如何了解，却也知道理查三世的名头，那是英国历代王朝中，约克王朝[①]的最后一代君主，在位仅有两年。

他在玫瑰战争[②]中最著名的、具有决定性的那场包斯渥战役中，因为一个叫斯坦利[③]的部下突然倒戈，结果败给了死对头亨利·都铎——都铎王朝的创始者和首任君主，后世称为亨利七世。

据说，理查在战斗的最后，几乎已经杀到了亨利·都铎的身边，可是因为战马的马掌缺了一根铁钉，导致马掌跌落，马匹摔倒，他这才被叛军围住，最后力敌不过，被杀身亡。

一颗铁钉，导致一位君主丧命；战争最后的胜负，也只是一线之差。

命运是多么地会投骰子啊！

莎士比亚的戏剧曾描述了这经典的一幕，在理查三世被杀死之前，他挥剑高喊："给我一匹战马！我愿用一个国家来换！"

莎士比亚是想通过这一幕来讽刺理查三世在战场上贪生怕死，只不过一个贪生怕死的国王为何之前会英勇地冲锋陷阵，这一点恐怕是莎士比亚自己也没仔细

---

① 英国历史上有很多王朝，但其改朝换代的性质与中国有所不同，朝代的不同主要是因为执政者的姓氏不同。

本小说的情节主要涉及的历史背景按王朝更迭的先后顺序主要是兰开斯特王朝、约克王朝、都铎王朝。其中约克王朝的首任君主是爱德华四世，是本小说核心人物理查三世的大哥。该王朝主要的君主只有这两位。

② 发生在兰开斯特家族和约克家族之间为争夺英格兰王位而进行的一场战争，断断续续持续了很长时间。

因兰开斯特家族的标志是红玫瑰，而约克家族则是白玫瑰，故此次战争被称为玫瑰战争，但该名称却是一百多年后莎士比亚在话剧中首次提出的。而玫瑰战争最后具有决定性的一次战役就是包斯渥战役，在这次战役中，理查三世阵亡，亨利·都铎得以改朝换代。

③ 即威廉·斯坦利爵士，原为理查三世的部下，在包斯渥战役中带领数千人公开倒戈，导致理查三世兵败战死沙场。

想过的。

在英国人的心目中，理查三世的形象是一个驼子、一个暴君、一个弑侄篡位夺权的人，甚至是用来吓唬哭闹小孩的吃人的妖怪或魔鬼，一句话：邪恶的代名词。

可是……

格兰特心中却觉得奇怪，刚才盯着画像看了半天，可根本没从理查三世的眼睛里看出一丁点邪恶的意思。

格兰特又把画像翻了过来，仔细地看着理查三世的双眼，暗道："这双眼睛哪像是一个疯狂男子的眼睛？"

格兰特注意到，理查双眼互相离得很近，眼形细长如柳，双眉紧皱，似乎是因为烦恼，或是过于操心劳碌，思虑过多。

而他的双眼乍一看像是在看着什么，仔细一看却会发觉他的目光其实表现得像是在闪躲和回避，他当时应该是溜号失神了。

格兰特看得非常入迷，兴致勃勃，他已经很久没有像今天这么用心费力了，在他眼里，《蒙娜丽莎》这种名画都不算什么艺术，顶多就是张海报罢了，远没有手里这张画像吸引人。

不知什么时候，"矮冬瓜"又回来了，可是却发现茶点一点也没动，不禁心里有气。

"格兰特先生，我好心地给你端茶送水，你却一点也不领情。我看我是有点闲得没事干了！真是多余！"

格兰特敷衍地送上一个歉意的微笑，却立刻把画像转向"矮冬瓜"，问道："如果他也是你的病人，你能从中看出点什么来？"

"矮冬瓜"扫了画像一眼，没好气地说道："他肝有病！"

说完端着茶盘出了病房。

格兰特的主治医生这时正巧进来查房，和"矮冬瓜"擦肩而过。这个外科医生非常温和，认真负责，不过格兰特此刻只是不想放过这个机会，他现在只想知道别人对这张画像都会有什么样的第一印象，于是也向主治医生提出了同样的问题。

医生仔细看了看，说道："我看他有脊髓灰质炎，也就是俗称的小儿麻痹症。"

这句话倒立刻提醒了格兰特，他记得在历史上理查三世确实有一条胳膊是萎缩的。

医生没看到画像后面的名字，随口问道："这人是谁啊？"

"理查三世。"

"哦！"医生也有些意外，"原来是他啊！"

"他确实有条胳膊萎缩不能用，你知道这个？"

"胳膊这事我可不知道，我就知道这人驼背，长得很难看，据说一出生就满嘴牙，还活吞青蛙，啧啧啧，一想起来就叫人觉得恶心。他胳膊萎缩？哈哈，那看来我的隔空诊断还蛮准的嘛！"

"那你是怎么看出他是小儿麻痹的啊？"格兰特对医学不大懂，不免要问个明白。

医生却摇摇头，脸上颇有难色，说道："这个嘛，我也说不清楚，可能是和面相有关吧。因为我见到的小儿麻痹症的孩子太多了，所以一看理查三世的面相，就觉得他们是同一类病人。不过你发现没？画师没画出理查三世的驼背。"

"当然。"格兰特笑道，"给王室成员画像的御用画师可不能太实在，得有点心眼儿才成。画师在那个年代画像时得适当地把王族成员的缺点进行模糊处理才行。直到后来很长时间这个规矩才有所变化，要求一丝一毫都不差地进行画像。"

"可如果叫我说的话，哼，这种变化未必就哪儿都好。从一个极端导向了另一个极端。这就导致人们不再重视传统、礼仪、规矩。你得亲民才行，要是稍微严肃一点就会被认为是虚伪。"

医生一边发牢骚一边给格兰特检查断腿的地方，看看局部有没有感染，看看脚趾有没有变黑或是发凉，从而判断末梢循环的情况。

一番检查之后，医生见格兰特的伤处恢复得不错，注意力便又回到了理查三世身上，饶有兴趣地问道："哎，你说，理查三世的脸到底像不像是个凶手？"

格兰特知道医生所谓的"凶手"是指理查三世杀了他两个侄子，以利于自己篡位夺权的那桩历史公案。

当下淡淡地答道："根本就不存在什么凶手的脸，或者谋杀者的面相之类的说法。因为谋杀者杀人的动机多种多样，难以统一。反正以我个人的经验和阅历，理查三世的脸跟我所见过的谋杀犯的脸都不大一样。”

“那倒是，不过也许是因为这位理查三世不同于常人呗！政治人物嘛，手段毒辣，办事果决，哪还有什么良心哪？所以当然跟你见过的草根杀人犯的脸不一样喽！”

格兰特不喜欢这些不够理性的逻辑，便打断医生的话，问道：“刚才你第一眼看到这张脸的时候，你还不知道他是什么人，那时你觉得他是坏人吗？”

“那倒没有。”医生摇了摇头，“我以前看过别人扮演这个角色，演得不错，非常的邪恶，让我印象深刻。不过……那感觉跟这张画像给我的感觉可不一样。我光想着这人有什么病了。”

“我也是。”格兰特似乎开始陷入深思，喃喃地说道：“可为什么我看到他名字之后，就开始觉得这人的脸那么邪恶呢？”

医生以稍显做作的口吻说道：“嗨！什么善哪恶呀，好啊坏的，不都是人心的作用嘛！”仿佛自己看透了世事一样。

医生不再多说，嘱咐格兰特好好养伤之后便离开了。

病房里又剩下格兰特一个人了，他凝视这张画像许久，对于自己先前错误地把一个早被历史确定为恶人的家伙看成了无辜者感到很有意思。

可凭自己的眼力和经验怎么可能看错了呢？

忽然，格兰特想到玛塔最初拿这些画像过来，主要是让自己破解千古谜题的，所以说这张画像其实是破案的线索，用来破解理查三世身上的历史谜团。

理查三世的身上都有什么谜团呢？

格兰特立刻就想到了那桩有名的历史公案——塔中王子。

理查三世的大哥爱德华四世是英格兰国王，是约克王朝的首位君主。

爱德华四世英俊潇洒，高大风流，可理查三世却天生有残疾，是个驼子，或许内心便也因此而变得阴暗起来了。

历史上说爱德华四世临终前向他这位弟弟理查托孤，让他辅佐自己年幼的儿子爱德华五世做一个好国王。

但理查背信弃义，竟在他哥哥病死后便将两个侄子关在了伦敦塔①，后来还秘密派人把两个侄子杀掉了，对外宣称失踪，而其中一个可是当时名正言顺的英王——爱德华五世。

杀了自己的侄子，理查就可以继位为英格兰国王了。弑侄、篡位、夺权，这就是人们一直认为的理查三世身上那些永远也洗不去的污点，尤其以杀害两个小王子最让人无法接受。

据说，后世还在伦敦塔里发现了两具尸骨，有人怀疑就是两位小王子的遗骸。

不过书到用时方恨少，格兰特这时才发觉自己的历史知识实在是少得可怜，脑子里只知道这些内容，这可怎么破解谜团？

于是，在“矮冬瓜”再次回来的时候，格兰特便问她有没有历史书。

“矮冬瓜”没好气地答道：“没有！我是个护士，要历史书干吗！”

见格兰特没吱声，“矮冬瓜”便说道：“一会儿等亚马逊来接我班的时候，你问问她好了。她这人，所有上学时用过的书本都整整齐齐地收藏在书架上。”

对啊！这很符合亚马逊的风格啊，她一定会有的！

所以，亚马逊接班后来给他送晚饭的时候，格兰特便带着几近谄媚的笑容望向她。

此刻在格兰特眼里，亚马逊不再是个高大却虚弱的女人，而是快乐的源泉。

格兰特向亚马逊问起了历史书的事，亚马逊果然说自己保存着所有的教科书，历史书还很可能有两本呢！

而且这个话题引得亚马逊很兴奋，“我最爱历史了，那些英明的君主是我的偶

① 位于伦敦泰姆士河边的一座宫殿式建筑，专供英国王室及贵族成员使用。但这座宫殿除了居住的作用外，还是堡垒要塞、兵工厂、造币厂、天文台，后来也成为关押英国高层政治人物的监狱。而所谓塔中王子，就是指理查三世把自己两个侄子软禁在伦敦塔，其后两位王子又离奇失踪的历史疑案。

关于两位小王子的失踪，主流历史学者认为是理查三世为了夺权而把两个侄子暗中杀害了。

后世曾有人在伦敦塔里发现了装有两具小型骸骨的盒子，被认为是两位小王子的遗骸，但因为骸骨不完整，检验查证都有困难，目前还无法确认两具骸骨的真正身份。

像，比如狮心王[①]，他简直是我心目中最伟大的英雄！”

“那就是个粗鲁之辈！”格兰特终于忍不住贬损了一句。

高大的亚马逊原本沉浸在对历史人物的崇拜中，一听这话脆弱的内心不禁倍受打击，“天哪！你怎么能这么说呢！那可是狮心王大英雄啊！”

“他算什么英雄！不过是个闲不下来的甲亢患者罢了！跑来跳去，像个不安的猴子！对了，你什么时候下班？可以去取历史书了吧？”

亚马逊冷着脸低声说道：“一会儿！不过你别看什么书了，你得休息才行！作为病人不宜操劳，看书是很累的。”

“我睡不着，你总不能让我再盯着天花板看个没完吧？我可受不了。你去帮我拿书吧。”格兰特急道。

“哼！我大晚上的还得跑回宿舍，然后还得折回来，我闲得吗？再说我也不想给一个不尊敬狮心王的家伙服务！”

亚马逊的脸色明显地不好看，语气也十分冷漠，因为格兰特伤了她心中的偶像。

格兰特就知道不能惹女人，于是他立刻改变策略，大声道：“我真是该死！其实呢，在我内心深处，伟大的狮心王，英明的狮心王，那可是真正的骑士。他勇往直前，能征善战，从不知什么叫恐惧，他还是一个优秀的军事领袖。狮心王其实深深地印在我的脑海，我每天顶礼膜拜，只恨没能跟他共处一世，好瞻仰圣容并追随他南征北战。”

说到这儿语气一转，笑道：“这回可以帮我去拿书了吧？”

格兰特虽然对狮心王没什么太好的评价，但是借书要紧，这才改变对狮心王的看法，说些亚马逊爱听的话，希望可以借此来抚平亚马逊那有些发皱的受伤的心灵。

亚马逊脸上这才露出满意的笑容，帮他把床单用心铺好，说道：“这才像句人话，另外我看你是得补补历史知识了。等着吧，我过后拿来给你。”

---

① 即理查一世，金雀花王朝的第二任君主，孔武有力，骁勇善战，武功卓著，号称战神。传说他被人囚禁时，对方曾把他跟一头狮子关在一起，想把他吃掉。但理查一世却把手伸进了狮子嘴里，硬生生掏出了狮心，然后将血淋淋的心当着敌人的面吃掉，面不改色，故称为狮心王。

这本是传说，为了增加理查一世的传奇色彩，可信度不是很大。但从理论上说，如果能提前将拳头深深塞入哺乳动物的咽喉，哺乳动物确实无法合嘴咬断人的手臂。

另，现实中有资料记载过，曾有人活掏过豹子的心。

亚马逊走了，格兰特焦急地等着，好像时间停止了似的。

过了能有一小时，病房的大灯都熄了，亚马逊护士才在昏暗中回来，同时带了两本历史书，交给了格兰特。

格兰特总算是等到了自己想要的东西，昏暗光线中的亚马逊显得那么的善良可爱。

“时间都这么晚了，你不应该再看书了，小心对身体和眼睛都不好。你得睡了。”亚马逊低声说道。

格兰特打开读书灯，看着这两本历史书心里非常满意，笑道：“看这种书最能治失眠了，所以我看一会儿就能睡着。你可以放心了。英国史就是最好的安眠药了！”

“唉，你这个家伙没救了，我可没心思再管你了。”亚马逊显出很累的样子，退了出去。

格兰特立刻翻开第一本书，可这本书竟然是小学历史读本，在格兰特眼里这简直就是哄小孩子的玩意儿，跟真实的历史差得实在是太远了。

书里每一个历史故事都只用一两句话来概括，还配有一些插图，这简直就是儿童文学！

书的各个地方都有亚马逊当时做的花边，写的艺术字，贴的彩纸，充满了一股孩子气。

不过书虽然幼稚，格兰特却也从中找到了一种童年时才有的乐趣，他饶有兴趣地读着其中一个个的小故事，这些故事勾起了格兰特头脑中尚且残存的那些记忆，童年时期的印象一点点地恢复了过来。

终于，格兰特翻到了理查三世这一章，标题就是“塔中王子”。

一幅插画映入眼帘，画上是一扇铁窗，阳光从外面透进来，铁窗下是两个小王子，正在快乐地玩耍。

而文字的内容则纯是写给小孩子看的传统风格的警世故事。故事里得有个坏叔叔，就像大灰狼，还得有两位无辜的小王子，其实就是小读者自己，以便于读故事的孩子们将自己代入故事。

于是，故事的最后，大灰狼要吃人，便害死了小王子；于是，人民不答应了，不想让理查三世继续当他们的国王，便请来亨利·都铎推翻他；于是，双方开战；于是，战斗中理查三世马失前蹄，部下又向正义的一方投诚，最终理查三世便死在战场上；于是，亨利·都铎结束了约克王朝，开创了都铎王朝，成为了新王朝的首任君主——亨利七世；于是，正义战胜了邪恶，美好的新时代开始了！

这故事告诉小读者们要警惕坏人，也不要做坏人；告诉小读者们正义终将战胜邪恶。

而最后，理查三世的恶魔形象自然便深深地印在了小孩子们的脑海里，成为童年阴影的印记。

文字清新，行文如流水，教育意义深刻，这是多好的故事啊！

不过这跟历史的真相有什么关系？

格兰特不满意，便又翻开第二本书。

这本书可是正规的历史书，书中顺序以英国历代王朝为序，同时每个朝代都有几个名君、名人、名事，好作为朝代的填补内容或是标记。

不过，这种秩序井然的编排方式却容易让人丢失一些观察历史的角度，比如说排在后面的某个人物，其实完全可能和排在前面的某个人物在生活中曾经非常密切地接触过，他们是有过交集的。

但这种编排方式却也简单，最起码便于查找定位。格兰特也不禁自嘲："我都伤成这样了，躺在床上没法动弹，哪还能提更高的要求呢？有这些东西看就不错了。"

格兰特看着书中对理查三世的介绍，书中说理查三世在位时间很短，前后只有两年。

他很有本事，但是行事张狂，手段狠辣。他公开宣称自己应该继承王位，很多人怕他，便认同了他的合法性。

然而就在理查三世上位之后准备大干一场时，关在伦敦塔里的两个小侄子居然神奇地失踪了。

不错，是失踪，因为没有发现尸体。

人民不答应，都怀疑他是个刽子手，于是前后一共主要掀起了两波反叛。

第一次被他残暴地镇压住了，还杀了领头的白金汉公爵，后来为了稳固政权和民心，他通过一些法律条文，取消了一些杂税。

但随后却又起了一波叛乱，这一次带兵的领袖仍是亨利·都铎——他命中的克星。

这一次叛乱对理查三世而言，是他命运的终结。

亨利·都铎带来了法国军队，两军相遇在包斯渥，没想到理查三世的部下斯坦利突然临阵倒戈，这一下亨利·都铎可算是受到了神的庇佑，战争形势逆转，最终他将理查三世杀掉，还把他扒光了游街，以泄民愤。

玫瑰战争啊玫瑰战争，这场说来颇有历史感的战事，不过是贵族之间的争斗而已，和英格兰的人民哪有一星半点的关系？

格兰特渐渐困了，眼睛再也睁不开了，但临睡之前脑子里却还在想着这些事情。

英国人自己的事，怎么去找法国军队了呢？

哦，当时英国人和法国人关系密切，比跟爱尔兰的关系还近。

而理查三世取消的那些税又是什么名堂？

到底是谁杀了塔中两个可怜的王子呢？

……

格兰特终于睡着了。

# 第三章

第二天一早，“矮冬瓜”过来收拾房间，看到了理查三世那张画像，她不知道这就是理查三世，但是看着叫她害怕，不禁嗔道：“你总看他干吗？就不能换一张让人看起来舒服的脸吗？”

格兰特笑道：“这张脸多好玩啊。”

“好玩什么！一张阴险恶毒而且非常可怕的脸！看着都让人心里发颤！”

“你不知道，这人在历史上可非常有才干。”

“蓝胡子[1]还有本事呢！”

“喜欢他的人其实也不少。”

“蓝胡子也有很多人喜欢！”

格兰特眼珠微转，冒出了坏水，故意说道：“他是个真正的军人！”

“矮冬瓜”这下没词了，因为蓝胡子可不是军人，于是她只好转移话题，说道：“这人到底是何方神圣啊？”

“理查三世。”格兰特正式地回答道，同时观察着“矮冬瓜”脸上表情的变化。

“原来是他呀！那你就慢慢看吧。”

看“矮冬瓜”的表情，似乎并没有什么意外的，格兰特不禁问道：“看你这意思，似乎你觉得理查三世就应该长这种模样？”

“那还用说？这张脸跟他的为人非常相配，阴险、狠辣，就是个不择手段的凶手！”

---

① 法国贝洛写的一则童话，男主人公长有蓝色胡子，是个有钱的贵族。他不断地娶妻杀妻，还将众妻子的尸体藏在一个神秘的房间里。是邪恶、恐怖的形象。《格林童话》也收录过蓝胡子。

“照这么说，你知道塔中王子的事？”

“这种事家喻户晓，还能有谁不知道？他派人活活闷死了两个可怜的小孩儿！”

“怎么是闷死的？我还真是头一次听说。为什么不下毒啊？”

“就是用枕头闷死的，下不下毒的事我就不知道了，我又不是凶手！”

“有什么可靠的资料来源吗？”

“我们的历史书上这么写的，下手的人是个叫泰瑞的家伙，不知道是哪冒出来的，可能是理查三世的心腹吧。他最后认了罪，说用枕头闷死了两个孩子，然后便被处以绞刑。真是活该！这个天杀的！”

看来“矮冬瓜”对理查三世的认识显然是根深蒂固的，不可改变，她似乎对于理查三世的脸非常反感，说道：“你可别把这种人的画像再摆在这儿了，换张可爱点的不好吗？”

“可爱的脸没什么研究的劲头，我就喜欢这种阴险深沉的脸。”格兰特笑着故意说道。

“还好，我是不用整天对着这张破脸！不过依我看，你看这张脸看多了的话，恐怕骨头长不上！”

“骨头愈合也跟理查三世有关？我的天！那我看什么事都可以怪到他头上了！”

格兰特觉得跟“矮冬瓜”斗嘴非常有趣，可以缓解病中的郁闷。

格兰特现在开始对这个叫泰瑞的杀手感兴趣了，下次自己的女友玛塔再来看望自己时，一定要向她问清楚，毕竟玛塔可是在名校读过书的女人。

不过玛塔没等来，来的是自己的同事威廉斯警官，他是代表局里的同事和领导过来看望格兰特的。

威廉斯警官相貌粗犷，为人有些刻板，坐在那儿一动不动的。不过因为是同行，所以聊起天来也快活得很，有很多共同语言，比跟护士聊天强得多了。

聊了一阵，威廉斯警官便要告别，临走的时候无意中看到了理查三世的画像，好奇地问道：“这是谁？”

格兰特心念一动，心说威廉斯警官也是警察，应该也对人脸有一种职业上的直觉。

于是格兰特反问道："你觉得这人是个什么样的人？简单地说吧，是好人还是坏人？"

"是好人。"威廉斯的回答简短干脆。

"为什么是好人？"

"这是很明显的事啊！你没有这种感觉吗？"威廉斯反问道。

"当然有，我一开始也觉得这人不坏，可是咱俩都猜错了，这是坏人，而且是历史上有名的坏人——理查三世。"

"啊！是他！"威廉斯显然也颇为意外，"原来是理查三世啊！我知道，塔中王子嘛！这人阴险毒辣，对自己侄子也下得去手。"

"那你知道王子是怎么被人杀死的？又是谁杀的？"

威廉斯这下却摇头了，说道："抱歉，我对理查三世的事就知道这么多了，都是从历史课本上学来的。据说他妈怀他的时间挺长，好像足有两年吧，谁知道呢。不过两个小王子是怎么死的，我没听说过。"

"那你知道泰瑞是谁吗？我是说历史上的人物。"

"不知道。"威廉斯这次回答得也很干脆。

"听我说，泰瑞应该就是杀两个小孩的凶手。他……"

格兰特还想接着说，威廉斯却急着要走了，而且他确实对这段历史知之有限。

格兰特只好求他帮自己找一本英格兰史，如果能有理查三世专门的历史描述就更好了。

威廉斯痛快地答应了，随后转身出门，却撞见了正要进门的亚马逊，他对亚马逊那高大的个子微感意外，没想到居然还有这么"伟岸"的女人。

亚马逊见到格兰特便问："历史看得怎么样？你终于知道狮心王的伟大了吧？服了吗？"

"狮心王？我还没看到那段呢。我现在正在研究理查三世。"格兰特便顺势问起了亚马逊对理查三世的看法。

这个女人却立刻换上一副伤感心痛的神情，一张嘴便直接提及了塔中的两个小王子。

“这两个小可怜真叫人心疼！我小时候听完这个故事就做下病了，总害怕睡到一半会有人来把我活活闷死！”亚马逊那牛一样的双眼里充满了怜悯和同情。

格兰特不想听女人发表无谓的感慨，只想知道更多的真相细节，便追问道：“真是被闷死的吗？”

“当然，一个叫泰瑞的家伙雇了两个凶徒，杀了小孩之后就埋在了台阶下面，上面再压上石头。”

“亚马逊小姐，你借我的历史书里可没说这些，你是怎么知道这些秩事的？”

“这都是史实，可不是什么野史！再说我借你的书不过是给学生们看的，里面哪有真正宏大细腻的历史情节啊！你得看看摩尔写的历史书才行，关于泰瑞的事情，他的书里都有。摩尔就是那个时代的人，跟英国王室的很多重要人物都有交往，所以他写的历史书就非常可信。摩尔可是个圣人！”

“摩尔跟那些人有交往？都跟谁？”

“跟理查三世，跟他的王后，跟……总之就是那些人吧。理查三世这个魔鬼给自己的王后下毒，又想娶自己的侄女，就因为自己侄女是王位继承人，娶了她之后，理查三世自己上位时就少了一个阻碍了。”

“你是说理查三世杀了自己的两个侄子，还想娶这两个男孩的姐姐①？”

“是啊，这不是很清楚吗？难道他会娶自己侄子？理查三世再可怕也不会娶一个小男孩啊！不过，哈哈，不过他侄女后来却嫁给了理查三世的克星——亨利·都铎。这很戏剧化吧？”

亚马逊还急着去收拾别的房间，便不再跟格兰特多聊，转身出了病房。

格兰特便又拿起了书本，想把玫瑰战争弄明白，可是他发现这太难了，玫瑰战争的过程乱得一塌糊涂。

---

① 即伊丽莎白·约克，或约克的伊丽莎白，她是爱德华四世和王后伊丽莎白·伍德维尔的长女，跟她母亲同名（英王室里同名的情况很多，容易弄混，同时代爱德华四世还有一个叫伊丽莎白·约克的妹妹，跟他的长女同名同姓），后来嫁给了亨利·都铎，即后来的亨利七世，于是她成为了都铎王朝第一位王后。

代表兰开斯特势力的红玫瑰和代表约克势力的白玫瑰，双方你来我往，不断拉锯，进进退退，简直就像是一场游戏！

而之所以会有这场战争，格兰特认为完全是兰开斯特这一波人的势力篡了之前金雀花王朝[①]的正统王位所致！

兰开斯特王朝一共三代君王，从亨利四世一直到亨利六世，在格兰特眼里，这三个人都不正统，为人也都偏执得很，根本不适合治理国家。

之前英格兰那种自由与进步在兰开斯特王朝里几乎是看不到的，他们就知道残暴地打击异教徒，他们是历史的倒退，也难怪会引得公众的愤火燃烧不熄！

这时约克公爵出现了，这是个英明公正且有才干的王族成员，而且从血统上看，约克公爵的身份还非常正统，所以人们希望他能推翻兰开斯特王朝，虽然人们未必想让他杀掉经常犯精神病的兰开斯特的末代君主——亨利六世[②]。

不过约克公爵只是迈出了第一步，他大业未竟就死了，但是他的儿子爱德华四世却继承父亲的遗志又向前迈进了一大步，他最终成功了，于是开创了约克王朝。

---

① 金雀花王朝在兰开斯特王朝之前，名君辈出，前文所提及的狮心王便是该王朝的一位君主，但其末代君主理查二世被兰开斯特家族废黜，从而改朝换代。

小说中格兰特认为兰开斯特家族是篡位称王的，其实兰开斯特和约克两个家族都是金雀花家族的分支，只是从血统上看，约克家族的血统离金雀花更近。

所以约克家族的成员也姓“金雀花”（严格地说，“金雀花”本身并非真正意义上的姓氏，只是绰号，从血统根源上看，应该姓安茹。此外，金雀花的拉丁文音译又叫作“布兰塔吉聂特”），而“约克”只是这个家族的封地名。

因此，关于金雀花王朝真正的结束时间，一般都以约克王朝理查三世战败，亨利·都铎建立都铎王朝为标志，而并非是以理查二世被废黜为分界。

② 亨利六世是兰开斯特王朝的最后一任君主，他政绩较为平庸，为人软弱，不喜征战，毫无政治才能，在他执政期间英格兰失去了大片土地。

亨利六世在政治方略上犯了很多低级错误。可以说，后来的玫瑰战争跟他的政治失误有很直接的关系。亨利六世患有间歇性的精神类疾病，政权常由其王后安茹的玛格丽特把持。安茹的玛格丽特是个非常有政治手段的女强人，是玫瑰战争中兰开斯特一方的首脑。亨利六世后来被爱德华四世废黜，但为防止其独子称王起事，爱德华四世便没有杀他，而是将其囚禁在伦敦塔里，以免二王并立。

此自，兰开斯特王朝结束，约克王朝建立。

亨利六世后来在爱德华四世当政期间，还曾被造王者渥威克扶植复辟，成为傀儡，但时间短暂。

渥威克败给爱德华四世之后，亨利六世的独子也死于战场，此时亨利六世在政治上已经再无用处，同时为防止其他贵族借拥戴亨利六世为名起事，爱德华四世便在伦敦塔里将亨利六世处死了。

亨利六世虽然在政治上昏庸无能，但其私德却没有什么瑕疵。他为人非常勤俭节约，笃信教义，甚至可以说是品德高尚，温和宽厚，善良仁义。看来他只是不适合做个君主。

爱德华四世就是理查三世的哥哥，也就是那两个塔中王子的父亲。

对于玫瑰战争，对于约克王朝，对于那段历史，格兰特目前就知道这么多了。

当格兰特因为过于投入而显得有些茫然的眼神投向别处时，才看见病房里又多了一个女人。

那是玛顿女士，医院的护士长，瘦高清冷，往那里一站显得气派俨然，让人不敢冒犯。

“我刚才敲了半天门，你都没听见，或许你看书太入迷了？”玛顿淡淡地问道。

“抱歉，我最近一直看历史书，看得太晚了。”

“哦？历史？那真是不错，因为历史可以使人明智。”她忽然看到了理查三世的画像，双眼不禁一亮，连忙又问道：“你在看玫瑰战争那一段？你是支持红玫瑰还是支持白玫瑰？”

格兰特有些意外，看来玛顿认出了理查三世，这可真是难得，之前问的几个人没一个能认出画像里的人的，当下问道：“你见过这画？”

“当然。不过那是很久以前的事了，那时我还年轻，还是个实习生。”

玛顿护士长一回想起过去的青春时光，脸上不禁露出笑容，似乎又变回了少女一样，接着说道：“我当时常去国家艺廊找地方休息，顺便就看看里面的画，就像是在历史的回廊里漫步，感觉好极了。不过画像上那些历史名人却让我感慨，这些伟大的人物当年一个个叱咤风云，可死后却也不过是一抔黄土，和普通人又有什么区别？能留下来的也就是几张画布，一堆颜料罢了。”

护士长说着轻轻拿起理查三世的画像，接着说道：“这画像我以前看见过很多次，我总感觉这人似乎有一肚子的不快乐。”

“你觉得这画像是在他杀了两个小孩之后画的吗？”

“当然，我认为他是个心里装不住事的人，相由心生，他做了那么可怕的事，难道还能谈笑自如，心里毫不愧疚？不！肯定会全都写在脸上的！”

“也就是说，在你眼里，他还不算是个彻头彻尾的恶人，他无法面对自己犯过的罪行。”

“他当然不是彻底的坏人。”护士长肯定地说，“因为纯粹的坏人是不会痛苦的。他得到了他一直想要的东西，但却发现他做过的那些无法逆转的事让他后悔痛苦。唉，此后不久，理查三世的老婆孩子就都先后死了，他成了孤家寡人，内心一定孤独得很。唉，这就是上帝对他的惩罚啊！”

“理查三世和他的王后感情如何？”

“两人从小一起长大，感情如何不大清楚，恐怕只有当事人本人才知道了。不过两人成为夫妻是必然的。你要知道，一个当国王的人，想找个合适的枕边人该有多难。”

玛顿不再说理查三世的事，也不再感慨，她问了问格兰特的病情变化，见格兰特恢复得不错，便转身出了病房。

# 第四章

威廉斯警官又来了，他带来了格兰特上次要他帮忙捎的历史书。

书一共有两本，厚得吓人。威廉斯说他是去了最大的书店，才找到了最好的《英格兰史》。

不过他没有找到专门为理查三世写的书，店员向他推荐了一本《瑞比的玫瑰》。

格兰特不知道这本书，可是威廉斯也不知道，只说这本书可能是写理查三世的母亲的。

他显得很着急，说道：“我没有时间了，我得先走了，上头催得厉害，要是不按时回去，我得挨收拾。这两本书你要是不满意，等下次有时间我再帮你弄几本好的。再见！”

说完急匆匆地离开了病房。

格兰特耳中还在回响着威廉斯那喘着粗气的呼吸声，眼前似乎还能看到威廉斯那高大匆忙的身影。

格兰特心里暖暖的，他非常感激威廉斯能对自己的事这么上心。

翻开那本所谓的《英格兰史》，格兰特才发现原来是本“宪法史”，书里并没有详细论述和王室成员有关的事迹，主要讨论的是社会的进展变化，比如详细介绍了黑死病、印刷术和火药什么的。

没有鲜活的历史人物的书，让格兰特觉得无法忍受。那些干巴巴的信息或许很准确，但却不能带给人心动。

所说的事实虽然是血淋淋的，但是到了书上，却只化成了一些枯燥无味的数字，抽离了原有的血肉，这让人对本该害怕或伤感的事实无动于衷。

不过书中也描述了理查三世[①]跟他大哥爱德华四世在小时候落难的事迹，还写了两兄弟曾得到过贵人帮助的经历，以及他们过的平民生活的一些细节。

不过格兰特觉得这些细节没什么太大的意义，因为这两兄弟当时还没有什么前途，还看不出什么征兆，所以两人虽是王室成员，但在当时却并非什么重要人物。

书中还说这两兄弟之间的感情非常好，爱德华四世年长，他在外面办公事时，还能天天抽空去看望理查和其他几个弟弟；而理查对他大哥爱德华四世也非常忠诚，一直陪伴着哥哥，只是后来在面对王位时才经受了重大的考验。

但是格兰特把亚马逊的历史书拿过来一对比，却发现有矛盾。

那时，玫瑰战争早已经开始，群众讨厌兰开斯特家族这朵红玫瑰，所以都投向了挺身而出的约克家族这朵白玫瑰的阵营。

而当时爱德华四世的父亲约克公爵已经战死，整个家族势力和声望全由这个18岁的英俊潇洒的年轻人来担当，所以投奔来参军的人都是冲着爱德华四世来的。

也就是说，他那时正在四处招募军队，军务繁忙，正在和红玫瑰打仗，他忙得要死，哪有时间天天去看望自己的弟弟们？

此外，理查既然对自己哥哥一直那么忠心，就连历史书里从始至终都没有否认这一点，难道他真的会为了个王位就不惜杀掉自己的亲侄子？

也许对于权力的欲望会让一个人做出丧心病狂的事，但是理查当时已经是一人之下万人之上了，他是国王的弟弟，幼王的亲叔叔，财产无数，还真的会为了那一点点地位上的差别就去夺权？

格兰特不禁大摇其头，他觉得这些事情说不通。

直到汀可太太进来的时候，格兰特还在那儿想着这些事。

汀可太太把换洗的衣服放好，然后便自顾自地说起了家长里短的事，也不管格兰特是否在听她唠叨。

---

① 严格意义上说，理查·约克在登基之前，只该称其名字理查，称王之后才能称为理查三世。本书尽量按这种模式翻译，但因为英国历史上叫理查的人物众多，所以有时为了分清这些人之间的区别，在理查·约克没登基的时候，也将其称为理查三世，以便于读者明确其身份。

格兰特不想听那些无聊的事，便问汀可太太对于理查三世和塔中王子的看法，其实是为了变相地打断她的唠叨。

不过汀可太太的看法跟其他人没有什么两样，照旧是坏叔叔、谋杀、用枕头闷死，以及那个丧心病狂的魔鬼之类的观念和判断。

格兰特便再次打断她，说道："能不能麻烦你去找一下我女朋友玛塔，我想让她帮我弄一本书，叫《理查三世史》，作者是摩尔。"

汀可太太痛快地答应了，这一点倒是让格兰特非常满意。

格兰特给玛塔写了个便条，让她捎一本《理查三世史》，把便条交给了汀可太太。

汀可太太走了以后，格兰特便继续想着理查三世的事情。

那本厚厚的"宪法史"上关于理查三世的内容只有一小部分，说理查三世时期，政治最为开明、进步。

但格兰特不知道这本书的作者会不会因为理查三世在政治上的正确和功绩而故意忽略不写他私德上的恶劣，因为从书中的文字可以看出，这作者的观念可是政治立场至上的。

格兰特只对人物感兴趣，可是整本书里就没有几个形象鲜明的人物，也没有关于那个时代的生动有趣的生活场景的描述，没有人们的言行举动，找来找去只有干涩的统计数字。

不过书里倒是写出了英格兰理查三世当政时期，社会生活各方面的进步，政治上的开明，这倒和人们对于理查三世的一般印象有着很大的反差。

除此之外，这本书实在是没什么有价值的内容可挖掘的了，这本破书！

格兰特松手任书本跌落，顺手便拿起了那本不知道写的是什么内容的书——《瑞比的玫瑰》。

# 第五章

格兰特看了几页《瑞比的玫瑰》，发现就是本小说，不过虽然故事是虚假的，却比刚才那本书好看得多了。

而且这本小说所引用的故事背景，从历史的角度来看是非常严谨的，并非纯粹的胡编乱造。

因此这本书就相当于以小说的体裁形式来重述历史，想象的部分也较为合理，所以并非是完全架空历史的作品。

而且小说文笔清新流畅，内容情节也颇为清晰，还提供了王室族谱和不少精美的插图。总的来说，这是一本非常优秀的小说。

在格兰特的理论中，如果你没有渠道获得更多关于某个人的信息，从而不能深入地了解他，那你可以暂时先从这个人母亲的角度切入间接地去了解他，这也不失为一个好的途径。

而理查三世和爱德华四世的母亲，也就是约克王朝的先驱者约克公爵的夫人，就成为了格兰特目前要重点去研究的对象，而这本小说正是写约克公爵夫人的。

欧洲各国王室之间的通婚非常平常，所以英格兰的王室成员，其血统多半不太纯正。

而从小说提供的族谱上可以分析得出来，理查三世和爱德华四世这兄弟俩作为英格兰王室成员，其血统却是非常纯正的。

不只如此，这本小说的主角，也即这两兄弟的母亲约克公爵夫人的家族血统也非常高贵。

而且她的家族还非常优秀，按小说作者的总结，这个家族有三大特点，一是富贵有权势，二是人都长得漂亮，三是气质非凡，与众不同。

而在这个大家族当中，只有约克公爵夫人才集这三大优点于一身，堪称一位伟大的女性。

作者在书中认为，约克公爵夫人和她丈夫约克公爵之间的婚姻是建立在坚贞不渝的爱情的基础上的。这让格兰特不禁撇嘴冷笑，十分地不以为然。

“一场政治婚姻，一帮王室贵族，哼，这些人之间哪有什么伟大的爱情，都是假面具，都是说给别人听的漂亮话罢了。”

不过当格兰特看到约克公爵夫人为她丈夫生了一大堆孩子的时候，格兰特的观念才有所转变。

原本女人能生孩子说明不了什么爱情，只能说明这女人非常能生罢了，顶多就能证明两口子之间有正常的夫妻生活罢了。

但是这一对夫妇的情况却和别的人家大为不同。在那个年月，女人都是大门不出二门不迈的，只能守在家里等着丈夫在外面忙完了回家，这才算一家团聚。

可约克公爵夫人却并非如此，她是经常跟她丈夫一起出游的，这一点可以从她在不同的地点生出不同的孩子这一事实来证明。

以当时的社会背景来看，夫妻俩的这一不同寻常的举动似乎完全可以说明两人之间的感情是很深厚的。你再怎么挑剔也不能否认这一点。

而这也似乎可以解释为什么在玫瑰战争战事正忙时，爱德华四世却仍然会天天抽时间去看他那些亲爱的弟弟们（其中就包括理查三世），因为这可能是约克家族内部历来传承的一种对亲情极为重视的家族传统。

格兰特专门挑书中对自己有用的内容，于是加快了翻阅的速度，翻到后面时，忽然眼前一花，一封信出现在视野里。

那是爱德华四世和他弟弟埃蒙德（理查三世的二哥）写给父亲约克公爵的信的影印件。

信中写的主要是两个孩子向父亲诉苦告状，说自己老师如何不好之类的内容。用语恭敬，格式也颇为正规。

作者还给出了这封信的出处，说是一位大收藏家所收藏的资料信件。

格兰特立刻提起了兴趣，觉得这本小说里说不定还有一些像这封信一样重要且真实的信息可以给自己提供线索，阅读的速度便不禁放得慢了下来。

可是仔细查找一番，格兰特却大失所望，什么有价值的内容也没有找到。但他却意外地发现了一段情节，情节中的一处信息让格兰特陷入了沉思。

那处情节大致说的是，约克公爵夫人在大清早带着沉重的心情目送自己的丈夫约克公爵，自己的哥哥，还有二儿子爱德蒙三人上战场[①]。

当时玫瑰战争战事吃紧，大儿子爱德华四世已经成年，正在外面指挥战斗，此时送另外三个亲人去赴战，也不知是不是从此就生死两别离，再也不能相见。

而约克公爵夫人身后还跟着自己另外三个未成年的孩子[②]，其中一个就是她的小儿子，也就是后来的理查三世。

在这段情节中，作者对于理查三世的情态描写非常传神，说他长得难看，不像兄弟姐妹们那么漂亮，是个“丑小鸭”；性格似乎内向拘束且自卑，所以离家人较远，退后一步站着。

总之，他仿佛是这个家里的客人，而不是家族成员里的一分子似的。

这一幕当然是作者想象的，作者又不可能亲临现场，但对于理查三世的描写却让格兰特心里一动。

“家里的客人？那是什么意思？”

格兰特把约克公爵夫人放在了一边，拼命在书里找对于理查三世的描写，可是内容却少得可怜。

作者对爱德华四世的描写非常丰富生动，对他这个四弟理查却只是将其置于被忽

---

① 后来这三人都死在了战场上，人头还被敌人割下钉在高处示众，头上戴着纸质王冠以示羞辱。

② 约克公爵夫人西西莉·纳维尔一生共有子女十三人，其中有六名子女早夭。

剩下的子女中，大儿子便是后来的爱德华四世；二儿子爱德蒙早年战死；三儿子乔治，亦即克雷伦斯公爵，后来曾多次起兵反对他王兄爱德华四世；而最小的儿子则是本书的核心人物理查三世。

另有三个女儿，约克的安妮，约克的伊丽莎白以及约克的玛格丽特，在历史上无甚作为。

但其中三女儿玛格丽特嫁给了勃艮地公爵“大胆的查理”，这层姻亲关系在后来爱德华四世和造王者渥威克之间的战争中起到了重要的作用。

视的角落。

好不容易在小说的后面才出现了一段对于理查三世的描写，说的是爱德华四世一意孤行，不顾众人反对，不顾自己的身份，竟娶了一个所有人都不中意的漂亮女人——伊丽莎白·葛瑞[1]。

当有人把这件事告诉给理查三世时，他的反应却是不敢相信，因为他大哥在他的眼里是英雄，是偶像，是完美无缺的圣人。

而到后来虽然事实明确，理查三世不得不接受，却也不认为是他大哥本人的错误，而是他大哥被迷惑蒙蔽了，是被诅咒了，是中邪失心疯了。

从而可见，至少在当时，理查三世对他这位大哥是万分佩服崇拜的，是万分忠诚的。而且书中旁白也明确指出，这份忠诚在以后的日子里也没有减少。

小说再往后就是描写约克公爵夫人如何艰难地解决这段婚姻所带来的麻烦，以及协调家族成员之间关系的内容了。

对于儿子的这段婚姻，公爵夫人心情复杂，有好有坏，但她侄子渥威克[2]的气愤与不满却是非常明显的，也预示着后来的大问题。

---

① 就是伊丽莎白·伍德维尔，爱德华四世的王后。她是个寡妇，原来的丈夫是约翰·葛瑞爵士，所以她当时随丈夫的姓，而伍德维尔是她父亲的姓氏。她跟前夫有两个儿子，大儿子托马斯·葛瑞，即本书中提到的朵塞特侯爵，他是后来反对理查三世的政治斗争中的重要角色。

因为伊丽莎白这边的伍德维尔家族一开始在玫瑰战争中其实是兰开斯特一边的，与约克家族为敌，同时伊丽莎白的出身又不是特别高贵，所以爱德华四世娶这位王后才受到很大的阻力。不过爱德华坚持这段婚姻其实更主要的应该还是出于政治目的，而并非完全因为伊丽莎白的美貌。

因为伊丽莎白·伍德维尔的家族里，母系一支有卢森堡血统，在欧洲的各大贵族中地位颇高；但父系一支在欧洲的地位却并不高，不过却和勃艮地家族有一定的关联。而勃艮地家族可以用来牵制兰开斯特家族和支持红玫瑰的法国势力。在后来和渥威克之间的对抗中，爱德华四世就是在勃艮地公爵“大胆的查理”的帮助之下才取得了最后的胜利。虽然这主要是因为“大胆的查理”当时已经成为了爱德华四世的妹夫，但是和王后一系的血统也不无关系。

所以，这些内容才应该是爱德华四世对于这段婚姻更深层面的政治考量。而另一方面，他也是想通过伍德维尔家族的势力来制约他表兄造王者渥威克的野心和跋扈。

② 渥威克伯爵叫理查·纳维尔，是约克公爵夫人的侄子，是爱德华四世的表兄，和伍德维尔家族矛盾很深，所以反对爱德华迎娶伊丽莎白·伍德维尔。渥威克颇有军事才能，在玫瑰战争之初曾帮爱德华四世登上王位；但后来双方矛盾加深，渥威克便又拥立了原来的亨利六世为王，故被人称为“造王者”。

渥威克最后在一次和爱德华四世的战斗中，误伤在自己人手下而阵亡。

随后便是对于这位新王后的描写，写出了她的不俗与成就，还写出了在婚礼仪式上所蕴藏的渥威克对她伍德维尔家族一方的强烈敌视。

而再往后关于理查三世的描写则仅剩他和大哥爱德华等人，在渥威克联合老三乔治发动政变①之后落败，被迫落荒逃难的那段艰苦生活。

但是在这一大段的情节中，作者却并没有否定两个事实：一是理查年纪轻轻就用他三姐约克的玛格丽特所筹来的钱，独力帮他大哥租船，忙前忙后，不辞辛苦，而且能力也很强；二是前往敌营，策反了他三哥乔治。

当然，格兰特知道，在历史上，乔治这家伙是个软耳朵，随风倒，最容易受外界的牵引，最拿不准主意，心里没有定见，所以谁都能说服他。

更何况在此之前，理查的姐姐已经说得他耳软心活了，理查所做的也不过是在这把火上再加一根柴而已，所以不是什么了不起的事。

---

① 渥威克也是乔治的表兄，但后来又成为他的岳父。渥威克是野心勃勃的人，和伍德维尔家族的矛盾也越来越深。而乔治其人生性反复无常，耳软心活，虚浮急躁，所以渥威克便联合乔治一起反对爱德华四世，其实乔治有被人利用之嫌。在这场战争中，渥威克一度打赢了爱德华四世，但并没有废掉他，只是杀了王后的父兄作为报复、惩戒和警告。

# 第六章

小说还没看完，玛塔便邮来了一份包裹。

之前格兰特让人给女友玛塔带话，叫她捎一本摩尔的《理查三世史》来，看来她没有时间，只好把书给寄来了。

玛塔还附了一张便条，上面大致说的是：很抱歉，没能亲自送来。这本书很难找，最后是在公共图书馆才找到的。书只能借两个星期，但希望能拔掉你身上那根芒刺。

最后落款是：爱你的玛塔。

格兰特拿起书来看看，旧了一些，不过还挺干净的，也没什么破损。

翻开书本，上面便是叫格兰特心烦意乱的文字，不过出于内心的需要，格兰特还是沉浸在了文字中，一直看了一个小时才长长地吁出一口气，但心里却并不觉得释然，相反感觉理查三世身上的疑点反而更多了。

摩尔在书中对于理查三世事迹的记述和格兰特想象的差不多，只是那种叙述方式让格兰特觉得吃惊。

书中说，理查三世做了那些亏心事之后，受到了良心的谴责，导致寝食不安，形销骨立。而且这种内心的痛苦，只有他身边的侍从知道。

这种写法会让人觉得摩尔是在偷窥，而且还嚼舌根，于是导致读者开始从心理上同情理查三世。

这种感觉让格兰特非常不舒服，就像心里有一颗怎么也解不开的扣子。

格兰特记得在以前办案的时候，有些情况下，心里就会产生出类似的感觉。

比如，某个证人的证词表面上听起来毫无破绽，但格兰特心里清楚，这家伙一定是在某个细节处撒了谎，只是一时尚且找不到而已，那时心中便会油然生出这种不安感。

可是作者摩尔是圣人，他忠实可靠，受万人尊敬，他说的话难道会有问题?

摩尔所描绘出来的理查三世，是那种能做大恶，做完之后又因后悔而痛苦不安的形象，这样的人总是处于焦虑当中，总是怕会有人突然跳出来伤害他，于是暗藏匕首，准备御敌。

这和之前护士长的看法相类似。

诚然，理查三世的很多其他行为也都侧面体现了这一点。比如他登基前，带兵突袭伦敦塔，把反对自己的人都抓来杀掉[①]，而其中有一个还是他以前的好朋友——海斯汀勋爵。两人之前感情非常好，他却也下得去手。

而且听说杀人还杀得非常匆忙，听说是随便找了个树桩就把好朋友海斯汀的脑袋剁掉了。充分体现了那种急于要登上王位而不择手段到近乎疯狂的状态。

再比如他诬陷自己的王嫂，也就是王后伊丽莎白·伍德维尔，说是她和王兄的一个情妇两人合谋用巫术把自己一条手臂弄得萎缩了。

天底下就是有那么一种人，先因愤怒、恐惧或是报复心理而不加考虑就行大恶、为大奸，欲除他人而后快，疯狂杀戮，毫不留情；但是随后稍一冷静下来便后悔万分，痛苦不已，坐立不安。

而我们的主角理查三世正是这种类型的人格，一切的一切都太符合了！

但在历史上，理查三世却又显得很有谋略，比如他让手下替他进行舆论宣传，说自己大哥爱德华四世还有三哥乔治都是私生子，是野种，根本没资格荣登大统，而只有

① 在理查正式登基之前，他得到消息，说一些人联合起来要反对他，正在伦敦塔里密谋，于是便突然带人去伦敦塔控制了局面。理查当时抓捕了三个主要头目，分别是海斯汀、斯坦利、莫顿，这三个人在王后伊丽莎白的指使下要反对理查。但理查最后只杀了海斯汀，另两人得到了释放，但这两人却都成为理查三世后来的灾难。本小说后文对此有详述。

他才血统纯正[①]。

格兰特觉得这事不大靠谱，理查三世怎么能为了自己的王位而污蔑自己母亲呢？但书中的文字写得确凿无疑，可不是自己眼花看错了。

而且摩尔对自己的资格和权威性大为肯定，他说如果只有一个人知道王室真实的历史，那就只能是他自己了。

书中说约克公爵夫人听到自己小儿子如此地污蔑自己时当然非常愤怒痛苦。但格兰特想，大势如此，这位夫人无能力为，最终应该也只能够谅解吧？

而关于塔中王子一事，摩尔的说法则跟格兰特之前看到的那些史料没什么两样，只是细节更多。

书里说理查三世将两个侄子关起来之后，曾经暗示过警卫要他杀掉这两个孩子，但警卫拒绝了。

后来理查便只好暗中派那个叫泰瑞的家伙去干事，让他暂时代为保管伦敦塔的钥匙好便于行动，于是当晚泰瑞便另派了两个流氓把小孩子给杀掉了。

看到这里时，“矮冬瓜”进来送饭。

格兰特一边吃饭，心里一边想着理查三世的事：这个原本忠诚于大哥的小兄弟，在王位的面前已经转变成了一个出卖自己灵魂的凶手和魔鬼了。

“矮冬瓜”见格兰特还在看理查三世的画像，便插嘴道：“这人登基之前，其实老百姓还都挺喜欢他的。”

但是“矮冬瓜”的语意一转，却又说道：“不过他当时只是在装而已，是在演

---

① 根据本小说的分析推理，理查三世应该没有进行过这种宣传，那是对他母亲的大不敬，更何况当时母子二人还共同生活在城堡里。不久前有新闻称在英国发现了理查三世的骸骨，经 DNA 比对确认就是理查三世本人，尸骨其他方面的特征也颇符合，比如死亡年龄、驼背、创伤等方面，还进行了人脸复原。但仍然有一些疑点，比如并没有发现此人有一只胳膊肌肉萎缩的证据。而最重要的是 DNA 的比对结果，结果竟然显示该骸骨的母系遗传特征虽完全相符，但父系一边却不同，显然在此之前王室之中有人有过私密外遇。

不过目前尚无法精准地确定其父系一边的不明外来基因是从哪一代开始传入的。因此，如果理查三世当初确实曾经命令手下宣扬过关于血统的论调的话，那几百年之后的现代科技结论，对这种宣传也不失为一种讽刺。

戏，装成个大好人。而实际上他大奸若忠，一肚子坏水，他只是在等待时机好夺得王位罢了。”

甩下这句狠话，“矮冬瓜”转身出了病房。

“等待时机？夺得王位？”格兰特心里觉得这个理由不成立。

因为理查三世又不是先知，他哪能知道自己大哥会在四十多岁的时候，年纪轻轻的就死掉？

他也不可能知道自己三哥乔治后来会失势，其子女也因此失去继承权，从而为他的夺得王位打开通道。

在理查登基之路的前面，他大哥的子女、三哥乔治及其子女都可以算作是理查的障碍，如果不是后来发生一系列突变的话，理查心里明知自己根本没什么机会，又何来等待一说？

更何况理查当时正在北英格兰管事，还在跟苏格兰打仗，他恐怕没心思也没工夫去演戏装假。

一个人的性格在短时间之内一般来说是不会有什么重大的改变的，可是我们的理查三世为什么前后的面目会如此大相径庭呢？

格兰特有心去《瑞比的玫瑰》里找找答案，想看看约克公爵夫人对于自己小儿子如此重大的转变会作何感想，可是作者竟然对这些内容避而不谈。

真是狡猾得可以！这个作者也太会取巧了！

小说的最后是王宫里的盛宴，一派欢乐的大团圆气氛，约克公爵夫人安逸地坐在一边，看着自己这一大家子人，这些优秀的子女以及孙辈们，她心满意足，脸露微笑，心中或许充满了成就感。

或许小说的作者就没想过要写出后来的悲剧情节，只想以这种欢乐喜悦的氛围和基调作为小说的结束。

格兰特注意到，小说此处对于理查三世的三哥乔治并没有提及。

说起这个家族的老三乔治来，就不得不详细地说一说。

乔治是个内心暴躁又意志不定的家伙，所以常表现得反复无常，弄出些事来，让家里人十分地头疼。

他第一次闹事，就是联合岳父渥威克反对他大哥爱德华四世，虽然后来被四弟理查策反了，但这并不算完，后面乔治还会鼓捣出更多的花样来。

果然，后来乔治的夫人和孩子离奇死亡[①]，乔治认定是两个贴身女仆所为。

于是，他不顾王兄爱德华四世要求公开审判的命令，竟在愤怒之下私自将两人吊死。这导致兄弟二人之间的矛盾加深。

而后来乔治因为死了夫人，便又想娶全欧洲最富有的女人[②]，以便于他能够获得政治资本，这个计划却也被他王兄设计阻止。

可是乔治却并未因此而停止折腾，他又去娶了苏格兰王的妹妹。后来又再次去跟红玫瑰的兰开斯特家族达成密约，让红玫瑰封自己为亨利六世的合法继承人。

把事情做到了这种程度，已经是跟自己王兄爱德华四世公开为敌了。真不知道该说乔治愚蠢合适，还是说他非常愚蠢才合适。

冲突激化到了极点，兄弟俩之间的恶劣矛盾已经无法调和。最后乔治被抓，死在了葡萄酒桶里[③]。

虽然乔治该被教训，但是似乎不该死，于是他的死反倒让他名垂千古。在公众的心目中，乔治此时的形象是个有志难舒的家中老三。

所以，在小说大结局处的皇家宴会上，乔治之所以没有出现，就是因为他那时已经不光彩地死掉了。

---

① 乔治的妻子伊莎贝尔·纳维尔是渥威克的女儿，论辈分原是他表侄女。

伊莎贝尔应该是产后感染致死的，离她生产的时间约有两个月，下毒一说证据不足，或许是乔治的误判甚至是某种借口。他不经过审判就将两个女仆处死，其实是他自认为凌驾于司法之上的一种嚣张举动，但这都给他后来的灭亡埋下了伏笔。

② 是勃艮地公爵的女儿玛丽（其实按辈分是乔治的侄女，因为玛丽是乔治的三姐约克的玛格丽特和勃艮地公爵生的女儿），勃艮地公爵当时已经去世，这位玛丽继承了巨大的遗产。

乔治的第一位妻子伊莎贝尔是渥威克公爵（理查·纳维尔）的大女儿，因此他原本可以继承相当多的财产和封地。但乔治的四弟理查三世却又娶了伊莎贝尔的妹妹，兄弟两人自此成为连襟。两人在继承遗产问题上一直争吵不休，后来乔治便没能得到纳维尔家族的全部财产。因此，乔治此举是想增加自己的政治资本，但恰恰让爱德华四世感到了一种威胁。

乔治其人反复无常，让人捉摸不透，渥威克公爵战死之后，乔治气焰又十分嚣张，自居有功，这些都是让爱德华四世感到不安和厌烦的因素，故此爱德华四世没有同意这桩婚事。

③ 根据莎士比亚的说法，乔治最终被溺死在葡萄酒桶里，但此说应该有戏说的成分，应该是用酒桶运走了乔治的尸体而不是用酒将其溺死，不过后世所找到的乔治遗骸上也确实未发现砍头的痕迹。

小说里，此时的约克公爵夫人志得意满，看着自己孕育出的这些优良后代，觉得他们将成为约克王朝的支柱，而约克王朝也会千秋万载地传承下去。

不过与此同时，这个老太太却看到了一个让她隐隐不安的现象，那就是随着自己大儿媳妇伊丽莎白·伍德维尔的渐渐得势，她开始将自己家的各路亲戚都渗透到了约克家族里来。

于是，这些伍德维尔家族的成员们，这些随着伊丽莎白地位上升而产生的“暴发户”，这些别有用心的野心家们，有不少都和贵族成员结成了姻亲，来壮大自己家族的势力，有时甚至不惜跟与他们不相匹配的对象成亲。

这些颇富于心机的伍德维尔家族的家伙们，他们到底想干什么？借着伊丽莎白一个女人的势力就想平步青云，登入王室，从麻雀变凤凰？

老太太想到了这些，感到了那种隐患，可是她却已经没有多余的精力去思考和处理这些问题了，她觉得王室家族里多一些新鲜的血液倒也未尝不是一件好事，只要能够慢慢地同化他们。她对自己大儿子爱德华的政治能力有信心。

一切，一切的一切，都会好起来的！

而最让这老太太没能预料到的却是，没过多久，她那设想中的千秋万载的约克王朝的大厦就崩溃破散了：大儿子四十多岁就死掉；小儿子又涉嫌杀侄篡位，同时还污蔑他母亲贞洁的名声；小儿子最后又输给了亨利·都铎，尸骨都无人加以收敛；而自己的长孙女约克的伊丽莎白，最终竟又嫁给了亨利·都铎，这个杀死了自己小儿子的人，这个取代了约克王朝的人，这个建立了都铎王朝的首任君主——亨利七世。

世事真是难以预料啊！

历史、人生、命运，其实都在相当大的程度上把握在我们自己手里，可是聪明的我们却总会把它们给弄糟，从而让上帝发出轻微的冷笑和叹息。

# 第七章

格兰特困了，关了灯，任由书本滑落在一旁，闭上眼睛便准备睡去。但是就在半睡半醒之间，格兰特的脑子里忽然浮现出一句话来："摩尔是亨利八世[①]！"

格兰特立刻就醒了，他来了精神，把灯重新点亮，在昏暗的灯光中思考着这个问题。

他脑子里闪出来的这句话倒并不是说摩尔是亨利八世本人——那当然不是，而是说两人生活在同一个朝代。

那么，以摩尔的年龄来看，他应该和亨利七世、理查三世两个人的年代都有过交集。

格兰特再次拿起摩尔的书，书的前面有作者的生平简介——格兰特一开始都没动过看这个简介的念头，简介上说摩尔是亨利八世的大法官，而理查三世称王的时候，摩尔才5岁。

而理查三世在位不过两年，后来死在战场上时，摩尔的年龄也不过8岁而已！

8岁！小毛孩子！

---

① 亨利八世是亨利七世的二儿子，都铎王朝的第二任君主。曾因废后问题和罗马教皇闹翻，后推行宗教改革，建立了英国国教圣公会，并自任宗教领袖，君主集权达到了顶峰。曾有过六次婚姻。

托马斯·摩尔是"空想社会主义"的创始人，著有《乌托邦》，在欧洲的地位和名望极高。他曾是亨利八世的大法官，深受重用，但最后因为反对亨利八世兼任宗教领袖而被处以死刑。

而按本书的观点，摩尔对于理查三世的相关描述都充满了政治意味和倾向，故此对于理查三世的形象进行了有意或无意的负面评价。但在历史上，摩尔为人正直，品格高贵，一直受人尊重，受刑前从容自若，所以他在私德方面应该没有什么太大的问题。

故此，本书作者借格兰特之口对摩尔进行的评价多少还是有一些个人情绪在里面。

所以格兰特认为摩尔所说的这部分内容和观点全是听来的罢了，并不一定是史实!

作为警察，格兰特最不屑的就是这一点!

格兰特登时视这本书为垃圾，手一挥，把书拨到了地上。

摩尔是很智慧，是很正直，是很有学识，但他是在都铎王朝下长大的，他根本不认识理查三世，两人之间根本没有过真正意义上的交集，所以他的书未必就是有力的证据。

可是他的书却成为了很多人心目当中的“圣经”，所有人都引用他的结论，其实摩尔自己也未必完全相信所写的内容。

格兰特对摩尔的书已经不再感兴趣了，他想找到最真实可靠的资料!

这个念头让格兰特的心情激动不已，这个夜晚也就在激动不已中度过了。

第二天一早，格兰特冲亚马逊护士发了火，他把摩尔说成了骗子和没有价值的家伙。

这让亚马逊很受伤，眼泪在眼眶里乱转，同时看到格兰特头上青筋都暴起来了，又不免有些害怕，勉强为自己辩护道：“可摩尔跟理查三世是同时代的人啊!”

“什么同时代!理查三世死的时候，摩尔这老家伙不过才8岁!8岁!所以他写的东西也是听来的，跟你我没什么分别!”

亚马逊吓坏了，忙问道：“你是不是病情加重了?发烧了吗?”

“烧倒没发，但是我血压高得都要爆血管了!”

“天哪!大家都以为你恢复得很不错呢，这一下所有人可都要伤心死了!”

格兰气得不再理会亚马逊，亚马逊很受伤地离开了。

等到玛塔来看望他的时候，格兰特又对她发起了质疑。

“你说说看，你给我拿来理查三世的画像干什么?一丁点价值和意义都没有的东西，为什么要拿给我?”

玛塔对格兰特的气愤有些意外，回答道：“之前帮我去找画像的那位朋友，他说如果你对人脸感兴趣，就给你看看理查三世的画像，因为他觉得理查三世不但不是坏人，相反还非常的圣洁。”

玛塔的说法让格兰特一下子想到了自己当初看到这张画像时的印象和感觉。

格兰特问玛塔是不是也觉得理查三世的脸像个圣人。玛塔把画像拿起来仔细地看着，好半晌没有结论。

之前格兰特问过很多人对这张画像的看法，大家的说法各不相同。不过玛塔是个演员，她懂表演，她对人脸应该有自己独到的见解。

格兰特正想着，便听玛塔说道："这人的脸挺有意思的，一开始看的时候觉得他很阴险暴躁，但是看得久了，却觉得这人很温柔随和，这种感觉应该就是所谓的圣人的脸吧？"

"我觉得他应该是很有良心的人，做事坚持自己的原则。"格兰特说出了自己的评价。

玛塔把画像放下了，笑道："去他的画像吧！哈哈，我觉得都无所谓，不就是一张脸吗！画出来的东西只要改动几笔就成了另一个人了。"

"你说会不会把画像弄错了？这种事可常有。我觉得画像和历史中对他的评价差得太多了，简直就不是同一个人。"

"不会的，你别乱想。这画像的原版是属于都铎王朝的首任君主亨利七世的，有四百年的历史，现在到处都是这张画像的复制品。放心吧，是不会弄错的。"

格兰特点点头，追问道："你在大英博物馆认识人吗？"

"你想干吗？"

"我想要理查三世同一个时代的第一手历史资料。"

"怎么？摩尔的那本书不行？他可是权威，圣人，伟大的人！他写的东西被所有人认为是真理呢！"

格兰特脸上毫不掩饰地露出厌恶之情，说道："别再跟我提摩尔了，这老家伙现在在我眼里一毛钱都不值，他写的东西我看全是胡编乱造！"

玛塔看到格兰特生气的样子不禁好笑，说道："你这么激动干吗？摩尔的书可是别人引经据典的源头和范本，是人们研究历史的可靠依据。"

不过玛塔心里却同时涌起一阵暖意，因为这时的格兰特看起来就像是一个可爱的大男孩。

“我跟你说，摩尔是在都铎王朝的政治环境下写的史书，你想他会把理查三世写成明君吗？再说，他写的内容也都是听来的，看来的，根本不是第一手资料！因为理查三世当政的时候，这老家伙才5岁！你知道吗？5岁啊！所以他的东西怎么能成为可靠的依据呢？”

“那你想知道点什么？我是说关于理查三世的？”

“我想知道他为什么性情会在短时间之内变化如此之大。爱德华四世死之前，理查三世的表现还忠诚无比呢！”

玛塔抿嘴笑道：“权力呗！王位呗！谁不想要更大的权力啊！你以为都像你这么淡泊名利？面对着王权的诱惑，理查内心的魔鬼被召唤出来，所以做出了丧心病狂的事，我想这也不奇怪。”

“我不这么想！”格兰特用力地摆了摆手，接着说道：“你看，爱德华四世死了之后，他儿子爱德华五世登基，但小孩子还没成年。理查被他大哥托孤辅佐爱侄治理国家，是护国公。虽然理查没被封为摄政王，但他实际上就是在摄政，权力非常的大，所以他没必要那么急就杀侄夺权！”

“看你的样子！又何必太认真呢？也许是因为爱德华五世这臭小子不听话呗！他虽然年纪小，但是心急，所以不甘心让他叔叔摄政。这就有可能导致小孩子不自量力，甚至可能先对他叔叔下了手。而他叔叔理查一看小毛孩子不听话，目中无人，不尊重长上，不服管教，还敢先下手为强，所以就给他点颜色瞧瞧喽！嗨，管他呢！”

格兰特补充道：“杀了两个呢。”

玛塔叹道：“是啊，理查三世一不做二不休，一口气杀了两个。这俩小孩呀，真惨，待宰的羔羊啊！”

不过玛塔对于理查三世为什么要杀两个侄子似乎并不如何关心，这一番感慨多少有点敷衍的意思。

可是刚说到这里，玛塔却忽然“喔”了一声，很明显像是想到了什么似的。

格兰特心里装不下疑问，立刻问道：“你怎么了？想到什么了？”

“没什么，没什么，是‘羔羊’这个词叫我想到了一个人，他或许能帮你。亲爱的，我得走了，不过我很快就会再来看你的。”

玛塔说完如一阵风般地走了，格兰特对自己女友的风格有点接受不了，一惊一乍的，话也说不全，最可恶的是还留了个悬念，真是叫人头疼！

“羔羊？羔羊是谁？她有个朋友外号叫羔羊吗？我怎么不知道？”格兰特想不通。

不过答案很快就揭晓了，因为第二天晚上，一个陌生男子来到了病房，要见格兰特。

那是个年轻人，戴一副古板的牛角框眼镜，一头卷发，他有些害羞，一副书卷气，进来之后跟格兰特打了招呼，说道：“你好，请问是格兰特先生吗？我叫卡拉丁，是玛塔小姐叫我来看你的，她说我或许能帮助你。”

格兰特心里暗笑，知道这文弱的年轻人就是玛塔口中的那只小“羔羊”了，难怪被她称为羔羊，这孩子的头发都是卷。

真不知道玛塔这女人又用了什么高明的手段让这个可爱秀气的小伙子能抽出时间来帮自己。

两人寒暄了一阵，格兰特让卡拉丁坐下说话。

卡拉丁看起来像个美国人，而谈话中他也承认他确实就是美国人。尤其是他那件宽大松散的外套，非常有美国人的风格。

卡拉丁坐下后说道：“我是做历史研究工作的，经常在大英博物馆里做事，玛塔小姐说我的工作性质能帮得上你。”

“太好了，你确实能帮得了我。你专门研究什么的？”

“农民起义。”

就这样，两人聊了起来，不过一开始聊的都是卡拉丁的那些无聊琐事。

卡拉丁说，他家里是做家具生意的，他父亲希望他能子承父业，不过他不喜欢。

为了躲避家里人的喋喋不休，卡拉丁又实在是无处可去，最后就只好从美国来到了英国。

因为卡拉丁比较喜欢历史，最后就到了大英博物馆，做些和历史有关的工作，希望能做出些成绩来，对家里也好有个交代。

不过他是跟着玛塔的一个女同事一起来的，而且看来两人之间的关系不一般，但是卡拉丁的家人却非常看不起这位籍籍无名的女孩，或许认为她只是个没出息的女演员而配不上卡拉丁的出身吧。

说了一通闲话，卡拉丁也放松了下来，不再拘谨。他伸长了腿，好让自己舒服一点，却不小心碰掉了理查三世的画像。他把画像捡起来一看，不禁失声道："理查三世！"

"你觉得这人的脸怎么样？"格兰特顺势问道。

"嗯……长得不漂亮，我有一个大学教授跟他长得一样，显得身体不好，一副病容。不过我的教授性格非常好，人很善良的。"

说到这儿，卡拉丁抬起头看向格兰特，语速有些加快地说道："看来，你就是想知道理查三世的事吧？"

"不错，我想知道一下同一时代大众对他的看法，权威一点的。"

"嗯，这跟我的研究方向在年代上相近。我知道有一位史学家叫奥利芬特，他对理查三世研究得很深。"

"对了，你觉得摩尔的书怎样？"格兰特想知道这位年轻人对摩尔的看法。

"摩尔？我觉得他不行。"卡拉丁摇了摇头，接着说道："在我眼里，摩尔的历史政治意味太浓了，就像是为亨利七世进行的政治宣传。对了，你为什么会忽然对理查三世这么感兴趣？"

"唉，说来话长。我住进了医院，闲着没事，正好我喜欢研究人脸，所以玛塔就给我带来了一大堆人脸相片让我研究，用来打发时间。理查三世的画像就在其中，我无意中发现了。就这么着，我开始对理查三世感兴趣了，因为我觉得在他身上有个很大的谜团。"

"哦，原来如此。那理查三世在你眼里怎样？"

"如果按历史的说法，他是个臭名昭著的刽子手、杀人犯。可是以我对于人脸的研究，我却认为他是个好人。而且他虽然只在位两年，但是政绩斐然，还是个不错的军人。他私德也不错，不像他王兄那样乱搞女人。”

“呵呵，我知道，爱德华四世嘛，他是个风流俊男，高大威猛。不过……也许正因为理查三世长得难看又驼背，所以记恨他哥哥，于是才杀了他侄子。”

“哦？”格兰特之前可并没有想到这一点，问道：“你是说理查三世从小就积压着对于爱德华四世的恨意？长大之后伺机报复？”

“积压？为什么要这么说？”卡拉丁有些不明白。

“那是因为大家虽然对于理查三世评价不高，但是在杀侄篡位这件事以前，人们可都认为他对他哥哥非常忠诚尊敬。而他们家老三乔治却不是个省油的灯，总是折腾闹事。所以我才用了‘积压’这个词，来说明理查三世城府很深。”

“是吧。”卡拉丁抬头望着天花板，想了想，随后说道：“反正……如果是我的话，我要是从小驼背，长得又难看，然而我大哥却出尽了风头，所有人都喜欢他，女人、权力、鲜花、掌声都被他给抢走了，我则非常痛苦地生活在他的光环之下，那我想我一定会恨他。对，一定恨他！”卡拉丁用力地点了点头，肯定了这一点。

“嗯，这个倒合情合理，是人之常情。”格兰特表示认同。

卡拉丁似乎想到了更多的内容，便继续说道：“而且这种恨压抑在心里，可能只是一种潜意识，他自己平时都没察觉。可一旦王位就在眼前，哥哥病重身死，那种压抑了许久的东西才终于爆发了出来，就连骨头里都在发出一种声音：‘这正是大好的时机啊！这么多年来我一点存在感都没有，一直活在他的阴影里，现在终于有机会显示一下我自己了，这王位就是对我多年来积在心里的痛苦的一种平衡回报！赶紧动手吧，不要再等了！’”

看着卡拉丁略有些夸张的表情和动作，格兰特心里一动，觉得卡拉丁的想法跟《瑞比的玫瑰》里描写的感觉大有相似之处。

理查三世在那本小说里，也是一直站在家人的身后，还隔了一两步的距离，像个客人似的。

这体现了一种疏离感，一种不合群的感觉，也许正是内心不平衡的一种外在表现。

卡拉丁这时又说道："你说理查三世杀侄之前一直都很忠心，表现良好？嗯，这种表现倒像是个有血有肉的人。你看莎士比亚对理查三世的描写，简直就成了一个小丑，显得很假。嗯，这样说来，我也开始对理查三世感兴趣了，看来研究这个比研究农民起义什么的要好玩得多。好吧，格兰特先生，那就让我来为您服务吧，咱们开始研究这个人历史人物。"

"好！你这小伙子真不错！如果你能帮我找一些重要的资料来，那可真是太好了！"

随后格兰特强调道："不过我需要的是理查三世同一时代的说法，我想在那个年代，发生了那么多大事，同时代的人不可能没有感受。"

"没问题，我回去找找看，看看哪位历史学家更适合你。我现在头脑中已经浮现出几个历史大家的名字了，比如我之前提到的那位奥利芬特。咱们明天见吧，我会把书带过来。那我就不打扰了，告辞。"

卡拉丁向格兰特道声晚安，退出了病房。

格兰特满怀希望地等着卡拉丁明天能把好书带来，同时也想到，这是个非常优秀的小伙子，看来玛塔的那位女同事找到了一个不错的男朋友。

## 第八章

第二天卡拉丁果然把书给格兰特带了过来，那是一本厚得吓人的史书，作者是当代史学家奥利芬特。

格兰特看了两天，这使得他有了不少新的认识。

这一天玛塔抽空来看他，一进屋脸上就带着笑意，看那表情，她一定觉得自己给格兰特找来一只“小羔羊”这件事是个大功劳。

果然，她见面就问：“‘小羔羊’怎么样？还让你满意吧？”

“小羔羊？噢，你是说卡拉丁啊！确实是只‘小羔羊’，又老实害羞，又是卷头发，这小伙子确实不错，这次你干得漂亮！”格兰特忍不住夸了几句，又客气道：“真是叫你费心啦！”

“嗨！我根本不费吹灰之力。这小家伙几乎天天住在我们剧院，他跟我那个女同事甜蜜得很呢！我想找他帮这点小忙还算是大事？”

玛塔随手翻了翻“小羔羊”带来的那本史书，问道：“这么厚一本，你看起来挺费事的吧？”

“确实，但是你仔细读过之后会发现，写得非常细致，所以也并不怎么难读。而且我终于知道了摩尔对于理查三世的看法是从哪里听来的了。”

“哪儿？”

“一个叫莫顿的人。他是都铎王朝第一任君主亨利七世，也就是打败理查三世的那个亨利·都铎时期的大主教，他可是理查三世的死敌。”

“哦！”玛塔恍然大悟，拉了个长音，“原来是这儿回事啊！”

格兰特又道："而且后世凡是和理查三世有关的内容，其实都源自于这个莫顿，包括莎士比亚之流在内。可能是摩尔以前在莫顿家里住过，听莫顿说起过当年的事，所以就记了下来，他心里可能还以为这些事是真的呢。"

"那'小羔羊'拿来的这本书的作者怎么看？作者叫什么来着？哦，叫奥利芬特。"

"他其实也对这件事有所怀疑，心里并不顺畅，但是没有明说。只是一方面说理查三世十分英明且有才干，另一方面却又说他狠辣凶残。可这非常矛盾啊！所以他就在后面加了一句，说理查三世做了大恶之后，内心一直非常痛苦懊悔。这算是一种勉强的解释吧。"

"那你觉得这本史书的作者是哪头的？他是什么立场？"

"我觉得这个作者挺中立的，但他对亨利·都铎登基并没有表示过质疑。"

"那这个亨利·都铎是怎么登上王位的？谁在支持他？"

"我想有两股势力吧，一是红玫瑰兰开斯特家族的余党，而亨利·都铎其实就是兰开斯特家族的一个分支。二是伍德维尔家族。这个家族当时树敌太多，王后和理查三世之间又早有矛盾[①]，她怕理查三世掌权之后对她不利，所以这股势力也在支持亨利·都铎。战争结束后，王后伊丽莎白还让她的大女儿嫁给了亨利·都铎。不过亨利·都铎这个人非常精明，他在反对理查三世时，对外的口号是除暴君，他可没提他兰

① 爱德华四世要杀死三弟乔治的时候，理查曾公开表示反对，但最后乔治还是被处死了。当然，爱德华四世杀乔治这决定有可能不是完全地发自本心。因为乔治和渥威克联手发动叛乱之时，曾杀了王后伊丽莎白的父兄。所以爱德华四世之所以决意处死自己弟弟，除了因为两人之间原本的矛盾之外，王后伊丽莎白的枕边风应该也起到了不小的作用。基于这一点，理查三世对他王嫂伊丽莎白应该是心存不满的，这也是伊丽莎白心里非常顾忌的一点。

而另一方面，伍德维尔家族本就一直在朝中培植势力，这种典型的政治势力对抗恐怕是双方之间更加难以调和的矛盾。

但本书在后文对于理查三世的宽容大度和胸襟进行了充分的肯定，并认为理查三世一直给予王后很好的待遇。

开斯特家族的血统[1]，尽管他的血统有点偏。”

“噢，这个亨利七世也算是个政治家了。不过我对他了解得不多，只知道他非常有钱，而且为人刻薄。好了，不说亨利了，你对理查三世的研究有什么进展没有？”

“还没有，对理查三世身上的这种矛盾我还是很困惑，但好在我清楚地知道这一点。”格兰特似乎对自己有些失望，不禁摇了摇头。

“那‘小羔羊’卡拉丁是不是常来跟你一起聊理查三世啊？”

“没，他只把书给我带来了，这两天都没看见他，我猜这小伙子可能烦了吧？”

“不会！”玛塔非常自信地说道，“这孩子就一个优点，那就是讲信用，非常的忠诚。”

“呵呵，那跟理查三世是一样的喽！因为理查三世的座右铭是‘忠诚不贰’。”

两人相对而笑，正在这时，外面有人敲门，格兰特喊声“请进”，只见“小羔羊”卡拉丁推门走了进来，身上还是披着他那件松垮垮的外套。

他看见玛塔也在场不禁有些意外，脸上一红，说道：“真抱歉，我不知道玛塔小姐也在。”

玛塔似乎很喜欢逗这种害羞的小男孩，笑道：“没关系，现在我们的格兰特先生喜欢你比喜欢我多一些。好啦，你们聊吧，我还有事得先走了。”

卡拉丁送走了玛塔，一直恭敬地送到门口。

---

① 亨利·都铎的母亲是兰开斯特公爵约翰·冈特私生子的女儿，名叫玛格丽特·博福特，所以他也有兰开斯特的血统。他母亲玛格丽特·博福特前后一共有过四次婚姻，第二次婚姻时，她为丈夫埃德蒙·都铎生下了亨利·都铎，此外别无所出。而玛格丽特·博福特后来在遗嘱中也只承认埃德蒙·都铎才是她的首任丈夫，这或许和亨利·都铎这个唯一的儿子有关。

当然，和她的政治意识或许也有一定关系，毕竟亨利·都铎是开创都铎王朝的首任君主，以他的亲生父亲作为第一任丈夫在政治声誉方面似乎更有正统性。而她第四次婚姻则嫁给了本书中的反面角色倒戈将军斯坦利，这也是出于当时的政治考虑，属于权宜之计。两人之间并没有真正的感情，甚至在后期事态稳定之后都没有住在一起。因为当时寡居的玛格丽特正在和王后伊丽莎白联手对抗理查三世，两人还为各自的孩子亨利·都铎和约克的伊丽莎白订了婚。而当时斯坦利也是反对理查三世的重要人物之一，可能就是为了加强力量一起对付理查三世，同时也是考虑到更长远的政治利益，玛格丽特才顺应形势嫁给了斯坦利。

格兰特看着卡拉丁的样子，暗自笑道：“真是个容易害羞的大男孩，虽然喜欢漂亮女人，但是心里却拘束得很，看来还是单独跟我这种大男人待在一起才会彻底地放松下来。年轻人的纯真还真是让人怀念啊！”

卡拉丁再次回来的时候，状态便放松多了，跟格兰特闲聊了几句，最后又说到了理查三世的身上。

格兰特说道：“上次咱们说到理查三世因为难看而自卑，所以恨他那高大帅气的大哥。不过你带给我的那本书上说他驼背和手臂萎缩的事其实并没有确凿的证据，就算是真有点毛病也不严重。对了，你找到跟理查三世同时代的史学家了吗？”

“没有。因为按你的标准，虽然有的史学家跟理查三世是同一个时代的人，但他们都是理查三世死了之后才写的书，那也是为都铎王朝而写，所以不算数。但是我却发现了一件事。”

格兰特追问道：“什么事？”

卡拉丁说道：“我发现，摩尔关于理查三世的内容并非他自己写的，只不过人们在他的手抄稿中发现了这一段内容，才把这事算在他头上。他那份手抄稿其实还没抄完，而人们却在另一个地方发现了完整的稿件。这说明……”

格兰特抢着说道：“说明第一手资料是另一个人写的！”

卡拉丁笑着点了点头，两人这时都很兴奋，卡拉丁的脸甚至都有些发红。

卡拉丁继续说道：“在那个年月手抄稿非常平常，因为印刷术还没有普及嘛！摩尔抄这份资料的时候应该是三十五岁左右。”

“不错，不错。”格兰特兴奋地搓着手掌，“咱俩都清楚，摩尔曾经在莫顿那听到过不少东西，那也就是说，这份完整的手稿最初的作者应该是莫顿喽！”

卡拉丁用力地点点头。

“我说的嘛！难怪这些说法听起来那么假。原来是莫顿写的，那就不奇怪了。对了，你了解莫顿吗？”

“知道有这个人，但不大清楚具体情况。”

格兰特调整了一下姿势，清了清嗓子，说道：“莫顿原来是个律师，后来是个牧师，他可是史上最会见风使舵的家伙，见哪边势大就投靠哪边。玫瑰战争的时候，他先站队到红玫瑰的兰开斯特一边，后来白玫瑰的爱德华四世势大了，他便又靠了过来。等理查三世登基后，他又投向了伍德维尔家族，后来又投向亨利·都铎。最后等都铎王朝正式建立之后，他就成为了大主教。”

格兰特非常鄙视这种人格，所以说得又快又脆，恨不能一股脑儿地把关于莫顿的丑事全说出来。

卡拉丁忽然眼睛一亮，说道：“我想起来了！莫顿这个人我知道！他可是亨利七世的忠实仆人！替他收税，非常严酷！总想把人们的钱榨干！而且我还想到一件事，能够证明莫顿在塔中王子事件之前就已经恨上理查三世了！”

“好好好，你说，你说！”格兰特急得恨不能跳下地来抱住这小羔羊卡拉丁，只是身上的伤不允许。

卡拉丁见格兰特急得要命，便立刻笑着说道：“那是在爱德华四世还在位的时候，当时法国国王因为跟英格兰之间的战事落于下风，就想给英王送一大笔钱以求和平。但是理查三世非常气愤，认为这种事很龌龊，便给拒绝了。于是莫顿就不高兴了，因为他本来可以从中获利的，这一下可断了他的财路。”

“所以说以莫顿的为人，他一定不会喜欢理查三世，就算塔中王子的公案不存在，莫顿也一定会反对理查三世。”格兰特总结道。

格兰特所说的结论跟卡拉丁心里所想的一样，两人想到一起去了，不由得相视会心而笑，互相击了一掌。

卡拉丁说道：“不过关于塔中王子的事，我却没有从资料中查到，好像没人提这事似的。”

“哦？”格兰特不禁有些奇怪，“这么著名的公案，家喻户晓，怎么会没有人提呢？”

“确实没有人提。这几天我没干别的，一直在查理查三世那个年代的相关历史资料，但是没有一星半点相关的记载。”

“是不是当时没人敢说实话呀！怕惹祸上身。”

“也许吧，但有另一件事更能说明问题。那就是理查三世战死沙场之后，亨利·都铎这个胜利者给理查三世罗列了很罪名，但是在诸多罪名中却没有谋杀亲侄这一条！”

“真的吗？！”格兰特吃惊非常，两只眼睛睁得大大的。

卡拉丁却很平静，只郑重地点了点头，表示千真万确。

“这……不可能啊！”格兰特不自觉地看向天花板，双眼其实看的是虚空，“战征结束了之后亨利·都铎很快就回到了伦敦，伦敦塔自然也在他掌控之中。那么，不管是以他的为人，还是从政治角度出发，他都应该对王子失踪一事大加宣传呀？这可是非常有力的舆论武器啊！上天扔给他的好机会难道他都不利用吗？”

两人的目光又对在了一处，卡拉丁心中自然早有定论，他胸有成竹地伸了伸双腿，换了个舒服的姿势，沉稳地说了出来：“答案只有一个，那就是，在理查三世死的时候，其实两个小王子还没失踪。而理查都已经死了，他当然就没法再制造枕头闷死亲侄子的丑恶事件了。”

沉默，长时间的沉默。

两人都不说话了，心里都在分析着这件离奇的事，两人的心思飞快地运转着，仿佛像钟表一样发出了嘀嗒声。

最后还是格兰特先开了口，不过语气中带着一种犹豫：“这……不对劲啊！咱们会不会忽略了什么重要的问题？”

“我想不会，我想了三天了，只有一个结论，就是亨利·都铎在撒谎！他是出于政治目的才给理查三世栽赃的。王子根本没有失踪！你看，亨利·都铎那时候一直在对理查三世进行恶毒的指控，说他残暴专权；还把理查三世原来那些御侮卫国、忠诚英勇的部下都定了叛国罪。亨利所做的这些事，都是在给理查三世泼脏水，同时洗清自己的罪恶，但他做了这么多事，却只字未提塔中王子！”

“不对！”格兰特把手一摆，“咱们忘了一个，那个凶手泰瑞，他后来不是认罪了吗？还被吊死了！”

格兰特把那本奥利芬特的史书找了过来，迅速地翻找着，终于找到了那一页，指着文字说道："你看，在这里写着呢，泰瑞承认了杀……不对，不对。"

格兰特读着读着语气便发生了变化，"不对，泰瑞认罪这件事发生在……1502年，对，是1502年，可那都是……"

格兰特挑起眼皮，双眼看天，手指掐算了几下好便于计算年数，而卡拉丁此时也在心算着，最后两人同时算了出来，一齐脱口而出道："二十年之后！"

"天哪！那都是二十年之后的事了！"两人又齐声感慨着。

卡拉丁很兴奋，习惯性地想要抽根烟，却又怕格兰特反感。

格兰特手一挥，说道："抽吧，没关系。连我自己也想喝杯酒呢！我现在头脑已经蒙了，转不动了！"

卡拉丁点着了烟，吐出个烟圈，说道："我也头脑眩晕，眼前一片漆黑。"

"你说，那么多本正规教科书上写的内容难道全错了？"

"不能有这种情况吗？"卡拉丁反问道。

"当然会有！当然会错！"格兰特这次语气变得肯定了。

"其实我之前也不相信书上的东西会错，但是后来我查资料发现一件事，这事让我心有触动，打那以后我对教科书上写的内容就不抱着全然相信的态度了。"

"什么事，说来听听？"格兰特现在就像个好奇的孩子。

"是这样一件事，有一个历史事件叫波士顿大屠杀。你知道，大屠杀嘛，当然是死了很多人才行。可是我查到了一份资料，发现其实所谓的大屠杀总共才死了四个人。我从小就接受的教育啊，让我一直以为是真正的大屠杀，我一想到平民被士兵打杀，血流成河，死伤无数，我心里就气愤得发抖。哪知事实并非如此，只是一场极小规模的冲突而已。"

格兰特一语不发，在那里出神。他向卡拉丁伸出一只手，卡拉丁会意，递给他一支烟。

两人相对吐着烟圈，格兰特说道："其实我也有过跟你同样的经历和感受，你知道汤尼潘帝吗？"

"什么东西？一种药吗？"

“不，是南威尔士的一个地名，在那里发生过一次政府屠杀矿工的惨案。但事实并非如此。”

“说来听听。”卡拉丁也急于要知道这件事。

“事实是这样的，当时有一部分民众暴动打劫，当地警察局长一看局势不妙，就请求调兵支援。但丘吉尔认为派军队过去会把事情搞大，于是就派了训练有素的警察前去控制局面，军队留在外围待命。而警察们跟对方谈判的时候其实都没带武器。而且最后也没死人，所谓流血事件不过是流了些鼻血罢了。但在外界却被传成了军队开枪射杀无辜抗议的矿工。这和真相差得太远了。打那以后，汤尼潘帝就是虚假历史虚假新闻的代名词。”

“嗯，跟我说的波士顿大屠杀是一个性质的。都是汤尼潘帝。”

“关键并不在此，关键在于很多人是知道真相的，可是却都不说出来，等到了后来事件拍板定案，就再也难以翻案了。”

两人齐声感叹：“这就是历史！”

“那咱们就从细节入手吧，重新建构历史，而不是人云亦云。我负责去查资料。”卡拉丁像是一个发现了神秘地图的孩子，打算开始一个新的计划。

“说实话，你现在的样子看起来倒有些像是个警察了。”格兰特看到卡拉丁这个神情，不禁笑着说道。

“是啊，我也学着用警察办案时的思路看问题，比如问问自己谁是受益者。这一问我才发现理查三世杀掉两个侄子是不合理的。因为横在理查三世前面的有资格继位的人选实在是太多了，可不止两个小侄子。比如爱德华四世的另外几个女儿，再比如乔治的一对子女。就算是乔治死后，他子女的继承权受到了影响，那也并非一成不变的，都是人为的嘛！”

“这些继承者们都活着吗？”

“不清楚，但是我可以查出来。反正至少爱德华四世的大女儿活着，因为后来嫁给了亨利·都铎了嘛！格兰特先生，我看咱们就开始着手做这件工作吧，先不管什么史书和史学家了，就从细节入手。有一句俗谚说得好，事实不在于人们说什么，而在于账簿。”

“哦？那是什么意思？”格兰特大感兴趣。

“意思是说，像账簿、信件、清单记录之类的琐碎资料，反而最能说明真实的历史。比如历史认为某位女士从未生过孩子，可是账簿里却写着，‘为了表达对我爱子的感情，特购入蓝缎带五码，花费5便士半’，这就说明该女士生过孩子，这听来才更为合理。”

“我明白了，咱们这就开始？”

“好的，那你负责设计计划，指点大方向，我就负责查资料。说吧，咱们先从哪里开始？”

“那就先从……好，先从爱德四世死的时候，其余众人的反应开始吧。国王的死是大事，那时人心浮动，各有各的想法，了解一下大家的想法，或许会有助于咱们的进展。”

“好，就先查查大家的反应，当然是他们的行为，因为心里的想法外人是不知道的。对了，摩尔的书里对于理查三世的反应是怎么描述的？”

“书里说理查三世劝他王嫂伊丽莎白·伍德维尔不要派那么多人去接远在异地的小王子，而心里却在计划如何派人去绑架两个孩子。”

“也就是说，摩尔认为理查三世早就有心对付两个小侄子了？好，那我就去查一查，当时都有谁有过特殊的举动，从而推断他们的动机。”

卡拉丁显得十分兴奋，忽然眼中泛出调皮的神色，故意用审犯人的方式笑着问道：“那，格兰特先生，你先说说15号下午五点的时候你在哪儿？”

“哈哈哈！”格兰特开始喜欢这个大男孩的聪明劲儿了，“不错，就是这个意思！就是这种方式和思路！”

“那我就要去战斗了！”卡拉丁满腔斗志地站起身来，“我有了结果就第一时间来通知你，说实话，这可比之前我研究的农民起义有趣多了！”

“小羔羊”卡拉丁踌躇满志地走了，他那披着宽大外套的高瘦身影连同他那满身的书卷气，都慢慢地融化在了外面那冬日黄昏的雾里，一切都显得那么美好。

格兰特的心也久久不能平静，他又看向了天花板，只觉得那上面早已被他看到腻烦的“风景”好像已经完全不同于以往了。

格兰特在想，为什么当时理查三世没有被亨利·都铎定下杀侄之罪呢？只要亨利·都铎没能在伦敦塔里找到两个小孩，那就已经是非常有分量有力度的证据了，根本无须更进一步细致地证明这事就是理查干的！失踪就足以说明问题了！

格兰特想得入了迷，甚至连自己吃晚餐都成了下意识的动作，对于整个吃饭的过程竟然一点印象都没有！

但是他却一直想不通，最后便决定暂时先不想，这是格兰特一贯的风格。因为他发现，只要把想不通的问题留给第二天，就常会在二次思考时想到一些之前漏掉的细节。

为了转移注意力，格兰特决定干点别的，于是他看到了一堆信件。

那是格兰特住院之后关心他的人寄来的，格兰特一直都没拆开来看，这里面甚至还有一些以前的罪犯写来的信。

那都是些老式罪犯了，他们传统，看起来和普通人没什么两样，所以虽然是黑道或流氓，却也有可爱的一面，并非彻底地让人讨厌。他们写信来向格兰特问候，还表示已经金盆洗手，不再干坏事了。

这可完全不同于新式的罪犯，新罪犯都彻底地麻木和无情，血液里根本就没有人性的成分，根本不知道什么叫浪子回头，不知道什么叫悔改！

格兰特躺在病床上，不方便给大家写回信，所以一直没动给人回信的念头。

不过格兰特却一眼就看到了表妹的来信，心里不禁有些不安。他表妹萝拉跟他青梅竹马，两人常在一起过夏天，而且彼此间还有些小暧昧。

之前格兰特跟女友玛塔所说的“无聊的芒刺”就出自他这个表妹之口。

所以格兰特觉得应该给表妹回一封信，免得叫她担心。

格兰特看着表妹的信，脑中不禁回想起当年两人在一起时的快乐时光，脸上露出甜蜜的微笑。

格兰特开始给表妹回信，不过只写了很少的内容，他问表妹，如果理查三世并没有杀害塔中王子，她会不会很吃惊。同时告诉表妹自己就快好了。

“是啊，我的伤就快好了，不过真希望这个历史谜团的答案也能很快地露出水面。”格兰特心中这样想着。

# 第九章

因为有了新的疑问，所以第二天一早，格兰特见人就问，想听听别人对这个问题的看法。

主治医生来查房的时候，格兰特便问道："医生，你知不知道，理查三世战死之后，亨利·都铎对他的审判书上虽然罗列了不少的罪名，可是却没有塔中王子这件事！"

医生一怔，不禁"咦"了一声，说道："真的吗？有这事？"

格兰特重重地点了点头。

医生俯身给格兰特进行检查，同时说道："可能是因为嫌丢人吧？对吧，你看，都是王室成员嘛，这种丑闻怎么能让老百姓知道呢？所以能瞒就瞒呗！"

"不对，不对！"格兰特急忙否定，"你别忘了，审判理查三世的可是亨利·都铎，理查三世就是死在他的手里，他们可是政敌，可是死对头啊！那你说亨利·都铎怎么会给理查三世遮丑呢？这于情于理都说不通啊！"

"好好好，说不通，我知道了，你先别激动。"医生似乎对于历史上的这些事并不往心里去，他只关心自己病人的伤势恢复得如何。

不过医生也觉得有点不好意思，便支吾道："这个嘛，唉，我当学生的时候对历史根本不感兴趣，这全怪我们学校，一个破历史课弄得那么枯燥无聊，连插画什么的都没有，小孩子哪能爱学呢？我一般都是在历史课上做代数题的。"

医生敷衍地做了一番解释，见格兰特恢复得不错，便急忙溜出了病房。

等到严肃的护士长玛顿女士被问及这个问题的时候，她虽然表面上很耐心地听着，不过看那股神情就知道，她心里一定厌烦极了。

护士长可是医院的大忙人，也算是“日理万机”了吧，哪有闲工夫听一个断了腿的警察给一个几个世纪以前的臭名昭著的末代国王翻案？

看到这女人那副样子，以格兰特的脾气很想给她两句话听，不过一想到自己确实是耽误了这位护士长大人不少宝贵的时间，格兰特心里便也颇为不安，那两句不好听的话也就没吐出口来。

至于“矮冬瓜”，她还是那副老样子，她根本就不在乎理查三世到底是个什么样的人，反正她心里已经给理查三世定了案。

就算把最有力的翻案证据摆在她面前，她顶多也就是“哦”一声，用来表示“事情原来如此”的意思，然后就该干什么干什么。

甚至是自己女友玛塔小姐来的时候，格兰特也没能跟她热烈地讨论起来，因为有人惹玛塔生气了，她的火已经烧到了头发尖。

这女人现在脑子里只有一个念头，就是大吐苦水，发牢骚，臭骂那个惹她生气的混蛋，然后等你在一旁随声附和。她哪还有心思管你理查三世是不是有千古冤屈？

格兰特深知，女人生气的时候，尤其是漂亮女人生气的时候，尤其是作为自己女友的漂亮女人生气的时候，一定要谨记，别再去招惹她们！

玛塔终于骂完了人，心里也痛快了许多，对于理查三世的问题她只是说一定会水落石出的，然后就潇洒地离开了，只留下格兰特一个人在病床上生闷气。

“‘一定会水落石出的’，哈哈，这算什么狗屁安慰的话！根本就是敷衍嘛！”

理查三世当时已死，自己的势力也风流云散，所以都铎家族的人完全可以在他头上随意地泼脏水，想怎么搞臭他的名声都行，可是为什么在那么多的罪状里，就偏偏没提塔中王子这件最有分量的罪行呢？

亨利·都铎刚刚登基，王位未稳，他原本是需要巩固自己的政治根基的，他连理查三世一丁点小尾巴都不会放过，可为什么就没涉及这件大丑闻呢？

理查三世之前一直有很高的声望，得到人民的爱戴，功劳也颇为显著，有良好的政治基础。所以要想抹黑他，塔中王子这件事可是最有力的筹码，为什么亨利·都铎不利用呢？

这些问题格兰特不住地在想，可是身边那些人没一个感兴趣的，只有亚马逊护士还算是比较关心这个问题。

因为亚马逊对于历史学上的错误会油然而生一种不安感，好像那些已经死去了几百年的人跟她自己的生活密切相关似的。

不过相比之下，她倒是更会安慰人。

她对格兰特说道："你不用过多地操心忧虑，问题会有一个很好的解释的，只是你一时之间想不到那个死角罢了，这是人人都会遇到的情况。你看我就是，我就经常忘掉一些事，怎么也想不起来，可是在做其他事的时候，却常常会'叮'的一声突然想起来，然后就高兴得不得了。你这个情况也是一样的。"

格兰特本想跟老同事威廉斯警官讨论一番，但他此刻可能正在办理一件谋杀案，忙得要死，根本没时间过来跟自己聊天。

没人能跟格兰特深入地探讨这个问题，他只好自己苦恼地思考了三天。终于卡拉丁回来了，脸上还带着轻松得意的表情，看来有所收获。

"小羊羔"卡拉丁跟格兰特客气了一番，问了问他的病情，然后坐了下来，拿出一叠资料，双眼看向格兰特。

"你猜，格兰特先生，我给你带什么礼物来了？"

"只要不是摩尔那老家伙就行，快说吧，爱德华四世驾崩那天，别的细节方面都有什么迹象？"

卡拉丁把手里的资料理了一下，开始念了起来："爱德华四世，约克王朝的第一任君主，于1483年4月9日病故，葬于伦敦西敏寺[①]。当时，王后、公主们以及两个小王子中最小的那个，他们都在场。而被立为王储的大儿子，也就是爱德华五世并不在场，

---

① 也叫威斯敏斯特大教堂，意思是西部大教堂，位于伦敦泰姆士河北岸。西敏寺原是天主教一个叫本笃会的教派的修道院，亨利八世重立国教圣公会之后，西敏寺就成为了圣公会教堂。但西敏寺和其他的教堂在用途上有所区别，它是英王室成员专用的场所，诸如国王加冕、婚礼等仪式都在这里举行。此外，王室成员和很多伟人名人死后也大都葬在这里，比如牛顿、狄更斯、达尔文、丘吉尔等。而西敏寺里还有大量的馆藏文献，包括科学、艺术、历史等方面的作品和资料。

另一方面，按当时英国宗教的规定，凡是逃难避入西敏的人，都不应该受到外界势力的侵犯，王后伊丽莎白·伍德维尔就曾在这里避难。因此西敏寺在某种程度上来讲也是政治避难所。

他在别的地方被王后的哥哥安东尼照料。嘿，王后的哥哥，又是一个伍德维尔家族的人，他们的势力可到处都是啊！”

“嗯，我知道了，那理查三世在哪儿？”

“他当时可不在场，他正在北边与苏格兰交界的地方，离南边的伦敦可远得很呢！”

“他当时在做些什么？”

“说起来就有意思了，他接到报丧后便把一些贵族都召集了起来，要大家发誓效忠于被立为王储的小王子——他的大侄子爱德华五世。”

“好！真是叫人大吃一惊！跟主流历史的说法一对比，可真是讽刺！那王后的哥哥安东尼当时在干什么？”

“这个更有意思。安东尼在4月24日带着爱德华五世，还带着全副武装的两千多人的军队出发，直奔伦敦。”

“武器？他有什么意图？”

“他心里的想法我就不能猜测了。不过有一点要注意，当时王后和前夫生的大儿子朵塞特已经接管了伦敦塔，还控制了海军，而国会的很多命令也都是这个朵塞特和他舅舅安东尼签署的。”

“这不对劲啊！”格兰特明显地察觉出这里有问题。

“当然。”卡拉丁肯定道：“因为在爱德华的遗嘱里，明确地说只让他四弟理查辅佐他大儿子爱德华五世，封理查为护国公。而且被施以这项重任的只有理查一个人，根本没有任何其他官员。所以安东尼和朵塞特，又是控制海军，又是接管伦敦塔，又是签国会命令，等等，这一切，从理论上说，都是不合法的。”

“不错，爱德华四世素来非常相信他四弟理查的能力和忠诚，所以遗嘱里一定会这么写。而王后家人的那些行为也不奇怪。历史上这位王后伊丽莎白·伍德维尔可不是个省油的灯，她向来重视提拔自己家的亲戚，好让伍德维尔家族的势力渗入到王族势力里来。所以这一切现象，倒也符合她的个性和一贯作风。”

一说起这位英格兰历史上颇为有名的伊丽莎白王后，格兰特不禁发出阵阵冷笑，显然对这个女人的做派颇为反感。

冷笑过后，格兰特又问道："对了，当时理查三世有没有召募士兵组建队伍，然后回伦敦控制局面，进行武装威慑？"

"没有，他只带着一些贵族绅士，大概有六百人，大家都很悲痛。4月29日，他们到达了北汉普顿。理查之前可能跟安东尼之间互相通过信，似乎原本说好要在北汉普顿会合，但安东尼竟然没去，而是去了附近的一个城镇。理查在北汉普顿只等到了白金汉公爵——爱德华四世生前的好友，他专程带着三百多人从伦敦北上赶过来跟理查三世见面。"

"那我猜……白金汉是想把最新的消息告诉给理查三世。"

"你分析得很合理！"卡拉丁赞同地打了个响指，接着说道，"白金汉可带了三百多人，难道是专门去给理查三世报丧，然后两个大男人抱头痛哭一场？肯定不是！他们的人聚在一起，人数够了，所以开了一个合法的议会。随后便出兵兜过去把安东尼等人抓住了，送到北边暂时关押，而两千多人的军队则就地解散。就这样，理查三世终于见到了他的大侄子爱德华五世，大家聚在一起直奔伦敦而去，5月4日才到。"

"脉络说得太清楚了！漂亮！而且根据时间和距离也能推算出来，理查根本没法给王后伊丽莎白写信，信里还说什么劝王后不必派太多的人护送小王子回伦敦，真是荒谬！"

"不错！而且理查三世当时所做的事，全是按他王兄的遗嘱去办的。他痛失王兄，照顾幼侄，这些都符合大众的意愿，符合传统的习俗，一点也没有出格的行为。当他带着队伍到达伦敦的时候，王后则带着她的那拨人躲到了西敏寺，应该是怕理查对他们不利吧。"

"那理查有没有把侄子软禁在伦敦塔里呢？"

"我没有找到相关的资料。"卡拉丁翻了翻他的资料，又道，"喔，有了，找到了。他把侄子安排在主教宫里居住，自己则另住在附近的一栋城堡里，那是他母亲约克公爵夫人的家。就这么住了一个月，等6月5日理查的妻子也赶来之后，夫妻俩便搬到了另一栋房子里去住。这栋房子叫……对了，叫克罗斯比之屋。"

“这栋房子我知道。”格兰特肯定地说，他对这些建筑倒是颇有了解的，接着说道，“这房子是议会长老的家，理查应该是租来住的。所以从种种迹象上来看，理查到达伦敦之后，并没有做过出格的事。他是护国公，他就做护国公该做的事。”

“不错，而且还有一点。”卡拉丁故意顿了一下。

“什么？”格兰特问道。

“那就是，在理查到达伦敦之前，伦敦的人民已经知道遗嘱上将理查任命为护国公的事了。从记载上看有两次，一是4月21日，那是国王殡天之后的半个月；一是5月2日，那是理查抵达伦敦之前的两天。这两次的相关资料上理查都被称为护国公。”

“当时民间有什么不安的情绪吗？有没有反对的声音？有没有动乱之类的？”

“没有，至少根据我手里的资料来看，当时民间一切都正常。后来在6月5日理查还宣布了给爱德华五世举行加冕仪式的诸多细节，并定于22日正式举行仪式。”

“嗯。让我想想。5号准备，半个多月之后就准备举行典礼，那理查中间也没剩多少时间啊！如果他想暗中做手脚好篡位夺权，从时间上看好像也不够。”

格兰特看着天花板想了半晌，最后问道：“还有什么其他的资料吗？”

“没了。”卡拉丁摇头说道，“不过，议会在6月8号的时候发生了一些事，好像在会上有一个很有威望的叫作巴斯的宗教人士宣布了些什么事情。巴斯你知道吗？他是好几个宗教组织的主教，身份显赫，当时地位很高。他有学问，人品又好，被人们认为是个圣人。不过我对他所属的那些宗教组织的名字可记不住。”

“嗯，我也记不住那些乱七八糟的教派名字，呵呵。反正巴斯这人很有名望就是了。”格兰特笑着表示认同。

卡拉丁一笑，接着说道：“有关巴斯在议会上发言的详细资料我手头没有，我还得回去找找。同时代有一位史学家叫菲利普，他写过回忆录，上面应该有详细的资料。这菲利普是个法国人，不过他毕竟不是都铎王朝的人，所以从政治和情感两个角度来看，他的话要比那些都铎的历史学家们可靠多了。”

忽然卡拉丁像是想起来了什么似的，脸上露出调皮的笑意，说道：“我才想起一件有趣的事来，这件事可以说明历史这小姑娘是如何被人任意打扮的，什么叫无中生有。你听我慢慢跟你说哈！”

卡拉丁翻了一通手里的资料，终于找到了那个故事，清了清嗓子，慢慢讲了起来。

“这件事说的是玫瑰战争中的一次战役，当时白玫瑰约克家族这边打赢了，并且活捉了红玫瑰兰开斯特家族末代君主亨利六世的儿子。”

“哦，活捉了敌人的王子。你接着说。”

“那么关于这个历史事件，不同的史学家就有不同的版本了。先听听这个版本，这是后来都铎王朝君主的御用史学家写的。你可以想象这个史学家的政治立场。他说，亨利六世的王子当时刚刚成年，被人带到了爱德华四世的面前，爱德华四世狠狠地用铁手套打了他一巴掌，然后叫人把他给杀了。”

“嗯，爱德华四世杀了一个小孩。你接着说另一个版本。”

“另一个版本则说这王子是被乔治、理查和海斯汀等人一起杀的。”

“哟！这次老三乔治和老四理查又成为杀小孩的凶手了。嘿，这算是讽刺还是好笑？不过乔治这人我不喜欢。你接着说。”

“又有一个版本，说朵塞特也参与了杀害这位王子的行为。”

“哈哈哈，你再说说看，历史越来越有意思了。”

“这都不算完，等到了摩尔那里，他又说最一开始用铁手套打这位王子的居然是理查三世！”

两人终于忍不住同时大笑起来，仿佛听到了最好笑的笑话。

“这就是历史！这就是典型的汤尼潘帝！”两人同时说道。

笑了一阵，卡拉丁渐渐止住笑声，说道：“摩尔还编造了其他的故事，我知道你烦他，不过我也说来听听吧。”

“你说，你说，我烦这个人，不过事情也许会很好笑。”

卡拉换了个姿势，正式说道：“摩尔说，有些聪明人哪，认为理查三世前后为人的突兀转变是不合情理的。这些聪明人会说，理查当初曾公开反对他大哥爱德华四世同室操戈，对亲兄弟下毒手。不错，事实如此。可是世人的眼睛是雪亮的，大家都觉得这是理查在演戏，他是为了一己私利而不是真的关心他三哥的死活。”

“哦？演戏？好，你接着说。”格兰特听得非常认真，催卡拉丁往下说。

卡拉丁继续说道：“大家认为，理查是个非常有心机的人，早在爱德华四世还活着的时候，理查就在暗中算计。他知道他大哥沉迷于酒色，命不久矣，而王子还小，所以自己非常有机会登上王位。按这种心理，理查一定会非常愿意他三哥乔治命赴黄泉的。所以乔治必须死，否则会成为他的大碍。当然，这种推测也不一定正确，毕竟人心难知，真相如何，还是见仁见智吧。”

卡拉丁终于读完了这一段，不禁笑骂道：“这个奸猾、无耻、逢迎主子的老混蛋！”

格兰特也笑道：“是啊，他最后说这种推测不确定，但是之前却把理查三世的心理分析得一清二楚，条理分明，分明就是想让读者易于取信。却又说这些道理是世人的眼睛看出来的，其实就是他自己的想法。这样就既达到了目的，又把自己给撇清了。”

“可不！这段话里哪有一句是对理查三世的正面评价啊！除了公开反对他大哥杀他三哥乔治那件事。”

“你太聪明了，就连这句话我一时半会儿都挑不出来，得读个三四遍才成。在我眼里几乎全是负面的评价。摩尔这老家伙也不想想其中的矛盾，如果理查真的想乔治死，为什么还要公开反对呢？如果这是在演戏，那演得也未免太过火了吧？就不怕最后真的把他大哥给劝住，然后让乔治留下一条命，成为自己登基的障碍？”

“分析得不错。不过这些话也不是摩尔老家伙写的，是他抄莫顿的。当然，他肯定也是喜欢莫顿的话才会去抄，所以两人的观点应该是一致的。”

分析到这里，格兰特便开始想另一件事情。

他做警察之前是军人出身，此时不禁会想到理查三世在北汉普顿跟白金汉公爵会面之后，手下虽有九百多人，但一大半是贵族乡绅，都不会打仗，却要面对就驻扎在附近的安东尼所率领的那两千人大军。

这仗可真难打！

不过最后理查三世还是兵不血刃地就把王后的哥哥给收拾了，这事干得漂亮！

格兰特把自己的想法说了，卡拉丁不懂军事，笑道：“或许是因为士兵们更愿意跟着先王的弟弟，而不愿跟着王后家亲戚的缘故吧？”

“这也是一部分原因。不过更重要的是理查三世是行伍出身，是战火里摸爬滚打历练出来的，而王后哥哥安东尼只是个文人。”

“文人？”

“对啊，安东尼这哥们儿写过文章，出过书，挺有文化的，所以说，他哪会打仗啊！”

“哈哈，原来如此。看来王后这位兄长遇到了久经战事的理查殿下，他就直接成为败军之将了！”

“对了，我想起一件事来。理查在北汉普顿接管了王子之后，有没有把王子身边的人杀掉？王子身边当时可都是伍德维尔家族的人，理查有没有对这些所谓的异己势力下手？”

“没有！”卡拉丁肯定地说道，“他只是抓了四个人，其中一个当然是安东尼了，另三个是他的心腹。而其余的人则一起跟着去了伦敦，比如小王子的皇家御用教师，就是一起跟着去的。”

“那也就是说，按常理伍德维尔家族的人不应该担心害怕啊！又没死人，只是给控制住了！”

“嗯，对的，我也这么想。”

“这次行动果然干净利索，没有一丁点拖泥带水。我开始喜欢上理查三世了。”

“我也是！”卡拉丁小脸通红，起身道，“我得走了，这就回去找找资料。咱们下一步的计划是什么来着？哦，对了，找菲利普那个史学家的书稿，看看那个叫巴斯的主教在议会上都说过些什么。”

卡拉丁收拾好衣服，起身告辞，临出门前回头笑道：“祝我找资料成功吧！我也祝你早日康复！再见！”

“真是个好小伙子！”格兰特看着卡拉丁的背影和笑容，心中暗自想道。

# 第十章

卡拉丁给格兰特带来了史学家菲利普的书，格兰特终于知道了那个叫巴斯的主教在当时的议会上到底都说了些什么。

原来，他是揭露了一个秘密。

爱德华四世英俊潇洒，风流好色，在外面有很多情人。但这都是次要的，重要的是，他在跟王后伊丽莎白·伍德维尔结婚之前，就曾经秘密地跟另一个女人结过婚了，那个女人叫作伊莲娜。

而巴斯主教知道这件事，所以在议会上说了出来。

“这都是多久以前的事啦！他以前怎么不说？”格兰特听后不禁发出疑问。

“巴斯主教是爱德华四世的人，国王叫他保守秘密，他就只能装哑巴喽！唉，爱德华四世其实哪都挺好，就在这方面有瑕疵。”

“那巴斯的话可信吗？”

“巴斯这个人当时的地位很高，还身负着很多官职，所以要么就是爱德华四世赏识他提拔他，要么就是爱德华四世欠他人情什么的。总之，算是可信吧，他似乎没有必要编造个事实去污蔑先王。”

“嗯，看来是可信的。”

“而且，这事可信不可信都不重要了，因为已经叫国会知道了。”

“事情搞这么大？”

“可不！都是公开的！6月9日，在西敏寺，很多有头有脑的人都聚在那里讨论这件事。巴斯主教后来还带来了证据和证人。而第二天，也就是10号，理查就向外邮了一封信，是写给自己手下军队的，要求军队去伦敦保护他。11号那天他还给他一个表哥写了差不多同样的信，寻求保护。看来他真是感到有危险。”

“是啊。”格兰特拖着长音缓缓点头，“一个身经百战，久经大敌的人，他要是写信对外求助，那就一定是真的嗅到了极大的危险。”

“国会预定在25号举行，而21号那天，理查突然带人冲进伦敦塔，因为在那里有一些人正在聚会要搞一场大阴谋。”

“不错，这事我知道一些。当时那些人想谋反，而且里面有些人物非常重要，对后来产生很多影响。你详细说来听听。”

“理查三世当时带人进去，立刻就抓了几个首脑人物，而其中有一个人你一定熟悉，那就是莫顿。”

“莫顿！果然！我就知道一定有他！”格兰特眼睛瞪得老大。

“是啊，梁子就是这么结下来的。莫顿对理查三世能不记恨吗？他后来写史书能不带有个人情绪吗？而摩尔又抄了他的稿子。哈哈，这就是错误传递的链条！”

“好，你接着说，当时除了抓人，还有什么情况？”

“据说当时发现了这些阴谋者们写的一份公告，上面详细地写着如何除掉理查。可惜，这份珍贵的资料现在已经没有了。理查抓了这些阴谋者们之后，只杀了一个人，别人都没动。而被杀的这个人的身份却很奇怪，他原本是爱德华四世和理查的好朋友，海斯汀勋爵。”

“对对对，咱们之前提过这件事，据传闻说理查三世着急杀掉反对者，于是匆忙之间就把海斯汀给砍头了。还说是随便就近找了个破树桩，然后，利斧一挥，‘铎’的一声，海斯汀的脑袋就掉了。”

“嗨！哪有啊！根本没这么匆忙，海斯汀是一周之后才掉脑袋的。我查到的资料里就有一封信，上面还有日期。足可以证明这一点。而且理查三世杀了海斯汀之后还把他的遗产全还给了他家人，还恢复了海斯汀子女的遗产继承权。他真要是想报复就不会这么做了。”

“嗯，不错。我想海斯汀一定是犯了重罪[①]，不能让他再活下去。”格兰特随手翻

---

① 海斯汀在此之前和爱德华四世、理查三世的关系都很好，他也是有功之臣。但同是联手反对理查三世的几位重要人物里，理查三世放过了莫顿和斯坦利，却偏偏没有放过海斯汀。

本书中对这个现象只约略含糊地说海斯汀可能犯了不可饶恕的重罪，但对于具体情由却没有详加解释，多少有些不足以服人。因为仅从所谓谋反罪角度来看，斯坦利和莫顿所承担的罪名跟海斯汀是一样的，最终却得以保命。

开摩尔的那本书，接着说道，“你看，这里有写，就连摩尔这老家伙都认为理查三世跟海斯汀的友谊很深。对了，还有两个非常重要的人物，一个是后来临阵倒戈的叛徒斯坦利，一个就是那个莫顿。理查是怎么处理这两个人的？”

“斯坦利没死，理查赦免了他。”

格兰特眉头皱了起来，不禁呻吟了一声，道：“这下完了，理查的妇人之仁给自己以后战死沙场埋下了伏笔，他把自己给害死了！”

“是啊。如果最后那场跟亨利·都铎的决定性战斗中，斯坦利这个小人没有倒戈，理查三世就不会死。那都铎王朝就不存在了，驼背杀人狂魔理查三世的形象也不存在了。以理查三世的能力和才干，无论是他治理国家，还是他辅佐幼王治理国家，都会把国家治理得好好的，创造英格兰的辉煌。”

卡拉丁不住地感慨着，不住地摇头，不住地叹息，觉得命运真的是难以捉摸。

格兰特稳定了一下情绪，又问道：“那莫顿那个小人下场如何？”

“没什么特殊的，反正没杀他。”

“理查三世这次又错了！”格兰特不禁拍了一下床板，“放过斯坦利，等于把性命交出去了；放了莫顿，等于把名声交出去了。理查三世怎么能犯这两个错误？”

卡拉丁等格兰特情绪稍事平复之后，才说道：“当时，死的人除了海斯汀，还有王后的哥哥安东尼那一伙人，此外就没有别人了，流血很少的。对了，原来爱德华四世有一个情妇，被判游街示众。”

“情妇？就是传闻中，理查三世所说的跟王后合谋用巫术弄坏他手臂的那个女人？”

“就是她！这女人放荡得很，跟好几个男人有关系，左右摇摆不定，还傻乎乎地参与政治阴谋，反正理查最后没有杀她。或许这女人长得很漂亮吧，据说后来有一个副检察长居然还想娶她！有一封理查三世的信件当中就提及了这件事，他居然还同意了两人的婚事。而且信的语气中并没有过多的气愤，还有几分玩笑的意味，看来理查三世根本没把这放荡的女人当回事，更不会跟这种低俗的人去计较。”

卡拉丁说到这忽然叹了口气，格兰特奇道：“你怎么了？”

卡拉丁微微摇头，说道："我忽然有些感慨，像理查三世这种了不起的人物，却并没有那么多的雄心壮志。"

"这一点何以见得？"

"从他的加冕仪式上看出来的。理查三世登基的时候，几乎所有人都出席了，就连那些之前跟他过节的人也都出席了。可见理查三世是个心地善良且非常有宽容心的人。"

"都有谁出席了？"

"我当然背不下来，不过我看过出席人员名单，真的很全。有约克家族这边的人，也有兰开斯特家族那边的人。"

"嚯！红白两大堆玫瑰都出场了！"

"可不！理查三世应该是想弥合双方的恩怨，不想再有流血牺牲，不想再有战争，他想要的是和平，是发展，是最美好的事！"

"那个小人斯坦利呢？他不是捡回一条小命吗？他参加了吗？"

"我不大清楚，人名单那么长，我没背下来，不过我想应该参加了吧。"

"是啊，连兰开斯特那边的人都参加了，斯坦利八成也在场。既然理查三世志在消除两大家族之间的恩怨，对斯坦利这种人自然也会宽容一些。"

"等等！听你的意思，斯坦利和兰开斯特家族难道还有什么特殊的关系吗？"

格兰特神秘地一笑，缓缓说道："当然有，斯坦利娶了一个跟兰开斯特家族沾点边的女人，而这个女人和她前夫生了个儿子，那就是……"

格兰特故意顿了一顿，这才接着说道："那就是后来的亨利·都铎，打败了理查三世之后成为了都铎王朝的创始人——亨利七世。"

"啊！天哪！原来是这种关系！"卡拉丁张大了嘴，下巴都快掉到脚面上了。

"可，可是……"卡拉丁回过神来，结结巴巴地说道，"可是我的资料上显示，斯坦利的这个夫人在加冕仪式上可是给理查三世的王后拖裙摆的呀！在英国传统的礼仪中，这是非常光荣的啊！"

"是啊，所以说理查三世这么宽容，这么有心胸，最后却一点用也没有，反而害了他。"

对于这一段令人感叹不已的历史，两人都沉默了下来，各自想着心事。

过了好半晌，格兰特才回过神来，问道："当时，国会就这么接受了巴斯主教提供的证据？"

卡拉丁翻了一下手里的资料，答道："对，而且国会还制定了一个'王权法案'，法案中规定，由理查登基为王。"

"巴斯主教说出这个秘密时间有点晚，这似乎跟他的身份不相符，一个相信神的人，居然隐瞒这么重要的事实。不过也是的，他要是说得太早，他有可能死定了。"格兰特似乎对巴斯当年的突兀举动有些疑问。

"别苛求古人嘛。再说他没必要说得太早，反正也不影响谁的利益，一直闭嘴不说又怕什么的。"

"那爱德华四世原来那个夫人呢？那个叫伊莲娜的女人呢？她可没福气成为正式的王后啊！"

"那女人当时早已经死了，死在了修道院。我知道她埋在哪儿，你有兴趣的话，等你伤好了我带你去看看。所以说爱德华四世死之前，这秘密不说也罢，但等他死了，涉及国王继承人的人选这么重要的事情时，这个秘密就不能不说了。"

格兰特频频点头，说道："不错，你说得对。因此，理查三世的两个小侄子就成了私生子，不合法，而乔治又死了，子女又被剥夺了继承权，所以只能让理查登基。加冕仪式中，所有的大贵族都前去观礼了，那王后伊丽莎白和伍德维尔家族那些人呢？一路逃亡了吗？"

"可不！她不走还等什么？难道一辈子躲在西敏寺里？不过，她逃亡之前，派人把另一个小王子送到了理查三世那里①，好让两个小王子能在一起。在大主教的要求下，两个孩子住进了伦敦塔。时间是……别急，我看一下，哦，找到了，是6月16日。

---

① 这个最小的王子叫约克的理查，是爱德华五世的弟弟，跟他叔叔理查三世同名同姓。当时他正跟王后伊丽莎白一起躲在西敏寺。

理查三世抓了王后的哥哥安东尼，并以此为威胁，让王嫂伊丽莎白将约克的理查也交出去，好陪伴他小哥哥爱德华五世，并参加加冕仪式。伊丽莎白虽然不情愿，最终却还是交出了孩子，希望可以保住安东尼的性命，但安东尼后来还是被处死。

本书中作者对于理查三世迫使王嫂伊丽莎白交出小侄子约克的理查一事并未进行深入地分析，未明确其意图和动机，这可能是一种刻意的回避。

既然都是16号了，虽然还没正式开国会，但是全国应该都已经知道这俩孩子是私生子了。”

格兰特挺起身子，说道：“咱们把时间和事件的顺序整理一下。”说着竖起几根手指用来计算事件的顺序，然后接着说道：“先是理查占上风回到了伦敦；5号时进行给爱德华五世加冕的准备工作；9号时巴斯忽然说出大秘密，于是人们想到理查三世极可能会成为下一任英王；10号和11号理查三世预感到不妙，可能有人要对他动手，所以向外求救；16号王后把另一位小王子送了过来，同时自己带人逃跑；21号理查突袭伦敦塔的阴谋会议，抓了几个人。”

“不错，这就是当时的整个过程。看起来转折是在巴斯说出秘密之后才开始的。”

“不错，秘密说出来之后，爱德华五世就失去了继承权，王后和伍德维尔家族也就失势了，所以这些人才要先下手为强，起来反对理查。”

两人得出了这个答案，心情都非常愉快。

卡拉丁把资料收好，优雅地拢了一下外套下摆，说道：“手头的资料就这么多了，我再回去查查。不过还有一件事。”

“什么？”

“刚才咱们说的那个王权法案，其实在亨利七世称王之后就下令给毁了，甚至都没宣读过。正版和副本全毁了，谁敢收藏副本就把他抓起来关到天荒地老。”

“亨利七世这么做是什么意思？”格兰特非常吃惊。

“这个我就不知道了，不过我会坚持查下去的，直到老死。好啦，我得走啦，不过有一样东西给你看看，可以帮你打发一些时间。”

说着把一张纸扔在了格兰特身上。

“这是什么东西？”格兰特把纸拿起来看，却还是自然而然地先问了一句。

“就是那封跟爱德华四世的情妇有关的信。是理查三世写给当时的大主教的。当然，这个大主教可不是那个巴斯主教。”

卡拉丁出了病房，格兰特仔细地看起了那封信。

那信显然是卡拉丁手抄的，字迹非常潦草，但是理查三世的语法却非常的正规，而且字里行间散发出一股浓郁的气息，看得出来，写信人当时心情非常的好。

信中内容大致是说理查三世已经知道了这个浪荡的女人想和副检察长结婚的事，所以写信给大主教，求大主教去看看那位副检察长，让他脑袋清醒一点，别为美色所迷。如果大主教也没办法，那就同意这门婚事，但要等到他回伦敦再说。

格兰特从信中只看到了一位宽宏大量的君主，对一个参与谋反行动的女人，却并不严加惩罚，信中透出了他温和善良的品格。

理查三世想要调和约克和兰开斯特这两朵玫瑰之间的仇怨，这或许也有为了自己考虑的成分，比如为了便于他以后的统治。

但是这封信里所提到的这件小事对理查三世却没有任何好处，只对那个副检察长有意义。

理查三世那种复仇的欲望似乎天生就很平淡，他或许更希望大家都过得好。

像这样的一个人，和传说中那个恶魔一样的形象实在是相差得太远了。

# 第十一章

格兰特反复把这封信看了好几遍，耳边听着窗外麻雀吱吱喳喳的叫声，心里却体会着那种奇妙的感觉。

一封四百年前的传奇国王写的信，由一位四百年后的卧床警探来解读，这感觉又怎能不奇妙?

亚马逊来给格兰特送早餐，同时捎来一封信，原来是表妹萝拉的复信。

格兰特把信拆开，见上面写道:

我不会因为任何历史的事而感到吃惊。举个例子，苏格兰有一座纪念碑，是用来纪念两个殉教的虔诚女教徒的，她们是投河死的。可事实并非如此，这两个女人不是什么教徒，也不是淹死的，她们其实背叛了国家，为荷兰侵略者效劳，但这两人被定的罪行却并不重。有关这件事的记录现在还保存着。

不过，总会有人愿意将这件事设计成一个能令人感动的事件，然后写成书出售骗人眼泪，尽管不同版本书里的内容都不一样。

而其中一个女人的纪念碑上还刻着一些夸大的话，说什么为了基督受难，始终不肯背叛自己的信仰，又是被人陷害之类的。

这些话甚至还常被人引经据典地拿来用，那些慕名而来的旅游的客人，则在碑文下留下了叹息和眼泪，当然，还有旅费。

其实，早就有人调查过这件事，当时事情也只是才过去四十来年而已。当时调查此事的研究人员最后却说根本没有人亲眼看见过这件事，了解真相的人都说没发生过这种事。

好了，就说到这儿吧。听到你正在恢复，大家都很高兴。等你出院了，咱们再一起去看潮吧。

爱你的表妹，萝拉

附：人们都是先入为主的，当你跟他们说出真相时，他们会对你产生反感，而不是去反感历史上那些说谎造谣的人。看来人们都是习惯于既定形成的想法和观念的，一旦听到与之不同的说法，他们就会产生强烈的抵触心理。如果这些人对历史事件并不在乎倒也罢了，反倒容易接受新说法。可如果已经有了成见，那他们的反感就强烈得很了。

“都是编造的历史！都是汤尼潘帝！”格兰特这样想着。

经过和卡拉丁的共同努力，格兰特知道了一些事实，等他再去看摩尔写的历史书时，已经开始用一种批判的眼光看问题了。在这种心态之下再读那些文字时，格兰特只能产生恶心的感觉。

摩尔书里的说法来源于莫顿，莫顿是当时事件的亲身参与者，但是他却没有提爱德华四世之前真正的第一任妻子伊莲娜，更没有提王权法案。

莫顿这家伙只提到爱德华四世和另一个叫露西的情妇之前秘密结过婚，但那个叫露西的情妇却否认了这一点。

为什么莫顿要换成另一个不相干的叫露西的女人？为什么不提正主伊莲娜？

原因或许是，这个露西可以轻松地被读者们判断出她和爱德华四世之间没有任何婚姻关系；但如果提及伊莲娜，这事情就难以否定了，因为那是事实。

而等读者们判定所谓爱德华四世之前另有一段隐秘婚姻这件事只是谣言时，那么，理查三世宣称爱德华五世是私生子这个说法就自然站不住脚了，而理查三世这么宣称也自然就是别有用心的了，其心思当然是在王位上。

真是妙计！

爱德华四世生性风流，或许他有过很多女人，但是在他娶王后伊丽莎白之前有证可查的第一任妻子可能只有一个，而且是真实存在的，是有巴斯可以提供证据证明的，一个活生生的女人，难以被轻易否定。

所以，莫顿，他刻意安排了另一个易于被否定的情妇，就相当于立起了一根非常容易被击倒的柱子，然后让读者们随意去击倒它。

击倒了之后，读者们就自然掉进了莫顿给他们提前设计好的陷阱里，再也出不来了。

因为读者们很容易被误导而得出这样一个结论：爱德华四世根本没有什么秘密婚姻，没有前一任妻子，所以是理查三世在撒谎在造谣，所以理查三世就是想夺权。

人们却没想到，这个容易被击倒的假情妇固然是假的，但却完全可能存在另一个真的啊！可是这一点却不再有人愿意去进行深入思考了。

因为人都是先主为主的！人都是不愿意轻易否定自己推导出来的既定结论的！

先避实就虚，再通过对虚假对象的否定而将注意力转到另一方向，最后将这一方向上的结论坐实，然后就不再考虑其他的可能性了。

莫顿这套招数真是太巧妙了！真是摸清了大众的心理！不过，却也同时显出了设计这种招数的人内心的阴暗和卑鄙！

而最重要的是，莫顿这么写虽然可能是出于他本人那狭隘的报复心，但从政治角度来看，谁才是最大的获益者呢？

亨利七世！

莫顿是亨利七世的忠狗，他在为主子进行变相的舆论宣传。

而格兰特又想到另一方面，亨利七世曾下令毁掉王权法案，甚至不让宣读这份法案，那是为什么？

但从相关性上看，亨利七世是兰开斯特红玫瑰那股势力中的一员，他继承王位的理由再薄弱，也跟王权法案无关呀！王权法案毕竟是针对理查三世的，是约克家族这边的，跟他亨利七世又有什么关系？

伊莲娜和王权法案这两个问题，让格兰特感觉有些兴奋，他觉得找到了解决问题的关键。

晚餐时，门房给格兰特送来一张便条，说是一个美国小伙子送来的，格兰特知道那一定是卡拉丁。

好不容易逮到一个人，格兰特不想放过机会，便问那门房："你对理查三世怎么看？”

“凶手、谋杀犯、恶人！”那门房不假思索地说道，显然理查三世的形象在他心目当中已有定论。

“我最近做了一些研究，如果我跟你说理查三世是被误会被冤枉的，你会作何感想？”格兰特尝试着问道，同时盯着门房的脸，想看看他会有什么样的表情。

那门房脸上却是一副淡然的微笑，看来似乎还夹有一丝嘲讽，说道：“我尊敬任何人的任何新奇想法，那是最起码的礼貌。你看，这世上就偏有一些人认为地球是平的；有些人认为世界末日就要来了；有些人认为地球的历史只有几千年。你能把这些人怎么样？”

格兰特听出了门房话里的意思，他是把自己当成一个胡思乱想又没有水准的神经病了，心里一定不乏轻视，便问道：“你不觉得这个说法很新鲜吗？”

“新鲜，太新鲜了！但恕我直言，我觉得不合理。当然，每个人有每个人的想法。不过我劝你可以去公园里演讲你的新鲜历史观，那有一群闲得难受的人，没准他们会支持你，然后你们形成一个社团什么的。也不错啊！”

门房举止轻浮地向格兰特行了个礼，吹着口哨转身出了病房，动作是那么的优雅。

格兰特早料到对方会是这种态度，心想自己是不是真的有点走火入魔了？如果能把这件事研究得再深入一些，恐怕自己真的会拄着拐去公园里宣讲。

格兰特打开卡拉丁的便条，上面写道：如果你想知道阻碍理查三世继位的人到底有多少，是不是都被理查用不同的方式害死了，那你得把这些人列一张清单，好便于我查找。

格兰特见卡拉丁如此的认真且执着，心里不禁一暖，心想就算全世界的人都像那个门房一样对真相不屑一顾，言行举止轻佻浮滑，至少也有一个人是站在自己一边的。

格兰特开始疯狂地查书，想把阻碍理查三世继位的人都挑出来。这些人包括有继承权的，还有理查三世的对头势力。

就在要查找之前，格兰特心念一闪，忽然想到一幕场景。

摩尔老家伙曾经描述过，理查带人突袭伦敦塔里海斯汀那些人的阴谋会议时，曾大喊大叫地宣称王后伊丽莎白和王兄的一个情妇用巫术弄坏了他的胳膊。

这一幕场景对理查三世的形象描绘得多么的粗劣，跟理查三世写的那封信中所彰显出来的形象天差地别。

如果非要在两者间选择一个可信可靠的对象，格兰特宁可选择那封信，他认为那封信所反映出来的信息真实度更高。

格兰特紧跟着又想到了莫顿这个小人，他正是阻碍理查三世的人物之一。

从史料上看，莫顿一直在暗中勾结两股反对理查的势力，一是兰开斯特红玫瑰，一是王后的伍德维尔家族势力。

红玫瑰那边的亨利·都铎因为跟法国有渊源，所以从法国带着军队过来。

而伍德维尔家族这边，由朵塞特等人牵头，联合国内的各股反理查三世的势力不断闹事。

后来莫顿逃到欧洲大陆去避难，直到亨利·都铎打败了理查三世，这伙计才回来投奔到亨利身边成为了大主教，开始侍奉他的主子。

想完了莫顿的事，格兰特才开始正式地整理能够阻碍理查三世的人。这一整理下来不得了，足足有十几个人！

格兰特把人名逐一写下来，同时心里在想，哪个傻子会认为把两个小王子给杀掉，理查就能顺利登基呢？理查自己更不会有这种愚蠢的想法了。光是杀掉那两个塔中的王子有什么用？

如果说理查三世真的要扫清阻碍的话，那么这十几个人全是钉在理查三世眼中的钉子，一颗都不能留，全要拔掉！

之前卡拉丁给自己带来的那本当代史学家奥利芬特的史书里，提到过这样一句话："奇怪的是，理查三世对于两个王子的失踪没发表任何官方的言论。"

用"奇怪"这个词都是轻的了，应该说不可想象！

真的要是失踪了，怎么可能没有任何言论？哪怕是敷衍，哪怕是撒谎，但是却没有只言片语。显然在理查三世生前，两位小子并没有失踪。

而且，如果理查真的要杀人，完全可以做得不露痕迹，让两个孩子看起来像是病死的，保留尸体供人凭吊瞻仰，这就可以让人们无话可说。

可他为什么非要让两人失踪呢？这不是反而惹人怀疑吗？他又该如何解释？

杀人这种事只要条件适合，谁都干得出来，但犯傻这种事又有谁会去做呢？从理查三世以前的表现来看，他可没有那么愚蠢！

但是史书里对于理查三世杀了塔中王子这件事却都没有质疑，显然是受了摩尔这些所谓圣人的观念的影响。

书中又写道，理查三世登基后在全国各处巡礼，整个过程中气氛非常和谐，民众的情绪也很高昂。

因为理查三世的继位毕竟并没有引来战乱，而他本人也是个有作为的成年人，比让一个小孩子来管理国家好多了。

可就在这种举国欢庆的情况下，理查三世居然傻乎乎地派了一个叫泰瑞的家伙暗中回到伦敦，然后杀了伦敦塔里的两个小王子！

那是两个民众心里其实并不支持的小毛孩子，毫无威信地位可言。而他当时可是王位平稳，一切顺利。

这太不可思议了！这根本就不合乎常理！

格兰特对于所谓的历史学家们开始鄙夷。

按奥利芬特的说法（其实也是援引自摩尔的材料），那是在1485年的7月7日到7月15日之间，泰瑞领了理查三世的密令去杀了塔中王子。可是要在二十年之后，才有正式的说法出现。

那么，在这二十年之前，这个泰瑞在哪儿？在做什么？格兰特面对的资料只有一片空白。

回头再看看理查三世，他登基之后，烦心事就不断。那个夏天过得就如同严冬笼罩一般。

首先是兰开斯特和伍德维尔两股势力的侵犯，这是莫顿离开之前撺掇的事。

兰开斯特引来了一支法国军队，伍德维尔则在国内小规模地分散战斗。

但这两股势力的入侵其实都没收到什么好战果。

这里有两个原因：一是天气，一是英格兰人民对亨利·都铎的不良印象。

那段时间天气非常差，这帮了理查三世的忙。

比如朵塞特想把同母异父的妹妹约克的伊丽莎白送到亨利·都铎身边为妻[①]，好拉近双方的关系，但是当时却发了一场洪水，阻隔了交通。

而亨利·都铎带着法国军队想从西部登陆，但英格兰人知道这家伙是什么货色，了解他的为人，所以登陆地点附近的民众都不让他的队伍通过，他只好又带着队伍回去。

后来朵塞特便忙于奔命，和那些失败的伍德维尔家族的人聚在一起，等着亨利带兵回来支援。

所以说莫顿撺掇的这些事没一件真正是成功的，这让理查三世争取到了一些时间。

但是随之而来的事却让理查三世痛苦不堪，因为他的儿子死了。而不长时间之后，他的妻子也死了。

随后，叛乱再次来袭，这一次叛乱让理查三世焦虑愁苦，忙于战事。

所以对于理查三世来说，这段痛苦的时间一直是他生命里的寒冬。

理查三世执政期间，一直做得不错，比如国会成员都精明能干，比如通过和亲的方式跟苏格兰和好。

虽然他也一直想跟法国讲和，但是因为法国支持亨利·都铎，是不会同意议和的，所以战争不可避免。

格兰特看着这些历史，忽然想到了一个女人，就是亨利·都铎的母亲，斯坦利的夫人——玛格丽特·博福特，她这时是什么情况?

格兰特找了一通，终于找到了，这女人被理查三世定为叛国罪，因为她和儿子勾结反对理查三世。

不过我们的理查三世再次的心慈面软了，他虽然没收了这女人的财产，后来却又交给了她丈夫斯坦利，这个女人也被送回了她丈夫身边。

---

① 王后伊丽莎白·伍德维尔从西敏寺逃亡以后，曾求助于亨利·都铎的母亲玛格丽特·博福特。出于政治目的，玛格丽特便提出想和伊丽莎白联姻，让自己的儿子亨利·都铎娶伊丽莎白的大女儿约克的伊丽莎白。但当时亨利·都铎正在流亡之中，以当时的交通情况来看，双方见面并不是很容易。朵塞特想送妹妹去见她未婚夫便受到了洪水的阻碍而没能成功。

这桩婚姻后来成真，但正式结婚是在亨利七世登基之后。

而斯坦利这个墙头草，其实他当时对于亨利·都铎谋反之事也早已经知道得清清楚楚，只是一直没让旁人知道罢了。

从这一点看来，理查三世真的不像是个魔鬼啊！

格兰特看这些书，又思考这些问题，此时已经困得睁不开眼睛，半睡半醒之间，他在想一个问题。

塔中王子的事据说是在1485年7月份发生的，而那两股联军的入侵是在10月份，那亨利·都铎当时为什么不以这么大的事件作为舆论宣传的武器呢？这可以大大地搞臭理查三世的名声啊！

亨利·都铎带兵入侵自然事前是经过一番细致地准备的，但为什么偏偏就对于敌人这么重要的一份“罪状”没有借机大肆宣传呢？这可是获取民心的有力工具啊！

带着这个问题，格兰特终于再也支持不住，沉沉睡去。

# 第十二章

格兰特这一觉睡得非常不踏实，梦中全是英格兰王朝更迭之际的人、事、物。

那些脸谱，那些举动，那些言语，那些情绪，那些气氛，纷至沓来，最后却全都模糊了，成为一片分不出形状的混乱色彩，就像是被水湮湿了的光怪陆离的画。

早上醒来的时候，格兰特还没睁眼就提醒自己道："作为一个保持中立，没有立场偏向的研究者，格兰特，你现在可有点偏离初衷了。你没发觉你自己已经开始向着理查三世说话了吗？"

格兰特坚守着原来的信念，经过此番的自我提醒，便立刻纠正了正逐渐偏离正轨的倾向。

他开始想，如果前任妻子伊莲娜的事情是那个巴斯主教瞎编的，同时议会和那些王公贵族们为了树立一个稳定的新政权而故意装糊涂，那么，这种情况下那两个小王子是不是必须得死呢?

不，一定不会!

格兰特用力地睁开眼睛，看向前方，其实他什么也没有看，只是看向虚空而已。

他继续思考着，如果真的是这种情况，那第一个会被灭口的应该是那个巴斯主教啊!

而那个伊莲娜早已经死了，这事跟她也没什么利害关系。

可那个巴斯主教却是关键人物啊，但理查三世并没有杀他灭口，他可一直活着呢!

而且理查三世的加冕仪式虽然来观礼的人不少，但是整个过程却非常简单，可见之前并没有进行过精心的设计，那么就应该不是早有准备，其中自然就没有什么预谋了。

而巴斯当然也没有在加冕仪式上，在大庭广众之下，突然反口说出实话，承认自己为理查三世撒了一个弥天大谎。

这些都似乎倾向于说明，理查三世心里没有鬼，和巴斯之间也并没有什么密约，没有狼狈为奸，一切都很突然。

因此，巴斯之所以突然爆出这个秘密，其背后应该也没有什么政治色彩和倾向，不像是背后被人控制着，而只是一种纯粹且独立的个人行为。

更何况爱德华四世当初秘密结婚时，理查三世才不过十一二岁，按理说应该不知道这件事的内情①。

如果巴斯真的为理查三世撒了谎，那理查三世要么就事后杀他灭口，要么就对他许以重赏或提拔，从而堵住他的嘴。但是巴斯既没有死，也没有升职，更没有成为大主教。

而关于伊莲娜的事，我们则恰恰可以从亨利七世一直想方设法地急于要隐瞒、扭曲此事的这个相反的角度，来推测出这件事的某种真实性。

即是说，亨利七世那种惶急的情态，恰恰是伊莲娜事件真实性的一种反向证明。

如果这事是假的，亨利七世在掌权之后，只要抓住巴斯，并逼他说出真相即可，又何必要隐瞒？

格兰特刚分析到这里，忽然又出了一身冷汗，因为他发现他的情感和主观又不自觉地偏向于理查三世了，这可不是一个客观的态度！

格兰特连忙矫正过来，暗道："不行，不行，这么下去就会有失客观！"

于是格兰特决定换换脑子，找些别的东西看看，转移一下注意力，暂时把理查三世的事先放一放，直到卡拉丁拿了新的资料过来再说。

---

① 爱德华四世素来风流多情，情妇众多，而他跟伊莲娜之间的这段秘密婚姻，应该也不只是巴斯主教才知道，他的家里人应该也都有一定的耳闻。因为早在巴斯主教将此事诏示于众人之前，乔治就曾经在一次叛乱造反对外提及过这件事，可见这对于约克家族内部而言应该并非什么绝对的秘密隐私，所以理查三世未必在此之前就不了解内情。

本段情节中，作者借格兰特的思路认为理查三世当时年纪幼小，可能不知情。但这种逻辑并不很严谨，也不能说明理查三世到后来也一直都不知道。

格兰特便把昨晚整理好的妨碍理查三世登上王位的人员名单交给“矮冬瓜”，让她帮忙给卡拉丁邮去。然后又把理查三世的画像收起来，避免一看到这画像就止不住思考。

这些都做好之后，格兰特这才拿起了之前一直没有动过的那些书翻看。这都是玛塔带给他的书，可基本上就没动过。

不过这些文字让格兰特看得头晕脑胀，他实在是受不了书里的那些内容，直到卡拉丁再次出现在病房，格兰特的心情才为之一振。

卡拉丁盯着格兰特的脸看了半晌，关心地问道：“格兰特先生，你是不是不舒服？我看你气色可不是很好？没睡好吗？”

“别提了。”格兰特挥了挥手，“我满脑子都是关于理查三世的疑问，所以心里不舒服。对了，我表妹给我回了一封信，她也提到了一段被人为改造的历史，汤尼潘帝，你看看吧。”

说着把表妹的信递了过去。

卡拉丁认真地看着，脸上愉快的表情越来越浓，等到看完的时候，卡拉丁的笑容已经如同出云之红日般灿烂了。

“太棒了！这两个传闻中是殉教而死的苏格兰长老会女信徒的原型竟然是叛国者！又是一段汤尼潘帝！对了格兰特先生，我记得你好像就是苏格兰人，那在苏格兰你见过真实殉教这回事吗？”

“没有，而且我也算不上真正的苏格兰人。反正我是从来没见过有哪个信徒是为了所谓的高尚信仰而死的，就算是长老会里那些德高望重的长老们也从未做过这么壮烈和值得让人感动的事。甚至长老会这些人所谓的‘殉道’行为本质上其实都极为偏狭和疯狂，其所体现出来的道德水准可能还不如一个杀人凶犯的高。”

卡拉丁年轻的脸上多少有些疑惑，问道：“不能下这种结论吧！这些有信仰的人应该都很圣洁啊！总不能所有的事都是假的吧？”

“年轻人，你一定是被一些虚假宣传的信息所迷惑了。我能想象得到你脑子里浮现出来的影像：一个面目慈祥、神情庄重的年迈长老，下面则是一群年轻的虔诚的面孔，长老在给年轻人传道，宣扬爱和上帝。哈哈！可是你会发现，苏格兰长老会这些看似善良仁义的教徒们完全能够做出极为丑恶的事来。他们其实就是嗜血的暴徒，是基督其他教派的耻辱。比如你不去参加他们的秘密集会，他们就会烧你的谷仓、杀你的马作为报复和警告。如果你对教会的一些说法持否定意见，他们就会毫不犹豫地给你一枪。有好几个案例，说的就是这些疯狂的教徒明火执仗地射杀其他教派领袖的事。可这些杀人凶手竟然还被尊为英雄，受万人追捧，出入无碍。”

“天啊！竟然这么疯狂残暴！”卡拉丁呼吸有些急促。

格兰特也来了情绪，接着说道：“而且这些狭隘的所谓护教者们其实更像是叛军，他们跟政府对着干，有机会就可能打倒政府自己上台控制苏格兰。所以他们就四处传播反动谣言，四处暴力行凶。而政府却那样地宽容这些人，并不追究其责任。”

“或许……他们是因为信仰上帝的方式与其他教派不同吧？”

“爱怎样信上帝就怎样信上帝，又没人管他们。但他们其实是想扩大势力范围，不但在苏格兰，还要推广到英格兰。他们的信条当中有一条，就是只能用他们自己的方式信上帝，别的都不允许。所以他们是想清除所有教派方面的异己势力，唯我独尊。”

“那也就是说，那些用来纪念殉教者的纪念碑和墓碑之类的……”

“全是一片谎言！你就看吧，如果哪个墓碑上写着某人因忠于自己的信仰而被暴政夺去生命，这个家伙肯定是犯了重罪，然后被法庭判定为死刑的，跟信仰跟圣经没有任何关系。”

格兰特说着说着不由得冷笑连连，接着说道：“这些家伙，对于其他教会来说根本就是背叛者，是毒瘤，在他们自己的圈子里却被提升了形象，美化为了英雄和圣人，成为了先驱和榜样！”

“这……真是意想不到……”卡拉丁喃喃地自语着。

格兰特接着说道：“这些狂热反动的所谓护教者们做了很多疯狂的事。他们活动的区域非常广阔，而政府人手又不够，所以只能派少数的警察去维持治安。这些骑着马执行任务的警察们都谨守着规矩，比如如果不得主人家同意，警察都不能随便就把马牵进人家的马厩。而要是没有拘捕令，就更不能随便抓人了。可那些护教者们却自由得多了，不用顾及任何原则，他们就舒舒服服地躲在暗处，看到了警察，随手就是一枪，就这样结果了一个马背上警察的性命。就是这样一群魔鬼，后世却仍然有那么优美的文字去描绘他们的形象。这些魔鬼成了英雄，而尽职尽责的警察却反倒成了魔鬼。”

“对呀，就像……就像我们的理查三世。”卡拉丁不禁心有所感。

“不错，就像理查三世。对了，咱们有点跑题儿。你找到新的资料了吗？”

“抱歉，还没有找到亨利七世急于毁掉王权法案的真实目的，因为过后有相当长的一段时间都没有人提及此事。但是这份法案却是真实存在的，因为后来在伦敦塔的一份记录里发现了法案的草稿，这可算是漏网之鱼了。这份草稿的内容已经被印在了《大英帝国史》里。”

“所以说王权法案是确有其事的，而理查三世依法案而继位也是毋庸置疑的，合乎规矩的。相反，我们的大圣人摩尔这个老家伙的话就成为谎言了。”

“是这样的，看来你已经极端地鄙视摩尔圣人了，哈哈。”

“没办法，忍着恶心也得撑下去，这老家伙是暂时回避不了的。”格兰特笑着挥了挥手，继续说道，“关于爱德华四世之前曾秘密结婚这件事，摩尔，或者说莫顿，并没有提及真正的前任妻子伊莲娜，而是写了一个叫露西的不相关的女人。”

“为什么要把真正的前任妻子隐藏起来不提？为什么要安排一个不相干的女人？她叫什么？哦对了，叫露西。”

“很简单，因为伊莲娜的身份是真实的，秘密结婚这事是真实的，所以顺理成章，两个小王子就成了私生子了。这样一来，谁还能为了两个没有继承者身份的人起兵反对理查三世呢？而同时两个小王子对理查三世也就不成为阻碍了。”

“不错，如果是假的，亨利七世早就把真相直接宣扬出来了，就没必要隐瞒事实了，那反而对他没有什么好处。”

“你说得对。此外，你发现没有，兰开斯特和伍德维尔两股势力起兵造反，他们扶持的可都是那个亨利·都铎，而并非两个小王子？像朵塞特这家伙，他还是小王子同母异父的大哥呢！可他不也是支持亨利·都铎吗？况且当时两个小王子还没失踪呢，为什么不支持他们？显然，这些起兵的人根本不在乎小王子，只在乎亨利·都铎。如果亨利·都铎登上王位，那个朵塞特就是英国国王的妹夫了，因为他同母异父的妹妹嫁给了亨利·都铎，成为了亨利七世的王后。以朵塞特的为人，他一定能想到只有支持亨利·都铎，才可能有重享荣华富贵的机会。”

“你说得对。朵塞特没去支持他同母异父的弟弟，而是去支持他未来的妹夫，这说明当时在英国国内小王子是没有威信的，不受支持的，所以朵塞特这家伙也就没法支持自己弟弟了。另外还有一件事，王后伊丽莎白一开始从西敏寺逃了出来，可是很快就不用逃难了，而且生活还很安定，甚至她还可以让那几个女儿回理查三世那里参加王室宴会。你知道这事最为奇怪的地方在哪儿吗？”

“我不知道，你说说看。”

“那就是，王后不再逃亡的时间已经是主流说法中两位小子失踪之后的事了！她不但停止逃亡，让女儿回去参加宴会，同时还给大儿子朵塞特写了封信，叫他回去跟理查三世讲和，说他这位叔叔不会害他，叫他放心，不要再打仗了。”

格兰特沉默了下来，陷入了思考，这难以索解的现象让格兰特感到好不头痛。

窗外下着雨，雨点落在窗台上，如同落在了湿软的泥地里，只能听到温柔如绵的沙沙声。

“好吧，我投降，我想不通是什么原因。王后的举动太反常了。从目前的证据和迹象来看，如果我是个法官，我都没法给理查三世立案。”格兰特摇头说道。

“我跟你有同样的想法，而且我再跟你说一件事，你的思路就会更加清晰。上次你不是给了我一张名单吗？我回去查了，在理查三世死了之后，名单上的这些人都活得好好的，快乐自由得不得了。爱德华四世的那些女儿们都得到了很好的待遇，而理查三世自己的儿子死了之后，他还把他三哥乔治的一个孩子定为自己的继承人。”

“哦？”格兰特来了精神，“看这意思，理查三世对于那份有助于他的王权法案并没有充分地加以借助利用，相反还有反对其中内容的意思。这法案可是剥夺了他那些侄子的继承权的啊？那对他大大地的有利，如果他有险恶用心的话。”

“不错，他公开反对过他王兄爱德华四世杀害他三哥乔治。这事你还有印象吧？”

“有印象，我在摩尔的书里都看到过相关的内容。嘿，理查三世，驼背凶手，妖怪魔鬼，可就是在这样一个大恶徒的统治时代，所有的人却都活得好好的。”

“不只如此。我查了一份资料，资料里显示这些人当中有的还成为了议会的议员，有的还被封为骑士，也就是说，他们本身是有一定权力的，是国家和家族的重要成员。”

卡拉丁看着格兰特，忽道：“格兰特先生，你想不想把这些事情整理成一本书？”

“为什么这么问？写书干什么？”

“因为……我想写。我觉得这比农民起义的事情有意思多了。”

“哦，那我支持你，好好地写吧。”

卡拉丁有点不好意思，说道：“你也知道我的情况，我家里希望我能继承父业，但我不喜欢，所以我得在别的方面做出点成绩来给我父亲看，也算是个交代吧。我爸那人我了解，我一旦有了成绩，他就会开始跟街坊吹牛，说他儿子是个伟大的历史学者什么的。”

格兰特笑眯眯地看着卡拉丁，觉得他可爱极了，问道：“你想给这本书起个什么名字？”

“就叫……我想想，就叫‘历史都是谎言’，这是一位名人的话，我借用一下而已。不过我想没那么容易，我还得做很多的研究，要不然没法说服人。”

“不错，而且我想，你还没有接触到问题真正的关键。”

“哦？”卡拉丁张大了嘴，“什么是真正的关键？”

格兰特笑道：“杀死两个小男孩的真凶啊？还有，如果亨利七世接管伦敦塔的时候，两个小孩还活着，那么当时发生了什么事呢？还有，亨利七世为什么这么急于销毁那份表面上看起来对他并没有什么影响的王权法案？”

“是的，我忽略了这些，我得走了，好好查一查相关的资料。”

卡拉丁刚才那踌躇满志的神情消失了，换上了一副着急的神态，看来他对于这件事是非常认真的。

他刚要离开，却发现理查三世的画像被扣着放在桌上，便把画像扶好，立在一堆书的旁边。

卡拉丁像着了魔似的对着理查三世的画像说道：“你等着我，我一定会还原你的本来面貌给世人看的。”

就在卡拉丁一脚门里一脚门外的时候，格兰特忽然想到一件事，便道：“稍等，我想到一件并非虚构伪造的历史，一段并非汤尼潘帝的历史。”

“什么事？”

“格林科大屠杀。”

“那是真事？”

“我确定是真事。而且……发起这场屠杀的，正是一位纯洁的、伟大的、光荣的……哼，长老会护教者。”

# 第十三章

“小羔羊”卡拉丁刚走，玛塔就来了。她给格兰特带来了很多礼物，尤其是一大束漂亮的鲜花。

玛塔见病中的男友沉迷于历史书，眉头微皱，连招呼都没跟她打。

格兰特把目光移向玛塔，问道：“我问你个问题，如果，我是说如果，你的小叔子杀了你的两个儿子，然后又要给你一笔年金，跟你讲和，你会不会要啊？”

“这叫什么混账问题啊！问你自己好了！”玛塔撇了撇嘴，只顾着摆弄手里的花，心里想着怎么摆比较好看。

格兰特长吁了一口气，说道：“这些历史学家简直就要把我弄成疯子了，他们对这件事所给出的理由和解释，让我觉得愚蠢之极。你听着啊，有一段是这么说的，说王后伊丽莎白携众女逃亡，但后来又跟理查三世妥协，而不顾及自己二子被杀的仇恨，其行为不可理解。不知她是害怕被赶出圣殿[①]避难所，还是只因为过不惯孤独冷清的生活，又或是因为冷漠无情，不想再为二子报仇。”

“天啊！真凄惨！”玛塔看着格兰特说道，不过她手里却只是顾着插花。

“你说，天底下会有跟杀子仇人握手言欢的女人吗？”

“有吧……比如古希腊。”

“不可能，我都没听说过。”

“要不然，王后伊丽莎白就是脑子有点傻，不是传说这女人脑袋有问题吗？”

“胡扯，她傻什么？人家可当了二十多年的王后，有很多作为，也很有心机，要不然伍德维尔家族的人怎么能渗入到王室中来呢？”

---

① 即是指前文提及的西敏寺，按当时的规矩，凡是躲到西敏寺里的人都应该受到护佑，不能派兵硬将避难的人抓走。

“我跟你说，这种王室成员之间发生的事就是一场闹剧，你来我往，争夺权力而已，对这种女人的心态，哈哈，你用常理是不好分析的！”

玛塔作为女人，此时挖苦起女人来，便更加来了劲头，说着说着便以夸张的表演方式装成王后伊丽莎白，模拟王后的语气扭捏作态地说道：“哎呀呀，我小叔子确实是杀了我两个儿子呢！不过他还挺招人喜欢的，给我的待遇也不错。唉，借此机会给他点面子跟他和好吧！再说我一路逃亡这么辛苦，风湿病都犯了呢！是该回王宫享福的时候了。哎哟哟，该死的风湿病，好痛好痛！”

玛塔演到这终于忍不住笑出声来，笑得前仰后合的。

格兰特看着玛塔可爱调皮的样子，也不禁微笑，心情好了很多。不过格兰特始终想不明白，为什么女人之间互相贬损挖苦起来竟然这么夸张狠辣而不留余地。

格兰特说道：“你说得不错，这确实是一场荒唐的闹剧，我想它不是历史的真相。所以说我就怀疑这些搞历史的家伙们是不是没有脑子，好像对于世态人情一点分析能力都没有似的。在他们眼里，历史不是有血肉的，而只像是一场戏。”

忽然，格兰特想到玛塔是个演员，她以前好像演过王后伊丽莎白，便问道：“我记得你以前扮演过王后来着，你对王后的心理是怎么分析的？”

“哦，是演过，不过在那出戏里王后是个小角色。”

“小角色也有内心，说说你当时的体验。王后先是带着女儿们从圣殿避难所里跑出来逃亡，然后接到了理查三世的消息，说会给她一年七百马克的年金，还让她携女回来参加王宫宴会。于是王后就跟理查三世这个杀子大仇人讲和了？你演的时候是怎么分析这个角色的内心的？”

“我也没有别的深入分析，就一点：讽刺！这是个应该被讽刺的女人。说不定哪天我会再把这个角色编进一出新戏里，然后在下午场试演一番，没准会有些效果。对了，你说的这个故事是哪个家伙胡编乱造出来的？一个女人竟会跟杀子仇人和好如初？”

“不，不是编的。是历史中的事实。王后伊丽莎白当时的确逃走了，而后来又的确接受了理查三世所给的年金。真的给了钱呢！她还让女儿们参加宫廷盛宴，还给自己跟前任丈夫生的大儿子朵塞特写信，让他回来跟理查三世讲和。史学家们对其行为的解释是，她怕被理查三世强行赶出西敏寺。真是荒唐，理查三世一直是虔诚的信徒，他怎么会把一堆女人从圣殿里死拉硬拽出来呢？”

“嗯，当然，这事你之前跟我提过，说亨利七世对理查三世的审判书里没提塔中王子的事。那你觉得理查三世跟两个小王子的死根本无关？以你警察的思维说说看。”

“我确定，在亨利七世接管伦敦塔的时候，两个小王子还在。因为亨利七世并没有用小王子失踪的事大肆宣传理查三世的凶恶无情。”

“确实，这些矛盾没法解释得通。我以往一直以为这是件非常明确的事，已经是盖棺定论了。我当初建议你做点事打发时间，真没想到你会对历史进行颠覆。”

忽然玛塔轻呼一声，叫道：“对了！卡拉丁的女友，我那个女同事今天跟我发火了，她说要把你杀了！”

格兰特吓了一跳，嗔道：“你总是一惊一乍的，你那个女同事我都不认识，她发什么疯要来杀我？”

“还不是因为‘小羔羊’卡拉丁？现在卡拉丁天天待在大英博物馆，就知道查资料，都不会谈恋爱了，就像中了毒一样。他满脑子都是理查三世的事，对女朋友已经不关心了。你是不是把年轻人给带坏了？他常来跟你在一起说历史吗？”

“他刚走，你跟他前脚后脚。但是我想这小伙子可能得好几天之后才会再回来找我。”

不过格兰特预计错了，就在晚餐之前，“小羔羊”卡拉丁就给格兰特发来一封电报，电报是先前那个门房送来的。

这电报整整写了两页——这孩子真有钱。

电报内容充满了愤怒、痛苦、遗憾和激动之情。

只见卡拉丁写道：

这下完了

彻底完了

发生了一件非常可怕的事情

我找到一份理查三世同时代的史学家用拉丁文写的史料

作者是克罗兰地区一位有名的修士

可是在书里却记载着王子失踪的事在理查三世活着的时候就已经传开了

所以咱们这下坏了

我也写不成书了

我真想死在你们英国的河里

如果你们的河允许淹死一位美国人的话

卡拉丁

“克罗兰地区？这个地名听起来很耳熟啊，我应该知道的，它在……”格兰特脑子里不断地想着这个地名，却一时想不起来在什么地方。

那门房正候在一旁，提醒道：“格兰特先生，这电报你要回吗？我可以帮你。”

“哦我，我，我还没想到怎么回。过后想好了我再找你，谢谢。”

“没什么，不用客气，我先出去了。”

那门房客客气气地退了出去，临离开前还特意又看了看那两张电报纸。

电报那么贵，居然满满地写了两页，真是有钱！

这回那门房便不像上次那么举止轻佻了，或许他是被这种有钱人的气势给镇住了，连带着对格兰特也充满了“敬意”。

格兰特闭上眼睛思考这个问题，不过这个突如其来的所谓打击其实并没有打倒格兰特，因为他是警察出身，经常都能碰到这种情况。

本来已经对一个案件分析得非常透彻，而且答案也几乎确定了，可是偏偏会突然出现一个新的证据，将你之前的论断全部推翻。

这次的情况也类似，但格兰特并没有慌乱，他开始像个警察一样冷静地思考新出现的情况，可不像卡拉丁那个年轻小伙子一样惊慌失措。

格兰特陷入了沉思，以致“矮冬瓜”给他送饭来的时候他都没看见。

“矮冬瓜”见格兰特那副痴呆呆的样子，非常关心，怕他病情有变，叫了几声却不见他有反应。

忽然格兰特大叫一声：“我想起来了！克罗兰在伊利附近！”

这一叫吓了“矮冬瓜”一跳，忙问道：“你没事吧？”

格兰特这才回过神来，说道：“哦，抱歉，我没事，只是想问题入了神。对了，麻烦你帮我个忙，我给一个朋友回封电报，你帮我发一下。”

格兰特拿起纸笔写了封电报：你帮我在法国同一时间段的历史资料里找些相同的内容。

这就是格兰特所想到的解决问题的方法，随后他便胃口大开，舒舒服服地吃光了晚餐。

到了晚上睡觉的时候，格兰特正渐渐进入梦乡，忽然感觉有人正在病床旁看着他。

格兰特不由得睁开眼睛，见床边的人正是亚马逊护士。她眼睛瞪得大大的，像两只牛眼，正关心地看着格兰特，而她的手里则拿着一个信封。

“真抱歉，格兰特先生，主要是我拿不定主意。这里有封电报，是给你的，我想事情或许会很急，不过又怕打扰你睡觉。我应该没吵着你吧？”亚马逊的话稍有些语无伦次。

格兰特对着亚马逊露出一个安慰性质的微笑，说道：“你做得很好，没有吵到我，谢谢你了。”

亚马逊长吁了一口气，把电报交给了格兰特。

电报是卡拉丁发来的，上面写着：“你的意思是再找一份资料，上面也写着理查三世战死之前塔中王子就失踪了？”

格兰特立即在回函中写道：“不错，最好是法国那方面的。”

格兰特把回函交给亚马逊，嘱咐她把灯关了，美美地睡了一觉，心里却在想，也不知什么时候卡拉丁才能找到同样的一份史料。

不过这次格兰特又预料错了，因为卡拉丁很快便又来了，看他脸上的表情就知道他心情极其不佳。

卡拉丁两只大眼睛死盯着格兰特，“格兰特先生，你是什么材料做成的呢？你真是跟谁都不一样！”

“怎么了？你可别说你真的找到了同样的说法，而且还是法国的。”

“是你让我找的啊！你还说！”

“是我让你找的，但是我觉得没那么容易找到吧？法国方面的史料是怎么说的？”

“我查到的资料更让人难过，更让人难以理解，更让人不知所措。在法国，他们的总理在一次国会上演讲时提及过此事，而且还说了一大通，说得精彩着呢！不过这家伙的气质看起来就像是个政客，满嘴谎言的东西。”

“小伙子，你现在也有警察的洞察力了。那个法国总理都说了些什么不好听的话？”

“我把内容都抄下来了，不过都是法文的，我这人法文不大好，所以你自己读来看看吧。”

卡拉丁递给格兰特一张纸，上面又是他那潦草的字迹。

格兰特见上面大致的意思是，英格兰王爱德华四世的王子已被人害死，国家已经混乱不堪。小王子才干不亚于他父王，却被某位意欲夺权之辈假借民意将之杀害，自此英格兰王权就落在了凶手的手里。

格兰特品味着这些话里的含义，说道：“这个法国总理似乎想和全英格兰人民为敌呀，把整个英格兰从君到民都变成法国的大敌，话里还透露出小王子的死也是英格兰人民想要的结果。”

“是啊，我的感觉也是这样的。这纯粹就是政客们模式化的手段，狡猾、诡诈、别有用心。其实，就在这次演讲的同一年，大概也就是六个月之后，法国还遣使去英格兰和理查三世会面。所以，法国使臣到了英格兰之后应该发现这就是个谣言。理查三世跟法国使臣签了一份有关两国和平政策的文件，如果法国人这时还敢造谣说理查三世杀侄夺位，按常理，理查三世是不会跟他们签约的。”

“你分析得有道理。对了，这两件事的时间你都有吗？”

“全都有。克罗兰地区的那位修士记载该事件的时间是1483年夏末，他原文写的是有传闻说两位王子被人谋杀，但内情不详。而法国总理演讲的时间是1484年1月份年初。”

“这就对了。”格兰特脸上露出微笑。

卡拉丁其实对格兰特让他从法国再找一份相同的污蔑理查三世的谣言的目的并不是很清楚，便问道：“你之前干什么叫我再找一份同样的谣言？我想不太明白。”

格兰特笑道：“两件事放在一起交叉核对一下，有些隐藏的问题说不定就会呈现出来。你知道克罗兰地区在哪儿吗？你想想它的位置。”

“就在……天啊！莫顿那家伙逃亡的时候，就躲在克罗兰地区的附近！那地方叫伊利！我怎么把莫顿这茬儿给忘了！”

路子找对了！

两人相视一笑，笑容里都带有一丝神秘和得意的成分。

格兰特笑眯眯地说道：“如果一直是莫顿这家伙在暗中制造谣言，那以他的为人，他后来逃离英格兰岛到了欧洲大陆上也会再次传播这种谣言好破坏理查三世的名声。来，咱们把时间线捋一捋。1483年夏末，克罗兰的一位修士把谣言写在了书里；1483年秋天，莫顿逃到了法国；1484年年初，法国总理演讲时就说了这个谣言。而克罗兰是一个较为偏远荒僻的地方，消息闭塞，当时莫顿正在逃亡，就隐匿在这里。”

“果然又是莫顿这个坏东西！他真是个制造谣言和骗局的机器！”卡拉丁激动地拍了一下大腿。

格兰特看这孩子如此激动地表达对一位几百年前古人的恨意，还真是可爱又单纯，不过倒也说明他是个善良的好小伙子。

卡拉丁把有关莫顿的事件顺序整理了一遍，说道：“莫顿在理查登基之前，就伙同一帮人谋反；理查坐稳王位之后，他又挑唆不同的势力发起反对理查三世的军事行动；离开英格兰之前，又在穷乡僻壤暗中散布谣言；等到了法国还要把谣言事业进一步发扬光大。”

格兰特点点头，却道：“莫顿到了法国之后的事咱们还只是推测，并没有十足的证据。不过……哈哈，还真别说，莫顿在欧洲做的那些事还真像是在搞颠覆，造黑谣。他手下有几条忠实的狗，帮着他造谣，帮着他发传单，写黑信，就是想要英格兰人民都起来反对理查三世。”

“从这些情况来看，莫顿这家伙应该是在离开英格兰之前就已经起坏心要暗中做手脚了。”

“那是自然，莫顿这个有心机的人心里清楚，理查三世跟他不共戴天。他没有别的选择，只能扳倒理查三世。如果理查三世不失势，莫顿不只是这辈子都无法发达，他恐怕连正常的生活都困难，顶多只能当一个普通的潦倒的修士。而莫顿之前可是将要成为大主教的人，这份荣誉和富贵就这么从手里溜掉了，以他的为人能够甘心？而他如果帮着亨利·都铎，他就有机会翻身。后来他果然成为了亨利七世的大主教。所以摆在莫顿面前的只有一条路，就是除掉理查三世。而要想除掉理查三世，以莫顿的手段，唯一能做的，也是他最擅长做的，就是制造并散布谣言！”

“所以说莫顿是亨利·都铎的重要手下啊，他是最好用的舆论制造工具，编造杀侄夺权这种谣言我看只是小儿科而已。”

“不过……”格兰特并没有顺着卡拉丁急于下结论，想了想，又道，“不过也许莫顿也以为这事是真的。”

“你是说并非凭空捏造谣言，而是别人说的，然后他就相信了？”

“不错，不排除这种可能。毕竟想诽谤理查三世的人太多了，兰开斯特红玫瑰那边搞不好就有人编造过故事，而恰好莫顿听到了其中的一个版本，正符合他的心意，于是就相信了也说不定。对了，你从克罗兰的修士的那本拉丁文史书里还看到了什么？”

“看到了……算是对我的一种安慰吧。因为我给你发了那封电报之后，我又冷静地多看了些内容，我才发现，这位修士的话其实也并没有太大的权威性，很多人都不是特别信奉他的话，只当这个谣言是道听途说的内容，并非真实的，我这才放心。不过这位修士确实知道有王权法案的存在，他还把王权法案的大概内容记在了书里，同时他也知道伊莲娜女士的存在。”

“太有意思了，连克罗兰这么个闭塞的小地方的修士都听说过爱德华之前秘密结婚的事。”

“所以说啊，关于这段秘密婚姻，摩尔得花多少心思去编造另一个完全不相干的叫露西的女人啊！”

“不只如此，他还编了另一件事，说理查三世竟然污蔑他母亲约克公爵夫人，说她大哥和三哥都是他母亲跟野男人生的私生子，只有他自己才血统纯正。这太离谱了！”

卡拉丁也被吓到了，冷冷地说道：“真是不遗余力地造谣！看来摩尔这老家伙是想编一个更有力度更为震撼的谎言。”

“可是这老东西却忘了，理查三世当时可是跟他母亲一起住在城堡里的呀。如果理查三世曾经说过那么令母亲伤心的话，母子俩怎么还能和平地生活在一起？”

“不错，这一点我就没想到，还得说你这个警探有专业头脑。你说莫顿四处散布谣言，那谣言应该各地都有，对吧？”

“当然肯定不会只有克罗兰这个地方，别的地方也会有。但是我敢说，无论怎样，都只是有限的几个地方，绝不会是全国性的。”

“有什么理由？”

“我的理由很充分，也难以辩驳。那就是，如果是全国性的，就一定会造成举国不安，民众骚乱，贵族借口起事之类。那理查三世一定会镇压，或是采取其他的手段。有一个例子可以作为对比。那就是另有一个谣言，说理查三世竟然要娶自己的侄女[①]。这个谣言传得可是非常广，全国上下都知道。而理查三世就非常及时地采取了措施。他向各乡镇通信，言辞激烈地否认这个说法，表现得特别愤怒，因为他特别重视名声；他还把贵族乡绅都聚集起来，向大家发表他对这个谣言的观点。”

“你说得没错，如果塔中王子这件事是全国性的谣言，理查三世一定会大张旗鼓地辟谣，因为这事的性质可比娶自己侄女严重得多了。”

“在那个年代，娶自己侄女这种事虽然不好，但是可以得到原谅。而且好像现在有些地方的民俗还允许这么做吧？我不大清楚这些。不过可以明确的是，通过对比就能看出，如果塔中王子这事是全国性的谣言，那理查三世一定会用更多的方法，花更多的时间来辟谣。所以结论就是，根本不是全国性的。”

“看来只局限于克罗兰附近以及法国。”

“我看也是。我们警察的习惯是观察别人的异常行动，有异常行动就说明他可能心里有鬼，或是有特殊情况。但理查三世从继位到战死沙场之间的这两年，所有人都

---

① 即指约克的伊丽莎白，王后伊丽莎白的长女，理查三世的侄女，后来嫁给了亨利·都铎。关于理查三世要娶自己侄女这件事如果成立的话，其目的就是为了巩固王位，因为这位侄女也是继承人之一。

挺正常的。王后离开了西敏寺，后来又跟小叔子和好，公主们正常活动，王子们继续学习，诸如此类，等等。这就叫没有特殊的迹象，所以塔中王子被谋杀这件事应该是不存在的。”

格兰特说到这里，卡拉丁心中的疙瘩完全解开了，脸上又恢复了原有的光彩，说道：“看来我写书的大事业还是可以继续进行下去的。”

“我支持你，你要为理查三世洗清冤屈，还有那个王后伊丽莎白·伍德维尔，她可不是一个为了700马克的年金就能跟杀子仇人和平相处的女人。”

“我会的，而且我还要努力查出两位小王子后来到底如何了。”

“这个问题嘛，我想一定会有一个确定的答案。”

“哦？”卡拉丁听格兰特语气十分肯定，一副胸有成竹的模样，不禁好奇心起，问道，“你就这么肯定？”

“对啊，因为我采用的是警察的思维。”

“警察惯用的推理方式？”

“不错，有很多方式，比如寻找事件结果的获益者这种思路。我发现两位小王子的死对于理查三世来说根本没什么价值。所以要找到其他的可能获益者，于是王权法案就出现在咱们的视野里了。”

“王权法案？这跟塔中王子的事有什么关系？”

“咱们一步一步地推。首先，亨利七世娶了约克的伊丽莎白，这事咱们之前提到过。对吧？”

“嗯，对。然后呢？”

“这样一来，亨利·都铎就跟约克家族的人有了亲戚关系了。亨利·都铎便想借助这层关系，迫使约克家族的人在政治上妥协，支持他称王。”

“呃……对！你说得不错。然后呢？”

“然后就是问题的关键了，亨利·都铎虽然跟约克家族联了姻，可是在法理上他终究不能直接登上王位啊。因为王权法案原来规定是理查三世，现在虽然理查三世死了，但再怎么样，却也轮不着他亨利·都铎啊。”

“啊？对啊！”

“所以，要先废除王权法案，然后亨利·都铎的王后约克的伊丽莎白就重新获得了继承权，而不再是私生子了。”

“你接着说。”卡拉丁脸上开始容光焕发。

“而在约克的伊丽莎白成为继承人的同时，塔中的两个小王子便也恢复了继承权，而且在继承顺序上还优先于他们的姐姐，最优先的就是那个爱德华五世。”

听到这儿，卡拉丁脸上像是要乐开花了，眼睛里闪烁着激动的光芒，颤声说道：“太好了，脉络越来越清晰了，亨利七世的嫌疑不小啊！”

格兰特对自己的分析也非常满意，说道：“所以我觉得咱们应该顺着这条线往下接着进行。”

“好，你来制订计划，下一步要做些什么？”

“下一步就是那个凶手泰瑞了。而在此之前，还得先知道牵连到此事的那些人后来的情况。比如约克家族所有的继承人，这些人在理查三世在位期间都还不错，但他们后来的下场如何？”

“好，这都是最起码的。我这就行动！”

卡拉丁嚯的一声站了起来，浑身像充满了力量一样，年轻人的朝气在此刻暴发到最高值。

格兰特以为卡拉丁要走了，这小伙子却没有走，而是向格兰特道谢：“格兰特先生，我跟你真有些相见恨晚，能跟你合作真是太好了。我真得好好地谢谢你！等你的腿好了，我就，我就，我看看啊，我就带你去伦敦塔玩一圈吧！”

格兰特被年轻人的力量所感染，深吸了一口气，笑道：“好！我等你回来！我想你再次来见我的时候，我应该可以走了！”

# 第十四章

格兰特伤好得很快，卡拉丁再次回来的时候，他虽然还不能走，但至少可以坐起来了。

虽然只是刚刚能坐，但也让格兰特觉得开心极了，他坐起来之后就能很好地观察对面的墙壁，他觉得比看天花板的内容要丰富精彩多了。

卡拉丁见格兰特恢复得这么快，也代他高兴，不由得说了不少闲话。

格兰特忙打断他，直奔主题，问道："快说，约克那边的继承人们，后来在亨利七世的统治时期都如何了？"

卡拉丁拿出笔记，坐了下来，翻看了一下笔记，自言自语道："先从哪里开始呢？别急，我先看看。"

格兰特催道："先说亨利·都铎娶的那个王后，约克的伊丽莎白吧。"

"不错，这个约克的伊丽莎白是在……1486年春天跟亨利·都铎结的婚，估计是1月份左右吧。然后……在1503年春，应该是2月份，这女人就死了。"

格兰特冷笑道："前后虽然长达十七年，但这个王后当得恐怕也没什么趣味，我看是度日如年吧。因为亨利七世这人可不是那种会对老婆呵护有加的丈夫。好，往下来，塔中两个王子先不说了，说说爱德华四世的另几个女儿吧。"

"这些姑娘都过得是平凡的生活，没有什么特殊的变动。"卡拉丁把爱德华四世另几个女儿的情况说了一遍。

格兰特认真地听着，最后说道："嗯，确实都很平庸。那老三乔治的一子一女呢？"

"儿子被关在了伦敦塔，后来被判了死刑。女儿后来嫁人了，不过到了亨利八世的时代，她被亨利八世故意冤枉，头上顶了一个编造的罪名，然后给处死了。"

“爱德华四世有一个妹妹[①]，生有一子，也是继承人之一，他下场怎样？”

“他后来战死了。此外，你给我的名单上还少了几个人，我都查了一下，这些继承者们后来无一例外地被亨利八世给除掉了。”

“那理查三世的私生子呢？”

“唉，这可怜的小伙子是这一批人当中第一个死的，亨利七世时期就死掉了。而罪名是爱尔兰人可能给他写过一封邀请信之类的。因为爱尔兰地区是都铎王朝时期，那些约克残余势力的聚集处，这就相当于涉嫌反叛。其实这孩子很不错，可亨利七世这么着急就把他给干掉了。”

格兰特冷笑道：“因为这孩子的继承权要比亨利七世优先。哼！加在这些被处死的继承者身上的罪名，我看全都是借口，这就是公开的谋杀，但只有塔中的两个王子没法被判成死刑。”

“不错！所以他要换另一种更为隐匿的方式，这两个孩子的身上集中的可是全英格兰民众的目光，亨利七世再也不方便用对付别人的那种粗劣招数了。”

两人沉默了一阵，卡拉丁问道：“下一步我们怎么办？”

“我是这么计划的，找出这些人在亨利七世登上王位之初都在做些什么，人在哪里。这些人之前必定有其固有的生活规律，而发生了巨大变动之后，其原有的规律必定改变，从这一点就可以看出很多问题。关于那个泰瑞你查到了什么？”

“查到了一些，而且跟我预想的不大一样。我一直以为这个人物就是个收钱就给人家办事的家伙，但实际情况却大有不同。他不但不是个痞子，还是个来头不小的人物呢。”

“哦？说来听听。”格兰特兴趣大增。

“这人是泰瑞爵士，爱德华四世的时候，他在很多调查委员会里都任过职，后

① 即约克的伊丽莎白，是爱德华四世的大妹妹，跟他的长女同名同姓。她嫁给了萨福克公爵，其实一共生有三子，格兰特找得不全。她长子起名约翰·德·拉·波尔（与其父萨福克公爵同名同姓），封为林肯伯爵。另有二子，埃德蒙·德·拉·波尔，和理查·德·拉·波尔，也各有封爵。这三人在都铎王朝其间不断要求王位，先后起兵叛乱，最后约翰死在亨利七世手里，两个弟弟死在亨利八世手里。

来还被封为骑士。理查三世当政的两年里，他没什么异样的举动，但是理查三世和亨利·都铎的最后一战，泰瑞却没有出现。当然，那一战理查三世的很多部下都迟到了，斯坦利那家伙后来不是还倒戈了吗？所以泰瑞没有出现也就没什么太大的分析价值了。反正，综合种种迹象来看，泰瑞并不是个痞子。”

格兰特眯起眼睛来，微微点头，又问道：“那亨利七世时期，泰瑞都做过些什么？”

卡拉丁脸上显出笑容来，说道：“这可就有趣了，你听我慢慢说来。泰瑞在约克王朝时期表现得那么良好和忠诚，在亨利七世时期却反而大受重用！升了官，发了财，分了地。”

说着把泰瑞受封的官职、地区，还有从政的一些情况展示给格兰特看，同时感慨道：“我真是猜不出来这是为什么？”

格兰特向那些内容看了一眼，立即干脆地说道：“我知道这是为什么。”

卡拉丁眼中透出询问之意。

格兰特接着说道：“你看，他的那些官职、封地，以及执政时的一些出使任务，都是在英格兰境外，发现了吗？”

“哎？还真是，我怎么没发现？那这意味着什么？”

格兰特却缓缓摇头，说道：“也许是我敏感了吧？这可能都只是巧合而已，人总是倾向于把一些历史资料背后的东西无限地加以放大，其实就是想多了。这事暂时先放下，目前我还没想到什么特殊的，等有了新想法再说。泰瑞在亨利七世手下一直这么受重用吗？”

“是的，很久。不过后来在1502年闹翻了。那一年亨利七世听说泰瑞意图放走一名关押在伦敦塔里的约克家族的人物外逃，于是就派兵去抓他。为了稳住他，还下了道圣旨，说如果他能老老实实地回来，就封他大官。后来把泰瑞给抓住了，不长时间就杀了他，都没正式审判过。”

“啊！没审判？！”格兰特十分吃惊，说道，“不是说泰瑞承认了罪行吗？”

卡拉丁双手一摊，做了个鬼脸，说道：“什么认罪的话都没有，大家都说泰瑞杀了塔中王子，其实都是道听途说。亨利七世杀了泰瑞之后，就让手下人编了一份泰瑞的口供，说他承认杀死王子。”

格兰特用力地甩甩脑袋，皱眉说道：“如果泰瑞实际上承认了，那亨利七世本可以直接利用这一点对他进行公开审判啊！这不正可以把理查三世的所谓罪行公诸天下吗？这是败坏敌人名声的大好机会啊！”

卡拉丁调皮地笑道：“是啊，所以说我也想不通。”

“真的没有人听到泰瑞认罪？”

“没有。”

“我还记得一些细节，主流的说法是泰瑞从伦敦塔警卫官的手里接管了钥匙，替他保管。然后当晚就指使两个流氓把孩子给杀了。这种供认坐实了千古疑案，将理查三世弑侄夺权之罪给盖棺定论了。”

“可实际情况是没人听到泰瑞说过这些话。”

“那个伦敦塔里的警卫官呢，跟他当面对质了吗？”

“那人在理查三世的最后一战中也战死了。”

“哼，这倒让亨利七世省了不少心，不用再费事杀一个人灭口了。”

格兰特慢慢躺了下来，缓缓说道：“我想到一点，这个警卫官死在了战场上，这件事其实给咱们的观点添了一根柴，有利于我们的推测。”

“我想不通，说来听听。”

“你看，如果主流的说法是真的，即那个警卫官在理查三世的命令之下把钥匙交给了泰瑞保管，那其他的守卫一定有不少人会知道这件事，因为长官更换了。亨利七世接管伦敦塔时，这些警卫们可没全死，理论上来说，就一定会有人把事实告诉亨利七世，但却没有人说这种话。尤其两个王子失踪了，这么大的事怎么可能不上报？亨利当时一定会把伦敦塔里的重要人物逐个接见一番，这两个小孩子必然在列。这时警卫们交不出人来，他们会怎么说？一定会把泰瑞接管钥匙，随后两位王子失踪这件事说出来的。而这件事在当时就可以成为败坏理查三世名声的重要依据，又何必要等到二十年之后？”

“你说得对极了！而且，泰瑞可不是个一般人，他要是去过伦敦塔，一定会有人认出来的。”

“所以说，如果暗杀王子的事情是真的，以当时的局面来看，泰瑞一定会被判死刑，同时亨利七世会在这件事上大作文章，大张旗鼓地搞一通。”

格兰特说到这里心情通快，抽了支烟，继续说道：“所以结论很明确，亨利七世杀了泰瑞之后，让御用史家编了一通谎言，然后通告全国，载入历史。”

“不错，而亨利七世却没有对泰瑞进行公开的审判，直接就给杀了。”

“嘿嘿，亨利七世，这个人我看并不聪明，心眼儿却多得很，总想拐弯抹角地遮掩一些事情，手法却又特别笨拙。一直等了二十年，才拙劣地编造了塔中王子的谎话。亨利七世这个人我比较了解，他登上王位之前，你知道他都做过些什么吗？”

“不清楚。”

“这哥们儿居然以叛乱罪把帮理查三世打仗的那些部下都给杀了！叛乱罪！哈哈，真是笑话！想杀掉死对头的帮手部下这都可以理解，但这种逻辑却十分荒唐！而他想把自己的逻辑变得合理一些，居然想出一个笨方法，他说自己王朝开始的第一天，就是他跟理查三世决一死战的前一天，所以凡是帮理查三世打仗的，就相当于叛乱！这不是精神病吗！什么脑子啊！所以说，他能搞出塔中王子这种闹剧来，我是一点也不稀奇。”

格兰特给卡拉丁递了支烟，卡拉丁抽了一口，说道：“不过亨利七世也没能做得太过火，你们英国人给他制定了一条界线，让他不能乱来。”

“哦？具体点？”

“英国国会制定了一份法案，客客气气地交给了他，法案里说亨利七世不得以任何名义杀掉英格兰的任何人。看看你们英国人吧，又绅士，又可怕，面带笑容地挤对人。国会没跟亨利七世硬来，而是给他一份合理的法案，看着他强装笑容地接受。亨利七世心里肯定恨得要吃人，却又无法发作。”

卡拉丁夸完了英国人，起身道：“我得走了，你恢复得这么好，我很高兴，等你完全好了，我跟你一起去游玩散心。”

卡拉丁走了，格兰特则一支一支地抽着烟。

他想的是那些约克家族的继承人，这些人在理查三世时期活得好好的，到了亨利七世时期就一个接一个地死掉。

或许吧，这些人里有的就该死，毕竟资料有限，也不知道是谁该死。但前后反差如此之大，这个可太说明问题了，任谁都能想到，凡是阻碍亨利·都铎称王的绊脚石，最后全都给清除了。

之前卡拉丁给格兰特带过来一本书，是关于理查三世的，他让格兰特好好读一读，说这本书挺搞笑的。

格兰特随手翻了翻，觉得这书没什么太大的意思，但是聊胜于无，手头上关于理查三世的资料都看遍了，能有本书看看总比没有强。

格兰特认真地看了几段之后，才明白卡拉丁为什么说这本书好笑。

原来作者认为理查三世是个不折不扣的刽子手，但作者又觉得自己非常诚实，不想隐瞒历史，所以他采取的做法是硬生生将史实挤进他的理论和观点中，强行让双方统一结合。这就形成了无数的矛盾和反差，看了叫人笑得脸直疼。

作者一方面把理查三世的个人才能和品格夸到了天上，却又说理查三世污蔑自己生母，又杀侄夺权。

作者对于塔中王子的传闻坚信不疑，他认为就是理查三世下的手，可是却又觉得理查三世人品中没有污点。

格兰特心想，作者对自己这种写法就不觉得矛盾重重吗？这作者还真是个高人！

格兰特现在对于史学家有种成见，他所了解的史学家们似乎脑筋都不大灵光，对于明晃晃的矛盾就是视而不见，不加分析和思考。

这时，格兰特不由得想起了表妹萝拉，这小丫头的回信中有些观点让格兰特觉得很深刻。

她说人的特点是容易产生成见，一旦产生就像石头一样坚硬，别的观点难以攻破，人不想否定自己已经认定的事实。

格兰特是警察，他知道在现实中有些脾气和人品都很好的人，是在什么情况下才会做出过激行为的，比如杀人。

像这本书的作者所描述的理查三世的为人，如果他要是能杀人的话，一般会是特别极端的情况，比如将妻子捉奸在床之类的。总之都是一时情急冲动的时候，而并不会设计好杀人的计划。

虽然不能说理查三世为人如此，就一定不会杀人，但却可以说，正因为理查三世为人如此，他才不会去“谋杀”！

以当时的情况而言，杀了塔中王子的做法非常的愚蠢，而理查三世如此精明能干，怎么会犯傻？善良、热情、宽容和正直是他的标签，这些素质都和一个谋杀者的形象完全相反。

所以格兰特得出结论，综合来看理查三世的一切，他不会是谋杀者，不会是凶手。目前所搜集到的资料，到最后其实都成为了一种反证，这些反证交叠在一起，构成了保护理查三世的坚固城堡，高耸直入天际！

# 第十五章

如此过了几天，卡拉丁又来了，这一次他显得非常兴奋，像是带进了一股旋风。

他一进门就高声道：“上次你漏问了一个人！”

“啊？是谁呀？”

“巴斯主教！那个秘密婚姻的证人！”

“不错。巴斯主教的意外揭秘直接导致了王权法案的出现，按理说，亨利七世最恨的人就应该是这个多事多嘴的家伙，那就一定会杀了他，他最后死了吗？”

“他可没有！因为他没跟亨利七世走得太近。都铎王朝建立之后，很多人都投向了亨利七世，但巴斯主教却没往前凑。我觉得呀，这人可能太有心机，怕惹来杀身之祸，也可能太淡泊名利了。所以亨利七世也没什么机会对付他。不过亨利七世还是随便找了个罪名把他给抓了，关了一辈子也没放。”

格兰特听卡拉丁一口气说完，不禁笑道：“你今天的状态跟那回大不相同，兴奋得很啊！是不是……”

“别乱猜，事情的最终真相还没揭晓呢！我这么兴奋确实是因为有了更大的进展，所以非常有成就感，但是离最终的答案还有些距离。”

格兰特笑着用手指对着卡拉丁虚点了几下，说道：“你呀你，你一定是找到了些什么重要的信息。”

卡拉丁脸上露出笑容，说道：“不错，确实找到了。上次你让我查一下那些继承人们在亨利七世登上王位之初都在做什么。我找了不少相关的资料。一开始，这些人做的事都和之前没什么太大的区别。亨利七世接管伦敦塔之后，就正式封那个约克的伊丽莎白为王后。后来，由服从他的人所组成的国会恢复了他的合法继承权，同时又剥夺了那些继承者们的继承权。他又通过将王朝开始的时间提前了一天，从而以叛乱罪杀了那些曾帮助理查三世打仗的人——这件事你之前提及过。但是直到这里，也没人提及塔中王子的事。在这个地方我还得插一句，那个克罗兰的修士之前虽然把莫顿的谣言写在了书里，但他对于亨利七世以叛乱罪杀人的做法却非常反感。他说，那些曾经忠心护主的人们，在战败之后还要被杀掉，财产不保，日后一旦战事兴起，我们国王的安全哪里还能得到保障？"

"亨利七世根本就不顾他的子民。"

"他心里怎么想的就不清楚了。不过亨利七世初期，很多事情的发展变化都跟你预料的方向一致。亨利七世先是在1486年1月份娶了约克的伊丽莎白，同年9月，这女人在温彻斯特生下第一个儿子，她母亲伊丽莎白·伍德维尔便参加了外孙的洗礼，还待了两个月左右才回伦敦。可是这个前朝的王后，亨利七世的岳母，就在回伦敦不久之后便被亨利七世关进了修道院，自此洗去浮华，清苦长伴，了此残生。"

格兰特非常吃惊，失声道："你是说伊丽莎白·伍德维尔，她被软禁了？！"

"就是她。"

格兰特冷静了下来，说道："她该不会是自愿去的吧？有些贵族妇女有时会看破红尘，主动去修道院里清修，而且其实那地方的生活条件好得很，这些人又不缺钱。"

"我想不是。亨利把她能享受的一切都夺走了，这事当时还特别轰动呢，很多人都颇有微词。"

"那理由和原因是什么呢？"

"说是因为她之前跟理查三世走得太近。后来亨利手下的史学家们说，基于各种原因，她一定要闭嘴收声，然后住进修道院去。"

格兰特愣了好一阵，想着这些问题，最后说道："这个亨利七世，哈，这家伙，他真是连借口都不会找啊！'基于各种原因'，这么暧昧不清的理由！"

"谁知道呢，或许他不想费事，或许在他眼里，别人都是傻子，容易骗，所以就弄了这么个不伦不类的借口来糊弄人。而且，伊丽莎白·伍德维尔之前接受理查三世的年金，双方又和好这件事，亨利七世又不是不知道，可他最初对自己岳母的待遇其实一直不错。而在他登基十八个月之后，却好像才忽然想起了这件事似的①。”

“嗯，看来这显然是个拙劣的借口，那你觉得真正的原因是什么呢？”

“我跟你说另一件事，这事曾给我不少灵感，或许也能让你一下子想到亨利七世为何如此对待他岳母。”

“少卖关子，别吊我胃口，快把答案说出来吧。”

“首先，约克的伊丽莎白在1486年1月份跟亨利七世结婚，9月生了孩子，她母亲还出席了洗礼。对吧？”

“对，当然对，你快点说有用的！”

“而同年的6月16日，泰瑞被亨利七世特赦。”

“这很正常啊，王朝更迭时，新的君主为了稳定人心，就会特赦一些人，以示自己宽容大度，其实就是收买人心。”

“不错，但这只是第一次特赦，后来还有第二次。”

“怎么？泰瑞还有第二次特赦？”

“不错，不过这一次的本质可是一笔生意。时间恰在一个月后，7月16日。”

“隔得这么短？这里一定有猫腻。”

“确实不正常。我这几天在大英博物馆里找资料，有一个老大爷帮了我很多忙，他对历史非常了解。他说间隔这么短的特赦是从来没有先例的。”

格兰特又双眼看向天花板，边思考边说道：“6月中旬泰瑞首次被特赦，7月中旬，二次被特赦，同年11月，伊丽莎白·伍德维尔返回伦敦，次年2月就被软禁。时间挨得很紧密啊。”

“作何感想？是不是在怀疑泰瑞这家伙？”卡拉丁向后靠去，一副悠然自得的神情，一边摇晃着身子一边问道，显然他心里已经有了一定的结论。

---

① 后世有史学家认为，亨利七世软禁他岳母伊丽莎白的举动可能和他生母玛格丽特的意见有一定的关系。亨利七世的生母玛格丽特·博福特虽然当初跟伊丽莎白·伍德维尔联姻，但在亨利七世坐稳江山之后，这两个都很强势的女人之间必然存在着政治权力方面的暗中竞争。而亨利七世和玛格丽特之间的母子关系又一直都很好，所以这种说法并非没有道理。当然，最根本的原因还是出于政治方面的考量。

“不错，泰瑞，应该就是泰瑞，他非常可疑。咱们之前说过，谁的生活状态与以前大不相同，谁的身上就可能有问题。这个泰瑞就非常典型了，他的变化太不寻常了。对了，王子失踪这件事是什么时候开始在民间传开的。”

“亨利七世在位初期。”

“这一下时间就对上了，同时也解决了我一直以来的一个困惑。”

“什么困惑？”

“就是为什么王子失踪了，却没有引起社会上的剧烈反应。就算很多人认为是理查三世干的，可却也没有广泛而强烈的反应啊。这非常不合理。你想，理查三世还在位的时候，也就是1485年8月22日他战死之前，他有很多的敌人反对他，像伍德维尔家族，像兰开斯特家族。不过理查三世并没有对这些人疯狂地进行杀戮，这些反对者们便得以散布全国四处时不时地搞些小规模的颠覆活动。所以，如果那个时候两个王子真的失踪了，并且在全国宣扬开来，那这些反对者们借此事由起来大举闹事，这就够理查三世喝一壶的了。但事实却并非如此。像这种情况，亨利七世就不会遇到，因为反对他的人不是被他杀了就是被他抓了。亨利七世只顾忌一个人。”

“他岳母，前朝王后伊丽莎白！”卡拉丁顺着格兰特的思路思考，立刻便想到了这一点，不禁脱口而出。

“不错。”格兰特缓缓点了点头，但神情中那份肯定的态度却非常明显，接着说道：“7月份泰瑞二次被特赦，于是就在亨利七世的收买和威胁之下，立即赶奔伦敦塔，暗中杀掉了两位王子。此时伦敦塔里已经全是亨利七世的心腹了，所以事情才没有宣扬开来。而这个时候，他岳母应该陪在女儿约克的伊丽莎白的身边，等待她生产，因为离预产期只有两个月了。也就是说他岳母在7月份时，可能待在温彻斯特而不在伦敦，这就更便于泰瑞行事。而等到她11月份看完外孙子从温彻思特回到伦敦之后，却发觉长时间没能见到自己的两个小儿子，于是便不住地向亨利七世询问，或者派手下人去打探两个儿子的下落。时间长了，不但惹得亨利七世心烦，还怕夜长梦多，出现意外，更怕这女人搞出什么事端来，所以很快就在来年2月份便将她强行送进了修道院，了此残生。”

“不错。那前朝王后伊丽莎白为了打探两个儿子的情况，她都会做些什么呢？难道就没有一点效果？”

格兰特摇了摇头，叹道：“她又能做什么？亨利七世的手下敷衍她太容易了，比如跟她说，她是个不合格的母亲，居然跟恶徒理查三世和好，还让女儿参加理查三世的宣告宴会，所以没资格见两位王子，可别教坏了小孩子，就让两位王子的灵魂得以保持纯洁吧。甚至这女人可能根本不知道自己儿子已经出事了，因为当时这件事在外界并没有传开，她无从获得消息，她顶多就是怀疑罢了。”

“对，而且亨利七世当时制造白色恐怖，心狠手辣地杀了曾经支持理查三世的人，夺了他们的财产，在这种情况下，就算有人怀疑王子的下落，也没人敢站出来质疑询问，不怕掉脑袋吗？所以亨利七世声称两位王子还住在伦敦塔里，别人就算不相信，那也只能在心里表示怀疑了。而伦敦塔里的守卫们，正如你先前所说，一定已经更换成了亨利七世的心腹，他们更不会也不敢把事情传出去。而且，你知道吗？据我所查到的资料显示，在英国的历史上，亨利七世可是第一个有私人保镖[①]的国王，在此之前，别的国王可没有什么心腹。对了，你说这事他会告诉他的枕边人吗？”

“你说亨利七世的王后？他老婆约克的伊丽莎白？我觉得……会吧？”

“不不不，格兰特先生，我可不这么想！咱们之前说过了，亨利七世是个做任何事都拐弯抹角的人，他总想隐瞒事实，大力地加以掩饰，他可不会直来直去。他怎么能跟自己老婆说他派人杀了两个小舅子呢？”

“哈哈，如果他是个虐待狂呢？反正他心里清楚，自己老婆虽然是所谓的王后，但其实这女人什么也做不了，所以就得意地说了出来，发泄一下积在心里的得意和不安，同时折磨一下枕边这位约克王朝的前公主。你想，约克的伊丽莎白又不傻，她好好

---

① 伦敦塔里虽然关押了一些重要人物，有监狱的作用，但这个建筑主要是英王室成员居住的地方。亨利七世接管伦敦之后也住了进去。但他觉得有危险，于是便组织了保镖人员保护自己，这些人被称为伦敦塔卫士。

小说中卡拉丁强调这一点，可能是暗指亨利七世利用这些心腹人员暗中做了一些见不得人的事。不过这种思路的逻辑稍显薄弱。

地当她的王后，生她的王子就好了。就算明知道弟弟叫丈夫给杀掉了，她也会装糊涂闭嘴，难道还会引火烧身？她可不会那么愚蠢的！”

“天！格兰特先生，我觉得亨利七世这东西还不如虐待狂呢吧？他是个虚伪阴险的小人，凡事都要隐藏在心底深处，不向任何人透露，所以她才不会跟她老婆夜里说这种悄悄话，然后叫老婆一脚从床上踢下去。这事我想你分析错了。”

两人数落起亨利七世来，都热情似火，说到这里不禁相对大笑。

格兰特笑了一阵，说道：“亨利七世实在是小家子气！”

“不错，太没气度了！”卡拉丁表示强烈地认同。

“咱们细数一下亨利七世的所做所为。他提拔重用莫顿，让莫顿帮他去收税。结果莫顿这个无情的家伙搞得民间怨声载道，天怒人怨。据传闻莫顿说过一句，他说富人有钱交税，但穷人未必没钱。后来便有了一个词，叫‘莫顿之叉’，用来形容莫顿这狗贼收税时的决绝无情。”

“真是什么君主用什么大臣。亨利七世身为国王，却一点也没有国王的风范。对了，你觉得亨利七世身边的那些御用史学家怎么样？”

“哈！有些人简直笨得要命，或者更讽刺地说，诚实得要命。比如你之前要我看的那本很搞笑的历史，它的作者脑筋就不太灵光。根本无法调和笔下人物身上出现的明显矛盾，却还蛮有热情地在那儿硬往下写，真是有毅力！以我警察的眼光来看，这种人适合去当罪犯。”

“哦？这话怎么说？罪犯不是都很狡猾吗？”

“不不不，你没当过警察你不知道，以我的经验来看，大部分的罪犯都笨得很。打个比方，比如从A推理到B，这么简单的事情可能是小孩子都会的。而如果从B推理到C，那么难度便大了一些，但一般的成年人也能做得到。可偏偏就是那些看似狡猾聪明的罪犯们却常做不到，真是傻得可以啊！我见过太多这样的人了！他们只能分析到B的步骤就停止了，C对他们来说太遥远了。所以我才说有些历史学家们跟罪犯没什么两样，明知道对理查三世的描写大有问题，却没有能力去解决，甚至都没动过要去解决的念头，只是闷头硬往下写，把冲突矛盾的信息硬生生拼接在一起给世人看。”

“哦，天！我都不知道这些，你说得有意思极了！看来我得对世上的某些人重新观察了。”

“对了，你的书开始得怎样了？”

“嗯，已经开始了。我这次的写作形式，打算是按那种自然发生法去写。”

“详细说说。”

“就是事情的经过是什么样的，我就如实地去写。你看，咱们一开始见面的时候，都不确定下一步要做什么。后来我们才有了计划。然后又找到了症结所在。最后我们拨开云雾，找到问题的关键和根本。我就打算按这个顺序去写。”

“挺好，我觉得不错。”

“好，那我就继续写了。另外，我还得研究一下亨利七世，把他作为理查三世的对比，让读者们一目了然两人之间的差别。像亨利七世这种君主，他还私设秘密法庭呢！”

“这事我倒不大清楚。他又是任用莫顿这种人强收苛捐杂税，又是私设秘密法庭，这就是独裁的暴君，太典型了！你要是能把这些东西都写出来，我想一定会说服读者。谁都无从反驳。”

“看来我还有很多工作要做啊，还有很多资料要读啊！完了，我女朋友已经跟我闹别扭了，说我不理她。她可恨死你了！不过，格兰特先生，说心里话，能跟你有这样一次共同的研究经历，是我人生中最为兴奋，最为……有……最有……你知道，我想说，这和我女朋友带给我的兴奋不一样，我是说……我们那种兴奋……不是的……而是……”

卡拉丁似乎有些兴奋过度，说话都渐渐开始有些语无伦次了。

格兰特以长者的态度笑着安慰道：“我明白，我明白，你是想说，你做了一件非常非常有价值有意义的事。”

“对了！”卡拉丁像是吐出了喉中之鲠，痛快地喊了一声，接着说道：“我就想，像我，卡拉丁家族的继承人，跟着我女朋友来到了英国。我闲着没事，又想应付我父亲，所以就到大英博物馆找份事做，省得听我爸唠叨。结果，咱们见面了，我就有了一份重要的任务，我也充实了。而现在，我又将做出成果了。你说，这个过程多么美妙，多么意想不到，结果是多么叫人感到震撼啊！"

卡拉丁忽然有些迟疑，看着格兰特问道："格兰特先生，你……你真的不想写这本书吗？这事多伟大啊！"

"哦不不不，我肯定不会写什么书的！"格兰特立即挥了挥手，"我连我在警界工作的情况都不会去写。"

"为什么？自传都不写了吗？"

"嗨！主要是我觉得市场上的书太多了，我还写什么书！"

格兰特见卡拉丁表情似乎有些受伤，忙笑着解释道："你别误会，我不是说你这本书，你这本书还是非常有价值的，必须得写出来。对了，我忘了一件事，泰瑞在任期间，不是曾经出使过法国吗？那是什么时候？而他受领封地又是在什么时候？是在1486年那个诡秘的7月吗？"

卡拉丁脸上立刻浮现出刻意打造的邪魅神情，其中却充满了善良年轻人的顽皮，说道："我等的就是你这句话，我就寻思，你要是忘了问我，我就在临走前跟你说。我告诉你，泰瑞出使法国以及获得封地的时间，都在他受亨利七世指使，去伦敦塔中杀掉两位小王子之后，时间上几乎是紧挨着，都在7月份里。所以虽然泰瑞在7到11月份之间应该都有时间下手，但因为7月份就受赏了，那一定是事成之后的事。所以动手的时间就在二次特赦之后和受赏之前，也就只能是在7月16日受二次特赦之后的几天里。"

"这下全畅通了！咱们对这桩公案的拼图工作也完成了最后一块。只是不知道泰瑞受领那块封地是不是因为刚好有空缺的一种巧合，也不知道他出使法国的事，是不是亨利七世想借这个机会把泰瑞支开，让他离开英格兰好回避一下。"

"这方面我没查到资料，不过我分析，是泰瑞自己要离开英国才跟亨利七世请命的。我想是因为亨利七世这人阴狠毒辣，泰瑞觉得伴君如伴虎，所以就借机请命，然后躲远一点。你看他不光是出国，最后还长时间滞留在国外，从这一点就能看出端倪来。只是最后还是没能逃过亨利七世的魔爪，亨利七世心中不安又多疑，非把他灭了口才能安心。而最后杀塔中王子这个帽子还是戴在了泰瑞自己的脑袋上，不过他也不冤，毕竟人应该就是他杀的。只不过不是受理查三世的命令，而是受亨利七世的命令，不是在理查当政期间，而是在亨利七世当政初期，在那个神秘的时间段——1486年7月。”

“嗯，事情非常明朗化了。泰瑞出国又留在国外，从常理上分析，应该是怕被灭口。”

“其实不只是泰瑞，还有些人也滞留在国外了。比如主流的说法中，泰瑞杀害王子的当晚，他是派了另两个流氓去下手的。其中一个叫约翰，另一个叫佛瑞斯特。后者的信息不明确，但前者那个叫约翰的人，他确实留在了国外，而且据说一生穷苦，受尽白眼。不过我也没法把所有相关的人物情况都找出来。因为在都铎王朝，相关的说法版本不一，说什么的都有，而且内容互相矛盾冲突。所以想完全理清这些东西，难度很大。”

“那个约翰很穷苦？后半生过得不好？他为什么没从亨利七世那里得到些好处呢？”

“有的资料表明，这个约翰其实是个修士，本来生活就清苦。不过亨利七世给他的职务倒清闲得很，以修士的身份而言，也算是舒舒服服吧。嘿，他其实是个修士，但之前却还把他说成是个痞子流氓呢，我想那是出于对亲手杀害王子的人的一种愤恨和鄙视吧？”

“有没有历史学家怀疑过，既然泰瑞‘认了罪’，说是指派约翰和佛瑞斯特两个人亲自下的手，那个佛瑞斯特无证可考，倒也罢了，那为什么这个身份明确又遭万人唾骂的约翰却一直没能在泰瑞认罪招供之后回去接受审判呢？”

“哈哈，没有。我想都铎王朝时期的历史学家们脑子都笨得要命，就像是你说的那些罪犯一样，根本不会从B推理到C。”

格兰特笑着看看卡拉丁，说道：“我看你现在也有当警察的潜质了。”

卡拉丁有些不好意思，便起身告辞，临走前说道：“格兰特先生，等我写完了书，就把它献给你当礼物。”

“你献给你父亲吧，好作为一个交代。”

“我才不呢！如果不是你，我根本就不会开展这项工作，所以我决定，就要把书献给你！来表达对你的感激和尊敬！”

这年轻人挺起了胸，一副激昂的姿态，显得特别郑重，周身上下似乎充满了激情。

格兰特也有些感动，喃喃地答道：“我会非常荣幸的，谢谢你，孩子！”

卡拉丁迈着轻快的步伐，像是脚不沾地一样地飞走了。

格兰特再次把理查三世的画像拿起来，郑重地挂在墙上，仔细地端详着，心中感慨万千。

# 第十六章

格兰特脑中勾勒着伊丽莎白·伍德维尔的形象。

一头金色秀发，俏丽的容颜，魅力四射，却被关在修道院里，凄凄惨惨，悲悲切切，孤冷清幽，让人长叹不已。

亨利七世终究不能杀她，便把她关起来令她与世隔绝，以免给自己添麻烦，她便因此远离了原有的富裕生活和尊贵身份。

这个女人并不是一个简单的人物，她出身不高，寡居携子，父亲又支持兰开斯特家族，但却能跟爱德华四世结成连理，令整个英格兰都为之震惊。

她任用外戚，提拔伍德维尔家族的成员，成为一股庞大的势力。

这一方面成为了对抗造王者渥威克势力的重要力量，而渥威克最终的下场也和她有直接关系。

而另一方面，他们伍德维尔家族的势力也是理查三世登基继位的极大阻碍。

或许，在她和爱德华四世结婚的那天开始，很多人的命运和结局就已经隐隐地显露出来了。

不过人们原谅了她，甚至理查也原谅了她。所以她是幸运的女人，直到由亨利七世，她这位阴险的女婿出手，她那幸运的时钟才戛然而止，定格在一个令人感慨的时刻。

伊丽莎白·伍德维尔，约克王朝第一代君主的王后，塔中两位王子的母亲，亨利七世的岳母，一个充满传奇色彩的女人，最终却被修道院那两扇古板老旧的大门将她的一切光芒都悄然且无情地永远掩在了冷清清的院落里，再也没有一丝光亮透射出来。

而赞赏和怀念她的人也只能对大门后的一切进行想象了。

这就是历史的残酷，不是吗?

格兰特长叹一声，又回复了他警察的那种思维。他想把整桩公案的过程整理一遍，列出一个有序的过程。这说不定会帮上卡拉丁的忙，其实主要也是为了理清一下自己的思路。用笔写下来，看着就明白多了。

格兰特开始写道：

1485年左右，塔中王子失踪。

理查三世：生前表现良好，政绩斐然，品性良善，私德无损。特点：行事果决，处事英明。

在这桩公案中：

1. 理查三世并没有不择手段地维护自己的利益。约克王朝这边挡在他前面的继承人一共九人，其中有三个男孩。

2. 在理查三世同时代的史料中，没有提及塔中王子一事。

3. 理查三世和他王嫂伊丽莎白·伍德维尔关系一直良好，还允许几个侄女参加宫廷盛宴。

4. 理查三世并没有防着其他几个继承人，还照顾他们，封地，颁发年金。

5. 按当时的情况，理查三世绝对有资格继位，国会批准并对外宣布，还有一份王权法案来标示其继承权的合法性；而塔中两个王子则因为是私生子而没有继承权。故此，两位王子对他们的叔叔并没有政治上的威胁。

6. 如果理查三世要扫清政治敌人，他最先要对付的并非塔中两位王子，而是他三哥乔治的儿子。但理查三世却在自己的亲儿子死后，将他三哥的儿子立为自己的继承人。

亨利七世：外国人，生性喜欢冒险，母亲野心勃勃。私德尚可，没有污点。没担任过重大职务。特点：心机深。

在这桩公案中：

1. 塔中王子是他绝对的绊脚石。因为他废止了王权法案，这就使得两位王子成为了合法的继承人。

2. 他在早期递交给国会的对于理查三世罪状的文件中，并没有提及最有分量的塔中王子一事，只是说理查三世是个暴君而已。这侧面说明两位王子当时尚且活着且活在公众的眼皮底下。

3. 塔中王子的生母在仅一年半之后就被以牵强的理由强行剥夺了一切原有的待遇，而关进了修道院，直到老死。

4. 他要把妨碍他的继承者们统统控制起来，最后找借口一一处理掉。

5. 他无论从哪个方面看，都不具备王位继承权。就算杀了理查三世，下一任有资格继位的也是乔治的儿子。

等格兰特写到这儿的时候，才发觉理查三世完全可以把自己的一个私生子立为王储。而亨利七世的双亲却都不是正宗王室血统。

并且，在当时，把私生子列入门墙，成为王储，也并非稀罕之事。更何况理查三世的那个私生子已经跟大家生活在一起，获得了家族的承认。

但理查三世并没有这么做，而是在亲子死后立了他三哥乔治的儿子做继承人。可见此人就算是在伤痛之中，也保持着清醒的头脑和决断力。

他重视亲情和传统的家庭观念，对于自己的私生子，就算再可爱，再被家族的人接受，也不能立为王储。

格兰特理清这份清单时才感受到，约克家族各成员彼此之间的亲情是如此的浓厚，那种叫人感动的亲情似乎要飞离文字和纸面，径直扑到你的面前一样。

从早年约克公爵夫人一直陪着丈夫四处旅行开始，一直到她的小儿子在政治考量中仍然立他三哥之子为王位继承人，这一件一件的事情无不体现了这个大家庭内部浓浓的亲情。

对于格兰特而言，这种感受也能作为证明理查三世蒙冤受屈的佐证。出身于这样家庭氛围中的善良的人，怎么能忍心杀了自己的侄子，那两个叫他叔叔的可怜孩子?

但相较而言，在亨利七世眼里，这两个小孩跟他可一点关系和感情都没有，他们只是绊脚石，只是王位的阻碍，杀了就杀了，就像折断两根树枝一样。

别的不论，仅从这一点来看，关于两个人谁才是真凶，答应就已经非常明显了。

格兰特用列举条文的方式将这些内容整齐地写出来，这可以让人看后条理更加清晰。格兰特之前没意识到亨利七世为什么会对王权法案如此的敏感，反应如此的强烈。

如果像亨利七世之前所宣称的，说这份王权法案荒谬绝伦，那他应该把法案当众念出来，叫世人知道怎么个荒谬法。但他却不敢宣读，还急于把法案毁掉。

这些都说明一点，王权法案的内容，一定明确了理查三世对于王位的继承权是不容置疑的!

亨利七世看来为了保住王位还真是动尽了脑筋，他先让莫顿这条忠狗想出假情妇这个好主意去否定王权法案的合理性，后来又制造了塔中王子的谣言，来污蔑理查三世的名声。

而亨利七世本人又干脆直接销毁了王权法案这份最有分量的历史资料，同时除掉了一切妨碍自己的人，尽管这一计划一直到了亨利八世执政期间才算是彻底完成。

前者莫顿施之以巧，后者亨利七世施之以力。

这一君一臣，还真是无耻的最佳组合啊!

# 第十七章

格兰特终于可以下床走路了，他卧床那么久，除了看天花板，就是整理理查三世的公案，一直不能走动的情况早就让他心里憋得受不了了。

他在窗户边来回地踱步，兴奋得不得了，这让“矮冬瓜”哭笑不得，不住地跟他说：“别那么幼稚，像个小孩子似的。”

他却故意在“矮冬瓜”面前来回走了几步，笑道：“你看我，走得多好。你是不是以为我得在医院里躺上三五个月？哈哈，我可要出院啦！”

“当然，看到你能走路了，大家都替你高兴，再说你的床位还空出来了呢！”

“矮冬瓜”说完，退出了病房。

格兰特现在就盼着玛塔能来看他，好在她面前显示一下自己行走的成果，还有那段历史谜案的谜底。

格兰特走得累了，躺回床上想心事，心想这间病房之前就像监狱一样把自己强行关在了里面，而此刻自己终于能行走了，很快就可以接受汀可太太的家政服务了。

就算是那些征服高山的人，也无法体会格兰特此时这种快乐的心情。

虽然格兰特现在只能拄拐，还无法健步如飞，但至少腿是自己的了，再也不必艰难地做什么事情，再也不必忍受护士们对自己的摆弄，再也不必接受别人对自己同情的眼光，这种眼光真叫人受不了！

在格兰特眼中，以后的日子都提前充满了阳光。

女友玛塔没有盼来，老同事威廉斯警官先来看他了，见他恢复到这种程度，也替他高兴。

威廉斯问起格兰特对历史进行研究的进展程度，格兰特得意地说道：“我终于能够证明，史书上说的内容全是荒谬至极的。”

威廉斯笑道：“法律可不允许你这么做，情报机构更不喜欢这一点。历史是有定数的，已经成为什么样子就是什么样子，不接受随便乱改。你要是敢乱说话，人家会说你意图叛乱，或是有辱女王声誉。所以我看你还是勿谈历史为妙，小心叫人家把你给抓起来，让你神秘失踪。”

“反正我是不相信史书里写的那些鬼话了，这辈子都不会信了。”

威廉斯仍旧坚持自己的观点，说道：“也不完全是你说的那样，真实的历史事件仍然有很多。维多利亚女王就是真的，可不是虚幻的小说人物；恺撒应该也入侵过英国吧；还有诸如……”

格兰特不想听这些，打断他的话头，问道：“你最近忙什么案子呢？”

“嗨！一个凶杀案，凶手是个小痞子，没救的那种。杀了一个老头，把尸体藏在杂物堆里，还抢了一些钱。这种小流氓，如果小时候家里人好好管教他，估计就不会出这种事了。他被判了死刑，没几天活头儿了。哎，这一阵子可累死我了，得好好休息休息才行。你现在能走了，又能呼吸新鲜空气了，心里挺得意的吧？”

说完笑着在格兰特胸口轻轻拍了一下，这才向格兰特道别，转身离开。

格兰特现在特别想见到朋友来看他，他就快能走路了，可以跟朋友们一起健步如飞了。

如果能跟玛塔一起散步，去看她演戏，当真是再美妙不过的事了。

而如果能跟着表妹萝拉一起去看潮，则更是别有一番滋味。

忽然，他听到外面有脚步声，这熟悉的脚步声让他一下子想到了那只“小羔羊”卡拉丁。

“是卡拉丁吗？快进来！”

卡拉丁又回来了！

格兰特非常兴奋，他想听到这孩子带来的好消息，同时对于自己的康复也非常得意，急于要跟这个小伙子显摆一番。

卡拉丁走了进来，不过脸上却没带着格兰特预期的兴奋和笑容，而是一脸的丧气，灰头土脸的，像是吃了败仗。

卡拉丁垂着头站在那儿，一点生气都没有，像是没有浇水的蔬菜，缺乏朝气和活力，像是受到了极大的打击，准备轻生似的。

这副样子叫格兰特也有些吃惊，不知道发生了什么事。他看卡拉丁外套的兜里什么都没装，在此之前，他可一直把历史笔记和资料放在兜里的。

格兰特心想，看来研究的过程中应该又出现了不可逾越的大问题，让这份研究不可避免地走向失败。不过往宽了想其实也不错，至少研究这件事的过程还是非常有意思的，也值得我们怀念。

终究我是业余的，做这件事也是凭着一股冲劲，更多的是为了乐趣。若非要以专业学术人员的标准来要求自己，未免有些难度过大。

我们谁会觉得一个业余的家伙会一鸣惊人，只身打败一群专业的老鸟呢？我为什么要觉得比专业的史学家更有学问更有头脑呢？

我想证明理查三世是被冤枉的，想把这个被告转移到审判者的位置上去，可也许这个念头本身从一开始就错了。

可能我心里想的其实是得到别人赞赏的眼光，并从中获得得意骄傲的感受，满足自己的虚荣心，而并非揭露公案的真相。

而对于眼前这个男孩，格兰特心中更是充满一种同情和怜爱。这男孩终究年轻，受到的心理打击可能更大。

年轻人有热情，企盼着会创造奇迹，想凭一己之力揭露一个大秘密，成为受人瞩目的人，就像发现了一个大宝藏一样。

但事实或许只能给他打击，直到把他打击得慢慢变老，变得跟其他人一样，没有丝毫的棱角和特点，变得面目平庸，心里不再轻易被激起半点波澜。

“格兰特先生，你好啊。”卡拉丁没精打采地向格兰特问好。

“你好，卡拉丁。看你的气色很差啊，发生什么事了？对历史的研究不顺利？还是又发现了新的能够给我们施以沉重打击的不可否定的史料？到底什么事叫你不开心呢？”

“没一件事能让我开心的。”卡拉丁瘫坐在椅子上，双手支颐，呆呆地看着窗外的麻雀，不着边际地问道：“这些鸟叫得真烦心，你不感到心烦吗？叫得人脑袋疼死了！”

格兰特一笑，不说这些麻雀的事，直接问道：“是不是发现了什么史实？比如早在理查三世战死之前，也就是1485年8月22日以前，就早有塔中王子失踪的消息了，是吗？”

“不是，但比这个更能打击人。”

“这么严重？是你发现了可靠的史料，还是保存下来的一封珍贵的历史信件，又或是别的什么？”

“哎呀，我的天，都不是！比这个还让人难以接受，而且直接触及咱们问题的根本，我都不知道该怎么说给你听才好了！”

卡拉丁揉着自己的头发，一脸的苦相，恨恨地看着窗外的麻雀，像是要把它们一只只活吞了一样。

“格兰特先生，我想我可能永远也写不了这本书了！”

“为什么啊？”

“因为，因为，唉，因为这件事早就不是什么新闻了，很多人都知道这件事！早就知道了！”

“你是说理查三世并没有杀害塔中王子这件事，并不新鲜？很多人都知道？”

“可不是吗！而且好几百年前就有人知道了！”

“行啦，年轻人，别这么丧气，案子离现在也就四百年吧，哪有那么长时间。”

“我知道只有四百年，不过也没什么差别。唉，大家早就知道理查三世是被冤枉的了。”

“你先别顾着叹气，清醒点儿，说说看，最早是什么时候有人替理查三世翻案的？”

“都铎王朝一结束，政治束缚就没了，于是从这个时候开始，不少人就开始质疑了。大家安全地讨论这事，想说什么就说什么，从那时开始就有人认为理查三世没有杀侄夺权了！”

“都铎王朝之后？那就是斯图亚特王朝。”

“对啊，有好几个史学家都分析过这件事，质疑过这件事，我也记不清都有谁了，反正好几个人，从17世纪开始一直到19世纪都有。他们那些名字就像是抢走我斗志和热情的黑手，我可不想记住它们。”

格兰特笑着拍了拍他的肩膀，说道：“现在是20世纪，有人写这些吗？”

“没有啊，反正我不知道当代有谁写过。”

“那你就去写啊！填补这个空白。”

“没用的，已经不是新鲜事了。不再新鲜了！”卡拉丁几乎是扯着脖子把“不新鲜”三个字喊出来的。

格兰特却说道：“你呀，真是心比天高。你想想，真正首次历史大翻案的机会哪能轻易地就让你给抓住啊！你虽然不能成为开辟道路的第一人，但仍然可以大有作为，跟一些东西对抗。”

“跟什么对抗？”

“汤——尼——潘——帝！”格兰特盯着年轻人的双眼，一字一顿地说道。

卡拉丁的脸上开始焕发出荣光，就像是一棵将要枯死的小苗重新迅速地展示出生机一样。

“汤尼潘帝是最可恶的东西，是吧？”卡拉丁笑着问道。

“不错，你想想看，三百多年前就开始有人怀疑这件事，并给出了考证和分析，那为什么直到今天，我们的历史书里还这么明晃晃地把错误的历史写下来给孩子们看？这是不是汤尼潘帝在起作用呢？所以我才说，你得把这本书写完。”

“可是，那些前辈们也这么做了，可是三百多年来并没有得到别人的重视，也就是说，他们其实都失败了。我又能有多少成果呢？”

“有志者事竟成，只要坚持，我想你一定会成功。”

“可我弱小得很哪，我甚至都不是专业的历史学人员。”

“你呀，就是没有自信。你这种状态怎么能引起人们对你的关注呢？你有个优势没看到吗？”

“我哪有优势？”

“你有啊，只是你自己没有发现。你看，有这样一个规律，那些非历史学专业的人们，其实是一拨最想对历史问题指手划脚的人。你一旦发表了独特的言论，这些人就会第一时间站出来，积极地指责你，说你想洗白理查三世的脏历史，想搞逆流，甚至说你是哗众取宠。他们会查资料，恶补以前不知道的知识，然后就对你指手画脚，这是人的天性。这帮人激动起来，甚至会把自己幻想成维护正义和真相的大英雄，杀了你的心都有。而那些真正有学问的专业历史学家，可能都不会看一个业余小子写的书。所以对你而言，你的做法可以引来一大片关注，增加知名度。而你的这些对手，却大多是半吊子。”

“看来我这么做真的可以引人关注啊！而且关注的人还不少呢！”卡拉丁听完格兰特的话不禁再次兴奋起来。

“是啊！”格兰特大笑，接着说道，“你现在的气势就像一个拥有帝国军队的将军了。对了，你现在写了多少了？”

“两章。”

“你不会把它们给扔了吧？”

“好悬呢！我差点把这些纸扔进炉子烧了。”

“啊！那为什么后来又没烧呢？”

“嘻嘻，因为是个电炉子。”卡拉丁调皮地说道。他舒展了一下身体，脸上洋溢着灿烂的笑容。

“格兰特先生，你的一番话让我心情好了很多，看来我家族的热血已经在我体内燃烧起来了，我都有些迫不及待了，我要把这个历史大谜案完整地彻底地讲给英国人听。”

“我恭候你的大作！”格兰特鼓励着这年轻人，同时把自己之前总结的列表递给了卡拉丁，说道，“这是我对整个公案做的总结，你看看吧，一定会有帮助的。”

卡拉丁双手接过来认真地看着，他双手微颤，显然有些激动。

格兰特说道："你都拿走吧，我已经写完了。"

卡拉丁郑重地把这张纸叠好塞在衣服里，不过脸上却显出一种失落的神情，叹道："你的伤快好了，等再过一段时间，你可能就会去忙你苏格兰场的案子，唉，你就会把理查三世的事给忘了的。"

"不，年轻人。我敢说，没有任何一件案子比理查三世的案子更让我着迷的。"

格兰特看了一眼理查三世的画像，接着说道："你刚才带着一脸丧气相进来时，我的心吓得都快要停跳了，我比你还紧张这件事，我当时就感觉世界末日来了。"

说着格兰特拿起了这张画像，缓缓说道："你知道吗，有人觉得这画像里的人很伟大，有人觉得这是个圣人，有人却只看出他身有疾病，有人却认为这人正直无私。大家的说法都不一样，我想还是我的玛塔说的最接近。"

"玛塔小姐？她怎么说的？"

格兰特语气低沉，似乎回到几百年前的理查三世身边，体验着他内心的痛苦，缓缓说道："玛塔说，这是一张充满痛苦和忧愁的脸。"

"是啊，他受到了不少的打击。"

"不错，在位仅仅两年，本来国情稳定，战争平息，人民生活富足。但随之而来的却是灾难，一个接一个的灾难。先是儿子死了，后来妻子死了，最后又有小人和野心家带来了战争祸乱。"

气氛变得深沉了，两人长久不语。

最后卡拉丁说道："不过，至少有一件痛苦没有在他生前折磨他。"

"哦？"

"就是被泼脏水，成为人们心目中的恶魔和谋杀者，一个罪人，一个凶徒，一个无情冷酷的妖怪，最终被钉在历史的耻辱柱上。这是在他死后的事了。"

"是啊，这才是最沉重的打击，叫人呼吸不得的那种压抑。你猜，证明理查三世没有夺权的最有力的证据是什么？"

"不知道。"

“就是巴斯主教突然站出来揭露爱德华四世之前的秘密婚姻时，理查三世便立刻向外先后两次求援。如果他早知道巴斯会说什么，或者根本就是他跟巴斯合谋串通好的，那他之前就应该带兵进入伦敦才是，至少也会在伦敦附近驻兵，以备出现情况好及时出兵弹压。但他从北方听到王兄驾崩而南下的时候，却只带了六百个贵族绅士，归他调动的军队一直在原处驻扎未动。后来还是白金汉公爵带了三百个士兵去支援他才抓了王后的哥哥。所以这一切都说明他对巴斯要说的话之前并不知晓。”

“不错。理查三世心里所想的，只是安安稳稳地辅助新君登上王位，朝野上下别出乱子。没想到一行人刚走到北汉普顿，就遇到了王后的哥哥的两千人队伍，还是全副武装的。不过好在理查三世英明神武，未动一刀一枪就抓了王后的哥哥，遣散了两千人的队伍。在他的眼里，接下来就只剩下辅佐王侄登基了。可是却没想到半路杀出个巴斯，搅乱了局面，他迫于伦敦局面不稳，这才去调动自己的军队，还向表兄求助。这全是出于自保和控制局面才做出来的行为。因此这一切的变动全是来源于巴斯的突然揭秘，他真是让所有人都感到意外啊！”

卡拉丁说到这儿扶了扶眼镜，接着说道：“其实我还发现了一条证据，可以证明亨利是有罪的。”

“说来听听。”

“就是神秘事件？”

“怎么讲？”

“亨利七世行事总是神秘兮兮的，不肯以真面目示人，向来是暗中行事，背地里做手脚。”

“嗯，因为这符合他一贯的风格为人？所以就成为了你所说的又一条证据？”

“不，不是单纯地因为这个，光是风格相符还不足以作为证据钉死亨利七世，而是别的方面。你对比一下看看，理查三世做事向来光明磊落，亨利却一定要让塔中王子的失踪成谜。理查三世完全没有必要把这种事搞得那么神秘，因为从当时的情况看来，他还要统治很长时间，如果把王子弄成失踪，他就一定要跟臣民们进行解释，这是早晚的事。可哪那么容易解释得完美呢？所以如果理查三世把王子搞失踪了，就等于犯傻，那太不明智了！那不是相当于给自己以后的统治找麻烦吗？他完全可以把两个侄子闷死，然后对外说是病死的，还把尸体展示出来让人们看，这样就安稳了。如果理查三世想夺王位，他杀两位王子也无非是为了防止别人以拥立王子为借口造反。而如果人都死了，那别人也就出师无名了。因此他应该把这件事尽快地让国人知道，而不是隐瞒，更不应该玩失踪，设谜团。”

“不错，接着说说亨利。”

“而亨利就不能这么光明正大，他必须让王子失踪，这样一来他就不用一一去解释了。只有大家不知道到底发生了什么，亨利才相对最为安稳，麻烦最少。”

格兰特笑着看着眼前这位年轻人，说道：“你说得太好了，你的思路已经可以当一名合格的警探了！”

卡拉丁脸一红，羞涩地笑了。

“我当不了警探，还是研究研究这些汤尼潘帝吧，我敢说，历史书上的错误还多得是。”

格兰特把卡拉丁之前捎给他的那本奥利芬特的史书还给他，说道：“真应该让那些历史学家们学点心理学的知识，再去搞历史研究。”

“我看没有用。懂心理学的人不会进行历史研究。或许……会写小说什么的，或者当个心理咨询师，或者成为法官。”

“或者成为一个大骗子。哈哈哈。”

“是啊，能当个骗人的家伙，或是算命大师之类的。”卡拉丁也笑了，随后说道，“但我想一个对人心有深刻了解的人可能不会去写什么历史，因为历史人物在他们眼里可能只是皮影戏。”

“不用这么刻薄吧！历史学可是一门深奥的学科。”

“不，你别误会我的意思。我是说那些历史人物都无血无肉，枯燥苍白，就像是……数学什么的。”

“如果真那么枯燥倒也罢了，但那样的话，也就不应该在里面掺杂那些不可靠的谣言了。”格兰特说到这儿不禁想到了摩尔这个虚伪的假圣人，语气不自觉地变得有些恶劣。

格兰特用手指捻着奥利芬特的那本厚重的书，像是在告别。

忽然他心念一动，说道：“卡拉丁你发现没有？我看这些书里总是把战争中理查三世的行为称为英勇，向来是这么写的。如果理查三世在这些史学家的心目中是恶鬼，为什么会用这样一个正面的词呢？”

“这种称呼是源于敌人一方的称赞，在民歌里体现出来的，是一种传统，也算是套话了吧，所以一直被史学们所直接援引。”

“不错，是大叛徒斯坦利那边的人这么称呼理查三世的，这种对敌人的赞赏还真是有点演讲家般的虚伪。”格兰特翻着书，找到了其中一段，说道：“找到了，这里就有一段，说的是打仗时理查三世身边的一位骑士所说的话。骑士跟理查三世说：‘斯坦利一方攻势强劲，我方难以抵挡，还请王上保存实力，再图东山。战马已然备好，请王上暂离此地，臣下若得保命，日后必将继续追随您于鞍前马后，再为王上效力。’这时理查三世却说：‘朕绝不临阵退缩，与我利斧，与我王冠，以神之名义，奋力杀敌，但教一口气在，必将热血洒地，以染国土。’后来他果然战死了。”

卡拉丁听格兰特读完，不禁皱眉沉思：“王冠？是不是传说中后来从树林子里找到的王冠？可以戴在头盔外面？”

“就是那顶，应该是个环状的王冠，所以可以戴在头盔外面。看来亨利七世一方应该是把它当成战利品了。”

“亨利七世，哼，这家伙，他真的好意思戴这顶王冠吗？如果是我，我就没脸戴！”

卡拉丁沉默片刻，又说道：“理查三世自己的军队驻扎在约克镇，而约克镇的地方志上就有一些记载，关于最后这场大战的记载。”

“约克镇那地方的人是怎么评价理查三世的？”

“地方志上写着，这一天英明伟大的国王理查三世被奸佞和叛徒联合谋杀，人们陷入沉痛之中。”

卡拉丁的声音低涩沉深，格兰特也深受感染，说道：“如果大家痛恨理查三世，是不会这么说的。”

“确实，唉！”卡拉丁叹道，“当时正值改朝换代，亨利七世又手段狠辣，如果不是因为对理查三世心怀万分敬意，这些人根本不敢冒着这么大的风险写下这样的话。”

“理查三世死了之后，还被剥光衣服，拉去游街。”

“是啊，真是太惨了！得是什么样的人才能做得这么绝啊！”

“亨利七世那种人，还有莫顿那种人，他们身上可没有多少人性和羞耻感。”

格兰特再次不小心提到了莫顿，脸上不禁泛出一阵嫌恶的表情，“又是莫顿！这个名字真叫我恶心反胃！我想他死的时候，可能没有人会哀悼。你知道伦敦写史的人是怎么评价莫顿的吗？书上说当时没有人想把自己的名字跟莫顿的名字一并提起，所有人都厌恶他，鄙视他，痛恨他！”

格兰特又转头看向理查三世的画像，说道：“不过我觉得，虽然莫顿败坏了理查三世的名声，又荣升为大主教，成为亨利七世的忠狗，但他在某些方面还是输给了理查三世。因为理查三世虽然蒙冤，但至少他在世时深受爱戴。”

“对，没有人能比他做得好了。”

卡拉丁走了，格兰特收拾着自己的东西，他打算明天就出院，他得出去到外面的世界透透气了，这一段时间如同坐牢，但好在有理查三世陪着他，这一点足以让格兰特觉得欣慰了。

玛塔送的那些小说，格兰特想留给医院，好让别的人去看。亚马逊的两本书也得还给她。

格兰特把亚马逊的书挑出来，又翻看了一下，再次读到了上面的文字。这些文字的语气是那么的肯定，描绘的就是一个恶魔，一个凶手。没有怀疑，没有猜测，没有分析，有的只是指责、嫌恶和鄙视。

格兰特叹了口气，要把书合上，却无意中看到了这样一段文字：“都铎王朝初建，为了安定平稳，都铎家族便陆续将能够对王朝产生威胁、阻碍的约克的继承人们全都先后除掉了。这些人在亨利七世时大都还生活尚可，但后来等到亨利八世时，便彻底地被抹掉了，完全销声匿迹。”

这段文字平淡枯燥，干巴巴的内容向你讲述了一个大家族的成员被陆续干掉的血腥事实，没有一点情绪上的动荡。一个家族就在平静的字里行间消失了。

理查三世死后还不得安生，被冠以弑侄夺权的罪名，成为了魔鬼和谋杀者的代名词。

那个卑鄙的亨利七世，却以极深的心机，将一个家族完整地加以消灭，而这一举动却被视为英明。

不过，虽然手段说出来不好听，但重要的是他成功了。于是亨利七世这个阴谋家反倒成了英明的君主。

这可能就是成王败寇的意思吧！

当然，作为都铎王朝的开创者，亨利七世政绩显著，从这一点来看，也算是个明君了，尽管这个人的私德实在是叫格兰特感到恶心。

格兰特觉得历史是一道难题，就算把答案摆在那里，还是一道无解的题，格兰特半点也想不明白。

史学家们脑子里所想的东西跟格兰特的观念相差得是如此遥远，所以两种不同的情感和观念之间看来永远也无法交融合一。

格兰特宁可回苏格兰场警局去，因为在那个地方好人和坏人是截然分开的，罪犯虽然是坏人，但至少他是面目清晰的。

而且不管是谁犯了罪都是一样的罪名，没有钩心斗角，没有阴谋，没有险恶。

格兰特不再想这些了，他把亚马逊的书整理好，在亚马逊给他送晚餐的时候还给了她，还发自内心地表达了自己的谢意。

如果不是亚马逊借给他这两本书，他可能都不会着手开始研究理查三世的千古疑案，也不会重新审视这位君王，更不会最终全然了解了这个人的本来面目——理查·布兰塔吉聂特。

亚马逊见格兰特今天情绪不大对，不禁万分疑惑，甚至怀疑自己是不是在照顾这位断腿病人的时候态度有些过分了。

我亚马逊可不是这样的人啊！

亚马逊那双大眼睛里面满是泪水，似乎动一动就会流下来，她动情地说道："我们会万分想念您的，格兰特先生，真的！我们的生活轨迹里已经有你的存在了，如果你离开了，我会非常的不安，会手足无措，心里会空荡荡的。而且，我们也都已经习惯于这张画像了。"

亚马逊说着向理查三世的画像一指，表情似乎很委屈的样子。

格兰特见亚马逊这么敏感，不禁也感动得笑了出来，忽然他心念一动，产生了一个想法，说道："亚马逊小姐，我能不能求您一件事？"

"好的，好的，你尽管说。"亚马逊不住地点着头。

"你能不能拿着理查三世的画像去窗户那边光线强的地方，好好地看上一阵，看看心里会产生什么想法？我给你掐时间。四十五秒怎样？"

"好的，这没问题，我可以试试。只是不知道为什么要这么做。"亚马逊嘴里叨咕着，拿起画像走到窗边，把画像举起来对着光线，仔细地看了一阵。

格兰特一边计算着时间，一边盯着亚马逊的脸。

光线透过画像照在亚马逊的脸上，不知为何，在这一刻格兰特觉得亚马逊的大眼睛美极了。

时间到了，格兰特笑道："怎样？有什么感觉？"

"哎？挺有意思啊！"亚马逊脸上露出笑容，笑容里夹有一丝不解和疑惑，接着说道："看时间长了我才发现，这张脸还挺招人喜欢的，对吗？"

# 一先令蜡烛

## 第一章　惊现女尸

夏天，美好的清晨来临了，时间刚刚走过七点，和无数个曾经的日子一样，威廉·帕特凯瑞在附近的草地上漫步着，在他的身边有一个散发着耀眼光辉的、离他足足有二百英尺的英吉利海峡，它看上去就像一块纯洁无瑕的白色石头。四周连空气都是如此清新，无论哪里都看不到一只鸟儿的身影。他沐浴着温暖的阳光，只能听到从很远处的沙滩上所传来的海鸥的歌唱声，剩下的什么也听不到，这里也只有帕特凯瑞那孤独的影子，找不到其他人的身影。

碧绿的草地上还残留着露珠的痕迹，它好像是在上帝手中创造出的另一个崭新的世界，可是这样的想法并不属于帕特凯瑞，这些晶莹的露珠只能说明了造成残留在叶子上的水汽还没有被太阳蒸发掠夺，这样的想法只在他的大脑里停留了一瞬间，就很快变成了另一个想法：他的肚子已经咕咕叫起来了，要继续在这里漫步，还是享受着温暖的阳光行走到西欧佛去买一份早晨的报纸呢？这样就可以提早知道最近发生了什么案件，这时你大概会有一个疑问：现在已经有了收音机，报纸还有什么用处？这只是心中的一个目标，无论什么时候，人都是需要它的，不可能只是跑去西欧佛看海景。手中拿着报纸，吃着早餐，这种感觉很不错，就这样决定了，去镇上走一走。

脚下踩着黑色的靴子，他走得飞快，那双鞋子在阳光下闪着光芒，说明平日里对鞋子是非常爱护的。这样就很容易推断了——帕特凯瑞的很多时间都用在了整理靴子上，他之所以有这种习惯只是为了让自己的性格突出一些，换种说法，打发时间罢了，现在靴子上落些灰尘不是更好吗？帕特凯瑞应该有一种强迫症，幸运的是他对此根本不了解，所以不会担忧，除非有人总会告诉他，这是因为强迫症他才会得知的。在他服兵役的期间，所有人都说他是在“唱反调”。

蓝天中，一只海鸥尖叫着从崖边俯冲着飞过，来到了其他几只海鸥的队伍中，这些鸟儿发出的叫声让人感到十分烦躁，帕特凯瑞行走到了边缘，观察着那些已经开始退潮的大海到底变成了什么样子让海鸥如此尖叫。

无数的海浪泡沫渐渐高涌了起来，随后被一块绿色的东西遮挡，看上去只是一块破旧的破布或者毛呢，可是为什么被海水浸泡了这么久颜色还如此鲜艳呢？

帕特凯瑞蓝色的双眼中满是惊奇，连身子都变得僵硬了起来，他穿着那双发亮的靴子在草地上飞奔着，发出了噔噔的声音，听上去像是心脏的跳动。峡谷在很远的地方，可帕特凯瑞的速度也很快，他不停地喘着气，沿着那些参差不齐的梯子，十分激动，又有些不满——吃早餐前泡在冷冰冰的海水里，这就是结果！简直脑子有问题！行行好，不要让早餐出现问题了！谢菲尔急救法是个不错的选择，可需要肋骨断掉，可看上去并不像，有可能只是在昏迷中，现在应该做的是大声在她耳边叫喊确定她没有事情。

她裸露出的四肢看上去就和沙子的颜色差不多，难怪他之前认为会是绿色的布，这简直太神奇了！应该帮忙！要不是因为游泳，没有人会在这么早的时间去泡冰冷的大海吧？他也曾经经历过那些一定要游泳的状况，发生在红海港口，他很不理解为什么要这样做，可并没有其他的选择了，就像是早餐无论怎样难以下咽也要忍耐，就算毫无营养。上帝啊，给个帮助吧！

行走在海滩上是很艰难的事情，脚下有难受的石头滑来滑去，偶尔探出头的一小片沙滩都要比海浪高了！双脚都会陷进去！他总算走进了那些到处飞翔的海鸥队伍里了，任由它们拍打着翅膀，不停尖叫。

现在用谢菲尔急救法仿佛已经不行了，其他的也一样，他已经发觉了，这个女孩停止了呼吸，虽然帕特凯瑞也毫无感情地在红海中搬运过冷冰冰的尸体，可现在却被震惊包裹了全身，这是这样崭新而光明的一天，一个年轻的生命却离开了，这是怎样的错误啊！可以看出面前的是个漂亮姑娘，虽然头发染过色，其他却是很好的。

浪花在她染着颜色的深红色脚趾上来来回回拍打，虽然已经知道潮水会很快退到远方去，帕特凯瑞还是决定把这个已经离开人世的身躯拖了出来，不让她再经受海浪的折磨。

他原本想要向警察求救，可他打量了四周想得知女孩有没有留下什么有用的东西，可并没有收获，应该是她有用的东西已经被海浪带走了，更有另一种可能性——她根本不是在这里下水游泳的，现在最重要的是根本找不到东西可以遮挡她的身体，于是帕特凯瑞又开始调转了方向，向着海岸边的巡逻站跑去，那里有可以联系他人的电话。

“我在沙滩上发现了一具尸体。”他拿起了电话打给警察，和比尔·冈特说。

比尔的嘴巴里发出了难以置信的声响，他忽地回过头去，这个简单的动作表达了他内心的想法——对这件事情没有任何兴趣，他甚至无法理解会有人选择以这种方式结束生命，而且他也认为事件的结果完全在自己的意料之中，所以他非常自豪。

“要是有人想自杀的话。”他的声音很冷淡，“为什么要在这里？附近不是还有许多沙滩吗？”

“这并非自杀。”帕特凯瑞回答。

可比尔根本没将他的话放在心上，“到达南海岸那边的门票比这里要贵不少！他们连自己的命都可以扔掉，还会计较什么？不会让自己死得更高贵点吗？可他们却购买了便宜的，把麻烦事都推给我！”

“比奇角那边也有很多这类事情！”不甘心的帕特凯瑞生气地反对，“绝对不是自杀！”

“绝对是自杀，不然英国要那么多的悬崖都有什么用？为了防止海啸到来吗？并不是，就是为了自杀，这已经是今年的第四个命案了，到时候还会有更多的！”他抱怨完了才选择去听帕特凯瑞说话。

“那是一个女孩……也可以说是女人，身上穿着绿色的浴衣。（帕特凯瑞没有办法认清什么是泳衣）在南侧的峡谷，距离是一百码，那里一个人也没有，所以我很快来打了电话，然后需要快点回去，我们就在那里见面吧！喂？队长吧？没错，今天很不幸运了，不过我已经可以接受了，这听起来就像是意外溺水的啊！是的，我们需要救护车，开到峡谷，在西欧佛旁边的地方转下路，一直到那片树林，就这样，再见。”

“为什么这么确定是意外？”比尔发问。

“我说过了，她穿着浴衣。”

“为什么不能穿浴衣自杀？这样看起来更像意外。”

“这个季节要怎么跳海？你一定会掉在沙滩上的，这点不需要怀疑。”

“也有可能是走进去一点点淹死。”比尔再次回答，他喜欢和人争辩。

“那也有可能是吃了太多的薄荷糖中毒了吧。”帕特凯瑞回答，他曾经也热衷于较真，可现在他突然觉得，这样很无趣。

## 第二章　她是明星

尸体的一边围绕着几个表情都不是很好的人，他们分别是：帕特凯瑞、比尔、警察队队长和警员，还有两名救援人员。那个年轻的救护员感受到了饥饿，这种感觉让他有些尴尬，因为其他的人都在认真观察现场。

“你和她认识？”队长发问。

“并不是。”帕特凯瑞回答，“应该说没有见过，所有人都没见过她。”

“那就不是从西欧佛来的了，在那边都有自己的海滩的，应该是从内陆的某个地方来的。”

“有没有可能在西欧佛下水的，然后冲过来了。”警员说道。

“时间错误。”帕特凯瑞反驳道，“她并没有在水中浸泡很长时间嘛，所以是在附近溺水。”

“那她怎么过来的？”队长继续问。

“开车啊。”比尔回答。

“车又在哪里？”

“或许在平时大家停车的地方吧？像是树林的边缘。”

“会吗？”队长说着，“我们并没有发现。”

那些救护员为他做了证明，因为他们和警察一起赶到现场，那里也停着救护车，并没有其他车子的影子。

“这真是奇怪的事。”帕特凯瑞说着，“其他的地方又太远，走近路也没可能，这是早上啊！”

“或许不是走来的。”有一名救护员开口了，“她很富有的样子。”他又自顾自地解释了一句，好像害怕有人质疑他。

这些人静静地围在尸体边很久，救护员没有说错，这具身体被保养得非常不错。

“那她的衣服又在哪里呢？”队长又提出了一个问题。

帕特凯瑞发表了他对这个问题的想法：可能是把衣服留在了比较浅的沙滩上，现在已经被冲到海水里了。

“倒是有这样的可能。”队长点了点头，“可她到底是怎么来的？”

“如果是游泳过来的，这不是让人不敢相信吗？”那个饿着肚子的年轻救护员终于大着胆子开口。

“这年头，什么都算不得奇怪了。”比尔自言自语，“她没有从悬崖上跳下来就已经很不错了，饿着肚子游泳，孤身一人，这都没什么奇怪的，现在的傻瓜真是让人费脑袋！”

“她脚踝上又是什么东西？”警员发问。

看起来像是一条白金制作的脚链，造型很是古怪，环环相扣都是C的形状。

“现在我们将她送到太平间吧。”队长站了起来，“只有这个方法了，查出她到底是谁，我们也不能做什么了，事情看起来不会太复杂，东西也没有被偷或者丢失。”

“我认为可以。”救护员答应了，“可能她的管家正在寻找她，电话也已经打到了警察局。”

“是的。”队长有些担心地回答，“我还是想知道她是怎么来到这里的，还有——”

他的双眼突然停在了一个方向。

“喂，那里有个人！”他大喊。

所有人都转过头去，他们看见一个男人站在悬崖边上，表情紧张又焦急，正望着他们，知道自己被发现，他立刻就逃跑了。

“现在可不是什么散步的时间！”队长说，“我们最好把他找到，问他跑什么！”

几个人向那个方向走去，发现那个男人并不是想要逃跑，而是走了过来，他看起来又黑又瘦，随后一路磕磕绊绊地跑了过来，所有人都觉得他看起来很是疯狂，距离越来越近，甚至可以听到男人嘴巴里发出的气喘吁吁的声音，虽然这里和谷口很近，而且他看起来正值年轻。

他飞快地跑到了所有人的身旁，谁都没有去理会，下意识地将挡在那尸体前的两个警察都推开。

“上帝啊！竟然是她！果然是她！”男人大叫一声，突然失魂落魄地坐到了地上，眼泪落下。

所有人都无措地望着他，时间就这样安静地走过了，最后队长轻轻地拍打着他的后背，低声说：“好了，孩子！”

可男人却哭得更加痛苦，身体到处摇摆。

“可以了，可以了。”警员也在旁边不停劝慰，让他不要再伤心了。

“你这样哭下去又有什么用处呢？现在振作起来吧——先生。”他看到男人拿出来擦拭泪水的手帕是高级的，于是加上了尊敬的称呼。

“她是你的家人？”队长发问，还把质问的语气大加改变，十分柔和。

男人不停摇头。

“那么是朋友？”

“她对我真的很好啊！非常好！”

“你现在要帮我确定她到底是谁啊！请告诉我们吧？”

“她是——我尊敬的房东。”

“那么……我的意思是，她的名字是什么？”

“我并不知道。”

“不会的！你是知道的！先生！请你看着我的眼睛，你要振作起来，现在能帮助我们的人就只有你了啊！你怎么会不知道和你住在同一栋房子的人叫什么呢？”

“我，真的不知道……”

“那么平日里是怎么称呼她的？”

“克莉丝。”

“那姓什么呢？”

“我只是叫她克莉丝。”

“那么她又是怎么叫你的？”

“罗宾。”

“罗宾是你的名字？”

“没错，罗伯特·斯坦纳威，应该是提斯多，从前是斯坦纳威。”他反复解释着，或许是队长的神色让他觉得这很有必要。

队长好像在说：“我的老天啊！让我有耐心一点吧！”

可他嘴里表达的却是：“你的话没有任何用处啊，到底是什么——”

“提斯多。”

“好吧，提斯多先生，你可以告诉我这位小姐以怎样的方式来到这里的吗？”

“她是坐车子来的。”

“原来是坐车，可车子又在哪里呢？”

“我偷了。”

“你说什么？”

“我偷走了车子，可是我现在又开回来了，因为我知道这样太过无耻，我是个可恶的人，就开了回来。我没办法在路上找到她，所以她应该是在这附近散步，随后我就看到了你们在这里围成一团，我的上帝啊！不！”他又开始流眼泪。

“你和这位小姐在哪里居住？”队长再次发问，语气已经恢复到了审问他人的模样，“是西欧佛？”

“并不是，是她——我是说，她曾经拥有的，上帝啊，那个叫作布莱尔的村庄，在梅德利城外的。”

“那里离这里大约是一英里半的距离。”帕特凯瑞突然说道，因为队长不是住在这里的人，看起来完全不了解的样子。

“你独居吗？有没有佣人？”

“有一个来自村子的女人，她叫作皮茨太太，她只管做饭。”

“我懂了。”

过了一会儿，“可以了，大家。”队长和我们说着，然后弯下腰去抬起担架，男人长长地抽了一口气，双手蒙住脸颊。

“是要把她送到太平间，队长？”

“没错。”

男人突然再次露出了脸来。

“不可以的！她不是无家可归，不是应该回到家中吗？”

“我们没有办法将不确定身份的尸体送回农舍。”

“那可不是农舍！”男人反驳，“在我看来不是，而且——太平间太过阴森了，我的天啊！”他大哭起来，“怎么会这个样子？”

“戴维斯？”队长转身和警员说道，“你们回到警察局做个报告，我——去那个叫什么来着？对，布莱尔的地方，和提斯多先生一块儿。”

救护人员把担架抬了起来，发出咯吱咯吱的声音，踩着沙滩离开了，帕特凯瑞和比尔紧紧跟在后面。

等他们走到很远的地方了，队长才继续说：“你应该不是和房东一起游来的吧？”

提斯多脸上的表情突然变得很怪异，他停了停。

“不是的，我总是在吃早餐前进行游泳，我——并不了解运动这方面的事情。”

队长点了点头，“那她又是什么时候离开的？”

“我并不了解，在昨天晚上的时候她和我说，如果今天醒得早就会去游泳，我醒得很早，可那个时候已经看不到她了。”

“我知道了，那么，提斯多先生，你好多了吗？我们已经出发了。”

“是的，没错，这是应该的，我好了。”他起身整理了下自己，然后二人安静地走过了海滩和峡谷台阶，再次回到提斯多停了车子的地方——那个小路的边缘。停在那里的车子十分漂亮，乳白色的，有着双排座位，而且还有放置杂物的地方，还可以多坐上去一个人。队长看着这里，突然找到了女式的衣服还有在冬天赛马大会上女士都喜欢穿的皮靴子。

“她到海滩的时候就是穿着这些的，在泳衣外面穿着外套，脚上是靴子，哦，这儿还有毛巾。”

果然有毛巾，队长发现了，那是一条绿色和橙色混合的毛巾。

“这真是奇怪，她去海滩不带着毛巾？”队长问。

“她总是喜欢让太阳将她晒干。”

“你好像很清楚这个连名字都不知道的女同伴的生活习性？”

队长来到了车子旁：“你们同居多久？”

“我只是在她的房子里居住而已！”提斯多回答，脸上的表情很难看，“希望你可以清楚，队长，我会帮助你很多事情，而克莉丝只是我的房东，只有我们在她的农庄里居住，也没有佣人，我们的关系很清白，这很难接受吗？”

“是的，很难。”队长坦白，“这些又是干什么用的？”他翻找着一个纸制的袋子，里面放着两块小小的，圆形面包。

“这原本是我要带给她的，我只在厨房里能到这些，从很小的时候我就习惯了要在游泳后吃面包，我也认为如果她游泳后吃点什么会开心。”

车子走下了倾斜的小路，进入了通往西欧佛的主道，他们在路上横穿着，路标上这样写着：“梅德利一号线，利得斯通三号线。”

“那么你和她一起到来的时候，并没有想要偷车吗？”

“当然！”提斯多回答，脸上已经出现了愤怒的表情，“我看到车子停在那里没有丁点的想法，甚至不去想！直到现在我也不敢相信自己会做出那种事情来，我一定是疯掉了！我不是这样的人！”

“她那个时候在海中？”

“这个我不知道，我并没有看，如果我看到了，就算距离再远我也不会偷车的，我带来了面包，立刻就将车子开走了，等我回过神来的时候就已经很远了，我没有任何停歇就调转车头，开了回来。”

对于这番回答，队长并没有发表自己的观点。

“你应该告诉我你在农庄里住了多久了。”

“是从上周星期六的深夜开始的。”

今天是周四。

“我还是没有办法去相信，你竟然不知道她的姓是什么。”

“我理解你，因为事情的确有点古怪，刚开始的时候我也有这种感觉，我原本是非常传统的人，可和她在一起住的时候很多事情就这样发生了，只是短短相处了一天，我们就彼此了解接纳，好像是认识了很久的老朋友。”队长并没有说话，只是满面疑惑，而且问号就好像从热炉子上烤出的热气不停地冒出来，他又不高兴地加上了一句：“要是我真的知道，怎么不告诉你？”

“这个……我哪里知道你的想法？”队长很不客气地回答，用余光观察着男人苍白如纸，却十分平静的面孔。他好像真的从刚刚不稳定的情绪中完全走出来了，这个年轻人实在太过肤浅，对很多事情都不会加入自己内心的感情，遇到事情只会大发脾气，他嘴巴里所谓的情爱也只不过是到阴暗的地方去苟且，其他的全都是没有用的，而且他更是没有根本原则，无法经历事情，事情如果变得棘手起来，他就会马上推掉。

从小没受过什么苦，现在的教育让孩子变得什么都会轻易得到，只等待结果，前一分钟还那么悲痛，现在却如此安静，好像什么也没有发生。

紧接着队长发现了，他紧握着方向盘的手在轻微地颤抖着，不管这个罗伯特·提斯多的内心到底如何，总之绝对不会如表面这样镇定。

“是在这儿吗？”队长发问，在花园的栅栏旁边停下。

“没错。”

这里是一栋大半都是木质的农舍，五六个房间的样子，有着很多的荆棘和忍冬树把房子与旁边的街道都隔开了，蔷薇低低地开着，如果那些美国人、旅游者还有摄影家看到了，一定认为这是一处绝佳的美景。门窗也微微敞开，蓝色的屋子对人们亲切地打开，隐约可以看到里面有一只铜制的长柄锅。

他们走上了红色的砖道，门前的台阶上有一位又瘦又小的女人坐在那里，她身上穿着一条白色的围裙，头发稀少，盘在了脑袋的后方，上面还有一个看起来马上就要掉下来了的、黑丝头饰。

在看到她的时候，提斯多的脚步就变得缓慢了，以便可以让她看到队长穿着制服的身影和马上到来的事件。

可皮茨太太是警员的遗孀，所以此刻脸上并没有什么特殊的表情，平常的时候只要有穿着制服的人走上来，就说明她应该去准备晚饭了，这个时候她也是这样想的。

“我制作了一些薄饼，一会儿就好了，然后炉子熄灭，罗宾逊小姐回来的时候请你告诉她可以吗？先生？”随后她看到了穿着制服的警察，“可别说你无照驾驶啊，我的先生！”

“罗宾逊小姐？她出了一些意外。”队长说。

“我的天啊！是车祸吗？她总是很莽撞地开车，事情是不是很严重？”

“并不是车祸，意外在水中。”

“这样。”她慢慢地回答，“实在是糟糕。”

“为什么这样说？”

“发生在水中的意外只有一种吧？”

“没错。”队长点头。

“唉，怎么会这个样子呢？”她说着，表情也变得悲伤起来，随后态度突然变了很多，“你又去了哪里？”她严厉地训斥着，双眼瞪着正垂着头的提斯多，好像看到了西欧佛市场上在砧板上的死鱼，很明显，她对这位绅士的尊敬态度在遇到灾难时已经完全消失了。

她一直都认为提斯多是个没用的废物，而且他现在的模样的确是这样。

队长觉得很有趣，不过他没有过分表现，“发生意外的时候，这位先生并不在现场。”

“怎么会呢？当时他们是前后脚出门的。”

“哦？你为什么这么说？”

“我看到了，我就住在那边的农舍里啊！”

“那你还知道罗宾逊小姐会有其他的居住地吗？这里并不像时常居住的。”

“是的，这并不是，她只在这里居住了一个月的时间，房主是叫作欧文·休斯。”她顿了顿，开始强调这个名字多么重要，“可是他现在不在，在好莱坞忙着拍电影呢，大概是西班牙伯爵的故事，他之前虽然已经拍过这类的电影，还有法国伯爵，他认为西班牙是不错的提议，有个女孩来找我给了我5英镑，需要我将他睡过的床单卖她，我把自己的给她了，她竟然不害羞！还要再给我25先令去买他的枕套，这个世界怎么了，我不理解啊——”

“那么罗宾逊小姐还住在哪里？”

“我不知道了，只知道这里。”

“她曾经会经常给你写信通知你吗？”

“不，她用电报的，我以为她会，可我发誓她从来都没有过！一般都是在利的斯通邮局发送六封电报，很多时候都是我家的艾伯特在放学的时间去取，还有几封有报纸那么长呢！”

“那你知道她有没有什么熟人吗？”

“没了，那个斯坦威纳先生除外。”

“一个都没有吗？”

“是的，没有，有一天我在教她一个冲马桶的小诀窍，使劲拉然后再放开，她说，皮茨太太啊，你有没有过这样的感觉？看到人们的脸就觉得厌恶呢？我说对有一些人是，她说并不是特定的人，而是全部的人，对世界上的每一个人都感到厌恶。我说也曾有过，每当这个时候就喝一点蓖麻油，她笑着说这是个好办法，只要谁都喝一些，世界就会变得美好又安宁了。”

“她来自伦敦？”

“没错，她在这里居住的三个星期里曾回去过几次，上次是周末吧，她带着斯坦威纳先生回来了。”说到这里，她鄙夷地望了提斯多一眼，好像他是什么不干净的东西，“他竟然不知道她的居住地？”

“并没有人知道。”队长说，“我可不可以看看她的文件，或许能找到什么吧。”

说着，皮茨太太把他带到了客厅里，里面的空气十分凉爽，却有些昏暗，还有着豆子的香气。

“你们准备把她——我是说尸体怎么样？”她问着。

“在太平间里。”

这句话似乎带了浓浓的，悲伤的感觉。

“哎，上帝啊！”她的围裙边缘不停地擦着餐桌，“我竟然还在做薄饼！”

这并不是在抱怨没有人享用她的薄饼，而是对突发事件的感叹。

“你们需要吃点早餐吧？”她转头对提斯多说，语气也变得缓和了许多，似乎也明白了，这些只不过是命运的安排罢了。

提斯多明显没有心情，他摇着头拒绝，走到了窗户边上，而队长则在书桌上寻找着什么。

“我来一块薄饼吧。”队长说着，一边翻看上面的东西。

“在肯特郡都没有办法吃到比这更好的薄饼了，至少我是这样想的，斯坦威纳先生，你想喝点茶吗？”

她向着厨房的方向走去。

“你不知道她姓罗宾逊吗？”队长抬起头来询问。

“皮茨太太总是叫她小姐，而且，你认为她姓罗宾逊吗？”

就连队长也觉得她不可能姓罗宾逊，于是放弃了这个话题。

提斯多继续说道：“你不再需要我做什么了吧？我想出去到外面的花园散步，这里实在是太压抑了。”

“可以，但要记得我还需要车子回到西欧佛。”

“我已经说过了，那只是因为我的冲动，而且我并不可能偷了车子逃跑。”

这个人倒是不笨！队长这样想着，虽然脾气有点大，但并不是什么草包。

桌子上面放着几本散乱的杂志、报纸，还有已经抽掉了半盒的香烟，还有拼图、指甲刀、指甲油、几块丝布和零零碎碎的物品，其实什么都有，可就是没有发现便签。只有一种文件，那就是当地商人的账单，而且都已经付款了，就算那个女人并不整洁，生活也没规律，可至少说明她是个谨慎的人，那些收据虽然看上去已经破旧了，很难发觉，却没被扔掉。

安静的清晨，皮茨太太在厨房里发出冲茶的声音，还有对那美味薄饼的期待，让队长的心情得到了很大的缓解，他开始查找桌子上的东西，并且沉迷地吹起了口哨——这是队长的一个无法改变的习惯，他的哨声十分动听，并且完全没有走调，可口哨还是口哨，他颤着声音吹起《偶尔对我歌唱》，还加上了自己的改编，这种演出让他的内心很是满足，某次他的太太拿了《邮报》给他看，里面说口哨表现了空洞的心灵，可这表现对他来说并没有什么用。

就在这个时候，口哨的声响被突然打断，客厅的门突然响起了一阵嘲讽似的敲门声——滴答——叮叮咚咚！有个男人在说着：“你竟然躲在这里呀？”

房门被很大地打开了，外面站着一名个子很矮，皮肤黝黑的陌生人。

“啧啧啧。”他说着，拉长了声音，他站在那里看着队长，嘴巴裂得很大，“我把你当作克莉丝了！到底发生了什么事情会出现警察？有小偷？”

“并没有什么小偷。”队长调整了下情绪。

“可别说克莉丝又组织了什么疯狂派对？我还以为她不做这种事情很久了，这样和她那高贵的地位完全不符合啊！”

“并不是——”

“呀！她躲到哪里去了？”他加大了声音，扯开嗓子对着楼上喊道：“呵！克莉丝，下来吧！你这个家伙，躲着有什么用？”说着，他面向队长，“她躲我已经有三个星期了，应该是被制片厂的灯光照得烦了，这样下去早晚会神经衰弱的！可之前的电影那么成功，所以大家都把她当成摇钱树了！”说着，他故作正经地唱起了《偶尔对我歌唱》，“就这样我才把你当做克莉丝了，你吹得就是她的歌啊！还不错呢！”

“你说她的歌？”队长眼睛一亮，仿佛看到了希望。

“没错！是她的歌，你难道以为是我的歌？兄弟，这可不好，虽然歌是我写的，可并不算什么，是她唱的啊！虽然并不是特别完美，可，这是一首好歌不是吗？”

“我不知道。”如果这个人再继续吵下去，他大概会想明白。

“你没看过《铁栏杆》吧？”

“是的，并没有。”

“这就是广播和唱片最糟糕的地方了！电影的活力都被弄掉了，你听到克莉丝在电影中唱歌的时候已经开始恶心了，这对电影公平吗？嗯？作词者还可以接受，可电影呢？实在是太残酷了！应该有人管一管了不是吗？嘿，克莉丝！我在找她啊，她不在吗？”

他突然失望起来，就好像孩子一样，“要是她走进来发现我，那还不如我先发现她呢，因为——”

“请等一下，这位——嗯——先生？请问你的名字？”

“杰伊·哈默，出生证明上写着杰森，我还写过《如果不会在六月》，你大概也吹过——”

“那么请问哈默先生，在这里居住的，也可以说曾经居住的小姐是电影明星吗？”

“她是不是电影明星？”哈默吃惊地接过话来，他突然觉得或许是自己搞错了，“不对，克莉丝的确住在这里吧？”

“她是叫作克莉丝，但是——你大概可以帮助我，她发生意外了，是不幸的，她说自己姓罗宾逊。”

男人听了这样的话开心地笑了起来：“哦？罗宾逊？好玩！我总觉得她没什么想象力，说不出临时的台词，你相信这个姓吗？”

“当然不信。”

“我都和你说什么了？她总是把我当作那些没用的碎片，让我也说出她的秘密吧！或许她会把我捉起来放进冰柜里！但也值了！我也不是什么绅士，我告诉你吧，队长，她的名字是克里丝汀·克雷。”

“克里丝汀·克雷！”队长大声叫道，下巴都要掉了下来。

“克里丝汀·克雷！”皮茨太太也喃喃着，她站在厨房前，手中的薄饼也忘记了。

## 第三章　新闻头条

“克里丝汀·克雷！克里丝汀·克雷！”报纸上的海报这样写着。

“克里丝汀·克雷！”头条大新闻也在喊着。

“克里丝汀·克雷！”收音机同样重复着。

“克里丝汀·克雷！”到处也能听到这个名字。

所有人都停止了手中的事情来说出这个名字，克里丝汀·克雷竟然溺水身亡了！或许在这样的社会中还会有人问：“那么到底谁是克里丝汀·克雷？”

这是在布鲁姆斯勃里派对上一个聪明的青年，他这样说也只是为了展现自己的小聪明。

因为这个女人失去了生命，所以其他的地方也发生了不少的事情。

在加州的一个男人在给格林威治村的一名女士打电话，另一名德州的飞行员不停加夜班，拿着克雷的靠背赶往现场，纽约公司将订单取消了，意大利的一位贵族也破产，因为他原本想卖掉自己的游艇给克雷，费城中，一位男士吃了很久以来的第一顿丰盛大餐，是因为他透漏了“我曾经认识她”的新闻，女人们开始走上了夜总会的台子，因为终于轮到了她们，英国某处教区也有男人跪下来对上帝祈祷进行感谢。

安静了很长时间的报纸世界也终于在这则始料未及的暴风下活动了起来，《号角》在布莱顿的选美比赛上很焦急地传唤回了巴特·巴塞洛（巴特对此十分感谢，他刚回来的时候就在谈论屠夫如何吃肉），还有一名叫作吉米·霍普金斯，专门对“犯罪和激情”感兴趣的明星记者，他那时正在采访一个很无趣的下流社会赌博案件（《号角》已经堕落了）。这个记者扔下了手中所有的东西，他们好像虫子一样跑进了肯特郡的那家农舍、旅店和庄园，克里丝汀·克雷在乡下有一个迷人的居住地，那些朋友和亲人也完全不知，她躲在这个偏僻的地方，这难道不为她的死亡添加了一丝神秘的因素吗?

在庄园的照片下（花园变成了最主要的一体，因为房子被植物挡住了）的题目是：“克里丝汀·克雷的房屋”（虽然她在这里居住了没多久，可写租房没有吸引力）这些让人吃惊的照片旁，是躲避在玫瑰花后面的房屋，上面又写着：“她在世时最喜欢的地方。”

主持人因此流下了眼泪，就像截稿后又发生了什么重要的事情一样。

所有对人性都颇有了解的人，在仔细观察克里丝汀·克雷的死亡所引起的影响时都发现了，虽然她的离开引起了多种情绪——震惊、恐惧、惋惜、悔恨等，可并没有人为此感到悲伤，唯一可以说是真情表现的就只能是那位罗伯特·提斯多在她的尸体上放声大哭的时候了，如果说这里面有很多成分都来自于因为对象是克里丝汀国际明星的身份，那么这种情节也就只是一个不值得提起的小过程而已了。那么她身边那些熟悉的人呢？他们能给出的反应也只有震惊而已了，当然也会有例外——科尼，准备拍摄她最新影片的导演对此感到十分失望，而克雷的对手戏男演员勒庸则放下心来，影片中存在的克雷表面虽然很光彩，可这也会成为票房无可避免的压力。

特伦特公爵夫人早已经安排好了以克雷为主要人物的餐宴，她只是想要利用这次机会来表现自己在社交名流中的地位，可现在只能咬牙切齿地惋惜了，而莉迪亚·济慈却非常高兴，因为她曾经预言过克雷会死去，虽然她是一名完美的预言家，可这样的准确也十分难得。

“你真是厉害！”她的朋友这样说道，虽然是恭维，“我亲爱的朋友，你十分了不起啊！”几乎没完没了，莉迪亚因为这种愉悦丧失了理智，每天都忙着参加各种聚会，就是为了倾听他人夸赞自己的话语，别人在说：“莉迪亚啊！我亲爱的！你怎么会……”的时候，她总是那样的沉醉。没有错，就是这样，不会有人为克里丝汀·克雷的离去而感到悲伤，所有人都准备好了衣服，希望自己可以收到葬礼的邀请。

## 第四章　验尸风波

第一步是验尸，验尸正在进行的时候，迎来了暴风雨前的第一次骚动。第一个发现水面上骚动的人是吉米·霍普金斯。每次有一条大新闻，他都兴奋地大叫："好新闻，好新闻。"因此他得到了"吉米"这个称号。他的信条是"上滚筒印刷的都是好东西"，霍普金斯总能敏感地嗅到"好东西"的气味。也是这个原因，在他帮助巴特分析那些来到这个小市政厅并挤到这里来挖掘新闻的记者时，突然进行到一半停下来，他瞪大的眼睛里流露出惊恐。因为有一张男子的平静的脸庞出现在他身前那两位狗仔队宽大的帽子中间。比起这件房子里的任何东西，这张男子的脸更具有新闻价值。

"有什么发现吗？"巴特问道。

"我有些新发现。"霍普金斯边说边从长凳上站了起来，验尸官这时要求大家要保持安静。"把我的位置空着。"他低声说完后就溜出了房间。他又通过后门进入，熟络地来到看到的地方坐下来。那男子打量着身边这位不请自来的客人。

"早上好，探长。"霍普金斯打招呼道。

探长看到他后，一脸的不耐烦。

"我这么做也只是为了混口饭吃。"霍普金斯有些装腔作势地说道。

验尸官又一次敲着桌子要求大家安静，探长的脸色才缓和过来。

帕特凯瑞进来开始陈述证词，趁着这喧闹的机会，霍普金斯紧接着说："怎么都惊动了苏格兰场您的大驾，尊敬的探长先生。"

"旁观罢了。"

"我明白了，探长只是按例来旁听，看来最近的案子很少吧？"探长对此并没做回答，"探长您就发发善心吧，现在是怎么回事，死因有问题吗？还有没有其他的疑点？嗯……如果你不方便发表你的观点，我可以保证，做你可靠的保密箱。"

“你是可靠的牛虻才对吧？”

“可你知道我想要吸到血得透过多厚的皮肤吗？”对于这句话探长只是淡淡一笑，并除此之外没有其他表示。“探长你能不能透露一下，今天的验尸会是不是会推迟？你只要告诉我这件事就好了。”

“如果推迟或延期，我并不会感到惊讶的。”

“只凭你这句话我就明白了，谢谢你，探长。”霍普金斯既嘲讽又严肃地说完后离开了房间。他把皮茨太太的儿子艾伯特从墙边窗户那儿叫下来，告诉他与其看无聊的验尸会，不如拿他2先令的报酬帮他跑趟腿。让他去利得斯通发一封电报，那是一封让《号角》忙得热火朝天的电报。忙完这些事，他就去和巴特汇合了。

“有新发现。”他小声对巴特说，而巴特挑了挑眉毛，投去询问的目光。

“格兰特来了，他是苏格兰场的人。抓到凶手了，今天的验尸会可能会推迟。”

“换个地方再说。”巴特担心这里人多被听到。

“那个穿灯笼裤的人你认识吗？”霍普金斯同意后又问了一句。

“男朋友。”

“男朋友不是杰伊·哈默吗？”

“换了，这是新交的。”

“因爱生恨？”

“脚踩两只船吧，我猜是。”

“他们也同意这说法，因为她耍过他们而引起他们的谋杀，听上去比较合理。我也赞同。”

验尸官宣布了一些最基本的证据：例如怎样发现了尸体，怎样确认了死者身份，等等，接着宣告验尸程序到此结束，下次时间另行通知。

霍普金斯猜想克雷的死肯定不是意外。他还想知道一些消息，就必须去找那个穿法兰绒灯笼裤的人，毕竟暂时苏格兰场不会采取逮捕行动。那个青年叫提斯多，巴特告诉霍普金斯昨天几乎全英国的记者都来采访他（那时霍普金斯正从赌牌凶案那里赶回来）。但他没有那么容易开口，还大骂了一堆难听的话，说记者是食尸鬼之类的污言秽语。

这件事是这么回事，之前没人敢如此无礼地对待媒体记者，因为他们都受到了惩罚。

不过霍普金斯有足够的信心可以把人吸引过来落入陷阱。

他问："你是提斯多没错吧？"快到门口时，他从人群中走出来，刚好走到了这青年身旁。

那个青年的脸色突然难看起来，满是敌意。

"我就是。"青年的戒备心很强。

"老汤姆·提斯多是你什么人，舅舅吗？"

青年的脸上的敌意随风而散。

"正是如此，你认识我舅舅吗？"

"见过几面。"霍普金斯回答道，他随口说了一个名字没想到真有其人。

"我早就不用斯坦纳威了，你应该知道吧？"

"有所耳闻。"尽管不知道他说的是什么，霍普金斯还是镇定自若地回答道。

"现在在哪儿高就？"

还没走到门口，霍普金斯和提斯多已经像老朋友一样熟了。"我送你一段吧，顺道一块吃个便饭。"

头条新闻连半小时都不到就能搞定了。这个毛头小子并没有他们说的那么难搞嘛！詹姆斯·布鲁克·霍普金斯是最厉害的新闻人，这是毋庸置疑的。

"不好意思，霍普金斯先生，"有一个声音打断了霍普金斯，是格兰特，"尽管我很愿意成全你，但我已经约了提斯多先生。"

与此同时，霍普金斯看到提斯多有些惊讶，于是便知道了其中的隐情。他随机应变地补充道："我们有件事需要提斯多先生帮帮忙。"

"这究竟是怎么一回事？"提斯多被搞蒙了。

霍普金斯一看提斯多不认识格兰特，于是连忙落井下石地说道："介绍一下，这是格兰特探长，"他继续说，"这天底下没他破不了的案子。"

"你愿意帮我写讣闻吗？"格兰特问他。

"非常荣幸。"记者会心一笑。

他们两人看到的提斯多又干又老，像极了一张羊皮纸。若不是看到他太阳穴上的脉动，还以为他死了。记者和探长没想到霍普金斯说出探长身份后会有这样的结果。接着，提斯多的膝盖软了，格兰特急忙扶住了他。

“过来坐到我车里。”

提斯多眼神空荡，他被扶着穿过了乱七八糟的人群，坐进了一辆黑色汽车的后座。

“西欧佛。”他坐在提斯多身旁向司机喊了一声。

当汽车缓缓驶向公路时，霍普金斯还站在原地绞尽脑汁地思索。格兰特知道，霍普金斯马上会从一只牛虻变成一只猎犬了。

他的脑子也没闲着，前天晚上，忧心的警察局长因为一个毫无头绪的小问题找到了他。他们也不想麻烦他，但实在是没有找到一个解释。全警察局上上下下都互相批评性地讨论无果后，最后都想把责任推卸给别人。如果有一个案子可以让他们持续不懈地去忙碌还好，那还能拿到荣誉，但事实上目前并没有罪案。他们不想因为那具尸体就立案，如果失败还要面对别人的嘲讽，这是谁都不愿意做的事。

格兰特不得不取消了他在剧院的订位，坐车来到南部的西欧佛。他见了当地警方和法医，听取了他们的意见，然后在凌晨的时候，他开始期待快点见到罗伯特·提斯多。

身边的提斯多因为见到苏格兰场的人就被吓到了，现在还不能说半句话，暂时混混沌沌。回到西欧佛，提斯多差不多该醒了，现在有司机科克在，不方便提问。格兰特倒了一杯酒递给提斯多，他毫不客气地喝了，好一点之后为刚才的失礼开始道歉。

“不知道怎么回事。整件事太恐怖了，以致影响我睡不好觉，一大堆事反复出现在脑子里。我无法控制我的大脑，总是想很多事情。验尸时——我不明白为什么要延期验尸，这不过是简单的溺水案。”

“还有两个疑点。”

“什么事？”

“到了西欧佛再说吧。”

“我的话会成为对我不利的证据吗？”他笑得很怪异，但没有敌意。

“你说的正是我想说的。”探长说完，气氛沉默下来。

到达办公室后，提斯多虽然累，但状态还算好点。当格兰特把他介绍给警察局长时，和蔼可亲的局长就要与他握手时，他又急忙收回了手。

“你好。嗯，咳！”局长咳了一声，显得尽量自然些。

他看起来一点都不像凶杀案的嫌疑人，不过现在什么都不好说。他不禁想到，有些事情虽然现在他才知道，但那早就存在了。不能与他握手，决不能。

“天气不错，但却不适合赛马，马会很累。去度假也许是个不错的主意。不能太自私，你喜欢赛马吗？知道那个名叫古德伍德的马场吗？我想你和我的朋友——”不知为何，他不愿称呼探长的头衔。“你们安静地谈一会儿，我就不奉陪了。我去‘帆船’吃午饭了。”最后一句是提醒格兰特有事可去那儿找他。“那儿食物还行，主要是喜欢那儿的格调。不像‘海洋’拿食物要穿过露天休息室。”局长说完就出去了。

“他真像弗雷迪·劳埃德那个角色。”提斯多说道。

格兰特欣赏地看他一眼后拉过一把椅子。

“你喜欢看戏。”

“曾经我喜欢任何东西。”

格兰特留意到他用的一个词。“曾经？”他问道。

“我破产了，没钱就放弃了。”

“记得你的那句‘你所说的一切都将……’了，对吗？”

“嗯。无所谓了，我只是实话实说。如果你推断错，那可不能怪我。”

“我欣赏你的观点。你为什么与一个不认识的女人住在一起？你之前这么说过，对吗？”

“不错。尽管听上去不可信，但很简单。有一天，天很晚了，我站在逸乐酒吧对街人行道上不知干什么。我口袋只有5便士，我原打算全花光的，我正想去哪儿花完这些钱，或者假装这五便士不存在。所以——”

“等一下。请解释一下，你为何这么看重那5便士。”

“那是一笔大钱的最后一点零头，原来可是有3万英镑。那是我舅舅给我的遗产。

我舅舅说要继承他的遗产就必须把我的姓斯坦纳威改成提斯多，反正提斯多家比斯坦纳威家好多了，我也无所谓了。如果我不姓斯坦纳威，我现在就不会破产。我这个榜样烂透了。继承遗产前我在建筑事务所工作，住在普通公寓，后来我觉得钱足够多了，于是就辞掉了工作。到很多我以前想去而不能去的地方看了看。纽约、好莱坞、布达佩斯、罗马、卡布里岛这些地方我都去过了。等我回到公寓时只剩下了2000磅，我本打算把钱存起来，去找工作。如果是以前，把钱存进银行很容易。两年后我在各地交了很多朋友，他们来找我玩，十几个人随时随地来伦敦。很快，有天早上我发现我只剩100英镑了。

“我内心几乎绝望了，两年来我第一次安静下来细细思考。有两个选择：我可以到全世界各地的首都去找那些我曾养过的人，前提是你很会骗。第二个选择就是跑。只要我想，跑很容易，我会从此无影无踪。大家会奇怪为什么没看到提斯多，以为我又去世界各地玩了。趁早离开，大家只会想念我。走得晚了反而会让他们嘲笑我。我结清了债务，只有57英镑了。我想赌一把，想赢到足够多的钱。然后开始新的生活。出于提斯多家族的谨慎，我只拿出了30磅，每次15磅，在日蚀押了红山梨。剩余的钱什么也不够。我除了四处流浪外别无选择了。我觉得这个主意挺好的，因为这是一个转变的开始。我可不能带着钱或存到银行，所以我决定一晚上花个精光。然后我会把晚礼服当掉，找一套合适的衣服换上上路。可我没想到，西欧佛周末半夜找不到开门营业的当铺。我只好站在街上，对着5便士烦恼。也不知道手里的衣服怎么办，连睡觉的地方也没有。我站在街口的路灯下，在转上兰卡斯特大道的那个路口，红灯亮的时候一辆车停靠在路边。

“克莉丝一个人开着车……”

“克莉丝？”

“那时我还不知道她叫什么。她瞧了我一眼，街上很安静，只有我和她，我们之间距离很近。她面带微笑地对我说：‘先生去哪儿，我可以送你一程。’我说：‘无论哪里都好。’她说：‘那可不顺路，查塔姆、法弗舍姆、坎特伯雷，这些地方可以吗？’只要能不站在街上，去哪儿都好。我可不能编理由去朋友家。而且那些人和我已经越来越远了。她很迷人，尽管我没说之前的话，但是她能看出我已经一文不名了。我想解释，她说无所谓。她说我叫罗宾，她叫克莉丝。我说我叫罗伯特·斯坦纳威，她竟然用我家里的小名叫我。以前我身边的人叫我鲍勃，再次听有人叫我罗宾，我很高兴。”

“你怎么想告诉她你的原姓？”

“大概是想回到我原来的身份吧。我也没给这姓带来荣誉，而且我一直认为我是斯坦纳威。”

“好，请你继续。”

“基本就这些，我收到了去她家住的邀请。她说她是一个人。不过我只是个客人。我提醒她难道不怕引狼入室，她说她一直都在碰运气，到现在为止运气都不错。有一点她是对的，两个人互相认可后就会变得很容易。我感觉我俩好像认识很久了。如果是刚认识，也许要花好几个星期才能互相熟悉。我们对于对方的喜欢不是感情用事，她很美，也很棒。第二天我没衣服穿，只好穿别人的浴袍和睡衣。周一皮茨太太到我房里，提给我一个箱子。我没见过那个箱子，里面全是衣服，看着都是从坎特伯雷买来的。皮箱上写着我的名字，我难以向你描述我的感觉，她竟然记得我的名字。这是第一次有人送我东西。从前的那些朋友他们只想着向我索取，要么让我付款，要么借我的车开，却从不替我着想。这些衣服让我感动得想为她做任何事。她看到我穿着那一身并非定做的衣服时，开心地笑了。虽然不是名店买来的，但很合身。接下来我们享受着美好时光。阅读、闲聊、游泳，皮茨太太不在就一块做饭。我没想过未来怎样。她说过几天要离开农庄。过了几天我委婉地说要离开了，她不让我走。之后我再也没提过。这就是事情的前因后果。”他颓然地叹口气，“我终于知道心理医生如何工作赚钱的了，现在我无比轻松。”格兰特忍俊不禁。这个年轻人有些童真。

接着他立刻暗骂自己像一条落水狗一样。

有人正利用魅力这件人类最厉害的武器站在他面前。他打量着那张脸，善良而脆弱。曾有一个凶手也是他这样的长相，蓝眼睛，看着很无辜，很实在。可那人竟然把未婚妻分尸，埋进了坟墓。提斯多的眼睛露出那种温馨的眼神，格兰特见多了这样的人。对这种人而言，女人是必不可少的。母亲的乖宝宝和玩弄女人的男人都有这种温柔的迷人的眼神。

幸好不用多久他就能得知提斯多是不是在说实话。“你想让我相信你们相处的日子里没对她的身份产生一点怀疑？”他想等提斯多不留心的时候再问这个问题。

“我猜她可能是一名女演员，因为她的谈吐和家里到处摆着的戏剧和电影杂志。我曾问过一次，她说没名字就没压力。她让我别忘了这句格言。”

“我懂了，她送你的衣服中有没有一件大衣？”

“大衣我有，她送我了一件雨衣。”

“大衣是穿在晚礼服外面吗？”

“没错，我和朋友出去吃饭正下着小雨。”

“大衣在吗？”

“我们去迪姆彻奇的时候被偷了。”他眼睛里开始戒备起来，“这和那件事有关系吗？”

“是什么色系的？”

“深色，黑灰色那样。怎么了？”

“你报警了吗？”

“没，我们不想找麻烦。”

“直接告诉我事情的真相好吗？”他对面脸上的坦诚正在逐渐消失，并变得充满了敌意，“你没和克雷小姐去游泳是吧？”

“是的，她刚出门我就醒了。”

“既然你还没醒，又怎么知道她刚走？”

“当时刚刚六点，她不可能走得更早。皮茨太太也说我是在她后面出门的。”

“是这样啊。从你起床到发现克雷小姐的尸体这段时间内，你先往峡谷走，偷了车，想开去坎特伯雷，然后你后悔了，再回来的时候已经发现克雷小姐溺水而亡。这就是整个过程吗？”

“嗯，就是这样。”

“如果你对克雷小姐心存感激，就不会这样做了。”

“我压根儿都不相信我会那么做。”

“你确定你那天没游泳？”

“当然，怎么了？”

“除了周四，你最后一次游泳是在什么时候？”

“周三中午。”

“可你的泳衣周四早上还是湿的。”

“这你也知道了，不错，不过那不是海水。我把衣服晾在窗外，发现有鸟在上面拉了屎，我刚洗完澡就把泳衣洗了。”

“但你却没有再把它晾出去？”

“你说那件事之后吗？我晾过了。探长，你告诉我，这和克雷小姐的死有关系吗？这种毫无理由的询问就是一种折磨。今天早上的问话像是最后一根稻草，压得我已经快到忍受的极限了。大家都说发现她的经过，都在说那具尸体。可在我心中，那只是克莉丝。现在又莫名其妙地怀疑她的死和我的大衣的关系。”

“因为我们发现了这个。”

桌上有一个纸盒，格兰特从中取出一颗男式大衣上常见的纽扣。像是从衣服上拽下来的，线头上缠着一根细金发。提斯多站起来把手撑在桌子上，瞪大了眼睛看那件东西。

“你是说她是被人溺死的？我的意思是看着像。即便这样，也不能认定那人是我，没有充分的理由怀疑我，那样的纽扣太常见了。”

“提斯多先生，我还没说什么，我只是把各种可能性都想一遍，去掉那些不可能的罢了。我问你只是想知道你的大衣上有没有这样的扣子。你说原有的一件丢了，是这样吗？”

提斯多张了半天嘴，看着探长一句话都说不出来了。

门外响起了敲门声，然后门被打开了，一个既矮又瘦的10多岁的小女孩站在门口，衣服看上去有点邋遢，凌乱的黑色头发上连顶帽子也没有。

“抱歉，”她紧张道，“对不起，我以为我爸爸在这里。”

提斯多这时不小心掉下椅子来，摔在地上。

格兰特前面有一个大书桌，但他还是立即走过来，那位瘦小的女孩不慌不忙地移动，但最后比格兰特先到一步。

“天啊！”她说道，她伸出双手扶在提斯多肩膀下面，帮他翻过身来。

格兰特把沙发上的靠垫拿了过来。

“除非是中风的人，否则别那样做，”女孩说，“应该让他的头一直仰着，看上去不像中风，他太年轻了。”

她用手撕开了提斯多的衣领、领带和前襟，她的手法熟练得就像是老道的厨师切除馅饼边上多余的面皮那样自然和专业。格兰特仔细地打量着小女孩，因为袖子短的缘故，发现了她露出袖口外那皮肤黝黑的手腕上，有许多新旧夹杂的抓痕和伤疤。

“爸爸不能喝酒，可他的自控力太差了，我想在橱柜里肯定有他藏起来的白兰地。”小女孩淡淡地说。

格兰特按她说的，果然在橱柜里发现了白兰地，他取了白兰地回来，小女孩这时候正在拍打提斯多，他不省人事，小女孩力道很轻，却不间断地拍在他脸颊上。

“你似乎很熟悉怎么应对这种情况。”格兰特看着眼前的女孩说道。

“我在学校里负责带童子军。”她的话很温和而且说得很清晰，“那是个非常有趣却无聊的组织，但却可以让一成不变的生活有所改变，这才是我想说的重点。”

“这些常识和方法是你在那里学的吗？”他一边点头赞许，一边开口问道。

“我是在布拉德福德·彼特的更衣室里学到的，那些女童子军只会烧纸和闻嗅盐那类简单的事罢了。”

“那又是什么地方？”

“你知道那个中量级的拳击手吗？之前我很看好他，对他很有信心。但最近他的速度好像慢了不少。至少在速度上，我觉是这个问题。你难道不觉得吗？他开始慢慢醒了。”最后这话的对象是指提斯多，“现在可以把白兰地拿过来给他喝了。”

小女孩看着格兰特给提斯多喂酒的时候，问道：“我进门前是不是在拷问他，如果我没猜错，你是警察对吗？”

“亲爱的小姐，能告诉我你的名字吗？我还不认识你呢。”

“艾丽卡。我名字叫艾丽卡·伯戈因。”

“伯戈因小姐，作为警察局长的女儿，你难道不知道，英国唯一会受到拷打的除了警察没有其他任何人了。”

“可是他为什么会晕倒呢？他是嫌疑犯吗？”

“这个我就不清楚了。”格兰特不假思索就回答道。

“他的样子不像是会犯重罪的人。”她说这话时很严肃正经，和她之前的作为如出一辙。

“不要让表面的东西影响你的判断，伯戈因小姐。”

“不，我并不是你说的那样。总而言之，他又不是我喜欢的那一类男人。话说回来，只要了解得足够多，根据表面的情况也能得出正确的合理的推断。就算是你闭上了眼睛，也不愿意买一个软软的栗子吧？难道不是这样吗？”

这段谈话在格兰特看起来还真是有些不可思议。

说完话，女孩已经站了起来，两只手插到了破旧的夹克口袋里，看着就好像是衣服上突出了两个圆球。她身上那件衣服的两只袖口都已经被磨坏了。上面满是被荆棘划断的线头。她的裙子也很短，腿上穿着一只扭曲的长袜。只有她的鞋子看上去还算是比较厚实，应该是高档货，但是和她的手一样，上面也被弄得伤痕累累。这些信息都表明了一个事实：她并非从福利院出来的孤儿。

格兰特又把目光放到了她的脸上，那张脸看上去绝不像是一张普通女孩的脸，她脸色有些蜡黄，三角形的脸型上分明透着一股平静和果断，这些东西都不是福利院那样的地方能培养出来的。

“请帮我拿一下。”看上去，她的神情比较愉快，这时格兰特扶着提斯多站了起来，正要扶他到一旁的椅子上去。“你不会有事的，再喝一点我爸的白兰地吧，比起流进我爸的血管，还是给你喝比较好。我要走了，你知道我爸爸在哪里吗？”她问格兰特。

“他现在应该在‘帆船’吃午餐。”

“谢谢。”女孩又把头转过来，看着不知情的提斯多，“你的衬衣领口太紧了，以后要小心点。”说完她走向了门口。格兰特这时走过去帮她开门，她看着格兰特问道：“你还没有告诉我你的名字。”

“我叫格兰特，愿意随时为你效劳。”格兰特边说还向女孩微微欠了欠身子。

“我现在没什么需要的，但说不定将来会有。”女孩又细细地打量了一遍格兰特。

格兰特竟然暗自想，自己居然有不要被她归为软栗子之类的想法。“我喜欢那一类颧骨比较高的人，你正是我喜欢的那种类型。有机会再见吧，格兰特先生。”

“探长先生，那女孩是谁？”提斯多带着一种大梦初醒的意味问道。

“她是伯戈因局长的女儿。”

“她说得没错，我的衬衫领口确实太紧了。”

“那件衬衫也是克雷小姐送给你的衣服之一吗？”

“是的，我现在被捕了吗？”

“不，并没有这样的事。”

“如果能吃牢饭，也是个不错的主意。”

“为什么这么说呢？”

“至少眼下可以暂时安顿下来，今天早上离开农庄后，我发现自己已经无处可去了。”

“你的意思是你可能要去流浪了？”

“倘若再有件合适的外衣，我会考虑的。”

“我想这有些不现实，你必须待在一个需要你时，我们能找到你的地方。”

“这我知道，可我现在怎么办？”

“找个工作如何，比如回到你之前那个建筑事务所里去工作！”

“我可不想再去进什么事务所，再也不想干建筑了，他们把我放到那里，只是因为我会制图。”

“如果我理解没错，你是从此以后不再想自己赚钱养活自己，而是打算当一个废人，对吗？”

“哦，别说得这么难听。当然不是你说的那样，我想找工作，可我不知道现在这样还能干什么工作。”

“你在上流社会待了那么久，你总有会的事情，比如你会开车，是吗？”

门口传来了敲门的声音，队长把头伸进门里面向里看。

“对不起探长，打扰你我很抱歉，有些紧急的事情，我要在局长的档案里找些需要的文件。”

等到探长同意之后，队长才走进来。

“这个时节，海边一向是比较热闹的。探长。”他一边说，一边手不停地翻看着档案。“在城外的那家‘海洋’餐厅的厨师一定是从欧洲大陆过来的，那个厨师用刀捅了一名侍者，原因竟然是那个侍者有头皮屑，这样的案子竟然发生在我们辖区。一个被送到了医院，另一个则被送到了医院抢救。听说他的肺部受伤了。好了，我找到了，谢谢你了，对你造成的不便，我再次致歉。”

格兰特看向正在茫然无措地整理领带的提斯多，他脸上挂着忧郁的神情。这个时候，提斯多的眼神也正好碰上了格兰特的眼睛，显然蒙了一下，随后他就明白了，于是继续自觉地说道：“队长，请等一下，你是否知道他们有没有人替那个侍者的缺？”

“暂时还没有呢，那位托塞利先生，哦，也就是那里的经理正在为这件事发愁呢。”

“探长先生，你还有什么要问的吗？”提斯多看着格兰特问道。

“今天就到这里吧。”格兰特说，“祝你一切顺利。”

## 第五章　有利证物

傍晚格兰特在电话里对巴克总督察说："还没有逮捕任何人。但我推断这是一桩谋杀案，这个是毋庸置疑的。法医也是和我一样的结论。"格兰特顿了一下，继续说道："她头发上那一粒扣子看上去像是意外，不过如果你亲眼看到那个场景，就不会那样想了。因为她的指甲似乎抓过什么东西，因而裂开了。所以我们把她指甲里的东西取了出来，已经拿去分析。不过因为那些东西在海水里泡了很久，估计已经没什么有价值的信息了。"

"……我觉得这是个很棘手的案件，我们掌握的所有信息都指向同一个疑点，可是这些线索又互相矛盾。晚上我会回去，这里留下威廉斯做一些例行的询问就可以了。我想去见一见她的律师，那个叫作厄斯金的人。我在验尸会上也看到了他，不过那个时候我要去询问提斯多，所以只能作罢。能不能请你帮个忙，帮我约一下他，时间就是今晚吧，我想找他谈一谈。葬礼的时间已经定在了下周一，就在高德斯墓园。是火葬，我可能会去参加葬礼。同时我也想见一见她的亲人和朋友。如果允许，我也许会喝上几杯，顺便看看有什么有价值的信息。就看时间够不够了。那就多谢您了。"

打完电话后，格兰特没事做，离晚饭时间还早，他便去找威廉斯喝下午茶。威廉斯有个习惯，他很喜欢在咸肉煎蛋上放上一块烤好的大面包片。

他们坐下来之后，格兰特首先说道："明天是周末，扣子的那件事可能会被耽误。"格兰特继续对他说道："皮茨太太说什么了吗？"

"皮茨太太也不敢确定，她说当时她只看到他的头伸了出来。她只看到他在树篱旁边，走了过去。不过他穿不穿已经不重要了，因为那件衣服经常放在汽车后座上。和克雷小姐的衣服放在一起。而且她也说已经忘了最后一次见提斯多穿那件深黑色的大衣是什么时候。他应该是经常穿那件大衣。从早到晚都是穿着的。克雷小姐说他是个冷血的人，也许是因为他是从外国回来的吧。反正她对提斯多没什么好感。”

“你是说皮茨太太觉得提斯多有嫌疑？”

“不是，她仅仅是不想评价他，探长，你有没有想过，这件案子的实施者一定是个很聪明的人。”

“你为什么会这样想呢？”

“如果不是我们发现了一颗扣子，都不会有人怀疑到其他的事情。她被发现的时候，是一大早游泳时溺死的。看上去没有任何的破绽。没有脚印和武器之类的任何痕迹。现场很干净，没有任何争斗的迹象。”

“你说得很对，的确很干净。”

“但你却不这么想，不是吗？”

“是因为那颗扣子，因为没有人想要去淹死一个人的时候还会穿着大衣，如果是你，你会吗？”

“我不清楚，那得看当时我到底处在什么样的情况。”

“那你的办法是什么？”

“在和她游泳的时候，趁她不注意把她按进水里面。”

“如果如你所说，你身上会有她留下的抓痕。一定会。”

“不，我会在水浅的地方，提起她的双脚，把她的头放到水里面，直到她自己溺死。这不就行了。”

“威廉斯！你说的真是个好办法，的确很残忍。”

“那你会怎么做，探长？”

“我要是凶手，我不会在水里动手，我也不想去游泳，换句话说，我不想一大早去泡水，也或者说，我想动手之后早点离开现场，不会多逗留一分钟。也许我会在水深的岩石旁站着，让后叫她过来，然后趁她不注意，和她说话的时候，一把按下她的头，按进水里面。这样我浑身上下，只有手是可以被她抓到的，并且我会戴上手套，等上几秒钟，她就会咽气了！”

“你的办法也不错，探长。不过在峡谷附近一英里，没有一个合适的地点来实现你的办法。”

“原因呢？”

“因为这附近没有一块岩石！”

“你说的没错，不过这难不倒我，因为有防洪堤。”

“好像是有，探长你说得对。你是说凶手是这样下手的吗？这就是你的观点对不对？”

“谁知道呢，这只是我的推断，不过有一点我还是想不通，那件大衣到底是怎么回事。”

“我不知道为什么你很在意这一点，探长，那天早上有大雾，六点的时候肯定很冷，不论是谁，都有可能穿大衣的。”

“的确是这样。”格兰特点头道，他暂时撇开了这个话题，不过一时还是无法释怀。很多这种无法解释的事情，有时候会阻塞他的思维，让他不能正常思考。

他交代威廉斯之后的调查任务，然后自己准备回城里。“我刚刚跟提斯多谈过，”他陈述道，“他刚刚在‘海洋’那家餐厅找到了一份侍者的工作。我想他应该不会逃走的，不过如果派个人过去看着点也许更好。桑格去就行了。按照他的说法，这是周四的时候，他开车走过的路线。”他把一份文件递给警员。

“先去查查，虽然那个时候天色很早，但也许有人看到他呢，还有一个问题，那就是他到底有没有穿大衣。这是一个不容忽视的疑点。我想，既然他说他偷了车，说明这没有问题了，不过这不是合适的理由。”

“我看过他的供词，他的供词有些可笑，我甚至在想：‘他应该编一个更加合适的理由才对。’你说呢，探长？”

“他淹死她之后，也许第一个念头就是逃走。开着车他可以去英国的任何一个他想去的地方，甚至去国外都可以。那个时候，她的尸体还没有被发现。不知后来有什么事让他觉得自己很傻，为什么要逃走，或者他想到了自己的扣子被抓掉了，于是就回来了。总之他觉得最好的选择就是回去在原地看着，然后等警察询问的时候装作什么都不知道。现在他最大的嫌疑是，他得把那件掉了扣子的大衣处理掉。即便不是因为扣子的问题，也有可能是因为大衣的袖子被水打湿了。结果他开车回来的时候，尸体被发现了，是被海水冲上来的。于是他开始在海滩策划并上演了一幕戏。这场戏并不难演，事实上只要想到他自己差点就露出了破绽才是让他不安的原因。”

“按照你所说的，这是他干的？”

“我还不确定，某种角度上讲，还缺少一种动机。他身上没钱，而克雷小姐又是一个很大方富有的人，显然他被她迷住了。可是他却说自己并不喜欢她，也许这只是他的一面之词。他说他们之间没有任何关系的时候，他说的应该是实话。他可能受到过爱情的烦恼和困惑，他更想做的事情应该是把她揍一顿出出气。但现在看来，他却把她杀了，并且是透着奇怪的冷血残酷的谋杀，你明白吗，威廉斯。”

“你说得不错，探长，这件案子确实让我烦恼。”威廉斯心满意足地把一大块上等的肉放到嘴里，享受着。

格兰特又露出了他那标志性的微笑，他这种微笑更容易让他的属下为他效力。他和威廉斯是合作伙伴，两人的关系一直相处得很好，并且对彼此很欣赏。关系这么好的原因也或许是威廉斯对别人的地位没有什么野心吧。威廉斯更像是一位对丈夫忠贞而又美丽的妻子。而不像一个生机勃勃的警察。

“在验尸报告会上，我不该错过她的律师的，我还有很多的事情要问他，还不知道周末的时候他会去哪里。不过我已经提出申请，向苏格兰场调阅她的资料和档案。但我想，她的律师应该会提供更多有价值的线索。我们必须要搞清楚，她死了之后到底是谁获益最多。这对提斯多也许是一个坏消息，但对很多人而言，却是一条好消息。听说她是美国人，她如果有遗嘱的话，应该在美国什么地方。我想等我明早醒来的时候，警察会告诉我的。”

“克里丝汀·克雷不是美国人，探长！”威廉斯惊讶的程度让格兰特吃了一惊。

“那么，她是哪里的人？”

“英国人，出生在诺丁汉。”

“那为什么那么多人说她是美国人？”

“这也是没办法的事，她在诺丁汉出生，也在那里读的书，还有人说她在附近的工厂做过工。总之没人知道事情背后的真相究竟是怎样的。”

“哦，我竟然忘了你是个戏迷，威廉斯，你还知道什么，都告诉我。”

“那是自然，好吧，我知道的那些信息都是从电影《银幕天地》或《电影故事》那些杂志上看来的。像那些杂志为了销量，都是胡编乱造的，但不过有一点值得一提，那就是那些人从不放弃追求真相，前提是故事够精彩。克雷小姐不喜欢被人采访，而且她每次告诉别人的故事也不一样。当这些误会被人指出来的时候，她总说：‘前一次说的太无聊了，这一次的才精彩呢。’所有的采访者都被她搞得一头雾水，说她这是女人典型的善变的特点。”

“你呢，你也觉得是这样吗？”格兰特问道，他对那些不清楚的东西总是很感兴趣。

“哦，我不清楚。我觉得她这样做应该是……是一种保护自己的一种方式吧。你应该能明白我的意思。如果别人想要抓到你的把柄，就应该在他们知道真相后，再扰乱他们的思绪，让他们猜来猜去。这样一来，烦恼的人就是别人，而不是你自己。”

“一个女孩能从诺丁汉工厂的女工一路爬到现在银幕里的巅峰，她应该没那么容易受伤害吧。”

“也有可能正是因为她出生于绸缎工厂，是一个无名小卒，才能在各个社交圈子里爬得很快。每过半年她就会加入一个新的圈子，要知道这可是要花费很多力气的，就像一位在海水里要上升的潜水员。如果要上升，你要适应不同的压力和各种变化。哦，不，不，我觉得她更需要一个让自己隐藏起来的外壳，她那个壳就是一直让大家猜来猜去的。”

“这么听来，你还真是一个克雷迷。”

“那是自然，”威廉斯说道。他原本粉红的脸颊现在更加粉红了。他有些愤懑地在厚片吐司上抹了一团橘子酱。

“在结案的时候，我一定要亲手给那个罪犯为他犯下的罪戴上手铐。只有那样我才会出一口气。”

“那你的看法呢？”

“这个嘛，如果探长你不介意，我想提醒你，你可能忽略了一个动机很明显的人。”

“你指的是谁？”

“杰森·哈默。早上八点的时候，他在附近不知道在窥探些什么？”

“他来自桑威治，还在那附近的酒吧里度过了一晚。”

“那是他自己说的，有没有派人去查过他。”

格兰特翻开了记录本。

“可能没有，这是他在找到纽扣前主动提供的供词，所以警察并没有怀疑什么。那个时候，大家的注意力都放在了提斯多身上。”

“哈默最有动机，他被克雷抛弃了，他追到农庄的时候，却发现了克雷有了其他男人。”

“听着是很合理，你先把他列入你的怀疑人中，查一查他有哪些衣服。我们已经发出通告，寻找被丢弃的大衣。希望早点有好消息传来。大衣这线索可是比纽扣好多了。提斯多曾经说他把衣服卖给了一个男人，那人名字叫作塔格。可是却不知道他是在哪里做生意。他和之前那个克莱文街的家伙是不是同一个人？”

“是，探长。”

“知道他在哪里吗？”

“就在维斯特本恩街的最里头。”

“那谢谢了。提斯多的话我不怀疑，也有可能那颗扣子是其他大衣上的。这可能会引出其他的事情。”他说道。

“那这件差事就辛苦你了，说到这儿，我有个东西可以为你的第三杯咖啡添点味道。”他把放在口袋里的那份《前哨》——《号角》的下午版拿了出来，并把它放到威廉斯的茶盘旁，上面的标题很醒目：克雷之死是意外吗？

“是他？吉米·霍普金斯！”威廉斯看到后反感地说道。把一颗红糖丢进了茶杯里。

# 第六章　私访聚会

根据电梯的楼层显示，格兰特需要在这个粉色电梯门口等待一段时间才能搭乘，他思量了一下，还是决定走二层的楼梯上去。

他径直朝楼梯通道口走去，这疲惫且略显沉重的步伐，在他走在这铺着厚厚地毯的楼梯上时，一切都变得悄然无声。

格兰特一边注视着楼梯上的地毯，一边在心里寻思着。他从来就没有想过，像玛塔·哈拉德这样游戏于圣詹姆斯和干草市场区之间的社交界名媛，却可以居住在这样一个沉静幽闭的小区里，这似乎和她张扬喜爱闹腾的生活作风背道而驰。

他在来之前，巴克试图联系了玛塔·哈拉德的律师厄斯金，可并没有联系上。据他的助手说，他受到了惊吓，所以去别处度周末了，至于去了哪里，不得而知。而他感兴趣的克里丝汀·克雷的遗嘱内容，只有等待下周才能看见了，他现在要到玛塔的家寻找别的答案。

进入小区，他问门卫："请问，玛塔在家吗？"

门卫答道："玛塔大概在十一点左右跟几个人一起从剧院回到小区里。"

虽然格兰特不愿有别人在场，但事态紧急，格兰特今天一定要了解到克里丝汀·克雷的社交情况，而且他仔细阅读过那份警方花了十二个小时整理却依然不够完整的克雷档案，里面有两句非常重要的句子：

1.克里丝汀·克雷的本名叫作克里丝汀娜·哥德贝尔。

2.她一直没有爱人。

四年前，老比尤德公爵的第五个儿子爱德华·钱伯斯勋爵与克里丝汀·克雷结了婚，他们在好莱坞相识，爱得火热，恋爱不足一个月就宣布了结婚。

当时克里丝汀·克雷正在拍摄她的第一部电影，所有人都认为她“攀上高枝”。可像她这样凭一己之力，不靠任何人上位，从区区一个百老汇的舞女变成歌舞巨星，又从歌舞明星转向电影拍摄的女人，结婚之前居然会一直没有爱人，可见她的感情是极为深刻的，只有让她疯狂的人才能让她芳心跳动。当然，这也意味着，和爱德华结婚之前，她还是处女之身。

但婚后仅仅两年，“爱德华勋爵”便变成了“克里丝汀·克雷的丈夫”，对此，他本人对这样的称呼还算坦然。

他们的生活幸福和乐，克里丝汀的工作非常忙，没有空闲时间，而爱德华·钱伯斯却非常热爱野外探险，并且喜欢把其中趣事撰写成书，他虽然是公爵家里的第五个儿子，却拥有从舅舅那里继承的大笔财富。由此可见，爱德华的婚姻保障来自于他拥有的财富，以及他对老婆克里丝汀成就事业的无比骄傲。

可是这样怡然的生活方式，怎么可能会发生谋杀呢？格兰特百思不得其解。

在英国工作的三个月里，制作人很喜欢克里丝汀的歌声，并让她在她主演的电影里献唱插曲，这样可以满足观众的期待从而俘获更多的观众。

娱乐界并不会随意猜想她和哈默的关系，就算在同事看来他们之间已经有些暧昧，至于提斯多是谁？他只是一个在失去了所有，变得潦倒不堪还陷入了无限迷惘的男孩，当然，这个男孩还接受了别人随手馈赠的好意。

关于提斯多还是等以后再了解吧，现在得先去寻找关于哈默和她的事。格兰特想着想着，不由得加快了脚步，上到了二楼，他听到了电梯门关闭的声音，猛然一抬头，正好看见了吉米·霍普金斯正想去按下门铃的手缓缓往回缩的动作。

很显然，吉米·霍普金斯看见了自己。

“嗨，真巧！”吉米对着格兰特似笑非笑地说道。

“我并不觉得有什么巧合可言，我希望你是因为她的邀请，所以才会到来。”本来就不想有太多旁人打扰的他，看见吉米的时候，心生一丝烦躁，格兰特的语气听起来有些刻薄。

“探长，那你有没有带好搜查令呢？其实我很担心，一会儿她的律师对你发出律师函！”吉米阴阳怪气地说。

“谢谢你多余的关心。”说完，格兰特抬手就要按下门铃，却被吉米截住了。他笑嘻嘻着，但语速却非常迅速：“既然我们都是为了玛塔而来，那就一起吧！”

格兰特没有回应，他按下了门铃。

是啊，很显然，吉米对自己独自进入玛塔的家里并没有什么把握，在格兰特对管家自我介绍之后，他就跟着格兰特进到了玛塔的家。

“我想我身后的这位先生是《号角》派来的，并不是和我同行的朋友。”格兰特直言不讳地对那个管家说道，他并没有打算替吉米掩饰什么。

格兰特的话刚刚说完，管家转眼说道：“哈拉德小姐现在有客人在，而且客人走后她也需要休息的，先生你……”

“Oh，霍普金斯先生，欢迎你的到来！亲爱的玛塔，我怎么从不知道你认识霍普金斯先生呢？我正想知道你早上在报纸上都写了些什么呢。”管家的话还没来得及说完就被门里的声音给打断了，玛塔的起居室大门突然打开了。

“我做梦都没想到我能听见她的声音！”吉米小声地对着格兰特的耳边说完后，随即上前向刚才的说话者致意。格兰特没有理会，他向刚从房间里走出来的玛塔·哈拉德走去。

“你好，阿伦·格兰特！现在来找我是为了什么事呢？正事？还是私事？”玛塔笑着对格兰特说道，好似她并不介意他的深夜造访。

“都有，但是在我们谈话之前，我希望你能把他们都打发走，因为我想跟你单独聊聊。当然，别告诉你的客人，我是谁。”格兰特一本正经地对着玛塔说道。

“你知道的，我非常乐意帮你，因为这条项链，时常让我想起你。”她指了指自己脖子上的珍珠项链。其实项链也不是格兰特送的，只是他曾替她寻回过而已。

“进来吧，我给你介绍一下。”玛塔领着他进到内室。转头问他：“你的朋友是谁？”

“他是《号角》的吉米·霍普斯金，不是我的朋友。”

“原来如此，我现在知道了莉迪亚为什么这么欣喜若狂了。”

玛塔一一给格兰特介绍了屋里的人。第一个是克莱门特，社交界的摄影家，穿着乳白色的衬衫，配上一头紫色的辫子；第二个是一个不知名的上尉，是玛塔的追随着，他的手里拿着威士忌，摇晃着杯子，自持清高的样子；第三个是朱蒂·塞勒斯，终年演绎傻大姐的年轻女演员，金发碧眼却郁郁寡欢，或许因为体重长期与美食做斗争的缘故吧；第四个是莉迪亚·济慈，她现在正在和吉米聊天。

“这是格兰特先生，我的朋友。”玛塔说。

不过，在场的各位们并没有什么特别的反应，以为大家对格兰特也并不熟悉，以为只是玛塔的普通朋友而已，可吉米却有些挑衅地说：“格兰特先生？”

“怎么了？难道不是吗？”和他聊天的莉迪亚好奇地盯着格兰特看着。

“当然不是！”吉米义正词严地继续说着，他的眼神对上格兰特时变了，“他拥有一个贵族的头衔，因为他曾帮助希腊贵族找到一件丢失的衬衫，哈哈，很好笑吧？不过他羞于使用。”场面有点尴尬，可是吉米想了想，不管怎么样，可都比与犯罪调查部门的探长作对来得好。

“格兰特先生，希望你不要介意他的失礼，他经常拜访我，但却从来没有写过真正的访问内容。基本上他就是这样的一个人，因为他一进来我就知道他是4月份的白羊座，比较健谈，而你是狮子座的，我没说错吧？”莉迪亚随即说道。

“我想你不用说出来，我能感觉到因为这里会有感觉，你有狮子座的特征。”莉迪亚指着自己瘦小的胸部说。

“希望这些特征不会致命。”格兰特出于礼貌还是淡淡微笑地回应着，可是心里却非常不耐烦，他想尽快摆脱这些纠缠。

“天啊，格兰特先生，你难道完全不了解占星术吗？狮子座的人受众人宠爱，注定会成功并且拥有属于他的荣誉，这是多么幸运啊！”

“请问狮子座是什么时候？”

“7月下旬到8月下旬这段时间，我敢断定你是8月的第一周出生的。”格兰特被彻底地震惊了，他出生于8月4号，可是表面上他仍旧表现得云淡风轻。

“两年前，她占卜过克里丝汀·克雷，预言过她的死亡命运，莉迪亚太厉害了。”玛塔把一杯酒递给了惊魂未定的格兰特。

“呵，莉迪亚猜得可真准啊，准到她死了！”朱蒂漫不经心地说，手里还拿着三明治。

朱蒂的话惹恼了莉迪亚，看着她马上就要燃烧起来的火焰，玛塔对着朱蒂说：“莉迪亚不是第一次说中了，朱蒂，你这样有失偏颇。当初汤尼·皮金的车祸，她同样说中了，还有她让我不要接受柯林斯的提议……”

“玛塔你别说了，我相信星相，他们不相信就算了，你不能要求双鱼座的人有信仰！”莉迪亚打断了玛塔的话。

吉米在旁边小声说着什么，可大家的注意力却一下子都被克莱门特的话转移了。

“我现在想知道的是警方在西欧佛有什么发现，而不是莉迪亚在星相里有什么发现。”克莱门特不大不小的声音，刚好能被所有的人清楚听到。

“我也想知道凶手是谁。”朱蒂跟着说。

“朱蒂！”玛塔并不想他们讨论这个话题，她用有些呵斥的语气叫了朱蒂。

“别打断我！你知道我们都很想知道事情的真相，大家都在猜测一切的可能性。”朱蒂完全不理会玛塔的呵斥，“我认为是杰森，你们呢？”

“杰森？为什么？”克莱门特好奇地回问朱蒂。

“当然是因为他最闷骚啊，什么都放在心里。”

“胡说八道吧你，他不是闷骚，他的感情细腻而且是慢慢表达出来的，不是泄了的洪水，收不住那种。”玛塔抗议了他们的猜想。

格兰特静静地看着这一切，他发现玛塔在帮杰森辩解，她喜欢他，可是究竟有多喜欢呢？

“不对，他不是闷骚型，他特别容易满足。我想，这样的人是不会兴起报复欲望的。”克莱门特说道。

“可是，我认为受虐狂一般不会是虐待狂。”格兰特突然加入了他们的谈话之中。

“不管怎样，我都相信杰森，他善良得都不可能杀死一只苍蝇，我们不要怀疑他。”玛塔坚持认为杰森不可能是凶手。

“是吗？”朱蒂用意味深长的语气回应着玛塔，这让大家都纷纷看向她，似乎在等着她说出结论一样。

“你这话什么意思啊？”克莱门特问道。

“别问了，就当我什么都没说，反正我觉得是杰森。”

“动机呢？”

“我猜测是因为她想分手。”

玛塔受不了他们这样一问一答的胡乱猜疑，生气地说：“朱蒂，你胡说，你很清楚，他们并没有什么！”

“我怎么可能知道呢？他没有离开过她的视线范围。”朱蒂不屑地说道。

“在不检点的人眼中所有人和她一样！”吉米沉声地在格兰特耳边说道。

突然，莉迪亚的一席话把霍普金斯推向的大家的视野，她说：“我想霍普斯金先生会知道更多，因为他今天曾去西欧佛采访。”

吉米成为大家注目的对象，每个人静默不语看着他，等待他开口。

他和大家分享他今天去采访到的一切，警方查到了什么？怀疑是谁？他曾经在报道上提到她和别人同居的事是不是真的？关于这一切，他侃侃而谈，乐在其中的他不时还会偷笑地看着一旁倍感无奈的格兰特。

“警方会抓捕那个叫提斯多的男孩，一个帅哥，肯定能在法庭上引起轰动。”吉米告诉了大家他的结论，以及提斯多就是和她同居的人。

“提斯多？”在场的所有人都不认识，略显疑惑地看着吉米。

朱蒂·塞勒斯除外，她先是很惊恐的表情，然后才假装无所谓的淡定神色，这一系列都被格兰特看在眼里。

“这简直不可能，我宁愿相信爱德华会杀人，也不相信克里丝汀·克雷会做这种荒唐的事！”玛塔接受不了这样的事情，可他们却不一样，他们开始嘻嘻哈哈嘲笑玛塔的单纯。

“怎么不会？他回到英国之后发现自己的老婆和人苟且，气昏了头！”朱蒂说道。

“爱德华怎么可能会出现在清晨六点钟的海边呢？”

“我们不用考虑的人是钱伯斯，因为他周四才回到英国。”吉米继续给大家提供线索。

“我不能接受这样的谈话，太过无情了，我们可以换一个话题吗？”玛塔始终很排斥这个话题，她一点儿也不想聊。

“这个话题再讨论下去也不会有任何结果，因为凶手……”朱蒂突然大声说道，“是你！”

“我？”玛塔不知道该怎么回应朱蒂的攻击，大家也都非常默契地不说一句话。

“你想得到她新片里的角色，所以你杀了她，对吗？”朱蒂冷冷地说，好像在陈述事实。

“克莱门特也曾经和她恶语相向过，就因为她拒绝让你拍照，说你的作品像打翻的肉汁。”玛塔开始反击朱蒂，试图找到理由去证明一些什么。

“不，你错了，他只会学习博尔贾家族的手段，用一盒巧克力毒死她。不过这样想来的话，也有可能是和她演对手戏的勒庸，他可能继承了他父亲冷酷的性格，啊，科尼！他也许早就想杀了她，终于有了四下无人的机会，所以……”朱蒂说道。

她已经忘记了就在几分钟前，她信誓旦旦认定了凶手是杰森这件事。

“我们不要再继续了，好吗？”玛塔非常生气，也提高了音量，想要终止这样没有意义的讨论，“我知道大家已经从她的死亡带来的惊吓中走了出来，可我们仍然不能妄自揣测，她是我们的朋友，即使她死了我们还是要尊重她，不是吗？”

“算了吧，大家都很开心没有她挡在各位的面前，谁会在意她？”朱蒂非常恶毒地回击玛塔，说完，她喝下了第五杯威士忌。

# 第七章　访问哈默

周末结束，整个城市都开始恢复运作，可是格兰特还是来得太早了，他准备去拜访一下提斯多的裁缝。戚格莫街上还是安静得像周末一样，很少有行人在走动，不过还是有商铺打开了大门准备迎接这个美妙的周一。

一路上有花店的人在将过了盛开期的鲜花重新捆绑，让它看起来不那么的萎靡；古董店的店员把昂贵的古董地毯移至别处保护了起来；早餐店里的咖啡尽管只能搭配的是昨天的小面包，也是客满无座；服装店周末的大打折促销活动也恢复了原价……

整个一片生机盎然，格兰特却没有丝毫的享受在其中，他为这个案件的复杂程度感到心烦。一路上，他都在思考各种各样的破案关键点。

就好比他现在拿着扣子去找裁缝一样，虽然这并不能让这个案子结束，可是会让它有进一步发展，他多么希望，伦敦的裁缝能斩钉截铁地告诉他："是的，这就是我给提斯多制作大衣时用的扣子。"

可是关于这件大衣，提斯多也是给出了近乎合理的解释："我重新买了一件符合那边气候的大衣，我原来的大衣不适合。"这个解释太合理了，所以让案件变得更加困难和棘手了。

伦敦的裁缝有一个特别的地方在于，不管你是多少年后走进去，也不管你拿着大衣上的哪种扣子，他们都会认得，而且面对你时面露微笑，彬彬有礼。

可是洛杉矶裁缝和伦敦裁缝不一样，他们并不会记得他们在半年前使用过什么样的扣子来制作大衣，并且作为证物，他也不可能将扣子寄往洛杉矶去。

关于这件大衣是不是属于提斯多，格兰特还是找到了两个证人的，第一个是威廉斯警员。根据威廉斯的叙述，他亲眼看见提斯多穿着灰色的大衣，把一辆车从路边开走了。而威廉斯的其他贡献就没什么太大的用处了；第二个是一名农夫，他说在周四的清晨，具体是几点他也不是很清楚，只知道那个时候还没有太阳，应该是很早了。他赶着的羊在威德马许的十字路口处挡住了一辆车，车里有一个穿着深色大衣的男子。他不能确认车里的男子是不是提斯多，可他却认识这一辆车。

虽然格兰特希望那件大衣能够主动地出现，这样一切都会变得可爱起来，可这是几乎不可能的事情。或许有人会认得那是提斯多的大衣，上面还掉了一颗扣子。这简直就是对这件事最完美的解决了。

就在昨天，格兰特还放弃了上好的牛排大餐，任劳任怨地走出一家高级餐厅，去拜访了哈默先生。只是因为威廉斯曾说过杰森·哈默根本就没有在森威治的旅馆里过夜。

格兰特如愿以偿地见到了哈默先生，在德文寓所的一套带有粉色的套房里。

“你知道吗？我一般不这么早就起床。”哈默穿着紫色的长睡袍，一头很短的头发，出现在格兰特的眼前。此刻的他，正在试图收拾一下散落的乐谱，好让格兰特有个地方可以坐下来。

他一边收拾，一边开始对格兰特抱怨道：“探长，虽然有的人觉得她很难相处，可是我和克莉丝还是做了很好的朋友。因为我们是同一类人，你懂吗？我们知道自己并不是那么的优秀，我们都很害怕被别人发现这一点，可是我们必须对自己充满了信心，才会有人被你吸引过来臣服于你。反过来，你要是自己都不相信自己了，就只剩下他们的嘲笑和不屑一顾了。”

当他说完这一段的时候，他已经腾出一张椅子，并示意格兰特坐下来听，格兰特对他微微一笑，也就不再说话，安静地听着哈默先生一个人的自述。

“我第一眼看见她的时候我就知道，她和我一样，喜欢‘虚张声势’。我就是靠着我爆棚的自信，让唱片公司愿意发行我的第一首歌，我也是靠着这样的‘虚张声势’打入美国。”哈默一直走来走去地说，再看到他时，他的手里端着两杯红酒向格兰特走来。

“来一点吗？也许是太早了，可是对我来说喝酒是除了睡觉以外最美好的事了！”出于礼貌，格兰特接过他的酒杯，却没有小酌一口。

“为了合约，我还有两首歌要完成，你知道吗？是为了——为了——哦，科尼的新片！”他有些不知所云地说着，格兰特也就仔细地听着，或许下一句就对案件有所帮助了。

他停顿了一下，又继续开口说道：“你知道对我来说什么是一种折磨吗？是在完全没有灵感的情况下逼我写歌，就像现在这样。而且，还要我写给那个根本不懂得歌唱的女人哈拉德。你听过克莉丝唱歌吗？她的《偶尔对我唱歌》是不是非常好听？”

格兰特听过克莉丝唱的歌，且记忆深刻。

“那不是我写的最好的歌，可是她却能把它唱成了全世界最好的歌，你觉得那个只会摆架子的哈拉德可以吗？”他有点失落地说道。

说完这些，哈默先生就不再说话，只是在房间里忙碌着，就像他说的，他还有两首歌没有完成。格兰特对于这人的认知还停留在昨天玛塔口中的“情感细腻”和朱蒂认为的“闷骚男”。可是他今天看到的都不是。他只看到一个可怜的人，一个普通人，为了生活不断地受到别人的强迫。格兰特认为他并不是那种很好看的男生，却还是充满了个人魅力。只是在面对不一样的人时，他显然有着不一样的相处方式，那么在面对格兰特时呢？就像他刚才那一出非常卖力的戏，是为了格兰特而演吗？

格兰特有些坐不住了，他起身走到杰森·哈默的旁边，用伦敦绅士惯有的礼貌语气告诉哈默：“哈默先生，我很抱歉在周日的一大早来打扰你，我想你也知道我们在调查你的朋友克里丝汀·克雷小姐的死因。按照惯例，我们需要对每一个她认识的人进行排查，希望你配合一下。”

哈默只是看着那些他刚写的乐谱，头也不回地说道：“像你们这样的英国绅士，怎么会突然在早餐时间打扰别人呢？尽管你感到非常抱歉，也很感到无奈，因为这就是你的工作，不是吗？探长！就像这些是我的工作一样！”哈默用手指在乐谱上划过来划过去，企图让格兰特知道他很忙，并没有什么耐心接受格兰特的调查。

“哈默先生，请问那天晚上你住在哪里？我们根据调查，发现你那晚并没有住在森威治的旅馆。”格兰特不再和他周旋，很直接地说出了查到的内容，他在等待哈默的回答。

“哈默先生？我想你们只要在对高级区住宅的人才会用这个称呼吧？如果今天的我只是一个什么都不是的普通人呢？并且在调查时我说了谎话，你们应该是强行把我带回警局拷问吧，每个国家的警察都是一样的，欺软怕硬，并且贪钱！”

“我想我还不知道全世界的警察都是什么样，哈默先生！请问那晚你在哪里？”

“车里。格兰特先生，你的绅士风度呢？两句话就逼得你讽刺我了，别误会，我也没有见过呢！”

“你的意思是承认你不在旅馆了？车里？什么地方？有证人吗？”格兰特迫切地想知道些什么。

“没有证人，我一个人睡在车里。我把车停在一片草地上，旁边有一栋房子和两棵树，我记得那是肯特郡东部，我当时在那里迷了路，太晚了，就没在往前开了。”

“你是说你在肯特郡迷路了！”

“当然，你知道的，在肯特郡几乎哪里都是一样的，尤其是在夜晚。天黑之后的英国很难去找到村庄，你肯定没有试过去寻找！当你看到一个路标，上面写着‘距离某地还有多少’，你非常地兴奋地朝着路标开去，可是你发现又是一个路标。你在那些路标的指引下转来转去，还是找不到路。很长一段时间之后，你就会放弃了！我就是这样，所以把车停下来，直接地睡在了车里！”

“为什么不去找个旅馆？”

“我根本找不到旅馆在哪里，不过比起那些旅馆，我更宁愿睡在我的车里！”

“你的胡子好像长得很快？”格兰特注意到哈默的胡茬，由于今天早上自己的打扰，还没有来得及刮掉。

“长得很快，基本上我需要一天刮两次胡子。有什么问题吗？”哈默看着格兰特无奈地说道。

“为什么你到克里丝汀的农舍时，你的胡子是干净的呢？”

“哦，如果你和我一样，你也会在车里准备剃须刀的！”

“你醒来直接去了她的农舍，你不吃早餐吗？”

“早餐我一般不会吃太多，咖啡或柳橙汁都可以！我准备去克里丝汀那里让她给我准备早餐的，在英国我更喜欢柳橙汁，并不喜欢你的咖啡！”

“既然是这样，你为什么要对警方说你在森威治的旅馆过夜？”

当格兰特问到这里时，哈默开始变得有些拘谨，不再是刚才那一副淡然处之的态度，他的回答也不再是轻松自在的语气。他有一点紧张，他的回答也带有一丝敌意在其中。

“我并不想被卷入其中。”

“那就是说，当时你就知道她是死于谋杀？”

“我说过我和她是朋友，你能相信一条鱼在水里会溺死吗？加上当时的警察开口询问的态度让我觉得很不舒服，所以更加不想被卷进去！”

“我想那个警察并不是有意的，在办案时，谁都会变得小心翼翼，不是吗？”

“我很好奇你是怎么知道她住在那里的？据我所知，她没有告诉任何人。”格兰特不再追问哈默撒谎的事，他想要从哈默这里了解到更多。

“是的，她没有告诉任何人，她去了哪里，包括我在内。克莉丝这段时间一直觉得心烦，心累。因为她和科尼的关系一直相处得不够融洽，并且她的这部电影观众反应并不是很好。实话说，我认为是科尼放不下身段，也不会拍她。我们都劝她去度假散心，或许会好一点，她有点犹豫，可她还是去了。那一天，她的管家邦多告诉我们，她走了，克莉丝说会在一个月内回来。我也并不认为需要担心什么，不是吗？”

哈默微笑着问身旁认真听着的格兰特，他又继续说道：“大概是两周之后，我在利比·西蒙斯举办的派对里遇到了玛塔·哈拉德，她告诉我说，她周六在贝克街的一家巧克力店遇到了克莉丝。她想知道克莉丝住在哪里，可是克莉丝只是说：‘跟奥斯卡比起来，我更喜欢帮忙采收运往科芬园市场的樱桃，我想我可能不会回去了！’”

哈默低头轻笑了两声，接着深情地说：“我了解她，所以我直接去了路科芬园市场，我了解到，樱桃都是从一个叫作禽鸟绿地的一个果园运送过来的。周三的一大早，我就出发去这个地方，在下午三点左右我到了禽鸟绿地，开始寻找这个果园。我询问了很久，才有一个人告诉我说，他曾经见过一个开车的女人想要帮忙，可是果园的人回答她说：帮忙可以，但是他们不支付工钱！他们还笑嘻嘻地告诉我说：她摘得很好，如果下次她还愿意的话，他们愿意支付工钱！就在这个时候，果园主人的孙子跑出来告诉我说，他最近在利得斯通的邮局见过克莉丝。我急急忙忙地告谢之后，便开车前往这个邮局。”

“然后呢？”格兰特问道。

“然后那位邮局职员告诉我，她对克莉丝的印象非常深刻，因为她从来没有见过克莉丝这样发很多电报的人，并且这个职员告诉我，克莉丝住在梅得利。我驱车前往，可是真太晚了，就像我开头说的那样，在路上我迷路了，我直接睡在了路边。”哈默说完了之后有点口渴，喝了一小口刚才准备的红酒。

“格兰特探长，你还满意吗？我的调查是不是比你高效得多呢？”哈默笑着问道。

格兰特并没有回应哈默的问题，只是轻松又愉悦地对着哈默笑了一下，说道：“你车里应该有件大衣吧？”

“你怎么知道？”

“那个大衣是什么面料？现在在这里吗？”

“在衣柜里，有什么关系吗？”哈默转身走进卧室拉开了衣柜的大门。

“如果你能在我的衣柜里找到那枚扣子，我想你就比我聪明。”哈默站在衣柜旁边，对着格兰特做出一个“请便”的手势。

“什么扣子？”

“就是一颗扣子。”哈默悠悠然地看着格兰特在仔细地观察着自己的大衣，双手环抱着自己的睡袍，就不再说话了。

当然，格兰特并没有在衣柜里面发现什么，虽然并不知道哈默会不会对警察撒第二次谎，可是现在，格兰特没有任何证据证明他撒谎或者其他。格兰特再次对打扰到哈默表示歉意之后，他就离开了。

终于到达了格兰特想要去的裁缝店门口，他把自己的车停靠在这家裁缝店的路边。他不由得想到了哈默昨天的一席话，以及哈默的衣服。他嘴角一笑，想着，哈默的大衣绝对不可能来自史泰西与布列克的店里。

格兰特推开了裁缝店的大门，里面是陈旧的摆设，从创店之初沿用至今，大概有一百五十年了吧。史泰西与布列克秉持一向从容而干练地为绅士们量体裁衣。而不是用那些华而不实的装潢去留住顾客。

店长特里姆利先生看见格兰特推门进来，就笑脸盈盈地上前来接待这位贵宾。格兰特看见特里姆利上前来，便对他微微一笑，便开始询问了起来。

通过特里姆利的叙说，这确实是他给提斯多制作的衣服，当时还连同制作了一件深色大衣，但是并不是这样的纽扣，伦敦没有一家裁缝店会使用这样不入流的纽扣，这种纽扣是连低级裁缝都不屑于使用的。他又说道，如果是国外的裁缝用这样的纽扣，倒是非常有可能的。

“也许是美国呢？”

“可能是吧。”当然特里姆利还是希望格兰特不要过于在意自己的看法，这仅仅是因为推断来自于自己的直觉。

在特里姆利的眼里，提斯多是一个曾经就读于有着悠久历史的文法学校的优秀的年轻人。他对他的好感度是很高的，就读在这个学校的人，一般都拥有良好的品行和出众的性格。这些并不是每所学校都能培育出来的。

“你放心吧，现在的证据不足以让提斯多有什么麻烦。”在格兰特的心里，提斯多可不是一个懂得忍让的人。他并没有把自己的想法告诉特里姆利，只说了让他放宽心的话。

听到格兰特的回答特里姆利还是高兴的。他老了，也许已经跟不上这个时代的变化了，他已经不能去理解年轻一辈的想法和所作所为了，更不要说去理解年轻人的信仰了。

这个周一的早晨对特里姆利来说是有一点沉重的，因为他知道克里丝汀是一个多么优秀的明星，也知道这个优秀的人已经香消玉殒了。他认为，并不是每个时代都可以拥有这样的一个璀璨的明星，他为克里丝汀的逝去感到无奈和惋惜。

“探长你不感到惋惜吗？听说她家境并不富裕，但是她却拥有良好的教养，也有着与众不同的个性，这是多么难能可贵的事。我虽然不是她的忠实影迷，可是我却不曾落下任何一部她主演的电影。我常常沉浸在她的电影里，可见她的表演多么具有感染力。就连我家的小侄女也对克里丝汀小姐非常的喜爱呢，这样的一个人，不应该是属于任何人！”特里姆利继续说道，他在表达她对克里丝汀的喜爱之情，同时也表达了惋惜之意。

“我想你说的是对的，对于她被杀害的消息，我也感到震惊和痛心！”说完之后格兰特向特里姆利告辞，便离开了裁缝店。

格兰特走出来之后，并没有直接离开。他看着路边克里丝汀·克雷的广告橱窗，仿佛克里丝汀依然活着，只是就像她的管家邦多说的那样，去度假了！格兰特还想到了特里姆利刚才的一席话语，他暗自感慨道：对于一个世界级的偶像来说，死后竟然是在一个偏僻的郊区进行焚烧，这似乎有点可怜了。像她这样一个带着偶像光环的超级巨星，她的葬礼应该是奢华无比的，绝非简陋。

格兰特发现自己好像太过于多愁善感，这个案件似乎引发了他太多的感慨了，难道是因为主角是克里丝汀吗？现在案件还没有侦破，所有的证据都不能成为关键。

格兰特没有去参加克里丝汀的葬礼，他只是一个和她素昧平生的陌生人，他认为并没有必要去参加葬礼，除非他想要调查了解什么，可是统统都不需要。前天晚上，他去找玛塔，试图了解到什么的时候，他已经见过了克里丝汀的一帮朋友们，很显然的，从他们的嘴里并没有什么对案件有所帮助的信息。玛塔一直很抵触大家对于谁是凶手的猜测，就算加上吉米的三寸不烂之舌在一旁跟着各种附和也无济于事，这让他们的讨论不得不终止。

就在这时，莉迪亚提出了帮他们每个人看看手相，她还是相当精确的。就在她对格兰特的性格做出了一个惊为天人的解读之后，她意味深长地告诉格兰特“在不久之后，你会做出一个错误的选择！”关于这个选择会是什么，格兰特也不知道，当时他在猜想，难道是克里丝汀的葬礼吗？可是格兰特又想，莉迪亚的告诫好像对谁都是相同的作用，人都难免在有所选择的时候失误，不是吗？

玛塔在费了九牛二虎之力之后，终于送走了她的朋友们以及吉米，玛塔着急地询问了留下来的格兰特：“苏格兰场是不是已经发现了什么？他们要介入调查克里丝汀的案件吗？”

关于这个问题，已经不再是警察的保密范围，所格兰特如实地回答了玛塔：“是的，他们会介入，并且参与调查这个案件。不过克里丝汀的案件处于怀疑阶段，暂时也没有什么发现和进展。”

玛塔不知道怎么了，突然就开始哭了起来，默默地抽泣着。一小会儿之后她说：“在我的心中，克里丝汀是一个非常优秀的演员，即使她身上有着缺点，可是她用自己非常优秀的一面，掩盖了那一部分小小的缺点。”

接着玛塔一一说出了她眼中的克里丝汀的缺点。格兰特并不打算继续询问玛塔，从刚才在玛塔的朋友们的谈话中他就已经知道了答案。

格兰特不再逗留在玛塔的家里，在和情绪低落的玛塔告辞之后，他选择了走楼梯的方式离开。一边踩着这舒适的地毯，格兰特一边为人性叹了一口气，一副倍感无奈的样子。

格兰特把车子停在又一个路口上，他不经意地往左边一看，就看见了对面人行道上站着一个灰色的身影。

“早安！”他冲着对面那个穿着灰色衣服的人大声说。

“早安，格兰特先生！”艾丽卡说道。

格兰特注意到了艾丽卡见到自己时难以抑制的高兴神情，就算她故作镇定也掩饰不了一脸的喜悦。他还看见艾丽卡穿着一件很干净的衣服，和她在乡下穿的相比，也没有什么太大的不同，只是能看出来这件衣服还很新，应该很少穿。估计这是艾丽卡特意用来“进城”的衣服吧，虽然那件灰色套装和头上的帽子搭配起来，显得邋里邋遢的。这样的服饰搭配，并不能算是赏心悦目。

“没想到会在城里遇见你！”格兰特有些惊喜地开口问道。

“我今天是来做假牙的！”艾丽卡耸了耸肩有些无奈地说。

“假牙？”

“对啊，去年冬天‘飞翔’在一根柱子旁边往外跳，为了拦截住它，我摔落了几颗牙齿，整个脸都变得又红又肿，我来看过医生，医生说只能做假牙。”

“‘飞翔’真的是没有辜负它的好名字啊。”

“这倒是真的，上次我们抓到它的时候，它已经跑到肯特郡了，可想而知它在奔跑上有多么厉害了。”

“那你现在是已经看过牙医了还是在去看牙医的路上呢？”

“我已经见过牙医了，他们没有大小合适的，只有定做，所以我改天还得再来一次，希望这一次做的不会再需要我从太妃糖里找回它们了，上一次做的假牙实在是很让人无奈啊！”艾丽卡有些调皮地说。

“既然这样，你现在打算去哪里？我送你一程吧！”

“不知道你是否愿意载我去参观一下苏克兰场呢？”艾丽卡拉开车门，上了格兰特的车。

“当然愿意了。但是我约了一位律师二十分钟后在坦普尔见面。”

“哦，既然如此，那你可以在卡斯伯街放我下车吗？我的保姆需要我做一件事。”

“好的，没问题。”事实上当艾丽卡坐上格兰特的车时，他就知道，她一定是有保姆的。格兰特能看出来，她的衣服都是裁缝定制的，就像校服一样。现在的母亲很少会有这样的打扮，一件灰色法兰绒套装配上一顶帽子。

格兰特一直都觉得，艾丽卡整个人都围绕着一种落寞，就算她是那么的独立，并且拥有女人少有的坚定意志。

“我最讨厌穿着这双鞋走路了，虽然它并不是那么高。”艾丽卡为自己的双脚得到了解放而开心起来。

“为什么讨厌？”

“这双鞋是保姆让我穿着进城的，她认为进城穿这样的鞋子最为合适，可是我却觉得很累，因为穿着它，我并不能走得稳当。”她把自己的脚举起来，给格兰特看。

格兰特看见了她脚上的高跟鞋，其实真的不是很高，比起英国的那些贵妇脚上的华丽高跟鞋，艾丽卡脚上的这一双，显得非常朴素。

“你只要经常穿这样的鞋就会习惯的，你必须顺应这个时代的潮流。”

“为什么呢？”艾丽卡有些不解。

“在这个时代里，太过于具有个人风格并不见得是一件好事。”

“好吧，我想是因为我并不常到城里来吧，我不知道现在潮流是什么。我想你应该没有时间和我一起去吃冰淇淋吧？”

“恐怕我没有时间，你知道的，我约了一位律师二十分钟后见面。等我下次去西欧佛的时候，我们再一起吃，好吗？”

“好吧，也只能这样了，我都忘了你会回到西欧佛的。”艾丽卡有点自言自语。

“对了，我昨天看见你的受害者了。”她突然想起来，急迫地告诉格兰特。

“我的受害者？谁？”

“就是昏倒的那一个啊！”

“在哪里看见的？”

“昨天我爸爸带我去吃午餐，在‘海洋’那里我看见了他。”

“‘海洋’？你爸爸不是很讨厌那个地方吗？”

“是啊，其实我觉得那里的熏腓鱼味道虽然重了一些，但是还是不错的，可是我爸爸却说他从来就没有见过这么恶心的熏腓鱼。”

“是你爸爸告诉你提斯多在那边上班吗？”

“不是的，是队长告诉我的，我想提斯多并不是一个专业服务员，他送来了冰淇淋却忘了给我配送汤匙，我还看见他很关心顾客，非常的友善。专业的服务员不会有这样的差错，而且不会去过度关心顾客的。”说完，艾丽卡又说了一句，“我想那天你一定欺负他了，对吧？”

“不不不，艾丽卡，我怎么会欺负他呢？你不要因为他是一个陷入麻烦的帅哥就觉得我会欺负他。”格兰特觉得艾丽卡的推论有些好笑，并且否定了艾丽卡。

“不，格兰特先生，我并不是喜欢上他了，他不是我喜欢的那种类型的男人，我爱的是托加尔。”

“托加尔？”

“托加尔。”

“他是谁？”

“你真的不知道他是谁吗？他是那个非常出名的驯兽师啊！”艾丽卡非常意外格兰特竟然不知道托加尔是谁。

艾丽卡不敢相信的表情看向格兰特，格兰特回应她的是轻轻一笑，表示格兰特真的不知道他是谁。

“难道你从来没有去过奥林匹克过圣诞节吗？你今年可以去看看，真的非常棒，我可以让米尔斯先生给你留个座！”

“非常感谢，我想还是不需要了吧！你喜欢托加尔多久了呢？”

“四年左右吧，这四年来我只喜欢他一个人。我是不是很专一啊？”艾丽卡饶有兴味地问格兰特。

“我想是的。”格兰特认同她的说法。

“哎呀，请你在前面东方旅行社的门口让我下车好吗？”她突然说道。

“你要坐船去旅游吗？”格兰特把车停靠在旅行社的门口，然后转头问艾丽卡。

“不，我要去帮我的保姆拿一些资料，虽然她从来没有离开过英国，但是她很喜欢这样的东西。上次我在摄影展也帮她带了一些拍摄得非常棒的奥地利风景，还有德国的一些温泉她也有所了解。”说完艾丽卡就下车了。

“谢谢你的顺风车，格兰特先生，我期待着和你在西欧佛一起吃冰淇淋！再见！”艾丽卡关上了车门，准备离开。

“对了，你怎么联系我呢？”她突然回眸问格兰特。

“我想我可以联系你的爸爸。你觉得可以吗？”格兰特微笑着回答艾丽卡。

“当然可以了，再见。”艾丽卡穿着那让她不舒适的高跟鞋，一步一步走向旅行社之后，格兰特看了看时间，已经不早了。

他发动了车子，加快了车速，去赴克里丝汀·克雷的律师的约，还得去见她的丈夫。不过因为遇到了艾丽卡，通过和她的闲聊，也缓解了格兰特刚才阴郁的心情。

# 第八章 遗嘱迷云

当你见到爱德华·钱伯斯时，你就会明白大家为什么只称呼他为爱德华，而不是其他。他个头很高，气度威严，俊朗而正派，举手投足间处处带有内敛而平易近人的风度，笑容也只是偶尔惊艳般地一闪而过。与他身旁紧张兮兮的厄斯金先生那焦虑的样子相比，他就像一艘是在容忍小拖船指挥的万吨邮轮一般沉着。

格兰特与其从未谋面。远游近三个月之后，爱德华·钱伯斯在周四下午返回伦敦，迎面而来的却是丧妻之痛。他立刻赶到西欧佛确认尸体，周五在愁云惨雾的郡警察局里，对那颗扣子进行了检查，之后，便促使警察局将此案移交给苏格兰场。丧妻之后的杂务与长期离家，使得家中待处置的事情万事缠身，所以他又返回伦敦。与此同时，格兰特也恰好从伦敦离开。

这是个疲倦不堪的男人，但情绪上没什么波动。格兰特不禁好奇，何人何事，方可让这位家族荣耀史长达五百年之久的世家公子显露内心？之后，当他拉过椅子坐下的时候，他忽然想起，爱德华·钱伯斯并不是遵从家族传统之人。假如他真像表面上那样顺从家族的话，便会迎娶某位表亲，谋取一份公职，经营一块田产，读读《晨间邮报》。可这些和他扯不上一点关系。他娶了一位来自新大陆的艺人，他为自己的游兴而四处探险，还热爱写作，结集出版。如此想来，还真是让人心悸，刻板偏见竟会如此地让人先入为主。

"爱德华勋爵已经知道遗嘱的内容了。"厄斯金说道，"实际上，很久以前他便知道其中最重要的几项了，遗嘱确定之时，爱德华夫人已经将自己的想法和与丈夫做了沟通。可是，还有一处让人诧异的地方。也许你可以亲自看一下遗嘱。"

爱德华夫人生前共立过两份遗嘱，都不在英国，而在她的坚持下，她在美国的律师已将这两份遗嘱都废除了。她希望她的不动产由英国这边打理，那是因为她向来很欣赏英国人的稳定性。

克里丝汀对她丈夫没有任何遗赠。“我不留任何财富与我丈夫，爱德华·钱伯斯。因为他的财产永远都超出他的物质所需，而他对金钱也毫无眷恋。”至于她的私人物品中，排除她摘出来要送人的物品之外，他可以自由选择他所中意的。遗赠中有好几笔是遗赠给朋友与亲属的，包括以一次性付清或以年金的方式兑现。受益人为邦多，她的最后一任造型师和管家。她的黑人司机。乔·麦尔斯，与她有过数次成功合作的大导演。芝加哥的一个旅馆侍者，帮助他“拥有那个加油站”。受益人总数达三十余人，分布全球，身份地位各异。但是其中并不包含杰森·哈默。

格兰特看了看日期。十八个月之前。那时也许她和哈默还素不相识。

以上遗赠虽说是个大手笔，但她惊人的巨额遗产中尚有很大一部分没有指明用处。这一部分，令人咂舌的是，不是留给某人，而是用于“保护英格兰之美”。遗赠中表示要用它建立信托基金，用于购买濒临消失的美丽建筑或土地，并为之进行妥善维护。

这是让格兰特诧异的第三个地方。第四个是赠予名单的末尾。这里写道：“赠予吾兄郝伯特，一先令的蜡烛钱。”

“哥哥？”格兰特抬起头问道。

“爱德华勋爵原本不知道自己还有个妻兄，他也是看了遗嘱才知道的。爱德华夫人的父母早已过世，没有听闻过她还有活着的家族成员。”

“一先令的蜡烛钱。这句话你有印象吗，先生？”他回头问钱伯斯，后者摇头否定。

“照我看也许是兄妹不和。可能他们幼时因为什么事争吵过，而这事让他们至今心生芥蒂。”他的目光看向律师，“每当爱丽西亚出现在我面前，我总会想起她打烂我收集到的鸟蛋的事。”

“很难说这纠葛仅仅是发生在小时候吧？”格兰特说道，“她是后来才和他了解的。”

“这得去问邦多，她在我太太刚到纽约的时候，就给她打理服装了。话说回来这重要吗？毕竟，这个人只分到一先令而已。”

“很重要，我可是第一次发现尊夫人对某人表示出恨意。很难说这代表着什么隐情。”

“假如你看过接下来的发现，也许就不会关注这个了。”厄斯金说道，“就是这个，你看看，这就是我说到的让我诧异的地方。”

这就表示奇特之处并不在遗嘱上。

格兰特从律师那微微颤抖的干燥手掌中接过文件。这是张白色的厚便条纸，泛着白光，穷乡僻壤的小店都能买到，是克里丝汀写给律师的信。抬头写着“肯特郡，梅德利，布莱尔”，并注明这是对她的遗嘱附则的解释。她将自己在加州的农场，连带全部地表建筑和设备，外加5000英镑，统统赠予一位伦敦自由民，罗伯特·斯坦纳威。

“这里，”律师说道，“正如你所看到的，落笔日期是周三。而到了周四清晨……”他颇为玩味地没说下去。

“这具有法律效力吗？”格兰特问道。

“我并不怀疑这一点。这是通篇手写的文件，而且签名也很合乎规范。还有玛格丽特·皮茨做签名旁证。附则内容清楚，而且行文也有规有矩，逻辑合理。”

“有伪造的可能吗？”

“完全不可能。爱德华夫人的字迹我很熟悉，你可以发现她的字迹独具一格，极难模仿，更何况我很了解她的文风，那就更难模仿了。”

“好吧！”格兰特反复地读着信，十分怀疑它的真实性。“如此一来那就得从长计议了。我必须回一次苏格兰场。这预示着，在天黑之前，我们很可能会有次逮捕行动。”

他站起身来。

“我和你一块儿走。”钱伯斯说道。

“好极了，先生。”格兰特应声答道，“方便的话，我希望可以通个电话，确定总督察可以到场。”当他抓起话筒时，心中有个声音响起：“哈默说得对。我们确实喜欢见高踩低。要是这位丈夫只是个保险推销员，我们怎么可能这么若无其事地让他参加警务会议呢！”“巴尔克总督察在吗？哦……是在二十分钟内的，是吗？嗯，告诉他格兰特探长有重大发现，要立即与他会面。对，如果厅长也在的话，连他一起通知。”

他挂断电话。

“感谢你为我们帮了大忙。”他向厄斯金告别，“顺便说一句，如果你知道那个‘哥哥’是谁，希望你可以通知我。”他和钱伯斯从一条又暗又窄的阶梯上下来，灼人的烈日照在头顶。“你说，”钱伯斯停下发问，一只手放在格兰特的车门把手上，“咱们要不要去喝两杯，我想提提神。这个早晨挺——挺熬人的。”

“好啊，乐意奉陪。沿着河堤走没十分钟就到了。你想去哪儿？”

“这个嘛，我的俱乐部在卡尔顿街，而我不想遇见熟人。萨弗也好不到哪儿去——”

“前面有家还不赖的小酒馆。”格兰特说道，将车子调了个头，“这个时段又安静，又凉快。”

他们经过街角时，格兰特被几张海报吸引住了。“克雷的葬礼：罕见的奇特景观”、“十位女士当场晕厥”、“克雷吻别伦敦”以及《前哨》的“克雷最后的观众”。格兰特在油门踏板上重重地踩下。

“那真是吓人。”他的乘客平静地说道。

“是的，我也这么想。”

“女人啊。我想人类这个物种大概没几天好日子了。我们虽然从战争中幸存下来，可也着实代价不菲。所有人都——被疯癫传染，有时还会大规模地恐慌。”他沉默了一会儿，显然是在脑海里冷眼旁观着这个景象。“我见过用机关枪扫射空地上的军队——在中国——还有反抗屠杀的行径。不过看到今天早上那一大帮如疯似颠的人群，不是因为——克莉丝，而是因为他们让我羞为人类，羞于与他们为同类。”

“我本来指望处置尚早，反应应该不会这么大的。我是说警方是这样打算的。”

“我们也是这样想的，所以才会是那个时间。现在我已亲眼所见，我知道当时做什么都无济于事。那些人完全把理智抛之脑后了。”

他顿了顿，接着发出一声悲凉的笑声。“她从来没有对别人真的心存爱意。因为她发现人们——让她失望，所以才会那样分配自己的遗产。今天早上，她的粉丝的表现证明了她是对的。”

酒吧正如格兰特所描述的，凉爽、寂静，让人十分惬意。没有一个人认出钱伯斯。除了他们，还有六个人在店里，有三个人对格兰特点头示意，另外三个人则是看起来紧张兮兮的。即使钱伯斯心里未曾摆脱悲哀，却依然直觉敏锐，他问道："假如你想不被人认出来，你会去哪儿？"格兰特笑了，"我还没找到。"他承认道，"有次我坐朋友的游艇去拉布拉多，结果上岸之后村口商店里有个人对我说：'探长，你把八字胡留短了啊。'从那之后我就只好认命了。"

他们聊了一会儿拉布拉多，接着聊加列利亚，钱伯斯回来前就在那儿待了数月。

"我从前以为亚洲还有南美洲一些印第安部落，都没开化，而东欧都征服了它们。除了一些小城镇之外，加列利亚还处于蒙昧的黑暗之中。"

"我认为他们对自己最了不起的爱国者恩将仇报了。"格兰特说。

"雷姆尼克？是的。等他的党休养生息之后，就会东山再起。这就是这个黑暗的国家的运行规律。"

"那里有多少党派？"

"大约十个吧，不算小派系的话。那个坐在火山口的国家最少有二十个种族，个个都闹着要自治，可是倡议的方针政策又都没什么新意。那可真是个奇妙的地方。推荐你有空去瞧瞧。首都是他们的脸面——他们竭尽所能地模仿着每个国家的首都。歌剧院、电车、电灯、美轮美奂的火车站、电影院——但是就在二十英里外的乡村，你就会发现新娘拍卖场。女孩们排列站好，脚边放着她们仅有的嫁妆，等着献身给出价最高的人。我在城里的一幢大楼里，看见一个老太婆在电梯外面发疯似的大喊大叫，她以为自己被诅咒了，大家只好把她送到收容所去。城里贪婪糜烂，乡下迷信愚昧——不过依然还是处处充满着希望。"

格兰特任由他去说，希望能让他忘记早晨的不愉快，哪怕只是短短几分钟。他的思绪并不在加列利亚，而是在西欧佛。果然是他做的，那个情绪化的小白脸！他迫不及待地将他女主人的一所农场和5000英镑骗到手。这消磨掉了格兰特对这个男孩最后的一丝好感。从现在起，罗伯特·提斯多在他心目中，只会是一只即将被他捏死在手指上的臭虫，一个他不想大费周章而速战速决除掉的角色。虽说在他的内心深处，难过的情绪还是为了这个惹人喜欢的提斯多即将消失这个事实而泛起，不过此时他最大的感受却是因为这个案子的了结而感到轻松不已。会议讨论的结果不会有变化了：充足证据在手，而在上法庭之前还可以找到更多。他的上司巴尔克与他想法一致，厅长也是如此，这个案子已经水落石出。嫌犯是个穷困潦倒、无瓦遮头、山穷水尽的男子。在落魄之时却攀扯上了富婆的金绣鞋。四天之后便出现了一份遗嘱，使他受益匪浅。隔天一早，女子去游泳，十分钟后他尾随其后，尸体被发现之时他渺然无迹。他现身时讲述了一个漏洞百出的故事。说他偷了车又回来还车。一颗黑色纽扣缠杂在尸体头发里，而他的深色大衣丢失了，他声明两天前大衣被偷走，可有人指认他当天早上那件大衣还在他身上。

如此便补全案子的完整拼图，缘由，动机，线索。

令人惊讶的是，对拘捕令唯一表示提出异议的，居然是爱德华·钱伯斯。

“这太过于巧合了，不是吗？”他说道，“我是说，只要还能正常思考．谁会在隔天一早就去犯案呢？”

“恐怕你忘了，爱德华勋爵，”巴尔克说道，“如果不是事出有因，谋杀就根本无从谈起了。”

“更何况，时间对他来说是很紧凑的。”格兰特指出，“就剩几天到月底，届时农庄的租约到期，他清楚这一后果。她也许不想去游泳，因为天公不作美，又或者她会突然临时起意到内地去。重点是她一大清早会去游泳的时候寥寥无几。条件非常理想：海滩在早晨空无一人，晨雾可以方便行事，机不可失——失不再来呀。”

是的，案情分析得有头有尾。爱德华·钱伯斯返回他在摄政街公园的府邸。那是他在继承布列姆遗产时一起获得的房子，也是他周游列国间隙时的休憩之所。而格兰特则身上带着一张拘捕令，南下西欧佛。

# 第九章　抓捕失败

假如你问托塞利最讨厌什么，那就是警察，而托塞利会发现自己总能找到痛恨的目标。当伙计的时候痛恨厨师长，当厨师长的时候痛恨经理，等当上经理的时候，那痛恨的可就更多了：大厨、天气潮湿、他老婆、行李员领班的胡须、早餐时要解决的顾客纠纷——反正，多极了！不过他最恨的依然是警察。他们又影响生意，又影响消化。只要有一个警察从玻璃门向他走来，他的消化系统就开始罢工了。

一想到每年孝敬给当地警察当“供奉”的钱，就让他难受。去年总共送了三十瓶威士忌、三十瓶琴酒、两打香槟和六瓶白兰地甜酒——可是还是有些“不长眼”的警察上门，对旅馆的微薄小利榨骨吸髓——总之，托塞利在拥有一身肥肉和高血压的同时也依然承受着泰山之重。

这就是为什么他对格兰特满脸谄笑——托塞利这一辈子都在愤怒脸上涂抹上笑容的化妆，就像绳索在大峡谷上绷得紧紧的——还送上一根高档雪茄给他。格兰特探长想找新入职的侍者，对不对？当然了！不过现在是他的轮休时间——在午餐和下午茶之间——不过可以立马找他过来。

“等等！”格兰特说道，“你是说他在轮休？那你知道他在哪儿吗？”

“应该是待在他自己房里。侍者都喜欢让自己歇歇脚，你明白的，站久了腿酸。”

“那我自己去见他。”

“当然可以。汤尼！”托塞利叫住经过办公室的一个侍者，“带这位先生去那个新来的侍者房间。”

“谢谢你。”格兰特说，“等一下我下来的时候你不会走吧？我想和你说说话。”

“我会留在这儿的。”托塞利带着认命的无奈口气说道。他突然伸展双手，脸上的笑容变得意味深长。“上个星期是厨房里有人捅人，这个星期呢？盗窃？通奸？”

“你很快就知道了，托塞利先生。”

“我会在这里。”他的笑容变得狰狞，“但是待不了多久，肯定不会！我要安置那种投下6便士硬币就可以供应食物的机器。那样就万事大吉了。”

“就算是这样，万一是硬币弯了投不进去呢？”汤尼为其引路时，格兰特走向电梯时说道。

他们穿过人潮汹涌的大厅时，他说：“桑格，你和我一块儿上去。威廉斯，你留在下面接应。我们会把他从这里带下来。比起侍应生通道来，这里会引起骚动的几率要小很多。没人会多加注意的。准备好车子了吗？”

“是的，长官。”

格兰特和桑格步入电梯上去。身边突然静了下来，在电梯上行的几秒钟时间里，格兰特开始纳闷自己为什么没有拿出拘捕令，直接向托塞利说明来意。这才是顺理成章的做法。为什么他会这么急于收鸟入笼？兴许是他苏格兰先祖传承下来的谨慎出来阻止，还是他预料到了什么——会是什么呢？他也不清楚。他只知道来这里是当务之急。至于是为什么等以后再说。首先，他得把这个人握在手心里才行。

电梯轻柔的声音划破了寂静。

旅馆侍者的宿舍，是在西欧佛“海洋”旅馆这幢摩天大厦的最顶层，狭小的单间密集排列整齐。当带路的侍者伸出拳头准备敲门时，格兰特制止了他。“这就可以了，谢谢你。”他谢道，于是侍者和电梯员转身离开，从狭小而装修精致的走道深处消失，留出空旷的楼梯平台让警官们办事。

格兰特开始敲门。

提斯多冷淡地回应来客请进。

这是个很窄小的房间，令格兰特联想起等待他入住，却也和这里没有区别的牢房。床放在屋角，窗户在一侧，而两扇衣橱门在对面的墙上。提斯多身穿衬衣躺在床上，鞋子放在地板上。床单上则有一本面朝下打开的书。

很明显，他以为来人是自己的同事。当他看见格兰特，两眼睁得大大的，等他再看到桑格也站在格兰特身后的门口时，就回过神来了。

格兰特还没说话，他就来了一句："你是认真的吗！"

"是的，恐怕我们也没有开玩笑的心思。"格兰特说。他大声地向嫌犯宣读例行声明以及警告事项，而提斯多则坐得稳稳的，两只脚在床边晃来晃去，完全没当回事。

当他完事的时候，提斯多缓缓说道："我想死神降临也不过如此。不公至极却又无处可逃。"

"你怎么这么肯定我们的来意？"

"仅仅是探望也用不着两个人吧？"他粗着嗓子说道，"我想知道的是你们这么做的理由何在？你们有证据吗？你无法证实那颗扣子是我的，因为那压根儿不是我的。你们为什么不和我说你们到底发现了什么，好让我解释清楚？就算你们找到新证据了，我也可以给予解释。我有知情权，不是吗？我到底能不能解释？"

"恐怕你没办法解释的，提斯多。你最好准备跟我们走吧。"

提斯多站了起来，依然认为这件事发生在他身上真是不可思议。"我这个样子出去不好，"他说道，低头看着身上的侍者制服，"我能换件衣服吗？"

"可以，你换吧，顺便把随身物品带上。"格兰特老练地伸手摸一摸口袋，然后空手拿出，"不过我们得在场。不要拖，好吗？你就在那边等吧，桑格。"他顺口说完，关上门，将桑格留在外面。他走到窗户边，倚着窗台。这里楼层很高，以格兰特的思维判断，提斯多有可能会自杀。没有死硬撑到底的强硬心理素质。或许也没有足够的勇气去不计一切地公之于众。绝对是奉行"我死后，哪管洪水滔天"信条的那种人。

格兰特用余光留意着他的举动。局外人会以为他只是普通地拜访朋友，一边闲扯，一边靠着窗台。实际上他暗地里做好准备应付各种突发状况了。

但是什么意外也没有发生。提斯多从床底下拉出衣箱，行尸走肉一样地换上他的软呢衣服和法兰绒裤。格兰特心想要是他有毒药的话，应该会把它藏在制服里的隐秘之处，可是只见他把制服随意地甩到一边，他无意识地松了一口气。看来应该很顺利。他的举动没有问题。

“我似乎可以不用操心怎么喂饱自己了。”提斯多说，“这个倒霉事当中就这个好像还算幸运哩。唉，我说，我既没钱又没朋友，上哪儿找律师去？”

“我们会给你指定一位。”

“就和餐厅提供的餐巾纸差不多吗，我懂了。”

他打开最靠近格兰特的那个衣橱，开始把衣服从里面的衣服架上取下来，叠好，放进他的衣箱里。

“至少你可以说一下，我的动机是什么？”他说道，好像突然灵机一动的样子。“你可以把纽扣弄错，你甚至可以把一颗纽扣硬扣到一件风马牛不相及的大衣上，可是动机呢，那根本是莫须有！”

“所以你的意思是你没有动机？”

“当然没有。正好相反的是，我觉得上星期四早上发生的事是我人生中最倒霉的事。我想即使是旁观者也会这么认为的。”

“那么克雷小姐在她的遗嘱上另加的附则，给你留下一座农场和一大笔钱的这些事，想必你也毫不在意了。”

提斯多本来一直在调整他一件衣服的叠放位置。现在他停止了，手里还抓着衣服，但是身体僵直，直瞪着格兰特。

“克莉丝居然会这么做！”他说道，“不，不，我不晓得这些。她真是个大善人！”

有那么一小会儿，格兰特心中满是猜疑。他的演技实在出神入化。时机、表情、动作。比专业演员还精湛。不过疑虑很快一扫而过。他重新翘起二郎腿，迫使自己回顾起记忆中那些看似无辜而又迷人的杀人犯（安德鲁·哈梅，将女人娶回家，然后又淹死她们，相貌纯洁得像唱诗班的独唱歌者。还有些比他还迷人，罪孽更是深重），随后就把思绪回复成正在目睹嫌犯已然落网的一位探长应有的平静。

“看来你终于找到完美的动机了。可怜的克莉丝！她还以为她是在为我好呢。我有为自己辩白成功的可能吗，你知不知道？”

“这我可难说了。”

“我十分尊重你，格兰特探长。看来我只有在绞刑台上才能发出我那无声的含冤之声了。”

他关上那扇靠近格兰特的壁橱门，打开离得较远的那扇。门的开口不是面向格兰特，因此格兰特看不见橱柜里有什么。“可是有些地方你让我大失所望。你知道吗，我原以为你是位优秀的心理专家。当我星期六早上对你讲述完我的人生故事的时候，我觉得你应该可以认定我不可能犯下你心中所想的那种罪恶。而我现在却发现你和那些平庸的警察没啥两样。”

他弯下腰，大部分身体都探进壁橱里，似乎在拿隔板上的鞋子，一只手还一直握着门把手。

“咔啦”一声，衣橱钥匙被他从门锁中拔了出来，壁橱门轰然关上，就在格兰特一弹而起的时候，门已经从里面反锁起来。“提斯多！”他叫道，“别干傻事！你听见没有！”他心里迅速回想各种毒药的解药。噢，天啊，他真是个蠢蛋！“桑格！过来帮我把门撞开。他把自己锁在里面了。”

两个男人一起全力撞门。他们拼命地撞了几次，门依然死死关紧。

“听我说，提斯多。”格兰特喘着气说道，“服毒是愚蠢的决定。我们会用最快的速度把你救回来，你只会白白地活受一场大罪。你最好想明白了！”

门还是毫无动静。

“消防斧！”格兰特说道，“我上来的时候看到过。就在走廊那头的墙上。快！”

桑格飞快跑出去，八秒钟内带着斧头回来。

第一斧才刚落下，一个衣衫凌乱、打着哈欠的侍应生从隔壁房间出现，没好气地说：“你们闹得跟警察临检似的啊。”

“嘿！”他接着说道，盯着桑格抓在手上的斧头，“你们在搞什么啊？”

“别捣乱，傻瓜！有个人在壁橱里自杀了。”

“自杀！壁橱！”那侍者狐疑地抓抓他的黑头发，像个刚睡醒的小孩，“可那不是壁橱！”

“不是壁橱？”

“不是，那该叫啥来着——小后门梯，你知道吧，防火用的。”

“天啊！”格兰特说，狠狠地拍了一下那扇门。

“它通向哪里——楼梯间吗？”他回头对侍者叫道。

“通往前门大厅的走廊。”

“大楼只有八层。”格兰特对桑格说，“电梯还快一些，可能还来得及。”他按了电梯。“威廉斯会把他拦下的，只要他打算从大门出去的话。”他说着，自我安慰着。

“威廉斯不认识他，探长，至少我是这么想的。”

格兰特破口大骂，那些他自法国参战之后回来就弃之不用的字眼儿脱口而出。

“在后门守着的那个人见过他吗？”

“是的，长官。所以我们才派他守在那里拦住他。而威廉斯警员只能等我们而已。”

格兰特已经无力骂人了。

电梯出现。

三十秒后他们赶到了大厅。

威廉斯那张粉红的脸上显现出欣喜的期待，告诉了他们最忌讳的结果。威廉斯果然没有拦截到任何人。

人来人往，去餐厅喝喝茶，去露天休息区吃冰饮，去吧台喝喝酒，去里昂厅里和人闲聊——整个海洋旅馆的大厅依旧像美利坚那样的种族大熔炉。想在熙熙攘攘的人群里引人注目，得倒立用手走路才有可能。

威廉斯说有个年轻人，褐发，穿着软呢夹克和法兰绒裤，在大约五分钟前离开了。事实上，有两个人走出去了。

“两个人！这两个人一起离开的！”

不，威廉斯是说在过去五分钟离开的人，符合这些特征的有两个。假如前提是这样的话，那么眼前就只有一个。

没错，是还有一个。格兰特看着威廉斯，绝望的情绪袭来，犹如一波波海浪一样地拍打他，使他整个人都像被淹没一般。是的，肯定还会有更多人。哪怕只是在肯特郡，此时必定就有一万个人符合提斯多的特征。格兰特勉强振作，开始忙碌着设立封锁线，这可真是个让人发疯的工作。

# 第十章　有人自首

吉米·霍普金斯一辈子都没发表过这么引人注目的新闻图片：高德斯墓园中那些疯狂群众的面容如同美杜莎一般狰狞，他们像复仇女神一样披散着头发、张着大嘴，在怨恨的驱使下疯狂地攻击着别人。这些面部特写冲击着镜头，让所有人都不得不承认这实在是一篇非常优秀的报道。克雷的葬礼才是今天最重要的事件。对《前哨》报来说，能拥有这么一个摄影师着实令人骄傲。

然而对霍普金斯来说，最令他自豪的则是自己能跟踪住格兰特这个移动的“线人”。不论是从威格莫街去东方旅行社办公室，再到坦普尔，最后抵达苏格兰场，还是仅仅在街角歇脚等待格兰特离开苏格兰场的大门，都让他受益匪浅。至于一路追着他去了西欧佛，则更是让他得到了意想不到的收获。

当报童举着《前哨》报在街头兴奋地喊出“克雷遭遇谋杀！凶手已经落网！”这两句话时，他的身边挤满了急于知道真相的人。与这种热闹的场景相对的，则是其他各个报社里低沉的气压。每个记者都在捶胸顿足，试图向愤怒的主编解释自己失职的原因。

“苏格兰场方面曾说过他们会在第一时间电话告知我们可以对外发布的新闻！”他们如此辩解道。

但主编怒气不解。他实在想不通为什么要给这些家伙发薪水。就为了让他们舒舒服服地坐等着捡官方丢来的垃圾？他们难道以为自己是在赛马场里赛马等着赢赌金的大老板吗？

在此次事件中，唯一一个得意的人恐怕要数吉米的大老板了。他毫不吝啬地签下了吉米的薪水支票，以至于吉米得以直接搬进了格兰特曾预订了房间的海洋饭店。要说他的房间可比格兰特的要宽大得多了。而且对于格兰特来说，即便是订了房，也不可能像吉米一样入住，因为接下来的大部分时间，他恐怕都只能待在警察局了。

“是克里丝汀·克雷的星座使她命中注定获得如此令人震惊结局。说真的，我也许应该好好谢谢她。”吉米想。

与吉米的闲适不同，格兰特早就被埋在了源源不断的各类信息中。不过，这也是他早就预料到了的。自案发当日至星期二中午，提斯多几乎出现在了威尔士和英格兰的每个角落，而到下午茶时，甚至还有举报人声称在苏格兰见到了他。

格兰特综合了一下这些来自举报人的消息，发现在这短短几天内，提斯多不但在约克郡的某条河边钓过鱼、去亚伯利斯维特的一家电影院看了电影、在林肯郡租了一间房并且偷跑赖掉了房费（格兰特发现，他总是赖掉各种账单），还在卢斯托夫向别人表达了想要搭船的意愿（搭船的情况还同时发生在其他五六个地方。看来因为没钱付给女房东而打算远离英国的年轻男子确实多得出乎人意料），另外，还有人说在潘瑞斯的一处沼泽地看见了他的尸体（大半个下午，格兰特心里都在琢磨这条消息的真伪）。

除了上述那些，那些消息中还提到提斯多曾醉倒在伦敦的某条小巷、分别在海华斯和阿吉尔街吃了面包干酪和蟹肉三明治，在东格林斯塔、爱斯伯里、多彻斯特、汤布里奇、莱斯特、格兰森、阿什弗、查塔姆、卢斯、卢顿、海斯以及伦敦等多个地方买过帽子。他出现在人们能想象出的每一个地方，偷了人们能想象出的所有东西（其中包括一只来自克劳伊顿某家玻璃瓷器店的细颈水瓶，按举报者的说法，这只水瓶之所以被偷是因为它可以被当作一件很好的武器）。

信件、电报、无线电蜂拥而至，三部电话也此起彼伏地响着，甚至还有源源不断亲自登门的举报者。所有的这些消息警方全部要一一排查，即便明知至少有百分之九十都是无用的，可在确定无用之前，还是需要进行进一步调查。饶是如格兰特一般有耐心的人，在这成堆的报告前也几乎失去了自制力。

“没想到一时疏忽竟要付出这么大的代价。”他说。

威廉斯摇摇头：“您就想开点吧先生，幸好情况还没变得更糟呢！”

“更糟？你来说说，哪儿还有比现在更糟的情况？”

“嘿！您是不知道，要是有个疯子来自首的话，那我们的时间可要被浪费得一干二净了！”

威廉斯一语成谶，隔天早上，这个疯子真的出现了。

格兰特仔细检查着一件被露珠浸湿的大衣，这件衣服是早上才送进来的。刚刚查完抬起头，他就看见了一脸神秘的威廉斯。威廉斯小心翼翼地关上门，又神秘兮兮地走到了他的面前。

“怎么了？”因为期待，格兰特问话的声音显得有些尖锐。

“来了。”威廉斯回答道，“长官，来了一个自首的疯子。”

威廉斯的声音中隐含着一丝内疚，他总觉得若不是自己昨天提起，也不至于会招此厄运。

格兰特随口嘟囔了一声。

“先生，这次看起来不但有趣而且时髦，似乎十分不寻常。”

“你指的是个性还是仅仅是长相？”

“不长官，我说的是那位小姐的衣服。”

“小姐？！来的是个女人？”

“没错，就是一位女士。”

格兰特突然愤怒起来。在如此忙碌紧张的时刻，一个女人，一个想出名想疯了的女人，竟然会只为了满足自己卑鄙又变态的欲望而到警察局来捣乱！

“把她带进来。”格兰特压抑着心中的怒火。

威廉斯开门出去，很快将一位衣着光鲜的女士传唤了进来。

这位女士便是朱蒂·塞勒斯。

朱蒂·塞勒斯表情阴郁，一言不发地走进房间，带着一份从容的姿态。她的出现让格兰特感到十分惊讶，不过，他还是察觉到了隐藏在她精致妆容下的那份强烈的叛逆。那是一种如同她的身世一般被格兰特所熟悉着的愤世嫉俗。

格兰特很会吓唬人。

他沉默着拉出一张椅子，同时说道：“你可以出去了，警员。”

待威廉斯离开后，他扭头对朱蒂说：“塞勒斯小姐，你难道就没觉得不公平吗？”

“嗯？”朱蒂做出了一个疑惑的表情。

“为了一件要案，我每日要工作至少二十三个小时，而你，却打算用一份假口供来浪费我宝贵的时间吗？”

“我没这么想。”

“可你是这么做的！我不想听你再多说一个字，请你马上离开这里！”说着，格兰特准备起身开门。

“等等！”她出言制止，“就算你把我赶走了，我也会去另一个警察局自首，然后被他们推来找你，因为这事儿确实是我干的！”

“不可能！”

“怎么不可能？”

“第一，你不在案发现场。”

“你怎么能确定我不在那附近？”

“据周六晚聊天内容显示，你周三晚间是在切尔西的济慈小姐家中做客。”

“没错。但我只喝了几杯鸡尾酒就早早离开了，因为当晚莉迪亚还要参加一个在河边举行的派对。”

“即便如此，从时间上来说你也不可能在次日天刚亮时就抵达西欧佛附近的海滩。”

“若是我隔天早上身在英格兰北部呢？那就没什么奇怪的了吧？我当时是开车去的，这一点你可以随时去我的公寓进行查证，与我同住的女孩也会告诉你我是在周四中午才回去的。”

“那也不能证明此次谋杀与你有关。”

“可事实确实是我驾车躲进了峡谷中的树林里，一直等着她去那里游泳。”

“你当时穿着一件男人的大衣？”

“你怎么知道？的确如此。那大衣是我弟弟放在车里的，我开车的时候很冷就拿来穿上了。”

“你穿那件大衣去了海滩？”

“当然！那种冷得让人发抖的天气，我怎么可能把大衣丢在车里？说实话，我并不喜欢在清晨游泳。”

“可你还是下水了？”

“那是自然。谁也没办法在岸上淹死别人吧？”

“你将大衣留在了岸上？”

“没。”经过一番深思熟虑，她用略带讽刺的口吻说，“我是穿着它下去的。”

有那么一瞬，格兰特被吓了一跳。他深吸一口气继续问道：“也就是说，你换好泳衣，又穿上了你弟弟的大衣走下了海滩。那么之后呢？”

“她当时已经游离岸边有一段距离了，我下水后游向了她，接着把她淹死了。”

“过程？”

“她先跟我打了招呼，我回了她，然后我按照弟弟曾教过我的办法轻轻掐住了她的下巴让她无法呼吸。紧接着我潜下水去，抓住她的脚跟把她拉到水下，直到成功将她溺死。”

“还真是够干净利落的。”格兰特说，“既然连这些都计划好了，你应该也给自己编了个动机才对吧？”

“动机？我不喜欢她，甚至可以说我很讨厌她。她的长相和成就都让我心烦，我忍无可忍，只好杀了她。”

“我懂了。接下来我想听听你自首的理由。这桩谋杀案可称得上是天衣无缝，你为何还要来自首呢？”

“因为你们怀疑错了人。”

“也就是说，你自首是因为我们把罗伯特·提斯多当成了嫌疑犯？好吧，真相大白。既然如此，作为浪费了我宝贵时间的补偿，你能不能跟我说说你对提斯多了解多少？正好你也可以趁此时间在这儿休息一下。”

“抱歉，除了他绝不可能杀人外，我对他一无所知。”

“哦？这么说你很了解他？”

“不。对我来说他只能算是个陌生人。”

“不是朋友？”

“不是。而且你不用乱猜，我们也不是什么情人。除了给我递过一杯鸡尾酒外，他甚至都不知道有我这么个人。”

“可你还是竭力想要替他脱罪？”格兰特的语调变得客气起来。

然而这种客气令她反感不已：“难道你不会在杀人后去自首，以免别人替你背了黑锅吗？”

“那得看警察是否够蠢。塞勒斯小姐，我认为你低估我们了。”

“我就是认为你们很蠢！你们将无辜者当成杀人犯，千方百计地要置他于死地。可当有人来自首时，你们却完全不肯相信！”

“塞勒斯小姐，每一件案子中都有很多只有警方才掌握的情况。你错在只按照新闻来设计自己的故事，而忽略掉，或者说你根本不知道此案中还有另一条重要的线索。”

“什么线索？”

“关于克里丝汀·克雷的住处。这个住处向来无人知晓。”

“但凶手肯定知道。”

“没错。这也是我重点要查的事。所以你看——我现在很忙。”

“你根本不信我的话，一个字都不信。”

“也不能这么说。实际上，你说的那些内容有很多都让我相信。比如，你可能确实在周三时整晚待在外面，或许你也的确去游了泳，并且直到周四中午才回家。但是，这些都不是能确定你杀人的证据。”

格兰特话音刚落，朱蒂就掏出了自己的唇膏，用她那慵懒的、难以模仿的姿态站了起来。她一边涂着唇膏，一边说：“既然你不肯给我这个见报的机会，那没办法，我也只能认命地继续一辈子演我那愚蠢的金发女郎了。幸好我买的是当天往返的票。”

格兰特脸上露出一个不屑的笑容：“凭你，还骗不了我。”说着，他走过去帮她把门打开。

“去你的！”朱蒂突然歇斯底里地嚷道，“就算你都说对了又怎样？你还是错怪了他！你错了！错得简直离谱！告诉你，在这个案子结束前，你一定会臭名昭著的！”

说完，她撞开目瞪口呆的威廉斯和其他两名警员，消失在警察局大门外。

“终于走了，这才只是第一个。”威廉斯说，“长官，你说这些人是不是很奇怪，要是我们对外宣称凶手的大衣上缺了一枚扣子，恐怕也会有人把自己的大衣扯掉一枚扣子送过来吧？他们这到底是在给咱们找麻烦还是给自己找乐子呢？对了长官，刚刚那个女的恐怕不是什么普通的角色吧？”

“嗯。威廉斯，说说你的想法。”

“我觉得她是一个冷酷无情的演音乐剧的女人，只是想找机会出名来推动自己的事业罢了。”

“全错。她是个正剧女演员。她痛恨自己的职业，并且善良到可以为了别人牺牲自己。”

“怎么会？”威廉斯觉得有点没面子，不过他很快找到了一个借口，“当然，我没跟她交谈过，猜错了也是正常的。”

“并非如此，外表也是辅助判断的一个很好的依据。说实话威廉斯，我很希望自己能够如此断案。”

说着话，格兰特坐了下来，用手指捋着自己的发丝，“威廉斯，如果是你，在成功逃离海洋饭店后会怎么做？”

威廉斯明白，他是让自己站在提斯多的角度去考虑这个问题。

“首先，我会挤上自己见到的第一辆公交车，然后混在人堆里下车，随便走向什么地方。当然，不论去哪儿，我都一定会伪装成自己有一个确切的目的地的样子。”

“接下来呢？”

“可能要坐另一辆公交车去人烟稀少的地方吧。”

“所以你会尽量避开城镇？”

“那是一定的！”威廉斯瞪大眼睛回答。

“可你不觉得一个陌生人在空荡荡的乡间行走更显得不寻常吗？”

“还有树林啊！这一带可是有很多能供人藏身的树林的，有些甚至能让人一直躲藏下去不被别人发现。比如说吧，要是他藏进了像西边的阿什顿森林一样的地方，恐怕要出动一百个人来一次地毯式搜查才能有所收获呢。”

格兰特摇摇头："那么食宿问题呢？"

"最近天气回暖，露宿应该不成问题。"

"可如今已经两天了，如果他真的到了乡下，那么肯定变得蓬头垢面了，可你记不记得，有人曾举报说他去买了剃须刀？也就是说，他也可能去投奔了朋友，比如——"格兰特用眼睛扫向了刚刚朱蒂坐过的椅子，"不，不可能！她没必要冒那么大的风险来故弄玄虚！"

威廉斯其实很希望格兰特能去酒店里休息一下。他觉得，格兰特因为没有抓住提斯多而有些过分自责了。即便最优秀的人也难免犯错，更何况，众所周知，格兰特身后还有警方的全力支持，他早晚一定会破了这个案子的。

"他实在没有必要为了一次失察而折磨自己，这未免也太愚蠢了些。"威廉斯想。若说警察也会心痛的话，那威廉斯那颗平素坚毅无比的心脏此时就正在为他的上司而痛着。他始终认为，格兰特根本没必要介意那些居心不良、觊觎着他的职位的小人，为了这些爱小题大做的家伙和每个人都可能犯下的过错而把自己累倒，这实在是得不偿失。

"你能不能把这玩意儿扔掉？"格兰特指着威廉斯的大衣说，"你这衣服的款式起码是二十年前的了吧？而且我记得，那些扣子也都是早在十年前就掉光了的。威廉斯，我有件事一直想不通，那件大衣在他待在海滩的时候还在呢，可为什么回来时就没了呢？从各种线索来看，他十分迫切地赶了回来，以便掩饰自己在逃亡途中留下的破绽。也就是说，他应该是在路上把大衣给处理掉了，但问题是，那条路岔路不多，而且从时间上来说，他也不可能走出去太远，我们怎么可能一直找不到那件大衣呢？那附近的两个浅浅的养鸭池、三枚硬币也藏不住的小溪，还有各种水沟、围墙、花园和杂木林我们全都翻了个遍，可就是什么都没有！没有任何一个人能说出他到底藏到了哪里！威廉斯，要是你的话，你会怎么处理那件大衣？"

"应该会烧掉吧。"

"不会。时间来不及。况且，那是件湿衣服，没准还已经湿透了呢。"

"那就卷起来塞到树杈之间去，反正人们只会低着头在地面各处查找。"

“哈！你简直是个天生的罪犯！威廉斯，快去告诉桑格这个假设，并且要求他今天下午就按照这个方向去查！跟抓到提斯多比起来，我宁愿先拿到大衣。不，确切地说，我一定要找到那件大衣！”

“另外，关于剃须刀，长官，你觉得他会不会把剃须刀随身带着？”

“我还没考虑过这点，但我认为他没那么冷静。不过说真的，我也从没想过他竟然胆敢逃跑，我本以为他会自杀呢。对了，你们把他的东西都放哪儿了？”

“桑格把它们全都装在这个箱子里拿过来了。”

“看看里面有没有剃须刀，这样我们就能知道他是否刮过胡子了。”

剃须刀并不在箱子中。

“哼！真不错！”格兰特说，“谁能想到他竟然在我的眼皮底下把剃须刀装进了口袋，嘴里还说着什么‘探长，您太让我失望了。’他那时就在密谋逃走！而我，我这个天字第一号傻瓜探长竟然完全没有察觉到！我完全看错了这个小伙子，从根儿上就看错了！打从一开始，当我把他带离验尸调查庭时，我以为他是个满腔热血、行事冲动、歇斯底里的家伙。后来，我在得知遗嘱的事后改变了想法，但也仅仅是把他当成了一个可怜人罢了。而现在，直到现在我才发现，他竟然是在当着我的面做着逃走的计划，而且他还成功了！警员！提斯多不是什么窝囊废！我！我才是！”

“振作点，长官！咱们只是时运不济而已。放心，哪怕只有我们两人，也一定能将那冷血的杀手绳之以法的！”威廉斯骨子里沸腾着一股股热血。他完全没想到，那个能令杀害克里丝汀·克雷的凶手显出痕迹的关键人物，竟是一个闻所未闻的、来自堪萨斯市的傻乎乎的小女人。

# 第十一章　嫌犯现身

艾丽卡坐在她那辆臭名昭著的小破车里踩了踩刹车，让车子停了下来，然后又倒回去一点，最终停在了一片草丛前。

她饶有兴趣地看了看那只在金雀花间露出来的男式皮鞋，接着，又来回打量了一下这条铺满了细碎的阳光、两边开遍了海石竹和威灵仙的笔直的乡间小路和旁边的这片空地，最后才慢悠悠地开口说道："放心出来吧，我保证这附近几英里内连个人影儿都见不到。"

她话音刚落，鞋子立刻消失，紧接着，一张看起来受了惊吓的男人的脸出现在了树丛中。

艾丽卡看着那张脸，"还真是叫人松了口气啊，我原来还以为你死定了呢。"

"你怎么确定就是我的？"

"凭你鞋底的曲线。你鞋底的脚掌部分，就是撕掉价签的那个位置，有几条奇怪的曲线，上次你躺在我爸爸办公室的地上时我就发现了。"

"啊，是有这么回事，你还真是个敏锐的侦探啊。"

"可你这个逃犯却很差劲儿。"艾丽卡说，"随便一个人都能看到你的脚印。"

"但你并没给我时间逃跑，我听到车子的声音时你已经离我很近了。"

"你是聋了吗？我可怜的丁尼可是跟老达因先生的贝壳和米德威女士的帽子并称为郡上三大笑柄啊！"

"丁尼是谁？"

"我的车啊！你不可能一点动静也没听到吧！"

"呃，那个，我最近睡眠不足，可能是不小心睡着了那么一两分钟。"

"我猜也是。你饿吗？"

“你有吃的东西？还是，你只是在跟我说客套话而已？”

艾丽卡将手伸到车后，掏出了半磅奶油、半打面包卷、四个番茄和一罐牛舌。

她先把牛舌罐头丢过去：“我没带开罐器，你自己找个硬东西把瓶口砸开吧。”

说完，她又从口袋里掏出了一把折刀，开始往切开的面包上涂奶油。

“你不会总是像这样随时带着食物吧？”他有些纳闷。

“为什么不会？我常年不在家，又总是肚子饿，就只能这样了。喏，给你刀子，自己切一块牛舌放上面吧。”她将刀子和涂了奶油的面包递给他，“用完把刀子还我，我还得再涂块面包呢。”

他依言照做。

拿回刀子，她又拿起一块面包忙碌起来。艾丽卡很有礼貌地不理会他，让他可以不用费力去装出一副他目前根本无法做出的无所谓的样子。

过了一会儿，他说：“你应该知道自己这么做是错的吧？”

“我哪儿错了？”

“首先，你作为警长的女儿来帮一名逃犯，这就已经是错上加错了。其次，如果他们对我的指证是正确的话，你此时已经让自己身陷险境了，这难道还不糟糕吗？你必须知道，你绝不该犯这种错误。”

“要是你真的是凶手的话，就算杀我灭口也没什么用吧？”

“但如果我已经杀过人了，那是杀一个还是两个就没什么区别了吧，反正死刑只能执行一次而已。这么说，你认为我不是凶手？”

“不是认为，而是确信。”

“为什么？”

“你可没有杀人的能耐。”

“谢谢。”他语带感激。

“我没那种意思。”

“我知道！”他笑得十分真诚，“虽然听起来让人有些难堪，但却很直爽。”

“我也很会说谎的。”

“那你恐怕今晚就需要施展这项技能了，否则就得将我的下落说出去。”

“没人会问我这些的。”艾丽卡回答，仿佛自己没听到他后面的半句话一样，“对了，你实在不适合留络腮胡。”

“我也这么想。但没有水和肥皂，就算我有剃须刀也没用。我猜你肯定不会随身携带肥皂吧？”

“当然，没人会像吃东西一样频繁地洗手。不过为了防止换轮胎后手太脏，我倒是有能起泡、能洗手的东西，就在这个瓶子里。你看看能不能用得上。”说着，她从车厢中取出那只瓶子，“你知道吗，你比我想象的聪明多了。”

“为什么这么说？”

“因为你逃走了，而且是从格兰特探长的眼皮底下。我爸爸常常自诩工作能力超群。”

“他确实是。要不是实在害怕被关进牢里，我也没那个胆子逃跑。从计划到实施，我只用了半小时，那是我这辈子最刺激的半小时，现在我可知道什么叫极速生存了。我原以为这个词的意思是指有了钱以后就能随心所欲地在一天内做二十件不同的事呢，但现在看来，我以前的理解还是错了。”

“克莉丝汀·克雷是个好人吗？”

这个问题让他有些惊慌失措，“你的思维也太跳跃了。”他停止了进食，“没错，她确实是个好人，在知道我讨厌到办公室去上班却又很穷以后，她甚至还把自己在加州的农场留给了我。”

“这件事我略有耳闻。”

“你知道这事？”

“嗯，爸爸和其他人讨论此事的时候我恰好听到了一点。”

“这样啊……即便如此，你还相信我不是杀害她的凶手吗？你应该认为我是个爱占便宜的人吧？”

“她美吗？”

“你没看过她饰演的角色？”

“好像没有。”

“我也一样。你觉得奇怪吗？实际上，一个流浪者是很难看上一场电影的。”

“我很少去电影院，我家附近可没什么好影院。多吃点牛舌吧。”

“克莉丝本来是一片好心，她只是想帮我而已，可没想到她送我的礼物却成了催命符，这是不是很讽刺？”

“看来你也不知道谁是凶手喽？”

“不知道。”他摇摇头，有些顾虑地看着女学生，“我只是在某天晚上刚好搭了她的顺风车而已，对于她的那些朋友，我一个认识的都没有。话说回来，你是不是觉得这事儿挺不可思议的？”

“不会啊，这种事只要两相情愿就得了。就拿我来说，我就常常从一个人的外表来判断他的好坏。”

“我总觉得那应该只是个意外，是警方太小题大做了。要知道，案发时，正是海边最空旷寂寥的时段，起码要再过一小时才有可能有人能起床呢。怎么可能会有人选择在那个时间、在那种地方行凶呢？而且，那颗扣子应该也只是巧合而已吧。”

“那要是警方找到你的大衣时，那些扣子一个都不少的话，是不是就能证明你没有参与这件案子？”

“也许吧。据我所知目前警方似乎只找到这么一个证据，不过我想你知道的应该比我多很多。”他淡然一笑。

“那么弄丢大衣的时候你在哪里？”

“嗯……我记得周二那天我们去了迪姆彻奇。下车时，我俩习惯性地都把大衣放在了车后座上，然后我们在防洪堤上散了半小时左右的步。当我再次注意到我的大衣，是在回程的半路上加油的时候。我原本是转身去拿放在后座的克莉丝的皮包的。”说到这，他的脸微微红了一下。艾丽卡原本有些惊讶和尴尬，过了一会儿她才明白，原来他是因为要女人替他付账这事儿而感到不好意思，这对他来说，简直比被冠以谋杀者的罪名还让人羞愧。

不过他很快镇定下来，继续说道：“就是那个时候，我发现自己的大衣不见了，我猜，应该是在我们散步时它就丢了。”

“你觉得会是吉卜赛人偷的吗？”

“应该不是，我没见到那里有吉卜赛人。我觉得更可能是过路的人拿走的。”

“你的大衣有什么特征吗？就是那种可以在警方面前证明那确实是属于你的那种。”

“有的。在大衣衬里裁缝店的标签上有我的名字。”

“可是如果大衣真的是被偷走的，那小偷一定会第一时间把标签拆掉。”

“你说得没错。不过我的大衣还有个记号——在右边的口袋下面，曾经被别人的香烟碰到过，当时烫下了一个小小的焦痕。”

“这是个好记号！如此一来就好办了。”

“前提是，这件大衣能被找到。”

“没人会因为警方在查找就把自己偷来的东西送进警局。况且他们想要找的是被丢掉的大衣而不是穿在身上的大衣。到现在为止，你的大衣并没被任何人找到。我想说的是，我们应该帮你找证据、站在你的角度去寻找大衣。”

“我该做些什么？”

“去警局自首。”

“你说什么？”

“我说让你去自首。这样一来你就能得到一名指定律师，接下来就会有人从帮助你的角度去寻找大衣了。”

“不，我做不到。你……抱歉，我忘了你的名字。”

“艾丽卡。”

“对，艾丽卡。我讨厌坐牢，只要想象一下我就浑身难受。”

“是幽闭恐惧症？”

“或许吧。其实只要事先明白可以出去，不管是山洞还是其他什么封闭的空间我都无所谓，但我不能被锁起来。锁在某个地方，无所事事地傻坐着胡思乱想，我实在是忍受不了。”

“你要是这么想，那也没办法。真可惜，原本这可是一个上佳之策。那你自己有什么想法吗？”

“反正最近没有下雨，或者我可以一直露宿吧。”

“你就没什么能去投奔的朋友吗？”

“什么样的朋友愿意收留一个杀人嫌疑犯？你实在是太看得起人类的友谊了。”沉默了几秒钟，他的声音变得惊慌失措起来，“不，不不！也许是我想错了，我以前好像从没遇到过什么好人。”

“好吧。不过你不觉得我们应该商量一个见面地点吗？这样我明天就能给你送食物了。你觉得就在这儿怎么样？”

“不行！”

“那去哪儿？”

“哪儿也不行！我的意思是你别再来找我了。”

“理由？”

“你这是在惹祸上身，在犯罪！虽然我不懂刑法，但我知道你会因此而成为罪犯的。这绝对不可以！”

“得了吧，法律可没规定一个人不能把食物从车子里丢出去。明早只会有一些面包、巧克力和干酪莫名其妙地从一辆车上掉到树丛里，除此以外什么都不会发生。好了，我得走了。在这种荒无人烟的地方长时间停车，没准什么时候就会有人出来瞎问的。”

说着，她将吃剩的食物全都塞进车里，打开车门坐进了驾驶室。

他打算站起来跟她告别。

“别动！你就那么坐着吧，别犯傻！”她的声音颇为严厉。

他转身换成了跪着的姿势：“这样总行了吧，起码让我表示一下自己的感谢。”

她关好车门，把胳膊支在车窗上。

“纯的还是坚果的？”

“什么？”

“巧克力呀。”

“啊！要葡萄干的！谢谢你艾丽卡·伯戈因。总有一天，我会让你也戴着红宝石走在地毯上的……”

他话没说完，声音就被丁尼离去时引擎的怒吼给淹没了。

# 第十二章　找寻大衣

“你有闲钱吗，慈生？”艾丽卡问自己父亲的总管。

慈生沉默着停下手头的账目盘点工作，冷冷地瞥了她一眼，然后低下头继续拨弄着算盘。

过了好一会儿，他才用吐痰一样的声音说道：“2便士！”

这句话是在说他正在清算的账目。慈生十分厌恶算账。艾丽卡耐心地等待着。

“2便士就能让我风光下葬。”他又说，视线回到了账目表第一栏。

“行了吧，你可是会长命百岁呢！能不能先借我10英镑？”

老人把铅笔从舌头上拿开，舌尖上显现出铅笔留下的紫色痕迹，“你找我是为了这个？你又想要钱做什么？”

“反正不是坏事。好吧，我确实有事要办，而且油钱也很贵。”

不提汽油还好，一提汽油，慈生的语气马上变得不好起来，他很讨厌丁尼：“你是说你那辆车？要是因为车子的问题，你大可以去找哈特。”

“当然不行！哈特只是个新人！”艾丽卡吃惊地回答。

她的回话让慈生心里舒坦了一点，哈特虽已到任十一年，但跟他比起来，的确是个新人。

“你放心，我绝不会做坏事的。”艾丽卡跟慈生保证，“我原本打算晚上跟爸爸要的，可爸爸要去威廉叔叔家，不知何时才能回来。”她顿了顿，“你也知道，我并不喜欢去求那些总喜欢追根究底的女人。”

这句话说到了慈生的心坎里，甚至打消了汽油的话题在他心中引起的不快。她说的女人指的是保姆，慈生向来对那个保姆没有好感。

他摇着头说：“你要知道，10英镑可是我棺材本中的一大部分了！”

“至少到周六前你是用不着的。我倒是还有8英镑存在银行里，可我现在时间宝贵，一点也不想浪费到一大早去西欧佛取钱这件事上。就算我出了什么意外，你至少也能回本8英镑，而其他2英镑，我相信爸爸也不会赖掉的。”

“为什么要来找我老慈生呢？”慈生语带得意。

按说听到这种问题，正常人都会回答什么因为我3岁就开始依赖你、你是我认识最久的老朋友、你会帮我保守所有的秘密、是你抱着我第一次骑上小马之类的，最少也会说即便你脾气不太好，但总归也是个老可爱这种话。可艾丽卡偏偏不是“正常人”。

她笑着回答：“我只是想知道到底是银行还是茶叶罐更方便一些。”

“你这话什么意思？”

“哎呀，我竟然说出来了！其实这事儿虽然是从你太太那听说的，但责任在我，是我不小心在喝茶的时候发现了茶叶罐中若隐若现的钞票。我觉得对喝茶而言这似乎不太卫生，不过这确实是个藏钱的好地方。反正只要用开水一冲，什么细菌都能杀光。”

艾丽卡的话说得慈生哑口无言。

紧接着，艾丽卡觉得已经到了把原本应该当作前锋的话拿来改为后援的时机了：“更何况，除了你以外，我还能找谁呢？”

她抢过慈生手中那支铅笔头，在一张竞技赛会的宣传单背面写道：“艾丽卡·米雅·伯戈因欠巴索娄姆·慈生10英镑。”写完后，她又在这句话后面用小女生的笔迹签上了自己的名字，然后递给了慈生：“喏，我的支票簿用光了，将就用这个吧。有效期截止到星期六。”

慈生接过欠条，小声抱怨着：“你可别把我棺材上的铜柄都浪费在肯特郡。”

“铜柄？你不认为那太浮夸了吗？还是铸铁好一些吧！”艾丽卡说。

“对了，肯特郡有多少当铺？”在去茶叶罐取钱的途中，艾丽卡问道。

“总有两千家吧。”

“什么？”艾丽卡瞪大了眼睛，没有继续追问。

当晚，“两千家”这三个字伴她入梦，并在第二天一早她睁开眼时立刻跳了出来。

我的上帝！两千家！虽然慈生可能从没当过什么东西，这也只是他的猜测而已，可那是富裕的肯特郡，即便没有两千家，数量也不会少多少。艾丽卡以前从没注意到哪里有当铺。这种事就像采蘑菇，要不是真心想找，谁也不会在这种事上多浪费一丝精力。

这是一个平静而又炎热的清晨。六点半，屋里的人一个都还没有醒过来，艾丽卡的丁尼已经驶出了车库。

无论何时，丁尼的轰鸣声都能响彻天际，可对于夏季早餐前宁静的清晨时光来说，这种声音实在是让人无法忍受。艾丽卡第一次生出了一个不忠诚的念头，这个念头让她内疚不已。

的确，以往丁尼也常常把她气得像一只愤怒的蜜蜂，但那也是因为她深爱着丁尼，将它视为自己的一部分，从而产生了一种恨铁不成钢的迫切之情。她从未产生过背弃丁尼的念头，即使被朋友无情地嘲笑后，也没想过要跟丁尼划清界限。

然而今天，艾丽卡突然平静地想着："也许我该换辆新车了。"

她开始成熟起来了。

在安静的小路上，丁尼尽职尽责地前行着，它的引擎噗噗作响，车身也在不停颤抖。老式的司机座椅上，艾丽卡挺直了腰，不再去琢磨丁尼的事。

在她身边的箱子里，放着在管家完全不知情的情况下准备的"艾丽卡小姐的午餐"，其中包括奶油、面包、番茄、甜酥饼，还有一瓶牛奶和半只童子鸡。此外，箱子后的一只牛皮纸包里包着的则是艾丽卡自己出钱购买的、来自"提供当季最佳食品"的东印度食品商迪斯先生家的美味——亮晶晶粉嫩嫩的冷冻切片小牛肉（"艾丽卡小姐，你确定要切那么厚？"）。不过由于没什么销路，食品商那里并没有带葡萄干的巧克力。

前一天晚上，在距离商店打烊还有不到一个小时的时候，艾丽卡依然驰骋在路上。她其实已经很累了，而且对于一个饿着肚子的人来说，哪怕几块好吃的纯巧克力也会让他感到很满足的，没人会对几粒小葡萄干执着追求的。不过虽然嘴上不说，但艾丽卡却明白，小事同样重要。尤其在心情不好的时候，细节尤其能影响一个人的情绪。

艾丽卡忍受着夜晚的燥热跑遍了附近所有的村庄。她的决心随着成功的希望越来越渺茫而变得越来越坚定。正因为此，最终才会有那只放着四大块半磅重葡萄干巧克力的破行李箱出现在丁尼左侧车门旁的座椅上。

这些巧克力来自雷塞姆村席格斯太太的店子。七点一刻，艾丽卡成功劝服她中断了自己的晚茶，用钥匙重新打开了那扇油漆斑驳的店门。

“伯戈因小姐，除了你，任何一个人也别想让我这么做。”席格斯太太当时这么说道。

艾丽卡开车穿过了沉睡的马林佛街区，在刚过七点时进入了空旷、炎热的郊区。转入那条又直又长的白色乡间小路后，她很快找到了昨天发现提斯多的地方。她的那双训练有素的眼睛对乡下的景物十分敏感，因此昨天才能一眼看见那双男式皮鞋。

“今天应该是个艳阳高照的日子，他会需要这些番茄和牛奶的。”艾丽卡想。她觉得，就算不是为了逃避法律，金雀花丛也不是什么好的藏身之所。提斯多应该找一个至少能在正午时用来乘凉的地方才对。

艾丽卡反复思索着是否应该把“逃犯”送往类似查林之类的地方。那些树林甚至能藏下一支军队，别说警察无法搜索痕迹，就连阳光也别想照射进去。不过艾丽卡讨厌树林，因而也不觉得那是什么安全之处。

“虽然金雀花丛里有些热，但起码不会像在茂密的树林中那样，有随时被人冷不防踹一脚的危险。”艾丽卡自言自语道。

再说，提斯多应该不会同意搭她的便车吧。

且不论提斯多到底是何想法，这项提议甚至连被说出口的机会都没有。若非他的睡眠已经好到连丁尼都吵不醒的地步，那么他之所以没有出现，就极有可能是因为他已经离开这里了。

艾丽卡开着丁尼全速前进了一英里，一直走到这段路的尽头，接着又返回到昨天停车的位置。随着引擎被关掉，周围立刻变得鸦雀无声，既看不到树影晃动，也听不见一丝鸟鸣。

她就那样若无其事地、安静地等待着，看起来就像是正在思索下一步的前进方向一样。为了不引起偶尔路过的乡下人的怀疑，她不能显露出一丁点儿在等人的表情。

在车里表情轻松地坐了二十分钟后，她借着伸懒腰的机会确定了一下这条路上的确是空无一人后，开门下了车。若是提斯多有话要告诉她，那么应该早就出现了。

艾丽卡把巧克力和食物藏到了提斯多昨天躺着的地方，又从衣服口袋里拿出一包香烟和一些火柴，也放在了那里。她本人是不抽烟的，虽然试过，但因为不喜欢，所以她并没有继续尝试。但她不确定提斯多是否吸烟。对万事追求完美的艾丽卡来说，买这个纯粹是为了以防万一。

做完这一切，艾丽卡回到车上发动引擎，头也不回地离开了。回程路上，她的思虑和眼光始终向着远方的迪姆彻奇和海岸线。

经过一番周密的推理，艾丽卡坚信那个偷大衣的人绝对不是“当地人”。她从小生活在乡下，很清楚若是一件新的黑色大衣突然出现，哪怕是由一个最不起眼的人穿在身上，也一定会引起大家的注意的。并且，乡下人对当铺没什么概念，他们不会想到可以用别人车里的大衣去换取现金。因为无法对人解释，所以即便起了贪念，他们也不会真的将其据为己有。基于以上推论，艾丽卡确信大衣应该是被过路人给偷走了。

由此，事情变得既简单又复杂了起来。“过路人”总要比“当地人”更显眼和容易辨认，但同时，“过路人”四处移动的特质，也使得追踪难度加大了不少。那件大衣从失窃至今已超过一周，恐怕早就周游了大半个肯特郡了。

“或许……”饥饿激发了艾丽卡的想象力，当迪姆彻奇出现在她的视线中时，她的眼前浮现出这样一幅画面：那件大衣套在一个面色苍白的小职员身上，他是市长办公室的工作人员，家中还养着一位可怜的夫人和一个吃奶的婴儿。一想到要从这样的人手上拿回大衣，哪怕是为了给提斯多雪冤，艾丽卡也还是觉得有些心酸。

艾丽卡觉得自己必须吃点什么了。饥饿虽然能打开想象的翅膀，但对逻辑思维却毫无益处。

她在路边一个叫作“日升”的铁皮棚子前停下了车。那面火柴盒形状的、涂着紫罗兰和栀子花颜色的招牌上爬满了天竺葵，藤叶的缝隙间能清楚地看到八个大字：“用餐休息，通宵营业。”敞开的店门内，阵阵细碎的人声飘散在温暖的空气中。

此时店里挤着两个身材魁梧的男人。其中一人是店老板，他正在将刚出炉的吐司面包切成厚片。另一个人在用一只大杯子喝着滚烫的热汤，喝的时候还不断发出巨大的声响。看到艾丽卡时，两人的动作都停了下来。

一片沉默中，艾丽卡先开了口：“早安。”

“早安，小姐。”店老板随即招呼道，“要喝杯热茶吗？”

“嗯……”艾丽卡环视一周，“有刚做好的熏肉吗？”

“当然！我家的熏肉不但美味，而且入口即化！”老板马上答道。

艾丽卡高兴起来：“我要一大盘！”

“需要鸡蛋吗？”

“来三个。”艾丽卡回答。

老板朝门外瞅了好几眼，确定她是一个人来的以后高兴地说：“这年头可很少有小姑娘有你这么好的胃口了，这才像话嘛！快坐吧，小姐。”

说着，他用围裙的一角将铁质椅子上的灰尘掸掉，又一次询问道：“你的餐马上就来！熏肉要薄的还是厚的？”

“厚的，谢谢。”回答完老板的话，艾丽卡一边坐下一边带着特别的问候之意跟另一个人打招呼：“早安。那辆货车是你的？我特别想试试开一开那种车呢。”她自然地将自己融入小店吃喝谈笑的氛围中。

“噢？哼，我还一直打算去学走钢丝呢！”

“恐怕你太壮了点吧，”艾丽卡一脸认真，“我还是觉得你更适合开货车。”

听到他们的对话，老板停下了切熏肉的动作，在一边笑了起来。

货车司机发现去讽刺一个总说实话的人实在是白费力气，于是他放松了自己，露出了一个和蔼一些的表情，“有小姐做伴来换换口味还是挺让人高兴的，是吧比尔？”

“我总觉得货车司机是很受欢迎的啊，你还需要总换口味吗？”艾丽卡问道。

货车司机被问得哑口无言，他不确定这个瘦瘦的女孩子到底只是在说实话，还是在故意招惹他或侮辱他。

在他还没反应过来时，艾丽卡已经自顾自地继续说了下去：“话说回来，你让流浪汉搭过便车吗？”

“从没有！”司机迅速回答，他开始庆幸自己还能稳稳当当地站在地面上。

“真是可惜。我对流浪汉还蛮有兴趣的呢。”

比尔将熏肉在煎锅上翻了个面，问道：“你是基督徒？”

“跟基督徒没关系，只是学术上的感兴趣。”

“天啊，你不会在写书吧？”

“没有，我只是在帮人收集资料而已。”艾丽卡没打算放过司机，“就算不准他们搭车，你也应该见过不少流浪汉吧？”

“开车的时候谁有时间去注意什么流浪汉呢。”

“跟她说说哈罗戈特·哈里的事吧。”比尔边敲着蛋壳边接过话茬，“我记得上星期在你的车里见过他。”

“除我以外，你绝不会在我的车里见过其他人。”

“你就少嘴硬了，就算你搭过一两个奇怪的流浪汉，这个小姑娘也不会到处宣扬的。”

“哈罗戈特可不是什么流浪汉。”

“那他是什么人？”艾丽卡问。

“一个四处做行脚生意的瓷器小贩。”

“啊！是那种用瓷碗换兽皮的人吧？”

“不是那一类，他是会修理茶壶把手之类的那种。”

“那他做这种买卖赚钱多吗？”这是个纯粹为了让话题继续下去的问题。

“勉强度日而已。隔三岔五，他还得去弄些旧靴子或者旧大衣来卖掉以便补贴家用。”

艾丽卡沉默了一阵。她尽量压抑着自己的心跳声。

隔三岔五，旧大衣……

接下来她该如何接话呢？她总不能直接问“你有没有看到他那天是不是带了一件黑色的大衣”吧，那可就彻底暴露了。

过了一会儿，她重新开口：“听起来好像挺好玩的。老板，请给我点芥末，谢谢。”

跟比尔说完，她又接着说："我真想见见他，不过我想他这会儿可能都到了英国的另一边了吧。对了，你是哪天看到他的？"

“让我想想。嗯，应该是上周一，他在迪姆彻奇城外搭上我的车，然后在汤布里奇附近下去的。”

太可惜了，不是哈罗戈特！他明明是一个很有希望的怀疑对象，既行踪不定，又经常贩卖大衣和靴子，甚至还有迅速离开有潜在威胁区的有利条件……唉，算了，反正这事儿本来也不可能如她当初预想的那样简单。

“不是星期一吧？”比尔将芥末递到艾丽卡盘子边，“我记得你路过的那天吉米刚好来我这儿送货，所以应该是星期二才对，不过也没什么区别就是了。”

怎么会没什么区别呢？！艾丽卡往嘴里塞了一大口熏肉蛋来抚平自己的激动。

饭店内陷入了短暂的沉默。这一方面是由于艾丽卡早就养成了像男人一样安静进食的习惯，另一方面，也因为她还没想好该如何既有技巧又能达到效果地说出下一句话。

就在此时，货车司机推开杯子站起身，看来他准备离开了。艾丽卡着急起来："你还没跟我说完这个叫什么哈罗戈特的人的事呢！"

“你还想知道什么？”

“我想当面跟他聊聊。一个瓷器修补商，每天到处旅行，一定会有很多有趣的故事的。”

“他可不是个健谈的人。”

“我可以给他报酬。”

比尔笑了："报酬？只要有25便士，哈罗戈特就愿意把嘴皮子磨破，要是你能给他50便士的话，他甚至还能给你讲讲他是如何发现南极的。"

“噢？你也认识他吗？”艾丽卡转向比尔，看来似乎他和自己还能产生些共鸣，“你知道他家在哪儿吗？”

“嗯，冬天的时候他倒是不会乱跑，但夏天他一般都住在帐篷里。”

“和奎尼·韦伯斯一起，在潘博瑞附近随便哪里扎营。”司机也插话道，他并不喜欢让比尔一个人出风头。

在发白的桌面上扔下几枚硬币后，司机向门口走去。迈步的同时，他又说了一句：“要是我的话，如果打算让人觉得说话能得到回报，就一定会先去找奎尼打个招呼。”

“谢谢！我会记住你的话的！谢谢你能帮我！”艾丽卡由衷地说道。

她声音中饱含的真诚让司机不自觉地停下了脚步。他打量了艾丽卡一番，疑惑地说：“你这么个胃口好的女孩子竟然会对流浪汉感兴趣，这可真是奇怪。”说完，他转身出门，走向了自己的卡车。

## 第十三章　珍贵线索

面包、橘子酱和好几杯茶下肚后，不得不夸赞一下艾丽卡的好胃口了。不过，她想要得到的消息却和这些营养成反比。虽然比尔很乐意帮忙，但说实在的，他对哈罗戈特·哈里却是一无所知，真的是爱莫能助呢。现在，她是时候做出决定了：到底要不要离开“温暖”的迪姆彻奇，跟随神秘且未知的哈里，去到那个“寒冷”的汤布里奇乡间。

“我想，也许流浪汉中的大部分都会很诚实，你说呢？”结账时，她顺便问了一句。

“这个，如果是机会来了的话，应该是那样的。你应该懂我的意思。”比尔想了想，回答她。

艾丽卡当然懂。她想，应该没有任何一个年过五十的流浪汉会拒绝这样一份从天而降的礼物——无人照看的大衣。而大衣和靴子，哈里更会来者不拒。并且，他上星期二刚到过这里。所以此刻，她的任务就是在山野森林中，追踪这位瓷器修理匠的下落，直到把他找出来。如果天黑还没找到，她就只能跟她在斯特恩斯的父亲编一个说服力强的谎言，来说明她不回家的原因了。

在这项她自告奋勇的神圣任务中，说谎成了第一件让她心情郁闷的事：要知道的，在这之前，她从没因为任何事，跟父亲隐瞒过自己的计划。而现在，短短几个小时，她的忠诚度就两度受到考验。上次对丁尼的不忠，可以说是她没意识到，那么这次呢，她不但深深地意识到了，还非常在意。

算了，先不想这些了，反正这个季节白天很长。丁尼也许是辆老车，但却从来没有出过差错或者生过病。如果一切还像刚开始那么幸运，那晚上说不定就能带着大衣回到自己的家，躲在自己的床上睡觉了呢。想到这儿，她兴奋得不能自已。

跟可爱的比尔道别时，她告诉比尔，她会向她所有的朋友推荐他的早餐。说完就调转了丁尼的车头，向西北方出发，一直开进了繁花盛开的乡间原野。此刻，在闪耀的晴空下，道路已经开始刺眼了，而前方的地平线也浮动在热气中。在这片绿色的大熔炉中，丁尼跑得汗流浃背，很快，车内也像蒸锅一样。艾丽卡虽然心里很急，但也只能耐着性子，每跑几英里，就把车停下来，敞开两侧车门，让丁尼冷却一下。也许，她真的应该换车了。

很快，她来到了汤布里奇干道上的吉宾斯路口附近，这一次，她又故技重演：停好车，进了一家小吃店，准备吃午餐。可遗憾的是，幸运之神没能再次眷顾她。这家小店是一位爽朗的女人在打理，天南地北，她什么都可以聊，却唯独对流浪汉嗤之以鼻。她不喜欢到处漂泊的生活状态，更不喜欢窝囊废。艾丽卡心不在焉地吃着东西，喝着咖啡，享受这暂时的阴凉。但她必须尽快离开，去找一个“更好的地方”。当然，“更好”指的是能得到小道消息，而不是食物。她不断告诉自己，那些路边的翠绿、阴凉的咖啡店，还有那阴影下闪着微光的鲜丽布幔，今天，都和她没有关系，她不是来享乐的。流浪汉和咖啡店是没有缘分的。

她转到了一条通往戈贺斯特的小路，这已经是哈罗戈特老家一带了。她开始寻找旅店，因为旅店一定有瓷器要修，那样，她就可以打听哈罗戈特，这里一定有人认识他。

她要了一份半生不熟的冷牛肉，另加一份生菜沙拉。这里的餐馆很漂亮，几乎和斯特恩斯的差不多。她开始祈祷，等一会儿端上来的餐盘中会有裂痕的，一个，只要一个就好。因此，当她看到装着罐头水果的玫瑰瓷碗被端上来时，她高兴得差点叫出来，是的，她看到了裂痕。

女侍是这一季才来的临时工（通常，把整个世界都当作谋生地盘的人，对家居用品的价值是没有兴趣的），她不知道这个碗是否贵重，但她认同艾丽卡的说法，这碗确实很漂亮。她说，应该是有人专门过来修理瓷器的，但她不确定。不过，她答应去问问看。

当问到是谁来修理这么漂亮的瓷碗时，老板告诉她，这个碗买来时就是那样。在梅特非公园附近的一个零工那儿，有很多类似的东西。而当时的那个修理师傅年龄已经很大了，说不定早就不在人世了。不过，如果艾丽卡有东西想要修的话，他倒是可以推荐一个叫帕尔玛的人，手艺非常好，时不时会到这附近来。在他清醒时，能把碎成五十块的东西恢复如初，你找不到裂痕。但前提是，你得确定他没喝醉。

帕尔玛？艾丽卡听着老板的描述，又问是不是这一带只有他一个修理师傅。

老板说最在行的当然是哈里，不过他不认识。

“哈里？”

她终于听到了这个名字。

他叫哈罗戈特·哈里，住在布里奇的某个帐篷里，老板也不知道具体怎么找到他。不过老板觉得，那里可不适合艾丽卡只身前去。要知道，哈里可不是什么好人。

艾丽卡走了出来，再次暴露在炙热的空气中。刚刚打听到的这些消息让她兴奋不已。哈里通常会一连几天，甚至几个礼拜都不会离开居所。只要他有了收入，就一定会舒服地把它们都喝完。

要去拜访一位瓷器修理匠，当然，她得准备一些破损的瓷器才行。

她驱车进入了汤布里奇矿泉疗养地，心里想着她那深居在卡佛利公园的大姑妈，她居然没有以睡觉来抵抗美食的诱惑，而是来到了莱姆树下散步，想到这儿，她就觉得有些惋惜。接着，她进了一家古董店，挑中了一个跳舞小瓷偶，这可花了慈生的一些棺材本呢。然后，她再次开回潘博瑞，特地选了一条人车都很少的路，胡乱地将玩偶扔向车内的脚踏板上。

没想到，它还很结实。就算艾丽卡拿住它的脚，使劲向车门敲击，它仍然完好无损。艾丽卡怕更大的暴力会让它粉身碎骨，只好把人偶的一只臂膀给折断了事。这样一来，她就有了找哈里的通行证了。

如果你莫名其妙地去问一个流浪汉的行踪，那一定会让人心生疑窦的。但如果你说要找一个瓷器修理匠的话，那就可以理直气壮了。一共只花了九十分钟，她就见到了哈里。如果不是他的帐篷远离任何一条现有的路，那一定可以更快的。艾丽卡先跟随一条可以穿过树林的手推车轨迹往上走，可路太难走了，连灵活自如的丁尼都费劲得很，接着，她又来到了一片宽阔的金雀花田，那儿的视野可远到美德威谷；然后又进入了第二片树林，一直走，直到另一端的林中空地，在那儿还有一条小溪，水流向一方幽暗的水池。

艾丽卡真希望帐篷不在树林里，那该多好。要知道，从孩童时代，她就天不怕地不怕，喜欢一望无际的旷野，却唯独不喜欢树林。虽然阳光下的小溪清澈又快乐地奔流着，但深邃的水池却是沉静得让人难以亲近。在肯特郡，很难见到这种突如其来的神秘深水洼。

当她刚刚看到林中空地时，一条狗就恶狠狠地朝她狂吠，打破了原来的寂静。此刻，小人偶正被她紧紧握在手中。噪音中，一个长得非常高的女人走到了帐篷门边，她肩膀宽阔，抬头挺胸，似乎在等着艾丽卡走过来。艾丽卡突然有种错觉，等她走过去，是不是要给那女人行个屈膝礼呢?

“中午好啊！”越过狗儿的叫声，她愉悦地跟那个女人打招呼。

但是女人站在那儿一动不动，根本没有搭理她。

“我有件瓷器想——可不可以让那狗安静下来？”

此刻，她们已经很近了，只有狗吠声还在妨碍着她。

女人踢了狗的肋骨一脚，顿时世界安静了下来。耳边又出现了潺潺的流水声。

艾丽卡亮出了那个破损的小玩偶。

“哈里！”女人一边怀疑地看着艾丽卡，一边叫道。紧接着，一个鼬鼠般的矮小男子出现了，很自然的猥琐。可以看出他现在火气很大，因为他的双眼全是血丝。

“有活儿了！”

“现在我不干活儿。”一边说着，一边啐了一口唾沫。

“是吗？那可真不巧。我可听说你是修理瓷器的行家，所以专程跑过来的。”

女人抢过艾丽卡手上的人偶，说道：“放心吧，他会干活儿的。”

“你付钱吗？”哈里又啐了一口唾沫，接过女人手里的人偶后，气呼呼地问道。

“你想要多少钱？”

“2先令。”

“不行，得2先令6便士。”女人补充道。

“没问题，我付得起这钱。”

哈里回到了帐篷，女人则继续站在门口，因此，艾丽卡也没有办法跟进去，无法看到里面的情况。之前，她想象的情景应该是，她跟随哈里进到帐篷里，然后看到大衣正整整齐齐地折放在角落。但现实的情况却是想伸个头进去，都毫无可能。

“用不了多少时间。”奎尼不知是建议，还是取笑她说，“也许你用树枝做个口哨的时间，他就完工了。”

“你一定觉得我做不了，是吗？”从奎尼的眼神里，艾丽卡看出了她的蔑视。奎尼一定觉得她只是个都市孩子，根本不可能做得了这种手工。艾丽卡的严肃小脸被美丽的微笑取代了。

艾丽卡拿出小刀，砍下一段树枝开始削切、挖刻，然后又拿去溪水里浸湿，她希望，这一气呵成的过程能拉近奎尼和她那个伙伴的距离，甚至能和他们的瓷器修理攀上关系。但是，现实总是残忍的，只要她有意地往帐篷移动，奎尼就会马上停止欣赏她的制作过程，从林子里走回去，守在那里。所以等艾丽卡把口哨做完时，她的人偶也已经修好，再次回到她的手里了。比起刚刚把车停在路边，她还是毫无收获，有些欲哭无泪的感觉。

她无奈地拿出自己的小钱包（她讨厌皮包），按照约定付了2先令6便士。在拿钱的瞬间，她看到那一叠身负救人重任的钞票，心里绝望极了。突然，她像惊醒一般，对男子大声喊道：“你从迪姆彻奇拿走的那件大衣去哪儿了呢？”

时间仿佛凝固了，陷入了一片沉默、寂静之中。

艾丽卡继续喊道：“我不想采取什么强制手段，比如告发你之类的，我只想拿回我的大衣。如果它还在你手上，我可以付钱给你，把它买回来；如果你已经把它当掉……”

“你可真厉害啊！”男子终于回过神来，破口大骂，“你叫我帮你修理瓷器，然后还诬赖我。现在，趁我还能控制住自己，最好赶快滚出我的视线。否则，我很难不打烂你的嘴巴。真是不知天高地厚……还有你的舌头，我真想一把扯下来，简直胡说八道。不光这样……”

女人推开了他，霸气十足地站在了艾丽卡的面前。

“你凭什么说我男人拿了一件大衣？”

“上星期二的时候，他搭了一个叫杰克的人的便车，当时，他手上抱的大衣，正是从迪姆彻奇的一辆车上偷走的。这一点，我们大家都知道。”这个“我们”用得很有水平，她希望自己的话能有点说服力，不会显得很可疑。再看两个人的表情，像无辜，又像是愤怒。“我不想小题大做。我只想拿回大衣。我可以给你们1英镑。”在艾丽卡感觉又有一顿劈头盖脸的骂声袭来时，她赶紧提到了钱。

两个人交换了一下眼神，艾丽卡适时地捕捉到了这个信息，她确信，这个男人就是她要找的，顿时她有种如释重负的感觉。他们完全知道她在说什么。

“如果你们已经当了，只要告诉我在哪家当铺，我依然可以给你们10先令。”

“你要一件男人的大衣做什么？这对你有什么好处？”还是女人比较警惕。

“从头到尾，我都没说过那是款男士大衣。”艾丽卡嗅到了胜利的味道。他们已经露馅了。

“算了，当我没说吧。”奎尼自知说错话了，也懒得再继续装下去，“你要它干什么！”

如果说和命案有关，他们一定会极力否认。父亲曾经长篇大论地教导过她，小贼都怕惹上大麻烦，绝不会卷进与死罪有关的刑案，就算没任何牵连，也是躲得远远的，这一点，她熟记于心。

“只是为了帮哈特解决一些麻烦。”艾丽卡开始编故事，“他不该把车子就那么随意扔在路边。明天主人就要回来了，如果大衣找不回来，他一定会被辞掉的。”

“哈特？那是谁？你哥哥吗？”女人天生好奇。

“不是不是。他是我家的专职司机。”

“专职司机！”一声刺耳的怪笑，听不出来开心，倒像是讽刺。“可真有意思呢。这么说来，你家应该有两辆劳斯莱斯和五辆宾利吧。”哈里的小红眼睛游走在艾丽卡身上，仔细打量着那身破旧且小得极不合身的衣服。

“没有没有。我家只有一辆兰彻斯特。而我开的是一辆老莫里斯。”看着他们越来越怀疑的眼神，她又进一步介绍说：“我爸爸是警察局长，我叫艾丽卡·伯戈因。”

“是吗？哈哈！我爸爸是威灵顿公爵，我是约翰·洛克斐勒。”

幸好她穿了那条一年四季都穿在里面的运动短裤。为了证明自己所言非虚，艾丽卡掀起自己的软呢短裙，拉住短裤的松紧带，慢慢地用大拇指把一小块短裤内里摸了出来。

“你应该认识字吧？”她问道。

“艾丽卡·M.伯戈因。”红着眼睛的男子，读出那块山羊绒标签的口气诧异极了。

“不要那么重的疑心病，那很不好。”艾丽卡一边说道，一边松手，让松紧弹回了原处。

“所以，你做这些，只是为了你的司机？”哈里似乎想扳回些什么，“你很关心他，是吗？”

“我很爱他。”艾丽卡的语气像极了那句“还要一盒火柴，谢谢”。要知道，一般来说，在学校的公演上，艾丽卡通常只是负责拉帷幕的。

艾丽卡轻松过了关。哈里两人只忙着算计，根本没有留意到这些细节。

“你能给到多少？”女人先开口。

“是拿回大衣？”

“不不。只是告诉你，去哪儿可以拿到大衣。”

“刚刚我已经说过了，如果你们能告诉我地址，我可以给你们10先令。”

“太少了。”

“我怎么知道你们会不会骗我？”

“那我们又怎么确定你不是在骗我们呢？”

“好吧。最多我可以给你们1英镑。因为我还要留钱去当铺里赎它呢。”

“不是当铺。我把它卖给了一个碎石工人。”男子接话说道。

“碎石——工人？”艾丽卡顿感绝望地大叫道，“天啊，你的意思是说我又得继续去寻找另一个人吗？”

“不不，这倒不用。你只要把钱给我，我就会告诉你，在哪里可以找到他。”

艾丽卡爽快地掏1英镑，拿给他看了看，说：“说吧？”

“他在派道伍德附近的法夫文岔路口工作。如果在那里，你没找到他，那就去他住的地方。他住在开普的一间农舍，就在教堂的旁边。很好找的。”

她把钱递了过去。可那个精明的女人却看到了钱包里的内容。

“等等！哈里，她必须多给一些钱才能离开。”女人一边说着，一边挡住了艾丽卡前往树林的路。

“休想从我这儿多拿1毛钱。”艾丽卡大声吼道。她很愤怒，忘了近旁的深水池和那无边的寂静，仿佛就在那瞬间，她突然克服了对树林的厌恶，“你们是骗子！不讲信用！”

女人伸过手来，想要抢她的钱包，但要知道，在去年冬天，艾丽卡刚刚代表学校参加过曲棍球比赛。所以虽然女人的来势凶猛，却落了个空，仅仅碰到了她的手臂，还被反弹回来，打中了自己的脸。接着，艾丽卡灵活绕过高大的女人，跑到了林间空地。这一次真要感谢自己，在那无数个冬天的下午勤学苦练了。

她知道他们在后面追，心里越来越忐忑，如果被他们抓到，他们会把她怎么样呢。她倒是不怕那个女人，反而更怕那个又矮又小的男人，他熟悉路，身体又轻，还喝了酒。现在在太阳的照射下，一遇到有树影的地方，她根本看不清路。她真希望刚刚在慌乱中，自己说过有人在车上等她。如果这样的话，情况就会好——她被树根绊倒，在地上翻滚了好几圈。

他踩在柔软山路上的脚步声越来越近，艾丽卡听得一清二楚。刚一坐起来，就看到了他的脸在草丛上忽高忽低。她想，要不了几秒钟，自己就会被追上了。到底为什么会被摔倒呢，原来是因为自己手里紧紧抓着两个东西，仔细看看，一手拿着瓷偶，一手拿着钱包和哨子！哈！一看到哨子，她赶紧放进嘴里，有节奏地吹了一连串哨音。长长短短、时长时短，跟信号差不多。哈里听到哨音后，停下了脚步，不知道发生了什么，或者是将要发生什么。此刻，他们的距离仅几码远。

“哈特！哈特！”她用尽全身力气，使劲喊道。

然后，又再一次吹起了哨。

“好好！就让你和哈特会合吧。总有一天，你会求着我告诉你，那个老头家里发了什么讳莫如深的事。到那个时候，我一定会让你加倍付我钱的，亲爱的小姐！”男子像是在自言自语。

“再见了！帮我告诉你太太，谢谢她让我做了这个哨子。”艾丽卡俏皮地说。

## 第十四章　找到大衣

“探长，现在先稍微放松一下吧，你需要休息。”

警察局长站了起来，套上了雨衣。“你看你，已经累得不成人形了。这样除了让你尽快进入坟墓，没有别的任何用处。今天是星期五，我敢保证，这整整一周，你都没有好好吃过一顿饭，也没有睡过一晚上。这简直就是胡闹！其实，你真的不必这么认真。以前，有犯人逃脱过，以后也将继续会有。”

“不能从我手里逃走。”

“这样的要求太苛刻了。你对你自己太苛刻了，我只能说，任何人都会犯错，任何人！谁会想到，在卧室里，居然会有逃生的门？”

“不不，我应该先检查检查橱柜的。”

“哎，好探长，我的好探长——”

“当时，第一扇门打开时，是面向我的，所以我可以看到里面。可当他走到第二扇门时，却分散……”

“你现在已经无法客观地判断问题了，我说过。你要是一直想着这件事，那慢慢地，你的眼里、脑海里将全是橱柜。那么，威廉斯所说的‘因公崩溃’就是对你最好的诠释了。现在，跟我一起回家吃饭吧。别说‘但是’，就二十英里。”

“但是在这期间，可能会发生什么事……”

“别忘了，我们家有电话。对了，艾丽卡让我一定邀请你过去，说是有东西要给你看。她还提到要吃冰淇淋。你喜欢吃？”

“看什么？是小狗吗？”格兰特有些好奇地问道。

“我也不知道，也许是吧。反正在斯特恩斯，一年到头我都会看到各种小动物。瞧，最佳的接班人员来了。警员，晚上好！”

“你好，长官！”威廉斯回应道，他脸上红通通的，应该是刚喝完晚茶。

“我要把格兰特探长带回家去吃个晚饭。”

“那太好了，长官。现在对探长来说，好好吃顿饭尤为重要。说不定茅塞顿开呢。”

“要是有什么事找他，就打这个电话号码。”

事实上，格兰特已经非常累了。这一个星期，过得可真漫长啊。一想到马上可以换个环境，轻轻松松地和一群人吃顿饭，他就好像突然触碰到了一个幸福的领域，那种感觉，他似乎已经很久没有感知到了。他习惯性地把文件收拾得整整齐齐。

“太感谢你了！能去你家吃饭，我乐意之致。还有艾丽卡小姐，她可真好，还会想到我。”他一边客气地说着，一边伸手去拿帽子。

“她啊，总是想到你。不知为什么，她可不是个会挂念别人的人。也许她很崇拜你。”

“那我可有一个了不起的情敌呢。”

“哦，对了，在奥林匹亚，是的，我记得。你知道吗？艾丽卡是我的独生女儿，她的妈妈在她出生时，就去世了。”他们一同走出警局，走去开车的路上，他说道，“我真的不知道应该怎么带孩子。所以我一直把她留在身边，甚至她没有上过幼儿园。带她的老保姆常常和我聊这个话题，并为教养小孩的事吵得面红耳赤。后来，她开始上学了，她需要和同龄人一起玩，而教育的最直接目的：就是学着和人相处。虽然她并不喜欢，但还是坚持了下来。我觉得她很勇敢。”

看着局长那一本正经和忧心忡忡的神情，格兰特诚恳地说道：“我觉得她很迷人。”

“问题就在这儿，格兰特，她已经不小了，应该多出去走走。比如：去城里的姨妈那里住一段时间，看看外面的世界。可是她根本不愿意，她只喜欢待在家里，或者是到处跑着玩。她的同龄人都开始注意穿着打扮之类的事，她却毫不在意。现在，她已经17岁了，整天开着她的小车乱晃，我很担心，你知道吗？如果我不问她，至少有一半的时间，我都不知道她在哪儿！虽然她是个诚实的孩子，但我还是有些担忧！”

“我倒不觉得你应该担心些什么。像她这种年龄，很少有人像她一样，清楚地知道自己想要什么。您就放心吧，她有自己的乐趣。总有一天，她会展现给你的。”

“对了！”局长补充道，“刚刚忘了告诉你。我太太的表哥乔治·米尔也会过来一起吃晚餐。你认识他吗？一位神经科专家。”

“久仰大名，从未谋面呢。”

“这是艾丽卡安排的。乔治这人很好，就是有些古板无趣。大部分时间，他说的都是什么反应之类的话，我都听不懂。但艾丽卡却似乎能听明白。他来也不错，反正是个好人。”

格兰特一见到乔治，就喜欢他，他看起来真的很讨人喜欢。当然，他也注意到了乔治狭窄的头骨，所以他更加确定，乔治一定有某种特质可以掩盖外在的不完美，那一定更让艾丽卡欣赏。乔治一点也不自大，也没表现出什么优越感。他巧妙地对格兰特的失意表达了同情，又没有让他心生不快，仅这一点，就足以体现他的价值。因此，格兰特更是当场向他求助，像跟自己交好的人诉说衷肠一般。他想，对于乔治来说，失败不过是一件再平常不过的事。

饭前，伯戈因局长就禁止大家在饭桌上讨论克雷的案子，但事实证明，不过是枉费心机而已。当那盘鱼还没吃完时，大家都在谈提斯多的事了，包括局长自己。但艾丽卡只是静静地坐在那儿听着。她今天穿的是朴素的白色用餐制服，鼻子上还扑了粉，虽然如此，看起来还是和白天相差无几，没有显出成熟。

“我们找不到他的一点踪迹。”格兰特说，“从他一离开旅馆，就消失得无影无踪了。这其中，有几十个人的描述和他一样，但追踪下来，都一无所获。现在我们掌握的情况和星期一差不多。如果前三天晚上他是露宿在外的话，那昨天呢，那可是倾盆大雨。连动物都会想找个地方躲雨，所以如果他还活着的话，他一定去什么地方躲雨了。对了，那场大雨可不是区域性的，从这里到泰因，全都是雨水泛滥。但现在又过了一天了，依然没有任何线索。”

“他会从海路逃走吗？”

“应该不会。这也让我觉得很奇怪。一千个逃亡案件中，居然没有任何一个逃犯会选择海路离开。”

“也许是因为我们这种岛民，早已厌倦了海水。”米尔笑着说，“所以他们都不会朝这个方向去想。探长，你有没有留意到，在过去的半个小时谈话中，你把这个人描述得非常清晰。另外，你还把一件事也表达得很清楚，我想，这件事也许连你自己也没有意识到。”

“到底是什么事呢？”

“在你的内心，很奇怪他为什么要这么做。也许你心里还有点难过。你无法理解这点，也不愿意去相信。”

“是的，乔治爵士。我想如果换作是你，也同样会难过的。”格兰特笑了笑，“从头到尾，他一再强调那些对他有利的事，就像我告诉你的，我把那些可以核实的供词，再次核实了一次，可以确定是事实。可是，像偷车这种一戳就破的故事他也编得出来！并且，他还弄丢了那件举足轻重的大衣！”

“就偷车这件事，我并不认为有多难以理解。要知道，在过去几个星期，他唯一的念头就是逃避。财富挥霍殆尽，他要逃避这种耻辱；他要逃避人群；他要逃避自食其力的处境；当然，还有农庄上的暧昧情况，也需要逃避。在他的潜意识，可能并不想面对分离。但当时他情绪处于极度的低迷状态，他对自己产生了厌恶和质疑（说到底，他最想逃避的人是自己）。于是，当他的意志力崩溃时（那天清晨的六点钟），他偶遇了那台丢在路旁的车，乡间空无一人，他很自然地就开着走了。我想那时，他完全不知道自己在做什么。所以，等他恢复意识时，一定吓坏了，立即把车开回原处。哈！恐怕到死，他也不明白自己当时为什么会开走那车吧！”

“可能要不了多久，偷窃都不算犯罪了，对于你们这些专家来说。”局长有些尖酸地评论道。

“这个主意不错，先生。”说着格兰特又对米尔说道，“大衣的故事显得太薄弱了，你是否能解释得更值得推敲一些？”

“有时，事情的真相总是让人跌破眼镜，不是吗？”

“你的意思是这个人是无辜的？”

“我想是的。”

“为什么这么说？”

“我相信你的判断力。”

“我？”

“是的。这个人做的这件事，你觉得很惊讶。说明一定是有什么间接的证据掩盖了你最真实的想法。”

“我是一名警察。在我这，想象和逻辑永远是同步的。或许那些证据是间接证据，但却是十分完整，不容置疑的。”

“你有没有觉得太完整了？”

“爱德华勋爵也是这么说的。可是警察最想要的就是足够的证据啊，乔治爵士。”

“钱伯斯太可怜了！”局长说，“怎么会遇到这样的事。他是个好人。听别人说，他们非常恩爱。虽然我不认识他，但年轻时，和他们家还有来往呢。所有人都特别好。真是太不幸了！”

“星期四那天，我还和他在多佛见面了。”米尔说道，“我在维也纳参加完学术会议后，就从法国的加莱回来了，而他则是在多佛坐的火车，接送船客的火车。当时，他好像非常高兴，因为即将回国了。对了，他还给我看了带给他太太的黄玉。我猜测，他们一定每天都有互通电报。说实话，我觉得这一点可比黄玉更让我记忆犹新。”

“等等，乔治爵士，你的意思是说他没在加莱上船？”

“是的。从加列利亚，开着他哥哥的私人游艇回来的，很可爱的一艘小船，我记得叫派特罗号。当时，就停在港口。”

“那他是什么时候到达多佛的呢？”

“我想应该是前一天晚上吧。当时想进城已经太晚了。”他停下了话，怪异地看着格兰特，“无论是逻辑还是想象，爱德华·钱伯斯都不可能是嫌犯。”

“这个我知道。”格兰特刚才听到钱伯斯换乘火车就僵在半空的动作，终于完成了。他平静地撬出了桃子核。“其实没什么。这是职业病，什么事都想问得一清二楚。”

实际上，格兰特的心里却是充满了惊讶和臆测的。之前，钱伯斯给他的信息是星期四早上，取道加莱回国的。虽然没有明说，但暗示得很清楚。当时，格兰特随口讲了一些关于新轮船的住宿设施什么的看法，而钱伯斯回应时，明确表示他是早上上的船。为什么要说谎呢？而星期三晚上，他明明在多佛，却没有让他知道。到底是什么原因呢？米尔无意中披露了钱伯斯行踪一事造成了一阵尴尬的肃静，为了打破这僵局，格兰特轻声问道："艾丽卡小姐，你不是想让我看小狗，还是什么别的东西，现在请拿出来吧。"

众人的惊讶表情让艾丽卡顿时脸红了。这可是从未有过的事，三个男人都呆住了。

"不是小狗。我觉得是一件你非常想要的东西，但你未必会接受。"艾丽卡试图解释着。

"我很期待。"格兰特承认，他很想知道在艾丽卡看来，他想要什么。当然，他可不希望她买什么礼物送他。毕竟在这众目睽睽之下，这太尴尬了。英雄崇拜就够了。"东西在哪儿呢？"

"我把它用包裹包着，放在我房间呢。本来我想等你喝完波特酒后，再拿出来。

"可以拿来餐厅吗？"她父亲亲切地问道。

"当然可以。"

"那我叫伯特去拿吧。"

"不，不行。"她大叫，紧紧抓住了父亲的手，阻止他按铃。"我去吧，很快就回来。"

果然很快就见她抱着一个大牛皮纸包回来了，她父亲取笑她说，这简直就是救世军来发礼物了。她从包裹里拿出了一件灰黑色的男士大衣。

"这就是你一直在找的大衣，但并不缺扣子。"

格兰特职业地接过艾丽卡手上的大衣，仔细端详起来。

"艾丽卡，你从哪儿弄来的？"父亲吃惊地问道。

"我花钱买的。从一个碎石工那里，花了10先令买来的。而他则是花了5先令从一个流浪汉那里买的。他一合计，觉得很划算，但还是不忍割爱。最后，我不得不一边陪他喝冷茶，一边听他海阔天空地讲述边界军团在7月1号的事迹，还看了看他胫骨上的弹痕。他终于肯将大衣转手给我。当时，我就想我一定要拿到这件大衣，否则我一转身，说不定就被别人买走了，或者很难再找到他。”

“你怎么确定这就是提斯多的大衣？”格兰特问。

“这里。他告诉过我，在这儿有个标记。”艾丽卡指着一个被香烟烧过的地方，回答道。

“是谁告诉你的？”

“就是提斯多本人。”

三个人异口同声地问：“谁？”

“星期三那天，我遇到了他。我也是从那天起开始找大衣的。我很幸运。”

“你在哪里遇到他的？”

“在靠近马林佛的一条路上。是的，是那里。”

“整件事你没有告诉任何人？也没有报案？”格兰特的声音有些严厉。

“是的，我没有。”艾丽卡的声音颤抖了一下后，恢复了平静，“本来，我就不相信是他做的。我想，如果他能在真正被捕前，证明自己是无辜的，那对你来说会更好。否则的话，你抓了他又放，报纸一定会说得很难听。我真的很崇拜你，所以不想你摊上这事。”

一阵茫然的沉寂。

格兰特先开口问道：“是提斯多让你找这个吗？”他把烧焦的地方往前推了推，其他人立刻凑了过来。

“没有换过扣子的痕迹。”米尔率先报告心得。

“确定是这件大衣吗？”

“应该是的。但我们也不能找提斯多来试穿吧。或者皮茨太太可能会帮上忙。”

“可是——可——如果真的确认无误，正是这件大衣，你知道这意味着什么吗？”局长有些结巴地问道。

“当然。意味着之前的所有努力都白费了，一切从头开始。”

他冰冷且疲惫的眼里充满了失望，偶遇艾丽卡亲切的灰色双眸时，他拒绝她眼里的关切。艾丽卡或许是他的救星，但现在下定论还太早。目前看来，她扰乱了案件的整个步调。

“我想我该回去了。”格兰特说，“请把电话借我用一下好吗？”

## 第十五章　线索断了

皮茨太太很快就认出了这件衣服。她告诉警员，这件衣服曾经不小心被热水打湿过，于是她拿着在炉火上烘烤。那个时候她就看到衣服上面的这块痕迹，是被烟烧了的样子。

到目前为止，事情真相已经非常清晰地摆在我们面前：提斯多那件衣服，就是周二放到车中，然后就找不到了。他能够证明自己从海边开走了汽车，所以他不可能是杀害克里丝汀的凶手。格兰特他们在星期五的深夜十一点之前，表示这件事情的调查与刚来时一样，没有半点进展。更可笑的是他们对一个无关人员进行了七天认真但没用的调查，让真正的罪犯得到了充足的时间挑选逃亡地。

总之，现在格兰特的脑子里一团乱麻。他忽然想到了哈默，虽然对他提供的自己不在场证据都一一核实过，利得斯通邮局的人也证实了当时他确实在那里，但还是有一段时间没有人知道他到底在哪儿——就是从邮局出来一直到第二天早上八点左右。所以哈默还是不能完全消除嫌疑。

还有一个似乎很难被怀疑的人，那就是被害人的丈夫——爱德华·钱伯斯。他明明是星期三晚上抵达英国的，却要费尽心思地要格兰特相信自己是星期四早上才回到英国。要知道他的妻子正是在星期四早上六点被人杀死，钱伯斯这一故意隐瞒自己真正行踪的行为实在是十分可疑。

这件案子最初让他怀疑的疑点“一先令的蜡烛钱”，被随之而来的各种更直接的线索所淹没，现在看来，还是要再从这个线索入手，进一步排查。

星期六的早上，原本对这件案子失去关注的报纸，突然登出一则“从警方内部得到的消息”，报纸上的内容大致说明在逃嫌疑犯提斯多是无辜的，并且会在星期六的晚饭时间在警局现身。到了傍晚，各路记者和看热闹的市民都聚集在西欧佛的警察局门口，等待着提斯多的出现。最终这些人都失望而去，提斯多不仅没有出现在西欧佛警察局的门口，任何警察局的门口都没有看见提斯多的身影，这一点格兰特早就料到了。

可看着窗外淅沥沥不停下着的雨，呼呼刮着的北风。格兰特也在纳闷，已经通缉四天，且没有任何藏身之地的提斯多应该出现在警局门口。格兰特心想大概是他没有看今天的报纸吧！

他派出两个警员一直在积极寻找克里丝汀·克雷哥哥的踪迹，同时找来杰森·哈默，由专人就他是否弄丢过一件缺了一个扣子的深色大衣这些问题，对他进行细致的审问。格兰特自己找到爱德华·钱伯斯，向他仔细询问星期三晚上的活动轨迹，虽然这只是一个正常的询问，但在这么一个腐败的环境里，询问一个贵族子弟和询问那些街边流浪汉到底是有些不同的。尽管心里不大乐意，但案子总是要解决。

经过一番询问，才知道派特罗号已经抵达考斯。格兰特乘飞机来到这里，又花钱雇了一艘船穿越海峡，向派特罗号所在的小岛进发，一路上倒是没有了阴雨连绵，湛蓝的天空阳光明媚。格兰特惬意地坐在座位上，翻看周日的报纸，一则标题为“克雷早期生活写照”的新闻标题映入格兰特的视线，让他的思绪再次回到这个案子上。

记得上周的报纸上刊登了一篇对诺丁汉的一位普通缎带女工海伦·科森斯的专访，她和克里丝汀·克雷是关系极好的同事，文章由新闻界赫赫有名的吉米·霍普金斯执笔所写。文中介绍了克雷小姐的人格魅力，工作上的成就和海伦·科森斯小姐对她的无私帮助。这篇专访在吉米·霍普金斯的笔下写得充满情感，让人读后能够产生很大的共鸣。

这周的报纸同样有一篇专访，主要讲述了和海伦·科森斯在同一工厂工作的梅格·亨德勒女士的事迹。不过她现在已经离职，梅格·亨德勒养育着八个孩子，从专访中的语言中，读者们稍加思索就可以看出在海伦·科森斯来工厂以前，克里丝汀·克雷不仅辞去了工厂的工作，人也早就搬离了诺丁汉很长一段时间了。所以她对海伦·科森斯十分不屑。

这里，格兰特微微一笑。看得出梅格才真的认识克里丝汀。梅格在专访中说，克里丝汀是一个一心想着赚大钱却沉默寡言的姑娘，所以这个性格使得克里丝汀和同事之间的关系也不是十分融洽。幼年丧父的克里丝汀只有和哥哥与母亲租住在一个简陋的公寓里，一直过着辛苦的日子。在她17岁那年，她的母亲不幸患病去世，她和哥哥决定换一个环境，于是就离开了诺汉丁，看来大名鼎鼎的吉米·霍普金斯被一个普通女工给骗了。

如果按照海伦·科森斯的说法，克里丝汀的母亲应该是更加疼爱哥哥一点。但对于那个“一先令蜡烛钱”的线索，格兰特还是满脑疑惑，到底发生了什么事情，会让一个人在遗嘱上记下这么一笔小账。格兰特并不担心这个问题会困扰自己多久，因为苏格兰场可不像那些容易上当的记者，他们会通过各种不同的方法来获得所要的资料，也就是说，等到格兰特晚上回到办公室，关于克里丝汀的详尽资料就会端正地摆在他的办公桌上面。

格兰特随手拿起另一份报纸《周日通讯报》，看到里面有一个从大名鼎鼎的坎特伯雷主教，一直到杰森·哈默等人，谈及的关于克里丝汀在艺术上对于他们和社会影响的内容。这份报纸一向喜欢对任何行为或者事务进行艺术方面的解读，就算是两个拳击手在台上你来我往地出拳，他们也不去讨论什么拳击技巧，只关注拳击艺术。所以在这篇访谈摘要里，你可以看到各种阶层的人对于克里丝汀热情洋溢且角度全面的赞美。

格兰特拿起一份《信使报》，随意翻开一页。里面全是莉迪亚·济慈近似打广告般的版面，她在克里丝汀·克雷的不幸遇害的前几个月就准确推算出克里丝汀的不幸，因为没有详细算出被害的细节，使得她在占卜界的信誉受损，幸好大众并没有对她失去信心，这种预言成真的事情，总是能够深深吸引人们的眼球，莉迪亚·济慈准确预见克里丝汀的遇难，也使得大众对她更加信服与崇拜。文章的最后，有几行醒目的小字提示读者，只要剪下报纸上的折扣券，仅仅花费1先令，就能让莉迪亚·济慈帮你占卜。

船一靠岸，格兰特就迫不及待地来到岸上，经过打听得知派特罗号并不在海港内停泊，要想登上派特罗号还要乘船去。格兰特找了一艘小船，向着派特罗号驶去。

远远地看见头发花白的船上的杂役，站在船边迎接他。格兰特上前问："你好！吉尔斯勋爵在船上吗？""不，他去白金汉宫了，估计一周之内是不会回来了。"老杂役声音洪亮地说。格兰特听到后有些失落，原本他打算好好看看这艘豪华的船，"那么，我能上去参观一下吗？"

"当然可以！"老杂役一个人正闷得慌，看到客人自然高兴——说不定运气好的话能得到一笔小费。他一边说着一边在前面领着格兰特边走边介绍着。他过度的热情让格兰特感觉有点不舒服。来到卧室时，看到这么奢华的卧铺，格兰特不由赞叹道："哇哦！没想到在船上竟有这么豪华的卧铺。""是啊！要知道这是吉尔斯勋爵的最爱，这也是不得已下船之外吉尔斯勋爵愿意永远待在船上的重要原因。"

"这么豪华的卧铺，难道爱德华勋爵就不爱吗？"格兰特问。

"他还是喜欢在岸上的生活，每一次只要船一靠岸，他就迫不及待往岸上赶去。"老杂役笑着说道。

"前几天，船刚到多佛的时候，他是不是上岸去拜访比彻了。"

"这个我就不知道了，我一直都在船上。不过可以肯定的是，船一靠岸他就下去了。他的行李随后就被送到城里去了。"

"哦！这样啊！"格兰特见也问不出什么了，就给了老杂役不少的小费，准备下去。

老杂役没想到会得到这么多的小费，兴奋得非要留格兰特坐下喝一杯他煮的热可可，"你再坐一会儿，我去给你煮一杯美味的热可可。"

"不用麻烦了，下次有机会我再品尝。"格兰特一心想要快点向苏格兰场汇报情况。老杂役见格兰特好像有事，也没有强求。

回去的路上，格兰特暗暗思索钱伯斯隐瞒人们的这段时间，到底在什么地方。按照钱伯斯这种公子哥儿平日直来直往，不考虑后果的作风，如果仅仅是去朋友家拜访，不可能会刻意隐瞒，也没有必要为了这种平常的消失费尽心机隐瞒众人。

所以格兰特觉得，他隐瞒的肯定是一件大事，一件不能让别人知道的事。而在平日里，钱伯斯又是一位谨慎的人，像那种风流韵事发生的可能性是极低的，按照格兰特的思路想，也可能谋杀这类的事情可以值得他这么大费周章。正所谓事出必有因，如果是谋杀，又是什么值得他大动干戈呢？再说钱伯斯是唯一一位知道克里丝汀在农场的人，因为她的电报几乎都是发给了钱伯斯。如果说钱伯斯想要制造浪漫，离多佛只有一个小时车程的农场，也给突然惊喜现身提供了机会。试想一下，一个满怀欣喜想要给妻子制造惊喜的男子，夜晚来到宁静的农庄外，透过灯光能够清楚地看见屋内人的行为动作和说话，那个男人只是伫立在窗外一动不动。过了许久，灯光暗了下来，那个男人转身慢慢离开。

他是不是感到很哀伤？感到很愤怒？作为一位生活在社会上层的贵族，最在乎的可能是名誉。既然他是一个严谨忠诚的人，最忍受不了的也是背叛。要说起来，人们可能不太会相信克里丝汀·克雷会和他人有不可告人的关系，但一切皆有可能。作为一位警探再加对于那些上流社会关于尊严和名誉重要性的了解，说不定钱伯斯会在知道些什么后，做出一些让人惊讶的事情。当然这一切都只是格兰特的推理，也给格兰特找到了一个新的突破口。

他兴奋地拿起电话，打往警察局："现在可以肯定的是爱德华·钱伯斯星期三的晚上已经上岸。你马上仔细查一下，他到底去了什么地方？这个很重要，你询问的时候一定要仔细，如果他说他和什么大人物在一起也算是个不错的理由，这会令我有点吃惊。还有，你别忘了去和钱伯斯的侍从好好聊聊，要知道他们可是天底下最了解钱伯斯去哪里的人。"

"要不要问问他的随从，关于那件深色大衣的事情？"

"对对对！这个也很重要，你可以先和他们聊成朋友，这样说不定就可以直接打开钱伯斯的行李箱查看，是否有那件最有力的证据。"

"对那件大衣，掉了一个纽扣的事情我们没有对外透露。谁也不会因为衣服丢了一个纽扣而丢掉衣服吧！我想这件衣服一定还在它主人的身边。"电话那头的警员接着说。

"你说的没错，寻找大衣的指令只有我们自己人知道，所以到时候一定要仔细搜查一下钱伯斯的衣服。”

“你有找到其他证据吗？”

“遗憾的是，还没有。没有发现任何别的有力证据。”格兰特略微失落地说道。

“哇！你想仅凭借你的猜想就把这件轰动的谋杀案了结？”

“嘿！伙计。我知道这有点痴人说梦，但我们也要试一试不是吗？不过，现在办案时还是尽量低调点，我在查这个案子上的失误，搞得名誉扫地，我可不想再次成为大众的笑柄了。”

“行了。知道了。我们会小心行事，这也关系到整个警察局的声誉不是吗！”

“现在警局里面有什么新的线索没有？这几天提斯多还没有出现？没有半点消息吗？”

“没有，目前为止还没有见到提斯多，也没有他的消息。不过一个成年英国人就算一个人也不会发生什么事。”

“也对，这不过让那些屏息等待的记者们有点希望。谁知道呢！说不定提斯多今晚就会站在记者面前侃侃而谈。我要的克雷的资料准备得怎么样了？”

“范恩已经去调查搜集了，现在估计正在克雷的一个名叫邦多的服装师那里问话，相信很快就会回来了。”

“很好，我现在马上赶回警局，一会儿见伙计。”挂上电话，格兰特就踏上回城的路。

挂断电话后，格兰特消除了他脑海里出现的一个念头。提斯多是没任何问题的，他那样的一个成熟男性，怎么会有事情发生在他身上呢？他肯定不会遇到什么麻烦的。

# 第十六章　转移目标

格兰特回到警局，关于克雷的详细资料已经摆在了他的办公桌上。原来克雷的父母都是附近一座私人庄园的杂役，她的父亲是一位手艺高超的而且踏实肯干的木匠，她的母亲是和她父亲在同一庄园干活的女工—— 一位洗衣工人。

在克雷12岁的时候，她的父亲在一次意外中不幸去世，留下他们三人辛苦度日。领了一小笔抚恤金的母亲见日子愈发难过，就决定带着孩子来到诺丁汉，来到城里看看有没有好一点的工作，来帮助他们过上好日子。可能是因为在乡下人们的生活工作地点相对稳定，人与人的关系也比较亲近，一打听就会有很多记信息反馈过来。不像在城市生活和工作的地点总是换，邻里之间可能只是见面点点头的关系，很多人甚至连邻居什么时候搬走的都不知道，所以关于他们搬到诺丁汉以后的资料，只找到很少一点。

没想到能够帮得到忙的，竟然是报纸上曾专访过的有着八个孩子的梅格·亨德勒，这是一个热心肠的大嗓门，每天扭动着灵活的胖身躯，把八个孩子照顾得很好。在她的言语之间还是充满了对海伦·科森斯为赚取眼球，不惜撒谎的不满与不屑。不过话题只要不在海伦·科森斯身上，她还是很乐意打开话匣子大谈特谈有关克里丝汀的故事。

其实她们也并没有太多的交集，只不过是两家曾经住在对门，又在同一个工厂上班，有时候会顺路相约回家。所以，她比别人更加了解克里丝汀一点。这种了解只不过是一种熟人之间的好感，远没有到达朋友的高度。因为梅格·亨德勒看不惯同是在工厂辛苦过活的克里丝汀，整日摆出一副自命不凡的高傲样子；不喜欢她只要身上沾上一点灰尘，就马上轻轻拍掉——要知道车间工作，怎么会没有灰尘。更让梅格·亨德勒厌恶的是，克里丝汀竟然每天在车间里戴着一顶在她看来根本是多此一举的帽子。不过她也很同情克里丝汀，因为在克里丝汀母亲的眼里，只要是她的哥哥赫伯特提出的事情，一般都会得到肯定的答复，在她母亲眼里似乎看不到克里丝汀存在。虽然她很依赖母亲，但母亲每天被巧舌如簧的哥哥哄得团团转，就算在外人眼里，克里丝汀的哥哥赫伯特是一个好吃懒做、不学无术、狡猾自私的街头小混混，母亲还是认为赫伯特是一个可爱幽默的小子。赫伯特害怕克里丝汀花掉母亲的每一分钱，只要克里丝汀有任何需要花钱的事情，都会在赫伯特怂恿下，被母亲否决。

记得有一回，克里丝汀看过一场晚会后，对舞台上翩翩起舞的姑娘们十分羡慕。回到家里就向母亲恳求去学舞蹈课。赫伯特知道后极力反对："你要学跳舞？你知道吗我们可是负担不起学费，女孩子跳舞是一件十分轻佻的事，就算上帝知道了，也不会同意你的要求。"

"你怎么知道上帝不允许，再说我可以用我自己的钱。"说完克里丝汀就后悔了。果然，一听到钱赫伯特跳到克里丝汀的跟前："什么？在母亲身体这么不好的时候，你还藏私房钱，你应该体谅母亲的难处，拿出来补贴家用。"

哥哥刚说完，就看见他们的母亲手捂着脑袋，倚靠在椅子上，好像真的有什么不舒服似的。克里丝汀辛苦攒下来的钱就这样被拿走了。

接下来，他还为克里丝汀私自攒私房钱的行为而大发雷霆，认为她太自私自利了，特别是在母亲的健康状况不好的情况下。但是，赫伯特并没有表现出多心疼母亲，因为克莉丝汀给母亲买回一些补品时，他总能第一时间吃掉很多。

后来，赫伯特跟着母亲到附近好玩的地方游玩了几天，原因是因为他失业而心情不好。不过，人们已经记不起来他到底经历了多少次失业了。

对于这样的人家，梅格表现出很大的热情去资助他们。但后来，她也慢慢失去了这一家人的消息。在母亲去世下葬后的第二天，克里丝汀就从诺丁汉那里出走了。他们的房租也快到期了，只有赫伯特独自在屋子里住了几天。梅格对于这个插曲还印象深刻，因为在母亲死去后，这个赫伯特在房租到期的房子里，举行了热闹非凡的大聚会——事实上，以前他也经常会举办这样的聚会，经常是让四周的邻居对震耳欲聋的声音无法忍受，因此聚会时就是邻居们的灾难日。这个便宜的公寓里面，其实每天都有人在大声吵架，赫伯特好像感觉吵架的声音还不够，需要进一步加上自己聚会的声音。

对于他到底举行的是什么聚会，梅格费力地想了想，好像刚开始是那些政治演讲类的，他会在所有人面前发表自己的高明看法，之后就大谈自己的信仰。大概是他的胡言乱语引起了参加聚会人们的抗议，只有谈及信仰，才能让人们平息怒火。他很会把持发言权，无论如何，他都要坚持那个一直发言的人就是自己。

梅格说她活到现在也没碰到过像赫伯特这样把自己看得像个大人物，事实上又没真本事的人。

但是，她实在是想不出克里丝汀到哪儿去了，她想赫伯特应该了解这个女孩的去向。不过梅格很了解他们，克里丝汀很可能因为极度讨厌这个人，而根本没有向他说明什么，就离开了那里。如果是这样的话，克里丝汀的离开，就没有一个人知道了。

梅格还回忆起，当时自己的弟弟希尼非常爱慕克里丝汀，不过她对于希尼的爱意，没有给出任何的回应，也许她根本看不上希尼。不过可以肯定的是，当时克里丝汀根本没有什么男性朋友，一个都没有。虽然梅格在电影中多次见到过克里丝汀，但她无论如何也没有把这个光芒耀眼的明星，和当年那个贫苦的女孩子联系在一起。这很让人匪夷所思，但克里丝汀的确有了巨大的改变。

她早就听闻，好莱坞那样的地方，会把一个人变成另外一个人，这就和她自己的经历一样。不过，也许十七岁到三十岁，这么长的时间里，任何人都会发生改变。她自己也不清楚自己到底被时间改变了多少，这需要静下来好好端详自己。

说到这里，梅格开始发出豪爽的大笑，在警员奇怪的目光注视下，转动自己肥胖的身体，去为他准备了一些点心和茶水。

真是很凑巧，这个参与过抓捕提斯多但没有成功的警员桑格，正好就是克里丝汀的一个粉丝。这个警员觉得就是住在大城市，或者是都市的一些社区里，生活圈子也不会因此变大，要想找到线索，需要更换思路——那些乡村里人们的记忆也许会比这些人更有价值。出于这样的考虑，他到特伦特市的郊区附近，去找一个重要的人物。在郊区的那栋小屋子里，有位叫斯坦默丝的女士住在那里，她最喜欢的两样东西是一只玩具狗，还有一个很老旧的收音机。据说这两样东西就是单位送给她的礼物——作为退休的纪念。

她曾经在一所叫比斯利路小学的学校，一直教了三十年的书，如果不是这样，她哪儿有心情去买那样的东西。在以往的时光里，在学校教学生就是她人生的全部，直到现在，她心心念念的还是学校的一切。

她似乎对克里丝汀还留有非常深刻的印象。不过她不确定这个桑格先生到底想打听克里丝汀的什么事情——这个男人不是普通人，而是个侦探。啊，上帝。她祈祷克里丝汀没有惹上什么大麻烦。接下来，她讲了一些很久以前的事情。那时候，她曾经教过那个叫克里丝汀的女孩子，当然，她们没有一直联系。

斯坦默丝小姐说自己一生桃李满天下，所以没有可能和每一位学生都保持长久的联系，但是她记得那个女孩子是个聪明懂事的孩子，她断言她肯定会有大的发展。

桑格直接问她："你觉得你那位肯定有大前途的女学生，是不是现在的克里丝汀·克雷呢？"

这个退休女教师听了，大惊失色地说："你是说好莱坞明星克里丝汀？上帝啊，这是真的吗？应该不是吧？"

桑格对于她的反应，觉得有些过于夸张，但是他后来才看到，这个女人的眼睛睁得很大，而且满含泪水。这个时候，她取掉自己鼻梁上的眼镜，然后用自己叠得很整齐的一方软布轻轻地把沾在上面的泪水擦掉。

"我可怜的孩子，现在她是那么出色。哦，可怜的孩子。"她喃喃自语。

桑格把近期报纸上关于克里丝汀的报道说了一下，不过这位退休教师，没有在乎克里丝汀的悲惨遭遇，而是一直感叹学生取得的成就。

"她一直就是那种上进心很强的学生，我想你不了解这个孩子。"她喃喃地说，"我对她的点点滴滴都记得那么清晰，就是因为这一点。她和别的学生一点儿也不一样，那些孩子都想着赶紧结束学业好去挣钱。这里的几乎所有的小学生，都是这样的想法。你能想象出来吗，警员先生，他们赚够了钱，就想着离开家。但是克里丝汀这孩子，还想继续深造，她想升入中学继续读书。她拿到足够的奖学金可以继续读，不过糟糕的是她的家人，他们觉得根本供不起她念书。她跑到我这里来，不停地哭泣。我教她的过程中，这是第一次见她哭，她很少展露自己的情绪。我让她带着母亲来和我谈话。那是个很慈善但没有主见的女人，但我没有让她改变主意。懦弱的人通常都会有他固执的一面，这我知道。这件事情一直是我耿耿于怀的事儿，为我的劝说失败。我一直很喜欢那些有上进心的学生，因为我自己有过那样想奋斗的遭遇，可是我最终也是失去了机会。"

她沉浸在回忆里，一直滔滔不绝地说着。桑格就这么静静地听着，她接着说："我们有着共同的遭遇，所以我很能理解她的心情。她最后不得不离开学校，去工厂做工挣钱。从此我再也没有见过她了。我好像知道，那个时候，他们家里很穷，她的哥哥又懒惰又薄情寡义。他们靠母亲很少的抚恤金过日子。不过后来她还是成功了。我可怜的学生啊。"

桑格要离开了，他提醒她报纸上有对克里丝汀·克雷的相关报道，这些她似乎都没看过呢。

她解释说她没有在周末看报纸的习惯，不过其他时间段的报纸，会由自己的邻居给她送过来。不过最近邻居都去海边度假了，因此她也没有报纸可看了。她时不时会看看街上那些海报，但是对于看报纸，并没有什么强烈的愿望——那只是一种例行公事的机械行为。她问桑格是不是同意自己的看法：通常人们三天之内看不到报纸，那种看报纸的心情就会慢慢消失。并且似乎不看报纸的日子还会相对愉快一些，因为报纸上总有那么多让人很头疼的事情发生。她就在自己的小屋子里慢慢度过余生，不想也不愿意看到外界让人沮丧的事情。

桑格想起了一些关于赫伯特的问题，不过似乎连老师也对这个冷血动物的事情没有记忆了。这里所有的人都对他印象不深，因为他从没有在一个工作单位待上过半年的，对他的离开，人们总是没有任何感觉。没有人了解他后来过的是什么日子。

有一点值得欣慰的是，范恩去了南街一趟，采访了克里丝汀去世前的服装师邦多，这个服装师好像知道一些关于赫伯特的信息——她说克里丝汀有个兄弟。不过，在说到他的名字时，这个一脸褶皱的服装师，便瞪起了双眼。她仅仅和他打过一次照面，但是发誓这一生都不想再看到这个人。

那是一晚上，她们在纽约演出，他给克莉丝汀递进来一个便条，就在她换衣服的时候。邦多说当时自己正在帮包括克里丝汀在内的九个女孩打扮，她们要被化装成唱诗班的天使。当时克里丝汀已经很红了，她坚持让邦多一直帮助自己。这是她的一贯风格：对朋友永远不离不弃。在那个便条被送到更衣室之前，她和那些女孩子一起谈笑着，但是一见纸条，她的快乐就被终结了——好似在享用美餐时，盘子里突然出现一只虫子一样。

后来他走进来了，她只是说："你到底还是找到我了。"他当时对她说，他来提醒她，马上就会有大灾难降临了。但她不屑一顾地回答："我看你是想从我这里捞到什么好处吧？你除了这个，还会有什么目的呢？"

邦多从来没有看到过她会对人这么严厉——她刚刚卸掉妆容，准备化新的妆容，邦多发现她脸上几乎没有血色。

当时她让邦多和其他人都到房间外面去，然后房间里就传出了很激烈的争吵声。邦多就在外面听着——当时房间外还是有很多想见克里丝汀的人，他们毫无疑问都听到了里面的吵架声。后来邦多硬着头皮进去通知她，演出马上就要开始了。

那个男人很凶地让她不要插话，但是克里丝汀警告他，如果他还不离开，就会有警察来解决问题。他只好走了，而且再也没有出现过。

但是他之后会经常寄来信件，邦多认识他的字体，他似乎总是知道她们的行踪，每次信件上的地址都是她们所在的位置。但是克里丝汀每次收到信件，都会不开心好几天。这个人就像个恶魔的影子一样，永远摆脱不了。

有一回，疲惫的克里丝汀对邦多说："我感觉仇恨这件事，非常让人身心疲惫，你是这么认为的吧，亲爱的？"邦多说她没有恨过什么人，但是从前对一个态度粗暴的警察发过脾气——那也不是恨。那种感觉很不好，非常费心神，就像是一把怒火，想要把人烧死。

这是邦多对于赫伯特的一些回忆，除此之外，还有美国警察提供的一些资料。赫伯特于克里丝汀到美国几年后，也到了那里。他曾经在波士顿待过一段时间，是在一个神父家里做仆人，不过做了很短时间。那家人被他看似老实的外表欺骗，才收留他的。但是后来发生了一些不愉快的事情，他就离开了。至于发生了什么事情，那位神父没有说什么。也许是因为基督教本来就提倡慈悲，也许是人家怕别人说自己不会识别好人坏人，所以这件事没有闹出来。但遗憾的是，警方也不知道从此他到了哪里。后来，有人给出线索，他就是以神的名义，在美国很多地方诈骗的男子。有警方的报告显示，他那段时间在美国是名利双收。后来，事情还是败露出来，他在肯塔基因为亵渎神，而被抓捕坐牢。不仅如此，他因为诈骗罪被德州的警察抓进监狱；在密苏里因为带领群众发动暴乱而被抓进监狱；在阿肯色则是他要求警方把他抓起来以保证自己的安全；在另外一个地方，他又一次因为挑唆人们暴乱而被逮捕。

但是所有逮捕他的记录里，他都不承认自己叫赫伯特·戈特贝德。他说自己没有什么名字，自己的身份就是神的弟兄。

警方告诉他，即便他和神有着亲密的关系，他们也会找到足够理由，把他驱逐出境。他好似得到这个暗示，开始自己失踪不见。最后人们发现他，是在一个很偏僻的岛上，可能是叫斐济岛吧，他在那里又一次欺骗人们，然后拿着所有的捐赠，逃去了澳洲。

“经历丰富的人啊。”格兰特仔细地查看完资料，长叹了一声。

“我看铁定就是这个人了， 一点儿都不用有疑问。”威廉斯很肯定地说。

“这个人具备了罪犯们的所有特点，他贪心而又自负，而且是非常冷血无情的。我也希望这个人就是我们要找的人。我想能除去这个到处害人的恶人，也是为全世界消灾。但是这个人因为什么要杀死克里丝汀呢？”

“很大原因是为了钱。”

“这个可能性很小，她对他的态度是怎样的，他很明白。”

“我感觉他可能制造了虚假的遗嘱，先生。”

“是的，我也是这么感觉的。但是假如他改了遗嘱，那为什么没有现身找我们呢？她去世有两周了。我们接下来要做什么调查，还是没有线索。我们甚至不能确定他是不是在英国待着。”

“他一定是去了英国，这一点我们还要怀疑吗？我记得她的服装师说过，他对她的行踪总是了如指掌。克里丝汀在英国已经待了三个多月，他肯定也跟着在那里。"

"是的，这说法是站得住脚的。澳洲，嗯，我来查查。"他又开始看来自美国纽约的资料。

"这些报告上的，都是两年之前的事儿了。假如他向那时一样行踪不定，就不好办了；假如他如你所说在英国，那就很容易找到他了。这个人最大的特点就是嘴巴不严实，他一说起来就忘乎所以，人们肯定会对他有印象的。"

"在克里丝汀的遗嘱里，有没有说到这个人？"

"丝毫没有找到。爱德华对于遗嘱的每一个字都没放过，但是没有找到。威廉斯，你能否告诉我，你觉得什么事儿，或者是哪种理由，会让钱伯斯也开始撒谎？"

"为了一些人的面子，他会这么做。"他毫不犹豫地这样对格兰特说。

这次轮到格兰特吃惊了，不过他想了想，还是点头道："你说得不错，我怎么想不到这点？虽然他到底为了维护谁我们不知道，但这种可能是存在的。"

# 第十七章　重新开始

如此看来，遗嘱中所指的蜡烛并不是通常意义上用来照明的那一类，而是用来祭祀用的，格兰特揣测道。正值星期一的午后，格兰特驱车前往坦普尔。“神的兄弟”教堂非常奢华，里面用高级的亚麻作为装饰，神龛也是用的昂贵货。其实，赫伯特只是出于对戏剧的喜好才弄了这么大的排场，然而在肯塔基州之外的地方，生意都堪称火爆。爱慕虚荣而又富有的人们沉浸在其中。

克里丝汀用1先令表达了自己的蔑视。或许是因为她的心愿总被神灵给忽视，她才只给了1先令的供奉。

厄斯金先生的房屋，在一株悬铃树下，在黯淡的灯光下，格兰特将自己的计划告诉给了律师。警方准备将赫伯特·戈特贝德给引蛇出洞，他们有非常正当的理由，所以律师完全没有必要担忧。况且，这件事情已经获得了爱德华勋爵的许可。

律师显得有些踌躇不决，这倒并不是说他持有反对态度，只是因为律师的本职工作就是要考虑各个方面的细节，如果很快就表示了赞同，会显得有失水准。当格兰特离开的时候，律师总算是赞同了这次行动。

格兰特笑道：“太好了，希望你能够让明天的报纸成为话题。”离开之后，格兰特情不自禁地抱怨起来，他觉得搞法律的人就是在不断地制造麻烦，而事实上，这个世界的麻烦已经足够多了。格兰特此时就有许多麻烦事。他感觉自己就正处于那些用纸牌给人算命的巫女所描绘的“被麻烦包围”的状态。很快就要到星期二了，仍然没有罗伯特·提斯多的消息。罗伯特·提斯多身在何处？警方要如何才能够找到这个人？老实说，格兰特真正顾虑的事情，并非是自己将要承受的指责，而是担忧提斯多的安全。前几天格兰特以为提斯多没有出现的原因，是由于没有良好的消息渠道。阅读当天的报纸，在逃亡的时候可不是一件容易的事情。格兰特不由得心生顾虑。说不定有什么事情发生了。“提斯多无罪”这几个字，用很大的字体印在了报纸上，散布在英国的每一寸土地。他为什么没有注意到？这件事情已经成为了街头巷尾的谈资。可提斯多仍然没有现身。

自打艾丽卡在上个星期三驱车离去之后，就没有人再看到提斯多。星期四夜里下了一场多年未见的暴风雨，随后的几天也都风雨不断。提斯多自从星期四接受了艾丽卡留下的食物之后，就没有再动过之后的食物。星期五的食物被雨水淋湿，变得黏黏糊糊的。格兰特听说星期六的时候艾丽卡整日都在乡间寻觅，好似一条忠于职守的猎犬，她的足迹遍布各个谷仓，以及每一个藏身之处，耗尽了体力。艾丽卡认为，提斯多肯定是在星期四夜里找到了栖身之所，否则的话，他早就丧命于暴风雨中了。另外，提斯多在星期四的清晨拿走了艾丽卡留下来的食物，说明提斯多不会走得太远。

但是艾丽卡所有的努力都毫无价值。由于警方缺乏人手，今日一群业余人员组成了一个搜救队伍，但尚未传回消息。格兰特感觉到了一丝恐惧，他尝试着摆脱这种恐惧感。然而这一丝恐惧感，就好似星星之火，转瞬间就点燃了整个草原，火光冲天。

多佛方面的消息非常有限，几乎让警方难以忍受。这是由于调查的时候要遵循两个原则：一个是不能够冒犯贵族，另外一个是不可以打草惊蛇。前者是为了不伤及无辜，后者是为了追捕逃犯。事情变得越来越棘手。格兰特与爱德华·钱伯斯商讨诱捕赫伯特的计划时，格兰特发现他平静的脸上显露出了一丝沉着，很多时候都将快要脱口而出的话给咽了下去：“星期三你身在何处？”钱伯斯会作何反应？也许会有一丝困惑，考虑片刻，随后答道：“你是说我返回多佛的那个夜晚吗？我那个时候正在某个地方与某个人在一起。”随后他就会读懂格兰特的潜台词，紧接着就会一脸困惑地看向格兰特，这会让格兰特觉得自己愚蠢之极。非但如此，格兰特认为，当面暗示爱德华·钱伯斯与他的亡妻有牵连，就是一种不折不扣的侮辱。

可是当钱伯斯不在身旁的时候，格兰特的脑海中总是会浮现出一些古怪的画面，将钱伯斯卷入其中。但当钱伯斯一露面，任何的怀疑都会显得非常荒谬。在格兰特得知钱伯斯那晚的行踪之前，必须要将每一个带有冒昧的怀疑都打消。

事到如今，格兰特只知道钱伯斯在那晚肯定是在某个偏僻角落。在各大旅店与亲戚朋友处都没有什么发现。如今已经扩大了范围。下一刻格兰特就有可能接到消息，证明勋爵当时睡在某个精美的四柱床上，那个时候格兰特就会无奈地承认自己怀疑错了对象。

## 第十八章　巧遇休斯

柯林斯在星期二的清晨发回了消息。他报告说，钱伯斯的随从拜伍德非常难以讨好。他烟酒不沾，几乎让柯林斯找不出任何的切入点来拉拢他。好在任何人都有软肋，经过了一番周折，他得知拜伍德迷恋鼻烟。这是一个非常隐秘的嗜好，要是被爱德华勋爵发现了，肯定会被开除。柯林斯给拜伍德推荐了一款特殊的鼻烟，总算成功地靠近了勋爵的衣柜。钱伯斯在抵达英国之后，就清除了衣物。总共有两件大衣被清除，一件是深色大衣，一件是用骆驼毛制成的大衣。拜伍德将骆驼毛材质的大衣赠送给了一个歌剧院的男演员，那是他的连襟；另外一件则卖给了旧货店。柯林斯将旧货店的地址名称报告给了格兰特。

格兰特派遣了一名手下前往旧货店，一件一件地检查旧货，旧衣商老板站在一旁介绍道："你们要找的大衣是非常好的货色，原来是爱德华·钱伯斯勋爵穿的。"

大衣是不折不扣的好货色。没有翻新的痕迹，上面的衣扣也一颗不少。

格兰特得知此事后哀叹了一声，不知是喜是悲。他越来越好奇钱伯斯那天晚上究竟去了哪里。

每一家媒体都迫切地想要知道提斯多的下落。刑事调查部遭遇了有史以来最大的危机。《号角》对外宣称他们是杀人犯，而尝试着查清事实的格兰特，则因为种种原因郁闷不已。

快要到中午的时候，吉米·霍普金斯打来了一通电话，他为自己在《号角》上“人性”版的言论做出解释。他说他只是按照行规办事，他相信苏格兰场的伙计们会体谅他的。电话来的时候格兰特恰巧外出了，威廉姆斯接通了电话，但没什么闲情雅致来听他的阿谀奉承。他将自己压抑了许久的情绪一股脑儿地发泄了出来，令霍普金斯担忧地觉得自己似乎已经与苏格兰场闹僵了。“做事完全不留余地，”威廉姆斯总结说，“你难道不知道吗？媒体在这星期实在是太过分了，你们在欺压无辜的人！”

“你真善良！但请你换位想想，我们作为媒体，是要将货物卖出去的，若是不炒作的话，就难以生存，只能去别的行当抢别人的饭碗。每一行都有每一行的规矩，就好比……”

威廉姆斯干脆利索地挂断了电话，这代表了他的态度。吉米感觉很憋屈。他写那篇文章的时候非常痛快。他义愤填膺地写出了那些严厉的词语。他写东西的时候有一个习惯，他会本能地将舌头抵在脸颊内侧，情绪很快就会泛滥起来。当写完之后，他的舌头就会恢复正常。他的文章有固定的受众，被读者认为是“肺腑之言”，因此，他的薪水一直水涨船高。

但此时他感觉有些难过，因为他的敌人们误解了他，其实那篇文章都是玩笑之语罢了。他非常不屑地将帽子戴在脑袋上，出去就餐。

距离不过五分钟之外的一个餐厅中，格兰特栖身于一个不起眼的角落，一杯黑咖啡在他面前冒着热气，格兰特双手撑头，他尽可能用简略的话语与自己交流着。

克里丝汀·克雷住在非常隐秘的地方。不过凶手知道她的住处。光是这一点，就能够将许多无关人等排除在外。

钱伯斯与杰森·哈默是知情的。

赫伯特·戈特贝德大概也是知道的。

凶手身穿一件深色大衣，只有搭配黑色的纽扣与缝线才匹配。

钱伯斯恰好有一件这样的衣服，但上面的扣子完好无损。

杰森·哈默没有这样的衣服，近来也从未穿过这样的衣服。

至于赫伯特·戈特贝德平时穿什么衣服，则没人知晓。

凶手很有耐心，而且动机非常强，正因为如此，才能够在清晨六点钟的时候耐心地等待猎物的到来，随后按照事先的计划将其溺死。

钱伯斯存在杀人的动机。

杰森·哈默也有可能性，当然了，如果他们是情侣关系的话，不过暂时并没有足够多的证据。

赫伯特·戈特贝德暂时没有什么杀人动机，但可以看出来他非常憎恨死者。

总的来说，戈特贝德无疑是嫌疑最大的人。他知道妹妹身居何处，他有很多的案底，而且与受害人的关系非常差。

肯定是这样！戈特贝德兴许明日就会投案自首了。格兰特竭力地忘记报纸上的消息，尽可能地用黑咖啡来麻痹自己。

就在格兰特举杯的时候，他忽然注意到了对面角落中的一个男人。那男人举着杯子，友善地看向格兰特。

格兰特微微一笑，抢先开口：“大明星真会挑座位，不注意看根本发现不了你。你的影迷肯定累坏了。”

“影迷不会有问题的。反而是你，你最近肯定非常郁闷吧？他们真荒唐，简直将警察当成了无所不能的超人。”

格兰特舔了舔蜂蜜，贪婪地咽了下去。

欧文·休斯说道：“相信我，迟早会有人宰了吉米·霍普金斯。要不是我的脸现在还挺值钱，我肯定会自己动手。他曾经夸我是‘每一个女孩的梦想’！”

“他说得没错！”

“你最近关注过我的农庄吗？”

“我在报纸上看到了一些照片，好像变成了一片废墟。”

“没错，当我看到我的农庄变成一片废墟的时候，我忍不住落泪了。我多么希望将那张照片公布于众，让人们知道我的知名度会给我带来什么。若是在五十年以前，说不定会有人专门过来看上一眼，随后满足地离开。可是如今来布莱尔参观游览的人实在太多。为了阻止那些‘旅行团’，我的律师们整天忙得团团乱转，可根本无济于事。几天之后，郡警察就放弃了继续看守的想法。大约有一万人在过去的一周来到了那儿，每个游客都会去窗户前探望，踩烂我的花草，甚至还会顺手牵羊地带回去一些纪念品。我那个原本有十二英尺高，种满了蔷薇的花园，如今变成了一摊烂泥，篱笆更是被踩得稀巴烂。我多么喜爱我的花园。虽然我不至于对着我的紫罗兰放声歌唱。但那都是我亲手种植的花花草草，陪伴着它们一点一点成长，让我非常幸福，但现在都化为了虚无。”

“真是糟糕！更糟糕的是没办法得到赔偿，你肯定非常难过。不过，也许明年的时候那些植物就有可能死而复生。”

“我已经决定要卖掉那个伤心地了。你可曾见过克雷？从未见过？她绝对是个特殊的人，世所罕见。”

“你觉得谁有可能是杀人凶手？”

休斯微微一笑，道：“我非常理解有些人在怒火中烧的时候，会忍不住将她宰了。但那只限于在片场。当平静下来之后，你又会为她上刀山下火海。克莉丝的死法真是让人难以置信。你听说过莉迪亚·济慈用命盘做过预言吗？她预测到了这件事情，真是让人难以置信。真应该将她这样的怪人给掐死在襁褓中，她非常神奇。我在好莱坞的时候，曾经将玛丽·戴克的生辰寄给了她。玛丽让我发一个毒誓，然后告诉了我她的年龄，她简直就是一个老怪物。莉迪亚根本不知道是在给谁算命，但结果却出奇的准。她要是前往好莱坞肯定会是出类拔萃的人。”

“听说她就快要动身了。”格兰特不咸不淡地说道，“你喜欢好莱坞吗？”

“还好，能够让人好好地休息。”察觉到格兰特轻挑的眉头，继续道，“海滩上满是各种小石头，想要让人知道你身在何处不太容易。”

“我原本以为他们会给来自于中西部的狂热影迷举办一个观光团呢。”

“没错，他们只会乘坐观光车路过你家门前的街道，但不会踩烂你的花园。”

“要是你被人杀了，也许就会发生了。”

“我猜不会，谋杀案并没有什么可稀奇的。我是时候离开了，愿你走运。希望神灵能够庇佑你，你给了我很多鼓励，让我感到安慰。”

“是吗？”

“没错，你让我知道有一个职业，比我的职业更糟糕！”他拿起自己的帽子，丢下了一些钱，“大家在做礼拜的时候，有时候会为法官祷告，但没有人会记得辛苦破案的警察！”

他直挺挺地站在角落的位置，将帽子调整到最完美的角度，随后大步离开，餐厅只剩下格兰特一人。

## 第十九章　星象演讲

吉米并没有感到任何的宽慰。没错，就是那个活力四射、冷漠寡情但又充满才情的吉米。他正在最爱的酒吧中吃饭，但这顿饭菜并不合胃口。牛肉煎得太老，啤酒又不够冰，侍者不断地打嗝，马铃薯软绵绵的，农家布丁吃起来有股小苏打的味道，他最爱的香烟又售空了。这让本来就感觉非常郁闷的吉米，不仅没有因酒菜而感到安慰，反而变得更加愤世嫉俗。他抬头看向一些客人与他的同事在桌前谈笑风生，吉米很少愁眉苦脸，这很少见，同事们停止了闲聊，转过头来逗弄吉米。

“吉米，你是得了口腔溃疡吗？”

“我猜他是在学习如何成为一个独裁者，他正在练习自己的表情。”

“那可不成。”又有一个人开口，“必须要从发型开始练习才好。”

“对了，还有手势。手势是至关重要的。譬如拿破仑，他要是没有发明那个将手举到胸前的手势，多半还是一个不名一文的小班长。”

吉米暗中诅咒他们全都下地狱，然后出门寻找自己所爱的香烟牌子。苏格兰场为什么要将事情弄得这么僵？正常人都知道报纸上的消息不是夸大其词就是子虚乌有。若是你不夸大其词，读者会觉得买报纸来看一些鸡毛蒜皮的小事根本不值得。如此一来，报业巨头、股东，还有可怜的吉米要何去何从？总是要有人给那群木讷的工薪阶级寻找精神寄托，因为他们要么累坏了要么太过于蠢笨，不会有自己的立场。就算你没有办法让他们感到恐惧，也必须要让他们酣畅淋漓地哭上一场才行。克雷早些年在工厂上班的故事绝对是一个好料，哪怕有人觉得他是在瞎编，那又怎样？当然了，总是用惊悚与煽情的手段，容易让人审美疲劳，要说英国社会最为痴迷的情绪，定然是为正义而呐喊。于是，聪明的吉米，就给了大众一个合适的话题。苏格兰场理应知道这种话题要不了多久就会被观众抛之脑后，所以根本没有必要有所顾虑！有什么纠结的？

苏格兰场实在是太敏感了，仅此而已。他们明知这件事情永远不会发生。他倒不是要去干扰别人的工作，但那篇文章中也有大实话，并非一味地瞎编，这时吉米忽然想起了这一点。这样的事情竟然会发生在一个有效率的团队身上，真是让人感到无地自容，哦不，或许用遗憾来形容更为恰当。既然他们在春风得意的时候如此目中无人，拒人于千里之外，那么当他们犯错误之后，就别盼望别人的同情了。话说回来，要是他们能够像美国一样准许媒体参与其中，就不会发生这样的事情。吉米虽然只是一个刑侦案件的记者，可他对于刑事案件与侦查方式的了解上十分出众。要是老板允许他请假，而警方又能够将档案提供给他参阅的话，他只需要一个星期就能够抓住凶手，并因此而登上头条。苏格兰场最缺乏的就是想象力。而吉米不缺乏，他缺乏的只是一个合适的契机。

他顺利买到了自己想要的烟，郁闷地将烟倒入金色的烟盒里，这个烟盒是他来到伦敦之前，他的一个乡下的同事赠送给他的临别赠礼。虽然买到了烟，但仍就郁闷地走回办公室。在《号角》总部豪华的门厅中，他碰到了穆斯克，这是一个刚入行的新记者，正从大楼里出来。

他随意地点了点头，寒暄了几句，脚下却不曾停歇。

“你去哪儿？”

“去参加一个关于星座的演讲。”穆斯克回答道，一副心不在焉的架势。

“哈哈，那可是天文学，多有趣。”吉米讽刺了一句。

“是星象学，与天文学毫不相干。”年轻人从门厅走上了洒满阳光的街道，“是一个叫作波普的女士。”

“波普？”吉米正向电梯走去，此时忽然脚下一顿，“你是说济慈吗？”

“济慈？”穆斯克掏出了卡片做了个确认，“没有错。我记得很清楚，她与一个诗人同姓……出什么事情了？”吉米一把将其拽回了门厅。

“你没有必要去听这个演讲了，就是这样。”吉米将穆斯克推入了电梯。

“你这是干什么？”穆斯克一脸惊疑地说道，“很高兴你能够让我多休息一段时间，但你为什么要这么做，你是对星象学有意见吗？”

吉米将他带入了一间办公室，然后冲着一个坐在办公桌后面的男人，开展了一番言语攻势。

“但是，吉米。”男子好不容易找到了一个可以插嘴的空当儿，“我们原先是想要派布雷克去的。他是这个任务的第一人选：他每个星期都在报纸的第六版告诉读者接下来的七天会发生什么样的事情。星象学是他的本职工作。可惜他没能预见到自己的老婆将会在这星期生孩子，所以我才破例让他休假，让穆斯克顶替。”

“穆斯克！”吉米惊呼，“天啊，你莫非不知道就是这个女人预测了克雷的死吗？在《信使报》用1先令作为报酬给读者算命的也是这个女人啊！”

“那又如何？”

“她绝对是一个大新闻啊！”

“没错，她是《信使报》的红人。但几乎快要过气了。昨日我刚删了一篇关于她的报道。”

“过气就过气了。但是现在肯定还有一些人对她感兴趣！我想其中最感兴趣的人就是被她预言成功的人，也许就是因为她的预言，才诱使了杀人动机。虽然济慈过气了，但她身旁的人不会过气，还是十分炙手可热。”他转过身来，从新来的穆斯克手中一把夺过卡片。“这个好孩子不喜欢星象学，下午给他找点别的事情做吧。”

“那这篇采访要如何……”

“你放心，会交给你的，有可能还会赠送一篇给你！”

吉米在电梯中沉思，拇指颇有节奏地弹着手中的卡片。艾沃斯馆！莉迪亚很快就会出现！“皮特，你知道成功的捷径吗？”他转头看向电梯员。

“我得向你请教请教。”皮特道。

“矮子里挑将军。”

“你真是睿智！”皮特朗声大笑，吉米从电梯中出来，冲他微微一笑。皮特在穿短裤的青春期，就认识了吉米。

艾沃斯馆位于威格莫街，这是一个非常高档的街区。在俱乐部中品茶时享受室内乐会有趣得多。一些肥硕的女人在舞台上用美声歌唱，因为全场寂静无声而暗自窃喜，却绝对不会想到观众心底里想的是亚麻好还是绸带好。这是一个好地方，虽然小，但却让人感到亲密。吉米在寻找自己的座位时，忽然察觉到今日的观众中名流荟萃，是自从布夏·科森的婚礼以来最为盛况空前的一幕。“时髦”阶级悉数登场，被称之为“现代女公爵”的豪门望族也陆续到场：这些鼻子长而挺，鞋子很高，血统悠久的一帮人引以为傲的是她们的身份地位，而并非智慧。除此之外，会场中还有许多疯狂的人。

这些疯狂的人并非来找乐子的，也不是因为莉迪亚的母亲是某个侯爵的三女儿，他们是因为狮子、金牛和巨蟹这些他们喜爱的宠物而来，黄道十二宫是他们的精神寄托。他们这类人非常容易辨认：他们黯淡无神的目光总是停留在半空中，身上穿的就像是打折商店中的过时衣服，在她们纤长的脖子上似乎都戴着一串珠子，价值六便士。

吉米并没有坐在预留给《号角》代表的位置上，执着地在大厅角落的几棵棕榈树当中找到一席之地。吉米与绝大多数的观众不同，他是来看观众的。他隔壁的座位上坐着一个衣衫简朴，大概三十五岁左右的瘦小男人，他用直勾勾的眼神望着吉米落座，然后缓慢地凑上前去，直到他带有一丝怯懦的嘴唇距离吉米的耳朵只有一英寸远，悄声说道：“这是一个非常厉害的女人！”

吉米当然知道他口中的女人是莉迪亚。

“你说得没错。”他赞同道，“你与她是旧相识吗？”

这个衣着简朴的男人迟疑了片刻，随后道：“我不认识她，可是我认识克里丝汀·克雷。”接下来的谈话由于莉迪亚与主持人的上台而戛然而止。

莉迪亚完全没有什么演讲的天赋。她的嗓子总是发出尖锐的声音，激动的时候，音质就好像廉价留声机播放的旧唱片一模一样。吉米不一会儿就失去了耐心。他早已对莉迪亚的话题感到厌倦。他的目光在这个像沙丁鱼罐头一样的会馆中搜寻着。若是杀人凶手至今仍然没有受到怀疑，仍然逍遥法外的话，他没准会来瞧瞧这个预测了克雷的死，用自己的手来借刀杀人的女人！总的来说，吉米觉得有很大的可能性。暗杀克雷的杀人犯极为睿智，这是众所周知的。没准他正为了自己的聪明而沾沾自喜，觉得自己的才智完全凌驾于法律之上。对于成功完成了一个杀人计划的人来说，这是很正常的心态。他们筹备杀人计划，并且努力达成目标。他们心生邪念就好似吃饭喝水一样自然。他们会在身边寻找许多的刺激，就好似调皮捣蛋的孩童一样。在伦敦最正统的地方所举办的宴会上，又有如此多身份尊贵的人同时出席，绝对是一场非同凡响的挑战。此时此刻，每一个观众都会或多或少地想到克里丝汀的死亡。当然了，为了保证聚会的格调，发表演讲的人并不会提及此事。这只是一场关于星象学的历史与意义的演讲。然而之所以会有这么多观众前来捧场，完全是因为将近一年之前莉迪亚准确无误地预言到了克里丝汀·克雷的命案。克里丝汀虽然已经死亡，但她却无形地存在于会馆之中，而且她的分量足以媲美莉迪娅。正因为如此，这场盛大的聚会，才会对真正的凶手充满了诱惑。

吉米望着观众，为自己天马行空的想象力而感到骄傲。他的非凡想象力，绝非格兰特能够企及的。他有些后悔没有带巴特过来。巴特更关注社交界的一些事情。因为巴特在报社的职责就是给各种报道添醋加油，他绝对是一个有力的助手。

好在吉米对眼前的贵族面孔也算是熟知，这让他看得津津有味。

“另外，”莉迪亚演讲道，“摩羯座的人常常会闷闷不乐，自我怀疑，个性冲动。更糟糕的时候，还会变得阴冷、充满欲望而且十分奸诈。”吉米对此充耳不闻。他甚至不知道自己是属于哪一个星座。莉迪亚不止一次地告诉他，他是一个“非常典型的白羊座”，但是他从来就不曾记得，他觉得都是一些胡言乱语。

特伦特公爵夫人坐在第三排的位置。她有不在场的最佳证明。她本来是要给克里丝汀举行一场午宴，这场午宴完全可以让她摇身一变，变成整个伦敦最受瞩目的女主人，一扫老古董的形象，可惜的是午宴尚未举办，克里丝汀就已经不幸遇害了。

吉米环顾四周，视线最终落在了第四排一张英俊而黝黑的脸上。这是一张非常熟悉的脸。好奇怪，他根本不认识这个人啊，他发誓从未见过此人。

随后他就恍然想起。这个人名叫勒庸，原本是要在克雷的第三部戏中出演男主角，如今这部电影肯定是要泡汤了。传闻勒庸对于不用拍那部戏感到兴奋，克雷的光辉总是让每一个男主角黯淡无光。不过这并不足以成为一个杀人动机。吉米对勒庸毫无兴趣。他身旁坐着一个时髦人物，身上只有黑白两色。玛塔·哈拉德，已经成功接手了克雷原先的角色。

即便玛塔与克雷的戏路有很大的差别，但放弃拍摄的话，制片方会承受很大的代价，况且玛塔的演技非常平稳而老练，再加上个性鲜活，又格调十足。如今她与勒庸分饰男女主角，两人半斤八两。从合作的角度来看，最新的组合似乎要比“克雷与勒庸”的搭配更具有成功的潜力。这对玛塔来说是一个难得的机会，对勒庸而言同样是一个能够让他发光发热的机会。没错，克里丝汀的离世，对他们两人来说都是一次契机。

他仿佛听到一个女声在脑海中回响：“没错，尤其是因为杀她的人是你。”谁说的这句话？想起来了，是那个经常饰演傻大姐的朱蒂。星期六的夜晚，在玛塔的公寓门前，他遇到了格兰特，两人同时被邀请入内。朱蒂说这句话的时候，用的是那种不屑一顾的语气。他们本来以为是在开玩笑。有人哈哈大笑表示赞同，还提出了杀人动机：“没错！你肯定是想要得到新片中的角色！”随后的谈话就是一言我一语，全都是毫无价值的话。

除了性欲与贪婪，野心是最常出现的杀人动机。不过玛塔·哈拉德这种世故的人，让她去杀人几乎是不可能的事情。吉米想起来了，玛塔在舞台上连杀人的戏份都饰演不好，她似乎觉得“执着是最枯燥乏味的事情 。”哪怕她并不认为杀人缺乏幽默感，至少也会觉得非常卑劣。不可能是这样，在吉米的印象中，玛塔只可能是受害者，而不会是凶手。

他发现玛塔对于莉迪亚的演讲并没有兴趣。她全神贯注地关注着前排右数的第一个人。吉米顺着方向望去，然后，让他感到古怪的事情发生了，他的视线落在了一个外表平凡无奇的小个子男人身上。他难以置信，再次打量了一番玛塔的视线。这一次吉米不再怀疑。为什么玛塔·哈拉德会对一个庸俗不堪，模样平凡的男人感兴趣？很快吉米就想起了男人的身份。他叫杰森·哈默，是一个作曲家。也是克里丝汀最要好的一个朋友。对于正常的女人来说，这个男人很难令人提起兴趣。其实，这个男人被公认为克里丝汀·克雷的情人。吉米不由得一阵感慨。没想到，杰森·哈默是这个模样。在今日之前，他只有在唱片的封面上见过他。有些时候，女人的品位让人感觉古怪。

哈默怔怔出神地聆听着莉迪亚的演讲。吉米感觉不可思议，在玛塔·哈拉德的全神贯注的凝视下，他居然丝毫没有察觉。他安然坐着，耷拉着脑袋一动不动，玛塔明媚的眼神锁定了男人的侧脸。由此看来，只要集中注意力凝视某个人就能让人转过头去的说法完全不靠谱。但不管怎么样，玛塔为何会对这个男人感兴趣？这绝对是一个秘密。由于帽檐的遮挡，她身旁的男伴看不到她的双眸，而她也本能地以为所有人都在注意聆听。却未能发现正有人在观察她，她毫不掩饰地直视着哈默。究竟为了什么？难道她对哈默有兴趣？如果真是这样的话，不知道这个兴趣达到了什么样的程度。又或者，那天晚上在她家中的时候，虽然她一直在袒护他，但她却暗中猜疑杰森·哈默就是凶手？吉米凝视着这两个人，足足一刻钟的时间，各种各样的猜测充斥着他的脑海。他不断地环顾着人挤人的会馆，随后又将注意力集中到两人身上。虽然别的地方也十分有趣，但这两个人显然是最有趣的存在。

他回忆起那天有个人说起哈默和克里丝汀·克雷之间的关系超越了正常的友谊时，玛塔立刻表示了反对。那是什么原因？她爱上这个男人了吗？爱到什么程度？玛塔·哈拉德这样的人会对一个人痴迷到什么地步？会不会因为感情而想要杀死情敌呢？他忽然想起玛塔的游泳技术很糟糕的事情，慌忙打住了自己纷杂的思绪。一刻钟前他还自我讽刺地认为将玛塔当成性格偏激得要去杀人的凶手是一种非常愚蠢的想法。

但那是在他发现玛塔对哈默有兴趣之前的事情，不得不说，这是一种非常执着的兴趣。我们假设一下，如果玛塔真的爱上了哈默，坠入了爱河，那么克里丝汀在演艺与感情上，都将成为玛塔的对手。克莉丝汀在艺术界的地位，绝对是玛塔不惜一切都要换取的。很多次玛塔眼看着就要成功，却又无奈地一次又一次地坠入谷底。毫无疑问，玛塔期盼着事业上的大丰收。

她曾经非常苦闷地忌妒过克雷的成功。五年之前，玛塔曾经非常接近克雷如今的地位：声望、财富、成功，什么都不缺，似乎已经快要攀上巅峰。然而这种巅峰在望的过程足足持续了五年的时间。在此期间，一个毫无名气的舞者出现在百老汇的音乐剧场中，一路又唱又跳又演，成为了大红人。

若是说，玛塔对于克里丝汀的溢美之词只是用来应付外界的话，这并没有什么可奇怪的。如果克里丝汀不但拥有玛塔所渴望的地位，而且还拥有着她深爱的男人，那将会发生什么？会不会让玛塔·哈拉德失去理智，从而出手杀人？克里丝汀受害的时候，玛塔身在何处？多半是在葛洛维纳广场吧？毕竟她总是在圣吉姆斯的广场上演出。慢着！星期六的晚上，不是有人说过玛塔出远门的事情吗？究竟是怎么说的来着？容我好好想想。好像是说女演员的工作非常辛苦，克莱门特曾讽刺地说："没错，实在是太辛苦了。只剩下一个星期的假去欧洲游玩呢！"然后她反驳："怎么会有一个礼拜！只有四天而已。再说了，就算是女演员摔断了脊椎，也必须要登台演出，可是有牙龈脓肿的话就无能为力了。"克莱门特奚落地说牙龈脓肿也无法妨碍她去杜维尔酣畅淋漓地游玩一番。她一听，就辩解道："没有去杜维尔，是去的勒图凯。"

勒图凯。她不仅前往了那个地方，而且还准时地回来参与了周六日场的表演。他们谈论起玛塔所受到的款待，所住的"房子"的样式，包括那个脾气暴躁的替角。她在回来之前，原来是在勒图凯待了四天的时间！当克里丝汀受害的时候，她就在英伦海峡对岸的勒图凯。

"假如天下的父母都能像关心子女的饮食起居一样，关心他们的星象的话，"莉迪亚演说着，嗓音好似麻雀一样叽叽喳喳，刺耳而萦绕不绝，"这个世界会变得更加美好。"

"勒图凯！"吉米暗自欢喜。他总算是找到了一些眉目！在那个案发的清晨，玛塔·哈拉德不仅与克里丝汀相隔不远，并且她还拥有能够轻松跨过这段距离的交通工具。

勒图凯让吉米陷入了回忆之中。那个时候克莱门特、玛塔与吉米站在一个鸡尾酒柜边，她耐心地解答着克莱门特提出的一些枯燥的问题。从谈话中玛塔好像是与同伴乘坐私人飞机前去的，回来也是如此。关键的是那架飞机，据说是水陆两用的！

在雾气浓厚的清晨，一架飞机悄然落在海面上或者沙滩上，转眼离去，它的出现没有任何人有所察觉，唯有一个孤单的游泳者碰巧发现了。吉米心中笃定，好像亲眼看见了那架飞机仿若大鸟一样拨开云雾，落在了海面上。

驾驶员会是谁？不可能是哈默。哈默从未离开过英国。这是警方为什么会对他极有兴趣的缘故。因为哈默出现在案发现场的机会太多了。他拥有证据来证明自己并不在场，可是吉米并不知晓哈默的证据是否有力。警方实在是保密能力十分出众。简而言之，他已经获得了一条警方未曾找到的线索。格兰特与玛塔是好朋友，所以格兰特会理所当然地忽略玛塔。再说了，格兰特从未看到玛塔凝视哈默的样子，也并不清楚飞机的事情，吉米敢对天发誓，那架飞机的存在，会让所有的假设都成为事实。

但这个命案真的与飞机有关的话，那么驾驶员，就算不是共犯，也是从犯。

吉米停止了思考，休息片刻。他颇为惊诧地顺着那几排盛装出席的听众看过去，最终将视线锁定了人群中央那个颇为时髦的黑白色人影上。这个熟悉的身影，与刚才脑海中的猜测真的匹配吗？眼前的人影才是人们所认识的玛塔·哈拉德，时尚而安静。吉米为何会将玛塔与命案联系起来？可是玛塔的目光仍然时不时地投向哈默，她注视哈默的时间比注视莉迪亚的时间还要漫长。在她那张全无防备的脸上，有一种神奇的东西，将现实中的玛塔，与吉米通过想象所营造出来的幽灵般的玛塔融为一体。

忽然一阵狂风暴雨般的声音中断了吉米纷杂的思绪，他抬起头来，发现是现场的观众在用力地鼓掌。看来枯燥乏味的演讲总算是结束了。吉米慵懒地伸了一个懒腰，打了一个哈欠。他想要立刻离开，到外面透一口气，然后考虑一下下一步的计划。他上一次如此兴奋的时候，还是老魏林顿将他如何揍自己老婆的故事交给他来独家采访的时候。

不过紧接着是提问环节，并没有就此散场。济慈小姐边喝开水，边流露出一抹亲切的笑容，她等待着听众们逐渐积攒智慧。当某个勇敢的人开了头之后，各种各样的问题就纷沓而来。有一些问题十分轻松有趣，这让一些对会馆中闷热的空气、尖锐的声调、枯燥乏味的演讲内容而感到闷闷不乐的听众，不禁莞尔一笑。但是很快，问题就变得越来越尖刻，随后绝大多数的观众都猜到了那个不可避免的问题出现了：

济慈小姐究竟有没有准确地预言过克里丝汀·克雷的死亡？紧接着，全场寂静，所有的人全都震惊而焦急地望着莉迪亚。莉迪亚果断地表示了肯定，她用的是一种非常威严的口气，她的确时常运用星象精确地预言了未来。为了增加说服力，她还举出了一些例子。

气氛越来越融洽，有人鼓足勇气询问莉迪亚在算命的时候是否得益于第六感。她沉默了很长的一段时间，当所有的听众都停止了喧哗，慢慢恢复了平静之后，她感受到了一双双眼睛中的渴望。

“没错。”莉迪亚总算是张口了，“可是这绝对不是我想要讨论的关键。但是有不少次，我能够感觉到有一些理智之外的东西存在。”她顿了一顿，迟疑了片刻，随后忽然往前大迈三步来到讲台旁，这个动作十分突然。“我要告诉大家的是，在我踏上这个讲台之前，我就预料到了一件事情，那就是杀害克里丝汀·克雷的凶手，就在在座的人群之中。”

有人曾说过，假如你发一封“事发，快走”的电报给一百个人，其中的九十九个人，在看到电报后都会立刻抓起牙刷跑向车库。莉迪亚的这句话实在是太骇人听闻了，现场出现了一段时间的寂静。紧接着，听众出现了骚动，好似澎湃汹涌的潮水一样。推开座椅时发出的尖锐的嘶鸣声，在嘈杂的会馆中仍然如此清晰刺耳，很快，越来越多的椅子被拉开，场面变得混乱不堪，在场的人越是失魂落魄地想要逃离，就越是慌不择路。没有人知道自己为何要逃走，可能绝大多数的人只不过想要离开这个让人压抑的气氛。贵族阶层发自内心地厌恶自己露出窘迫的形象，可是当发现必须要穿过横七竖八的椅子与混乱的人群才能够顺利到达门口，这让他们急于离开危险境地的本能越来越强，几乎快要形成了恐慌。

主持人竭尽全力地安抚着在场的听众，企图缓和混乱的场面，可惜根本就没有一个人听。有人来到了莉迪亚的面前，吉米听到她喃喃自语：“我为什么会说出这样的话来啊？上帝，我怎么能够说出这样的话？”

吉米走向前，企图爬上讲台，记者所特有的细胞此时全都活跃了起来。然而就在他刚刚将手搭在讲台上准备一跃而上，就认出了莉迪亚的男伴是《信使报》的记者。这个时候，他才恍然想起，莉迪亚如今还是《信使报》的独家新闻人。所以，她会给他信息的可能性十分渺茫，在如此低的概率下，根本没有必要去做这种吃力不讨好的事情。毕竟吉米还有更好的猎物等待着他。当莉迪亚爆出那句惊人之语时，吉米不由得瞠目结舌，等他反应过来，慌忙转过头去查看玛塔与哈默的反应。

玛塔脸色惨白如纸，脸上弥漫着一种激愤之情。她是最先站起来的一批人，仓皇离去，这令勒庸悚然一惊，随后他只能无奈地拿起自己的帽子，跟着她狼狈不堪地逃离现场。玛塔自始至终都没有多看讲台或是莉迪亚一眼，便直奔门口而去，但是由于她的座位位列前排，所以当会场中的听众在某个人的带动下变得一片混乱的时候，她就被卡在了座位与大门之间。

与此同时，杰森·哈默却是静坐如松。当莉迪亚说出那句骇人听闻的话之后，他仍旧保持兴致盎然地盯着莉迪亚。直到不断地有人涌到了他的面前，他方才施施然站起身来，帮助一个女人翻过一个拦路的椅子之后，摸了摸口袋，似乎在确认手套是否还在兜里，随后才施施然离开。

吉米耗费了很大的劲，才凭借记者娴熟的技术挤到了玛塔的身旁，这个时候她正被两部散热器夹在中央。

"真是一群蠢货！"吉米提醒玛塔别忘了自己的身份，她十分刻薄地谩骂了一句。她怒目圆睁，瞪着慌不择路的一群人，与平日里沉着冷静的玛塔小姐截然不同。

"假如有个乐队席在中间的话就好了。"

玛塔忽然想起眼前的人群说不定有些是她的观众，于是便尽可能地让自己冷静下来，吉米将这一切都看在眼里。但吉米仍然觉得玛塔正在气头上。

"济慈小姐真是了不起啊。"吉米试探性地说了一句话。

"她就是一个恶心的女人！"

"恶心？"吉米疑惑不解地问道。

"我觉得最适合她的活动，应该是去斯特兰大街表演翻筋斗！"

"你觉得她只是在炒作而已吗？"

"那你是怎么认为的？你莫非是觉得她有特异功能？"

"但是，哈拉德小姐，我记得那天你收留我在你府上过夜的时候，你曾亲口告诉我说莉迪亚不是混江湖的。你说她真的会——”

“她自然不是混江湖的！她也有过不少精准的推测。可是这跟一次收1先令帮人家找凶手根本就不是一回事。她要是再不收敛。”她顿了一顿，然后诅咒道，“最后，她肯定会沦落为艾米・艾佛森之辈！”

吉米忽然觉得玛塔所说的话与他想象中完全不同。他也不明白自己究竟在期待着一些什么。但绝对不是这些话。就在他犹豫不决的时候，玛塔用一种前所未闻的决绝的口气说道：“你没有将我们的谈话当成一次访谈，对吗？假如这是一次访谈的话，你必须要了解得更加清楚，所以，你就当我什么都没有说过吧。”

“是的，哈拉德小姐，你没有说过任何话。不过我听懂了你的意思，你是在警告我。”吉米微笑着补充了一句。

“我并不觉得你与警方有什么可谈的。”她说，“现在，请你往左边挪一下，好让我到你前面去。”

她冲着吉米轻轻点头，微微一笑，让自己沾满了香水的娇躯，从他身边挪到一个足以落脚的地方，很快就消失在人群当中。

“没有一点有用的消息！”吉米自顾自地嘟囔道。之后便追悔莫及地原路返回，准备挤回他不久之前看见杰森・哈默的位置。老贵妇对他谩骂不止，初入社交界的少女也冲着他杏目圆睁，好在吉米的大半辈子都是在人堆里挤进挤出。可以说，他对此非常擅长。

“你对今天的事情怎么看，哈默先生？”

哈默用一种轻松愉悦的态度盯着吉米。“你准备给多少钱？”最终，他总算吐气开声。

“你是什么意思？”

“你想让我开口，那么你准备给多少的酬劳呢？”

“我可以给你一份免费的报纸。”

杰森失声而笑，随后板着脸道：“我认为这个下午让我很有教育启发。你会相信星座这玩意儿吗？”

“不怎么相信。”

“我也没有那么肯定。今天的演讲中包含了许多天地自然中的奇闻异事。在我出生的村庄中，我就曾经亲眼看见过一些怪异的事情。类似于巫术、魔法之类的东西。科学是完全没有办法解释的，真叫人难以置信。”

“你说的是什么地方？”

杰森不由得微感惊诧。“东欧。”他飞快地回答道。然后紧接着说道：“济慈小姐就是一个不折不扣的怪物。将她请到家里绝对不够明智。她能够预知未来的能力，或多或少会破坏婚姻生活。更遑论她能够揭破过去的一些事情。我认为每一个男人对自己不在场的证据，都有权利保持沉默。”吉米暗自气愤，看来这是一个不同寻常的下午，根本没有人在按照常理做事！但是假如他能够挤过人群找到莉迪亚，没准她的话会符合他脑海中已经为她量身打造的模式。

“济慈小姐说杀人凶手就在现场的时候，你觉得她是真的感受到邪恶的气息了吗？”他满怀希望地追问道。

“是的，这是理所当然的！”杰森略微有些惊诧，“我想她早已考虑得非常清楚了，不然的话，绝对没有人会说出这种让自己下不了台的话。”

“我发现你一直以来，都非常平静。”

“没错，我在美国整整生活了十五年。已经没有什么事情能够吓唬到我了。你知道摇喊教派吗？知道康尼岛吗？听说过流浪汉要卖一座金矿吗？到西部去，年轻人，你会开阔眼界的！”

“我目前最想回家睡觉。”吉米语毕，再度铆足劲地挤进了人群。

等他来到门厅，略微恢复了一丝精气神。他整顿了一番衣衫，等到人群离开，顺利地从会馆中出去，安全地呼吸到威格莫街上的清新空气后，才恢复平静，紧接着就开始三五成群地窃窃私语起来。

可惜的是吉米，并未从他们毫不设防的谈话中，获取到什么有用的信息。

很快，穿过众人的头顶，他看到了一张脸孔，让他情不自禁地脚步一顿。这是一张白皙的脸，眉毛清清淡淡，长得就好似一头小型的猎犬。他认识此人，名叫桑格。之前碰到他的时候，他正端坐在苏格兰场的一张办公桌后方。

看起来格兰特并不缺乏想象力嘛！

吉米气呼呼地戴上了一顶帽子，大步流星地走了出去，准备好好地梳理一番事情的来龙去脉。

## 第二十章　追凶隐修士

没错，格兰特也是个富有想象力的人，但他与吉米有所不同。

格兰特绝对不会耗费足足两个小时，派一位出色的警探去观察观众。桑格之所以会在艾沃斯馆现身，是由于他的工作是监视杰森·哈默。

他回去之后，对当日下午的情况做了报告，从报告结果来看，哈默并没有什么反应。演讲刚一结束，《号角》的霍普金斯就尝试着与杰森搭话，然而似乎吃了闭门羹。

“真的吗？”格兰特微微一笑，撇了撇嘴，“假如他能够勾起霍普金斯的兴致，那我们就要对他刮目相看了。你比我想象中要聪明灵活得多！”桑格得意地笑了笑。

周三的午后，厄斯金先生打来电话说鱼已经上钩了。当然，他是这么说的：“你们瞧，格兰特探长主张下的诱饵，总是会有奇效。”反正他的意思是鱼上钩了。厄斯金先生迫切地想要请他看那份文件，希望请格兰特特意过来一次。格兰特肯定会欣喜地答应下来！不到十二分钟的时间，他就出现在那个满是绿光的房间中了。

厄斯金将一封信递给格兰特，手颤抖得比往常更为厉害了。

先生：欣闻您在广告上发布的公告，假如赫伯特·戈特贝德到访您的办公室，就会有佳音。仆请包涵本人无法亲自前来，如果先生能用信件将消息告诉给我，请将信件寄给坎特伯雷市斯利多街5号，我会拿到信件的。

赫伯特·戈特贝德敬上

“坎特伯雷！”格兰特心中狂喜。他翻来覆去地把玩着手中的信件。信纸是一种廉价纸张，墨也是劣质的墨水。行文和字迹也算不上行云流水。格兰特回忆起克里丝汀在遗嘱中她所使用的粗拙词句和别具一格的笔迹，不禁暗自赞叹遗传的力量。

“这件事情顺利得让人难以置信，我们已经拥有了联系地址。他为什么要这么做？莫非这位赫伯特是遭到通缉了吗？警方绝对不知道他，至少他的名字听起来非常陌生。可惜的是，我们没能得到他的相片。”

“我们接下来该如何行事，探长？”

“你写信告诉这个人，如果他不亲自过来的话，我们就没有办法确定他就是赫伯特·戈特贝德，所以，他必须亲自到访我的办公室！”

“好的，这么做非常靠谱。”

格兰特撇了撇嘴，好像靠谱与不靠谱很重要一样。这群人到底是认为罪犯是如何坠入法网的？可以肯定的是，哪一种做法靠谱并不包括在内。“假如你现在就提笔写信，晚上信件就会到达坎特伯雷。我明天早上会赶过去，守株待兔。你能借我用一下电话吗？”

他拨通了警局的电话：“给我对比所有的通缉名单，找找看是否有一个男人是传教狂或者痴迷于尖锐化戏剧场景的？”

警局没有找到格兰特所描述的男人。假如除开一个名叫贺利·麦克的人的话，他与警察们早就相识了。而且，报告上指出他住在普利茅斯。

“真是感激！”格兰特挂了电话。“非常奇怪！”他转头看向厄斯金，“假如这个人没有被通缉，为何要如此低调行事？假如我们没有握住他的什么把柄，那么我有理由相信这个人一收到回信就会前往你的办公室。只要给钱他什么都能够做，克雷非常清楚他的软肋，正因为如此，才会故意留下1先令。”

“爱德华夫人非常了解人性。我觉得可能是她从小就步入了社会，这将她磨砺出了一双火眼金睛。”

格兰特问他是不是对她非常了解。

“很抱歉，我并不十分了解他。她非常有魅力。有些离经叛道，但是在其他的方面嘛——”

没错。格兰特仿佛已经猜透了她的心思：“你能否直截了当地告诉我她究竟说了什么？”想必她也难以忍受厄斯金先生的怪脾气。

格兰特离开，回到警局之后，让威廉斯准备好明早与他一同赶往坎特伯雷，格兰特安排好一切事宜，这样即使他们离开也会有人顶替他们的职位，回到家，格兰特呼呼大睡了十个小时。第二天早上，他与威廉斯就从雾蒙蒙的伦敦离开，来到了坎特伯雷。

与格兰特想象中的一样，那个临时的通信地址，果然是位于一个偏僻路上的小报摊。格兰特沉吟了片刻，说道：“我并不觉得寄信的人会在今天现身，但是世事难料。你去对面的酒馆一趟，把大门上面的那个房间预订下来，让人将早饭送给你。你千万不要从窗户旁离开，注意观察每一个路过的行人。我先进去，在我需要你帮助的时候，我会在橱窗前打手势的。”

“你难道不吃早餐吗，探长？”

“我用过早餐了。在下午一点左右，你可以让人给你送午餐。不过这个地方看起来好像不会有肉排这种东西。”

格兰特停顿了片刻，直到清晰地看到威廉斯在楼上的窗户前现身，方才直奔那家小铺走去。一个圆胖秃头男子蓄着浓重的八字胡，他正从纸箱中掏出一条条香烟，费力地塞入玻璃柜中。

“早上好。请问你就是里克特先生吗？”

“没错。”里克特先生小心谨慎地说道，“我听说，你偶尔会将这个地址作为别人的通讯地址，对吗？”

里克特先生从头到尾地打量了一番格兰特。他丰富的阅历从眼睛中透露出来：这究竟是顾客还是警察？很快他就有了判断。

“那又怎样？这又不犯法，不是吗？”

“你说得对！”格兰特微笑回应，“我只是想跟你打听一位叫赫伯特·戈特贝德的先生，不知道你是否认识？”

“你是在跟我说笑吗？”

“我没有开玩笑。他的通信地址写的是你的店址，所以我觉得你兴许认识他。”

“这跟我一点关系都没有。我对收信的人毫无兴趣。只要他们在收到信件后给我报酬就行了，别的事情我懒得管。”

“那好，我想让你帮我一个忙，我会暂时等候在你的店里，一直到戈特贝德先生来收信，对了，有信件寄给他妈？ ”

“有一封。昨晚收到的，对了，你是警察吗？”

“没错。”格兰特掏出了证件。

“听着，我不希望看到你在我的店铺中抓人，我一向是个守法公民，干着老实的买卖，虽然会有一些副业，但我不希望你砸了我的招牌。”

格兰特向他许诺，告诉他自己根本就没有想要抓人，只是想见见戈特贝德先生，询问几个问题罢了。

“可以，假如你没有骗我的话。”

于是，格兰特悠闲地站在柜台后面的一个报摊前，开始耐心地守候，这个早晨比想象中的要舒服得多。虽然做了很多年的警察，但格兰特仍然对于人性充满了兴趣。反而是威廉斯，要时刻不停地监视着一条普通的小路，枯燥至极。在吃午饭的时候，他兴奋地替代格兰特外出吃午饭，站在报摊后面与人闲聊，大概半个小时之后，他又有些不情不愿地回到酒馆楼上那个沉闷的房间中。夏日午后时分的沉闷，天气非常糟糕，时间缓慢地流逝，黄昏的时候起了雾，很早天就黑了。家家户户亮起了灯，在雾气中显得十分刺眼。

“你几点钟打烊？ ”格兰特有些迫切地询问道。

“唔，大概十点钟。”

时间很充足。

九点半的时候，格兰特发现有人进入了店内。

突如其来的，没有听到任何的脚步声，也没有丝毫的寒暄，只听到一阵衣服摩擦的沙沙声响。格兰特定睛望去，发现来人是一个穿着修士服的男人。

一道尖锐不快的声音响起：“你有没有寄给赫伯特的信——”

格兰特的一个细微动作惊动了来人。

来人转身就要离开，留下半截没说完的话。

他的出现实在是让人毫无防备，消失得又那么让人难以察觉，正常人一时半会儿都会反应不过来。不过格兰特在这位突然造访的怪人刚起身离开的下一刻，就冲出了店门。他看到来人拐进了一条小巷口，慌忙追了上去。那儿是一排两层楼房的后院，所有的院门都敞开着，不远处有两条小岔路。然而那个怪人却消失无踪了。格兰特转过头来，发现威廉斯已经来到了他的身后，正大口喘着粗气。

“见鬼！”格兰特骂了一句，“我相信他没有跑远。你去堵那条路，我走这一条路，那是一个看起来很像修士的男人。”

“我刚才看到那个家伙了！”威廉斯撂下一句话，拔腿就追。

然而在十分钟后，当两人在小店聚首的时候，都一脸的失望，他们没能追到人。

“那个人是谁？”格兰特询问里克特先生。

“我不清楚。我从来没有见过他。”

“附近有修道院吗？”

“坎特伯雷可没有！”

“嗯，那整个区呢？”

“好像也没有。”

他们身后不远处的一个女人，随手在柜台上丢下了6便士。“给我一包金箔烟。”她抬头看向格兰特，“你们要找修道院吗？布莱维诺那边有一个兄弟会。里面都是修士。他们模样古怪，都是秃头，腰间还缠着绳子。”

“你是说布莱维诺？”格兰特又惊又喜，“从这儿过去远吗？”

“并不远。也就相隔两条街的距离。可惜在坎特伯雷，跟你们这样描述根本没有用。它在考克菲森往后走的那几条巷子中。假如不是吉姆在等我给他买烟的话，我可以给你们引路。里克特先生，请给我一包6便士的香烟。”

“我已经打烊了。”里克特先生恶狠狠地说道，有意对格兰特的目光视而不见。女人所说的话，让他坐实了知情不报的罪。

女人一脸惊讶，她刚要开口争辩一番，格兰特将自己的烟盒掏了出来。“这位女士，俗话说无规矩不足以成方圆。凭我微不足道的职权，没有办法强行命令他卖一包烟给你，但请允许我对于你的帮助给予回报，将我的烟拿给吉姆抽吧。”她面色古怪地望着格兰特将香烟倒在自己的手上。她离开的时候，嘴里仍然在不忿地抗议着。

“好了。”格兰特看向里克特，微微一笑道，“你能告诉我有关兄弟会的事情吗？”

“我不太清楚。但的确是有这么一个兄弟会，我现在想起来了，但我真不清楚他们平时在哪儿活动。你也听到那个女人的话了，想必就住在考克菲森后面。相信我，世界上一半的怪人，都会在这个地方开一个分会。好了，我要打烊了。”

“好吧。”格兰特冷笑着奚落了一句，“来买香烟的女人，真会给你找麻烦。”

里克特先生咬牙切齿地咒骂起来。

“我们走，威廉斯。对了，里克特，你给我记住，关于这件事情你一个字都不能向外透露，我们明天还有可能会见面。”

这句话仿佛给里克特浇了一盆凉水，若是他以为永远不会见到格兰特与威廉斯了，那根本不可能。

“这件事很古怪，探长。”两人离开大街的时候威廉斯分析道，“我们下一步要干什么？”

“我要去见识一下那个兄弟会。威廉斯，你最好还是留下来吧。你拥有着一张沃彻斯特郡的小白脸，与苦修扯不上一丁点的关系。”

“你的意思是说我一看就像是警察。这一点我非常清楚。其实我时常有这个困扰。这给我的工作带来了诸多不便。你知道我有多么羡慕你的样貌吗？探长，你给人的第一印象就是军人，而不是警察。一个军人办事的时候要比警察方便得多。”

“你理解错了，我并不是指的你的长相，威廉斯，与你的长相无关。我只不过顺口一提罢了。这件事情只适合独自行动。你去吃点东西，然后回去等我的消息。”

经过了一番寻找，他们终于找到了兄弟会。二楼上是成排的窗户，下面是一条街道，下面唯一的出入口是一扇厚重的窄门，上面布满了钉子。门上没有挂着招牌，也没有刻上任何的字，这让好奇的格兰特得不到任何有用的讯息。还好他发现了一个门铃。

格兰特按响了门铃，等了好一会儿之后，一阵微弱的脚步声才从厚重的门内传了出来。门上的一个小小的格栅护罩打了开来，一个男子露出头来，询问来者何人，有何贵干。

格兰特说要找负责人。

“你说要找谁？”

“你们的负责人。”格兰特语气坚定地说道。他并不知晓他们的领导要如何称呼，到底是院长还是主教，但用负责人来形容总不会错得离谱。

“这个时候教长大人不见外客。”

“麻烦你将我的名片转交给他。”格兰特说着将一张卡片递了过去，“告诉他我有十万火急的事情找他，烦请他与我见面。”

“红尘俗事无关紧要。”

“你只需将我的名片交给教长大人，他看了之后自有定夺。”

格栅门很快就弹回了原位，这样的举动如果不是在虔诚的教堂，一定会让人感觉粗鲁无礼，格兰特被留在了阴暗的街道上。威廉斯在不远处的阴影中悄然敬了一个礼，紧接着便转身离开。隔壁的街道上，不时地传来孩童的嬉戏声，然而这条街道却寂静无声。威廉斯的脚步声消失后又过了很久，门内才响起人的动静。紧接着咔嚓一声，有人拉开了门闩，钥匙转动的声音响起。门被打开一条仅容一人通过的缝隙，门里的人请他入内。

“愿安宁与你同在，愿主的庇佑永远与你同在，阿门。”男子手脚飞快地插回门闩并锁上门，同时飞快地念叨着一串含糊不清的话。

“尊敬的教长大人愿意接见你了。”男子说着，开始给格兰特引路，脚上的凉鞋拍打在地面上发出踢踏踢踏的声响，让人感觉有些不修边幅。他将格兰特带入了一间满是白漆的小屋子里，里面除了桌椅之外，只剩下一幅耶稣受难图。他离开之前祷告了一声“愿平安与你同行”便关上房门，将格兰特独自留在了屋里。屋里格外阴冷，格兰特祈祷着教长大人不会是因为想要故意惩罚他而让他在这儿等太久的时间。

好在五分钟后门房就回来了，态度十分恭敬地弯着腰为他的教长引路进屋。紧接着又叽里咕噜地念叨了一段祷告词，才将教长大人与格兰特留下来，独自离开。格兰特原本以为教长大人是一个狂热分子，没想到出现在他面前的是一位卓越的传道人，气质出众、性格沉稳、精于世故。

“孩子，我有什么能够帮助你的？”

“我想要找一个名叫赫伯特·戈特贝德的修士。”

“没有人叫这个名字。”

“我早已猜到那个人在你们这儿是不会用这个名字的，但你一定知道这些会众的俗名。”

“每一个人自从踏入这扇门，成为我们兄弟会的一分子，俗名就烟消云散了。”

“你不是问我是不是需要帮助吗?

“我仍然需要帮助。

“我必须要见到赫伯特·戈特贝德。我有重要的事情要告诉他。”

“我不记得这个名字，而且作为黎巴嫩树兄弟会的人，也不需要听你们红尘俗世中的事情。”

“好吧。或许你真的不知道谁是戈特贝德。但我要找的人就藏身于你们兄弟会。我希望我能够进去找他。”

“你是想让我将所有人全都召集出来给你辨认吗？”

“我不是这个意思。但我想你们一定有那种每一个修士都会参加的仪式吧？”

“有的。”

“让我参与其中。”

“你是认真的吗？”

“下一场仪式什么时候开始？”

“一个半小时后，午夜仪式就会进行。”

“那么我希望能够得到一个座位，以便我能够看清所有教众的脸。”

教长大人显得有些为难，他格外强调了圣堂的不可侵犯性。然而在格兰特言语之间无意流露出的既陈腐又迷人的圣堂惯例，以及英王手谕残留下魔力的种种说辞之下，他终于是答应了格兰特的请求。

“另外，我想打听一下，因为我对你们教会非常陌生，所以我想要问一下，你们教众需要去城里行走活动吗？”

“不会。除非是受到慈悲心的感召。”

“如此说来，教众与外界是完全没有沟通了？”真是这样的话，那么赫伯特必须要有一个近乎完美的不在场证明！“每一个月修士都会有一次入世修习的机会，总共一天一夜。这是为了防止纯洁的集体生活，会让修士养出故步自封的习性。在白天的十二个小时中，修士必须要尽可能地帮助同胞。晚上的十二个小时，则必须要单独待在某地静修。夏天的时候通常是在室外，冬天的时候会去一些教堂中。”

“我懂了。请问这二十四小时是从什么时候开始计算的？”

“从午夜之后的第一个午夜开始。”

“非常感谢。”

# 第二十一章　线索出现

一幢非常朴素的小教堂，烛光、白粉墙，简朴得无法再简朴了，只有东侧山墙前那座华丽壮观的祭坛算得上可以吸引人的目光去看看。这些修士虽然不怎么有钱，但发财的路子还是不缺的。那些陈列在白天鹅绒上的器皿，还有雕有耶稣受难像的十字架，应该是过去的海盗从西班牙人在美洲的什么地方抢劫来的赃物。他以前认为很难把他所知道的赫伯特·戈特贝德，和眼前这穷酸的排场联系在一起。戏剧化的表演只能演给自己看，缺少观众捧场是很扫兴的事。不过一看到那个祭坛，他又拿不定主意了。也许赫伯特的确在用心经营呢?

格兰特把仪式上听到的每句话都忘记了。他坐在窗旁一个不被人察觉的凹处，从这个座位他可以看见全部出席人的脸，人不多，没有超过二十个人，他发现来的人都很有趣。这里面有乡巴佬，有宗教狂，有些人一脑袋糨糊，有的人专和自己作对来此寻找安宁，有些人和世界格格不入，专门来此寻求慰藉的。格兰特饶有兴趣地对他们一个个进行观察，最后看到一张脸的时候，不由得被吸引了。这张脸上看不到苦楚，却不知道为什么要来这里遭罪？看上去有些奇怪的五官，全都没搭配好，在念着经文的时候，牙齿都露出来了。小教堂里其他所有人都不怎么稀奇，都能很容易在世俗世界里找到合适的位置：教长是神职人员，这一个可以在神经科的候诊室待着，那一个到失业辅导处工作。但是最后这个人要把他放哪里合适呢？法庭上。

“看来，”格兰特自言自语道，“这人就是赫伯特·戈特贝德。”不过现在他还不能确定，要等他看这个人如何走路再说。因为他唯一看过的就是他如何走路的样子。不过他还是决定试试自己的判断是否正确。最优秀的法官也可能会犯错——戈特贝德可能是坐在前排的那个看起来没什么脾气的瘦弱的家伙——如果那个下唇松垮的油腻东西不是戈特贝德，就令他非常吃惊了。

午夜过后，众人都慢慢地离开了小教堂，这时他就没什么可怀疑了。

戈特贝德走路的姿态非常奇怪，看上去非常僵直，也很笨拙，肩膀总是在晃动，这种姿态可是他独有的，找不到第二个。

格兰特也走出教堂，找到教长大人。询问最后离开小教堂的人是谁？

那是阿罗伊瑟斯修士。

经过一番交涉后，教长派人去请阿罗伊瑟斯修士过来。

在等待的时候，格兰特和教长聊了聊修道会和会上的一些戒律，知道入会的会众都不能拥有世间的财产，也不得为了世俗的目的而和其他人有什么联系。所以不会想着上报纸之类的事。另外他也知道了教长打算在一个月之内到墨西哥去，因为那里有一个新教会等着他去掌管，那是他们自己用自己募来的基金修建的，至于在挑选接班人方面，都由他自己决定。

格兰特忽然灵光一闪。

“希望你不要认为我是在探听你的隐私——但你能告诉我在你心中是不是已经有了特定的人选？”

“没错，我已经可以说是基本上决定了。”

“能告诉我是谁吗？”

“我实在找不到什么理由要把这件事在告诉我自己会上弟兄之前要让你这个陌生人知道，不过这也不是什么大事，如果我认为你会保密的话。”格兰特向他保证。“我的继承人就是你想见的那个人。”

“可是他是新来的呀。”格兰特不假思索地说道。

“我不知道你怎么会了解得这么清楚，”教长大人厉声说道，“你说得很对，阿罗伊瑟斯修士只来了几个礼拜：但当会长的和入会时间的长短没什么关系。”

格兰特不好多说什么，接着问到今晚到街上去的人是谁。

教长说没这个人，谈到这里就结束了，因为格兰特要见的人走了进来。

他站在那里，穿着暗褐色长袍，双手交叠在一起，藏在显得非常宽大的袖子里。格兰特看到他脚上没有穿鞋，赤着脚的，这让他想起报摊里他突然出现的那一幕。格兰特暗想，赫伯特这么喜欢赤脚，到底是表示谦逊的表现，还是为了在走起路时不发出声响呢?

“这位是阿罗伊瑟斯修士。”教长说着，然后就离开了。

“我代表厄斯金先生，他是坦普尔的律师。”格兰特说道，“你是赫伯特·戈特贝德。”

“我是阿洛伊瑟斯修士。”

“你本名是赫伯特·戈特贝德。”

“我不知道你说的是谁。”

格兰特打量了他一会儿，“对不起。”他说，“我们正在找戈特贝德，因为有一份遗产和他有关。”

“是吗? 但如果他是我们修道会的人，那他对这事没什么兴趣的。”

“如果这笔遗产数目惊人的话，他也许会觉得依靠遗产在教会外做的善事要比在教会内做的善事要多得多了。”

“我们发誓我们只为教会奉献自己的生命。至于教会外发生的任何事情，我们的弟兄都不会有什么兴趣的。”

“所以你否认你就是赫伯特·戈特贝德? ”

格兰特虽然在谈话中占优势，但他发现眼前的人的眼睛里透露出来的是一股恨意。这般恨意是他以前从没见到过的。这是为什么? 按道理应该是害怕呀。 格兰特觉得眼前的这个人是某个插手碍事的人。这种感觉占据了他全部的想法，并陪着他回到旅馆。

威廉斯正在对着一份冷掉的餐点想着什么，这是格兰特要他为自己准备的。

“有什么消息吗? ”格兰特问道。

“还没有，长官。”

“提斯多呢? 你打过电话问过了吗? ”

“大约二十分钟前就打了，也没什么消息，长官。”

格兰特在面包里夹了几片火腿。“可惜。”他说，“如果我不是总想着提斯多，我办起事来就没这么麻烦了。走吧。今晚我们肯定没法睡觉了。”

“有收获吗，长官？你找到人了？”

“找到了，就在那个地方。不过，他不承认他就是我们要找的人。他们与外界没有任何瓜葛。所以他在店里才会显得拘束，都不想知道躲在柜台后面的另一个人是谁，一感觉到有外人在场就想着马上离开。这就是我最不明白的地方，威廉斯。他好像只害怕自己会被逐出修道会，却不关心正有人要把他关进监狱里去。”

“但是他从店里逃跑，可能是想躲起来。修道院这种好地方不引人注意，正是逃犯藏身的好地方。”

“是吧。是的，可是他没有表示出有什么害怕的表情，但是看上去是气坏了，可能我们让他的好事受到了破坏。”

他们没有发出任何响动就下楼，格兰特吃着三明治往下走。正当他们到一楼时，一个壮硕无比的女人出现在他们面前。虽然她两手空空，但看上去还是让人感到不寒而栗。

“原来你们竟然是这种人！”她的语气满是恶毒的讽刺，“一对不敢见人的狗男人。你们假装阔佬走进我的店，让我和我老公拿出最好的东西伺候你们——上好的肉排，还有味美的舌肉，更别提那些只有你们才吃的昂贵的怪味英国番茄沙司——但最后我们呢？有什么好处？一大早就看见空荡荡的房间。我很想叫警察来抓你们——要不是——”

“噢，有完没完！”格兰特忍不住笑了起来。一旁的威廉斯对女老板说了他们的身份。

“哦，你们是警察？怎么不早点告诉我？”她嘟囔道。

“我们不是什么警察。”威廉斯没好气地说道，格兰特笑得直不起腰来，拖着他赶快离开。

“真是好笑！”他说，“也太滑稽了。这让我舒服多了。听着，那些修士，不管他们到底是什么人，每天午夜只能在房间里睡觉，要到早晨六点才会出来。但是赫伯特好像不受这个约束，想怎么样就怎么样。我不知道为什么只有他可以。那些一楼的窗户，要跳下来没什么难的，但是要爬回去就要费好大的力了。而且他不那么灵活。不过他肯定出来了而且还没有被什么人发现过，我想他还会溜出来，我想去看看他到底能去哪里。”

“你怎么会有这样的想法，长官？”

“直觉。如果我是赫伯特的话，我也会找一个地方作为据点。回旅馆之前我在那一带仔细察看了一下。那个修道院和街道有两个邻接点。一个在大门的侧面；一个在另外一边，花园的尽头有围墙，有十五英尺高。还有一个非常坚固的铁门。这个地方离他们住的房子很远，所以我想我们去过的那一侧应该是他溜出去的路。不过你还是去守着花园那边，看见有人出来就跟着。我在大门这边守着。如果到六点还看不到有人，你回去睡觉。”

## 第二十二章　跟踪的收获

格兰特不知要守到什么时候。在充满湿润空气的柔和夜色中，弥漫着菩提树花叶那醉人的芳香。四周伸手不见五指，漆黑的夜幕罩在头顶，显得那样厚重。钟声传来，让格兰特感觉既疏远又亲切。这夜晚平和的氛围渐渐渗透到格兰特的头脑当中，使得他的意识越来越模糊，格兰特只得勉强维持清醒的状态。

凌晨两点半的钟声刚刚响过，格兰特便突然察觉到有情况发生，于是他没有借助任何动力便立即清醒。四周静悄悄的，但修道院前的那条小路却传来轻微的响动。一点光也没有，什么都不清不楚的，只能勉强看到那里有一团黑影，如同微风中的窗帘一样轻轻动着。那里有人！

格兰特一动不动地观察着黑影的变化，它渐行渐远，越来越模糊，最后似乎不动了。由此可以确定，那可疑人物正在往远处走。格兰特把靴子脱下来挂在肩上以免在这安静的夜里发出脚步声而惊动到对方。他悄悄地来到那条小路上，走过屋外高墙。等出了高墙的影子，四周光线便稍亮了一些，因此他又见到了那个人影。他紧跟其后，保持着极度的警觉，这时既不知对方离自己有多远，也无法判断对方是不是停了下来。这番情形在经过前面那条街之后才有所好转，因为那人影的轮廓较之前清晰了不少。那人走得很快，又十分机灵，专挑暗处遮掩身形。格兰特加大步子，先是走过几条小弄堂，弄堂两侧满是那种仅有两层的矮楼。随后又穿过了几栋带有花园的小别墅和一片小型牧场。

继续跟踪时，格兰特发觉脚下出现了那种碎石路面，硌得他双脚生疼，心里不禁喃喃咒骂。看来那人是往乡下去的，至少是郊区。

在又暗又静的夜色中，这一番跟踪进行了约莫二十分钟。格兰特根本不知道环境如何，只能一味地跟着那人。脚下何时会出现台阶、斜坡或障碍物全都无法预测。一个不小心，这一晚的辛苦可能就白费了。但格兰特发现那人走得毫不犹豫，可见那人并不是在逃跑，他对这条路线十分熟悉。

过不多时，格兰特发现他正身处于一处广阔的田野上。四周没有什么建筑，就算是有，估计也是在树篱的后面——这里可能是一处刚兴起的郊区。树篱挡住了格兰特的视线，大片模糊的暗影衬在了那个人的后面。这时，格兰特猛然发现那个人影不见了。他立即站住。那家伙是不是察觉了？还是躲了起来？之前格兰特曾踩滑了几块石头，那人是不是听到了声音？虽然之前看不大清，但格兰特还是能通过那人的身影动态确定他并没有起疑。可是现在那人却彻底消失了。

格兰特稳稳地继续前行，最后走到树篱旁，那里有一个作为栅门的缺口。他很想掏出手电筒照明，因为在乡下路上就这么摸黑地走让他极为烦躁不宁。最后格兰特想赌一把，他判定那人进了这个栅门，于是也走了进去。进来之后格兰特却发现脚下是一片细沙，不由得有些疑虑，他站在那里想："难道就只是个沙坑吗？ 那家伙在耍什么花招？想偷袭我？"但格兰特随后便想到，人们常用红色细沙铺在新式乡村别墅的入口处作为一种装饰，这才深吸一口气，放下心来继续前行。格兰特凭脚下的感觉找到草地整齐的边线，然后沿着这条线向前，他知道前面一定会有一间房子。果然，前面的黑暗中出现了一栋大概有八间房大小的白色建筑，显得特别突出。虽然夜色笼罩，但这房子却像是在发光，而那个家伙则再度出现在这诡异的微光之中。那人直着身子定在那儿不动，好像正在回头看着格兰特。格兰特此时才发觉自己也站在房子的侧面，身形露了出来，便连忙压低身形。片刻之后那人移动身子，最终消失在了房子的一角。

格兰特快步赶上前去，后背贴在墙上侧耳倾听，可是什么也听不到，显然那人早已不在，格兰特算是白费力气了。格兰特走进房子的角落，忽然一块布落在了他的脸上，随后便紧紧地勒住了他的脖子。

但格兰特就在脖子即将被这块布缠住的一刹那，他迅速抬臂将手指插入了脖子和布之间。格兰特借着这块布发力，突然俯身向下，奋力地一甩，便将那人的身子从自己的背上抛了过去，将那人的脑袋摔向地面。格兰特也被压倒了，那块布还套在脑袋上，但好在他双手自由了。格兰特抓向那人，同时觉得那块布松开了，不由得一阵狂喜。格兰特此时仍然双目不能见物，呼吸也十分困难，但却不至于被勒死。其实格兰特早已经开始还手，他用尽力气去掐对方的脖子。那人却不停地扭动，如同一条泥鳅般滑不溜手，还抬起膝盖顶向格兰特下体。对于赫伯特·戈特贝德来说，他可不是头一次在打架的时候使用这么下流的手段。格兰特胡乱伸手去摸，但只能摸到身下那片草地，他真想看到些什么，哪怕只有半分钟。格兰特松开刚才不经意间抓住的对方的某个部位——也不知是腿还是胳膊——然后奋力向旁滚去。但那人用尽力气将格兰特死命抓住，格兰特根本没有滚开。但他却因此而争取了时间，伸手握住了口袋里的手电筒。但这时那人忽然用力将格兰特的脸朝地上摔去，这一下格兰特的手就被压在衣袋里出不来了。但格兰特还有一只手能动，他用力朝着对方粗重呼吸声音的方向打了一拳，感觉指头击中了一个硬东西，紧跟着便传来了牙齿断折之声。那人登时垮下来，整个压在了格兰特身上。格兰特挣扎着挤出来，立即去掏手电筒。

但那人中了一拳后只是被吓了一跳，所以还没等格兰特把手电筒掏出来，那人就已经能活动了。格兰特打开手电筒照向那人，却没有照到他的脸，那家伙躲开了。格兰特向后一退，那人顺势冲了上来。格兰特把手电筒砸了出去，却差了一点没能打中，结果两人同时摔倒在地。因为格兰特没准备好承受这么大的重量，他光想着击打对方了，这才重重摔下去。

此时，格兰特的头脑有些迟钝，他的本能正在尽力激发那不知所措的身体去对抗敌人，但他的心里却淡漠地想着对方会用什么方式杀掉自己？可结果却让格兰特十分诧异，他只觉得身上一轻，那人居然移开了，同时一块石头擦着格兰特的脑袋砸在地上，震得他耳鸣不已，但格兰特仍然能感觉到那人离开时的情形。

格兰特撑起身子刚好坐在了刚才袭击他的那块石头上。他在地上摸寻手电筒，打算继续去追，忽然黑暗中传来一个女人的声音，只听她小声问道：“你是伯特吗？你怎么了？”

格兰特起身打开了手电筒。

一张长着如同温驯的鹿的眼睛的女人的脸出现在格兰特的视野中，但这女人面孔的其他部分却显得一点也不温驯。她被光亮照在脸上不禁大吃一惊，立即倒吸一口凉气，后退数步。

“别动！”格兰特喝道，那女人便立即不动了。

“你喊什么！”她的语气显得有些着急，“你是什么人？我刚才把你当成——我的一个朋友了。”

“我是一位警探。”

以格兰特的经验，他说出这种话时，对方一般会产生两种完全不同的反应：要么害怕，要么敌视。不相干的人一般表现为前者；要是后者的话，那就不言而喻了。而这女人的反应恰恰是后者。

格兰特照了照那间只有一层的房子，见上面还有几个阁楼。

“你别乱照了！”她嘘了一下，“你会把她弄醒的。”

“把谁弄醒啊？”

“雇佣我的一位老太太。”

“你在这家做女佣？”

“是管家。”

“只有你们两个住在这里吗？”

“不错。”

格兰特又照向那女人后面一扇打开的窗户，问道：“你住在这间房里？”

“是的。”

“好吧，咱们去你房里谈谈。”

“那可不行！我可什么都没干，你能把我怎么样？”

“到你屋里去谈谈没问题吧？”格兰特的语气可不像他所说的话那么客气。

“别以为我不懂！没有搜查令我是不会让你进来的！”那女人严严实实地挡在她的窗户前，不让格兰特进去。

“哼，我办的是凶杀案，根本不用什么搜查令。”格兰特说。

“凶杀案！天啊！”她瞪大了眼睛，“那跟我有什么关系？”

“麻烦你先进到你的房间里去，开开灯再说。”

那女人只好按格兰特说的去办，她灵巧地翻过窗台进了房间。格兰特等灯光亮起便迅速上了窗台打开窗帘。

这房间看起来叫人感觉很舒服，一张鸭绒被铺在床上，一盏带灯罩的台灯放在桌上。

格兰特向那女人问了雇佣她的老太太的名字，那女人回答了，并说自己才来这里不长时间，不过两三个月。

格兰特又问道：“在此之前你在哪里工作？”

“在澳洲的一个地方工作。”

“你是赫伯特·戈特贝德的什么人？”

“他是谁？”

“别装蒜了！我不想耽误工夫，小姐——对了，你在这儿工作用的名字叫什么？”

“当然是我的本名了！”她朝格兰特狠狠瞪了一眼，“我叫罗莎·富里森。”

格兰特调了一下灯罩的角度好看清她的相貌，最后确定不曾见过她。“我知道赫伯特·戈特贝德今晚跟你约好在这里见面。你快点实话实说吧，免得给自己找麻烦。”

“既然你这么说我就告诉你，不错，我是在等他。他是个送牛奶的。难道你会因为这一点就抓我吗？这也不全是我的错。我孤身一人在这儿太无聊了，只得找个人寻欢作乐。”

“是吗？”格兰特走向衣橱，同时向那女人喝道，“听着，待着别动。”

衣橱里都是女人的衣服，但这些上档次的衣服似乎不太衬这女人的身份，不过衣服都有些旧了。格兰特又让这女人把抽屉打开给他看，那女人颇不情愿地打开了。

格兰特不见里面有什么特殊的便要求想再看看行李箱。

那女人说行李箱在阁楼的储物室。

格兰特又问床底下的箱子里都有什么，那女人此时已经气得要打人了。

“把床底下的箱子打开！”格兰特命令道。

“你无权查看！把搜查令拿出来，要不然我不会让你看的！”

“你要是心里没鬼，打开叫我看看又何妨？”

“箱子的钥匙丢了！”

“哼，你的表现让我非常怀疑你。”

那女人只好取下挂在脖子上的钥匙串，俯身去拽那些皮箱。格兰特留意观察她，才发觉她并不是纯种白人。看她的动作和头发质地，似乎是——黑人？印第安人？格兰特忽然想起了赫伯特在南太平洋主持过的那个教会。

“你多长时间前离开的群岛？”格兰特装作不经意地问道。

“那是——”她忽然警觉，忙住口不说，“我不明白你的意思。”

第一只皮箱打开了，里面空空如也。第二只箱子里却全是男人的衣服。

“怎么，你经常穿男人衣服吗？还是平时靠卖旧衣服赚些外快啊？”格兰特问道。虽然现在脚又肿头又疼，但这个发现却让他欣喜若狂。

“这都是我未婚夫的衣服，他已经不在了，所以你别拿这种事开玩笑。”

“他好像没有大衣啊？”格兰特在箱子里翻看着，同时问道。

“有，不过他过世时给弄破了。”

“这样啊。他是什么原因去世的？”格兰特显得十分关心，边找边问道。

“他死于车祸。”

“哼，你还要继续演戏吗？”格兰特语气一变。

“你这人！你到底什么意思啊？”

“我还以为你能编一个极其引人联想的结尾呢！你未婚夫叫什么？”

“约翰·斯达波。”

“斯达波！（Starboard，词意为船或飞机右舷。）那就是说不是车祸喽。”

“恐怕只有你自己才知道你在说什么吧。”

“那只空箱子该不会恰好就是原来装你未婚夫的那件破损大衣用的吧？”

“当然不是。”

格兰特不再找了。他收手回来，手里却多了四本护照。其中一本是英国护照，正是属于赫伯特·戈特贝德的；一本是美国护照，持有人是亚历山大·拜伦·布莱克；一本是西班牙护照，持有人是个叫作荷西·费尔南德兹的聋哑人；第四本是美国护照，由威廉·凯恩斯·布莱克夫妇共同持有。不过四本护照上所有的相片却都是同一个人，那就是赫伯特·戈特贝德；而第四本护照上妻子的照片则是罗莎·富里森。

“哼哼，看来你那个未婚夫还是个搞收藏的，专门收藏护照，真够奢侈的了。”格兰特把护照都放到了口袋里。

“你不可以这样！把东西还我！我要喊人了！我就说你是暴徒，破门而入要侵犯我。你看着！”说着她就开始扯衣服。

“随你怎么叫。不知道你的那位雇主老太太看到这些护照会怎么想。对了，如果你对那个老太太图谋不轨的话，你还是先想清楚的好。好了，我得走了，虽然我那双靴子也不知道能不能再接着穿，但还是找到的好，可能掉在花园了吧。还有，凯恩斯·布莱克太太，我劝你在我传讯你之前最好老老实实的。我手头暂时还没有对你不利的证据，所以别给我留下坏印象，否则你会后悔的。”

# 第二十三章　哈默的“狡猾”

格兰特硬生生把脚挤到靴子里去（心里尽量去想别的事以分散注意力，这是他从小就用来应对痛苦的手段），但是没走几步就又忙不迭脱了下来，只穿袜子一瘸一拐地往回走。回去的路很难找，好在他的方向感天生就极强（格兰特的同事说就算把他双眼蒙上，再让他转圈转得发蒙，他还能找到北），辨别这里的大致方向是不难的。格兰特站在路边一户人家的门庭下，看着街上来回巡逻的警员却不愿意上前问路，他不想费心跟对方解释这些事。任何一个犯罪调查科的警探都不想以这副尊容和同行打交道。

他给威廉斯留了一张便条，叫他早上六点来了就给局里打电话要一份有关宗教团体组织的资料，组织的名字叫作黎巴嫩树，有了信儿便立即叫醒他。然后格兰特才把四本护照压在枕头下面，上床美美地睡了一觉。这一觉睡到了将尽十点才被威廉斯叫醒。

“有提斯多的消息吗？”格兰特睁眼便问。

答案是否定的。

局里说黎巴嫩树圣修道会是1862年由一个富有的单身汉创建的，其修道方式是禁欲。这个创始人被自己深爱的女人甩了，这件事无人不知。他本人成为第一任会长，还把钱都花在了这个修道会的建设上。修道会强调要固守贫穷，钱财只能在会长同意后用在慈善方面，故此这个修道会因广为布施而出名。下一任会长由前一任会长提名，但是如果全体弟兄都持反对意见，便可以随时将其罢免。

格兰特一边喝着旅馆那难以下咽的破咖啡，一边分析案情。“看来赫伯特的目的就是想当修道会的会长。他把现任会长玩弄在股掌之间。真难以想象，当会长的居然如此愚蠢。不过咱们见过的蠢货也不算少了，是吧威廉斯？”

“我正在分析，长官。”威廉斯脸上没什么表情。

“很多扎扎实实、独立创业的企业家，却常会被那种在饭店大厅混生活的骗子轻易地给玩弄了！当然，那个赫伯特也很有心计。他在美国搞教会可能就是想当下一任会长吧。不管怎样，现任会长现在已经把他当成接班人了。只要他接下来的这段时间里不出大错，就可以拿到一大笔钱了。难怪他这段时间这么害怕出岔子。他妹妹给他留了多少钱才是他最想知道的，因为如果这些钱够花，他就不用去苦修了。虽然他修行时也常有机会可以抽空去跟那个女人寻欢作乐，但教会的清苦生活根本无法吸引他。”

“你觉得他会待到什么时候，长官？”

“待到他得到足够多的钱的时候。”他说着向那几本护照一指，“反正凭这些，就足够对他发起起诉了。因此咱们随时都可以在有需要的时候把他拘捕。让我觉得头疼的是这案子的杀人动机是什么？他是杀人凶手这件事我并不否定。他完全有法子离开教会一整天去办案。但原因何在呢？他在得知妹妹要来英国后便跟着来了。我觉得从他相好的女人的柜子里的衣服来看，他来英国时可能经济上比较窘迫。他因此才会去投奔黎巴嫩树。可是在修道会里他一定过了不长时间就会觉得有盼头了，那还杀他妹妹干什么呢？”

“或许是兄妹两人见过面，还发生了争吵。案发时间是早上六点，这一直让我们觉得很别扭，但于他而言其实再平常不过了。”

“对。看来我还得去问问那个院长大人，阿洛伊瑟斯修士在一个星期之前那天是不是离开过修道院。昨天院长显得特别清高不爱搭理人，但如果我把他得意门生的这些护照拿给他看的话，我想他会愿意跟我聊聊的。”

但是格兰特却没见到院长。门房只在那个小窗口里露出充满厌恶表情的脸来，不管格兰特问什么，他的回答都是一样的，常常是所答非所问。显然这是因为赫伯特暗中跟门房交代过了。

小窗口关上了，格兰特站在小巷里无可奈何。只有开具一张拘捕令才行。格兰特只能忍着双脚的疼痛往回走，费了好大的力气才上了车。其实格兰特倒挺佩服赫伯特的本事的，居然能加入到如此封闭的团体中去。看来得尽快弄到拘捕令才行。他回到旅馆把个人物品收拾了一下（他不想再在这里住上一晚），就在他正在给睡梦中的威廉斯留便条时，忽然旅馆有人来叫他去接听他们局里的电话。

电话里问他能不能去趟多佛，那边的同事要找他，好像案子有了新的进展。

他回房去把写给威廉斯的留言改了，这才出来走向自己的车。当他把个人物品丢到车上时，却忽然想到自己居然给了那个臭脾气的老板娘那么多小费，可对方提供的却只是差劲的服务和难吃的饭菜。随后才开车驶向多佛。

新进展？什么新进展？看来只能是跟钱伯斯有关了，而且非比寻常。因为如果仅仅查到了钱伯斯那天晚上的去处，那在电话里说一声就行了。看来这新的发现一定很重要。

这个案子的负责人是瑞梅尔警探，他是个憨厚实在但满脸忧郁表情的小伙子，他最大的优势就是长得不像老百姓心目中的警探。瑞梅尔此时已经站在了警局门口等待，格兰特一把将他拉上车。瑞梅尔说，由于他们执着地追查，终于找到一位叫席尔的老水手。那个周三的晚上——其实已经是周四凌晨了——十二点半的时候，席尔从孙女的订婚宴会上离开，走在回家的路上。当时路上除了他没有旁人，因为现今没什么人会到海边去住。人们都想住在建在山上的那些漂亮但不结实的别墅里，那种房子恐怕打个喷嚏都会倒。席尔走着走着看到了海面，便停下来片刻想看看海港，他觉得夜色中港边的锚泊灯很美。

那时雾渐渐起来了，但事物的轮廓还比较清楚。席尔知道派特罗号要开进港口——赴宴之前他就用望远镜看到了这条船——因此他当时就开始寻找，却看到船并没有停在突堤边，而是下了锚停泊在海上。后来他又看到从船边开出一艘小汽艇驶往岸边，小艇速度慢，声音小，似乎不想引起别人的注意。当小艇停在突堤的阶梯旁时，在码头边的阴影中，一个男人闪身出来。此时小艇上也出现一个个子高高的人，席尔认得他——爱德华勋爵（席尔以前常见到勋爵，还曾为勋爵的哥哥服务过）。只听勋爵说道："是哈默吗？"个子较矮的男人说道："是我。"随后压低了声音说道："海关那边没问题吧？"爱德华勋爵说道："放心吧，没问题。"然后这两人就都上了汽艇，随后汽艇开走了。雾越来越浓，整个港口都给罩住了。约莫一刻钟后，席尔才继续上路。

就在席尔走上大街时，还能听到汽艇驶离派特罗号所发出的声音。但到底是靠岸还是离港就不得而知了。那时席尔不觉得这件事很重要。

“上帝啊！”格兰特说道，“真难以置信。这简直——他们俩之间可哪有一点交集啊！”（格兰特在潜意识里却立即补充了一条：只有一个女人。）“完全毫无关联的两个人竟然这么稔熟！”

格兰特默然呆坐，过了片刻才说道：“我知道了，瑞梅尔。你做得漂亮。我去吃午饭，顺便把这件事里里外外想个明白。”

“好的，长官。我能提一个建议吗，长官？是好心的。”

“你要是非说不可那我也无可奈何。当下属的差不多都这样，这可不是个好习惯。”

“黑咖啡还是少喝为妙，长官。你早餐就喝了四杯，别的东西却都没吃。”

格兰特笑了。“还用你来管我？”说着格兰特发动了车子，又说道：“越多人垮下去，你升职就越快。”

“我是心疼钱，不想花钱买花圈，长官。”

格兰特行驶在去吃午饭的路上，他此时并没有笑。克里丝汀·克雷的丈夫和他的绯闻情人出去深夜幽会。这也太离谱了。但爱德华·钱伯斯作为比尤德公爵的第五个儿子，终究是名门望族，虽然他向来不走寻常路，但他竟然跟流行音乐界的杰森·哈默暗中有来往，两人的身份就差着十万八千里，这可真是一桩怪事。他们在搞什么鬼？不可能是谋杀。

对格兰特而言，这两人合谋杀人的结论相当的诡异，所以他直接给予了否定。

两人之中可能有一个想杀她，但若说两人合谋作案那简直是荒谬之极。席尔说听到汽艇后来又驶离了派特罗号，会不会在汽艇上只有两人中的一个？从海港出发，一路沿海岸线北上，再到西欧佛的峡谷，其间的距离并不甚远；而哈默在克雷被害后两小时便在她的农庄里现身了。直接站在汽艇上溺死克雷的方式最为理想，这跟格兰特之前设想的站在堤防上溺死人的效果是一样的，离开现场都是那么快速安全。格兰特越是想着汽艇，对这种杀人手段就越是着迷。之前他们开展调查工作时，就曾检查过附近的船只，但汽艇的活动范围太大了。但是——哎，只不过是“但是”——这个结论太不靠谱了！那情形根本难以想象！难道杰森会说“你要是肯借我船，我就帮你淹死你老婆”？难道钱伯斯会说“你要是肯帮我淹死我老婆，我就借你船”？这两个人一定是因为其他的原因才见面的。就算后来真杀了人，也是他们没有料到的，并非他们的初衷。

可他们到底因为什么会面呢？当时哈默一见面就问及海关的事，显然他急于知道结果。难道哈默吸毒？可是有两处不符。一是哈默不像个有毒瘾的人，二是钱伯斯也不可能贩毒。那一定是他急于想得到的某种物事，而且是犯法的。

到底是什么东西要回避海关呢？私烟？珠宝？钱伯斯隔天早上确曾向乔治·米尔显示过他捎回来要送给克里丝汀的黄玉。

可就算事实如此，还有一处说不通。爱德华·钱伯斯真要是走私，也只是想找个乐儿而已，他可绝不会是为了哈默的利益才去做的。格兰特脑子里的念头纷至沓来，后面的又否定了前面的。

这两人之间空间有什么交集呢？一定有。从他们的交往上就可以确定。但那到底是什么？所有人都会觉得他们只不过是认识罢了，也许连认识都算不上。很显然，钱伯斯离开国内的时间要远早于哈默来到英国之时，而克里丝汀跟哈默相识则是从他们搭档拍英国片时才开始的。

格兰特这顿午饭吃得一点滋味都没有，他的思绪飞速地运转着，如同一台机器。那些甜面包和青豆仁跟倒进泔水桶里也没什么两样。等到咖啡端上来的时候，他还是没有想通。他真想成为侦探小说里那些天生就富于惊人直觉和精准判断力的超能怪胎，而并非只是一个踏实认真却无甚过人才能的警探。按目前的情形，接下来要做的显然就是审讯他们两人中的一个了，而且要找的那个显然是哈默。为什么？哦，可能因为哈默更容易对付吧。好吧，也许是因为不会带来什么大麻烦！算了，何必执着于弄清楚自己所有做法和想法的动机呢！格兰特忍住没喝第二杯咖啡，此时他想到了瑞梅尔，不禁面露微笑。这小伙子不错，以后一定是个优秀的警探。

他给德文寓所打电话，询问哈默先生在今天下午茶和晚饭之间能否抽空跟格兰特（没必要说出身份）见面谈谈。

对方却说哈默现在不在伦敦，而是去白崖角见那个欧洲大陆来的明星蕾妮·普林胡弗了。他正在帮她写歌，而且今晚不会回来。那边的地址是白崖角高闸道，电话是白崖角3025。格兰特又照着这个号码打过去，那边却说哈默带着普林胡弗小姐开车出去兜风了，应该在晚餐之后才会回来。

白崖角是西欧佛的延伸，上面全是供有钱人居住的风格各异的别墅，看得到却遥不可及。这里听不到游客的惊呼赞叹，也看不到各家报纸那些虚假的报道。格兰特在海洋饭店还留有一间房，因此他就到西欧佛去，威廉斯也会赶过去跟他会合。

除了等待格兰特什么也做不了，他得等着局里的拘捕令，等着去见哈默。

哈默现身时正是鸡尾酒时间。

“你是要和我共进晚餐吗，探长？就算不是也说是吧，我来请客。我真受不了那个女人了，要是再过一个小时我非得发疯不可。疯婆娘！神经病！我之前见过的明星多了去了，可是我的苍天啊！她是最夸张的一个！她说的那些话让我听得直糊涂，照说她见我这个样子总得适当缓一缓迁就一下我吧？没有！她叽里呱啦还往下讲，说着说着还插几句德文，有时候还来几句法文，她还觉得自己说得多有文采呢！服务生过来！对了探长，你喝点什么？不喝酒？少来了！真不喝吗？那算了。服务生，给我上一杯杜松子调酒。你用不着保持那种身材才能钻进警车吧，探长。你该不会是禁酒派信徒吧？”

格兰特说他没参与过任何禁酒活动。

“好吧，找我来想谈点什么？你不是有事要跟我说吗？”哈默认真起来，严肃地看着格兰特，“案子有了重要的进展吗？”

“告诉我那个周三的晚上你在多佛都干了些什么？”

“多佛？”

“对，两周之前的那个周三。”

“有人在耍你吗？”

“哈默先生你听好，就因为你有所隐瞒，所以让案情变得复杂了。这会影响我们抓捕杀害克里丝汀·克雷的凶手。现在这件案子处处不协调。你现在就跟我全盘托出你在那个周三晚上做过的所有的事。那些跟案情无关的大半细节就不用说了，它们只会影响案子的进展。混乱无关的东西堆在上面，只能让案件的主线模糊不清。你不是想帮忙抓住真凶吗？好啊，证明给我看！”

“探长先生我想说我很喜欢你，我从没如此地喜欢上一个警察。但是我已经都说过了，那天我在去往克莉丝农庄的路上迷失了方向，后来就在车里睡的。”

“如果有人可以指证在午夜之时在多佛见到过你呢？”

“那我也是在车子里过夜的。”

格兰特没词儿了，不禁有些丧气。看来接下来只能去找钱伯斯了。

哈默用一双褐色的小眼睛十分担心地看着格兰特。

“你这一阵子好像没休息好吧，探长？这会拖垮你的。我看你就放弃原则来杯酒吧，一杯酒下肚你就会感觉什么都变好了，相当神奇。”

“如果你承认你没在车里睡觉，我就能在床上安心地睡上一觉！”格兰特愤然离座，显得有损风度。

他想在哈默给钱伯斯报信之前就找到钱伯斯。最好是打电话把钱伯斯请到西欧佛来，并派警车前去把他接来。同时想方设法在钱伯斯出城之前缠住哈默。

不过钱伯斯早已出城去爱丁堡参加一场由文人墨客们举办的集会，并在会上致词，内容是“加列利亚的未来”。

这就好办了，不管是谁想要找到他都得花些时间。哈默要是想联络他，也只能靠发电报或打电话。格兰特下令对电话和电报严加监控，这才回到餐厅，却见哈默还在那儿喝酒。“我知道你讨厌我，探长，但说心里话我是真喜欢你。而且，那个婆娘确实很恐怖。你就不能先把咱们两个人的身份放一放，坐下来一起用餐？”

格兰特的脸上露出了微笑，不过笑得有点违心。他坐了下来。

哈默也笑了，看得出来，他知道格兰特心里的想法。“不过探长先生，如果你想通过跟我一起吃这顿饭，最后让我说出我那晚不是在车里过的夜，那你可有点自欺欺人了。”

这顿饭格兰特吃得倒挺开心，似乎是出于一种自然而然的状态。他觉得正在跟对方斗智，他想引哈默说出实情。

饭菜很美味。哈默也非常幽默。

格兰特又收到了电话通知，说爱德华勋爵正在回来的路上，他搭乘的是早班首次列车，将在午茶时分到达伦敦。而对于戈特贝德的拘捕令将随着明早第一批邮件发过来。

于是格兰特当晚就在海洋饭店住了下来，虽然思路仍然混乱，但已经不至于崩溃，至少明天要做什么已经心里有数。哈默当晚也在这里住下，因为他已经没有精力去应付那个叫蕾妮的女明星了。

# 第二十四章　鬼影来客

因为建造师的最新理论——气味向上定理，海洋饭店的厨房设于顶楼。早期的设计是一体电气化的厨房，这也是建筑界非常流行的做法。不过大厨亨利却对此不屑一顾。亨利来自普罗旺斯，用电热来烹饪，神啊，对他而言简直是场噩梦！上帝要是教导我们用闪电来做菜，那他就不会发明火了。因此亨利依然用他的炉子和火盆。此时是凌晨三点钟，闷燃着的炉火依然发着柔柔微光，照亮着这间白色的宽敞厨房。屋里到处都是发光体：银器、铜器和搪瓷。（不包括铝制品。一说到铝亨利就要心塞。）门半开着，炉火不时地发出轻微的噼啪声。

过了一会儿，那扇门动了一下，被稍微推开了一点。一名男子站在门缝边上，侧耳倾听着动静。他安静地走了进来，像个幽灵似的。他朝餐具桌走去。昏暗中一道亮光闪过，那是他从抽屉里取出一把刀，不过依然悄无声息。然后他从桌子向墙边走去，在墙上有一块小木板，上面有几排挂着钥匙的挂钩。他没有摸索，一伸手就找到了他要用的那一把。正当他要离开的时候，他犹豫了片刻，走到炉火前，就像是被某种魔法召唤一样。他在火光中的眼神发亮而激动，面容却隐藏在黑暗中。

炉床旁边有张报纸，上面放着早上生火用的引火木条。男人留意到了，他推开木条，掀开木条下面的报纸，就着火光读着。他读了一会儿，无声无息，此时的厨房依然像是空无一人一般。

突然间变化咋起：他霍然而动，跑到电灯开关那儿，把灯打开，再跑回去把整张报纸抽了出来。他颤抖着把报纸放到桌上摊开，不停地轻拍，尽量将它抚平，好像报纸是个活物一样。然后他放声大笑，轻柔地用拳头快速敲打着斑剥的桌面。渐渐地，笑声越来越大，失控了一般。他又回头跑向开关，将厨房里所有的灯都打开了，一，二，三，四，五，六，七，八。一个惊人的想法吸引住了他。他跑出厨房，经过铺满磁砖的走廊，安静得像团鬼影。他加快速度，飞奔下昏暗的阶梯，楼层被他奔然而下，整个人活像只蝙蝠。此时他又开始低笑，夹杂着阵阵哽咽。他冲过黑暗的大厅休息室，来到荡漾着绿色灯光的接待前台。但是没人在，晚班的门房去巡逻了。男子翻开住客登记本，手指在本子上来回游移。接着他离开柜台跑上楼，除了呼吸急促之外，动作依然十分安静。他把万能钥匙从二楼服务室的挂钩上取下，然后跑到七十三号房门口。顺利打开房门，他摸了一下电灯开关，就向床上的男子扑了过去。

格兰特迷糊地从一个有关非法交易的梦境中惊醒，下意识地应付某个跪在他床前抓着他猛摇的疯子，他听见此人边啜泣边重复着说：“果然是你错了，不过还好！果然是你错了，不过还好！”

“提斯多！”格兰特说道，“老天，见到你我真是太高兴了。你去哪儿了？”

“储水塔。”

“海洋饭店？你没离开过这里？”

“从星期四晚上到今天，那是多久的事情了？我是夜里从服务生入口进来的。那天可是雨下如注，哪怕你是光着屁股穿过城市，也没有一个人会注意到你。我知道这儿有个小阁楼可以藏身，因为有一天我看到一群帮工躲在那儿。除了帮工之外没人会去那儿，我躲到晚上才到储藏室找吃的。我想会有人因为那些食物而受罚吧，或者说他们压根儿就没发现？你想他们发现了吗？”

他那双明亮得很不寻常的眼睛热切地注视着格兰特。这时他已经颤颤巍巍地打冷战了。不用猜就知道他现在冷得够呛。

格兰特先是轻轻地把他推坐在床上，从抽屉里找出一套睡衣裤递了给他。

“来。先把它穿上，然后赶紧进被窝。你那天来的时候身上都该湿透了吧？”

“没错。湿衣服压得我动弹不得，不过我已经在阁楼上把衣服晾干了，还很暖和，白天的时候还有点暖过头了。你晚上——晚上的穿着还真——真讲究。”他的牙床开始碰撞，显然身体开始不适。

格兰特帮着他把睡衣穿好，给他盖好被子。他按铃让门房送来一份热汤，顺便请一位医生过来。然后他坐在电话前，告诉警局这个好消息，提斯多用他那过分明亮的眼睛俏皮地看着格兰特。他把电话挂掉，回到床边来说道：“此时我无法形容我心中的歉意。我会尽全力来弥补。”

“毯子！”提斯多说道，“床单！枕头！鸭绒被！上帝啊！”

在打颤的牙齿和一个星期没刮的胡子之间，他的脸上尽可能地露出了笑容。“帮我说声‘此刻我要安眠了’。”话刚说完，他就进入了梦乡。

# 第二十五章　真凶

到了早上，医生强调患者的淤血现象比较严重，如果还不赶快处理的话，就会很快发展成肺炎。格兰特通知警场，让提斯多的茉莉婶婶来帮助照顾，但提斯多却拒绝让自己的婶婶到场。威廉斯接到命令去坎特伯雷拘拿修士阿罗伊瑟斯，格兰特则想着在中午再去伦敦去找钱伯斯。他向伯戈因局长进行了汇报，要向他报告提斯多已经露面了，接电话的是艾丽卡。

“噢，我真为你感到高兴！”她说道。

“为我？”

“是的。这件事一定让你费神了。”

直到这个时候格兰特才领悟到这件事让他有多难过。原来他不断掩饰着自己内心的恐惧。看起来，她还真细心。

早上还没过完，这个好孩子就送来了新鲜鸡蛋。格兰特心想，这很符合她，换别人就是送鲜花和水果了。

“我希望她没有因为这件事儿有什么麻烦吧？”提斯多问道，每当他提起上星期的事，就像在谈论发生了许久的事一样。

“刚好相反。她不但救了你的命，也避免我的名声受损。是她找到了大衣。算了，现在不跟你说了。你现在要做的事是静养，让身体尽快恢复起了。”

但他还是把知道的都说了。提斯多听了，有气无力地喃喃自语：“哦！”这个词他说了一遍又一遍。

访问钱伯斯一事开始就让格兰特感到迷惑。如果他直截了当地问：“听好，你和杰森·哈默两个都在说谎，想掩盖那天晚上发生的事，现在我发现你们就待在多佛。当时你们在干什么？”那会得到什么答案？“亲爱的探长，对于哈默的回答我也不知道为什么，不过那晚他的确到我的小船上来做客，我们一起去钓鱼。”那会是一个很难戳穿的不在场的证据。

他的脑海里还是从事非法买卖的想法。到底是什么样的非法买卖让钱伯斯和哈默如此投入呢？再说是什么货需要花一整晚去交易，即使是一整船的私货也不至于呀。但是他们两个都还提不出那天晚上自己不在现场的证据。从午夜到早餐的这段时间他们又在干些什么勾当呢？自从瑞梅尔在多佛发现了一些东西以来，他一直都认为，如果他能记得起来钱伯斯在撒谎——就是关于他什么时间来多佛日期的谎——之前说过什么话，就会很容易查出来了。

想到这里，他决定在离开海洋饭店之前去理发。

当他正要推门的时候，脑子里又响起了钱伯斯说的一段话。

原来他那时候说的是这个！格兰特明白了。一套合理的因果关系图像在他脑子里形成了。他马上打电话给政治保安处，询问了六七个问题，然后再去等候理发，脸上满是得意的笑。现在他知道自己该怎么跟爱德华·钱伯斯说了。

这时是生意最好时候，屋子里都是人。

“马上好，先生。”店长说道，“要不了一分钟就会好的。”

格兰特坐下来，伸手去架子上拿了一本杂志看了起来，这些杂志已经很旧了。于是他选了本《银色报道》翻阅起来。这是本美国电影杂志，都是些无关紧要的花絮。关于某人的所谓“真相”，如果是第五十二次报道，那肯定和以前说的完全不一样。一个憨傻的金发女星说明她发现了隐藏在莎士比亚文章里的新问题。另外一个说明她在保持身材上的秘诀。一个分不清煎锅头尾差别的女演员会展示自己怎么做煎饼。一个猛男型的男星说他对其他猛男型的男星表示敬佩。格兰特越看越觉得没意思。正当他打算换杂志的时候，突然像发现了什么似的，连忙集中精神看了起来。

那篇文章非常吸引他。当读完最后一页时，他站了起来，眼睛依然看着杂志的最后一页，有些意犹未尽。

“轮到您了，先生。”理发师说道，“请到这儿坐吧。”

但是格兰特仿佛没有听见。

“我们已经准备好了，先生。希望没让你厌烦。”

格兰特抬头看着他们，仿佛他是在跟别人说话似的。

“我能要这本书吗？”他指着手中的杂志问道。“这已经是六个月前的杂志了。谢谢你。”他说着就走出了理发店。他们看着他的背影，觉得这人真是奇怪，不知道杂志上有什么让他着迷。

“肯定是找到他的有缘人了。”有人这样评价。

“我认为缘分这种东西应该不存在了。”另一人表示反对。

“或是找到什么可以治什么难以启齿的病的秘方。”

“不对，是请教他的好朋友去了。”

于是他们又笑了起来，很快就把他忘记了。

格兰特在电话亭里，外面已经有一位绅士等得不耐烦，开始怀疑他是不是有一辈子要说的话都在这里讲完。

这时他正在和电影明星欧文·休斯打电话。这次吸引那个绅士在旁边偷听，他希望能够听到一点什么。对话的内容是关于某人是否在一封信上跟另外一个人说起过什么事。

“真的！”格兰特说道，“非常感谢，我就想知道是不是有这件事。”

然后他又要求对方别把这件事说出去。接着他询问泰晤士警局，然后还顺手把门关紧，不让人听见，让苦候在外的绅士气得直瞪眼睛。

“你知道河滨道276 号的住户以及登记拥有一艘快艇吗？”

对方很快就开始查询了。

“是的，276 号是有一艘快艇，是一艘速度很快的小艇。能出海吗？当然可以。不过他们主要是用来在埃塞克斯郡沿岸的浅滩上去猎鸟。出入泰晤士河口是完全没有问题的。”

格兰特请他们在一个半钟头之内帮他备好一艘小艇，因为他会这个时间前回到伦敦，这样，就帮了他一个大忙。

警局的人说没有问题，马上就办。

格兰特马上打电话给巴尔克，交代他如果威廉斯在一个半小时内回到伦敦，就让他去西敏斯特码头见自己。万一当时威廉斯没回来，那就叫桑格去见自己。

格兰特马上开着车去赴约会，好在此时正是吃午饭的时间，交通非常通畅。当他赶到时，发现威廉斯已经在等他了，他在那里喘着气，因为他是最后一刻才从警局急忙赶过来的，让桑格先回去。只要有机会，威廉斯就希望亲自参与每一件事。更何况总督察说一件刺激的事情就要水落石出了。

“那么，教长大人感到很吃惊吧？”格兰特问道。

“比阿罗伊瑟斯修士差远了。有一阵子他认为我们没有证据。从他的反应来看，我认为一定还有一些警察机构想快点抓住他。”

“我觉得这很正常。”

“我们要去哪儿，长官？”

“切尔西区。那里是画家和民俗舞者最爱去的地方。”

威廉斯看着他的长官，注意到自从提斯多出现之后，他的气色看上去和以前不一样了。

警艇朝停泊了一艘灰色大快艇的河滨道276 号岸边驶过来。警艇减慢速度，慢慢地靠拢过去，直至离船一英尺远的地方才停下来。

格兰特跨了上去，“威廉斯，紧跟在我后面。我需要有目击者作证。”

船舱上了锁。格兰特有些失望地看了看对面那栋房子，摇了摇头。“我必须冒险进去，我坚信我是对的。”

他当着水警的面，撬开锁，然后走进船里。这是一间看上去整洁、有海员气味的船舱，每一样东西都收拾得干净，非常有序。格兰特仔细检查了柜子。终于在右侧床铺底下的柜子里找到了要找的东西——一件油布大衣，黑色的，是在坎城买的，右边袖口少了一颗扣子。

“威廉斯，把它拿着，然后我们一起到那栋房子去。”

女佣说济慈小姐在里面，然后让两人在一楼的餐厅等候。这个房间虽然很朴素，但非常新。

“这种地方不是咽下烤牛肉的地方，倒很适合割阑尾。”威廉斯说。

但是格兰特没有作声。

莉迪亚来了，微笑展现在她的脸上，手镯和珍珠项链在身上叮当乱响。

“对不起，我不能请你们上楼，亲爱的狮子座先生，我的一些客户可能不会认为这是友好地拜访。”

“这么说在玛塔家的时候，你就知道我是什么人了？”

“当然。你不用夸奖我的预言能力，亲爱的格兰特先生。这是你的朋友吗？”

“这位是威廉斯警员。”

她看起来好像有点狼狈，格兰特心想，但仍试图向警员表示友好。接着她看见了威廉斯腋下夹着的衣服。

“这是我的大衣，你想干什么？”她厉声问道。

“这真的是你的大衣？在船上柜子里的？”

“当然！你们好大的胆子，谁让你们去打开船舱的？！那儿一直都是锁着的。”

“我们会修好的，济慈小姐。但我要告诉你，我不得不逮捕你，罪名是15号星期四早上在西欧佛的峡谷，你亲手杀害了克里丝汀·克雷。我要警告你，从现在起，你所说的任何一句话都会成为对你的证词。”

她的脸马上从那种很自满的表情，变成异常的盛怒，当朱蒂·塞勒斯侮蔑她的能力时，这种怒容也出现过。“你没有权力逮捕我。”她说道，“那不是我的命。除了我还会有谁知道这一切？我对星象研究得很透彻。星象已经预言我有辉煌的前途。倒是你，一个无知的可怜虫，你只会不断失误和犯错。我的命救生获得成功。这是上天注定的，没有谁能改变，这就是命运。‘有些人生而伟大’——想必你也明白它的意思吧。人如果不是生而伟大，就只能注定是卑贱。我是注定要取得成功的人，注定要成为大众领袖，要被全人类所顶礼膜拜……”

“济慈小姐，如果你现在就跟我们走，那我将不胜感激。你需要的任何衣物我保证会马上送到的。”

“衣物？干什么？”

“让你在狱中可以替换。”

“我不明白。你没权力让我坐牢的。那不是我的命运。我的星座图说我可以为所欲为的。”

“只要有恒心和毅力，每个人都会去做自己想做的事。但是不能触犯法律。你要叫你的女佣进来吩咐吗？如果你想要你的帽子，她会拿给你的。”

“我不要。我也不会跟你走的。我下午要去玛塔家参加一个宴会，克里丝汀的角色被她抢走了，你明白吧。就是新电影里的女主角。那是被我算出来的。我们命中该做的事谁也不能违背。也是各得其所吧，像音乐盒里的齿轮一样，你懂音乐吗？参加完玛塔的宴会我还要去找欧文・休斯，然后再商量以后的事。如果你们晚上有时间的话，那时我们可以谈谈。你知道欧文吗？他很帅气。他也有他命中注定的位置。如果不是因为欧文的话，我是不会想到那件事。不，我的意思不是那样的。伟大成就必定出自伟大的心智。这是大家公认的。不过触发的引信却常常被人忽视。就像电灯和开关之间的关系。前个礼拜我在苏格兰演讲的时候，就引用过这句话。效果还很不错，大家都认为很贴切，你觉得呢？要不要来一杯雪莉酒？我想我可能怠慢你们了。因为我一直还想着那些人正在楼上等我去把事情说清楚。”

“说清楚什么？”

“当然是关于我——不，和他们有关的事。他们就是为了这个才来的。我脑筋现在有点不清楚。他们想知道他们未来会怎么样。而这一点只有我知道。只有我，莉迪亚・济慈——”

“我能用一下电话吗，济慈小姐？”

“可以。在走廊上的橱柜那里。就是颜色看上去比较新的那一个。我是说电话，不是橱柜。我刚才是说什么？”

格兰特对威廉斯说：“请他们立刻派雷诺士来。”

“就是那位画家吗？我将很高兴能和他见面。他也是那种生下来就注定要伟大的人。这和使用或者混合颜料的技巧没什么关系，你知道吧。这是一个人生来就具有的本质。而本质是星象注定的。你一定要让我帮你用星座图算一次。你是狮子座的，对人的吸引力非常大。有王者之相。有时候我会对自己不是8月出生而感到难过。不过白羊座的人是天上的领导者。而且还很健谈。”说到这里，她笑了起来，“不好意思，大家都认为我话多。从小他们就叫我是话匣子……”

# 第二十六章　真相大白

半个小时之后，警方的医务人员雷诺士为不停地叫嚣、胡言乱语的莉迪亚·济慈打了一剂吗啡，这样，她就能被警察带走了。

格兰特和威廉斯站在门内，看着救护车离开，不知道此时应该说些什么。

“好吧。”过了很久，格兰特才打起精神说道，“我想我要去见钱伯斯了。”

“这个国家制定法律的人真该被枪毙。”威廉斯带着恨意说。

格兰特吓了一跳。“是指死刑吗？”

“不是。是餐馆打烊的时间。”

“噢，是这样呀。我柜子里还有一瓶。你想要就拿去喝吧。”

“谢谢长官了。不要激动，小姐！　”后面这句话是对他身后还在哭泣的女佣说的，“世事无法预测，朝好处看吧。”

“女主人对我真的非常不错。”她说，“看见她这个样子，我真的很难过。”

“那件大衣你就拿着吧，威廉斯。”格兰特和威廉斯沿着小路下去，然后上了前来接他们的车子，带着难以言喻的心情走了。

“告诉我，长官，你是怎么从那么多嫌犯中查出是这个女人干的？”

格兰特拿出他撕下来的那几页杂志。

“这是我在海洋理发店的一本杂志上找到的。你有兴趣就自己看吧。”

那篇文章是中西部某位热衷于八卦的女记者写的，当时她在纽约度假，那里到处都是电影明星，也少不了莉迪亚·济慈小姐。而莉迪亚·济慈那难以令人置信的预言，让女记者感到惊奇。她曾做过三个十分惊人的预言。她预言林·德瑞克在三个月内会发生一次严重的意外；而现在林·德瑞克还躺在床上。她说一个月内米拉德·罗宾逊会遭受到重大的事故，导致损失严重；结果那些刚杀青、价值百万美元的母带因为火灾而消失了。

而她的第三个预言就是一位第一线女星将在不久淹死，而且她也说了那位女星的名字，不过这位八卦女记者没有在新闻上说出来。“如果这第三个预言能够顺利实现的话，济慈小姐肯定会是全世界最不可思议的超能力拥有者。全人类都会向她膜拜。不过我要警告那位可爱的金发女星，为自己安全着想，千万不要和济慈小姐一起去游泳！也许这样的诱惑对她来说要付出很大的代价！”

“真想不到。”威廉斯有些感叹，一路都没说什么话，直到格兰特在警局门前让他下车。

“告诉总督察我和爱德华勋爵要会面，然后再回来见他。”格兰特说道，随即驱车前去摄政公园。

他在屋里等了半个小时，钱伯斯才回到家。

“你好，探长。 听宾斯说你已经等我很久了。很抱歉让你花那么多时间干坐着。喝茶吧？如果不喝，也可以喝酒。有消息要告诉我吗？”

“是的，先生。我对在你刚回来就打扰感到抱歉。”

“再怎么样也比昨天在我姨婆家客厅里的演讲要好很多。实话告诉你，我去就是看在她老人家面子上的缘故，不过后来却发现她还是认为我是多余的，不去的话会更好。那么告诉我有什么坏消息吧。”

格兰特把事情说了一遍，他严肃地听着，那故作轻松的姿态已经悄然消失了。

“她精神肯定是错乱了吗？”格兰特说完之后，他问道。

“是的。雷诺士就是这样肯定的。也许是歇斯底里症，不过他认为肯定是精神失常。所谓伟人的妄想，你应该知道吧。”

“可怜的人。但是她怎么知道我太太会在那个地方呢？”

“是欧文·休斯在信上说的，信是从好莱坞寄来的。他大意忘记了她住在他农庄是件不能说的事。他甚至还在信里说到了晨泳的事情。”

“原来是这样。我知道了……那么她对快艇一定是非常熟悉了？”

“她是在快艇上长大的，所以在这方面没什么问题。她每天都在使用河道。没有人想过要问她在河道上来来去去是干什么。在她找到可以利用的机会之前，她已经利用夜晚在河上跑了很多趟了。说来奇怪，但就是没有人考虑过那条河会被她利用来达到她自己的目的。我们虽然考虑过使用快艇的可能，但没想到这快艇是从伦敦来的。不过就算想到了，也不会有什么用。倒是她穿的那件男式大衣让我们误入歧途。因为有女人穿男人的油布大衣乘游艇出海，只是我不认为我能因此而想到这一点。”

接着是一阵短暂的沉默。

两个男人都在脑海里盘算着，想着那艘船在河面游荡，驶出河口，沿着海岸边前进。经过一个又一个小镇，沿途许多地方的灯光都在伴随着这个有着特殊使命的小艇。

不过到后来来到了一片黑暗的地方，夏夜的浓雾笼罩着它，水面完全是一片漆黑，而且四处一片寂静。在那段难熬的时间里，她到底在想着什么？她是一个人，有的是时间进行沉思反省。没有星星可以让她联想到自己是如何伟大。还是说即便在那个时间里，她已经完全疯狂让她做什么都不犹豫了？接下来的事——两个男人也已经知道了。令人惊讶的邂逅。友善的致意。克里丝汀的绿色泳帽在船边浮动着——那顶泳帽到现在也没有被发现。船上的女人弯下身去和她进行对话。然后——格兰特想起克里丝汀手上那些因为用力而发生断裂的指甲。所以得手应该费了很大的劲吧。

“所以这案子可以说已经结案了，先生，不过我还有事情要找你了解。可以说是另外一件案子。”

“是吗？请用茶。宾斯，你可以不用在这里伺候了。需要糖吗，探长？”

“我想知道你把林姆尼克带到什么地方去了？”

钱伯斯拿着糖的手停在了半空中。表情看上去有些惊讶，又不失调皮，而且——不知怎的——还带着对探长的钦佩之意。

“他在哈默的一个朋友家里，是汤布里奇泉附近的一个什么地方。”

“地址能给我吗？”

钱伯斯给了他一个地址，又给格兰特上茶。“你干吗要去找林姆尼克？”

“因为他在英国待着，却没有护照——这还是得到你的帮助！”

“他是没有。但在今天早上这个问题已经解决了，政府已经颁发入境许可证给他了。当然，也费了不少口舌——英国是个热爱公理、保障受迫害者、庇护无家可归的正义之士的国家：虽然这些都是无用的高调——但是说出来后还真管用。政府官员到现在还很自豪地认为做了一件正确的事，你知道吗？我说完了这些话之后，他们一个个都像非常自豪似的。”

他看着探长那张没有表示赞同的脸。“我不知道这件小事还会让你如此操心。”

“操心！”格兰特终于发怒，“这差点把这个案子给毁了。你和哈默一直对你们那天晚上的事守口如瓶——”他突然发现自己的话过于敏感，就停下来了。

不过钱伯斯还是表达了理解。“我真的很抱歉，探长。你打算以此来逮捕我吗？恕我直言，逮捕的理由可以溯及过去吗？”

“大概是不可能的。我得去问一问。如果可以的话，我会很高兴的。”格兰特恢复了平静。

“好吧。逮捕的事我们以后再讨论。不过我很想知道你是怎么发现的？我以为我们已经做得天衣无缝了。”

“幸亏有了一位年轻的警员——瑞梅尔在多佛的优异表现，否则，我还真的不会发现。”

“那我一定要见见这位瑞梅尔。”

“他发现那天晚上你和哈默相互见过，而且对海关的事还很关心。”

“是的。林姆尼克就藏在我船舱的柜子里。那半个小时怎么说呢？非常刺激。不过海关和港务局的人也不是神仙，是吧？”

格兰特认为这表明他们敲掉了钱伯斯的碇泊桩，但是却缺乏胆量去撬他的舱板。“那时候我就有一种感觉，如果我能想起来你是故意让我弄不明白你抵达多佛的时间之前讲过一些什么话，我就会发现问题的关键所在。结果最后，我还真的想起来了！你提到加列利亚就是想牵扯到林姆尼克，而一旦林姆尼克的党把一切都准备好了，那他就肯定能东山再起。不过真正的障碍是要发现你和哈默的关系。正因为它如此简单，所以就被我忽视了。你们在你太太介绍下就相互认识了，而且还十分投缘。我必须说他在我眼前所做的那些低级表演很逼真，干得也很漂亮。我实在应该进一步地去认识你……”

“什么认识？”

“你的离经叛道。”两人都笑了。“一旦把这些问题想明白了，其余的就顺理成章了。政治保安处那边关于林姆尼克的失踪，还有申请护照被拒，和英国不准他入境这些情形就会一目了然了。他们甚至知道他就在英国，只是没有什么证据。所以你的快艇后来又因此而靠岸了？”

“你是说那天晚上发生的事吗？是的。哈默把我们带到他的朋友家里。他胆子很大，我想他也被吓坏了，不过还是没有退缩。我听说提斯多也出现了。”格兰特起身要走的时候钱伯斯说道，“想必令你也因此而放心了。他病了吗？”

“没有。他只是感冒而已，当然也感觉很累。不过我想他应该没什么可担心的。”

“我看了今天在约克郡出版的午报，上面说他受了很多的苦。我知道媒体就是喜欢夸大事实，所以坚信报上写的都是假话。”

“是假话。吉米·霍普金斯就是如此。”

“吉米·霍普金斯是什么人？”

“是——”格兰特顿觉说不出什么了。他有些忌妒地看着钱伯斯说道，“现在我知道有些人为什么要去那些荒无人烟的地方了！”

# 第二十七章　完美结局

大约过了一个月的时间，赫伯特·戈特贝德决定离开英国，去田纳西州那里，协助纳什维尔警方调查，关于他在准备筹建教堂时，金斯利老夫人捐给他的2000美元的去向，他需要向警方解释清楚。

就在他乘船离开的那天，艾丽卡在斯特恩斯举办了一次盛大的晚会。

当初她亲自邀请格兰特参加此次晚会的时候，她曾向他说道：“让我们一起尝一尝大功告成的喜悦！”

参加这一次聚会的基本上都是以往的旧人，唯一的新人就是罗伯特·提斯多。

当看到这位英俊潇洒，又饱经磨难的年轻人的时候，格兰特的心里有些担心，他害怕曾经那个只知道在鼻子上随便扑点粉，整天开开心心，一身孩子气的艾丽卡会消失。然而当他亲眼见到曾经那个开心的孩子依然如初见般地随意打扮，依然没有脱离孩童时期的天真时，他不禁松了一口气。

艾丽卡在面对那位英俊的青年时的态度，就和曾经她对他说，“你的衬衫领子太紧了”的时候一模一样，还是那样的一本正经。

收回目光时，不经意间看到了乔治爵士正用愉快的目光，颇有深意地在他和艾丽卡的身上来回逡巡时，格兰特的眼中蕴满了笑意，和乔治对视，两人互相举起酒杯，以道祝贺。

“你们两个人，现在是在互相敬酒吗？”艾丽卡凑过来也拿起酒杯，说道，“我也来。让我们一起预祝罗伯特在加州的事业成功！”

一群人一起饮下了这杯酒。

“如果你不喜欢那个农场，没关系，”艾丽卡笑着说道，“等我年满21岁，我就将它买下来，这样你就可以离开了。”

“那种田园生活，你很喜欢吗？”罗伯特的语气有些激动。

“当然了，我非常喜欢那样的生活。”她转头看向格兰特，开始对他说话。

“可是你现在还小，等你长到21岁，还要好多年。我觉得你可以先过来看一看。”罗伯特道。

“嗯，你说的得没错。我也希望有机会过去看一看。”她在说这句话的时候，显得有些心不在焉，不知道在想什么。

艾丽卡看着格兰特，直呼他的姓名说道：“格兰特先生，如果在圣诞节前，我可以从米尔斯先生那里拿到票，您是否愿意在圣诞节的时候陪我一起去看看马戏表演？”

说完这些之后，也许是觉得自己的这个要求有些鲁莽，艾丽卡的脸色变得潮红。艾丽卡是一个天性率真的孩子，能够脸红，这对她来说是非常罕见的。

“当然愿意。”格兰特说道，“而且是荣幸之至。”

“啊，太好了，既然你答应了，那我们就这样约好了。”随后她举起手中的杯子，高声说道：“让我们向奥林匹亚的圣诞节致敬！干杯！”

“让我们一起向奥林匹亚的圣诞节致敬！干杯！”格兰特说。